Allgemeine Maschinenlehre

SALZWASSER VERLAG

Moritz Rühlmann

Allgemeine Maschinenlehre

Unveränderter Nachdruck der Originalausgabe von 1865.

1. Auflage 2022 | ISBN: 978-3-37501-252-6

Verlag: Salzwasser Verlag GmbH, Zeilweg 44, 60439 Frankfurt, Deutschland
Vertretungsberechtigt: E. Roepke, Zeilweg 44, 60439 Frankfurt, Deutschland
Druck: Books on Demand GmbH, In de Tarpen 42, 22848 Norderstedt, Deutschland

Allgemeine
Maschinenlehre.

Ein Leitfaden für Vorträge,

sowie zum Selbststudium des heutigen Maschinenwesens, mit besonderer Berücksichtigung seiner Entwicklung.

Für

angehende Techniker, Cameralisten, Landwirthe und Gebildete jeden Standes.

Braunschweig,

1865.

Vorrede.

Bei der Bearbeitung dieses zweiten Bandes habe ich mich zunächst bemüht, meiner Zusage (Bd. I, Seite 4) nachzukommen, aus dem Bereiche der Maschinen zur Formänderung der Körper diejenigen entsprechend zu behandeln, welche man auch jetzt noch mit dem Namen „Mühlen“ zu bezeichnen pflegt. Dass dabei der grösste Theil den Getreidemühlen und nächstdem ein nicht viel geringerer den „Oel- und Holzschneidemühlen“ gewidmet werden musste, lag in der Natur der Sache. Ueberall war ich bestrebt, nicht nur dasjenige wiederzugeben, was bereits in anderen Werken oder in Zeitschriften zu finden ist, sondern auch sorgfältig durch eigene Wahrnehmungen und Anschauungen zu sammeln, um den gegenwärtigen Standpunkt der Constructionen, Anordnungen und Arbeitsprocesse möglichst treu darstellen zu können. Dass hierzu manche Reise gemacht, mancher Brief geschrieben werden musste und die Geduld nicht verloren gehen durfte, wenn zuweilen alle Bemühungen ohne Erfolg blieben, um brauchbares Material zusammenzubringen, bedarf wohl kaum der Versicherung. Dabei habe ich aber besondere Ursache, vor Allem dankbar des königlich hannoverschen Ministeriums des Innern zu gedenken, welches mich zu den internationalen Ausstellungen in London (1862) und in Hamburg (1863) entsandte, wo ich lernen und sammeln konnte, sowie der vielen wackeren Männer der Praxis, welche mich mit Rath und That unterstützten.

Im Abschnitte „Landwirthschaftliche Maschinen“ beschränkte ich mich auf die Besprechung gewisser Muster-Maschinen, ging aber nicht auf die verschiedenartigsten Constructionen derselben Gattung ein, was ich sowohl dem Zwecke des Buches für entsprechend hielt, als es auch nicht meine Absicht sein konnte, eine Arbeit liefern zu wollen, welche die anerkannten Specialwerke über landwirthschaftliche Maschinen, wie vor Allem das des wackeren Herrn Dr. Hamm in Leipzig, ferner der Herren Dr. Schneitler und Andree, des Herrn Ingenieur Perels in Berlin u. m. A., hätte überflüssig machen können.

Schliesslich halte ich es noch für Pflicht, zwei Studirenden der hiesigen polytechnischen Schule, den Herren Rebentisch und Bödecker, für treue Hülfe, ersterem bei Anfertigung der Skizzen, letzterem beim Lesen der Correcturen, sowie dem Herrn Verleger für die schöne Ausstattung auch dieses Bandes, meinen aufrichtigen Dank zu sagen.

Hannover, im Juli 1865.

Rühlmann.

Inhaltsverzeichniss.

Zweite Abtheilung.

Maschinen zur Verrichtung nützlicher mechanischer Arbeiten.

Fünfter Abschnitt.

Fabrikationsmaschinen.

Mühlen.

Sechster Abschnitt.

Landwirthschaftliche Maschinen.

Druckfehler-Verzeichniss.

Seite 23, Zeile 4 von oben, ist Q statt O zu lesen.
„ 34, „ 13 „ unten, muss es heissen: erstere f statt letztere g.
„ 34, „ 14 „ „ muss es heissen: letztere g statt erstere f.
„ 45, „ 10 „ „ ist z statt y zu lesen.
„ 66, „ 10 „ „ ist η statt y zu setzen.
„ 70, „ 23 „ oben, ist r statt t zu lesen.
„ 70, „ 24 „ „ muss es heissen Fig. 61 statt Fig. 59.
„ 91 in der Note, zweite Zeile von unten, ist Versuche statt ersuche zu lesen.
„ 103, Zeile 6 von oben, ist 75 statt 74 zu schreiben.
„ 119, „ 3 „ unten, is i statt n zu lesen.
„ 151, „ 16 „ oben, ist Fussmehl statt Flussmehl zu lesen.
„ 177, „ 18 „ „ muss es heissen: so erhält man gleichfalls variable und zwar von innen nach aussen abnehmende Kreuzungswinkel.
„ 181, Zeile 2 von oben, muss es heissen austreibe statt ausreibe.
„ 281, „ 21 „ „ ist Récueil des Machines zu lesen.
„ 287, „ 15 „ „ ist 45 statt 44 zu setzen.
„ 319, „ 8 „ unten, muss es heissen 4 Paar, statt 2 Paar Quetschwalzen.
„ 320, in Fig. 291 fehlen bei den Contrepressen (links der Buchstaben i) die Buchstaben m, m.

Zweite Abtheilung.

Maschinen zur Verrichtung mechanischer Arbeiten.

auch Noah [1]), nach überstandener Sündfluth ein solcher gewesen sei.

Zum allgemeinen Nutzen der Menschheit konnte jedoch das durch den Ackerbau gewonnene Getreide erst dann dienen, als man aus den Körnern Mehl bereiten lernte, was nach Plinius [2]) ebenfalls eine Erfindung der Ceres sein soll, nach der spartanischen Sage aber dem Leleger Myles zugeschrieben und auch zugleich behauptet wird, dass man in Alesia (der Mahlstadt) zuerst damit gearbeitet habe [3]).

Zu den allerersten Hülfsmitteln, um Getreide in Mehl zu verwandeln, scheinen hölzerne, steinerne und metallene Mörser mit Keulen (Pistillen) zu gehören, in welchen man die (vorher wohl auch gerösteten) Körner zerstiess und sodann durch Trennen der gröberen und feineren Theile mittelst Sieben das Mehl zu gewinnen suchte. Von diesem Verfahren zeugen noch erhaltene Wandgemälde der alten Aegypter aus den Ruinen von Theben [4]), namentlich aber eine Zeichnung, welche Wilkinson in seinem „Account of the ancient Egyptians“ [5]) wiedergiebt und wovon Fig. 1 eine Copie ist.

Mit den Buchstaben *a*, *g*, *i* sind die betreffenden Mörser, mit *d* die zugehörigen Keulen bezeichnet, mit *e* (in umgekehrter Lage) eines der Siebe, welche man aus Papierschilf und Binsen gebildet haben soll. *b* und *c* sind Gefässe (Körbe), wovon das erstere,

---

1) Erstes Buch Mose, Cap. 9, Vers 20.

2) Naturgeschichte, Buch 7, §. 57. Uebersetzung von Grosse. Frankfurt a. M. 1783.

3) Pauli's oben angeführte Encyklopädie, Bd. 5, S. 128. Von dem hohen Alter der Erfindung, aus Getreidekörnern Mehl zu machen, giebt u. A. auch der Umstand Zeugniss, dass Zeus (oder Jupiter) bereits bei den Griechen auch den Beinamen Myleys (*Μυλεύς*), der Müller hatte.

4) Rich, Wörterbuch der römischen und griechischen Alterthümer, Artikel „Pilum“. S. 473.

5) Ein Auszug aus des Verfassers grösserem fünfbändigen Werke „The ancient Egyptians“, welches 1836 erschien, mir jedoch nicht zur Hand war. Wilkinson bemerkt indess in der Vorrede des kleineren Werkes, dass solches zugleich spätere Wahrnehmungen und Entdeckungen enthalte, die er bei einem wiederholten Besuche Aegyptens zu machen Gelegenheit fand. Unser Holzschnitt ist dem 2. Bande des Account S. 166 entnommen. Die angeführte Abbildung in Rich findet sich bei Wilkinson im 1. Band S. 175 an der linken Seite einer grossen Zeichnung, deren Darstellungen die Ueberschrift tragen: „An Egyptian kitchen from the tomb of Remeses III., at Thebes“.

b mit Rohmaterial (wahrscheinlich vom Arbeiter 4 schon aus dem Groben zerstossen), das letztere *c* mit Arbeitsproduct (zerkleinerten Körnern) gefüllt zu sein scheint. Von den betreffenden Arbeitern 1 und 2 ist 1 im Begriff, die erhobene Keule fallen zu

Fig. 1.

lassen, während 2 die Erhebung einer solchen beginnt. Der Arbeiter 3 ist mit Sieben in ein Gefäss *f* beschäftigt, wogegen 4 zu beabsichtigen scheint, frisches Arbeitsmaterial in den Mörser *g* zu werfen. Die Hieroglyphen bei *k* und *l* dienen jedenfalls zur Erklärung der sämmtlichen Darstellungen.

Aehnlicher Mörser und Keulen, wie die unserer Abbildung, dürften sich auch die Kinder Israel in der Wüste Sinai zum ersten Zerreiben des Manna, vielleicht um den Mühlen vorzuarbeiten, bedient haben [1]).

Ebenfalls Mörser zum Stampfen der Getreidekörner beschreibt noch Plinius [2]), indem er speciell anführt, „dass in Etrurien die Aehren geröstet und mit einem Stampfer gestampft werden, der

1) Viertes Buch Mose, Cap. 11, Vers 8: „Und das Volk lief hin und her, und sammelte (das Manna) und stiess es mit Mühlen und zerrieb es in Mörsern etc.“

2) Naturgeschichte, Buch 18, §. 23. An derselben Stelle bemerkt Plinius noch ferner, dass man den Weizen stark mit Wasser anfeuchten, von den Hülsen abstampfen, dann an der Sonne trocknen und dann noch einmal abstampfen solle. Ebenso solle man mit der Gerste verfahren. Linsen dagegen sollten erst geröstet und dann, mit Kleie vermischt, gelinde gestampft werden. Im §. 28 wird noch erwähnt, dass die Leute, welche das Getreide stampften, „Pistores“ genannt wurden. Später bezeichnet dasselbe Wort aber auch die Bäcker, weil diese das Mehl, aus dem sie ihr Brod buken, gewöhnlich selbst bereiteten. (Man sehe deshalb noch Rich a. a. O., S. 476, Artikel: „Pistor“.)

Dicke. Auf letzterem erhebt sich ein etwa 2 Fuss hoher ebenfalls unbeweglicher Kegel, als Bodenstein (meta), der am Scheitel mit einem eisernen Zapfen ausgestattet ist. Der obere drehbare Stein (catillus) *B* hat im Innern zwei glockenförmige Höhlungen, so dass er einer Sanduhr ähnlich ist. An der offenen Verbindungsstelle der Glockenscheitel ist ein stegartiges, an beiden Enden schwalbenschwanzförmiges Eisen [1]) befestigt mit einer runden Oeffnung in der Mitte, in welche der Zapfen des Untersteines derartig passt, dass zwischen Innenmantel der unteren Glocke und Oberfläche des Untersteines gerade so viel Spielraum verbleibt, als zum Zermahlen des herablaufenden Getreides gestattet werden kann. Selbstverständlich wurde das Getreide in den hohlen Raum *C* der oberen Glocke *B* geschüttet, von wo aus es durch Löcher (neben den gedachten Mühleisen) zwischen die Mahlflächen gelangen konnte.

Zur Umdrehung des Obersteines hatte man an mehreren Stellen seiner Aussenfläche viereckige Löcher angebracht, um starke Hebel oder Bäume *D* einbringen und befestigen zu können.

Das hiermit gewonnene Mahlproduct sammelte sich unten in einer auf der Fläche des Untergestelles ausgehauenen rinnenförmigen Vertiefung.

Ueber die geognostische Beschaffenheit der verwandten Mühlsteine giebt Plinius [2]) ausführlich Auskunft, woraus zugleich erhellt, dass man schon damals erkannt hatte, dass nicht jede Steinsorte mit Nutzen zu Mühlsteinen verwandt werden konnte.

Zum Trennen des Mehles von dem Schrote und der Kleie bediente man sich gröberer und feinerer Siebe, von welchen Plinius [3]) angiebt, dass sie aus Pferdehaaren oder aus Leinwand gefertigt worden wären. Im Handel kannte man gewöhnlich vier Sorten Mehl [4]).

---

1) Später gab man diesem Eisen vier Flügel, so dass es ein lateinisches X bildete. Abbildungen hiervon finden sich bei Rollet, Pl. 13, Fig. 1 u. 2, sowie bei Benoît, Pl. 17, Fig. 9 u. 10.

2) Naturgeschichte, Buch 36, §. 30.

3) Naturgeschichte, Buch 18, §. 20.

4) Die erste und feinste Mehlsorte wurde Pollen genannt, die zweite Sorte feines Mehl (Blüthmehl) Flos farinae, die dritte Sorte hiess Farina (Mittelmehl), die vierte Farina secundaria oder Cibaria (Speise- oder Nachmehl). Den Rückstand bildete der Furfur (die Kleie). — Nicht uninteressant sind manche Angaben des Plinius, deren Beachtungen er beim Mehlmachen (Buch 18, §. 20) empfiehlt,

Wie bereits oben beispielsweise angeführt, war in den ältesten Zeiten das Mahlen eine Arbeit der Weiber, besonders der Sclavinnen, später verwandte man männliche Leibeigene und Verbrecher, denen man zuweilen eine hölzerne Scheibe um den Hals legte, damit sie nicht mit der Hand zum Munde kommen und Mehl verzehren konnten [1]).

Als man es für die Arbeit angemessener gefunden hatte, grössere und schwerere Mühlsteine zu verwenden, liess man sie vom Viehe treiben, insbesondere von Pferden und Eseln [2]).

Fig. 6.

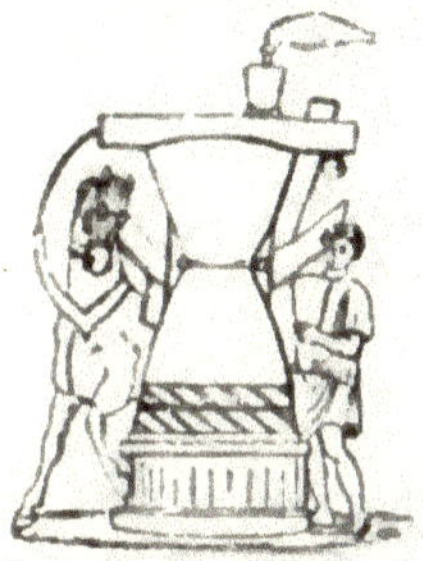

Man bildete hierzu gewöhnlich um den Läufer eine Art Geschlinge aus Balken mit einer Deichsel zum gehörigen Anspannen der Thiere, wie Fig. 6 erkennen lässt, die einem Basrelief im Vatican entnommen ist [3]). Den Thieren verband man dabei die Augen mit sogenannten Scheuledern, wie es jetzt auch noch zu geschehen pflegt.

Eine von Eseln getriebene Mühle findet sich in dem Roux-Barré'schen Werke über Herculanum und Pompeji, Band 2, Tafel 83 abgebildet und zwar nach einem Gemälde am Eingange des Pantheons zu Pompeji, welches ausser der Mühle auch die Genien des Müllergewerbes darstellt. Die Mitte des Bildes wird von der Mühle eingenommen, während vor und neben derselben sieben Genien beschäftigt sind, oder von ihren Mühen bei vollen Weingläsern ausruhen. Einer der Genien steht im Begriffe, einen der Esel anzuschirren, weil er vermuthlich arbeiten soll.

Von einer ganz eigenthümlichen Mühle der Ostindier, welche mit Ochsen betrieben wird, giebt Sonnerat nachstehende Ab-

---

und wovon mindestens eine hier Platz finden mag: „Es kommt Alles darauf an, wie das Getreide gemahlen wird. Getreide, welches man trocken vermahlt, giebt eine grössere Menge Mehl; wird es vorher mit Salzwasser angefeuchtet, so erhält man weisseres Mehl, aber es bleibt auch mehr in der Kleie zurück."

1) Beckmann, Geschichte der Erfindungen a. a. O. S. 4.

2) Moses scheint nur Handmühlen gekannt zu haben, indem es u. A. im 2. Buch, Cap. 11, Vers 5 heisst: „Und alle Erstgeburt in Aegyptenland soll sterben, von dem ersten Sohne Pharao's an, der auf seinem Stuhle sitzt, bis an den ersten Sohn der Magd, die hinter der Mühle ist." — Ebenso wird im Buch der Richter, Cap. 16, Vers 21 von Simson angeführt, dass er im Gefängnisse mahlen musste.

3) Rich, Wörterbuch, S. 400.

Dabei ist A das hölzerne Wasserrad, dessen Kranz sowohl mit radial gestellten Schaufeln B versehen ist, gegen welche

Fig. 8.

das die Umdrehung bewirkende lebendige Wasser stösst, als auch mit Kästen oder Eimern C, die man zur gleichzeitigen Erhebung

---

hervorgehen dürfte, dass in dem italienischen Texte nirgends eine Beschreibung zu finden ist, welche auf die eingeschriebenen Buchstaben der Abbildung Bezug nimmt.

von Wasser für besondere Zwecke benutzt. Die Welle des Wasserrades ist nach innen gehörig verlängert und auf den viereckigen Theil *D* derselben ein mit Triebstöcken versehenes Kammrad *E* gekeilt. Letzteres greift mit einem Drehlinge *F* zusammen, den die Mühlspindel *G* trägt, die ihr unteres Lager auf dem Stege *L* findet, während das obere im festliegenden (unsichtbaren) Bodensteine des Mahlwerkes angebracht ist. Auf dem höchsten Ende der Spindel *G* ist der Läuferstein *H* gehörig befestigt, in dessen Mittelloch (Auge) das zu vermahlende Getreide einfliesst. Die Zuführung des letzteren geschieht aus einem pyramidalen Rumpfe *K* als Sammelbehälter der Körner, an dessen unterer Oeffnung ein verstellbarer Schüttelschuh angebracht ist.

Das überdies von den Eimern *C* des Triebrades *A* gehobene Wasser wird in einen Behälter *R* ausgegossen, von wo ab es durch eine Oeffnung *X* in ein Gerinne *Y* geführt wird und zu entsprechenden Arbeitszwecken dienen kann. Nicht unwahrscheinlich ist es, dass der Müller nebenbei vielleicht eine Walke betrieben hat, wodurch zugleich der Hammer *O* eine Erklärung finden würde [1]).

Wahrscheinlich ist der Mahlmühlen-Betrieb durch horizontale Wasserräder oder Turbinen von der naturgemässen, einfachen Art, wie solche Band I, Fig. 181 und 182, Seite 300 ausführlich beschrieben und durch Abbildungen erläutert wurden, fast eben so alt wie der durch verticale Wasserräder, da sich Turbinen in den gebirgigen Gegenden fast aller Länder, worin Menschen von nur etwas Civilisation wohnen, vorfanden, auf welcher äussersten Stufe der Kindheit sich daselbst die angewandte Mechanik überhaupt auch immer befunden haben mag.

Zeugnisse von der Richtigkeit dieser Behauptung giebt u. A. auch die schöne Abbildung einer arabischen Wassermühle bei Rollet (a. a. O. Pg. 180, Pl. XIV), welche vom französischen Artilleriecapitain Mitrécé bald nach der Eroberung von Constantine durch die Franzosen gezeichnet wurde. Das horizontale Wasserrad mit hölzernen Schaufeln von 60 bis 75 Centimeter Länge steckt auch hier mit dem Mühlsteinläufer auf derselben stehenden Welle und machen beide zusammen 280 bis 316 Umläufe pr. Minute.

1) Vielleicht ist dieser Hammer auch nur beigegeben, um ein Mittel zur Hand zu haben, die Oeffnung *X* nach Erforderniss durch einen Holzspund gehörig schliessen zu können?

Anmerkung. Zum Vorstehenden und zu den bereits Bd. I, S. 299 und 300 zusammengestellten Nachrichten über horizontale Wasserräder für Mühlenbetriebe füge ich hier noch zwei mir später bekannt gewordene Notizen.

In dem „Dictionnaire Technologique“ T. 14 wird S. 207 von den ebenfalls schon (Bd. I, S. 301) angeführten horizontalen Wasserrädern der sogenannten Basacle-Mühlen zu Toulouse bemerkt, dass diese bereits im 12. Jahrhundert erbaut worden wären. (Nach Urkunden von Raymond VI., Grafen von Toulouse im Jahre 1190 ertheilter Privilegien.)

Ferner enthält die Zeitschrift „Neues Hannoversches Magazin“ vom 4. October 1802 S. 1277 folgende Beschreibung einer Baschkiren-Mühle, deren Erfindung vielleicht eben so alt ist, wie die Schiffmühlen des Belisar:

„Die Baschkiren haben Mühlen von ganz besonderer Bauart, die eine Erfindung dieser Nation zu sein scheinen. Sie wählen, um nicht viel Mühe zu haben, dazu die kleinsten Bäche, flechten alsdann einen Zaun von Korbwerk, den sie mit Erde bewerfen, und schwellen damit (oder mit einem ordentlichen kleinen Damm von Faschinen) den Bach an. An dem Damme zimmern sie auf Pfählen eine kleine Hütte, in welcher auf einer Zimmerung, die wie ein Tisch in der Mitte frei steht und eine Einfassung hat, die Mühlensteine ruhen. Diese sind niemals von Stein, sondern es sind runde, aus einem harten Wurzelstocke oder Klotz gehauene Teller, in welche platte eiserne Nägel ohne gewisse Ordnung eingeschlagen sind, doch so, dass sie alle vom Mittelpunkt nach dem Umkreis mit der Länge ihres hervorragenden Theils gerichtet sind. Die untere hölzerne Mahlscheibe liegt auf der Zimmerung unbeweglich; die obere aber kann aufgehoben werden und wird um eine vertical stehende Welle gedreht, welche durch den Mittelpunkt der unteren Scheibe hervorragt und mit einer eisernen Krücke in einen Einschnitt des durchlöcherten Mittelpunktes der oberen Scheibe greift. Die stehende Welle ist gemeiniglich aus einem Baume so gezimmert, dass der unterste Theil wie ein Kolben rund und dick gehauen ist, so dass darin viele platte, an einer Seite etwas ausgehöhlte Flügel oder Schaufeln wie Speichen an einem Wagenrade können eingekeilt werden, und wodurch überhaupt das Wasserrad gebildet wird. Unterhalb am dicken Welltheile ist eine eiserne Spindel eingeschlagen, vermittelst welcher die senkrecht stehende Axe im Bache auf einem Balken ruht und dort in einer Art Pfanne umläuft.

„Das Wasser wird durch eine hölzerne Rinne aus einem kleinen Durchschnitt des Dammes auf die eine Hälfte dieses Rades gerichtet, so dass es auf die hohle Seite der Schaufeln stürzt und dadurch das Rad, die Axe und die oben in der Mühlenhütte befindliche obere Mahlscheibe in Umdrehungen versetzt.

„Das Getreide, welches man zu Schrot oder grobem Mehl bereiten will, wird in einen Trichter von Brettern geschüttet, dessen Oeffnung unten eine kurze horizontale Rinne hat, welche auf die Mittelöffnung der oberen Mühlscheibe gerichtet ist. Der Kornbehälter ist an den Querbalken des Mühlengehäuses beweglich aufgehängt, und ein daran gebundener Stecken, welcher mit einem Ende die obere Mahlscheibe berührt, theilt dieser die nöthige schüttelnde Bewegung mit.“

§. 4.

Wie verschieden auch die Mahlmühlen zur Zeit Vitruv's von der unserer Abbildung in manchen Einzelheiten gewesen sein mögen, immerhin wird anzunehmen sein, dass Fig. 8 (S. 16) in den Hauptheilen und Hauptformen damit übereinstimmt. Gewiss ist es, dass sie sich in dieser Gestalt bald über ganz Europa verbreiteten, und wäre es der Mühe werth, so könnte man Erwähnungen derselben aus jedem Jahrhundert beibringen [1]).

Um die Entwickelung und Verbesserung dieser ersten von Wasserrädern bewegten Getreidemühlen scheint sich keine Nation so verdient gemacht zu haben, als die deutsche, da in fast allen älteren nichtdeutschen Schriften des „Deutschen Mühlenbaues“ und der „Deutschen Müllerei“ mit Hochachtung und Anerkennung gedacht wird [2]).

Die allgemeine Anordnung einer solchen deutschen von einem Wasserrade getriebenen Getreidemühle zeigt Fig. 9 im Aufrisse, Fig. 10 im Grundrisse und Fig. 12 im Durchschnitte, — letztere in vergrössertem Maassstabe gezeichnet.

Es besteht dieselbe aus vier Haupttheilen, nämlich dem Mühlengerüste, dem eigentlichen Mahlwerke nebst den zur Bewegung erforderlichen Mechanismen, dem Getreidezuführzeuge und der Sieb- oder Beutelvorrichtung [3]).

Das Mühlengerüst wird aus starken Holzschwellen (den Hausbäumen) *a*, *b* (Fig. 10) gebildet, die unmittelbar auf dem Grundmauerwerke

---

1) Zur Sicherheit und zum Schutze der Mühlen wurden in den meisten Ländern des civilisirten Europas schon frühzeitig betreffende Gesetze erlassen, worunter die Römischen und Salischen besondere Erwähnung verdienen, und worüber u. A. bei Beckmann Bd. II. S. 25 ff. nachzulesen ist. Spätere sogenannte „Mühlenordnungen“ vom Jahre 1553 an, finden sich abgedruckt in Leupold's Theatrum Machinarum 9. Theil (Kern des Mühlenrechts) Leipzig 1735.

2) Die ältesten mir bekannt gewordenen deutschen Schriftsteller im Mühlenfache sind folgende. Jac. Strota, Künstliche Abrisse von allerhand Maschinen, Cölln 1618. — Aug. de Rameli's Schatz mechanischer Künste. Leipzig 1620. — Zeisinger, Theatrum Machinarum, Leipzig 1646. — Das erste für Constructeure brauchbare Mühlenwerk war Sturm's i. J. 1718 in Augsburg erschienene Mühlen-Bau-Kunst, dem 1735 der sogenannte „Neunte Theil“ von Leupold's Theatrum Machinarum Molarum folgte, der jedoch (vornehmlich nach Leupold's Tode) einen J. M. Bayer zum Verfasser hat.

3) Die Einrichtung, ein Mehlsieb in der Gestalt eines ausgespannten Beutels an die Mühle selbst anzubringen und diesen Beutel durch das Mühlwerk in Bewegung setzen zu lassen, scheint erst im Anfange des sechzehnten Jahrhunderts bekannt geworden zu sein, wie Beckmann a. a. O. S. 41 durch Actenstücke nachzuweisen bemüht ist.

liegen. In diese sind vier senkrechte Ständer (Docken) c eingezapft, welche oberhalb durch zwei Querbalken (Schlüssel oder Lannen) d verbunden werden. Auf der Oberfläche dieses ersten Gerüstes hat man zuerst nach links hin von Fig. 9 die sogenannte Mehlbank e befestigt und auf dieser wieder die Mehlleiste f (oder F Fig. 12), welche theils zur Zierde, theils zu anderen Zwecken dient, ferner als Decke des Gerüstes den Steinboden g (Fig. 12) angebracht, auf welchem letzteren der untere unbewegliche Mühlstein (der Bodenstein) h_2 ruht. Zur Vermeidung des seitlichen Verschiebens ist um den Bodenstein herum das Geschlinge (Steingeschlinge) angebracht, welches gewöhnlich von Halbholz 6 bis 8 Zoll hoch und so eingerichtet ist, dass es den Stein von drei Seiten umgiebt, während die vierte Seite von der Mehlbank e gebildet wird. In letztere wird das Geschlinge eingezapft, auf dem Steinboden g (Fig. 12) aber mit hölzernen Nägeln befestigt.

Fig. 9.

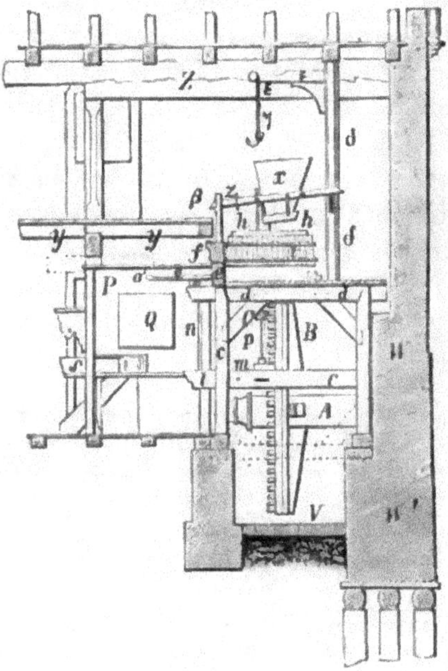

Fig. 10.

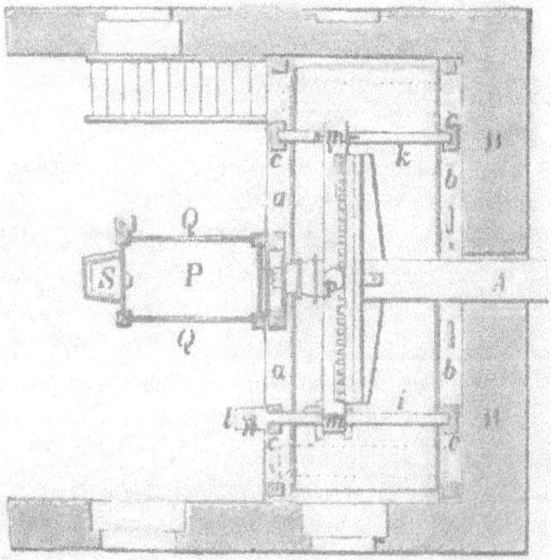

Das Mahlwerk und Zubehör besteht zuerst aus der verlängerten Welle A eines gewöhnlichen unterschlägigen Wasserrades in geradem Gerinne (Fig. 161 und 162, Bd. I, S. 277), auf welcher ein sogenanntes Kammrad B befestigt ist, dessen Kämme oder Zähne in ein Steckengetriebe (C Fig. 9 und D Fig. 12) fassen. Letzteres sitzt an der eisernen stehenden Welle p, Mühleisen genannt, fest, welche mit ihrem unteren Zapfen in einer Pfanne läuft, die in einem Querbalken (dem Stege m, Fig. 10 sichtbar) eingelassen ist. Das obere Ende des Mühleisens p wird von einer Art Halslager (der Büchse) im Bodenstein h_2 geführt, während die äusserste viereckig gestaltete Spitze ein stegförmiges Eisen, die Haue oder Rihne trägt, welches im Obersteine, dem Läufer h_1, gehörig festgekeilt ist.

Die nähere Gestalt des Mühleisens und namentlich die verschiedenen Formen seiner vier Abtheilungen p, p_1, p_2 und p_3 erhellt noch besser aus der Detailfigur 11. Dabei ist auch die Haue r mit ihrer Verstärkung t in der Mitte und der viereckigen Oeffnung s gezeichnet, sowie noch weiter aufwärts (als Grundriss) die Befestigung der Haue im Läufersteine h_1 angegeben ist.

Fig. 11.

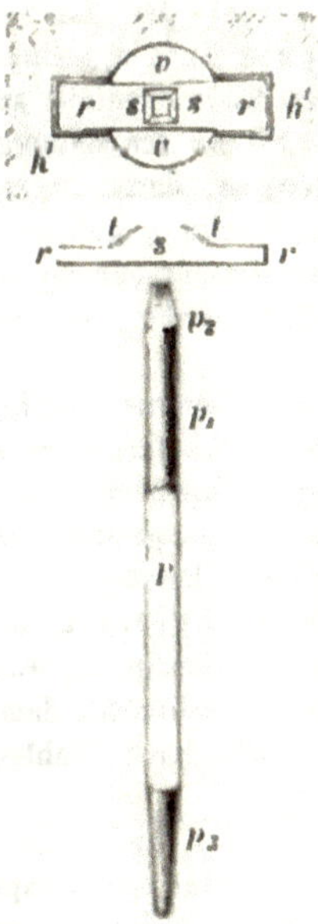

Zum Höher- und Tieferstellen des Obersteines h_1 ist (Fig. 9) die eine Tragbank l des Steges m zum Heben und Senken eingerichtet, was durch eine Zugstange (Hebelschiene) p und einen einarmigen Hebel $o\,o'$ (die Hebeleiste) veranlasst werden kann.

Schliesslich wird der Läuferstein M_2 noch von einer (oft aus Fassdauben gebildeten) Bütte (Küfe, Lauf, Rand) umgeben, damit das beim Mahlen überall zwischen den Steinen herausgeschleuderte Mahlgut nicht unzweckmässig zerstreut, sondern nach einer Oeffnung (Mehlloch) π geführt wird, welche in der Mehlbank e angebracht und in Fig. 12 sichtbar ist. Zur Ausgleichung des Raumes zwischen der Oberfläche des den Bodenstein h_2 umgebenden Geschlinges und des untersten schrägen Theiles der Bütte t dient sogenannte Füllkleie, damit solches nicht durch das Mahlgut ge-

Fig. 12.

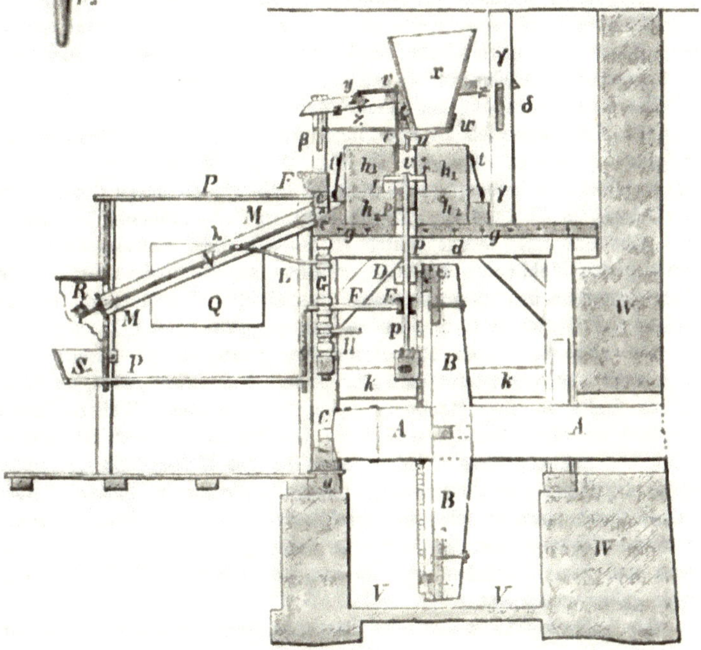

erkennen, dass sobald das Schlaggetriebe *e* (Fig. 15) gegen den Anschlag *h* wirkt, eine Drehung der Setzwelle *g* und mit ihr des Vorschlages *c* veranlasst wird, die Verdrehung des Vorschlags aber eine Verschiebung von Rädeschiene und des Kopfes *k l* erzeugt, diese wieder eine oscillirende der Sichtewelle *m m* und demzufolge endlich eine auf- und abgehende Bewegung der Sichtearme *n n* hervorbringen wird.

§. 5.

Windräder verwendete man jedenfalls zuerst in Deutschland zum Betriebe der Getreidemühlen, wie bereits Band I, §. 86 erörtert, woselbst auch die Grundgestalt derselben, die sogenannte Bock-Windmühle, vollständig durch Abbildungen (Fig. 232 bis 234) erläutert wurde.

Zu den mehrfachen Nachweisungen [1]), dass weder bei den Griechen noch Römern, noch früher in Palästina, Aegypten, Persien und Indien Windmühlen existirten, hat neuerdings ein englischer Officier, welcher den Krimmfeldzug mitmachte, im Practical Mechanic's Journal (1. Decbr. 1863, p. 231) neuen Stoff in einem Aufsatze geliefert, der die Ueberschrift trägt: „Windkraft zum Betriebe der Mahlmühlen angewandt." Ausser überhaupt werthvollen und interessanten Notizen enthält derselbe über das geschichtliche Element der Windmühlen Nachstehendes:

„Der Behauptung, dass die Windmühlen deutschen Ursprungs sind und zwar in der Mitte oder am Ende des elften Jahrhunderts in Deutschland erfunden wurden, wird öfters entgegengesetzt, dass sie aus Osten stammten und von den Kreuzzügen nach Europa gebracht worden wären; Letzteres ist jedoch äusserst unwahrscheinlich, da man derartige Mühlen nur sehr selten oder gar nicht im Osten antrifft. So giebt es heute noch keine in Persien, Palästina und Arabien, und hat Referent nur eine solche in Indien gesehen, die jedoch erst vor Kurzem errichtet worden war. Allerdings giebt es mehrere Windmühlen in der Umgegend von Smyrna und an den Küsten des Hellespontes, allein es ist mehr als wahrscheinlich, dass sie sämmtlich nach europäischen Mustern gebaut sind. Ganz dasselbe ist bei den Windmühlen der Fall, welche in der Krimm vorkommen und wovon sich unter Anderem allein in der Umgegend von Eupatoria etwa 200 vorfinden."

In Holland scheint die erste Windmühle zum Getreidemahlen erst 1439 erbaut worden zu sein [2]), von wo aus sie den Engländern [3]) bekannt wurde und in Schottland sogar erst 1720 (nahe Dunber in Hattingtonshire) in Gebrauch gekommen sein soll [4]).

---

1) Beckmann a. a. O. Band 2, S. 31.

2) Beiträge zu einer Geschichte der Windmühlen. Nach dem Holländischen des Herrn Adr. Loosjes (eines 1794 in Harlem erschienenen Werkes). Die deutsche Uebersetzung findet sich (auszugsweise) in dem Leipziger Journal für Fabrik, Manufactur, Handlung und Mode, von Januar bis Juni 1797 (12. Band), S. 89.

3) Fairbairn, Mills and Millwork. Part I, p. 276.

4) The Practical Mech. Journal. Vol. XVI (1863), p. 232.

In Aegypten fanden die Franzosen noch 1798 keine einzige Windmühle (noch weniger aber ein Wasserrad) zum Getreidemahlen vor, wie solches bestimmt im Napoleon'schen Werke „Déscription de l'Egypte“ Tome II. Artikel: „Arts et Metiers“ ausgesprochen wird [1]).

Dagegen ist daselbst die nachstehende Abbildung (Fig. 16) einer ägyptischen Rossmühle mit der Bemerkung aufgenommen, dass sie wahrscheinlich europäischen Ursprungs sei [2]).

Fig. 16.

Man erkennt zunächst leicht, dass das Arbeitspferd unmittelbar an den gekrümmten Göpelschwengel gespannt, zugleich aber auch eine sogenannte Sprengstange angebracht ist, um das Pferd fortwährend in die Rennbahn ein-

1) Es heisst dort wörtlich: „Les Egyptiens n'ont ni moulins à eaux ni moulins à vent pour préparer la farine de leurs blés.“

2) In derselben Quelle findet sich auch Pl. X noch eine Rossmühle der Aegypter aus den Zeiten des Mittelalters, von derartig roher, unvollkommener Anordnung, dass sie fast der oben beschriebenen Baschkirenmühle gleichkommt.

zulenken. Tief unten an der Göpelwelle sitzt ein grosses hölzernes Stirnrad *e* (Fig. 17 in vergrössertem Maassstabe), welches in das Getriebe *f* der Mühlspindel eingreift und von wo ab die weitere Anordnung, der Hauptsache nach, so getroffen ist, wie bei der oben beschriebenen deutschen Mahlmühle (Fig 9 bis 12). Der untere Stein *a* (Bodenstein) ist unbeweglich, der obere (Läufer) mittelst einer Haue (Rihne) an der Mühlspindel befestigt; ebenso ist ein Rumpfzeug als Magazin und zum Zuführen der Getreidekörner vorhanden, während das Sieb- oder Beutelzeug fehlt, was jedoch nicht auffällig zu nennen ist, da selbst heute noch im civilisirtesten Europa Länder und Orte zu finden sind, wo der Müller nur die Körner mahlt, das Sichten oder Sieben aber im Hause der Bäcker etc. vorgenommen wird.

Fig. 17.

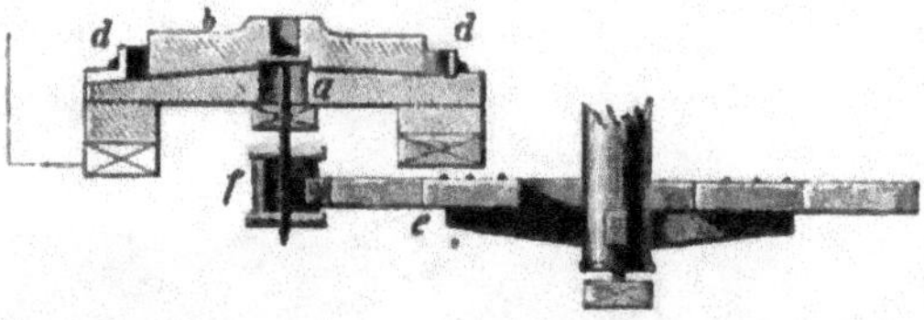

§. 6.

Das amerikanische Mühlensystem.

Die deutsche Mühle und das deutsche Mahlsystem[1]) blieben Jahrhunderte lang gleichsam als Prototypen in Europa unverändert bestehen, weil jede rechte Triebfeder zur Umgestaltung und Verbesserung fehlte, Zunftwesen und Mahlzwang das Festhalten an herkömmlichen Gewohnheiten und überhaupt an leidiger Trägheit mächtig unterstützten und die ganze Müllerei sich fast ausschliesslich auf Befriedigung des örtlichen oder doch nur nahe liegenden Bedürfnisses beschränkte. Dieser Zustand erhielt sich bis in das letzte Viertel des achtzehnten Jahrhunderts, wo jene drei gewaltigen Impulse fast zusammentrafen und die ganze civilisirte Erde in ihren Grundfesten vollständig erschütterten, nämlich der amerikanische Freiheitskampf, die Vervollkommnung der Dampfmaschine durch Watt in England und die französische Revolution mit ihrem Gefolge.

Veränderte Ansichten und Zustände aller Art wurden hierdurch ins Leben gerufen, die theilweis und anfänglich der mensch-

1) Mahlen kleiner Getreidemengen (Postenmahlerei), um dabei durch wiederholtes Aufschütten gutes Mehl zu gewinnen, freilich aber auch recht wenig von der besten Sorte, — Verwendung von Sandsteinen als Mühlsteine, wobei man die Körner vor dem Zermahlen anfeuchten musste, damit die Schale nicht völlig mit zerkleinert wurde, demzufolge aber der Mahlprocess eben so schwer wie langsam von Statten ging.

lichen Gesellschaft mehr schädlich als nützlich zu werden drohten, sich aber nach überstandenem Kampfe läuterten und wohlthuend den Grund zu dem grossartigen Baue der Gegenwart, zu den segenbringenden Veränderungen und besseren Institutionen legten, welche unser Jahrhundert so merkwürdig auszeichnen, wo Intelligenz und Anstrengung die unentbehrlichen Elemente der rechten Existenz geworden sind, und wo ohne Rührigkeit und Thätigkeit auf ehrlichem Wege Nichts mehr zu gewinnen ist.

Gegenwärtig sind diese Zustände nur noch die Angst und der Schrecken der Monopolisten und jener Menschen, deren einziges und höchstes Bestreben dahin gerichtet ist, sich auf Staatskosten zu bereichern.

Auf das gewerbliche Gebiet der Mehlerzeugung erstreckte sich diese Bewegung fruchtbringend zuerst in Nordamerika, wo grosse Getreidevorräthe zur Mehlausfuhr nöthigten und zugleich Arbeitslohn und Mangel an Arbeitskräften in der rationellen ausübenden Mechanik die nothwendige Helferin suchen mussten.

So kam es, dass wir bereits im Anfange dieses Jahrhunderts in Nordamerika, besonders aber in Pennsylvanien und am Mississippi, Hunderte von musterhaften Mühlen finden, welche hinsichtlich Einrichtung und Leistung Alles weit übertreffen, was jemals die deutsche Müllerei aufzuweisen vermochte.

Die hauptsächliche Tendenz dieser Mühlen war naturgemäss dahin gerichtet, aus derselben Menge Körner ein grösstmögliches Quantum des besseren Mehles in der kürzesten Zeit zu gewinnen, die Mehltheile der Körner vollständig von den Schalen zu trennen, ohne die Kleie zu vermahlen, geringe Mehlgattungen zu vermeiden u. d. m., ein Bestreben, welches auch vollkommen zum Ziele führte.

Die wesentlichsten Mittel hierzu waren:

Durchgreifende Reinigungsprocesse der Körner vor ihrem Vermahlen, vervollkommnete Anordnungen des eigentlichen Mahlapparates, ausgezeichnete Mühlsteine [1]), Verwendung sogenannter Cylindersiebe mit straff gespannten Mänteln aus Seidengaze, statt

---

1) Einschliesslich Verwendung der besten in Amerika unter dem Namen „french burrs“ bekannten Mühlsteine, welche bei La Ferté-sous-Jouarre und bei Bergerac, im Departement der Dordogne gebrochen und aus Stücken (Blöcken) von gleichförmiger Härte und Dichte zusammengesetzt werden. Später kommen wir ausführlich auf diese Steine zurück.

zontaler Richtung transportirt und in die Sammelbehälter *ll* schüttet, von wo es weiter nach l_1 und endlich in die Rumpfe l_2 fällt. Aus letzteren laufen die Körner zwischen die in *m* befindlichen Mühlsteine, wozu man ausschliesslich die bereits Seite 27 erwähnten french burrs benutzt und womit man im Stande ist, das Getreide völlig trocken zu vermahlen. Von den Steinen läuft das Mahlproduct (Schrot, Mehl und Kleie) nach den Fortleitern *nn*, wird durch diese den Elevatoren *oo* zugeführt, welche es in die Röhre *p* schütten, die es in einen Behälter *q* fallen lässt, woselbst es einem Abkühlungsprocesse unterworfen wird. Ein an einer Verticalwelle angebrachter harkenförmiger, am Boden von *q* wirksamer Mechanismus, Hopperboy genannt[1]), führt alles Mahlgut in langsamer Bewegung vom äusseren Umfange des Behälters *q* nach der Mitte desselben, wo es in eine Bodenöffnung gestrichen und nach einem bereits oben erwähnten, mit Seidengaze bespannten Cylinderbeutel, richtiger Prismenbeutel (Rollbeutel) δ gelangt.

Zum Zwecke des entsprechenden Siebens ertheilt man diesem Beutel eine rotirende Bewegung um die eigene Axe, sowie gleichzeitig eine stossende oder erschütternde, um den Durchgang des Mehles durch die Gazemaschen möglichst zu befördern. Bei 26 bis 30 Zoll Durchmesser und 18 bis 20 Fuss Länge giebt man den Cylinderbeuteln meistens 25 Umgänge pr. Minute[2]). Gewöhnlich werden sie mit Gaze verschiedener Feinheit derartig umspannt, dass man in zwei oder mehreren Abtheilungen r_1 und r_2 auch Mehl von verschiedener Qualität erhält, während in ihrer Axenrichtung verbliebenes Schrot und Kleie ausläuft und nach γ geführt wird.

Das in r_1 und r_2 angesammelte Mehl fällt durch Löcher *tt* am Boden in die Kammer t_1, von wo aus es in Fässer *u* gedrückt, bei *v* gewogen und bei *w* fest eingestampft wird. Endlich transportirt man die Fässer, nach ihrem Zuspunden bei *x*, einer Thür *y* zu und lässt sie wiederum in das Schiff *Z* hinab, welches das unverarbeitete Product zuführte. Alles Mahlgut, welches in der Axenrichtung des Beutels δ fortgeführt wurde, ohne durch Maschen der umspannten Gaze zu gehen, hebt ein Elevator $\gamma\gamma$ aufwärts, lässt es in die Röhren *zz* fallen und auf den zweiten, mit gröberer Gaze umspannten Cylinderbeutel η

Die am meisten angewandten Reinigungsmaschinen sind Siebwerke (screens), sogenannte Rubbers und Smut-Mills. Von den Siebwerken wird im folgenden Paragraphen ein mit Abbildungen begleitetes Beispiel geliefert. Die Rubbers bestehen aus concentrischen in einander laufenden Cylindern oder Kegeln, deren Mäntel mit ausgeschlagenem Eisenbleche überzogen, nach innen zu reibeisenförmig gestaltet, mit eisernen Stiften u. d. m. versehen sind, und wovon der eine Körper bei 3 bis 6 Fuss Länge und $1\frac{1}{2}$ bis 3 Fuss Durchmesser 360 bis 380 Umläufe pr. Minute macht. Die Smut-Mills sind hölzerne Cylinder, mit verticaler Axe nach Art der Mühlsteine angeordnet, wobei Mantel und Boden wieder mit reibeisenartigen Blechen beschlagen sind. Ebenso bekleidet ist die umgebende Bütte. Bei 5 bis 6 Fuss Durchmesser, 18 bis 20 Zoll Höhe machen diese Cylinder pr. Minute gewöhnlich 180 bis 200 Umläufe.

1) Ausführliches hierüber enthält der nächstfolgende Paragraph 7, Abbildung Fig. 19.

2) Specielles im folgenden Paragraphen.

gelangen, woselbst es abermals gesiebt, das erhaltene Mehl von einem Elevator μ erhoben und durch eine Röhre φ wieder dem Kühler (Hopperboy) q zugeführt wird. Von letzterer Stelle aus geht es zuletzt nochmals (mit dem ersten Schrote) durch den Cylinderbeutel δ.

Alles in der Axenrichtung von γ fortgeführte Mahlgut gelangt nach einem dritten mit noch gröberer Gaze umspannten Cylinderbeutel ω, dessen nicht durchgebeutelte Kleie in einen betreffenden Sammelraum des unteren Stockwerkes hinabfällt.

Wird das zu vermahlende Getreide der Mühle landwärts auf Wagen α zugeführt, so schüttet man es in eine durch die Wand des Gebäudes hinabreichende Schlotte oder Röhre, wobei es zugleich mittelst einer Federwage gewogen wird, an welcher das Sammelgefäss β aufgehangen ist. Aus letzterem gelangen die Körner zum Sammelrumpfe e und durchlaufen ebenfalls den vorbeschriebenen Weg.

§. 7.

Beim Verfolgen des Weges, welchen die in Mehl zu verwandelnden Getreidekörner durch die beschriebene amerikanische Mahlmühle zu machen hatten, wurden mehrere Maschinen nur flüchtig erwähnt, deren Wichtigkeit jedoch sowohl in geschichtlicher wie constructiver Hinsicht ein näheres Eingehen höchst wünschenswerth macht. Es folgt daher im Nachstehenden noch speciell die Beschreibung eines amerikanischen Getreidesiebwerkes [1]), eines Mehlkühlers (Hopperboy) und einer Beutelmaschine.

Das Fig. 19 abgebildete Getreidereinigungs-Siebwerk (Rolling Screen and Fan) ist von dem Seite 28 (in der Note) angeführten (seiner

Fig. 19.

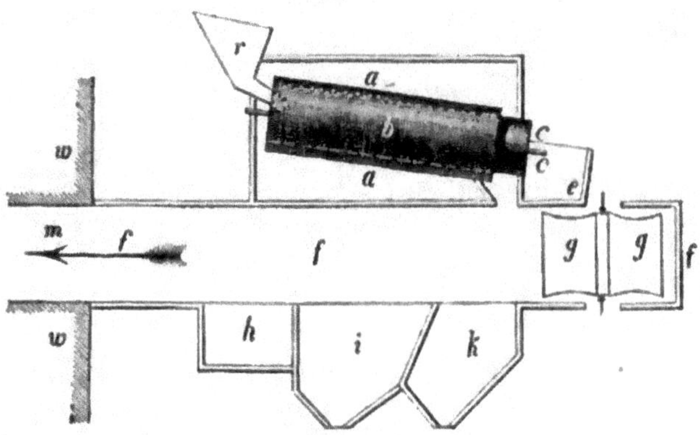

1) Abbildungen anderer amerikanischer Getreidereinigungsmaschinen, sogenannter Spitzsteine, Reibeisencylinder und Kegel, finden sich in dem bereits citirten

Zeit berühmten) amerikanischen Mühlenbauer O. Evans construirt und vielfach in Anwendung gebracht worden. Es besteht dasselbe hauptsächlich aus zwei concentrisch in einander gebrachten und schräg gestellten Siebcylindern *a* und *b* (Fig. 19) mit aus Eisendrahtgewebe gebildeten Mänteln, die sich beide gemeinschaftlich um dieselbe Axe *c* drehen und bei $2\frac{1}{2}$ bis 3 Fuss Durchmesser pr. Minute 15 bis 18 Umläufe machen. Das zu reinigende Getreide lässt man in dünnen Strahlen in den inneren Drahtcylinder *b* laufen, dessen Gewebe so weite Maschen hat, dass die Körner durch dasselbe hindurch und in den äusseren Cylinder *a* fallen, wogegen Alles, was länger und überhaupt grösser ist, darin zurückbleibt. Da der innere Cylinder *b* länger als der äussere ist, so bleiben die gröberen Unreinigkeiten von den Körnern abgesondert in demselbem und fallen bei *c* an dessen unterem Ende heraus in ein daselbst aufgestelltes Gefäss *e*. Der kürzere, äussere Cylinder *a* hat dagegen ein so dichtes Metallgewebe zum Mantel, dass keine guten Körner durch dasselbe gehen, wohl aber magere, zerbrochene Körner, kleinere fremde Sämereien, Staubtheile etc. Die guten Körner fallen aus dem Ende des weiten Cylinders *a* durch eine schmale aber sehr lange Oeffnung in den Windkasten *f*, der wenigstens 3 Fuss hoch ist, damit die Körner gezwungen sind, einen nicht zu geringen Raum zu durchfallen, und der Wind, welchen ein Ventilator *g* zubläst, die leichteren Körper vor sich her treiben kann. Bei *m* geht der Windkasten durch eine Wand *w* des Mühlengebäudes und mündet in die freie Luft. Wo das Getreide in die Behälter *i* und *k* fällt, ist der Boden des Windkastens nicht ganz offen, sondern hat blos Einschnitte von der Länge dieser Behälter, die $\frac{1}{2}$ Zoll breit sind. Ueber dem Behälter *h* hat man den Windkasten erweitert, um den Zug zu vermindern und das Niederfallen der Spreu zu erleichtern. Bei der Arbeit mit der Maschine fallen die schwersten Getreidekörner in den Behälter *k*, leichte und fremde Körper, die sich nicht ausgesiebt haben, fallen nach *i*, die Spreu sammelt sich in *h*, während Staub und diesem entsprechend leichte Theile bei *m* aus der Mühle getrieben werden [1]).

Einen amerikanischen Mehlabkühler (Hopperboy) eigenthümlicher Art, welcher in Fig. 18 mit den Buchstaben *q* bezeichnet wurde, zeigt Fig. 20.

Es besteht derselbe aus einer verticalen Welle *a*, an welcher nahe der Mitte die beiden Arme *b*, ferner am untersten Ende der Haupttheil, nämlich ein zweiarmiges Rechen- oder Harkenwerk *cc* angebracht ist. Starke Schnüre *e* dienen zum entsprechenden Höher- oder Tieferstellen des Rechens *c*, weshalb auch letzterer mittelst einer Hülse *f* auf die Verticalwelle *a* geschoben ist und sich folglich lose um diese dreht. Ein an der Hülse *f* befestigtes und über eine feste Rolle *g* geschlagenes Seil trägt den ganzen Rechen, welcher übrigens noch durch ein Gewicht *h* balancirt wird.

Reisewerke von Wulff und Ganzel. — Nachbildungen derselben enthält der später folgende Abschnitt über französische Mühlen.

1) Weiteres hierüber in Olivier Evans' „Guide du Meunier“. Traduit sur la 5. édition américaine par Benoît. Paris 1830, Pg. 224, Fig. 52. Ferner in den Verhandlungen des Vereins zur Beförderung des Gewerbefleisses in Preussen. Vierter Jahrg. (1825), S. 63 ff.

Die Stellung der Schaufeln oder Zähne *k* des Rechens ist aus der beigegebenen Grundrissfigur erkennbar. Die Schaufel *c* am äussersten Ende dient dazu, das von den Mühlsteinen (mittelst eines Elevators) gelieferte Mehl zu

Fig. 20.

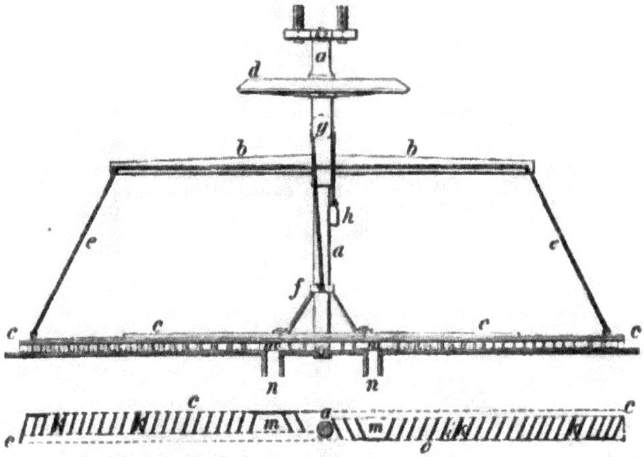

sammeln und den übrigen Schaufeln oder Flügeln zuzuführen. Die Schaufeln *mm* in der Mitte haben eine solche Stellung, dass sie das Einstreichen des Mehles in Röhren *nn* befördern, in welchen dasselbe nach den Beutelmaschinen gelangt. Ausserdem wird man bemerken, dass sowohl an den äussersten Enden *cc*, wie nahe der Mitte bei *mm* die Schaufeln kastenförmig geschlossen sind, um beziehungsweise das Mehl von *cc* aus den übrigen Schaufeln zuzuführen und es durch *mm* in die Rohröffnungen *nn* zu streichen.

Gewöhnlich beträgt der Durchmesser eines solchen Kühlapparates 12 bis 18 Fuss und die Anzahl seiner Umdrehungen (auf das Kegelrad *d* übergetragen) vier, höchstens fünf pr. Minute, so dass das Mehl in langsamer Bewegung einen weiten Weg von der äussersten Peripherie aus (wo es einfällt) zu machen hat, bevor es nach der Mitte *nn* und zu den Beutelmaschinen gelangt[1]).

Die Anordnung einer amerikanischen Beutelmaschine, wie sie Wulff und Ganzel in ihrem bereits oben citirten Reiseberichte (S. 28) beschrieben[2]),

1) Ueber die richtige Anordnung der Schaufeln oder Zähne des Hopperboy-Rechens hat schon Evans (Benoît a. a. O. §. 99, S. 272) einige Regeln gegeben. Bei weitem vollständiger und rationeller wird die Construction derartiger Mehlkühlmaschinen von Professor Wiebe in seinem 1861 (Stuttgart bei Mäcken) erschienenen Werke „Die Mahlmühlen" S. 224 ff. behandelt. Um die Neigung und Entfernuug der einzelnen Schaufeln zu bestimmen, macht Wiebe die Annahme, dass das Mahlgut sich zwischen den Schaufeln überall in gleich dicken Schichten vertheilen soll, damit der Haufen des angesammelten Mahlgutes cylindrisch werden kann und seine Oberfläche horizontal bleibt.

2) Man sehe deshalb auch Hülsse's „Allgemeine Maschinen-Encyklopädie" Band 1, S. 946, Artikel: „Beutelmaschine".

erhellt aus Fig. 21 und 22, und zwar zeigt erstere den Längendurchschnitt, letztere die Endansicht.

Den Grundkörper dieser Beutelmaschine bilden hölzerne prismatische

Fig. 21.

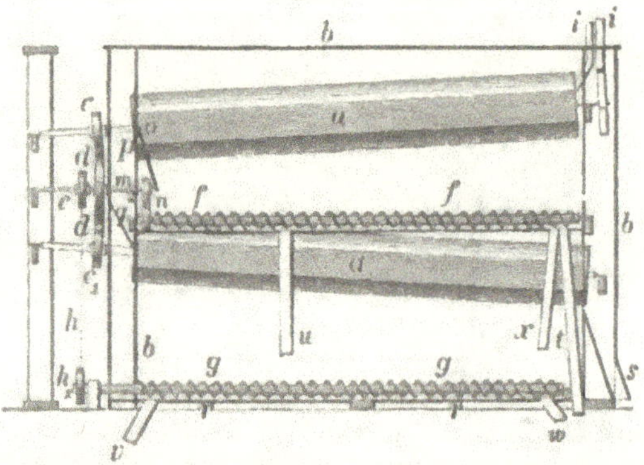

Fig. 22.

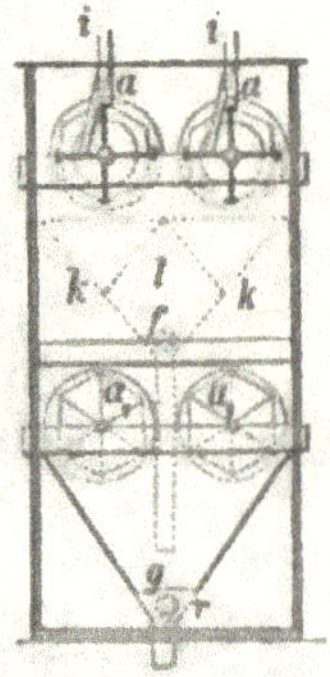

Gerippe, deren normale Querschnitte gewöhnlich reguläre Sechsecke bilden und worüber ausschliesslich holländische, seidene (niemals metallene) Beuteltücher (Gaze) als Mantel gespannt sind. Gewöhnlich werden vier solcher Beutel (wie $a a_1$ Fig. 21) in einem gemeinsamen Kasten bb beziehungsweise über und neben einander und zwar vom Eintrittspunkte i des Mehles aus etwas geneigt angebracht.

Bei 18 bis 20 Fuss Länge und etwa 28 Zoll Durchmesser machen diese (prismatischen) Beutel gewöhnlich 25 Umläufe pr. Minute.

Die erforderliche Bewegung vom sogenannten gangbaren Zeuge aus wird mittelst eines (in unserer Zeichnung weggelassenen) Kegelradpaares auf die Welle e übergetragen, auf der ein Stirnrad d festgekeilt ist, und wodurch die beiden Getriebe c und c_1 in Umdrehung gesetzt werden, die beziehungsweise auf den beiden Axen der Beutel befestigt sind.

Um während der Arbeit das durch die Gaze des Beutels gegangene Mehl zu entfernen, ohne den Beutelkasten irgendwo öffnen zu müssen, sind Schrauben (Conveyer) f und g an den tiefsten Stellen der Beutelkasten placirt, wovon erstere f durch eine Riementransmission hh_1 (von der Welle e ausgehend) in die geeignete Bewegung versetzt, letztere g aber durch das unter o liegende Räderwerk mn umgedreht wird.

Das durch die beiden oberen (mit der feinsten Gaze bezogenen) Beutel gegangene Mehl fällt in den Trog kkl (Fig. 22), worin die Schraube f liegt, während die gröberen, die untere Beutelmündung erreichenden Theile (Schrot und Kleie) in die Abtheilung p des Beutelkastens fallen und aus dieser mittelst der schiefen Wand q in die beiden mit gröberer Gaze bespannten Beutel a_1 gelangen.

Das aus letzteren gebeutelte Mehl fällt in den Trog r der unteren Schraube g, während die Kleie durch einen Canal s abgeführt wird.

Im Boden des Kastens, worin sich die obere Transportschraube f bewegt, befindet sich ferner eine hölzerne Röhre oder Lutte t, welche das extrasuperfeine Mehl aus dem oberen Beutel a in einen (in unserer Skizze weggelassenen) Mehlsammelkasten leitet, wogegen die zweite Sorte Mehl derselben Beutel durch die Röhre *u* in die obere Abtheilung des die beiden unteren Beutel $a_1 a_1$ umschliessenden Kastens geführt wird.

Hier vereinigt sich dieses Mehl mit dem feineren der letzteren Beutel und wird durch die untere Transportschraube *g* der Austrittsröhre *v* übergeben, dort einem Elevator überliefert und abermals dem Hopperboy zugeführt, von wo aus es, mit Schrot vermengt, noch einmal auf die Beutelmaschine gelangt. Wird sogenanntes Mittelmehl übermahlen, so mengt man das Mehl aus dem oberen und unteren Beutel zusammen und leitet nichts nach dem Hopperboy zurück. In diesem Falle wird die Röhre *v* verschlossen, der Riemen *h* der unteren Transportschraube gekreuzt und dadurch das Mehl in entgegengesetzter Richtung, also der vorher geöffneten Röhre *w* zugeführt. Letzteres Mehl vereinigt sich zugleich mit dem Mahlgute, welches von den oberen Beuteln durch die ebenfalls erst geöffnete Röhre *x* herabfällt und beide wandern zusammen nach einem tiefer liegenden (in unserer Abbildung nicht angegebenen) Mehlsammelkasten.

Ein Mechanismus, durch welchen jedem der beiden oberen Beutel genau das gewünschte Quantum Mahlgut zugeführt und regulirt werden kann, ist in unseren Quellen (Reisebericht von Wulff und Ganzel S. 58, sowie Hülsse's Maschinen-Encyklopädie Band 1, S. 947) ausführlich beschrieben und abgebildet, worauf verwiesen werden muss.

§. 8.

Das englische Mühlensystem. Die Dampfmühle.

Bis zum Jahre 1781 scheint den Engländern noch wenig oder gar nichts von den Verbesserungen und Fortschritten der Amerikaner im Mühlenwesen bekannt gewesen zu sein, da unter Anderem das vertrauenswertheste und beste englische Werk über Mühlen der damaligen Zeit, „Rees' Cyclopaedia“ Vol. XXIII, im Artikel „Mill“ zwar über englische Mühlen ausführlich berichtet, von den Amerikanern aber gänzlich schweigt und auch aus den beigegebenen Abbildungen (Vol. III, Pl. XXXIV, „Flour Mill“) erkennen lässt, dass die neueren Constructionen und Anordnungen damals mindestens (1781) noch keine Anwendung gefunden hatten [1]).

In der That wird bei Rees ganz ausdrücklich hervorgehoben, dass noch 1781 der damals gefeierte Smeaton für den Bedarf der Marine-Magazine zu Deptford eine Getreidemühle (als sogenannte Dampfmühle) ausgeführt habe, wo er sein seit 1754 ausgeübtes System in Anwendung brachte, nämlich durch atmosphärische (Newcomen'sche) Dampfmaschinen (Band 1, S. 402)

1) Auch in anderen Quellen habe ich nichts entdecken können, was mich eines Anderen belehrt hätte.

Wasser in entsprechend hochgelegene Reservoirs oder in einen Sammelteich pumpen zu lassen und dasselbe zur Beaufschlagung oberschlägiger Wasserräder zu verwenden [1]).

Die Lösung der fraglichen Aufgabe, Mahlmühlen direct durch Dampfmaschinen zu treiben, konnte in vortheilhafter Weise erst geschehen, nachdem Watt die doppeltwirkende Dampfmaschine (Band 1, S. 410) erfunden und solche gleichzeitig zur Erzeugung gleichförmiger Drehbewegungen geschickt gemacht hatte, was bekanntlich in der Zeit von 1781 bis 1782 geschah.

Daher findet sich auch die erste mit entschiedenem Erfolge arbeitende sogenannte Dampfmahlmühle nach dem Jahre 1784 und zwar in London nahe Blackfriars Bridge, wozu die Firma: Boulton & Watt zu Soho die Dampfmaschine lieferte und John Rennie in London Gebäude und Mühlwerke herstellte. Die eine Abtheilung dieser grossartigen Mühlen (Albion-Mills mit Namen) begann 1786 zu arbeiten und zwar mit zehn Weizengängen, welche von einer 50pferdigen Dampfmaschine betrieben wurden [2]).

Eine zweite Abtheilung von ganz gleicher Grösse wie die erste wurde 1789 vollendet und in Gang gebracht. Eine dritte Abtheilung einzurichten wurde 1791 dadurch verhindert, dass ein gewaltiges Feuer das schöne Werk vollständig verzehrte.

Nicht nur hatte Watt alle seine bis zu dieser Zeit gemachten Verbesserungen an der Betriebsdampfmaschine der Albionmühlen angebracht, sondern auch Rennie sich bemüht, das möglichst vollkommene Mahlwerk zu construiren. Vornehmlich hatte man hölzerne Räder und Wellen gänzlich vermieden und nur gusseiserne verwandt, deren zweckmässigere, mechanisch vollkommenere Formen, grössere Festigkeit und Dauer sich hier zum ersten

1) Vollständige Zeichnungen dieser Deptforder Dampf-Wasser-Mühle finden sich bei Rees, a. a. O. Plates, Vol. 3, Pl. 34. — Weitere Berichte über diese Smeaton'sche Methode, Mühlen indirect durch atmosphärische Dampfmaschinen zu treiben, giebt Farey p. 123 und p. 296. An erster Stelle sogar unter Beigabe eines Holzschnittes.

2) Damals rechnete man, dass jede Dampfpferdekraft pr. Stunde einen Bushel Weizen zu mahlen im Stande sei (1 Bushel = 0,363 Hektoliter = 1,1682 Hannov. Himten = 0,661 Preuss. Scheffel). Dieser Bushel ist nicht mit dem Steinkohlenbushel (Bd. 1, S. 469) zu verwechseln, der 84 Pfund wiegt. Bei der Albionmühle sollte die Watt'sche Dampfmaschine (von 34 Zoll Kolbendurchmesser) pr. Stunde 5 Bushel verbrauchen und damit 50 Bushel Weizen mahlen.

Male in der ausgezeichnetsten Weise bewährten und die Veranlassung wurden, das Gusseisen nicht nur als Material zum sogenannten gangbaren Zeuge, sondern überhaupt, wo es die Umstände nur zuliessen, namentlich aber zu Gestellconstructionen der Maschinen zu verwenden [1]).

Unter den englischen Ingenieuren und Maschinenbauern, die sich um Verbreitung und Ausbildung der amerikanischen Mahlmuhlen-Constructionen verdient machten, sind insbesondere Maudslay, Georg und John Rennie, Aitken und Steele in London, Fenton, Murray und Wood in Leeds, Fairbairn und Lillie in Manchester etc. anzuführen.

Eine schöne viergängige Getreidemühle (der damaligen Zeit) von Maudslay mit hölzernem Mühlgerüste, aber ganz eisernem gangbaren Zeuge findet sich abgebildet und beschrieben in Le Blanc's Recueil des machines etc. Partie 1, Pl. 31.

Ungefähr um dieselbe Zeit (1818) war es auch, wo sich Fairbairn und Lillie im Baue eiserner Wasserräder (Band 1, S. 271) und verbesserter Getreidemahlmühlen rühmlichst auszeichneten, später (1826) sich auch mit Escher und Wyss in Zürich verbanden und dadurch ihre neuen Constructionen rascher, wie es sonst möglich gewesen sein würde, dem Continente bekannt machten [2]).

Eine von Georg und John Rennie für die Marine-Proviantháuser in Plymouth erbaute Dampf-Mahlmühle mit 24 Gängen in 4 Gruppen, zu je 6 in Kreisen (um je ein grosses Stirnrad herum) aufgestellt, mit steinernem Unterbaue, eisernem von Säulen getragenen Mühlbette und eben solchem gangbaren Zeuge, enthält Barlow's Treatise on the Manufactury and Machinery of Great Britain (ein Theil der Encyclopaedia Metropolitana), Pl. XXXVIII, wobei erwähnt werden muss. dass im Jahre 1830 die-

---

1) Farey in seinem Treatise on the Steam Engine p. 443 ff. hebt bei Besprechung der Rennie'schen Verdienste in Bezug auf die allgemeine Verwendung des Gusseisens zum Maschinenbau ausdrücklich hervor, dass er der Erste gewesen sei, welcher die sichere Herstellung guter Gusssachen so in seiner Hand hatte, wie kein anderer der damaligen Ingenieure, obwohl es Smeaton war, der in England zuerst vom Gusseisen bei der Construction von Maschinen Gebrauch gemacht haben soll. — Von dem entschiedenen Einfluss der wohlgelungenen Ausführungen in Gusseisen bei der Albionmühle auf die ganze englische Industrie berichtet Farey durch Anführen vieler beachtenswerther Beispiele a. a. O. S. 444.

2) Smile's „Industrial Biography", London 1863, p. 324 ff.

selben Ingenieure für Deptford eine ähnliche Getreidemühle ausführten, in der auch alles Balken- und Dachwerk des zugehörigen Gebäudes (fire proof) aus Gusseisen hergestellt worden war [1]).

Aitken und Steele lieferten 1825 die erste derartige sechsgängige Dampfmahlmühle nach Frankreich und zwar für Benoît [2]) in St. Denis bei Paris, wovon Fig. 23 den Aufriss und Fig. 24 den Grundriss darstellt [3]).

Fig. 23.

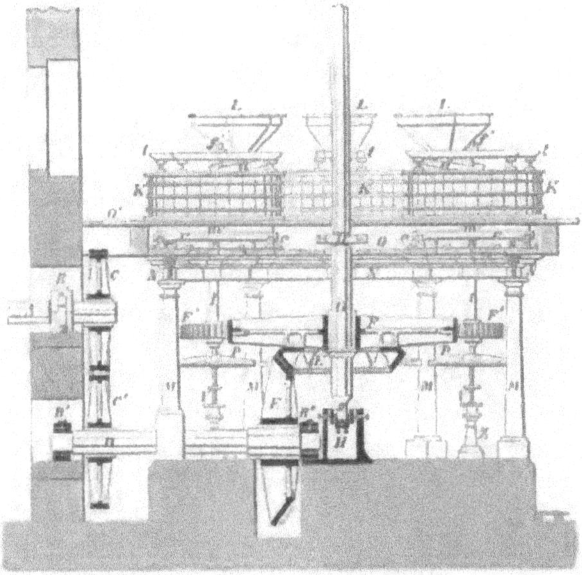

Die in der Abbildung weggelassene Betriebs-Dampfmaschine ist links vom Mühlwerke im besonderen Maschinenhause aufgestellt, wovon A das bei B gelagerte Ende der Schwungradwelle ist, welche pro Minute 24 bis 25 Umläufe macht. Auf dem äussersten Ende der Welle A hat man noch ein kräftiges gusseisernes mit 59 Zähnen ausgestattetes Stirnrad C befestigt, welches

---

1) Barlow a. a. O. p. 363.

2) Benoît als Besitzer des schönen St. Denis Mühlenetablissements und ehemaliger Zögling der Pariser polytechnischen Schule machte sich zugleich dadurch verdient, dass er eine sehr gute französische Bearbeitung des oben S. 32 citirten Mühlenwerkes von O. Evans lieferte, wovon die erste Auflage in Paris 1830 erschien.

3) Vollständigere, nach Maassstab gezeichnete Abbildungen enthält das Bulletin de la Société d'encouragement von 1827 (26. année) p. 101, Pl. 328 bis 329. Ins Deutsche übersetzt: Dingler's Polytechnisches Journal Bd. 26 (1827), S. 1.

mit einem anderen eisernen Stirnrade C' zusammengreift, dessen 76 Zähne jedoch aus Holz gebildet sind.

Die in Lagern mit Messingschalen (Futtern) laufende Horizontalwelle D des letzteren Rades trägt ferner am anderen Ende ein starkes eisernes Kegelrad E, dessen 96 Holzzähne wieder in die eines zweiten Kegelrades (ganz aus Gusseisen) E' fassen, welches auf der stehenden Welle G festgekeilt ist, die in der Mitte des ganzen Mühlengerüstes emporsteigt.

Fig. 24.

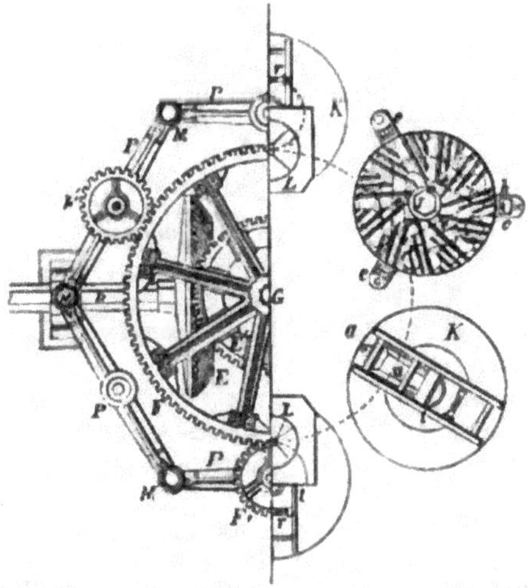

Da das zweite Kegelrad E' mit 64 eisernen Zähnen ausgestattet ist, so macht die Verticalwelle G pro Minute 25,6 bis 27,9 Umläufe. Auf letzterer sitzt endlich das grosse gusseiserne mit 136 hölzernen Zähnen versehene Stirnrad F, welches gleichzeitig in die 6 vorhandenen Getriebe F' fasst.

Von diesen Getrieben hat jedes 24 eiserne Zähne und machen dieselben mit den Mühlspindeln J, auf welchen sie festgekeilt sind, 102 bis 112 Umläufe pr. Minute. Da letztere Zahlen auch die Umdrehungen der Mühlsteine von 1,30 Meter Durchmesser sind, so mussten diese mit einer Peripheriegeschwindigkeit von 6,93 bis 7,61 Meter pr. Secunde arbeiten.

Das Mühlgerüst besteht aus 6 hohlen gusseisernen Säulen MM[1]), die auf festem Steinfundamente S ruhen und oben durch ein ebenfalls gusseisernes Gebälk N vereinigt werden. In entsprechender Höhe sind an die Säulen M sogenannte Knaggen oder Vorsprünge angegossen, um bequem und sicher horizontale Brücken P (Fig. 24) für die Spurlager der Mühleisen J aufnehmen zu können.

Der unbewegliche Bodenstein $m'm'$, durch welchen das Mühleisen J ungehindert hindurch geht, ruht in einer gusseisernen ringförmigen Schale c (Fig. 25 in vergrössertem Maassstabe und im Durchschnitte gezeichnet), die durch Stellschrauben h und v gehalten wird. Diese Stellschrauben finden ihre Muttern in einem gusseisernen Rahmenwerke (nach Fig. 24), im Grundrisse ein Dreieck eee bildend, welches an seinen drei Winkelpunkten mit verlängerten Zungen und über diese hinaus mit vertical gerichteten Ständern ausgestattet ist. An

1) Der Fuss derjenigen kürzeren Säule M, welche nach der Richtung der Transmissionswelle D hin liegt, ist hoch genug und so mit einer Oeffnung ausgespaart, dass D ohne Hinderniss durchgehen kann. (Man sehe hierzu auch den Grundriss Fig. 24.)

den Winkelpunkten des Dreiecks sind die Verstärkungen für die Muttern der drei Schrauben *v* angegossen, während in den oberen Theilen der Ständer die Muttern der Schrauben *h* Platz finden.

Fig. 25.

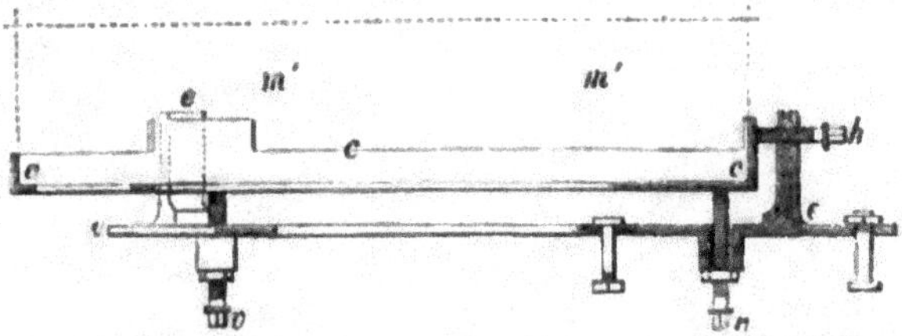

Die schräg gestellten in 11 Abtheilungen (Felder) geordneten Streifen, womit der Läufer wie der Bodenstein *m'* Fig. 22 versehen ist, sind Vertiefungen mit dazwischen verbleibenden Erhöhungen, Hauschläge genannt, die für die schneidende Wirkung beim Arbeiten der Mühlsteine von besonderer Wichtigkeit sind und worauf wir später zurückkommen werden.

Die Verbindung zwischen Mühleisen *J* und Läuferstein ist hier ganz in derselben Weise hergestellt, wie die S. 42 in vergrössertem Maassstabe gezeichnete Durchschnittsfigur 30 erkennen lässt, die nachher selbstständig besprochen werden soll.

Die Bütten *KK*, womit beide Steine umgeben sind, die auf ihren Deckeln ruhenden Leitern *tt* nebst den Rümpfen *LL* mit den Schuhen *aa*..., bedürfen jedenfalls keiner besonderen Erklärung.

Zum Heben und Senken des Läufersteines jedes der Mahlgänge, sowie um ferner die Ausrückung eines einzelnen Mühleisengetriebes *F'* vom grossen Stirnrade *F* vornehmen zu können, ist eine Einrichtung getroffen, welche Fig. 26 bis 29 darstellen.

Auf dem Steinfundamente *S* sind 6 kurze, hohle gusseiserne verticale Säulen *ZZ* so aufgestellt, dass die geometrische Mittellinie einer jeden derselben mit der (nach unten) verlängert gedachten Axe der correspondirenden Mühlspindel *J* zusammenfällt. (Man sehe zugleich die Hauptfigur 23.) Auf jeder Säule *Z* ist ein Träger *W* unverrückbar befestigt, dessen hohler cylindrischer Theil genug Raum zum freien ungehinderten Durchgange einer kräftigen Schraube *V* lässt, während er seitwärts zugleich die Lagerböcke der Welle eines kleinen Kegelrades trägt, welches an der horizontalen Axe einer Kurbel *R* sitzt.

Das gedachte Kegelrad befindet sich in fortwährendem Eingriffe mit einem grösseren Kegelrade *T*, dessen Nabe mit der Mutter für die starke Schraube *V* ausgestattet ist.

Hieraus erhellt leicht, wie durch gehöriges Umdrehen der Kurbel *R* und mit ihr der Kegelräder *T* eine auf- und absteigende (fortschreitende) Bewegung der Schraube *V* erzeugt wird, deren oberes Ende unter die Spurschale des Fusslagers *p* tritt, worin der untere Zapfen des Mühleisens *J* läuft und wodurch ein Heben oder Senken des letzteren und mit ihm des Mühlsteines hervorgebracht wird.

Der Mechanismus zum Ausrücken des Mühleisengetriebes *F'* ist folgender:

Ein zweites grösseres auf die Schraube *V* gestecktes Kegelrad *X* ist mit einem Support *Y* so vereinigt, dass es mit demselben auf- und absteigen, überdies sich aber auch unabhängig von demselben drehen kann. Hierzu ist die

Fig. 26.

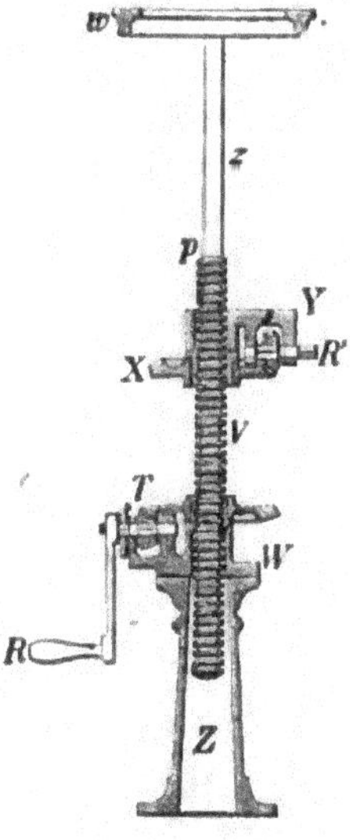

Fig. 27.

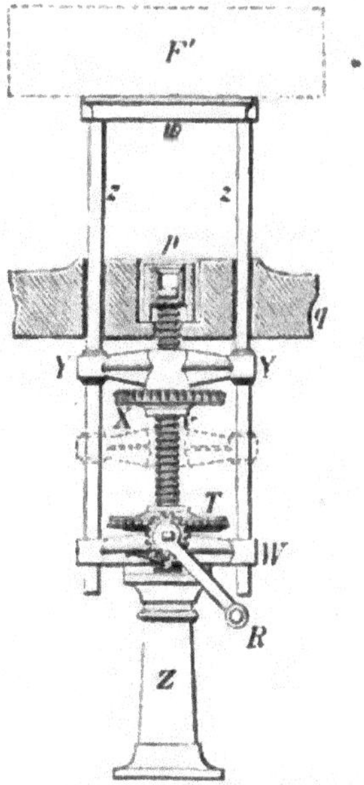

Nabe des Rades *X* ebenfalls mit einer Mutter für die Schraube *V* ausgestattet, zugleich aber dies Rad auch mit einem kleineren Kegelrade in Eingriff gesetzt, dessen horizontale Axe *R'* zum Aufstecken der Kurbel *R* für den Steinstellmechanismus geeignet gemacht ist.

Fig. 28.

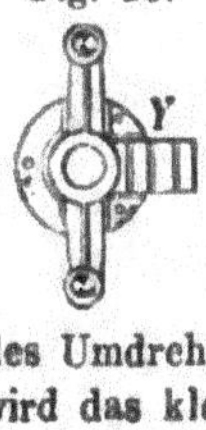

Wie aus Fig. 27 und aus dem Grundrisse Fig. 28 erhellt, dehnt sich der Support *Y* in zwei Arme aus, deren Enden mit Hülsen versehen sind, in welchen cylindrische Stangen *zz* derartig befestigt werden können, dass sie mit *Y* zugleich (als ein Ganzes) auf- und absteigen müssen. Die oberen Enden der Stangen *zz* sind endlich durch einen gusseisernen, kreisförmigen Ring *w* (Fig. 29 im Grundrisse sichtbar) verbunden, der sich bei gehöriger Erhebung der Stangen *zz* unter das Mühleisengetriebe *F'* legt. Zufolge des Umdrehens der Welle *R'*, mit Hülfe der hierzu aufgesteckten Kurbel *R* wird das kleine und durch letzteres das grosse Kegelrad *X* in Umdrehung gesetzt, was zur Folge hat (da *V* hierdurch seinen Ort gar nicht verändert), dass das Rad *X* zugleich aufwärts steigen kann. An letzterer Bewegung betheiligen sich direct der Support *Y* und mit ihm die Stäbe *zz*, bis die Scheibe *w* am Getriebe *F'* ein Hinderniss findet, auf welches sich der Druck der Handkurbel *RR'* überträgt, und wodurch endlich das Fortschieben von *F'* auf der Spindel *J* und somit

Fig. 29.

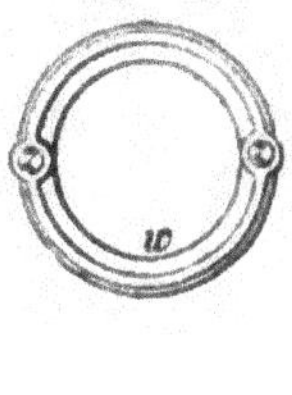

das beabsichtigte Aussereingriffsetzen dieses Getriebes mit dem Hauptstirnrade *F* zu Stande gebracht wird.

Wir sind nunmehr mit der Beschreibung der ganzen Mahlmühle so weit vorgeschritten, dass es sich nur noch um die Verbindungsweise der Mühlspindel mit dem Läufersteine und um deren Lagerung im Bodensteine handelt.

Hierzu benutzen wir nachstehende in vergrösserten Maassstäben gezeichnete Abbildungen Fig. 30, 31 und 32, die einer zweiten Gruppe derselben (Benoit'schen zu St. Denis von Aitken und Steele construirten) Mahlmühle entnommen sind, wobei jedoch die Triebkraft keine Dampfmaschine, sondern ein verticales Wasserrad (Kropfrad) ist[1]).

Fig. 30.

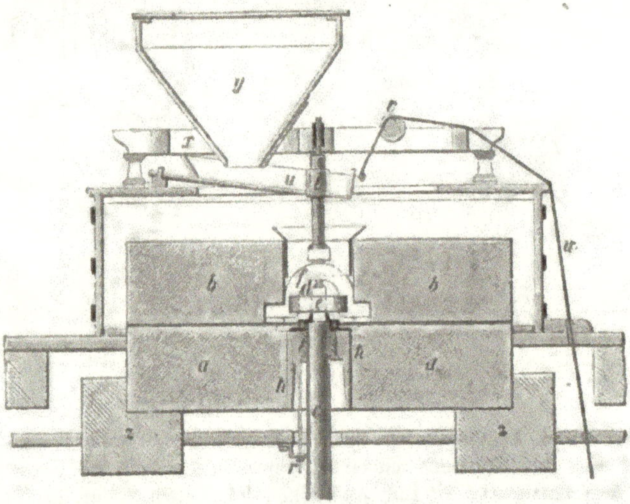

Von der Dampfmühle ist diese Anordnung nur durch die (veränderte) Lagerung des Bodensteines *a* verschieden, indem man letzteren unmittelbar in starken Balken *z* des Mühlengerüstes befestigt hat[2]).

Was sodann zunächst die Verbindung zwischen dem Läufersteine *b* und der Mühlspindel *c* betrifft, die beiläufig gesagt wiederum durchaus amerikanischen Ursprungs ist, so unterscheidet sich diese im Wesentlichen von der älteren (bei der deutschen Mahlmühle erklärten und durch Fig. 19 und 20 erläuterten) Anordnung dadurch, dass die in Fig. 31 in zwei Ansichten ab-

---

1) Die vollständige Abbildung dieses Mühlwerkes (englischer Abkunft) findet sich in Le Blanc's Recueil des machines T. 1, Pl. 49 bis 52.

2) Der links um einen Zapfen drehbare Schuh unter dem Rumpfe *y* erhält seine schüttelnde Bewegung dadurch, dass man auf den Scheitel der Haue *f* eine kurze stehende Welle gesetzt hat (in der verlängerten Richtung der Mühlspindelaxe), deren oberes Lager in der Rumpfleiter *x* befindlich ist. Zwischen beiden Enden ist ein sogenannter Dreischlag *t* angebracht, der in einen entsprechenden Ausschnitt des Schuhes *u* fasst. Die Schnur *v w* dient zum Stellen des Schuhes.

gebildete Haue (Rihne) *f* mit der Mühlspindel *c* in gar keiner directen Verbindung steht, vielmehr der Läuferstein *b* mit der in ihm festgekeilten Haue *f*, zufolge einer Vertiefung im Scheitel der letzteren, auf ein kugelförmiges Köpfchen *d* (Fig. 30) an der höchsten Stelle der Mühlspindel *c* so aufgehangen ist, dass der Schwerpunkt des Steines unter dem Aufhängepunkte liegt, dieser sich nach allen Seiten hin um *d* bewegen kann und eine Umdrehung der Spindel *c* ohne ein Zwischenmittel den Stein *b* völlig in Ruhe lassen würde.

Fig. 31.

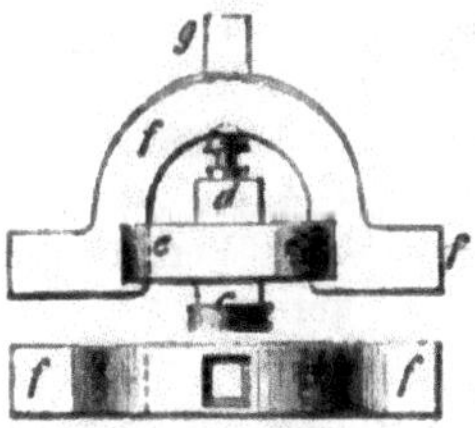

Fig. 32.

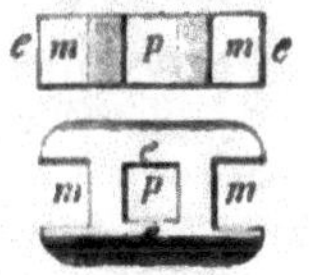

Das hiernach zur Uebertragung der Umdrehbewegung der Spindel *c* auf den Mühlstein *b* durchaus erforderliche Hülfsmittel besteht nun in einer entsprechenden Kuppelung, die durch Fig. 32 in der Ansicht von oben und im Längendurchschnitt, mit gleichzeitiger Betrachtung seiner Zusammenstellung Fig. 30, verständlich werden wird. Man nennt dies Stück *e* den *Mitnehmer* oder *Treiber* und erkennt leicht, dass derselbe mit seiner viereckigen Oeffnung *p* in der Mitte auf das ebenso (viereckig) gestaltete Obertheil *d* der Spindel *c* derartig passt, dass bei der Umdrehung von *c* dieser Treiber *e* ohne Weiteres mitgenommen wird. Gleichzeitig sind aber auch seine beiden Enden *mm* gabelförmig gestaltet, womit er die bogenförmigen Schenkel der Haue *f* umfasst und diese nebst dem Steine mitnimmt, wenn die Spindel *c* in Umdrehung gesetzt wird. Endlich sind die gabelförmigen Enden *mm* weit genug gemacht, um den Schenkeln der Haue *f* so viel Spielraum zu lassen, als zu einer freien Seitenbewegung des Mühlsteins erforderlich ist.

Man nennt diese Anordnung eine *schwebende Haue* oder *Balancirhaue*, im Gegensatze zu der alt deutschen Art und Weise (Fig. 10 und 12), wobei die Verbindung durch eine feste unbewegliche Haue (Rihne) erfolgte. Die Vortheile der ersteren vor der letzteren sind mehrfach und bestehen vornehmlich darin, dass der Läufer von selbst eine horizontale Lage annimmt, mit seiner Mahlfläche noch horizontal bleibt, auch wenn das Mühleisen nicht völlig senkrecht stehen sollte, dass sich ferner der Läufer leicht und ohne Weiteres von der Mühlspindel abheben lässt und dass er endlich auch frei nachgiebt, wenn sich auf der einen oder anderen Seite besondere Anhäufungen von Mahlgut oder sonstigen zufälligen Hindernissen zwischen den Mahlflächen einstellen [1]).

---

1) So vortheilhaft im Allgemeinen die schwebenden Hauen auch sind, so giebt es doch Fälle, wo die alte feste Haue vorgezogen zu werden verdient, wozu sich später Beispiele finden werden. Die Franzosen suchen in jüngster Zeit die Erfindung der schwebenden Hauenverbindung für sich in Anspruch zu nehmen, schreiben sie *Berthelot* und *Drancy* zu und behaupten, dass solche bereits 1782 gemacht worden sei. Man sehe die neue Auflage (Paris 1863) von *Benoît* „Guide du Meunier“ T. 2, §. 190.

Fig. 33.

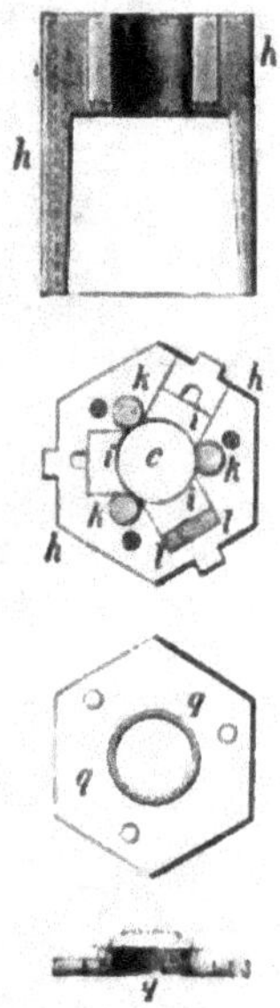

Was schliesslich die Lagerung der Mühlspindel im Bodensteine (die Anordnung des dortigen Halslagers) betrifft, so ergiebt sich diese vollständig aus Fig. 30 in Verbindung mit den Detail-Figuren (Fig. 33).

Statt der gewöhnlichen hölzernen Büchse (Steinbüchse) im Bodensteine der älteren deutschen Mühlen (Fig. 10) ist hier eine gusseiserne mit Metallfuttern angeordnet.

Wie aus den Grundrissfiguren Fig. 33 erhellt, bildet der Querschnitt der gusseisernen Büchse *h* ein reguläres Sechseck, an drei Seiten mit prismatischen Vorsprüngen versehen. Die Oeffnung im Bodensteine, worin diese Büchse befestigt wird, correspondirt naturgemäss mit diesem Querschnitte. In den oberen Theil dieser Büchse hat man drei Lagerschalensegmente *iii* aus Rothguss eingesetzt, zwischen je zwei derselben aber noch Stopfzeuge *kkk* aus mit Fett oder Oel getränktem Werge (Heede) oder aus Wollzeug angebracht, und endlich einen besonderen Keil *l* (Fig. 30) angeordnet, um die Stopfzeuge nach Umständen anziehen, überhaupt stellen zu können, wozu überdies das gehörig verlängerte untere Ende des Keiles mit Schraube und Mutter *r* (Fig. 30) ausgestattet ist.

§. 9.

Die englischen Getreidereinigungsmaschinen und Mehlsiebwerke.

Wie die Amerikaner, so richten auch die englischen Mühlenbauer und Müller bei ihren vervollkommneten Getreidemühlen ein Hauptaugenmerk mit auf durchgreifende Reinigung der Körner.

Unter den mancherlei Maschinen, deren sie sich hierzu bedienten, hat seiner Zeit am meisten Anwendung ein schrägliegendes unbewegliches Cylindersieb mit inwendigem drehbaren Bürstenapparat gefunden, der in geeigneter Weise mit einem Windbläser in Verbindung gebracht war.

Fig. 34 zeigt diese ganze Reinigungsmaschine im Verticaldurchschnitte, während die im vergrösserten Maassstabe gezeichnete Fig. 35 einen Querdurchschnitt des Cylindersiebes nebst Bürstenapparat darstellt [1]).

Ein aus Brettern zusammengefügter Kasten *a*, der auf Füssen *b* steht und an beiden Langseiten mit Thüren versehen ist, birgt in seinem Innern das in schräger Richtung festgelegte, unbewegliche Cylindersieb *cc*, wozu Riegel *d* und Leisten *e* in gehöriger Weise angebracht sind.

Das aus Bögen *i* und Latten *g* gebildete hölzerne Gerippe zu diesem Siebe besteht aus zwei Hälften, die durch Schraubenbolzen mit einander vereinigt sind.

---

1) Verhandlungen des Vereins zur Beförderung des Gewerbfleisses in Preussen. Jahrgang 1825, S. 57.

Auf der inneren krummen Fläche dieses Gerippes ist das aus Eisendrahtgewebe gebildete Sieb *h* angebracht und zwar an *g* und *i* festgenagelt.

Fig. 34.

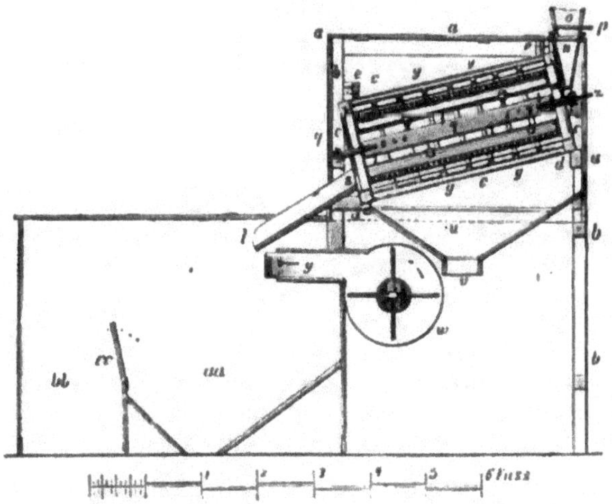

Im unteren Boden der Siebtrommel befindet sich eine Oeffnung *k* mit einer Rinne *l* zum Aus- und Ablauf des gereinigten Getreides. Im oberen Boden mündet bei *m* ein Rumpf *n*, in welchen das von *o* kommende ungereinigte Getreide einfällt, zu dessen Absperrung überdies ein Schieber *p* vorhanden ist.

Fig. 35.

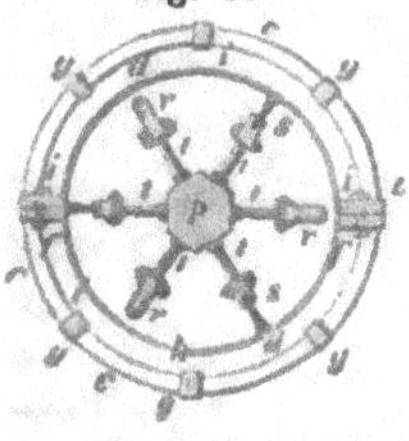

Im Innern des Siebes ist eine hölzerne sechskantige Welle *q* gelagert, in welcher an verschiedenen Stellen 12 radiale Arme *t* so eingezapft sind, dass immer je 2 derselben durch Schienen *r* und *s* vereinigt werden und überhaupt 6 Flügel (Fig. 35) gebildet werden können.

Drei dieser Flügel *rrr* hat man mit Reibeisenblechen beschlagen, während die anderen drei Flügel *sss* mit Bürsten versehen sind.

Der unter dem Kasten *a* angebrachte Bläser *w* bedarf wohl keiner weiteren Erklärung, als dass auf seine Mündung aufmerksam gemacht wird, die durch eine Klappe *z* vergrössert und verkleinert werden kann.

Die Umdrehbewegung der Bürstenwelle *q* wird von *z* aus übergetragen und zwar geschehen (bei 15 bis 16 Zoll Durchmesser des Flügels) pr. Minute 268 bis 270 Umläufe.

Die zufolge der Bürstenumdrehungen durch das Sieb getriebenen Unreinigkeiten fallen in den Trichter *u* und von da in einen vor die Mündung *v* gehangenen Sack. Das auf *l* herablaufende Getreide gelangt in den Rumpf *aa* und von da nach tiefer liegenden Räumen des betreffenden Gebäudes, während taube Körner, Spreu, Staub und andere leichte Körper durch den Wind des Bläsers *w* in den Behälter *bb* getrieben werden. Letzterer ist von dem Rumpfe *aa* durch eine Scheidewand getrennt, deren Obertheil *cc* nach Erforderniss gestellt werden kann.

Die Mehlsiebwerke oder Beutelmaschinen der Engländer (Dressing Machines genannt) wurden bereits 1781 von Smeaton ähnlich wie die soeben beschriebene Reinigungsmaschine construirt, d. h. es waren festliegende (hohle) Cylindersiebe mit Mänteln und Drahtgewebe, in welchen sich Lattenflügel mit Bürsten so umdrehten, dass sie fortwährend die hohle Cylinderfläche berührten[1]). Von der vorbeschriebenen Reinigungsmaschine unterscheiden sie sich nur dadurch, dass keiner der Flügel mit Reibeisen, sondern diese sämmtlich mit Bürsten versehen waren, sowie ferner, dass man die Verbindung derselben auf eine andere Weise zu Stande gebracht hatte[2]). Sie wurden nämlich nicht unmittelbar von der Welle, sondern von gusseisernen Ringen (gewöhnlich drei) gehalten, die auf der mit der Cylinderaxe zusammenfallenden Welle befestigt waren, und konnten durch doppelte Muttern nach Erforderniss gestellt werden, was der Bürstenabnutzung wegen von Zeit zu Zeit geschehen musste.

Spätere Constructeure ertheilten auch dem Drahtcylinder eine Bewegung, jedoch eine viel langsamere und ausserdem nach entgegengesetzter Richtung wie dem Bürstenapparate, eine Disposition, die noch jetzt die in England gebräuchlichste ist, und wovon später ausführliche Abbildungen folgen werden[3]).

---

1) In der ältesten Zeit und selbst noch später benutzte man in England eine Mehlsiebmaschine, welche unter dem Namen „Bolting Machine" bekannt war.

2) Eine derartige Beutelmaschine, von Maudslay's Bauart, findet sich abgebildet und beschrieben in den Verhandlungen des Vereins zur Beförderung des Gewerbfleisses in Preussen, 4. Jahrgang (1825), S. 62, Tafel V. und VI., sowie auch in Le Blanc's „Recueil" T. 1, Pl. 37, 38.

3) Bei der einen Gattung dieser Maschinen war der Siebkörper (ähnlich dem Beutel der alten deutschen Mahlmühlen) ein langer oben und unten offener schlaffer Sack aus Wolle oder Seide (beispielsweise von 20 bis 27 Zoll Durchmesser bei 8 bis 12 Fuss Länge), den man um eine mit seiner Längenaxe zusammenfallende Welle mit grosser Geschwindigkeit, bis 200 Mal pr. Minute, umdrehte. Vermöge dieser Umdrehung blähte sich (zufolge der entstehenden Centrifugalkraft) der schlaffe Beutel rund herum auf und schlug endlich gegen Latten oder Leisten (Klopfer), die man parallel zur Beutelaxe rippenförmig und unbeweglich um den Beutel herum befestigt hatte. Durch die Mitwirkung des sich einseitig ansammelnden Mahlgutes wurden solche Schläge gegen die Klopfer ausgeübt, dass das Mehl durch das Beuteltuch getrieben wurde. Wegen einer späteren Verbesserung dieser Beutel durch einen gewissen Ayton sehe man Dingler's Polytechn. Journal Band 19 (Jahrg. 1826), S. 482. Bei weitem besser und deshalb auch in England weit verbreiteter sind die Beutelmaschinen von J. Smith in Bradford, wobei ein aus Drahtgewebe gebildeter, sich langsam umdrehender Drahtcylinder den Hauptkörper bildet, gegen welchen sowohl innere als äussere Bürsten wirken. Später ausführlich hierüber. Für jetzt genüge die Hinweisung auf Dingler's Polytechn. Journal Bd. 38 (1830), Seite 105.

§. 10.

Das französische Mahlmühlensystem.

Auf Verbesserungen französischer Getreidemühlen übten die erfolgreichen Fortschritte der Amerikaner und Engländer in diesem Gebiete, weder am Ende des vorigen Jahrhunderts noch am Anfange des gegenwärtigen irgend einen Einfluss aus, so dass selbst in der damals berühmten „Encyclopédie Méthodique" von Diderot und d'Alembert, wovon der betreffende Band 1788 erschien [1]), wesentliche Veränderungen gegenüber den Getreidemühlen, wie sie bereits Bélidor in seiner „Architecture Hydraulique" von 1737 beschreibt, nicht zu finden sind [2]).

Weder die Revolution noch die kriegerischen Zeiten des Kaiserreichs konnten in Frankreich gewerblichindustriellen Entwickelungen förderlich sein, die nur unter den Segnungen des Friedens zu gedeihen vermögen. Erst nach Beendigung des Continentalkrieges [3]) werden auch auf dem Felde der französischen Mühlenpraxis vortheilhafte Veränderungen bemerkbar, und zwar besonders dadurch, dass man anfing, ganze Mühlwerke aus englischen Maschinenfabriken zu beziehen [4]).

Ganz besonders bemerkbar machte sich unter den ersten derartigen Maschinen eine 1818 von Maudslay in London construirte viergängige Getreidemühle (bereits oben S. 37 erwähnt)

---

1) Der Band, welcher den Artikel Mühlen (Art du Meunier) enthält, ist der fünfte des Abschnittes „Arts et Métiers mécaniques". Die betreffenden Abbildungen finden sich im dritten Bande des „Recueil de Planches".

2) Eine deutsche Uebersetzung dieses Werkes unter dem Titel „Architectura Hydraulica oder Die Kunst das Gewässer zu denen verschiedenen Nothwendigkeiten des menschlichen Lebens zu leiten etc.," erschien 1740 in Augsburg. Der erste Theil, zweites Buch, enthält das Capitel Mühlen.

3) Nach dem zweiten Pariser Frieden (20. Nov. 1815).

4) Im Gebiete der Literatur fanden sich selbst im Jahre 1819 noch keine Mittheilungen über verbesserte französische Getreidemahlmühlen vor. Borgni's 1819 erschienenes Werk: „Traité complet de Mécanique appliquée aux arts" Abtheilung „Machines d'Agriculture", liefert Pl. 22 und 23 noch keine anderen Abbildungen von Getreidemühlen als Copien aus der oben citirten Encyklopädie von Diderot und d'Alembert. Navier in seiner ebenfalls 1819 erschienenen Ausgabe der Bélidor'schen Architectura Hydraulica mit äusserst werthvollen Zusätzen (die Bélidor's Werk zu einem ganz neuen machten) ist reich an vortrefflichen Winken und Rechnungen über Mühlen, giebt aber für Constructeure wenig oder gar nichts Neues (a. a. O. Livre 2, p. 399, Note dh).

für einen Herrn Cougouilhe bei St. Quentin [1]) und die von Aitkins und Steele (1825 oder 1826) für den auch als Schriftsteller im Mühlenfache rühmlichst bekannten Benoît in St. Denis bei Paris [2]), von welch letzterer bereits ganz ausführliche Mittheilungen gemacht wurden.

Die französischen Ingenieure und Maschinenfabrikanten versuchten nicht nur das Nachbauen dieser amerikanisch-englischen Getreidemahlmühlen, sondern bestrebten sich auch zugleich, sie zu verbessern und dabei den eigenthümlichen Verhältnissen und Mahlmethoden [3]) anzupassen.

Als charakteristische Eigenschaften der so nach und nach mit einer gewissen Selbstständigkeit hervorgegangenen französischen Mahlmühlen kann man vor Allem gefällige, ja elegante Formen und Verhältnisse bezeichnen, ferner eigenthümliche Details, beispielsweise mechanische Aufschütter für die Körner, welche den Mühlsteinen zugeführt werden sollen, sinnreiche Mehlkühlapparate, vervollkommnete amerikanische Cylinderbeutel mit Ueberzügen von Seidengaze, sowie für das Vorbereiten der Getreidekörner zum eigentlichen Mahlprocesse, insbesondere mehrfache neue Anordnungen von Reinigungsmaschinen, Quetschwalzen u. d. m. Den allergrössten Erfolg auf Eigenthümlichkeit hatte aber die vielseitige Verwendung der zuerst in Frankreich recht geglückten horizontalen Wasserräder oder Turbinen, namentlich der Fourneyron'schen (Band 1, Seite 310 ff.).

1) Le Blanc's „Recueil" T. 1, Pl. 31.

2) Pouillet et Le Blanc's a. a. O. T. 2, p. 8, Pl. 1 und 2 sechsgängige Dampfmühle. Die folgenden vier Blätter enthalten eine von Sudds und Barker in Rouen construirte dreigängige Wassermühle.

3) Im vorigen Jahrhunderte unterschied man in Frankreich beim Getreidemahlen noch folgende Methoden: die mouture rustique, wo bei einmaligem Aufschütten Alles durchgemahlen wurde und je nach der Feinheit der angewandten Beutel Unterabtheilungen für die Armen, für die Reichen und für die Bürger gemacht wurden. Die mouture à la grosse mit gleichfalls nur einmaliger Aufschüttung, jedoch unter Anwendung von mehreren (gewöhnlich vier) Beuteln verschiedener Feinheit, um mehrere Sorten Mehl zu erhalten. Die mouture économique (namentlich zuerst von 1760 bis 1790 angewandt), wobei ein mehrmaliges (wiederholtes) Aufschütten erfolgte. Endlich die mouture à la Lyonnaise, als eine weitere Ausdehnung der mouture économique (vom Müller Bouquet in Lyon eingeführt), wo zuletzt das Mehl mit fein zermahlener Kleie vermengt war. Ausführliches hierüber findet sich in Pouillet et Le Blanc's Portefeuille industr. T. 2, p. 1 ff.

Mit besonderer Berücksichtigung letztgenannter Gattung von Wasserrädern kann man gegen Ende der dreissiger Jahre (1836—1840) **zwei** nicht mit Unrecht viel gerühmte Getreidemahlmühlen als Repräsentanten des sich herausgebildeten französischen Systems bezeichnen, nämlich die vierziggängige Getreidemühle von **Surville** und **Touaillon** in Saint-Maur bei Paris und die vierunddreissiggängige von **Darblay** in Corbeil, erstere mit Räder-, letztere mit Riemenbetrieb für die Mühlsteine [1]).

Bei der St. Maur Mühle werden je 10 Mahlgänge von einer Turbine betrieben, die so gruppirt sind, wie Fig. 36 im Grundrisse (nach der Schnittlinie 1 .... 2 in Fig. 37 gebildet) und Fig. 37 im Verticaldurchschnitte erkennen lassen. Das Betriebswasser von 4,8 bis 5,2 Cubikmeter pr. Secunde für alle 4 Turbinen liefert der Marnefluss, bei einem mittleren Gefälle von 3,5 Meter,

Fig. 36.

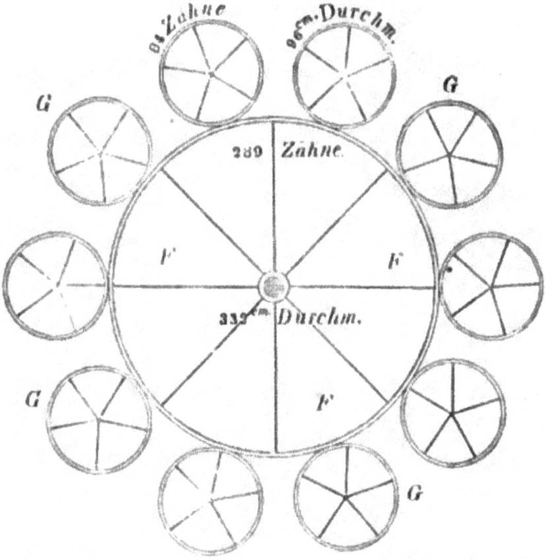

so dass jede der Turbinen *AB* Fig. 37 (einen Wirkungsgrad von 70 Proc. vorausgesetzt) eine nutzbare Arbeit von 40 Maschinenpferden auf ihre verticale Betriebswelle (in der Hülse *D* eingeschlossen) überträgt und wobei letztere pr. Minute 50 bis 60 Umläufe macht.

---

1) Nach **Rollet** (a. a. O. p. 183) hat man zuerst in Nordamerika Riementransmission zum Mahlmühlenbetriebe in Anwendung gebracht, und wahrscheinlich schon vor dem Jahre 1826. Die Ausbildung und zugleich Benutzung dieses Systems im grossartigsten Maassstabe gebührt den Franzosen. **Niceville** in Metz wendete bereits 1828 Riemenbetrieb bei den dortigen Stadtmühlen an, während **Darblay** 20 Gänge seiner berühmten Corbeilmühle 1835 in der Weise einrichten liess, wie nachher ausführlich beschrieben werden wird.

Die geradlinige Fortsetzung der Turbinenwelle bildet zugleich die Haupt- oder Königswelle E eines Mahlsystems, woran das grosse Stirnrad F (Fig. 36)

Fig. 37.

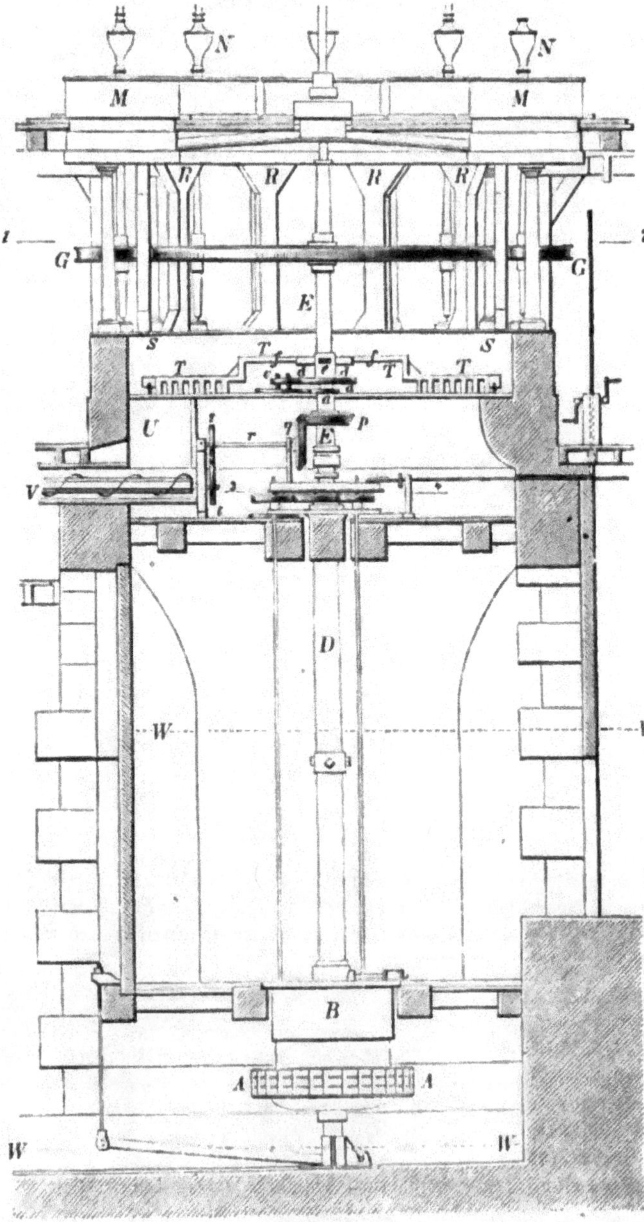

befestigt ist und in welches die 10 Getriebe *G* der in den Bütten *MM* eingeschlossenen Mühlsteine greifen.

Das grosse Hauptrad hat 3,4 Meter Theilrissdurchmesser [1]) bei 288 eisernen Zähnen, während jedes der Getriebe 0,985 Meter Durchmesser hat und mit 84 hölzernen Zähnen ausgestattet ist.

Jeder der 10 Mühlsteine von 1,10 Meter Durchmesser macht sonach etwa 180 bis 200 Umläufe pr. Minute [2]).

Sämmtliches von den Mühlsteinen kommende Mahlgut läuft in viereckigen Röhren oder Schlotten *R* in einen grossen Behälter *S* zusammen, auf dessen Boden sich eine Harke oder Hopperboy *T* (von ähnlicher Art wie bereits S. 32 beschrieben wurde) langsam im Kreise bewegt, welche letztere Bewegung auf folgende Art zu Stande gebracht wird. Auf der Königswelle *E* sitzt, unmittelbar über dem Fussboden des Behälters *S*, ein kleines Stirnrad von 26 Centimeter Durchmesser, welches in ein grösseres Rad von 62 Centimeter Durchmesser fasst, auf dessen Axe wieder ein Rad *c* befestigt ist. Letzteres hat dieselbe Grösse wie *a* und greift in ein anderes *d* von abermals 62 Centimeter Durchmesser.

Hierbei muss man jedoch beachten, dass das Rad *d* nicht auf der Hauptwelle *E* befestigt, sondern mittelst einer Hülse *e* lose auf dieselbe geschoben ist, so dass sich *d* und somit auch die ganze Harke *T* unabhängig von der Welle *E* umdrehen kann. Der angegebenen Radübersetzung zufolge macht die Harke *T* (von 3,74 Meter Durchmesser) pr. Minute nur 9 bis 10 Umläufe.

Die Zinken der Harke *T* sind so gestellt, und der Einlauf durch die Röhren *R* in den Behälter *S* so angeordnet, dass kein Mahlgut von der Harke unberührt bleibt, zuletzt aber das ganze Quantum einer Oeffnung *U* zugeführt wird, durch welche es auf eine Transportschraube *V* fällt. Hierdurch wird alles Mahlgut nach einem Kasten geschafft, aus welchem es die Eimer eines Elevators schöpfen und auf das Cylinderbeutelwerk bringen.

Die Corbeiler Mühle unterscheidet sich von der in St. Maur hauptsächlich durch zwei Eigenthümlichkeiten, erstens dass 20 Mahlgänge (von den überhaupt vorhandenen 34) in zwei parallelen geraden Linien, in zwei Reihen (statt im Kreise) aufgestellt sind, und zweitens, dass die Läufersteine durch Riemen betrieben werden [3]).

---

1) Die besten Quellen, welche dem Verfasser über die St. Maur Mühle zu Gebote standen, nämlich das Répertoire de l'industrie française et étrangère T. 2, p. 61, Pl. 42 bis 46 und Benoit's Guide du meunier (Ausgabe von 1863) T. 2, §. 329, stimmen mit den Maassangaben nicht völlig überein. Bei den Abbildungen wurden die aus ersterem Werke eingeschriebenen benutzt, während man die des Textes von Benoit entlehnte.

2) Wir werden später erfahren, dass der nachherige Dirigent der Mühle, Darblay (an Touaillon's Stelle), es für vortheilhafter fand, die Steine grösser, nämlich von 1,30 Meter Durchmesser zu nehmen und den Räderbetrieb durch Riemen zu ersetzen.

3) Ausführlich beschrieben und durch vortreffliche Abbildungen erläutert findet sich die Corbeiler Mühle in folgenden Werken: Le Blanc's „Recueil“ T. 3, Pl. 67 bis 71; Rollet's „Mémoire sur la Meunerie“, p. 262, Pl. 26 und 27. In deutscher Uebersetzung in Prof. Wiebe, „Die Mahlmühlen“. S. 139, T. XIII. u. XIV.

Die Generaldisposition dieser Anordnung erhellt aus nachstehenden Skizzen, wovon Fig. 38 die Längenansicht eines Viertels der Aufstellung, Fig 39 dagegen den Grundriss der Hälfte (10 Gänge) darstellt.

Mit *a* ist die Fortsetzung der verticalen Turbinenwelle bezeichnet, welche 33 bis 34 Umläufe pr. Minute macht. Zwei Kegelräder *b* und *c* tragen diese Bewegung auf eine horizontal liegende Hauptwelle *dd* über, von welcher aus die Umdrehung der Läufer der zu beiden Seiten parallel aufgestellten Mühlsteine erfolgt, die von den bekannten Holzbütten *mm* umschlossen werden. Jedes Paar Mühlsteine wird durch eine besondere stehende Welle *e* betrieben, wozu die Uebertragung der Bewegung von der Hauptwelle *d* durch je ein Kegelradpaar *fg* erfolgt. Auf die Verticalwelle *e* sind oberhalb endlich zwei Riemenscheiben *h* und *i* gekeilt, wovon die erstere die Bewegung nach den Mühleisenscheiben *ll* der einen Reihe, letztere in gleicher Weise die Bewegung auf die zweite Reihe fortpflanzt.

Fig. 38

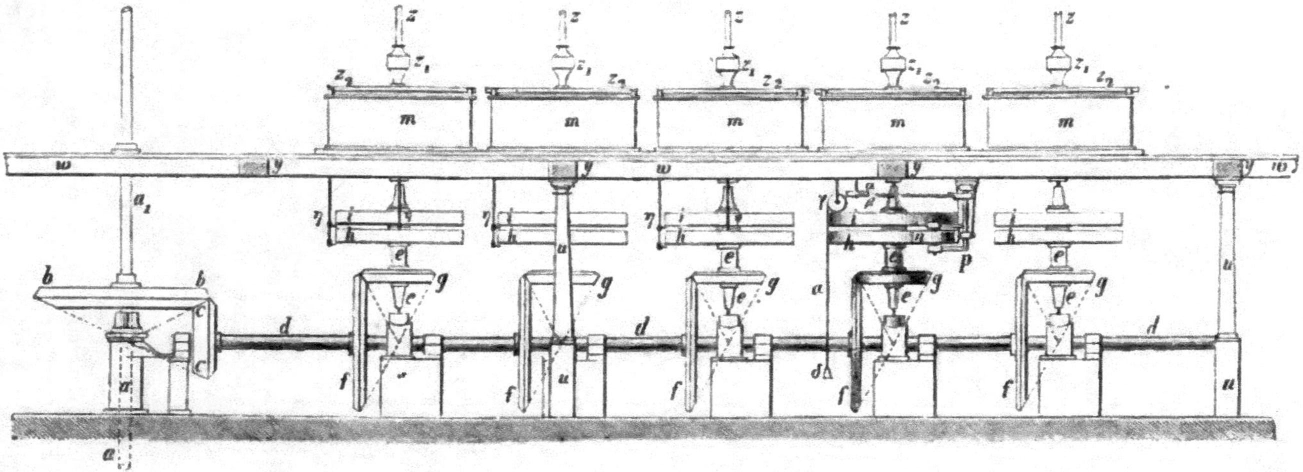

Bei der oben angegebenen Umdrehzahl der Turbine (33 bis 34 pr. Minute) machen die Riemenscheiben (die sämmtlich von gleichem Durchmesser, 1,35 Meter, sind) und mit ihnen die Läufersteine (von 1,30 Meter Durchmesser) im Mittel 125 Umläufe pr. Minute.

Um den Riemen $r_1\, r$ die erforderliche Spannung zu ertheilen und jeden Mahlgang während der Arbeit beliebig ausser Thätigkeit setzen zu können, sind besondere Rollen (Spannungsrollen) $n\, n$ vorhanden, welche mit Armen (Hebel) $p\, q$ (Fig. 39) verbunden sind und wovon am äussersten Ende q Schnüre $\alpha\, \alpha$ ausgehen, die, über Leitrollen β und γ geführt, endlich vertical herabhängen und

Fig. 39.

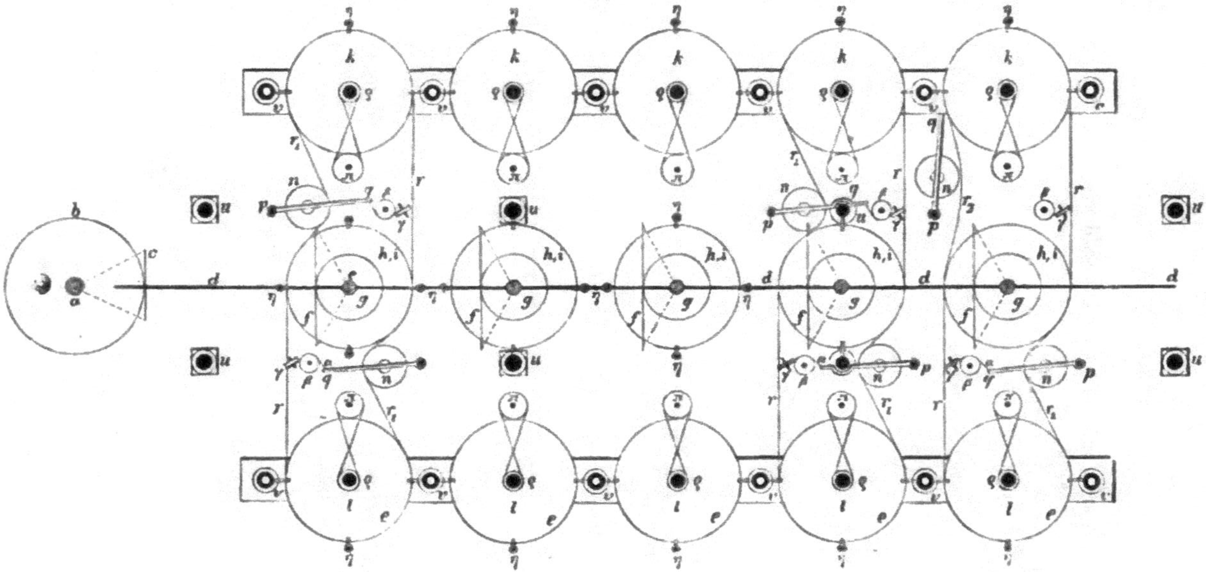

mit Gewichten δ belastet sind. Am äussersten Ende der Grundrissfigur 39 und zwar oben, für eine der Riemenscheiben k, ist die betreffende Spannungsrolle n zur Seite gedreht, wodurch beim Nichtarbeiten des dem k entsprechenden Mahlganges die correspondirende Lage der Riemenscheibe erhellt, dem entsprechend auch der betreffende Riementheil r_2 schlaff gezeichnet ist.

Um zu vermeiden, dass ein auf diese Weise gelöster Riemen herabfällt, sind theils an den Säulen des Mühlengerüstes, theils an der Decke sogenannte Riemenhalter oder Fänger η angebracht (Fig. 38 bei den drei ersten Mühlsteinpaaren angedeutet).

Das Gerüst der ganzen Mühle wird hauptsächlich von vier Säulenreihen gebildet, sechs vv in jeder äusseren, vier uu in jeder inneren Reihe. Von den äusseren Säulen vv unterstützen immer je zwei einen Mühlstein.

In Fig. 38 sind zwei der Mittelsäulen u gezeichnet, die übrigen weggelassen. Die Köpfe dieser Säulen sind durch gusseiserne Querträger y verbunden, die wiederum den Längenträgern w zur Unterstützung dienen.

Endlich ist noch zu bemerken, dass in den Erweiterungen z_1 der Zuführröhren z über den Steinbütten m sogenannte Centrifugalaufschütter placirt sind, auf welche wir weiter unten zurückkommen [1]).

§. 11.

Eigenthümliche Details französischer Mühlen.

Steinstellzeuge und Ausrückungen. — Mechanische Aufschütter. — Abkühlvorrichtungen und Beutelmaschinen.

Steinstellzeug und Ausrückung einer französischen Mahlmühle zu Stains bei St. Denis, von Sudds, Banker u. Comp. in Rouen erbaut, zeigt Fig. 40 im Verticaldurchschnitte [2]). Die Stellung der Mühlsteine wird dadurch bewirkt, dass man eine Schraube i beziehungsweise auf- und abwärts bewegt, deren oberes Bolzenende gegen die Spurplatte des zum Mühleisen gehörigen Fusslagers wirkt. An der Stelle, wo der Schraubenbolzen i durch die gusseiserne Bodenplatte des Lagers geht, ist derselbe mit einer prismatischen Feder versehen, die an der Auf- und Abwärtsbewegung des Bolzens Theil nimmt, jedoch dessen Drehung verhindert. Um die fortschreitende Bewegung des Bolzens i zu bewirken, hat man ein Schraubenradvorgelege hk angeordnet, wobei zugleich das Rad h die Mutter der Schraube enthält, welche in den Bolzen i geschnitten ist. Da das Schraubenrad h 21 Zähne hat, während die Steigung der Schraube am Bolzen i $2\frac{1}{2}$ Millimeter beträgt, so erhellt leicht,

1) Eine andere grossartige und schöne zwölfgängige Mühlanlage mit Riemenbetrieb für die Steine hat der französische Ingenieur Calla für Odessa ausgeführt. Die Mahlgänge sind dabei in zwei parallelen Reihen zu je sechs aufgestellt, wobei die Steine 1,45 Meter Durchmesser, die betreffende Dampfmaschine aber nur 50 (?) Pferdekraft haben soll. Abbildung und Beschreibung dieser Mühle enthält das Bulletin d'encouragement etc., année 49 (1850), p. 152, Pl. 1137.

2) Pouillet et Le Blanc's „Portefeuille industr." T. 2, p. 11, Pl. 6.

dass durch jede einmalige ganze Umdrehung des Schraubenrades *k* die Mühlspindel *a* um 0,12 Millimeter gehoben oder gesenkt, also eine eben so feine wie sichere Stellung bewirkt werden kann.

Fig. 40.

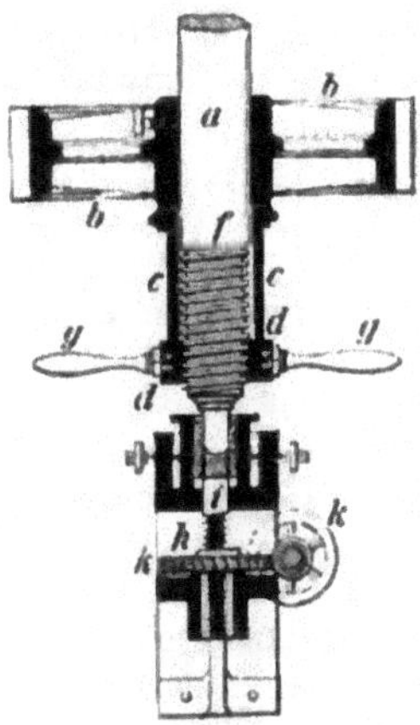

Nicht minder leicht lässt sich die Ausrückung des Mühleisengetriebes *b* vornehmen. Es ruht nämlich das letztere (mit seinem ganzen oder theilweisen Gewichte, was durch eine Pressschraube in der Radnabe regulirt werden kann) auf einer cylindrischen Hülse *c* und diese wieder auf einer Mutter *d*, welche dem Gewinde *f* entspricht, was in die untere Abtheilung der Mühlspindel geschnitten ist. Bei geeigneter Umdrehung der Mutter *d*, wozu zwei Handhaben *g* vorhanden sind, steigt diese zugleich aufwärts, schiebt die Hülse *c* empor, welche gegen die Nabe des Getriebes *b* presst und endlich dessen Ausrückung bewirkt. Bemerkt zu werden verdient vielleicht noch, dass die Hülse *c* keine Drehbewegung anzunehmen im Stande ist, weil der zum Getriebe *b* gehörige Schlüssel (oder der prismatische Vorsprung auf der Mühlspindel) so weit herabgeführt ist, dass er zugleich in eine Nuth der Hülse *c* fasst.

Uebrigens ist die Steigung der Schraubengewinde *f* so gross, dass man die Mutter *d* nur 8 bis 9 Mal umzudrehen braucht, um eine vollständige Auslösung (in der ganzen Zahnlänge) des Getriebes *b* hervorzubringen.

Einen anderen Mechanismus lediglich zum Stellen der Steine bei der vorher beschriebenen Corbeiler Mühle (Fig. 38 und 39) zeigt Fig. 41 [1]).

Der Lagereinsatz mit der Spurplatte für den Zapfen *a* der Mühlspindel *b* lässt sich in einer Stellbüchse *c*, deren Querschnitt ein reguläres Sechseck bildet, auf- und abschieben. Dabei ruht der Fusslagereinsatz auf dem sechsseitigen Kopfe *c* eines Schraubenbolzens *d* von $3^1/_2$ Centimeter Durchmesser, dessen zugehörige Mutter *f* in der nach oben hin verlängerten Nabe des Stirnrades *g* befindlich ist. Ein eingesetzter Zapfen *h* mit Spurlager *i* dient gleichzeitig als Stütze und Welle des Rades *g*. Mit letzterem ist das Getriebe *k* in Eingriff gebracht, dessen Spindel *m* unten in der Pfanne *l* läuft und oben in der Tragplatte *n* ein Halslager findet. Hieraus erhellt ohne Weiteres, wie man durch Aufsetzen eines Griffes *r* auf das obere vierkantige Ende *q* der Spindel, bei gehöriger Umdrehung von *rm* das Höher- oder Tieferstellen des Mühlsteinläufers bewirken kann.

Fig. 41.

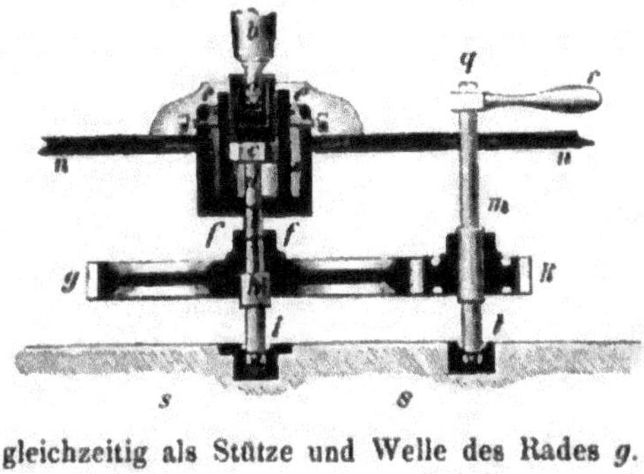

1) Le Blanc's „Recueil“ T. 3, Pl. 70.

Aehnlich der soeben beschriebenen Steinstellung ist auch die in der St. Maur Mühle (Fig. 38) angeordnet, nur hat man dort statt des Stirnradvorgeleges eine Art Kronrad construirt, dessen Nabe zur Aufnahme der Stellspindelschraube dient. Durch Einlegen eines Rückhebels zwischen die Einschnitte oder Kämme des Kronrads und darauf folgende Drehung des letzteren wird die Auf- und Abwärtsbewegung der Stellschraube und damit die erforderliche Entfernung des Läufers vom Bodensteine hervorgebracht [1]).

In beiden genannten Fällen benutzt man zur Ausrückung der Mühlspindelgetriebe keine besonderen Mechanismen, sondern verwendet hierzu einfach eine tragbare Schraubenwinde, die grosse Aehnlichkeit mit der gewöhnlichen Wagenwinde hat. Abbildungen hiervon finden sich in der unten angegebenen Quelle [2]).

Mechanische Aufschütter. Sowohl der Rüttelschuh der alten deutschen Mahlmühle (Fig. 12, S. 21), als der verbesserte der englischen Mahlmühle Fig. 30, tragen beide die Uebelstände an sich, dass sie das Mahlgut nur stossweise und nur an einer Stelle zuführen und bei ihrer Arbeit ein klapperndes, unangenehmes Geräusch verbreiten.

Frei von diesen Uebeln sind die sogenannten Centrifugalschütter von Conty und Paradis, sowie der Feray'sche Aufschütter mit Vertheilungswalzen.

Conty's Aufschütter [3]) ist Fig. 42 im Durchschnitte gezeichnet und besteht hauptsächlich aus einem kreisförmigen Schälchen a, welches auf dem

Fig. 42.

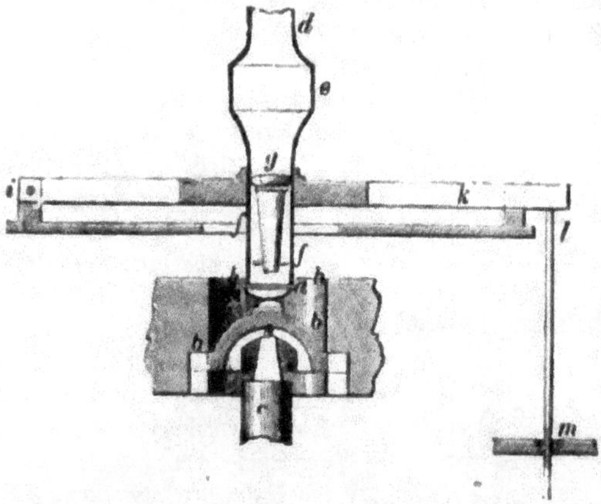

Scheitel der im Mühlsteine befestigten Haue b placirt ist und mit letzterer umläuft, worauf die zu mahlenden Körner fallen und vermöge der auftretenden Centrifugalkraft in allen Punkten des Umfanges gleichmässig ausgestreut werden. Die Zuführung des Getreides erfolgt durch ein Blechrohr d, welches sich bei e zu einem Sammelgefässe erweitert, während die untere Fortsetzung einen Trichter mit cylindrischemAusflussrohre f bildet, in dessen Innern ein hohler Vertheilungskegel g angebracht ist. Durch Erheben oder Senken der Röhre fe kann man den Abstand oder freien Raum zwischen dem Schälchen a und dem unteren Rande h der Trichtermündung

1) Répertoire de l'industrie française et étrangère T. 2, p. 85, Pl. 53. Französische Stellzeuge mit Hebelübersetzungen finden sich abgebildet und beschrieben in Armengaud's „Publication industrielle" T. 1, p. 248, Pl. 25—27, sowie in Petitcolin und Chaumont's „Atlas universel de machines" Vol. II, Pl. 37.

2) Répertoire de l'industrie etc. Pl. 53, Fig. 21.

3) Rollet, Mémoire sur la Meunerie p. 188 und Benoit (Neue Auflage) §. 266.

erweitern oder verengen, und dadurch die erforderliche Menge des Getreides bestimmen und reguliren, welche den Mühlsteinen zugeführt werden soll, die begreiflicher Weise aber auch gleichzeitig von der Umdrehgeschwindigkeit des Streuschälchens *a* abhängt.

Der Trichter *ef* ruht auf einem Hebel *ik* und zwar so, dass derselbe mittelst einer Zugstange *lm* etwas auf- und abbewegt und dadurch, entsprechend der erforderlichen Entfernung *ah*, gestellt werden kann.

Ein anderer französischer Mühlenbauingenieur, Paradis mit Namen, hat den Conty'schen Aufschütter so abgeändert, wie Fig. 43 erkennen lässt.

Fig. 43.

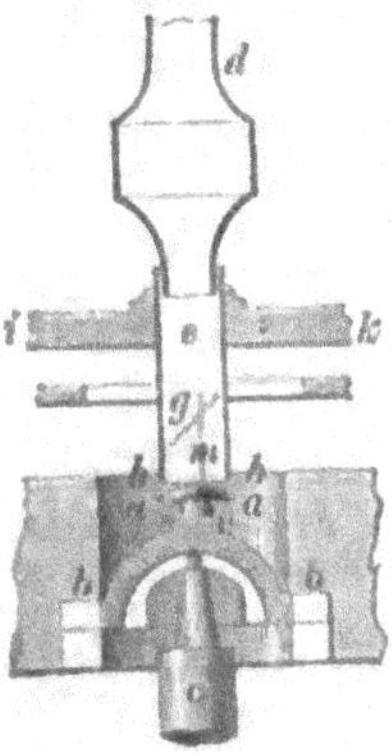

Das Streuschälchen *a* ist convex statt concav gestaltet und mit einem nach oben gerichteten Rührer *m* versehen. Statt ferner die ganze Zuführröhre *de* zu heben, ist *d* unverrückbar angeordnet und als Ausflussrohr ein kurzes stellbares Stück *e* über das Ende von *d* geschoben, welches am Hebel *ik* befestigt ist.

Statt des Conty'schen Vertheilungstrichters, im Innern der Röhre *f*, hat Paradis mit dem Rührer *m* ein geneigtes Aermchen *g* verbunden, welches mit dem Streuschälchen umläuft.

Den bereits erwähnten Feray'schen mechanischen Aufschütter mittelst Vertheilungswalzen zeigt Fig. 44 im Verticaldurchschnitte und scheint es, als ob derselbe zuerst im Jahre 1835 in der schon früher angeführten viergängigen Getreidemühle zu Stains bei St. Denis in Anwendung gebracht worden sei [1]).

Fig. 44.

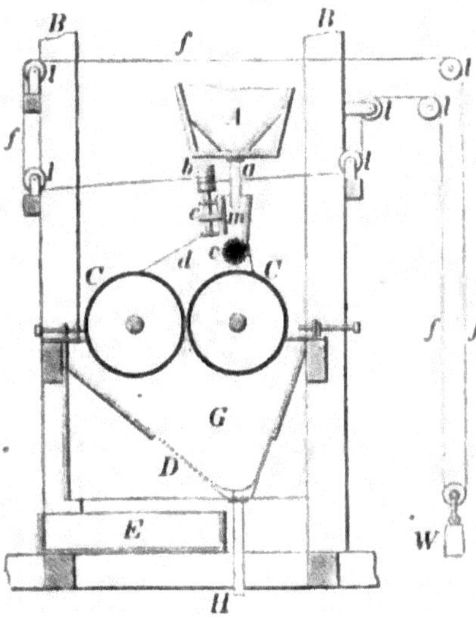

Die zu vermahlenden Körner werden in einem Rumpfe *A* angesammelt, der mit den übrigen Theilen der ganzen Maschine von einem Bolzengestelle *B B* getragen wird. In dem Boden von *A* sind eben so viel Ausflussröhren *a* angebracht, als Mahlgänge vorhanden sind, im vorliegenden Falle also vier (normal zur Bildfläche unserer Figur neben einander gedacht). Durch fünf dünne hölzerne vertical gestellte Scheidewände *d* wird der Raum über den Quetschwalzen *CC* (parallel der Walzenaxe) ebenfalls in vier Kammern getheilt, deren jede durch die correspondirende Ansatzröhre *a* mit Körnern gespeist wird. Zur gehörigen Vertheilung der Körner, bevor sie die grossen Cylinder *C* erreichen, ist eine cannelirte, wiederum aus vier

1) Pouillet et Le Blanc's „Portefeuille industr." T. 2, p. 25, Pl. 8.

(längeren) Abtheilungen bestehende Vertheilungswalze *c* vorhanden, deren Axe begreiflicher Weise parallel zu den Axen der Quetschwalzen *CC* ist. Um das Quantum der aus *A* zugeführten Körner reguliren zu können, sind vier Schieber *m* angeordnet, welche durch Schrauben *e* auf- und niederbewegt werden können und wodurch man die Ausflussöffnung über der Vertheilungswalze *c*, den Umständen entsprechend, zu verkleinern oder zu vergrössern im Stande ist.

Um die Stellung der Schieber, das Oeffnen oder Absperren derselben (letzteres, wenn einer der vier Gänge nicht mahlen soll) eben so bequem wie rasch bewirken zu können, ist für jedes der vier Fächer *d* ein endloser Schnurzug *ff* mit Rolle *ll* und einem Spanngewichte *W* angeordnet, wobei man, wie aus Fig. 44 erhellt, die betreffende Schnur auch über einen kleinen Cylinder *b* geschlungen hat, der auf der verlängerten Axe der Schraube *e* festsitzt.

Das zwischen den Walzen *CC* gequetschte (nicht zermahlene) Getreide, fällt in eine Gosse *G*, deren untere linke Seitenwand *D* aus einem Metallsiebe besteht, welches aus Maschen von solcher Grösse gebildet ist, dass Sand, Erde, fremde Samenkörner etc. durch das Sieb in das Sammelgefäss *E* fallen, während die guten, grösseren gequetschten Körner in den Blechröhren *H* ablaufen und ohne Weiteres in die Augen der Läufersteine fallen.

Mechanische Mehlkühler ohne Benutzung von Luftventilation, auf welche wir jedoch später zurückkommen, wendete man in der Hauptentwicklungszeit der verbesserten französischen Getreidemühlen besonders zwei an, nämlich erstens solche, wo die Kühlung in geschlossenen Räumen mittelst von Elementarkraft auf dem Boden sich langsam drehender Harken (Hopperboy der Amerikaner) oder Flügel geschah, und zweitens solche, wobei das von den Steinen ablaufende Mehl, von kreisförmigen, offenen, der atmosphärischen Luft völlig exponirten Behältern (bei ebenfalls langsamer Umdrehung der letzteren) aufgenommen wurde, aus welchen es Elevatoren weiter schöpften, aufwärts hoben und den Beutelmaschinen überlieferten. Mehlkühler der ersten Gattung wurden bereits früher bei den amerikanischen Mühlen (S. 32) und bei der St. Maur Mühle (S. 51) ausführlich beschrieben, so dass wir diese, namentlich mit Beachtung der unten noch weiter angegebenen Quellen [1]), als hinlänglich erörtert betrachten können.

Die zweite Gattung erklärt sich aus Fig. 45, 46 und 47. Auf diese Anordnung erhielten Feray u. Comp. in Essonne im Jahre 1833 ein Brevet und führten sie mehrfach aus, unter Anderem in der schönen viergängigen Getreidemahlmühle von Roinjeau zu Boissy-la-Rivière bei Etampes [2]).

Fig. 45 zeigt die Disposition dieses Mehlkühlapparates mit Bezug auf die ganze Mühle, wobei das Betriebswasserrad mit *A*, die Hauptwelle mit *B*, die

1) Ein in Frankreich besonders gerühmter Kühlapparat der ersten Gattung, den sich der Constructeur der St. Maur Mühle zum Muster genommen hat, ist der von Cartier in Paris, welcher 1837 in Frankreich brevetirt wurde und im 47. Bande der Brevets expirés (1843) p. 238 ausführlich beschrieben und abgebildet ist. Derselbe findet sich auch im 1. Bande von Armengaud's Publ. industr. T. 1, p. 269 und endlich (modificirt) in Petitcolin's und Chaumont's Atlas universel. Vol. II., Pl. 37 und 38.

2) Le Blanc's „Recueil“ T. 2, Pl. 51 und 52.

erste Vorgelegswelle mit *w*, das zweite Transmissionsräderpaar mit *xy* und das grosse in die Getriebe *αα* der Mühlspindeln *ββ* greifende Stirnrad mit *z* und endlich die Oerter der im Kreise aufgestellten Mahlgänge mit *aa* bezeichnet sind. Das von den Steinen ablaufende Mehl fällt in hölzernen Schlotten oder Röhren *bc* in den Recipienten *d*, wovon Fig. 46 und 47 entsprechende (in grösserem Maassstabe gezeichnete) Detaildurchschnitte sind. Der kreisförmige hölzerne Recipient wird durch Frictionswellen *e* gestützt, während er seine rotirende Bewegung dadurch empfängt, dass sein oberer und innerer Rand *g* mit einem Zahnringe versehen ist, in welchen ein Getriebe *i* (Fig. 47) greift, dessen Drehung von der ersten Vorgelegswelle *w* mittelst der Räderpaare *mn* und *h* und zwar so langsam erfolgt, dass der Recipient pr. Stunde nicht mehr als 12 Umläufe macht.

Fig. 45.

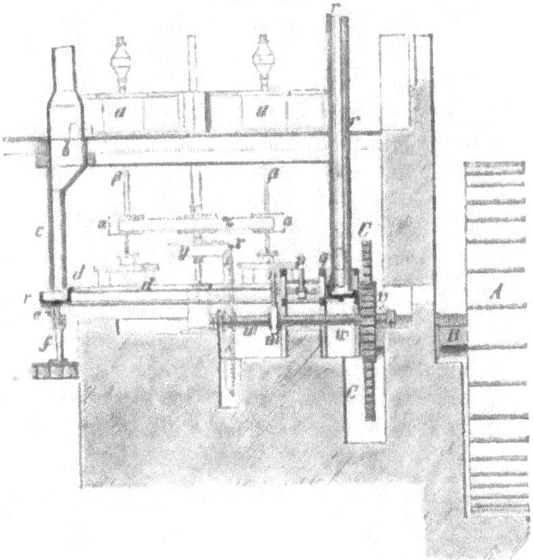

Fig. 46.

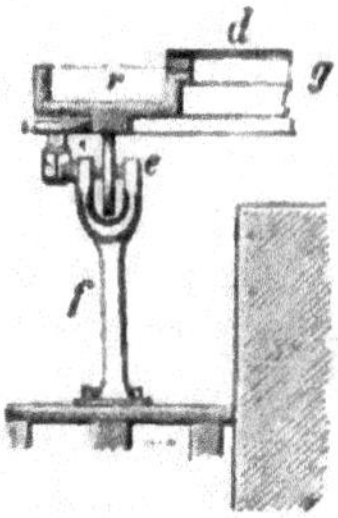

Fig. 47.

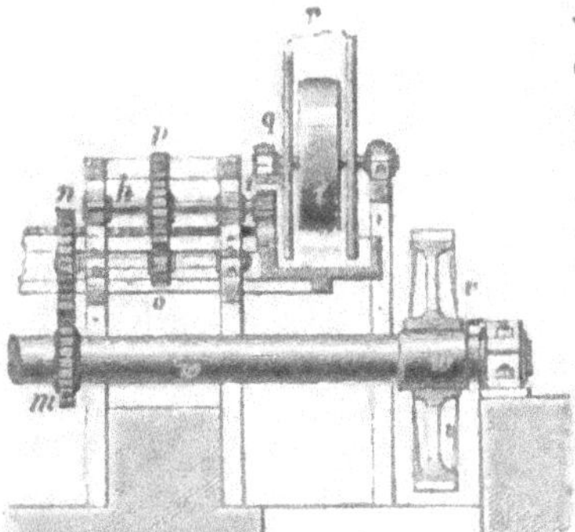

Da das von den Steinen kommende Mahlgut mit Wasserdampf gemengt ist, so macht man die Schlotten *bc* weit genug, um den Teig und Kleister, der sich an den Wänden bildet, leicht und rasch entfernen zu können, sowie man auch diese Schlotten nach oben hin fortsetzt, in weite Röhren aus Zinkblech auslaufen und diese in besondere Kammern (des zweiten Stockwerks) münden lässt, um so weit als möglich den Mehlstaub zu gewinnen, welcher beim Herabstürzen des Mahlgutes in den Schlotten *bc* sich entwickelt.

Aus dem Recipienten *d* schöpfen endlich die Eimerchen eines Elevators *r* das Mehl und transportiren es aufwärts, um es in einem geschlossenen Raume auszuschütten, in welchem sich ein zweiter Kühler (der amerikanische Hopperboy) bewegt, von wo aus es zuletzt auf die Beutelmaschine gebracht wird.

Beutelmaschinen. Obwohl die Bürstenbeutelmaschine mit Drahtgewebe anfänglich auch in Frankreich zu denjenigen Maschinen der gesammten Getreidemüllerei gehörte, welche von England eingeführt und auch an manchen Orten einige Zeit hindurch beibehalten wurde [1]), so verschwand sie doch nach wenigen Jahren und wurde endlich vollständig von der amerikanischen cylindrischen oder prismatischen Beutelmaschine, mit Mantel aus Seidengaze (seidenem Beuteltuche), verdrängt.

In der Mitte der dreissiger Jahre (1835 bis 1836) dürfte vielleicht in ganz Frankreich keine Bürstenbeutelmaschine mehr im Gebrauche gewesen sein, wogegen solche allgemein eingeführt waren, wovon Fig. 48 und 49 Abbildungen sind.

Bemerkt werde beiläufig, dass unsere Skizzen einem Paare Beutelmaschinen der bereits mehrfach erwähnten viergängigen Getreidemahlmühle von Roinjeau zu Boissy-la-Rivière bei Etampes entlehnt sind, wovon sich vollständige Abbildungen in Le Blanc's „Recueil" vorfinden [2]).

Es bilden diese (an sich amerikanischen) Beutel sechsseitige Prismen von 7,5 Meter Länge, wobei die Seite des regulären Sechsecks 0,5 Meter be-

Fig. 48.

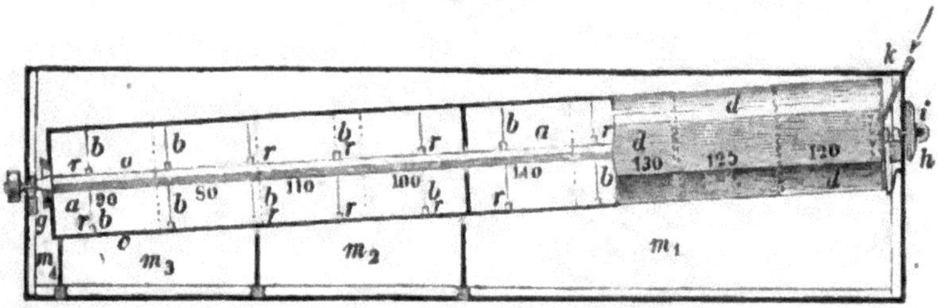

Fig. 49.

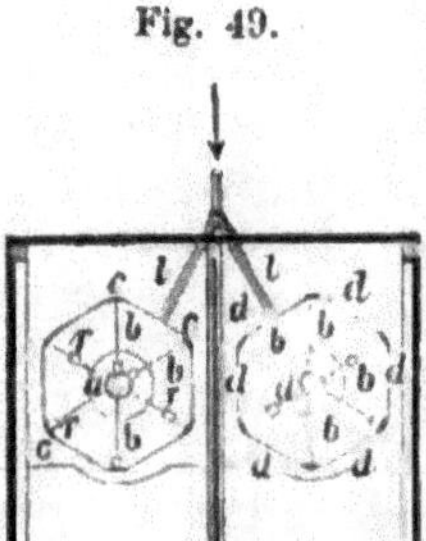

trägt. Ihr Gerippe ist aus Holz gebildet und zwar besteht dasselbe aus einer hölzernen Welle *aa* von 15 Centimeter Dicke, auf welcher in entsprechenden Abständen zehn Armsysteme *bb* gehörig befestigt sind. Diejenigen Arme, welche der Längenrichtung nach in einerlei Ebene liegen, sind unter einander durch Latten verbunden, so dass ein symmetrisches Gerippe entsteht, über welches seidenes Beuteltuch *dd* gespannt worden ist und wodurch zugleich der Mantel des Prismas gebildet wird. Die Welle *a* läuft mit beiden Enden in gehörigen Zapfen *f* und *g*, während ihre Drehbewegung, von den Hauptwellen des ganzen Werkes aus, indirect durch ein Kegelradpaar *ih* (Fig. 48) übertragen wird und dem entsprechend gewöhnlich 25 bis 26 Umläufe pr. Minute erfolgen. Das von den Kühlapparaten kommende Mahlgut läuft beiden Beuteln in Röhren *kl* zu, während das durch die Wände getriebene Mehl in

1) Guide du Meunier par Evans et Benoît. Paris 1830, p. 602, Pl. 211.

2) T. 2, Pl. 66.

getrennte Fächer $m_1\,m_2\,m_3$ fällt, dagegen alles nicht durch die Gazemaschen gegangene Mahlgut sich in m_4 ansammelt.

Obwohl durch die Drehbewegung der Prismen das Mahlgut mit einer gewissen Kraft gegen die Gazewände geworfen und dadurch das Durchsieben befördert wird, so reicht doch diese Erschütterung für ein wirksames Beuteln nicht aus, sondern es wird dies erst durch gleichzeitiges Ertheilen kurzer Stösse hervorgebracht. Hierzu hat man in unserem Beispiele auf die Arme b des Beutelgerippes schwere Holzklötze r derartig geschoben, dass diese, vermöge ihres Gewichtes, leicht auf den Armen gleiten können und je nach der durch die Umdrehung veranlassten Armlage bald gegen den Umfang c des Beutels, bald gegen die Welle a zurückfallen.

Was die eingeschriebenen Ziffern 120, 125, 130, 140, 100, 110, 80 und 90 betrifft, so beziehen sich diese auf die Feinheit der Gaze [1]), welche die Umfassungswände des Beutels bildet, wobei übrigens noch die Erfahrung gelehrt haben sollte, dass für recht erfolgreiche Arbeit die Aufeinanderfolge dieser Feinheitsnummern am Beutel nicht nach der Ordnung der bemerkten Zahlenreihe, sondern etwas anders gewählt werden müsste. Von der höchsten Stelle unseres Beutels anfangend finden wir daher auch Nr. 120, dieser folgt die feinere Nr. 125, sodann die noch feinere Nr. 130 und endlich die allerfeinste Nr. 140. Ungeachtet dieser Nummernverschiedenheit liefern alle vier Beutelabtheilungen beim Arbeiten dieselbe Qualität Mehl in den Sammelbehälter m_1, nämlich das sogenannte feinste Handelsmehl.

Die weiter abwärts folgenden Nummern 100 und 110 geben eine geringere Gattung Mehl in den gemeinsamen Behälter m_2, sowie eine noch geringere die mit Nr. 80 und 90 überspannte Abtheilung in den letzten Mehlbehälter m_3. In der Axenrichtung der ganzen Beutelmaschine läuft ein Gemenge von Schrot und Kleie aus, was in m_4 angesammelt wird.

Von complicirteren Anordnungen ganzer Beutelmaschinensysteme, wie sie

---

1) Pariser Mehlbeuteltuch (Gaze de Paris), gewöhnlich 0,56 Meter breit, von weisser oder gelber Seide, wird (in der Regel) mit gekreuzten Doppelfäden in der Kette gewebt, damit sich die gebildeten Quadrate nicht verschieben, vielmehr die Oeffnungen (Maschen) einerlei Grösse behalten, wozu übrigens noch eine eigenthümliche Appretur des gewebten Stoffes erforderlich wird. — Die oben eingeschriebenen Ziffern bezeichnen die Zahl der Oeffnungen auf einen Pariser Zoll Länge, so dass sich folgende Tabelle ergiebt.

Nummer = {Einschussfäden auf 1 pariser Zoll Länge	30	40	50	60	70	80	90	100
Zahl der Oeffnungen in einem Pariser Quadratzoll	900	1600	2500	3600	4900	6400	8100	10000
Nummer = {Einschussfäden auf 1 pariser Zoll Länge	105	110	115	120	125	130	135	140
Zahl der Oeffnungen in einem Pariser Quadratzoll	11025	12100	13225	14400	15625	16900	18225	19600

Specielleres hierüber findet sich in Karmarsch's Handbuch der mech. Technologie. Band 2, S. 1330 (3. Aufl.).

u. a. in französischen Marine-Proviantmühlen für Schiffszwiebackmehl Anwendung finden, liefert Rollet (a. a. O.) ausführliche Abbildungen und Beschreibungen, worauf wir verweisen müssen.

§. 12.

Französische Getreidereinigungsmaschinen.

Seit Einführung verbesserter Getreidemahlmühlen haben sich die Franzosen mit einer wahren Virtuosität um Vervollkommnung und Erfindung der Getreidereinigungsmaschinen bemüht und verdient gemacht, so dass keine andere Nation eine solche Musterkarte von Ideen und Constructionen aufzuweisen hat. Im Nachstehenden kann jedoch nur der vorzüglichsten derselben gedacht werden, während für ein ausführliches Studium auf die betreffenden Werke von Rollet, Benoît, Le Blanc und Armengaud aîné (und zwar sowohl Publication als Génie Industriel) verwiesen werden muss.

1) Einfache Windfege (Tarare, ou machine à vanner et cribler les rains) von Gravier [1]), eigentlich nichts Anderes als die alte deutsche Putz- oder Fegemühle, mit dem Kleide der neueren Maschinenconstructionen ausgestattet. Dieselbe besteht hauptsächlich aus Sieben *dd* (Fig. 50) und *f*, sowie einem Ventilator *mk* nebst den dazu gehörigen Schüttel- und Rüttelwerken.

Das zu reinigende Getreide wird im Rumpfe *a* aufgegeben, der zum Reguliren der Ausflussmenge bei *b* mit einem Schieber versehen ist. Unterhalb der Mündung von *b* hat man einen Schuh *c* bei *α* und *β* aufgehangen und mit zwei über einander angeordneten Sieben *dd* (aus Drahtgeflechte) ausgestattet, wovon das untere etwas feinere Maschen als das obere hat. Die Oeffnungen des unteren Siebes *d* sind indess immer noch gross genug, um den Getreidekörnern den Durchgang zu gestatten, die auf ein drittes mehr oder weniger zu neigendes Sieb *f* fallen, das bei *g* aufgehangen ist und dessen Maschen so klein sind, dass guten (nicht zerbrochenen und nicht verkümmerten, verkrüppelten) Körnern der Durchgang unmöglich wird, diese vielmehr bei *h* einen Ausweg finden. Während der Arbeit, wozu die Bewegung auf die Welle *q* des Ventilators *mk* (im Gehäuse *l*)

Fig. 50.

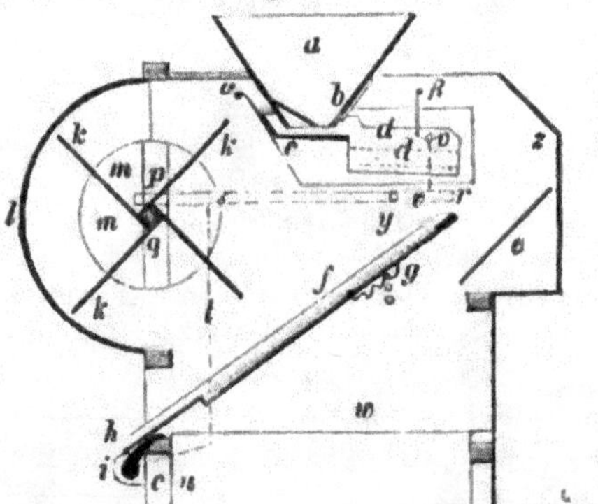

1) Le Blanc's „Recueil" T. 1, Pl. 43 et 44.

übertragen wird, bläst der Ventilator alle leichten Körper bei *z* ins Freie, während die gröberen, gewichtigen, mehr oder weniger nutzlosen Theile, Steinchen, Erdklümpchen, grobe Samenkörner u. d. m. auf die Wand *e* fallen und mit nach *w* hinabrollen, wo sich der Schmutz und die kleinen Samenkörner sammeln, die durch das Sieb *f* gelangen konnten.

Die erforderlichen schüttelnden Bewegungen werden auf folgende Weise hervorgebracht: Auf der Ventilatorwelle steckt ein Doppeldaumen, welcher bei jedem Umgange von *q* einem Hebel *pyr* zwei Hübe ertheilt, wobei *y* der Drehpunkt des Hebels ist. Nahe dem rechten Ende *r* dieses Hebels ist eine Zugstange *v* befindlich, die mit einem (in der Skizze weggelassenen) Winkelhebel in geeigneter Verbindung steht, so zwar, dass beim Heben und Senken des Hebelendes *r* dieser Winkelhebel den Sieben *dd* eine (zur Bildfläche unserer Skizze normal gerichtete) hin- und hergehende Bewegung ertheilt. An demselben Hebel *pyr* ist ferner bei *s* noch eine Zugstange *t* eingehangen, die nach unten auf einen Arm *u* wirkt, der mit dem Heblinge *i* auf einerlei Axe steckt. Hieraus erkennt man leicht, dass beim Oscilliren des Hebels *pyr* die Zugstange *t* auf- und abgezogen und dadurch *i* zum Schlagen gegen das untere Ende *h* des grossen Siebes *f* veranlasst und dies in eine günstige schüttelnde Bewegung versetzt wird.

2) Putzmaschine nach Gravier (Tarare), seiner Zeit von Benoît vielfach in Anwendung gebracht[1]), Fig. 51 im Verticaldurchschnitte skizzirt.

Es besteht diese aus drei über einander befindlichen Abtheilungen *A*, *B* und *C*, wobei sich in den zwei ersten vierarmige Schläger *b* und *c* mit grosser Geschwindigkeit drehen, während die betreffenden Wände und geneigten Böden (schiefen Ebenen) *E* und *F* mit Reibeisenblechen (die Bärte nach innen gekehrt) beschlagen sind.

Fig. 51.

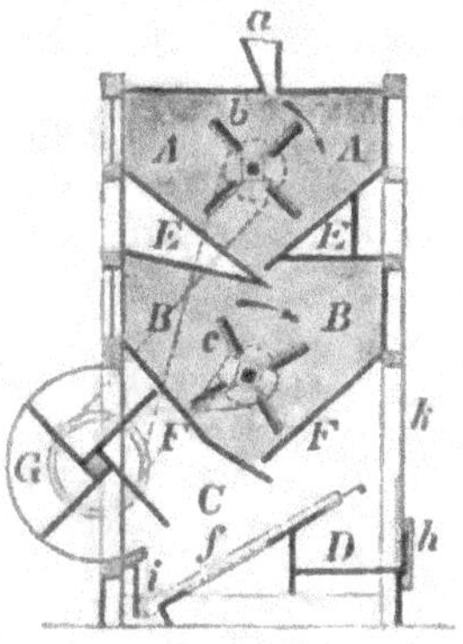

Die untere Kammer *C* wird von einem geneigten Drahtsiebe *f* eingenommen, während in der nach links hin gehörig erweiterten Seitenwand ein Ventilator *G* placirt ist. Die Wirkungsweise dieser Maschine erklärt sich fast von selbst.

Das von einer ersten Putzmaschine (entweder wie die vorbeschriebene angeordnet oder aus einem einfachen Drahtcylinder bestehend) kommende Getreide gelangt bei *a* in die Maschine, wird von den sich rasch umdrehenden Schlägern erfasst und mit grosser Energie gegen die rauhen Begrenzungsflächen der Kammern *A* und *B* getrieben, dadurch abgerieben und von fremden anhängenden Körpern so viel als möglich befreit. Sämmtliche guten Körner fallen auf das Sieb *f*, während alle leichteren Theile, Stroh, Spreu, Sand etc., von dem Windstrome des Ventilators durch die Oeffnung *k* getrieben oder zum Herabfallen in den Behälter *D* veranlasst werden, der übrigens zum bequemen Entleeren mit einer Thür *h* versehen ist. Durch einen an der tief-

1) Guide du Meunier, Auflage von 1830, pag. 210, §. 210 und Le Blanc's „Recueil" T. 1, Pl. 53

sten Stelle des Maschinengehäuses angebrachten Canal *i* fällt das Getreide auf eine zweite Reinigungsmaschine. Benoit wandte seiner Zeit in der St. Denis Mühle diese Putzmaschine in der Art an, dass er je drei derselben über einander stellte, die sich von einander nur wenig unterschieden (die oberste hatte nur einen Schläger), die mittelste ganz mit unserer Skizze übereinstimmte und wobei jeder der Schläger 0,650 Meter (2 französische Fuss) Durchmesser hatte und pr. Minute 270 bis 310 Umläufe machte.

3) Putzmaschine mit Abreib- (Spitz-) Steinen und Bürsten, Ramonerie genannt[1]). Die bereits mehrfach erwähnte Essonner Maschinenfabrik der Herren Feray u. Comp. construirte diese Art von Putzmaschinen zuerst für die gleichfalls erwähnte Roinjeau'sche Getreidemühle zu Boissy-la-Rivière und später noch für viele andere Mühlen Frankreichs. Gewöhnlich bildet sie die dritte in der Aufeinanderfolge der überhaupt angewandten Reinigungsmaschinen, indem die gemeine Fege oder das Cylindersieb, sowie eine Tarare vorarbeiten.

Die ganze Maschine (Fig. 52) besteht aus zwei Hauptabtheilungen *A* und *B*, wovon die erste einen sogenannten Kopp- oder Spitzgang (zur Wegnahme der bitter schmeckenden Körnerspitzen) bildet, die zweite einen Bürstenapparat einschliesst. Bei *A* erkennt man daher auch zwei gewöhnliche (nur niedrige) Mühlsteine, wovon der obere *C* als Läufer durch eine Art Haue mit der treibenden Spindel *D* verbunden ist, der untere festliegende Stein *E* aber eine Büchse (Halslager) besitzt, durch welche die Spindel hindurchgeht. Diese Steine werden so gestellt, dass die einander zugekehrten aufgehauenen Flächen etwa sechs Millimeter von einander entfernt sind, so dass kein Zermahlen der Getreidekörner, sondern nur ein Abreiben und Abnehmen ihrer Spitzen erfolgen kann.

Fig. 52.

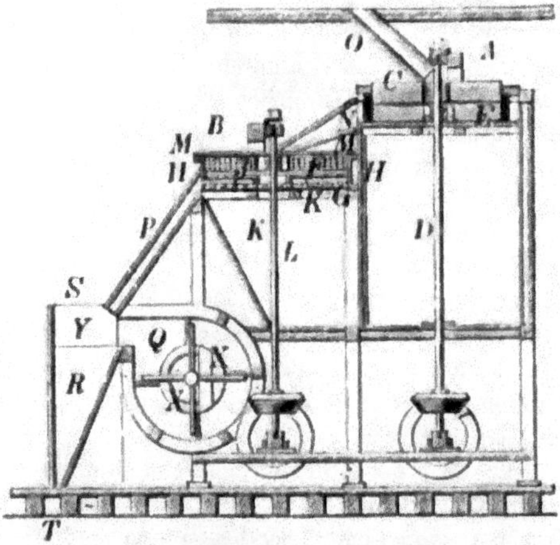

Das zweite System *B* besteht aus einer grossen Zahl schmaler, von der Welle *L* radial auslaufender Bürsten *G*, die auf einer Platte *F* befestigt sind, welche mit der Welle *L* fest verbunden ist und sonach mit dieser umläuft. Unter den Bürsten befindet sich eine horizontale, reibeisenartig durchlöcherte Platte *K* (die Bärte nach oben den Platten zukehrend), während ein eben so gebildeter festliegender Reibeisen-Blechmantel *H* den ganzen cylindrischen Theil von *B* umgiebt. Die Bürstenplatte *F* ist in ihrer Mitte mit einer Oeffnung versehen und auf diese eine Blechröhre *J* gesetzt, die bis zur Decke *M*

1) Le Blanc's „Recueil" T. 2. Pl. 60.

reicht. Im Spitzgang *A* wird das betreffende Getreide durch ein Rohr *O* dem Läuferauge zugeführt, wobei erwähnt werden mag, dass auch der Lauf oder Mantel, welcher die beiden Steine *C* und *E* umgiebt, aus Reibeisenblech (mit nach innen gekehrten Bärten) ausgestattet ist. Vermöge der auftretenden Fliehkraft werden sämmtliche durch die Steine gegangenen Körner nach dem Umfange der Reibeisenbütte getrieben und endlich nach der Stelle gedrängt, woselbst sich die obere Mündung einer Röhre *N* befindet, in der sämmtliches Mahlgut dem Bürstenapparate *B* zugeführt wird, und zwar so, dass *N* in das Verticalrohr *J* mündet, welches die Mitte der Wellfortsetzung von *L* im Innern von *B* umgiebt. Sämmtliche Körner gelangen über den mit Reibeisenblech beschlagenen Boden *K*, woselbst sie der drehenden Wirkung der Bürsten unterworfen, herumgerollt, abgerieben, überhaupt von den fest anhängenden Unreinigkeiten und besonders von dem Schmutze befreit werden, der sich in der Partie des sogenannten Keimstriches der Körner festgesetzt hat und der ohne Anwendung von Bürsten schwer zu entfernen ist.

Nach und nach wird auch hier die ganze Masse nach dem Umfange getrieben, von der Reibeisenfläche des Mantels *H* noch weiter abgerieben und endlich durch den Canal *P* einem Behälter *R* überliefert. Zur Seite des letzteren befindet sich ausserdem ein Ventilator *Q*, der bei seiner Umdrehung durch die Oeffnung *X* Luft ansaugt, diese bei *Y* nach aussen treibt und veranlasst, dass Staub und sonstige leichte Theile bei *S* nach auswärts gejagt und nur alle schweren Theile in den Raum *R* herabfallen und durch eine Bodenöffnung *T* einem tieferliegenden (in unserer Skizze weggelassenen) Siebwerke zugeführt werden, woselbst man die guten Getreidekörner von etwa noch beigemengten Samen-, Erd- und Steintheilchen trennt. Beim Arbeiten macht jede der Wellen *D* und *L* pr. Minute 170, der Ventilatorflügel 232 Umläufe.

Eine von Cartier construirte Reinigungsmaschine [1]) mit hohem verticalen Reibcylinder-Bürstenapparat und einem zweiten schiefliegenden Blechcylinder, mittelst dessen die kleinen Samenkörner beseitigt werden können, zeigt Fig. 53 im Aufrisse und Fig. 54 im Grundrisse, dabei die erstere Figur nach der Linie 1 . . . 2 abgeschnitten gedacht.

Fig. 53.

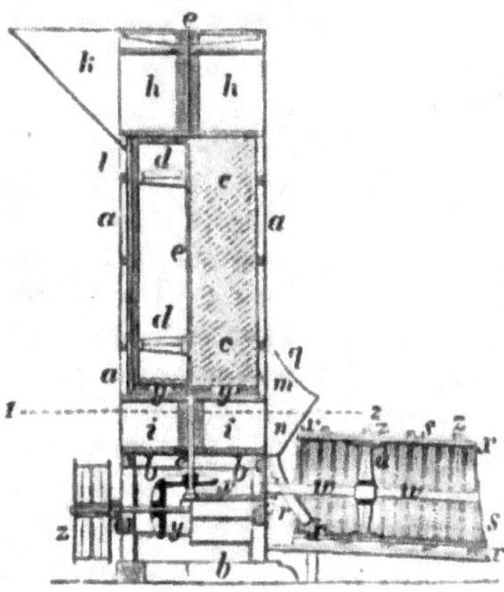

Das Gehäuse des oberen Theiles bildet ein feststehender Cylinder *a*, der von einem hölzernen Gerüste *b* getragen wird. Innerhalb *a* ist concentrisch ein zweiter Cylinder *c* angebracht, der durch Arme *d* mit der verticalstehenden Welle *e* verbunden und mit dieser zugleich drehbar ist. In Fig. 53 ist zugleich ein Viertel vom Cylinder als weggenommen gezeichnet, um Einsicht in das Innere zu gestatten. Uebrigens ist sowohl *a* innerhalb als *c* ausserhalb seines Mantels mit reibeisenförmigem Blech beschlagen,

1) Armengaud aîné: „Publication Industr.“ T. 1, Pl. 11.

sowie auch die untere Fläche des letzteren mit Bürsten ausgestattet ist, die den gleichfalls mit Blechen vorgenannter Art beschlagenen Boden *g* des Cylinders *a* berühren. Endlich befinden sich in *h* und *i* zwei Ventilatoren, die ebenfalls an der stehenden Welle *e* festsitzen und mit dieser zugleich umlaufen. Wie die Bewegung von *e* mittelst eines Kegelradpaares *xy* von der Riemenscheibe (einer losen und festen) *z* übertragen wird, erhellt ohne Weiteres aus der Zeichnung.

Bei der Arbeit mit der Maschine führt man das Getreide durch den Rumpf *k* und die Oeffnung *l* zwischen beide Cylinder *a* und *c*, zu gleicher Zeit aber werden die mitgebrachten leichten Körner durch den Ventilator *h* nach auswärts getrieben. Zwischen den Cylindermänteln wird das herabfallende, spiralförmige Wege beschreibende Getreide gehörig abgerieben, etwas gespitzt, am Boden *g* gebürstet und durch die Oeffnung *m* in den Rumpf *n* geführt. Allen Staub und sonstige leichte Theile jagt der Ventilator *i* nach *q* hin auswärts, während die schweren Körper durch das Rohr *r* dem schrägliegenden Siebwerke *s* überliefert werden.

Letzteres, gleichsam die zweite Abtheilung der Maschine (Fig. 54 in der Ansicht von oben dargestellt), besteht aus einem Blechcylinder, der sowohl mit kleinen runden, als grösseren länglichen Oeffnungen von der Art versehen ist, dass durch dieselben fremde Samen-, zerbrochene Getreidekörner, entsprechende Erdtheilchen etc. hindurchgehen, die guten Körner aber in der Axenrichtung fort und direct den Mühlsteinen zugeführt werden.

Fig. 54.

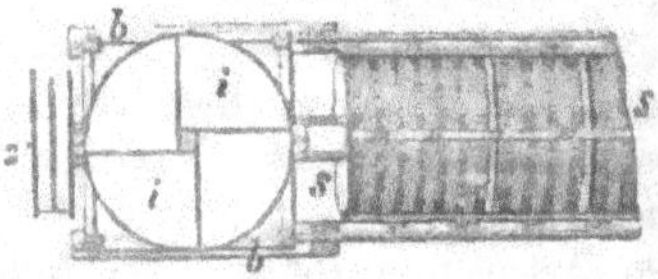

Holzstäbe *x* mit umbundenen Ringen *z* bilden mit den Armen *u* und der Welle *w* das Gerippe des Apparates. Schliesslich werde angeführt, dass der innere Verticalcylinder bei 60 Centimeter Durchmesser pr. Minute 275 bis 280 Umläufe verrichtet, der schiefliegende in derselben Zeit 28 bis 30 und dass die Maschine pr. Stunde 600 bis 700 Kilogramm Getreide völlig rein zu machen im Stande sein soll.

Eine ebenfalls vielgerühmte französische Getreidereinigungsmaschine von Lasseron und Legrand in Niort (Tarare vertical conique à force centrifuge) zeigt Fig. 55 im Verticaldurchschnitte [1]).

Das zu reinigende Getreide gelangt durch den Rumpf *a* auf ein Siebwerk *b*, welches bei *y* aufgehangen ist und rechts am Ende *c* durch eine Daumwelle *d* in schüttelnde Bewegung versetzt wird. Zwei schiefe Ebenen *e* und *f* leiten das durchgesiebte Mahlgut derartig, dass die guten und schweren Körner nach *i* fallen, während die leichten Theile durch einen Ventilator *g* bei *h* ins Freie getrieben werden. Von *i* aus gelangen die Körner in einen Blechcylinder (mit horizontaler Axe) *k*, dessen Mantel mit nach innen gekehrten Reibeisenbärten versehen ist und worin sich ein zweiter concentrischer Cylinder *l* dreht, der ebenfalls mit Reibeisenblech beschlagen ist. Nach dem Passiren dieses Raumes fallen die Körner in der Knieröhre *m* zwischen die vertical stehenden Kegel *p* und *q*, wobei kaum die Bemerkung erforderlich sein wird, dass beide

1) Rollet's „Meunerie" p. 76, Pl B.

Kegel ebenfalls in geeigneter Weise mit Reibeisenblech beschlagen sind und der äussere unbeweglich ist.

Fig. 55.

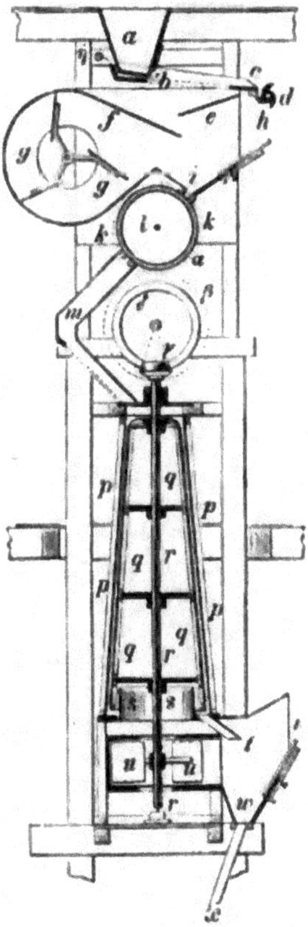

Beim raschen Umdrehen des inneren, an der stehenden Welle *r* befestigten Kegels *q* werden die Körner nochmals kräftig abgerieben, bis sie endlich durch ein Rohr *t* auslaufen und hier wiederum der Wirkung eines Ventilators *u* ausgesetzt werden, der alle Spreu, Staub u. d. m. nach *v* treibt, alle guten Körner aber nach *w* hin fallen lässt, von wo aus sie durch ein Rohr *x* abgeführt werden können.

Vor der Cartier'schen Maschine (Fig. 51) bietet die soeben beschriebene jedenfalls den Vortheil, dass die Körner bei ihrem spiralförmigen Herablaufen zwischen den hohen Kegeln *p* und *q* einer immer grösser werdenden Umfangsgeschwindigkeit ausgesetzt sind und demnach auch einer zunehmenden Abreibungswirkung unterliegen. Dagegen würde man das Weglassen jeder Bürste als einen Mangel betrachten können, weil durch diese (ungeachtet ihres schnellen Abnutzens) allein der Schmutz gründlich entfernt wird, der in den sogenannten Keimstrichen der Körner festsitzt.

Noch andere in Frankreich beliebte Reinigungsmaschinen haben Niceville und Corrège[1]) angegeben und in Ausführung gebracht, die sich von den vorbeschriebenen namentlich dadurch unterscheiden, dass an der verticalen Hauptwelle nicht bloss cylindrische oder kegelförmige Körper mit Reibeisenblechen vorkommen, sondern gleichzeitig durch vertical stehende flügelförmige Fächer eine Art von Schläger gebildet werden, deren äussere Kanten, wie bei *α* Fig. 56 geradlinig sind oder wie bei *β* von irgend einer Curve begrenzt werden. Derartige Maschinen sind u. A. bei den Getreidereinigungsmaschinen in der Mühle zu St. Maur[2]) eingeschaltet und giebt zum Verständniss des in gedachter Mühle überhaupt adoptirten Processes die nachfolgende Skizze (Fig. 56) eine für gegenwärtigen Zweck ausreichende Uebersicht.

Das in einen Rumpf *a* geschüttete Getreide fällt zuerst auf ein ebenes Siebwerk *b*, welchem man pr. Minute etwa 200 Hin- und Hergänge (schüttelnde Bewegungen) ertheilt, wobei Staub, verkrüppelte oder zerbrochene Getreidekörner, fremde Sämereien u. s. w. durch die Siebmaschen gehen, während die guten und schweren Körner in einen Trog *d* fallen und wobei zugleich ein

1) Rollet's „Meunerie" p. 75 und Benoît's „Guide du Meunier". Auflage von 1863, §. 151 und 152.

2) Benoît's „Guide du Meunier". Auflage von 1863, T. 2, §. 330.

Ventilator *v* alle leichten Theile hinwegbläst. Aus dem Troge *d* hebt ein Elevator *e* die Körner auf die vorerwähnte Corrège'sche Reinigungsmaschine *fgh*, die hier in vier Kammern getheilt ist.

In der ersten oder obersten Kammer dreht sich ein Schläger mit radialen, verticalstehenden, dreieckigen, aus Reibeisenblech gebildeten Flügeln α, während die vier Flügel β der zweiten Kammer so gebildet sind, wie die Skizze erkennen lässt, und in der dritten Abtheilung gar keine Flügel vorkommen, sondern hier ein kurzer Cylinder γ eingebracht ist. An den Uebergangsstellen von einer Kammer zur anderen (in unserer Figur mit den Ziffern 1 bis 6 bezeichnet) sind niedrige Ringe am äusseren unbeweglichen Cylinder befestigt, die man ebenfalls mit Reibblech beschlagen hat.

Fig. 56.

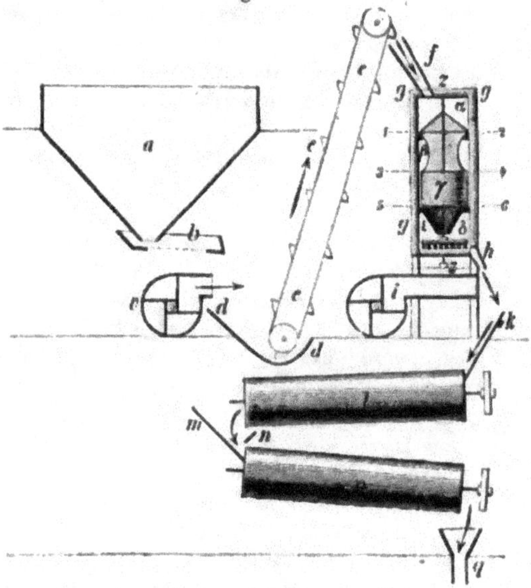

Aus der dritten Kammer gelangen die Körner in eine vierte Abtheilung, auf deren Boden sich ein ebenfalls an derselben stehenden Welle *zz* befestigter Bürstenapparat δ herum bewegt. Damit die Körner beim Herabgehen von γ nach δ sämmtlich nach einer Oeffnung in der Mitte der Bürstenscheibe geführt werden, ist unter dem Boden der Abtheilung γ ein Trichter ε angebracht, der über der Bürstenscheibe δ mündet.

Nachdem sämmtliche Körner den Bürstenapparat passirten, fallen sie einer Leitungsröhre *h* zu und gelangen nach zwei Gattungen von Rollsieben *l* und *p*, wobei kaum erforderlich sein wird, auf die Wirkung des Ventilators *i* und auf die Nützlichkeit der Ablenkungswände *k*, *m* und *n* aufmerksam zu machen.

Die Verticalwelle *zz* macht gewöhnlich 280 Umläufe pr. Minute, jedes der Rollsiebe etwa 30 in derselben Zeit [1]).

Anmerkung. Durch keine der vorbeschriebenen Reinigungsmaschinen wird das Getreide von allerlei runden Unkrautsamen so vorzüglich getrennt, wie durch eine Maschine, welche von den Franzosen Vachon (Vater und Sohn)

1) Wegen noch anderer mehr oder weniger beobachtungswerther französischer Getreidereinigungsmaschinen muss auf Rollet's „Meunerie", p. 78, Pl. 5 verwiesen werden.

in Lyon bereits vor dem Jahre 1845 zuerst angegeben, seit dieser Zeit aber mehrfach verbessert und vielfach ausgeführt wurde [1]).

Die Erfinder haben dieser Maschine den Namen Trieur (Ausleser) gegeben, da sie zuletzt in der That die runden (schlechten oder doch fremden) Samentheile von den guten länglichen Getreidekörnern, fast wie beim Auslesen durch die Menschenhand, zu entfernen im Stande ist.

Mit Hülfe nachfolgender Abbildungen wollen wir die ganze Maschine zuerst beschreiben, nachher aber auf ihre angedeutete Wirkungsweise zurückkommen. Fig. 57 stellt einen verticalen Längendurchschnitt der ganzen Maschine in ihrer Totalansicht dar und zwar in etwas mehr als $^1/_{30}$ der wahren Grösse.

Fig. 57.

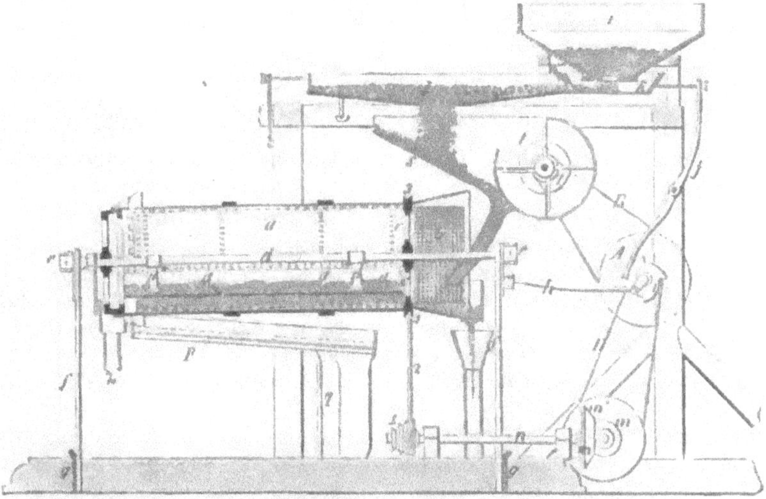

Den Haupttheil der Maschine bildet ein Blechcylinder *ab*, der in seinem ersten Drittheile *b* mit Längenlöchern (wie sie Fig. 58 in vergrössertem Maassstabe erkennen lässt) völlig durchbrochen ist. Die Grösse dieser Löcher ist so bemessen, dass nur zerbrochene oder verkrüppelte Getreide- und kleinere fremde Körner hindurchfallen können. Die anderen $^2/_3$ der Länge, die mit *a a* bezeichnet sind, haben inwendig nur kreisrunde Vertiefungen (nicht durchgehende Löcher), wie solche Fig. 59 in wahrer Grösse (im Grundriss aufgerollt und im Profile) erkennen lässt. Bei *cc* ist der Cylinder mit einer Schnurscheibe 3...3 ausgestattet, um

Fig. 58.

1) Bulletin d'encouragement. 45 année, p. 559. Armengaud aîné: „Publication Industrielle". T. 5, p. 320, Pl. 28. Armengaud frères: „Genie Industriel". T. 1, p. 388, Pl. 23. Petitcolin et Chaumont: „Atlas Universel" etc. T. 1, Pl. 17, 18 et 19.

eine Drehung desselben hervorbringen zu können, ohne dass seine Welle *d* an der Umdrehung Theil nimmt.

Uebrigens werden die beiden Enden der Welle *d* in *ee* gestützt, wozu elastische Ständer *ff* vorhanden sind, die sich nach Erforderniss biegen lassen, während ihre unteren Enden *gg* im Fundamente unverrückbar befestigt sind. Letztere Anordnung dient dazu, eine Längenbewegung des Cylinders nebst seiner Stützwelle *d* in geeigneter Weise zu Stande zu bringen.

Fig. 59.

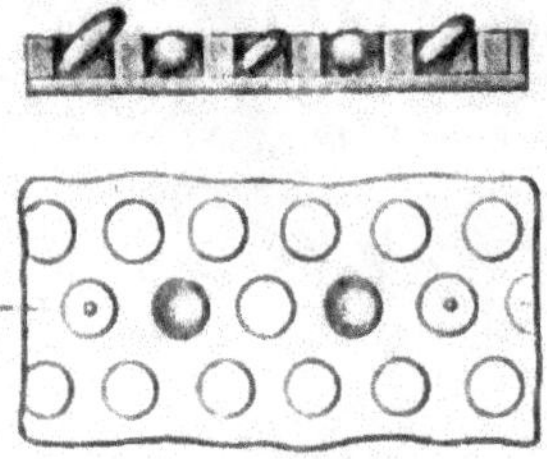

Alle bei der Maschine überhaupt erforderlichen Bewegungen gehen von *i* aus, wo sich eine horizontal gelagerte Welle vorfindet, auf welcher erstens Riemenscheiben *A*, zweitens eine Kurbel und drittens eine vierhübige unrunde (Daumen-) Scheibe festgekeilt ist.

Die erforderliche Rotationsbewegung des Cylinders *ab* um die (unbewegliche) Axe *d* wird von *i* aus durch einen Riemen *D*, konische Räder *mm'* und durch Schnurscheiben 1 . . . . 3 (mit über letztere geschlagener Schnur 2) übergetragen, während man die geradlinig hin- und hergehende Bewegung des Cylinders *a* nebst der Stützwelle *d* durch Kurbel und Lenkstange *h* erzeugt.

Die dritte Bewegung, welche von *i* aus fortgeleitet wird, und zwar mit Hülfe der Daumenscheibe und des Krummhebels *j*, veranlasst ein Schütteln des Siebes *kl*, auf welches das im Rumpfe *t* angesammelte Getreide zuerst fällt. Die Gestalt der Maschen oder Löcher dieses Siebes zeigt Fig. 59 in wahrer Grösse. Endlich geht eine vierte Bewegung von *i* aus, nämlich eine Riementransmission *B* zur Umdrehung eines Ventilators *t*.

Gewöhnlich macht die Welle *i* pr. Minute 200 bis 210 Umläufe, das Rollsieb *ab* dagegen in derselben Zeit nur 5 bis 6.

Im Innern des Cylindersiebes *aa* ist concentrisch zu seinem Mantel eine hohle Schale oder Mulde *α* mittelst Armen *ββ* an der Stützaxe *d* aufgehangen (Fig. 60 in grösserem Maassstabe als Detail gezeichnet), die also auch (wie die Axe *d* selbst) an den Umdrehungen des Cylinders *ab* nicht Theil nimmt.

Fig. 60.

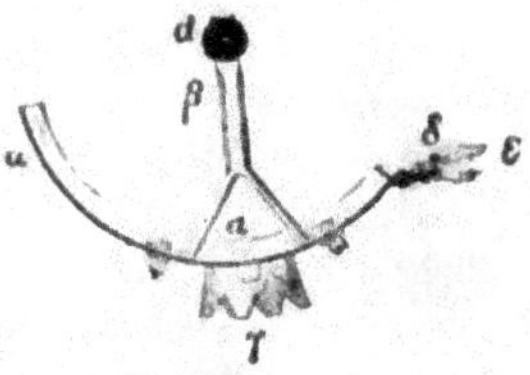

Der Arbeitsgang ist hiernach folgender. Nach Oeffnung des Bodenschiebers am Rumpfe fällt die ganze Masse auf das mit dreieckigen Maschen (Fig. 61) ausgestattete Sieb *kl*, durch welches kleine Sämereien und alle Getreidekörner durchfallen können, sämmtliche grösseren Massen, Stroh, Erdklümpchen etc. aber auf der Siebfläche fortgeführt und seitwärts zum Herausfallen veranlasst werden können.

Sämmtliche durch das Sieb gegangenen Körner rollen auf einer schiefen Fläche *s* hinab, einem krummen Leitrohre zu, welches in das Ende *b* des Rollcylinders *ab* mündet. Beim Passiren der schiefen Ebene *s* macht sich natürlich die Wirkung des Ventilators bemerkbar, durch welchen alle leichten Theile nach aussen getrieben werden. Durch die rectangulären Oeffnungen (Fig. 58), womit der Mantel von *b* durchbrochen ist, fallen wieder alle kleinen Getreide-

und fremden Körner, Spreu, Erdtheilchen etc. (die sich in einem untergesetzten Gefässe sammeln), während sich sämmtliche grösseren runden und länglichen guten Getreidekörner und fremde grössere Samen in den Theil *a* des Rollcylinders begeben, wozu die fortschreitende Transportbewegung durch gehörige Neigung des Cylinders *a* gegen den Horizont entsprechend befördert wird.

Fig. 61.

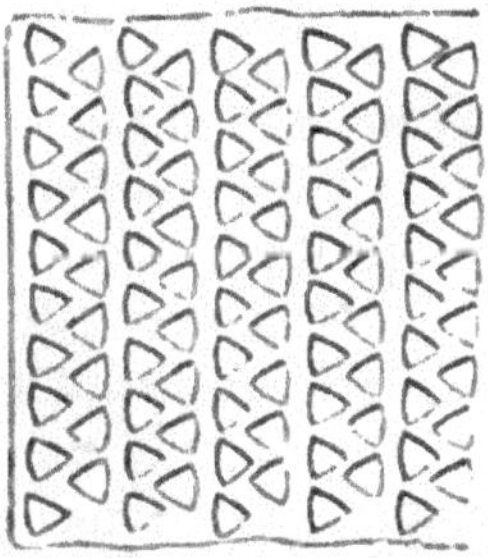

Dieser Cylindertheil ist es aber speciell, welcher den besonderen Namen Trieur (Ausleser) verdient, weil sich daselbst alle runden (nicht länglichen) Körner in den runden Zellen ansammeln, womit der innere Mantel von *a* (Fig. 59) ausgestattet ist, diese jedoch auch wieder aus den betreffenden Vertiefungen herausfallen, sobald sich *a* um den sovielten Theil seines Umfanges gedreht hat, dass das Gewicht der runden Körner gegen den Cylindermantel nicht mehr im Stande ist, den Druck auszuüben, der zu ihrem Verbleiben in den Zellen erforderlich ist.

Dadurch nun, dass die Schale $\alpha\beta$ in den Cylinder *a* an der Stütze *d* aufgehangen ist und sich in der Breite nach beiden Seiten bis zu dessen Mantel hin erstreckt, können die aus den Zellen herabfallenden Körner nicht wieder mit *a* in Berührung kommen, werden vielmehr beim Wege zur tiefsten Stelle von der Schale $\alpha\beta$ aufgefangen, dort gesammelt und gelangen endlich am äussersten Ende nach links hin in einer Röhre *z* zum Ausflusse.

Während dieses Vorganges rollen und gleiten die guten Getreidekörner, deren Länge für die Mantelvertiefungen oder Löcher im Innern von *a* zu gross ist, immer auf dem Boden von *a* fort, die tiefste Stelle suchend (gehen mit dem Mantel von *a* nicht in die Höhe) und gelangen endlich ebenfalls am linken Ende, etwas vor der Rohrstelle *z*, zum Austritte, woselbst sie auf ein (von einem Fusse *q* gestütztes) Sieb *p* fallen und wodurch noch eine Absonderung in grössere und kleinere Körner bewirkt werden kann.

Wir müssen jetzt noch einmal zur muldenförmigen Schale *ab* zurückkehren, und dem in vergrössertem Maassstabe (Fig. 60) skizzirten Durchschnitte derselben einige Aufmerksamkeit zuwenden. Nach rechts hin ist die Kante der Schale $\alpha\beta$ mit einer um Scharniere beweglichen Platte versehen, an welcher sich Finger δ befinden, die sich beständig an den Mantel des Cylinders *a* anlegen, sowie ferner ein mit aufgelöthetem Halter versehener Lederstreifen ε in etwas tieferer Lage eben daselbst befestigt ist. Endlich sind unterhalb α noch (der Länge nach) drei schräg liegende Lederstreifen γ befestigt, die ebenfalls bis an den inneren Mantel des Cylinders *a* reichen. Von diesen Lederstreifen bestrebt sich γ, die runden Körner in die runden Löcher von *a* hineinzustreichen, dagegen die Finger δ und Streifen ε sich bemühen, diejenigen Körner, welche beim Aufwärtssteigen mit dem Mantel *a* nicht von selbst herabfallen, aus den Löchern in *a* herauszutreiben, so dass der Cylinder *a* gleichzeitig gereinigt und zur Aufnahme neuer Körner befähigt wird.

Zur Erhöhung der Wirkungsweise des Auslesecylinders *a* lässt man gegen denselben von aussen wohl auch Hämmer oder Klopfer wirken, deren Construction und Anordnung besonders aus Petitcolin's und Chaumont's „Atlas Universel“, T. I, Pl. 19 zu ersehen ist.

§. 13.

Eingang und Verbreitung der verbesserten Mahlmühlen in Deutschland.

Die entschieden höheren Leistungen der verbesserten amerikanischen und englischen Mahlmühlen, die Thatsache, mittelst derselben aus gleicher Quantität Körner (namentlich Weizen) eine verhältnissmässig grössere Menge feinen Mehles gewinnen zu können, beim Vermahlen nur eine ganz unbedeutende Quantität zur Nahrung völlig unbrauchbaren Stoffes zurückzubehalten, und endlich die Erfahrung, dass sich das auf den französischen Steinen (Seite 27, Note) völlig trocken vermahlene Getreide weit besser für den Export [1]) eigne, — dies zusammengenommen waren die Hauptursachen, weshalb man im Anfange der 1820er Jahre auch in Deutschland begann, dem wichtigen Gegenstande gebührende Aufmerksamkeit zu schenken. Mahlzwang, Bannrechte und Vorurtheile vermochten zwar die Einführung des Bessern zu verzögern, nicht aber zu verhindern, vielmehr zeigte es sich bald, dass auch hier der Kampf der alten Zunft, des Müllerhandwerks, gegen die intellectuelle Industrie ein vergeblicher sei, und der Glaube an die Erfüllung der Prophezeiung Raum gewann, dass die Zeit kommen könnte, wo das gemüthliche Müllergewerbe von der kaufmännischen Mehlfabrikation beinahe ganz verdrängt werden würde.

Den Anfang, Getreidemühlen nach amerikanisch-englischer Weise in Deutschland einzurichten und zu betreiben, machte man in Preussen, indem sich bereits 1825 [2]) solche Anlagen in Magdeburg (von Fenton Murray in Leeds erbaut), in Guben unter

---

1) Allerdings erzielte man in Deutschland unter Umständen, auch schon vor Einführung der amerikanisch-englischen Mahlmühlen, gutes Mehl für den Export, sogenanntes Dauermehl, welches sich auf langen Seereisen und in heissen Klimaten hält, ohne zu verderben (wie u. A. die Nachrichten von Beuth lehren, in den Verhandlungen des Vereins zur Beförderung des Gewerbefleisses in Preussen 1825, S. 54 und in dem Berichte über Mehlfabrikation in Stralsund Beilage H, S. 124 der „Beiträge zur Kenntniss des amerikanischen Mühlwesens und der Mehlfabrikation“. Berlin 1832). — Vortheilhafter für die Bereitung von Dauermehl waren aber die verbesserten Mühlen dessenungeachtet, weil sie weder des gedörrten Getreides, noch des Trocknens des Mehles, sondern nur eines alten Getreides etc. bedurften. — Man sehe auch die Angaben von Corty in dem zuletzt angeführten Werke S. 98: „Die Kunst exportables Mehl zu machen“ etc.

2) Beuth: „Beiträge zur Kenntniss des amerikanischen Mühlenwesens“. S. V.

Leitung des tüchtigen Pächters Corty[1]), in Berlin die nach englischer Art vom Mechaniker Freund eingerichtete Dampfmühle von Schumann und Krauske[2]), an der Oberoder die Guben'sche nach amerikanischer Weise arbeitende Dampfmühle[3]) u. s. w. vorfanden[4]).

Die preussische Gewerbeverwaltung unterstützte und förderte diesen ersten Anfang in jeder Weise, machte unter Anderem 1825 vollständige Zeichnungen und Beschreibungen der besten englischen und amerikanischen Mühleneinrichtungen bekannt und sandte 1827 namentlich zwei Zöglinge des königlichen Gewerbe-Institutes in Berlin (Ganzel und Wulff), gelernte Mühlenbauer, nach England und Amerika, um an Ort und Stelle Alles, was sich auf den fraglichen Gegenstand bezog, praktisch kennen zu lernen. Der Reisebericht dieser beiden Techniker wurde 1832 auf Befehl der preussischen Regierung herausgegeben[5]), sowie von beiden mehrere grössere Mühlenanlagen mit glänzendem Erfolge ausgeführt und in bester Weise geleitet wurden.

Für die westlichen Provinzen des preussischen Staats erwarb sich der verewigte Oberpräsident von Vincke das Verdienst, durch Erbauung und Einrichtung einer amerikanischen Getreidemühle auf dem Gute Busch an der Lenne (wahrscheinlich bald nach 1830) die erste Musteranstalt dieser Art ausgeführt zu haben[6]).

In Süddeutschland war es die königlich würtembergische Regierung, welche zuerst eine nach amerikanischer Weise con-

1) Ebendaselbst S. 79 und 95, zehngängige nach englischer Art erbaute Mühle an zwei von der Neisse getriebenen Wasserrädern.

2) Berliner Verhandlungen, 1825, S. 131.

3) Ebendaselbst S. 47.

4) Zu erwähnen dürfte hier besonders sein, dass der Berliner Mechaniker Freund um dieselbe Zeit bereits eine ehrenvolle Concurrenz im Auslande mit England bestand, indem er eine Mühle nach amerikanisch-englischer Art für Hamburg baute. (Beuth a. a. O. S. V.) — Egen in seinen „Untersuchungen der Wasserwerke im Rheinlande und Westphalen“ (Berlin 1831) giebt S. 148 an, dass Freund bereits 1823 in Magdeburg eine Dampfmühle erbaut habe. Ist damit die von Beuth citirte Mühle gemeint, so hat sich Egen wahrscheinlich geirrt, da Beuth hierüber gewiss besser unterrichtet gewesen ist.

5) Das bereits mehrfach citirte Werk: „Beiträge zur Kenntniss des amerikanischen Mühlenwesens“, worin die ersten 76 Seiten „Auszügen aus dem Reiseberichte“ gewidmet sind.

6) Amtlicher Bericht über die allgemeine deutsche Gewerbe-Ausstellung zu Berlin im Jahre 1844. Zweiten Theiles zweite Abtheilung. S. 51.

struirte Getreidemühle ins Leben gerufen hat, und zwar an die Stelle einer der Finanzkammer gehörigen Mahlmühle zu Berg bei Stuttgart.

Diese Mühle wurde in den Sommern 1830 und 1831 erbaut und kam mit dem 1. September des letzteren Jahres in Gang [1]); das Mehl derselben fand in kurzer Zeit so viel Absatz, dass man schon 1832 auf eine Erweiterung Bedacht nehmen musste. Der allergrösste Nutzen dieser Mühle bestand aber in dem gegebenen Beispiele, indem bald in verschiedenen Orten des Königreichs Würtemberg nach dem Muster der Mühle zu Berg ebenfalls Getreidemühlen entstanden, z. B. in Althausen, Söflingen, Urach, Reutlingen, Tübingen, Esslingen und Heilbronn [2]).

Bereits vor dem Entstehen der Mühle zu Berg hatte sich auch die königlich baierische Regierung um dieselbe wichtige Sache verdient gemacht, indem sie am 27. Februar 1828 die Preisaufgabe stellte [3]):

„Demjenigen, von welchem binnen zwei Jahren im Königreiche eine Mahlmühle von wenigstens drei Gängen nach dem Muster der in England und Nordamerika seit längerer Zeit mit dem besten Erfolge ausgeführten Mühlen errichtet und in Gang gebracht würde, eine Prämie von 3000 Gulden zu ertheilen.“

Für die Erlangung dieser Prämie trat ein einziger Bewerber, nämlich der Mechaniker Späth zu Nürnberg (auf dem Dutzenteiche) auf, indem er nachwies, bereits 1831 eine derartige viergängige, von einem oberschlägigen Wasserrade betriebene Getreidemahlmühle zu Stande und in Gang gebracht zu haben. Der Preis wurde Späth im Jahre 1832 mit dem Bemerken zuerkannt [4]), „dass die Mühle wirklich eine englisch-amerikanische sei und zwar vollständig, aber mit einigen Modificationen“ [5]).

---

1) Durch 3 Wasserräder wurden 10 Gänge mit ihren Beutelwerken, 3 Griesstäuben, 3 Seidetambours, 1 Beutelwerk, 2 Fruchtaufzüge, 1 Putzmaschine und mehrere Siebwerke betrieben.

2) Im Jahre 1837 veröffentlichte man ausführliche Zeichnungen und Beschreibungen der Mühle unter dem Titel: „Beschreibung der neuen Getreidemühle zu Berg bei Stuttgart“. Verlag der Ebner'schen Kunsthandlung in Stuttgart.

3) Kunst- und Gewerbeblatt für das Königreich Baiern. Jahrg. 1832, S. 766.

4) Kunst- und Gewerbeblatt für das Königreich Baiern. 1832, S. 777 und 784.

5) Unterm 4. Juni 1828 hatte Späth bereits ein königl. baierisches Privilegium „auf die Einführung der englisch-amerikanischen Mahlmühlen“ erlangt. Die zugehörigen Zeichnungen und Beschreibungen finden sich im Jahrg. 1831 des vorgedachten Baierischen Gewerbeblattes S. 431 ff.

Von besonderem Erfolg, als Beispiel zur Nachahmung, scheint indess diese Späth'sche verbesserte Mühle nicht gewesen zu sein, indem noch 1837 der Müllermeister Bachmann[1]) in Folge hohen Befehls beauftragt wurde, für den baierischen Müllerverein eine Reise in den würtembergischen Staat zu unternehmen, um die dortigen amerikanischen Kunstmühlen zu besichtigen[2]).

Glücklichere Fortschritte machte die Verbreitung amerikanisch-englischer Mühlen in den darauf folgenden Jahren (1833 bis 1835) in Preussen, wo sich namentlich die königliche Seehandlung besondere Verdienste erwarb[3]). Bereits von 1822 ab liess letzteres Institut (in Folge der der Danziger Kaufmannschaft gewährten Unterstützungen) angekauftes Getreide vermahlen und das gewonnene feine Mehl theils nach England, theils nach transatlantischen Häfen ausführen, machte aber dabei die Erfahrung, dass die inländische Müllerei hinter der des Auslandes, namentlich der Nordamerikaner, zu weit zurück war, um auf den überseeischen Märkten concurriren zu können.

Um hier helfend einzuwirken, erwarb sich die Seehandlung zuerst das an dem Oderflusse gelegene Mühlenetablissement zu Thiergarten bei Ohlau (in Schlesien) und liess dasselbe durch den geschickten schon oben erwähnten Mühlenbaumeister Ganzel nach amerikanischer Art einrichten. Bereits 1834 wurden acht Gänge derselben in Betrieb gesetzt, die man später noch um zwei sogenannte Griesmahlgänge erweiterte.

Diese Mühle diente namentlich den in Schlesien nachher entstandenen zum Muster und trug wesentlich dazu bei, besserem Mehle sowohl für den Bedarf im Inlande, wie für den Export Eingang zu verschaffen.

Aber auch die Privatindustrie war für die Fortschritte thätig. Rühmlichst genannt zu werden verdient deshalb zunächst der schon früher um die Mehlausfuhr Danzigs verdiente Kaufmann, nachherige Commercienrath Witt. Von 20 in Danzig gepachte-

---

1) Bachmann veröffentlichte später (1844) ein Buch unter dem Titel: „Der praktische Müller" (München, Palm's Hofbuchhandlung), woselbst S. 41 der fragliche Gegenstand besprochen wird.

2) Man sehe auch Prof. Desberger's Abhandlungen „Ueber englisch-amerikanische Mahlmühlen" und die Ursachen, welche deren Einführung in Baiern entgegenstehen, in dem Kunst- und Gewerbeblatte für das Königreich Baiern. Bd. 15 (1837), S. 40, 441 etc.

3) Amtlicher Bericht a. a. O. S. 49.

ten Mahlgängen liess er zuerst 12 nach amerikanischem Principe einrichten und in der Nähe bald andere hinzufügen, so dass er nach und nach nicht weniger als 31 Mahlgänge verbesserter Constructionsweise im Betriebe hatte, wobei der zweite der oben genannten amerikanischen Reisenden, der wackere Mühlenbaumeister Wulff, als technischer Dirigent seine Thätigkeit zu entwickeln reiche Gelegenheit fand [1]).

Besonders zu erwähnen ist ferner der Regierungsbauconducteur Büscher zu Neustadt-Eberswalde, der sich bei Einrichtung seiner fünfgängigen Mahlmühle nach amerikanischer Weise zugleich bemühte, den Besitzern kleinerer Mühlen Mittel an die Hand zu geben, ohne bedeutende Abänderungen ihrer Anlage ein der damaligen vervollkommneten Mehlfabrikation möglichst nahe kommendes Product zu liefern [2]).

Im Jahre 1835 liess der Fabrikbesitzer Krückmann zu Berlin drei Mahlgänge der Potsdamer Wassermühle (von einem Arme der Nuthe getrieben) mit Erfolg zur trockenen Müllerei umgestalten, und nicht viel später richtete auch Commercienrath Grunau in Elbing seine Mühlwerke nach verbesserter Weise ein.

Vielleicht noch etwas früher wurde eine Getreidemühle nach amerikanischem Systeme am preussischen Rheine, gegenüber der Stadt Neuwied, auf dem Carl Winz (Chef der Handlung Florian Bianchi in Neuwied) gehörigen Gute „zur Nette" in Betrieb gesetzt. Diese Mühle hatte vier Gänge (vier Paar Mühlsteine), zu deren Bewegung zwei Wasserräder (am Nettebache liegend) dienten.

Um dieselbe Zeit hatte auch bereits der Hofrath von Müller in Luzern [3]), nach den früher (1821 und 1822) missglückten Bemühungen von Helfenberg in Rorschach (Canton St. Gallen), Bollinger in Wien [4]) und (1823) von Collier in Paris [5]) Getreidemühlen (zuerst in Warschau, nachher in Triest und zuletzt zu Frauenfeld im Canton St. Gallen) zu Stande gebracht, wobei

1) Amtlicher Bericht S. 51.

2) Ausführlich wird hierüber (mit Abbildungen begleitet) berichtet in den Berliner Verhandlungen vom Jahre 1834, S. 169 ff.

3) Mittheilungen des Gewerbevereins für das Königreich Hannover. Jahrg. 1835, S. 510. Leuchs' „Allgemeine polytechnische Zeitung", April 1834, S. 75.

4) Burg bespricht diese Mühlen ausführlich im 10. Bande der Prechtl-schen Technologischen Encyklopädie. S. 173 ff.

5) Benoît's „Guide du Meunier". Aufl. von 1830, S. 557.

Fig. 62.

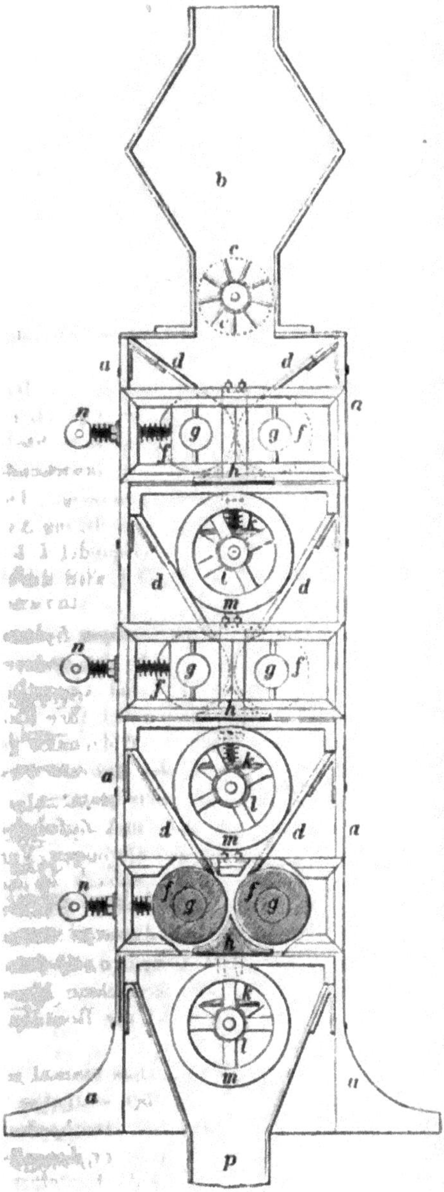

man, statt der Mühlsteine, eiserne Walzen verwendete. Indess entsprachen auch diese nicht eher den Erwartungen, als bis der Züricher Ingenieur Sulzberger im Jahre 1834 die mangelhafte Müller'sche Construction gründlich verbesserte und die Sache mit vollständigem Erfolge gekrönt wurde [1]). Die bereits von Müller in Frauenfeld constituirte Actiengesellschaft betrieb die Errichtung solcher Walzenmühlen mit ungewöhnlicher Energie, liess nicht nur die misslungenen Müller'schen Werke in Warschau, Triest und Frauenfeld mit Erfolg umbauen, sondern suchte auch an anderen Orten dieselben ins Werk zu richten, und schien es in der That, als wäre mit diesen Walzenmühlen für die Mehlfabrikation überhaupt eine ganz neue Periode der Wirksamkeit eröffnet.

Fig. 62 und 63 lassen die allgemeine Anordnung dieser Frauenfelder Walzenmühlen hinlänglich erkennen [2]).

Drei Paare solcher Walzen befinden sich immer, wie Fig. 62 erkennen lässt, in einem gusseisernen Gestelle *a* über einander,

1) Leuchs a. a. O. Zeitung v. 13. Decbr. 1838, S. 260. Fritsche in seiner Mühlenbaukunst (Leipzig 1845) setzt S. 66 das Zustandekommen der ersten Sulzberger'schen Walzmühlen in das Jahr 1835.

2) Eine Abbildung mehr (Verticalprofil) enthält Tafel 1 eines von mir 1843,

dessen Anordnung mit Zuziehung des Grundrisses Fig. 63 (ein unmittelbar über einem Walzenpaare entnommener Horizontalschnitt) leicht verständlich wird.

Die Anordnung der eigentlichen Mahlapparate erhellt am besten aus Fig. 62, wo das untere (dritte) Walzenpaar im Verticaldurchschnitte gezeichnet ist.

Fig. 63.

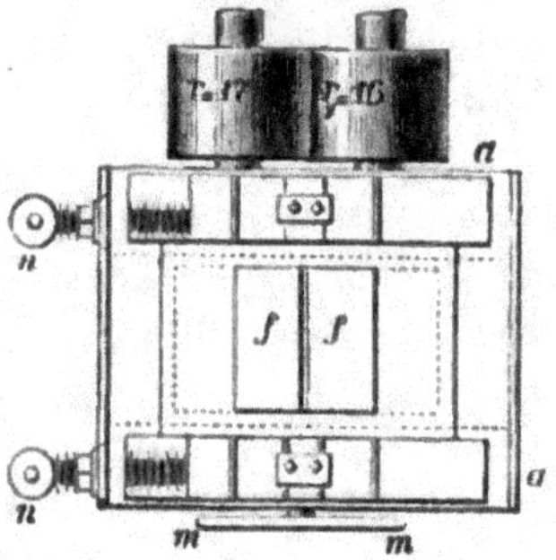

Die Walzen *f* von sechs Zoll Durchmesser und eben so viel Länge liegen horizontal neben einander und laufen mit ihren eingekeilten Zapfen in bronzenen Lagern. Ein darunter befindlicher keilförmiger Körper *h* umgiebt concentrisch mit seinen hohlen Flächen die Walzen, wobei zu bemerken ist, dass diese Segmentflächen raspelartig, und zwar so gehauen sind, dass die Schärfen der Walzenbewegung zugekehrt sind.

Um nach Umständen den Keil *h* dem correspondirenden Walzenpaare entsprechend nahe stellen zu können, dient eine Stellschraube *k*, wovon die Spindel eine drehende, die auf den Keil *h* einwirkende Mutter aber allein eine fortschreitende Bewegung anzunehmen vermag. Die Umdrehung gedachter Schraube wird durch ein Handrad *m* bewirkt, an dessen Axe ein Kegelrad *l* sitzt, welches in ein zweites auf der Schraubenspindel *k* befestigtes Kegelrad eingreift; die Stellung der Walzen gegen einander wird durch Schrauben *nn* hervorgebracht.

Immer zwei solche Ständer wie *a* bilden ein zusammengehöriges System, indem die Walzen des einen zum Schroten und Griesmachen, die des anderen zum Mehlmachen dienen. Die Walzen eines Schrotstuhles sind sämmtlich cannelirt (nur von verschiedener Feinheit), wobei die Furchen parallel, ihre Kanten oder Schneiden aber unter einem spitzen Winkel gegen die Walzenaxe gerichtet sind. Von den Walzen in den Mehlstühlen ist nur das unterste Paar mit feinen Riffeln versehen, die beiden obersten Paare aber völlig glatt.

Beim Arbeiten gelangt das Getreide aus einem Sammel- und Zufuhrbehälter (Fig. 62) in einen verengten Raum, worin sich, zur gleichförmigen Vertheilung der Masse, ein Flügel in gehöriger Weise umdreht, wonach es auf schiefe Flächen *dd* fällt und weiter zwischen das erste oder oberste Walzenpaar gelangt. Das hier erhaltene Mahlproduct fällt in den darunter befindlichen Rumpf *d*, wird von diesem sogleich dem zweiten Walzenpaare zugeführt, geht eben so durch das dritte Walzenpaar, bis zuletzt die gemahlene Masse als Schrot einem der Mehlstühle, oder als Gries und Mehl der Beutelmaschine durch die Oeffnung *p* übergeben wird.

Um ein blosses Zusammendrücken der Körner oder des schon einmal zermalmten Mahlgutes zu vermeiden und das erforderliche Zerreiben eintreten zu lassen, lässt man jede Walze eines und desselben Paares mit verschiedener Geschwindigkeit laufen, wozu auch die zusammengreifenden Räder *rr* desselben Walzenpaares (Fig. 63) verschiedene Zähnezahlen, in unserem Falle beziehungs-

---

S. 9 im Gewerbeblatte für das Königreich Hannover veröffentlichten Artikels, die Sulzberger'schen Walzmühlen betreffend.

weise 16 und 17 haben, so dass die Umdrehzahl der einen Walze pr. Minute gewöhnlich 216, die der anderen aber $229\frac{1}{2}$ ist.

§. 14.

Nachdem bis zum Jahre 1835 die verbesserten amerikanisch-englischen Mühlen in Deutschland Eingang gefunden und die Frauenfelder Walzenmühlen hierzu Aussicht hatten, war man mehrfach der Ansicht, dass zum rechten Betriebe derselben und vor Allem zur Fabrikation guten Dauermehles durchaus Dampfmaschinen verwandt werden müssten [1]), Wasserräder aber nicht dasselbe zu leisten vermöchten, überhaupt sogenannte Dampfmühlen erforderlich wären [2]).

An sich genommen, war diese Ansicht unrichtig, da der rationelle Maschinenbau damals theoretische und praktische Mittel bereits genug kannte, um unter sonst geeigneten Umständen ein Wasserrad eben so vollkommen wie eine Dampfmaschine, d. h. so construiren zu können, dass es hinsichtlich Gleichförmigkeit der Bewegung, Zuverlässigkeit, hinreichender Grösse und gehöriger Regulirungsmittel, um Variationen der Widerstände wie der Wasserkraft gehörig begegnen zu können, der Dampfmaschine nicht nachstand.

Näher betrachtet, war jedoch nicht zu verkennen, dass die angeführten Bedingungen bei gut construirten Dampfmaschinen (namentlich in der ersten Zeit der neueren Wasserradconstructionen) leichter und sicherer zu erreichen waren, als bei Wasserrädern, wozu noch der grosse Vortheil in die Wagschale fiel, dass man mittelst einer Dampfmaschine an jedem beliebigen Orte (wo Betriebswasser für Wasserräder gänzlich fehlte) einen zuverlässigen Motor schaffen konnte, sobald nur Brennmaterial und Kesselspeisewasser vorhanden war.

Während Preussen im Jahre 1836 bereits mehrere Dampf-

---

1) Man sehe u. A. aus dieser Zeit einen für die Geschichte des deutschen Getreide-Mühlenwesens nicht unwerthen Artikel (von J. J. Partl verfasst) in den Böhmischen „Mittheilungen für Gewerbe und Handel". Bd. 2 (Jahrg. 1836), S. 163.

2) Noch in späteren Jahren finden sich in den bedeutendsten technischen Zeitschriften Artikel, welche den Dampfmühlen energisch und entschieden das Wort reden, u. A. ein auch aus anderen Gründen bemerkenswerther Aufsatz von Frank: „Ueber Dampfmühlen und ihren Einfluss auf die Erzeugung eines guten Mehles" in der Zeitschrift des Niederösterreichischen Gewerbevereins vom Jahre 1850 (24. August), S. 268.

mühlen (Berlin allein drei)[1]) aufweisen konnte, wurde die erste Dampfmühle der österreichischen Monarchie am 20. September 1836 und zwar zu Oedenburg (in Ungarn, unweit des Neusiedler Sees) in Gang gesetzt[2]). Im Grossherzogthume Baden fing die erste Dampfmühle (und zwar in Mannheim) ungefähr um dieselbe Zeit ihre Arbeit an, und nicht viel später im Grossherzogthum Hessen die grosse Dampfmühle von Schneider u. Comp. in Oppenheim ganz nahe am Rhein, sowie eine zweite (vielleicht etwas später) bei Weissnau unweit Mainz.

Im Königreiche Hannover wurden Mühleneinrichtungen nach amerikanischer Weise bereits 1832 vom Pächter Fiedler jun. in der sogenannten Klickmühle (Residenzstadt Hannover) getroffen, während Hartmann in Rethen (Amt Hannover) die erste Dampfmahlmühle im Jahre 1836 in Betrieb setzte.

Alle diese Unternehmungen waren vom besten Erfolge begleitet[3]), eröffneten namentlich dem Weizen neue Absatzquellen und genügten gleichzeitig den Localbedürfnissen nach besserem, schönerem Mehle u. s. w. für Bäckereien und Küchen.

Wie fast überall im Leben beim Wirken und Schaffen der Menschen sich Extreme berühren, so geschah es auch in der Einführungsperiode der amerikanisch-englischen Mahlmühlen hinsichtlich ihrer Motoren. Während, wie vorher erwähnt, sehr Viele nicht einmal gute Wasserräder als hinlänglich brauchbar für den Betrieb der neuen Mühlen hielten, fanden Andere sogar das Windrad für dieselben noch geeignet, ungeachtet Jedermann wusste, dass Launenhaftigkeit, Unzuverlässigkeit und veränderliche Wirkung Hauptcharaktere des Windes in seiner Eigenschaft als bewegende Kraft sind.

Die erste nach amerikanisch-englischen Principien eingerichtete Windmühle in Deutschland scheint eine bei Breslau gewesen zu sein, die von dem auch sonst rühmlichst bekannten Fabrikencommissair Hoffmann daselbst, wahrscheinlich 1836 erbaut wurde

---

1) Böhmische Mittheilungen a. a. O., S. 164.

2) Beilage zu Nr. 81 des Kölner Allgem. Organs für Handel und Gewerbe vom 9. October 1836.

3) Eine Ausnahme hiervon machte u. A. auch die erste hannoversche Dampfmühle in Rethen, da diese kaum zwei Jahre bestehen konnte. Die Ursache dieses Misslingens lag jedoch hauptsächlich in den ihr auferlegten Beschränkungen, in vorhandenen Bannrechten, Zunftzwange etc., entfernter auch darin, dass sie zwischen mächtigen Wassermühlen lag und viel Steinkohlen als Brennmaterial verbrauchte.

Fig. 64.

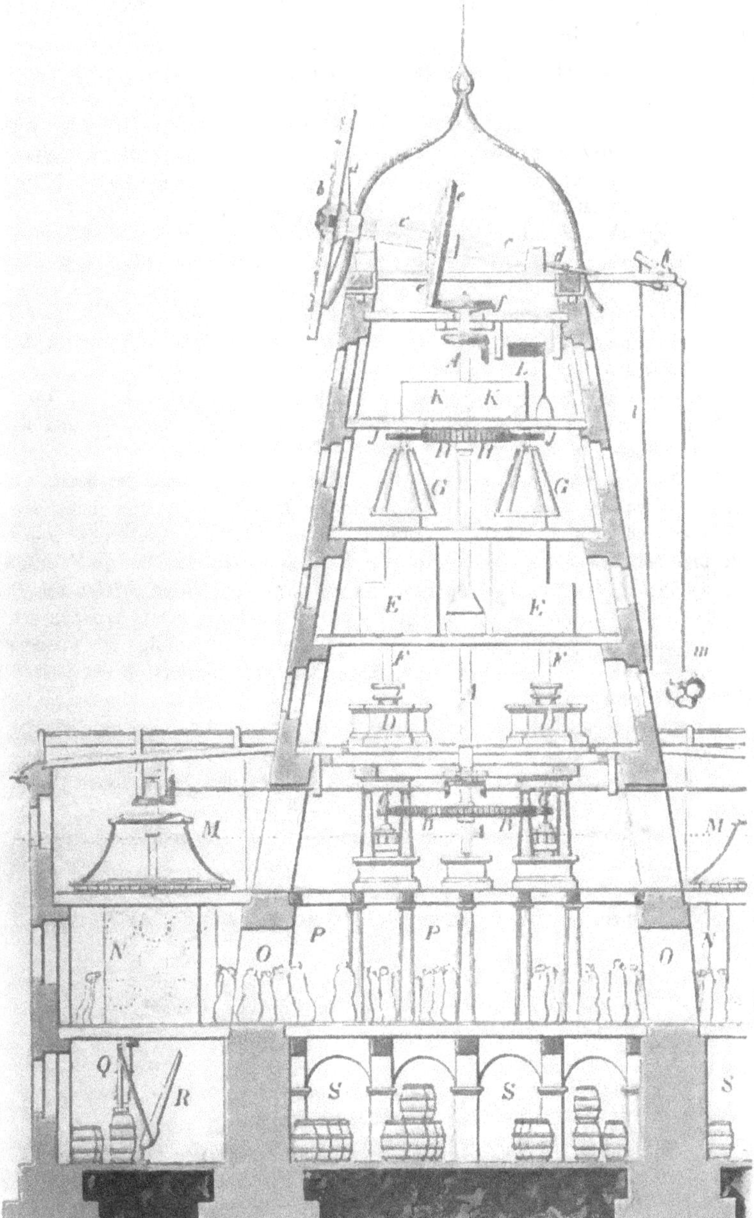

und deren (äussere) Gesammtansicht Bd. 1, S. 371, Fig. 229 und 230 zu finden ist, während wir in Fig. 64 (in grösserem Maassstabe gezeichnet) den Verticaldurchschnitt des eigentlichen Mahlwerkes nebst Zubehör liefern [1]).

Bei der Beschreibung der Mühle mit der obersten Abtheilung (die wir die erste nennen wollen) beginnend, werde zunächst erwähnt, dass die Anordnung der daselbst befindlichen hohlen gusseisernen Hauptwelle *cc*, der Ruthen- oder Armrosette *a* und die durch Winkelhebel und Schubstangen stellbar gemachten Jalousien (zur Bildung und Bedeckung der Flügelflächen) der Hauptsache nach jenem Windrade gleicht, welches Bd. 1, S. 384, Fig. 240 ausführlich besprochen wurde, weshalb auch die zur Bewegung des Winkelhebelwerkes erforderliche Schubstange *d*, das Zugseil mit dem Hebel *k* und dem Gegengewichte *m* besondere Erklärungen nicht bedürfen. Dasselbe gilt offenbar von der Art und Weise, wie die Bewegung des Windrades mit Hülfe der Zahnräder *e* und *f* auf die verticalstehende Haupt- oder Königswelle *A* des ganzen Werkes übergetragen wird.

Die zweite Abtheilung (von ungefähr 20 Fuss Durchmesser im Lichten) enthält die sogenannten Schüttkästen *k* für das rohe Getreide und die Aufzugsmaschinerie für letzteres.

Die dritte Abtheilung ist für die Reinigungsmaschinen bestimmt, von welchen unsere Quelle nur die durch Stirnräder *H* und *J* bewegten sogenannten Rubbers oder Smut-Mills (S. 30 in der Note bereits beschrieben) *GG* angiebt, und von diesen aus die Körner direct in die Vorrathskästen *EE* laufen lässt, welche in der vierten Abtheilung der ganzen Mühle placirt sind [2]).

Die fünfte Abtheilung enthält die vier Mahlgänge, welche symmetrisch in einem Kreise aufgestellt sind, dessen Durchmesser sich zufolge des grossen Stirnrades *B* von selbst ergiebt, da in dieses alle vier Getriebe *C* der betreffenden Mühleisen greifen.

Letztgedachtes Räder- und Stellwerk für Steine und Getriebe befindet sich nebst den zu beiden Seiten angeordneten Hopperboys *MM*, zum Kühlen des von den Steinen ablaufenden Mahlgutes, auf demselben horizontalen Boden der sechsten Abtheilung aufgestellt [3]).

Bemerkt werde noch, dass von den fünf Fuss im Durchmesser haltenden Steinen seiner Zeit zwei französischer Abkunft waren (von La Ferté), die beiden anderen rheinische (aus vulcanischem Basalt in der Nähe von Andernach), sowie dass sie (beim Besuche des Referenten) 100 bis 200 Umdrehun-

---

1) Gewerbeblatt für Sachsen. Jahrg. 1840, S. 148, nach einem Programme der Zittauer Gewerbeschule, welches einem vom Professor Pressler gelieferten Artikel: „Windmühle nach englisch-amerikanischem Systeme" entlehnt wurde.

2) Höchst wahrscheinlich sind dabei noch andere (vorausgehende und nachfolgende) Reinigungsmaschinen unbeachtet geblieben, weil der fragliche Process durch die Rubbers allein unmöglich völlig befriedigend ausgefallen sein kann.

3) Wie das Mahlgut von den Steinen nach den Räumen *M* gelangt, giebt unsere Quelle gleichfalls nicht an. Nach den hierüber für ähnliche Fälle anderer Mühlenordnungen früher gemachten Beschreibungen wird man sich indess die erforderlichen Transportmechanismen leicht denken können.

gen pr. Minute machten, während das Windrad in derselben Zeit 12 bis 13 Mal umlief.

Die siebente Abtheilung enthält zu beiden Seiten die zum Sichten bestimmten Beutelmaschinen *NN*, während der durch starke hölzerne Säulen gestützte Mittelbau *P* als Vorrathsraum benutzt wird, die darunter liegende achte Abtheilung aber zum Aufstellen einer Presse *QR* dient, um das für den Export bestimmte Mehl in geeigneter Weise in Fässer packen zu können.

§. 15.

Die erste Dampf-Walzenmühle, nach dem vorher beschriebenen Sulzberger'schen (Frauenfelder) Systeme kam gegen Ende des Jahres 1837 (29. October) und zwar zu Mainz in Gang[1]), der in der Mitte des nächsten Jahres 1838 eine zweite in Stettin[2]), eine dritte in München[3]) und endlich gegen Ende desselben Jahres eine vierte in Leipzig[4]) folgte.

Wahrscheinlich um dieselbe Zeit herum waren auch in den ausserdeutschen Besitzungen Oesterreichs Dampf-Walzenmahlmühlen in Pesth und Mailand entstanden[5]).

1) Kölner Organ (Beilage) vom 12. November 1837.

2) Ebendaselbst. Jahrg. 1838, S. 310.

3) Unterm 17. September 1837 berichtet die Augsb. Allgemeine Zeitung, dass der Grosshändler Erich in München bereits damit begonnen habe, eine Frauenfelder Getreide-Walzenmühle unter persönlicher Leitung des Ingenieurs Sulzberger ausführen zu lassen, welche täglich über 300 Centner Weizen zu feinem Dauermehl verarbeiten sollte. In wirkliche Thätigkeit kam das schöne Etablissement unter dem Namen „Ludwigsmühle" erst im Jahre 1838 und bestand dasselbe (wie fast alle Sulzberger'schen Walzenmühlenwerke) aus 24 Walzenstühlen oder Gerüsten der bereits oben beschriebenen Anordnung, also aus 72 Walzenpaaren in 24 Stühlen, je drei Paare über einander zusammengehörig. Der Betrieb erfolgte durch ein Wasserrad, welches man auf 24 (?) Maschinenpferdekräfte schätzte. Das tägliche Mahlquantum wurde zu 300 Ctr. Weizen angegeben (Mittheilungen des Vereins zur Ermunterung des Gewerbgeistes in Böhmen. Juli 1841, S. 225), also $\frac{1}{2}$ Ctr. (ein Himten = 0,597 preuss. Scheffel = 0,312 Hektoliter) pr. Stunde pr. Pferdekraft. Dabei wurde der Weizen nicht genetzt und ging 40 bis 70 Mal durch die Walzen. Die erhaltene Kleienmenge sollte 14 Proc. und die Verstäubung noch nicht ganz 2 Proc. betragen.

4) Die erste Aufforderung zur Errichtung einer Dampf-Mahlmühle auf Actien in Leipzig erfolgte durch Crusius und Harkort am 31. August 1836 (Köln. Organ vom 11. September 1836). Indess wollte die Sache nicht recht vorwärts (K. O. 2. Februar 1837), bis sie 1838 von einem Einzelnen, Kaufmann Platzmann in Leipzig, in die Hand genommen und zur Ausführung gebracht wurde (K. O. 24. Juli 1838. S. 364).

5) Die Anlagekosten einer Walzenmühlenanlage (zunächst der Mainzer), welche pr. 24 Stunden bis zu 300 Ctr. Weizen verarbeiten sollte, wurden dabei zu 156500 Gulden, das Betriebscapital zu 93500 Gulden angegeben. (Näheres hierüber, sowie

An sich eigneten sich diese Sulzberger'schen Walzenmühlen (besonders der Seite 83, Note 5 bemerkten Anlagekosten wegen) ausschliesslich nur zur fabrikmässigen Darstellung von Mehl, vorzugsweise aber für Dauer- oder Exportmehl, da das Mahlgut gar nicht erhitzt wurde und auf denselben nur ganz trockene Körner mit Erfolg vermahlen werden konnten.

Ueberhaupt wurde anfänglich das Walzenmühlenmehl wegen seines Ansehens und seiner Güte ausserordentlich gelobt, ja sogar behauptet, es enthalte im Vergleiche mit Steinmühlenmehl mehr Nahrungsstoff als letzteres [1]).

Nach und nach wurde man freilich anders über diese Walzenmühlen belehrt, wozu vor Allem der Umstand beitrug, dass man bald ihre Unfähigkeit erkannte, das Getreide rein auszumahlen, zu letzterem Zwecke vielmehr besondere Steingänge zur Seite stehen mussten [2]).

Aus letzterer Thatsache, sowie aus einigen anderen, die ebenfalls gegen die vielgerühmten Walzenmühlen sprachen, erklärt es sich, weshalb an vielen Orten in derselben Zeit (1838) unbe-

---

über die dabei zu erwerbende Dividende, findet sich im Kölner Organ vom 15. Juni 1839.)

1) v. Burg berichtet (Prechtl's Technol. Encyklopädie Bd. 10, S. 179), dass nach einer vom Professor der Chemie, Ottavio Ferrario, mit dem Mehle der Mailänder Walzenmühle vorgenommenen Analyse sich folgende Bestandtheile vorfanden.

	Walzenmühlenmehl.	Steinmühlenmehl.
Kleber	0,152	0,131
Stärkemehl	0,706	0,680
Zucker	0,052	0,048
Gummi	0,031	0,027
Wasser	0,054	0,098
Kieselsäure	0,005	0,115
Alaun	0	0,003
Kalk	0	0,0015
	1,000	1,000

Man sehe deshalb nach: Esame chimico del Farine di Framento delle Machine a Cilindre etc. Milano 1838.

2) Die Besitzer von Walzenmühlen klagten sehr bald über enorme Reparaturunkosten und Oelaufwand (Schmiere) der Walzen, besonders aber auch über verhältnissmässig zu hohe Triebkraft etc. und zu grosses Arbeitspersonal. Bei der Münchener Ludwigsmühle wurden beispielsweise auf 36 Walzstöcken jährlich 13000 baierische Scheffel (à 2,223 Hektoliter = 7,138 hannov. Himten) Mehl erzeugt, während die später (an Stelle der Walzen) angeordneten 13 Steingänge jährlich 21000 baierische Scheffel unter denselben Umständen zu vermahlen vermochten und anstatt früher 27 Arbeiter nachher nur 9 Arbeiter erforderlich waren.

kümmert fortwährend Steinmühlen nach amerikanisch-englischem Systeme eingerichtet wurden. Hiervon verdient zunächst die Adlermühle in Berlin angeführt zu werden, woran der Maschinenbauer Ostermann in Berlin fünf Mahlgänge anlegte, die von einer zwanzigpferdigen Dampfmaschine des Maschinenfabrikanten Spacier in Betrieb gesetzt wurden, während später diese Mühle in die Hände einer Actiengesellschaft kam, die sie auf zehn Mahlgänge erweiterte [1]).

Im Königreich Sachsen brachte man ebenfalls gegen Ende des Jahres 1838 die ersten Mühlen nach amerikanisch-englischen Principien zu Stande und zwar an zwei Orten zugleich, nämlich in der Neumühle des Plauenschen Grundes bei Dresden und in der Kloster-Mühle zu Chemnitz, beide von Wasserrädern bewegt, erstere am Weiseritz-, letztere am Chemnitzflusse gelegen [2]).

Im folgenden Jahre (1839) begann im österreichischen Staate und zwar zu Fiume in Kroatien ein schönes Getreidemühlenwerk (Stabilimento commerciale di farina) nach amerikanisch-englischem Systeme zu arbeiten.

Dasselbe liegt eine halbe Stunde vom Meere entfernt, besitzt 18 Gänge mit französischen Steinen von 4½ bis 5¼ Fuss Durchmesser, welche durch drei oberschlägige Wasserräder, insgesammt von 95 Pferdekraft, in Bewegung gesetzt werden. Pro Jahr soll dies Werk 198000 Zollcentner Mehl aus den feinsten Sorten Weizen aus dem Banate, Russland und der Romagna produciren [3]).

Im Jahre 1840 wurde in Wien der bereits früher einmal gescheiterte Plan zur Erbauung einer Dampfmühle wieder aufgenommen [4]) und bald nachher eine der schönsten Getreidemühlen des österreichischen Staates, die k. k. ausschliesslich privilegirte Wiener Dampfmühle am Schüttl geschaffen.

Das berühmte Cockerill'sche Etablissement zu Seraing bei

1) Wähnelt, „Die Adlermühle in Berlin." Mit 5 Blatt Abbildungen. Berlin 1847.

2) Wieck's Gewerbeblatt für Sachsen vom 31. Januar 1839, S. 39.

3) Oesterreich auf der internationalen Ausstellung 1862 (zugleich auch Catalog) vom Prof. Arenstein, S. 27.

4) Kölner Organ von 1840, S. 94 giebt das ursprüngliche Actiencapital nur zu 500000 Gulden an, während der vorbemerkte Arenstein'sche Catalog (S. 35), aus amtlichen Quellen zusammengestellt, 3150 Stück Actien à 500 Gulden, also ein Stammcapital von 1575000 Gulden anführt. Wahrscheinlich sind in letzterer Summe die späteren Erweiterungen und Verbesserungen der Mühle inbegriffen.

Lüttich lieferte nicht nur die Maschinen des Werkes, sondern besorgte auch deren Aufstellung, leitete den Bau der Gebäude und nahm die ganze Verantwortlichkeit auf sich.

Im Jahre 1842, wo die Mühle zu arbeiten begann, war sie auf 16 Mahlgänge für Getreide und zwei für Knoppern eingerichtet [1]), während man sie später (und wie sie jetzt besteht) auf 22 Mahlgänge erweiterte, deren Betriebskraft aus drei Woolf'schen Dampfmaschinen von zusammen 200 Pferdekräften besteht.

Ebenso hatte man bei der ersten Einrichtnng dieser Mühle die vollständige amerikanisch-englische Mahlmethode (Mouture à la grosse S. 48, Note 3), die sogenannte Flachmüllerei, im Auge gehabt, d. h. dasjenige Verfahren, wo bei einmaligem Aufschütten und bei bestimmter verhältnissmässig geringer Entfernung beider Steine von einander (Flachstellen genannt) [2]), so weit als möglich das ganze Quantum Getreide (vorzugsweise Weizen) herunter gemahlen wird.

Bei diesem Verfahren war man indessen ausser Stande, das sogenannte Wiener Auszugsmehl, Kaisermehl, zu liefern, was unter Anderem zu den besonders in Wien beliebten Kipfeln und Kaisersemmeln verwandt wird. Man fand sich daher bald veranlasst, das Werk zur Griesmüllerei umzugestalten, worunter man im Allgemeinen eine Weiterbildung des bereits früher (S. 48, Note 3) ebenfalls angeführten französischen Systems Mouture économique versteht.

Durch weit gestellte Steine unter sehr vielmaligem Aufschütten erzeugt man nämlich zuerst nur gröblich zerbrochene Körner (Hochschrot genannt), wobei sich nur wenig Mehl bilden darf. Sodann sondert man letzteres ab und sucht aus dem verbliebenen Gemenge von Kleie und Gries zuerst die grobe, nachher aber auch die ganz feine Kleie zu entfernen.

Aus den hier zuletzt erhaltenen Griesen erzeugt man endlich die verschiedenen Mehlgattungen, welche der amerikanisch-englische Müller zufolge geeigneten Beutelns (wie schon erwähnt) so weit als möglich durch einen einzigen Mahlprocess zu gewinnen sich bemüht [3]).

---

1) Leuchs' Allgemeine Polytechn. Zeitung vom 13. October 1842. S. 196 nach dem innerösterr. Industrie- und Gewerbeblatte.

2) Die Mühlsteine werden so weit gestellt, dass die Körner nur gröblich zerbröckelt werden und sich nur wenig Mehl bildet.

3) Zwei andere charakteristische Unterschiede zwischen der Gries- und ame-

Es scheint dieser weit ausgedehnte Griesprocess ein altes Herkommen der österreichischen Müllerei zu sein, wenigstens war er bereits 1820 dort üblich. In Frankreich hat Benoît am Ende der 1820er Jahre, neben seinen nach amerikanischer Art angeordneten neuen Mahlgängen auch Griesgänge eingerichtet und der Griesmüllerei überhaupt besondere Aufmerksamkeit gewidmet[1]), mit dem dabei gewonnenen vortrefflichen Mehle aber namentlich die Nudelfabrikanten versorgt, welche dasselbe besonders zu den feineren Sorten (Pâtes d'Italie und Vermicelle de première qualité) mit Erfolg verwandten.

Von jeher richteten die Oesterreicher ihre Aufmerksamkeit besonders auf die Ausbildung der Griesputzmaschine, deren Zweck ist, die schweren, kernigen Theile des Grieses von den leichten der feinen Kleie (von gleicher und geringerer Grösse wie die Grieskörner) unter Zuziehung eines künstlich erzeugten Windstromes nach ihrem specifischen Gewichte zu sondern. Daher kommt es, dass die österreichische, bereits seit 40 Jahren im Gebrauche befindliche Putzmaschine heute noch fast dieselbe ist und zur Zeit von keiner anderen übertroffen wurde, so sehr man beispielsweise in Frankreich die Griesputzmaschine von Benoît, Cartier und neuerdings besonders von Perrigault für gleiche Zwecke rühmt und hervorhebt[2]).

Nachstehend folgt Abbildung und Beschreibung dieser Maschine, wie sie am Ende des Jahres 1839 von v. Burg in Prechtl's Technologischer Encyklopädie mitgetheilt wurde[3]). Der grössere Theil links der Figur stellt dabei den Verticaldurchschnitt, und der schmale rechts die Seitenansicht dar. *DE* ist ein aus dünnen Brettern gebildeter Holzkasten, welchen man in Fächer *I, II, III, IV* u. s. w. abgetheilt hat. *A* ist ein Hauptwindrohr, von welchem mehrere kleine verticale (sämmtlich aus Holz hergestellte) Canäle *BC* u. s. w. ausgehen.

Der zu putzende Gries wird durch Röhren *a, a', a''* u. s. w. in Rumpfe *b, b', b''* u. s. w. und dann, wenn wir beispielsweise das Fach *I* zur Betrachtung

---

rikanischen Müllerei sind noch die, dass bei ersterer durchaus kalt gemahlen wird, während dies bei letzterer niemals der Fall ist, sowie dass man ferner beim Griesprocesse die ordinairen Mehlsorten zuerst, die besseren und besten aber zuletzt erhält, und bei der amerikanischen Vermahlungsart genau das Umgekehrte stattfindet.

1) Guide du Meunier. Auflage von 1830, p. 582 und Auflage von 1863, §. 245.

2) Rollet (a. a. O.) p. 221 und 222 mit Abbildungen auf Pl. XX, Fig. 14 bis mit 21.

3) A. a. O. Bd 10, S. 37, Taf. 204, Fig. 1 und 2.

wählen, durch die schief gestellten Böden *rr* gegen eine schmale Oeffnung geführt, welche die Masse in die Abtheilung *III* leitet, von der aus der Gries wiederum einer Oeffnung *g* zufällt.

Gleichzeitig dringt der im Rohre *C* von einem Ventilator (Bläser) zugeführte Wind bei *α* ein und streicht längst der Coulisse *αβ* über den einfallenden Gries, hierdurch werden die leichteren Theile über die bewegliche und

Fig. 65.

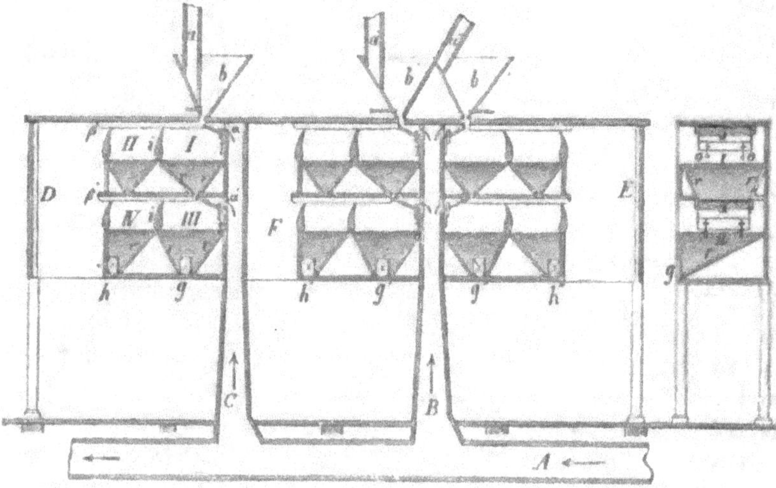

unter entsprechenden Neigungswinkeln stellbare Scheidewand *i* nach der Abtheilung *II* getrieben, in welcher der Gries abermals durch eine länglich schmale Oeffnung in die Abtheilung *IV* fällt und endlich, in Gemeinschaft mit dem Griese, aus Fach *III* der Ausflussöffnung *h* zugeführt wird. Dass dabei auch bei *α'* Wind eintritt und dieser gegen *β'* hinstreicht, bedarf wohl kaum der Erwähnung. Bemerkt werde jedoch noch, dass sich die Oeffnung *α* mittelst eines Schiebers verengen und erweitern lässt und dadurch abermals die Stärke des Windstroms regulirt werden kann.

Wie man ferner ersieht, theilt sich der durch den Canal *B* eintretende Luftstrom in zwei Theile und geht sowohl rechts wie links in ganz gleiche Fächer oder Abtheilungen der soeben beschriebenen Art.

Demzufolge fallen die schwereren Theile des durch den Rumpf *b'* zugeführten Grieses durch die Oeffnung *g'*, sowie von dem durch *b''* einfallenden Griese die leichten Theile bei *g''*, die leichteren bei *h''* geputzt und gereinigt heraustreten. Noch leichtere im Griese befindliche Staub- und Kleientheile, die sogenannte Flugkleie, jagt der Wind in die Räume *D*, *F* und *E*.

Zur Zeit der Abfassung des v. Burg'schen Mühlenartikels (in Prechtl's Technol. Encyklopädie) gehörte zum Sichten und Läutern des Weizengrieses noch ein System (7 oder 8 Stück) von Säuberern oder Drahtsieben verschiedener Feinheitsabstufungen, hinsichtlich deren Anordnung auf unsere Quelle verwiesen werden muss. Ueber die heutige Gries- und Kaisermehl-Fabrikation wird später, beim Besprechen der gegenwärtigen Mühlen ausführlich berichtet.

§. 16.

Mit der immer grösser werdenden Zahl von Dampfmühlen, der überhaupt von Jahr zu Jahr weiter greifenden Verbreitung der verbesserten Mühlen und dem damit verbundenen Entstehen eines früher nie gekannten Mehlhandels, der seinen Absatz nicht nur in den Städten, sondern auch auf dem Lande fand, unterlag die Kleinmüllerei, das Müllerhandwerk der Mehlfabrikation immer mehr, so dass sich an manchen Orten Wasser- und Windmüller glücklich preisen konnten, früher auf Ablösung ihrer Gerechtsame Bedacht genommen zu haben, als ihnen der ererbte oder erworbene Besitz durch den natürlichen Lauf der Dinge fast unbewusst entzogen wurde.

Als ein bemerkenswerthes Beispiel unter den vielen werde in dieser Beziehung nur die Seehandlungs-Dampfmühle in Potsdam erwähnt, die im Juli 1843 mit acht Mahlgängen in Betrieb kam, und wobei nicht weniger als acht Windmühlen angekauft und cassirt wurden, und überhaupt die bedeutende Zahl von vierzehn anderen Mahlgängen verschwand [1]).

Ein anderes Beispiel, welches zeigte, wie sehr die Leistungsfähigkeit der nach amerikanisch-englischer Weise angeordneten Mühlen die der alten deutschen Schule übertraf, war die Kohlbach'sche Wassermühle zu Alt-Ruppin, die vom talentvollen Mühlenbaumeister Dannenberg in Berlin im Jahre 1841 zu einer verbesserten Mühle eingerichtet wurde [2]). Vor dem Umbaue der Mühle vermochte dieselbe in 24 Stunden nicht mehr als höchstens 5 Wispel [3]) Getreide in Mehl zu verwandeln, während sie nach dem Umbaue in derselben Zeit auf 8 Mahlgängen 14 bis 16 Wispel Roggen oder 20 bis 24 Wispel Weizen zu Mehl vermahlen konnte.

Mögen bei einer derartig gewaltigen Erhöhung der Leistungsfähigkeit auch ganz besondere Umstände mit obgewaltet haben, immerhin verdient die Thatsache mit dem Ausspruche des Berichterstatters [4]) begleitet zu werden, „dass der Erfolg ein glänzender Sieg der neueren Mechanik über die ältere ist.“

---

1) Amtlicher Bericht der Berliner Gewerbeausstellung von 1844. 3. Theil, S. 50.

2) Neukranz' Bericht über dieselbe Ausstellung. S. 354.

3) 1 Wispel = 24 preuss. Scheffel, 1 preuss. Scheffel = 1,764 hannov. Himten, oder 1 hannov. Himten = $^4/_7$ preuss. Scheffel.

4) A. a. O. S. 354.

Zur Zeit der Wiener allgemeinen Gewerbe-Ausstellung im Jahre 1845 besass Oesterreich bereits 10 Dampfmahlmühlen (zu Wien, Pesth, Triest, Fiume, Sanz, Brünn, Gran, Venedig, Lerchenau in Vorarlberg und Nagyfalu in Ungarn) und ist es nur zu bedauern, dass der Referent über die Mehlproducte gedachter Ausstellung [1]) nicht angiebt, wie viel damals schon von den 37300 Mahlmühlen Oesterreichs (durch Wasser und Wind betrieben) nach amerikanisch-englischer Weise umgebaut worden waren. An einer anderen Stelle [2]) wird nur erwähnt, dass sich 1845 die Wassermühlen zu Guntramsdorf, zu Baden, Weinkrosdorf, Wiener-Herbrog, Hainburg u. m. a., ferner in Böhmen die Mühlen zu Nienburg und Gelakowitz u. s. w. durch die Zweckmässigkeit ihrer Einrichtungen und durch ihr vortreffliches Product, das sogenannte „Wiener Auszug-Mehl" auszeichneten. Erwähnt zu werden verdient hier vielleicht noch, dass in demselben Jahre (1845) auch die berühmte Fiumer „Nudeln- und Mehlspeisenfabrik" (Fabrica paste a vapore) gegründet wurde, welche, von einer Dampfmaschine betrieben, mit 3 Mahlgängen, 4 Kantmaschinen und 5 Pressen den klebrigen Weizen des Asowschen Meeres und Kleinasiens nach neapolitanischem Systeme in zwei Qualitäten der verschiedensten Formen verarbeitet [3]).

Im Königreiche Böhmen wurden die ersten Dampfmahlmühlen von der „böhmischen Dampfmühlen-Gesellschaft" im Jahre 1846 erbaut, und zwar in Prag am Smichow und in Lobositz [4]); mit 22 Mahlgängen ausgestattet, von vier Dampfmaschinen mit 129 Pferdekraft betrieben, sollen diese Mühlen jährlich 350000 Metzen [5]) Getreide verarbeiten und zwar den Weizen zu sechs Sorten feinem Mehle, zwei Mittelsorten, zwei Sorten Schwarzmehl und drei Griessorten.

Einen bedeutsamen Antrieb zur Einführnng verbesserter Mahlmühlen in Deutschland gab um diese Zeit auch der Erfolg, mit welchem die Mechaniker Turbinen oder Kreiselräder construiren gelernt hatten, was zugleich Veranlassung zu einer Art von Reac-

1) Augsburger Allgemeine Zeitung vom 30. Juli 1845. S. 1687.

2) Bericht über die dritte allgemeine österreichische Gewerbeausstellung in Wien 1845. S. 1049.

3) Oesterr. Katalog der Londoner Ausstellung vom Jahre 1862. S. 27 (Nr. 225).

4) Ebendaselbst. S. 26 (Nr. 192).

5) 1 Wiener Metze = 1,119 preuss. Scheffel = 1,974 hannov. Himten.

tion gegen rücksichtslose Einführung von Dampfmühlen wurde, indem man nun Wasserkräfte ins Auge fasste, die man inzwischen entweder gar nicht oder doch nur höchst unvollkommen ausgenutzt hatte.

Für Deutschland dürfte dem bereits früher rühmlichst erwähnten Mühlenbaumeister Nagel in Hamburg das Verdienst zuzuschreiben sein, die erste Mahlmühle mit zweifellos wohl gelungener Turbine (Fourneyron's System, umgekehrte Aufstellung) zu Stande gebracht zu haben, und zwar in einer Weise, dass seine Constructionsart noch heute mit Erfolg benutzt wird.

Im Jahre 1842 führte Nagel zuerst in der Schweriner Bischofsmühle drei seiner Kreiselräder (Bd. 1, S. 318) zum Betriebe von vier Mahlgängen und einem Graupengange derartig aus, dass ein Jahr nachher (December 1843) ein unten citirter unparteiischer, sachverständiger Berichterstatter actenmässig versichern konnte, „die Mühle habe alle Erwartungen vollständig befriedigt, die Aufmerksamkeit von auswärtigen Sachverständigen vielfältig erregt und Erkundigungen vielfach veranlasst“ [1]). An einer anderen Stelle [2]) wird (wohl etwas übertrieben) angegeben, dass jeder dieser Nagel'schen Mahlgänge innerhalb 24 Stunden zwei Last Weizen verarbeite [3]).

In Süddeutschland scheint der Maschinenfabrikbesitzer Dr. Specker am Tabor in Wien der Erste gewesen zu sein, der in der Mitte der 1840er Jahre Turbinen nach dem Henschel-Jonval-System (Bd. 1, S. 316 u. 333) mit besonderem Glücke auch zum Mahlmühlenbetriebe ausführte, sowie sich Specker überhaupt, vom Jahre 1840 an, um verbesserte Mühleneinrichtungen, namentlich mit Rücksicht auf das österreichische Mahlverfahren grosse Verdienste erwarb [4]).

---

1) Danziger polytechn. Journal. Bd. 91 (1844), S. 402.

2) Kölner Organ für Handel und Gewerbe vom 24. März 1843. S. 172.

3) Da eine Last = 96 Schweriner Scheffel = 2,83 preuss. Wispel = 71,93 preuss. Scheffel = 125,9 hannov. Himten beträgt, so gäbe dies eine Leistung von fast 10 Himten ungebeutelten Mehles pr. Stunde und Gang.

4) Am 17. Mai 1848 ertheilte der niederösterr. Gewerbeverein dem Herrn Specker einen Preis von 500 Gulden, der für den Bau von Kreiselrädern mit hohem Gutverhältnisse ausgesetzt worden war. Man sehe deshalb die Verhandlungen des gedachten Vereins, 15. Heft (1849), S. 132. Daselbst werden (S. 215) auch ersuche mit Specker'schen Turbinen, sowie (S. 221) Beschreibung und Abbildung einer solchen geliefert.

Unerwähnt dürfen ferner nicht die vielen schönen Mühlenanlagen mit Turbinen- und Dampfmaschinen-Betriebe bleiben, welche namentlich gegen das Ende der 1840er Jahre aus der hier mehrfach rühmlichst erwähnten Maschinenbauanstalt von Escher und Wyss in Zürich (unter dem Namen Schweizermühlen) besonders für Süddeutschland hervorgingen, wozu u. A. auch die schöne Mahlmühle von Jordan u. Söhne in Birkicht bei Tetschen und die etwas später errichtete Gräflich Thunsche Kunstmühle in Tetschen selbst gehören.

Von den ungefähr um dieselbe Zeit in Preussen ins Werk gesetzten Mühlen nach amerikanisch-englischem Systeme verdienen besonders noch Beachtung die königlichen Mühlen (am sogenannten Mühlendamme) in Berlin [1]) und die der königlichen Seehandlung gehörige sogenannte Rothermühle bei Bromberg [2]).

Beide Mühlen sind fast gleich gross, beide haben fast gleiche Wassergefälle [3]), beide werden von sogenannten Kropfrädern (Bd. 1, §. 69) betrieben, jedoch mit dem Unterschiede, dass die Berliner Räder, je nach vorhandenem Stauwasser, zum Heben und Senken eingerichtet (sogenannte Pansterräder) sind, die Räder der Bromberger Mühle dagegen in festen (nicht stellbaren) Lagern laufen.

Bei der Berliner Mühle wurde 1847 die Zahl von 16 Gängen, im Jahre 1848 aber in der sogenannten kleinen Mühle noch 10 andere Gänge in Betrieb gesetzt, so dass das ganze Werk 26 Paar Mühlsteine enthält.

Die Ausführung der Neubauten wurde dem Mühlenbaumeister Dannenberg übertragen, der neben mancherlei neuen Detailconstructionen auch hier sogenannte Sauger (Exhaustoren, Aspiratoren) bei den Mühlsteinen anbrachte, um die Luft aus dem Gehäuse der Steine zu ziehen und damit die Erwärmung des Mahlgutes zu vermindern [4]). Bei den vier später angelegten Gän-

1) Notizen zur Sammlung von Zeichnungen für die „Hütte“. Jahrg. 1854 (2. Aufl.), S. 17.

2) Zeitschrift für Baukunst von Erbkam. Jahrg. V (1855), S. 10.

3) Die Berliner (am Spreeflusse) haben je nach der Jahreszeit und zufälligen Umständen 6 bis 9 Fuss, die Bromberger (am Braheflusse) 7 bis 8 Fuss Gefälle. Bei ersteren sind 3 Fuss 8 Zoll, bei letzteren $4\frac{1}{2}$ Fuss zur Kröpfung genommen; während das Standwasser in Berlin von 2 bis 6 Fuss wechselt, so beträgt es in Bromberg 3 Fuss.

4) Train in La Ferté-sous-Jouarre erhielt 1843 ein Patent auf Mühlsteine

gen der Bromberger Mühle hat man sogar Exhaustor und Ventilator zugleich angebracht, so dass die atmosphärische Luft sowohl in die Steinaugen hineingetrieben als hinter denselben fortgesogen wird [1]).

Der Umbau der Bromberger Mühle zur verbesserten Mühle nach amerikanisch-englischem Systeme (vom Mühlenbaumeister Wulff ausgeführt) begann im Sommer 1845, während die ersten acht Mahlgänge 1849 in Betrieb gesetzt und 1852 noch um vier andere Gänge vermehrt wurden.

Eine besondere Eigenthümlichkeit dieser Mühle besteht ausser der Aufstellung der Mahlgänge in Reihen [2]) darin, dass man bei ihr für Deutschland zuerst, nach William Fairbairn in Manchester, gusseiserne tulpenartig geformte Mühlgerüste mit konischem Radbetriebe für jedes Steinpaar in Anwendung brachte,

---

mit Luftcanälen, welche auf der Mahlfläche ausmünden (Meules aérifères). Abbildungen bei Rollet, Pl. F (p. 211). Debeaune und Cabanes in Frankreich wandten sogenannte Bläser (Pulsatoren) an und trieben damit kalte Luft zwischen die Steine. Die Verwendung von Saugern (Aspiratoren) hat erst Chalange 1856 und später Perrigault in Frankreich eingeführt. Ausführlich besprochen sind diese französischen Luftkühler in Benoît's Guide du Meunier. Aufl. von 1863, §. 281 bis §. 285, wobei wir besonders den neuesten Apparat (Sauger mit eigenthümlicher Kühlkammer) von Perrigault der Beachtung empfehlen möchten.

1) In der citirten Beschreibung der Bromberger Mühle wird, bei Gelegenheit des Besprechens der acht zuerst angelegten Gänge, über das Kühlen der Mahlflächen mittelst eines Exhaustors Einiges angeführt, was besondere Beachtung verdient und folgendermaassen lautet: „Durch den Exhaustor werden die Wasserdünste von dem Luftstrome aufgesogen und abgeführt, welche sich durch die Erwärmung der Steine entwickeln, wodurch das Mehl einen bedeutenden Grad von Feuchtigkeit verliert. In einem zur Aufnahme dieser Feuchtigkeit besonders eingerichteten Behälter sammeln sich neben erkalteten Wasserdünsten die mit dem Luftzuge eingeführten feinen Mehltheilchen und erscheinen dort als Kleister, meist in breiartigem Zustande. Bei feuchter Witterung, wie im Herbst und Frühjahr, geschieht es öfters, dass bei ziemlich trocken scheinendem Getreide, ausser dem oben erwähnten Kleistermehle, noch überdies 6 bis 8 Kubikfuss klares Wasser aus den condensirten Wasserdünsten, während des Verlaufs eines Tages, abgenommen worden sind." Dass die Entfernung dieser Quantität Wasser vortheilhaft auf die Dauer und Güte des Mehles wirkt, ist leicht erklärlich.

2) Welche Vortheile eine compendiös und übersichtlich nach dem neueren Systeme angeordnete Mühle mit einpostigem Mahlprocesse hinsichtlich der erforderlichen Bedienungsmannschaft hat, erhellt aus dem desfallsigen Vergleiche der Bromberger und Berliner Mühle, da auf letzterer Stelle auf 16 Gänge 18 Müller, in Bromberg auf 12 Gänge nur 4 (?) kommen. (Nach Eichholz, Mittheilungen in der „Hütte". Jahrg. 1854, S. 34.)

wovon hier im nächsten Paragraphen ausführlich gehandelt werden wird.

Ursprünglich war die Bromberger Mühle ausschliesslich zur Handelsmüllerei (nach amerikanischer Methode) bestimmt, so dass durch dieselbe ununterbrochen nur immer eine Art von Getreide ging, was für ihre Anlage, Construction und Betriebsweise mancherlei Vortheile gegenüber den Berliner königlichen Mühlen bot, die man so anordnen musste, das jeder Getreideposten (nach altdeutscher Weise) für sich vermahlen werden konnte, was man nur durch Zertheilung des Werkes in mehrere von einander unabhängige Systeme zu erlangen vermochte.

Angeführt werde schliesslich noch, dass die französischen Steine der Bromberger Mühle 4½ Fuss preussisch (= 2,41 Meter) Durchmesser haben, pro Minute 120 Umläufe machen und dass man pro Gang einen Widerstand von 7 Maschinenpferden [1]), für alle 12 Gänge also 84 solcher Pferde in Rechnung gebracht hat.

Wenn Alles in voller Thätigkeit ist, soll das ganze Werk in 24 Stunden 700 preussische Scheffel Getreide (Weizen?) zu feinem Mehl vermahlen [2]). Das jährliche Durchschnittsquantum wird zu 12000 Wispel Mehlfabrikaten angegeben.

Auffallend könnte es scheinen, dass man beim Umbaue an zwei der grössten Mühlen des preussischen Staates, wie die Berliner königlichen Mühlen und die Bromberger Seehandlungsmühle es sind, von Turbinen als Triebmittel völlig Abstand genommen hatte, obwohl das vorhandene Wassergefälle und die Bewegungsart der Mühlsteine dafür sprachen, und Disposition wie Ausführung rationell gebildeten Technikern übertragen worden war.

Bei näherer Erwägung der Umstände findet jedoch diese Thatsache ihre Berechtigung. Erstens hatte man gerade in Preussen mit ausgeführten Turbinen nicht die besten Erfahrungen gemacht, andererseits fehlte es an den rechten Constructeuren für solche [3]), indem sich überhaupt zu jener Zeit von deutschen Me-

1) Dabei hat man fünf bis sechs Pferde auf den Betrieb eines Mühlsteinpaares und circa eine Pferdekraft pr. Mahlgang auf die Bewegung der Hülfsmaschine, incl. der Reinigungsmaschinen nebst zugehörigen Sieben, Schrauben, Elevatoren, Sackwinden etc. gerechnet.

2) Es giebt dies pr. Stunde pr. Pferdekraft circa $^2/_3$ hannov. Himten.

3) Redtenbacher bemerkt (Bd. 2, S. 151 seines Maschinenbaues) ganz richtig, „dass die Bedingungen, bei deren Erfüllung die Kraftäusserungen einer Turbine günstig sein können, erst in neuerer Zeit die Wissenschaft ausfindig ge-

chanikern eigentlich nur Nagel in Hamburg und Specker in Wien im Turbinenbaue einen Namen erworben hatten, und später in diesem Fache mit Erfolg wirkende Männer (wie Trück und Schröder in Carlsruhe und Esslingen, Hagen in Hannover, Haenel in Magdeburg, Reichenbach in Augsburg, Hartmann in Chemnitz u. A.) hinsichtlich der Turbinen damals noch unbekannt waren.

Zweitens hatte man in Berlin mit dem sehr veränderlichen, oft mit grösstem Unrathe gemengten Spreewasser, sowie mit störendem Stauwasser zu kämpfen, in Bromberg, wegen Ueberrieselungsanlagen, zu Zeiten mit auffallend geringem Zufluss an Aufschlagewasser (der Brahe), was (damals) die Turbinenanlage noch mehr fraglich machen musste, weil zu jener Zeit zufriedenstellende Schützenanordnungen noch weniger wie jetzt bekannt waren, auch die völlige Auflösung des Problems', Turbinen bei vielem Aufschlagewasser eben so wirksam zu machen als bei geringem, noch heute auf sich warten lässt.

Mit dem Ende der 1840er Jahre finden wir die verbesserten amerikanisch-englischen Getreidemühlen bereits derartig über ganz Deutschland verbreitet, dass es unthunlich wird, einzelne Anlagen und Werke noch so hervorzuheben, wie dies bisher möglich war.

In der That kann man, für unsere Zwecke, hier einen Abschluss ihrer Geschichte machen, da zu dieser Zeit alle irgend bedeutsamen Verbesserungen und Erfindungen gemacht waren, welche die Gegenwart aufzuweisen hat.

§. 17.

Die verbesserten Getreidemühlen der Gegenwart[1]).

Der im Vorstehenden verfolgte Entwickelungsgang der Getreidemühlen hat uns zugleich derartig mit den neuesten und

---

macht hat, und die Schwierigkeiten, welche der Ausführung dieser Maschine entgegenstehen, auch erst in neuerer Zeit bewältigt werden konnten, seitdem die Maschinenwerkstätten vollkommen eingerichtet sind, und die Durchführung aller Arbeitsprocesse zu einer hohen Vollendung gediehen ist."

1) Ausser den bereits citirten Beschreibungen und Abbildungen neuerer Mühlenanlagen und deren Theile, in den periodischen Werken von Le Blanc, Armengaud, der Berliner Bauzeitung und der Hütte, beschränkt sich das wahrhaft Gute der gegenwärtigen Literatur auf das Nachbemerkte: Schwahn, Lehrbuch der Mühlenbaukunst. 1. bis 6. Abtheilung nebst einem Hefte Nachträge. Mit vielen Kupfertafeln in Fol. Berlin 1847—1852. Immer noch eins der vollständigsten und besten

wesentlichsten Constructionselementen derselben und ihren Anordnungen und Betriebsverhältnissen bekannt gemacht, dass im Folgenden, nächst ihrer Classification, nur noch die Beschreibung und Besprechung ganzer Anlagen und wichtiger Details der Gegenwart, ferner Leistungsfähigkeit der Mühlen und verwandter Dinge übrig bleibt.

Zum Eintheilungsgrunde der heutigen Getreidemahlmühlen könnte man die jetzt in Deutschland bei den meisten verbesserten Mühlen hauptsächlich gebräuchlichen zwei Mahlmethoden, die bereits oben (S. 86) erörterte Flachmüllerei und die Griesmüllerei nehmen, insbesondere wenn man beachtete, dass bei der erstgenannten immerhin, sowohl ein einmaliges wie ein mehrmaliges Aufschütten stattfinden kann[1]). Indess stösst man dabei auf ein doppeltes Hinderniss, indem einmal vom

Werke über alle Theile des Mühlenwesens, wenn auch nicht ganz in die Neuzeit reichend, so doch gegenwärtig, namentlich bei Ausführungen in Holz, immerhin noch brauchbar und empfehlenswerth. — Rollet, Mémoire sur la Meunerie, la Boulangerie et la Conservation des Graines et des Farines. Mit 62 vortrefflich ausgeführten Folio-Kupfertafeln und 16 dem Texte (in Quart) beigebundenen kleineren Tafeln. Paris 1846. Das beste und vollständigste Werk der Neuzeit, wobei nur der Fortschritte und Zustände des deutschen Mühlwesens gar nicht gedacht wird. — Wiebe, Die Mahlmühlen, eine Darstellung des Baues und Betriebes. Mit 30 lithographirten Tafeln in Fol. und mit in den Text gedruckten Holzschnitten. Zur Zeit das beste deutsche Werk über die Getreidemühlen der Gegenwart. — Hughes, The American Miller and Millwright's Assistant. Neue durchgesehene und vermehrte Auflage mit schlecht ausgeführten Holzschnitten. Philadelphia 1862. Das einzige bekannt gewordene neuere Werk, was (freilich ziemlich oberflächlich und unvollständig) über die gegenwärtigen amerikanischen Mühlen einige Auskunft giebt. — Benoît, Guide du Meunier et du Constructeur de Moulins. 1. Partie: „Construction des Moulins" und 2. Partie: „Meunerie". Paris 1863. Eine vollständig umgearbeitete und sehr erweiterte Auflage des bereits 1830 unter gleichem Titel erschienenen Werkes, was bereits früher von uns citirt wurde. Der erste Theil gegenwärtiger Auflage sollte durchaus „Grundzüge der technischen Mechanik und Cinématique" überschrieben werden, da er über Mühlenconstruction gar nichts enthält. Beim 2. Theil ist Rollet's Werk sehr stark benutzt, sowie auch die Arbeiten anderer französischer Schriftsteller. Von neueren deutschen Mühlenanlagen ist naturgemäss auch hier nicht die Rede. — Fairbairn, Treatise on Mills and Millwork. Part 2 (der erste Theil wurde bereits Bd. 1, S. 270 erwähnt). London 1863. Den Getreidemühlen sind nur 52 (Octav-) Seiten gewidmet und bespricht der Verfasser eigentlich nur das Mühlensystem, welches seinen Namen trägt. Uebrigens erstreckt sich dieser Band auch auf Cotton-, Woolen-, Flax-, Oil-, Paper-, Powder- and Iron-Mills und ist mit Holzschnitten und Lithographien ausgestattet.

1) Beim mehrmaligen Aufschütten der Flachmüllerei erzeugt man zwar auch

constructiven Standpunkte aus, wenn man die Griesputzmaschinen (S. 65) abrechnet, eine sehr hervortretende Verschiedenheit der angewandten Maschinen nicht existirt, ein anderes Mal hinsichtlich des Mahlverfahrens, namentlich in Deutschland und Frankreich bei vielen Werken, weder die rein amerikanische Müllerei noch der blosse Griesprocess consequent durchgeführt, sondern eine den Verhältnissen und Umständen angepasste Combination beider genannten Systeme angewandt wird [1]).

Wir werden daher im Folgenden von einer streng technischen Eintheilung der gegenwärtigen Getreidemühlen absehen und nur mit einiger Rücksicht auf Nationalitäten die vorzüglichsten Constructionen und Anordnungen durch Beispiele erläutern, die sich in der Praxis bewährt haben, deren Ausbildung der Beachtung empfohlen werden kann oder die doch constructiv von Interesse sind.

§. 18.

Englische Mühlen der Gegenwart.

Fairbairn's Mühlen. — Smith's Beutelmaschine und Mühlen mit Untersteinläufer.

Als besonders hervortretendes und beliebtes System der heutigen Getreidemühlen Englands kann die W. Fairbairn'sche Anordnung und Construction aufgeführt werden, die sich durch folgende Merkmale charakterisirt:

Erstens, Aufstellung der Mahlgänge in Reihen [2]).

Zweitens, Einführung gusseiserner, tulpenartig geformter Mühlgerüste von verhältnissmässig einfacher Construction, wodurch zugleich jedes Steinpaar als isolirtes System auftreten kann.

Drittens, Betrieb der Mühlspindel durch conische Räderpaare.

Zum Repräsentanten dieses Systems wählen wir eine von

Gries, jedoch derartig mit feingemahlener Kleie gemengt, dass diese, ungeachtet des sorgfältigsten Beutelns, nicht völlig vom Mehle zu trennen ist.

1) Specielleres hierüber später.

2) Es muss hier ausdrücklich hervorgehoben werden, dass Fairbairn die Einführung der Reihenaufstellung (Anordnung neben einander stehender Mahlgänge in einer geraden Linie) für die verbesserten Mühlen der Neuzeit, wo eine beliebig grosse Zahl Gänge von einem und demselben Beweger, Wasserrad oder Dampfmaschine, betrieben wird, für sich in Anspruch nimmt. (Man sehe dessen Werk: Mills and Millwork, Part II, Artikel „On Corn Mills“ p. 118.)

Fairbairn im Jahre 1842 für den Seraskier Halel Pascha in Constantinopel construirte dreigängige Getreidemahlmühle, wobei noch die Herstellung eines völlig feuerfesten aus Eisen construirten Gebäudes (der häufigen Brände in der türkischen Hauptstadt wegen) zur Bedingung gemacht worden war [1]).

Von nachstehenden in $^1/_{96}$ wahrer Grösse gezeichneten Abbildungen stellt Fig. 66 einen verticalen Längendurchschnitt dar, Fig. 67 das Querprofil, Fig. 68 den Grundriss (eine Treppe hoch) in der Ebene des sogenannten Steinbodens genommen, die übrigen Figuren aber in grösserem Maassstabe aufgetragene Details.

Fig. 66.

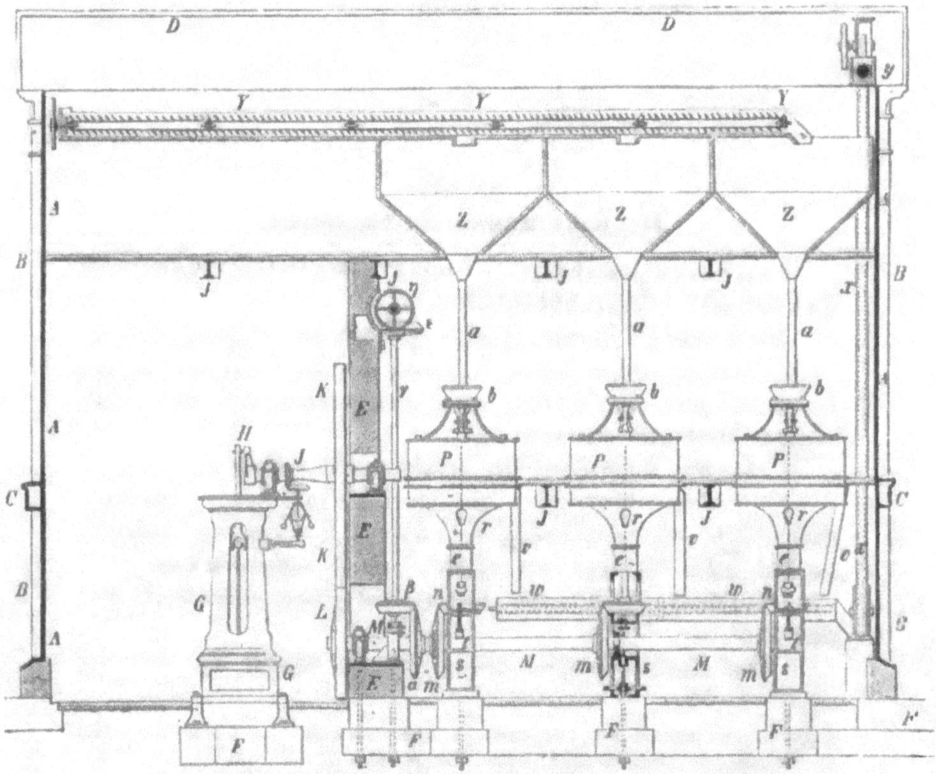

Die äusseren Begrenzungen des Gebäudes sind aus Eisenplatten AA, eisernen Pfeilern BB, sowie eben solchen Trägern CC hergestellt, der Ausbau im Innern aber ebenfalls aus eisernen Durchzugsbalken JJ mit entspre-

1) „The Engineer and Machinist's Assistant" von Blackie in Glasgow (1853) herausgegeben. Plates XCVIII bis CI.

chenden Stützsäulen, und (Fig. 67) endlich auch das Dach *D* aus gewelltem (corrugated) Eisenbleche gebildet.

Aus Stein sind allein die Fundamente und eine Scheidewand *E* (Fig. 66) erbaut, welche letztere zur Stützung der schwersten Theile, des sogenannten gangbaren Zeuges (der Wellen, Räder u. s. w.) dient.

Die Bewegungsmaschine des Werkes ist eine (Fairbairn'sche) sogenannte Säulen-Dampfmaschine[1]) *G*, deren auf- und abgehende Kolbenbewegung durch Kurbel und Lenkstange *H* auf die horizontalliegende Schwungradwelle *J*[2]) übergetragen wird.

Um die Arbeit möglichst direct auf das Räderwerk der Mühle fortzupflanzen, hat man das Schwungrad *k* am äusseren Umfange stirnradartig ver-

Fig. 67.

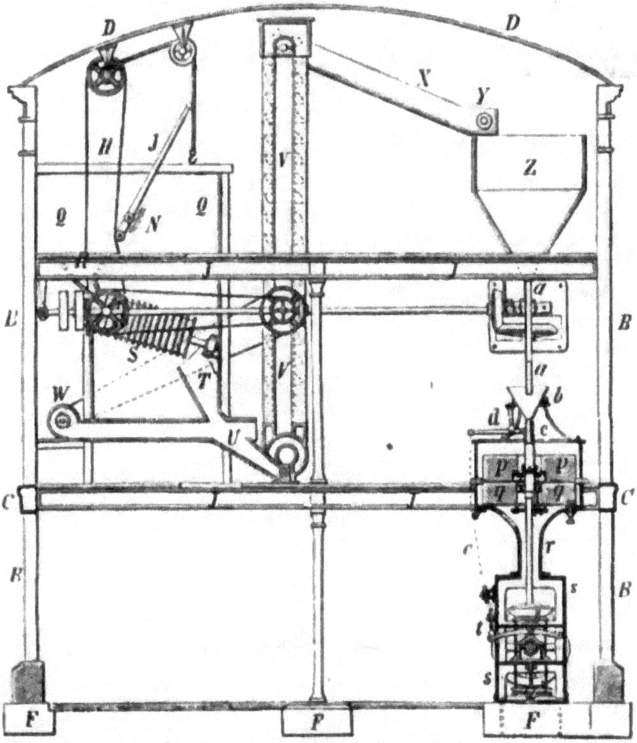

zahnt[3]) und lässt den Zahnkranz in ein Getriebe *L* fassen, durch dessen Umdrehung die horizontale Hauptwelle *M*, die Kegelradpaare *m n* und endlich die

1) Bd. 1, S. 435.

2) Aus Versehen kommt hier der Buchstabe *J* zum zweiten Male (für einen anderen Gegenstand) vor.

3) In der Mühlenbeschreibung unserer Quelle wird (S. 91) die Einführung verzahnter Schwungräder bei Dampfmaschinen als Fairbairn's Verdienst bezeichnet.

in *P* eingeschlossenen Mühlsteine bewegt werden. Auf letztere kommen wir nachher speciell zurück, während wir jetzt zuerst die weitere Anordnung der Mühle und deren Betriebsgang ins Auge fassen wollen. Das zu vermahlende Getreide wird mittelst eines Aufzuges *HJN* in den obersten Raum des Gebäudes und zwar in einen Kasten *Q* geführt, aus welchem es vermittelst einer Gosse *R* in das cylindrische Reinigungssieb *S* gelangt. Von der aus *S* ablaufenden Masse fallen die schweren guten Körner nach *T* und *U* und gelangen in den unteren Theil des Elevators *V*, während die leichten Körper (zerbrochene Körner, Schalen, Spreu, Staub u. s. w.) zum Entweichen nach aussen durch einen Windstrom veranlasst werden, welchen ein Flügelgebläse *W* herbeiführt. Der Elevator *V* lässt die gereinigten Körner auf eine schräge Rinne *X* (Fig. 67) fallen, auf welcher sie nach dem Kasten einer endlosen Schraube

Fig. 68.

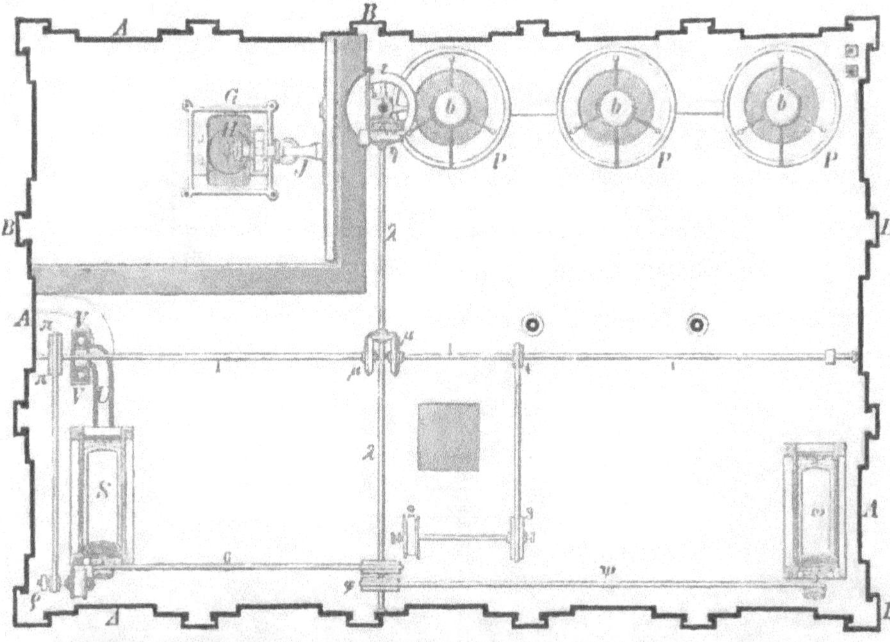

Y (Fig. 66) gleiten, durch die Umdrehungen der letzteren weiter den Bodenöffnungen ihres Mantels und den Rumpfkasten *Z* zugeführt werden, von wo ab Blechröhren *a* und Trichter *b* (Fig. 67) die Körner auf eine Art Conty'schen Vertheiler (S. 56) und endlich zwischen die Steine leiten.

Das von den Steinen weggetriebene und ablaufende Mehl fällt durch Weissblechröhren *v* in einen ganz offenen Kasten *w*, worin sich ebenfalls eine endlose Schraube bewegt, welche alles Mehl einem Elevator *x* zuführt, während es letzterer einer Beutelmaschine *a* (Fig. 68) übergiebt, auf welche wir später zurückkommen werden.

Zur Erläuterung der überhaupt vorhandenen Bewegungsfortpflanzungen diene noch Folgendes: Von der Hauptwelle *M* aus wird mittelst des Kegelradpaares $\alpha\beta$ die stehende Welle γ, weiter das Räderpaar $\varepsilon\eta$ und durch η die Horizontalwelle λ in Umdrehung gesetzt, welche, wie aus Fig. 68 erhellt, quer durch das ganze Mühlgebäude hindurchgeht. Auf dieser Welle sind neben einander die beiden Riemenscheiben φ festgekeilt, sowie ebenfalls ein Kegelrad, das im Eingriffe mit zwei anderen solchen Rädern μ steht und wodurch die Bewegung auf die Wellen 1..1 fortgepflanzt wird. Wie man hierdurch die Bewegung der Wellen 6 und 4, des Reinigungscylinders *S*, des Mehlbeutels *w*, der Welle 1..1, der Riemenscheibe *II* und der Ventilatorwelle δ bewirkt, erhellt von selbst. Von der rechts (Fig. 68) gelegenen Welle 1..1 aus, wird mit Hülfe eines Riemenvorgelegs 3..4 eine kurze Parallelwelle in Umdrehung gesetzt, auf welcher die active (untere) Scheibe des Riemenaufzugs *H* (Fig. 67) befestigt ist.

Dieser Aufzug tritt sofort in Thätigkeit, wenn der über die active und passive (obere) Scheibe geschlagene Riemen *H* durch eine am kurzen Arme eines Hebels *NJ* befindliche Spannrolle gehörig angepresst wird.

Mit 4 auf derselben Welle 1..1 sitzt auch noch eine (in unserer Abbildung weggelassene) andere Scheibe, von welcher aus die Bewegung auf die Elevatoren übergetragen wird.

Zur übersichtlichen Beurtheilung des gesammten Transmissionszeuges diene nachstehende Tabelle:

Zwölfpferdige Dampfmaschine, deren Schwungrad oder Kurbelwelle pr. Minute 40 Umläufe macht.

Maschinentheile.	Activ. Durchmesser. Fuss.	Activ. Durchmesser. Zoll.	Activ. Umgänge pr. Min.	Passiv. Durchmesser. Fuss.	Passiv. Durchmesser. Zoll.	Resultirende Umdrehzahl pr. Minute.
Stirnräder *K L*	9	$3^3/_4$	40	4	$10^3/_4$	76 die Horizontalwelle *M*.
Kegelräder *m n*	3	6	76	1	10	140 die Mühlsteine.
„ $\alpha\beta$	3	6	76	1	10	140 die stehende Welle γ.
„ $\varepsilon\eta$	3	0	140	1	9	242 die Querwelle λ.
„ μ	1	$4^1/_2$	242	1	$11^1/_2$	140 die Wellen 1..1.
Riemenscheiben φ	1	6	242	1	0	363 die Wellen der Reinigungsmaschine *S* und des Cylinderbeutels *w*.
„ $\pi\varrho$	2	0	140	0	6	560 Ventilator *W*.
„ 4 3	1	0	140	2	0	70 Zwischenwelle 2..3.
„ 2 *H*	1	6	70	2	0	47 Sackaufzugsscheibe.
Riemenscheibenpaar zur Elevatorbewegung, die active Scheibe auf der Welle 1..1	0	3	140	2	0	46 Elevatoren und Schrauben.

Zur noch weiteren Vervollständigung der Beschreibung des vorstehenden Mühlwerkes diene Fig. 69, welche den Verticaldurchschnitt eines vollständigen Mahlganges mit Gestell und Zubehör in $^1/_{28}$ der wahren Grösse darstellt.

Der untere Theil des gusseisernen, kastenförmigen Gerüstes *ss* ist mittelst Bolzen am Steinfundamente befestigt. In den etagenförmigen drei Abtheilungen des Gerüstes sind die Lager der Wellen und die Stell- und Ausrückungsmechanismen placirt, während auf der Deckplatte das Rohrstück *r* angebracht ist, welches sich nach oben hin tulipanenförmig erweitert und zuletzt den sogenannten Steinboden bildet. Der untere, festliegende Mühlstein *q* wird durch horizontal und vertical gerichtete Schrauben in seiner Lage festgehalten und beziehungsweise justirt, während der obere Stein *p* (der Läufer) mit der Mühlspindel *δ* durch Mitnehmer und schwebende oder Balancirhaue in der bereits vorher (S. 43) erörterten Weise verbunden ist.

Fig. 69.

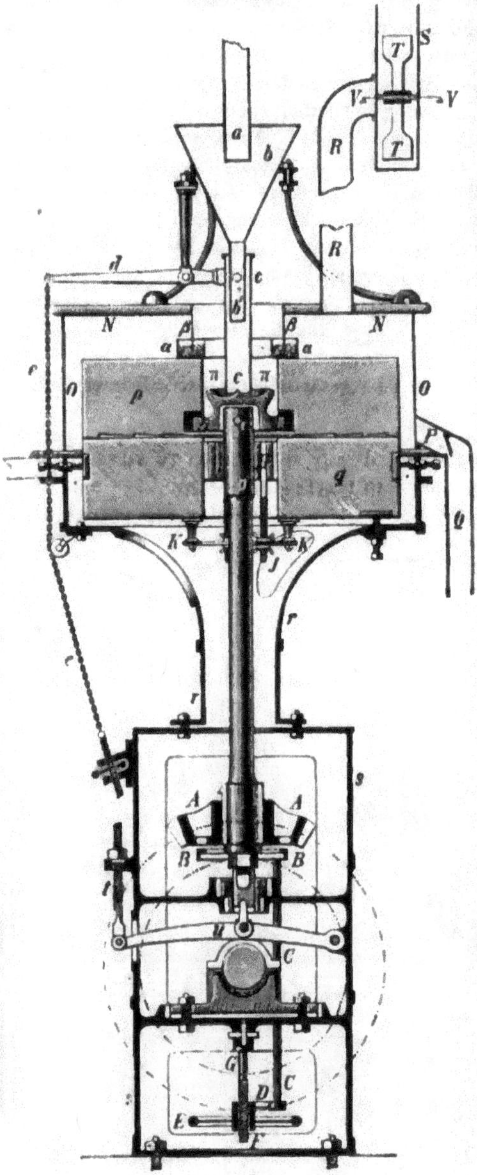

Zum ferneren Verständniss der **Fairbairn'schen** Hauenanordnung werden die in $^1/_4$ wahrer Grösse gezeichneten Figuren 70 bis 74 dienen. Davon stellt Fig. 70 das obere verstärkte Ende der Mühlspindel *δ* mit den beiden cylindrischen Warzen *εε* dar, die ihre ebenfalls mit *εε* bezeichneten Lagerstellen in den ausgehöhlten Partien der Haue *ηπ* finden, wovon Fig. 71 den Verticaldurchschnitt und Fig. 73 die Ansicht von unten erkennen lässt.

Die Haue selbst hat ebenfalls zwei in ihrer oberen Hälfte rundabgedrehte Zapfen *ηη*, womit sie in Pfannen *λλ* (Fig. 74) schwingen kann, die im Läufersteine *q* festgekeilt und in Fig. 69 im Durchschnitte ganz schwarz angegeben sind.

Die Metallbüchse (das Halslager zu δ) mit Stellkeil *H* und Stellschraube *J* sind (nach dem, was S. 42 und 44 vorausgegangen ist) von selbst verständlich.

Fig. 70.

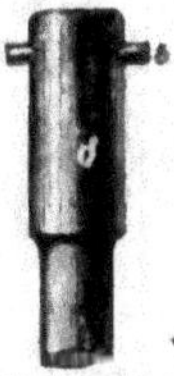

Fig. 71.

Fig. 72.

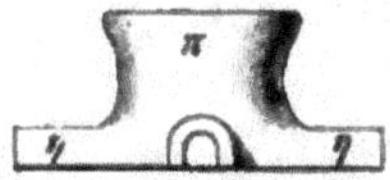

Fig. 73.

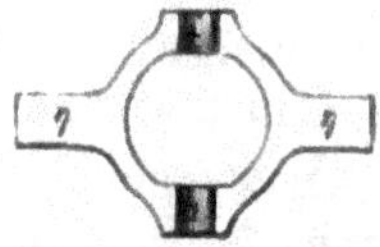

Der Zuführapparat für das zu vermahlende Getreide *abb'c* wird ebenfalls ausführlicher Erklärung nicht bedürfen, zumal wenn bei Betrachtung von Fig. 69 die in vergrössertem Maassstabe gezeichnete Grundrissfigur 74 zu Hülfe genommen wird. Es erhellt nämlich, dass der gabelförmige Theil des kürzeren Armes vom Hebel *d* das weite Rohrstück *c* zwischen sich fasst, dasselbe schwebend erhält und den unteren Rand höher oder tiefer über den vertieften Obertheil *n* der Haue stellt, je nachdem man mehr oder weniger Körner zwischen die Steine laufen lassen will. Damit dem Hebel *d* die hierzu erforderliche Lage vom unteren Parterreraume der Mühle aus ertheilt werden kann, hat man einen Kettenzug *e* mit Schraube und Handrad angeordnet.

Fig. 74.

Fig. 75.

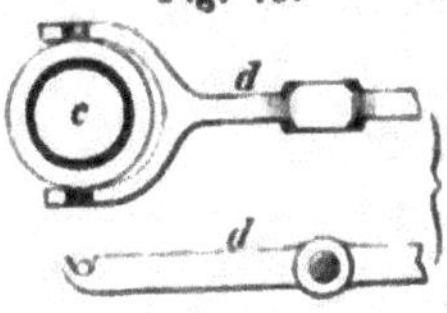

Zum Höher- oder Tieferstellen des Läufersteines *p* dient einfach der Hebel *u* nebst der Stellschraube *t*, während zum Ausrücken des Getriebes *A* aus dem zugehörigen Rade *B* folgende Einrichtung getroffen ist. Die Nabe eines sogenannten Handrades *E* ist mit einer Mutter versehen, wozu die Schraube *F* gehört.

Auf gedachter Nabe ruht ferner ein dreiarmiges Stück *D*, durch dessen Mitte die Schraube *FG* völlig ungehindert hindurchtreten kann. In jedem der Arme von *D* ist eine vertical aufwärts gerichtete Stange *C* befestigt, die alle drei zusammen an ihren oberen Enden einen Ring *B* tragen, der sich beim in die Höhe Steigen der Stangen *C* unter das Getriebe *H* lehnt, und dies endlich ausser Eingriff bringt, sobald nur *E* mit gehöriger Kraft umgedreht wird [1]).

Ueber die Vorzüge und Nachtheile des F a i r b a i r n 'schen Systems ist bereits viel gestritten worden. Namentlich führen die Gegner an, es sei zu complicirt [2]), zu kostspielig, und die Verwendung conischer Räder an der Mühlspindel mechanisch unvollkommen, weil die Tiefe des Eingriffes derselben mit dem Stellen der Steine variirt.

Die Vertheidiger des Systems, wozu Referent allerdings auch gehört, heben zunächst den Vortheil der Reihenaufstellung (statt

1) Die unserer Skizze beigefügte Ventilation der Steine hat F a i r b a i r n selbst nicht angebracht, sie ist vielmehr das Patent eines gewissen B o v i l l (Mark Lane Express, April 11, 1864, p. 10).

2) Notizen zur Sammlung von Zeichnungen für die „Hütte". Jahrg. 1854 (2. Aufl.), S. 34.

in Gruppen) der Mahlgänge hervor, wodurch das Ausrücken einzelner Gänge und das Disponiren über jeden derselben erleichtert, vor Allem aber die Annehmlichkeit einer freieren Bewegung beim Mahlen, Bedienen, Beobachten, Unterhalten, Repariren u. s. w. herbeigeführt wird.

Was das Unrichtigwerden des Eingriffes conischer Räder durch das Stellen der Steine anlangt, so lässt sich dies Uebel durch Anwendung der Evolventenverzahnung (Fadenlinienverzahnung) vermeiden, und zwar besonders in dem vorliegenden Falle, wo man dem zusammengreifenden Räderpaare eine hinlängliche Zähnezahl geben kann [1]).

Was den Kostenpunkt anlangt, so dürfte sich dieser unter sonst gleichen Umständen nicht höher stellen als bei Gruppenrädern (wo mehrere Getriebe mit einem Rade zusammenwirken), wenn man beachtet, dass die grossen Stirnräder der Gruppenaufstellung sehr stark construirt werden müssen, bei ihrem Bruche aber das ganze System zum Stillstande genöthigt ist.

Unter den in England von Fairbairn ausgeführten Getreidemühlen verdient vor Allem die Old-Union-Flour-Mill zu Birmingham erwähnt zu werden, die jetzt aus zwanzig in zwei parallelen Reihen aufgestellten Mahlgängen besteht, vierfüssige (französische) Steine hat, die 120 Umgänge pr. Minute machen und wovon sich Abbildung und Beschreibung in Blakie's „Machinist's Assistant" vorfinden [2])..

Die grossartigste Anlage des Fairbairn'schen Systems ist zur Zeit eine von dem Meister selbst besorgte Ausführung zu Taganrog (am schwarzen Meere), worin 36 Gänge in einer einzigen geraden Linie in einem Gebäude von 200 englischen Fuss Länge (im Lichten) und 40 Fuss lichter Breite aufgestellt sind [3]).

Zwei gekuppelte Dampfmaschinen (ausserhalb in der Mitte des Gebäudes placirt) mit Balancier und Condensator, von je 100

---

1) Reuleaux: „Der Constructeur". Braunschweig 1862. S. 198.

2) Description of Plates. P. 98. Zu bemerken ist hierbei, dass seit der Veröffentlichung dieser Zeichnungen die ursprünglichen 12 Gänge um 8 vermehrt wurden. Zur Zeit der Londoner Industrie-Ausstellung von 1862 besuchte Referent diese schöne Mühlenanlage und überzeugte sich von der Vortrefflichkeit ihrer Construction und Betriebsweise.

3) Fairbairn: „Mills and Millworks". T. II, p. 127 (mit 3 lithographirten Abbildungen).

Pferdekraft, bewirken den Betrieb und sollen pr. Stunde 180 bis 200 Bushel reinen, trocknen Weizen zu Mehl verarbeiten [1]).

Die activen Kegelräder der Hauptwelle haben 3 Fuss 4½ Zoll, die passiven (an den Mühlspindeln) 2 Fuss 1½ Zoll Durchmesser, wobei die vierfüssigen Steine 140 Umläufe pr. Minute machen.

Im Krimkriege (während der Belagerung von Sebastopol) leistete Fairbairn's Mühlensystem (allerdings nicht am Anfange) der englischen Armee wesentliche Dienste, indem dasselbe, in dem eisernen Schraubendampfschiffe „The Bruiser" zu vier Gängen in einer Reihe aufgestellt, im Stande war, täglich (im Durchschnitt) 24000 Pfund Weizenmehl (aus sehr harten und reinen Körnern) zu liefern. Trotz Wind und Wetter, beispielsweise wenn das Schiff mit 7½ Knoten (oder 8½ engl. Meilen) pr. Stunde fahren musste, wurden dennoch 20 Bushel oder 1120 Pfund Weizen pr. Stunde vermahlen, obwohl die Totalkraft der Dampfmaschine nicht mehr als 80 Maschinenpferde betrug [2]).

In Deutschland hat zur Zeit, nach unserem Wissen, das Fairbairn'sche Mühlensystem nur bei der Rothermühle in Bromberg Anwendung gefunden, dort aber gewiss nicht wenig dazu beigetragen, diesem Werke den Ruf einer anerkannt bewährten und berühmten Anlage zu verschaffen.

Wie schon Seite 46 angeführt, wendet man noch heute in England nur ganz ausnahmsweise mit Seidengaze überzogene Beutelmaschinen (Bolting machines on the Swiss and American principle), sondern hauptsächlich solche an, deren cylindrischer Mantel aus Drahtgeweben gebildet ist (Dressing machines genannt).

Dabei hat sich seit 1829 bis zur Gegenwart das Constructionsprincip eines Müllers in Bradford, John Smith mit Namen, erhalten [3]), welches vorzugsweise darin besteht, dass sich der schräg liegende cylindrische, durch eiserne Rippen versteifte Draht-

---

1) Da 1 Bushel = 1,166 Himten (= 0,363 Hektoliter) ist, so würde dies mindestens 1 Himten pr. Stunde pr. Pferdekraft geben, natürlich beim einmaligen Aufschütten gewonnen.

2) Ausführliches hierüber von Fairbairn selbst a. a. O. p. 134 und (mit Lithographie ausgestattet) in den Proceedings of the Institution of Mechanical Engineers von 1858. S. 155 unter der Ueberschrift: „Description of a Floating Steam Corn Mill and Bakery."

3) Specification. August 1829, Nr. 5799, sowie nach dem Repertory of Patent Inventions in Dingler's Polytechn. Journal. Jahrg. 1830 (Bd. 38), S. 105.

mantel sehr langsam um seine geometrische Axe dreht, während im Innern ein Bürstensystem rasch um dieselbe Axe rotirt und endlich aussen eine zweite aber cylindrische Bürste angebracht ist, der gleichfalls eine selbständige Axendrehung ertheilt wird, um die Drahtmaschen auch nach aussen hin offen zu erhalten und den Austritt des Mehles zu befördern.

Später (1857) verbesserte Smith seine Maschine erheblich [1]), in welcher Gestalt sie gegenwärtig verwandt wird und in mehreren Exemplaren auf der Londoner Industrie-Ausstellung von 1862 figurirte [2]).

Die Fig. 76 und 77 zeigen diese neueste Smith'sche Beutelmaschine in der Längen- und Seitenansicht, sowie Fig. 78 die genannten drei wesentlichsten Theile im Querdurchschnitte darstellt.

Fig. 76.

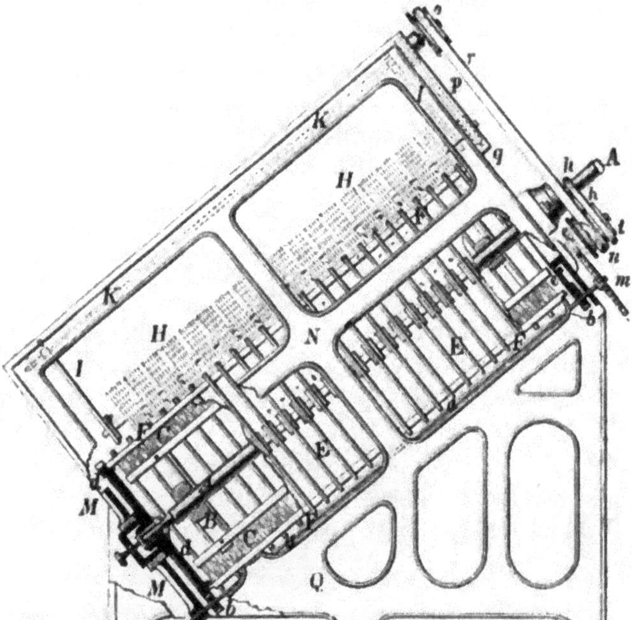

Auf der Hauptwelle A der Maschine sind drei sechsflüglige Armsysteme B

1) Specification. Juli 1857, Nr. 1870.

2) The Illustrated Catalog. Class VIII, Nr. 1828 und Class IX, Nr. 2132, woselbst jedoch nur äussere perspectivische Ansichten aufgenommen sind und der Name „Improved Patent Iron Flour Cylinder“ beigefügt ist.

befestigt, deren Enden die Bürsten *C* aufnehmen, welche den inneren Mantel des Drahtcylinders *F* der ganzen Länge nach berühren.

Letzterer Cylinder *F* wird durch einige zwanzig eiserne Ringe oder Rippen *E* versteift, die wieder unter sich durch Langstäbe vereinigt und in gleichweiten Abständen (von 4 bis 4³/₄ Zoll) erhalten werden.

Während durch unmittelbare Umdrehungen der Welle *A* (500 bis 600 Umläufe pr. Minute) der Bürstenapparat in rasche Bewegung versetzt wird, veranlasst man gleichzeitig den Drahtcylinder *F* zu einer sehr langsamen Drehung in entgegengesetzter Richtung und zwar auf nachbemerkte Weise.

Fig. 77.

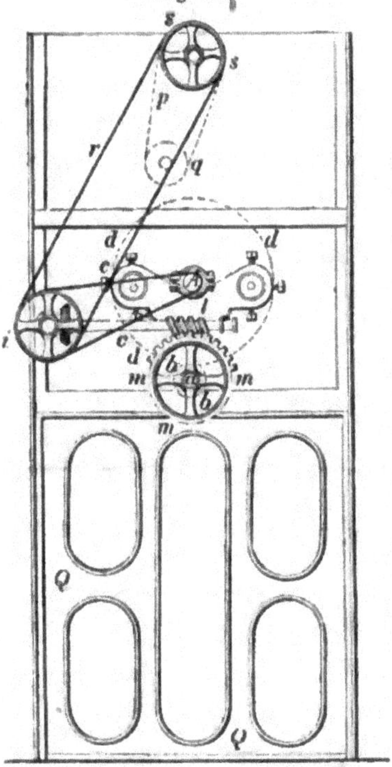

Auf dem äusseren höchsten Ende der unter 45 Grad geneigten Hauptwelle *A* hat man eine kleine Scheibe befestigt, wodurch mittelst eines Riemens *h* (Fig. 76) die Umdrehung von *A* auf eine grössere Scheibe *i* übergetragen wird. Durch ein Kegelradpaar wird diese Bewegung auf die Querwelle *c* (Fig. 77) fortgepflanzt, auf deren Umfange sich eine endlose Schraube *l* befindet, welche in die schiefen Zähne eines Rades *m* fasst. Auf der Welle des letzteren Rades, die etwas länger als der ganze Drahtcylinder *F* ist, sitzen an den Enden zwei kleine Stirnräder *bb* (Fig. 76), deren jedes mit einem der Zahnkränze *dd* im Eingriffe befindlich ist, womit die äusseren Umfänge der beiden Endscheiben oder Böden des Cylinders *EF* ausgerüstet sind. Die Zahl der Umläufe, welche *F* macht, beträgt hiernach nicht mehr als zwei bis drei pr. Minute, oft noch weniger.

Fig. 78.

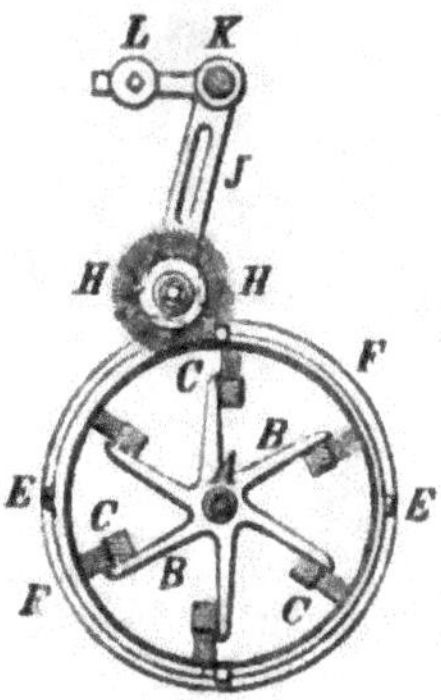

Die Drehung der äusseren cylindrischen Bürste *H* um ihre eigene Axe wird folgendermaassen zu Stande gebracht.

Mit der Scheibe *i* auf gleicher Welle steckt noch eine zweite Scheibe *n*, die Fig. 76 sichtbar ist und deren Umdrehung ein Riemen *r* auf eine Scheibe *o* überträgt (die in Fig. 77 etwas zu gross gezeichnet und mit *s* bezeichnet wurde).

Auf der Welle *K* (Fig. 76) der Scheibe *o* sind zwei Arme *I I* befestigt, deren äussere Enden zur Aufnahme der Axenlager der Cylinderbürste *H* dienen und in welchen letztere rotirt. Die Umdrehung erfolgt durch ein Riemenvorgelege *pq*, welches mit der Bürste *H* und den Armen *I I* derartig zu einem

Systeme vereinigt ist, dass man beide gleichzeitig von dem Mantel des Cylinders F abheben oder gegen denselben pressen kann, zu welchem letzteren Zwecke noch ein Gegengewicht L auf den Arm KJ (Fig. 78) geschoben ist.

Eigenthümliche Reinigungsmaschinen der heutigen englischen Getreidemahlmühlen, die sämmtlich, mehr oder weniger, amerikanischen Ursprungs sind, finden später ihre Erledigung in einem Abschnitte, der diesen Maschinen überhaupt gewidmet sein wird.

Schliesslich nur noch die Bemerkung, dass in den Getreidemahlmühlen Englands, welche dem Verfasser bekannt geworden sind, ausschliesslich das sogenannte amerikanische Mahlverfahren (Mouture à la grosse) Anwendung findet, wobei man die Steine gleich anfänglich sehr nahe zusammenlässt und so fein mahlt, dass man die besten Mehlsorten beim einmaligen Aufschütten so weit als möglich herauszieht und durch den Beutelprocess drei bis vier Gattungen Mehl zu gewinnen sucht.

Zur Beurtheilung des Mengenverhältnisses der verschiedenen auf solchem Wege erhaltenen Mehlsorten, der Kleie und des Abfalles mag noch ein dem Referenten aus der Patrik-Mill bei Hull vorliegender sogenannter Mahlzettel Platz finden, der über 100 Bolls [1]) Weizen (214 Centner 1 Quarter und 4 Pfund = 24000 Pfund wiegend) also lautet:

		Ctr.	Qtrs.	Pfd.	
Mehl erster Sorte (welches durch die Beutel ging)		147	2	—	oder 68,830 Proc.
Gries (der nicht durch die Beutel ging)		—	3	8	„ 0,383 „
Mehl zweiter Sorte	desgl.	25	—	—	„ 11,670 „
Gries	desgl.	—	2	20	„ 0,317 „
Mehl dritter Sorte	desgl.	12	—	—	„ 5,600 „
Gries	desgl.	—	3	—	„ 0,350 „
Kleie		22	2	24	„ 10,600 „
Verlust		4	3	8	„ 2,250 „
		214	1	4	100,000

Anmerkung. Die Erfahrung, dass Mühlsteine von einerlei Durchmesser, demselben Materiale, von gleicher Güte und überhaupt unter sonst gleichen Umständen dasselbe Mahlproduct liefern können, obgleich ihre Läuferaugen von merklich verschiedener Grösse sind, hat bereits seit längerer Zeit die Thatsache festgestellt, dass die mehlmachenden Stellen der Mühlsteinflächen etwa in der Hälfte des Radius oder gar erst im äussersten Drittheil beginnen, und dass man daher mit ringförmigen Steinen die Arbeit verrichten könne [2]).

---

1) 1 Boll = 6 Bushels = $^3/_4$ Quarters. 1 Bushel = 36,35 Liter = 1,166 hannov. Himten.

2) Wiebe (a. a. O. S. 104) kommt zu dem Schlusse, „dass die eigentliche Mahlarbeit der Steine auf etwa $^2/_5$ des Steinhalbmessers beginnt und bis zur Peripherie fortgesetzt wird“.

Bei den Vollsteinen betrachtet man deshalb auch gewöhnlich die erste Hälfte der Mahlfläche als zum Schlucken (vortheilhaften Einziehen der Körner) und zum Vorarbeiten bestimmt, und höhlt demnach auf diese Strecke beide Steinflächen etwas kegelförmig aus [1]).

In dem Widerstande, welcher den Steinen in diesem kegelförmigen Raume von den Körnern entgegentritt, erblickten nun manche neuere Constructeure die vorzügliche Quelle des Zuheissmahlens, und wandten ihre Aufmerksamkeit den Ringsteinen um so mehr zu, als man dabei der Ansicht war, dass sich die gedachte Vorarbeit (im kegelförmigen Raume) auch durch ein vorausgehendes Quetschen (Plattdrucken) der Körner zwischen eisernen Walzen (S. 57, Fig. 44) verrichten lassen müsste.

Auch in England hat man sich mit der Anordnung von Mühlen mit Ringsteinen vielfach beschäftigt und in weiteren Kreisen die Sache namentlich dann aufgefasst, als im Jahre 1856 ein gewisser White die Institution of Mechanical Engineers für den Gegenstand zu interessiren verstanden hatte [2]).

Die betreffende Anordnung einer solchen White'schen Mühle lässt Fig. 79 im Verticaldurchschnitte und Fig. 80 im Horizontaldurchschnitte erkennen.

Fig. 79.

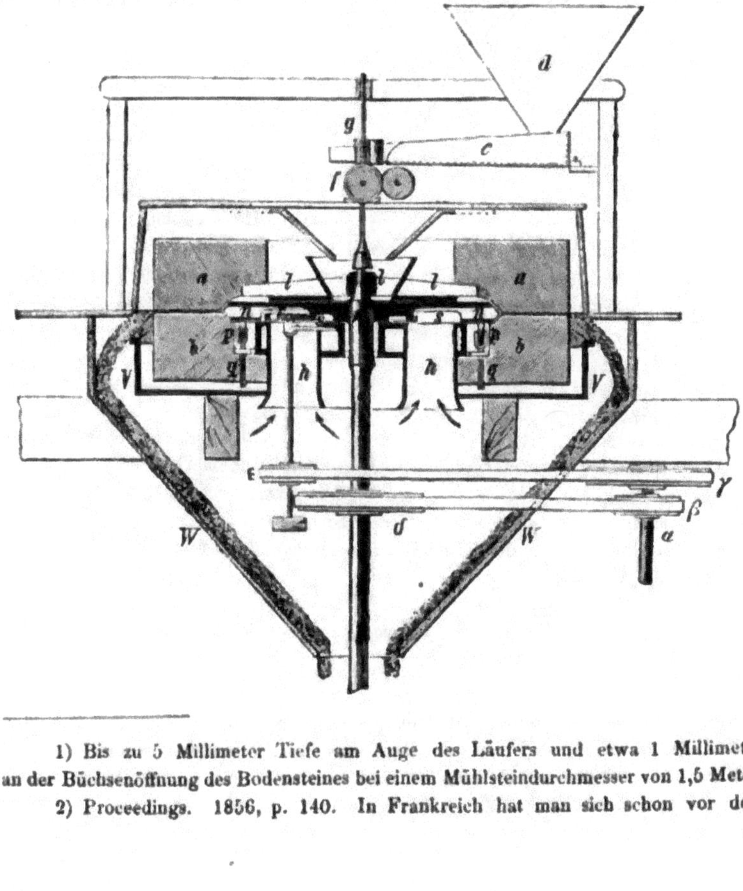

1) Bis zu 5 Millimeter Tiefe am Auge des Läufers und etwa 1 Millimeter an der Büchsenöffnung des Bodensteines bei einem Mühlsteindurchmesser von 1,5 Meter.

2) Proceedings. 1856, p. 140. In Frankreich hat man sich schon vor dem

Wie gewöhnlich bildet dabei der obere Steinring *a* den Läufer, der untere festliegende *b* den Bodenstein. Die Mühlspindel *c* ist durch eine Haue *l* mit dem Läufer *a* verbunden, die in ihrer Mitte mit einem Hohlkegel (zur Körnereinführung) ausgestattet ist, welcher in eine Horizontalplatte ausläuft.

Zum Einbringen der Körner zwischen die Steine dient weiter eine gusseiserne mit radialen Vertiefungen versehene (corrugated) Scheibe *ns*, die bei *m* ebenfalls auf der Mühlspindel *c* befestigt ist, ausserhalb aber (an ihrer Peripherie) auf Frictionsrollen *p* ruht, welche mittelst Schrauben *q* justirt werden können.

Fig. 80.

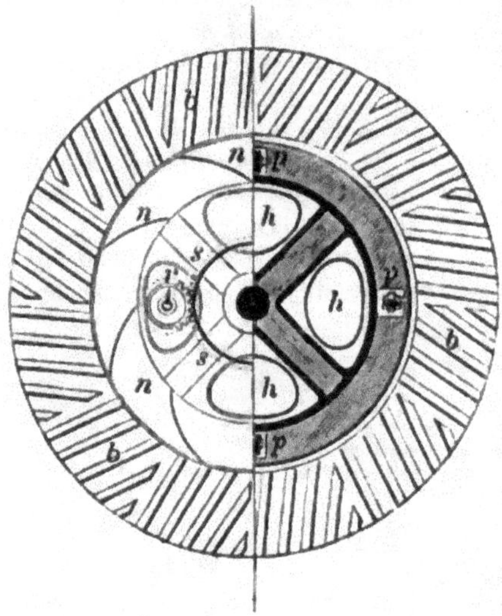

Eine andere Eigenthümlichkeit dieser Mühle ist noch die, dass das von den Steinen ausgeworfene Mahlgut nicht an einer einzigen Stelle (durch ein sogenanntes Mehlloch) ausläuft, sondern dieses Auslaufen ringsherum (durch eine Ringöffnung über der Bodensteinschale *v*) stattfindet, so dass die ganze Schrot- und Mehlmasse beim Ablaufen den Mantel eines Kegels *w* bildet.

Dass überdies *d* der Rumpf zum Aufschütten, *e* dessen Schuh mit Rütteldaumen *g*, sowie *f* das erwähnte Quetschwalzwerk ist, bedarf wohl kaum der Erwähnung.

Dafür dürfte um so mehr auf den Umstand aufmerksam zu machen sein, dass die Zufuhrscheibe *ns* zugleich die Deckfläche eines Ventilators bildet, der mit Curven (Flügeln, Schaufeln) *n* (Fig. 79) versehen ist, beim Umdrehen durch die mit seinem Centrum communicirenden Röhren *H* atmosphärische Luft einsaugt und diese (zur noch weitergehenden Kühlung des Mahlgutes) zwischen die Steine führt. Beabsichtigt man die Hervorbringung einer noch grösseren Umlaufsgeschwindigkeit dieses Ventilators, so dient hierzu der innere untere verzahnte Rand *s* desselben, welcher in Eingriff mit einem Getriebe *r* gebracht ist, dessen Umdrehung durch die beiden Riemenvorgelege $\beta\delta$ und $\gamma\iota$ bewirkt wird. In diesem Falle sitzt natürlich *ns* lose auf der Mühlspindel *mc*.

White hält für erforderlich, den Ringsteinen mindestens 6 Fuss äusseren Durchmesser zu geben.

Ueber den Erfolg dieser ganzen Anordnung ist dem Verfasser leider Nichts bekannt geworden, dagegen weiss er, dass ähnliche Zwecke Croskill

---

Jahre 1846 bemüht, diesen Getreidemühlen mit Ringsteinen Eingang zu verschaffen. Rollet liefert (a. a. O. S. 208) die Abbildungen einer derartigen Mühle (Pl. XIII) und nennt einen gewissen Gosme als Constructeur derselben. Erfahrungen über diese Gosme-Mühlen kennt Rollet leider nicht.

in Beverly bei Hull verfolgte und ebenso auch Bryan-Donkin u. Comp. in London [1]).

§. 19.

Französische Mühlen der Gegenwart.

Die St. Maur-Mühle mit Riemenbetrieb von oben. — Mühlen mit Frictionsscheiben, — ferner mit beweglichem Untersteine, und Mühlen, wobei sich beide Steine umdrehen.

Die bereits S. 49 beschriebene vierziggängige Getreidemahlmühle von St. Maur bei Paris wird auch in ihrer gegenwärtigen veränderten Gestalt als ein Musterwerk für ganz Frankreich betrachtet [2]), weshalb sie hier, gleichsam als Repräsentant der heutigen französischen Mühlen, vorzugsweise besprochen werden soll.

Die mit der Mühle vorgenommenen Constructionsveränderungen bestehen hauptsächlich in dem Tieferlegen der Steine (aus der ersten Etage ins Parterre), in der Zuführung der Bewegung für die Steine von oben (statt sonst von unten), wodurch man viel kürzere Mühlspindeln (Steinwellen) erlangte, in der Verwendung von grösseren Steinen (1,3 Meter Durchmesser statt früher 1,1 Meter), sowie in der Entfernung der Stirnradtransmission und Ersatz derselben durch Riemenbetrieb. Sämmtliche Veränderungen stellen sich übersichtlich dar, wenn man die Fig. 81 und 82 mit der bereits S. 50 aufgenommenen Durchschnittsfigur 37 vergleicht.

Die Steinpaare AB jeder der in Gruppen zu zehn aufgestellten Mahlgänge ruhen auf einer starken gusseisernen Platte D, deren kreisförmige Gestalt besonders aus der Grundrissfigur 82 erhellt, wobei erwähnt werden mag, dass immer noch die oberen Steine A die Läufer, die unteren B die unbeweglichen Bodensteine bilden. Aus dem höchst gelegenen Theile der Steinbütten CC gehen zum Zwecke einer kräftigen Ventilation Röhren nach einem hohen cylindrischen Behälter, der (wie aus Fig. 81 erhellt) die Triebwelle N (als unmittelbare Fortsetzung der Turbinenwelle P) concentrisch umgiebt und mit in den oberen Etagen befindlichen Ablagerungsbehältern für das mit fortgerissene Mehl in Communication steht [3]).

Die Mühlspindeln oder Betriebswellen F der Steine sind hohl und dienen

---

1) Ueber Croskill's und Bryan-Donkins-Mühlen (letztere von Gottlieb Haase Söhne zur Münchener Industrieausstellung gesandt) finden sich Angaben in dem vom Verfasser geschriebenen Artikel „Mühlen" des technischen Wörterbuchs von Karmarsch und Heeren. S. 702.

2) Armengaud's „Publication Industr." T. 10 (1857), p. 250: Moulin de Saint-Maur; ferner auch Benoît's „Guide du Meunier" (Aufl. von 1863) II, p. 889.

3) Beiläufig werde bemerkt, dass zz die Zugstangen des Turbinenschützens sind, und yy betreffendes Räderwerk zum Auf- und Abbewegen desselben. (Man sehe deshalb Bd. 1, Fig. 191 und 197.)

gleichzeitig dazu, das Getreide den Mühlsteinen zuzuführen, weshalb sie auch mit anderen (Blech-) Röhren J in Verbindung gesetzt sind, die in höher gelegene Vorrathsbehälter für das völlig gereinigte Getreide münden.

Fig. 81.

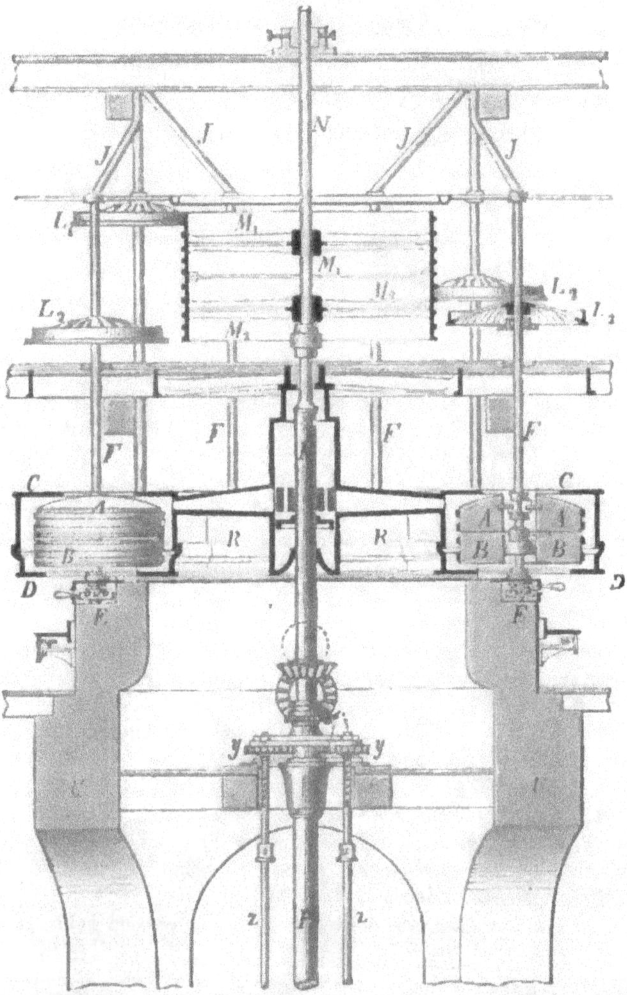

Die active (direct auf der verlängerten Turbinenwelle befestigte) Riemenscheibe für alle zehn Mahlgänge bildet eine gusseiserne aus zwei Theilen M_1 und M_2 bestehende Trommel von 2,6 Meter Durchmesser und 1,30 Meter Höhe, während jede der zehn passiven Scheiben L, L_1, L_2 u. s. w. 1,30 Meter Durchmesser (gleich den Mühlsteinen) hat und folglich die Mühlsteine (wegen 60 Umläufe der Turbinen) 120 Umgänge pr. Minute machen [1]).

1) Höchst wahrscheinlich wendet Darbly sogenannte Doppelriemen an, weil

Um sich dieser letzteren Umdrehzahl möglichst zu vergewissern, wirkt gegen jeden der zehn Treibriemen eine Spannungsrolle *l* (man sehe besonders

Fig. 82.

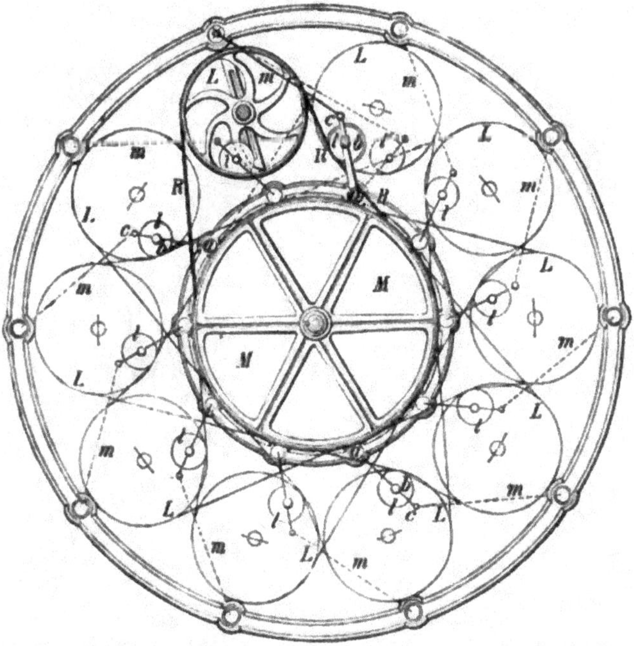

die Grundrissfigur, wo eine dieser Rollen in ihrer Wirkungsweise gegen den betreffenden Riemen *R* ausdrücklich hervorgehoben ist), deren nähere Anord-

---

einfache Riemen nicht unter 12 Centimeter Breite genommen werden könnten, und die active Trommel *M* nur jedem der Scheibenpaare $\frac{1,3}{10} = 0,13$, d. i. nur 13 Centimeter Breite gestattet, wovon noch die Dicke der Trennungsränder abgezogen werden muss, um den Riemen bequem und ohne Seitenreibung laufen lassen zu können. — Nach Reuleaux (Constructeur S. 155) berechnet sich die Breite *b* des einfachen Riemens in Millimetern aus der Formel $b = 15250 \sqrt{\frac{N}{RU}}$, wenn N die Zahl der überzutragenden Pferdekräfte, R den Rollenhalbmesser in Millimetern und U die Umlaufzahl pr. Minute bezeichnet. Setzt man nun für die St. Maur-Mühle $N = 5$, so folgt nach Obigem: $b = 15250 \sqrt{\frac{5}{650 . 120}} = 122$ Millimeter. Für Doppelriemen daher wegen $b_1 = 0,75 . b$, $b = 0,75 . 122 = 91$ Millimeter oder etwas über 9 Centimeter Riemenbreite. Der Umfangswiderstand der Riemenscheibe berechnet sich hiernach zu $P = \left(\frac{b}{18}\right)^2 = \left(\frac{122}{18}\right)^2 = 46$ Kilogramm.

nung noch mehr aus der Detailzeichnung Fig. 83 erhellt. Man erkennt dabei, dass sich die Axenlager der Spannrolle in den Enden zweier Arme befinden, die mit einer Hülse *f* ein Gussstück bilden, ferner diese Hülse auf dem ringförmigen Ansatze *g* einer cylindrischen Säule *a* ruht und das Ende *c* der Verlängerung des oberen Armes zur Aufnahme einer Schnur *m* (Fig. 82) dient, die über eine feste Rolle geleitet, am äussersten Ende mit dem Spanngewichte belastet ist u. s. w.

Fig. 83.

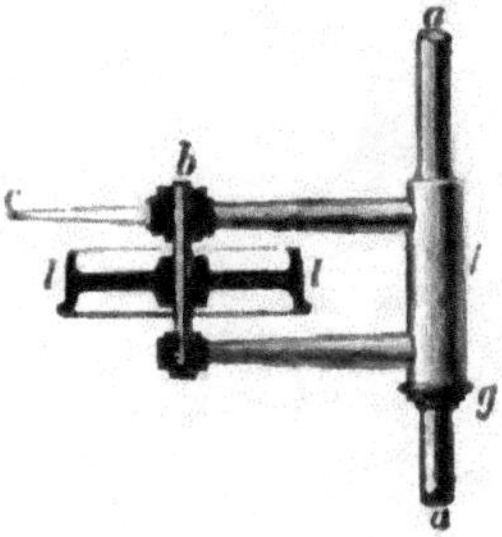

Fig. 84.

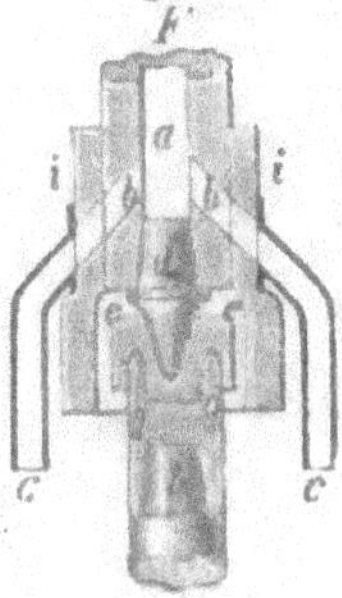

Sinnreich, wenn auch etwas complicirt, ist die Bewegungsübertragung von der hohlen Welle *F* auf die Mühlsteinhaue *e* (Fig. 84), sowie Fig. 85 *I* und *II* (im Detail). In das untere Ende von *F* hat man einen Zapfen *d* eingesetzt, der seine Pfanne auf der Oberfläche der mit beiden Enden in dem Läufer *A* befestigten Haue *e* findet.

Fig. 85.

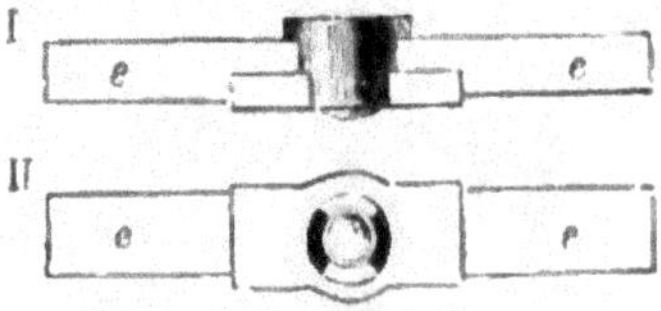

Die mittlere Partie der Haue *e* ruht auf einem Kuppelstücke *g* und dieses wieder auf der kurzen Welle *l* (dem eigentlichen Mühleisen Fig. 86), welche durch die Büchse (des Halslagers) *G* im festliegenden Bodensteine *B* (Fig. 81) hindurchgeht, sich hierin frei drehen kann und endlich bei *m* in bekannter Weise gelagert ist.

Fig. 86.

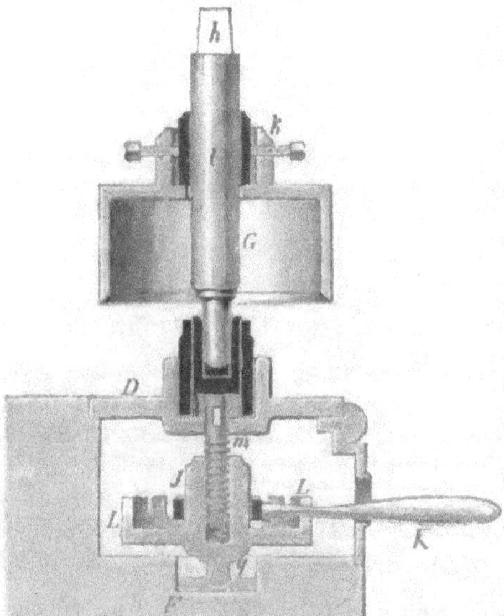

Auf dem Ende *F* der hohlen Betriebswelle hat man ferner eine Hülse *i* (Fig. 84) befestigt, die unterhalb eine zweizinkige Gabel bildet, welche die Haue *e* zwischen sich fasst (man sehe namentlich Fig. 87 *III*) [1]), so dass bei der Umdrehung

1) In ähnlicher Weise betrieb man von jeher durch das sogenannte Klauengeschirr die Steine der Windmühlen. Man sehe deshalb u. A. „Meissner's Anleitung zum Baue der Mahlmühlen". Hamburg 1835. S. 151, Taf. IV.

von *i F* die Haue und folgeweise der Mühlstein mit in Bewegung versetzt wird.

Dass die Seitencanäle *b* in der Welle *F* und die correspondirenden Oeffnungen in der Hülse *i*, sowie endlich die Ansatzröhren *c* zur Zuführung der Körner u. s. w. dienen, bedarf kaum der Erwähnung.

Fig. 87.

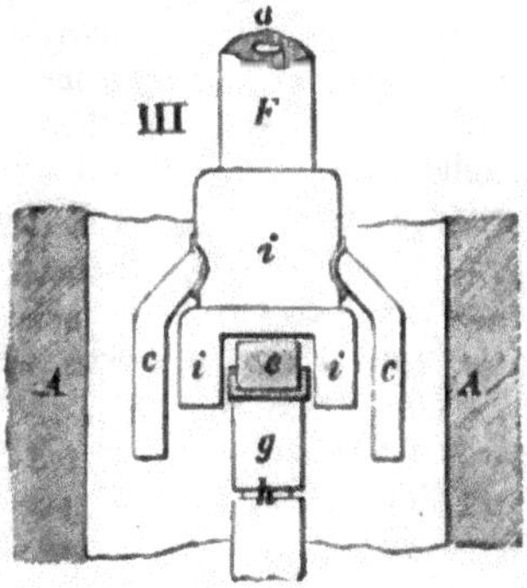

Fig. 88

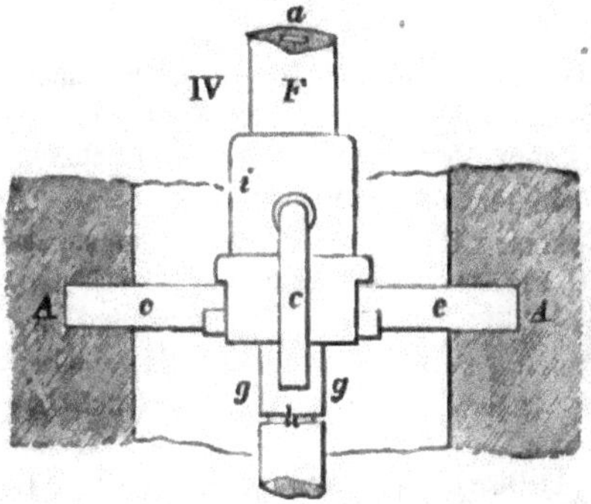

Der Zapfen *d* hat bei guter Erhaltung aller Theile und beim normalen Gange der Mühle keine eigene Bewegung, d. h. läuft nicht in der Pfanne *e* (der Haue), sondern mit dieser als ein Ganzes herum, was seinem Zwecke entspricht, der kein anderer ist, als die bewegliche Aufhängung der Haue auf der kurzen Wellenfortsetzung (dem Mühleisen) *l* zu vermitteln und den Läuferstein in der erforderlichen Schwebe zu erhalten.

Diesem Zwecke wird dadurch entsprochen, dass das Stück *g* (Fig. 89 *V* und *VI* besonders gezeichnet) einerseits auf dem oberen Ende *h* des Mühleisens *l* durch Nuth und Feder befestigt, andererseits aber oben so ausgeschnitten ist, dass es mit dem correspondirenden unteren Theile der Haue *e* eine sogenannte Quadrantenkuppelung bildet [1]).

Das unter der gusseisernen Fundamentplatte *D* im besonderen Raume angebrachte Stellzeug für den Läuferstein unterscheidet sich von dem bereits S. 55 Fig. 41 ausführlich besprochenen nur durch das Hinweglassen des Zahnradvorgeleges und Ersatz desselben durch eine Art Ratschenbewegung (Kronrad *y* mit 16 Einschnitten und Einklinkhebel *z*).

Fig. 89.

Schliesslich machen wir noch auf die von Darbly angeordnete Kühlvorrichtung für das von den Mühlsteinen ablaufende Mahlgut aufmerksam, die der Hauptsache nach der bereits S. 59 beschriebenen von Feray gleich kommt und Fig. 90 in vergrössertem Maassstabe abgebildet, sonst aber auch in der Hauptfigur 81 unter der Fundamentplatte *D* ausserhalb am Mauerwerke sichtbar ist.

Dabei zeigt *a* eine grössere horizontale hölzerne Scheibe oder Plattform von kreisförmiger Gestalt, welche einen ebenfalls hölzernen

1) Die hier aufgenommenen Detailfiguren 85, 87 und 88 fehlen in unserer Quelle, sind besonders construirt und wahrscheinlich richtig.

Ring *b* concentrisch umgiebt, womit das Mauerwerk *g* ausserhalb bekleidet ist.

Fig. 90.

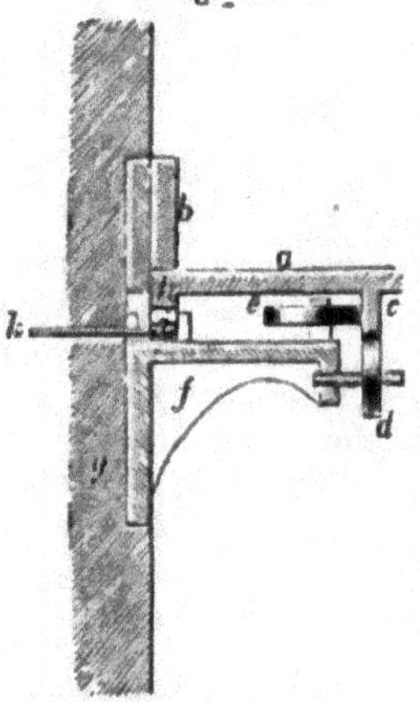

Eine gehörige Anzahl gusseiserner Träger *f*, ebenfalls am Mauerwerke befestigt, ist mit Frictionsrollen *d* und *e* ausgestattet, gegen welche sich beziehungsweise die untere Kante und die innere Seite eines Randes *c* lehnt, womit die grosse Scheibe *a* unterwärts versehen ist. Die Umdrehung von *a* wird durch Zahnring *h* und Getriebe *i* bewirkt, wozu die Axe *k* des letzteren ihre Bewegung direct von der Turbinenwelle aus empfängt.

Die sämmtlichen Mahlgänge schütten mittelst Röhren das von den Steinen kommende Mehl auf die Plattform *a*, bei deren Umdrehung es der atmosphärischen Luft exponirt und zuletzt von einem Elevator in die Höhe gehoben und den Hopperboys (S. 33) überliefert wird.

Die Plattform hat einen mittleren Durchmesser von 5,2 Meter und, da sie pr. Minute einen Umlauf macht, eine Peripheriegeschwindigkeit (am mittleren Kreise) von $\frac{5,2 \, . \, 3,14}{60} = 0,274$ Meter.

Noch andere französische Getreidemahlmühlen mit Riemenbetrieb, namentlich solche mit Reihenaufstellung der Gänge (wie S. 53 bei der Corbeilmühle) finden sich in den unten citirten Quellen, worauf hier verwiesen werden muss[1]).

Dafür dürfte hier der Ort sein, Einiges über die Vortheile und Nachtheile des Riemenbetriebes bei Getreidemahlmühlen überhaupt anzureihen.

Zu den Vortheilen sind zu zählen: 1) Das rasche und bequeme Aus- und Einrücken einzelner Mahlgänge; 2) das Nichtfortpflanzen von Erschütterungen und Stössen auf die treibende Welle; 3) bessere Verfügung und grössere Dispositionsfreiheit bei der Aufstellung der Mühlsteine, im Falle gebotener Räume, da die Entfernung der Rollen- (Scheiben-) Axen sehr beträchtlich genommen werden kann.

Dagegen sind die Nachtheile: 1) Beschränkte Anwendung der Riemen, wenn verhältnissmässig bedeutende Widerstände überwunden werden sollen oder die Widerstände sehr veränderlich auftreten; 2) grössere Zapfenreibungen als unter sonst gleichen Umständen bei Zahnrädern; 3) leichtes Recken der Riemen und verhältnissmässig geringe Dauer derselben.

§. 20.

Mahlgänge mit Frictionsscheibenbetriebe. — Calla's Haue. — Mahlproducte.

Zu den mancherlei Bemühungen französischer Mühlenbauer und Mechaniker, die Uebertragung einer bewegenden Elementar-

1) Eine schöne achtgängige Mühle (von Clavier in Orleans) mit Riemenbetrieb findet man beschrieben und abgebildet bei Rollet (a. a. O.) S. 264, Pl. 18. Ferner eine zwölfgängige (in zwei Reihen zu je sechs aufgestellt) von Calla in Paris im „Bulletin de la soc. d'encouragement etc." 49. année (1850), p. 152, Pl. 1137.

kraft auf die Mühlspindeln weder durch Zahnräder noch durch Riemen geschehen zu lassen und damit die Uebelstände dieser beiden Transmissionsmethoden zu beseitigen, gehört die Verwendung sogenannter Frictionsscheiben, d. h. kreisrunder cylindrischer um Axen drehbarer Scheiben, die man mit einander in Berührung bringt und so gegen einander presst, dass sich beide mit gleicher Peripheriegeschwindigkeit drehen.

Die Uebertragung der Bewegung durch solche Frictionsscheiben erfolgt zwar sehr regelmässig und gleichförmig, erfordert aber verhältnissmässig grosse Pressung zwischen beiden Scheiben, wenn bei den fortzupflanzenden Arbeiten die Kräfte gross, die Geschwindigkeiten aber klein sind.

Fig. 91.

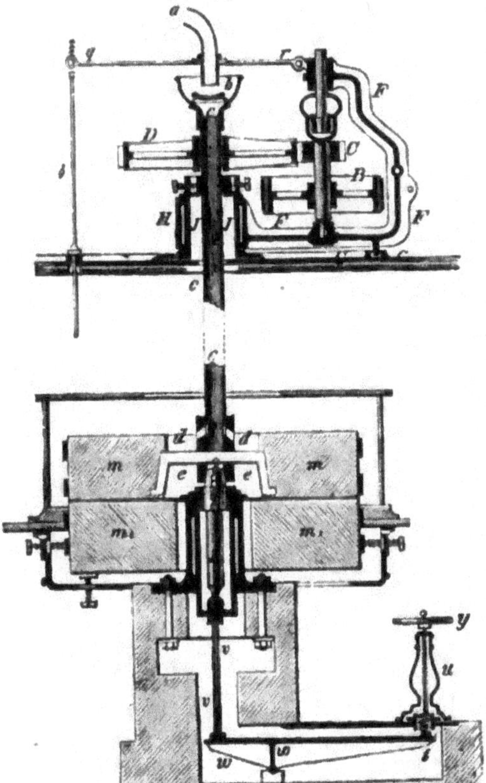

Um diese Transmissionsart haben sich (neuerdings) besonders die auch sonst rühmlichst genannten Mühlenbauer Fontaine, Fromont u. Brault in Chartres verdient gemacht, und auf die Art und Weise der Ausführung 1853 in Frankreich ein Brevet erhalten.

Nachstehende Abbildungen zeigen die betreffende Anordnung für eine sechsgängige Mahlmühle, und zwar Fig. 91 (für einen der Gänge) im Verticaldurchschnitte und Fig. 92 im Grundrisse [1]).

Die beiden Frictionsscheiben sind mit *A* und *B* bezeichnet, und hat die grössere *A* einen Durchmesser von 4,20 Meter, die kleinere *B* aber 0,650 Meter Durchmesser. Um

1) Ausführlicheres in unserer Quelle: Armengaud's „Publication Industr." T. 9, p. 230, Pl. 19.

den Druck zu vermindern, womit bei gegebenem Widerstande diese Scheiben gegen einander gepresst werden müssen, hat man zwischen den passiven Scheiben B und der Mühlspindel c ein Zahnradvorgelege C und D (Fig. 91) eingeschaltet, deren Räder- oder Uebersetzungsverhältniss $\frac{120}{380} = \frac{6}{19}$ ist, so dass, wenn die Mühlspindel c (mit dem Mühlsteine) pr. Minute 120 Umläufe macht, das Rad C

Fig. 92.

und mit ihm die kleinere Frictionsscheibe B deren gleichzeitig 380 zu verrichten hat. Hiernach beträgt die Peripheriegeschwindigkeit der kleineren Frictionsscheibe 12,9 Meter, während diese nur 4,08 Meter, d. h. $3^1/_6$ Mal weniger betragen haben würde als ohne das Zahnradvorgelege. Da sich nun bei derselben fortzupflanzenden Arbeit die Drücke zwischen den Betriebsscheiben umgekehrt wie die Peripheriegeschwindigkeiten verhalten müssen, so folgt hieraus, dass zufolge der grösseren Umfangsgeschwindigkeit der Scheibe B auch eine verhältnissmässig geringere Pressung zwischen den Scheiben A und B zur Uebertragung der Bewegung erzeugt zu werden braucht[1]).

Zum Einrücken und Auslösen einzelner Gänge NN hat man folgende Anordnung getroffen. Ein Rahmen F nimmt die gemeinsame Drehaxe der passiven Frictionsscheibe B und des Zahngetriebes C zwischen sich und ist gleichzeitig als ein Ganzes um die geometrische Axe der Mühlspindel c drehbar gemacht. Hierzu umfasst eine Art Nabe des Rahmens F den äusserlich abgedrehten Ständer J des oberen Halslagers der Mühlspindel, während gleichzeitig die gusseiserne Deckplatte MNQ (Fig. 92) mit einer kreisförmigen zur Mühlspindel concentrischen vorspringenden Nuth G (Fig. 91) versehen ist, in welcher ein nach unten gerichteter Rand des Gestelles F läuft. Hierdurch wird es möglich, die passive Scheibe B der grösseren activen mehr oder weniger zu nähern, ohne den Eingriff der beiden Zahnräder D und C im Mindesten zu stören.

Zur Bewegung des Rahmens F hat man auf der Deckplatte MNQ gusseiserne Ständer aufgeschoben und in den oberen Hülsen derselben Schraubenmuttern befestigt, deren zugehörige Schrauben k (Fig. 91) mit dem einen der äussersten Enden im Rahmen F in geeigneter Weise gehalten werden (ohne die Drehung der Schrauben um ihre Axe zu verhindern), während am anderen Ende ein Handrad i angebracht ist. Durch Umdrehung des letzteren wird die Schraube k um ihre Axe bewegt und dadurch die beabsichtigte Entfernung oder Näherung von B gegen A erzeugt. Beim Lösen der Schraube k zieht eine Spiralfeder i den Rahmen F und mit diesem die passive Scheibe B zurück und bringt letztere ausser Eingriff mit der activen Scheibe A[2]).

Eine zweite Eigenthümlichkeit dieser Mühle besteht noch darin, dass

---

1) Bezeichnet man die Grösse des zu überwältigenden Widerstandes oder die Grösse der durch die Frictionsscheiben überzutragenden Kraft mit P, die erforderliche Pressung zwischen beiden Scheiben (damit sich diese mit einerlei Peripheriegeschwindigkeit drehen) mit D, und mit f den betreffenden Reibungscoefficienten, so ist $P = fD$ und folglich $D = \frac{P}{f}$. Da nun f immer kleiner als $\frac{1}{2}$ sein wird, so erhält man für den kleinsten Werth: $D = 2$ P. — Nimmt man für den vorliegenden Fall an, dass zum Betriebe eines Mahlganges 5 Maschinenpferde erforderlich sind, also pr. Secunde eine Arbeit von $5 \cdot 75 = 375$ Meter-Kilogramm zu verrichten ist, so erhält man $P = \frac{375}{12{,}9} = 29$ Kilogramm. Ist daher $f = \frac{1}{3}$, so ergiebt sich $D = 3\,P = 87$ Kilogramm. Dagegen würde unter sonst gleichen Umständen erforderlich gewesen sein, wenn man die passive Scheibe B unmittelbar auf der Mühlspindel befestigt hätte: $P = \frac{375}{4{,}08} = 91{,}91$ Kilogramm und folglich $D = 273{,}73$ Kilogramm.

2) Bei Weitem einfacher und wohlfeiler würde sich diese Aus- und Einrückung gestalten, wenn man (nach der Idee des Maschinendirectors Kirchweger in Hannover) zwischen die beiden Frictionsscheiben ein Paar kleine um ihre Axe drehbare Rollen (aus elastischen und dennoch festen Platten gebildet) einschaltete und diese so anordnete, dass sie leicht und schnell in den Raum zwischen den beiden Scheiben gekeilt und daraus zurückgezogen werden könnten.

man die sonst im Bodensteine m_1 (Fig. 91) gehörig befestigte Büchse (das Halslager des Mühleisens) von diesem Steine vollständig isolirt und mit ihrer unteren Platte auf das Steinfundament geschraubt hat. In dieser Büchse verschiebt sich concentrisch ein gusseiserner Cylinder, welcher zur Aufnahme des Spur- und Halslagers für das sehr kurze Mühleisen *pq* dient, dessen Stellung durch Schubstange *v*, Hebel *w*, Schraube *tu* und Handrad *y* leicht bewirkt werden kann.

Diese ganze Anordnung ist wiederum nur möglich, wenn man (ähnlich wie bei der vorher beschriebenen St. Maur-Mühle) den Betrieb des Läufers *m* von oben herab bewirkt, die Mühlspindel wiederum hohl macht und die Verbindung der schwebenden Haue *e* mit der Spindel *c* in analoger Weise herstellt.

Die sonstigen Anordnungen der Mühle erklären sich aus der Betrachtung unserer Abbildungen ohne Weiteres, so die Art der Körnerzuführung durch die Röhre *a* (Fig. 91) und deren Stellung durch den Hebel *qr*, ferner das Streuschälchen *b* u. s. w.

Wenn auch ganz richtig der grosse Axendruck, welchen die Frictionsscheiben zu erleiden haben, ein Uebelstand genannt werden muss, so hat doch diese Transmissionsart wiederum so viele gute Seiten, dass sie wohl verdient, im Auge behalten zu werden.

Besondere Aufmerksamkeit haben (seit dem Jahre 1846) die Franzosen auf die Bewegung des Bodensteines statt des Obersteines der Mühlen gewandt, weil dadurch in der That mehrere Vortheile zu erreichen sind.

Hierher gehört vor Allem, dass der untere Stein, wenn er beweglich ist, besser auswirft, weil sich daselbst nicht so leicht Mehl festsetzen kann, ferner dass das Halslager (die Büchse) im Bodensteine durch ein weit einfacheres und zugänglicheres Lager ersetzt werden kann, dass die Verengung des Läuferauges durch die Haue wegfällt und wenn man die Mahlfläche der Steine ventilirt, die Dichtung leichter zu beschaffen und zu erhalten ist. Indessen hat diese Anordnung auch Nachtheile, wohin vornehmlich gehört, dass eine sogenannte schwebende Haue nicht angebracht werden kann.

Einen französischen derartigen Mahlgang, wie ihn der Mühlenbauer Cabanes in Bordeaux namentlich für Steine von geringem Durchmesser bereits seit 1846 [1]) und noch gegenwärtig [2]) mit Erfolg ausführen soll, zeigt Fig. 93 im Verticaldurchschnitt.

Das gusseiserne Gehäuse, welches den unbeweglichen Oberstein trägt und den unteren umfasst, ruht auf vier Säulen, die auf einen ebenfalls gusseisernen

---

1) Armengaud's „Genie Industr." T. 11 (1856), p. 257 und daraus: Polytechn. Centralblatt. 1856, S. 967.

2) Armengaud a. a. O. T. 25 (1863), p. 57.

Sockel gestellt sind. Das verhältnissmässig kurze Mühleisen *c* ist mit dem oberen Ende in einer dreieckigen eisernen, in den Stein eingelassenen Büchse *b* befestigt. Betriebsriemenscheibe *d*, sowie der Stellmechanismus *pm* des Läufers, bedürfen keiner besonderen Erörterung. Bemerkt könnte vielleicht noch werden, dass der leere Raum zwischen dem festen Obersteine *e* und dem Gehäuse bei *t* durch einen Ring aus Gusseisen begrenzt und möglichst klein gemacht ist.

Fig. 93.

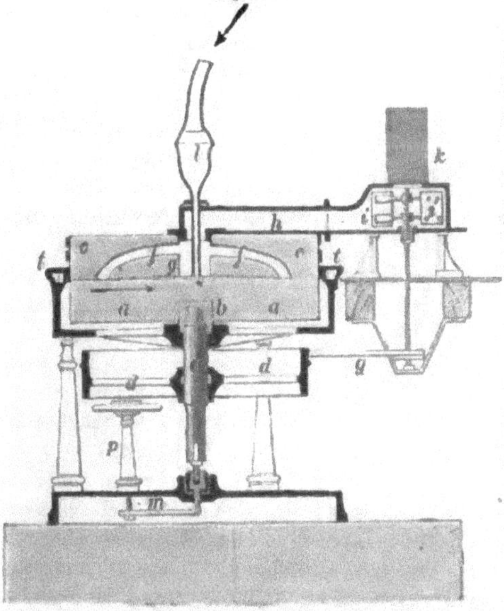

Das Auge des unbeweglichen Steines steht mit einem Ventilator *i* in unmittelbarer Verbindung, der seine Bewegung durch einen Riemen *q* empfängt. Zum Abhalten des Staubes und sonstiger Unreinigkeiten, womit die umgebende und vom Ventilator einzusaugende Luft zuweilen erfüllt ist, hat der Constructeur über der Saugöffnung einen Cylinder aus feinem Drahtgewebe angebracht. Uebrigens wirkt der Ventilator durch Pulsation, d. h. er treibt die frische Luft zwischen die Mahlflächen der Mühlsteine, wozu noch in dem unbeweglichen Steine *e* eine Anzahl Leitungscanäle *f* angebracht sind.

Trotz der sehr günstigen (in unseren Quellen ausführlich mitgetheilten) Versuchsresultate, die auf eine bedeutende Vergrösserung des Mahlquantums schliessen lassen, scheinen diese Cabanes'schen Mühlen, ausser für kleinere Betriebe und für landwirthschaftliche Zwecke, Eingang in weitere Kreise nicht gefunden zu haben [1]).

Mit nicht geringer Ostentation pries auf der Londoner Industrie-Ausstellung von 1862 ein gewisser Buisson aus Tullins (Departement Isère) seine Universalmühle [2]) dem Publicum an, bei der gleichfalls der untere Stein läuft, der obere aber unbeweglich ist und wovon Fig. 94 eine Skizze des Verticaldurchschnittes darstellt.

1) In einer Abhandlung Armengaud's in der „Publication Industrielle" T. 5, (1847), p. 263 über denselben Gegenstand beansprucht (für das Jahr 1835) Cartier die Priorität der Anwendung von Ventilatoren bei Mühlsteinen, jedoch durch Aspiration und nicht durch Pulsation wirksam, was jedenfalls schon deshalb vorzuziehen ist, weil hierbei der sich bildende Mehlstaub das Mühlgebäude weniger verunreinigen und sicherer in höher gelegenen Kammern abgelagert werden kann.

2) Die Ankündigung der Mühle lautete „Nouveaux Moulins à moudre le blé, ciment, plâtre et autres calcaires".

Dabei bezeichnet *a* den unbeweglichen Oberstein, der im gusseisernen Gehäuse *c* befestigt und durch Schrauben *b* auf dem Maschinengerüste *e* stellbar gemacht ist, während der untere Stein *g* mit der Büchse *h* auf dem Mühleisen *i* festsitzt und mit diesem zugleich umläuft. *d* ist der gusseiserne Sammelbehälter (die Bütte) für das von den Steinen ablaufende Mahlgut, welches sich in ein zweites Gefäss *η* entleert. Das Mühleisen nimmt hier die ganze Höhe der Maschine ein und macht dadurch die Umdrehungen des Läufers *g* sehr stabil, sowie gleichzeitig auch eine Fortpflanzung der Bewegung vom oberen Wellende *v* aus zum Rütteln des Schuhes *w* direct ermöglicht wird, dessen Rumpf *y* in dem Rahmen (der Leiter) *x* in bekannter Weise aufgehangen ist.

Fig. 94.

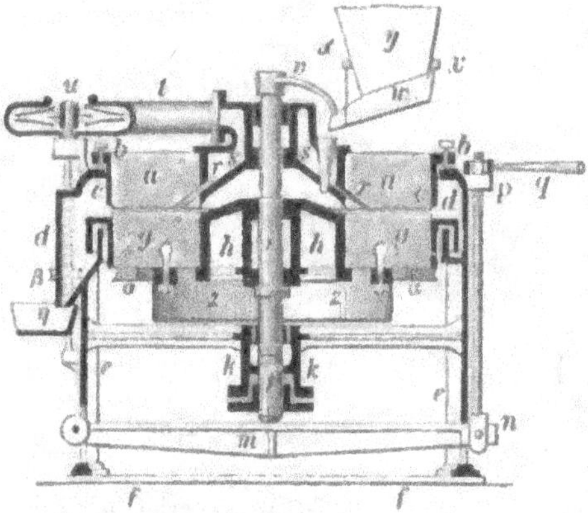

Der untere oder Spurzapfen des Mühleisens ist ähnlich wie bei den Turbinen (Bd. 1, Fig. 194) angeordnet, in besonderem mit Stopfbüchse versehenen Gehäuse *k* eingeschlossen, wobei der kurze Cylinder *l*, worauf er zunächst ruht, an der Umdrehung nicht Theil nimmt. Das Stellzeug *mnpq* für Spindel *i* und Läufer *g* bedarf keiner besonderen Erklärung.

Unter dem Läufer ist sowohl die Scheibe *z* zum Riemenbetriebe als auch eine Spur *α* für einen Schnurlauf *αβ* angebracht, und zwar letzterer zur Bewegung des Ventilators *u*, der kalte Luft durch *t*, *s* und *r* zwischen die Mahlflächen treibt.

Eine andere ebenfalls in Frankreich brevetirte Mahlmühle mit laufendem Untersteine hatte Thomas Neal zur Londoner Industrie-Ausstellung eingesandt, auf die wir wegen ihrer Einfachheit und stabilen Construction aufmerksam machen und deshalb das Nachsehen der unten angegebenen Quelle empfehlen möchten [1]).

Mehr zu den Seltsamkeiten und zu den Beispielen sinnreicher (wenn auch complicirter) Constructionen gehören die von einigen Franzosen wiederholt versuchten Mühlen, wobei sich Ober- und Unterstein zugleich und zwar nach entgegengesetzten Richtungen drehen, was zur Folge hat, dass zur Erreichung der zum Mahlprocesse erforderlichen Geschwindigkeit jeder einzelne Stein nur halb so viel Umläufe in derselben Zeit zu machen hat, als wenn sich nur einer dreht, der andere aber ruht.

Weiteres hierüber und zwar sowohl für den Fall, dass man den Betrieb beider Steine durch Räder, als mittelst Riemen geschehen lassen will, liefert Armengaud [2]).

---

1) Specification Nr. 2640 vom 29. October 1860.

2) „Publication Industrielle", T. 7, p. 35, Pl. 3 (beide Steine durch Räder-

Der vorgenannte Mühlenbauer **Buisson** aus Tullins theilte dem Verfasser bei Gelegenheit der Londoner Industrie-Ausstellung (1862) eine als Manuscript gedruckte Abhandlung über seine Mühlen mit, worin sich unter anderen interessanten Notizen auch folgende vergleichende Versuche mitgetheilt finden, die hier zur weiteren Beurtheilung der letzten beiden besprochenen Mahlmühlengattungen dienen mögen.

Mit einer gleichbleibenden Triebkraft von circa 6 Maschinenpferden und unter sonst einerlei Umständen (französische Mühlsteine von einerlei Durchmesser und Schärfung) will **Buisson**[1]) an Weizenmehl erhalten haben:

	Kil. pr. Stunde.	
1. Wenn der obere Stein allein lief und keine Ventilation angewandt wurde	91	das Mehl gewöhnlich.
2. Wenn der obere Stein allein lief und ventilirt wurde	125	das Mehl schöner wie bei Nr. 1.
3. Wenn der untere Stein allein lief und ebenfalls ventilirt wurde	166	das schönste Mehl aller Versuche.
4. Wenn beide Steine zugleich nach entgegengesetzten Richtungen umliefen und gleichfalls ventilirt wurde	207	das Mehl nicht besser wie bei Nr. 1.

Buisson bemerkt hierzu noch, dass das Maximum der Arbeitsleistung beim letzten (4.) Versuche ausserordentlich durch Abnutzung und durch die ungewöhnliche Aufmerksamkeit compensirt wurde, welche die sorgfältige Erhaltung der complicirten Construction erfordert.

Hier am Ende der Besprechung des constructiven Theiles der gegenwärtigen französischen Getreidemahlmühlen dürfte noch einer schwebenden Hauenanordnung zu gedenken sein, die man in Frankreich für das Vorzüglichste seiner Art hält[2]).

Es ist dies die **Calla**'sche Haue, welche dieser Mechaniker u. a. auch bei seiner schönen zwölfgängigen (bereits wiederholt erwähnten) Mahlmühle mit Riemenbetriebe für Odessa in Anwendung brachte. Fig. 95 wird zum Verständniss dieser Haue führen.

Fig. 95.

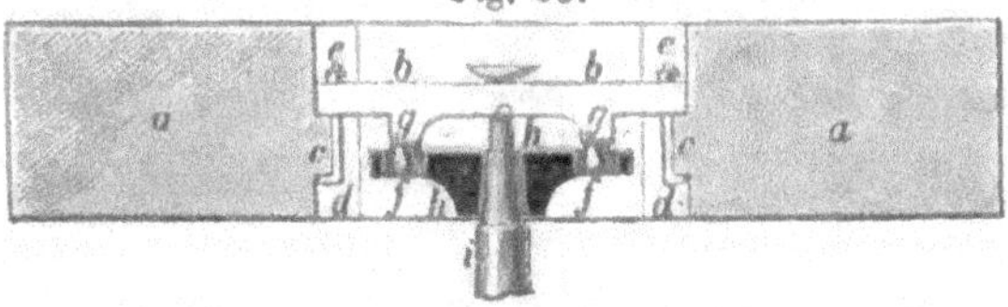

Die eigentliche Haue *bb* besteht aus einem prismatischen Träger, der mit seinen beiden Enden durch Nasenkeile und Schrauben *cc* im Läu-

werk bewegt) und „Génie Industriel", T. 22, p. 19, Pl. 288 (beide Steine mit Riementransmission).

1) **Buisson** hält übrigens die schwebenden Hauen für überflüssig, was für ordinäre Müllerei und für Schrotmühlen, nicht aber für feine Müllerei richtig ist. Uebrigens geht es **Buisson** wie allen anderen mir bekannten Constructeuren von Mühlen mit beweglichen Untersteinen (auch **Wiebe** „Mahlmühlen", S. 150, Taf. XVIII, Fig. 1), d. h. die Anordnung schwebender Hauen ist entweder unthunlich oder äusserst complicirt.

2) „Bulletin d'Encouragement etc.", 49. année (1850), p. 154, und daraus bei **Benoît** (Ausgabe von 1863), T. 2, p. 828.

fersteine *a* so befestigt ist, wie ohne Weiteres aus der Abbildung erhellt. Etwa in $^1/_4$ der Länge ist dieser Träger mit nach unten hin gerichteten Armen *g* und mit daran befestigten Stahlkugeln *f* versehen. Letztere reichen in gehörig ausgesparte Oeffnungen eines schmiedeeisernen Mitnehmers *h* hinein, der unverrückbar auf dem oberen Ende des Mühleisens *i* aufgekeilt ist[1]).

Die gegenwärtig in Frankreich üblichen Mahlprocesse, wo vorzugsweise Weizen verarbeitet wird, sind wenig verschieden von den zur Zeit in Deutschland gebräuchlichen. Je nachdem man die besseren Mehlsorten durch einmaliges oder mehrmaliges Aufschütten, durch ganz oder halb Flachmahlen erzeugt, die Kleie unmittelbar mit fein mahlt oder die Schalen durch Hochschroten, Putzen und Sortiren trennt, überhaupt Griese (gruaux) bereitet und aus letzteren allein das gute und schöne Mehl herauszieht, unterscheidet man (im Allgemeinen) jetzt in Frankreich die Mouture américaine, Mouture française und Mouture à gruaux.

Nach Rollet[2]) können dann u. A. die Mengen der verschiedenen Mahlproducte, in Procenten ausgedrückt, folgende sein:

Mouture américaine.

Mehl erster Sorte	64,0	75,0
„ zweiter „	3,0	
„ dritter „	6,0	
„ vierter „	2,0	
Grobe Kleie	6,0	23,0
Feine Kleie	7,0	
Schwarzes Kleiemehl	6,0	
Stein- und Staubmehl	4,0	
Verlust		2,0
Summa		100,0

Mouture à gruaux.

Feinstes Nudelmehl	20,52	78,22
Griesmehl Nr. 1	20,52	
„ Nr. 2	6,41	
Weissmehl	11,54	
Schwarzmehl	19,23	
Grobe Kleie	6,05	20,16
Kleiemehl	6,45	
Stein- und Staubmehl	7,66	
Verlust		1,62
Summa		100,0

Mouture française.

Mehl erster Sorte	36,0	76,0
Griesmehl Nr. 1	18,0	
„ Nr. 2	10,0	
Mehl zweiter Sorte	6,0	
„ dritter „	3,5	
„ vierter „	2,5	
Grobe Kleie	5,0	22,0
Feine „	6,0	
Schwarzes Kleiemehl	6,0	
Stein- und Staubmehl	5,0	
Verlust		2,0
Summa		100,0

1) Ungeachtet Benoît diese Haue „le meilleur système d'anille suspension“ nennt, wird sie doch von der später zu beschreibenden Nagel'schen Haue bei Weitem übertroffen.

2) A. a. O. p. 199.

Jüngere Angaben, namentlich aus Versuchen, welche im Jahre 1856 in der mit dem Pariser Bürgerhospitale verbundenen Bäckerei-Mühle angestellt wurden, liefert Benoit[1]).

Aus neuem Weizen, wovon das Hektoliter 80 Kil. wog, erhielt man beispielsweise nach der Mouture française 58,314 Procent Mehl erster Qualität, überhaupt aber an weissem Mehle 73,899 Procent. Aus altem Weizen von mittlerer Güte, je nachdem das Hektoliter 78 und 66 Kil. wog, gewann man beziehungsweise 74,30 Kil. und 72,06 Procent weisses Mehl u. s. w.

§. 21.

Deutsche Mühlen der Gegenwart.

I. Mühlen für Flachmüllerei.

Sogenannte Schweizermühlen. — Cylindrische Mehlkühler. — Sack-Stuhlwinden.

Zu Repräsentanten verbesserter deutscher Getreidemühlen, die zum Ganz- oder Halbflachmahlen bestimmt sind, wählen wir zunächst zwei neuere Werke des Königreichs Hannover, wovon das eine (vom Commerzrath Hartmann in Chemnitz) in der Godehardimühle zu Hildesheim, das andere in der Brückmühle der Residenzstadt Hannover (vom Baurath Hagen) ausgeführt wurde.

Beide Anlagen gehören, hinsichtlich Disposition und Construction der eigentlichen Mahlwerke, zur Gattung der sogenannten Schweizermühlen, für deren Verbreitung sich zuerst vorzugsweise die Maschinenfabrik von Escher und Wyss in Zürich verdient gemacht hat.

Das Hauptwerk der Hildesheimer Godehardimühle besteht aus 8 Gängen, die in zwei Gruppen zu je vier aufgestellt und von Henschel-Jonval-Turbinen (von 6 Fuss 10 Zoll Durchmesser, bei 6 Fuss 10 Zoll Gefälle des Innersten-Flusses) bewegt werden, welche für gewöhnlich 39 Umläufe pr. Minute machen.

Fig. 96 stellt (in $^1/_{72}$ wahrer Grösse gezeichnet) eine dieser Gruppen im Verticaldurchschnitte dar, Fig. 97 den zugehörigen Horizontalabschnitt über dem Fundamente ZZ genommen und Fig. 98 den Grundriss der sogenannten Steinplatte mit den Steinkreuzen.

Die Turbinen $abcd$ mit zwei concentrischen Radkränzen ab und a_1b_1 gleichen vollständig denen, welche bereits ausführlich Bd. 1, S. 333, Fig. 209 beschrieben und abgebildet wurden, so dass weder sie selbst noch die Gerinnschützen S (mit den Stellmechanismen QRQ'), noch die Radschützen pq einer Erklärung bedürfen.

In der Fortsetzung nach oben trägt die Turbinenwelle das grosse Stirn-

1) A. a. O. Ausgabe von 1863, p. 802.

rad E mit 156 Zähnen, in welches gleichzeitig die vier Getriebe D mit je 52 Zähnen fassen, so dass die Uebersetzung $\frac{156}{52} = 3$ ist, und die Läufersteine A (von 4 Fuss 2 Zoll Durchmesser) für gewöhnlich 117 Umläufe per Minute machen. Das Gebälk der acht gusseisernen Säulenständer mm wird von der ebenfalls aus Gusseisen hergestellten Steinplatte tt (Fig. 98) gebildet,

Fig. 96.

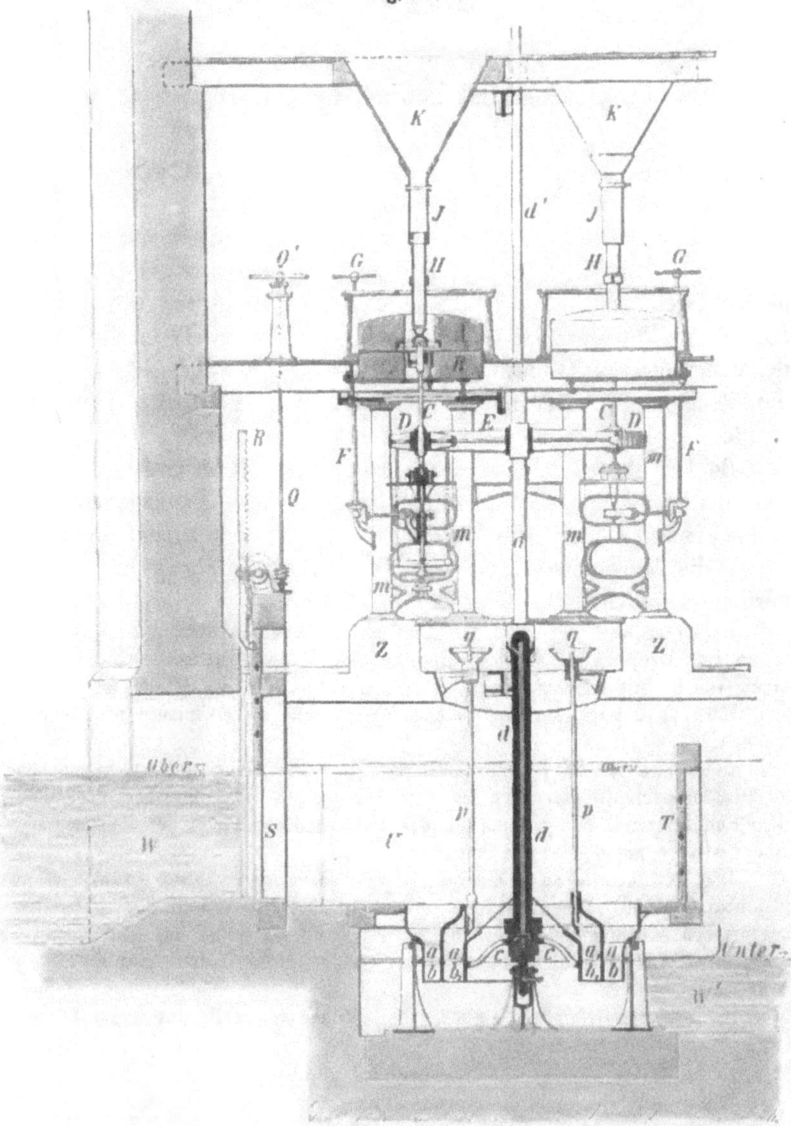

die aus zwei gleich grossen in der Mitte zusammengeschrobenen Theilen besteht. Auf der Steinplatte liegen die vier Steinkreuze (dreieckige Rahmen) *r r*

Fig. 97.

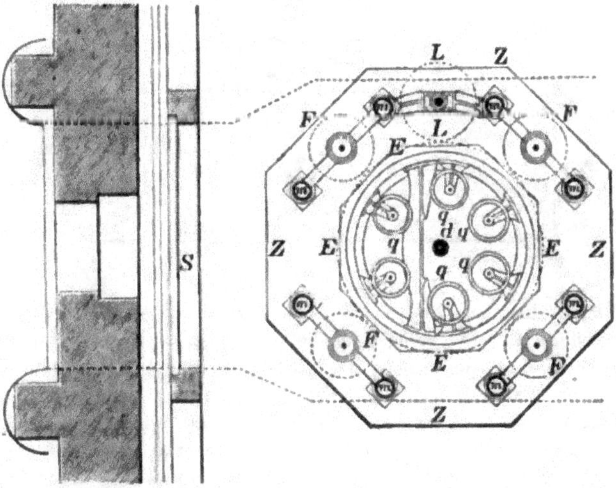

ähnlich wie solche bereits Seite 39 beschrieben wurden, mit Stützen und Stellschrauben für die festliegenden Bodensteine *B*, so dass jeder der letzteren auf drei Schrauben ruht. Andere Schrauben dienen zum Seitwärtsstellen dieser Steine.

Fig. 98.

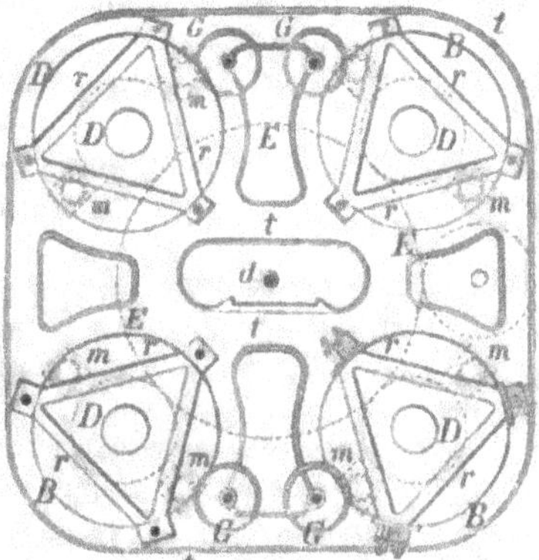

Das Stellzeug *G F* für den Läuferstein *A* und der Mechanismus zum Ausrücken der Getriebe *D* an der Mühlspindel *C* sind von ähnlicher Anordnung, wie die S. 131 stehenden Fig. 102 und 103 erkennen lassen. Die Art und Weise der continuirlichen Zuführung des zu mahlenden Getreides durch Rumpfe *K* und Röhren *J* und *H* (wovon letztere stellbar ist und mit ihrem unteren Ende über dem Conti'schen Streuschälchen im Läufer *A* mündet) ist derselbe wie bei früher beschriebenen Mühlen.

Bei einem ebenfalls neueren, aus drei Gängen bestehenden Nebenwerke derselben (Godehardi-) Mühle, was vorzugsweise zur sogenannten Postenmüllerei bestimmt ist, hat Hartmann eine combinirte Zahnrad- und Riemen-Transmission anordnen lassen, welche die Grundrissfigur 99 in $1/72$ wahrer Grösse erkennen lässt. Als Motor wird auch hier eine vom Innerste-Flusse getriebene Henschel-Jonval-Turbine verwandt, auf deren nach oben verlängerter Welle *a* das grosse Stirnrad *b* mit 102 Zähnen befestigt ist. Hierdurch wird die Bewegung auf die beiden Getriebe *cc* von je 52 Zähnen übergetragen, die beziehungsweise mit den

Mühlsteinen m_1 und m_2 auf denselben Axen stecken. Ein dritter Gang m_3 wird von derselben Turbine auf folgende Weise getrieben. Auf einer neben der gusseisernen Steinplatte ZZ vertical gelagerten Welle steckt zuerst ein Stirn-

Fig. 99.

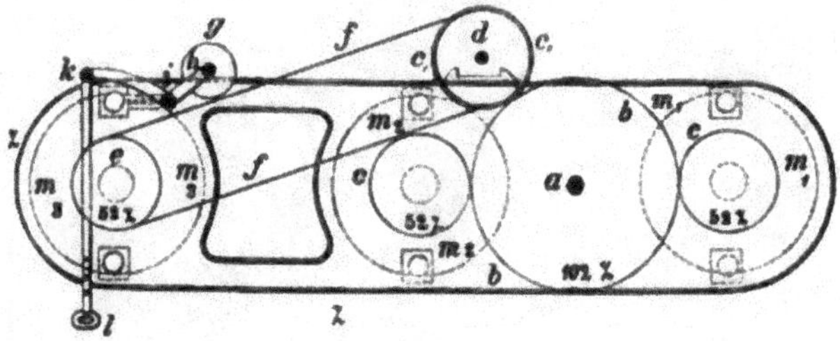

rad c', welches mit dem grossen Stirnrade b zusammengreift. Sodann ist auf dieselbe Welle noch eine Riemenscheibe d gekeilt, welche mit einer gleich grossen Scheibe e auf der Spindel des Läufers m_3 eine Riementransmission def bildet, wozu die vom Hebel kih (dessen Drehpunkt i ist) getragene Spannrolle g gehört und wobei die erforderliche Spannung des Riemens f, unter Benutzung der (auch festzustellenden) Schubstange kl ebenso wohl regulirt, wie das Auslösen (der Stillstand) des Mahlganges m_3 bewirkt werden kann. Diese Anordnung ist offenbar besser, als hätte man die active Riemenscheibe d auf der Spindel des Ganges m_2 angebracht, weil dann der dritte Gang m_3 auch still stehen müsste, wenn die Umstände das Ausrücken des mittleren Ganges m_2 erforderten.

Der instructiven Abwechselung wegen wurde die zweite der genannten Mühlen, die Brückmühle der Stadt Hannover, Fig. 100 und Fig. 101 in der Gesammtansicht dargestellt, wobei nach der übersichtlichen Beschreibung zugleich der Weg verfolgt werden mag, den das Getreide bis zu seiner letzten Verarbeitung zu nehmen gezwungen wird.

Die ganze Mühle ist für 16 Mahlgänge angeordnet, die zu je vier um eine der vier zum Betriebe vorhandenen Henschel-Jonval-Turbinen gruppirt sind [1]).

Die gusseisernen Steingerüste, wie Anordnung und Lagerung der Steine auf den Winkelpunkten dreieckiger Rahmen, gleicht in der Hauptsache der vorbeschriebenen Hartmann'schen Construction. Die Mechanismen zum Stellen der Läufer und zum Ausrücken der Mühlspindelgetriebe D sind Fig. 102 im Verticaldurchschnitte und Fig. 103 im Grundrisse dargestellt. Das Mühlsteinstellen erfolgt vom Handrade h aus, durch dessen Umdrehung die Welle g, die endlose Schraube f und weiter das Schraubenrad e in Bewegung

1) Jede Turbine ist für 50 Cubikfuss Aufschlagewasser (des Leineflusses) pr. Secunde bei $6\frac{1}{2}$ Fuss Gefälle construirt. Die normalen Umlaufszahlen pr. Minute betragen 54, während die $4\frac{1}{2}$füssigen Steine pr. Minute 120 Umdrehungen machen.

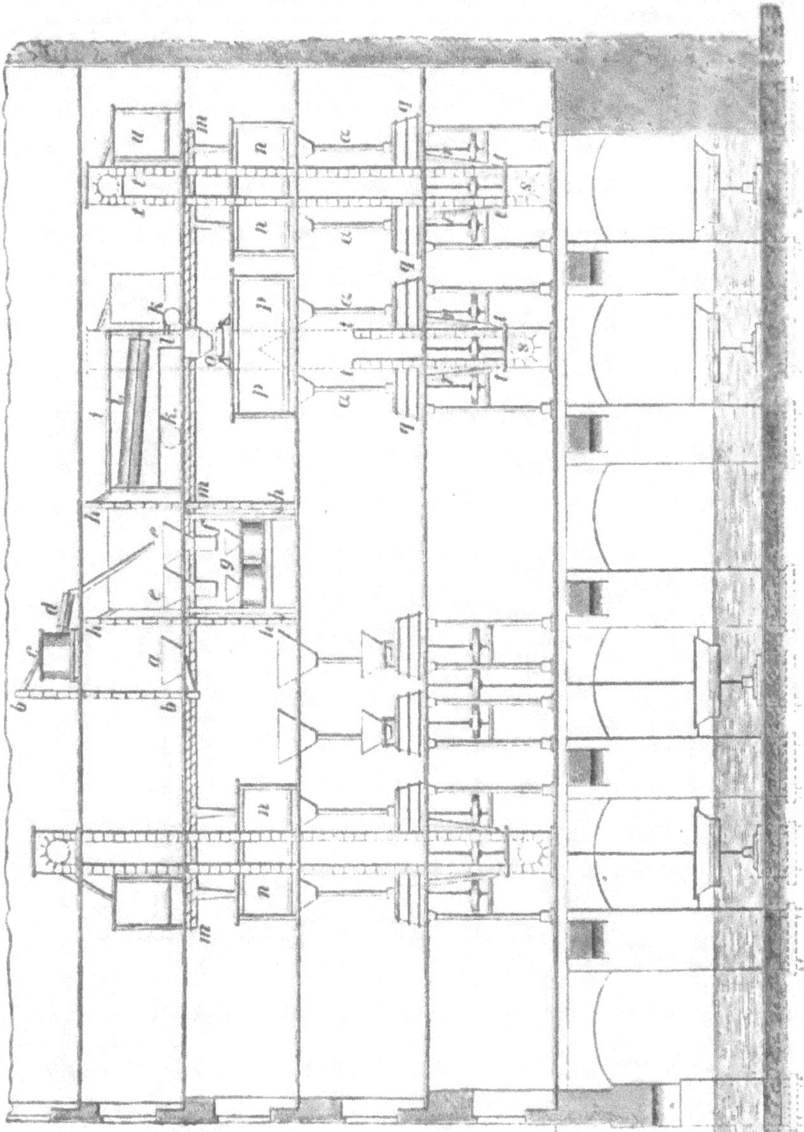

Fig. 100.

gesetzt werden. In der Nabe des letzteren befindet sich die Mutter einer Schraube *d*, die mit ihrem oberen Ende *c* gegen die Spurplatte *a* gedrückt werden kann und wodurch der Zapfen *b* mit der Mühlspindel *C* und weiter der damit verbundene Läuferstein zu heben oder nach Umständen zu senken ist. Bei Umdrehung des Handrades *i*, in dessen Nabe *K* ebenfalls eine Mutter für die Schraube *d* eingesprengt ist, schreitet *i* auch gleichzeitig fort, drückt (bei rechter Drehung) mit der oberen Fläche von *k* gegen die untere Fläche eines Steges *l*, an dessen Enden man die Schub- und Tragstäbe eines Ringes *qr* be-

Fig. 101.

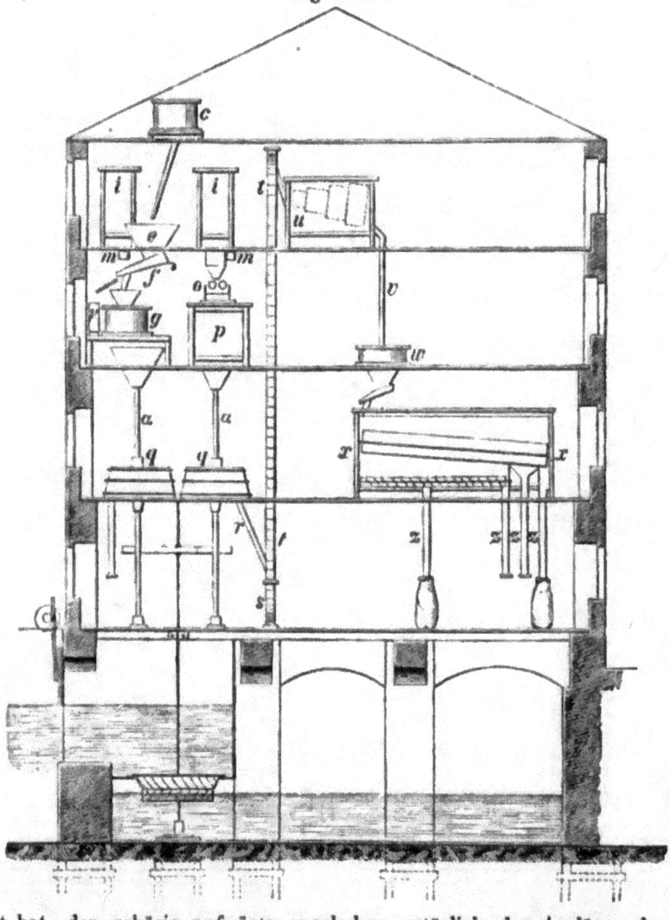

festigt hat, der gehörig aufwärts geschoben natürlich das Auslösen des Getriebes *D* bewirken muss. Die Anordnung der beiden an den Gerüstsäulen *m* befestigten gusseisernen Brücken *vwy* und *zzd* dürften sich wohl von selbst verstehen.

Der Process beim Vermahlen des **Weizens** ist folgender:

Vermittelst einer später zu beschreibenden Aufzugsmaschine werden die rohen Körner in das vierte Stockwerk des Gebäudes Fig. 100 geschafft, daselbst in den Rumpf *a* geschüttet und durch einen Elevator *b* der ersten Reinigungsmaschine *c* überliefert. Diese besteht aus zwei concentrischen Stahlblechcylindern, mit rauh gehauenen reibeisenartigen Blechmänteln, wovon der innere etwa 300 Umläufe pro Minute macht, während der äussere feststeht.

Fig. 102.

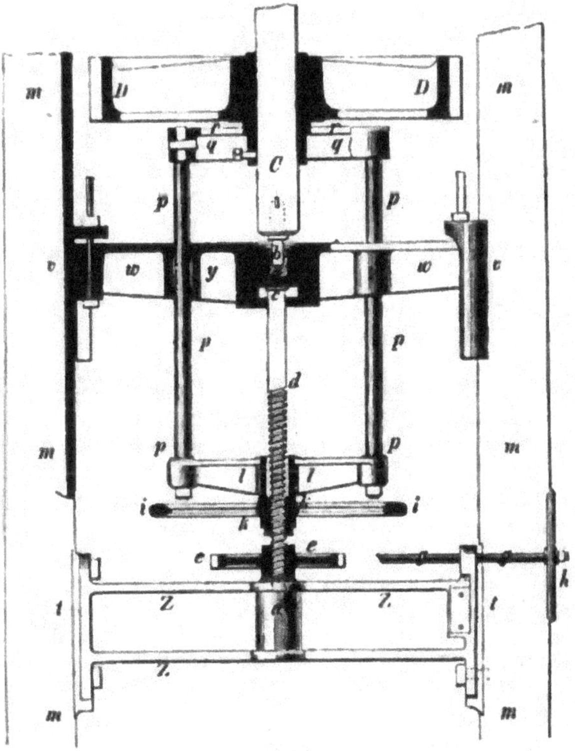

Fig. 103.

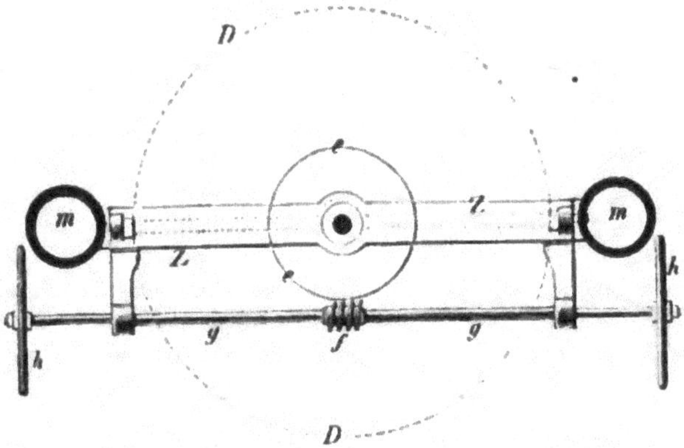

Durch diese Maschine werden die Körner vom gröbsten anhängenden Schmutze gereinigt, passiren sodann ein Cylindersieb *d*, fallen in einer Röhre in die Rumpfe *e*, gehen nochmals über ein ebenes Sieb *f* (Fig. 101), wodurch sie von groben Verunreinigungen (Stroh, Holz, Steinchen, Fasern etc.) befreit werden (indem diese nach γ fallen), und gelangen endlich in die zweite Reinigungsmaschine, die sogenannte Spitzmühle *g*. Diese besteht aus einem unbeweglichen Bodensteine und einem gehörig entfernt von letzterem gestellten Läufersteine [1]), so dass kein Zerbrechen der Körner, sondern nur ein Abreiben der äussersten Spitzen und Mäntel stattfindet. Eine besondere Vorrichtung macht es dabei möglich, die Körner mehr oder weniger hoch zwischen Läuferstein und Stahlmantel aufsteigen zu lassen, während gleichzeitig ein in k_1 (Fig. 100) aufgestellter Ventilator die mit Schmutz erfüllte Luft aus dieser Maschine aussaugt.

Von *g* aus werden die Körner durch den Elevator *h* wiederum einem Cylindersiebe *i* zugeführt, durch dieses vom zurückgebliebenen Staube und zugleich von den verkümmerten Körnern, sowie endlich beim Herabfallen durch *l* von der Spreu (dem Kaff) befreit, indem letztere mittelst eines Ventilators *k* weggeblasen wird.

Die nunmehr vollständig gereinigten Körner fallen durch einen senkrechten Canal *l* in horizontal gelagerte Transportschnecken *mm*, welche die Fortführung nach den verschiedenen Getreidekästen *n* direct bewirken, sobald man Roggen vermahlt, während man den Weizen einem Quetschwalzenpaar (Fig. 100) übergiebt, welches die Körner durch Plattdrücken vortheilhaft zum Vermahlen vorbereitet, indem durch das Walzen nicht nur ein verhältnissmässig zu starkes Angreifen durch die Steine verhindert, sondern auch ein noch besseres Abtrennen der Schalen vom Kerne des Getreides befördert wird.

Aus den Sammelkästen *nn* oder *pp* gelangen die vorbereiteten Körner zwischen die in *q* befindlichen Mühlsteine und von diesen ab das Mahlgut durch Röhren *r* zu den Elevatoren *tt*, die es aufwärts nach einem Kühlapparate *u* führen [2]). Nachdem das gekühlte Mehl die Behälter *n* passirte, wird es den Beutelmaschinen *xx* übergeben, die es in Mehl, Schrot und Kleie trennen und durch Röhren *zz* in Säcke fallen lassen.

Zu bemerken dürfte noch sein, dass die Gänge, deren Körnerbehälter mit *nn* bezeichnet sind, auch zum continuirlichen Vermahlen des Roggens benutzt werden, während man die mit Schüttelrumpfen ausgestatteten Gänge (ohne eingeschriebene Buchstaben) ausschliesslich zur sogenannten Postenmahlerei (zum Pungeln) verwendet.

Mehr der Seltsamkeit als der Empfehlung wegen folgt hier, in vergrössertem Maassstabe gezeichnet, eine Abbildung des vorbemerkten, in Fig. 101 mit dem Buchstaben *u* bezeichneten Apparates zum Abkühlen des von den Steinen kommenden Mahlgutes, wie ihn der Verfasser auch in verschiedenen anderen neueren Mühlen Norddeutschlands im Betriebe gefunden hat.

In einem gehörig verschlossenen Holzkasten *a* (Fig. 104) ist in etwas gegen den Horizont geneigter Lage eine Welle *b* gelagert, auf welcher hölzerne Hohlcylinder *c*, *d*, *e* und *f* von immer grösser werdendem Durchmesser gehörig

---

1) Eine Abbildung dieser Maschine folgt §. 23.

2) Der eingeschaltene Behälter *w* soll theils zum ferneren Kühlen des Mahlgutes, theils dazu dienen, dasselbe auf seinem Wege von *u* nach *x* bequem besichtigen zu können.

befestigt und überdies so angeordnet sind, dass der vorhergehend kleinere in den folgenden grösseren immer um ein Paar Zoll hineinreicht, wobei zwischen je zwei Cylindern eine ringförmige Oeffnung zur Luftcommunication gelassen ist. Beim Arbeiten macht die durch einen Riemen getriebene Welle *b* gewöhnlich 32 Umläufe pro Minute, während das von den Mühlsteinen ablaufende Mahlgut durch eine Röhre *gh* in das Innere des kleinsten Cylinders *c* geführt und vom Sammelbehälter *i* aus zu den Beutelmaschinen transportirt wird.

Fig. 104.

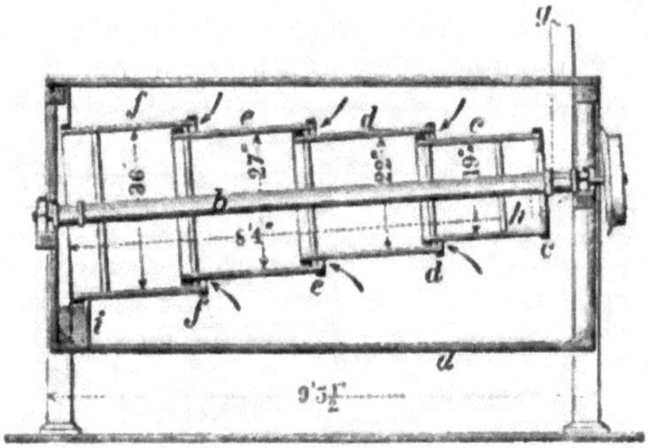

Eine der Weizenbeutelmaschinen, welche sich in Fig. 101 mit den Buchstaben *xx* bezeichnet vorfinden, stellt Fig. 105 im Längendurchschnitte und Fig. 106 in der Endansicht dar, aus welcher letzteren Abbildung zugleich ersichtlich ist, dass immer zwei Beutelprismen *bcd* neben einander placirt sind.

Nach dem, was bereits früher über Beutelmaschinen mitgetheilt wurde, bedarf unsere nach Maass gezeichnete Abbildung keiner weiteren Beschreibung,

Fig. 105.

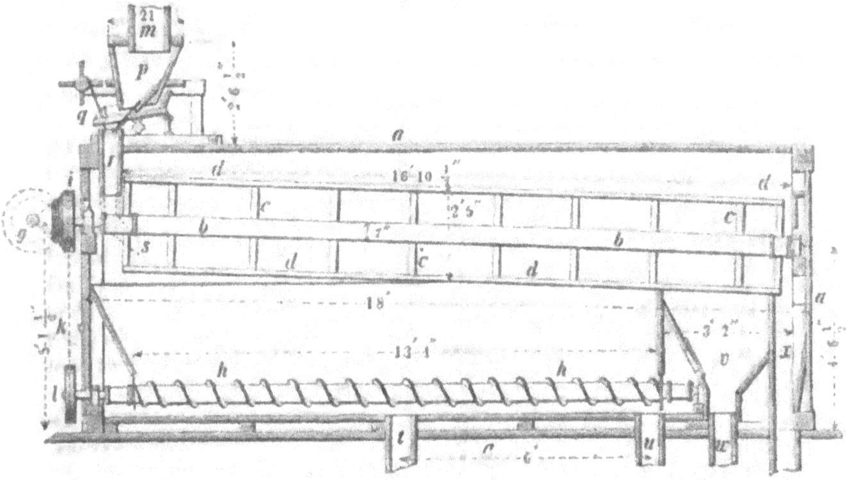

als dass das Mahlgut, von den Kühlapparaten kommend, durch die Schlote *m* in die Rumpfe *p* fällt, von hier durch die Schüttelschuhe *q* in Röhren *rs* und durch diese in das Innere der mit Seidengaze (drei verschiedener Feinheitsnummern) überspannten Prismenbeutel fällt. Die Welle *b* der letzteren macht 32 Umläufe pro Minute, wozu die Bewegung von dem Kegelradpaare *gf* (Fig. 105) übergetragen wird.

Den drei Feinheitsnummern entsprechend, wodurch der Mantel des Prismas *cd* gebildet wird, sind am Boden des Beutelkastens *aa* für Mehl und Gries drei verschiedene Oeffnungen mit Abfallröhren *t*, *u* und *w* gebildet, während die in der Axenrichtung ablaufende Masse, nämlich Mehlkleie und etwas grober Gries, durch ein Rohr *x* fortgeht und zum Ausmahlen beim dritten Aufschütten aufbewahrt wird. Der Zweck der Transportschraube *h* leuchtet dabei von selbst ein.

Ueberhaupt lässt sich der hiermit zusammenhängende Mahlprocess des Weizens aus folgender Uebersicht entnehmen:

	Es geht	
	durch die Beutelgaze:	in der Axenrichtung des Beutels fort:
Erstes Aufschütten (gereinigte Körner).	Mehl Nr. 1. Mehl Nr. 2. Gries.	Etwas grobes Schrot und Mehlkleie.
Zweites Aufschütten (Gries).	Mehl Nr. 3.	Mehlkleie.
Drittes Aufschütten (Schrot und Mehlkleie vom ersten und zweiten Aufschütten).	Schwarz- oder Luffenmehl.	Reine Kleie.

Für gewöhnliche Fälle erhält man bei diesem Processe aus 100 Pfund Weizenkörner (von nicht zu grosser Unreinheit) 75 Proc. gutes Mehl, 5 Proc. Luffenmehl, 16 Proc. Kleie und 4 Proc. Abfall (durch Reinigen der Körner und Mehlverstäuben).

Fig. 106.

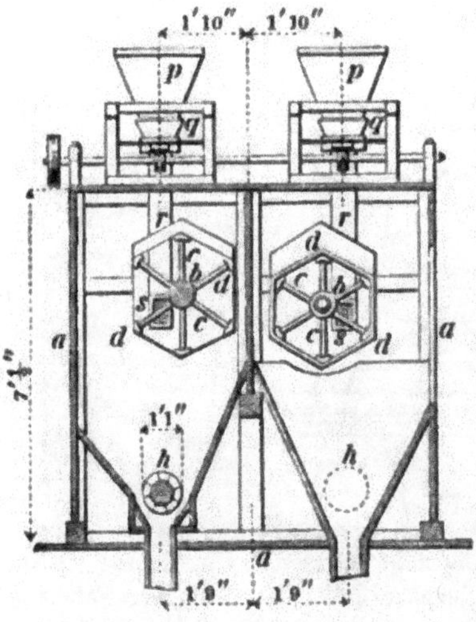

Wenn Roggen vermahlen wird, schüttet man (gewöhnlich) nur zwei Mal auf, wobei der Beutel beim ersten Aufschütten Mehl erster und zweiter Qualität liefert (Sauermehl und Knetmehl in Hannover genannt) und das in der Axenrichtung abgeführte Schrot beim zweiten Aufschütten (nach dem Vermahlen) in Schrotmehl und Kleie getrennt wird.

Es erübrigt nunmehr noch die Besprechung der bereits oben erwähnten Aufzugsmaschine (für Getreidekörner und Bedienungspersonal) der Mühle, wozu die hier folgenden Fig. 107, 108 u. 109 zur Erläuterung dienen werden.

Es gehört diese Maschine zur Gattung der sogenannten Stuhlwinden, wobei der Arbeiter, welcher Säcke in die Höhe schaffen oder herablassen will, gleichzeitig mitfahren und dabei die Last an jeder beliebigen Stelle ohne besondere Kraftanstrengung zum Stillstande zwingen kann. Der Stuhl, worauf die zu transportirenden Säcke, wie der betreffende Arbeiter Platz finden, be-

Fig. 107.

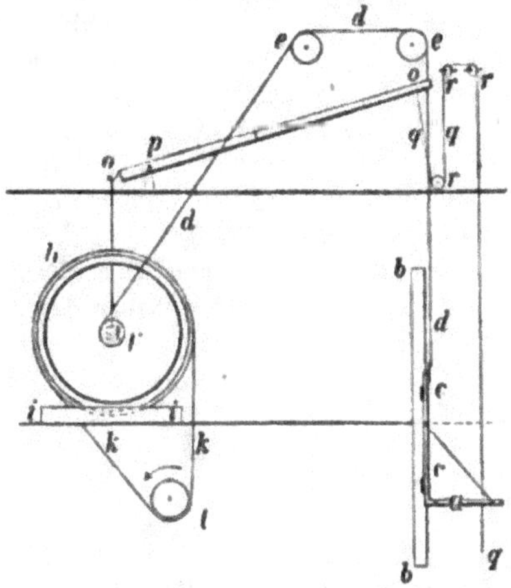

Fig. 108.

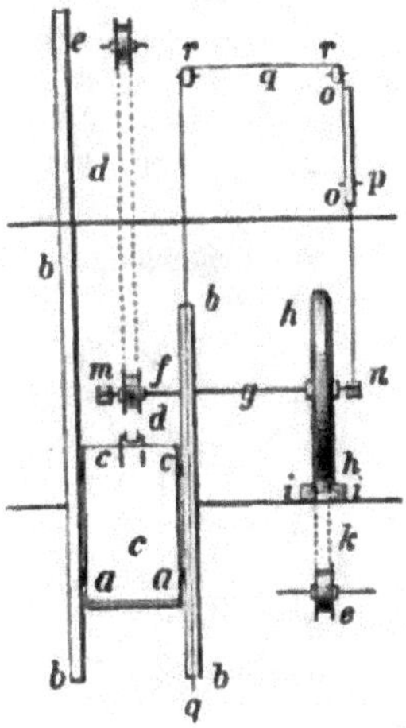

Fig. 109.

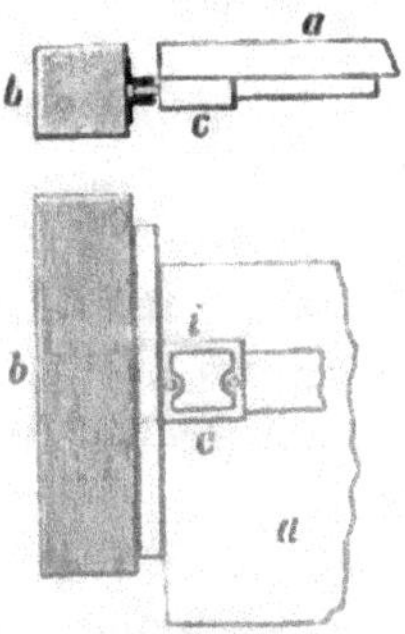

steht aus einem Trittbrette *a* und einer Lehne *c*. An die Rückseite der letzteren hat man oben und unten eiserne Riegel *i* (Fig. 109) befestigt, die mit ihren Enden in verticalen Nuthen zweier hölzernen Ständer (Ruthen) *b* laufen, welche der Höhe nach vom Parterreraum des Mühlengebäudes bis zum Dachboden reichen und in unseren Skizzen verkürzt angegeben sind.

Der ganze Stuhl ist an einem starken Riemen [1]) *d* aufgehangen, der über die Rollen *ee* geführt und mit dem freien Ende auf dem Umfange einer Scheibe *f* befestigt ist. Letztere Scheibe sitzt mit dem grossen, eisernen Bremsrade *h* (am Umfange mit Holz bekleidet) auf derselben Welle *g* (Fig. 108), während *ii* die beiden hölzernen keilförmig abgeschrägten Backen sind, zwischen welche sich die Bremsscheibe *h* durch ihr eigenes Gewicht einklemmt, und zum Stillstande kommt, sobald diese sich selbst überlassen wird. Die Welle *g* hat in *m* ein festes und in *n* ein auf- und abwärts verschiebbares Lager. Letzteres ist an Zugstangen aufgehangen, die sich am Ende *o* des kürzeren Armes *op* eines doppelarmig ungleicharmigen Hebels *opo* befinden, während an dem äussersten Ende des längeren Armes dieses Hebels ein Seil *q* befestigt, über feste Rollen *rr* geleitet und dann sich selbst so überlassen wird, dass es der auf dem

1) In anderen Mühlen wendet man besser Hanfgurte an, da Riemen sich recken und sehr oft reissen

Trittbrette stehende Arbeiter jederzeit mit der Hand fassen kann. Zieht in letzterem Falle der Arbeiter gleichzeitig das Seil *q* gehörig scharf an, so hebt er die Scheibe *h* aus ihren Bremsbacken, wodurch zugleich ein über *h* und über eine stets active Riemenscheibe *t* geschlagener Riemen angespannt und mittelst desselben die Umdrehung des Rades *h* bewirkt wird.

Durch diese letztere Bewegung wickelt sich aber der Riemen *d* auf die Rolle *f* und veranlasst den Aufzug des Stuhles *ac*. Sobald das Seil *q* mehr oder weniger los gelassen wird, fällt *h* zwischen die Bremsbacken *ii* zurück, was entweder eine Verzögerung oder Vernichtung der Bewegung zur Folge hat. Hebt man das Bremsrad *h* hoch genug aus den Backen *ii* heraus, so veranlasst das Stuhlgewicht und dessen Transportlast den Niedergang von *ac*, dessen Beschleunigung wieder durch entsprechendes Niederlassen von *h* regulirt werden kann.

Eine Drehung nach entgegengesetzter Richtung (als der Niedergang erfordert) nimmt das Rad *h* erst dann an, wenn es so hoch gehoben ist, dass der Riemen *k* die gehörige Spannung erlangt hat [1]).

§. 22.

Nagel's Mühlsteinhaue. — Schwingbeutel. — Scholl's Mahlmühlen.

Zur rechten Würdigung verbesserter deutscher Mühlen der Gegenwart gehören u. A. auch die hier in der Ueberschrift aufgeführten Constructionen, welche im Nachstehenden besprochen werden sollen.

Ungeachtet der Vortheile, welche sogenannte schwebende Hauen (Balancier- oder Bügel-Hauen mit Treibern S. 43 und 102) vor den alten festen Hauen im Allgemeinen besitzen, führen sie doch auch mehrfache Uebel mit sich, wohin namentlich gehört, dass die Reibung der Triebklaue oft so gross ist, dass ein freies Spiel des Läufers fast unmöglich wird, und ferner eine beinahe astronomische Genauigkeit erforderlich ist, um beide Klauen des Treibers zum gleichmässigen Angriffe zu bringen, ohne welchen der Stein eigentlich nur würgen, aber nie gut mahlen kann. In mehreren Fällen ist man daher wieder zur alten festen Haue übergegangen, wie z. B. bei horizontalen Graupengängen, wo es nothwendig wird, die sogenannte Seitenleere vollkommen genau einzuhalten, ferner wenn der Läufer sehr gross und von ungleich dichter Masse ist, oder wenn endlich wegen grossen Abstandes beider Mahlflächen ein zu bedeutender Spiel-

---

1) Ausführliche Zeichnungen solcher Stuhlwinden finden sich im nachbenannten Werke: „Sammlung von Zeichnungen für die Hütte." Jahrg. 1852, Tafel 10k. (Königliche Mühlen in Berlin.)

raum für das Schwanken bleibt, wodurch die Körner leicht zerstossen werden. Aehnliche Uebelstände haben sich bei den Metallbüchsen (den Halslagern) in den Bodensteinen (S. 44) gezeigt, so dass auch diese an vielen Orten wieder durch die alte Holzbüchse ersetzt und dabei sogar geduldet ist, dass unter der Büchse, um die Mühlspindel herum, ein Leinwandsack gebunden werden muss, um mindestens das Getreide oder Mahlgut zu sammeln, was durch das von vorn herein als undicht bekannte Halslager längs der Mühlspindel herabläuft.

Von fast allen diesen Uebelständen ist jedoch das Hauen- und Büchsen-System frei, welches seit einiger Zeit der Mühlenbaumeister Nagel in Hamburg ausführt. Fig. 110 ist dasselbe im Durchschnitte und Fig. 111 bis 121 in den erforderlichen Details abgebildet, wobei sämmtliche Zeichnungen in $^1/_{12}$ wahrer Grösse ausgeführt sind.

Fig. 110.

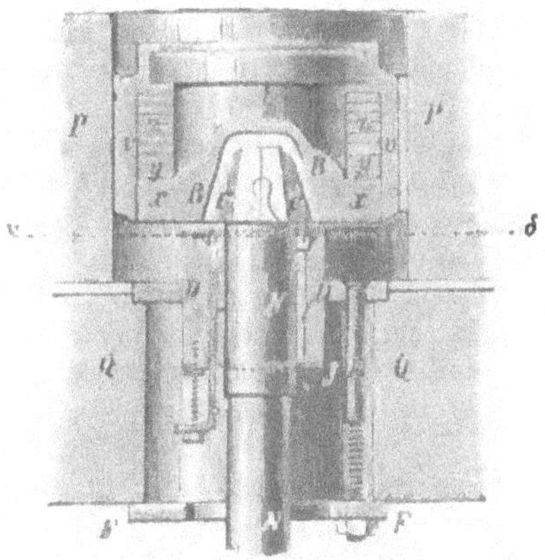

Fig. 111.

Fig. 112.

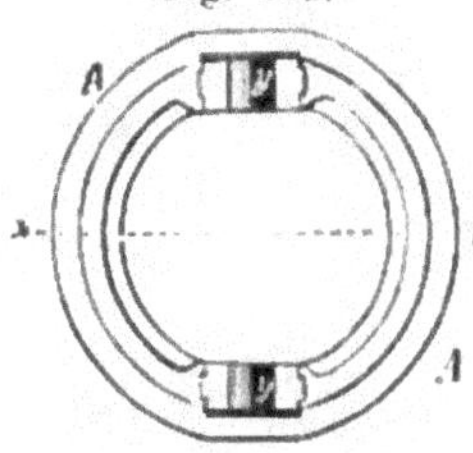

Zum raschen Verständniss ist vor Allem zu bemerken, dass hier ausser der gewöhnlichen Haue und der Büchse noch ein dritter Körper, ein gusseiserner Hohlcylinder *A* vorkommt, welcher im Läuferauge völlig fest gemacht wird und zur Aufnahme der Schuhe oder Lagerkörper der Zapfen *x* der Compasshaue bestimmt ist. Sodann ist zu rathen, einen Blick auf die vollständige Zusammenstellung aller Theile zu werfen, wie solche aus der senkrechten Durchschnittsfigur 110 (den Schnitt horizontal durch die Mitte *r N* von Fig. 115 genommen) erkennbar ist. Der Hohlcylinder *A* ist in vier Ansichten Fig. 111 bis 114 gezeichnet, wobei bemerkt werden muss, dass Fig. 111 einen Durchschnitt nach *αβ* vom Grundrisse Fig. 112 genommen darstellt, Fig. 113 eine Ansicht von aussen und Fig. 114 eine solche von oben giebt.

Ausserhalb ist dieser Hohlcylinder *A* ein wenig kegelförmig geformt, unterhalb aber zur Verstärkung mit einem vorspringenden Rande versehen. Die eigentlichen Schuhe werden durch besonders geformte, prismatisch verstärkte Räume *v v* gebildet (Fig. 113 punktirt gezeichnet), in welchen sich die

Fig. 113.

Fig. 114.

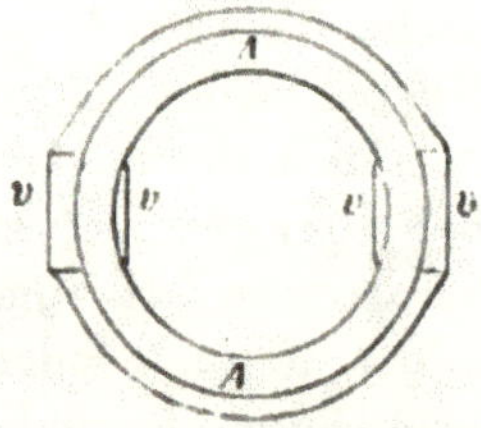

Fig. 115.

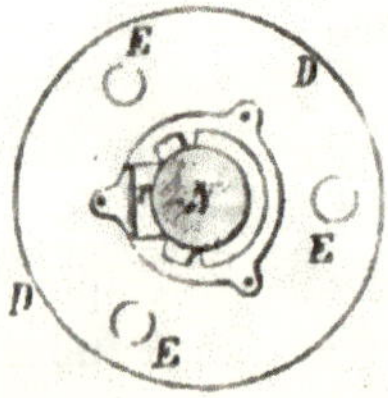

Fig. 116.

Fig. 117.

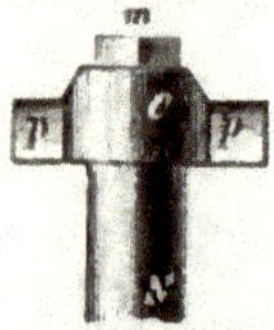

Fig. 118.

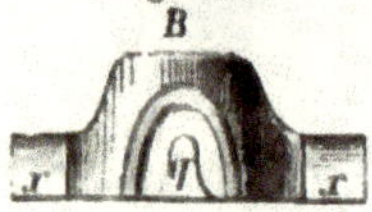

Fig. 119.

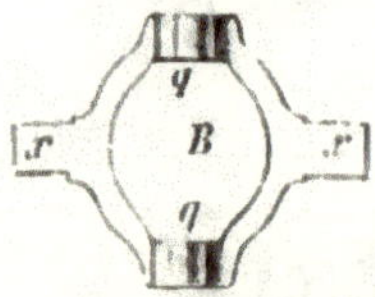

Fig. 120.

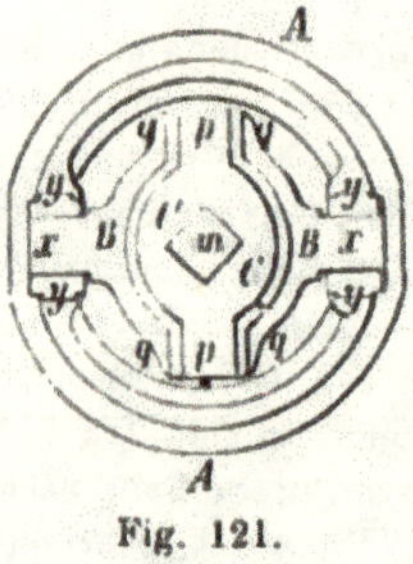

Fig. 121.

bronzenen Futter- oder Lagerschalen für die Hauezapfen auf- und abschieben lassen, ohne dabei herauszufallen. Die oberen Partien der Verstärkungen oder Lagerführungen *v v* sind mit hölzernen Klötzchen *z z* ausgefüllt, die vermehrt oder vermindert werden können und mit Leichtigkeit eine Verstellung und frische Befestigung der Haue zulassen.

Die Haue *B* ist im Allgemeinen Fairbairn's Compasshaue und von Fig. 116 bis 119 verschieden geformter einzelner Theile wegen besonders gezeichnet. Dabei ist *C* der sogenannte Mitnehmer, welcher auf dem viereckigen Theile *m* des Mühleisens *N* unverrückbar fest seinen Platz findet, und mit zwei Zapfen *p* versehen ist, deren Lagerstellen bei *q* in der halbkugelförmigen Haue *B* angebracht sind. Ausser der schon erwähnten Fig. 110 ist jetzt noch auf die von unten gesehene völlige Zusammenstellung letztbemerkter Theile aufmerksam zu machen, welche Fig. 120 zeigt.

Die Einrichtung der Büchse oder des Halslagers *D* der Mühlspindel im Bodensteine *Q* ist ebenfalls aus Fig. 110, sowie aus der nach $\gamma\delta$ dieser Figur genommenen Durchschnittszeichnung Fig. 115 zu erkennen.

Die beiden Bronzefutter *r* und *t* (Fig. 110), welche die Mühlspindel *N* umfassen, sind in Nuthen des Hohlcylinders *D* verschiebbar und können deshalb niemals seitlich ausweichen oder wegen verdrehter oder verschobener Lage ungewöhnlich raschen Abnutzungen unterliegen, wie dies bei vielen der seither angewandten Metallbüchsen der Fall war. Das Futterstück *r* ist durch Keil *s* und Schraube *x* stellbar gemacht, sowie die prismatischen freien Räume *u* (Fig. 115) zwischen den Bronzeschalen *r*, *t* zur Einbringung von besonderem Stopfzeuge benutzt werden können. Zum gehörigen Schliessen der Büchse *D* dienen oben und unten die Deckel *K* und *J*, welche durch Schrauben *k* mit versenkten Köpfen festgehalten werden.

Die Befestigung der Büchse im Bodensteine *Q* erfolgt durch drei Schrauben *E*, deren Köpfe einerseits in den verbreiterten Rand von *D* versenkt sind, während andererseits ihre Muttern gegen einen schmiedeeisernen Ring *F* gepresst werden.

Die amerikanischen Cylinder-Rollbeutel, wie sie S. 34 und 60 abgebildet und beschrieben wurden, führen ebenfalls, trotz ihrer mancherlei Vortheile, dennoch Uebelstände mit sich, die neuerdings wieder mehrfach Veranlassung geworden sind, auf Ersatz derselben durch Beutelmaschinen anderer Art Bedacht zu nehmen[1]).

Erstens ist bei den Cylinderbeuteln bald wahrzunehmen, dass die Mehltheilchen mit sehr verschiedener Energie gegen die Seidengaze gedrückt werden, was das Gewinnen gleichförmigen Mehles hindert, zweitens ist die Herstellung derselben kostspielig, drittens erfordert ihre Aufstellung viel Raum und endlich ist das Auswechseln ihres Ueberzuges sehr zeitraubend.

Zunächst hat man, um diesen Mängeln zu begegnen, Maschinen mit mehr oder weniger flach ausgebreiteten festen (unbeweglichen) Siebflächen (Lucas und Reinisch in Dresden) construirt, wobei schraubenförmig gebogene sich rasch umdrehende Blechflügel das Mahlgut gegen die seitwärts im Beutelkasten ausgespannte Siebfläche werfen.

Ferner hat man das Princip der alten deutschen Sackbeutel wieder aufgegriffen, aber dahin verändert, dass das Beuteltuch nicht als loser Sack benutzt, sondern in der Gestalt flacher Mulden oder als Halbcylinder ausgespannt wird, wobei die obere, ebene Begrenzungsfläche offen ist und diese Segment- und Halbcylinderbeutel in keine drehende, sondern lediglich in eine oscillirende Bewegung versetzt (nach Plathe und Kunath in Sachsen oder nach Lüders in Hildesheim). Hierbei erwartet man, dass sich die verschiedenen Theile des Mahlgutes nach ihrem specifischen Gewichte der Siebfläche ordnen, so zwar, dass das Mehl die Gaze unmittelbar bedeckt, hierüber sich das Schrot lagert und endlich die Kleie die oberste Schicht bildet[2]).

Offenbar wird bei mehr flachen Gazeflächen und nur schüttelnder Bewegung derselben einer derartigen Schichtung besser Zeit gegönnt, als bei den Rollbeuteln, wo die Drehbewegung die verschiedenen Theile des Mahlgutes fortwährend durcheinander wirft.

Eine Beutelmaschine der zweiten genannten Art, wie solche u. A. in der Abtheilung für „Postenmüllerei“ (bei Lüders) in der bereits oben ange-

---

1) Ingenieur Fischer über neuere Mehlsiebzeuge (Mehlbeutel, Mehlsäuberer) in den Mittheilungen des Gewerbevereins für das Königreich Hannover, Jahrg. 1862, S. 33 und Jahrg. 1863, S. 106. Ferner: Mühlenbesitzer Lucas in Dresden im Dingler'schen polytechnischen Journale, Bd. 167 (Jahrg. 1863), S. 19.

2) Man sehe hierüber und über die Vortheile dieser Schichtenbildung den bereits citirten Aufsatz des Ingenieurs Fischer in den Hannoverschen Mittheilungen, Jahrg. 1863, S. 107.

führten Godehardi-Mühle zu Hildesheim arbeitet, ist Fig. 122, 123 und 124 in $^1/_{24}$ wahrer Grösse abgebildet.

Fig. 122.

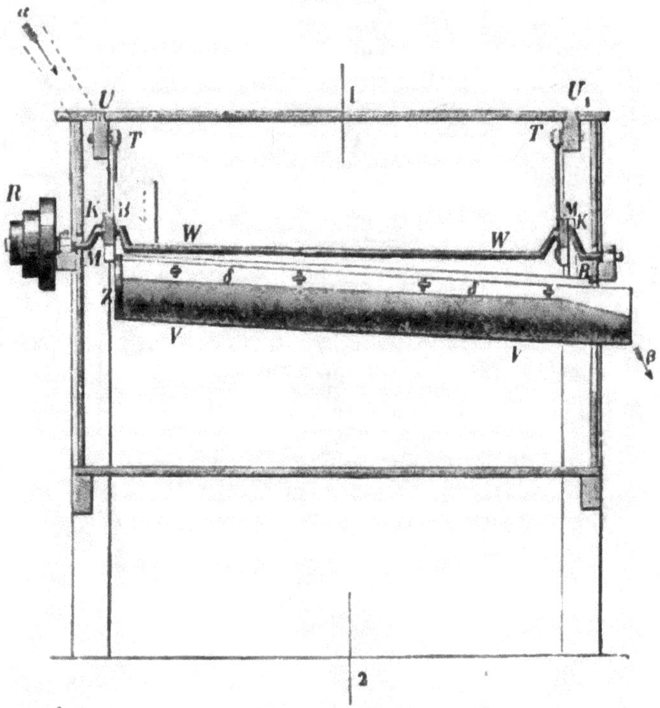

Fig. 123.

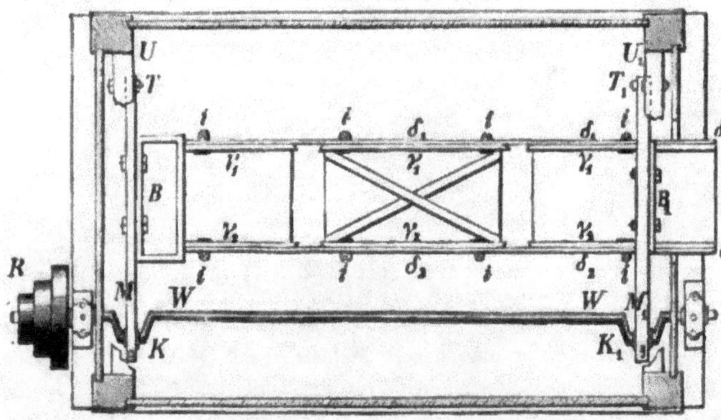

Das hölzerne Gerippe $B\gamma\gamma_1\gamma_2 B_1$ des eigentlichen Beutels, welches an beiden Enden an den Schubstangen M und M' der Kurbeln K und K_1 befestigt ist, erklärt sich ohne Weiteres aus dem Grundrisse (Fig. 123) und aus der Seitenansicht (Fig. 124). Die Gaze VV wird dabei auf zwei leichte

Rahmenstücke $\delta\delta$ geheftet, die man mittelst Oesen und Keile ii an die schmalen Langseiten $\gamma\gamma$ des Gerippes B befestigt. (Man sehe deshalb insbesondere die Detailzeichnung Fig. 125.)

Fig. 124.

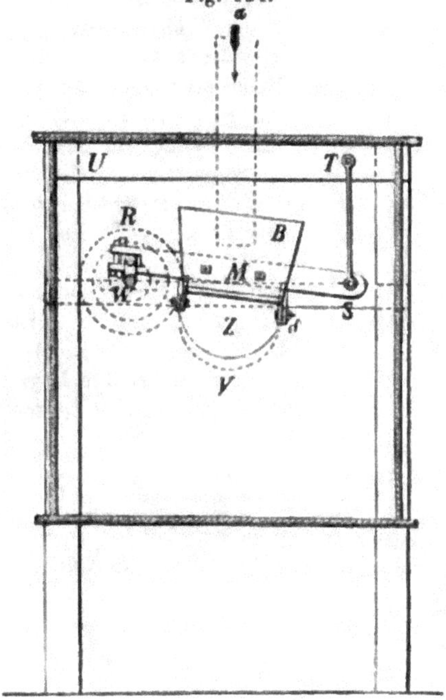

Fig. 125.

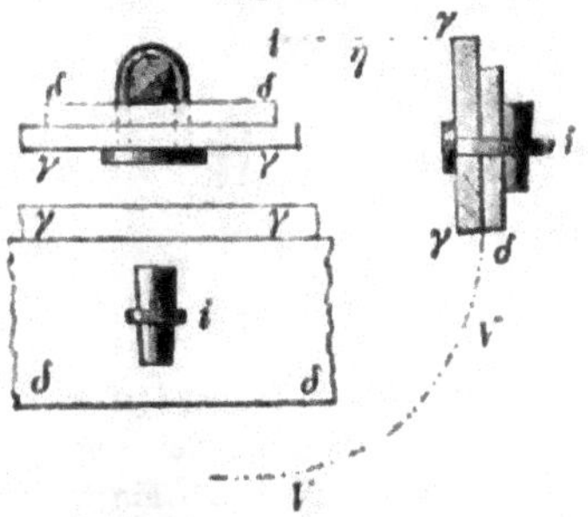

Das linke oder höchste Ende des halbkreisförmigen Beutels (Fig. 122) schliesst eine feste Wand Z, auf deren Peripherie eine kleine Vertiefung angebracht ist, sowie oben an jeder Seite ein Stift, damit man eine Schnur umlegen und das Tuch (die Gaze) V befestigen kann.

Vermöge dieser Einrichtung ist man im Stande, in einigen Minuten ein Beuteltuch auszuwechseln, ein gröberes mit einem feineren zu vertauschen u. s. w.

Oberhalb (als ebene Begrenzungsfläche des Beutelkörpers) wird ein Leinwandstreif η (Fig. 125) ausgespannt, um bei der schwingenden Bewegung ein mögliches Ueberstreuen von Schrot zu verhüten. Als vortheilhafte Neigung des Beutels (von links nach rechts in Fig. 122) hat man $^3/_4$ Zoll auf einen Fuss gefunden.

Die sonstigen Theile der Maschine verstehen sich durch die gut ausgeführten Abbildungen von selbst, so z. B. die Art des Aufhängens der hinteren Lenkstangenenden an schwingenden Armen ST und $S'T'$, das Rohr α, welches das Mahlgut von den Steinen in den Beutel führt, u. dgl. m. Die beste Umdrehzahl der Welle W hat sich je nach Umständen zu 120 bis 130 pro Minute herausgestellt. Ein Beutelkörper von 6 Fuss Länge, 12 Zoll grösster Breite und 6 Zoll Radius des cylindrischen Gazemantels soll ausreichen, um das Schrot von zwei Mahlgängen genügend auszuschwingen.

Leider sollen indess alle diese neueren Beutelmaschinen in quantitativer Leistung den amerikanischen Rollbeuteln nachstehen und sich weniger für feinere, als mehr für ordinäre Müllerei eignen.

Jedenfalls wird die völlige Entscheidung einer längeren Erfahrung überlassen bleiben müssen.

Schliesslich machen wir noch auf die Mahlgänge mit eisernen Gerüsten des Ingenieurs Scholl in Berlin aufmerksam, die sich durch gefällige, zweckmässige Anordnung, wie durch Solidität und Raumersparniss auszeichnen. Die Fig. 126, 127 und 128 stellen eine dieser Scholl'schen Mühlen in drei verschiedenen Ansichten dar. Dabei bezeichnet *a* das auf gehörigem Fundamente ruhende Hauptgerüst mit dem schön geformten Halse *cc* und dem Steinboden *bb*. Die Steine selbst sind in einem Eisenkranze horizontal und vertical durch Schrauben stellbar und überhaupt solid zu befestigen, wobei ihre Lagerung ganz unabhängig von dem umschliessenden Holzboden wird.

Fig. 126.

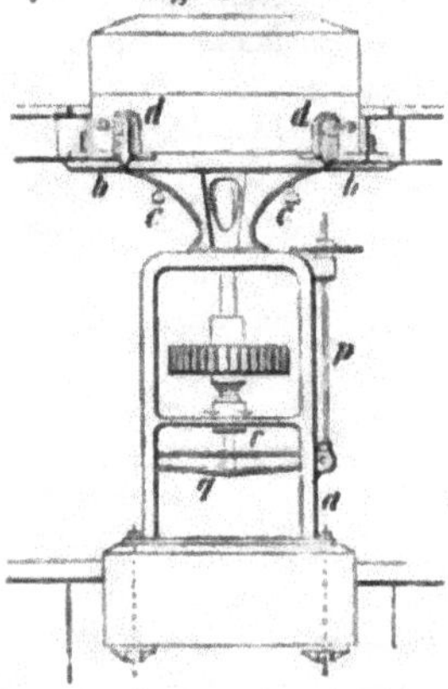

Fig. 127.

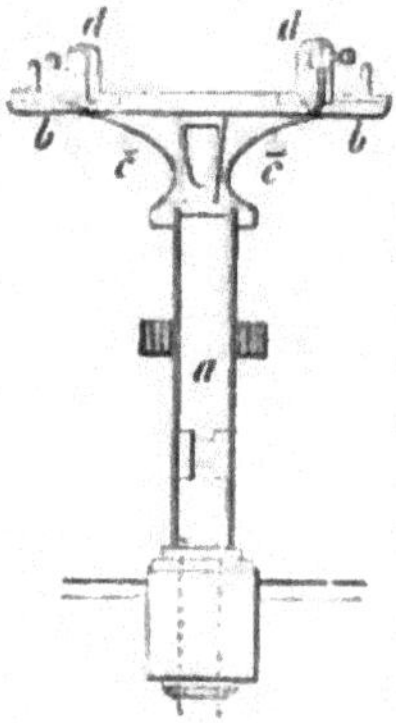

Die Grundrissfigur (128) zeigt die Vereinigung zweier Mahlganggerüste um das Stirnrad. In ähnlicher Art verbindet Scholl die Gerüste bis zu 6 Mahlgängen durch starke Rahmen mit Halslagern für die stehende Welle. Der Stellmechanismus *pqr* für den Läuferstein erhellt aus Fig. 129 ohne Weiteres.

Fig. 128.

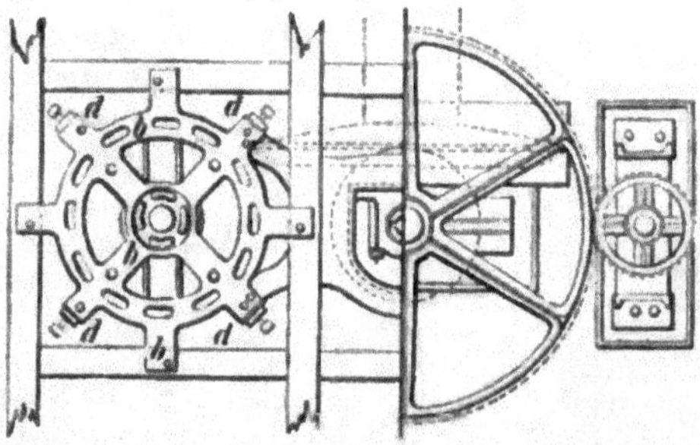

Während vorbeschriebene Disposition für stehende Vorgelege passt, zeigen Fig. 129 und 130 eine solche (mit einfachem Säulengerüst und sogenannter Gabelsäule) für liegende Vorgelege, wobei die Mühlspindel durch ein Kegelradpaar betrieben wird.

Recht zweckmässig ist die Anordnung *mpqrs* zum Ausrücken des Spindelgetriebes *t*, sowie die *abcd* zum Stellen der Läufersteine, weil man damit in den Stand gesetzt wird, die genannten Operationen beliebig von unten (im Parterreraum) oder von oben auf dem Steinboden der Mühle vornehmen zu können.

Zugleich dürfte noch aufmerksam zu machen sein, dass in Fig. 129 und 130 auch die Einrichtung des Mahlens mit Ventilation angedeutet ist.

Fig. 129.

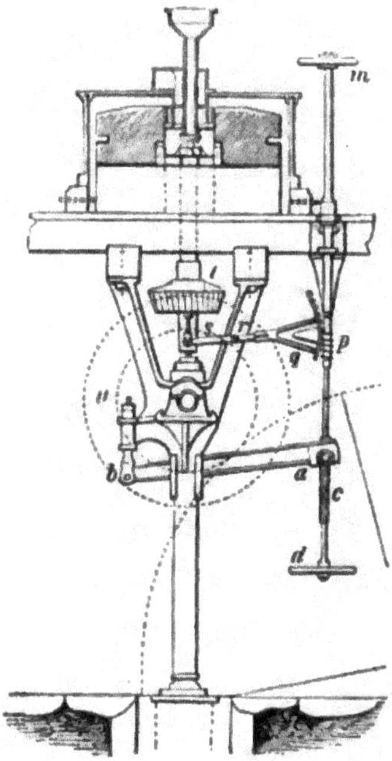

Fig. 130.

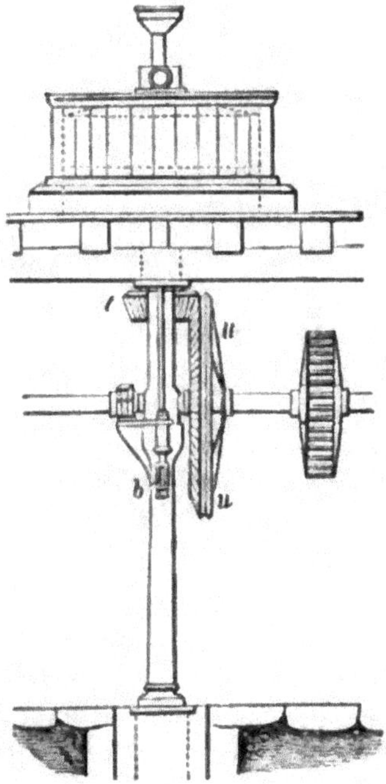

§. 23.

II. Mühlen für den Griesprocess.

Die mechanischen Anordnungen einer Getreidemühle, welche den bereits oben (S. 86) erörterten Griesprocess zur Mahlmethode adoptirt hat, sind mit einigen Ausnahmen nicht von denen verschieden, die eine fabrikmässig betriebene Flachmüllerei erfordert.

Zum Umwandeln der überhaupt gut gereinigten und nachher grob geschrotenen Körner (durch wiederholtes Aufschütten, Vermahlen und Beuteln) in verschiedene Sorten Gries bedarf man als hauptsächliche Eigenthümlichkeit der bereits (S. 88) erwähnten österreichischen Putzmaschinen. Ausserdem sind auch mehrere Beutel verschiedener Beschaffenheit erforderlich, sowohl um während des Griesmachens ordinäre Mehlsorten zu erlangen, als auch nach dem Vermahlen des Grieses (dem Weissmahlen) die besten nnd vorzüglichsten Mehlsorten zu gewinnen.

Für letzteren Zweck bedarf man dabei nicht so feiner Seidengaze zum Beuteln, wie dies bei der Flachmüllerei der Fall ist, indem man beispielsweise mit Nr. 11 [1]) auskommt, wo man bei der Flachmüllerei, unter sonst gleichen Umständen, Nr. 14 bedarf.

Die Ursache dieser Erscheinung ist leicht erklärlich, wenn man bedenkt, dass bei der Griesmüllerei vom Anfange an durch verhältnissmässig weites Auseinanderstellen der Steine (Hochschroten) das Feinmahlen der Kleie möglichst vermieden wird und das Entfernen der dennoch mitvermahlenen Kleie durch das Windgeben bei der Putzmaschine, nicht aber dadurch erfolgt, dass man sich bemüht, die sehr fein zermahlene Kleie durch angestrengtes Beuteln vom Mehle zu trennen.

Vorstehende Erörterungen werden hinreichen, uns zur Beschreibung der Fig. 131 wenden zu können, welche die Disposition einer nach neuerer Art eingerichteten Griesmahlmühle in $^1/_{144}$ der wahren Grösse darstellt und wobei vorausgesetzt ist, dass der Betrieb durch eine Henschel-Jonval'sche Turbine *A* stattfindet. Auf die Fortsetzung der Turbinenwelle *B* nach oben ist unmittelbar das Hauptstirnrad *C* befestigt, in welches (bei der hier vorausgesetzten Gruppenaufstellung) unmittelbar die Getriebe der Läufersteine fassen etc. Das eiserne Mühlgerüst *DE* hat genau die bereits S. 125, Fig. 96 beschriebene Anordnung.

Die zu vermahlenden Weizenkörner werden zuerst vom Vorrathsbehälter *I* aus mittelst eines Elevators *II*, *III* nach dem Sortircylinder *aa* transportirt und daselbst von den gröberen Verunreinigungen, Steinen, Erdklümpchen, Bohnen etc. befreit. Von hier aus gelangt die gute Masse durch das Rohr *b*

1) Es ist hier das Seiden-Beuteltuch (die Gaze) aus der Fabrik von Heinr. Bodmer in Zürich zum Maassstabe genommen, wobei die gröbste Nummer mit 000 bezeichnet ist.

Herr Director Karmarsch hat die Güte gehabt, dies Beuteltuch sorgfältig mit Hülfe von Fadenzählern zu messen, und dabei wahrgenommen, dass es durchgehends mit gekreuzter Kette gewebt ist, sowie enthält:

Nr.	Oeffnungen auf 1 Pariser Zoll (27 Millimeter) in der Breite.	in der Länge.	Oeffnungen in 1 Pariser Quadratzoll.	Nr.	Oeffnungen auf 1 Pariser Zoll (27 Millimeter) in der Breite.	in der Länge.	Oeffnungen in 1 Pariser Quadratzoll.
000	18	19	342	7	88	86	7568
00	24	26	624	8	94	96	9024
0	30	38	1140	9	102	104	10608
1	40	44	1760	10	110	120	13200
2	54	54	2916	11	120	122	14640
3	62	62	3844	12	126	126	15876
4	65	67	4355	13	130	132	17160
5	70	70	4900	14	140	132	18480
6	80	78	6040				

Man vergleiche hiermit das, was bereits S. 61 über französisches Beuteltuch mitgetheilt wurde.

Fig. 131.

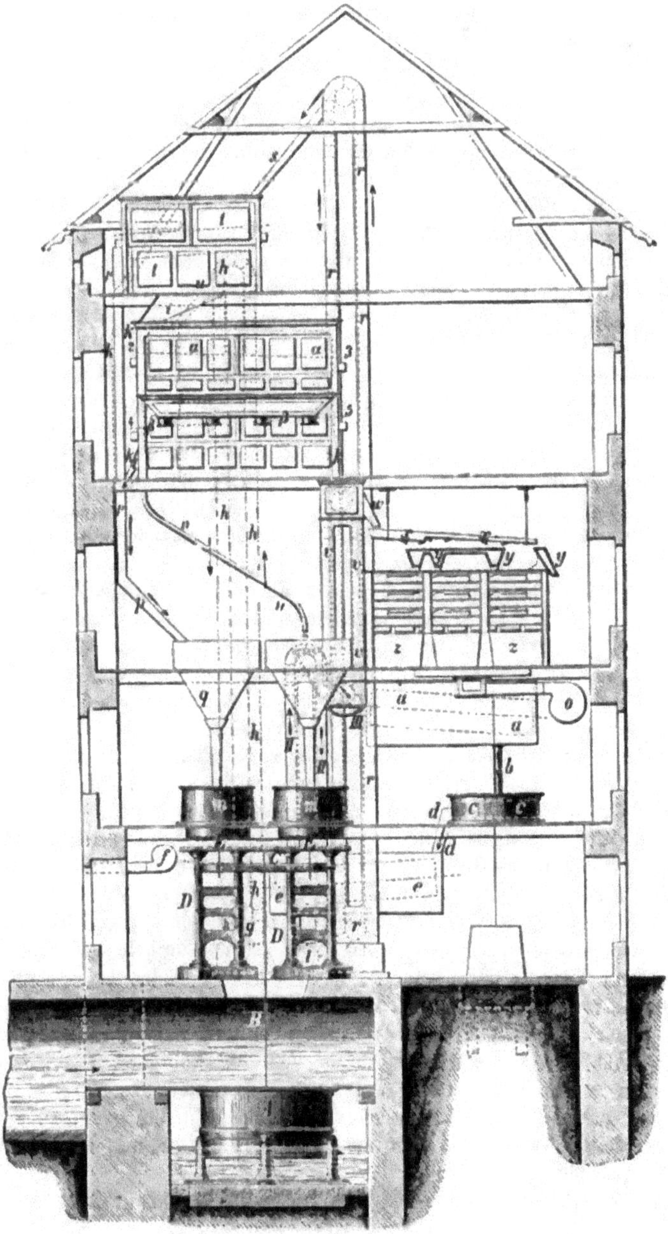

auf die Körnerputzmaschine *cc*, wo man die Epidermis abreibt, sowie die Keimstellen und Bärte entfernt, die Körner spitzt oder koppt, endlich aber das ganze Quantum durch *d* nach dem Staubcylinder *e* führt und hier die letzte Reinigung vornimmt, wobei ein Ventilator *f* alle leichten Theile zum Mühlengebäude hinaustreibt.

Nach diesem Processe hebt ein zweiter Elevator *hh* den reinen Weizen in das vierte Stockwerk und bringt denselben durch das Rohr *u* in einen Behälter *kk*, der in unserer Abbildung zum grössten Theile durch die davorstehende Sichtemaschine verdeckt wird.

Aus dem Behälter *k* wird die Körnermasse durch eine Gosse *l* in ein Rohr *p*, in den Rumpf *q* geführt und sodann in bekannter Weise (einen Conti'schen Apparat passirend) zwischen die in *m* befindlichen Steine gebracht, um daselbst vorerst zu Schrot vermahlen zu werden. Letzteres wird durch den Schrotaufzug *rr* nach dem höchsten Dachraume des Mühlengebäudes gehoben, dort in ein Rohr *s* ausgeschüttet und dem Schrotcylinder *tt* überliefert.

In den meisten Fällen geht diesem Schrotprocesse ein sogenanntes erstes Schroten voraus, was eigentlich nur ein ganz grobes Brechen ist und wodurch man zugleich mitwirkt, den Schmutz aus der sogenannten Keimspalte herauszubringen. Unser bereits erwähntes Schroten ist dann ein zweites Schroten, wobei die Steine schon näher als vorher gestellt werden und wodurch man viererlei Producte, nämlich Schrot, Gries, Mehl und Kleie gewinnt.

Diese Schrotcylinder (auch Schrotsortircylinder genannt) haben gewöhnlich 36 bis 42 Zoll Durchmesser, bei 12 bis 16 Fuss Länge und verrichten pro Minute 30 bis 32 Umläufe. Ihr Ueberzug oder Mantel wird meistentheils aus Draht von Nr. 14 oder in zwei Abtheilungen von Nr. 20 und Nr. 14 gebildet.

Kleie und Schrot laufen im Rohre *pp* wieder auf die Mühlsteine zum abermaligen Vermahlen oder, wie die Müller sagen, zum weiteren Auflösen, während die Hauptmasse, welche durch die Drahtmaschen des Schrotcylinders getrieben wurde, im Canal *i* auf die Mehlcylinder *αα* geht, deren Drehaxen durch die punktirte Linie 2..3 angedeutet sind. Hier wird Mehl vom Griese gesondert, wobei jedoch hervorgehoben werden muss, dass das Mehl (meist) von geringer Qualität, sogenanntes Schwarzmehl (Luffenmehl, Pohlmehl) ist. Letzteres wird (gewöhnlich) als fertige Handelswaare unmittelbar in Säcken aufgefangen, während das Gemenge von Gries und Kleie in die Griessortirmaschine oder den Dunstcylinder *ββ* fällt, dessen Drehaxe die punktirte Linie 4..5 angiebt. Hier geht durch die Maschen der Gaze von verhältnissmässig gröberer Nummer eine Masse, welche weder Mehl noch Gries ist und deshalb zur Unterscheidung Dunst genannt wird, während Gries und Kleie in der Axenrichtung der Maschinen fortgleiten und zur Siebmaschine *xyz* transportirt werden.

Dieser Transport geschieht entweder mittelst Schrauben oder, wie in unserer Abbildung angegeben, dadurch, dass ein Fallrohr *nn* vorhanden ist, worin die Masse zu der Gosse eines Aufzuges (Griesaufzuges) *vv* gelangt. Mitunter kann man die Griesputzmaschine auch nicht direct unter die Griescylinder stellen, sowie man auch die Aufzüge *II*, *III* benutzt, wenn der Gries zweimal gereinigt werden soll.

Die angeführte Griesputzmaschine stellen die Fig. 132 u. 133 in grösserem Maassstabe und zwar in $^1/_{48}$ wahrer Grösse dar.

Dem Principe nach stimmt dieselbe mit der älteren bereits S. 87 beschriebenen und Fig. 65 abgebildeten österreichischen Maschine überein, unterscheidet sich jedoch von dieser namentlich durch das unmittelbar darüber an-

Fig. 132.

gebrachte Flachsieb- oder Säubrer-Werk, wodurch sowohl ein nochmaliges Reinigen als auch und besonders ein Sortiren bewirkt wird. Die im Rahmen *l* mit gehörig hohen Rändern eingelegten ebenen Siebe bestehen aus Draht verschiedener Feinheit und zwar von *a* bis *d* hin an Maschengrösse abnehmend, von Nr. 12 bis Nr. 15. Neuerdings bringt man statt der Drahtsiebe auch Gaze grober Nummer in Anwendung. Die unter den Sieben gebildeten schiefen Flächen *efghik* dienen zum gehörigen Einführen der Masse in die Rumpfe *r*, *s* und *t*, welche von hier der Putzmaschine überliefert wird.

Fig. 133.

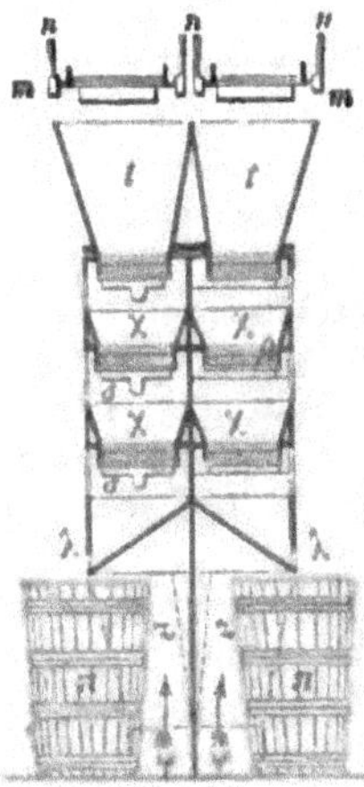

Wie die Abbildung erkennen lässt, besteht letztere aus etagenförmig neben und über einander angeordneten Fächern, mit sogenannten Satteln *xx* und Zungen *oo*, in welche mit Hülfe eines gewöhnlichen Ventilators in einem verticalen Hauptrohre *z* Wind von geringer Pressung zugeführt und dieser wieder durch seitwärts mündende Röhren zum Fortströmen nach horizontaler Richtung gezwungen wird. Während dann das Gemenge von Gries und Kleie gleicher Dimensionen *A* auf der schiefen Fläche *B* (der in grösserem Maassstabe gezeichneten Detailfigur 134) einer der Rumpfmündungen herabrutscht, sucht der aus der Canalöffnung *C* blasende Luftstrom sämmtliche ihrem eigenen Gewichte überlassenen Mahlguttheile von der verticalen Bahn abzulenken, was ihm natürlich besser und mehr mit den leichten Schalentheilen wie mit dem specifisch schweren Griese gelingt. Erstere werden daher nach links (Fig. 134), nach *D* hingetrieben, während letztere mehr und vorzugsweise rechts, nach *E* zu fallen.

Fig. 134.

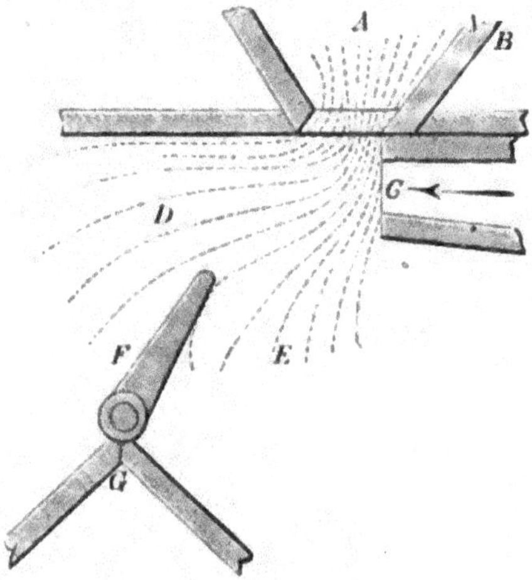

Die schief oder vertical zu stellenden Zungen *F* auf den Scheiteln der Sattel *G* dienen zur Regulirung des Windstromes, was genau und einfach genug in anderer Weise nicht leicht zu bewirken sein würde. Eine vorhergehende Regulirung des Windquantums wird durch Schieber $\delta\delta$ (Fig. 133) bewirkt, die ausserhalb der Röhre *s* seitwärts an den Stellen angebracht sind, wo sich die Oeffnungen für die horizontal gerichteten Luftströme vorfinden.

Durch die Bodenöffnungen *vv* Fig. 131 der Sortirfächer fallen die Griese in die zweite Reihe $\alpha\alpha$ der darunter befindlichen Fächer, wo sich der eben angeführte Process wiederholt, bis sich die Massen in der untersten Fachreihe $\beta\beta$ ansammeln und als Griese verschiedener Feinheit durch Mündungen $\lambda\lambda$ in nebengestellte Fächer π laufen oder als Kleie seitwärts über schiefe Flächen *yy* fallen und sich in daneben befindlichen Räumen ablagern.

Schliesslich möchte noch einmal aufmerksam zu machen sein, dass in dem Zusammenwirken des Absonderns (des Mahlgutes) nach dem Volumen durch die Säubrer *xx* Fig. 131 und des Absonderns nach dem specifischen Gewicht durch einen künstlichen Luftstrom der zweite wichtigste Punkt[1]) des Griesprocesses liegt.

Beim Gange des Mahlgutes durch die Putzmaschine bleibt sowohl noch Gries übrig, welcher feingemahlene Schalentheile enthält, als auch Kleie von verschiedener Güte, die beide in der Regel wieder über die Steine gehen. Mit den Griesen wird der vorbeschriebene Process vollständig wiederholt, während aus der Kleie theilweise noch ordinäre Mehle gezogen, das Uebrige aber ohne weitere Verarbeitung (als Viehfutter) verkauft wird.

Durch das wiederholte Aufbringen der verschiedenen Mahlproducte auf die Steine und Absonderungsmaschinen bis zum Vermahlen der Griese zu Mehl entsteht oft ein so sehr verwickelter Process, dass das Verfolgen desselben ganz besondere Aufmerksamkeit erfordert.

Bevor hiervon einige besondere Beispiele aufgeführt werden, wird es von Nutzen sein, der Beutelmaschine $\alpha\alpha$ und $\beta\beta$ in Fig. 131, sowohl ihrer Anord-

1) Der erste betraf das sogenannte Hochschroten.

nungen, als auch ihrer Producte vor dem Weissmahlen (Vermahlen der Griese zu Mehl) specieller zu gedenken, als dies (um den übersichtlichen Gang nicht zu stören) im Vorstehenden geschehen ist. Hierzu benutzen wir Fig. 135 u. 136, wovon die erstere das Querprofil, letztere das Längenprofil der Maschine

Fig. 135.

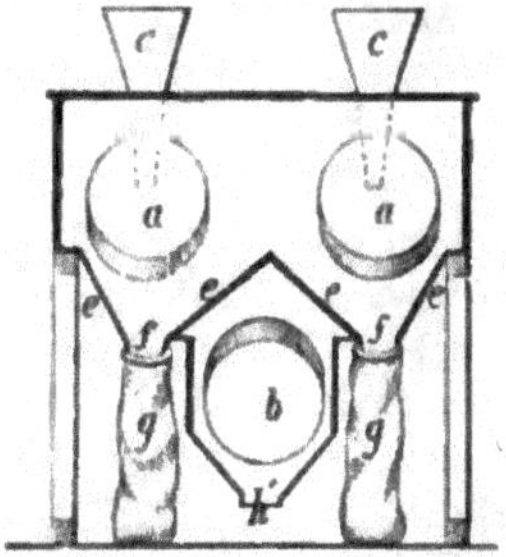

Fig. 136.

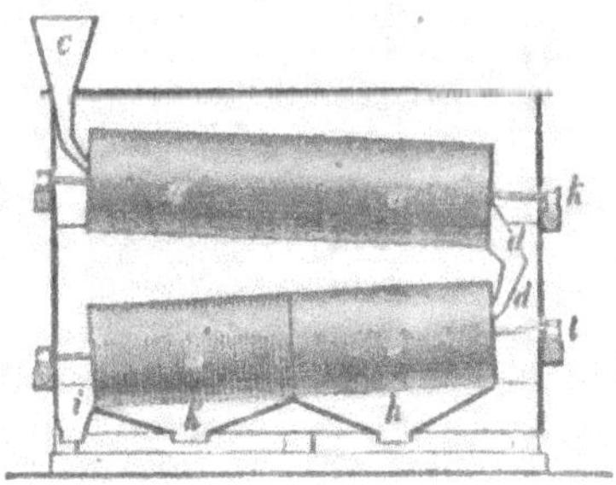

darstellt. Das obere mit Beuteltuch (Seidengaze) von Nr. 11 bis 12 (der Bodmer Scala) überspannte Cylinderpaar *aa* nennt man gewöhnlich die Mehlcylinder, den unteren Cylinder *b*, der mit gröberer Gaze (beispielsweise in der oberen Hälfte mit Nr. 7 und in der unteren mit Nr. 3) bespannt ist, dagegen den Dunstcylinder, wobei man unter Dunst ein Mittelding zwischen Mehl und Gries versteht. Gewöhnlich haben die Mehlcylinder 36 Zoll Durchmesser und machen pro Minute 32 Umläufe, dagegen der Dunstcylinder 28 Zoll Durchmesser bei circa 40 Umdrehungen pro Minute, während die Längen beider 12, 16, ja bis 20 Fuss betragen.

Beim Arbeiten gelangt das aus Mehl, Gries und Kleie bestehende Mahlgut vom Sortircylinder durch die Rumpfe *cc* in die Mehlcylinder *aa*, wobei ordinäres Mehl (Schwarzmehl, Pohlmehl) durch die Gaze geht, und in der Axenrichtung Gries und Kleie von gleicher Feinheit abgeführt wird. Während das Schwarzmehl durch die Oeffnungen *f* in unmittelbar darunter gehangene Säcke fällt, gleitet in einem entsprechend gestalteten Rohre *d* die übrige Masse in den Dunstcylinder *b*, wobei durch die feineren Maschen der oberen Hälfte eine Dunstsorte geht, welche später mit gewissen Griesen vermengt und zu Mehl vermahlen wird, wogegen durch die untere Hälfte *b'* (durch die gröbere Gaze) Dunst (Dunstgries) fällt, den man ebenfalls auf die Putzmaschine bringt. Unter die Bodenöffnungen *h* und *h'* hängt man wiederum Säcke zum Ansammeln des gebeutelten Productes. Sämmtliche in der Axenrichtung des Dunstcylinders *b* fortgleitende Masse geht schliesslich auf die Säubrer und Putzmaschinen.

Je verschiedenartiger die Mehl- und Griesgattungen (Marktgriese) sind, welche man überhaupt zu gewinnen beabsichtigt, desto complicirter ist der ganze Mahlprocess.

Beispielsweise erfolgt in der k. k. privilegirten Dampfmühle am Schüttl in Wien die Vermahlnng in nachbemerkter Weise.

Je 5 Garnituren Steine (Steinpaare) bilden ein mit einander arbeitendes System. Nr. 1 besorgt ausschliesslich das Spitzen (Koppen) des Weizens,

Nr. 2 das Schroten, Nr. 3 das Auflösen (Weitervermahlen) der sogenannten Streifen[1]) und Auflösgriese in kleinere Theile. Nr. 4 das Vermahlen der reinen Griese (Weissmahlerei), Nr. 5 das Ausmahlen sämmtlicher Abfälle in Dunst und Kleie.

Bei der Arbeit auf den drei letzten Steinpaaren wird im Allgemeinen darauf Rücksicht genommen, das Getreide möglichst oft in kleinere Theile aufzulösen, um als Hauptproduct die für weisses Mehl dienlichen Griessorten zu erhalten, als Nebenproduct aber, bis in die kleinsten Stadien herab, die geringeren Mehlsorten und die Kleien.

Jeder grössere Theil des Getreides, den man als Ueberfall von denjenigen Sorten ausscheidet, welche dem Kerngriese am nächsten sind, wird daher immer wieder aufgelöst, weil sonst die ordinären Mehlsorten zu weiss würden und die Ausbeute an weissem Mehle auf Kosten des schwärzeren zu gering wäre.

Nach dem nochmaligen Auflösen des Schrotes und Trennung des Mahlproductes durch Cylinder, Säubrer und Griesputzmaschine erhält man:

1) Mehl, was in der später folgenden Ausbeute-Tabelle mit Nr. IV. bezeichnet ist und in Wien „Semmelmehl" genannt wird.

2) Dunst, welcher feiner als Gries und noch kein Mehl ist, in fünf verschiedenen Nummern, den man später mit anderen Abfällen ähnlicher Art wieder über die Steine gehen lässt und in Mehl umwandelt.

3) Streifen, die wieder besonders vermahlen werden und Mehl, Dunst, Griese und Kleie liefern.

4) Grobes- und Feines-Auflösen, beides Sorten, die gleiche Eigenschaften wie die Streifen haben, nur etwas kleiner sind.

5) Erster und zweiter Auflösgries, beides Griessorten, die näher an der Hülse als am Kern liegen und zu feinen Sorten verarbeitet werden.

6) Reine zweite, dritte und vierte Griese, die man wieder einer separaten Reinigung unterzieht, um die leichteren Abfälle auszuscheiden.

Die Producte Nr. 3 bis 6 werden nochmals und wiederholt vermahlen oder, wie der Müller sagt, dem weiteren Auflösen durch die Steine viele Male unterworfen, bis man zuletzt ordinäre Mehle, Dunstsorten und Griese zu verschiedenem Auszugsmehle und mehrere Abstufungen Kleie erhält.

Durch das Vermahlen der reinsten Kerngriese Nr. 2, 3 und 4 erhält man endlich

Kaiserauszug Nr. 0, was nur zu Luxusgebäcken verwandt wird, und

Bäckerauszug Nr. 1, woraus man die sogenannten Wiener Kaisersemmeln bäckt.

Kaiserauszug ist der am feinsten zu Mehl gemahlene Gries, während der Bäckerauszug kerniger, oder nach der Müllersprache „griffiger" ist. Aus den anderen reinen Griesen erhält man Bäckerauszug Nr. 2.

Durch das Vermahlen der Griessorten entstehen aber auch als Abfälle Dunste, die abermals gereinigt und mit den früher erhaltenen Dunstsorten zu Mehlsorten von Nr. II bis V vermahlen werden.

Ueberhaupt wandelt man den Weizen durch die angeführten Processe[2])

---

1) Streifen nennt man die gröbsten, aus den grössten Körnerstücken bestehenden Schrote, an welchen Kleie hängt und woraus viel Gries zu ziehen ist.

2) Mit noch ausführlicherer Angabe der einzelnen Arbeitsstufen ist der Ver-

in nachstehende Producte um, wobei den Angaben zugleich die Ausbeute in Procenten beigefügt wurde.

Aus 100 Pfund Weizen in rohem Zustande gewinnt man:

1) Marktgries (zwei Sorten)	0,5.
2) Kaiserauszug Nr. 0	1,0.
3) Bäckerauszug Nr. I	30 bis 33.
4) Desgleichen Nr. II	8 bis 12.
5) Mundmehl Nr. III	20 bis 26.
6) Semmelmehl Nr. IV 7) Weisse Pohl Nr. V	8 bis 10.
8) Braune Pohl Nr. VI	8 bis 10.
9) Dunstkleie	7 bis 8.
10) Kleie Nr. I	6 bis 9.
11) Kleie Nr. II	0,5 bis 1,0.
12) Kleinweizen	1,0 bis 3,5.
13) Flussmehl	1,0.
14) Koppstaub	1,5 bis 2,0.

Erwähnt zu werden verdient vielleicht noch, dass bei der Wiener Dampfmühle das Mehl, bevor es in den Handel kommt, in einer Kammer, je nach Bedarf gemischt und in Säcke gefüllt wird, die ein Quantum von $1\frac{1}{2}$ Wiener Centner fassen [1]). Das tägliche Mahlquantum dieser Mühle soll durchschnittlich 1100 Zollcentner betragen [2]).

Ist auch das Bestreben aller Mühlen, welche den Weizen nach dem Griesprocesse vermahlen, stets dasselbe, nämlich den inneren Kerntheil zu extrahiren, in Gries umzugestalten und erst letzteren in Mehl zu verwandeln, vorher aber nur wenig und auch bloss ordinäres Mehl (als Abfall) zu erzeugen, so sind die hierzu angewandten specielleren und besonderen Mittel, namentlich aber Arbeitsgang, Sortirungen, Mischungen, Benennungen etc. fast in jeder Mühle verschieden. Die Erzeugung des Auszugmehles bleibt jedoch unter allen Umständen nach Qualität und Quantität die Hauptaufgabe, während sich die secundären Mehle gewöhnlich nach Oertlichkeit, Absatz und Nachfrage richten.

So erzeugt u. A. die gräflich Thun'sche Kunstmühle in Tetschen aus 100 Wiener Pfund [3]) Weizen:

an Kaisermehl	9,61	Pfund.
„ Griesler Auszug	22,95	„
„ Griesler Mundmehl	13,65	„
„ „ Griesmehl	7,95	„
„ Tafelgries	1,59	„

mahlungsprocess der k. k. privilegirten Wiener Dampfmühle in **Prechtl's** Technol. Encyklopädie, Supplement-Artikel „Mühlen" (von dem Referenten bearbeitet), auseinandergesetzt, worauf hier verwiesen werden muss.

1) 1 Wiener Centner (à 100 Pfund) = 56 Kilogramm = 1,102 engl. Centner.

2) Man sehe hierzu das, was bereits Seite 85 über diese schöne Mühle angeführt wurde.

3) 1 Wiener Pfund = 0,56 Kilogramm.

an Bäckerauszug	5,22	Pfund.
„ Mundmehl	6,95	„
„ Pohlmehl	6,85	„
„ Fussmehl	6,59	„
„ Kleie	15,76	„
„ Verlust	2,97	„

Es besteht diese schöne und mit den besten Mitteln ausgestattete und durch eine Henschel-Jonval'sche Turbine betriebene Mühle aus zwölf Mahlgängen nebst zwei Koppgängen und den erforderlichen Hülfsmaschinen für eine tägliche Vermahlung von 300 Wiener Metzen[1]) Weizen.

In der sogenannten Hofmühle im plauenschen Grunde bei Dresden (Pächter Bienert) erhält man aus 100 Pfund Weizen gewöhnlich folgende Mehlproducte:

Kaiserauszug	17,8	Pfund.	Schwarzmehl	2,7	Pfund.
Grieslerauszug	16,2	„	Kleie	16,1	„
Bäckermundmehl	14,2	„	Geringe Körner	0,5	„
Griesler Mundmehl	24,5	„	Verlust	4,0	„
Nachgänge	4,0	„			

Dass die besten Mehlsorten der Griesmüllerei im Verkaufspreise bei Weitem höher stehen müssen als die ersten Qualitäten der nach amerikanisch-englischer Methode vermahlenen Weizensorten, versteht sich von selbst, wenn man den im Vorstehenden angedeuteten complicirten Mahlprocess ins Auge fasst[2]). Unter gewöhnlichen Umständen nimmt man daher auch (als ungefähre Schätzung) an, dass bei der Griesmüllerei dieselbe Betriebskraft in gleicher Zeit nur (etwa) das halbe Quantum Weizen zu Mehl vermahlen kann, wie dies bei der sogenannten Flachmüllerei der Fall sein würde. Hierbei ist überdies auch darauf Rücksicht genommen, dass beim Griesmahlen für jeden der einzelnen Gänge (des Höherstellens der Steine wegen) weniger Arbeitskraft erforderlich ist, als bei dem amerikanischen Mahlprocesse, wo die Steine von Anfang an verhältnissmässig sehr nahe gestellt werden.

§. 24.

Die Beschaffenheit der Getreidekörner und die Getreidereinigungsmaschinen der Gegenwart.

Nachdem die Getreidereinigungsmaschinen im Allgemeinen bereits in der Geschichte der Getreidemühlen hinlänglich erörtert wurden und nur noch der gegenwärtige Zustand derselben zu besprechen übrig ist, wird es zugleich angemessen sein, auf die

1) 1 Wiener Metze = 0,615 Hektoliter = 1,119 preuss. Scheffel = 1,974 hannov. Himten.

2) Näheres hierüber (nebst Rentabilitätsberechnungen) findet sich in dem vom Referenten verfassten Artikel „Mühlen" in den Supplementen zu Prechtl's Technol. Encyklopädie, sowie in den Mittheilungen des Gewerbevereins für das Königreich Hannover, Jahrgang 1864, S. 148.

eigenthümlichen Schwierigkeiten des Reinigungsprocesses etwas näher einzugehen, als dies früher, der Natur der Sache nach, geschehen konnte.

Hierzu widmen wir vor Allem der physischen Beschaffenheit eines Getreidekornes einige Aufmerksamkeit und betrachten in Fig. 137 das sehr vergrösserte (mikroskopisch‗aufgenommene) Bild vom Längendurchschnitt eines Weizenkornes, wobei die Schnittebene so angenommen ist, dass die äussere Kerbe oder Spalte völlig unberührt bleibt[1]).

Fig. 137.

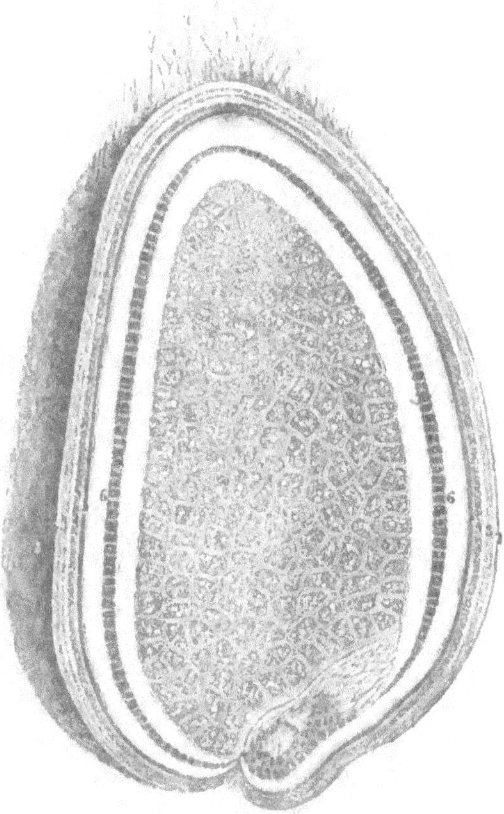

Aeusserlich betrachtet, bemerkt man am obersten, äussersten Ende des Kornes einen Bart, der, wie das Mikroskop erkennen lässt, aus feinen Haarröhrchen besteht, die anscheinend bei der Entwicklungsmethode den Zweck haben, das Innere des Kornes mit der Atmosphäre in Verbindung zu setzen. Die Farbe dieser Härchen ist schmutzig weiss, grau bis bräunlich, so dass sie, mit zermahlen, das gute Ansehen des Mehles, sowohl durch ihre Farbe wie Gestalt (als lange Cylinder, die sich beliebig quer und durch einander legen) beeinträchtigen. Ausserdem ist dieser Bart auch der Sammelplatz und Aufenthaltsort von allerlei staubförmigen Unreinigkeiten.

Am unteren Ende, etwas nach rechts in Fig. 137, bemerkt man einen gelblich-knorpligen Fleck, den Keim (das Embryo), dessen innerer Theil mit der Ziffer 10 bezeichnet ist. Herausgelöst giebt sich derselbe als eine ölhaltige

---

1) Mège-Mouriès: „Du froment et du pain etc.“ Compte rendu, 5 Mars 1860. T. 50, p. 467. Und hieraus in Dingler's polytechn. Journ. Bd. 156 (1860), S. 231, sowie im Polytechn. Centralblatt Jahrg. 1860, S. 693.

und unangenehm schmeckende Masse zu erkennen, welche auch auf die weisse Farbe und überhaupt auf die Güte des Mehles einen nachtheiligen Einfluss übt.

Der Körper des Weizenkornes besteht aus zwei Haupttheilen, nämlich der Fruchtschale (Pericarpium) und dem Samenkern im engeren Sinne[1]).

Die Fruchtschale wird von drei auf einander folgenden Schichten gebildet, deren äussere oder erste (Epidermis, Epicarpium), mit 1, 2 bezeichnet, farblos ist und keine Zellen zeigt, während die zweite oder mittlere Schicht (Sarcocarpium), Nr. 3 der Abbildung, aus gelblich gefärbten Zellen

---

1) Moleschott in seiner „Physiologie der Nahrungsmittel" (zweite Auflage, Giessen 1859) giebt Seite 100 des Anhanges die Bestandtheile des Weizens, im Mittel auf 1000 zurückgeführt, wie folgt an, der wir zum Vergleich auch die des Roggens, der Gerste und des Hafers beifügen:

	Weizen.	Roggen.	Gerste.	Hafer.
Kleber und lösliches Eiweiss	135,37	107,49	122,65	90,43
Zellstoff	32,39	49,63	97,48	116,49
Stärkemehl	568,64	555,19	482,64	503,37
Dextrin	46,69	84,50	99,55 (Dextrin und Zucker)	49,65
Zucker	48,47	28,76		65,41
Fett	18,54	22,09	26,31	39,90
Salze	19,96	14,61	26,55	25,94
Kali	4,46	3,41	3,55	3,40
Natron	1,91	1,83	1,95	0,24
Kalk	0,57	0,77	0,65	0,89
Bittererde	2,21	1,61	1,79	1,96
Eisenoxyd	0,19	0,21	0,38	0,26
Phosphorsäure	9,98	6,56	11,32	4,93
Schwefelsäure	0,02	0,05	0,05	0,16
Kieselsäure	0.21	0,17 (Kieselerde)	6,86	14,10
Chlornatrium	0,41	0,00	0,00	0,00
Wasser	129,94	138,73	144,82	108,81

Der Gehalt der zwei wesentlichsten Getreidebestandtheile, des Klebers und des Stärkemehls, ist nach Klima, Boden, Düngung etc. sehr verschieden. So enthalten 100 Theile

Weicher Odessa Weizen	10,4 Theile	Kleber,
	68,2 „	Stärkemehl.
(Amerikanischer) Georgia Weizen	14,36 „	Kleber,
	68,93 „	Stärkemehl.
„ Michigan Weizen	16,24 „	Kleber,
	56,90 „	Stärkemehl.
Weisser polnischer Weizen	35,10 „	Kleber,
	38,91 „	Stärkemehl.
Schlesischer Weizen	22,64 „	Kleber,
	51,58 „	Stärkemehl.
Pommerscher Weizen	13,59 „	Kleber,
	58,78 „	Stärkemehl.

besteht und die dritte mit der Ziffer 4 bezeichnete Schicht mit 3 von gleicher Beschaffenheit ist. Diese drei trägen und zarten Umhüllungen machen circa 3 Procent des ganzen Kornes aus.

Der Samen besteht zunächst aus einer äusseren mit 5 bezeichneten Hülle oder Decke (Testa), die, nach der jedesmaligen Weizengattung, mehr oder weniger orangengelb gefärbt ist, sodann aber auch aus einem inneren (meist farblosen) Häutchen, welches in der Abbildung nur angedeutet wurde. Auf diese doppelte Samenhülle folgt eine farblose Schicht Nr. 6 (Embryo-Membrane), die der Zeichner absichtlich von den daneben liegenden und in Wirklichkeit damit zusammenhängenden Theilen deshalb getrennt dargestellt hat, um ihre Einfügung mehr ins Auge fallen zu lassen.

Die bis jetzt genannten 5 Häutchen oder Hüllen bilden mit einem Theile von Nr. 6, woran unter Umständen auch etwas vom Mehlkerne Nr. 7 hängt, die sogenannte Kleie, die reicher an eiweissartigen Stoffen (Kleber) und ärmer an Stärkemehl als das Mehl ist[1]).

---

1) Zum Vergleiche des Weizens und des Weizenmehls mit der Weizenkleie theilt Moleschott a. a. O. Anhang p. 105 nachstehende Tabelle mit:

Es befinden sich in 100 Theilen:

	Weizen.	Weizenmehl.	Weizenkleie.
Kleber	13,5	12,7	16,3
Stärkemehl	66,4	72,4	40,2
Zellstoff	3,2	0,3	21,1
Fett	1,9	1,2	4,1
Salze	2,0	0,9	4,5
Wasser	13,0	12,5	13,8
	100,0	100,0	100,0

Hieraus geht hervor, dass sich die wichtigsten Nahrungsmittel (mit Ausnahme des Stärkemehls), nämlich eiweissartige Körper (Kleber), ferner Fette und Salze reichlicher in der Kleie als im Mehle vorfinden und dass daher die Mehlsorten von einem und demselben Weizen an sogenannten plastischen Nahrungsmitteln um so ärmer sind, je mehr Weisse dieselben besitzen, d. h. je weniger sie Kleie enthalten. Trotzdem ist es (wie Moleschott a. a. O. S. 254 zeigt) ein Irrthum, wenn man die Vermischung der Kleie mit dem Mehle unbedingt (wie u. A. Mège-Mouriès) als einen Gewinn an Nährwerth dargestellt hat; denn obwohl die Pflanzenfresser auch die dickwandigen Zellen der Kleie vollständig verdauen, vermag der Mensch dies in der Regel nicht, oder doch nur dann, wenn er sich bei einer thätigen Lebensweise zugleich einer sehr kräftigen Verdauung erfreut. Dagegen wird durch die Kleie die Schleimhaut der Verdauungswege zu sehr gereizt, wovon die gewöhnliche Folge der Durchfall ist, der vollends den zweifelhaften Vortheil einer reichlichen Zufuhr schwer verdaulicher Nahrungsstoffe zunichte macht. Liebig (Chemische Briefe Bd. 2, S. 169) hält die Kleienabsonderung für Luxus.

Schliesslich mögen hier noch die chemischen Analysen des stickstoffhaltigen Klebers und des stickstofffreien Stärkemehles Platz finden:

Die bereits erwähnte Schicht oder Gewebe Nr. 6 (die Embryo-Membrane), von beiden Seiten des Keims Nr. 10 ausgehend, spielt (nach Mège-Mouriès) eine der wichtigsten Rollen beim Keimen und in der Ernährung und gehört zu derjenigen Classe von Materien organischer Structur, die, mit einer Art Leben begabt, die Bewegung und Umwandlnng solcher Körper veranlassen, welche zur Entwicklung der Pflanze bestimmt sind. Diese Hülle macht zugleich den inneren Kern gegen Wasser undurchdringlich und wenn dies nach mehrtägiger Einwässerung wirklich eindringen sollte, so erfolgt der Eintritt an demjenigen Theile des Keimes (Embryo's) Nr. 10, welcher frei von diesem Gewebe ist.

Die mehlige Masse des Kernes ist in Fig. 137 mit den Ziffern 7, 8 und 9 bezeichnet. Der mittlere Theil derselben (Nr. 9) giebt die allerschönsten Mehlsorten (Kaiserauszug, Griesler etc. etc.), während Nr. 8 und 7 abwärts folgende (an Schönheit und Güte geringere) Mehlsorten liefern.

Aus vorstehender Darstellung der Structur des Weizenkornes[1]) erhellt von selbst, welche Aufgabe zu lösen ist, um das Mehl aus den Körnern herauszuziehen. Man muss vor Allem die Bärtchen am oberen Ende eines jeden Kornes, den Keim am unteren Ende und den Schmutz aus der Kerbe (Spalte) entfernen, welche letztere bis zur Mitte des Mehlkernes hinabreicht. Sodann die fünf Häute zerstören, welche die Frucht- und Samenhülle bilden, und endlich den übrig gebliebenen inneren Kern nach und nach abmahlen, wobei von selbst (wie bereits bei der Griesmüllerei hervorgehoben wurde) einleuchtet, dass man die besseren und besten Mehlsorten beziehungsweise später und zuletzt erhält.

Der vollkommenste Mahlprocess würde darin bestehen, die Körner von den fünf Häuten durch völliges Abschälen zu befreien, ohne den Kern selbst der Form nach zu verletzen, so dass dieser die ihm eigene aus Fig. 137 zu erkennende Gestalt als ganzes Korn mit unveränderter Cohäsion behält.

Zur Zeit sind derartige, mit Erfolg arbeitende Schälmaschinen noch nicht vorhanden und wird daher deren Erfindung als das Ideal der Mühlenmechanik zu bezeichnen sein[2]).

Kleber, zur Bildung von Blut und Muskelfaser.		Stärkemehl, zur Bildung von Fett und Wärme.	
Kohlenstoff	55,7	Kohlenstoff	44,45
Wasserstoff	7,8	Wasserstoff	6,17
Stickstoff	14,5	Sauerstoff	49,38
Sauerstoff	22,0		100,00
	100,0		

1) Gelesen zu werden verdient auch ein Abschnitt in Raspail's „Chemie organischer Körper“, S. 278, welcher die Ueberschrift trägt: „Beschreibung, in Folge mikroskopischer Untersuchung, der Organe, welche das Mahlen im Roggen- und Gerstenmehle durch einander wirrt.“

2) Zu den allerjüngsten Bemühungen, „Maschinen“ von der Art zu construiren, dass zuletzt die noch gänzlich unzerbrochenen Weizenkörner vollständig weiss erscheinen, gehört die „Fruchtschalmaschine“ von Melchior Nolden in Frankfurt a. M., wovon sich Abbildungen und Beschreibungen im Kunst- und Gewerbeblatte für das Königreich Bayern vom Jahre 1862, S. 682 vorfinden.

Noch immer wendet man zur Entfernung der Bärtchen, der Keime, des Kerbenschmutzes und eines Theiles der Schale eine combinirte Spitz- und Bürstmaschine an, welche dem Principe nach der gleicht, die bereits Seite 64 abgebildet wurde und wovon Fig. 138 ein den königlichen Mühlen in Berlin entlehntes Beispiel ist[1]).

Fig. 138.

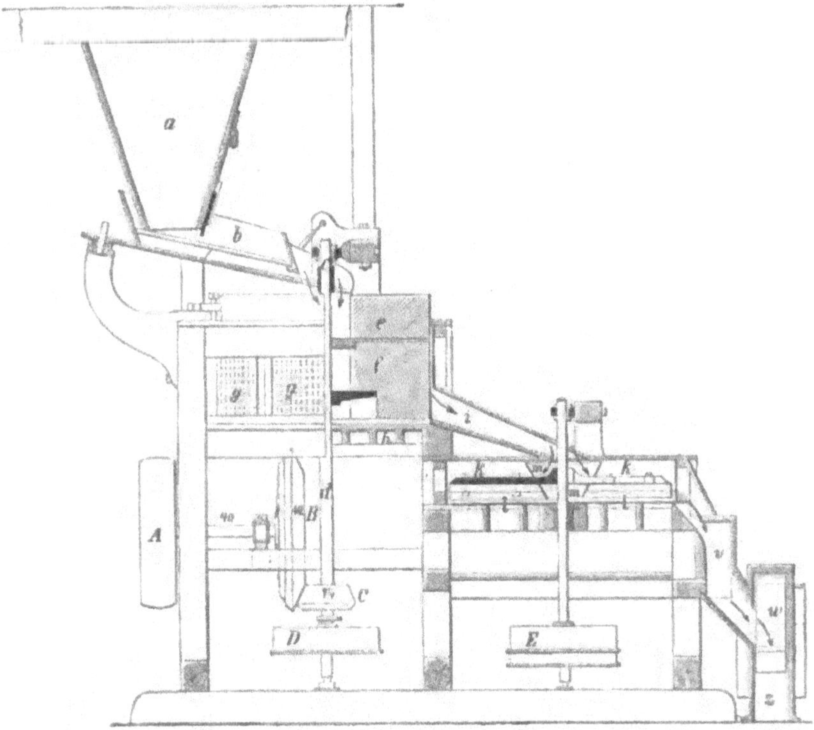

Fig. 139.

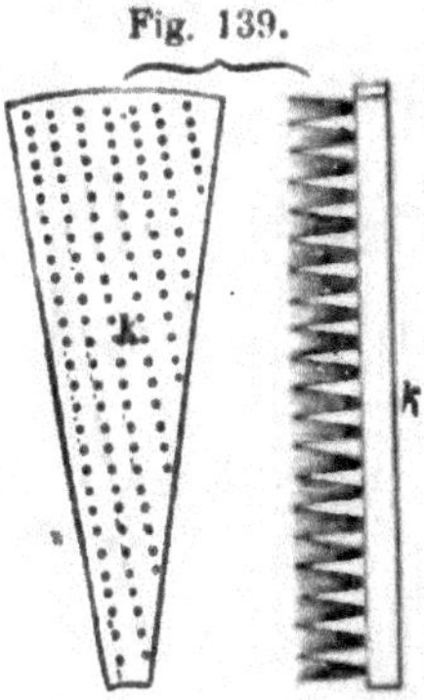

Der Spitzgang mit Rumpf *a* und Schuh *b* besteht aus den beiden Steinen *e* und *f*, wovon der obere *e* unbeweglich ist, während der untere (der Läufer) *f* mit seiner Haue auf dem Mühleisen *cd* ruht, zu dessen Betriebe die Kegelräder *B*, *C* und die Riemenscheibe *A* vorhanden sind. Nachdem die Körner zwischen den ebenen Steinflächen (bei gehörigem Entferntstellen der Steine) von den Spitzen befreit sind, werden sie noch von der Peripherie des Läufers an den mit Reibeisenblech *g* beschlagenen Umlauf getrieben, und endlich durch das Rohr *i* und einen Trichter *m* auf die Bürstenmaschine geführt. Diese besteht hauptsächlich aus einer Armscheibe, auf welcher Bürsten *k* (wie Fig. 139 im Detail

1) Sammlung von Zeichnungen für die „Hütte“, Jahrg. 1854, Tafel 10d.

zeigt) befestigt sind, die sich über einen Siebboden *l* drehen, während die ganze Reibvorrichtung wie beim Spitzgange von durchlochtem Bleche umgeben ist. Endlich fällt alles Getreide nach *v* und durch den Windstrom eines Ventilators *w*, bis zuletzt die guten Körner von einem Elevator *Z* erfasst und einem Siebcylinder zugeführt werden. Zum Betriebe der Bürstenscheibenwelle dient das Riemenscheibenpaar *D*, *E*. Der Läufer *f* des Spitzganges macht bei 3 Fuss (preuss.) Durchmesser pro Minute 120 Umläufe und eben so viel verrichten die beiden Riemenscheiben *D* und *E*. Binnen 12 Stunden soll eine derartige Maschine 8 Wispel (192 Scheffel = 105,4 Hektoliter = 238,7 Himten) Getreide reinigen.

Eine andere Kornreinigungsmaschine, welche sowohl in der Berliner

Fig. 140.

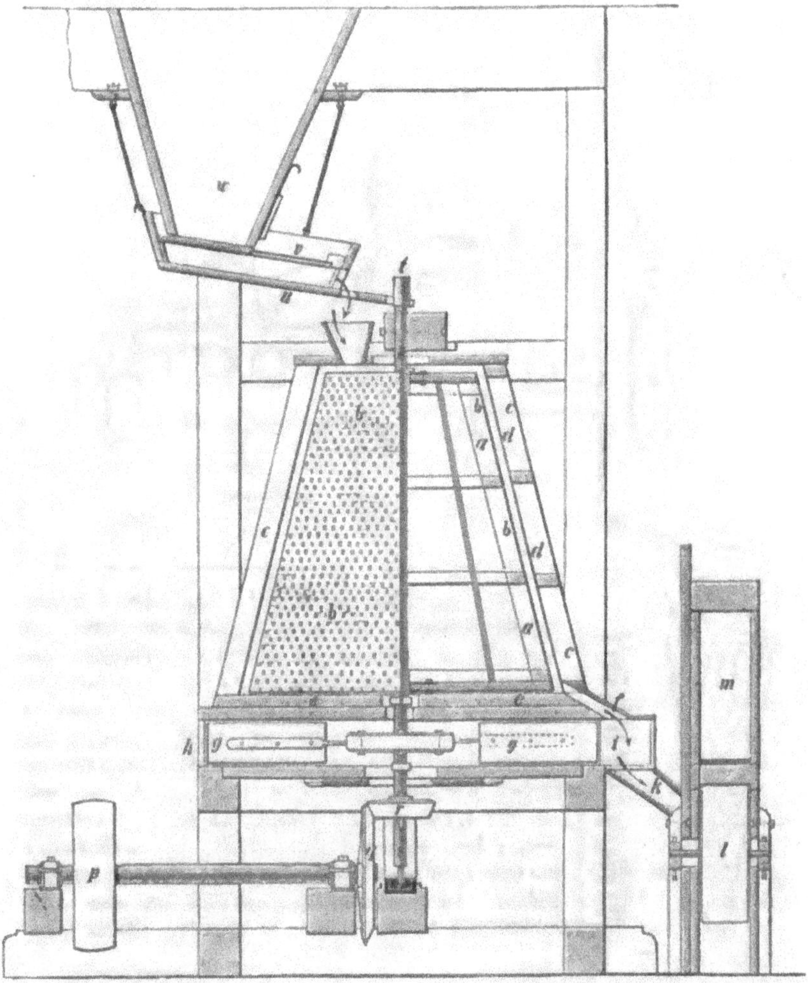

Actienmühle, als auch in der Mahlmühle zu Rummelsburg bei Berlin (seit 1854) im Gange ist, zeigt Fig. 140[1]). Hier wird der Haupttheil von zwei abgestumpften Kegeln *ab* und *cd* gebildet, von welchen der äussere Mantel des ersteren wie die innere hohle Fläche des letzteren mit Reibeisenblechen beschlagen ist. Das aus dem Rumpfe zugeführte zu reinigende Getreide fällt zunächst auf ein Rüttelsieb *v*, dessen Maschen Getreide und kleine Unreinigkeiten hindurchlassen und die gröberen Theile zurückhalten. Sodann gelangt die erstere Masse in den etwa einen Zoll betragenden Zwischenraum des rotirenden und feststehenden Kegels, wobei der erstere *ab* 180 Mal pro Minute umläuft. Während die Körner allmälig in spiralförmigen Linien niederwärts laufen, werden Staub und Hülsentheile abgerieben, die theils durch das Reibeisenblech hindurch, grossentheils aber mit dem Getreide durch die Abzugsrinnen *f* fortgehen und erst durch den Ventilator *g* entfernt werden. Die guten Körner gelangen überhaupt von *i* nach *k* zum Elevator *lm*, welcher sie den Schrotgängen zuführt. Binnen 16 Stunden soll eine derartige Maschine 6 Wispel (= 144 Scheffel = 254 Himten = 79 Hektoliter) Roggen reinigen.

Fig. 141.

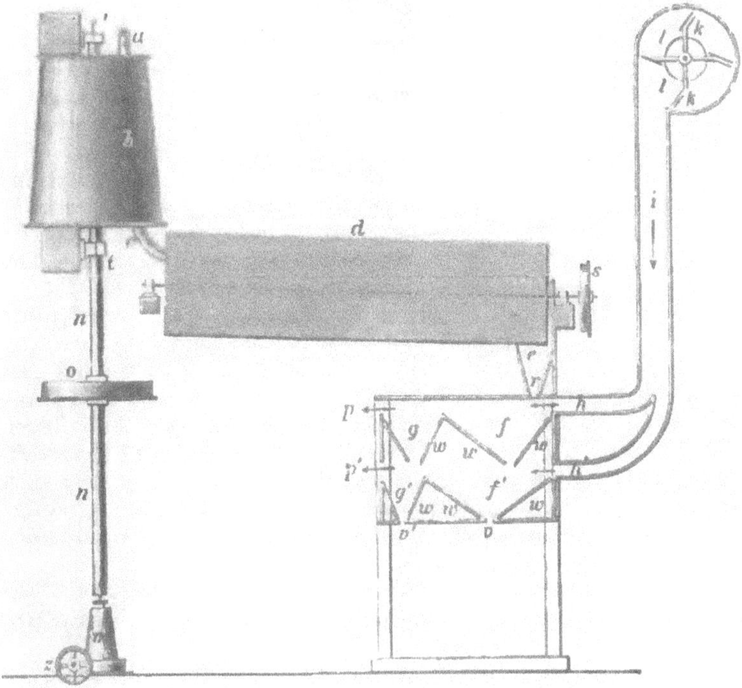

Eine sehr belobte, im Königreiche Hannover (dem Ingenieur Aumann) patentirte Reinigungs- oder Getreideenthülsungsmaschine, wie sie der Con-

1) Sammlungen von Zeichnungen für die „Hütte", Jahrgang 1850, Blatt 20.

structeur nennt, von ähnlicher Art wie die zuletzt beschriebene zeigt Fig. 141 in ihrer Verbindung mit Schmutzsieb, Ventilator und Sonderungskiste.

Der äussere unbewegliche Kegel *AF* (Fig. 142 im Detail) wird oben und unten durch gusseiserne Platten *C* und *B* geschlossen, während sein Mantel inwendig wieder mit reibeisenartig durchlöchertem Eisenbleche beschlagen ist. Der innere um *nn* als Axe drehbare Kegel *D' E* ist mit 60 radial gestellten Sägeblättern *EE* ausgestattet, die in Einschnitten der Kränze *DD* so befestigt sind, dass jedes dieser Blätter in einer Verticalebene liegt, welche gehörig verlängert durch die Drehaxe *nn* geht. Der Aussenkegel hat 2 Fuss $9\frac{1}{4}$ Zoll Höhe, 1 Fuss $10\frac{1}{2}$ Zoll Durchmesser an der unteren und 1 Fuss $4\frac{1}{2}$ Zoll Durchmesser an der oberen Begrenzungsfläche.

Fig. 142.

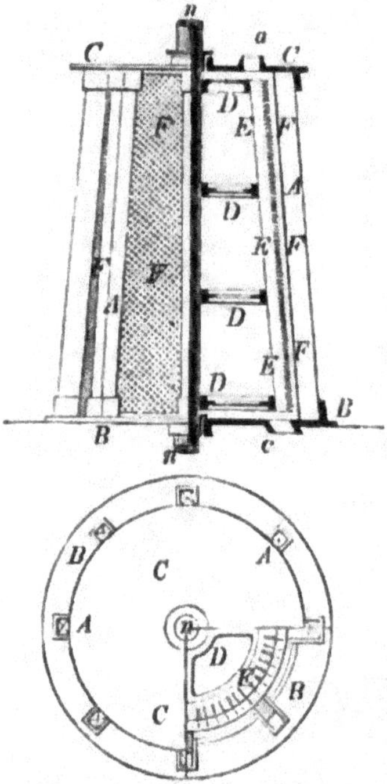

Die erforderliche Stellung des Innenkegels wird von *m* aus (Fig. 141) mittelst Schraubenrad und Schnecke *Z* bewirkt, wobei erwähnt werden mag, dass die normale Entfernung zwischen Conus *DE* und Mantel *AF* nicht mehr als $\frac{1}{4}$ Zoll beträgt.

Die Zähne der auf dem drehbaren Kegel angebrachten Sägeblätter bilden gleichseitige Dreiecke und gehen sechs derselben auf einen Zoll Länge. Die reibeisenartig im unbeweglichen Mantel des Aussenkegels aufgeworfenen quadratischen Löcher haben $1\frac{1}{2}$ Linien Seitenlänge.

Die Zuführung des zu reinigenden Getreides geschieht durch das Rohr *a* (Fig. 141), während *c* das Abfuhrrohr des bearbeiteten Getreides ist, wodurch dasselbe zugleich dem Staubcylinder *d* überliefert wird, der sämmtliche Körnermasse nach *er* fallen und in die Sonderungskiste *gfw* gelangen lässt. Durch den Wind, welcher vom Ventilator *k* aus in die Röhren *ih* eingetrieben wird, sondern sich die Körner nach ihrem specifischen Gewichte, so zwar, dass die schwereren Körper in den Abtheilungen *ff'*, die leichteren in den *gg'* niederfallen und vor den Bodenöffnungen aufgefangen werden können, während Spreu, Staub etc. durch *p* und *p'* entweichen.

Bei 650 Umdrehungen pro Minute des Innenkegels unter Anwendung einer Betriebskraft von drei Dampfpferden soll die Maschine pro Stunde 500 Kilogramm (1000 Pfund) Weizen reinigen und enthülsen.

Sämmtliche bis jetzt besprochenen Reinigungsmaschinen führen nicht unerhebliche Uebelstände mit sich. Erstens nutzen sich die scharfen Kanten der Reibeisenbleche (wohl auch der Sägeblätter) sehr schnell ab, zweitens ritzen dieselben nur zu leicht die Körner und erzeugen dadurch eine Beschädigung der Hüllen, die sich beim Vermahlen durch verfrühte und zu grosse Zertheilung der Kleien kund giebt. Bei kegelförmiger Gestaltung des drehbaren

Innenkörpers fällt ferner das Getreide zwar leicht durch den oberen Theil des Zwischenraumes beider Kegel, häuft sich jedoch, ehe es abläuft, nachtheilig im unteren Theile *ab* (mehrere Zoll hoch) an.

Fig. 143.

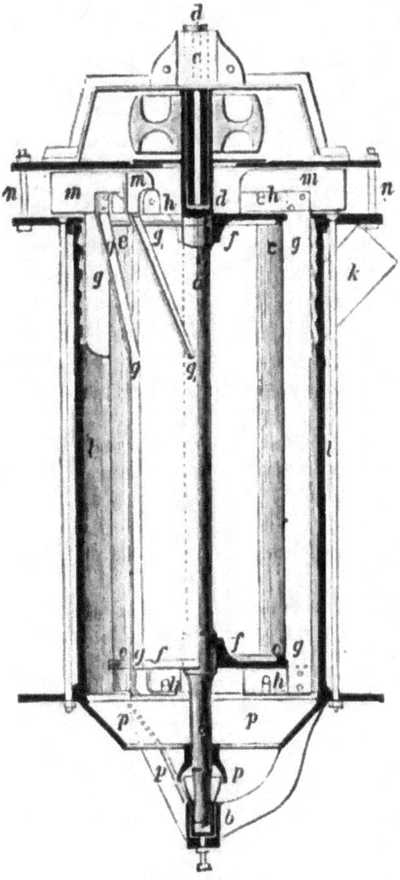

Fig. 144.

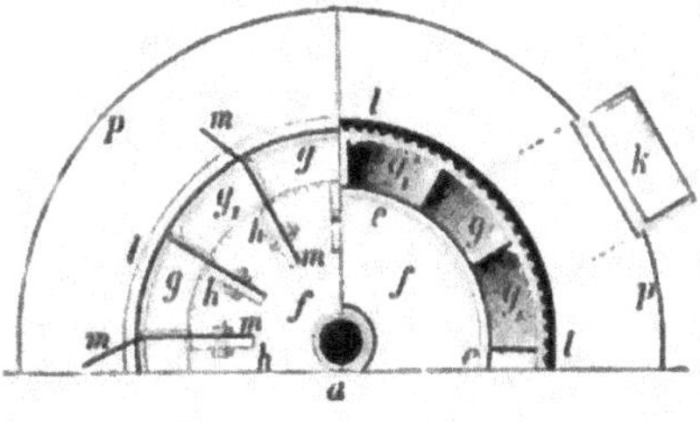

Von letzteren Uebelständen frei soll eine Gattung Reinigungsmaschinen sein, welche der Ingenieur Nagel jun. in Hamburg mit Erfolg anwendet und die Fig. 143 im Aufrisse, Fig. 144 im Grundrisse (in $^1/_{12}$ wahrer Grösse) darstellt.

Im Allgemeinen ist diese Maschine ihrem Princip nach einem amerikanischen Patente (Ward in Cincinnati, Ohio) nachgebildet[1]), jedoch der Ward'sche innere Conus durch einen cylindrischen Körper ersetzt und auch sonst zweckmässige Detailveränderungen angeordnet.

Auf der verticalen Welle *a* ist ein Blechcylinder *e* von kreisförmigem Querschnitte befestigt und zwar mit Hülfe gusseiserner Scheiben *ff*, die zugleich seine Endflächen fest verschliessen.

Der Mantel dieses Cylinders ist mit 6 längeren Schlägern *gg* und 6 kürzeren Schlägern $g_1 g_1$ ausgestattet, während mit seiner oberen Endfläche *f* Knaggen *hh* aus einem Stücke gegossen sind, an welche man die Flügel *mm* eines saugenden Ventilators geschraubt hat.

Umgeben wird der innere Cylinder *ef* von dem feststehenden (unbeweglichen) ebenfalls kreisförmigen Cylinder *ll*, dessen innerer Mantel in seiner ganzen Höhe mit Längenriffeln (besonders in der Grundrissfigur 144 erkennbar), im oberen Drittheil aber überdies mit derartig schräg laufenden Riffeln ausgestattet ist, dass letztere die Schlägerriffeln $g g g_1 g_1$ entsprechend kreuzen.

Besonders hervorgehoben zu

1) Hughes: „The American Miller“, p. 255 (W. and E. Ward's Patent Smut-Machine).

werden verdienen noch die oberen und unteren Zapfen- und Lageranordnungen der stehenden Welle *a*. Oben ist die Lagerung derartig bewirkt, dass sich der daselbst hohlgestaltete Theil der Welle um einen in *c* befestigten (unbeweglichen) durchbohrten Zapfen dreht, um Oel einführen zu können. Unten hat man den Spurzapfen *b* durch Schrauben stellbar gemacht und ferner durch eine umgestürzte Glocke, die beim Oelgeben abgehoben wird, gegen herabfallende Körner und Schmutz gesichert.

Das zu reinigende Getreide wird durch *k* in den Raum zwischen die Cylinder *l* und *ef* geleitet und hier der Einwirkung der Schläger und des Saugers ausgesetzt. Durch das Zusammenwirken der Schläger *gg* und der Riffeln im hohlen Mantel von *l* werden die Körner von anhängendem Schmutze, Bärtchen und Keimen befreit, während gleichzeitig der Sauger *mm* alle leichten Körper veranlasst, aufwärts zu steigen, diese g l e i c h s a m a b w ä g t und auch wirklich durch die oberen Oeffnungen *n n* abführt. Auch alle guten Körner werden so lange in der Schwebe gehalten, bis sie durch das Bearbeiten von den leichteren Theilen befreit und specifisch schwerer geworden sind. In letzterem Zustande fallen die Körner zuletzt durch den unteren Trichter *pp* in ein darunter gesetztes Gefäss, aus welchem sie ein Elevator nach einem Drahtsortircylinder transportirt.

Gewöhnlich wird das Getreide, bevor es auf die beschriebene Maschine gelangt, durch ein Siebwerk von Staub, Sand, Erbsen, Steinen u. dergl. befreit.

Der innere Cylinder *ef* (eine Blechtrommel von $11\frac{3}{8}$ Zoll Durchmesser und $28\frac{1}{4}$ Zoll Länge) macht beim Betriebe 600 Umläufe pro Minute und reinigt die Maschine (bei circa 30 Fuss Peripheriegeschwindigkeit) pro Stunde recht wohl 2000 Pfund Körner.

In mehreren neueren Mühlenanlagen zieht man eigenthümlich angeordnete Steine (meistens etwas dichte Sandsteine) den beschriebenen Reinigungsmaschinen vor. So zeigt Fig. 145 den sogenannten Spitz- und Schmutzgang der B i e n e r t'schen Griesmühle (Hof-Mühle) im plauenschen Grunde bei Dresden. *abcde* ist der theils kegelförmig, theils cylindrisch gestaltete Läufer aus Liebethaler Sandsteinen von 42 bis 48 Zoll Durchmesser und etwa 12 Zoll Höhe, der von einem ähnlichen aber festliegenden Steine *f* aus demselben Materiale überall umgeben wird. *m* ist der gleichfalls aus Sandstein bestehende, bei der Arbeit festlie-

Fig. 145.

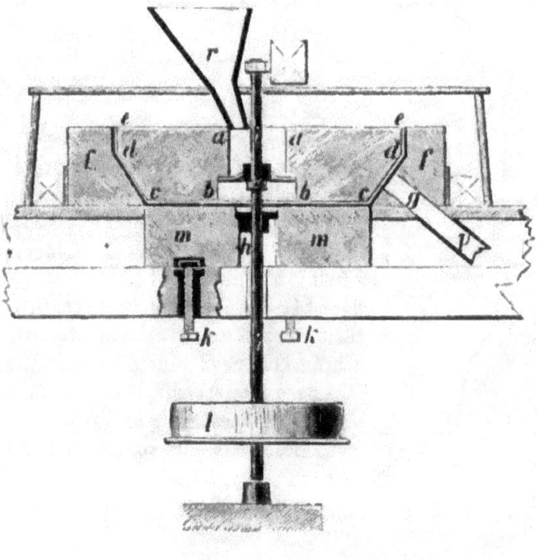

gende Bodenstein von 10 Zoll Höhe, den man durch Schrauben *k* stellbar gemacht und mit einer sogenannten Büchse (Halslager) *h* für die durchgehende Mühlspindel *i* in bekannter Weise ausgestattet hat. Durch einen über die Scheibe *l* geschlagenen Riemen veranlasst man den Oberstein zu 200 bis 250 Umgängen pro Minute.

Es leuchtet von selbst ein, welchen Gang die vom groben Staub und fremden beigemengten Körpern so weit als möglich vorher befreiten Körner bei der Arbeit zu nehmen haben, d. h. sie laufen aus dem Rumpfe *r* in das Auge *a* des Läufers, gelangen zwischen die horizontalen ebenen Flächen *b*, *c* und steigen ringsum zwischen den Mänteln von *cde* und *f* empor, um endlich an einer bestimmten Stelle der erreichten Höhe durch die Oeffnung *g* und das Rohr *p* die Maschine zu verlassen.

In der bereits Seite 128 ff. beschriebenen und abgebildeten Stadt-Hannoverschen Brückmühle wird mit Erfolg von der Fig. 146, 147, 148 abgebildeten Spitz- und Reinigungsmaschine Gebrauch gemacht. Dieselbe besteht aus einem Läufersteine *a* und einem festliegenden Bodensteine *b*, beide aus feinem, festem

Fig. 146.

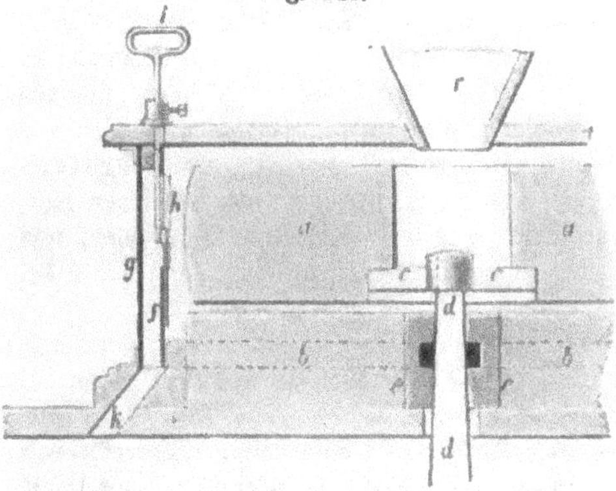

Fig. 147.

Fig. 148.

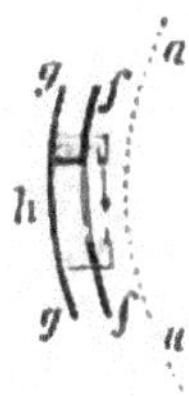

Osterwalder Sandsteine, wobei der Läufer durch eine feste Haue *c* mit der Mühlspindel *d* vereinigt und auch die Anordnung der Bodensteinbüchse *e* keine besondere ist. Beide Steine werden concentrisch von einem eisernen Cylinder *ff* umschlossen, dessen Innenmantel mit stumpfen Riffeln oder Cannelirungen ausgestattet und an einer etwas über der Mitte von *a* gelegenen Stelle mit einer einzigen Oeffnung *h* versehen ist, die mittelst eines Schiebers grösser oder kleiner gemacht, oder ganz verschlossen werden kann. Dieser erste Cylinder wird von einem zweiten ebenfalls concentrischen Mantel (Fig. 148) umgeben, so dass ein ringförmiger Raum gebildet ist, aus welchem beim Arbeiten der Maschine an einer einzigen Stelle ein Ventilator die Luft saugt. Wenn sich die Maschine im Betriebe befindet, gelangt das zu spitzende und zu reinigende Getreide vom Rumpfe *r* aus zwischen die ebenen Steinflächen und wird nachher genöthigt, zwischen *f* und *a* so lange emporzusteigen, bis ein Ausweg durch die Oeffnung *h*, welche durch einen Schieber *i* regulirt werden kann, und weiter durch den Canal *k* gefunden wird. Der Läufer *a* von 3 Fuss Durchmesser macht pro Minute 250 Umläufe und arbeitet dabei die Maschine dem Bedarfe von 6 Weizengängen hinlänglich vor.

Eine ähnliche Maschine, jedoch mit Sandsteinen von 6½ Fuss Durchmesser ausgerüstet, wobei der Läufer pro Minute 150 bis 160 Umläufe macht, also eine Peripheriegeschwindigkeit von 47 bis 50 Fuss pro Secunde besitzt, verwendet man in der Stoffregen'schen Griesmühle zu Hildesheim zur besonderen Zufriedenheit der Besitzer.

Dessenungeachtet wird neuerdings allen Sandsteinen als arbeitenden Theilen bei der Reinigung ein ähnlicher Vorwurf wie den Reibeisenmänteln gemacht, d. h. sie sollen ebenfalls leicht die Körnerhüllen ritzen und Beschädigungen derselben herbeiführen, die sich beim Vermahlen durch verfrühte, zu grosse Zertheilung der Kleien kund geben [1]).

In Deutschland hat sich in jüngster Zeit der unten citirte Mühlentechniker Jacobi um Aufklärung über den Reinigungsprocess der Getreidekörner sowie um Construction einer Maschine verdient gemacht, die nach seiner Versicherung fast allen zu stellenden Anforderungen Genüge leisten und namentlich von den zuletzt gerügten Uebelständen frei sein soll.

Jacobi verwirft zuerst als ungenügend alle aufrecht stehenden Cylinder oder Kegel, wobei die Getreidekörner, ohne Unterbrechung, verhältnissmässig zu schnell an den Boden der Mäntel gelangen und die Richtung ihrer Bewegung allein durch das Zusammenwirken von Schwerkraft und Fliehkraft bestimmt wird. Er verwirft deshalb auch die hin und wieder vielerwähnten Reinigungsmaschinen von Ashby [2]), mit beweglichen Schlägern, die aus herabhängenden Drähten gebildet werden. Nur solche Maschinen werden von Jacobi als zweckentsprechend und vortheilhaft bezeichnet, wobei erstens ein öfteres Wechseln der Lagen und Bewegungsrichtungen der einzelnen Körner, „ein buntes Durcheinandertreiben" bei der Bearbeitung stattfindet, und zweitens wobei Glätte und Gleichmässigkeit sowohl an den Böden wie Mänteln der cylindrischen oder kegelförmigen Umfassungen vermieden ist.

Die solchen Anforderungen entsprechende von Jacobi seit längerer Zeit mit Erfolg ausgeführte Maschine ist Fig. 149 im Aufrisse und Verticaldurchschnitte und Fig. 150 im Grundrisse dargestellt.

Man erkennt sogleich, dass dieselbe durch festliegende, trichterförmige (gusseiserne) Schalen a, b und c in drei Abtheilungen oder Etagen getheilt ist, dass ferner an der durchgehenden Betriebswelle w beziehungsweise drei mit Naben versehene Scheiben f, g und h befestigt sind, die mit der Welle umlaufen müssen.

An letzteren Scheiben hat man segmentartige, aus Hartholz gebildete und an Stirn und Seiten mit starkem Eisenblech beschlagene Schlägerklötze i festgeschroben, die auf ihrer Stirnfläche durchlocht sind, um starke Drahtstifte (ohne Kopf) von nahezu $^3/_{16}$ Zoll Stärke eintreiben zu können. Diese Stifte stehen gleichmässig $^3/_4$ Zoll über die Beschlagbleche vor, so dass ihre Enden sämmtlich in Kreisen von gleichen Durchmessern rund laufen.

---

1) Jacobi: „Die Reinigung der Körner für den Mahlprocess und ihr Einfluss auf denselben." Dingler's polytechn. Journ. Bd. 161, S. 410 und daraus im Polytechn. Centralblatte Jahrg. 1862, S. 499. Uebrigens sehe man auch einen Aufsatz des Mühlenbaumeisters Arndt in der Zeitschrift „Die Mühle" Nr. 19, 1864.

2) Förster's Bauzeitung, Jahrg. 1861, S. 220, Blatt 441.

Der unbewegliche Mantel der Maschine wird abwechselnd aus Gusseisenplatten *rr* (Fig. 149) und aus hölzernen Rahmen *ss* gebildet.

Fig. 149.

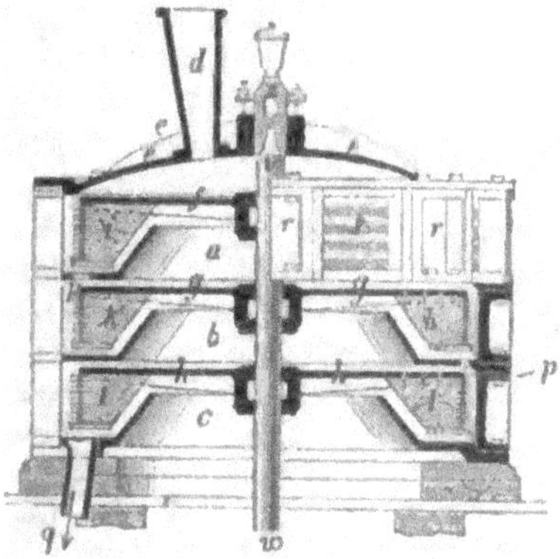

Fig. 150.

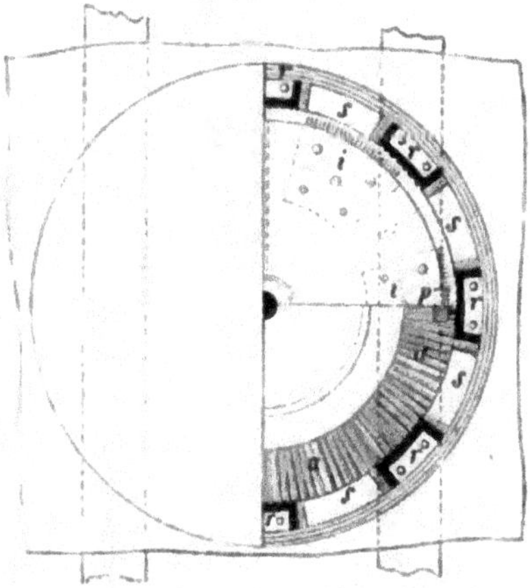

Die cylindrischen Platten *rr* sind an ihrer Innenseite eben so mit eingegossenen, halbkreisförmigen Cannelirungen (ohne scharfe Ecken oder Kanten) versehen, wie die Aussenflächen der Kegelmäntel von *a*, *b* und *c*. Dagegen hat man die zwischen *rr* eingepassten Holzrahmen *ss* mit Eisenblechtafeln beschlagen, und diese mit schrägen Schlitzen von 1 Zoll Länge und $^1/_{16}$ Zoll Weite durchbrochen, wobei jedoch die Bleche innen und aussen ebenfalls vollkommen glatt sind.

Nach oben hin wird die Maschine durch einen Deckel *e* geschlossen, der das Lager der stehenden Welle und zugleich den Einlaufstrichter *d* für die zu reinigenden Körner enthält.

Die bei *d* eintretenden Körner passiren nach und nach alle drei Etagen, wozu auf jedem der flachen, horizontalen Ränder der unbeweglichen Kegel *a*, *b* und *c* eine Austrittsöffnung *p* angebracht ist. Zuletzt treten die bearbeiteten Körner durch das Rohr *q* aus der Maschine und werden einem mit Ventilator versehenen Staubcylinder überliefert.

Ausdrücklich erwähnt wird, dass die stehende Welle *w* pro Minute nicht unter 180 und nicht über 220 Umläufe machen darf und die Peripheriegeschwindigkeit der nicht ganz 3 Fuss Durchmesser haltenden Schlägerscheiben 1600 bis 1900 Fuss pro Minute beträgt.

Mittelst einer Triebkraft von circa $1^1/_2$ Maschinenpferden soll die Maschine in $1^3/_4$ bis 2 Stunden einen preussischen Wispel Körner reinigen [1]).

1) Jacobi gesteht selbst, dass trotz aller sonstigen Güte seiner Maschine diese doch nicht im Stande ist, die Reinigung der Spalte oder Kerbe des Getreidekornes zu bewirken, bezeichnet vielmehr diese Arbeit als eine unlösbare Aufgabe. Referent ist der Meinung, dass hierzu die allerdings sonst nicht sehr empfehlenswerthen Bürstenapparate verwandt werden müssen.

Auf ähnlichen Principien beruht die jetzt in England allgemein beliebte Reinigungsmaschine von Walworth und Harrowby in Bradford, die Fig. 151 so dargestellt ist, dass deren innere und äussere Theile in entsprechender Weise gleichzeitig sichtbar werden [1]).

Fig. 151.

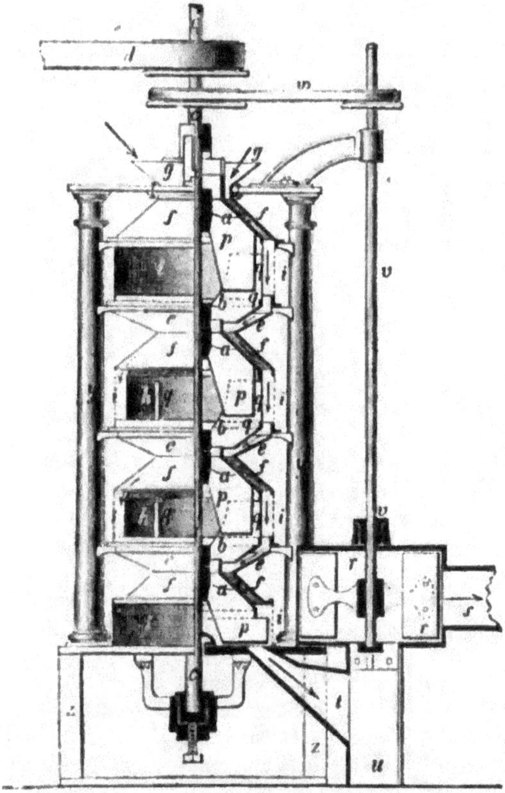

Den Haupttheil der Maschine bilden hier wieder Hohlkegel *aa* und *bb*, die mit ihren Naben auf der verticalen Betriebswelle *c* gehörig befestigt sind, welche letztere beim Arbeiten durch einen Riemen *d* in Umdrehungen versetzt wird. Umgeben werden diese Kegel von anderen unbeweglichen (an den Gestellsäulen *yy* befestigten) *e* und *f*, wobei die Mäntel der ersteren nach aussen, die der letzteren nach innen cannelirt (fluted, corrugated) sind, ohne dabei scharfe Ecken und Kanten zu besitzen.

Die Unterbrechung zwischen den Mänteln von *e* und *f* wird durch cylindrisch ausgespannte und mit *e* und *f* fest verbundene Drahtnetze *i* ausgefüllt.

Sowohl an den Mänteln *aa*, als den *bb* sind beispielsweise vertical gerichtete, dünne, radial gestellte Flügel *p* und *q* angegossen, deren gegenseitige Entfernung symmetrisch und so bemessen ist, dass zwischen je zweien gehörig freier Raum für atmosphärische Luft verbleibt. Beide Gattungen Flügel wirken als Ventilatoren. An den äussersten Kanten der Flügel *q* sind ebenfalls cylindrische Drahtnetze *h* befestigt, so dass wiederum ein geschlossener (aber mit der Axe *c* drehbarer) Cylinder gebildet wird.

Die zu reinigenden Körner werden in den Trichter *g* eingeführt, gelangen sofort zwischen die gerippten Mantelflächen von *a* und *f* und werden hierauf den

1) Patent Specification Nr. 2578 vom 14. November 1859. — Fairbairn: Treatise on mills and millwork, Part II, p. 146. — Illustrated Catalogue of the international exhibition of 1862, Class IX, Nr. 2132, p. 47.

Reibungen der beiden Drahtnetzflächen *i, h* ausgesetzt und in eine Art von Rumpf *e* geführt, der sie in die nächstfolgende Abtheilung der Maschine leitet, wo sich derselbe Process wiederholt. Ein an der Nebenwelle *v* befestigter und durch ein Riemenvorgelege *w* betriebener Ventilator *r* führt die abgeriebenen leichten Theile auswärts, während die guten, schweren Körner nach *t* und *u* fallen.

Bei 21 Zoll (engl.) Durchmesser der beweglichen Kegelmäntel macht die Triebwelle *c* pro Minute 450 bis 500 Umläufe.

Ueberall wo Referent die Walworth'sche Maschine in deutschen Mühlen arbeitend fand, war man mit deren Leistungen in jeder Beziehung zufrieden.

Um endlich die Sonderung der gereinigten und gesunden Körner von Staub, Schalentheilchen, Spreu, kranken und leichten Körnern, thierischen Excrementen etc., überhaupt von allen Theilen energisch vornehmen zu können, die man entweder gar nicht oder nur zu ganz geringen Mehlsorten vermahlen kann, ist zur Zeit keine Maschine empfehlenswerther als die des Amerikaners Child[1]), wovon Fig. 152 den Längendurchschnitt und Fig. 153 den Grundriss darstellt.

Fig. 152.

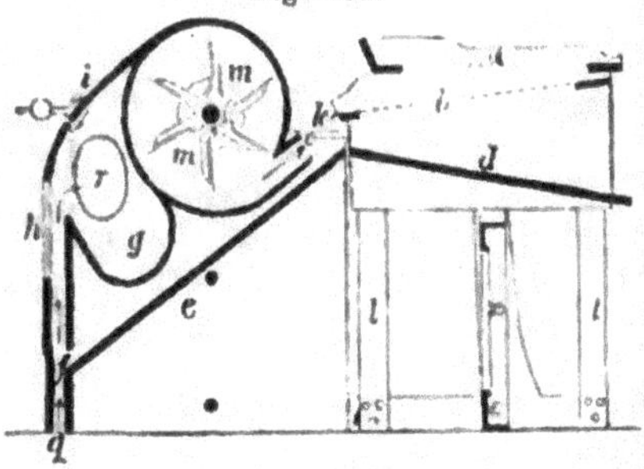

Fig. 153.

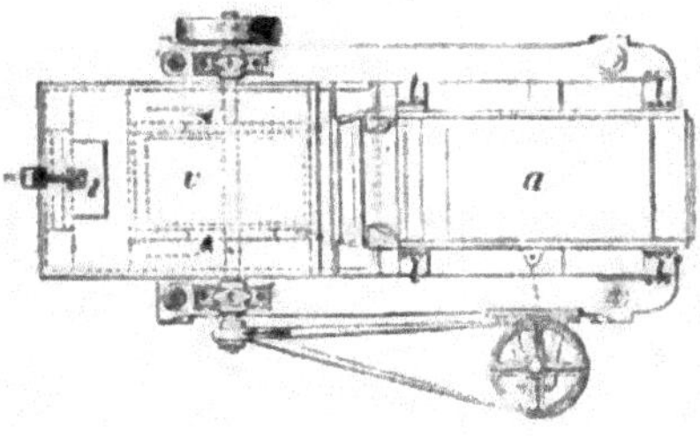

Zunächst sind *a* und *b* zwei Siebe, wovon *a* so grosse Maschen hat, dass alle Körper von gleicher Grösse der Körner mit letzteren durchfallen, dagegen alle von umfänglicherem Volumen (wie Steine, Wurzeln, Strohtheile etc.) seitwärts abgeführt werden können. Das zweite feinere Sieb *b* lässt wohl Staub, Sand, feine (fremde) Samen, zerbrochenes und verkrüppeltes Getreide, nicht aber gute Körner durch. Letztere gleiten vielmehr auf *b* herab und werden bei *k* dem Windstrome eines Ventilators ausgesetzt. Beide Siebe *a* und *b* befinden sich in einem auf vier Federn ruhenden Kasten, der durch Kurbel und Lenkstange (mittelst eines Riemenvorgeleges, was in Fig. 153 sichtbar ist) eine rüttelnde Bewegung erhält.

Ausdrücklich hervorzuheben ist, dass der Ventilator *m* seine Luft nur aus einem Canale *fq* entnehmen kann, womit seine (innere) Saugöffnung seitwärts in gehörige Verbindung gesetzt wird. Alle leichten Theile werden bei

1) London Exhibition Illustr. Catalogue (1862), Class IX, Nr. 2092 (p. 17), woselbst die Maschine als „American Corn- and Flour-Mill-Separator" aufgeführt ist. In Deutschland wurde sie zuerst bekannt durch Pintus Journal „Der Pflug" vom 1. September 1859. Vollständige Zeichnungen finden sich in den Mittheilungen des Gewerbevereins für das Königreich Hannover, Jahrg. 1863, Tafel VIII.

k in den Raum *d* geblasen und dort seitwärts entfernt, während alle schwereren und namentlich sämmtliche ganze und gesunde Körner über die schiefe Ebene *e* hinabrollen und dem bereits erwähnten Canale *fq* zufallen. In letzterem wird so zu sagen jedes Körnchen vom aufsteigenden (der Schwerkraft entgegenwirkenden) Luftstrome abgewogen, so dass die vollwichtigen Körner niederwärts gehen, alle leichteren aber wieder in die Höhe getrieben und im Raume *g* abgelagert werden. Glasfensterchen *h* und *r* gestatten Einsicht in die Maschine während ihrer Arbeit.

Nach der Ansicht und den Erfahrungen des Verfassers dürfte mit Bezug auf alles bisher Erörterte eine der zweckmässigsten Zusammenstellungen für den Reinigungsprocess folgende sein:

Im Dachraume des Mühlengebäudes, wohin eine Aufzugsmaschine das Getreide transportirt, stelle man zur vorgängigen Reinigung ein gehörig langes, am besten ebenes Schüttelsieb auf, wodurch man grobe Erdklümpe, Steine, Bohnen, Erbsen, grobe Hülsen, Strohstücken etc. entfernt. Sodann lasse man die übrige Masse in das darunter befindliche Stockwerk und unmittelbar auf eine Walworth'sche Maschine fallen, wo die zweite Verarbeitung, die Reinigung der Körner selbst (Entfernung der Keime, Bärte und Schale, ohne letztere merklich zu zertrümmern) erfolgt [1].

Fig. 154.

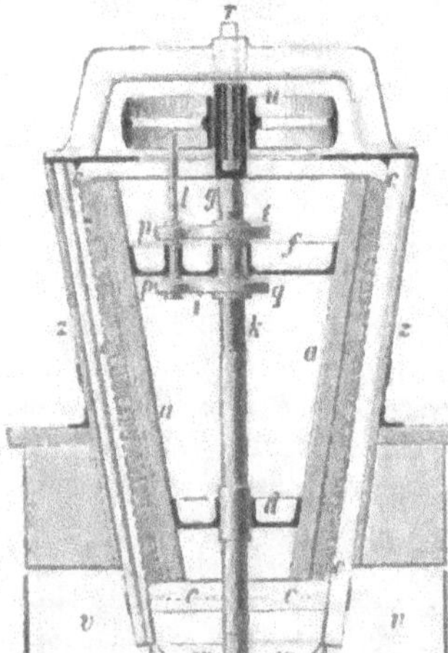

Fig. 155.

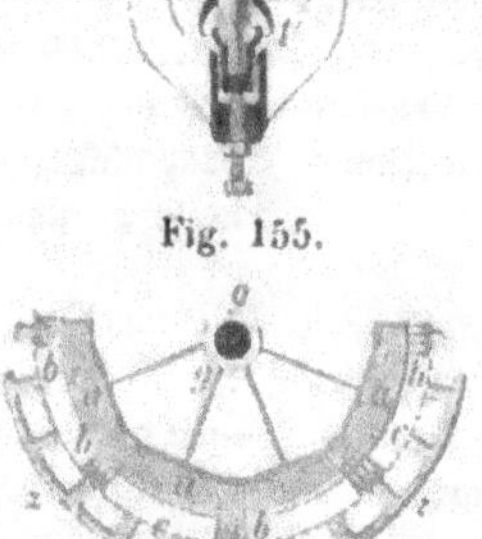

1) Zur Entfernung des Schmutzes aus der sogenannten Spalte oder Kerbe wendet neuerdings Nagel jun. in Hamburg die Fig. 154 und 155 in 1/12 wahrer Grösse (Verticaldurchschnitt und Grundriss) abgebildete Bürsten-Maschine mit Erfolg an. Von den beiden concentrischen Kegeln *aa* und *cc* ist der innere, bewegliche, mit 8 Bürsten *bb* ausgestattet, der äussere unbewegliche aber mit einem Mantel aus Eisendrahtnetz versehen. Zwei Armscheiben *d* und *f* dienen zur Verbindung des Holzkörpers *a* mit der Betriebswelle *g*. In der unteren Scheibe *d* ist die Welle *g* der Länge nach verschiebbar, während man an der oberen Scheibe *f* eine Stellmutter *i* angebracht hat, deren correspondirende Schraube *k* auf der Welle *g* selbst eingeschnitten ist. Dass man hierdurch die Grösse des freien Raumes zwischen den Kegeln *a* und *c* verändern kann, versteht sich von selbst. Zwei Paar kleine Stirnräder *p* und *q* vermitteln zum Zweck dieses Stellens die Uebertragung der Bewegung von einer Schlüsselwelle *l* aus. Die Anordnung der oberen und unteren Zapfen *u* und *t* ist jener ganz gleich, welche bereits früher in Fig. 143 abgebildet und dabei auch beschrie-

Hierauf hebe man die gereinigte gute Masse mittelst eines Elevators wieder empor, transportire sie horizontal mittelst Schrauben weiter oder lasse sie unmittelbar auf den Child'schen Separator fallen. Schliesslich bringe man noch eine Vachon'sche (Seite 69 abgebildete und beschriebene) Auslese-Maschine in Anwendung, weil auf keinem anderen Wege fremde runde Samentheile, wie Trespe-, Rade-, Oelsamenkörner etc. in genügender Weise getrennt werden können.

Anmerkung 1. Mit dem vorbeschriebenen Reinigungsverfahren, dem Reinigen der Getreidekörner auf trockenem Wege, verbindet man zuweilen, um die Reinigung noch vollständiger zu machen und namentlich wenn die Körner mit sogenanntem Brande oder Roste (Pilzbildungen, wodurch Farbe, Geruch, Geschmack und Consistenz der Körner mehr oder weniger verändert oder zerstört wird) behaftet sind, das Reinigen auf nassem Wege. Indess ist letzterer Process zeitraubend und kostspielig und setzt voraus, dass man nach dem Waschen ein rasches Trocknen der Körner bewirken kann. Waschapparate, Centrifugaltrockenmaschine, Trockencylinder und Apparate mit erwärmter Luft u. dergl. m. (überhaupt Angabe und Mittheilungen über das Waschen, Trocknen und die dadurch herbeigeführte Reinigung der Getreidekörner) findet man abgebildet und beschrieben in dem mehrfach citirten Rollet'schen Werke (Pag. 80 bis mit Pag. 106), in Förster's Bauzeitung, Jahrgang 1861, Seite 217, Blatt 441; in Armengaud's Publication Industr., Vol. 9, Pag. 341, Pag. 27 etc. Eine allgemeine Verwendung für die Zwecke der Mehlfabrikation überhaupt wird der Reinigungsprocess auf nassem Wege wahrscheinlich nie erlangen. Man sehe deshalb auch das Journal „Die Mühle“, Nr. 20, 1864.

Anmerkung 2. Neuerdings hat man (nach Lemoine) sogar eine Enthülsung der Samenkörner auf chemischem Wege versucht, indem man die Körner in einer Flüssigkeit aus Wasser und Schwefelsäure gehörig umrührt, auswäscht, die letzten Spuren Säure durch Soda und Potasche neutralisirt und nachher das Getreide einem Lufttrockenprocess unterwirft. Man sehe hierüber Elsner's „Chemisch-technische Mittheilungen“, Jahrgang 1862 — 63, Seite 90 und das Gewerbeblatt aus Würtemberg, Jahrgang 1864 Seite 173.

§. 25.

Mühlsteine.

Plinius lehrte bereits, dass sich nicht jede Steinart zum Zermahlen des Getreides verwenden lasse [1]). Den Anforderungen, welche die Gegenwart an die Mehlfabrikation macht, können sogar

---

ben wurde. Beim Arbeiten mit der Maschine sucht man an der unteren Ausflussöffnung des Trichters *w* eine Art von Stau derartig zu bilden, dass der verticale Raum zwischen zwei Bürstenlängen stets mit Körnern gefüllt ist. Der drehbare Kegel *ag* macht pro Minute 170 Umläufe und eine solche Maschine soll vollkommen ausreichen, um vier Weizengänge continuirlich bedienen zu können.

1) Naturgeschichte, Buch 36, §. 3 (Grosse'sche Uebersetzung).

nur sehr wenige Steingattungen genügen, so dass es nicht mit Unrecht als ein besonderer Gottessegen betrachtet wird, wenn ein Land Gesteine besitzt, die sich besonders gut zu Mühlsteinen eignen.

Die Masse, aus welcher sich Getreidemühlsteine hauen lassen, muss, bei gewisser Cohäsion und grosser Härte, entweder ein körniges oder (besser) ein poröses Gefüge mit natürlichen Schnittkanten und Ecken besitzen, sich leicht bearbeiten (schärfen) lassen, ohne spröde zu sein, ohne auszuspringen, beim Gebrauche die rechte Mahlfähigkeit möglichst lange behalten, nicht leicht stumpf werden und sich nicht merklich abnutzen oder abmahlen, um (abgesehen von der Dauer) das Mahlgut weder durch Steinpulver zu verunreinigen, noch die Farbe des Mehles zu beeinträchtigen.

Ausserdem muss die Steinmasse möglichst vollkommene Gleichförmigkeit des Gefüges (der Textur) besitzen, d. h. nicht gleichzeitig weiche und harte, leichte und schwere Stellen enthalten: Anforderungen, die in Summa gegenwärtig Veranlassung geworden sind (wenigstens für die feine Müllerei), Mühlsteine aus einzelnen gleichförmigen Stücken zusammenzusetzen und durch Kitt zu einem gehörigen Ganzen zu vereinigen.

Die vorzüglichsten Gebirgsarten, aus welchen gute Mühlsteine gewonnen werden können, sind Sandsteine, gewisse Porphyrarten, verschlackter Basalt und Lava, ganz besonders aber poröses Quarzgestein der sogenannten Süsswasserbildung [1]).

Fast in allen europäischen Ländern liefert die Sandsteinformation zum Spitzen und Schroten der Körner, sowie für grobe Müllerei brauchbare Mühlsteine. So im Königreiche Sachsen die Mühlsteinbrüche (Quadersandsteine) bei Johnsdorf unweit Zittau im Liebethaler Grunde (sächsische Schweiz). In Preussen die Gegend zwischen Löwenberg und Bunzlau (schlesische Mühlsteine), Rothenburg an der Saale etc. In Hannover die

---

1) Neumann: Der Wasser-Mahl-Mühlenbau. Berlin 1810. S. 227, §. 172. — Meissner: Anleitung zum Baue der Mahlmühlen. Hamburg 1835. S. 159, §. 86. — Blum: Lithurgik oder Mineralien und Felsarten nach ihrer Anwendung. Stuttgart 1840. S. 105, §. 131. — Schwahn: Lehrbuch der praktischen Mühlenbaukunde. Dritte Abtheilung. Berlin 1849. S. 47. — Cotta: Deutschlands Boden, sein geologischer Bau. Erste Abtheilung. Leipzig 1854. §§. 568, 671, 777 etc. etc. — Berichte der Beurtheilungs-Commission bei der Münchener Industrie-Ausstellung im Jahre 1854. V. Gruppe, S. 53. — Piot: Traité historique et pratique sur la Meulerie et la Meunerie. Paris 1860. — Haarmann: Zeitschrift für Bauhandwerker. Jahrgang 1860, S. 5; Jahrgang 1861, S. 186; Jahrgang 1862, S. 166.

Umgebung von Münden und Osterwald. In Würtemberg Neckarzeltlingen und Oberensingen bei Nürtingen. In Oesterreich an der Donau die Niederwallseer Steinbrüche (ungefähr 15 Meilen von Wien stromaufwärts) und die nicht weit davon entfernten (rothen) Bergersteine. In Böhmen der ($2^1/_2$ Meilen von Prag entfernte) Dogeser Bruch. Im Grossherzogthum Baden die Gegend von Waldshut etc. etc.

Von Porphyren liefern namentlich die des Thüringer Waldes gute Mühlsteine, unter anderen oberhalb Frankenhain und Dirrberg (Herzogthum Gotha) der sogenannte Mühlsteinporphyr und beim Dorfe Krahwinkel der mit eingesprengten Feldspathkrystallen gemengte Felsitporphyr.

Verschlackter Basalt, (schaumartig) porös (schmiedeschlackenähnlich) zu Mühlsteinen besonders geeignet (daher Mühlsteinbasalt, Mühlsteinlava), findet sich in den vulcanischen Gebilden, die sich (in Rheinpreussen) im Gebiete des Laacher Sees, von der Eifel aus nach dem Rheine zu und weiter ausbreiten, vorzüglich in den Brüchen zu Niedermendig (unweit Andernach), wo sie durch unterirdischen Bau aus Schächten bis zu 120 Fuss Tiefe gewonnen werden. In der Nähe des Städtchens Mayen finden sich offene Brüche solcher Lavamühlsteine. Ihre schwärzlich graue Farbe und der verhältnissmässig geringe Preis der bereits früher mehrfach erwähnten französischen Steine, mit einer für feines Mehl geeigneteren Farbe und bei weitem grösserer Härte, haben in jüngster Zeit die Verwendung dieser rheinischen Mühlsteine (mindestens zum Weizenmahlen) sehr beeinträchtigt.

Ein ähnlicher verschlackter, zu Mühlsteinen brauchbarer Basalt wird bei Volvic in der Auvergne abgebaut, sowie man am Fusse des Aetna Mühlsteinbrüche in einer porösen Lava betreibt.

Die ausgezeichnetsten Mühlsteine liefern zwei Lager der Süsswasserquarzbildung, nämlich Fony in Ungarn (im Maujvárer Comitate, drei Meilen von der Bahnstation Forro-Enes und sechs Meilen von Tokay), und in Frankreich La Ferté-sous-Jouarre (Seine-et-Marne).

Die Auffindung der ersteren ist erst seit 1857 gelungen [1]) und trotzdem haben sie sich als „Fonyer Mühlsteine" bereits einen guten Namen erworben (sie sollen 25 Proc. härter wie die französischen Steine sein) und drohen den französischen Steinen erhebliche Concurrenz zu machen.

Obwohl die La-Ferté-Mühlsteine seit Jahrhunderten bekannt gewesen sein sollen [2]), so datirt sich doch ihr jetziger Ruf viel später aus dem Ende des vorigen und dem Anfange des 19. Jahrhunderts, seitdem erst amerikanische und nachher englische Müller auf die Vortrefflichkeit der betreffenden Steingattung aufmerksam gemacht hatten, die fast alle Eigenschaften in sich vereinigen, die man (nach dem Vorherbemerkten) von einem guten Mühlsteine beanspruchen muss.

Noch ehe selbst die französischen Müller die ausgezeichnete Beschaffen-

1) Ueber die Fonyer Mühlsteine berichtet ausführlich Prof. Arenstein im Cataloge der österreichischen Abtheilung der Londoner Industrie-Ausstellung von 1862, Seite 16 unter Nr. 69 (Thor u. Comp., erste ungarische k. k. priv. Fabrik von Mühlsteinen).

2) Piot a. a. O. p. 16 und ferner p. 46.

heit der La-Ferté-Mühlsteine in ihrem ganzen Umfange schätzten, waren sie den amerikanischen Müllern bereits unentbehrlich geworden, was auch der von Hughes[1]) angeführte Vers bezeugt:

„For in all the stone that this earth is blest,
We millers think French Burr the best."

Was den La-Ferté-Steinen besondere Auszeichnung verleiht, das sind, ausser höchst geeigneter grosser Härte und Porosität, ihre kleineren oder grösseren regellosen Höhlungen, in denen Quarzfäden dem netzförmigen Knochengewebe vergleichbar sich zeigen, die natürliche Schneiden bilden, welche sich mit dem Abarbeiten theilweise selbst erneuern. Entsprechend behauen, schälen derartige Steine die Hülsen förmlich vom Kerne des Getreides ab, ohne dass ein Netzen desselben nöthig wird.

Nachstehende Fig. 156 stellt einen Verticaldurchschnitt durch einen der

Fig. 156.

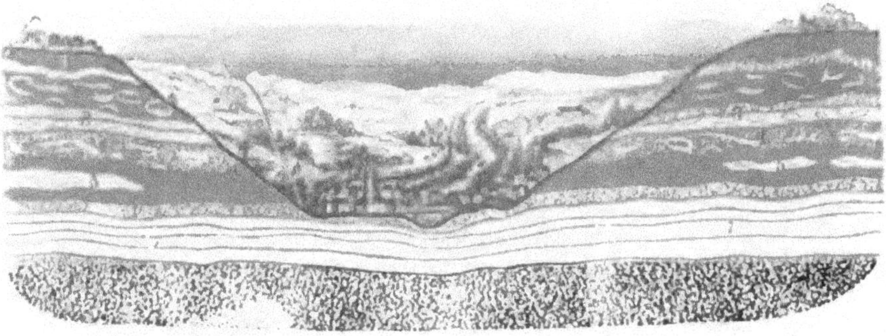

reichsten und renommirtesten Mühlsteinbrüche von La Ferté-sous-Jouarre dar, und zwar rechtwinklig auf die Axe des Thales, in welchem der genannte Ort liegt, die Marne fliesst und die Eisenbahn (Paris-Nancy-Strassburg) geführt ist[2]).

Die verschiedenen geognostischen Gebilde sind in unserer Figur durch die Ziffern 1 bis 7 bezeichnet, und zwar besteht die oberste Schicht Nr. 1 aus plastischem Thone, Nr. 2 aus dem porösen Quarzgesteine (Meulières), die eigentliche Mühlsteinquelle, woselbst die Stücken gewonnen werden, aus denen man die Steine zusammensetzt. Nr. 3 ist Meeresbildung mit Fossilien, Nr. 4 quarziger und glimmerreicher Sandstein, Nr. 5 Gyps, der zum Bindemittel (Kitte) der Steinstücken benutzt wird, Nr. 6 Mergel, Nr. 7 Grobkalk mit thonigen und erdigen Mergeln und sandige Bildungen[3]).

Gegenwärtig müssen die brauchbaren Steine ziemlich tief im Schoosse der Berge aufgesucht werden, wobei sie (jetzt) nur selten gross und stark genug sind, um einen Mühlstein „aus dem Ganzen" zu bearbeiten.

---

1) Hughes: „The American Miller", p. 234.

2) Referent verdankt diese Abbildung der Güte eines der grössten Mühlsteinfabrikanten von La Ferté, den Herren Roger fils et Comp.

3) Im Originale heisst es unter Nr. 7: „Calcaire grossier alternant avec des marnes argileuses et calcaires, et des sables."

Ein nördlich gelegener Bruch (la Justice du Bois de la Barre) der Herren Roger Fils [1]), insbesondere aus schönen weissen Steinbänken bestehend, hat allerdings eine Mächtigkeit von 5 bis 6 Meter Dicke, indess ist diese ganze Masse weit entfernt, gleichartig und für die Fabrikation brauchbar zu sein, vielmehr beträgt die Dicke der Schichten oder Stücken (burrblocks) [2]), die zu guten Mühlsteinen benutzt werden können, gewöhnlich nicht mehr als 8 bis 10, seltener 15 Centimeter, während minder gute bis zur doppelten Dicke und mehr vorkommen. Dasselbe gilt von den Steinen eines südlich gelegenen Bruches (Bois des Chéneux), worin man zugleich auch isolirte Stücke als sogenannte Findlinge trifft [3]).

Nach gehöriger Auswahl der Stücke hinsichtlich Härte, Porosität, Feinheit und Farbe bearbeitet man sie (mit den bekannten Steinhauerwerkzeugen: Meissel, Hammer, Picke) an 5 Seiten lagerrecht, scharfkantig, und zwar von solcher Gestalt wie die Grundrissfiguren 157 u. 158 erkennen lassen [4]).

Fig. 157.

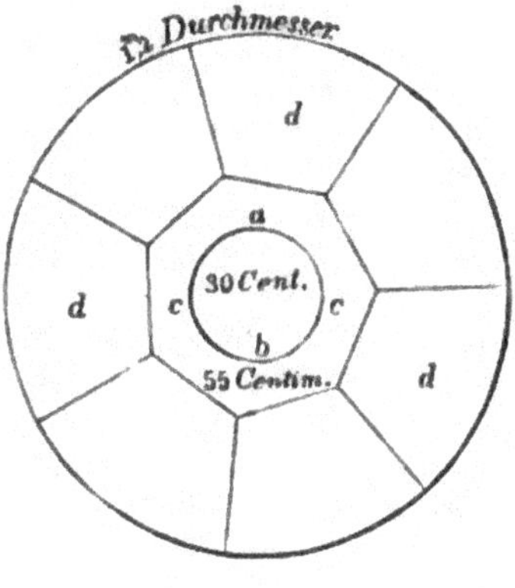

Fig. 158.

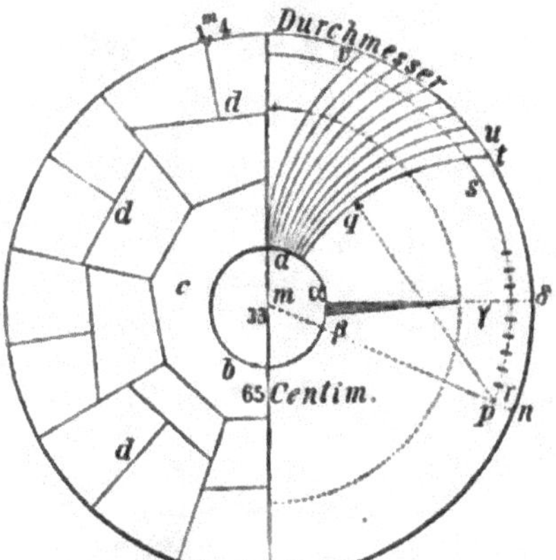

Wie ferner aus den Figuren erhellt, bildet die Mittelpartie *c* ein reguläres Polygon, ein 6-, 7-, 8- . . . Eck, welches aus einem Stücke hergestellt ist, jetzt überall aus einem ordinären Steine (gewöhnlich Sandstein), und in seiner Mitte eine cylindrische Oeffnung (das Auge) enthält, dessen Durchmesser je nach der Grösse

1) Eine andere berühmte Firma und zugleich die älteste der la-Ferté-Mühlsteinfabrikanten ist Dupety, Theurey-Gueuvin, Bouchon et Comp. Dies Etablissement wurde 1751 gegründet.

2) Daher der englische Name „French burrs".

3) Ausführliches hierüber und mit Abbildungen ausgestattet, enthält die Pariser „Revue des Sciences" vom 15. December 1858. Einiges enthält hierüber auch das Piot'sche oben citirte Werk p. 18.

4) Specielles über Gewinnung, Zusammensetzen und Bearbeiten der französischen Mühlsteine enthält ein Artikel in den Mittheilungen des Gewerbe-Vereins für das Königreich Hannover, Jahrgang 1851, Seite 302. Ferner mit Abbildungen begleitet Nr. 22 u. 23 der „Revue des Sciences" vom 15. December 1858.

des Steines 21 bis 36 Centimeter beträgt. An die Seiten dieses Polygons kittet man die behauenen edlen Steinstücke *d*, deren Anzahl und Anordnung, den Umständen entsprechend, verschieden sein kann [1]).

So besteht der Stein Fig. 157 (das Herz *c* abgerechnet) aus 7 Stücken, wobei sein Durchmesser 1,2 Meter, die Weite des Auges *ab* = 30 Centimeter und der Durchmesser des um das 7-eckige Herzstück beschriebenen Kreises 55 Centimeter beträgt.

Der Stein Fig. 158 von 1,4 Meter Durchmesser ist dagegen aus 27 Stücken zusammengesetzt, während sein Auge *ab* einen Durchmesser von 33 Centimeter und der Kreis um das Polygon des Herzstückes *c* 65 Centimeter Durchmesser hat.

Fig. 159.

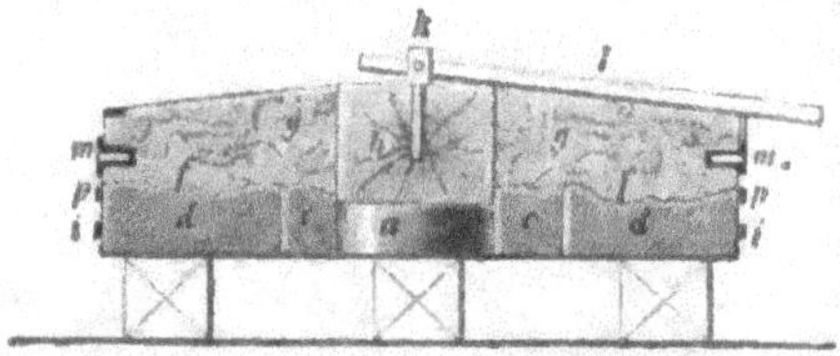

Auf die Rückseite *ff* (Fig. 159) der Steinfläche kittet man die sogenannte Aufschichtung oder Auflage *gg*, aus rohen ordinären Steinstücken oder Ziegelsteinen gebildet, auf, vorher umbindet man aber die fertige gute Steinmasse mit dem ersten eisernen Ringe *ii*, um die Cohäsion der vereinigten Masse möglichst zu unterstützen und nachher beim Arbeiten das Auseinanderfliegen der Steinstücke bei rascher Umdrehung als Läufer verhindern zu helfen. Sodann setzt man einen Holzklotz *h* in das Auge *a* mit einem Zapfen *k* ein und befestigt an letzterem ein Richtscheit *l*, um beobachten zu können, dass die Steinstücke gleichmässig vertheilt werden.

In den oberen Theil der Auflage des Läufers werden zwei Löcher *mm* zur Aufnahme eiserner Röhren (die sogenannten Krahnlöcher) angebracht, welche zur Aufnahme der Hebzapfen eines sogenannten Steinkrahnes dienen, der sich weiter unten abgebildet und beschrieben findet. Um auch der Aufschichtung genügende Festigkeit zu geben, erhält der Stein, nach gehörig fortgeschrittener Arbeit, seinen zweiten Ring *pp*, sowie man in der Oberfläche der Läuferauflage *g* noch mehrere (gewöhnlich vier) rectanguläre symmetrisch gestellte Vertiefungen ausspaart, um durch Eingiessen von Blei dem Stein beim Anbringen in der Mühle die möglichst vollständige Stabilität und das sonst etwa fehlende Gewicht zu geben [2]).

---

1) Theilt man die ganze Mühlsteinringfläche, vom Auge ab gerechnet, durch concentrisch beinahe gleich weit von einander abstehende Kreise in drei Theile, so wird der erste Ring (die Polygone *c* unserer Abbildungen einschliessend) das Mittelstück oder Herz (Boitard, Cœur), der nächstfolgende der Zwischen- oder Zufuhrkreis (Entrepied) und der äusserste Ring (wie etwa $\gamma\delta$ in Fig. 158) die Mahlbahn (Feuillure) genannt.

2) Das Gewicht eines als Cylinder mit Kreisbasis vorausgesetzten französischen Mühlsteines lässt sich nach Kilogrammen durch die Formel: $W = 500\,\pi\,(D^2 - d^2)\,h$, wenn D den Durchmesser des Steines, d den des Auges, h die Höhe und π die bekannte Zahl 3,14 bezeichnet, ferner das specifische Gewicht der verbundenen Massen = 2 angenommen ist. (Das specifische Gewicht des dichten Mühlsteinquarzes allein variirt von 2,4 bis 2,6.) Ist beispielsweise für einen Läufer $D = 1^{m}\,314$, $d = 0^{m}\,365$ und $h = 0^{m}\,292$, so ergiebt sich $W = 731{,}62$ Kilogr.

Später wird die Mahlfläche des Steines mit Hülfe von Kraushammer, Meissel oder Picke vollends eben gemacht und die Führung, der sogenannte Schluck (Entrée), angeordnet, d. h. es wird diejenige Kegelform hergestellt, welche, vom Auge bis auf etwa $^2/_3$ der Steinfläche ausgehend, zum Erfassen (Schlucken, Grobschneiden) der Körner wünschenswerth ist, während die übrige bis zum Umfange reichende Mahlfläche in wagrechter Linie fortgesetzt wird.

Auf der rechten Hälfte von Fig. 158 ist durch das Dreieck $\alpha\beta\gamma$ der kegelförmige Schluck für den Läuferstein und durch $\gamma\delta$ die völlig horizontale Mahlfläche bezeichnet [1]).

Den Beschluss der Steinfabrikation macht gewöhnlich das kalte Anlegen eines dritten obersten Reifens.

§. 26.

Schärfe der Mühlsteine [2]).

Wollte man den ebenen Mahlflächen der Steine bloss ihre natürliche Rauhheit lassen, so würde man, ungeachtet sorgfältiger

---

In dem bereits früher citirten Reisebericht über amerikanische Mühlen von Wulff und Ganzel wird Seite 43 über Durchmesser und Dicke der dort üblichen französischen Steine Folgendes bemerkt: Die Steine werden immer etwas kegelförmig gemacht und die Rückseite abgedacht. Die Höhe lässt man mit dem Durchmesser variiren und zwar so wie aus nachstehender Tabelle erhellt:

Ein Stein von	$4^1/_2$	Fuss Durchmesser	ist im Auge	21	Zoll,	am Umfange	19	Zoll dick,
„ „ „	5	„ „	„ „ „	20	„	„ „	17—18	„ „
„ „ „	$5^1/_2$	„ „	„ „ „	18	„	„ „	16	„ „
„ „ „	6	„ „	„ „ „	16	„	„ „	14	„ „
„ „ „	7	„ „	„ „ „	12	„	„ „	10	„ „

Die Dicke des Bodensteins beträgt gewöhnlich nur 7 bis 8 Zoll, auch ist sein Auge von geringerer Weite. Der Cement, welcher zur Anfertigung (zum Zusammenbacken) der Steine benutzt wird, ist roher Gyps. Derselbe wird fein gemahlen, gesiebt und dann in einem Kessel gekocht. Beim Gebrauche löst man nur immer eine geringe Quantität mit Wasser auf und setzt ein wenig Leimwasser zu, um das schnelle Erhärten desselben zu verhüten.

1) Piot a. a. O. giebt Seite 214 (auf zwei Kupferplatten) den Schluck (Entrée) der französischen Mühlsteine wie folgt an:

Wenn der Durchmesser des Steines in Metern beträgt:	1,0	1,1	1,2	1,3	1,4	1,5
Schluck des Läufers in Millimetern:	2	$2^1/_2$	3	3	4	5
Schluck des Bodensteins in Millimetern:	$^1/_2$	$^1/_2$	$^1/_2$	1	1	1

Manche praktische Müller halten diese Aushöhlung der Mahlfläche für falsch (u. A. Wulff u. Ganzel in ihrem Reiseberichte S. 50; Nagel in den Berliner Verhandlungen Jahrg. 1835, S. 118).

2) Ausser der S. 170 aufgeführten Literatur sind hier noch zu nennen: Wiebe: „Die Mahlmühle“ von §. 28—33; Arndt: „Mühlsteinschärfungen für

Näherung nach der Körnerdicke, doch nur ein regelloses Zerreissen und Zerquetschen, aber kein Mahlen des Kernes aus der Schale erzielen. Hierzu ist zweierlei erforderlich, nämlich erstens ein regelrechtes Zerschneiden und zweitens ein eben solches Unterziehen und Austreiben oder Auswerfen der Körner von der Mitte des Steines ab nach dessen Umfange hin, Anforderungen, denen man nur durch Einhauen von Rinnen (Vertiefungen) nach regelrechten krummen oder geraden Linien in die Steinfläche Genüge leisten kann, die man Hauschläge oder Furchen nennt, und wonach man die auf solche Art behauenen Steine als geschärfte oder scharf gemachte Steine bezeichnet.

Ist in Fig. 160 *bb* eine der Curven, welche die Schnittkanten des Läufersteines bilden, und in gleicher Weise *cc* eine des unbeweglichen Bodensteines, ferner *a* der Schnittpunkt beider Curven für einen bestimmten Augenblick der Bewegung und sind *ad*, *af* die betreffenden Tangenten der beiden Curven, so kann die Normale *ag* als Richtung und Grösse des vom Läufersteine gegen ein in *a* befindliches Getreidekorn ausgeübten Druckes betrachtet werden, der sich in Bezug auf die unverrückbare Curve des Bodensteines nach deren Normale *ah* und Tangente *af* zerlegt, so dass, wenn man den Winkel *daf*, welchen die beiden Berührungsgeraden *ad* und *af* mit einander bilden, mit φ bezeichnet und die Grösse der durch *ag* dargestellten Druckkraft $= K$ setzt, erhalten wird:

Fig. 160.

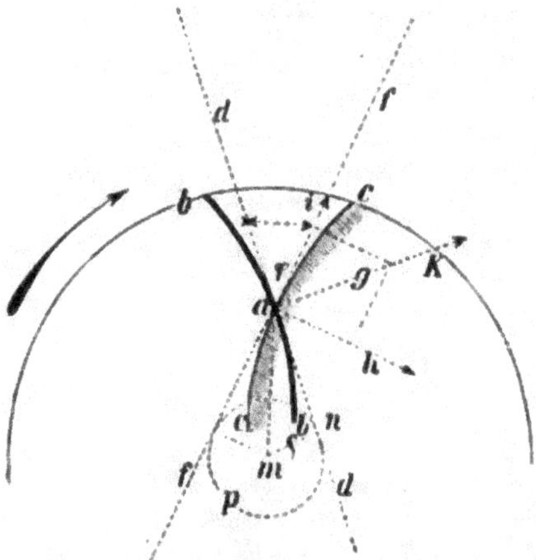

1) $ah = K \cos. \varphi$ als Kraft zum Schneiden und

2) $ai = K \sin. \varphi$ als Kraft zum Vorwärtstreiben oder Auswerfen, letztere ohne Rücksicht auf Reibung genommen.

Setzt man ferner den Radius *mn* des sogenannten Wendekreises für eine der Tangenten, z. B. für die der Läufercurve, gleich ϱ und die radiale Entfernung des Schnittpunktes *a* von der Steinmitte, d. i. $ma = z$, so ergiebt sich überdies, wenn zugleich beide Curven symmetrisch sind, zur Bestimmung des Schnittpunktes *a* die Gleichung:

$$3) \quad \sin. \tfrac{1}{2} \varphi = \frac{\varrho}{z} \; ^{1)}.$$

verschiedene Vermahlungsarten" in der Zeitschrift „Die Mühle" Nr. 28—32, 1864; Knödgen (Dampfmühlenbesitzer): „Neue Erfindung von Mühlsteinschärfen", 1864. Bei Hüffer u. Schütte in Münster.

1) Wiebe a. a. O. S. 73.

Den Radius ϱ nennt man in der Müllersprache den Zug oder die Excentricität des Hauschlages oder der Furche und den zugehörigen Kreis mnp den Zugkreis.

Aus den Gleichungen 1, 2 und 3 ergeben sich aber nachstehende Folgerungen:

Wachsen die Kreuzungs- oder Schnittwinkel φ von innen nach aussen, so nimmt die Kraft zum Zerschneiden der Körner mit diesen Winkeln ab, wogegen die Kraft zum Auswerfen wächst. Nehmen die Kreuzungswinkel von innen nach aussen ab, so wachst die Schnittkraft mit den Winkeln, während die Schubkraft mit den Winkeln abnimmt.

Sind Zähler und Nenner des Bruches $\frac{\varrho}{z}$ beliebig veränderlich:	so erhält man variable Kreuzungs- oder Schnittwinkel, die von innen nach aussen entweder ab- oder zunehmen und wobei die Hauschläge oder Furchen entsprechend gekrümmt sind.
Ist der Quotient $\frac{\varrho}{z}$ constant:	so erhält man constante Kreuzungswinkel und die Hauschläge sind nach einer logarithmischen Spirale [1]) gekrümmt.
Ist der Zähler des Bruches $\frac{\varrho}{z}$ constant:	so erhält man gleichfalls constante Kreuzungswinkel, die Hauschläge bilden jedoch gerade Linien, welche die Radien des Mühlsteinkreises unter einem Winkel schneiden, der dem halben Kreuzungswinkel gleich ist.

Es fragt sich nun, mit welchem dieser verschiedenen Verhältnisse dem Mahlprocesse am besten nach Qualität und Quantität entsprochen wird, was vorzugsweise an die drei Bedingungen geknüpft ist: die Körner zu zerschneiden, das Mahlgut vorwärts zu schieben und diese Operationen mit Aufwendung der kleinstmöglichen mechanischen Arbeit zu verrichten.

Leider sind die erfahrensten Praktiker hierüber uneinig und für mathematische Theorien fehlen diejenigen bestimmten Anhaltepunkte, welche man für völlig zweifellose Resultate jedenfalls haben muss [2]).

Unter Anderm berichtet Neumann [3]), dass sich nach der Angabe ge-

---

1) Die logarithmische Spirale ist bekanntlich diejenige Curve, wobei für alle Punkte der Winkel (wie $\angle fam$ Fig. 160), welchen die Tangente mit dem Radius vector am bildet, von derselben Grösse ist. Man sehe deshalb u. A. Eytelwein: „Handbuch der Statik fester Körper". Dritter Bd., §. 83, sowie Grelle: „Analytische Geometrie der Ebene". Seite 240 ff. Hannover 1861.

2) Das Neueste in theoretischer Beziehung über Schärfungsmethoden der Mühlsteine giebt Wiebe in seinem wiederholt citirten Werke: „Die Mahlmühlen", §. 33.

3) „Wasser-Mahl-Mühlenbau", Seite 246. Neumann liefert zugleich einige Tabellen zum Auftragen der logarithmischen Spirale für verschiedene Kreuzungswinkel der Hauschläge, die er mittelst der Gleichung berechnet: $Log.\, z = \frac{0{,}00758}{tg\, {}^1/_2\, \varphi} \cdot \psi^0$, worin z den Polabstand ma in Fig. 160 bezeichnet, φ den Kreuzungswinkel, also $^1/_2\, \varphi$ den Winkel, unter welchem die Hauschläge den Steinhalbmesser schneiden, und ψ die Anzahl Grade des Winkels am Mittelpunkte

schätzter Sachverständiger die Hauschläge unter Winkeln von 60 Grad schneiden müssten, und dass es am vortheilhaftesten sei, die Kreuzungswinkel überall gleich gross zu machen, d. h. die Hauschläge oder Furchen nach einer logarithmischen Spirale zu krümmen.

Letztere Curve empfiehlt auch Meissner[1]) und giebt 45 Grad als den vortheilhaftesten Kreuzungswinkel an, so dass fortwährend die Kraft zum Schneiden der zum Auswärtstreiben (Auswerfen) gleich ist.

In beiden Fällen ist jedoch der Einfluss der Centrifugalkraft ausser Acht gelassen, welcher mindestens diejenigen Körnertheile unterworfen sind, welche der Läuferstein mit fortnimmt.

Nach dem bereits in der Geschichte der Mahlmühlen genannten amerikanischen Mühlenbauer Olivier Evans[2]) müssten, wenn man beachtet, dass die Centrifugalkraft das Auswerfen befördert, die Kreuzungswinkel allerdings von dem Auge nach der Peripherie hin abnehmen; allein man hat auch wiederum zu berücksichtigen, dass die ganzen und wenig zerkleinten Körner von den Steinen weit schneller fortgetrieben werden, als mehr zerkleinte Körner und Mehl. Deshalb schlägt Evans für Steine von 5 Fuss Durchmesser eine Curve vor, welche auf nachbemerkte Weise verzeichnet wird.

Vom Steinmittelpunkte E (Fig. 161) aus beschreibe man zwei concentrische

Fig. 161.

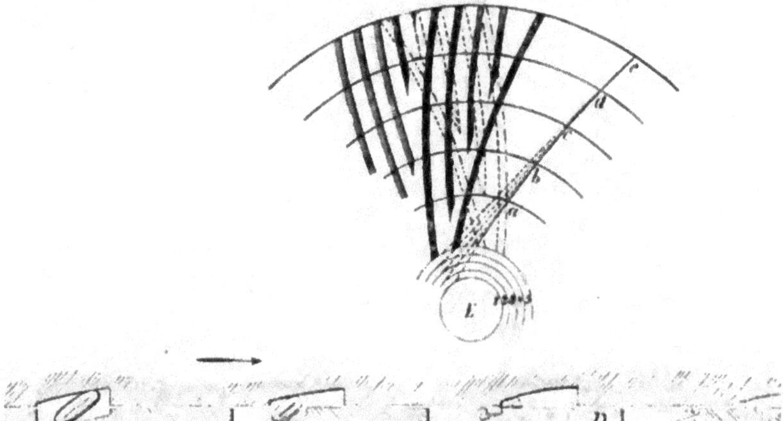

Kreise 1 und 5, deren Radien beziehungsweise $4E = 3$ Zoll und $5E = 5$ Zoll

---

des Grundkreises. Ausserdem ist der Halbmesser des letzteren = 1 angenommen und das betreffende logarithmische System das Brigg'sche. Es ergiebt sich dieser Ausdruck ohne Weiteres, wenn man die bekannten Gleichungen der logarithmischen Spirale $Lg.\, z = \frac{\psi\, Lg\, a}{2\pi}$ und $tg\, {}^1/_2 \varphi = \frac{2\pi m}{Lg.\, a}$, wo $m = 0{,}4343$ ist, mit einander verbindet und zuletzt $\frac{2\pi}{360}\psi^0$ statt Bogen ψ setzt.

1) „Anleitung zum Baue der Mahlmühlen", Seite 142.

2) Benoit: „Guide du Meunier", §. 105, p. 292. Paris 1830.

sind. Ziehe in dem Zwischenraume von 1 und 5 noch drei andere concentrische und überdies gleich weit von einander abstehende Kreise 2, 3 und 4.

Diese 5 Kreise nehme man als Zugkreise. Hierauf theile man den Abstand vom Kreise 5 bis zum Steinumfange in fünf gleiche Theile und ziehe durch die Theilpunkte *a*, *b*, *c* und *d* abermals (von *E* aus) concentrische Kreise. Hierauf lege man das eine Ende eines Lineals an einen dieser Theilpunkte *e*, das andere an den äussersten Zugkreis 5 und ziehe die Gerade *ed*; eben so lege man das Lineal einerseits an den Punkt *d*, andererseits an den Zugkreis 4 und ziehe die Gerade *dc*, ferner an *c* und den Zugkreis 3 und ziehe *cb* u. s. w. bis zum Auge des Steines. Hiernach lässt sich eine Curve *ae* bilden und zum praktischen Auftragen an anderen Stellen der Steinfläche eine Schablone verfertigen und alle übrigen Furchen verzeichnen.

Auf diesem Wege verschafft sich Evans jedoch nur die sogenannten Hauptfurchen, nicht aber sämmtliche Furchen, welche man auf der Steinfläche ausarbeitet. Man bringt vielmehr die eben bezeichnete Curve nur in gewissen und zwar von einander gleich weit entfernten Abständen an, und belegt die dadurch erhaltenen, segmentartigen Abtheilungen der Mahlfläche mit dem Namen Virtel oder Felder und nennt auch die betreffende Schärfungsmethode „die Virtel-" oder Felder- wohl auch Flederwischschärfung[1]). Evans nimmt (bei 5 Fuss Steindurchmesser) 18 solche Virtel und zieht in jedem Virtel parallele Furchen zur Hauptfurche, welche erstere man Nebenfurchen zu nennen pflegt. Die Zahl der Nebenfurchen in jedem Virtel nimmt Evans zu drei an, so dass man 18 Hauptfurchen und 54 Nebenfurchen erhält oder die ganze Mahlfläche überhaupt mit 72 Furchen bedeckt wird.

Jede Furche erhält eine bestimmte Breite und Tiefe, so dass zwischen je zwei Furchentiefen noch ein Stück von der ursprünglichen Steinhöhe bleibt, die man Balken (engl. lands) zu nennen pflegt.

Fig. 161 dient selbstredend zur Erläuterung dieser letzteren Bemerkungen, wobei zugleich in sehr vergrössertem Maassstabe der Durchschnitt beider

---

1) Die Virtelschärfung bildet eine Art von Gegensatz zur sogenannten Centralschärfe *avt* Fig. 158, wo sämmtliche Furchen einerlei Länge haben, entweder sämmtlich in der Steinmitte *m* zusammenlaufen, oder besser in gleicher Entfernung von dieser Mitte vorbeigehen. Schwahn (a. a. O., dritte Abtheilung, S. 19) verzeichnet u. A. für rheinische Steine derartige Hauschläge wie folgt: Auf den Steinhalbmesser *mn* Fig. 158 trägt er von *n* nach *p* eben so viele Zolle ab, als der Durchmesser des Steines Fusse enthält, beschreibt dann von *m* aus durch *p* einen concentrischen Kreis *psv* und nimmt auf diesem die Mittelpunkte *p*, *r* . . . für die Furchenbogen *at*, *au* . . ., an. Der Halbmesser *pq* richtet sich nach der Entfernung, in welcher man die verlängerte Furche beim Mittelpunkte *m* vorbei gehen lassen, d. h. je mehr man das sogenannte Unterziehen (Schlucken) der Körner unter die Steine am Auge befördern will. Je nachdem die Steine mehr oder minder hart sind und die Müllerei gröber oder feiner ist, nimmt man die Entfernung *ut* der Hauschläge von einander, am Steinumfange $1\frac{1}{2}$ bis $2\frac{1}{2}$, ja bis 3 Zoll. Harte Steine und feine Müllerei erfordern die engste und flächste Schärfe. Nach letzterem Maasse richtet sich natürlich auch die Entfernung der Krümmungsmittelpunkte *p* etc. auf dem Kreise *psv*.

Steinflächen im Acte der Arbeit, d. h. des Mahlens gezeichnet und die Bewegungsrichtung des Läufersteines durch einen Pfeil angedeutet ist.

Die Querschnitte *A*, *B*, *C*, *D* der Hauschläge bilden Paralleltrapeze, deren parallele Seiten rechtwinklig zur Mahlfläche der Steine gerichtet und eine der beiden anderen Seiten etwas gekrümmt ist. Die längere der parallelen Seiten, welche bei der Bewegung des Läufers vorangeht, wird die Vorderkante, die kürzere die Federkante genannt.

Die hier angegebene Querschnittsform ist eine der gebräuchlichsten, doch giebt es auch halbrunde, dreieckige u. s. w.

Die Winkel, unter welchen sich in Fig. 161 die Hauptfurchen kreuzen, werden von Evans angegeben zu 75 Grad bei *a*, 45 Grad bei *b*, 35 Grad bei *c*, 31 Grad bei *d* und 27 Grad bei *e* [1]).

---

1) Professor Wiebe (a. a. O. S. 95. 109 ff.) hat diese Winkel mit aller Sorgfalt für die Evans-Schärfe berechnet, jedoch mit dem Unterschiede, dass er nicht wie in Fig. 161 die ganze Mahlfläche in fünf concentrische Ringe, sondern nur in vier theilt. Bezeichnet man daher den Steinhalbmesser mit R, so ergiebt sich folgende tabellarische Uebersicht:

Entfernung des Kreuzungspunktes der Hauptcurve von der Steinmitte $= z$	Halbmesser des Zugkreises $= \varrho$	Sinus des Winkels, welchen die Hauptfurche mit dem Radius bildet $= \sin. \frac{1}{2} \varphi$	Kreuzungswinkel der Hauptfurchen $= \varphi$
$\frac{1}{5} R$	$\frac{1}{8} R$	$\frac{5}{8} = \sin. 38^0 40'$	$77^0 20'$
$\frac{2}{5} R$	$\frac{1}{8} R$	$\frac{5}{16} = \sin. 18^0 20'$	$36^0 40'$
$\frac{3}{5} R$	$\frac{1}{6} R$	$\frac{5}{18} = \sin. 16^0 10'$	$32^0 20'$
$\frac{4}{5} R$	$\frac{5}{24} R$	$\frac{25}{96} = \sin. 15^0 10'$	$30^0 20'$
R	$\frac{1}{4} R$	$\frac{1}{4} = \sin. 14^0 30'$	$29^0 0'$

Was die Winkel anlangt, unter welchen sich Nebenfurchen der Hauschläge bei der Evans-Schärfe kreuzen, so lässt sich zeigen, dass diese Winkel wachsen wie die Furchenlängen abnehmen, d. h. je kürzer die Furchen, desto grösser die Winkel sind, wonach sich die Hauptfurchen unter den kleinsten Winkeln kreuzen müssen.

Die grössten Kreuzungswinkel ergeben sich deshalb wie folgt:

Für $z =$	$\frac{1}{5} R$	$\frac{2}{5} R$	$\frac{3}{5} R$	$\frac{4}{5} R$	R
φ	$77^0 20'$	$41^0 0'$	$43^0 20'$	$48^0 40'$	$53^0 20'$

Demnach erhält man für die mittleren Kreuzungswinkel sämmtlicher Furchen beziehungsweise $77^0 20'$, 41^0, $37^0 50'$, $38^0 16'$ und $40^0 30'$. Hieraus erhellt, dass die Schnittwinkel des Theiles der Steinfläche, wo das eigentliche Mehlmachen stattfindet, fast constant sind und dafür ein mittlerer Kreuzungswinkel von 39 Grad 24 Minuten gesetzt werden könnte.

Auf letzteren Satz gestützt, hat Wiebe noch eine eigene Schärfungsmethode angegeben, wobei die Furchenrichtung aus einer logarithmischen Spirale und einer geraden Linie zusammengesetzt ist, so dass die Kreuzungswinkel im Kreise vom Halbmesser $z = \frac{1}{5} R$ betragen: $83^0 70'$, nachher aber für alle Kreise von $z = \frac{2}{5} R$

Der wackere Mühlenbaumeister Nagel verwirft Evans' Schärfe gänzlich [1]), und zwar besonders deshalb, weil sie nicht genug ausreibe, und lässt aus diesem Grunde die Kreuzungswinkel vom Läuferauge ab bis nach dem Umfange des Steines hin wachsen (Evans entgegengesetzt, der sie abnehmen lässt), und zwar so, dass sich die Hauptfurchen, bei $4\frac{1}{2}$füssigen Steinen und $\frac{1}{2}$ Zoll Zug, am Läuferauge unter Winkeln von 31 Grad schneiden, im Kreise a (Fig. 161) unter 37 Grad, bei b unter 44 Grad, bei c unter 54 Grad, bei d unter 62 Grad, der mittlere Schnittwinkel der Hauptfurchen also 45 Grad beträgt [2]).

In dem unten citirten Briefe äussert sich Meister Nagel noch dahin, „dass der grössere Kreuzungswinkel der Strahlen besonders nothwendig sei, um feines Mehl und Kleie rein auszumahlen. Dazu müssten die Steine entsprechend dicht gehen, was Evans' Schärfe nicht zuliesse, ohne die Steine zuzuschmieren“ [3]).

Höchst wahrscheinlich bezieht sich dies Alles vorzugsweise auf nicht französische Steine, indem es im gedachten Briefe weiter heisst: „Es ist auch gar kein Zweifel, dass sich meine Schärfe für französische Steine vortrefflich eignen würde, sobald der Müller selbst specielle Aufsicht darüber führen könnte. Ich habe indess die gekrümmte Schärfe für französische Steine wieder aufgegeben, weil dies bei einem grossen Betriebe kaum durchzuführen ist.“

Auch von anderen erfahrenen Müllern ist mir dieselbe Aeusserung mehrfach gemacht und ausdrücklich bemerkt worden, dass man bei französischen Steinen die gerade Schärfe besonders deshalb vorziehe, weil sie leichter in gutem Zustande gehalten werden könne, als die gekrümmte Schärfe.

Bei der geraden, sogenannten amerikanischen Virtelschärfe, wie sie sich bereits Fig. 24 abgebildet vorfindet, ist mit Bezug auf Gleichung 3 Seite 176 der Zug der Furchen (also der Radius ϱ) constant, so dass die Kreuzungswinkel vom Läuferauge aus nach dem Umfange des Steines hin abnehmen [4]).

---

an bis zur Steinperipherie den constanten Werth von 39 Grad behalten. Leider hat Professor Wiebe keine Erfahrungsresultate über seine Schärfe angegeben, während Schwahn der Evans-Schärfe ganz besonderes Lob ertheilt.

1) Verhandlungen des Vereins zur Beförderung des Gewerbfleisses in Preussen. Jahrgang 1835, Seite 114 ff. Aber auch jetzt, nach beinahe 30 Jahren, ist Herr Nagel noch derselben Ansicht, wie dies ein Brief vom 21. Juni 1864 bestätigt, welcher die Beantwortung der betreffenden Frage zum Gegenstande hatte.

2) Specielles für das Auftragen dieser Schärfe enthält die eben citirte Abhandlung Seite 117 u. 118.

3) Herr Nagel bemerkt mir ferner: „Meine Schärfe, welche sich überall unter dem mittleren Winkel von 45 Grad kreuzt, hat sich einen grossen Ruf erworben, meine Blechschablone ist vielfach copirt und geht namentlich in Schleswig-Holstein von Hand zu Hand.“

4) Mit der Bestimmung der Kreuzungswinkel der Nebenfurchen, deren Lage beim eigentlichen Mahlprocesse von viel grösserem Einflusse ist als die der Hauptfurchen, hat sich, nach meinem Wissen, zuerst Professor Wiebe beschäftigt. Nach dessen sorgfältigen Untersuchungen (a. a. O. S. 87 ff.) variiren diese Winkel, wenn man Haupt- und Nebenfurchen in gleicher Weise berücksichtigt, die Mahl-

Nach von mir gesammelten Notizen erfahrener Müller über Anordnung der geraden Virtelschärfe kann ich Nachstehendes mittheilen:

Die Zahl der Felder oder Virtel (engl. quarters), in welche man den Stein theilt, kann von 12 bis 15 variiren (je dichter die Steinmasse, desto mehr Felder und um so schmäler die Balken), wobei man auf jedem Felde 4 bis 5 Bahnen oder Furchen von $^3/_8$ Zoll (engl.) grösster Tiefe giebt [1]). Auf die Breite des Balkens hat die Grösse des Steines wenig Einfluss. Ein Stein von 4 Fuss (engl.) Durchmesser erhält Balken von circa $1^1/_2$ Zoll Breite, während man einem von 5 Fuss Durchmesser $1^3/_4$ Zoll breite Balken giebt.

Als Grösse des Zuges kann man in der Regel für jeden Fuss Durchmesser des Steines $^1/_2$ Zoll nehmen, so dass die Excentricität bei einem $4^1/_2$-füssigen Steine betragen würde: $\frac{4^1/_2}{2} = 2^1/_4$ Zoll. Gehen die Steine langsam,

fläche des Steines durch concentrische gleich weit abstehende Kreise in vier Ringe theilt und den Kreis an der Peripherie mit Nr. 4 bezeichnet, wie folgt:

im Kreise durch 1 von 42 bis 73 Grad,
„ „ „ 2 „ 27 „ 67 „
„ „ „ 3 „ 20 „ 64 „
„ „ „ 4 „ 16 „ 63 „ (Steinperipherie).

Vorausgesetzt ist dabei, dass der Zug der Hauptfurchen $^1/_7$ vom Steindurchmesser beträgt, der Stein 12 Virtel hat und jedes Virtel vier Nebenfurchen enthält. Die grössten, kleinsten und mittleren Kreuzungswinkel ergeben sich dann wie folgt:

		Grösste.	Kleinste.	Mittlere.
Am Läuferauge		91°	91°	91°
Im Kreise durch	1	73°	42°	57° 30′
„ „ „	2	67° 20′	27° 40′	47° 12′
„ „ „	3	64° 40′	20° 40′	42° 20′
„ „ „	4	63°	16° 20′	39° 20′

1) Wulff und Ganzel stellen (Reisebericht über amerikanische Mühlen, S. 49) ihre gesammelten Ansichten und gemachten Erfahrungen hinsichtlich der Verhältnisse bei Anordnung der geradlinigen Virtelschärfung in nachstehender Tabelle zusammen:

Durchmesser des Steines. Fuss.	Anzahl der Umdrehungen pr. Minute.	Zug der Furchen. Zoll.	Anzahl der Virtel des Steines.	Anzahl der Furchen im Virtel, wenn der Stein offen.	dicht.	Breite der Furchen. Zoll.
$4^1/_2$	120	$3^1/_4$—$3^1/_2$	16	2—3	4	$^5/_8$
5	110—115	$3^3/_4$—4	17—18	3	4	$^3/_4$
$5^1/_2$	100—105	$4^1/_4$—$4^1/_2$	18	3	4	$^3/_4$
6	90—95	$4^1/_2$	18—20	3	4	$^3/_4$—$^7/_8$
$6^1/_2$	85—90	5	20—21	3	4	$^7/_8$
7	80	$5^1/_2$—6	22—24	3	5	1

so muss man die Excentricität vergrössern. So würden bei 100 Umgängen pr. Minute eines fünffüssigen Steines $2\frac{1}{2}$ Zoll Excentricität ausreichen, dagegen bei 80 Umgängen desselben Steines pr. Minute schon $3\frac{3}{4}$ Zoll Excentricität erforderlich sein. Luftventilation der Steine hat den umgekehrten Einfluss [1]).

Fig. 162 stellt einen für Weizenmüllerei nach den bemerkten Angaben

Fig. 162.

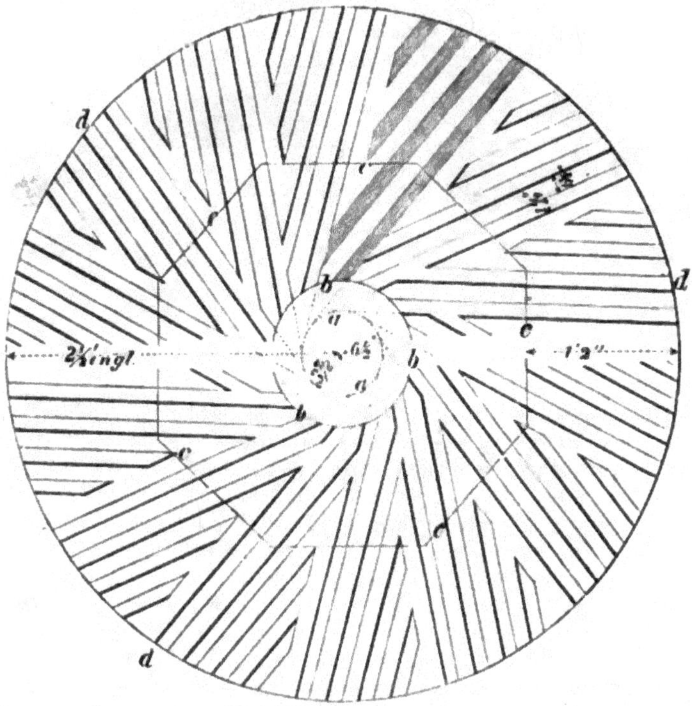

behauenen französischen Stein *dd* von 5 Fuss engl. Durchmesser dar, welcher pr. Minute 80 bis 85 Umläufe bei amerikanischer Flachmüllerei macht.

Derselbe besitzt ein aus Sandstein eingesetztes Herzstück *cc* und hat ein Läuferauge *bb* von $6\frac{1}{2}$ Zoll Halbmesser, während die grösste Breite der aus La-Ferté-Stein gebildeten Mahlfläche *cd* 1 Fuss 2 Zoll beträgt. Die Zahl der Felder hat man zu 14 angenommen, den Zug oder die Excentricität der Furchen, zu $3\frac{7}{8}$ Zoll, während jedes Feld 4 Furchen von $1\frac{1}{4}$ Zoll Breite und

1) Ganzel, in einem (späteren) Berichte über Mühlsteine aus Halle'schem Hausteinporphyr im polytechn. Centralblatt für 1838, S. 650, ist überhaupt der Ansicht, dass die Peinlichkeit in der Eintheilung der Anzahl der Felder, der Furchen und der Excentricitäten ganz nutzlos (?) sei. Er hat auf verschiedenen Steinen verschiedene Feldereintheilungen angelegt, mit mehr oder weniger Furchen und Excentricität derselben, und beim Mahlen die Steine unter sich verglichen, jedoch nicht gefunden, dass die eine Art der anderen vorzuziehen wäre u. s. w.

von $^3/_8$ Zoll grösster Tiefe enthält, die dazwischen stehen gebliebenen Erhöhungen oder Balken aber $1^5/_8$ Zoll breit sind.

Wie aus beistehender in wahrer Grösse gezeichneter Durchschnittsfigur 163 erhellt hat man die Balken *DD* mit feinen Vertiefungen, sogenannten

Fig. 163.

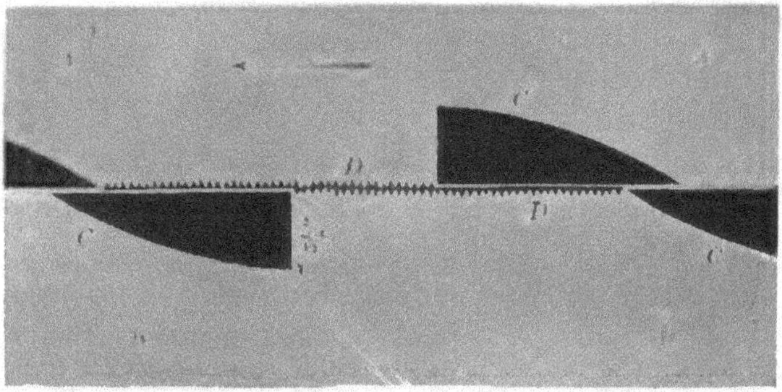

Sprengschlägen versehen, die bei von Natur rauhen Steinen zuweilen wegfallen können.

Wir schliessen hiermit das Capitel über die Schärfung der Mühlsteine, allerdings mit geringer Selbstbefriedigung, wünschend, dass zur vollständigen Entscheidung der Frage sorgfältige Versuche und Beobachtungen bald bessere Anhaltepunkte liefern, als dem Verfasser zur Zeit zu Gebote standen.

Anmerkung. Zur Herstellung der Furchen auf den ebenen Mühlsteinflächen hat man bereits mehrfach Maschinen in Anwendung gebracht, bei welchen entweder ein einziger Meissel oder eine schwere Picke gesetzmässig der herzustellenden Furche entsprechend fortbewegt wird, oder ein System von Meisseln, welches man in der Richtung der zu erzeugenden krummen Linien aufgestellt hat und gegen das man Hammer oder Stampfen wirken lässt. Erstere Gattung von Maschinen findet sich u. A. vollständig abgebildet und beschrieben in Armengaud's „Publication Industrielle" T. III, pag. 1 und im „Atlas Universel" von Petitcolin u. Chaumont T. I, pag. 2, während sich die zweite Gattung in den Mittheilungen des Gewerbevereins für das Königreich Hannover, Jahrgang 1857, Seite 163 ebenfalls abgebildet vorfindet. Zur Zeit haben sich jedoch alle diese Maschinen noch nicht recht Eingang verschaffen können, weil sie mehr oder weniger zu wünschen übrig lassen, wozu Gewohnheit und Hängen am Alten Seitens der Müller wohl auch das Seinige beitragen mag.

§. 27.

Maschinen zum Heben und Transport der Mühlsteine.

(Steinkrahne.)

Zum Aufheben des Läufers vom Bodensteine oder zum Auflegen des ersteren auf letzteren benutzt man jetzt in jeder guten

Mühle eine dem Zwecke entsprechende Hebmaschine, **Steinkrahn** genannt, die man sehr oft mit einem auf Rädern oder Rollen laufenden Wagen verbindet, um damit den Transport der Steine auf grössere Entfernungen bewirken oder dieselbe Maschine für eine beliebige Anzahl Mahlgänge benutzen zu können.

Einen nicht transportabeln Steinkrahn, wie man in der Seite 128 ff. beschriebenen Brückmühle zu Hannover benutzt, zeigt Fig. 164 in zwei ver-

Fig. 164.

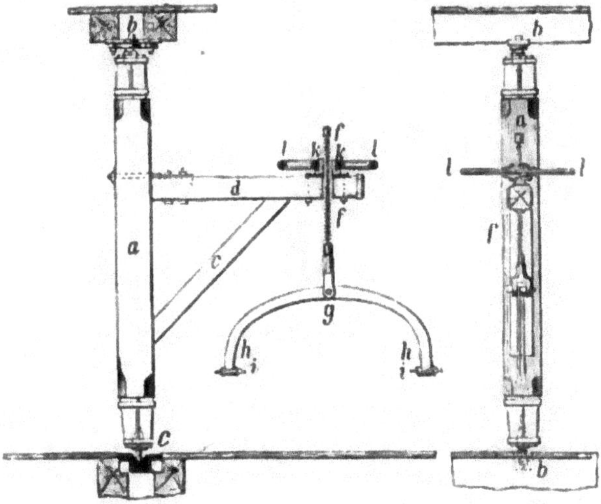

schiedenen Ansichten, wobei bemerkt werden mag, dass man einen Aufstellungsort gewählt hat, um mit einem solchen Krahn immer die Steine von vier Mahlgängen bedienen zu können.

Wie die gewöhnlichen Krahne besteht auch dieser aus der hölzernen Drehsäule *a*, dem Ausleger *d* und einer Strebe *c*. Nahe dem Ende des Auslegers *d* ist eine Messingbüchse befestigt, in welcher sich die drehbare Mutter *k* einer eisernen Schraube *f* befindet, während das untere Ende *g* des Schraubenbolzens gabelförmig zur Aufnahme eines schmiedeeisernen Bügels *ghh* gestaltet ist[1]), an dessen äussersten Enden Bolzen *i* befestigt sind, welche in die bereits Seite 174 besprochenen und in Fig. 159 abgebildeten Krahnlöcher des betreffenden Mühlsteines fassen. Hat man mit letzteren beispielsweise den Läuferstein zum Aufheben gepackt, so wird derselbe durch Umdrehung der Mutter *k* (mit Hülfe des Handrades *l*) gehoben, in der Luft umgewendet, damit die Mahlfläche nach oben kommt, wieder gesenkt und neben den Bodenstein auf Klötze oder ein besonderes Gerüst gelegt.

Eine fahrbare Maschine zum Aufheben der Steine, wie sich u. A. in den

1) Durch ein Versehen des Holzschneiders ist der Bogen *hgh* des Bügels nicht als Halbkreis, überhaupt nicht hoch genug angegeben, was erforderlich ist, damit der Stein um die Zapfen *i* eine volle Kreisdrehung zu machen im Stande ist.

Abbildungen der Getreidemühle zu Berg bei Stuttgart vorfindet[1]), zeigt der Holzschnitt Fig. 165. Die entsprechend gebogene Axe *h* eines zweirädrigen

Fig. 165.

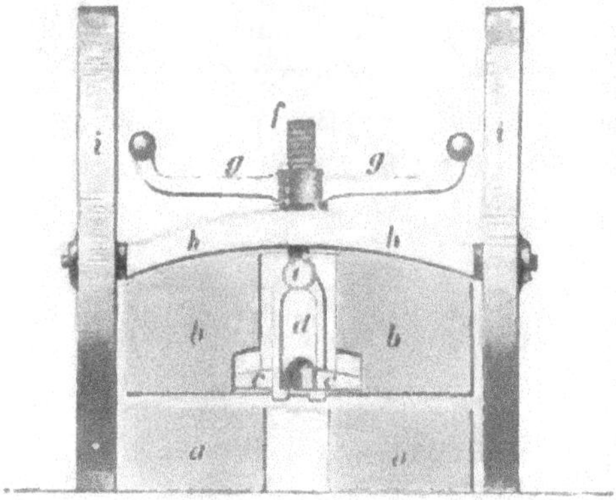

Wagengestelles ist in der Mitte so verstärkt, dass eine Schraubenspindel *f* hindurchtreten kann, deren Mutter in der Nabe eines zweiarmigen Schwengels *gg* befindlich ist.

Ein Bolzen *e* vereinigt zwei gelenkartige Gabelenden *d*, die so gestaltet sind, dass man mit denselben die Haue *c* des Läufersteines *b* fassen kann. Ist letzteres erfolgt, so windet man den Stein in die Höhe, bis er an der Axe *h* des Wagens anstösst, worauf man den Wagen an einen schicklichen Ort abfährt, hierauf so umschlägt, dass die Mahlfläche nach oben kommt, und das Behauen oder Schärfen des Steines in dieser Lage vorgenommen werden kann. Ist letzteres geschehen, so wird der Wagen wieder umgeschlagen, wie er Fig. 165 gezeichnet ist, und der Stein auf sein Lager gebracht. In der vorhergedachten Mühle reicht für 10 Mahlgänge eine solche Maschine zum Abheben und Versetzen vollständig aus.

Fig. 166.

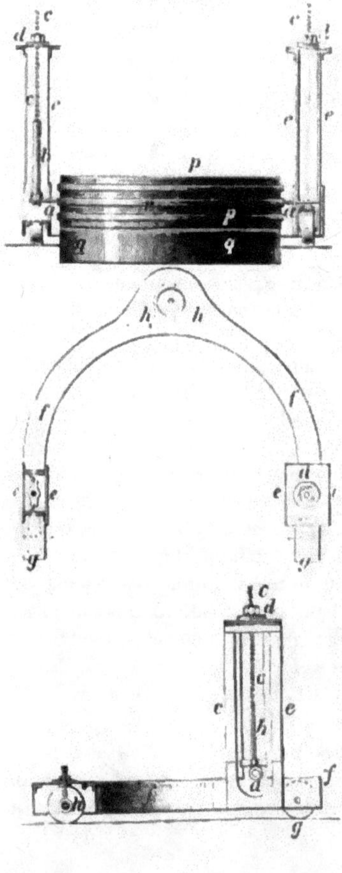

Eine noch zweckmässigere Maschine zum Heben und Transportiren der Mühlsteine dürfte folgende sein, welche von der Waltjen'schen Maschinenfabrik in Bremen vielfach ausgeführt worden ist. Fig. 166 stellt diese beziehungsweise im Aufrisse, Grundrisse und im Verticaldurchschnitte dar.

Der hufeisenförmige, horizontale Haupt- oder Wagenkörper *f* bildet eine aus Eisenblech und Winkeleisen hergestellte Röhre mit viereckigem Querschnitte von 6 Zoll Höhe und 5 Zoll Breite. Dieser ganze Körper wird von vier Rollen oder Laufrädchen *gg* und *hh* getragen, die zugleich dessen Transport erleichtern.

1) Stuttgart 1837, Verlag der Ebner'schen Kunsthandlung.

Nahe den äussersten Enden, über den nicht gebogenen Stellen des Wagenkörpers, erheben sich zwei ebenfalls aus Eisenblech und Winkeleisen hergestellte kastenförmige Ständer *ee* (von 3 Fuss 4 Zoll Höhe), die in der Mitte offen und daselbst mit Führungen ausgestattet sind, um die Auf- und Niederbewegung einer Schraubenspindel *b* senkrecht geschehen zu lassen. Die Muttern *d* der Schrauben *c* befinden sich auf den Brücken der Ständer *e*, während die unteren Spindelenden *b* mit Zapfen *a* für die Krahnlöcher der Mühlsteine ausgestattet sind. In Fig. 166 hat man mittelst der Maschine so eben den Läuferstein *p* gefasst, um dessen Abheben vom Bodensteine *q* zu bewirken.

Die beiden vorderen Laufrollen *hh* sind auf einer und derselben Welle befestigt und gleichzeitig um eine verticale Axe drehbar gemacht, damit man den Wagen beim Horizontaltransporte der Steine gehörig zu lenken im Stande ist[1]).

§. 28.

Widerstand des zu vermahlenden Getreides. Erforderliche Betriebsarbeit. Umlaufsgeschwindigkeit der Steine. Leistungsfähigkeit der Getreidemühlen.

Alle zur Zeit versuchten theoretischen Berechnungen über den Widerstand des zwischen ebenen Steinflächen zu vermahlenden Getreides haben den Anforderungen nicht Genüge leisten können, weil es hierzu an der rechten Grundlage, an gehörigen Beobachtungen und gleichzeitigen dynamometrischen Messungen fehlte[2]). Ein mathematischer Ausdruck für die Grösse der zur

---

1) Zeichnungen dieser Maschinen, mit eingeschriebenen Maassen, hat der Verfasser in den Mittheilungen des Gewerbevereins für das Königreich Hannover, Jahrgang 1864, Tafel I. veröffentlicht.

2) In früheren Zeiten nahm man an, dass der Widerstand des zwischen Steinen zu vermahlenden Getreides nahezu wie die Reibung an der Grundfläche eines Cylinders wirke, der sich um seine verticale Axe dreht, und dass der Hebelsarm dieses Widerstandes $^2/_3$ vom Mühlsteinhalbmesser sei. Unter Anderem setzt Fabre (in seinem 1785 erschienenen Werke: „Essai sur les machines hydrauliques, et en particulier sur les moulins à blé“) diesen Widerstand $^1/_{22}$ des Mühlsteingewichtes $= W$, so dass, wenn D den Durchmesser des Läufersteines und U dessen Umlaufszahl pr. Minute bezeichnet, die reine Betriebsarbeit $= A_m$ ausgedrückt wurde durch:

$$A_m = \frac{1}{22} W \cdot \frac{2}{3} \frac{D \pi U}{60}.$$

Von der richtigen Ansicht ausgehend, dass das Gewicht des Läufersteines nur sehr gering, entwickelte Eytelwein (Crelle's Archiv für die Baukunst 1818, Bd. 1, S. 40) für den gedachten Widerstand den Ausdruck: $\frac{2}{3} k \pi U \left(\frac{R^3 - r^3}{R}\right)$, worin R den Halbmesser des Läufers, r den des Steinauges und k einen von der Beschaffenheit und Güte des Getreides abhängigen Coefficienten be-

Ueberwindung des vorhandenen Widerstandes erforderlichen Betriebsarbeit und der damit zusammenhängenden Leistungsfähigkeit eines Mahlganges müsste eine Function des Durchmessers, der Umfangsgeschwindigkeit, des Steinmaterials, des Abstandes vom Läufer und Bodenstein und der Schärfung (des Hauschlages) der Steine sein, und endlich müsste er Rücksicht nehmen auf Gattung und Beschaffenheit des Getreides, sowie auf die Art des verlangten Mahlgutes. So lange jedoch hierzu nicht die vorbemerkten Daten in gehöriger Weise vorliegen, gehören betreffende analytische Darstellungen nicht in ein Werk, welches für praktische Zwecke brauchbar sein soll.

Die zuverlässigsten Resultate über Leistungen und Betriebskraft von älteren Getreidemahlmühlen sind immer noch die, welche seiner Zeit Egen nach eigenen Versuchen, sowie nach anderen vertrauenswerthen Erfahrungen zusammenstellte [1]).

So vermahlen nach Egen die westphälischen Mühlen pro Stunde und pro Pferdekraft entweder 0,5 Scheffel (preuss.) [2]) Weizen oder 0,8 Scheffel Roggen zu Brodmehl oder auch 1,2 Scheffel Gerste zu Schrot, wobei jedoch ausdrücklich bemerkt wird, dass bei den Mühlen, welche Egen für Leistungszwecke untersuchte, die Reibung der Maschinentheile sehr gross war und von ihr ziemlich $^1/_3$ der bewegenden Arbeit consumirt wurde.

Auffallen darf es daher nicht, wenn unmittelbar nachher angegeben wird, dass die Maudslay'schen Dampfmahlmühlen durchschnittlich 0,75 preussische Scheffel pro Stunde pro Pferdekraft zu feinem Mehle vermahlen, und Egen selbst seiner Zeit an der Freund'schen Dampfmühle in Magdeburg 0,70 Scheffel zu Mehl vermahlenen Weizen pro Stunde pro Pferdekraft als Leistung beobachtet haben will.

Nach Farey soll jede Maschinenpferdekraft in den englischen Dampfmühlen stündlich 0,61 Scheffel Weizen zu Mehl vermahlen, eine Angabe, die

---

zeichnet. Wird letzterer Werth mit der Peripheriegeschwindigkeit $= V$ des Läufers, d. i. mit $V = \frac{2 R \pi U}{60}$ multiplicirt, so ergiebt sich die reine Betriebsarbeit zu:

$$A_m = \frac{k}{45} \pi^2 U^2 \left(R^3 - r^3\right).$$

Für preussische Fussmaasse und wenn Roggen vermahlen wird, setzte Eytelwein $k = 0,0976$.

Noch andere Formeln, in der Absicht, die vorgenannten zu verbessern, liefert Rothe in den „Beiträgen zur Maschinenbaukunde". Zweites Heft. Neue unveränderte Ausgabe. Potsdam 1838. Seite 34 unter der Ueberschrift: „Ueber die Bestimmung des bei Abmahlung des Getreides zwischen den mahlenden Flächen der Mühlsteine entstehenden Widerstandes."

1) Egen: Untersuchungen über den Effect einiger in Rheinland-Westphalen bestehenden Wasserwerke. Seite 148. Berlin 1831.

2) 1 preuss. Scheffel = 0,5496 Hektoliter = 1,512 Bushel = 0,894 österr. Metzen = 1,764 hannov. Himten.

mit der Fairbairn's für die grosse 36gängige Mahlmühle zu Taganrog (Seite 104) fast genau übereinstimmt, indem diese Mühle mindestens pro Stunde 180 Bushel oder 119 preussische Scheffel Weizen bei 200 vorhandenen Dampfpferden als Betriebsarbeit zu Mehl vermahlt, was 0,59 preussische Scheffel pro Stunde pro Pferdekraft giebt.

Armengaud[1]) giebt an, dass in den Umgebungen von Paris, wo hohe Anforderungen hinsichtlich Feinheit und Weisse an das Mehl gemacht werden, pro Stunde und pro Pferdekraft nicht mehr als 20 bis 22 Kilogramm Mahlgut, also durchschnittlich ein halber preussischer Scheffel erlangt wird, während man in Dijon und Lyon, wo die Anforderungen geringerer Art sind, 24 bis 26 Kilogramm, d. i. ungefähr $^2/_3$ preussische Scheffel pro Stunde pro Pferdekraft (à 75^{mk}) rechnen könne.

In der Darbly'schen, 40gängigen Mühle zu St. Maur (mit 160 Pferden Betriebskraft der Turbinen), deren Mehl in Frankreich als das Vorzüglichste seiner Art betrachtet wird, vermahlt man mit Steinen von 1,3 Meter Durchmesser pro Gang in 24 Stunden 20 Hektoliter Weizen[2]), jeder zu 75 Kilogramm mittlerem Gewicht. Da jedoch von 6 Gängen immer einer wegen Steinschärfung oder Reparatur still liegt, so lassen sich zu 5 Gängen verwenden $^6/_{40} . 160 = 24$ Pferde, so dass die Leistung pro Stunde pro Pferdekraft beträgt:

$$\frac{5 . 20 . 75}{24 . 24} = 13 \text{ Kilogramm Mahlgut oder circa 0,31 preussische Scheffel.}$$

Der Civilingenieur Neumann[3]) berichtet, dass hinsichtlich Leistungen neuer deutscher guter Getreidemühlen mit französischen Steinen von $4^1/_4$ bis $4^1/_2$ Fuss (preuss.) Durchmesser folgendermaassen zu rechnen sei:

1) Bei amerikanischer Flachmüllerei ohne Ventilation pro Gang 7 Pferdekräfte als Betriebsarbeit, womit man pro Pferd pro Stunde 25 bis 30 Pfund[4])

1) „Publication Industr." T. 6, p. 324.

2) Ebendaselbst T. 10, p. 260. Die monatliche Leistung der St. Maur-Mühle wird daselbst, indem man von 40 nur 33 Gänge in Rechnung bringt, angegeben zu: 33 . 20 . 30 = 19800 Hektoliter Weizen, welcher zu feinem Mehle vermahlen wird.

3) „Der Mahlmühlenbetrieb", Weimar 1864, Seite 240 (der 265te Bd. des „Neuen Schauplatzes der Künste und Handwerke").

4) Zur Reduction des Körnergewichtes auf Hohlmaass kann nachstehende Tabelle dienen:

	1 Hektoliter in Kilogrammen.	1 preuss. Scheffel in Zoll-Pfunden.	1 hannov. Himten in Zoll-Pfunden.	1 Wiener Metze in Wiener Pfunden *).
Weizen	70,7—80,9	77,7—88,9	44,0—50,4	77,6—88,8
Roggen	68,5—78,8	75,3—86,7	42,5—49,0	75,2—86,5
Gerste	61,8—69,7	68,0—76,7	38,5—43,4	67,8—76,7
Dinkel	40,6—46,8	44,6—51,5	25,2—29,2	44,5—51,4
Hafer	43,0—53,7	47,3—59,0	26,7—33,5	47,2—59,0

*) Eine österreich. Metze = 1,9471 Cubikfuss. Das Gewicht eines Cubikfusses Wasser 56,4 Wiener Pfd. gerechnet.

Weizen zu verkäuflichem Mehle verarbeitet oder (den Scheffel zu 83 Pfund gerechnet) 0,30 bis 0,36 Scheffel Weizen in Mehl verwandelt.

2) Bei derselben Flachmüllerei, unter Anwendung von Ventilation, pro Gang 8½ Pferdekraft, womit man pro Stunde pro Pferdekraft aber 35 bis 40 Pfund oder 0,43 bis 0,48 Scheffel Weizen vermahlt.

3) Bei der Griesmüllerei pro Gang 5 Pferdekräfte, während das Mahlproduct nur 18 bis 19 Pfund oder 0,22 bis 0,23 Scheffel Weizen pro Stunde pro Pferdekraft beträgt.

Die Betriebsarbeit zur Ueberwindung aller Reibungen und zum Bewegen aller Hülfsmaschinen ist hierbei inbegriffen.

Nach Versuchen, welche der Mühlenbaumeister Wulff in der bereits mehrfach erwähnten Bromberger Mühle anstellte, sowie nach eigenen Beobachtungen und Erfahrungen, giebt Professor Wiebe (a. a. O. S. 279) folgende Zusammenstellung über Leistungen von Getreidemühlen unter verschiedenen Umständen und Verhältnissen, sobald man die Mahlarbeit der Steine allein in Betracht zieht, alle Reibungswiderstände, sowie erforderliche Hülfsmaschinen ausser Acht lässt, ferner annimmt, dass durch Anwendung von Ventilation die Leistungsfähigkeit eines Mahlganges um ⅓ erhöht und endlich die Grösse einer Maschinenpferdekraft zu 500 Fusspfund (preuss.) angenommen wird.

Pro Stunde vermahlt eine Pferdekraft:

	Ohne Ventilation.		Mit Ventilation [1].	
	Zoll-Centner.	Preuss. Scheffel.	Zoll-Centner.	Preuss. Scheffel.
I. Weizen.				
a) Einmal fein geschroten . . .	0,53	0,60	0,71	0,85
b) Mit Einfluss des ersten Grieses fein gemahlen . .	0,45	0,53	0,60	0,72
c) Mit Einfluss des ersten und zweiten Grieses fein gemahlen	0,40	0,48	0,53	0,64
II. Roggen.				
a) Einmal fein geschroten . . .	0,52	0,65	0,70	0,87
b) Zweimal gemahlen	0,31	0,40	0,42	0,53
c) Dreimal „	0,25	0,31	0,33	0,42
d) Viermal „	0,23	0,29	0,30	0,38
III. Branntweinschrot, den Scheffel zu 72 Pfd.	1,39	1,93	1,82	2,53
IV. Braumalz, den Scheffel zu 57 Pfd.	2,09	3,48	2,78	4,64

1) Nach meinen eigenen Erfahrungen sind hier sämmtliche Tabellenwerthe zu hoch abgeschätzt. Bei der Beispielberechnung in der Note 4, Seite 191 sind deshalb auch kleinere Werthe angenommen.

Bezeichnet man die lediglich zum Vermahlen erforderliche Betriebsarbeit in Pferdekräften ausgedrückt mit N_m, die damit pro Stunde vermahlenen preussischen Scheffel mit S, die Tabellenwerthe mit k, rechnet die zum Betriebe der Hülfsmaschine erforderliche Arbeit gleich $\frac{1}{6}$ der Totalarbeit, ferner an Reibungsaufwand pro Mahlgang $\frac{1}{4}$ Pferdekraft, nennt endlich N die Anzahl Maschinenpferde der Totalarbeit und i die Zahl der Mahlgänge, so lassen sich die Formeln aufstellen:

$$1)\ S = k\,N_m$$

$$2)\ N = \frac{6}{5}\,N_m + \frac{i}{4}$$

Was hierbei die erforderliche Peripheriegeschwindigkeit des arbeitenden Steines betrifft, so leuchtet ein, dass diese weder zu gross noch zu klein sein darf, weil in ersterem Falle das Mahlquantum zu gering wird, im zweiten Falle eine nachtheilige Einwirkung auf das Mahlgut zu erwarten ist.

Evans[1]) setzte deshalb seiner Zeit die vortheilhafteste Peripheriegeschwindigkeit des Mühlsteinläufers 27 Fuss engl. = 26,22 Fuss preuss. = 8,229 Meter pro Secunde.

Darbly lässt die Steine von 1,3 Meter Durchmesser 120 Umläufe pro Minute machen, was eine Peripheriegeschwindigkeit von 8,168 Meter oder 26 Fuss (preuss.) pro Secunde giebt.

Die französischen 4½füssigen Steine der schönen Bromberger Mühle (Seite 94) machen pro Minute ebenfalls 120 Umläufe, so dass die Peripheriegeschwindigkeit pro Secunde 28,26 Fuss (preuss.) beträgt.

Bei der 36gängigen Fairbairn'schen Mühle zu Taganrog (Seite 104) machen die 4füssigen Steine 140 Umläufe pro Minute, so dass sich die Peripheriegeschwindigkeit zu 32,97 Fuss (engl.) oder zu 32 Fuss (preuss.) pro Secunde berechnet.

Mit bei weitem grösseren Geschwindigkeiten lassen (gegenwärtig) die amerikanischen Müller (nach Hughes)[2]) ihre Steine arbeiten, indem diese bei 4½ Fuss (engl.) Durchmesser pro Minute 146,168, ja selbst 180 Umläufe machen sollen, was den Peripheriegeschwindigkeiten von beziehungsweise 34,38 Fuss (engl.), 39,56 Fuss und 42,39 Fuss entspricht. Von welcher Beschaffenheit das damit erzeugte Mehl sein mag, darüber lässt der Berichterstatter freilich im Ungewissen[3])!

Der Verfasser kann nur rathen, die Peripheriegeschwindigkeit der Steine beim Vermahlen des Getreides zu gutem Mehle nie unter 26 Fuss und nie über 30 Fuss (preuss.) zu nehmen.

Dies vorausgeschickt, ist nun anzuführen, dass Professor Wiebe[4]) den

1) Benoit: „Guide du Meunier". Auflage von 1863. T. 2, §. 232.

2) „The American Miller", p. 82. 106 u. 114.

3) Angeführt wird nur an einer Stelle, dass man mit solchen Mahlmühlen pro Gang und pro Stunde 15 Bushel oder (15 . 0,661) 9,915 preuss. Scheffel Weizen zu vermahlen (zu schroten?!) im Stande wäre, ohne dabei die Grösse der Betriebskraft anzugeben.

4) Beispielsweise werde die Aufgabe gelöst, dass man die Grösse der Betriebs-Dampfmaschine einer 12gängigen Getreidemahlmühle angeben soll, welche in 24 Stunden 600 preuss. Scheffel Weizen unter Anwendung französischer und

Quotienten aus Mahlquantum $= S$ dividirt durch das Product aus Steindurchmesser $= D$ mit der Peripheriegeschwindigkeit $= V$ der Steine, d. i. $\frac{S}{D\,V}$ constant annimmt, und dabei voraussetzt, dass die besseren Schärfungsmethoden (zum Beispiel die von Evans) in Anwendung gebracht und überall derselbe Grad von Feinheit des Mahlgutes, also auch constante Entfernung der Mahlflächen vorhanden ist.

Verbindet man mit letzterem Ausdrucke die vorher mit 1) und 2) bezeichneten Gleichungen, so lässt sich bis auf Weiteres annäherungsweise setzen:

$$3)\quad \frac{N}{i\,D\,V} = \frac{1}{22{,}5} \text{ für französische Steine, und}$$

$$4)\quad \frac{N}{i\,D\,V} = \frac{1}{37{,}5} \text{ für Sandsteine.}$$

§. 29.

Zusatz,

betreffend Getreide-, Mehl- und Brodbedarf, Aufbewahrung von Getreide und Mehl, sowie Mehlverfälschung.

1) Bedarf an Getreide, Mehl und Brod. Der Getreidebedarf eines Volkes ist offenbar nach der Ernährungsart desselben verschieden und von Klima, Sitte und Gewohnheit abhängig. Von besonderer Einwirkung ist der gleichzeitige Genuss von Fleisch, Kartoffeln und Obst, sowie auch der geistiger Getränke.

Bei der Abschätzung des Getreidebedarfs ist überdies zu beachten, ob man ausschlieslich die essbaren Nahrungsmittel der Menschen und den Verbrauch derselben zu Getränken, wie Bier und Branntwein im Auge hat, oder auch die Fütterung der Hausthiere mit inbegreift.

So rechnet Malchus[1]) in Weinländern $4^1/_2$, in Bierländern $5^1/_2$ preussi-

---

zwar ventilirter Steine nach dem Systeme der Flachmüllerei zu feinem Mehle vermahlen kann.

Hier ist $S = \frac{600}{24} = 25$ und wenn k (kleiner wie in der Wiebe'schen Tabelle) 0,54 gesetzt wird: $N_m = \frac{25}{0{,}54} = 46{,}3$. Folglich die Grösse der Betriebs-Dampfmaschine in Pferdekräften: wegen $i = 12$: $N = \frac{6}{5}\,46{,}3 + \frac{12}{4} = 59{,}5$, wofür 60 zu setzen sein wird. Nimmt man ferner 28 Fuss Peripheriegeschwindigkeit der Steine an, so folgt noch aus 4) der erforderliche Steindurchmesser: $D = \frac{22 \,.\, 60}{12 \,.\, 28} = 4{,}0$ Fuss preussisch, sowie die Umlaufszahl $= U$ pro Minute $\left(\text{wegen } U = \frac{60\,V}{D\,\pi}\right) = 19{,}08\,\frac{V}{D} = 133$. — Das Mahlquantum pro Stunde und pro Pferdekraft ergiebt sich hiernach zu $\frac{25}{60} = 0{,}41$ preuss. Scheffel.

1) Rau: „Grundsätze der Volkswirthschaft", erste Abtheilung, 1862, S. 289, ein hier überhaupt mehrfach benutztes Werk.

sche Scheffel Getreide aller Art pro Jahr auf den Kopf der Einwohner, mit Hinsicht auf die Pferde aber durchschnittlich 8 preussische Scheffel pro Kopf, so dass sich für ganz Deutschland (zu 44 Millionen Einwohner) ein Getreidebedarf von 352 Millionen Scheffel pro Jahr herausstellt.

Nach Roscher (System der Volkswirthschaft Bd. 2, S. 405) wird in Preussen vom Landesökonomiekollegium pro Kopf bloss an Speisebedarf gerechnet: 0,75 Scheffel Weizen, 23,25 Roggen, 0,04 Hafer (als Grütze), 0,41 Hülsenfrüchte und überdies noch 10 Scheffel Kartoffeln.

Dietrici nimmt für den ganzen preussischen Staat pro Kopf 85 Pfund Weizen und 240 Pfund Roggen, in Summa also etwa 4 preussische Scheffel pro Kopf und Jahr als Körnerbedarf an. Im südwestlichen Deutschland kann man nach Rau den Nahrungsbedarf eines Menschen auf 2 badische Malter = 5½ preussische Scheffel Halmfrüchte (Weizen und Roggen) setzen, während für das Königreich Sachsen (nach Engel) 3½ Dresdner Scheffel oder 6,61 preussische Scheffel erforderlich sein sollen.

Für Baiern giebt Rau die Verzehrung von Getreide aller Art pro Kopf und Jahr zu 2 baierischen oder 8 preussischen Scheffeln an.

In Frankreich soll nach Benoit[1]) der jährliche Bedarf pro Kopf 3,25 Hektoliter oder 5,91 preussische Scheffel an Getreidearten (Céréales) überhaupt betragen, die ganze Bevölkerung Frankreichs von gewiss 36 Millionen Menschen (1856) also etwa jährlich 117 Millionen Hektoliter oder 213 Millionen preussische Scheffel erfordern[2]).

Für Paris allein rechnet man pro Kopf jährlich 171 Kilogramm Weizenbrod, was 131,5 Kilogramm Weizenmehl[3]) gleich zu rechnen ist.

Nach Dureau soll der Brodverbrauch in denjenigen Gegenden Frankreichs und Italiens, die fast nur von Getreide leben, täglich 1½ Pfund für jedes Mitglied einer ländlichen Familie betragen.

Für England nimmt Mac-Culloch als jährlichen Bedarf pro Kopf 2,06 bis 2,2 Quarter Weizen (1 Quarter = 8 Bushel, 1 Bushel = 0,661 preussische Scheffel), d. i. 10,88 bis 11,63 preussische Scheffel an[4]).

---

1) „Guide du Meunier“. Ausgabe von 1863, T. 2, p. 673.

2) Benoit a. a. O. berechnet, dass wenn dieser Getreidebedarf Frankreichs auf Handmühlen vermahlen werden müsste, dazu 573064 Arbeiter (Mühlendreher), also der dreiundsechzigste Theil der ganzen französischen Bevölkerung erforderlich sein würde. Dies auf die 215 Millionen Einwohner ganz Europas angewandt, würde die Legion von fast 3½ Millionen Mühlendreher abgeben.

3) Nach Benoît (a. a. O. p. 674) sind die Pariser Bäcker verpflichtet, aus 100 Kilogr. Weizenmehl nicht mehr als 130 Kilogr. Brod zu fabriciren. Heeren hat für Hannover ermittelt, dass 100 Pfd. Weizenmehl mindestens 125 bis 126 Pfd. Brod, dagegen 100 Pfd. Roggenmehl 131 Pfd. Roggenbrod geben. (Mittheilungen des Gewerbe-Vereins für das Königreich Hannover, Jahrgang 1853, S. 290.) Bei Versuchen in der Hospitalbäckerei zu Metz erhielt man unter Benutzung guter Teigknetmaschinen aus 100 Pfd. Weizenmehl 136,37 Pfd. Brod. (Ebendaselbst Jahrgang 1854, S. 168.)

4) Roscher a. a. O. Ebenfalls nach Mac-Culloch verzehrt das britische Reich jährlich gegen 52 Millionen Quarter Getreide. Jetzt bei 30 Millionen Menschen wohl etwas mehr. Nach älteren Angaben (Rau a. a. O. S. 290) wird der

Im Königreiche Hannover schätzt man den jährlichen Bedarf an Getreide (je nachdem es Geest-, Marsch- oder Haide-Gegend ist) sehr verschieden, 7 bis 12 Himten oder in runden Zahlen 4 bis 7 preussische Scheffel, den Himten zu 0,567 preussische Scheffel gerechnet. Bei gutachtlichen Arbeiten hat der Verfasser für die Residenzstadt Hannover und Umgegend gewöhnlich 9 Himten (8 Himten Brodmehl und 1 Himten Kochmehl) angenommen, dagegen für die Hamburger und Bremer Marschgegenden mindestens 11 Himten. Ueberdies wurde der jährliche Bedarf gerechnet für Pferde: 2 Himten, für Hornvieh 2 bis 3 Himten, für Mastschweine 10 Himten u. s. w.

Die täglichen Brodportionen der Soldaten betragen nach Liebig[1]) in Frankreich 750 Gramm, in Belgien 737 Gramm, in Sardinien ebenfalls 737, in Spanien 670, in Süddeutschland ($^1/_6$ Weizen, $^4/_6$ Roggen, $^1/_6$ Gerste) 900, und in Norddeutschland durchschnittlich 1000 Gramm Roggenbrod. Hierzu kann Referent noch fügen, dass in Hannover der Soldat alle 5 Tage 7 Pfund Roggenbrod, in Preussen alle 5 Tage 6 Pfund Roggenbrod erhält, was etwas weniger ist, als die letzteren von Liebig entlehnten Zahlen.

2) Aufbewahrung von Getreide. Nach Doyère[2]) lassen sich die verschiedenen Verfahrungsarten zur Conservirung der Getreidekörner folgendermaassen classificiren: 1) Chemische Processe; 2) Darren mittelst heisser Luft im Ofen; 3) Austrocknen in Trockenkammern oder Darren; 4) Darren mittelst Wasserdampf; 5) Aufbewahren in Silos (vom spanischen Worte siloa, das Loch) oder überhaupt in luftdicht verschlossenen Gefässen und Räumen; 6) Umschaufeln; 7) Lüftungsapparate; 8) Waschen und Trocknen; 9) Ununterbrochene Bewegung und 10) Stoss.

Indem wir hinsichtlich ausführlicher Besprechung dieser Verfahrungsarten auf die unten angegebenen Quellen verweisen[3]), wird für gegenwärtige Zwecke Nachbemerktes als hinreichend gelten können.

Unser allergewöhnlichstes Verfahren, das Aufschütten des Getreides in niedrigen Lagen auf Böden (die dem Luftzuge ausgesetzt sind, mit öfterem Umstechen), erfordert viel Flächenraum, beispielsweise bei 1 Fuss Haufenhöhe der preussische Scheffel gegen $1^1/_2$ Quadratfuss ohne Gänge und Treppen[4]). Im neuen Pariser Getreidemagazine der Kriegsbäckerei am Bassin de la Villette, was für eine Masse von 100000 Hektoliter Weizen berechnet ist, schüttet man im Maximum 1 Meter, also 3,186 preussische Fuss hoch auf, wobei zum Aufspeichern des Getreides ein freier Raum von 10000 Quadratmeter gebildet, der Quadratmeter (bei 0,75 specif. Gewicht des Weizens) also mit 750 Kilogramm

---

Nahrungsbedarf der Menschen Grossbritanniens, je nachdem sie von der einen oder anderen Getreideart leben, berechnet auf 1 Quarter (5,6 Scheffel) Weizen, oder $1^3/_8$ Quarter Gerste, oder $1^1/_8$ Quarter Roggen, oder $2^7/_8$ Quarter Hafer.

1) Chemische Briefe, Bd. 2 (1859), S. 68.

2) Henneberg's „Journal für Landwirthschaft", Novemberheft 1858, S. 164.

3) Förster's „Bauzeitung", Jahrg. 1852, S. 223 u. Jahrg. 1856, S. 231.

4) Nach dem Ingenieur-Taschenbuche der „Hütte", fünfte Auflage (1864), S. 655, rechnen preussische Baumeister für Schüttböden pro Scheffel Getreide $1^1/_3$ bis $1^1/_2$ Quadratfuss Fläche, bei $1^5/_6$ Fuss hoher Schüttung incl. Gänge und Umschippplätze.

belastet ist. (Specielles über dies in vielfacher Hinsicht interessante Magazin findet sich in Förster's „Bauzeitung", Jahrg. 1861, S. 204.)

Uralt ist der Gebrauch, Getreide in Silos oder unterirdischen Gruben mit oder ohne Mauerverkleidung aufzubewahren, und besteht dies Verfahren noch heute in Afrika, China, Italien, Spanien, Ungarn u. s. w.

Doyère[1]) hat diesen Silos neuerdings ganz besondere Aufmerksamkeit gewidmet, die noch bestehenden in Spanien und Algier besucht, und ist dabei zu dem Schlusse gekommen, dass sie das Getreide nach Qualität und Quantität, ohne jeden Verlust aufbewahren können, sobald man den Zutritt der Luft und der Feuchtigkeit zu hindern, eine beständige Temperatur, Undurchdringlichkeit der Wandungen und Dichtigkeit der Verschlüsse zu erreichen versteht. Er empfiehlt als Wandungen verzinntes Eisenblech, was man ausserhalb noch mit einem harzigen Ueberzuge von 3 bis 4 Millimeter Dicke versieht. Für gleichen Fassungsraum und unter fast gleichen Umständen sollen derartige Silos nur ½ oder ⅔ so viel wie gewöhnliche Getreidespeicher kosten. Speciell über den Bau der Doyère'schen Silos, den Zustand der aufbewahrten Früchte und die sonstigen Mittel (namentlich Schwefelkohlenstoffdampf) zur Vertilgung der Insecten handelt ein (mit Abbildungen begleiteter) Aufsatz in den Mittheilungen des Gewerbevereins für das Königreich Hannover, Jahrg. 1858, Seite 35.

Unter den über der Erde aufgestellten beweglichen oder feststehenden Getreidebehältern, wobei das Lüften (Ventiliren) und Bewegen der Körner unter Anwendung mechanischer Hülfsmittel erfolgt, verdienen insbesondere die von Vallery, Huart, Sallaville und Devaux Erwähnung.

Vallery's beweglicher Kornspeicher[2]) (grenier mobile oder magasin-tonneau) besteht aus zwei concentrischen, in einander befindlichen und um dieselbe Horizontalwelle drehbar gemachten Cylindern mit kreisförmiger Basis. In den Mänteln beider Cylinder befinden sich rectanguläre Oeffnungen, welche mit Drahtnetzen verschlossen sind. Der Raum zwischen den beiden Cylindern ist durch hölzerne Scheidewände in 8 Fächer und jedes der letzteren wieder in vier Zwischenfächer getheilt, so dass der Cylinder im Ganzen 32 Abtheilungen enthält. Während der Drehung des Cylinders um seine Horizontalaxe und das dadurch veranlasste Schütteln der Getreidekörner saugt ein Ventilator atmosphärische Luft durch die bemerkten Wandöffnungen, deren Drahtmaschen von solcher Grösse sind, dass nicht die Getreidekörner, wohl aber die Kornwürmer herausfallen können[3]).

---

1) Wagner: „Bericht über die Fortschritte und Leistungen der chemischen Technologie", 8. Jahrg. (1862), S. 395. — Dingler's polytechn. Journ., Bd. 165 (1863), S. 311. Auch Förster's Bauzeitung 1852, S. 227.

2) Die besten Abbildungen in Rollet („Memoire sur la Meunerie"), Pl. X, Fig. 1—4, p. 112.

3) Payen (Gewerbs-Chemie, deutsch von Fehling, Stuttgart 1850, S. 436) berichtet, dass aus 20 Hektoliter Getreide 37000 bis 38000 Kornwürmer durch abwechselndes Drehen und Ruhenlassen des Vallery'schen Apparates binnen drei Tagen ausgetrieben wurden. Die Sache ist in sofern höchst wichtig, als die Brut eines einzigen Weibchens (Henneberg's Journal für Landwirthschaft, Jahrg. 1854, Heft 12, S. 77) vom April bis September 6045 Weizenkörner zu zerstören

Huart's[1]) Speicher, wo das Getreide bei steter Bewegung fortwährend mit kalter Luft in Berührung kommt, besteht aus mehreren neben einander stehenden prismatischen Behältern, welche unten mit einem trichterförmigen Ansatz versehen sind, an dem sich die durch eine Klappe verschliessbare Oeffnung zum Ablaufe des Getreides befindet. In dem Innern des Trichters eingeschaltete Leisten bewirken, dass das Getreide in allen seinen Schichten gleichmässig niedersinkt. Die aus der Ausflussöffnung fallenden Körner werden durch einen Becherelevator gehoben, passiren eine Windfege und gelangen durch die obere Oeffnung in den Behälter zurück.

Nach Wiebe wendet man Huart's Speicher mit Erfolg auch in Deutschland, beispielsweise in der „Stettiner Actien-Mühle" und bei der „Berliner Brodfabrik-Actien-Gesellschaft" an.

Bei Sallaville's Kornspeicher[2]) besteht der Boden aus horizontal neben einander liegenden durchlöcherten Eisenröhren, worüber man das Getreide schüttet, so dass dies die Röhren umgiebt, das Getreide also horizontal geschichtet ist. Durch Centrifugal-Ventilatoren wird Luft in diese Röhren gepresst und ein aufsteigender Strom atmosphärischer Luft (oder anderer Gase) erzeugt, der in den Millionen kleiner Canäle einen Ausweg sucht, welche die aufgeschütteten Körner zwischen sich lassen. Eine ähnliche Anordnung schlug Duhamel bereits vor 100 Jahren vor.

Das Neueste und wie es scheint das Vollkommenste dieser Art von Speichern scheint indess Devaux's „Patent Granary" zu sein[3]), der aus grossen verticalstehenden Gefässen gebildet ist, mit Wänden aus durchlochten Eisen- oder Blechplatten, Siebgeflechten u. s. w., worin in verticalen Richtungen durchlöcherte Röhren aufgestellt sind, in welche ebenfalls ein Ventilator atmosphärische Luft von solcher Pressung eintreibt, dass die vertical geschichtete Getreidemasse in horizontaler Richtung durchdrungen wird, die Körner also überall von aussen und innen mit der atmosphärischen Luft in inniger Berührung stehen. Zum Füllen und Entleeren der Devaux'schen Granaries dienen übrigens Elevatoren, Schrauben u. dgl., obwohl an sich eine continuirliche Bewegung der Masse, wie bei Huart, für gewöhnlich nicht stattfindet. In den Londoner „West India Docks" und in Triest soll man diese Speicher mit grossem Erfolge in Anwendung gebracht haben[4]).

---

vermag. Schöne Abbildungen dieses Kornwurmes (Calandra granaria) und anderer für Getreide und Mehl schädlicher Insecten finden sich bei Rollet Planche I, Fig. 21 bis 44. Ferner in der deutschen Bearbeitung dieses Theiles in F. Neumann's „Mahlmühlenbetriebe" (265. Bd. des „Neuen Schauplatzes der Künste und Handwerke". Weimar 1864).

1) Die besten Abbildungen von Huart's „Grenier Vertical" enthält Bd. 9, Pl. XXIII von Armengaud's „Publication Industrielle", ferner Förster's „Bauzeitung", Jahrg. 1856, S. 251.

2) Dingler's polytechn. Journ., Bd. 136, S. 400 und „Rep. of Patent Inv.", June 1856, p. 474.

3) „The Practical Mechanics Journal", Vol. 16 (1. May 1863), p. 33. (Mit Abbildung.) Notizen ohne Abbildung finden sich in Dingler's polytechn. Journ., Bd. 169, S. 470.

4) Ueber Pavy's Getreidespeicher, aus cylindrischen Thongefässen ge-

Aufbewahren von Mehl. Versuche über die Aufbewahrung von Mehl wurden neuerdings besonders in Hohenheim in verschiedener Weise angestellt[1]). Erstens nach einem (schon vor 25 Jahren) in Paris vom Grafen Déjean empfohlenen Verfahren, wobei trocken gemahlenes und nachher noch weiter getrocknetes Mehl in cylindrischen Gefässen aus Zinkblech verschlossen wird. Zweitens indem man Eichenholzfässer zum Einpacken verwandte, welche man im Innern sorgfältig mit Papier ausklebte. Nach etwas länger als einem Jahre fand man das in Fässern und Zinkbehältern aufbewahrte und getrocknete Mehl vollkommen frisch und gesund. Allerdings hatte das Mehl in den Fässern einen starken, in den Zinkbehältern einen schwächeren öligen Geruch angenommen, welcher sich aber bei der Verwendung des Mehles zu Mehlspeisen nicht als nachtheilig erwies, so dass daraus gebackenes Brod allseitig für gut befunden wurde. Thebaud in Nantes[2]) trocknet das zum Export bestimmte Mehl vor der Verschiffung sehr stark, schützt das getrocknete Mehl vor Feuchtigkeit und bewahrt es in vollkommen verschlossenen Gefässen. Um jedoch den möglichen Eintritt der atmosphärischen Luft in das Mehl zu verhindern und letzteres gleichzeitig in das kleinste Volumen zu bringen, unterwirft Thebaud dasselbe mittelst der hydraulischen Presse einem Drucke von 8 bis 10 Atmosphären, so dass das Mehl aus der Umgegend von Paris (was man bis auf einen Feuchtigkeitsgehalt von etwa 5 Procent getrocknet hatte) etwa um die Hälfte seines ursprünglichen Volumens vermindert wird. Im gepressten Zustande erscheint das Mehl in Form von Kuchen oder Broden.

4) Verfälschungen des Getreidemehles mit Kartoffelstärke und Bohnenmehl, mit Mais, Buchweizen, Gyps u. s. w. sollen in Frankreich nach Payen[3]) sehr häufig vorkommen, während dies Heeren[4]) für Deutschland als eine Seltenheit bezeichnet, indem ein Zusatz von Kartoffelstärke bei dem Preise derselben schwerlich Vortheil bringen würde, Beimischungen von wohlfeileren Mehlsorten zu theuren, z. B. Roggen- oder Hafer-Mehl zum Weizenmehle, sich schon durch Farbe und Geruch, besonders aber beim Anmachen mit warmem Wasser zu erkennen geben würden. Heeren verweist zur Entdeckung fremder Beimischungen auf die von Bouyet, Fresenius u. A. vorgeschlagenen, theils chemischen, theils mikroskopischen Methoden[5]), während

---

bildet, mit drehbarer Rinne, Elevatoren und Windfege, von verhältnissmässig geringen Herstellungskosten, deren Einrichtung sich den bereits vom Amerikaner Evans construirten am meisten nähert, wird ausführlich berichtet in Dingler's polytechn. Journ., Bd. 165 (1863), S. 307.

1) Hohenheimer Landwirthschaftl. Wochenblatt Nr. 36 von 1854 und daraus in Henneberg's Journ. für Landwirthschaft, Jahrg. 1856, Heft 12, S. 163, ferner im polytechn. Centralblatte, Jahrg. 1855, S. 62.

2) Armengaud: „Genie Industriel“ 1860, p. 30. — Dingler's polytechn. Journ., Bd. 161, S. 390 und hieraus in Wagner's Bericht über die Fortschritte der chemischen Technologie vom Jahre 1861, S. 353.

3) Gewerbs-Chemie, S. 445.

4) Handbuch der Gewerbkunde von Karmarsch und Heeren, Artikel „Mehl“, Bd. 2, S. 628.

5) Empfehlenswerth sind für den betreffenden Gegenstand speciell folgende zwei Werke: Chevallier, Wörterbuch der Verunreinigungen und Verfälschungen

Payen (a. a. O.) speciell auf verschiedene Verfahrungsarten zur Erkennung des Getreidemehles von den anderen Substanzen eingeht, wobei beispielsweise angegeben wird, dass ein Zusatz von Gyps, Knochenasche, Sand u. s. w. durch die Asche erkannt wird, welche beim Verbrennen zurückbleibt.

Zweites Capitel.

Getreidemühlen ohne beabsichtigte Mehlbereitung.

§. 30.

Bei allen im Vorstehenden besprochenen Getreidemühlen war der äusserste Endzweck die Bereitung von Mehl (oder Gries). Gegenwärtiges Capitel soll derjenigen Gattung von Getreidemühlen gewidmet sein, wobei kein Mehlmachen, sondern vorzugsweise oder ausschliesslich ein Abreiben, Schälen, Enthülsen, Schroten, überhaupt Zerkleinern oder Quetschen beabsichtigt wird.

I. Graupenmühlen [1]).

Graupen nennt man die von ihren Hülsen und Spitzen befreiten und nachher durch Schälen, Abreiben, Schleifen und Poliren in eine mehr oder weniger vollkommene Kugelgestalt gebrachten Gersten- oder Weizen-Körner. Seitdem der Reis als mächtiger Concurrent der Graupen aufgetreten ist, stellt man sie vorzugsweise aus Gerste her.

Die Anfertigung der Graupen aus Gerste erfordert der Hauptsache nach fast dieselben Maschinen und ähnliche Manipulationen wie das bereits früher (S. 64, 162 u. 163) beschriebene Spitzen des Weizens, weshalb hier sogleich zur Beschreibung einer Graupenmühle mit verticaler Axe und horizontalgehendem Steine geschritten werden mag, wie solche Fig. 167 im senkrechten Durch-

---

der Nahrungsmittel. Göttingen 1857, Bd. 2, S. 82. — Klencke, Die Verfälschung der Nahrungsmittel nach Hassel u. Chevallier bearbeitet. Leipzig 1858, S. 139 (Mehlwaaren s. Brod).

1) Literatur: Neumann, Der Wasser-Mahlmühlenbau. Berlin 1810. §. 260 etc. — Schreiber: Beiträge zur Mühlenbaukunde. Königsberg 1837 u. 1841, erstes Heft S. 33 und zweites Heft S. 99. — Schwahn, Lehrbuch der Mühlenbaukunst. Sechste Abtheilung. Berlin 1852. S. 3. — Sammlung von Zeichnungen für die „Hütte“. Jahrg. 1859, S. 9, Taf. 2[c] und Jahrg. 1862, S. 52, Taf. 30[a] und 30[b].

schnitte dargestellt ist und wozu noch Fig. 168 gehört, aus welcher die besondere Anordnung des arbeitenden Steines im Grundrisse erhellt.

Fig. 167.

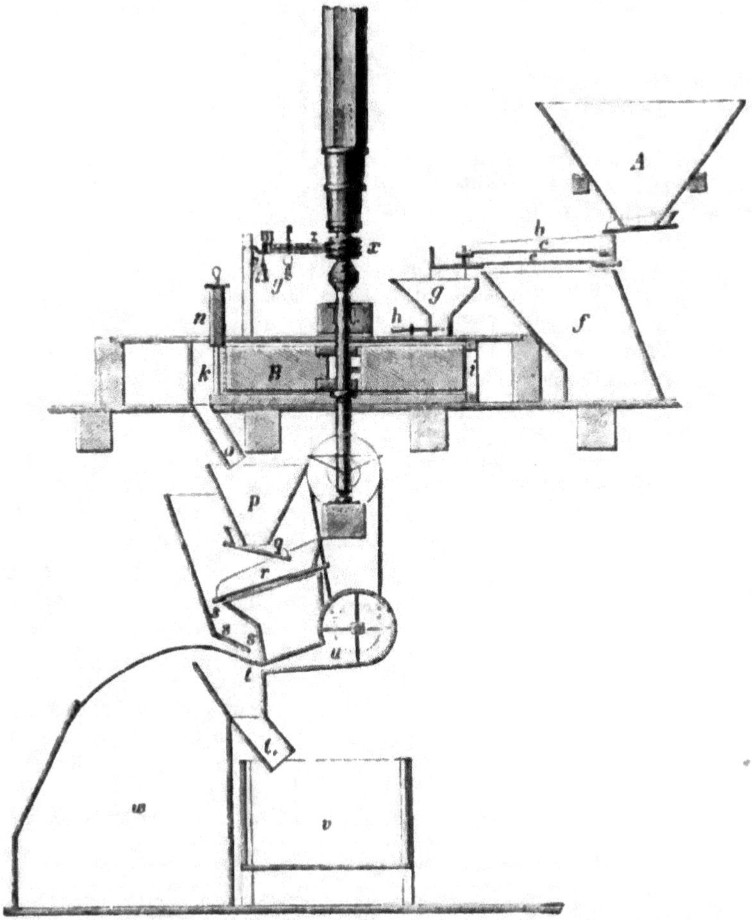

Unter der Voraussetzung, dass die Gerste bereits von ihrer äusseren Hülse oder Schale befreit [1]), aber dennoch sehr unrein ist, wird ein bestimmtes Quantum Körner in den Rumpf A geschüttet.

Durch den unter A hängenden Schüttelschuh gelangen die Körner auf einen Sichteschuh b [2]), dessen oberer Boden c mit grobem Drahtgeflechte be-

1) Die hier zu beschreibende Graupenmühle kann auch zugleich als Schälgang benutzt werden. Zuweilen verwendet man auch Stampfen hierzu, wie wir solche später als Grützmühle etc. kennen lernen werden.

2) Bei sehr reiner Gerste wird die Absichtung auf dem Sichteschuh b ganz unterlassen und im Sammelrumpfe g direct ein bestimmtes Quantum abgemessen.

setzt ist, welches die Gerstenkörner von bestimmter Grösse durchfallen lässt, alle grösseren Körper aber, wie Strohhalme, Erdklösse etc., in eine daneben befindliche Rinne schüttet, die nach der Seite hin eine entsprechende Abführung gestattet.

Der zweite Boden *e* im Sichteschuh *b* ist ebenfalls aus Drahtgeflecht, jedoch von solcher Feinheit gebildet, dass die brauchbaren Gerstenkörner nicht durchfallen, sondern in einen Sammelrumpf *g* gelangen, während unbrauchbare kleinere Körner, durch das Schütteln gelöste Hülsen etc. in den Raum *f* abgesichtet werden.

Der Sammelrumpf *g* ist unterwärts in seiner Verengung mit einem Schieber *h* versehen, der erst geöffnet werden muss, bevor die Körner auf die obere Seite des Läufers *B* gelangen können, über welchen zunächst Folgendes bemerkt werden mag.

Das Material des Läufers (Graupensteines) ist gewöhnlich Sandstein, der keine Glätte und Politur annimmt, sondern stets rauh und körnig bleibt [1]). Wegen des erforderlichen grossen Durchmessers dieses Steines (in unserer Abbildung $5\frac{1}{2}$ Fuss bei 1 Fuss Höhe) befestigt man ihn an der vertical stehenden Welle, mittelst der festen Kreuzhaue *m*, die man am besten doppelt anbringt, indem man die eine in der unteren, die andere in der oberen Steinfläche einlässt.

Umgeben ist der Graupenstein *B* von einer concentrischen Kapsel (der Bütte, dem Lauf) *i*, und zwar in der Weise, dass zwischen beiden, je nach Bedürfniss ein freier, ringförmiger Raum von $\frac{3}{8}$ bis $\frac{3}{4}$ Zoll, höchstens 1 Zoll verbleibt. Gebildet wird der Lauf aus 8 hölzernen Rahmenstücken, die durch Schrauben oder Haken vereinigt und zwischen denen reibeisenartig durchlöcherte Blechtafeln eingesetzt sind, wobei man die Bärte dem Umfange des Steines *B* zukehrt. An einer passenden Stelle hat man die Bütte mit einer Oeffnung *k* versehen, die mittelst eines (ebenfalls mit Reibeisen beschlagenen) Schiebers *n* nach Belieben geöffnet oder verschlossen werden kann. Oberhalb deckt man die Bütte durch bewegliche Holzklappen zu, dagegen an der unteren Seite (am Boden) durch Klappen, welche nach innen mit Eisenblech beschlagen sind. Durch letztere Anordnung wird der Bodenstein entbehrlich und dem Läufer *B* die Arbeit ganz allein überlassen.

Fig. 168.

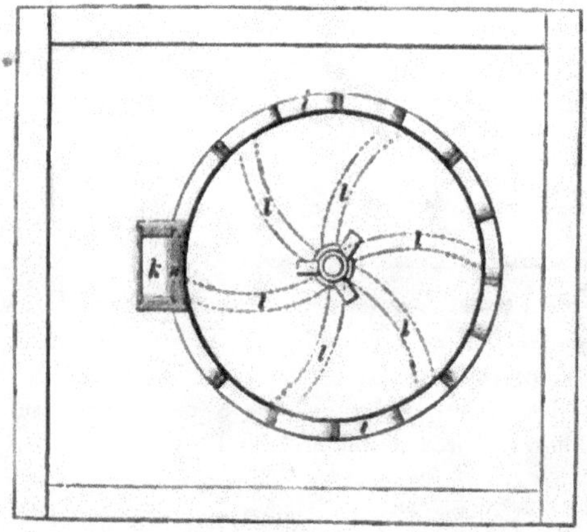

Auf der in Fig. 168 sichtbar dargestellten unteren Fläche des Läufersteines *B* hat man sechs bogenförmige Luftcanäle oder Windfugen *l* von $1\frac{1}{2}$ bis 2 Zoll Breite und $\frac{3}{4}$ Zoll Tiefe aus-

1) Im Königreiche Hannover am besten die Osterwalder Sandsteine.

gearbeitet und deren Enden mit 8 Zoll langen Stahlschienen, den sogenannten Jägern, versehen.

Der Zweck dieser Anordnung ist ein doppelter, nämlich erstens einen Luftzug zur Abkühlung des Mahlgutes hervorzubringen, und zweitens das Anhäufen und Zerschlagen der Körner in unförmige Stücke zwischen der unteren Steinfläche und dem Boden der Bütte möglichst zu verhüten, die Körner herauszujagen.

Das Graupenmachen wird lediglich durch die Mantelfläche des Läufersteines unter Mitwirkung der bemerkten Reibeisenbleche der Bütte bewirkt, indem die vom Rumpfe *g* aus eingebrachten Körner zwischen Stein und Bütte so lange in spiralförmigen Bahnen herumgejagt und abgerieben werden, bis sie den Boden erreicht haben. Hat der Stein *B* nicht genug natürliche Rauhheit, so versieht man seine Mantelfläche wohl auch mit Hauschlägen, die je nach Kraft und Geschwindigkeit der Steine unter Winkeln von 12 bis 20 Grad gegen den Horizont gerichtet werden können.

Soll das Abreiben der Gerstenkörner zur Kugelgestalt in rechter Weise erfolgen, so muss unsere Maschine intermittirend wirken, d. h. es muss ihr nur immer ein bestimmtes Quantum Körner zum Verarbeiten übergeben und während der Arbeitszeit kein weiteres Material zugeführt werden. Die Grösse dieses Quantums ist je nach Beschaffenheit der Gerste und den beabsichtigten Graupensorten verschieden, ferner von der Grösse des Läufersteines und des Laufes (der Bütte), sowie endlich von der Schärfe des Steinkornes abhängig. Als allgemeine Regel lässt sich aufstellen, dass das jedesmalige Mahlquantum höchstens $^7/_8$ des Raumes einnehmen darf, welcher zwischen dem Mantel des Läufers und der Bütte gebildet wird.

Die Umfangsgeschwindigkeit des Läufersteines beträgt dabei gewöhnlich 50 Fuss, so dass der Stein unserer Abbildung pro Minute 173 bis 174 Umläufe machen müsste, was auch der Fall ist.

Die Zeit, wie lange das dem Steine zugeführte Gerstenquantum in dem gedachten Zwischenraum (im Laufe) verweilen muss, ist für jede besondere Sorte Gerste und Graupe erst durch Versuche (das sogenannte Probejagen) zu ermitteln. Annäherungsweise lässt sich diese Zeit auf 10 bis 20 Minuten angeben. Begreiflicherweise verschliesst man während dieser Zeit beide Schieber, d. h. sowohl den zum Einlassen *h*, als den zum Entleeren *n*.

Um die als zweckmässig erkannte Arbeitszeit oder vielmehr Umlaufszahl des Steines genau abmessen zu können, wird an dessen Spindel eine besondere Vorrichtung angebracht, welche man den Wecker zu nennen pflegt und die auch in Fig. 167 angegeben ist. Auf der verlängerten Mühlspindel[1]) hat man eine Schraube *x* angebracht, welche in ein sogenanntes Schneckenrad fasst, dessen Welle *z* in ihrer Fortsetzung ebenfalls mit einer Schraube versehen ist. Ueber letzte Schraube ist eine Drahtschlinge *t* gehängt und deren verticale Richtung durch ein angehangenes Gewicht *g* gesichert. Bei einer Umdrehung der Schraube *z* wird daher das Gewicht *g* um eine Ganghöhe weiter fortgerückt, so dass zuletzt der Draht *t* gegen den Arm *m* einer kleinen Glocke *g*

1) Unser Graupengang hat sogenannten Oberbetrieb, indem derselbe von einem Windrade bewegt wird, dessen Abbildung und Beschreibung Bd. 1, S. 384, Fig. 240 und 241 zu finden ist.

stösst. Durch letztere Wirkung fällt der Glockenarm auf den Krummzapfen $\mathfrak{h}$, durch dessen Umdrehung die Glocke in Bewegung gesetzt und so lange im beständigen Läuten erhalten wird, bis man deren Arm *m*, sowie den Draht $\mathfrak{l}$ wieder in die ursprünglichen Stellungen versetzt [1]).

Sobald durch die Glocke *g* das Signal der vollendeten Vergraupung gegeben wird, zieht man den Schieber *n* möglichst schnell auf und lässt die Graupen durch die Oeffnung *k* ab, worauf sie durch die Röhre *o* in ein Absonderungswerk (Sauberwerk) gelangen, um namentlich die abgeriebenen Theile der Gerste, Staub, Schalen, Grütze und Mehl, von den Graupen zu trennen. Zunächst sammelt sich die ganze Masse in dem Rumpfe *p*, wird sodann von einem Schüttelschuh *q* auf ein ebenes Schüttelsieb *r* gestreut, wobei die Graupen und andere gleich grosse Theile der Masse auf der schiefen Fläche des letzteren herabrollen und endlich gegen Fallbretter *s s* stossen, deren gegenseitige Stellung das Ausbreiten befördert.

Während die Graupen u. s. w. vor der Oeffnung *t* eines Ventilators *u* vorbeipassiren, werden sie durch den Luftstrom von allen noch damit gemengten leichten Theilen gesäubert, und fallen schliesslich durch die Röhre t_1 in einen Sammelkasten *v*. Alle erwähnten leichteren Theile der Masse gelangen in einen (links von *v*) angeordneten Bretterverschlag, der oben mit Eisenblech gedeckt ist.

Zur Selbstbedienung der Graupenmühlen mit intermittirender Wirkung, wie die soeben beschriebene, bedient man sich eines nicht uninteressanten Mechanismus von der Art, dass der Schieber (*h* Fig. 167) zum Einlassen der Gerste, sowie der zum Auslassen der Graupen, durch das Werk selbst geöffnet und geschlossen wird und auch das Aufschütten der Körner von selbst erfolgt.

Fig. 169 bis 172 stellen einen solchen Selbstbedienungsmechanismus dar, wie er in der grossen Sarstedter Mühle (am Innerste-Flusse zwischen Hildesheim und Hannover) mit Erfolg benutzt wird, und wobei noch die Bemerkung Platz finden mag, dass von der Haupttriebwelle aus die Anordnung derartig getroffen ist, dass zwei neben einander liegende Graupengänge gleichzeitig bedient werden können.

Auf der verlängerten Wasserradwelle *A* der Mühle ist ein kleiner Krummzapfen *B* befestigt, der vermittelst einer Zugstange *C* die Bewegung auf ein Zahngetriebe *r* überträgt. Letzteres ist mit dem grösseren Zahnrade *R* im Eingriff befindlich, während auf der verlängerten Axe von *R* eine Art Heb-

---

1) Die specielleren Constructionsverhältnisse dieses Weckers können beispielsweise folgende sein. Die stehende Mühlsteinwelle mache pr. Minute 174 Umläufe, daher in 20 Minuten: 3480. Das mit *x* zusammengreifende Schneckenrad habe 87 Zähne, so dass dasselbe und mit ihm die Welle *z* in 20 Minuten 40 Umläufe macht. Hat man nun die Zeit zur Anfertigung eines bestimmten Quantums Graupen auf 20 Minuten oder auf 3480 Umläufe des arbeitenden Steines *B* festgesetzt, so giebt man der Welle *z* auch 40 Einschnitte (Schraubengänge) und der Draht $\mathfrak{l}$ wird beim Anfange der Arbeit in den vierzigsten Einschnitt (Gang), von *m* an gerechnet, in *z* eingehängt. Soll aber die Vergraupungszeit nur 5 Minuten betragen oder 870 Steinumläufe dauern, so wird der Draht $\mathfrak{l}$ in den zehnten Einschnitt, von *m* aus gezählt, eingehangen, u. s. w.

nägelrad $\beta\beta$ Fig. 171 (wie bei den Schlaguhren Bd. 1, S. 72) festsitzt. Nach entsprechenden Zeitabschnitten drückt immer einer der Hebedaumen $\gamma\gamma$ gegen das eine Ende g des doppelarmigen um f drehbaren Hebels fgh und veran-

Fig. 169.

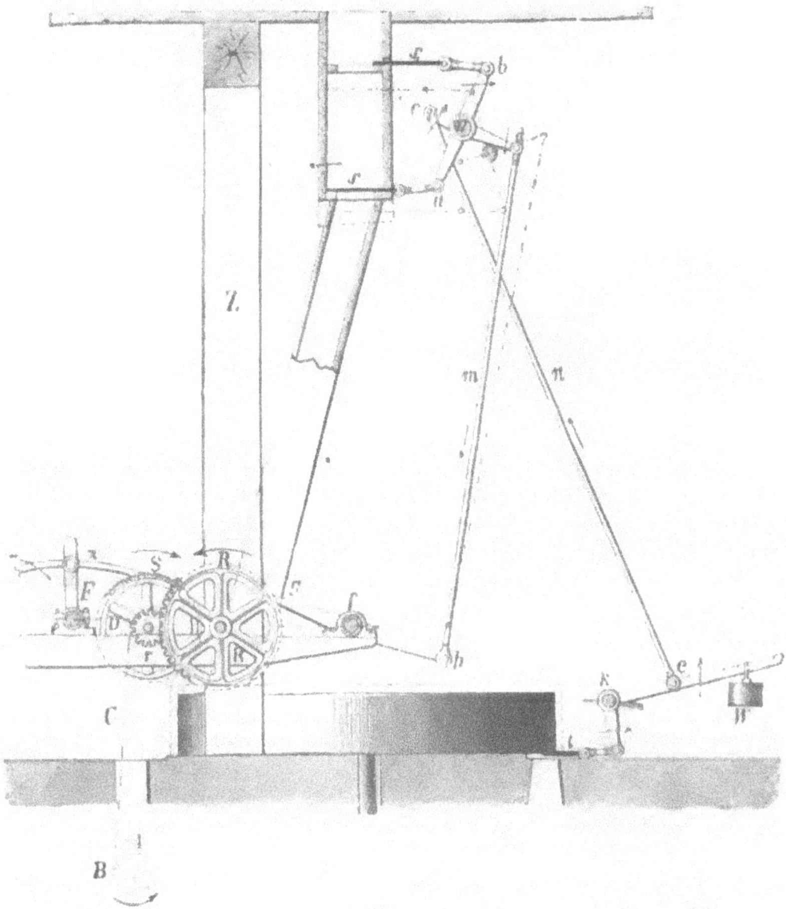

lasst diesen bei g zum Aufgange, bei h zum Niedergange. Hierdurch wird eine Schubstange hm abwärts, eine andere cne aber aufwärts bewegt, wozu die Welle W mit den aufgesteckten Armen Wd und Wc die gehörigen Dienste leistet. Zwei andere ebenfalls an ihr befestigte Arme Wa und Wb dienen dazu, die gedachten Bewegungen auf die Schieber s und s_1 der Sammelbehälter für die vorbereitete Gerste überzutragen. Die zweite Schubstange cne wirkt auf einen Winkelhebel ekt, wodurch der Schieber t für die Auslassöffnung der Graupen die geeignete Bewegung erhält. Durch das Abwärtsschieben von mh, wobei gleichzeitig ein Aufwärtsschieben von enc erfolgt, wird der Schieber s geschlossen, dagegen werden die Schieber s_1 und t geöffnet, so dass nur fertige Graupen abgeführt, nicht aber frische Gerste aus dem bestimmt cubicirten Raume zwischen s und s_1 auf den Graupenstein gelassen werden kann [1]).

Fig. 170.

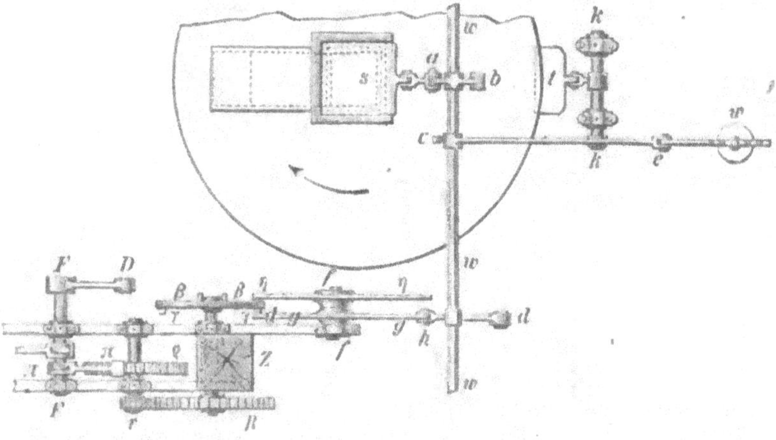

Sobald der betreffende Hebling γ das Hebelende g (Fig. 171) verlassen hat, macht sich die Wirkung des Gewichtes W am Hebel ke geltend und veranlasst die Zugstange cne zum Niedergange und gleichzeitig die amh zum Aufgange, wodurch also die Schieber s_1 und t geschlossen, dagegen der s geöffnet, folglich dem Graupensteine frisches Material zur Verarbeitung zugeführt wird.

Fig. 171.

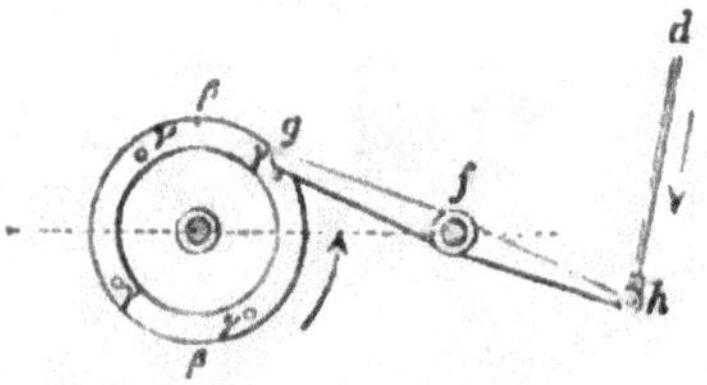

Fig. 172.

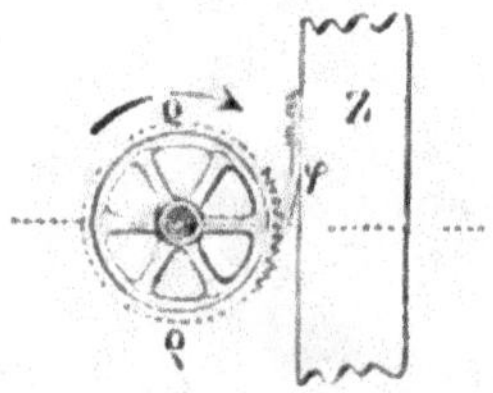

Alle sonstigen Theile unserer Abbildungen, so z. B. das Sperrrad ϱ (Fig. 172 im Detail) mit der Klinke π (Fig. 170) und dem Sperrkegel φ etc. bedürfen keiner besonderen Erklärung.

Um den Process des Vergraupens so viel wie möglich continuirlich zu machen und das unangenehme Stauben der Graupenmühlen mit horizontalen Steinen zu vermeiden, wendet man neuerdings sehr oft Graupenmühlen mit verticalen Steinen (sogenannte holländische Gänge) nach Art der Schleifsteine an.

1) Es bedarf wohl kaum der Erwähnung, dass durch diese Schieberstellung der Raum ss_1 mit dem erforderlichen Quantum frischer Gerste vom Vorrathsboden des darüber liegenden Stockwerkes aus gefüllt wird.

Fig. 173 und 174 stellen eine solche Vergraupungsmühle in $^1/_{32}$ der wahren Grösse dar, wie sie (viergängig) unlängst von dem bereits S. 92 rühmlichst genannten Mühlenbaumeister Dannenberg in Berlin für Odessa ausgeführt wurde und sich praktisch bewähren soll [1]).

a ist der 3 Fuss 11 Zoll (preuss.) im Durchmesser haltende Mühlstein von 1 Fuss Dicke, der mit seiner horizontalen Welle *b* in festen Lagern *c*

Fig. 173.

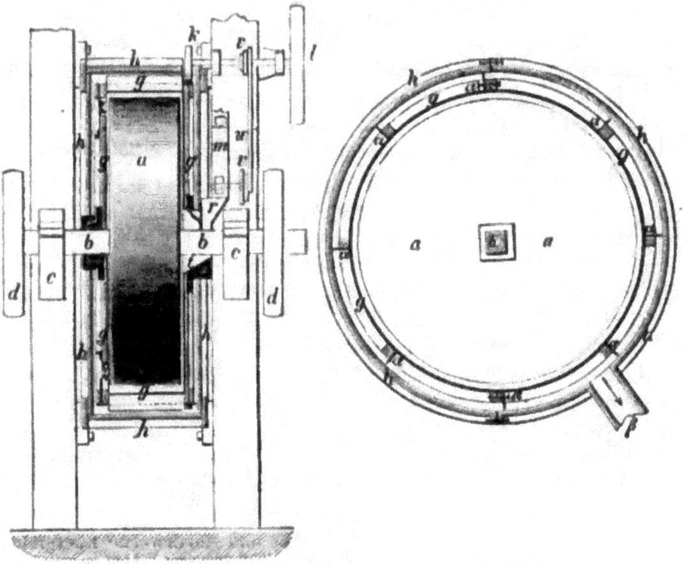

läuft und von den zu beiden Seiten aufgekeilten Riemenscheiben *dd* zu 220 Umläufen pro Minute veranlasst wird.

Fig. 174.

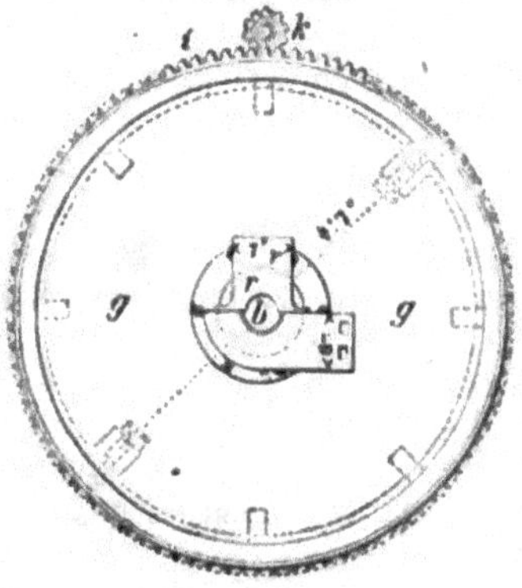

Umgeben wird der Stein von dem concentrisch gestellten inwendig mit Reibeisenblech beschlagenen Graupenringe oder dem Laufe *g*, der hier jedoch nicht festgemacht ist, sondern sich der Bewegungsrichtung des Steines entgegengesetzt umdreht, und zwar 44 Mal langsamer als ersterer, indem er nur 5 Umläufe pro Minute macht. Zum Zwecke dieser Bewegung ist am äusseren Umfange des Graupenringes *g* ein Zahnkranz *i* (Fig. 174) von 55 Zoll Durchmesser befestigt, der von einem $4^1/_4$ Zoll Durchmesser haltenden Getriebe *k* bewegt wird, wozu letzterer Trieb auf der Axe einer beson-

1) Sammlung von Zeichnungen für die „Hütte", S. 52, Taf. 30[a] und 30[b].

deren Riemenscheibe *l* aufgesteckt ist. Dass sich hierzu der Lauf oder Graupenring *g* in selbstständigen von *cc* unabhängigen Lagern drehen muss, leuchtet wohl von selbst ein und ist in unserer Skizze (Fig. 173) so weit als möglich deutlich dargestellt [1]). Eine unbewegliche Holzbütte *h* umgiebt ebenfalls den Graupenring *g* concentrisch als Verkleidung.

Beim Arbeiten gelangt die gehörig vorbereitete Gerste von einem Sammelrumpfe aus in das Rohr *m* (Fig. 173), wird daselbst durch ein punktirt angegebenes Vertheilungsrädchen aufgefangen und durch dieses langsam oder schnell in den Trichter *r* geworfen. Die grössere oder geringere Geschwindigkeit des gedachten Vertheilungsrädchens wird durch die Lage des Riemens *w* auf den aussen befindlichen Stufenscheiben *vv* regulirt. Aus dem Trichter *r* fällt die Gerste zu beiden Seiten der Welle *bb* nach *t* hinunter zwischen den Mühlstein *a* und den Graupenring *g*.

Durch die entgegengesetzte Drehung des Mühlsteines und Graupenringes wird die Gerste abgerieben und rund bearbeitet, wobei sie ausserdem noch an den Reibeisenblechwandungen des Laufes *g* ein Hinderniss in der Passage findet.

Je nachdem man nun feine oder grobe Graupen machen will, muss auch hier die Gerste längere oder kürzere Zeit im Graupengange bleiben, was man durch Veränderung und gehörige Stellung der Ausflussöffnungen *zz* (Fig. 173) in dem Graupenringe *g* erzielen kann. Die hierzu an der Aussenseite des Graupenringes vorhandenen Schieber kann man während des Betriebes reguliren, indem dies eine Oeffnung in der Verkleidung *h* des Graupenganges gestattet.

Am Umfange von *g* sind Lederschaufeln *αα* (Fig. 173) befestigt, wodurch das fertige Product aus dem Graupengange einer Röhre *β* zugeführt wird und weiter einem Elevator zufällt, der es in eine höhergelegene Etage des Gebäudes hebt und dort einem entsprechenden Sieb- und Sortirwerke übergiebt.

Um die Mühlsteinwelle *b* so viel als möglich zu entlasten, hat man deren Lager in dem kürzeren Arme eines Hebelwerkes angebracht, und am längeren Arme des letzteren entsprechende Gewichte aufgehangen.

Gedachte Zapfenreibung, das mögliche Durchbiegen der horizontalen Welle und ferner die minder naturgemässe Art, wie die zu vergraupende Gerste dem arbeitenden Steine überliefert wird, pflegt man gewöhnlich als besonderen Nachtheil der Maschinen mit verticalen Steinen, gegenüber den zuerst beschriebenen mit horizontalen Steinen (den sogenannten englischen Graupenmühlen) aufzuführen, Gründe, die jedoch nicht hinreichend zu sein scheinen, der Verbreitung der ersteren Maschinengattungen (wenigstens im Bereiche des Königreichs Hannover) hemmend entgegenzutreten.

Je nach der Feinheit der zu erzielenden Graupen müssen die Körner (wie schon erwähnt) längere oder kürzere Zeit im Graupengange bleiben, und erfolgt deshalb ein ein- oder mehrmaliges Aufschütten. Extrafeine Graupen, die man gewöhnlich Perlgraupen nennt, lässt man wohl 6 bis 7 mal über den Stein gehen.

Nach dem Vergraupen (oder bei feineren Sorten zwischen dem auf ein-

1) Entsprechende Detailzeichnungen enthält unsere Quelle auf Taf. 30b.

ander folgenden Aufschütten) bringt man das Mahlgut auf Sauber- und Sortirwerke[1]) und reibt oder polirt sie schliesslich wohl auch noch zwischen Läufen ohne Reibeisenbeschläge (den Polirläufen) u. s. w., indem man den Graupenlauf abnimmt und einen glatten Lauf aufsetzt, oder besondere Polirmaschinen, z. B. mit Leder bezogene Kegel (ähnlich wie die Seite 158 beschriebenen zum Getreidereinigen) dazu in Anwendung bringt.

Nach einer Angabe des Graupenmühlenbesitzers Naue in Erfurt[2]) liefert ein preussischer Wispel (gleich 24 Scheffel) Gerste von 17 Centner Gewicht etwa 16 Centner geschälte Gerste, aus welchem Quantum durchschnittlich 11 bis 12 Centner ordinäre, 7 bis 8 Centner Mittel- oder 5 bis 6 Centner extrafeine oder endlich 3 bis 4 Centner Perlgraupen gewonnen werden.

Bei nur einigermaassen feinen Graupen reibt oder schleift man jetzt die Gerstenkörner nicht mehr ohne Weiteres bis zur verlangten Grösse ab, sondern bricht oder schneidet dieselben nach dem Reinigen und Enthülsen vor dem Graupenmachen in zwei oder mehrere Stücke, d. h. sucht überhaupt den möglichst geringsten Abfall herbeizuführen.

Die Maschinen, welche man hierzu verwendet, sind entweder gewöhnliche Mahlgänge (Reissgänge), worauf man ähnlich wie beim Grobschroten (der Griesmüllerei) die Gerstenkörner zerbricht oder zerreisst, oder es sind sogenannte Reissmaschinen[3]), Kaffeemühlen (Kegel, welche um ihre Verticalaxe drehbar gemacht und auf der Mantelfläche mit Brech- oder Schneidekanten versehen sind), oder endlich es sind mehr oder weniger vollständige Schneidewerke, Spaltmaschinen[4]) genannt, wodurch mittelst drehbarer Messer die Gerstenkörner rechtwinklig zur Länge halbirt oder zwei- bis dreimal geschnitten werden.

So sinnreich namentlich die letzteren Maschinen von Luckhardt[5]) und von Schertzenstaller[6]) auch immerhin genannt werden müssen, so haben sie doch Abnutzungen und häufige Reparaturen derartig im Gefolge, dass sie sich (wenigstens in den bekannten Kreisen des Verfassers) zeither keinen besonderen Beifall zu erwerben vermochten.

---

1) Detail-Abbildungen von Sauber- und Sortirwerken finden sich namentlich bei Schwahn a. a. O., Blatt 52. Für Dispositionsanordnungen sind ganz besonders die bereits citirten Zeichnungen der „Hütte", Jahrg. 1862, Taf. 30ᵃ zu empfehlen.

2) „Hütte", Jahrg. 1859, S. 10.

3) Schwahn a. a. O., Blatt 54, beschreibt und empfiehlt besonders eine Kegel-Reissmaschine, welche zu Glauchau im Königreiche Sachsen angefertigt wird und mit Erfolg arbeiten soll.

4) Maschinen zum Spalten der Gerste bei der Graupenfabrikation, welche im Königreiche Hannover Anwendung finden, hat der Verfasser beschrieben und durch Abbildungen erläutert, im Gewerbeblatte für das Königreich Hannover, Jahrg. 1843, S. 61, Taf. III.

5) Luckhardt's Maschinen hat der Verfasser beschrieben in den Mittheilungen des hannov. Gewerbevereins, Jahrg. 1854, S. 287, und in Dingler's polytechn. Journ., Bd. 135, S. 428. Seit dieser Zeit hat Luckhardt seine Maschine wesentlich verbessert.

6) Kunst- und Gewerbeblatt für Baiern, 1855, S. 163.

§. 31.

II. Grütze- und Hirsemühlen.

Unter Grütze versteht man gewöhnlich mehr oder weniger grob-geschrotene Körner von Gerste, Hafer, Buchweizen oder wohl auch von Weizen, während Hirse (panicum) eine Getreideart ist, welche vorzugsweise in warmen Gegenden (z. B. überall, wo der Weinstock gedeiht) gebaut wird, in norddeutschen Ländern aber oft kaum dem Namen nach gekannt ist.

Zum Enthülsen oder Befreien der Gerste etc. und der Hirse von den Schalen bedient man sich jetzt im Allgemeinen gewöhnlicher Getreidemahlmühlen, unter Umständen aber auch der Stampfwerke, wovon die Skizze Fig. 175 ein Bild giebt, und welche hauptsächlich aus den Stampfen, der Daumenwelle und dem Grubenstocke bestehen.

Fig. 175.

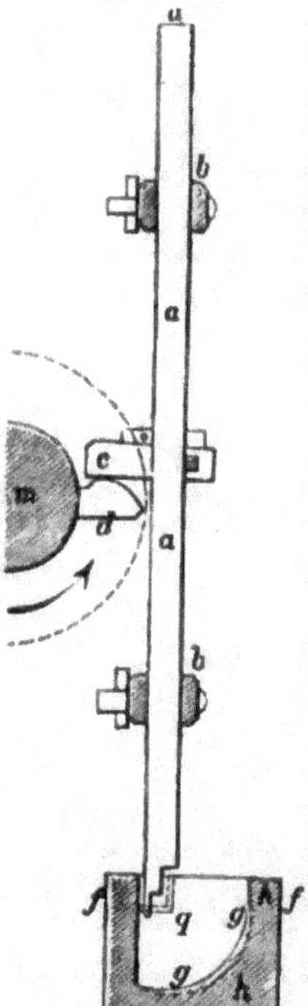

Die Stempel oder Stampfen *a*, meist aus Eichenholz (etwa 10 bis 12 Fuss lang, höchstens 8 Zoll breit und 6 Zoll stark) können sich zwischen sogenannten Scheiden oder Scheidelatten *bb* vertical auf- und abwärts bewegen, und sind mit gehörig vorspringenden Armen, Heblatten oder Zungen genannt, versehen, wo sie von dem Daumen *d* einer sich drehenden Welle *m* erfasst, auf die erforderliche Höhe gehoben und nachher dem freien Falle überlassen werden.

Zur Aufnahme der zu enthülsenden Gerste etc. oder der Hirse dient ein kräftiger Eichenholzblock *f* (von 20 bis 26 Zoll im Geviert), der Stampf- oder Grubenstock genannt, der an der einen Seite eine solche Gestalt erhält, dass sich die zu bearbeitende Masse darin gehörig wenden kann[1]). Bei einer Hubhöhe von 12, 16 bis 20 Zoll kann man die Stampfen pro Minute 45 bis 60 Mal heben und beziehungsweise fallen lassen. Die Daumen *d* auf der Welle *m* kann man so anordnen, dass sich in derselben Verticalebene zwei oder drei vorfinden, d. h. während eines Wellumlaufes die Stampfen zwei oder drei Mal erhoben werden, oder, wie man zu sagen pflegt, man kann die Daumwelle zwei- oder drei-hübig machen. Unterwärts versieht man die Stampfen entweder mit gewöhnlichen Füssen oder mit Stufen (Verzahnungen wie bei Walkhämmern) oder man stattet das Ende mit einem gerippten kugelförmigen Kopfe aus, wie der Verfasser

1) Schwahn a. a. O., fünfte Abtheilung, S. 118, räth die Wölbung *g* des Stampfstockes *f* bei der Weite und Tiefe der Grube von 20 Zoll folgendermaassen zu machen. Man theilt Weite und Tiefe in vier gleiche Theile und beschreibt aus dem Kreuzungspunkte *q* des ersten Viertels die Wölbung *gg*. Eine grössere Wölbung *hh* gewährt der Kreuzungspunkt aus drei Theilen u. s. w.

namentlich bei Hirsestampfen im Königreiche Sachsen mehrfach wahrzunehmen Gelegenheit fand.

Nach dem Abstampfen und darauf folgenden Absieben (des Kaffs, wie man die zerstossene Hülse nennt) schrotet man am besten die Masse zwischen stumpfen Mühlsteinen, deren Bodensteine wohl auch aus Thon geformt werden.

Buchweizen soll man (nach Claussen), bevor er zu Grütze gemahlen wird, ein wenig trocknen. Hafer soll vor dem Vermahlen (zu Hafergrütze) mit siedendem Wasser gebrüht, dann wieder mit kaltem Wasser begossen und auf einer Darre getrocknet werden[1]).

§. 32.

III. Reismühlen[2]).

Der Reis (Oryza), als bekannte Frucht der gemeinen nur im Süden gedeihenden[3]) Reispflanze, welcher unter allen Getreidesamen am wenigsten eiweissartige Stoffe, dafür aber am allermeisten Stärkemehl enthält[4]) und den Völkern des Orients ein noch wichtigeres Nahrungsmittel ist, als uns die Kartoffeln sind, hat sich ebenfalls in Europa und selbst in den nördlichsten Theilen desselben als ein für Kochgerichte und Backwerk gleich beliebtes Getreide heimisch gemacht. Aber auch die Maschinen (Reismühlen) zum Enthülsen der Frucht, zur Entfernung des Bruchs und Staubes und zum Schönen derselben mittelst Polirwerken sind

---

1) Ueber alle diese Dinge giebt besonders hinreichende Auskunft Schwahn a. a. O., Abtheilung 6, S. 27.

2) Déscription de l'Egypte etc. Tome second, Paris 1812: „Culture du Riz", p. 521, Pl. IX. — Armengaud: „Genie Industr." T. 3, p. 175 (sur la Préparation du Riz); Armengaud: „Publication Industr." T. 9, p. 36, Pl. IV u. V. Nach letzterem Werk: Neumann in seinem „Mahlmühlenbetrieb" S. 284.

3) Am nördlichsten findet man den Reisbau in den Niederungen des Po in Oberitalien.

4) Aus Moleschott's (a. a. O. S. 285 Text u. S. 115 Tabelle) Vergleich der quantitativen Zusammensetzung der Getreidearten entlehnen wir nachstehende hier zu beachtende Mittelwerthe der drei Hauptbestandtheile:

In 1000 Theilen sind enthalten:	Weizen.	Roggen.	Gerste.	Hafer.	Reis.	Mais.
Eiweissartige Stoffe . . .	135,37	107,49	122,65	90,43	50,69	79,14
Zellstoff . . .	32,29	49,63	97,48	116,49	10,18	52,54
Stärkemehl .	568,64	555,19	482,64	503,37	822,96	637,44

wichtig geworden, seitdem man gefunden hat, dass der lange Seetransport auf den rohen Reis von weniger nachtheiligem Einflusse ist als auf geschälten, und Zollverhältnisse diese Erfahrung noch begünstigen. Man überlässt daher diese Arbeit nicht mehr den überseeischen Bezugsorten Ost- und West-Indiens, sondern verrichtet sie selbst.

Je nachdem man ostindischen [1]) oder amerikanischen [2]) Reis zu enthülsen hat, verwendet man zu dieser ersten Arbeit Klopfwerke (Hammerwerke), Pochwerke (Stempelwerke) oder Mühlsteine als Schälgänge.

Beide Gattungen von Maschinen, welche beziehungsweise durch Stoss oder Druck wirken, finden sich bereits in unserer geschichtlichen Einleitung über Getreidemühlen Seite 8 und 11, und zwar an ersterem Orte (Fig. 2) die Abbildung eines Klopfwerkes, an letzterem Orte (Fig. 3) die einer Reibsteinmühle [3]).

Die Stempel- oder Stampf-Werke sind im Allgemeinen so angeordnet, wie die Hirsestampfe Fig. 175 erkennen lässt, nur mit dem Unterschiede, dass vor Allem der Grubenstock andere Löcher, nämlich solche hat, welche gekrümmte, Kochtöpfen ähnliche innere Wandungen besitzen [4]), die also in der Mitte weiter als am Boden und am oberen Rande sind, und jede mit einem glatten Kopfe am unteren Ende versehene Stampfe nicht viel mehr als 120 Pfund Gewicht erhält, weil man kein Zerstossen, sondern nur ein Enthülsen der Reiskörner beabsichtigt.

Die Stein-Schälwerke unterscheiden sich nicht von den bereits Seite 198 ff. beschriebenen und durch Abbildungen gehörig erläuterten Graupenmühlen.

---

1) Die vorzüglichsten Sorten ostindischen Reises (Takal) sind: Arracan, Bassein, Moulmain, Rangoon, Bengal, Java, Siam und Patna. Der ungeschälte Reis heisst Paddy, der entschälte Brass oder Bray.

2) Amerikanischen Reis liefert von den vereinigten Staaten die besten Sorten: Carolina, dann Louisiana, Georgien, Florida, Alabama etc. Der Reis des nördlichen Brasilien und des französischen Guyana geht vorzugsweise nach Frankreich. Näheres hierüber findet man in Noback's Allgemeiner Encyklopädie für Kaufleute, Fabrikanten etc. Zwölfte Aufl., 1862, S. 1064.

3) Abbildungen von Reis-Klopfwerken, nach Art der sogenannten Hammerwalken, finden sich nebst Beschreibung in der bereits citirten „Déscription de l'Egypte", T. 2, Arts et Métiers, Pl. IX.

4) Armengaud a. a. O. liefert Abbildungen von Reisstampfen mit eisernen Töpfen statt der Löcher in hölzernen Grubenstöcken. Man sehe auch die später folgenden Oelsamenstampfwerke.

Nach diesen Einleitungen dürfte es angemessen sein, die Abbildungen Fig. 176 bis mit 180 zu besprechen, welche eine vom Ingenieur Nagel jun. in Hamburg construirte Reismühle (in 1/166 der wahren Grösse) darstellen, die vorzugsweise zum Verarbeiten ostindischen Reises bestimmt ist[1]).

Das Rohmaterial wird in dem mit Siebrosten versehenen Rumpfe *a* des Parterreraums aufgeschüttet, daselbst von den Eimern eines Elevators *cc* er-

Fig. 176.

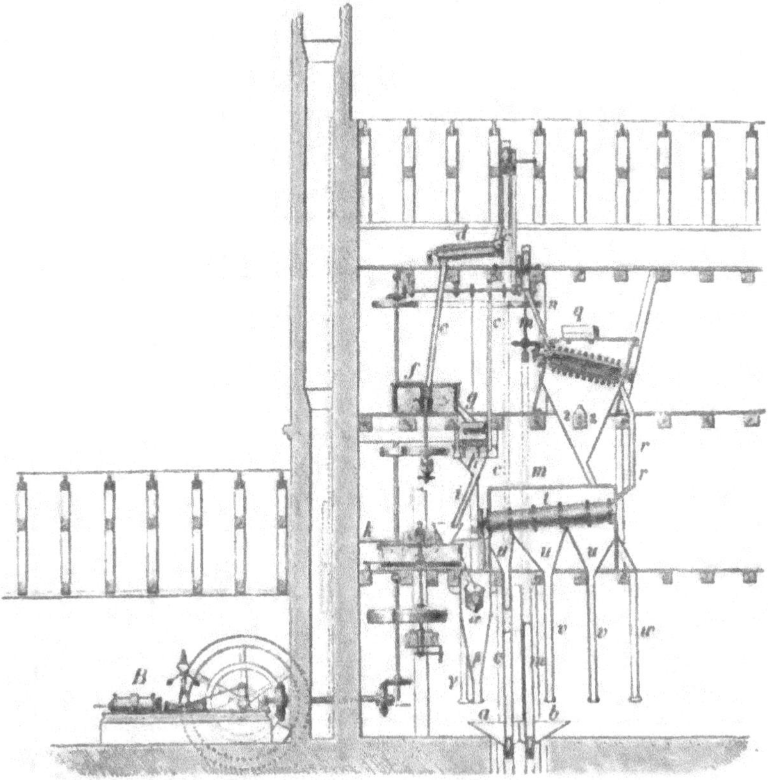

fasst, bis zum Bodenraume des Mühlgebäudes gehoben und hier einer Reinigungsmaschine *d* übergeben, welche der Hauptsache nach mit der bereits Seite 31 beschriebenen und Fig. 19 abgebildeten Maschine übereinstimmt. Im inneren und längeren Cylinder sammeln sich grobe Verunreinigungen, während der Reis durch die Drahtmaschen desselben geht und endlich durch das Rohr *e* auf den Spitz- oder Enthülsungsgang *f* läuft. Durch die Wandungen des äusseren Cylinders entweichen überdies kleine Körner, Sand und Staub.

1) Mit Darstellungen in grösserem Maassstabe ist ein vom Verfasser geschriebener Aufsatz in den „Mittheilungen des Gewerbe-Vereins für das Königreich Hannover," Jahrg. 1864, Taf. VIII begleitet.

Auch die Anordnung des Spitzganges stimmt mit der Seite 163 (Brückmühle zu Hannover) beschriebenen ähnlichen Maschine überein, wes-

Fig. 177.

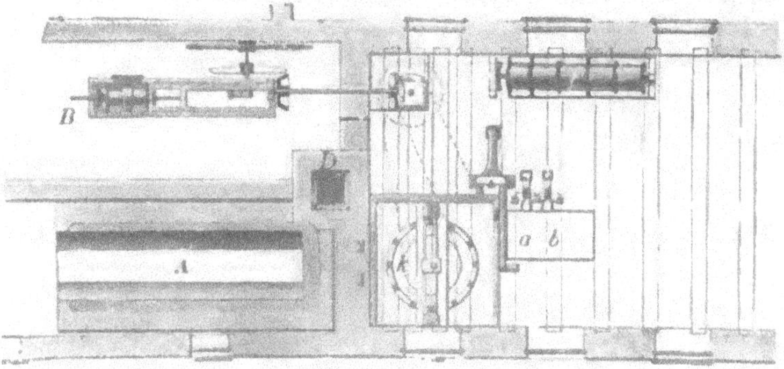

Fig. 178.

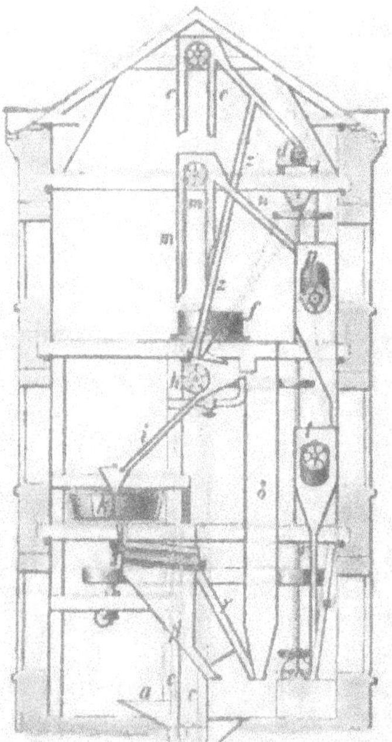

Fig. 179.

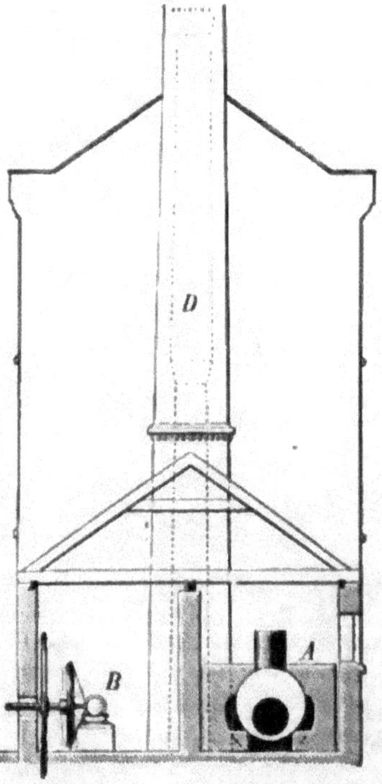

halb nur bemerkt werden mag, dass der aus feinem aber hartem Sandsteine gearbeitete Mühlstein einen Durchmesser von $4\frac{1}{2}$ Fuss (englisch) hat und beim Arbeiten pro Minute 100 Umgänge macht. Das zuletzt im Rohre *g* (Fig. 176) ablaufende Mahlgut wird zur Entfernung der Hülsen (des Kaffs) der Einwirkung eines Ventilators *h* ausgesetzt und darauf werden die guten Körner dem Schälgange *k* zugeführt. Dieser gleicht in seiner Anordnung einer Vergraupungsmaschine

Fig. 180.

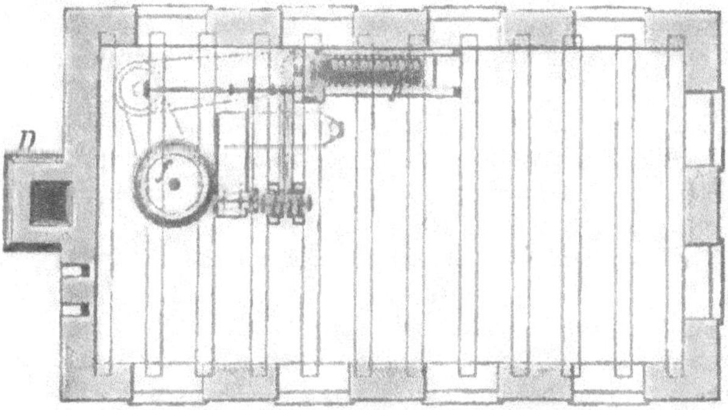

mit horizontalen Steinen, wie solche S. 199 beschrieben und abgebildet wurde, jedoch mit dem Unterschiede, dass hier der Schälstein kein Cylinder, sondern ein abgestumpfter Kegel von 15 Zoll (engl.) Höhe ist, dessen grösserer (oberer) Durchmesser 6 Fuss (englisch), der kleinere (untere) aber 5 Fuss 7 Zoll beträgt, während die ihn umgebende Bütte (der Lauf, der Kübel) mit Drahtgewebe ausgeschlagen ist. Beim normalen Gange verrichtet dieser Schälstein 150 Umläufe pro Minute.

Sämmtliches von letzter Maschine kommende Mahlgut läuft in ein Cylindersieb *α* (Fig. 176 und 178), welches Mehl vom Reise trennt und worauf ersteres im Rohre *β* und letzterer im Rohre *γ* abgeführt wird.

Dieses Mahlsieb hat 5 Fuss Länge und sein Drahtmantel hat Maschen, wovon 32 auf einen Zoll Länge gehen.

Soll derselbe Reis ein zweites Mal den Schälstein *k* passiren, so wird er wieder bei *a* aufgeschüttet, vom Elevator *c* erhoben, jedoch nicht wieder auf die Reinigungsmaschine *d* und ebenso nicht wieder auf den Enthülsungsgang *f*, sondern sogleich auf den Schälgang *k* gebracht, was man durch Verschliessen des Abführrohres nach der Maschine *d* hin erreicht, indem dann die ganze Reismasse in dem Rohre *z* (Fig. 178) dem Schälgange *k* zugeführt wird.

Der nunmehr vollständig geschälte Reis wird zu grösseren Partien in Säcken aufbewahrt oder einer ferneren Verarbeitung, nämlich dem Poliren und Sortiren unterworfen.

Für letztere Zwecke schüttet man ihn wieder in den Rumpf *b* (Fig. 176), hebt ihn vermittelst eines Elevators *m* aufwärts bis etwas über die Decke des dritten Stockwerkes und übergiebt ihn der in diesem Stockwerke aufgestellten sogenannten Polirmaschine *p* (Fig. 178 und 180)[1]), wobei der cylindrische Aussenkörper aus Drahtgewebe von derselben Beschaffenheit wie beim Schälgange gebildet, der innere drehbare Hauptkörper aber mit Bürsten ausgestattet ist,

1) In Fig. 176 ist die Polirmaschine als schräg liegender Cylinder, unter dem Buchstaben *q* zu suchen, indem daselbst durch ein Versehen des Holzschneiders der Buchstabe *p* weggelassen wurde. Mit Fig. 178 und 180 verglichen, dürfte jeder Irrthum zu beseitigen sein.

indem man hier lediglich die Absicht hat, der Aussenfläche des Reises Glätte, Glanz und Ansehen zu geben[1]).

Falls die Waare gefärbt werden soll, was in der Regel durch Indigo geschieht, wird der Farbstoff auf nassem Wege tropfenweise (seltener trocken durch Streubeutel) mit in die Polirmaschine geführt, zu welchem Zwecke man über letzterer auch (Fig. 176) ein Gefäss *q* mit zwei sogenannten Leckhähnen aufstellt.

Durch die Maschen des Drahtcylinders der Polirmaschine geht Mehl und Dunst, welches beides nach *s s* und von da einem Rohre *w* zufällt, gesammelt und als Viehfutter verwendet oder zu sonstigen landwirthschaftlichen Zwecken benutzt wird.

Aller gute in der Axenrichtung der Polirmaschine ablaufende Reis fällt durch das Rohr *r* auf das Sortirsieb *t*, welches bei $^1/_{12}$ Neigung gegen den Horizont, 20 Zoll Durchmesser und 10 Fuss Länge in drei Abtheilungen *u u u* zweimal von 4 Fuss und einmal (nahe dem unteren Ende) von 2 Fuss gesondert ist, die mit Draht bekleidet sind, wobei beziehungsweise 15 Maschen, 10 Maschen und $8^1/_2$ Maschen auf einen Zoll Länge kommen.

Demzufolge geht durch die höchsten Theile dieses Siebes der feinste Bruch, durch die Mitte der Mittelbruch und durch die tiefsten Stellen der grobe Bruch, während in der Axenrichtung der ganz gebliebene (nicht zerbrochene) Reis abgeführt wird. Jede der bemerkten Bruchsorten wird für sich in Säcken gesammelt, die man vor die Mündungen der Abfallröhren *v v w* bindet.

Bei Arracan-Reis rechnet man nach der Bearbeitung gewöhnlich $53^1/_3$ Procent Ganzreis, $26^2/_3$ Procent Bruchreis und 20 Procent Abfall.

Wie aus den Abbildungen erhellt, wird die beschriebene Reismühle von einer horizontalen Dampfmaschine *B* betrieben, deren Kessel und Schornstein mit den Buchstaben *A* und *D* (Fig. 179) bezeichnet sind. Diese Maschine ist im Stande, eine Arbeit von 12 bis 15 Bremspferden zu entwickeln, wobei die Schwungradwelle etwa 50 Umläufe pro Minute macht und womit, je nach der Beschaffenheit des Reises, in 12 Stunden 50 bis 60 Sack (à 180 Pfund) verarbeitet werden können.

Bei einer anderen Reismühle eines norddeutschen See- und Handelsplatzes, wo man hauptsächlich Arracan-Reis verarbeitet, geht derselbe, nachdem er Siebwerk, Enthülsungsgang und Staubmühle passirte, ebenfalls auf den Schälgang, der aus einem horizontal laufenden cylindrischen Sandsteine von 7 Fuss Durchmesser (bei 140 bis 150 Umläufen pro Minute) besteht, wobei die Bütte (der Lauf) mit vierkantigem Drahtgewebe ausgeschlagen ist und der freie Raum zwischen Bütte und Stein $^1/_2$ bis $^3/_4$ Zoll beträgt.

Gewöhnlich wird mit offenem Schoss gearbeitet und werden pro Stunde circa 20 Sack (à 180 Pfund) hindurchgejagt. Nach dem Absieben der Masse auf dem Mehlcylinder wird der Reis auf den Polirgang gebracht, wobei der arbeitende Cylinder mit verticaler Axe aus Holz besteht und dessen concentrischer Mantel nicht aus Reibblechen, sondern aus Sandstein gebildet ist. Der hölzerne sich drehende Cylinder ist ferner mit Lappen aus Schaffell u. s. w.

---

1) Geschälter Bengal-Reis geht gewöhnlich nur über die Polir- und Sortirmaschine.

so benagelt, dass die Lappen (von circa 4 Zoll Länge) frei vom Cylinder abstehen, während der Arbeit die Reiskörner gegen den Steinmantel treiben und damit das Abreiben noch mehr befördern. Hierauf folgt ein zweites Poliren auf der Polirmaschine, die entweder (wie schon angegeben) einen blossen Bürstenapparat bildet, oder aus einem um die Verticalaxe drehbaren Kegel mit unbeweglichem Mantel besteht, wovon der Innenkegel (wie beim Polirgange) mit Schaffell, der Mantel aber mit Drahtnetz ausgeschlagen ist. Nach dem Sortiren sind die Massen wieder für den Handel fertig.

Die Reishülsen, mit allem übrigen Abfall gemengt, vermahlt man auf einem gewöhnlichen Mahlgange mit rheinischem Bodensteine und Sandsteinläufer. Auf $^2/_3$ ganzen Reis rechnet man gewöhnlich $^1/_3$ Bruch.

An einer noch anderen Stelle, wo man vorzugsweise westindischen (Carolina-) Reis verarbeitet, wendet man zum Enthülsen, Stampfen und zum Schälen Steine mit horizontaler Drehaxe von ähnlicher Art wie die Seite 205 beschriebenen Maschinen zum Vergraupen der Gerste an [1]).

§. 33.

IV. Schrot- und Quetschmühlen [2]).

Erfahrungen und Versuche haben zur Zeit allerdings hinlänglich gelehrt, dass zum Schroten irgend welcher Getreidesorten keine vortheilhafteren Maschinen verwandt werden können, als ganz gewöhnliche Mahlmühlen mit horizontalen Steinen, und müsste es sonach, dem Vorhergehenden entsprechend, überflüssig erscheinen, dem in der Ueberschrift genannten Gegenstande hier überhaupt noch besondere Aufmerksamkeit zu widmen, träten nicht besondere Umstände hinzu, welche dies Vornehmen rechtfertigten.

Erstens finden sich bei der Betrachtung der vorzüglichsten

---

1) Nach Angaben des französischen Ingenieurs Boyer soll man in Frankreich bei der Verarbeitung von Guyana-Reis statt der Stampfwerke auch horizontale Mahlscheiben verwenden, welche mit Kratzenleder (wie bei den Baumwoll- und Wollkratzen) beschlagen sind. Abbildungen dieser Maschinen finden sich an der bereits citirten Stelle von Armengaud's „Publ. Industr.“ T. 9, p. 43.

2) Morton: A Cyclopedia of Agriculture. Art.: „Bruisers of Corn, Grain etc.“, p. 353. — Burn: The Book of Farm Implements et Machines. London 1858, p. 445 etc. — Moll: Encyclopédie pratique de l'Agriculture. T. 2, p. 280 (Aplatisseur) und T. 5, p. 673 (Concasseur). — „Sammlung von Zeichnungen landwirthschaftlicher Maschinen“ etc., aufgenommen, gezeichnet und herausgegeben von Studirenden der Maschinenlehre der polytechnischen Schule in Hannover. Erste Abtheilung 1853; zweite Abtheilung 1857. — Schneitler und Andree: Die neueren und wichtigeren landwirthschaftlichen Geräthe und Maschinen. Leipzig 1861, S. 442 ff. — Hamm: Die landwirthschaftlichen Maschinen und Geräthe Englands. Zweite Auflage. Braunschweig 1858, S. 870. — Perels: Handbuch zur Anlage und Construction landwirthschaftlicher Maschinen und Geräthe. Leipzig 1864, S. 405 (Schrotmühlen).

Maschinen zum Schroten und Quetschen von Getreide mancherlei beachtenswerthe Constructionen und Anordnungen, wodurch der angehende Techniker seinen Ideenkreis zu erweitern im Stande ist, und zweitens giebt es auch eigenthümliche Betriebe (für Kriegszwecke, Auswanderer u. s. w.) und besonders landwirthschaftliche Verhältnisse, wo man Schrot- und Quetschmühlen besonderer Art nicht völlig entbehrlich nennen kann. In letzterer Beziehung sind namentlich die Fälle anzuführen, wo Thier- und Menschenkräfte derartig beliebig und wohlfeil zu Gebote stehen, dass die Frage der Concurrenz mit den allerdings vortheilhafteren Elementarkräften (Wasser, Wind und Dampf) gar nicht in Betracht kommen kann.

Alle zur Zeit mit mehr oder weniger Erfolg angewandten Maschinen zum Schroten und Quetschen von Getreide lassen sich nach der Gestalt der Körper, welche die Hauptarbeit zu verrichten haben, eintheilen: in Mühlen mit Steinen (horizontal oder vertical um Axen laufend), mit eisernen Mahlscheiben, diese concentrisch oder excentrisch gestellt, mit Stein- oder Metallkegeln (kaffeemühlenartig), und in Mühlen mit Walzen deren Mäntel entweder glatt abgedreht, oder mit Riffeln, Zähnen, Schnittkanten, Messern u. dgl. m. ausgestattet sind.

A. Schrotmühlen mit concentrischen Steinen.

Schrotmühlen mit concentrischen Steinen besonderer Art sind entweder transportabel gemachte Mühlen für Betrieb durch Dampfmaschine oder Göpel und gleichen im Allgemeinen der Fig. 94 abgebildeten Buisson'schen Mühle, oder der Seite 122 (N. 1) citirten Mühle des Engländers Neal[1]) mit beweglichem Untersteine (als Läufer), oder es sind Handmühlen mit horizontal oder vertical gestelltem, um beziehungsweise eine horizontale oder verticale Axe laufendem Steine.

Eine in Frankreich und Deutschland mehrfach belobte Handmühle ersterer Art, vom Mühlsteinfabrikanten Bouchon in La Ferté-sous-Jouarre angegeben[2]), stellt Fig. 181 im Verticaldurchschnitte dar. Im gehörig kräftigen Gestelle *a* ist der Oberstein *d* unverrückbar befestigt, während der untere Stein *c* den Läufer bildet. Letzterer ist auf das Mühleisen *ef* gekeilt, welches unten in einer Pfanne läuft, deren Lagerkörper entsprechend mit dem Maschinenge-

1) Patent Specification, Nr. 2640, Jahrg. 1860. Eine transportable Schrotmühle nach gewöhnlicher Mahlmühlenanordnung, wobei der Oberstein läuft, construirt auf dem gräflich Einsiedel'schen Eisenwerke zu Lauchhammer, beschreibt mit Abbildungen begleitet Häckel in Stöckhardt's Zeitschrift für deutsche Landwirthe, Jahrg. 1860, S. 320.

2) Bulletin d'encouragement, 43e année (1844), p. 231, Pl. 929 und hieraus im Gewerbeblatte für das Königreich Hannover, Jahrg. 1844, S. 183.

stelle *a* verbunden sind, oberwärts aber seine Führung in der Mitte eines mit *d* gehörig verbundenen Bügels *g* findet. Ferner ist *i* ein festliegender Steg mit einer derartigen Oeffnung, dass durch letztere eine Schraube *h* völlig frei hindurchgehen kann, deren Mutter im durchschnittenen Mittelstücke des Bügels *g* befindlich ist. Hierdurch erreicht man, dass zufolge gehöriger Drehung am Handgriffe *j* der obere Stein *d* beliebig gehoben und gesenkt, folglich die für einen bestimmten Mahlprocess erforderliche Entfernung der Steinflächen bestimmt werden kann.

Fig. 181.

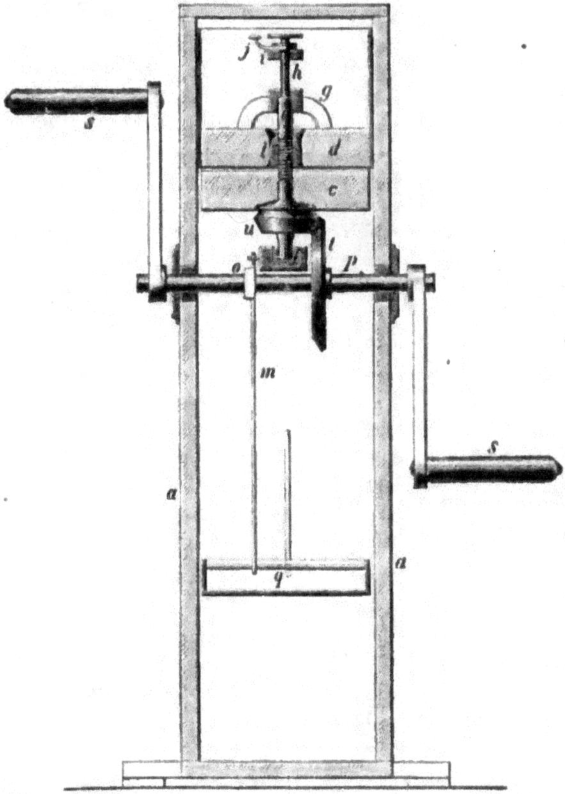

Auf das Mühleisen *ef* hat man überdies eine cannelirte, stählerne, gehärtete Nuss *l* geschraubt, welche sich im Auge des festliegenden Steines mit dem Mühleisen bewegt, und wodurch alles zwischen *l* und *d* eingeführte Getreide erst grob gebrochen wird, bevor es zwischen die Mühlsteinflächen gelangt.

Die Bewegung der Mühlspindel *ef* erfolgt durch das Kegelradpaar *tu* von der Welle *p* aus, auf welcher die beiden Handkurbeln *ss* befestigt sind. Zum Sortiren des erhaltenen Schrotes dient ein Schüttelsieb *q*, welches durch eine Schubstange *m* bewegt wird, die ihrerseits durch ein auf die Welle *p* geschobenes Viereck *o* in Thätigkeit gesetzt wird.

Nach dem Berichte von Calla (Bulletin d'Encouragement a. a. O.) soll sich Bouchon's Mühle ganz besonders bei der französischen Armee in Afrika als brauchbar bewährt haben.

Gegenwärtig hat man sie auch zum Mehlmachen eingerichtet und deshalb neben dem Mahlgange möglichst direct ein Cylindersiebwerk placirt[1]).

---

1) In letztbemerkter Anordnung wird Bouchon's Mühle gegenwärtig na-

Nach Calla sollen mittelst Bouchon's Mühlen zwei an den Kurbeln *ss* drehende Arbeiter pro Stunde 45 bis 50 Kilogramm trocknen Weizen schroten können, wobei jedoch der Grad der Feinheit des Mahlproductes nicht weiter bezeichnet ist.

Transportable und namentlich Handmühlen mit verticalen Steinen, nach Art der Fig. 62 und 63 abgebildeten Frauenfelder Walzenmühlen, jedoch mit dem Unterschiede, dass ein einziger verticaler mit der Stirn- oder Mantelfläche arbeitender Stein vorhanden ist, der gegen eine bogenförmig concentrisch ausgearbeitete unbewegliche Steinplatte (oder Bettstein) arbeitet, welche den Läufer auf etwa $1/4$ seiner Peripherie umgiebt, wurden schon im Anfange dieses Jahrhunderts vom Engländer Williams [1]) als vortheilhaft empfohlen, später unter dem Namen der Maistre'schen Mühle [2]) unwesentlich verändert angepriesen und ganz neuerdings wieder von Nézeraux in Paris [3]) hervorgehoben. Nach Versuchen des Mühlenmeisters Kessels in Fürstenwalde [4]) verdienen derartige Mühlen schon deshalb keine besondere Beachtung, weil die Steine leicht unrund werden.

Mehr als Sonderbarkeit werde noch Falguière's Mühle [5]) mit verticalen Steinen erwähnt, wobei der Mahlprocess zwischen den ebenen Flächen der Steine erfolgt.

Schrotmühlen mit eisernen concentrisch gestellten Mahlscheiben, wie sie nach Hurwood's Patent in England vielfach Anwendung finden, enthalten abgebildet die vorher citirten „Zeichnungen landwirthschaftlicher Maschinen und Geräthe der polytechnischen Schule in Hannover", sowie die Sammlung von Zeichnungen für die „Hütte" 1856, Tafel 34.

B. Schrotmühlen mit excentrisch gestellten Steinen oder mit eisernen Mahlscheiben.

Solche Mühlen wurden zuerst 1832 von Bogardus in New-York in Anwendung gebracht [6]) und von 1834 ab in Europa durch die bekannten Mechaniker Sharp und Roberts in Manchester mit einigen Verbesserungen verbreitet [7]). Bei gehöriger Gestalt und Schärfe der Furchen auf den Mahlflächen

---

mentlich in Servais' Maschinenfabrik zu Weilerbach, Kreis Litburg (Rheinpreussen), angefertigt. Abbildungen davon finden sich u. A. in Schneitler u. Andree's Werke „Die landwirthschaftlichen Maschinen", S. 445.

1) Karmarsch: Einleitung in die mechanischen Lehren der Technologie. Wien 1825. Bd. 2, S. 358.

2) „Portefeuille Industr.", Paris 1834. T. 1, p. 106, Pl. XV, und hieraus Prechtl's Technol. Encyklopädie. Bd. 10, S. 169.

3) Polytechn. Centralblatt, Jahrg. 1862, S. 506.

4) Verhandlungen des Vereins zur Beförderung des Gewerbfleisses in Preussen, Jahrg. 1838, S. 53.

5) Armengaud's „Publication Indust." T. 13,' Pl. 10 und Polytechn. Centralblatt, Jahrg. 1859, S. 765.

6) Repertory of Patent Invention, T. 15 (1833), p. 215.

7) Nottebohm: Ueber die Mahlmühlen mit zwei excentrisch gelagerten Steinen und die mit denselben angestellten Versuche. Verhandlungen des Vereins zur Beförderung des Gewerbfleisses in Preussen, Jahrg. 1842, S. 86 ff.

erhält man hier durch die excentrische Stellung der Steine oder eisernen Scheiben eine ausserordentliche Zahl von Schnittflächen [1]), was anfänglich Veranlassung wurde, die Leistungsfähigkeit dieser Mühlen höher zu schätzen, als bei irgend anderen Mahlapparaten.

Sorgfältige mit derartigen Mühlen angestellte Versuche [2]) belehrten jedoch bald anders über diese Maschinen und zeigten, dass sie sich zum Schroten für Getreide nur dann eigneten, wenn man sich ein völliges Zermahlen der Schalen gefallen lassen konnte (überhaupt gar kein Mehl zu machen beabsichtigte), sowie dass sie auch nicht für den Handbetrieb brauchbar waren und sich höchstens zu Farb- und Knochenmühlen, hauptsächlich aber zum Zerkleinen und Mahlen von Kalk- und Gypssteinen, Soda, Glaubersalz, Steinkohlen u. dgl. eigneten.

Abgesehen von diesen Thatsachen, gehören namentlich die mit excentrischen, eisernen Mahlscheiben ausgestatteten Mühlen zu denjenigen Gegenständen, die hier allein ihrer beachtenswerthen Constructionen wegen besprochen zu werden verdienen.

Nachstehende Abbildungen sind einer der polytechnischen Schule in Hannover gehörigen Original-Bogardus-Mühle entnommen, und zwar stellt Fig. 182 die Gesammtansicht der Mühle in $^1/_{16}$, Fig. 183 bis 187 aber Theile derselben in $^1/_8$ der wirklichen Grösse dar.

Vorausgesetzt ist hier, dass die Mühle durch Menschenhand betrieben wird (was, wie bereits bemerkt, jedoch nur in wenigen Fällen vortheilhaft ist), weshalb am Schwungrade *BB* eine Kurbel *C* aufgesteckt wurde. Auf der Betriebswelle *A* ist ferner ein Kegelrad *D* festgekeilt, was in ein entsprechendes Getriebe *E* greift, dessen verticale Welle *F* die obere *G* der beiden Mahlscheiben trägt, deren Anordnung besonders aus der Durchschnittsfigur 183 erhellt.

Die untere zu *G* excentrisch gestellte Mahlscheibe *H*, Fig. 184 im Durchschnitte und Fig. 185 im Grundrisse besonders gezeichnet, läuft frei auf einem Kugelzapfen *Z*, erhält keine directe Umdrehbewegung, sondern wird allein von der (bewegten) oberen Scheibe vermöge des Widerstandes mitgenommen, welchen die zwischen beide Scheiben geführten und zum Zerkleinen bestimmten Körner (oder sonstigen Körper) leisten. Der gleiche Durchmesser beider Scheiben ist 12 Zoll, ihre Excentricität (d. h. der Abstand der geometrischen Kreismittel beider Scheiben) beträgt einen Zoll. Die untere Scheibe ist mittelst einer Schraube *x* höher oder tiefer zu stellen und dadurch der Abstand beider Mahlflächen den Umständen nach zu regeln. Zur Aufnahme der Getreidekörner dient der Blechrumpf *M*, dessen untere Mündung (Ausflussöffnung) durch einen im Innern vorhandenen Schieber regulirt werden kann. Von hieraus passiren die Körner durch einen eisernen Schuh, der mit einem

---

1) Scholl: „Ueber die amerikanisch-excentrische Mahlmühle", Polytechn. Centralblatt, Jahrg. 1847, S. 1176 u. 1179.

2) Notizblatt des Gewerbevereins für das Königreich Hannover, Jahrg. 1848, S. 84. Der Verfasser theilt an letzterer Stelle Versuche mit, welche von ihm selbst mit einem Exemplare der excentrischen Bogardus-Universalmühlen, mit eisernen excentrischen Mahlscheiben, auf Befehl des hannoverschen Kriegs-Ministeriums angestellt wurden.

Stifte auf dem oberen Rande des Halses oder des Läuferauges *Pq* (Fig. 183) gleitet und wozu letzterer an einigen Stellen wellenförmige Erhöhungen besitzt.

Fig. 182.

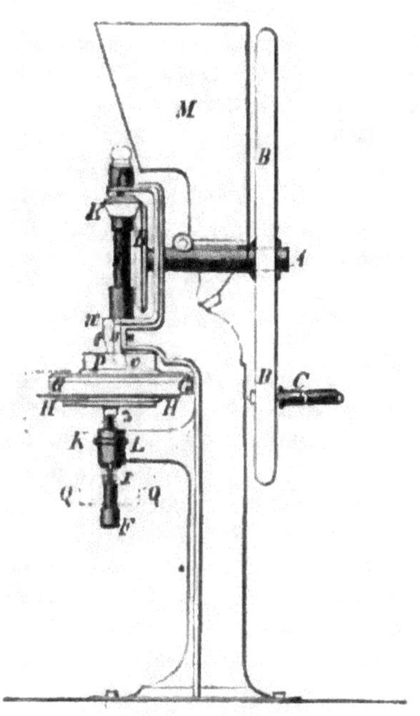

Fig. 183.

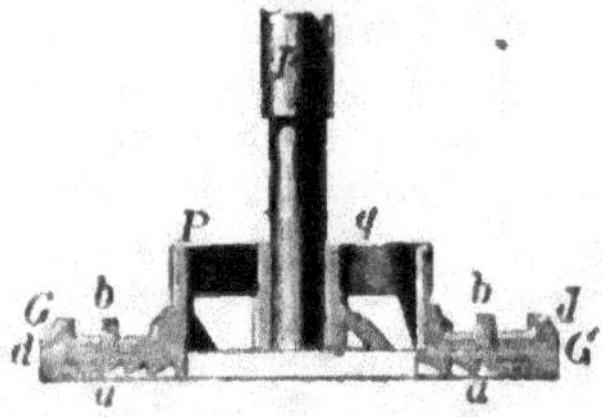

Fig. 184.

Fig. 185.

Fig. 186.

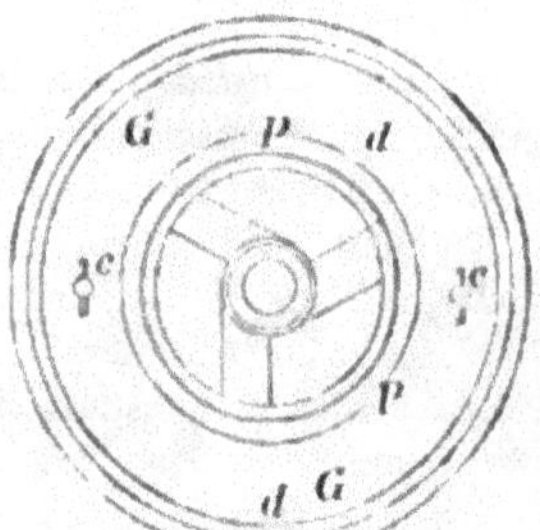

Fig. 187.

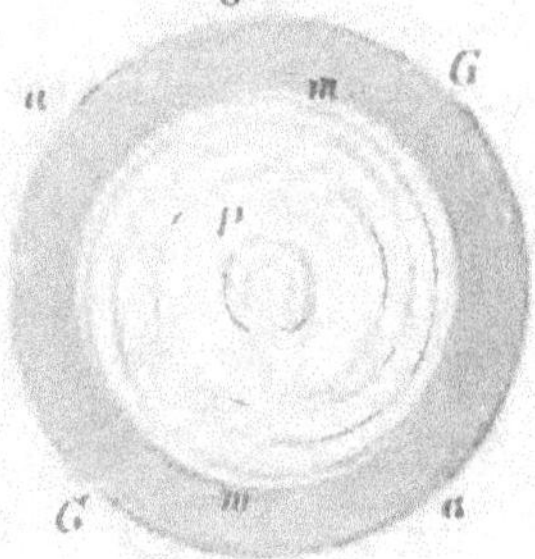

Zur noch besseren Vertheilung der in das Läuferauge *Pq* eingeführten Körner befindet sich am Lagerdeckel *u* (Fig. 182) eine Nase oder ein Daumen *v*, welcher tief in den Hals *P* hineinragt [1]).

Um das Mahlgut entsprechend abführen zu können, umgiebt man (ge-

1) Ausführliche Zeichnungen enthält der bereits citirte Artikel des Verfassers im Notizblatte des hannov. Gewerbevereins, Jahrg. 1848, Taf. II.

wöhnlich) beide Mahlscheiben G und H mit einem Blechgefässe Q (Fig. 182), welches überdies durch eine Ringplatte oberhalb gedeckt wird.

Von den zum Getreideschroten bestimmten Mahlscheiben zeigt Fig. 186 den Grundriss der oberen, Fig. 185 den der unteren. Dabei bemerkt man, mit Bezug auf Fig. 183, dass die obere Mahlscheibe *aa* mittelst Bolzen *bb* und Vorsteckstiften *c* an einer zweiten (Fig. 186 ebenfalls im Grundrisse dargestellten) Platte *d* befestigt wird, die mit dem Halse (Läuferauge) *Pq* aus einem Stücke gegossen ist, sowie, dass die untere Mahlplatte *ff* (Fig. 184) ebenfalls auf eine besondere, zweite Scheibe aufgepasst ist, welche mit dem Kugelzapfen *z* ein Ganzes bildet.

Zu Fig. 187 ist noch zu bemerken, dass die nächst dem Auge *P* angedeuteten spiralförmigen Rippen zur Einführung und zum Vorarbeiten der eingeführten Körper dienen, dagegen die concentrischen Kreisfurchen *mm* zur Verrichtung des eigentlichen Schrotprocesses bestimmt sind [1]).

Nach sorgfältigen Versuchen des Verfassers vermochten zwei an der Kurbel arbeitende Männer pro Stunde nicht mehr als 1 Himten Roggen oder $1\frac{1}{3}$ Himten Weizen zu Brodschrot zu vermahlen.

C. Schrotmühlen mit metallenen Kegelkörpern.

Solche Mühlen haben neuerdings wieder u. A. Kappe [2]) in Alfeld (im Han-

---

1) Höchst eigenthümlich waren die Mahlscheiben construirt, womit Bogardus seiner Zeit seine Maschinen zu brauchbaren Mahlmühlen gestalten wollte. Auf den gedachten Metallscheiben *d* und *g* befestigte er dünne, auf die hohe Kante gestellte Stahlbleche *oo* (Fig. 188) nach concentrischen Kreisen, deren gegenseitiger Abstand, von der Mitte an gerechnet, zuerst immer kleiner wurde, sehr bald jedoch bis zum äusseren Umfange derselbe blieb. Zwischen diese Bleche brachte er andere *pp*, ebenfalls auf die hohe Kante gestellte an, welchen vorher die gezackte (geschlängelte) Form gegeben worden war, wie hinlänglich aus Fig. 188 erhellt. Der Raum *rr* zwischen allen diesen Blechwänden wurde mit Gyps ausgefüllt. Aus dieser Anordnung erhellt auch die vielgepriesene „Selbstschärfung“ derartiger Mahlscheiben, indem sich der Gyps stets etwas tiefer abmahlt als die oberen Kanten der Blechstreifen, wodurch sich eine Art von Grat und somit eine stets scharfe Schneide bildet.

Fig. 188.

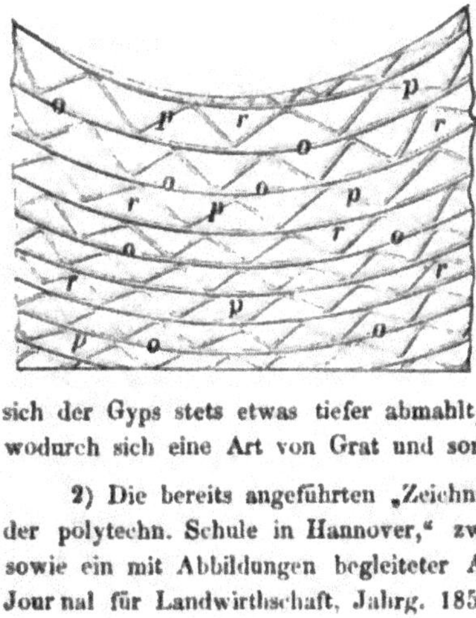

2) Die bereits angeführten „Zeichnungen von landwirthschaftlichen Maschinen der polytechn. Schule in Hannover,“ zweite Abtheilung (1857), Tafel XXXVIII, sowie ein mit Abbildungen begleiteter Aufsatz des Verfassers in Henneberg's Journal für Landwirthschaft, Jahrg. 1854, S. 243.

noverschen) und **Ruffier**[1]) in Paris (nach Art der Kaffeemühlen) nicht ohne Erfolg für den Handbetrieb ausgeführt und in Anwendung gebracht[2]).

Da der Verfasser speciell die Kappe'sche Mühle mehrfach im Betriebe zu beobachten Gelegenheit hatte, mag diese hier allein erörtert und sollen hierzu nachstehende Figuren 189 bis 192 benutzt werden.

Fig. 189.

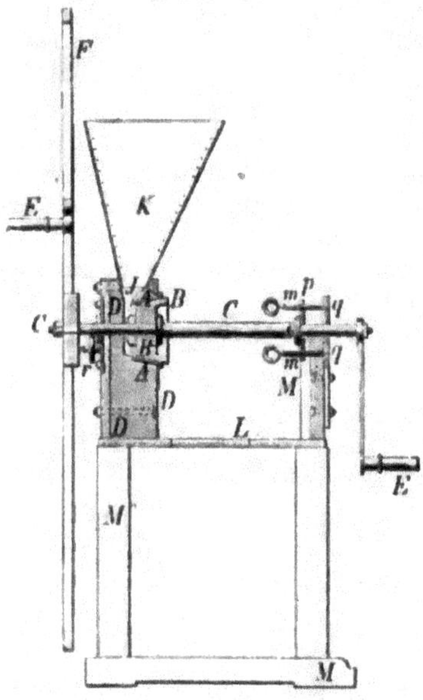

Fig. 190. Fig. 191. Fig. 192.

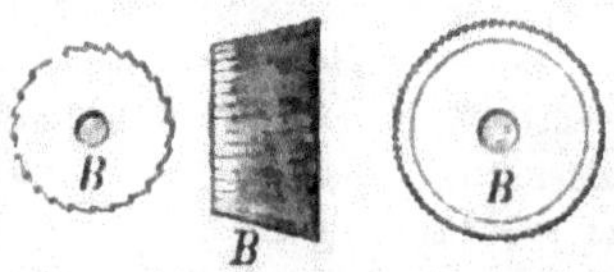

Der eiserne (verstählte) Kegelmantel *A*, in welchem Riffeln als Gegenmesser angebracht sind, ist in der verstärkten hölzernen Wand *D* befestigt. Der drehbare, auf der Welle *C* unverrückbar angebrachte Mahlkörper *B* bildet einen zu *A* concentrischen Kegel, der in Fig. 190 bis 192 besonders gezeichnet und ebenfalls mit Riffeln versehen ist, welche nach der kleineren Endfläche (Fig. 190) hin tiefer gestaltet sind, als nach der grösseren (Fig. 192).

Nach der Seite des Schwungrades *F* hin läuft die Welle *C* auf Frictionsrädchen *r*, während am anderen Ende durch Stellung der Schrauben *m* eine Längenverschiebung der Welle und damit ein Enger- und Weiterstellen des Mahlraumes zwischen den beiden Mahlkörpern *A* und *B* hervorgebracht werden kann. Hierzu befinden sich die Muttern der Schrauben *m m* in einer eisernen Platte, welche auf die Welle zwischen zwei Bunden *t* (in der Zeichnung nur einer angegeben) festgeklemmt ist, ohne die Wellumdrehung zu hindern. Mit den Enden stemmen sich die Schraubenbolzen gegen eine an der Gestellwand *M* befestigte zweite eiserne Platte *q*. Die Kurbeln *E E*, der aus Eisenblech gebildete Vorrathsrumpf, die Einlaufstelle *J* der Körner unterhalb desselben sind Dinge, die einer besonderen Erklärung nicht bedürfen. Der Preis einer Kappe'schen Schrotmühle ist äusserst gering, indem sie franco Hannover mit 38 Thaler bezahlt wird.

Die quantitativen Leistungen auch dieser Mühle können ebenfalls nicht

---

1) Armengaud's „Genie industr." T. 19, p. 301 und daraus im Polytechn. Centralblatte, Jahrg. 1860, S. 1245.

2) Die Leistung jeder Handschrotmühle für Getreide, wie vortrefflich auch Construction und Ausführung immer sein mögen, wird gegenüber von durch Elementarkraft betriebenen Mahlmühlen mit horizontalen Steinen niemals befriedigend ausfallen. Man sehe deshalb einen Aufsatz des Verfassers in den „Mittheilungen des Gewerbevereins für das Königreich Hannover", Jahrg. 1860, S. 205.

befriedigen, wenn man sie mit denen einer guten von Elementarkraft getriebenen Steinmühle vergleicht und dabei nach Bd. 1, S. 233 beachtet, dass die auf die Kurbel dauernd von der Menschenhand übergetragene Arbeit nicht mehr als $\frac{1}{12}$ bis allerhöchstens $\frac{1}{7}$ einer Maschinenpferdekraft beträgt.

D. Mühlen mit Cylinderwalzen zum Schroten und Quetschen.

Ueber den (ungünstigen) Erfolg der Fig. 62 und 63 abgebildeten Walzenmühlen zum Mehlmachen wurde bereits S. 84 hinlänglich berichtet. Falsch wäre es indess, hieraus ohne Weiteres den Schluss ziehen zu wollen, dass sich Walzen auch zum Schroten und Quetschen (Plattdrücken) für besondere Fälle nicht eigneten.

So hat sich beispielsweise in Deutschland unter den betreffenden Walzenmühlen zur Bereitung von Fütterungsschrot keine Maschine einen besseren Ruf erworben, als die sogenannte rheinische Schrotmühle, welche Fig. 192 in $\frac{1}{30}$ wahrer Grösse abgebildet ist [1]).

Die arbeitenden eisernen Walzen (jede von $6\frac{1}{2}$ Zoll Durchmesser und 20 bis 24 Zoll Länge), mit *e* und *d* bezeichnet, sind parallel ihren Drehaxen fein geriffelt und laufen (da sie nicht plattdrücken, sondern quetschen sollen) mit ungleichen Geschwindigkeiten um. Während nämlich die Walze *d*, deren Welle zugleich Kurbelaxe ist, pro Minute 35 bis 40 Umläufe macht, verrichtet die Walze *e* in derselben Zeit nur $22\frac{3}{4}$ bis 26, wozu auf der ersten Axe ein Zahnrad mit 13, auf der letzteren ein damit zusammengreifendes von 20 Zähnen steckt. Die meisten übrigen Theile der Maschine verstehen sich aus der Betrachtung unserer Abbildung von selbst, so das hölzerne bockförmige Gestell *a*, mit dem Aufsatze *b* zur Aufnahme des Rumpfes *c*, mit dem vom Sperrrädchen *h* aus stellbaren Schuh *f*, ferner der Kasten *g* mit den beiden etwas geneigten Sieben *l* und *k*, wovon ersteres (das obere) grob, das letztere (untere) fein ist. Von *m* ab gelangen die Körner zwischen die nach entgegengesetzten Richtungen sich umdrehenden Walzen *d* und *e*, wo in Bezug auf die Walze *e* zu bemerken ist, dass man auf das hintere Ende ihrer Welle ein Schlagrädchen (aus 8 Daumen gebildet) gesteckt hat, welches bei seiner Umdrehung auf den

Fig. 193.

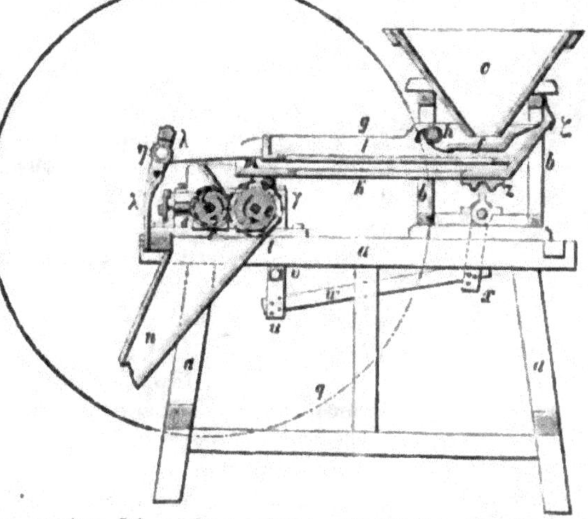

---

1) Häckel: „Die Rheinische Schrotmühle“, in der bereits oben citirten Zeitschrift des Jenaer Stöckhardt (1860, S. 161).

oberen Arm eines Hebels *vu* wirkt, dessen Drehpunkt *v* ist. Durch letzteren Hebel wird eine Schubstange *w* hin- und hergezogen, weiter ein Arm *xz* zu Schwingungen veranlasst, dessen oberes daumenförmiges Ende in einen Ansatz des Siebkastens *gk* greift, wodurch letzterer nach rechts geführt, nach dem Loslassen des Daumens *z* aber von einer Holzfeder *ηλ* sofort wieder nach links gezogen wird, um nach der Schüttelbewegung wieder die ursprüngliche Stellung einzunehmen.

Mühlen zum Quetschen (Plattdrücken) von Hafer, Leinsamen, Gerste, Malz u. s. w. stattet man entweder mit Walzen von verschiedenem oder mit Walzen von gleichem Durchmesser aus.

Eine Walzmühle ersterer Gattung, in England besonders beliebt, von Turner in Ipswich, stellt Fig. 194 im Verticaldurchschnitte dar.

Die grosse eiserne Walze *A* mit schmaler und glatt abgedrehter Mantelbahn *B* dient zugleich als Schwungrad. Die kleine Walze *C* wird von der ersteren durch Reibung mitgenommen, welche beim Zerkleinen zwischen den zu verarbeitenden Körnern und den Walzenoberflächen je nach der Grösse entsteht, um welche dabei beide Walzen einander genähert sind: eine Operation, die mit Hülfe eines Handrades *D* leicht ausgeführt werden kann und wodurch man zugleich eine gegen eine Blattfeder wirkende Stellschraube in Thätigkeit setzt.

Fig. 194.

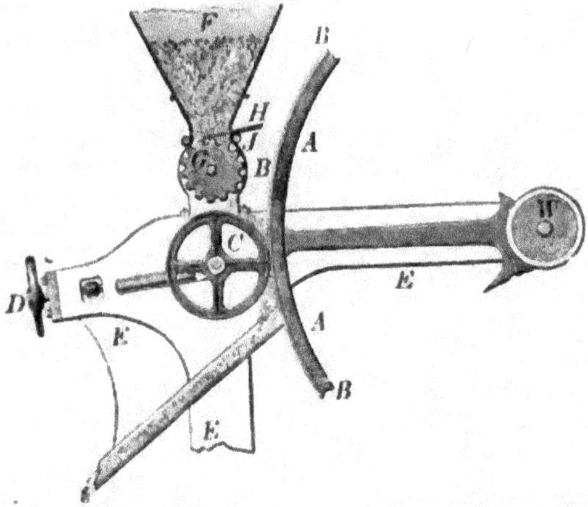

Genannte Blattfeder gestattet überdies ein Zurückgehen der kleinen Walze, um Brüche zu vermeiden, wenn etwa fremde, viel Widerstand leistende Körper mit zwischen die Walzen gelangen sollten.

Am Fusse des Zufuhrraumes *F* ist ein cannelirter Vertheilungscylinder *G* placirt, sowie ausserdem ein durch Trieb *H* und Zahnstange *I* verstellbarer Schieber angebracht, um das der Maschine zu überliefernde Körnerquantum den Umständen nach reguliren zu können.

Zum Schroten von Bohnen und Mais, welche beide viel Widerstand leisten, hat Turner die Einrichtung getroffen, dass die cannelirte Speisewalze *G* mit einem cylindrischen Bogenstück (als Gegenwalze) zusammenarbeitet, welches (wie bei der Frauenfelder Walzenschrotmühle) ebenfalls mit Riffeln oder entsprechenden Furchen versehen ist. Abbildungen hiervon enthält die unten angegebene Quelle [1]).

Ransomes in Ipswich liefern zum Quetschen von Hafer und Leinsamen

1) Polytechn. Centralblatt, Jahrg. 1851, S. 404.

nur Maschinen mit gleichem Durchmesser der als Walzen wirkenden Radscheiben und behaupten, dass dies System dem Turner'schen mit ungleichen Walzen vorzuziehen sei[1]).

Ueber diese letztere Ransome'sche Quetschwalzmühle und über Bohnenmühlen von Biddell[2]) aus Walzen mit eingelegten dreikantigen Stahlschneiden (die nach der Abnutzung verdreht werden können), sowie über eine andere Sorte mit Messern aus reinem Stahl in eiserne Walzen eingegossen, die auch noch heute in den Ransome'schen Katalogen angepriesen werden, ferner über die Schrotmühlen von Whitemee & Chapman, mit der Länge nach fein geriffelten, gleich grossen Walzen von 4 bis 5 Zoll Durchmesser, berichten ausführlich Schneitler & Andree[3]).

---

1) Bei den Prüfungen von Maschinen und Geräthen der Royal Agricultural Society of England zu Gloucester (1853), zu Lincoln (1854) und zu Carlisle (1855) leisteten, bei gleich grosser Betriebskraft, die Turner'schen Schrotmühlen mehr als die Ransomes, während wiederum bei den Versuchen derselben Gesellschaft, welche 1858 in Chester angestellt wurden, Ransomes sich auf ihre Maschine den ersten Preis als die beste Quetschmühle für Hafer und Leinsamen erwarben. Bestimmt aufgeklärt ist der Streit über die Vorzüge der Verwendung von Walzen mit verschiedenen oder mit gleichen Durchmessern zur Zeit noch nicht. Obwohl erfahrene Eisen-Walz-Arbeiter behaupten, es strecke sich auf kleinen Walzen besser als auf grossen, so nützen sich doch allzu kleine Walzen nicht nur rascher ab, sondern die zu verarbeitenden Körner werden auch zu schnell dem Zerreibungs- oder Quetschprocesse entzogen, es wird ein stärkerer Druck zwischen beiden Walzen erfordert, um dieselbe Wirkung zu erzielen, u. s. w.

Von Wichtigkeit ist der Winkel ($= \varphi$), welchen die Stelle, woselbst ein Korn zuerst von den Walzen gefasst wird, mit der horizontalen Verbindungslinie der Walzen bildet. Bezeichnet nämlich k die Kraft, womit das Korn die Walzen in horizontaler Richtung auseinander zu treiben sucht, und zerlegt man k entsprechend, so erhält man $k \sin \varphi$ als Kraft, womit das Korn auf der Walzenoberfläche aufwärts geschoben und $k \cos \alpha$ als Kraft, womit es gleichzeitig normal gegen die Walzenoberfläche gepresst wird, wovon erstere Composante dem Arbeitsprocesse offenbar schädlich, letztere aber nützlich ist. Bezeichnet man demnach den Reibungscoefficienten zwischen Korn und Walze mit f, so muss zum Gelingen der Arbeit die Bedingung $k \sin \varphi < f k \cos \varphi$ erfüllt sein, was ferner liefert: $tg \varphi < f$ etc. Einen recht empfehlenswerthen Aufsatz über „die Theorie der Quetschwalzwerke" hat der Ingenieur Wertheim in der Zeitschrift des österreichischen Ingenieur-Vereins, Jahrg. 1862, S. 17 ff. geliefert. Ebenfalls beachtenswerthe Notizen giebt Grashoff als Anhang eines Artikels in der Zeitschrift des Vereins deutscher Ingenieure, Jahrg. 1859, der S. 261 die Ueberschrift trägt: „Die Bestimmung der Kraft, welche zum Betriebe eines Walzwerkes erforderlich ist."

2) Patent Specification, Nr. 1355 von 1855.

3) A. a. O. S. 449 und ausführlich in der Sammlung von Werkzeichnungen landwirthschaftlicher Maschinen und Geräthe dieser Herren. Leipzig 1854. Drittes Heft, Tafel III. Noch andere Schrotmühlen des Walzensystems finden sich abgebildet und beschrieben in den oben erwähnten Zeichnungen von landwirthschaftlichen Geräthen und Maschinen, welche von den Studirenden der polytechnischen

Schliesslich mag noch zweier Gattungen von Walzenmühlen gedacht werden, welche sich besonders in Deutschland des Beifalls der Gewerbetreibenden und Landwirthe erfreuen.

Die erste ist eine sogenannte Grünmalzquetsche, wovon Fig. 195 den Verticaldurchschnitt darstellt [1]).

Um die cylindrischen, gusseisernen, glatt abgedrehten Walzen *b* und *c* (von 7¾ Zoll Durchmesser und 26½ Zoll Länge), die auf dem Gestelle *a* gelagert sind, stets rein an den Oberflächen zu halten, wirken gegen letzteren unterhalb Schaber *ll*, welche von Gewichten *nn* an den Hebeln *nml* beständig angedrückt werden. Die Bewegung wird von einer auf die verlängerte Axe *c* gesteckten Handkurbel und weiter mittelst zwei zusammengreifender Zahnräder von gleichem Durchmesser auf die Walzen *b* und *c* übergetragen, so dass sich diese mit derselben Umfangsgeschwindigkeit drehen.

Fig. 195.

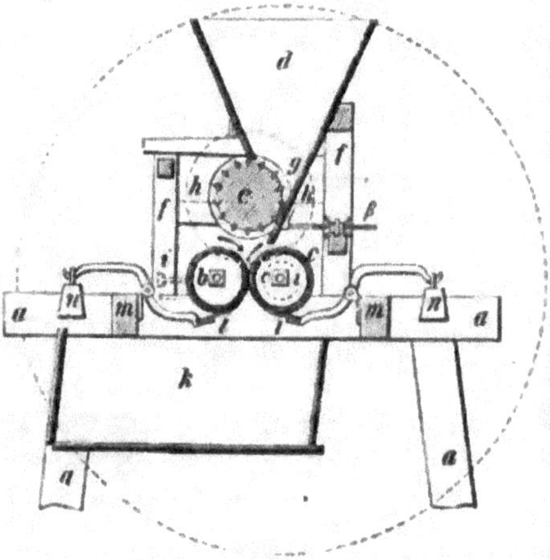

Da Grünmalz, wie es in Brennereien Verwendung findet, eine Masse in einander verflochtener, gleichsam verfilzter Keime hat, wodurch sich oft Klumpen bilden, welche das Zuführen erschweren, die untere Oeffnung des Rumpfes *d* sehr oft verstopfen u. s. w., so hat man, um das Auseinanderziehen der Masse gehörig zu bewirken, im oberen Aufsatzgestelle *f* eine besondere Stachelwalze *e* gelagert, die sich von links nach rechts (in derselben Richtung wie die Walze *b*) langsam umdreht und mit den Quetschwalzen gleiche Länge, aber einen grösseren Durchmesser hat. Die langsame Bewegung der Stachelwalze erfolgt von der Quetschwalze *c* aus mittelst eines kleinen Zahnrades, welches in ein 3½ mal grösseres Zahnrad *h* greift.

Um noch die Menge des den Quetschwalzen zugeführten Grünmalzes reguliren zu können, ist das Seitenbrett *g* des Rumpfes *d* unterwärts um Scharniere beweglich und durch eine Schraube *β* mit Mutter und Gegenmutter verstellbar gemacht. Die erforderliche Entfernung der Quetschwalzen wird durch Schrauben *i* regulirt.

Behauptet wird, dass zwei Mann mit einer derartigen Maschine pro Stunde 6 bis 8 preussische Scheffel Grünmalz zerquetschen können.

Obwohl man diese Maschine, nach Entfernung der Stachelwalze *e*, auch als Quetschmaschine für trocknes Malz verwenden könnte, so zieht man für diesen Zweck in der Regel doch die mit Doppelsieb ausgestattete, vorbeschrie-

---

Schule zu Hannover veröffentlicht wurden. Schrotmühlen von Slight in Edinburg finden sich bei Perels (a. a. O. Heft 4, S. 418, Tafel II).

1) Zeitschrift für deutsche Landwirthe, Jahrg. 1862, S. 257.

bene rheinische Schrotmühle Fig. 193 vor, wobei sich jedoch selbstverständlich die Walzen mit gleicher Geschwindigkeit umdrehen.

Zum Zerquetschen und Zerreiben der gekochten Kartoffeln verwendet man ebenfalls am besten Maschinen mit gusseisernen, glatt abgedrehten, cylindrischen Walzen, nimmt jedoch die Durchmesser der letzteren (bei derselben Länge) nicht unter 16 Zoll, noch besser 20 Zoll, und lässt auch die Walzen mit etwas verschiedener Peripheriegeschwindigkeit umlaufen [1]).

Zum Zerkleinen der Kartoffeln als Viehfutter, namentlich aber für Brennereien (wenn die Kartoffeln schliffig sind, so dass sie beim Dämpfen hart werden), sind glatt abgedrehte Walzen weniger als solche, wie *c* und *e* Fig. 196, zu empfehlen, deren Mäntel *b* aus eisernen viereckigen Stäben (wie ein cylindrischer Rost) gebildet sind [2]) und welche Stäbe bei etwaiger Abnutzung leicht gewendet oder ausgewechselt werden können.

Fig. 196.

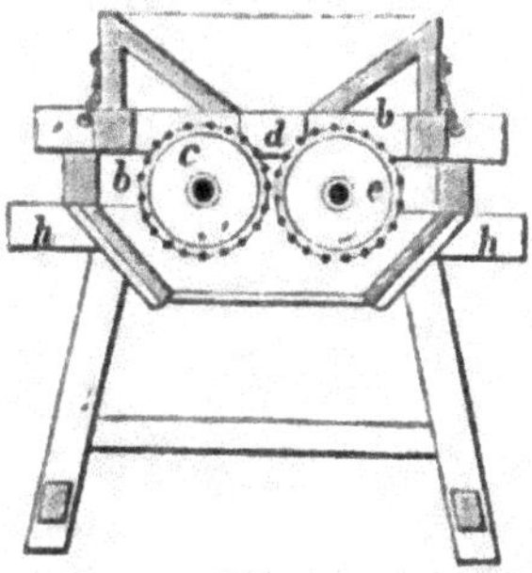

Die arbeitenden Kanten der Stäbe (von denen immer je zwei einander gegenüber befindliche so gestellt sind, dass die betreffenden Kanten in der Richtung der verlängerten Radien liegen) greifen an der Stelle (unterhalb *d*), wo sich die Walzenmäntel berühren, ähnlich wie Radzähne ihrer ganzen Länge nach zusammen, so dass durch die Umdrehung der einen Walze die andere mitgenommen wird. Hierbei kann zufolge der Stabform (wegen mangelnder Zahnradgestalt) von einer regelrechten Uebertragung der Bewegung begreiflicherweise nicht die Rede sein. Immer je einer der Kränze, in welche man die arbeitenden Stäbe einlässt, ist mit Scheibe und Wellnabe zusammengegossen, der andere aber ohne eine solche Verbindung, so dass die Walzen nach der einen Seite hin (gewöhnlich da, wo man die Handkurbeln auf die verlängerte Welle steckt) offen sind und demzufolge zerkleinte Kartoffeln, die in das Innere der Walzen gelangen, leicht herausfallen können. Um dabei die Walzen inwendig stets rein zu halten, reichen in die offenen Endflächen Schaber hinein, die ausserhalb am Gestell *h* befestigt sind. Bei der Arbeit mit dieser Maschine ist gleichmässige Bewegung ohne grosse Hast anzurathen, damit harte, fremde Körper (Steine), welche zufällig zwischen die Stäbe gerathen, leicht herausgenommen werden können und ein möglicher Bruch verhütet wird.

Ganz richtig ist es daher, wenn Hamm [3]) gegen die Anbringung eines Schwungrades an einer der verlängerten Kurbelaxen eifert, sobald die Arbeit durch Menschen verrichtet wird. Ein Schwungrad ist überhaupt unter allen Umständen nur als ein nothwendiges Uebel zu betrachten. Schliesslich möch-

1) Häckel: „Die Kartoffelquetschmaschine." Zeitschrift für deutsche Landwirthe, Jahrg. 1861, S. 163. Mit einer Tafel Abbildungen.

2) Zeichnungen landwirthschaftlicher Maschinen und Geräthe. Herausgegeben von Studirenden der polytechnischen Schule zu Hannover. Cursus 1856 — 1857. Zweite Abtheilung, Tafel XXXIX, sowie in der Stöckhardt'schen Zeitschrift für deutsche Landwirthe, Jahrg. 1861, S. 227.

3) Agronomische Zeitung, Jahrg. 1863, S. 56.

ten wir noch vergleichende Versuche erwähnen, welche mit verschiedenen Handschrotmühlen für Landwirthe vom Amtmann Stein in Brandt (Königreich Sachsen) unternommen wurden, wobei sich unter Anderem herausstellte [1]), dass bei einem Tagelohne von $7\frac{1}{2}$ Groschen, der Zinsenberechnung des Anschaffecapitals zu 5 Procent, der Abnutzung zu 10 Procent, und einer täglichen Arbeitszeit von 10 Stunden die Mahlkosten für jeden sächsischen Scheffel (= 1,889 preuss. Scheffel = 1,688 österr. Metzen = $3\frac{1}{3}$ hannov. Himten) gewöhnliches Haferfutterschrot betrugen: $4\frac{1}{2}$ Pfennige bei der grossen rheinischen Schrotmühle; $7\frac{1}{3}$ Pfennige bei der Schrotmühle von Whitemee & Chapman; $15\frac{1}{3}$ Pfennige bei der excentrischen Schrotmühle von Bogardus.

---

1) Hamm's Agronomische Zeitung, Jahrg. 1853, S. 56, und daraus Polytechnisches Centralblatt, Jahrg. 1853, S. 342.

II.

Mühlen zur Verarbeitung von Stoffen, welche Menschen und Thieren nicht zur Nahrung dienen.

Erstes Capitel.

Mühlen für Knochen, steinige Materialien, Farbstoffe und Gerberlohe.

§. 34.

Knochenmühlen.

Die Düngkraft des in thierischen Knochen enthaltenen phosphorsauren Kalkes (entfernter des Stickstoffs) wächst bekanntlich mit der feinen Zertheilung der Knochen [1]), da sich durch die wachsende Oberfläche die Berührungspunkte mit den im Ackerboden thätigen Agentien vermehren. Von der Praxis ist daher der Einfluss des grösseren oder geringeren Feinheitsgrades auf die Wirksamkeit des Knochenmehles längst anerkannt und man zahlt für feinere Präparate willig höhere Preise. Rohe oder gedämpfte Knochen haben bei gleicher Feinheit einerlei Werth, so dass die Art der Verarbeitung derselben zu Mehl nur davon abhängt, welches Verfahren das wohlfeilste ist.

Die grosse Widerstandsfähigkeit roher Knochen und namentlich die Faserstructur derselben erheischt bei deren Verarbeitung Maschinen von verhältnissmässig grosser Arbeitsfähigkeit und demgemäss bedeutender Betriebskraft, während die in Dampfapparaten mürbe gemachten Knochen sich leicht zerkleinen und in Mehlform bringen lassen.

Die wirksamsten Maschinen zur Bereitung von Knochenmehl aus rohen Knochen sind und bleiben immer noch die vom Verfasser bereits 1848 beschriebenen „Yorkshire Mühlen“ mit gezahnten Walzen [2]), deren Haupttheil (eine der Zahnwalzen) die Fig. 197 und 198 darstellen.

Auf einer starken Horizontalwelle *a* mit den Lagerstellen *b* und *c* sind neun bis zehn Stahlscheiben befestigt, wovon jede aus zwei verschiedenen Theilen, einem Zahnringe *d* und einem glatt abgedrehten Ringe *e* (*III*, Fig. 198) von beziehungsweise $11\frac{1}{4}$ und $9\frac{1}{2}$ Zoll Durchmesser, bei 10 und 11 Linien

---

1) Einen höchst beachtenswerthen mit sorgfältigen Versuchen begleiteten Artikel: „Ueber Knochenmehl und den Einfluss des Feinheitsgrades auf dessen Wirksamkeit insbesondere“, hat Henneberg, der jetzige Director der landwirthschaftlichen Versuchsstation Weende bei Göttingen, in seinem Journale für Landwirthschaft, vierter Jahrg. (1856), S. 33, veröffentlicht.

2) Notizblatt des Gewerbevereins für das Königreich Hannover, Jahrg. 1848, S. 65.

Breite, besteht. Sämmtliche auf die Welle *a* gesteckten Ringpaare werden zwischen festen Rändern *gg* gehalten und durch vier Bolzen *ff* zu einem einzigen Körper vereinigt, dessen Totallänge bis zum Anfange der Lagerstellen *b* und *c* $21^3/_4$ Zoll beträgt. Fast überflüssig dürfte die Bemerkung sein, dass von den Ringpaaren in Fig. 197 nur die nächst den Wellenden aufgebrachten gezeichnet, die mittleren aber weggelassen sind.

Die zweite mit der beschriebenen zusammen arbeitende Walze hat im Allgemeinen dieselbe Gestalt und Grösse, jedoch mit dem Unterschiede, dass,

Fig. 197

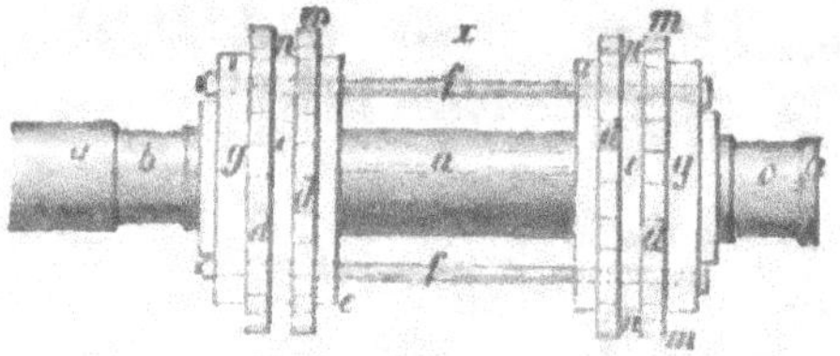

Fig. 198.

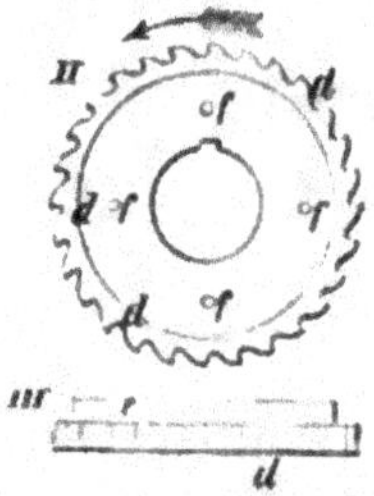

während auf der ersteren neun Ringpaare *de* befestigt sind, diese zweite deren zehn enthält, welche derartig befestigt sind, dass die Zahnringe *dd* der einen in die vertieften cylindrischen Räume *ee* der anderen Walze greifen.

Ueber dem höchstliegenden, ersten Walzenpaare ist gewöhnlich ein Rumpfzeug zur Aufnahme und zum Zuführen der rohen Knochen angebracht, während man seitwärts des unteren mit Brechzähnen feinerer Theilung versehenen Walzenpaares ein rotirendes Cylindersieb aufstellt, um feinere und gröbere Theile gehörig von einander zu trennen.

Derartige Knochenmühlen liefert zur Zeit von besonderer Güte die Croskill'sche Maschinenfabrik zu Beverly bei Hull in England.

Von einer 8pferdigen Dampfmaschine betrieben (bei zwei Paar Zahnwalzen von je $13^1/_2$ Zoll Durchmesser), verarbeitet eine solche Mühle täglich (10 bis 12 Stunden) 20 Tons (= 400 engl. Centner) Knochen, theils zu Mehl, theils zu Stücken von $^1/_2$ Zoll mittlerer Grösse [1]).

Um grössere Mengen sehr feines Mehl zu erlangen, bringt man die gröberen, nicht durch das Cylindersieb gegangenen Knochentheile am besten auf einen gewöhnlichen, mit guten französischen Steinen ausgerüsteten Mahlgang.

Letzteres Feinmahlen setzt jedoch bereits sehr trockne Knochen voraus. Wo dies nicht der Fall ist, benutzt man in England die auch in Frankreich unter dem Namen „Walzenraspeln" bekannten Knochenmühlen (Bone Rasping-Mill's)[2]), wobei die Oberfläche eines stählernen Hohlcylinders raspelartig be-

---

1) Obige, dem illustrirten Kataloge der Croskill'schen Fabrik entlehnten Angaben stimmen recht gut mit einem vom Verfasser selbst beobachteten Versuche auf der Ausstellung zu Chester (1858), wo eine derartige Knochenmühle in der Zeit von 3 Minuten 35 Secunden ein Quantum kolossaler Büffelknochen von 3 Ctnr. zu aller Zufriedenheit verarbeitete.

2) Dingler's polytechn. Journ. Bd. 23, S. 342.

hauen oder noch besser mit einer Reihe sägenartig gezähnter Messer ausgestattet ist.

In Deutschland und Frankreich hat man neuerdings zum Zerkleinen der rohen Knochen (als Verarbeitungsprocess zum Feinmahlen) Walzen mit sogenannten Schlagzähnen, und zwar, wie es scheint, mit Erfolg in Anwendung gebracht.

Eine derartige vom Mechaniker Zeise in Altona ausgeführte Maschine (mit einer einzigen Horizontalreihe von Schlagzähnen) hat der Verfasser in den Mittheilungen des hannoverschen Gewerbevereins beschrieben[1]). Mit sechs Reihen in Schraubenform im Umkreise angebrachten stählernen Schlageisen führt derartige Knochenmühlen (Machines à broyer les os) der Mechaniker Ganneron in Paris zur Zufriedenheit aus[2]).

Gedämpfte und nachher gehörig getrocknete Knochen[3]), welche dem Vermahlen nur geringen Widerstand leisten, verarbeitet man am besten zu Mehl zwischen aufrecht gehenden (vertical laufenden) Steinen (Roll- oder Kollersteinen) mit doppelter Bewegung auf festliegendem Heerde laufend, oder mittelst ebenso rollender, mit der Mantelfläche arbeitender eiserner Cylinder, welche sich nur um ihre geometrische (horizontale) Axe drehen, wobei aber der horizontal liegende Heerd um seine Verticalaxe drehbar gemacht ist.

Die erstgenannte Gattung von Maschinen (mit Radbetrieb von unten) hat der Verfasser beschrieben (und durch Abbildungen erläutert) in den bereits vorher citirten Mittheilungen des hannoverschen Gewerbevereins (Jahrgang 1860,

Fig. 199.

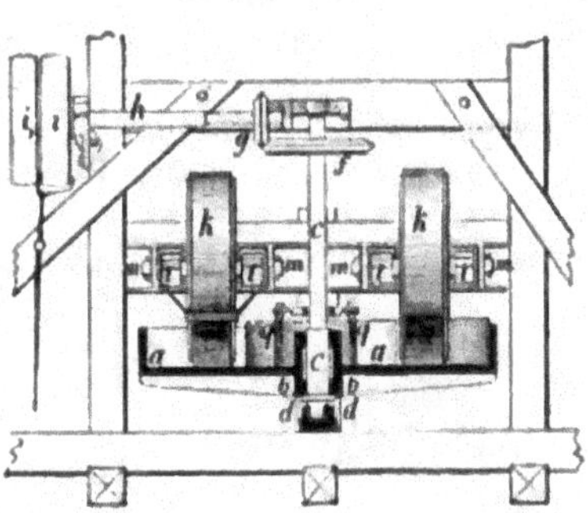

Fig. 200.

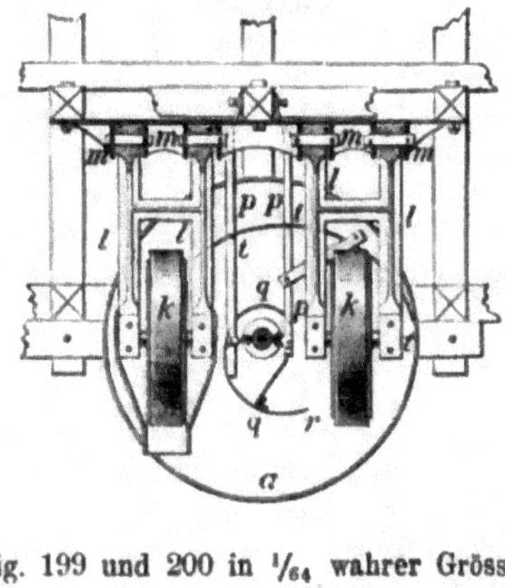

S. 21), während die zweite Gattung Fig. 199 und 200 in $^1/_{64}$ wahrer Grösse (Aufriss und Grundriss) dargestellt ist.

---

1) Jahrg. 1860, S. 19 (mit beigedruckten Abbildungen versehen).

2) Oppermann: „Portefeuille des Machines". Mars 1864, p. 42, Pl. XII.

3) Ueber das Dämpfen der Knochen (wobei denselben nur Fett entzogen wird, was kaum Düngerwerth hat) sehe man Henneberg's Journal für Landwirthschaft, Jahrg. 1856, S. 41 und S. 337. An letzter Stelle mit Abbildung des Blackwall'schen Dampfkessels.

Die gusseiserne, den sogenannten Heerd bildende Scheibe *ab* hat 6 Fuss 4 Zoll engl. Durchmesser, ist auf der Verticalwelle *c* befestigt und wird durch Riemen (wozu feste und lose Scheibe *i* und i_1 vorhanden) unter Einschaltung eines Kegelradvorgeleges *fgh* in Bewegung gesetzt. Die Rollcylinder *kk* von 3½ Fuss Durchmesser und 9 Zoll Stirnbreite drehen sich um ihre verkörperte geometrische Axe, deren Lager in den vorderen Enden gusseiserner Rahmen *ll* befindlich sind. Letztere lassen sich übrigens von der Heerdplatte leicht abheben, wozu sie so angeordnet sind, dass ihre hinteren Armenden um Axen *mm* eine entsprechende Bogenbewegung annehmen können. Zum Einstreichen der zu verarbeitenden Masse vom äusseren Umfange in die Mahlbahn der Rollcylinder dient das gekrümmte (auf die hohe Kante gestellte) Blech *tt*, was an besonderen Stegen *pp* befestigt ist, während das Einstreichen von der Mitte aus ebenfalls durch ein krummes Blech *qr* erfolgt.

Das Abstreichen des Mahlgutes von der Cylindermantelfläche verrichtet bei jedem Steine ein Messer, welches von einem schwingenden Gehänge gehalten wird und nach Erforderniss abgehoben werden kann. In unseren Abbildungen ist dies Gehänge nur beim linken Rollstein angegeben.

Nicht unwerth dürfte die Bemerkung sein, dass man als Vortheile, den Rollsteinen keine doppelte, sondern nur eine einfache Drehbewegung um ihre Horizontalaxe zu geben und dafür den Heerd zu bewegen (statt letzteren still stehen zu lassen und den Rollsteinen eine doppelte Drehung zu ertheilen), etwa folgende bezeichnen kann:

1) Wird die Lagerung der Rollsteine einfacher und sicherer.

2) Treten keine nachtheiligen Fliehkräfte der Massen auf.

3) Lässt sich das gemahlene Gut sehr leicht vom Heerde entfernen, beispielsweise durch Eintauchen einer Schaufel, an welcher das Mahlgut sich aufstaut.

Natürlich ändert sich die Sache bedeutend, wenn der Heerd grosse Dimensionen erhalten muss, in welchem Falle es jedenfalls vortheilhafter ist, denselben unbeweglich zu machen. In den Kreisen des Verfassers hat man mit grossen drehbaren Heerden (bei allerdings etwas mangelhafter Ausführung) sehr schlechte Erfahrungen gemacht.

§. 35.

Mörtel- und Cementmühlen.

Die jetzt als bewährt bekannten Maschinen zur Bereitung des (aus Kalk, Sand und anderen Mineralsubstanzen) zu Bauzwecken erforderlichen Mörtels sind entweder vertical stehende, unbewegliche Cylinder (Tonnen) mit an senkrechter drehbarer Welle befestigten Menge- und Rührarmen [1]), oder schräg liegende Hohlcylinder mit inwendigen Hindernissen zur Vermeidung zu schnellen Durchgleitens bei der vorzunehmenden Drehung, oder horizontale Harkenbalken, deren Zähne bei der Bewegung zwischen anderen feststehenden Zähnen auf

1) Notizblatt des Architekten- und Ingenieur-Vereins für das Königreich Hannover, Jahrg. 1852 — 53, S. 11, Blatt 33, und Polytechnisches Centralblatt, Jahrg. 1850, S. 1356.

dem Boden der Grube durchgehen[1]), oder es sind Systeme von Wagenrädern, die in Kreis- oder Spiralbahnen umlaufen, oder endlich über Kopf laufende Mühlsteine (Rollsteine).

Eine lothrecht stehende Tonnenmühle mit drehbaren Wasserarmen, wie sie u. A. vom französischen Architekten **Roger** zuerst beim Hafenbaue in Algier und nachher beim Baue der Innerste-Brücke (Station Sarstedt an der Hannover-Göttinger Eisenbahn) mit besonderem Erfolge Anwendung gefunden hat, stellen die folgenden Figuren 201 (im Verticaldurchschnitte), 202 und 203 (in entsprechenden Horizontaldurchschnitten) in $^1/_{48}$ wahrer Grösse dar.

Dabei ist *aa* eine hölzerne Tonne (3 Fuss 4 Zoll hoch und 2 Fuss 4 Zoll im Lichten weit) mit einem gusseisernen Boden *bb* (von $1^1/_2$ Zoll Metallstärke) ausgestattet, in welchem sich 16 gekrümmte, schlitzförmige Oeffnungen *cc* (Fig. 203 im Grundrisse besonders gut erkennbar) befinden. In dieser Tonne dreht sich (mit Zuziehung eines Kegelradvorgeleges *ek* von einer Dampfmaschine betrieben) eine vertical stehende Welle *d*, an welcher mehrere Rühreisen befestigt sind.

Fig. 201.

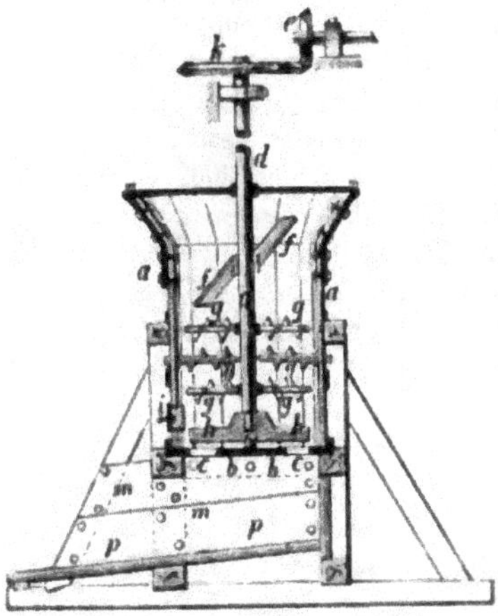

Von diesen dienen die vier höchsten *ff*, aus vierzölligem Flacheisen gebildet und abwechselnd nach oben und unten gerichtet, zur **vorbereitenden** Mengung der Mörtel-Ingredienzien, während das eigentliche Durcharbeiten des Mörtels durch die drei Sätze *gg* sternförmiger und mit rechenartigen Zinken versehener Rühreisen geschieht. Der mittlere Satz dieser Harken ist nicht auf der Welle, sondern in den Wänden der Tonne befestigt, und demnach auch unbeweglich.

Fig. 202.

Fig. 203.

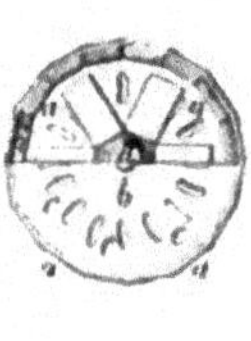

Die Mörtelbestandtheile werden durch die trichterförmige Erweiterung der Tonne von oben eingeführt, von den bemerkten Armen bearbeitet, die Masse endlich von der unteren gusseisernen, ebenfalls sternförmigen Scheibe *h* (auch in der oberen Hälfte der Grundrissfigur 203 sichtbar) gegen die gusseiserne Bodenplatte gedrückt und als zäher, durchaus gleichförmiger Brei durch die Oeffnungen *cc* der Bodenplatte *b* in den darunter befindlichen Behälter *mpmp* getrieben. Unmittelbar über der sternförmigen unteren Scheibe *bc* ist in der Tonnenwand eine durch Schieber zu schliessende Oeffnung *i* angebracht, welche zum Reinigen des Innern dient.

1) **Hoffmann's** beim Baue des Berliner Museums mit grossem Erfolge angewandte Mörtelmaschine findet man beschrieben und abgebildet im Gewerbeblatte für das Königreich Hannover, Jahrg. 1842, S. 246, Tafel XI.

Aus Allem erhellt, dass die Maschine nicht nur ein Mengen, sondern auch ein Zerkleinern der Mörtel-Ingredienzien bewirkt.

Bei 5 Umdrehungen der stehenden Welle *d* pro Minute, welche erfahrungsmässig das günstigste Resultat veranlassten, und wenn man die hölzerne Tonne stets bis oben hin gefüllt erhielt, wurde eine Betriebsarbeit von nicht mehr als einer Dampfpferdekraft erfordert[1]). Allerdings ist dies verhältnissmässig viel Kraft, allein das erhaltene Mahlproduct ist dafür ganz vorzüglich.

Wagenradsysteme durch Göpelwerke betrieben sind als Mörtelmühlen besonders da zu empfehlen, wo Elementarkräfte nicht zur Disposition stehen. In neuerer Zeit scheinen diese Maschinen, mit Rädern, die in kreisförmigen Trögen laufen, mit besonderem Erfolge bei den Pariser Festungsarbeiten[2]) und bei deutschen Eisenbahnbrückenbauten[3]) angewandt worden zu sein, worüber die unten citirten (mit Abbildungen begleiteten) Quellen näheren Aufschluss geben. Maschinen mit Wagenrädern, welche in spiralförmigen Bahnen laufen, sind jedenfalls noch wirksamer als die vorerwähnten, wo die Wege concentrische Kreise bilden; allein der Vortheil der stetig veränderten Berührung geht grösstentheils dadurch verloren, dass die Construction complicirter und theurer wird und solche auch mancherlei Veranlassungen zu Störungen giebt[4]).

Mörtelmühlen mit in Kreisen rollenden Steinen oder ebenso arbeitenden gusseisernen Cylindern leisten in quantitativer Hinsicht (für gewöhnliche Fälle) zu wenig, noch abgesehen davon, dass das Hineinschaffen der Mörtelstoffe zu zeitraubend ist, weshalb sie eigentlich nur da zu empfehlen sind, wo das Mahlgut besonders fein zerrieben und zertheilt sein soll. Die Construction derartiger Maschinen ist übrigens ganz mit der übereinstimmend, welche Seite 231 beschrieben und Fig. 199 und 200 abgebildet wurde.

Das Mahlen des gebrannten Cementsteines erfolgt am vortheilhaftesten zwischen den horizontalen Flächen gewöhnlicher französischer Mühl-

---

1) Producirt wurden (bei der Innerste-Brücke) je nach Art des Mörtels und Wasserzusatzes pro Stunde: 1) Bei strengem Trassmörtel, aus gleichen Theilen Kalk, Sand und Trass, ohne Wasserzusatz: 31 Cubikfuss; 2) bei demselben Mörtel mit Zusatz von Wasser: 46 Cubikfuss; 3) bei ordinärem Trassmörtel aus $\frac{1}{2}$ Theile Trass, $\frac{1}{2}$ Theile Kalk und $1\frac{1}{2}$ Theile Sand mit Wasserzusatz: 50 Cubikfuss; 4) bei ordinärem Kalkmörtel aus 1 Theile Kalk und 2 Theilen Sand mit wenig Zusatz von Wasser: 48 bis 50 Cubikfuss. Specielleres über die Leistungen, auch Kostenanschlag der Maschine enthält die angegebene Quelle. In quantitativer wie qualitativer Hinsicht bietet die Maschine Vorzüge vor der Mörtelbereitung durch (ausschliesslich) Menschenhände.

2) Förster's allgemeine Bauzeitung, Jahrg. 1843, S. 399.

3) Lichthammer's Wagenrad-Mörtelmaschine, welche sich beim Baue des Darmstädter Bahnhofes bewährte, findet man ausführlich beschrieben und abgebildet in den Verhandlungen des Gewerbevereins für das Grossherzogthum Hessen, Jahrg. 1844, S. 100, Tafel I.

4) Beschreibung und Abbildung einer in Hannover mehrfach ausgeführten Maschine mit Wagenrädern, die in spiralförmigen Bahnen laufen, findet sich in Muspratt-Stohmann's Techn. Chemie, Erster Anhang, Art. „Aluminium“, S. 147.

steine, wobei nur erfordert wird, dass man dem Läufer ein verhältnissmässig grosses Auge giebt und den Bügel der Haue so anordnet, dass deren Unterkanten zum Erfassen der eingeführten, groben (zuweilen vorher mittelst Handhammer etwas zerkleinten) Steinstücke benutzt werden kann. Bei einer bewährten hannoverschen Cementmühle haben die französischen horizontal laufenden Steine $4^3/_4$ Fuss Durchmesser, der Läufer ein Auge von 22 Zoll Weite, wobei letzteres an den Unterkanten zur Bildung eines sogenannten Schluckes etwas abgeschrägt ist. Die Fläche des Läufers hat Furchen von $^1/_8$ Zoll Tiefe, die des Bodensteines solche von $^1/_4$ Zoll. Bei 80 Umläufen des Obersteines pro Minute soll man unter Verwendung eines Wasserrades von 8 Pferden Nutzarbeit pro 24 Stunden circa 50 Tonnen (à 400 Pfund) fein gemahlenen und gesiebten Cement erhalten. Das Siebwerk bildet ein mit Drahtnetz bespannter Rollcylinder [1]).

§. 36.

Gypsmühlen.

Auch hier richten sich die in Anwendung zu bringenden Maschinen darnach, ob der Gypsstein roh oder gebrannt verarbeitet werden soll, ob man das Mehl zu landwirthschaftlichen Zwecken (zur Düngung), zum Bauen als Mörtel, zu Stuccaturen u. s. w. verwenden will.

Fig. 204.

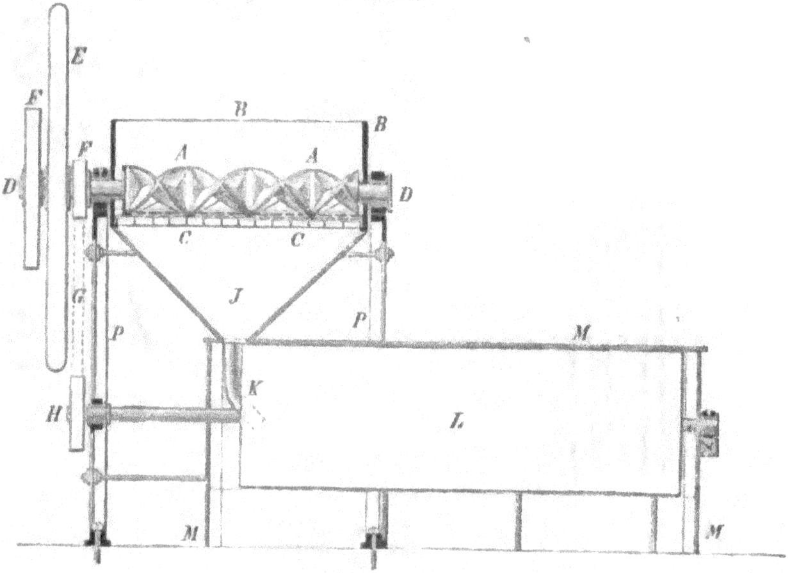

In Amerika, wo von jeher viel ungebrannter Gyps zur Düngung verwandt wurde, construirte bereits im vorigen Jahrhundert der oben Seite 28

1) Aehnliche ältere Cementmühlen finden sich beschrieben und abgebildet in der Encyklopaedia Metropolitana, T. 41, §. 465.

(Note 1) rühmlichst erwähnte Mühlenbauer Olivier Evans[1]) eine Maschine zum Zerkleinern des Rohgypses aus dem Groben, welche hauptsächlich aus einer horizontal liegenden eisernen Schraube bestand, die sich in einem Troge drehte, dessen Boden rostförmig gestaltet, die Maschine (principiell) überhaupt so angeordnet war, wie eine der Franzosen Baratte und Bouvet, welche in Fig. 204 im Verticaldurchschnitte, Fig. 205 im (nach vergrössertem Maassstabe) gezeichneten Profile dargestellt ist und wozu die Detailfiguren 206 und 207 gehören.

Während bei Evans' Maschine der Hauptarbeitskörper von einer gewöhnlichen flachkantigen, zweigängigen eisernen Schraube gebildet wurde, haben die genannten Franzosen diesem in Fig. 204 mit A bezeichneten Körper eine Gestalt gegeben, welche hinlänglich aus Fig. 207 erhellt, während gleichzeitig der im rumpfförmigen (ebenfalls eisernen) Kasten B vorhandene rostförmige Boden C, Fig. 206, in der Horizontalfläche abgewickelt gezeichnet ist.

Fig. 205.

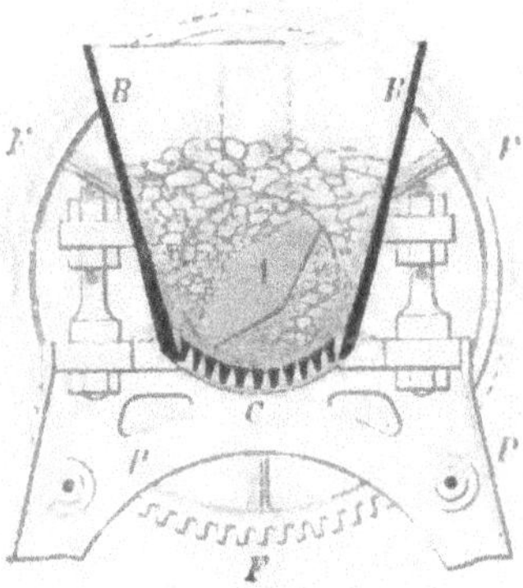

Gestell P der Maschine, Betriebszahnrad F, Schwungrad E etc. bedürfen dabei eben so wenig besonderer Erklärung, wie das cylindrische Drahtsieb L, im verschlossenen Kasten M, mit der Zuführröhre K und dem Riemenvorgelege GH[2]).

Zum Zerkleinen des Rohgypses verwendet man mit Nutzen auch massive, cannelirte gusseiserne Walzen (48 Centimeter = 19 Zoll Durchmesser), wovon Heusinger in seinem „Gypsbrenner und Gypsbaumeister" Seite 52 und 53 Beschreibung und Abbildung liefert[3]).

Fig. 206.

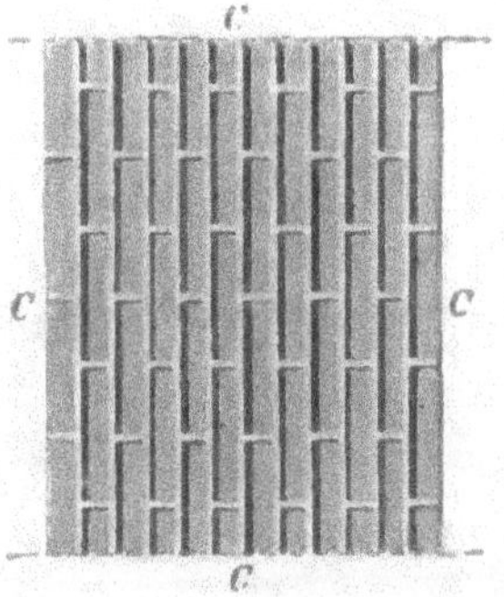

Fig. 207.

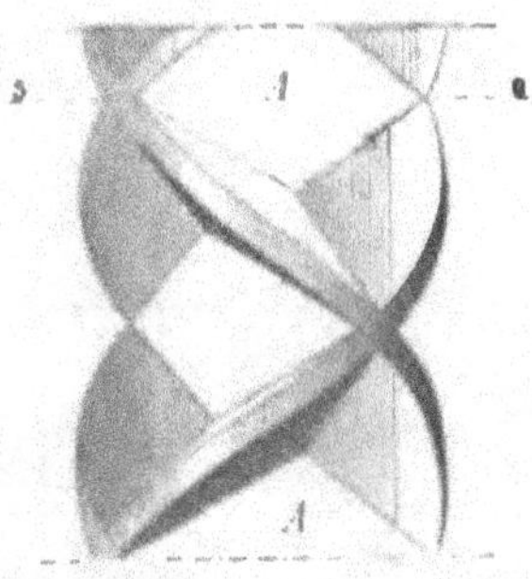

1) Burg im zehnten Bande der Prechtl'schen Encyklopädie §. 221, Tafel 210.

2) Nach den Angaben Armengaud's (a. a. O.) verwenden die Constructeure diese Maschine mit besonderem Erfolge zum Mahlen der thierischen Kohle, wie solche bei Zuckerfabriken erforderlich wird.

3) Leipzig 1863, Verlag von Theodor Thomas.

Von Maschinen zur Gypsmehlbereitung verdienen zuerst wieder gewöhnliche mit französischen Steinen ausgestattete Mahlmühlen angeführt zu werden, nächstdem aber auch die Rollsteinmühlen von Fauconnier in Paris und von Reinhardt in Offenbach[1]). Letztere beide haben das Eigenthümliche, dass sie den gemahlenen Gyps durch sinnreich angelegte, kegelförmig oder eben ausgespannte Drahtsiebe sortiren. Fauconnier hebt hierzu das Mahlgut vom Heerde mittelst eines Tympanons (nach Art der Wasserschöpfräder gleichen Namens), während Reinhardt das Schöpfrad durch einen zweiten Rollstein ersetzt und ganz ebene Siebflächen in Anwendung bringt.

Mühlen für gebrannten Gyps mit rollenden eisernen abgestutzten Kegeln, deren Mantelfläche cannelirt ist[2]), wendet man seit längerer Zeit und auch jetzt noch mit vervollkommneter Betriebseinrichtung bei den königlich hannoverschen Gypswerken (Gypsbrüchen) zu Lüneburg an.

Der mittlere Durchmesser der eisernen Rollkegel von 4000 Pfund Gewicht mit 18 Zoll Seitenlänge beträgt daselbst 5 Fuss englisch und befinden sich je zwei derselben in einem Abstande von 20 Fuss 4 Zoll von Mitte zu Mitte.

Die Kreisbahn, welche die Kegel dabei pro Minute viermal durchlaufen, hat 2 Fuss lichte Weite und einen mittleren Umfang von 63,84 Fuss. Den gemahlenen Gyps heben Elevatoren auf geeignete mit Drahtmänteln ausgestattete Cylindersiebe.

Nachdem man die Bd. 1, §. 59 erwähnten Pferdegöpel zum Betriebe dieser Gypsmühlen durch eine Dampfmaschine von 9½ Zoll engl. Kolbendurchmesser, mit 56 Schwungumläufen pro Minute bei 4½ Zoll Kolbenhub ersetzt hat, mahlt und siebt man in 10- bis 12stündiger Arbeit durchschnittlich 15 Last (gebrannten) Gyps, 110 Lasten zu 8000 Cubikfuss gerechnet[3]).

So vortrefflich sich das mittelst glatter Rollsteine gemahlene Gypsmehl namentlich zu Stuccaturarbeiten eignet, so wird dennoch deren Leistung für die Verwendung des Gypses zu Mörtel oder als Düngmittel zu theuer bezahlt und verwendet man sodann besser die bereits erwähnten französischen, horizontal laufenden Mühlsteine oder Maschinen, welche auf das Princip der Kaffeemühlen gegründet sind. Um derartige Gypsmühlen hat sich namentlich der Franzose Béchu verdient gemacht, wie eine solche Fig. 208 im Verticaldurchschnitte darstellt. Es bestehen diese Maschinen aus zwei wesentlich verschiedenen Theilen, der erwähnten Kaffeemühle zum Grobmahlen, und Rollkegeln auf festem Heerde laufend zum Feinmahlen.

---

1) Dingler's polytechn. Journ. 1857, S. 786.

2) Die Gestalt der Kegel kommt ganz mit denen überein, welche sich weiter unten in der „Geschichte der Oelmühlen" als ägyptische Oelsamenquetscher beschrieben und abgebildet vorfinden.

3) Mit Anwendung des Göpelwerkes konnten vier Pferde (von der Bd. 1, §. 59 durch Dynamometer gemessenen Arbeitskraft) in 9 bis 10 Stunden nicht mehr als 8 Last (gebrannten) Gyps mahlen. Damals kostete das Mahlen und Sieben etc. einer Last Gyps 1 Thlr. 14 Sgr. 5 Pf., während dieselbe Arbeit durch die Dampfmaschine für 20 Sgr. verrichtet wird. Die jährliche Production an gemahlenem Gyps beträgt jetzt 4500 Last.

Fig. 208.

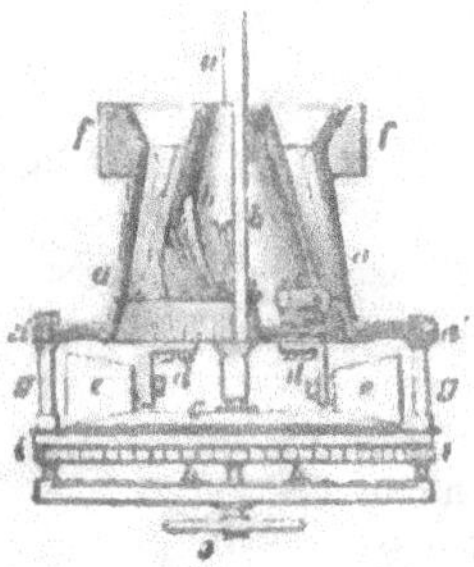

Der Rumpf oder Trichter der Kaffeemühle ist in unserer Figur mit *a* bezeichnet und ruht derselbe auf festen Rahmenhölzern *ff*, deren Enden sich wiederum auf eine Mauerung stützen. Der innere Körper *b*, die Birne oder das Conoid, an der stehenden Welle (Göpelwelle) *o* befestigt und mit dieser zugleich drehbar, ist eben so mit vorspringenden Rippen (die nach unten hin immer feiner werden) versehen wie das Innere des Mantels *aa*.

Alles von ersterer Maschine ablaufende Mahlgut fällt auf eine flach conische Tafel *c*, auf welcher vier Rollkegel *e* laufen, deren Axen von Winkelstücken *d* gehörig getragen werden. Die Mahloperation, welche durch diese Kegel bewirkt wird, ist eben so nützlich wie energisch, indem nicht nur das Gewicht dieser Kegel, sondern auch das des Conoids *b* auf der Bahn *c* ruht.

An den unteren Kranz *a'a'* des Mantels *aa* sind vier Ohren angegossen, woran vier Säulchen *g* hängen, in deren untere Enden Schrauben geschnitten sind. Die Muttern hierzu befinden sich in den Naben von vier Zahnrädern *ii*, um welche eine endlose Laschenkette *h* gelegt ist, und wodurch die gedachten Räder gleichzeitig um gleichviel gedreht werden können. Indem sich nun durch die bemerkte Drehung die verzahnten Muttern *ii* auf- oder niederschrauben, folgt ihnen der darauf ruhende Heerd *c*, die Kegel *e* und auch gleichzeitig das Conoid *b*. Um endlich die Grösse des Druckes der Läuferkegel auf den Heerd *c* reguliren zu können, ist unter dem Fusslager der Welle *o* eine Schraube mit Handrad *j* angebracht.

Von einem Pferde am Göpelschwengel der stehenden Welle *o* betrieben, soll man mittelst einer solchen Maschine pro Stunde mindestens 4 Cubikmeter (160 Cubikfuss) Gyps zu feinem Mehl verarbeiten können (?)[1].

§. 37.

Mühlen für Erze und steinige Materialien zu verschiedenen Zwecken.

Zum Zerkleinen von Erzen, Schlacken und harten Steinen, wie Basalt, Granit, Grauwacke, Gabbro, Quarz u. s. w., ferner für leichter zerdrückbare Massen, wie Chamotte, Bleiweiss, geschmolzene Soda u. s. w., verwendet man entweder **Stampfwerke** (Poch-

1) Man sehe über diese Mühlen sowohl unsere Quelle, Polytechn. Centralbl. Jahrg. 1851, S. 1034, als über deren neueste Verbesserungen das Brevet expiré (nach dem Gesetze vom 5. Juli 1844), T. 15, p. 106, Pl. II.

werke)[1]) oder cannelirte und glatte Walzen[2]) (seltener schwingende Hämmer), oder hierzu besonders construirte Maschinen, wobei weniger Verlust an mechanischer Arbeit durch Stösse als bei den Pochwerken, und weniger Brüche und Reparaturen als bei den Walzwerken vorkommen.

Zur Zeit scheint keine Maschine empfehlenswerther zu sein als die Quetsch- oder Knackmaschine des Amerikaners Blake, welcher dieselbe zuerst auf der Londoner Industrieausstellung vom Jahre 1862 producirte[3]) und die nachher von den Ingenieuren des Georg-Marien-Eisenhüttenwerkes unweit Osnabrück verbessert wurde[4]).

Umstehender Holzschnitt Fig. 209 stellt letztere Maschine im Verticaldurchschnitte dar, woraus vor Allem erhellt, dass sie eine sinnreiche Combination von Kurbel (Excentricum), Kniehebel und Keil bildet. Die rotirende Welle A mit der Bug- oder Kurbelhöhe Aa überträgt ihre Bewegung durch die eigenthümlich geformte Lenkstange B, ohne Zwischenglied (bei Blake's Maschine ein geradlinig einarmiger Hebel) direct auf den Kniehebel $\alpha\beta\gamma$, und dieser wirkt wieder auf eine bewegliche um D schwingende Backe M, welche mit dem unbeweglichen, aber durch einen Keil E stellbaren Stücke N das Maul Z bildet, in welchem das Zerkleinen der harten Materialien erfolgen kann. Ein kräftiges, gusseisernes Gestell C dient zur Aufnahme sämmtlicher angeführten Theile der Maschine, die überdies der Transportfähigkeit wegen gewöhnlich auf vier Räder gesetzt wird.

Zur Veränderung der Hubhöhe des Kniehebels, nach der Grösse der im Maule zu zerbrechenden Stücke, dient ein Stellkeil d, sowie zur Sicherung, dass dieser Hebel ($\alpha\beta\gamma$) nach links hin bei seiner Bewegung nicht durchknickt, eine Feder (Gummibuffer) F angebracht ist, welche zugleich den Rückgang erleichtert. Von besonderer Wichtigkeit ist die Form der Lippen des Maules,

1) Ueber Erzpochwerke lese man besonders den vierten Abschnitt des dritten Theiles von Weisbach's Ingenieur- und Maschinen-Mechanik, ferner Rittinger's „Erfahrungen", Jahrg. 1856, S. 28 und 1857, S. 6. Als gute Werkzeichnungen von sächsischen Pochwerken sind die lithographirten (verkäuflichen) Blätter der Freiberger Berg-Akademie zu empfehlen.

2) Harzer und Freiberger Erzwalzwerke findet man beschrieben und abgebildet in Hartmann's „Fortschritten des metallurgischen Hüttengewerbes", Bd. 2 (1859), S. 34 und 36. Ueber Steiermärker Erzquetschwalzwerke findet sich Ausführliches in demselben Werke Bd. 4 (1860), S. 82, sowie in Rittinger's „Erfahrungen", Jahrg. 1859, S. 13, Tafel III.

3) Eine sehr gute Abbildung der Blake'schen Original-Maschine findet sich in Armengaud's „Génie Industr." T. 22 (1861), p. 150.

4) Ueber Leistungen und Rentabilitätsberechnungen dieser Maschine beim Zerschlagen von Kalksteinen handelt ein Aufsatz im Monatsblatte des Hannoverschen Gewerbevereins, Nr. 3 und 4, 1863, S. 30.

die je nach dem Materiale wellenförmig, flach- oder hochkantig, mit scharfen Vorsprüngen u. s. w. zu bilden sind.

Fig. 209.

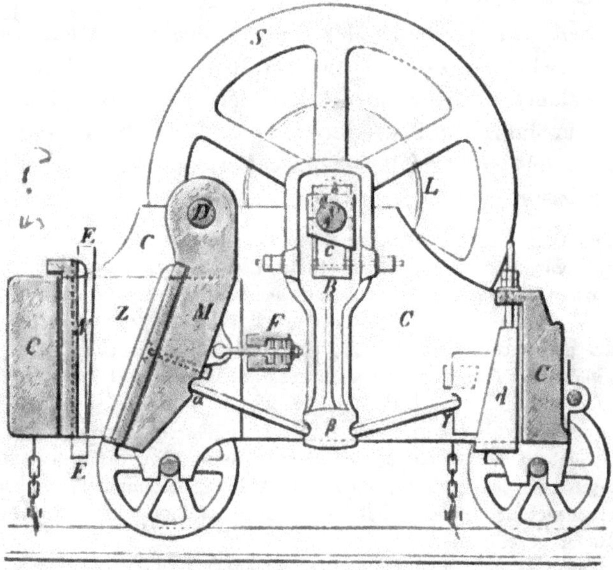

Der Betrieb der Maschine muss unter allen Umständen durch Elementarkraft (Dampfmaschine oder Wasserrad) erfolgen, wozu für eine Riementransmission die Scheibe L an der mit Schwungrad S ausgestatteten Welle A aufgekeilt ist. Die Umdrehzahlen der letzteren scheinen am vortheilhaftesten zwischen 200 bis 250 pro Minute zu sein.

Nach einem uns vorliegenden englischen Berichte [1]) soll man mit der Blake'schen Originalmaschine pro Stunde 200 Centner harten, körnigen Granit zu brauchbarem (?) Chausseematerial zerkleinen können, sobald die Betriebsdampfmaschine 5 Bremspferdekräften entspricht.

Maschinen zum Mahlen des Bleiweisses stellt man neuerdings aus Walzen und Kegelmühlen (Kaffeemühlen) für das Vorarbeiten, und aus gewöhnlichen Mahlmühlen mit Steinen aus weissem Marmor zum Mehlmachen zusammen [2]).

Zum Zermahlen der geschmolzenen Soda und der Steinkohlen etc. lassen sich mit Nutzen die bereits Seite 220 beschriebenen Bogardus-Mühlen mit excentrischen, eisernen Mahlscheiben anwenden. Zu Forbach und Hirschbach,

---

1) Hamburger „Minen- und Hütten-Journal", Nr. 10, 1864, S. 38.

2) „Bulletin d'Encouragement", Janv. et Juin 1855 und daraus im Polytechn. Centralbl., Jahrg. 1853, S. 113 — 116.

unweit Saarbrücken, zerkleint man die Steinkohlen durch Kaffeemühlen, nach Art der Seite 238 beschriebenen Gypsmühle von Béchu[1]).

Zur Bereitung der Porzellanmasse (Kaolin, Feldspath, Quarzsand, Kreide oder Gyps) wendet man zur Arbeit aus dem Groben wieder vorzugsweise cannelirte und glatte Walzen, sowie Pochwerke an, zum Feinarbeiten (dem eigentlichen Mahlen) aber Roll- oder Schleppsteine[2]).

Werkzeichnungen der letzteren, wie man sie in der Porzellanmanufactur zu Sèvres benutzt, finden sich in Le Blanc und Pouillet's Portefeuille Industr. T. 1, Pl. XXXIX[3]).

Vereinfachte und verbesserte Mühlen dieser Art finden sich beschrieben und abgebildet in den Verhandlungen des niederösterreichischen Gewerbevereins Jahrgang 1841, S. 116. Eine derselben, speciell zum Mahlen der Materialien für künstliche Bimssteine bestimmt, stellen Fig. 210 u. 211 beziehungsweise im Verticaldurchschnitte und Grundrisse dar.

Fig. 210.

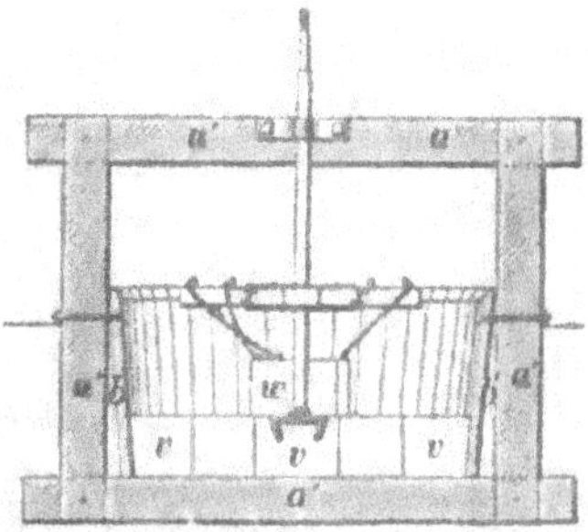

Fig. 211.

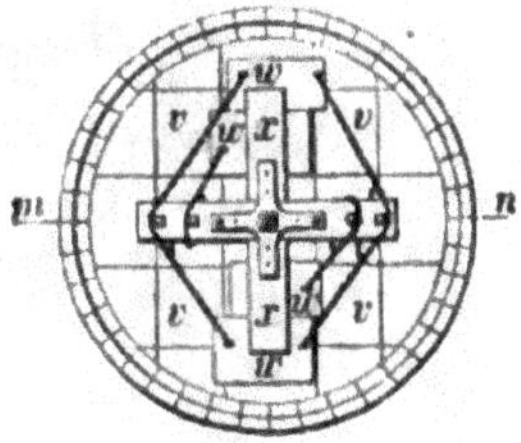

Ein kräftiges Holzgerüst *a* umschliesst einen Holzbottich *b*, dessen Boden ein in Thon gelegtes Granitpflaster *vv* bildet. In der Mitte dieses Bodensteines hat man die Spurplatte einer eisernen stehenden Betriebswelle (für Göpelwerk) eingelassen und an der Welle selbst ein vierarmiges hölzernes Kreuz *xx* befestigt, an welches mittelst Ketten Steine *ww* gehängt sind, die bei Umdrehung der stehenden Welle auf dem Granitpflaster *v* hinschleifen und das hier aufgebrachte Mahlgut zerreiben.

§. 38.

Farbemühlen.

Zum Reiben von Oel- und Wasserfarben bedient man sich mit besonders gutem Erfolge einer Art Kaffeemühle, welche Fig. 212 im Verticaldurch-

1) „Annales des Mines“, T. 15 (5e Série), p. 489, Pl. VII, und daraus in Hartmann's „Fortschritten des metallurgischen Hüttengewerbes im Jahre 1860“, S. 8.

2) Eine zusammenhängende, mit Abbildungen begleitete Beschreibung aller dieser Maschinen enthalten Salvétat's „Leçons de Céramique“, T. 2, Paris 1857, p. 41 bis mit p. 60.

3) Auch in Prechtl's Technol. Encyklopädie, Bd. 10, Tafel 210, Fig. 1 — 6.

schnitte darstellt. In dem gusseisernen Gestelle *AB* ist das ebenfalls gusseiserne Bodenstück *C* durch Schrauben befestigt, während der eiserne Läufer *E* durch eine Mutter, den dreiarmigen Stern *F* und durch die Winkelstücke *a* mit dem Aufgebetrichter *G* und der stehenden Welle *H* fest verbunden ist. Sowohl der centrale Theil der Bodenscheibe *C* als des Läufers *E* ist mit Riefen versehen, so dass die Farbe erst aus dem Groben zermahlen, nachher aber zwischen den glatten äusseren ringförmigen Mahlflächen fein gerieben wird.

Fig. 212.

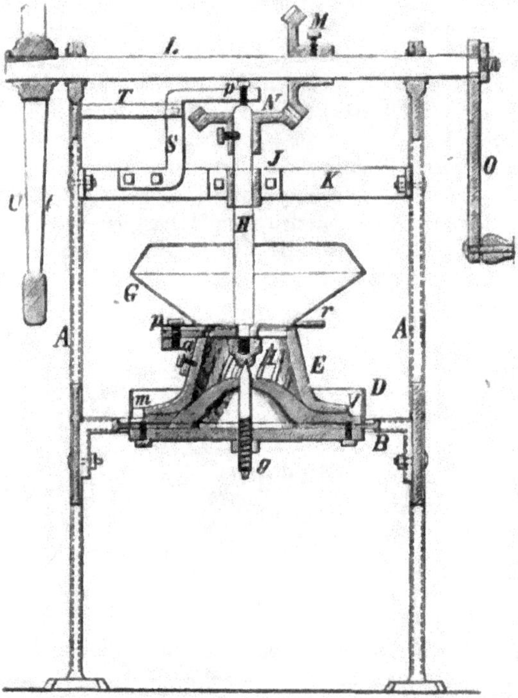

Das Fusslager der stehenden Welle und das Halslager *J* am Querriegel *K* bedürfen eben so wenig einer Erklärung, als die Bewegungsübertragung auf dieselbe mittelst des Kegelradpaares *MN* von der mit Schwungrad *U* ausgerüsteten Kurbelwelle *LO*.

Die erforderliche Stellung des Läufers *E* gegen die Bodenscheibe *C* wird durch die Schrauben *p* und *g* möglich gemacht.

Die Pressschraube *p*, welche durch das zweifach gekröpfte und durch den Riegel *T* abgesteifte Winkelstück *S* getragen wird, greift hierzu in eine Vertiefung im Kopfe der stehenden Welle ein.

Die zwischen den Mahlscheiben heraustretende Farbe gelangt in eine Rinne *V*, welche durch den Blechring *D* eingefasst wird. An dem Läufer ist ferner ein Vorsprung *m* angebracht, welcher die Farbe in der Rinne *V* mitnimmt und nach einer an der vorderen Seite der Einfassung *D* angesetzten Gosse führt, durch welche die fein geriebene Farbe in ein untergesetztes Gefäss abfliesst [1]).

---

1) Unsere Skizze ist dem Polytechn. Centralbl., Jahrg. 1850, S. 1473, Tafel XXIV, entlehnt, wo diese Maschine als Constructionsgegenstand des Zeugschmieds Rommel in Chemnitz aufgeführt wird. In Hannover sind diese Farbreibmaschinen als Oelfarbmühlen von W. Sattler in Schweinfurt a. M. bekannt. Letztere Fabrik liefert die Mahlkegel für alle die Fälle aus Bronzeguss, wobei Eisen dem Mahlen feiner Wasserfarben schaden kann.

Mittelst einer solchen Farbereibmaschine mit 14zölligen Scheiben soll ein Mann in einem Tage einen Centner Oelfarbe liefern.

Herrmann in Paris (und Mechanicus Werner in Leipzig) baut mit grossem Erfolge Farbenreibmaschinen aus drei Walzen von gleichem Durchmesser gebildet, die man auch zur Bereitung der Buchdruckerfarbe benutzt und wobei die Walzen (je nach Art der Farbkörper und der zu erzielenden Feinheit) aus Gusseisen oder Granit bestehen[1]), letztere mit durchgehenden eisernen, im Innern achteckigen Axen ausgestattet. Wie ohne Weiteres aus den Figuren 213 u. 214 erhellt, dreht sich jede der drei Walzen mit verschiedener Peripheriegeschwindigkeit, indem die mittlere *A* vom Riemenscheibenvorgelege *E* aus direct bewegt wird, dagegen die Walze *C* durch das Zahnradpaar *FG*, mit beziehungsweise 42 und 12 Zähnen, und die Walze *B* durch das Räderpaar *HI*, mit 20 und 35 Zähnen ausgestattet, so dass wenn *A* einen Umlauf verrichtet, *C* deren $^7/_2$, dagegen *B* während derselben Zeit nur $^4/_7$ macht.

Fig. 213.

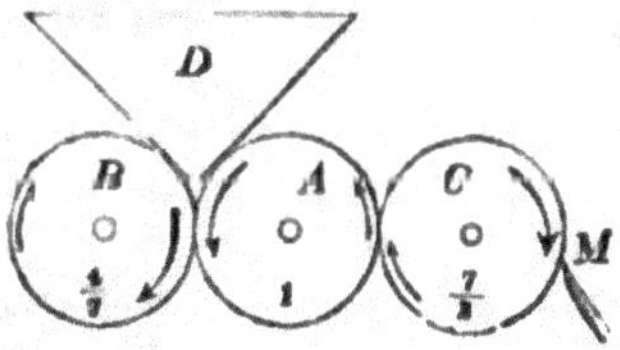

Fig. 214.

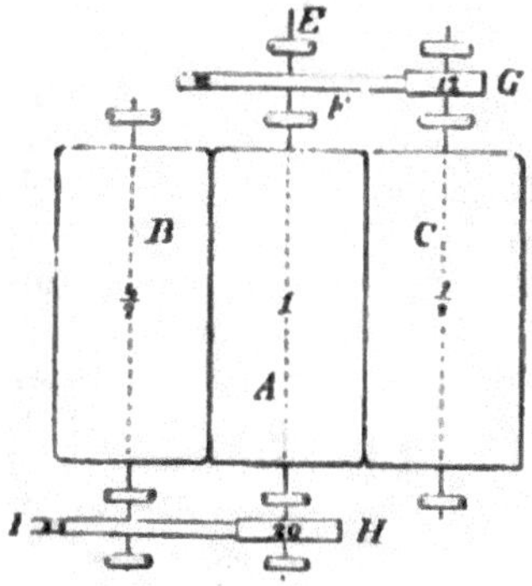

Die Einführung der zu zerreibenden Masse geschieht vom Rumpfe *D* aus zwischen die sich nach der Pfeilrichtung umdrehenden Walzen *A* und *B*. Vermöge der Adhäsion zwischen Farbe und Walzmäntel bleibt sie an diesen Cylindern hängen, wird von dem schneller umlaufenden *A* fortgeführt, zwischen *A* und *C* noch ferner zerrieben und endlich von der Aussenseite des letzteren mittelst eines stählernen Streichmessers *M* abgenommen und in einem untergesetzten Gefässe aufgefangen. Dass die Walzen mit entsprechenden Stellschrauben versehen sind, bedarf wohl kaum der Bemerkung[2]).

1) Die perspectivische Ansicht einer Herrmann'schen Reibmaschine für Druckfarben findet sich im Journale für Buchdruckerkunst, Jahrg. 1850, Nr. 5, sowie hieraus im Polytechn. Centralbl., Jahrg. 1850, Tafel XVI, Fig. 1.

2) Diese Maschinen stimmen ihrer Construction nach überhaupt mit den bekannten Chocoladereibmaschinen überein, worin Herrmann fast weltberühmt geworden ist. Beschreibung und Abbildung derselben hat neuerdings Heeren (nach Armengaud's „Publication Industr.“ T. 4, p. 49) in den Supplementen zu Prechtl's Technol. Encyklopädie, Art. „Chocolade“, Bd. 2, S. 268, Tafel XLVIII geliefert. — Andere hierher gehörige Maschinen zum Pulverisiren von Malermaterialien etc. mit verticaler und geneigter Reibkeule, mit ellipsoidischen Läufersteinen aus Granit etc. finden sich abgebildet und beschrieben im Polytechn. Centralbl., Jahrg. 1850, S. 327, Tafel VI.

Eine eigenthümliche Gattung von Farbemühlen bilden die zum Reiben des Indigos [1]).

Dieselben bestehen entweder aus Gefässen, deren Böden kreisförmige Rinnen bilden, worin, von gabelförmigen Armen geführt, Kugeln laufen [2]), oder diese Gefässe sind krippenartig gestaltet mit cylindrischen Böden, worin Walzen von Schwingarmen hin- und hergeführt werden [3]), oder endlich sind es hohle, cylindrische Trommeln *aa*, Fig. 215 und 216, welche sich um ihre verkörperte, geometrische Axe in festen Lagern drehen, während sich im Innern *b* derselben frei bewegliche schwere gusseiserne Walzen *ww* befinden.

Fig. 215.

Letztere Gattung hält man zur Zeit für die beste, weil sich die Walzen beim Umdrehen der Trommel fortwährend gegen den unteren Theil derselben reiben und auf diese Art die Farbemasse sowohl zwischen sich, als am Mantel bearbeiten. Eine kleine Thür *c* (Fig. 216) in dem einen Endboden *d* der Trommel dient zum Einlegen und Herausnehmen der Walzen *ww* und zum Einbringen der mit heissem Wasser eingeweichten und dann gröblich zerstossenen Masse, welche gemahlen werden soll.

Fig. 216.

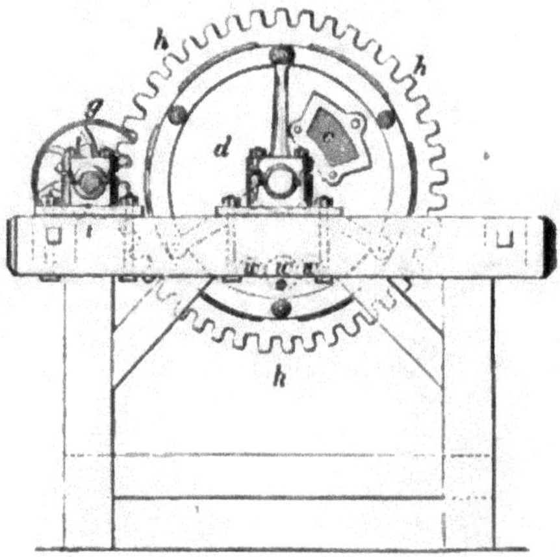

Der Betrieb erfolgt durch Elementarkraft, indem zunächst mittelst Riemen die Scheibe *g* umgedreht wird, an deren Axe ein Zahngetriebe *i* sitzt, welches in das grosse, mit dem linken Trommelboden aus einem Stücke gegossene Rad *h* greift.

Uebrigens hat diese Maschine vor den sonst genann-

1) Eine sehr vollständige Uebersicht älterer Farbmühlen giebt Karmarsch im zweiten Bande seiner „Einleitung in die mechanischen Lehren der Technologie", S. 363 bis 365, sowie S. 414 und 415.

2) Burg im zehnten Bande von Prechtl's Technol. Encyklopädie, Tafel 209, Fig. 12.

3) Verhandlungen des Vereins zur Beförderung des Gewerbfleisses in Preussen, Jahrg. 1844, S. 125, Tafel IX, Fig. E.

ten noch die Vorzüge, dass sie ruhig arbeitet, dass der an den Rädern heraufgespülte Schlamm nicht antrocknet, bevor er fein gemahlen ist, und dass der Diebstahl etwas mehr als bei den anderen Mühlen verhindert werden kann, indem man durch einen eigens dazu angefertigten Schlüssel die Trommel zu verschliessen im Stande ist.

Die Leistung einer Mühle unserer Abbildung (mit etwa 2 Fuss Trommeldurchmesser im Lichten) besteht in dem Feinmahlen von 12 bis 16 Pfund Indigo in zweimal 24 Stunden.

§. 39.

Lohmühlen.

Die älteren Maschinen zum Zerkleinen der Lohe, d. h. der zum Gerben erforderlichen Baumrinden (vorzugsweise der Eichen, zuweilen auch Fichten) waren meistens Stampfen nach Art der früher Seite 208 bei den Hirsemühlen gelieferten Abbildung, jedoch mit dem Unterschiede, dass man die unteren Enden der Stampfen mit Doppelfüssen einrichtete und diese mit eisernen Kreuzmessern versah, deren Querschnitt ein doppeltes Winkeleisen von der Form T bildete[1]). Gegenwärtig stampft man wohl nur noch Fichtenrinden zu Lohe, wegen des grossen Harzgehaltes derselben. Zuweilen benutzte man auch Walzenpaare, deren Mäntel in der Richtung des Umkreises mit gezackten Schienen[2]) besetzt waren, oder man machte von Maschinen nach dem Principe der Kaffeemühlen Gebrauch[3]).

Letztere gehören zugleich der Neuzeit an, indem man sich bemühte, das hier benutzte Princip immer weiter in der Ausführung zu vervollkommnen.

Die gegenwärtig nach dem Kaffeemühlenprincipe ausgeführten und in Anwendung befindlichen Lohmühlen, gewöhnlich Glockenmühlen genannt, gleichen in der oberen Hälfte (d. h. mit Weglassung des zum Feinmahlen bestimmten Kegelwerkes) vollständig der Seite 238 beschriebenen und Fig. 208 abgebildeten Gypsmühle von Béchu. Weitere specielle Abbildungen liefern Farey[4]), ganz besonders aber (als Werkzeichnungen) Le Blanc[5]).

---

1) Specielle Abbildungen solcher Lohmühlen mit Stampfen findet man in Schwahn's Lehrbuche der praktischen Mühlenbaukunde. Fünfte Abtheilung, S. 117, Tafel LI.

2) Für kleinere Betriebe wendet man Walzen mit Sägezähnen (beispielsweise 30 Kreissägen von je 15 Zoll Durchmesser an einander geschoben, so dass sie einen Cylinder von 18 Zoll Länge bilden) noch heute im Königreich Hannover und auch anderwärts zum Lohmahlen an, worüber speciellere Auskunft ein vom Verfasser geschriebener Artikel im Monatsblatte des Gewerbevereins für das Königreich Hannover, Jahrg. 1861, S. 91 giebt.

3) Karmarsch: „Einleitung in die mechanischen Lehren der Technologie", Bd. 2, S. 348. Die Kaffeemühle ist hier unter dem Namen Weldon's Lohmühle aufgeführt, und soll unter letzterem Namen bereits 1797 in England patentirt worden sein.

4) Treatise on the Steam Engine, p. 987.

5) Recueil, T. 1, Pl. 71.

Die jetzt am meisten (wenigstens in Deutschland und speciell in den Kreisen des Verfassers) beliebten Lohmühlen sind die nach Art der gewöhnlichen Getreidemahlmühlen mit horizontalen Steinen gebildeten, denen man mit einer groben Häckselschneidelade (als Rindenschneide) vorarbeitet [1]). Wenn es auch Thatsache zu sein scheint, dass die Glockenmühlen unter sonst gleichen Umständen in derselben Zeit mehr liefern als Lohmühlen mit Steinen, so führt doch Abnutzung und Schärfung der metallenen Arbeitstheile mancherlei Uebelstände mit sich, wozu noch kommt, dass man fast allgemein behauptet, die zwischen Steinen gemahlene Lohe sei lockerer, wolliger, die auf der Glockenmühle zubereitete minder faserig und zu hart [2]).

Von den Getreidemahlmühlen unterscheiden sich die Steinlohmühlen nur durch gröbere Schärfe und Hauschlag der Steine, welche Schwahn (a. a. O. Blatt LI, Fig. 30) bei Steinen von 4½ Fuss preuss. Durchmesser am Läuferauge ¾ Zoll, an der Peripherie aber nur ¼ Zoll tief verlangt.

In der bereits citirten Gerberzeitung [3]) wird gewiss mit Recht ein sorgfältig angeordnetes Auge im Läufersteine empfohlen.

Auf der Oberfläche eines Läufersteines von 3 Fuss 7 Zoll preuss. Durchmesser (bei 14 Zoll Höhe) soll das kreisförmige Auge 16 Zoll weit sein und in 9 Zoll Tiefe (von oben an) sich auf 12 Zoll verjüngen, sodann sich erweitern und endlich in der Ebene der Mahlfläche 15 Zoll betragen. Zwischen Bütte (Lauf) und Steinumfang ist ein freier Raum von 5¾ Zoll preuss. gelassen.

Den französischen (aber grobkörnigen) Steinen wird auch für Lohmühlen der Vorzug (vor Andernacher und Krahwinkler) gegeben, weil sie sich am längsten halten, bevor sie der Schärfung bedürfen.

Empfohlen wird ferner, zwei gusseiserne geriffelte Vertheilungswalzen (8½ Zoll Durchmesser bei 16 Zoll Länge) unter dem Zufuhrrumpfe anzubringen, um ein gleichmässiges Einfallen der Rinde in das Läuferauge zu veranlassen [4]).

Die Leistung der Mühle, von 4 Dampfpferden getrieben, soll in zwölfstündiger Arbeit (vorher 2 bis 3 Zoll lang gehackte Eichen-Spiegelrinde) 60 Centner feine wollige Lohe betragen.

---

1) In der Berliner Gerberzeitung, Nr. 27, vom 3. Juli 1864, wird S. 106 die sogenannte Eschweger Maschine mit Schwungrad und mit einem am Arme (und in der Verticalebene) desselben angeschraubten, gekrümmten Messer mit gleichmässig nachrückender Zuführung der Rinden, von einem Sachkenner besonders empfohlen. Eine etwas kostspielige Rindenschneidemaschine mit Schlagzähnen findet sich auch in Armengaud's „Publication Industr.“ T. 3, p. 158, Pl. XI.

2) Ganz bestimmt entschieden ist die Streitfrage zwischen eisernen Glocken- und gewöhnlichen Stein-Mahlmühlen zum Vermahlen der Rinden zu Lohe noch nicht, da beispielsweise im ersten Julihefte von Dingler's polytechn. Journal, Jahrg. 1864, S. 20, die Glockenmühle (als amerikanische Patent-Lohmühle) und in der Gerberzeitung vom 3. Juli 1864, S. 106, ausschliesslich die Steinmühle empfohlen wird.

3) Vom 3. Juli und ebenfalls vom 31. Juli 1864.

4) Vollständige Abbildungen der hier als Beispiel aufgeführten Lohmühle mit Steinen enthält die Gerberzeitung vom 31. Juli 1864, S. 122.

Letzteres Resultat stimmt fast ganz mit dem einer Steinlohmühle überein, welche in der Nähe des Verfassers mit Erfolg arbeitet, wo unter Benutzung von Mündener Sandsteinen, deren Durchmesser 5 Fuss hannov. ($5^{23}/_{24}$ engl. Fuss) beträgt, und bei (im Mittel) pro Minute 90 Umläufen 5 Dampfpferde täglich (10 Stunden) wenigstens 50 bis 60 Centner gehörig wollig und fein mahlen.

Die zwölfstündigen Leistungen der Glockenmühlen werden, von 4 Dampfpferden getrieben, mindestens zu 80 Centner und bei Anwendung eines einpferdigen Göpelwerkes zu 18 Centner pro Tag angegeben [1]).

§. 40.

Tabacksmühlen [2]).

Solche Mühlen dienen entweder bei der Schnupftabacksfabrikation zur Verkleinerung (zum Rapiren) des in sogenannte Carotten (längliche Rollen oder Wickel) verwandelten Tabacks [3]), die man auch Rapiermühlen (Rapémaschinen) nennt, oder zum Zerkleinen der ganzen Tabacksblätter, um sie ebenfalls in Schnupftaback zu verwandeln, oder es sind endlich Maschinen zum Schneiden der Blätter oder Rollen bei der Fabrikation der Rauchtabacke, denen man dann gewöhnlich den Namen Schneideladen giebt.

Indem wir hinsichtlich der Rapiermühlen (Reibeisen-Sägewerke etc.) ganz besonders auf die Quellen verweisen, welche bei Karmarsch a. a. O. mit besonderer Vollständigkeit angegeben sind, werde in Bezug auf Schnupftabacksmühlen (wenn der Schnupftaback direct aus Blättern bereitet wird) bemerkt, dass diese früher aus der auf einander folgenden Anwendung von Stampfen, Rollsteinen (Läufer, wie bei den Cement- und Gypsmühlen beschrieben wurden), Säuberer oder Siebvorrichtungen gebildet wurden [4]), gegenwärtig aber (von den Siebwerken abgesehen) fast allgemein aus Maschinen bestehen, welche den Kaffeemühlen nachgebildet sind, wobei sich der Läuferkegel im Innern eines gusseisernen Hohlkegels dreht, und wo in Bezug auf das Zusammenwirken beider die Anordnung getroffen ist, dass der Taback oben erst zerrissen und dann in dem Maasse, als er niederfällt, nach und nach zu Pulver zerrieben wird. Dabei besitzen derartige Maschinen die besondere (constructive) Eigenthümlichkeit, dass sie (die Läuferkegel) statt einer continuirlichen Kreisdrehung wie fast alle anderen Maschinen zum Zerkleinern oder Mahlen von trocknen und harten Substanzen, eine alternirende, oscillirende Kreisbogenbewegung haben müssen, damit die Blätter, welche eine fette und teigartige Masse bilden, auf der Oberfläche der Läufer- und Hohlkegelschneiden nicht ankleben. Zur Erzeugung einer solchen oscillatorischen Bewegung verwandte man früher Kreisexcentrics von grossem Durchmes-

1) Dingler's polytechn. Journal, Bd. 173 (1864), S. 21.

2) Karmarsch: „Einleitung in die mechanischen Lehren der Technologie", Bd. 2, S. 367 bis 371.

3) Ueber Bereitung der Carotten und Fabrikation des Tabacks überhaupt muss auf Karmarsch und Heeren: „Handbuch der Gewerbkunde", Bd. 3, Art. „Taback", verwiesen werden.

4) Schwahn: „Schnupftabacksmühlen", in der sechsten Abtheilung (Berlin 1852) seines Lehrbuchs der praktischen Mühlenbaukunde, S. 29 bis 33.

ser, während man jetzt hierzu (zur Verminderung der Reibung und Abnutzung) ausschliesslich Kurbelscheiben, Lenkstangen und Krummzapfen benutzt. Mit Maschinen letzterer Art sind namentlich die berühmten Pariser (von Rudler)[1]) und die Strassburger (von Rolland)[2]) Schnupftabacksmühlen der dem Staate gehörigen (französischen) Tabacksfabriken ausgestattet, welche sich vollständig beschrieben und abgebildet bei Armengaud in den unten citirten Quellen vorfinden.

Tabacksschneideladen nach der Reichenbach'schen Verbesserung, wobei die Messer beim Niedergehen nicht bloss drücken, sondern auch der Längenrichtung nach ziehend wirken, mittelst automatischer Schraubenbewegung zum Verschieben des Speiseklotzes, hat der Verfasser ausführlich beschrieben und durch Abbildungen erläutert im Gewerbeblatte für das Königreich Hannover, Jahrgang 1843, Seite 156, Tafel VII. Noch andere (neuere) derartige Maschinen von Questor in Cöln finden sich (ebenfalls abgebildet) im Polytechnischen Centralblatte, Jahrgang 1863, Seite 365.

---

1) Polytechn. Centralblatt, Jahrg. 1852, S. 1041, Tafel XVIII, und „Publication Industr." T. 8 (1853), p. 1, Pl. I. An letzterer Stelle ist zugleich die ganze gegenwärtige französische Fabrikationsweise des Tabacks ausführlich beschrieben.

2) Armengaud's „Publication Industr." T. 12 (1860), p. 287, Pl. XXIV, XXV und XXVI: Rapage et Tamisage Mécaniques de la Manufacture Impériale de Strasbourg.

Zweites Capitel.

Oelmühlen.

Geschichtliche Einleitung [1]).

§. 41.

Oelmühlen werden bereits in der Bibel erwähnt, indem es Hiob (Cap. 24, Vers 11) heisst: „Sie zwingen sie, Oel zu machen auf ihren Mühlen.“ Nimmt man das Buch Hiob als ein Erzeugniss etwas nach dem Salomonischen Zeitalter und zwar 700 Jahr vor Christo an [2]), so sind hiernach Oelmühlen seit länger als 2500 Jahren bekannt.

Plinius [3]) schreibt die Erfindung der Oelmühlen dem Aristäus, einem Sohne des Apollo zu. Höchst wahrscheinlich hat man bei weitem früher Oel aus Früchten (namentlich aus Oliven) wie aus Samen gewonnen, indem bei letzterem das Oel in der Regel mit dem Schleime und Eiweissstoffe des Samens verbunden ist und diese Substanzen mit dem Samenskelette so sehr zusammenhängen, dass ohne starkes Erhitzen kein Druck eine vollständige Trennung zu bewirken vermag, was die betreffenden Arbeiten weit schwieriger und zeitraubender macht.

Eine Maschine zum Zerquetschen der Oliven für die Oelgewinnung, bei den Römern Trapetum oder Trapetus genannt, wie man solche bei den Aus-

---

1) Fast keinen Zweig der Geschichte des Maschinenwesens hat der Verfasser so mangelhaft und oberflächlich behandelt gefunden, wie die der Erfindung und Vervollkommnung der Oelmühlen. Alles Beachtungswerthe beschränkt sich auf kurze Notizen in folgenden Werken: Busch, Versuch eines Handbuchs der Erfindungen. Prag 1801, Th. 4, S. 367. — Poppe, Handbuch der Erfindungen. Hannover 1818, S. 73 ff. — Ders., Geschichte der Erfindungen. Dresden 1828, S. 57. — Donndorf, Geschichte der Erfindungen. Quedlinburg 1821, Bd. 6, S. 303. — Samuelsen, Lecture on Oil-Machinery. Institution of Mechanical Engineers, January 1858. Hieraus im Artizan, Jahrg. 1858, Pg. 166, Pl. 125 und in Wiek's deutscher Gewerbezeitung, Jahrg. 1859, S. 281.

2) Ewald: „Die poetischen Bücher des alten Bundes“. Th. 3, S. 62.

3) Naturgeschichte, 7. Buch, §. 37 (2. Bd., S. 244 der Grosse'schen Uebersetzung).

grabungen in Gragnano, dem alten Stabiä, entdeckte, zeigt die dem Rich'schen [1]) Werke entnommene Fig. 217.

Das Fundament 1 der Maschine bildet ein rundes Bassin von hartem vulcanischen Steine, in dessen Mitte sich ein kurzer dicker Pfeiler 2 erhebt, der den Heerd der Quetschsteine 3 3 bildet, welche letztere auf der Innenseite eben, auf der Aussenseite convex sind. Oben auf dem Pfeiler 2 ist zuerst ein starker eiserner Zapfen 4 befestigt und an diesem eine viereckige hölzerne Büchse angebracht, an deren beiden Enden die Axen 6 6 der Mühlsteine 3 3 sitzen. Diese Mühlsteine drehen sich gleichzeitig um die verticale Axe 4, sowie um die horizontale Axe 6 6, während die Büchse 5 die inneren geraden Flächen der Steine in einer bestimmten Entfernung von dem Mittelpfeiler 2 hielt, damit sie sich beim Umdrehen nicht an demselben reiben konnten.

Fig. 217.

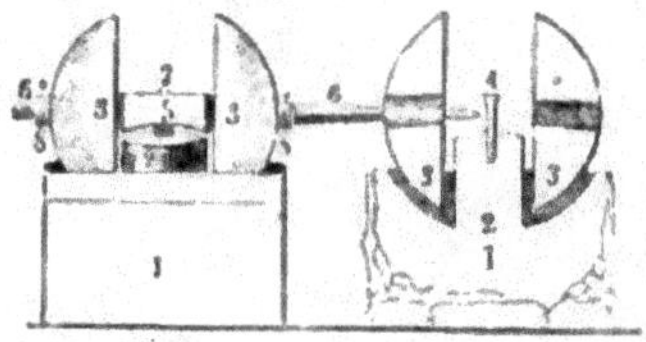

Ein Bolzen 7 am oberen Ende des Zapfens 4 verhinderte, dass der ganze Apparat nicht weichen, namentlich nicht ausgehoben werden konnte, im Falle die Steine unten etwa auf ein Hinderniss stossen sollten.

An den horizontalen Axen 6 6, und zwar an den äusseren Seiten der Steine hatte man Hülsen 8 aufgeschoben und durch Eisenstifte befestigt, um zu verhindern, dass die Steine in Folge etwaiger Hindernisse zur Seite auswichen.

Beim Zerquetschen der Oliven mit dieser Maschine erfassten Männer die äussersten Enden der als Göpelschwengel dienenden Axen 6 6 und drehten damit die Steine im Heerdbassin herum, welches mit einer hinreichenden Menge von Oliven gefüllt war. Da sich die Steine gleichzeitig um die horizontale Axe 6 6 drehten, so wurden hierdurch die Hülsen und das Mark der Oliven gequetscht, ohne die Körner anzugreifen, welches letztere vermieden werden musste, sollte anders das Oel nicht an Geschmack und somit an Werth verlieren.

Nach dem Zerquetschen der Oliven füllte man die erhaltene teigartige Masse in Säcke aus Binsengeflecht und unterwarf sie einer zur Gewinnung des Oeles erforderlichen Pressung. Die älteste hierzu verwandte Presse (Torcular) dürfte von der Art gewesen sein, wie Columell die ersten Weintraubenpressen beschreibt [2]), wobei der Presskörper ein grosser Stein war, den man mit einem langen Hebel (Baum) in die Höhe hob, um Platz für die zu pressenden Früchte zu schaffen, nachher aber das eine Hebelende in ein Zapfenloch steckte und das andere Ende durch kräftige Arbeiter niederdrückte, so dass nun der ganze quer über dem Pressstein liegende Baum das natürliche Gewicht dieses Steines durch das Aufdrücken entsprechend vermehrte.

Diese rohe Maschine scheint man bald dahin vervollkommnet zu haben, dass man den Pressbaum zwischen festen Holzständern

---

1) Illustrirtes Wörterbuch der römischen Alterthümer, mit starker Berücksichtigung der griechischen. Aus dem Englischen von Müller. Paris und Leipzig 1862.

2) Rich, Wörterbuch (Müller'sche Uebersetzung). S. 636.

auf- und abführte und das freie Ende mittelst Stricke und einer Winde oder durch eine Schraube niederzog. Abbildung einer Hebelpresse mit Winde, nach Ueberbleibseln einer solchen Presse in einem Oelkelterhause zu Gragnano, dem alten Stabiä, und mit einer von Cato vorgeschlagenen Verbesserung findet sich bei Rich im Artikel „Torcular“, sowie ebendaselbst unter der Rubrik „Torcularium“ (Kelterhaus) ein ganzes in hübschen Holzschnitten dargestelltes Gebäude beschrieben wird, in dem man Oel bereitete und wo Ort und Stelle der Mühle, der Presse, Behälter und Gefässe, die man überhaupt gebrauchte, genau bezeichnet, sowie auch der Hergang der Arbeit gehörig erörtert ist.

Plinius [1]) bemerkt im 18. Buche seiner Naturgeschichte über diese Pressen Nachstehendes: „Die Alten zogen die Presse mit Seilen oder ledernen Riemen, oder mit Hebebäumen nieder. Vor hundert Jahren erfand man die griechischen Pressen, wobei eine grobe Schraube durch eine Mutter am Pressbaum geht.“

Ebenso erwähnt Vitruv bei Gelegenheit seiner Angaben über Oelkeller [2]), dass, falls die Oelpresse nicht geschroben, sondern vermittelst eines Presshaspels oder Pressbaumes zugezogen wird, die Keller nicht unter 40 Fuss Länge angelegt werden dürfen, damit der Haspler den erforderlichen Raum erhalte.

Oelpressen mit langem Pressbaume und Schraube am Ende des letzteren haben sich im Oriente fast bis zur Gegenwart erhalten, wie dies aus Abbildungen in Niebuhr's Beschreibung einer Reise in Arabien [3]), ferner aus der Napoleon'schen Description de l'Egypte [4]) erhellt und wonach Fig. 218 gefertigt ist.

Der grosse etwa 36 Fuss lange Presshebel *AA* aus mehreren Hölzern, zu einem Ganzen vereinigt und durch Zangen *BB* verstärkt, hat bei *C* und *D* in gehörig festem Mauerwerke *E* seinen Drehpunkt, während nahe dem äussersten freien Ende eine Schraube *F* zum Heben und Senken eines Belastungsgewichtes *K* angebracht ist, wozu gewöhnlich ein Mühlstein verwandt wurde. Bei *H* dreht sich die Mutter der Schraube um entsprechende Zapfen, wodurch die Spindel *F* stets in senkrechter Richtung erhalten wird. Die in Tücher oder Körbe *LL* von Binsen oder Palmblättern geschlagenen Oelfrüchte oder Samen

---

1) Grosse'sche Uebersetzung. Bd. 5, S. 298.

2) Baukunst (Deutsch von Rode). Buch 6, Cap. 9, S. 54.

3) Bd. I. Kopenhagen 1774, S. 151.

4) T. 2. Paris 1812. Mémoire sur l'Agriculture, l'Industrie etc. Pg. 605 ff. und Arts et Métiers, Pl. I und XII.

werden zu einer Säule aufgeschichtet, während das beim Pressen ausfliessende Oel von einem Sammelgefässe *M* aufgenommen wird. Ist alles Oel ausgepresst,

Fig. 218.

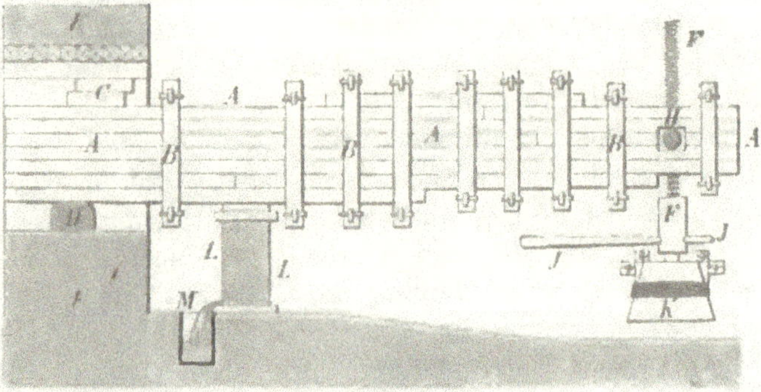

so wird die Schraube *F* mit Hülfe der Schwengel *J* so gedreht, dass der Stein *K* den Erdboden erreicht, hierauf aber das Drehen fortgesetzt, wodurch man, da der Stein an dem ferneren Fortschreiten gehindert ist, die Mutter *H* der Schraube zum Aufsteigen zwingt, demnach den Hebel erhebt, die Presse löst und zum Auswechseln und Erneuern der Presskörper schreiten kann.

Da man auch hier, wie Seite 14 bei den Getreidemühlen, wird annehmen können, dass Asien und Aegypten die bekannte Stetigkeit ihrer Sitten und Gebräuche auch auf die Anordnung der Oelmühlen ausgedehnt haben, so dürfte die Beschreibung der betreffenden Maschinen, wie sie mindestens noch im vorigen Jahrhunderte existirten, wohl geeignet sein, die Lücke auszufüllen, welche sich in der Geschichte der Oelmühlen Europas von der Römerzeit an bis zum 16. Jahrhunderte vorfindet.

So zeigt der schwedische Schiffscapitain Ekeberg in seiner 1767 geschriebenen Abhandlung [1]) „die chinesische Oelpresse und Pressungsart“, dass die Chinesen das Oel aus Samen durch drei auf einander folgende Arbeitsprocesse gewinnen, die principiell der gegenwärtigen Verfahrungsweise vollständig entsprechen. Erstens quetschen und zerreiben sie den Samen mittelst einer eisernen Mühle, die aus einer kreisförmigen, vertical gestellten Scheibe (Rolle) mit keilförmig gestaltetem Umfange (nach Art der jetzigen Keilräder) besteht. Diese Scheibe lässt man in einer ebenfalls keilförmigen Rinne mit scharfen und rauhen Wänden laufen, worin sie gedreht und gleichzeitig hin und her geschoben werden kann. Der Körper, worin die Rinne zur Aufnahme und zum Verarbeiten des Samens befindlich ist, gleicht übrigens ganz

1) Der königl. schwedischen Akademie der Wissenschaften Abhandlungen aus der Naturlehre, Mechanik etc. auf das Jahr 1767. S. 349. Deutsch bearbeitet vom Hofrathe und Professor Kästner in Göttingen. Leipzig 1770.

einem Fischerboote mit scharfem Kiele. **Zweitens** erwärmen sie den gemahlenen Samen, indem sie ihn in eine glatte Matte schütten, diese über ein mit Wasser gefülltes Gefäss ausbreiten, das Wasser zum Kochen bringen und den sich bildenden Dampf durch den Samen dringen lassen, wobei **Ekeberg** ausdrücklich bemerkt, dass hierdurch das Verbrennen des Samens und das Ranzigwerden des Oeles verhütet werde. **Drittens** bringen sie den heissen Samen in Bambusbehälter und pressen das Oel in einer Keilpresse aus, die vollständig an die holländische Rammpresse erinnert (von der weiter unten bald die Rede sein wird) und sich von dieser eigentlich nur dadurch unterscheidet, dass die Chinesen die Keile mit Handhämmern einschlagen.

Eine eigenthümliche in Ostindien gebräuchliche Hebelpresse führt **Samuelson** a. a. O. an, welche Fig. 219 darstellt. *A* ist ein senkrechter, hölzerner Ständer, in vielen Fällen ein Baumstumpf, an dessen oberem Ende ein einarmiger Hebel *B*, nahe dem unteren Ende aber eine bewegliche Strebe *C* so angebracht ist, dass zwischen *A* und *C* ein keilförmiger Raum entsteht, worin die ölgebende Masse placirt und gepresst werden kann. Der hierzu erforderliche Druck wird gewöhnlich durch das Gewicht eines Menschen bewirkt, welcher sich auf eine Schale setzt, die man am äussersten Ende des Hebels *B* aufhängt.

Fig. 219.

Von mehr seltsamer Anordnung ist die Oelpresse, welche ebenfalls noch im Anfange dieses Jahrhunderts in Samarkant, der Hauptstadt der Bucharei, in Indien u. s. w. zum Auspressen des Oeles aus Sesamsamen, Mohn, Kokusnüssen u. dergl. ausschliesslich verwandt wurde und die wahrscheinlich noch heute im Gebrauche ist. Der russische Hofrath **Wuttich** beschreibt diese Samarkant-Oelpresse [1]) unter Beifügung eines Kupferstiches, wovon Fig. 220 eine Copie in verkleinertem Maassstabe darstellt und leicht erkannt wird, dass diese Maschine ein sehr verständlicher Durchschnitt von Fig. 7, S. 14 ist. Hiernach besteht dieselbe aus vier Haupttheilen, dem Napf *c*, dem Reibstempel *f*, dem Spannbaum *g* und dem Gestellrahmen *k*. Der Napf *c* ist in einem Baume *ab* von etwa 3 Arschinen [2]) Höhe und etwas mehr als einer Arschine Durchmesser eingehauen und mit Gujak- oder Buchsbaumholz ungefähr einen Werschock [3]) dick ausgefüttert. Der Boden dieses Napfes hat noch eine zweite Vertiefung *e*, die nicht ausgefüttert ist und in welcher sich das halbkugelförmige Ende des Reibstempels *f* bei der Arbeit dreht. Der Baum wird in senk-

1) **Hermbstädt**: Bülletin des Neuesten und Wissenswürdigsten aus der Naturwissenschaft, den Künsten, technischen Gewerben etc. Berlin 1813, Bd. 14, S. 102.

2) 1 Arschine ist gleich 28 Zoll englisch.

3) 1 Arschine gleich 16 Werschock.

rechter Richtung bis zur punktirten Linie *bb* in die Erde eingegraben und so befestigt, dass er bei der Arbeit völlig unverrückbar steht.

Fig. 220.

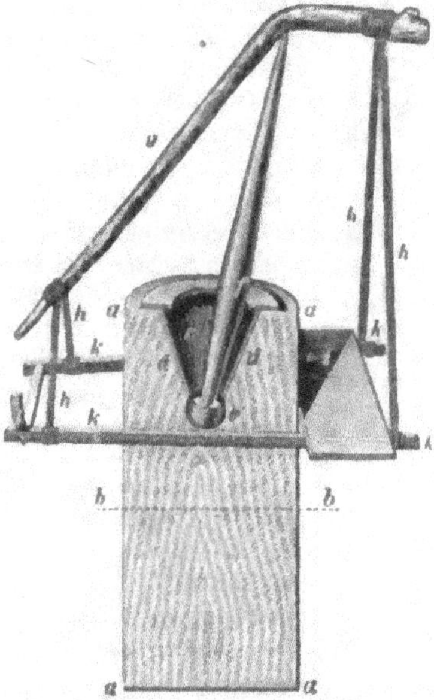

Der etwa unter 70 Grad gegen den Horizont geneigte Reibstempel *f*, von 3 Arschinen Länge und $^3/_8$ Arschinen grösster Dicke dreht sich mit seinem oberen zugespitzten Ende in einer Art Kehle oder Pfanne des Spannbaumes *g*, dessen Gesammtlänge 4 Arschinen beträgt. An beiden Enden dieses Baumes werden Baststricke angebracht, die ihn mit dem Gestellrahmen in einer Weise verbinden, welche hinlänglich aus der Abbildung erhellt.

Der Gestellrahmen *kk* umschliesst den Napfbaum *a b* vollständig in der Höhe einer Arschine über dem umgebenden Erdboden, wobei auf der einen Seite ein mit Steinen zu belastendes Brett *i*, auf der anderen, entgegengesetzten Seite aber ein am vorderen Ende gekrümmtes Holz *l* zum Anspannen der Pferde angebracht ist, so dass die ganze Construction zugleich den Göpel zum Betriebe der Maschine in sich schliesst.

Bei der Arbeit wird der Sesamsamen im oberen, ausgefütterten Theile *d* des Napfes gequetscht und nach und nach an den Seitenwänden desselben in dem Maasse immer fester angedrückt, als das daraus fliessende Oel sich in der Mitte des Napfes ansammelt. An den ausgefütterten Seitenwänden des letzteren legt sich nach und nach die Kleie steinfest an, und zwar keilförmig, so dass sie zuletzt nahe der oberen Mündung etwa zwei Werschock und am unteren Ende der Ausfütterung nur etwa eine Linie Dicke hat. Nach Vollendung der Arbeit, wenn keine Samentheile mehr im ausgepressten Oele schwimmen, löst man die Stricke des Spannbaumes *g*, hebt den Reibstempel *f* aus, entfernt das Oel mittelst hölzerner Löffel und bricht schliesslich die Kleie von den Seitenwänden ab.

Besonders hervorgehoben wird von Wuttich, dass zum guten Erfolge der Arbeit die umgebende Atmosphäre eine Temperatur von mindestens 12 bis 20 Grad Réaumur besitzen muss, dass dann mit einer Maschine täglich ungefähr 12 Pud [1]) Sesamsamen verarbeitet und aus dieser Quantität 6 Pud (also die Hälfte des Samengewichts) Oel gewonnen werden können.

Nach der Description de l'Egypte [2]) verarbeitete man noch 1798 den Se-

1) 1 Pud gleich 40 russische Pfunde, und 1 solches Pfund gleich 0,4095 Kilogramm.

2) T. 2, p. 607, sowie ebendaselbst in dem Abschnitte „Arts et Métiers“ Pl. I und IX.

Fig. 221.

samsamen in Aegypten in der Weise, dass man ihn im Wasser erweichte, sodann etwa 6 Stunden lang in einem besonderen Ofen (ähnlich unseren heutigen Eisenpuddelöfen) röstete [1]), hierauf zwischen den horizontalen Steinen einer Mühle schrotete, wie eine solche S. 25 abgebildet und beschrieben wurde, weiter unter kegelförmigen, geriffelten Rollsteinen noch feiner mahlte und schliesslich mit Hülfe der Presse Fig. 218 (S. 252) das Oel gewann [2]).

Vorstehende Fig. 221 ist die getreue Copie einer von Conté, während der Occupation Aegyptens durch die Franzosen, gemachten Zeichnung vorgedachter Maschine zum Mahlen der Oelsamen, die ohne Beschreibung verständlich sein wird.

Stampfwerke (S. 208) zum Zerkleinen der ölhaltigen Samen mit harter Schale soll man bereits im zehnten Jahrhundert (wahrscheinlich zuerst in Deutschland) in Anwendung gebracht haben [3]), während die Keilpresse erst eine Erfindung des sechzehnten Jahrhunderts zu sein scheint.

§. 42.

Die älteste Abbildung und Beschreibung einer deutschen Oelmühle, welche der Verfasser aufzutreiben im Stande war, enthält Zeising's „Theatrum Machinarum" (Leipzig 1607 bis 1612). Leider ist der daselbst im 3. Theile, Seite 54 beigegebene Holzschnitt derartig unvollkommen und schlecht ausgeführt, dass eine Aufnahme desselben hier ohne besonderen Nutzen gewesen sein würde [4]).

---

1) Abbildungen ebendaselbst Pl. I, Fig. 8—10.

2) In der Description de l'Egypte wird übrigens ausdrücklich hervorgehoben, dass man auch aus Lein- und Rübsamen Oel gewänne, auch der desfallige Arbeitsprocess genau beschrieben, jedoch nirgends der bereits am Eingange dieses Paragraphen erwähnten und nothwendigen Erhitzung der gemahlenen Samen vor dem Pressen gedacht. Dasselbe findet bei Niebuhr im ersten Bande seiner Reisebeschreibung nach Arabien u. s. w. S. 150 und 151 Statt.

3) Poppe a. a. O. S. 74.

4) Dagegen enthält die Beschreibung u. A. folgende bemerkenswerthe Notizen, die zugleich treu der damaligen Schreibweise hier Platz finden mögen. „In der ausgehauenen am Boden mit starken Eisen beschlagenen Vasa, stösst man die Materien, daraus man Oehl haben will, mittelst Stempffel klein, welche unten mit eisernen Köpfen beschlagen sind. Hierauf werden sie in einem Kessel geröstet, also warm zwischen zwei Haar-Tücher gelegt und in den eichenen Bawm gestecket, da man ein ander Viereckete Klotz von oben herab darzwischen senket und von hinten einen Keil durchstösset, der vorn etwas schmäler ist. Darnach stecket man einen zweiten Keil dazwischen, hebt einen Schlegel sehr hoch und schnappet los, so schlegt der Schlegel den Keil hinein und zwingt also das Oehl mit grosser Macht heraus, welches unten durch den grossen eichenen Bawm, der

Mühlen mit aufrecht gehenden cylindrischen Steinen (mit glattem Mantel) auf festem Heerde rollend, sonst aber von ähnlicher Anordnung wie die ägyptische Fig. 221, finden sich für verschiedene Arbeitszwecke in grosser Zahl in De Strata's „Dessins artificiaux" [1]), ohne jedoch dabei deren Anwendung zur Verarbeitung der Oelfrüchte und Samen zu gedenken.

In dem 1673 in Nürnberg erschienenen Theatrum Machinarum Novum von Bocklern finden sich fast alle Abbildungen des Zeising'schen Werkes wiedergegeben, aber auch einiges Neue, u. A. eine deutsche Oelmühle, mit Stampfen und Schlägel-Keil-Presse, jedoch ebenfalls perspectivisch gezeichnet und ohne Angabe des Maassstabes.

Geometrisch und nach Maass gezeichnet findet sich eine deutsche Oelmühle zuerst in Leupold's Theatrum Machinarum Molarium und zwar im 9. Bande, welcher bekanntlich 1735 nach Leupold's Tode von Mathias Beyern und Consorten herausgegeben wurde.

Fig. 222.

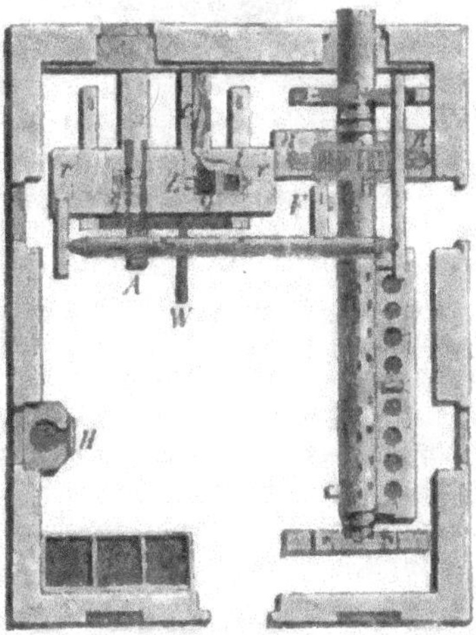

Die Grundriss-Figur 222 ist eine Copie (in halber Grösse des Originals) von Tafel XXVIII. des Leupold'schen Werkes.

Man erkennt dabei leicht den (gewöhnlich aus Eichenholz gebildeten) Grubenstock mit acht Löchern, jedes Loch für zwei Stampfen (aus Ahorn- oder Weissbüchenholz gefertigt, Fig. 225 im Detail), ferner die zur Annahme der Hebedaumen zugerichtete Daumenwelle, den Ofen *H* zum Vorwärmen des zu verarbeitenden Samens, sowie endlich auch bei *AFZ* die Oelpresse, eine sogenannte Schlägel-Keil-Presse.

Im Pressblocke (der Oellade) *r* derselben befinden sich zwei Stellen (Pressörter) *qq*, worin das Auspressen der Oelsamen erfolgt. In diese Pressörter

ein Loch hat, heraus in ein untergesetztes Gefäss fliesst." Hieraus, wie aus der gestaltlosen perspectiven Zeichnung der angegebenen Quelle, erhellt vollständig, dass die beschriebene Presse keine andere, als die sogenannte „deutsche Schlägel-Keil-Presse" ist, wovon sich S. 258 und 259, Fig. 223 und 224 eine Abbildung vorfindet.

1) Dessins artificiaux de toutes sortes des moulins à vent, à l'eau, à cheval et à la main, Part I und II. Francfort sur le Main 1617 und 1618.

werden viereckige, zweitheile Näpfe *t* aus Holz gebracht [1]), in deren Höhlungen man die in Haartücher geschlagene (gehörig erwärmte) Oelfrucht einsetzt. Die Pressung erfolgt mit Hülfe von Keilen, wovon der mit *v* bezeichnete Schleif- oder Lösekeil, der mit *w* bezeichnete Press- oder Treibkeil genannt wird. Der erste *v* wird durch ein Seil *x* ohne Zwang hineingezogen, der andere aber durch einen Schlägel (Hammer) mit Gewalt hineingetrieben. Zwischen dem Löse- und Presskeile liegt das sogenannte halbe Kreuz *y*, welches sich bei *z* in der Oellade anstemmt, damit beim Hineinschlagen des Presskeiles nicht gleichzeitig der Lösekeil rückwärts hinausgestossen werden kann.

Die Anordnung dieser Schlägel-Keil-Pressen hat sich (wie namentlich die bereits früher angeführten Werke von Schwahn und Schreiber erkennen lassen) fast bis zur Gegenwart erhalten. Zum besseren Verständniss des Leupold'schen Grundrisses (Fig. 222) werden deshalb nachstehende Detailfiguren dienen können.

Fig. 223

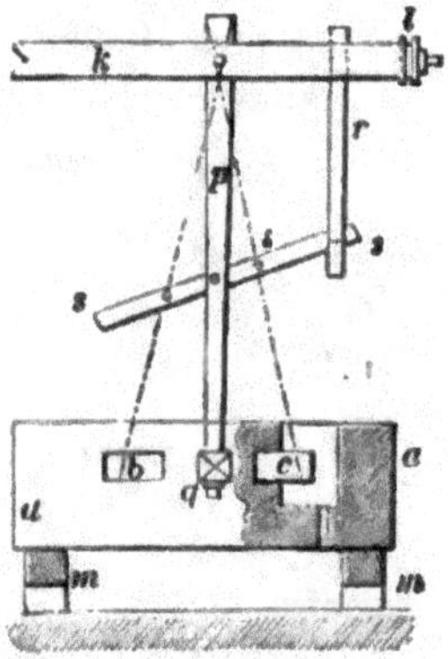

Fig. 224.

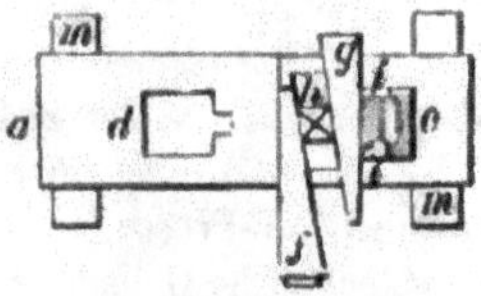

Fig. 225.

In der (auf zwei Streckschwellen *mm* gelagerten) Oellade *a* Fig. 223 und 224 bezeichnet *d* die Stelle eines der sogenannten Pressörter, wenn alle zum Auspressen von Samen erforderlichen Theile entfernt sind, während ein zweiter Pressort gefüllt, mit Presskeil *f*, Lösekeil *g* und mit dem (durchschnitten gezeichneten) Napfe *i* ausgestattet und dabei zugleich die in Haartücher geschlagene Fruchtmasse zu erkennen ist. Ferner bezeichnet *h* (Fig. 224) das bereits erwähnte Kreuz, welches den Raum zwischen den beiden Keilen *f* und *g* ausfüllt.

Von dem aus zwei Hälften bestehenden Pressnapfe Fig. 225 ist der vertiefte Theil in der Flächenansicht *α* und im Durchnitte *β* dargestellt, während der Kern oder Deckel mit dem Buchstaben *γ* bezeichnet wurde. Damit die Fruchtmasse überall gleich stark ausgeschlagen und möglichste Schonung der Presstücher herbeigeführt wird, muss sowohl die Napfhöhlung, als der erhabene Theil des Deckels *γ* eine geregelte Gestalt erhalten.

Zum Anspannen und Lösen der Oelpressen, d. h. um sowohl den Presskeil *f* in die Presse, als den Lösekeil aus derselben zu treiben, benutzt man das Fig. 223 und 226 besonders gezeichnete Schlägelwerk.

In gehöriger Höhe über der Oellade *a* ist eine Welle *k* dergestalt gelagert, dass der durch ihre Mitte gesteckte Stiel *p* eines 120 bis 150 Pfund schweren Hammers (Pressschlägels) *q*, im Zustande der Ruhe, in gehöriger

1) Fig. 225 in grösserem Maassstabe gezeichnet.

Entfernung von der Oellade *a* senkrecht herabschlägt. Ausserdem ist der Stiel *p* noch so in der Welle *k* befestigt, dass er pendelartig nach links und rechts in der Bildflächenebene von Fig. 223 verschoben werden und die in letzterer Figur durch punktirte Linien angedeuteten drei Lagen annehmen kann.

Fig. 226.

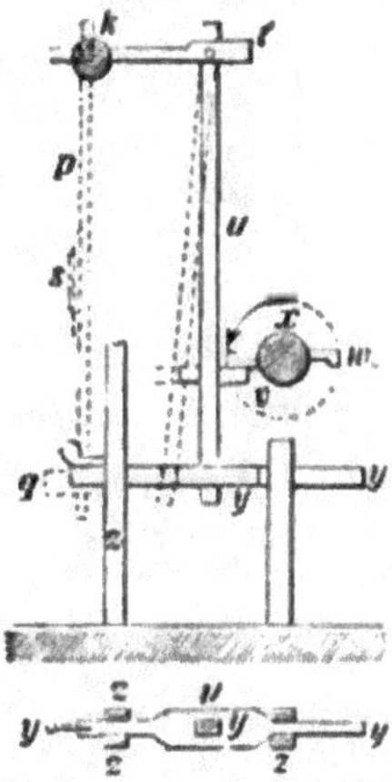

Um die Erhaltung des Stieles *p* in der jedesmaligen Bewegungsebene bestimmt zu ermöglichen, ist an der Welle *k* noch ein Arm *r* mit einer Scheide *s* angebracht, die durch einen sogenannten Ueberwurf (eine Hülse) am Stiele *p* geht. Hierdurch wird man zugleich in den Stand gesetzt, den Stiel *p* mittelst Bolzen dergestalt in der Scheide *s* zu befestigen, dass der Hammer (Schlägel) *q* bei einer schwingenden Bewegung der Welle *k* beliebig auf den Presskeil *f* oder auf den Lösekeil *g* wirken kann.

Zur entsprechenden Bewegung von Welle *k* und Hammer *q* dient folgende Anordnung. Durch die Welle geht (Fig. 226) ein Arm *t*, von welchem eine Zugschiene *u* herabhängt, die mit einer Zuglatte *v* versehen ist, gegen welche die Daumen *w* einer zu *k* parallelen Betriebswelle *x* zu wirken, d. h. den Niedergang der Zugschiene *u* zu veranlassen im Stande sind.

Um den Schlägel *pq* nach Gefallen in und ausser Gang setzen zu können, ist ein sogenanntes Geleite *yy* vorhanden, welches entsprechend zwischen verticalen Ständern *z* verschoben werden kann. Gewöhnlich beschreibt der Schlägel *p q* beim Arbeiten Bogen von 54 Graden und verrichtet pro Minute etwa 10 Schläge [1]).

Von den in der Regel paarweise angeordneten Samenstampfwerken lässt Fig. 227 die untere und vorzugsweise hier zu beachtende Partie im Verticaldurchschnitte (in vergrössertem Maassstabe) erkennen.

Der Grubenstock *R* besteht gewöhnlich aus einem 24- bis 26zölligen Eichenholzblocke, in welchem die Stampflöcher 16 bis 18 Zoll tief und oberhalb 9 bis 10 Zoll weit ausgearbeitet sind.

Damit sich der Samen während seiner Bearbeitung in den Löchern gehörig wendet, giebt man letzteren eine eirunde Gestalt [2]), während der Boden mit einer ungefähr $^3/_4$ bis 1 Zoll starken, schmiedeeisernen Platte *op* belegt ist.

Die aus Ahorn- oder Weissbuchenholz gefertigten Stampfen P_1 und P_2

---

1) Noch vollständigere Abbildungen dieser Schlägel-Keil-Pressen finden sich bei Schreiber a. a. O. Heft II, Tafel II und bei Schwahn Blatt XLV.

2) Beispielsweise kann man (bei stark gebauten Oelmühlen) die Tiefe *ab* des Loches in drei gleiche Theile theilen und durch das erste Drittheil die Horizontale *ef* ziehen. Ferner theilt man den Abstand dieser letzteren Linie von *man* in 6 gleiche Theile und trägt einen dieser Theile über den Endpunkt des Drittels hinab nach *g*, so ist $gm = gn$ der Halbmesser der Bogen *me* und *ef*. Trägt man endlich $^1/_6$ des vorigen Drittels einwärts aus *e* nach *r* und aus *f* nach *q*, so ist $qe = rf$ Halbmesser zum Bogen $eo = fp$.

machte man gewöhnlich 12 bis 14 Fuss lang, 6 Zoll breit und 5 Zoll stark, wobei sie, einschliesslich des eisernen Schuhes am unteren Ende, ein Gewicht von 140 bis 160 Pfund hatten. Wie der Durchschnitt an der Stampfe P_1 erkennen lässt, kann man den eisernen Schuh durch eine Holzschraube mit versenktem Kopfe befestigen.

Fig. 227.

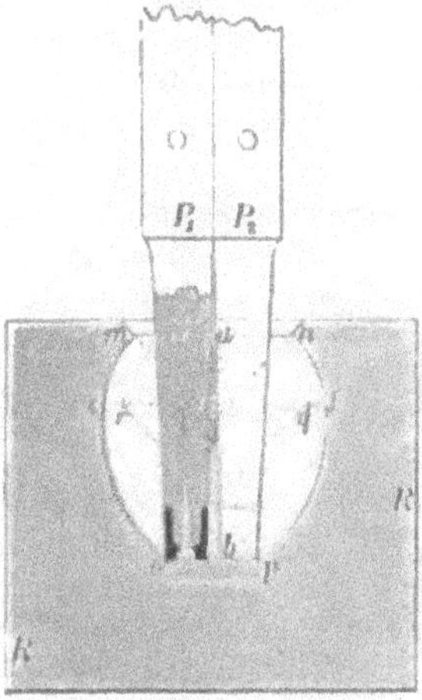

Bei einer Hubhöhe der Stampfen von 16 bis 20 Zoll und 50 bis 60 Hüben in der Minute wurde die Daumwelle zwei- oder dreihübig angeordnet.

Die sogenannten holländischen Oelmühlen, deren Einrichtung nachstehende, dem Pieter Limperch'schen Moole-Book entnommene Fig. 228 erkennen lässt, sollen erst im 17. Jahrhundert aufgekommen sein[1]).

In diesen Mühlen wird der Samen vor dem Stampfen erst mittelst aufrechtgehender Steine *kk* gemahlen oder zerquetscht, in Stampflöchern *e* feingepocht, hierauf in beson-

Fig. 228.

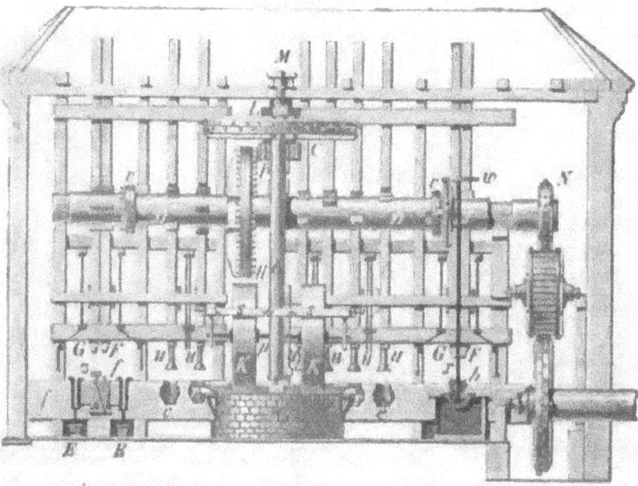

deren Pfannen *x* erwärmt und endlich das Oel mittelst sogenannter Rammeln (Rammpressen) *G F z* herausgeschlagen.

Die cylindrischen Rollsteine *K K* laufen auf einem gemauerten, etwa 3 Fuss über dem Boden befindlichen Heerde *A*, von ungefähr 9 Fuss Durchmesser,

1) Poppe, Handbuch der Erfindungen, S. 74.

der in seiner ebenen Oberfläche ausserhalb mit einem circa 1 Fuss breiten und 3 Zoll hohen Rande versehen ist, um das Herabschieben des Samens von der Heerdfläche zu verhindern.

Die Verbindung der Steine mit der verticalstehenden Betriebswelle *B* erfolgt durch die Axe *p*, auf welche beide Steine gesteckt sind und die frei durch einen verticalen Längenschlitz der Welle *B* geht, ferner durch den sogenannten Steinrahmen *s*, woran sowohl die Lager für die Aussenzapfen der Welle *p* befindlich, als auch die auf den Heerd herabreichenden Zustreicher befestigt sind. Da nämlich die Steine das natürliche Bestreben haben, den Samen nach links und rechts hin wegzuschieben, aus der Mahlbahn zu treiben, so bringt man gekrümmte, schaufelartige Arme an, welche man Zustreicher nennt und wovon der eine nahe der stehenden Welle placirt, der andere nahe dem Heerdumfange angebracht ist [1]).

Fast allgemein lassen die Holländer (auch noch im gegenwärtigen Jahrhunderte) nur eine einzige, aber schwere Stampfe *u* in jedem Loche arbeiten, wobei sie die Löcher von etwa 13 Zoll Tiefe zirkelrund nehmen. Die Detailfigur 229 zeigt in der linken Hälfte (nach vergrössertem Maassstabe gezeichnet) die wesentlichsten Theile einer solchen holländischen Samenstampfe, welche dem Reiseberichte eines hannoverschen Technikers entnommen ist. Die Buchstaben *R*, $\alpha\alpha$ und $\beta\beta$ bezeichnen beziehungsweise selbstverständlich: Grubenstock, Stampfen und Löcher.

In der Pfanne oder dem Kessel zur Erwärmung des Samens (durch gewöhnliches Ofenfeuer) wird ein quirlartiger Rührer *xx* (Fig. 228) durch Räder *v* und *w* in Umdrehung versetzt. Die Keile der Pressen stehen und bewegen sich hier vertical, und wirkt gegen jeden der Presskeile eine mit *F* bezeichnete Stampfe, während die Stampfen *G* gegen die correspondirenden Lösekeile schlagen. Zum Abfangen und Hochhalten der betreffenden Stampfen (da offenbar die Lösestampfe *G* unwirksam sein muss, wenn die Pressstampfe *F* arbeitet) dienen entsprechend angeordnete Seilzüge.

Fig. 229 zeigt die wesentlichsten, sorgfältig nach Maassstab gezeichneten Theile einer holländischen (dem vorerwähnten Reiseberichte entlehnten) Keil-Ramm-Presse. Dabei bezeichnet *A* den Lösekeil und *B* den Presskeil [2]),

---

1) Wenn, wie in der Abbildung, die Mühle durch ein Wasserrad bewegt wird, so steckt auf der Daumenwelle *D* ein Kammrad *H*, welches in das Getriebe *J* einer stehenden Vorgelegewelle greift. Auf letzterer befindet sich ein zweites Getriebe *L*, welches das grosse Stirnrad *C* umtreibt, mit dessen Welle *B* man sowohl die Steine *KK*, als den Rahmen *ss* für Zapfen und Einstreicher in Verbindung gebracht hat. Wird die Maschine vom Winde bewegt, so geht die Welle *M*, worauf die beiden Drehlinge *L* und *J* sitzen, bis in die Haube oder unter das Dach des Mühlthurmes, woselbst auf ihr ein dritter Drehling befestigt ist, der seine Bewegung vom grossen Kammrade an der Windradwelle empfängt. Abbildungen in dieser Weise angeordneter Wind-Oel-Mühlen finden sich namentlich (sehr gross gezeichnet) in dem zuerst in Amsterdam erschienenen Werke Ivan Zyl's: Theatrum machinarum universale of groot allgemeene Moolenbook.

2) Beispielsweise kann man die Gestalt des Presskeils *B* wie folgt erhalten: Man theilt die Höhe *fd* in 8 gleiche Theile und trägt einen solchen Theil als

C die an beiden Seiten des Presskeils anliegenden Futter (Scheiden), sowie *DE* Spünde (Kissen), welche den Raum bis zu den Stellen ausfüllen, woselbst

Fig. 229.

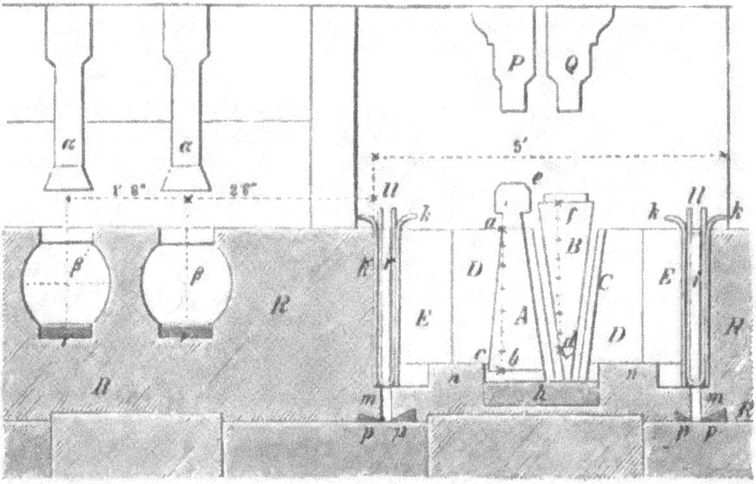

Fig. 230.

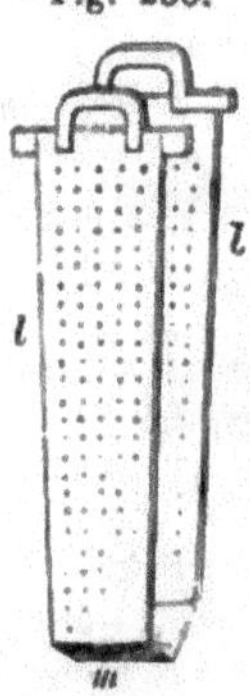

Fig. 231.

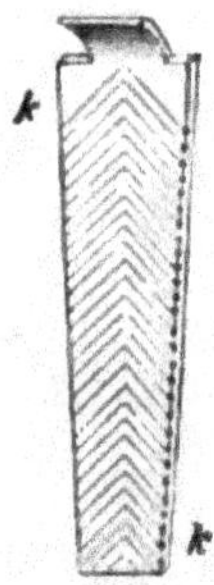

der in Haar- oder Wolltücher *i* gepackte Oelsamen placirt wird. Um der Presskraft gehörigen Widerstand leisten und dabei doch die Presstücher möglichst schonen zu können, umgiebt man die Oelsamen-Packete zuerst mit den Pressblechen *ll* und weiter mit den aus Schmiedeeisen hergestellten, sogenannten Jageeisen *kk*. Fig. 230 zeigt ein (in grösserem Maassstabe gezeichnetes) gehörig gelochtes Pressblech, mit dem beide Theile *l* und *l* desselben verbindenden, um Scharniere drehbaren Gliede *m*, sowie Fig. 231 eins der Jageeisen (den Jäger) darstellt mit eingearbeiteten Vertiefungen (Nuthen), um den Austritt des Oeles zu erleichtern. Das ausgepresste Oel läuft übrigens zuletzt durch Bodenöff-

---

Höhe der schiefen Ebene auf, welche die Keilform zu beiden Seiten begrenzen. Die Stärke des zwischen beiden schrägen Flächen verbleibenden Rechtecks (des Keilkernes) wird gleich dem Wege genommen, den die beiden Jäger *kk* während des Pressens in den Pressörtern zurücklegen, gewöhnlich $2\frac{1}{2}$ Zoll für jeden Jäger, so dass die Kernstärke 5 Zoll beträgt. Die Spitze von *B* muss stumpf und nicht zu lang sein, damit der Keil nicht zu früh auf den Boden *h* aufsetzt. Beim Lösekeile *A* nimmt man *cb* gewöhnlich $\frac{1}{7}$ der Höhe *ab*.

nungen *mm* und Seitencanäle *pp* des Pressblockes *R* nach entsprechenden Sammelbehältern.

Während man in Deutschland den Verbesserungen der Oelmühlen durch die Holländer recht bald, bereits am Anfange des achtzehnten Jahrhunderts gebührende Aufmerksamkeit schenkte, wozu insbesondere die Mühlwerke von Leupold [1]), Sturm [2]), Beyer [3]) u. A. wesentlich beitrugen, scheint dies in England und Frankreich erst später der Fall gewesen zu sein.

So weit die Nachforschungen des Verfassers reichen, hat sich seiner Zeit um die Verbreitung der holländischen Oelmühlen in England der berühmte Smeaton (Bd. I, S. 267 und 367) besonders verdient gemacht. Abbildung einer von Smeaton entworfenen Oelmühle liefert Rees [4]), wovon Fig. 232 eine Copie (in $1/32$ der wahren Grösse) des dortigen Aufrisses ist, und wobei ein Wasserrad den Beweger bildet, dessen Welle mit *a* bezeichnet wurde. Hölzerne Zahnräder *b* und *d* tragen die Bewegung auf die zweihübige, horizontale Daumenwelle *c* über, wobei jedoch die gewöhnlichen Daumen (Fig. 226) durch dünne eiserne Cylinder (Walzen) *f* ersetzt sind. Zwei andere Zahnräder, *s* und *t*, pflanzen die Umdrehung der Welle *c* auf die verticale Welle *u* der aufrecht gehenden Steine *vv* fort, deren Heerd *w* von einem unbeweglichen, horizontal festgelegten Mühlsteine *w* gebildet und überall von Mauerwerk *x* umgeben wird, mit einem Holzrande *y* versehen ist u. s. w.

Fig. 232.

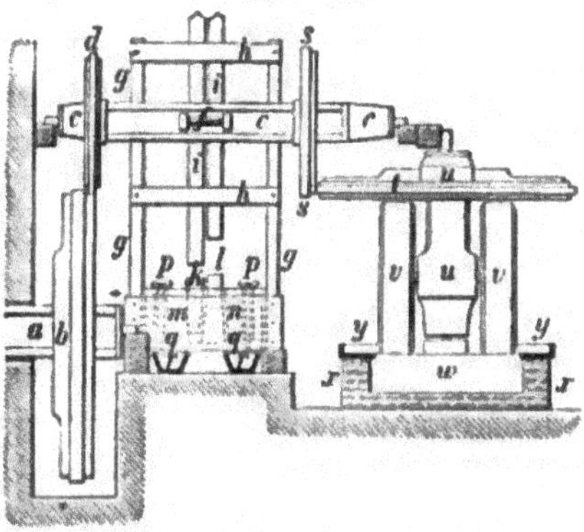

Die Keilpresse *mn* gleicht völlig der vorher (Fig. 229) beschriebenen und bezeichnet hier *k* den Presskeil, *l* den Lösekeil, *p* die Pressbleche und Jageeisen, *q* Bodenöffnungen, durch welche das ausgepresste Oel in Behälter *r* läuft u. s. w.

Als eine besondere Eigenthümlichkeit dieser Smeaton'schen Oelmühle erscheint die Verwendung von eisernen (cylindrischen) Walzen zum Verarbeiten des Samens, ehe man denselben den Rollsteinen *vv* übergiebt. So weit es auf der Kupferplatte bei Rees zu erkennen ist, hatten, für den speciellen Fall, diese (gusseisernen) Walzen verschiedene Durchmesser, und zwar die grösseren ungefähr 10, die kleineren 8 Zoll, bei einerlei Länge von 18 Zoll.

Der Zustand der französischen Oelmühle der damaligen Zeit wird am besten von Rozier im 8. Bande (December

1) A. a. O. Theatrum Machinarum Bd. 9.

2) Vollständige Mühlenbaukunst. Nürnberg 1718.

3) Schauplatz der Mühlenbaukunst. Dresden 1767.

4) Rees „The Cyclopaedia" Vol. XXV, Oil-Mill und Plates, Vol. IV.

1776) seiner Observations sur la Physique geschildert und mit (freilich sehr unvollkommenen) in Kupfer gestochenen Abbildungen begleitet [1]).

Die Maschinen zur Oelgewinnung aus Früchten, namentlich Oliven, bestehen einfach aus aufrecht gehenden Mühlsteinen und Schraubenpressen der allergewöhnlichsten Art, letztere mit senkrechter hölzerner Spindel (einfach oder paarweise) in der Mitte eines kräftigen viereckigen Rahmenwerkes, wobei die Umdrehung der Schraube entweder direct durch Bäume oder Schwengel (Bengel, Hebel) [2]), oder in Verbindung mit irgend einer Art von Seilhaspel u. s. w. bewirkt wird.

Die von Rozier beschriebenen Maschinen zur Oelgewinnung aus Raps- und Leinsamen sind vorzugsweise solche, welche von Windrädern in der Umgegend von Lille betrieben werden (von der bereits beschriebenen und Fig. 228, sowie Fig. 229 abgebildeten Anordnung), die insofern eine nicht geringe Berühmtheit erlangt haben, als an derartigen Mühlen Colomb seine werthvollen Versuche (Bd. 1, S. 369) anstellte.

Verdienste um Verbesserung der Oelmühlen erwarb sich gegen Ende des vorigen Jahrhunderts auch der russische Staatsrath Cancrin. Derselbe veröffentlichte namentlich 1795 eine Schrift unter dem Titel „Praktische Abhandlung von dem Bau der Oelmühlen, sowohl der bekannten, als verschiedener ganz neuen", die allerlei werthvolle Angaben und Erfahrungsresultate enthält [3]).

§. 43.

Den allerbedeutsamsten Fortschritt in der Vervollkommnung

1) Das betreffende Mémoire S. 417 der angegebenen Quelle führt speciell die Ueberschrift: „Vues économiques sur les moulins et pressoirs à huile d'olives, connus en France ou en Italie" etc. und ist unstreitig eine der gründlichsten und sorgfältigsten Arbeiten seiner Zeit, obgleich die Zeichnungen für den Constructeur geradehin unbrauchbar genannt werden müssen.

2) Eine solche Schraubenpresse mit zwei Spindeln (nach einer Malerei in einer Walkerwerkstatt zu Pompeji) beschreibt und erläutert durch Abbildung auch Rich (Wörterbuch) in den Artikeln „Pressorium" und „Torcular".

3) In den später 1799 in Marburg veröffentlichten Arbeiten Cancrin's unter dem Titel „Kleine technologische Werke" enthält der 6. Band die angeführte Abhandlung über Oelmühlen, der 7 allerdings äusserst schlechte Kupfertafeln beigegeben sind.

der Maschinerien zur Oelgewinnung aus Samen veranlasste die Erfindung der hydraulischen Presse durch Joseph Bramah in London, weshalb es nicht überflüssig sein wird, hier Originalzeichnung und Beschreibung des betreffenden englischen Patents vom 30. April 1795 vollständig aufzunehmen [1]).

Fig. 233 stellt die Bramah'sche Presse (⅓ der Patent-Original-Zeichnung) im Verticaldurchschnitte dar, wozu der Erfinder selbst bemerkt, dass sie aus nichts Anderem, als aus zwei Wasserpumpen mit sehr verschiedenen Kolbendurchmessern besteht, die in geeigneter Weise mit einander in Verbindung gebracht sind [2]).

Fig. 233.

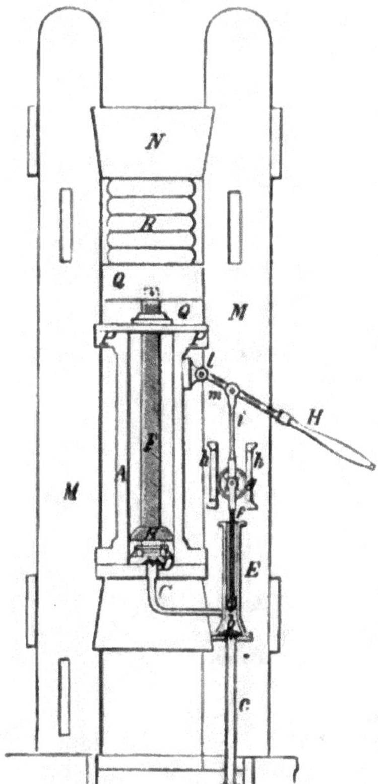

Dabei ist A ein gusseiserner (oder aus anderem hinlänglich festen Metalle hergestellter), gut ausgebohrter Cylinder von kreisförmigem Querschnitte, in welchem sich gehörig wasserdicht ein Kolben B auf- und abbewegen lässt, während gleichzeitig die Endflächen des Cylinders ebenfalls gehörigen Widerstand zu leisten im Stande sind. In den Boden des Cylinders A mündet eine Röhre C, deren oberes Ende durch ein Ventil D (von der Art gewöhnlicher Pumpen) geschlossen werden kann, während das untere Ende mit dem Stiefel einer gemeinen Wasserdruckpumpe E communicirt.

Letztere ist in bekannter Weise mit Kolben a, Saugventil b und Steigrohr cd ausgestattet, ferner mit einer Führung gh für die Kolbenstange f, einer Lenkstange i zur Verbindung mit einem einarmigen Druckhebel lmH u. s. w. Zur Aufnahme der Presse, sowie zum Unterbringen der zu pressenden Substanz R dient ein kräftiges Holzgestell MNQ, dessen Anordnung ohne Weiteres aus der Abbildung erhellt.

1) Patent Specification 1795. Nr. 2045 (London 1856).

2) Es besteht diese geeignete Weise darin, dass man das Pascal'sche Princip der gleichen Druckfortpflanzung durch Flüssigkeiten, welche nicht ausweichen können, zur Vervielfältigung einer gegebenen Kraft benutzt. Pascal construirte bereits 1652 ein rohes Modell, aus einem Holzbottich mit einer engen vertical auf-

Hinsichtlich der Vervielfältigung eines gegebenen Druckes mittelst der Presse nimmt Bramah als Beispiel an, dass der Kolben B einen Durchmesser von 12 Zoll, dagegen der Injectionspumpenkolben a einen solchen von nur $\frac{1}{4}$ Zoll habe, folglich das Querschnittsverhältniss beider Kolben 2304 zu 1 sei. Unter Voraussetzung, dass der Raum zwischen beiden Kolben ganz mit Wasser ausgefüllt ist, und am kleinen Kolben a eine (vom Hebel H aus fortgepflanzte) Kraft von 20 Centner oder einer englischen Tonne wirkt, wird dann der grosse Kolben mit der Kraft von 2304 Tons in die Höhe getrieben [1]).

---

wärts gerichteten Röhre bestehend. Der erhaltene Druck zersprengte indess den hölzernen Bottich eben so, wie es jetzt noch oft schlechten eisernen Presscylindern zu gehen pflegt. Weiteres über die „Geschichte der hydraulischen Presse" enthält ein Aufsatz des Verfassers in den Mittheilungen des Gewerbevereins f. d. Königreich Hannover. Jahrg. 1864, S. 221.

1) Der wirkliche auf die Stange F des grossen Kolbens fortgepflanzte Druck $= P$ ist, der auftretenden Reibungen an den Liederungen wegen, etwas kleiner. Bezeichnet man nämlich den Durchmesser des Kolbens B mit D, den der Injectionspumpe E mit d, das Hebelverhältniss $\frac{Hl}{ml}$ mit $\frac{b}{a}$, die am Hebelende H wirkende Kraft mit k, die Liederungshöhen der Kolben B und a beziehungsweise mit H und h und setzt den Coefficienten der Reibung beider Kolben $= f$, so ergiebt sich (u. A. nach S. 8 der Hydromechanik des Verfassers):

$$P = k\,\frac{b}{a}\,\frac{D^2}{d^2}\left\{\frac{1 - 4f\,\frac{H}{D}}{1 + 4f\,\frac{h}{d}}\right\}.$$

Hieraus folgt für $f = \frac{1}{6}$:

$$P = 0{,}875\,k\,\frac{a}{b}\,\frac{D^2}{d^2},\ \text{wenn}\ \frac{h}{d} = \frac{H}{D} = 0{,}1\ \text{ist},$$

$$P = 0{,}765\,k\,\frac{a}{b}\,\frac{D^2}{d^2},\ \text{wenn}\ \frac{h}{d} = \frac{H}{D} = 0{,}2\ \text{ist}.$$

Der Verlust an Kraft ist bei weitem geringer, als bei den besten Schraubenpressen, und liegt hierin einer der Hauptgründe, dass man auch bei Oelmühlen diese letzteren durch hydraulische Pressen ersetzt hat. — Samuelson in seinem oben citirten Aufsatze giebt beistehende Skizze (Fig. 234) einer übrigens empfehlenswerthen Schraubenpresse für Oelfabriken, die jedoch keine andere ist, als die Nudelpresse aus Le Blanc's „Recueil des Machines etc." T. II, Pl. 72. — Die Mutter der kräftigen (flachgängigen) Schraube A ist oben im Holme des Maschinengestelles unbeweglich befestigt. Der wie gewöhnlich in Wolltücher gepackte ölhaltige Samen wird in dem unbeweglichen Behälter B placirt und mittelst eines Kolbens C gepresst, der sich nur fortschreitend bewegt, während man die Spindel A, vermittelst in Hülsen $D\,D$ gesteckter Bäume (Hebel), gleichzeitig in eine drehende und fortschreitende Bewegung versetzt.

Fig. 234.

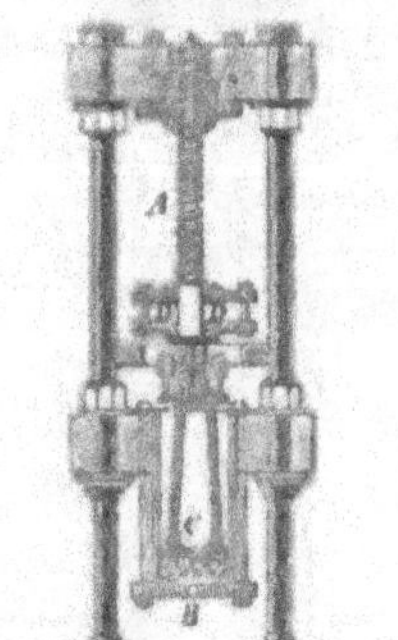

Nach Nichelson's Berichten [1]) hat Bramah anfänglich seine Presse vorzugsweise zum Ersatze der Schraubenpressen in Manufacturen und Fabriken (für Papier, Schiesspulver, Taback u. s. w.) in Anwendung gebracht, ferner zum Heben von Lasten statt der Krahne, sowie nach Dupin's Angaben [2]) als Packpresse, ferner zum Betriebe von Holzhobel- und Metallbohr-Maschinen, zur Prüfung der Festigkeit eiserner Ketten, zum Ausziehen eingerammter Pfähle u. s. w.

Eine nicht unwesentliche Verbesserung erfuhr die hydraulische Presse durch Anwendung einer eigenthümlichen Dichtung (Liederung) des grossen Kolbens *k*, Fig. 235, welche Henry Maudslay in London, nach Anderen Benjamin Hick in Bolton zugeschrieben wird [3]). Es besteht dieselbe aus einem umgestülpten Sohllederkranze *a a*, welcher die Gestalt eines umgekehrten lateinischen U hat und an beiden Enden *c d* zugeschärft ist. Zur Erhaltung der Form dieses Lederstulpes dient ein aus zwei Theilen zusammengesetzter Metallring *b*. Das Ganze wird in eine ringförmige Vertiefung oder Nuth *c* des Presscylinderhalses *w* so eingelegt, dass das Wasser von unten zwischen beide, durch das Umstülpen von *a* gebildete Lappen *c* und *d* eindringen und den einen gegen die Verticalfläche der Nuth *c*, den anderen aber gegen den Kolben *k* und zwar genau mit dem jedesmal vorhandenen Wasserdrucke anpressen kann.

Fig. 235.

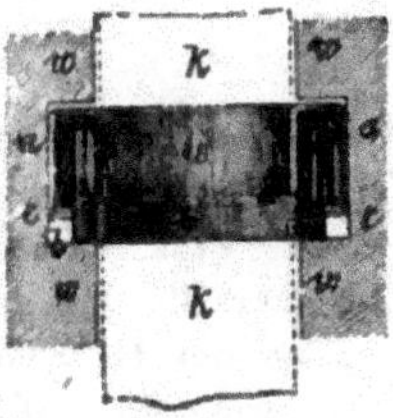

In Deutschland [4]) und Frankreich [5]) scheint die hydraulische Presse erst nach dem 2. Pariser Frieden Beachtung gefunden zu haben. So giebt Gilbert [6]) an, dass am Anfange des Jahres 1818 der Mechaniker Neubauer in der Maschinenfabrik von Nathusius zu Hundisburg bei Magdeburg eine hydraulische Presse zu Stande gebracht habe, welche, durch zwei Menschen in Bewegung gesetzt, einen Druck von 300000 Pfund erzeugte, wobei sie zugleich zum Auspressen des Rübensaftes, des Oeles aus Samen u. s. w. empfohlen wird.

Als Oelpresse scheint die Maschine von Bramah (anfänglich) selbst nicht in Anwendung gebracht worden zu sein, was namentlich durch eine Angabe Barlow's bestätigt wird [7]).

---

1) Gilbert's Annalen der Physik. Bd. 60 (1819), S. 1.

2) Dupin: Reisen nach Grossbritannien im Jahre 1816 etc. Th. 1, S. 290—308.

3) Mech. Magazine. Juni 1864, p. 360.

4) Dingler's polytechn. Journal. Bd. 1 (1820), S. 1. Ueber die hydraulischen Pressen vom Prof. Marechaux in München.

5) Borgnis: Composition des Machines. Paris 1818, §. 706, Pl. 23 und Machines employées dans divers Fabricat. Paris 1819, p. 224, Pl. 13.

6) Annalen der Physik. Bd. 60 (1819), S. 13.

7) Encyclopaedia Metropolitana. T. XLI (Manufactures), §. 510. Auch Ni-

In Frankreich dürfte der Mechaniker Montgolfier einer der ersten gewesen sein, welcher für die Oelfabrikation mit Erfolg hydraulische Pressen construirte. Eine derselben befand sich auf der im Jahre 1819 veranstalteten Pariser Industrie-Ausstellung [1]), von welcher auch später Le Blanc [2]) ausführliche Zeichnungen lieferte, deren wesentlichsten Theile Fig. 236 darstellt.

Fig. 236.

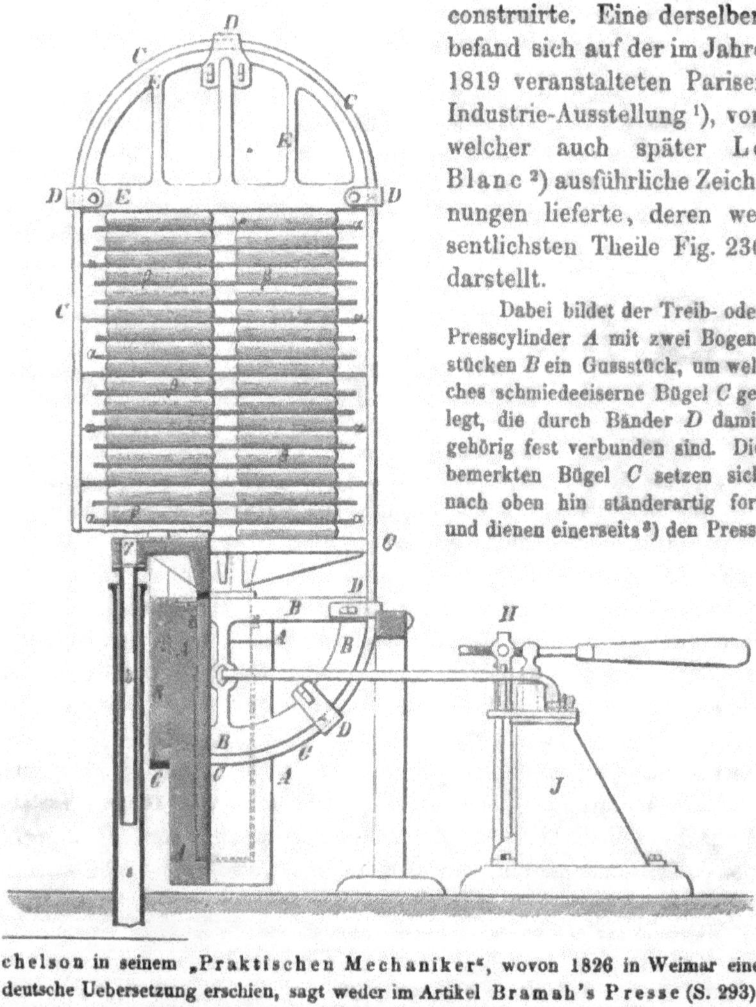

Dabei bildet der Treib- oder Presscylinder A mit zwei Bogenstücken B ein Gussstück, um welches schmiedeeiserne Bügel C gelegt, die durch Bänder D damit gehörig fest verbunden sind. Die bemerkten Bügel C setzen sich nach oben hin ständerartig fort und dienen einerseits [3]) den Press-

chelson in seinem „Praktischen Mechaniker", wovon 1826 in Weimar eine deutsche Uebersetzung erschien, sagt weder im Artikel Bramah's Presse (S. 293), noch im Abschnitte Oelmühlen (S. 465) etwas über die Verwendung hydraulischer Pressen zur Oelgewinnung.

1) Annales de l'Industrie. Exposition de 1819. T. 4, p. 132.

2) Recueil. T. I, Pl. 10 und 11.

3) Man bemerkt leicht, dass immer das vierte Pressblech bis zu den Ständern C reicht, wozu ausserdem die Pressbleche (zur noch sichereren Leitung) an den Enden mit entsprechenden Ausschnitten versehen sind.

blechen $\alpha\alpha$ zur Führung (zwischen denen der in Wolltücher $\beta\beta$ gepackte Samen befindlich ist), andererseits umfassen sie das Deckenstück *E*, welches während des Pressprocesses die obere Stützfläche beim Aufsteigen der Pressplatte bildet.

Wie der links unserer Fig. 236 gezeichnete Durchschnitt erkennen lässt, ist die ebene Oberfläche der Pressplatte zur Aufnahme und Leitung des ausgepressten Oeles mit vertieften Rillen versehen, sowie bei γ mit einer Oeffnung und einer vor derselben befestigten Kupferröhre δ, welche mit der Pressplatte auf- und absteigt und zur Abführung des Oeles in eine feststehende, weitere Röhre ε dient.

Besondere Beachtung verdient die von Montgolfier construirte Injectionspumpe, welche Fig. 237 im Verticaldurchschnitte darstellt. Es besitzt diese Pumpe die beiden Eigenthümlichkeiten, erstens, dass sie zwei unter

Fig. 237.

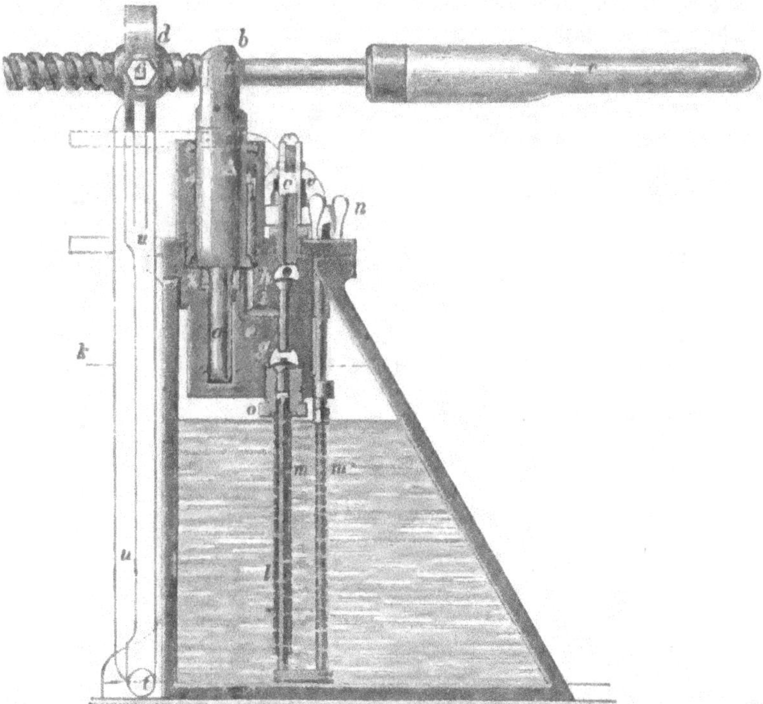

einander an derselben Stange befindliche Kolben *A* und *a* von verschiedenen Querschnitten besitzt, und zweitens, dass man den Hub dieser Kolben leicht vergrössern oder verkleinern kann. Beide Mitte dienen dazu, die Vervielfältigung der Arbeitskraft so weit als möglich in dem Maasse veränderlich zu machen, als dies der Widerstand der Samenmassen bei deren fortschreitender Zusammendrückung erforderlich macht.

Bei einiger Aufmerksamkeit bemerkt man leicht, dass, um mit einem kleineren Querschnitt der Injectionspumpe zu arbeiten, bloss erforderlich ist, das untere oder zweite Saugventil *g* abzustellen, so dass nur das höher liegende *h* als wirksam verbleibt. Während man das untere Ventil auf seinem Sitze frei spielen, überhaupt in Thätigkeit liess, brauchte man den kleineren Kolben als gar nicht vorhanden anzunehmen, d. h. die Menge des pro Hub angesogenen und fortgedrückten Injectionswassers entsprach genau der Hubgrösse und allein dem Querschnitte des grossen Kolbens *A*. Wurde dagegen zufolge gehöriger Drehung einer Flügelmutter *n* ein Stangenwerk *mm'* entsprechend in die Höhe gezogen, so konnte durch den im Rohre *l* aufsteigenden Stab *m* das Ventil *g* von seinem Sitze gehoben und offen gehalten werden, so dass der Kolben *a* gar kein Wasser saugte, sondern nur dazu diente, die Menge des pro Hub vom grossen Kolben angesogenen und beziehungsweise fortgedrückten Wassers zu vermindern, wodurch die Arbeitskraft so verstärkt wird, als hätte die Injectionspumpe einen Querschnitt, welcher der Differenz der wirklich vorhandenen Kolben *A* und *a* entspricht [1]).

Die Hubhöhenveränderung der Kolben *A* und *a* wird durch entsprechendes Verkleinern oder Vergrössern des Lasthebelarmes *bd* bewirkt, und zwar indem man dessen Drehpunkt *c* der Kolbenaxe *Aa* nähert oder von dieser entfernt. Hierzu ist in der Verlängerung des Hebelarmes *be* eine Schraube *s* eingeschnitten, deren Mutter *d* am oberen Ende eines Armes *u* befindlich ist, der um einen nahe dem Fussboden angebrachten Drehpunkt *t* schwingt. Die geeignete Verbindung zwischen dem Kolben *A* und dem Hebel *be* wird durch zwei hohle Backen *w* bewirkt, die einen zur Kugel gestalteten Theil der Hebelstange als Lagerschalen umfassen.

Durch diese Anordnung wird man in den Stand gesetzt, die bei einem Pumpenhube eingetriebene Wassermenge und damit den Weg des Presskolbens in dem Maasse zu verringern, als sich der vom Oelsamen geleistete Widerstand vermehrt, wodurch also ein zweites Mittel geboten ist, die erforderliche Betriebskraft so constant wie möglich zu machen.

Weniger praktisch einfach (wenn auch theoretisch vollkommener) wird diese, dem Widerstande proportionale Kraftveränderung durch eine dritte Methode erreicht, auf welche sich später Bramah, in Verbindung mit einem gewissen Spiller, ein Patent ertheilen und auch bei hydraulischen Pressen in Anwendung bringen liess [2]).

---

1) Da der Durchmesser des Kolbens $A = 2$ Zoll, der von $a = {}^3/_4$ Zoll beträgt und der grosse Arbeitskolben der Presse $= 6$ Zoll Durchmesser hat, so entstehen folgende Vervielfältigungen der in der Axe von *A* und *a* wirksamen Kraft $= k$:

wenn das untere Saugventil *g* in Thätigkeit ist: $({}^6/_2)^2 \cdot k = 9k$,

„ „ „ „ „ ausser „ „ $\frac{6^2}{2^2 - ({}^3/_4)^2} \cdot k = 10{,}4\ k$.

2) Dingler's polytechn. Journal. Bd. 20 (1826), S. 217 und (mit vortrefflichen Zeichnungen begleitet für eine horizontale Oelpresse) in Le Blanc's Recueil etc. T. 1, Pl. 67 cf. 68.

Man ordnete nämlich zwei Injectionspumpen neben einander an, gab beiden gleichen Durchmesser und einerlei Hub, liess jedoch beide mit verschiedenen Geschwindigkeiten (ungleichen Spielzahlen) arbeiten. Letzteres erreichte man, dem speciellen Zweck entsprechend, dadurch, dass man die Pumpen mittelst Lenkstangen und Kurbeln mit zwei zusammengreifenden Zahnrädern in Verbindung brachte, wovon das eine nur einen Zahn weniger hat, als das andere (gewöhnlich 80 und 81), und mithin beim gemeinschaftlichen Umlaufen um denjenigen aliquoten Theil zurückbleiben muss, welcher durch die Gesammtzahl der Zähne bestimmt wird.

Eine vierte äusserst sinnreiche Methode, um Widerstand und Kraft bei hydraulischen Pressen (und speciell bei einer zur Oelfabrikation bestimmten) in übereinstimmende Wirkung zu bringen, hat seiner Zeit Alban zu verwirklichen gesucht [1]).

Es bestand diese darin, einen Windkessel mit stark comprimirter atmosphärischer Luft als eigentliches Agens für die Presse zwischen der Injectionspumpe und dem Presscylinder einzuschalten und überdies Einrichtungen zu treffen, die es möglich machten, die Injectionspumpe ungehindert und fast mit stetiger Kraft fortarbeiten zu lassen, während die Wirkung der eigentlichen Presse bald gesteigert, bald aufgehoben wurde. Leider muss diese schöne Idee in der Ausführung und dem nachherigen Instandhalten der betreffenden Theile so viel Uebel erzeugt haben, dass ausser Alban (nach Wissen des Verfassers) Niemand weiter davon Gebrauch machte.

Eine fünfte (der ersten ähnliche) Methode, die Druckkraft einer hydraulischen Presse zu vermehren, besteht darin, dass man nach und nach Injectionspumpen von immer kleineren Querschnitten in Thätigkeit treten lässt. Hierzu kann man u. A. concentrisch in einander gesteckte, röhrenförmige Kolben in Anwendung bringen, wovon jedoch beim Arbeiten immer nur einer bewegt wird, während man die übrigen zum Stillstande zwingt. Diese Anordnung hat der Verfasser ausführlich in Karmarsch und Heeren's Gewerbkunde, im Artikel „hydraulische Presse“, S. 291 beschrieben; sie hat jedoch, ihrer Kostspieligkeit wegen, in Oelmühlen keine rechte Verwendung gefunden.

Die erste horizontale hydraulische Presse zur Oelgewinnung aus Samen soll, nach Barlow [2]), im Jahre 1821 in Bremen für einen Henry Plump erbaut und mit Erfolg in Anwendung gebracht worden sein.

Fig. 238 ist eine Copie dieser Maschine, wobei man zugleich bemerkt, dass zwei Pressen hinter einander liegen, die beide von denselben Injectionspumpen gespeist und deshalb wohl auch Doppelpressen genannt werden. Die Presscylinder *BB* werden von kräftigen gusseisernen Lagerböcken *AA* getragen, während *CC* starke schmiedeeiserne Anker sind, welche den gusseisernen Presskasten *DD* mit dem Presscylinder *B* in gehörige Verbindung bringen.

1) Dingler's polytechn. Journal. Bd. 32 (1829), S. 73.

2) Encyclopaedia Metropolitana. P. XLI (Manufactures), p. 375, Pl. XL.

E ist der Presskolben, *F* dessen ebenfalls cylindrische Fortsetzung und endlich *G* die Pressplatte, welche unterwärts auf Frictionsrollen läuft.

Fig. 238.

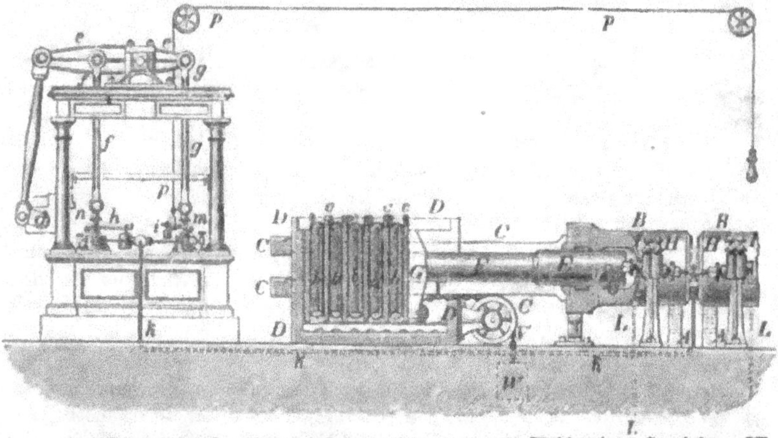

Den Rückgang der Pressplatte bewirkt man mit Hülfe eines Gewichtes *W*, welches am freien Ende einer über eine Rolle laufenden Kette *V* aufgehangen ist. Den auszupressenden Oelsamen *bb* hat man vorher in Wolltücher und zwischen Pressbleche gepackt, die zum Herausheben mit Handhaben *cc* versehen sind [1]).

Zwei Injectionspumpen sind neben der Presse in einem kräftigen, eisernen Gestelle placirt, welche Speisewasser in der gemeinsamen Röhre *kk* in die Presscylinder treiben. Der Betrieb dieser Pumpen wird durch eine Dampfmaschine bewirkt, die ihre Bewegung auf eine Kurbelwelle *d* und weiter auf einen Balancier *ee* überträgt, an welchem Lenker *f* und *g* für die beiden Stangen der Pumpenkolben *m* und *n* aufgehangen sind. Von diesen Kolben hat *m* einen viermal so grossen Durchmesser wie *n*, wodurch also (in veränderter Ausführung) das fünfte der vorher bezeichneten Mittel geboten wird, dem grösser werdenden Widerstande im Pressraume bei fortschreitender Arbeit einigermaassen begegnen zu können. Anfänglich, wenn der Widerstand noch gering ist, lässt man beide Pumpenkolben arbeiten, was (bei einerlei Hub) offenbar dasselbe ist, als wenn nur ein Kolben von der Summe der Querschnitte beider vorhanden wäre. Hat der Widerstand eine gewisse Grösse erreicht, so arbeitet man mit dem kleinen Kolben *n* allein, löst hierzu den grossen Kolben aus oder lässt das angesogene Wasser durch das zufolge der Druckzunahme sich selbst öffnende Sicherheitsventil *i* in den darunter befindlichen Kasten zurücklaufen, wobei kaum erforderlich sein wird, zu bemerken, dass mit Hülfe eines Seilzu-

1) Die hier zuletzt erwähnten Einsätze des Presskastens sind bei Barlow so undeutlich gezeichnet, dass eine bessere Angabe unmöglich war, ohne das Original zu verändern, was in Betracht geschichtlicher Treue unterlassen wurde. Später folgende Details solcher Einsätze werden das hier Fehlende ergänzen.

ges p das Ventil überhaupt zu jeder Zeit von dem Arbeiter geöffnet werden kann, der seinen Standpunkt hauptsächlich zwischen den beiden Presscylindern BB nimmt.

Das im Rohre k den Presscylindern BB zugeführte Injectionswasser hat ein Gehäuse JH zu passiren, in welchem sich zwei, durch die Hand stellbare Kegelventile befinden.

Das Ventil H sperrt die Communication zwischen dem Speisewasserrohre k und der Fortsetzung y desselben nach den Presscylindern BB ab, das andere J dagegen verschliesst die Abflussröhren LL.

Soll die Pressplatte G den erforderlichen Druck gegen die Oelsaat bb im Presskasten ausüben, so wird das betreffende Ventil H geöffnet, dagegen bleibt das correspondirende J geschlossen, wobei letzteres Ventil den Durchgang des Injectionswassers auf dem Wege von k nach y nicht hindert. Für den Rückgang (Leergang) einer der Pressen wird H geschlossen, dagegen J geöffnet, so dass der Abfluss des Wassers ohne Weiteres von y nach L stattfinden und das Gewicht W an der Pressplatte wirksam, d. h. der betreffende Kolben E in die ursprüngliche Stellung zurückgeführt werden kann.

In England selbst scheint man von jeher die horizontale hydraulische Presse für die Zwecke der Oelfabrikation weniger, als die verticale angewandt zu haben, was auch aus den Samuelson'schen Angaben [1]) hervorgeht, der die sogenannte Topfpresse, wie sie Fig. 239 darstellt, als die früher gangbarste hydraulische Oelpresse bezeichnet.

Fig. 239.

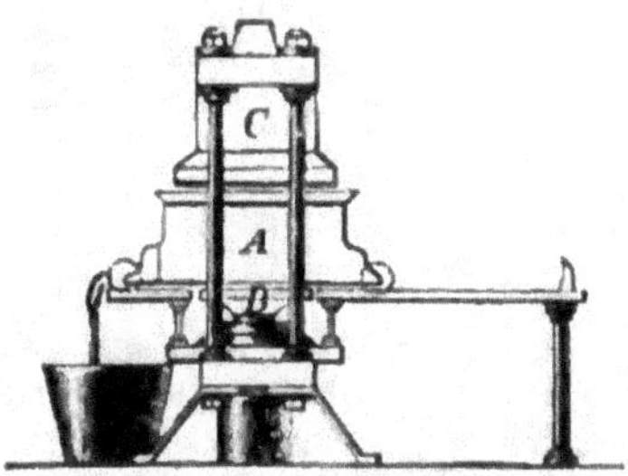

Bei dieser dient der gusseiserne cylindrische Topf A zur Aufnahme der auszupressenden Saat und wird beim Aufsteigen des Presskopfes B über letzteren so gestellt, dass er nicht nur mitgenommen, sondern auch in verticaler Richtung so geführt wird, dass der unbewegliche Stempel C in den Topf A tauchen und endlich die erforderliche unverrückbare Presswand bilden kann.

Uebrigens erhellt aus der Figur leicht, dass der Topf A mittelst Rollen auf einer festen Unterlage fahrbar gemacht ist, um rasch und bequem sein Füllen und Leeren beschaffen zu können.

Bemühungen verschiedener Mechaniker und Fachmänner, die hydraulische Oelpresse durch andere ebenfalls geräuschlos (stumm) ohne Stoss wirkende Pressen zu ersetzen, sind ohne eigentlichen Erfolg geblieben.

Erwähnt zu werden verdienen hiervon jedoch die Hallett'sche Presse

1) A. a. O. und in Wiek's deutscher Gewerbezeitung, Jahrg. 1859, S. 281.

mit excentrischen Scheiben[1]) und die Kniehebelpresse der Engländer Sudds, Barker und Atkins[2]). Erstere Presse zeigt Fig. 240 im Verticaldurchschnitte. Dabei ist *aa* der hölzerne Pressblock mit einer Aushöhlung in seiner Mitte, welche den Pressort bildet. *b*, *c* und *d* Fundamentstücke aus starken Hölzern. *ee'* sind zwei in einander greifende cylindrische, kreisförmige Zahnräder, an deren Axen ovale Scheiben (Excentriks) *ff'* befestigt sind, die bei ihrer gleichzeitigen Umdrehung ein Paar zu beiden Seiten angebrachte eiserne Platten gegen die bekannten Presseinsätze *h* (Jageeisen, Bleche, Haar- oder Wolltücher) mit den eingeschlossenen Samen pressen. Auf das grosse Zahnrad *i* wird die bewegende Kraft unmittelbar übertragen, und steckt solches mit dem oberen kleineren Rade *e* auf derselben Welle.

Fig. 240.

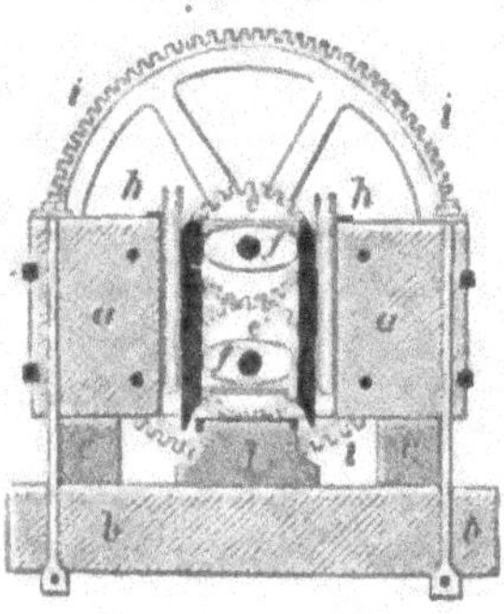

Die Disposition der erwähnten Kniehebelpresse erhellt aus Fig. 241.

A ist ein Zahngetriebe, welches seine Bewegung von der treibenden Kraft unmittelbar empfängt und dieselbe auf das damit zusammengreifende grosse Zahnrad *B* überträgt.

In die Welle, worauf das Rad *B* befestigt

Fig. 241.

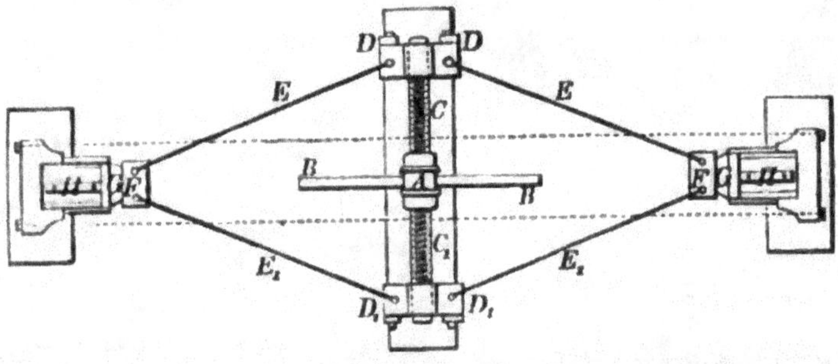

ist, sind zu beiden Seiten Schrauben CC_1 eingeschnitten, wovon die eine links, die andere rechts ansteigt. $D_1 D_1$ sind die betreffenden Muttern der Schrauben. Mit jeder der letzteren sind beziehungsweise die geschmiedeten Stangen EE und $E_1 E_1$ in geeigneter Weise verbunden, während deren andere Enden an Stücken FF befestigt sind, deren Fortsetzung die Pressköpfe GG bilden, welche beim Arbeiten in die Kuchenkammern der zugehörigen Pressblöcke HH eindringen.

Ungeachtet des Vortheiles dieser Pressen, dass mit fortschreitender Arbeit, d. h. mit dem Verlängern des von den Stangen EE_1 gebildeten Parallelogramms (oder dem Verkleinern der

1) Description des brevets expirés. T. VI (1824). Halette's Brevet, datirt vom 13. Mai 1817. — Auch Bulletin d'encouragement 1827, p. 33.

2) Le Blanc et Pouillet „Portefeuille Industrielle." T. I, Pl. 23.

Diagonale DD_1) die Presskraft ebenfalls wächst, wenn der Widerstand zunimmt [1]), sind doch die Reibungen sehr bedeutend und die Abnutzungen ebenfalls grösser, wie bei den hydraulischen Pressen, so dass sie hinsichtlich ihrer Verwendung zur Oelgewinnung als der Geschichte anheimgefallen betrachtet werden müssen.

Wir wenden uns nun speciell zu den Apparaten, welche zum Vorwärmen der ölhaltigen Samen bestimmt sind. Die Anordnung derselben ist von nicht geringer Bedeutung, da, abgesehen von ihrer zweckmässigen Handhabung, besonders darauf hingewirkt werden muss, dem Samen die richtige und gleichzeitig stets dieselbe Temperatur zu ertheilen. Je niedriger der Erwärmungsgrad ist, desto weniger (aber auch besseres) Oel gewinnt man, je höher dagegen die Temperatur genommen wird, um so mehr nimmt das Oel fremde Bestandtheile aus den Samen in sich auf, und wenn die Hitze den Wassersiedepunkt bedeutend übersteigt, so treten leicht Zersetzungen ein, welche das Oel dunkel, ranzig u. s. w. und sogar ganz werthlos machen können.

Mit Bezug auf das, was über diesen Gegenstand bereits S. 253, 254 und 257 angeführt wurde, ergiebt sich ohne Weiteres, dass bereits bei den ältesten Oelmühlen das Vorwärmen des Samens entweder in offenen Pfannen über freiem Feuer oder über heissem Wasser geschah [2]), wozu erst später, nach Einführung der Dampfmaschinen als Beweger der Oelmaschinerie, noch die Erwärmung mittelst vom Entwickelungsgefässe (dem Kessel) getrennter Wasserdämpfe hinzutrat.

Die Erwärmung über freiem Feuer ist und bleibt unter allen

---

1) Hinsichtlich der mathematischen Theorie der Kniehebelpresse kann u. A. auf des Verfassers „Grundzüge der Mechanik", Leipzig 1860, §. 40 verwiesen werden. Bei der oben beschriebenen Presse üben die Pressköpfe G im Anfange den 218fachen, am Ende den 1386fachen Druck der auf das grosse Rad B übergetragenen Kraft aus.

2) Smeaton nahm bereits 1787 ein englisches Patent (Specification Nr. 1597) auf einen verbesserten Warmwasserheizapparat für die Zwecke der Oelgewinnung aus Samen. Noch im Jahre 1813 wird im 14. Bande von Hermbstädt's „Bülletin des Neuesten und Wissenswürdigsten aus der Naturwissenschaft, den technischen Gewerben etc." S. 315 ein sogenanntes Dunstbad, zum Erwärmen der gequetschten Samen, aus welchen Oel gepresst werden soll, als wichtige Erfindung eines Grafen v. Kaiserling in Kurland beschrieben und durch Abbildungen erläutert.

Methoden die unzweckmässigste, da hier mit Sicherheit weder eine gleichmässige Temperatur erreicht, noch unter allen Umständen ein zu starkes Erhitzen des Samens vermieden werden kann, wie einfach, wohlfeil, ja selbst grössere Ausbeute liefernd [1]) dies Verfahren auch immer genannt werden mag. Letztere Vortheile sind es freilich, weshalb man nicht nur bis zum Anfange dieses Jahrhunderts ganz allgemein, sondern hin und wieder selbst noch in der Gegenwart (wo nicht schon Dampfkessel an sich vorhanden sind) dem Erwärmen in flachen unmittelbar über dem Feuer stehenden Pfannen den Vorzug giebt [2]).

Die Anordnung eines Apparates letztgenannter Art erhellt aus den Figuren 242 und 243 (Verticaldurchschnitt und Grundriss). Eine flache Pfanne *a a* bildet mit einer Platte *r r'* ein Gussstück, während *c* der Feuerrost und *d* der Aschenfall des übrigens aus Mauerwerk *t* hergestellten Ofens ist. An der einen Seite besitzt der Pfannenrand eine mittelst Schieber zu schliessende Oeffnung *m* zum Herausnehmen des erwärmten Samens, sowie vor derselben Fülltrichter *p* und sonstige Mittel zum Anhängen der mit dem erwärmten Samen zu füllenden Presssäcke *q* vorhanden sind.

Fig. 242.

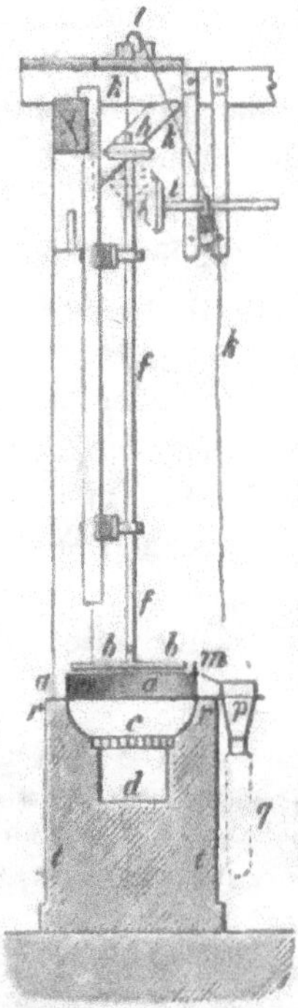

Der zur gleichförmigen Vertheilung der Samenmasse in der Pfanne *a*, während des Erwärmens, dienende Rührer (Quirl) *b b* ist am unteren Ende der Verticalwelle *f f* befestigt, die durch Kegelräder *i* und *h*, von Elementarkraft betrieben (pro Minute etwa 12 bis 14 Mal) umgedreht wird. Nach Beendigung des Erwärmungsprocesses, wozu gewöhnlich 6 bis 8 Minuten Zeit erforderlich ist, setzt man den Rührer ausser Wirksamkeit, was hier durch Erheben der ganzen Welle *ff* erfolgt, so dass letztere nebst dem Kegelrade *h* in die Lage kommt, welche in Fig. 242 ausgezeichnet ist. Das Erheben der Welle *f* geschieht ohne Weiteres mit Hülfe eines Seilzuges *klk* u. s. w.

Fig. 243.

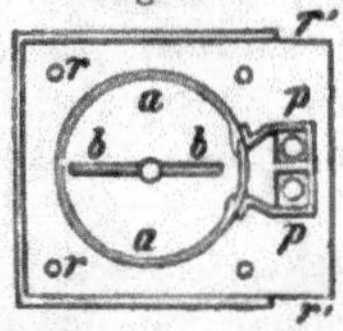

Eine andere von Maudslay in London herrührende Anordnung [3]) zeigt Fig. 244, wobei nach Aufhören des Rührens nicht die

1) Förster's Bauzeitung, Jahrgang 1857, S. 153.

2) Noch Barlow 1836 (a. a. O.) liefert keine andere Abbildung eines Oelsamen-Wärmeapparates, als solchen mit freiem Feuer.

3) Vollständige Zeichnungen dieses Vorwärmeapparates finden sich in Le Blanc's „Recueil des Machines“ T. 1, Pl. 57.

ganze stehende Welle *C*, sondern nur ein Muff *B*, an welchem unterhalb die Quirlarme befestigt sind, mit Hülfe eines Rückhebels *D* in die Höhe gehoben wird, ohne daran durch die fortdauernde Umdrehung der Welle *C* gehindert zu sein. Hierbei ist ferner *A* der Feuerraum, *E* einer der vorhandenen Fülltrichter u. s. w.

Fig. 244.

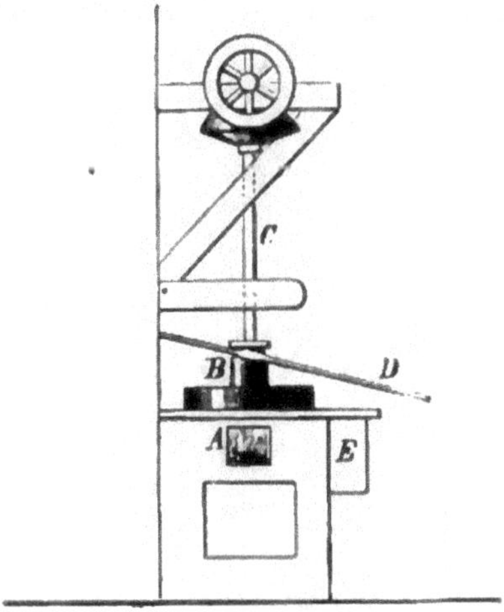

Einen der bei weitem besseren Dampfwärmeapparate, wie ihn schon am Ende der 1820er Jahre die französischen Mechaniker Cazalis und Cordier für die Salleron'sche Oelfabrik in Paris ausführten[1]), zeigen Fig. 245 (im Verticaldurchschnitte) und 246 (in der äusseren Ansicht).

Der Apparat besteht hauptsächlich aus zwei concentrischen Cylindern *a a* und *c c*, welche zwischen sich einen ringförmigen, nach oben hin geschlossenen Raum zur Auf-

Fig. 245.

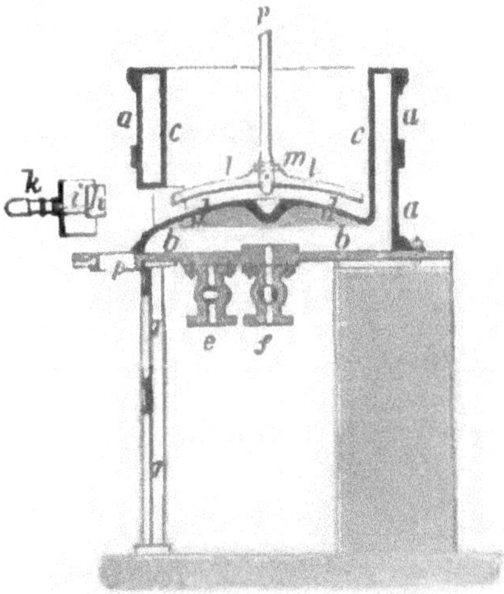

Fig. 246.

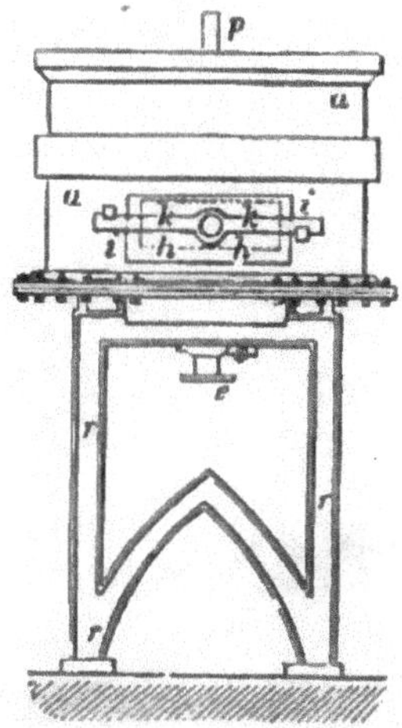

nahme gespannter Wasserdämpfe lassen. Der Boden *d* des inneren Cylinders *c* ist convex gestaltet, der des äusseren Cylinders *a* wird durch die gusseiserne Platte *b b* gebildet, die einerseits auf einem ebenfalls gusseisernen Ständer *r r*, andererseits auf gehörigem Mauerwerke ruht. Durch das eine Rohr *f* tritt der frische Dampf in den Apparat, durch das andere *e* fliesst das Condensations-

1) Le Blanc. Ebendaselbst. T. 1, Pl. 57.

wasser ab. An einer Seite befindet sich eine, durch beide Cylinder *a* und *c* gehende Oeffnung, welche durch ein Stück *ihk* zu verschliessen ist, dessen Anordnung hinlänglich aus den Abbildungen erhellt. Durch diese Oeffnung wird mit Hülfe des überhaupt erforderlichen Rührquirls *lmp* der gehörig vorgewärmte Samen heraus und in die Presssäcke geschafft, die man vor die Oeffnung *p* im Boden der Platte *bb* hängt.

Ebenfalls aus dieser Zeit (Ende der zwanziger und Anfang der dreissiger Jahre) stammen die verbesserten holländischen Oelgänge mit aufrechtgehenden Steinen (Kollergänge), wie sie Le Blanc [1]) abbildet und wovon Fig. 247 und 248 Copien in verkleinertem Maassstabe sind.

Fig. 247.

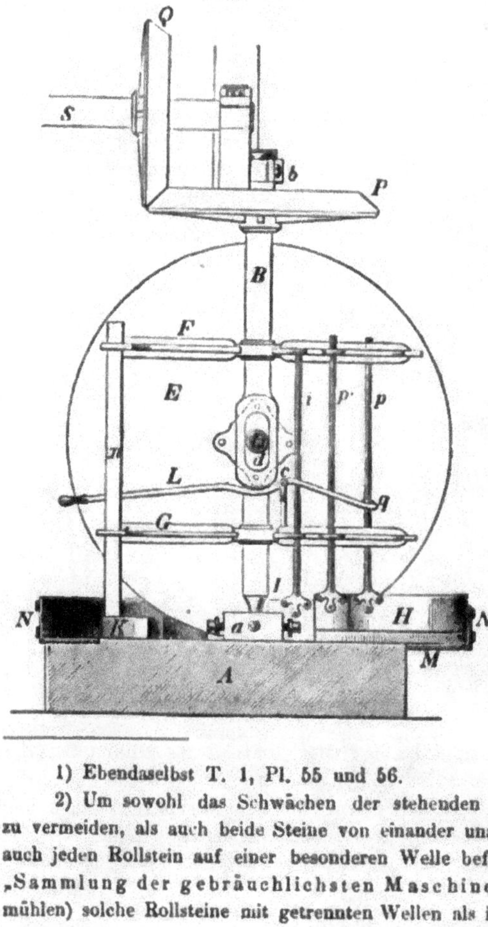

In beiden Figuren bezeichnet (wie es bereits Fig. 228 geschah) *A* den unbeweglichen Bodenstein, dessen obere, ebene Fläche den sogenannten Heerd bildet. In der Mitte des letzteren befindet sich das Lager *a* für den Spurzapfen der Verticalwelle *B*, die mit einer länglichen Oeffnung *d* versehen ist, um die starke, horizontale, eiserne Welle *D* für die beiden Rollsteine *E* [2]) hindurchzulassen, den Steinen aber auch gleichzeitig die Fähigkeit zu ertheilen, sich nach Bedürfniss des, auf den Heerd geschütteten oder sich sonst ungleichmässig anhäufenden Samens erheben und beziehungsweise herabfallen zu können. Das obere Lager *b* der Welle *B*, sowie die Betriebsräder *P* und *Q* verstehen sich von selbst. Die durchgehende

1) Ebendaselbst T. 1, Pl. 55 und 56.

2) Um sowohl das Schwächen der stehenden Welle durch die Oeffnung *d* zu vermeiden, als auch beide Steine von einander unabhängig zu machen, hat man auch jeden Rollstein auf einer besonderen Welle befestigt. Hoffmann in seiner „Sammlung der gebräuchlichsten Maschinen“ empfiehlt Heft 4, S. 7 (Oelmühlen) solche Rollsteine mit getrennten Wellen als in seiner Gegend gebräuchlich.

Welle D ist folgendermaassen angeordnet. Im Mittelpunkte eines jeden Läufers ist eine gusseiserne Büchse rr eingelassen, in welcher sich nach den ebenen Begrenzungsflächen des Steines hin, bronzene Futter $\alpha\alpha$ [1]) befinden, worin, genau passend, die Welle D umläuft. Ueberdies werden Büchsen wie Lagerfutter von eisernen Platten $\gamma\gamma$ gehalten, die mittelst durch die ganze Steindicke gehender Schraubenbolzen unter einander verbunden sind. Um die Läufer EE in derselben aber ungleichen Entfernung von der Betriebswelle B zu erhalten, um den Einflüssen der auftretenden Centrifugalkraft begegnen zu können, hat man einerseits, nahe der Mitte von D, noch runde Scheiben t aufgesteckt [2]), andererseits an beiden Enden Köpfe m und m' vorgeschraubt und diese noch extra verbolzt.

Fig. 248.

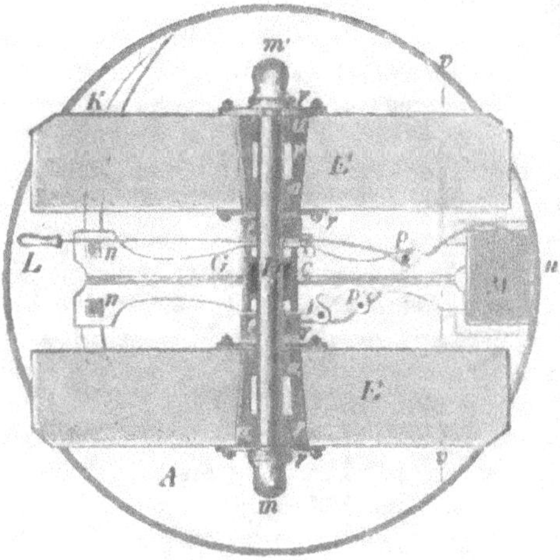

Wie aus unseren Figuren erhellt, umgiebt den Bodenstein A oberhalb eine Zarge oder ein aufrechter Rand N, der, aus Holz gefertigt, mit eisernen Reifen gebunden und mit einem ringförmigen Boden oder Kranze versehen ist und vom Steine A nur so viel frei lässt, als die Steine EE überrollen. An der Stelle des fehlenden Steinsegments ist in dem Holzkranze eine mit Deckel verschliessbare Oeffnung M angebracht, durch welche man den fertig gemahlenen Samen abführen kann.

Als besondere Neuheit der Maschine für die damalige Zeit (1830)

Offenbar wird aber durch diese Anordnung der Zusammenhang der ganzen Construction aufgehoben, den die durchgehende eiserne Axe hervorbringt.

1) In Figur 248 hat der Holzschneider die Buchstaben $\alpha\alpha$ in den Büchsen rr fast den Buchstaben aa gleich gebildet.

2) Durch diese Scheiben ist zugleich ein Mittel geboten, je nachdem man sie vermehrt oder verstärkt, jeden der Rollsteine in verschiedener Entfernung vom Mittel laufen, d. h. in einer anderen Bahn laufen zu lassen. Entschieden besser für letzteren Zweck ist es jedoch, die beiden Steine überhaupt in so verschiedenen Entfernungen von der stehenden Welle anzubringen, dass der eine die Hälfte der Bahn des anderen überschreitet, damit die Samenmasse nicht immer auf derselben Stelle von den Steinen getroffen wird, wodurch sie sich leicht auf dem Heerdboden festsetzen kann. Schwahn berichtete indess (Lehrbuch der Mühlenbaukunde, 5. Abtheilung, §. 13) seiner Zeit, dass es Oelmüller gebe, welche der Ansicht wären, dass Steine mit gleicher Entfernung mehr förderten, abgesehen davon, dass sie überdies die kleinsten Heerde erforderten.

muss das Weglassen des viereckigen hölzernen Steinrahmens der alten holländischen Mühlen (Fig. 228 mit *ss* bezeichnet) hervorgehoben werden, der bekanntlich zwei Zwecken diente, erstens Lagerstellen für die äusseren Zapfen der durchgehenden Welle D zu bilden, zweitens ein geeignetes Mittel zur Befestigung der Scharr- oder Streichwerke zu finden.

Diese Vereinfachung wurde dadurch erreicht, dass man erstens die Verticalwelle B aus Eisen herstellte und bedeutend verstärkte, zweitens mit ihr gusseiserne Querbalken F und G in Verbindung brachte, welche nicht bloss zur Verstärkung des ganzen Baues, sondern auch dazu dienten, Führungen für auf- und abzuschiebende Stangen oder Stiele i, n, p und p' zu bilden. Alle diese Stiele tragen nämlich unterwärts Schaufeln J (aus Eisenblech), K (aus Holz) und H (ebenfalls aus Eisen), wovon die beiden ersten dazu dienen, den zu beiden Seiten der arbeitenden Steine sich ausbreitenden Samen wieder in die Bahn zu bringen, die dritte Schaufel H (Abladeschaufel) aber die Aufgabe hat, das rasche Entfernen des fertigen Mahlgutes von dem Heerde zu bewirken.

Während der Arbeit sind deshalb J und K herabgelassen, wobei K dicht an der äusseren Zarge N, dagegen J dicht am Umfange des Spurlagers a streicht. Die dritte (eiserne) Schaufel H, die Abladeschaufel genannt, wird erst nach vollbrachtem Mahlen herabgelassen, vorher aber auch J und K gehörig aufgezogen. Nach Entfernung der Thür M führt nämlich die wirksam gemachte Schaufel H sämmtliches Mahlgut in die gebildete Oeffnung des Heerd-Holzbodens und lässt dasselbe in untergestellte Gefässe fallen.

Aufmerksam zu machen dürfte noch sein, dass die Kollersteine, zufolge ihrer cylindrischen und nicht kegelförmigen Gestalt, ein Schleifen oder Gleiten auf der Rollbahn erzeugen, wodurch die Samenkörner unter dem ganzen (bedeutenden) Gewichte der Steine nicht bloss gequetscht und gepresst, sondern eigenthümlich zerrieben und zerrissen werden [1]).

---

1) In rein rollender Bewegung würde die kreisförmige Bahn nur ein kegelförmiger Stein durchlaufen, dessen grösster (äusserer) Halbmesser sich zum inneren (kleineren) verhält, wie der grosse Bahnhalbmesser zum kleinen. Da nun die gewöhnlichen Steine Cylinder mit kreisförmigem Querschnitt sind, so muss deren äusserster Rand gegen die Mitte der Steinbreite gleitend zurück, ihr innerer Rand aber schleifend vorwärts bewegt werden, welches Gleiten oder Schleifen jedoch für die Verarbeitung des Samens von grossem Vortheile ist. — In unserem Beispiele haben die Rollsteine 2,4 Meter Durchmesser und nach Abrechnung der Abfaasung 0,38 Meter Breite, welche letztere mit B bezeichnet werden mag. — Von der verticalen Drehaxe steht die innere Seitenkante ab um $R_i = 0^m,32$, die äussere um $R_a = 0^m,70$ und folglich die Mitte der Breite um $R_m = 0^m,51$ ab. Da die Steine pro Minute $U = 11$ Umläufe um die Verticale machen, so erhält man für betreffende Bewegungsgeschwindigkeiten pro Secunde, wenn man diese beziehungsweise mit v_i, v_a und v_m bezeichnet:

$$v_i = \frac{2\, R_i\, \pi\, U}{30} = 0^m,368;\ v_a = \frac{2\, R_a\, \pi\, U}{60} = 0^m,806$$

$$\text{und } v_m = \frac{2\, R_m\, \pi\, U}{60} = 0^m,587.$$

Die Bemühungen, den cylindrischen Steinen nur eine Bewegung um die eigene (geometrische) Axe zu geben, dagegen den Heerd in Umdrehung zu setzen, haben sich bei Oelmühlen, wo der Heerd in der Regel einen grossen Durchmesser hat, aus mancherlei praktischen Gründen nicht bewährt (man sehe deshalb S. 232). Dasselbe lässt sich auch von der Anordnung sagen, wo man den Heerd der Kollersteine gleichzeitig als Pfanne zum Vorwärmen des Samens benutzt, eine Methode, die schon vor Rees und Barlow (a. a. O.) erwähnt wird.

§. 44.

Im Anfange der 1830er Jahre hatte man dem Principe nach alle wesentlichen Erfindungen und Verbesserungen gemacht, welche die Gegenwart im Gebiete der Construction und des Betriebes der Oelmühlen aufzuweisen vermag, jedoch ohne dass solche überall durchgedrungen und Gemeingut der Betheiligten geworden waren. Die Erreichung dieses letzteren Zieles war auch hier späteren Zeiten vorbehalten, in welcher Beziehung die Geschichte verpflichtet ist, dankbar auch derjenigen zu gedenken, welche sich um die Verbreitung guter Oelmühlen durch Beschreibungen und Zeichnungen verdient machten.

Vor Allem ist hier Le Blanc, wegen der vortrefflichen Zeichnungen in seinem bereits oft citirten „Recueil de Machines etc.", zu nennen, woselbst

---

Die Geschwindigkeit des äusseren Randes ist also gegen die Mitte zu gross um:

$$v_a - v_m = 0{,}806 - 0{,}587 = 0^m{,}219.$$

Dagegen ist die Geschwindigkeit des inneren Randes gegen die Mitte zu klein um:

$$v_m - v_i = 0{,}587 - 0{,}368 = 0^m{,}219.$$

Es muss daher der äussere Steinrand gleitend zurück bewegt werden um den Weg $w_a = 2\pi U (R_a - R_m)$ oder, weil $R_a = R_m + \frac{1}{2} B$ ist, um $w_a = \pi U B$. Um ebensoviel ist aber, während derselben Zeit, der innere Steinrand gleitend vorwärts zu bringen, so dass der mittlere Werth dieser Wege $\frac{\pi U B}{2}$ ist. — Bezeichnet daher K die Kraft, welche lediglich zum Ueberwinden des Gleitens eines Steines von Q Gewicht aufzuwenden ist, und denkt man sich diese in der Entfernung R_m von der Verticalaxe wirksam, und bezeichnet endlich f den Coefficienten der entstehenden gleitenden Reibung, so ergiebt sich die Gleichung:

$$K \,.\, 2\, R_m \pi U = f Q \frac{\pi U B}{2},$$

$$\text{d. i. } K = \frac{f}{2} \frac{B}{2 R_m} \,.\, Q,$$

d. h. der besondere Widerstand, welchen das Gleiten hervorruft, wächst mit der Dicke der Steine und nimmt mit dem Bahndurchmesser ab. Für unseren speciellen Fall ergiebt sich demnach $K = \frac{0{,}38}{1{,}02} \cdot \frac{f}{2} Q = 0{,}186 \,.\, f Q$, oder, da hier speciell ein Stein 3750 Kilogr. Gewicht hat: $K = 607{,}5 \,.\, f$ Kilogr.

ausser den bereits oben (S. 268 und 270) angeführten hydraulischen Oelpressen von Mongolfier und Spiller (erstere vertical, letztere horizontal), insbesondere nachfolgende Tafeln hervorzuheben sind:

Partie I, Planches 55 bis 59, Kollersteine, Wärmeapparate und Rammel-Keilpressen von Maudslay in London und Cazalis-Cordier in Paris. Partie II, Planches 44 und 45, verticale hydraulische Zwillings- (Doppel-) Presse von derartiger Anordnung, dass, während die eine Presse zum Auspressen gespannt wird, die andere zum Entleeren bereit ist, oder die eine Presse in constanter, länger andauernder Spannung erhalten wird, während man mit der anderen weiter operirt, oder endlich, dass man die eine Presse nur als Vorpresse, die andere lediglich als Nachpresse benutzt [1]).

Durch diese Le Blanc'schen Zeichnungen wurden dem grösseren technischen Publicum auch zuerst brauchbare Werkzeichnungen von Injectionspumpen mit mehreren Kolben bekannt, wobei die einzelnen Saugventile sich bei einem Drucke von bestimmter Grösse selbstthätig öffneten und offen gehalten wurden, so lange der Druck sich nicht wieder verminderte, indem man das angesogene Wasser sogleich durch dieselbe Ventilöffnung in das Speisewassergefäss zurücklaufen liess.

In Deutschland war Hoffmann in Berlin zuerst bemüht, in dem 1836 erschienenen 4. Hefte seiner „Sammlung der gebräuchlichsten Maschinen" dem wackeren Le Blanc im Fache der Oelmühlen nachzuahmen. Gedachtes Heft enthält nämlich in sechs (genau nach Maassstab gezeichneten) grossen Tafeln eine Oelmühle, ohne durch Stoss wirkende Maschinen, aus einem Walzwerke, ein Paar Kollersteinen, zwei Vorwärmern mit Warmwasserheizung und zwei hydraulischen Pressen bestehend, womit man täglich aus $1\frac{1}{2}$ preuss. Wispeln (Raps-) Samen 9 bis 10 Centner Oel fabricirt haben soll.

Die Kollersteine besitzen keine durchgehende, gemeinschaftliche Welle, sondern drehen sich um von einander unabhängige Axen. Beide Pressen werden von demselben Injectionspumpwerke versorgt, welches aus zwei Plongerkolben von beziehungsweise 2 Zoll und $\frac{3}{4}$ Zoll Durchmesser besteht, die zuerst beide wirken, während bei zunehmendem Gegendrucke die grössere Pumpe abgestellt wird und die kleinere allein die Pressung vollendet.

Das ganze Werk lässt zugleich die Zeit erkennen, wo das Holz immer mehr von dem Eisen verdrängt wird, das letztere jedoch hinsichtlich der Dimensionen und Formen noch Manches zu wünschen übrig lässt.

Im Jahre 1841 brachte der 1840 von Burg in Wien für den 11. Band der Prechtl'schen Technologischen Encyklopädie verfasste Artikel „Pressen" zum ersten Male (S. 201 ff.) eine ausführliche, mit Abbildungen begleitete Beschreibung von Injectionspumpen für hydraulische Pressen, mit concentrisch in ein-

---

1) Alle reichhaltigen Oelsämereien erfordern ein zweimaliges Pressen, um aus denselben so viel wie möglich Oel zu gewinnen. Während das erste Pressen (der Vorschlag) bei den durch Stoss wirkenden Maschinen mit dem frischen Samen vorgenommen wird, geschieht das zweite Pressen (der Nachschlag) mit den Rückständen oder Oelkuchen der Vorpresse, welche deshalb vorher nochmals zerkleinert, zerrieben und ebenfalls, vor dem zweiten Pressen, wieder stark erwärmt werden müssen.

ander gesteckten Kolben, wie solche bereits früher (S. 271) erwähnt wurden, und die seiner Zeit der Mechaniker Bollinger in Wien besonders gut ausgeführt haben soll.

Schätzbare praktische Winke für den Bau und Betrieb von Oelmühlen, wenn auch mit ziemlich schlechten Zeichnungen begleitet, enthielt das zweite, 1841 erschienene Heft von Schreiber's „Beiträgen zur Mühlenbaukunde", worin zwar noch vorzugsweise der Stampfen zum Zerkleinen des Samens, deutschen Schlägel- und holländischen Rammelpressen gedacht, jedoch auch schon auf die grossen Vorzüge der hydraulischen Pressen hingewiesen wird.

Bemerkenswerthe „Werkzeichnungen" von Oelmühlen wurden 1843 in 2 Heften zu je 6 Folio-Tafeln durch Mendelssohn's „Polytechn. Agentur" in Berlin herausgegeben. Das erste Heft enthält eine horizontalwirkende hydraulische Presse nebst den zugehörigen Details der mit zwei Kolben (von 2 Zoll und $^3/_4$ Zoll Durchmesser) versehenen Injectionspumpen und ein Paar Kollersteine mit eiserner, durchgehender Horizontalwelle, welche (ohne Steinrahmen) mit einer hölzernen stehenden Welle umlaufen.

Das zweite Heft enthält ein Samenwalzwerk, Dampfwärmepfannen, sowie die Dispositionszeichnungen einer sogenannten Dampfölmühle, welche, von einer 10- bis 12pferdigen Dampfmaschine betrieben (ohne Stosswerke) und mit hydraulischen Pressen ausgestattet, in 24 Stunden 100 bis 120 Scheffel Oelsamen (Raps) verarbeiten soll [1]).

Am meisten Nutzen für Verbesserung und Vervollkommnung der Maschinen zur Oelfabrikation und deren rationellen Betrieb hat in Deutschland Scholl's im Jahre 1844 veröffentlichtes Werk (soweit dies der Schriftsteller überhaupt vermag), „Der Bau und Betrieb der Oelmühlen" geschafft [2]).

Der Verfasser hat die Lücke im Gebiete der Oelfabrikation in der That sehr gut ausgefüllt, von der er in der Vorrede seines Buches sagt: „Es ist im Fache der Oelmühlen zu wenig vorhanden, zu wenig gethan, um die Besitzer oder Unternehmer von solchen über den alten und alltäglichen Betrieb hinaus mit Neuem und Gutem bekannt zu machen, um dem Maschinenbauer eine ausreichende Anleitung zu geben, um ihn bei seinen Constructionen sicher gehen zu lassen und ihm den Weg der Versuche zu ersparen." Wünschenswerth wä-

---

1) Ebenfalls im Jahre 1843 gab Haindl in München seine kleine Schrift „Ueber Maschinen und Apparate zur Oelfabrikation" heraus, deren Inhalt bereits vorher im Kunst- und Gewerbeblatte für das Königreich Bayern abgedruckt worden war. Ausser einem Samenstampfwerke enthalten die drei beigegebenen grossen Foliotafeln nur dem Le Blanc'schen Recueil entlehnte Maschinen.

2) Der vollständige Titel dieses in seiner Art noch jetzt vortrefflichen Werkes ist: „Der Bau und Betrieb der Oelmühlen, nach den neuesten und bewährtesten Erfindungen, eigenen Verbesserungen und Erfahrungen dargestellt. Nebst einem Anhang über die Berechnung und Schätzung der Motoren. Ein praktisches Handbuch für Oelmüller, Maschinenbauer, Unternehmer etc. Mit 19 lithogr. Tafeln. 4. Darmstadt 1844. Verlag von Leske."

ren vielleicht Zeichnungen in grösserem Maassstabe gewesen, obwohl solche den Anschaffungspreis des Werkes vertheuert haben würden.

Zum ersten Male wird hier das technische Publicum mit eigenthümlichen Vor- und Nachpressen bekannt gemacht, welche, mehr oder weniger originell, in der berühmten und grössten deutschen Oelfabrik, der des Commerzienraths Heinrich Thywissen in Neuss (bei Düsseldorf), entstanden und wenigstens im südwestlichen Deutschland noch heute als Prototype rationeller und praktischer Maschinenconstruction ihrer Art mit Recht betrachtet und zur Zeit besonders gut und noch verbessert in der Fassbender'schen Maschinenfabrik bei der Michelbacher Hütte (unweit Nassau-Dietz) ausgeführt werden.

Die Thywissen'schen verticalen Vorpressen [1]) erinnern allerdings an die bereits oben (S. 273) erwähnten englischen Topfpressen, sind indess derartig verändert und vervollkommnet, dass sie nach Construction und vortheilhafter Behandlungsweise beim Betriebe, dennoch gewissermaassen als neu bezeichnet werden können. Auf diese noch jetzt höchst empfehlenswerthen Pressen kommen wir später ausführlich zurück.

Ein gleich günstiges Urtheil ist hinsichtlich der Thywissen'schen horizontalen Nachpressen zu fällen. Bei diesen Pressen wird der Rückgang des Kolbens (nach vollendeter Pressung) weder durch Gegengewichte (wie bei den ersten englischen Horizontalpressen, worüber S. 272 ausführlich Mittheilung gemacht wurde), noch durch Anordnung sogenannter Zwillingskolben, wie bei den Spiller'schen Horizontalpressen [2]) (S. 270), die sich auch in den Mendelssohn'schen Zeichnungen finden [3]), sondern durch eine sogenannte Contrepresse, d. h. durch eine besondere, verhältnissmässig kleinere hydraulische Presse veranlasst, die ebenfalls horizontal, aber in entgegengesetzter Richtung, wie die Oelpresse wirkt, mit der Axe der letzteren in derselben verlängerten geraden Linie liegt und überdies beide Kolben in entsprechende Verbindung gebracht sind.

In der Streitfrage, ob den hydraulischen oder sonstigen Pressen der Vorzug gebühre, entschied sich (damals) Scholl [4]) für die hydraulische Presse zum Vorschlage und für die Kniehebelpresse zum Nachschlage. Andere erfahrene und vertrauenswerthe Praktiker, beispielsweise der jetzt verstorbene Mühleninspector Heims in Harburg äusserte sich zu derselben Zeit (1844) dahin [5]), dass sich zum Vorschlage am besten die holländischen Keil-Ramm- oder Rammelpressen, dagegen zum Nachschlage weit besser die hydraulischen Pressen eigneten.

Schwahn in der 1852 erschienenen fünften Abtheilung seines „Lehrbuches der Mühlenbaukunst" entsprach nicht den Erwartungen, die man von einem so anerkannten Praktiker gehegt hatte, indem der betreffende Abschnitt

1) Merkwürdiger Weise führt Scholl nirgends den Namen Thywissen auf.

2) Recueil, P. I, Pl. 67 und 68.

3) Werkzeichnungen, Heft 5, Blatt 1—4.

4) A. a. O. §. 263.

5) Mittheilungen des Gewerbevereins für das Königreich Hannover, Jahrgang 1844, S. 33 in einem überhaupt sehr lesenswerthen Artikel Vergleichung der holländischen Keilpresse mit der hydraulischen Presse zur Oelgewinnung.

„Oelmühlen“ (S. 45 bis 92) eigentlich nur Reproduction längst bekannter Sachen enthält, worin den Stosswerken (zum Samenzerkleinen und Oelpressen) noch sehr das Wort geredet, dagegen der hydraulischen Pressen als Maschinen gedacht wird, die sich ihrer Kostspieligkeit und Unbequemlichkeit wegen nur für grössere Oelmühlen eigneten.

Rationellere Praktiker hatten zu dieser Zeit bereits anders entschieden, alle Stosswerke abgeschafft und von Pressen ausschliesslich hydraulische in Anwendung gebracht. Dasselbe Ergebniss stellte sich bald auch in England heraus, wo die Rammelpressen immer mehr verschwanden und Samuelson 1858 in seiner bereits mehrfach citirten Abhandlung über Oelmühlen [1]) nicht nur viele erfolgreich mit hydraulischen Pressen arbeitende Etablissements aufführen, sondern auch bereits durch Zahlen die entschiedenen Vortheile der veränderten Anordnungen in Bezug auf Quantität der Leistungen und hinsichtlich der Arbeitskosten nachweisen konnte.

Unter den wenigen bemerkenswerthen Verbesserungen, welche in dieser Zeit von Engländern an Maschinen zur Oelfabrikation gemacht wurden, verdient Bodmer's [2]) hydraulische Presse angeführt zu werden, welche während der Arbeit vertical steht, beim Entleeren aber horizontal umgelegt werden kann, sowie Robinson und Cottam's [3]) hydraulische Verticalpresse mit viereckigem, auf- und absteigendem Topf, der sich, ähnlich wie bereits Fig. 239, S. 273 angegeben wurde, gegen einen darüber aufgehangenen Stempel bewegt, den man beim Füllen und Entleeren des Topfes aus- und einfahren kann. Letztere Construction hat sich auch in Deutschland eingebürgert und kommen wir nachher auf diese Pressgattung zurück.

Im Gebiete der deutschen Literatur wurden nach Scholl werthvolle Mittheilungen und insbesondere brauchbare Zeichnungen neuer Oelmühlenanlagen und ihrer Maschinen nur äusserst wenig und dazu noch unvollständig und unausreichend veröffentlicht, so dass beispielsweise das sonst höchst beachtenswerthe Werk der Studirenden des Berliner Gewerbe-Institutes: „Sammlung von Zeichnungen für die Hütte“, fast in keinem Zweige lückenhafter ist, als im Bereiche der Oelmühlen.

Von dem Wenigen und Neuen, was dies Werk im Fache der Oelmaschinerie aufzuweisen hat, ist hier, besonders der Eigenthümlichkeit wegen, eine hydraulische Verticalpresse aufgenommen, welche sich im Jahrgange 1857 (Tafel 18a und 18b) vorfindet. Unsere Fig. 249 ist eine (verkleinerte) Copie dieser Presse, wobei, der wünschenswerthen Gedrängtheit wegen, der Verticaldurchschnitt nach zwei verschiedenen Richtungen genommen und zugleich der Presskolben sowohl in seiner tiefsten, als höchsten Stellung gezeichnet ist.

Die Maschine gehört zur Gattung der Topfpressen, welche runde Kuchen liefern, deren erwähnte Eigenthümlichkeiten erstens in der Art und Weise bestehen, wie die runden Presskolben der einzelnen Töpfe aufgehangen sind, und zweitens wie man das erhaltene Oel einem Sammelbehälter zuführt.

---

1) Auch auszugsweise in den Mittheilungen des Gewerbevereins für das Königreich Hannover. Jahrgang 1859, S. 308 etc.

2) Patent Specification. Nr. 2886 von 1855.

3) Patent Specification. Nr. 670 von 1858.

In ersterer Beziehung werde erwähnt, dass die vier starken, schmiedeeisernen Säulen *vv*, welche den Presscylinder *aa* mit dem oberen Holme *yy* verbinden, wie gewöhnlich auch eine Führung für die Pressplatten *pp* bilden [1]), überdies aber jede dieser Platten, mit Ausnahme der alleruntersten (an zwei Stellen), an zwei Systemen von Haken und Kettengliedern *lm* aufgehangen ist, deren Befestigungspunkt *k* sich am Holme *y* befindet, wodurch das Herabfallen der Platten verhütet wird, ohne dadurch ihrem Aufsteigen während des Pressprocesses hinderlich zu werden, indem sich die bemerkten Kettenglieder leicht in einander verschieben können. Auf jeder gusseisernen Pressplatte *pp* steht ein schmiedeeiserner Ring oder bodenloser Topf *g* (Fig. 250), in welchen eine kreisförmige durchlöcherte Platte *h* (Fig. 251) gelegt werden kann. Letztere ist ausserdem unter dem Verticaldurchschnitte des Topfringes sichtbar.

Fig. 249.

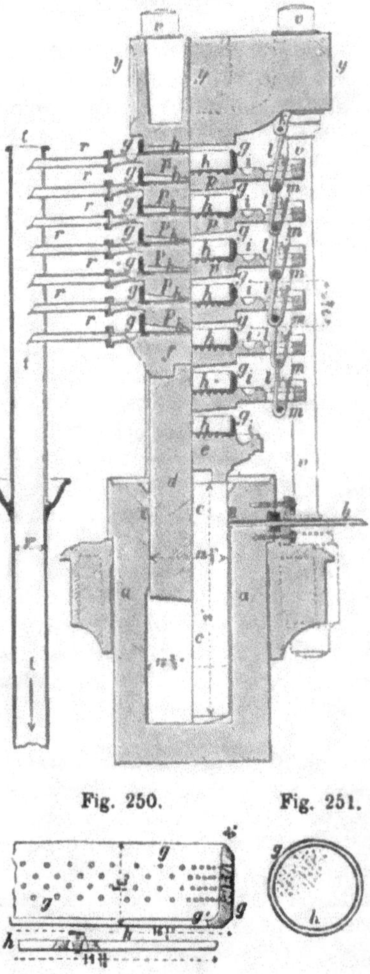

Fig. 250.

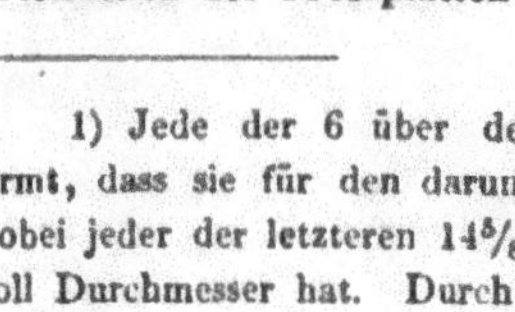

Fig. 251.

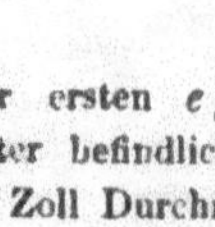

In die bemerkten Töpfe *gg* bringt man die gefüllten Presstücher, stellt sie auf die Pressplatten, lässt den Kolben *cd* der hydraulischen Presse aufsteigen, die runden Köpfe oder Kolben *pp* in die vertieften Töpfe treten und die erforderliche Pressung verrichten. Im linken Theile unserer Fig. 249 ist angenommen, dass die Köpfe oder Kolben *p* so weit wie möglich in die Töpfe *g* getreten sind, und zwar unter der Voraussetzung, dass vorher keine Presssubstanz eingebracht wurde.

Zur Abführung des ausgepressten Oeles hat man sowohl die ebenen Oberflächen der Pressplatten *p* mit geeigneten Vertiefungen versehen, als auch

1) Jede der 6 über der ersten *ef* angebrachten Pressplatten ist so geformt, dass sie für den darunter befindlichen Topf *g* eine Art Kolben *pp* bildet, wobei jeder der letzteren $14\frac{5}{8}$ Zoll Durchmesser, der zugehörige Topf aber $14\frac{13}{16}$ Zoll Durchmesser hat. Durch ein Versehen des Holzschneiders sind in der Abbildung sämmtliche Kolbendurchmesser zu gross ausgefallen.

in denselben äusserlich halbrunde Canäle *i* angebracht, welche letztere an einer Seite mit Ausflussröhrchen *rr* communiciren, die sämmtlich in ein Verticalrohr *t* münden, worin alles Oel einem tiefer liegenden Sammelbehälter zugeführt wird.

Der Jahrgang 1860 der „Hütten-Zeichnungen“ enthält drei Blatt einer ganzen Oelmühlenanlage, welche von der Unionshütte zu Königsberg in Preussen ausgeführt wurde und wobei namentlich die Pumpen und Wechselventile der hydraulischen Verticalpressen in einer für Constructeure brauchbaren Weise dargestellt sind, wenn auch der beigegebene Text hinsichtlich Beschreibung, Angaben von Arbeitszeiten, Leistungen u. s. w. eigentlich Alles zu wünschen übrig lässt.

Rühmliche Ausnahmen in letzteren Beziehungen machen die Veröffentlichungen Armengaud's, der bereits 1856 ausführliche Abbildungen und Beschreibungen einer französischen Oelfabrik mit Maschinen von Lecointe in Saint-Quentin lieferte [1]) und 1861 die grossartige, 44 hydraulische Pressen enthaltende, von Falguière in Marseille eingerichtete Anlage der Herren Maurel und Prom in Bordeaux, im ganzen Umfange nachfolgen liess [2]).

Die Lecointe'schen Maschinerien gehören zu einer Oelfabrik, welche in 24 Stunden aus Raps (Colza) mindestens 6000 Kilogramm Oel erzeugt, und die als Betriebsmittel eine 35pferdige Woolff'sche Balancier-Dampfmaschine besitzt.

An Fabrikationsmaschinen sind vorhanden: ein Cylinderwalzwerk, zwei Paar Kollersteine, acht Samenwärmer und sechs horizontale hydraulische Doppelpressen (für Nach- und Vorschlag) in drei getrennten Gruppen ohne Contrepressen, welche letztere durch die Art der Verbindung je zweier Doppelpressenpaare umgangen werden. Die Wände der Pressräume sind hohl und werden durch Dampf geheizt.

Die bereits genannte grossartige Bordeauxer Oelfabrik, welche ausser Raps auch Leinsamen, Sesam und Erdnüsse verarbeitet, hat Falguière mit folgenden Maschinen ausgestattet: einer Reinigungs- (Cylindersieb-) Maschine, zwei Satz glatter cylindrischer Samenwalzen mit je vier Walzen, paarweise über und unter einander liegend, einer Schälmaschine (Raspelcylinder) und einem Paar cannelirter Walzen (für Sesam, Leinsamen und Erdnüsse), drei Paar Kollersteinen, vier Samendampfwärmern, vier verticalen Vorpressen und einundvierzig ebenfalls verticalen Nachpressen, sowie endlich einer Art von Kaffeemühle zum Zerkleinen der beim Vorschlage erhaltenen Oelkuchen.

Die erforderliche bewegende Kraft des ganzen Werkes wird von einer 56pferdigen Dampfmaschine geliefert. Ueber die tägliche Leistung fehlen die Angaben.

Ungeachtet der grossen Anzahl hydraulischer Pressen hat Falguière die erforderliche Anzahl von Injectionspumpen auf acht zu beschränken verstanden,

1) Publication Industrielle, T. 10, p. 179, Pl. 12, 13 und 14. Eine vollständige Uebersetzung hiervon lieferte Förster in seiner Bauzeitung, Jahrgang 1857, S. 152 mit Abbildungen auf Blatt 112—114.

2) Dasselbe Werk T. 13, Pl. 36 und 37. Ebenfalls deutsch bearbeitet in Förster's Bauzeitung, Jahrgang 1863, S. 221 mit Abbildungen auf Blatt 591 und 592.

die in zwei Gruppen aufgestellt sind und wovon die der einen Gruppe für schwache Pressungen (50 Atmosphären), die anderen für stärkere Pressungen (200 Atmosphären) bestimmt sind. Erreicht wurde dies durch Einschaltung zweier Kraftsammler (Accumulatoren, Bd. 1, S. 360), der eine für den niedrigen, der andere für den hohen Druck, die zufolge noch anderer zweckmässiger Anordnungen gleichzeitig zur Erhaltung eines constanten Druckes in den Pressen (als Regulatoren) dienen, leicht und rasch einen Wechsel des Pressdruckes zulassen und äusserst bequem zu bedienen sind.

Fig. 252.

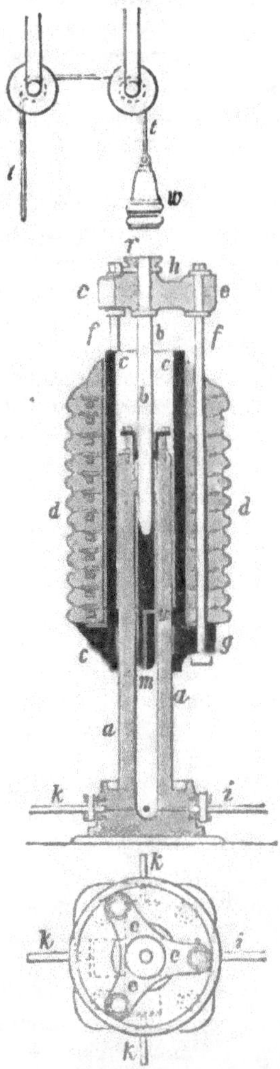

Zur Londoner Industrie-Ausstellung von 1862 hatte Lecointe einen sehr compendiösen und doch wirksamen Accumulator für hydraulische Pressen eingesandt, welchen Fig. 252 im Verticaldurchschnitte darstellt [1]). Dabei ist *a* der verhältnissmässig hohe gusseiserne Cylinder des Accumulators, in welchem sich wasserdicht der Kolben *b* von 33 Quadratcentimeter Querschnitt bewegt. Ausserhalb ist der Cylinder *a* sehr gut abgedreht, um einem zweiten, concentrischen Cylinder *c* von grösserem Durchmesser ein möglichst leichtes Auf- und Abwärtsgleiten zu gestatten. Der äussere, dünnere Theil desselben dient zur Aufnahme von Gewichtsscheiben *d*, die in Summa (bei den ausgestellten Exemplaren) 3300 Kilogramme wogen und wodurch in der zugehörigen hydraulischen Presse ein constanter Druck von $\frac{3300}{33} = 100$ Kilogramm pr. Quadratcentimeter oder von fast 100 Atmosphären erzeugt und erhalten werden konnte. Die Verbindungsart des Cylinders *c* mit seinen Belastungsgewichten *g* erhellt aus der Abbildung, indem man erkennt, dass eine Art von (dreiarmigem) Kreuzkopf *e* durch (drei) Rundeisenstangen *f* mit dem unteren Ringmantel *g* und gleichzeitig durch einen Keil *h* mit der Kolbenstange *b* vereinigt ist. Da der Accumulator zwischen Injectionspumpe und den hydraulischen Arbeitspressen eingeschaltet ist, so wird das von ersterer kommende Wasser durch das Rohr *i* eingeführt und ebenso durch die Röhren *k* in die Cylinder der betreffenden Arbeitspressen geleitet.

---

1) Vollständigere Abbildungen liefert Tresca im 3. Bande der Annales du Conservatoire, S. 712.

Hat der Kolben *b* seinen höchsten Hub erreicht, ohne dass die Arbeitspressen ein entsprechendes Wasserquantum verbrauchen, so tritt das Injectionswasser durch eine am unteren Ende dieses Kolbens angebrachte Bohrung *mm* seitwärts ins Freie, ohne schädliche Wirkungen zu verursachen.

Beim Aufwärtssteigen des Kolbens *b* stösst die, auf dem Kreuzkopfe *e* vorhandene Scheibe *r* nach entsprechender Zeit auf ein, an der Schnur *t* aufgehangenes Gewicht *w*, wodurch die Auslösung des Saugventiles der betreffenden Injectionspumpe bewirkt wird.

Obwohl sich über die Nützlichkeit einer allgemeinen Verwendung der Accumulatoren für hydraulische Pressen (grössere Anzahl in einer und derselben Fabrik) streiten lässt, so lehrt doch die Erfahrung, dass man sie auch bereits in England für Oelfabriken in Anwendung gebracht hat [1]).

Von deutschen Bemühungen, durch Verbreitung guter Oelmühlen-Zeichnungen zu nützen, ist schliesslich noch Grashof's „Zeitschrift des Vereins deutscher Ingenieure" zu erwähnen, woselbst sich u. A. namentlich Band IV, Jahrgang 1860 (Tafel XXI und XXII) Details zu einer Oelmühle vorfinden, die aus einem Paar glatter Samenwalzen, drei Paar Kollersteinen, einer hydraulischen (verticalen) Topfpresse zum Vorschlag und vier horizontalen Nachpressen mit Contrepressen besteht.

Leider sind der (unvollständigen) Beschreibung ebenfalls weder Geschwindigkeiten der bewegten Maschinen, noch Zeitangaben für die verschiedenen Arbeitsprocesse, noch Leistungen beigefügt.

Dem Vorgange der grossartigsten Oelfabriken Deutschlands zufolge steht gewiss zu erwarten, dass die hydraulische Presse auch selbst für kleinere, rationell betriebene Etablissements bald jede andere Gattung von Pressen vollständig verdrängt haben wird.

Nach des Verfassers Wissen sind zur Zeit der Abfassung vorstehenden Abschnittes (1864) die drei grössten Oelfabriken Deutschlands die der Herren H. Thywissen und Sohn in Neuss mit 40 hydraulischen Pressen (13 verticale Vorpressen und 27 horizontale Nachpressen), die der Herren D. G. Fischel Söhne in Prag mit 24 (Vertical-) Pressen und die (Anlage zu Wittenberge) des Herrn S. Herz in Berlin mit 32 (verticalen) Pressen (16 Vorpressen und 16 Nachpressen). Später, bei der Besprechung specieller Anordnungen der Gegenwart und der Leistungsangaben der heutigen Oelmühlen, kommen wir auf diese drei Etablissements zurück.

§. 45.

Zusatz 1. Seit einiger Zeit bemüht man sich, das Oel aus den zerquetschten Samenkörnern nicht durch Pressen zu gewinnen, sondern mittelst Schwefelkohlenstoff zu extrahiren [2]).

---

1) Dingler's polytechn. Journal, Bd. 168 (Jahrgang 1863), S. 107.

2) Seyfert (in Braunschweig): „Darstellung von Rüböl mittelst Schwefelkohlenstoff" im polytechn. Centralblatte von 1860, S. 1070 und in Wagner's Jahresbericht über die Fortschritte und Leistungen der chemischen Technologie, Jahrgang 1860, S. 447. Ebendaselbst Jahrg. 1861, S. 485. — Versuche von

Die Ursache dieser Bemühung ist in sofern eine gerechtfertigte, als durch keinerlei Pressung aus den gewöhnlichen Samensorten (Raps, Lein, Sesam u. s. w.) sämmtliches Oel zu erhalten ist, was man beispielsweise im Laboratorium (im kleinen Maassstabe) mittelst Aether auszuziehen vermag.

So führt u. A. Boussingault [1]) an, dass er aus Rübsamen, von welchem 1 Hectoliter 67 Kilogramm wog (oder 1 preuss. Scheffel 73,65 Zollpfund), durch Ausziehen mit Aether 50 Procent Oel erhielt, während sich in 100 Theilen des Pressproductes vorfanden:

Oel	40,81
Kuchen	50,12
Abgang	9,07
	100,00

Der Rückstand an Oel im Kuchen betrug demnach fast 10 Procent.

Wicke [2]) erhielt durch Ausziehen des Oeles mit Aether aus Raps der Umgegend von Göttingen, wovon 1 Hectoliter 66,3 Kilogramm (1 Himten = 41,3 Zollpfund) wog, einen mittleren Gehalt von 44,626 Procent Oel. Dagegen erhielt man mittelst der Oelpresse (holländisches Rammzeug) aus 100 Pfund Rapssamen:

39,245 Pfund Oel,
60,755 Oelkuchen und Rückstand.

Der Oelgehalt der letzteren Producte betrug daher 44,626 — 39,245 = 5,381 Pfund oder auf 100 berechnet: 8 Procent. Letzteres ist verhältnissmässig ein niedriger Werth.

Sauerwein [3]) fand durch Ausziehen mittelst Schwefelkohlenstoff aus drei verschiedenen Rübsamen-Pressrückständen, wovon man zwei mittelst der hydraulischen Presse und einen mittelst der Keilpresse gewonnen hatte, beziehungsweise 8,7, 12,3 und 11,5 Procent, während aus der Analyse des Samens 42 Procent Oel erhalten wurden.

Ob demungeachtet die Anwendung des Schwefelkohlenstoffs zur Gewinnung des Rüböls aus dem Rapssamen die mechanische Auspressung desselben wird verdrängen können, ist, zuverlässigen Angaben zufolge, sehr unwahrscheinlich [4]), wozu der Verfasser noch fügen kann, dass auch der finanzielle Theil der Frage gegenwärtig noch nicht zu Gunsten der chemischen Methode entscheidet [5]).

Deiss: auch Jahrgang 1862, S. 519. — „Löwenberg's Extraction von Oel und Fett mittelst Schwefelkohlenstoff“ (aus den Mittheilungen des Gewerbevereins für das Königreich Hannover, Jahrgang 1862, S. 115 abgedruckt). — Wagner's Jahresbericht, Jahrgang 1863, S. 555. — Lange's Apparat zur Extraction von Fetten und Oelen mittelst Schwefelkohlenstoff. — Endlich Stöckhardt in seinem „Chemischen Ackersmann“. Jahrgang 1864, S. 177.

1) Die Landwirthschaft, deutsch von Gräger (zweite Auflage). Halle 1851, S. 208.

2) Henneberg's Journal für Landwirthschaft, Jahrgang 1860, S. 154 und 156.

3) Monatsblatt des hannoverschen Gewerbevereins, Jahrgang 1862, S. 14.

4) Wagner's Jahresbericht, Jahrgang 1863, S. 555.

5) Nach Hofmann (in Wagner's Jahresbericht von 1863, S. 563) hat

Zusatz 2. Wir schliessen hiermit die gesammte geschichtliche Einleitung in das Gebiet der heutigen Oelmühlen unter Hinzufügung von Analysen einiger der vorzüglichsten Samensorten, aus welchen man zur Zeit in Mitteleuropa Oel zu gewinnen pflegt [1]).

Die Bestandtheile der Oelsamensorten wechseln offenbar nach Oertlichkeiten und anderen Umständen. So erhielten Boussingault und Moride aus drei verschiedenen Rapssorten durch chemische Analyse:

	I.	II.	III.
Wasser	11,0	4,35	2,56
Oel	50,0	30,12	38,50
Organische Körper	35,1	61,36	55,44
Asche oder Mineralsalze	3,9	4,17	3,50

Aus Leinsamen wurde erhalten:

	Boussingault.	Moride. Sommerlein.	Moride. Winterlein.
Wasser	12,3	2,60	2,70
Oel	39,0	33,96	35,60
Organische Stoffe	42,7	59,48	58,04
Phosphorsalze und andere Salze	6,0	3,96	3,66
	100,0	100,00	100,00

Leinölkuchen sind nach Soubeiran und Girardin folgendermaassen zusammengesetzt:

Wasser	11,0
Oel	12,0
Organische Stoffe	70,0
Mineralstoffe	7,0
	100,0

Im jungen ägyptischen Sesam (Sesamum orientale) fand Moride:

Oel	52,68
Organische Stoffe	43,86
Mineralische Substanzen	3,46
	100,00

Im Oelkuchen des Sesams aus dem südlichen Frankreich fanden Soubeiran und Girardin:

Wasser	11,0
Oel	13,0
Organische Stoffe	66,5
Mineralische Substanzen	9,5
	100,0

Deiss, welcher bekanntlich zuerst den Schwefelkohlenstoff zur Oelgewinnung anwendete, in Pisa unter der Firma Daninos & Comp. eine Fabrik gegründet, welche in 48 Stunden 35000 Kilogramm Olivenpresslinge mit Schwefelkohlenstoff behandelt und daraus 3400 Kilogramm Olivenöl gewinnt.

1) Girardin et Du Breuil Cours élémentaire d'agriculture, unter dem Titel: „Die Grundzüge der Landwirthschaft“ deutsch bearbeitet von Dr. Hamm. Braunschweig 1854, Bd. 2, S. 433 ff.

Aus Kernen der Erdnüsse (Arachis hypogaea) gewann Moride:

Wasser	2,70
Oel	35,44
Organische Stoffe	59,86
Mineralische Substanzen	2,00
	100,00

In Erdnussölkuchen, wie dieselben aus den Oelfabriken in Rouen in den Handel gebracht werden, wiesen Soubeiran und Girardin nach:

Wasser	12,0
Oel	12,0
Organische Stoffe	71,0
Mineralische Stoffe	5,0
	100,0

Karmarsch *) erhielt durch Ausziehen zerriebener Erdnusskerne mit Aether 49 Proc. fettes Oel, was, auf die ganzen (unenthülseten) Früchte berechnet, 36 bis 38 Proc. beträgt. Dies Resultat stimmt gut mit dem von Payen und Henry gefundenen, wonach die Kerne 47 Proc. fettes Oel enthalten. Hieraus und aus noch anderen, selbstangestellten Versuchen schliesst Karmarsch, dass man bei der Fabrikation von Oel aus Erdnüssen aus 100 Pfund unenthülseten Nüssen auf 32 bis 35 Pfund Oel wird rechnen und im grossen Durchschnitte wohl $33\frac{1}{3}$ Proc. oder ein Drittel Oelausbeute wird annehmen dürfen.

Boussingault liefert a. a. O. noch folgende Tabelle, aus welcher das Gewicht und der mittlere Oelgehalt der vorzüglichsten Oelsamen zu entnehmen ist:

	Gewicht eines Hektoliters in Kilogr.	Gewicht eines preuss. Scheffels in Zollpfunden.	Oel aus 100 Theilen Samen.
Winterraps	68	74,75	30 bis 41
Sommerraps	65	71,50	29
Winterrübsen	68	74,75	30 bis 36
Sommerrübsen	68	74,75	29
Julienne	68	74,75	18
Rutabaga	68	74,75	33
Leindotter	67	73,65	27 bis 31
Sonnenblume	67	73,65	15
Lein	67	73,65	11 bis 22
Mohn	66	72,55	34 bis 63
Oliven	43	47,27	9 bis 11
Hanf	43	47,27	14 bis 26
Wallnuss	43	47,27	40 bis 70
Ricinus	43	47,27	62
Haselnuss	43	47,27	60
Buchenkern	46	50,56	15 bis 28

*) Mittheil. des Gewerbev. f. d. Königr. Hannover, Jahrg. 1847, S. 420 etc.

Zusatz 3. Tabelle der Leistungen und des Arbeitsaufwandes einiger älterer Oelmühlen [1]).

Benennung der Mühle oder der Quelle, welcher die Angabe entnommen ist.	Eine Pferdekraft verarbeitet an Raps- oder Rübsamen	
	in 24 Stunden Preuss. Scheffel.	in einer Stunde Preuss. Scheffel.
Windmühlen bei Lille in Frankreich.	$2\frac{10}{11}$ bis $4\frac{4}{11}$	0,121 bis 0,181 oder $\frac{1}{8}$ bis $\frac{2}{12}$
Stampfen, deren zwei in einer Grube arbeiten, nach Schreiber	4	0,166 „ $\frac{1}{6}$
Aufrecht gehende Steine, wenn der Samen durch Walzen vorgequetscht wird, nach Schreiber	$4\frac{1}{2}$	0,188 „ $\frac{3}{16}$
Stampfen, dgl., nach Schreiber	$4\frac{8}{13}$	0,192 „ $\frac{5}{26}$
Aufrechtgehende Steine, ohne Hülfe von Quetschwalzen, nach Schreiber.	$4\frac{4}{5}$	0,200 „ $\frac{1}{5}$
Eine Wasser-Oelmühle am Soester Bach, nach Egen (Wasserwerke im Rheinlande und Westphalen) . .	$5\frac{5}{7}$	0,238 „ $\frac{5}{21}$
Die alten holländ. Windmühlen, nach Egen und Coulomb	$4\frac{4}{5}$ bis $7\frac{1}{5}$	0,200 bis 0,300 „ $\frac{1}{5}$ bis $\frac{3}{10}$
Eine von Hoffmann mitgetheilte Mühle	9	0,375 „ $\frac{3}{8}$
Eine bei Berlin befindliche Dampfölmühle	12	0,500 „ $\frac{1}{2}$
Dampfmühle in Hörde, nach Egen.	$13\frac{1}{2}$	0,562 „ $\frac{9}{16}$
Aufrechtgehende Steine, nach Le Blanc.	$13\frac{1}{2}$ bis 18	0,563 bis 0,750 „ $\frac{9}{16}$ bis $\frac{3}{4}$
Gut eingerichtete Oelmühle, nach Egen	15	0,626 „ $\frac{5}{8}$
Coriolis nach dem Egen'schen Werke	$16\frac{2}{3}$	0,694 „ $\frac{2}{3}$
Clement ebendaselbst. . . .	$21\frac{2}{5}$	0,892 „ $\frac{9}{10}$

Scholl [2]) liefert noch folgende Tabelle der Hauptbestimmungen für Walzen zum Zerreiben der Saat (Raps), wobei eine regelmässige Aufschüttung und

1) Wiebe, im polytechn. Centralblatte, Jahrg. 1844, Bd. 1, S. 260.

2) Bau und Betrieb der Oelmühlen. §. 64.

gleichmässige Vertheilung der Samenkörner auf die ganze Walzenlänge vorausgesetzt wird.

Bei stündlicher Verarbeitung von (alten) preuss. Pfunden.	erhalten die Walzen an Durchmesser. rh. Zoll.	Länge. rh. Zoll.	Umläufe pro Min.	Gewicht an den Hebeln im Verhältniss von 1 : 3.	Die nöthige Betriebskraft in Fusspfunden.	Bemerkungen.
100	12	12	33	400	11490	Die Zahl der Umdrehungen gilt für die schneller laufende Walze. Für Leinsamen müssen die Belastungen um die Hälfte vermehrt werden. Die Grösse einer Maschinenpferdekraft rechnet Scholl zu 30640 Fusspf. pro Minute.
200	12	18	33	600	22980	
300	12	24	33	800	34470	
400	12	30	33	1100	45960	
600	12	30	46	1100	61280	
800	12	30	60	1200	76600	

Schliesslich mag noch eine Tabelle Schreiber's *) Platz finden, welche sich auf Leistungs-, Dimensions- und Geschwindigkeitsverhältnisse der Läufer- (Kollersteine) bezieht.

Durchmesser eines der Kollersteine bei 18 Zoll Dicke.	Umläufe der stehenden Welle pro Minute.	Leistung eines Läuferpaares in 24 Stunden für Leinsamen zur einmaligen und vollkommenen Auspressung.
5 Fuss (preuss.)	8—10	6 preuss. Scheffel.
$5\frac{1}{2}$ „ „	8—10	7,2 „ „
6 „ „	7—8	8,6 „ „
$6\frac{1}{2}$ „ „	7—8	10 „ „
7 „ „	6—7	11,7—12 „ „
$7\frac{1}{2}$ „ „	6—7	13,5—14 „ „
8 „ „	5—6	16—18 „ „

Nach Scholl erfordern 2 Scheffel Leinsamen so viel Arbeitsaufwand, wie 3 Scheffel Raps. Derselbe Schriftsteller erwähnt ferner, dass zu den Erfordernissen eines guten Kollerzeuges nicht bloss die Zahl der Umläufe ($= U$) pro Minute, sondern auch der Abstand ($= R$) der Läuferbahnmitte von der verticalen Wellaxe gehört, und dass dann $2 R \pi U = 105$ bis 110 Fuss zu nehmen ist.

*) Beiträge zur Mühlenbaukunde. Zweites Heft, S. 27.

Die Oelmühlen der Gegenwart.

§. 46.
Oelmühlen mit ausschliesslich hydraulischen Verticalpressen.

Im Vorstehenden wurde aller wesentlichen Maschinen der Oelfabrikation in geschichtlicher Entwicklung bis zur Gegenwart derartig gedacht, dass eigentlich nur die Besprechung von Dispositionen ganzer Anlagen und beachtungswerther Details, sowie die Angabe über Leistungen der neueren Oelmühlen übrig geblieben ist. Diesem gemäss beginnen wir gegenwärtigen Abschnitt mit der Beschreibung einer für St. Petersburg von der anerkannten Maschinenfabrik F. A. Egells in Berlin ausgeführten Dampf-Oelmühle, welche Fig. 253 im Längenprofile und Fig. 254 im Querdurchschnitte dargestellt ist [1]).

An Fabrikationsmaschinen sind vorhanden: 3 Paar cylindrische Quetschwalzen, 8 Paar Kollersteine, 16 Vorwärmepfannen und ebenfalls 16 hydraulische Pressen [2]).

In Fig. 253 bezeichnet A das pro Minute 19 Umläufe machende Schwungrad der zum Betriebe des Ganzen vorhandenen Woolff'schen Dampfmaschine, von wo aus mittelst Stirnräder rr die Bewegung auf die Hauptbetriebswelle ww fortgepflanzt wird, welche letztere 38 Umläufe pro Minute macht.

Von der horizontalen Hauptwelle ww aus geschieht die Uebertragung der Bewegung auf die verschiedenen Arbeitsmaschinen folgendermaassen.

Durch Riemenscheiben qq und $q'q'$ Fig. 253 geht die Bewegung zunächst auf die im zweiten Stockwerke befindliche Wellenleitung $w'w'$ über, wodurch man u. A. auch einen Elevator E' treibt, der links, ausserhalb des Fabrikgebäudes, aufgestellt und Fig. 254 sichtbar ist. Hierdurch wird der rohe Samen in die Höhe gehoben und den horizontalen Schrauben $s's'$ überliefert, die im

---

1) Wiebe, Skizzenbuch für den Ingenieur und Maschinenbauer. Heft 30 (1863) und Heft 31 (1864).

2) Durch gütige, directe Mittheilung Seitens Hrn. F. A. Egells habe ich erfahren, dass die Leistungsangaben der Fabrik in dem Wiebe'schen Werke unrichtig angegeben sind. Der Thatbestand ist vielmehr folgender: Wenn 10 Pressen arbeiten (was anfänglich oft der Fall gewesen zu sein scheint), werden in 12 Arbeitsstunden aus 430 Scheffel (preuss.) Leinsaat 60 Centner Oel gewonnen, so dass also das Werk, bei voller Arbeit, in 12 Stunden 96 Centner Leinöl fabricirt. Die Betriebsdampfmaschine hat mehr als 50 Pferdekraft und jeder der vorhandenen Cornwall-Dampfkessel eine Heizfläche von 750 Quadratfuss.

vierten Stockwerke liegen. Diese Schrauben bewirken sowohl die gleichmässige Vertheilung des Samens auf den Böden, als auch die Zuführung des Materials zu den Reinigungsmaschinen.

Der Ort dieser letzteren Maschinen, wovon zwei vorhanden sind, ist Fig. 254 durch den Buchstaben *M* angegeben und bestehen diese einfach aus

Fig.

einem geneigten, prismatisch ausgespannten Drahtgewebe, das um seine geometrische Axe rotirt.

Von den Siebwerken *M* wird der Samen auf die cylindrischen Quetschwalzen *N* geführt (Fig. 255 und 256 in grösserem Maassstabe gezeichnet), die ihre Bewegung von der Wellenleitung *w' w'* aus durch die Riemenscheibe *x x'* empfangen.

Von hier bringt man den Samen mittelst Kastenwagen in Rumpfe *R* (Fig. 254), wodurch er den Wärmeapparaten zugeführt wird, die man mittelst Wasserdampf aus den Kesseln der Dampfmaschine heizt und deren Anordnung aus der später folgenden Detailfigur 257 erhellt. Die Pfannen sind übrigens mit dem bekannten Rührwerke ausgestattet und erhitzen den Samen auf die Tem-

253.

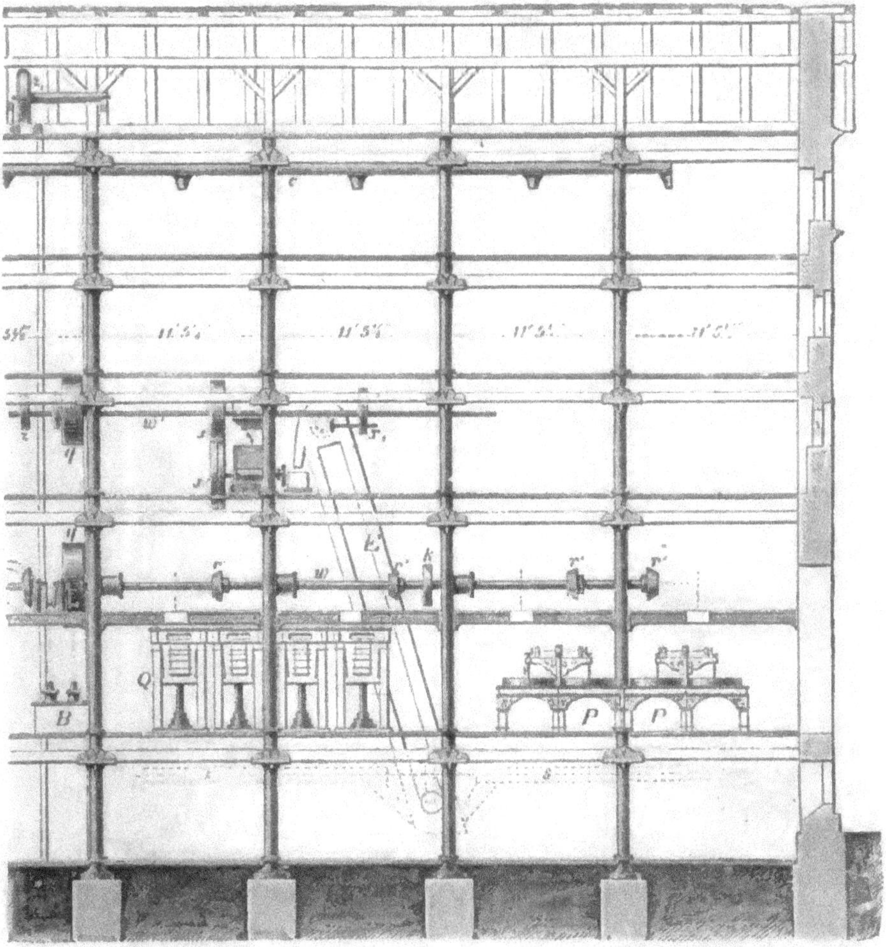

peratur von 75 Grad Celsius. Hierauf gewinnt man das sogenannte Vorgut mittelst der hydraulischen Presse *Q*, wovon sich Fig. 258 und 259 eine derselben in $\frac{1}{32}$ wahrer Grösse abgebildet vorfindet. Das hierdurch gewonnene Oel läuft in kupfernen Röhren nach den im Erdgeschoss aufgestellten Oelreservoirs *O* (Fig. 254), worin sogleich ein theilweises Abklären stattfindet.

Zur Nacharbeit (für den sogenannten Nachschlag) werden die beim

Vorpressen erhaltenen Kuchen zwischen den Koller- oder Rollsteinen *L* abermals zerkleinert, deren Mahlgut in einen Behälter fällt, worin sich Schrauben *ss* bewegen, die es einem Elevator *E* überliefern. Letzterer fördert es wieder

Fig. 254.

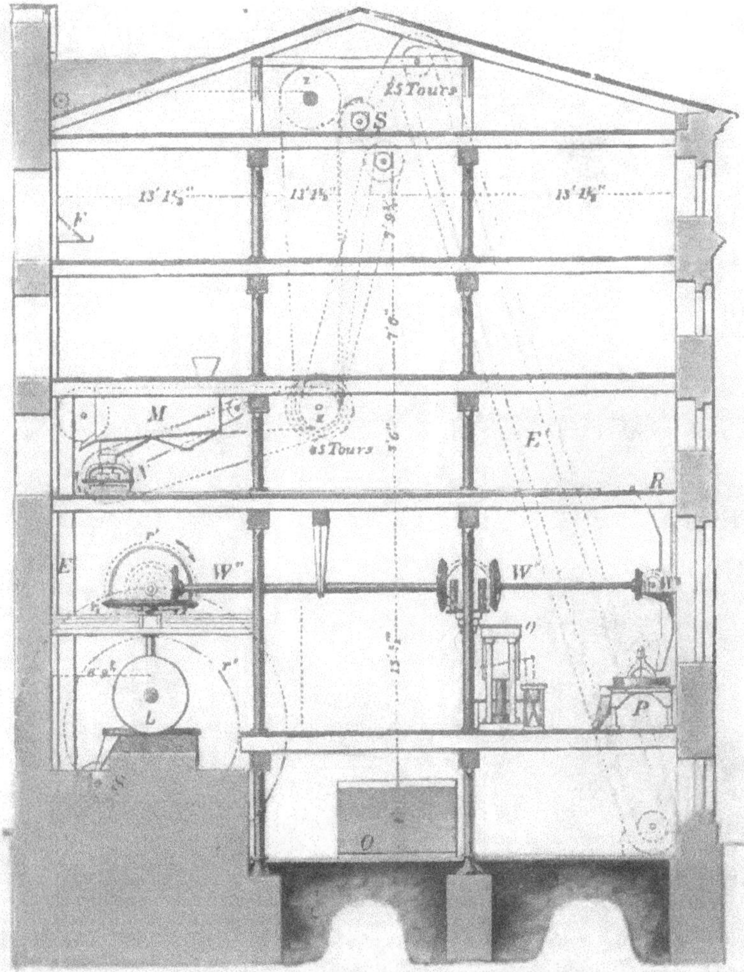

in die zweite Etage, woselbst es mittelst Kastenwagen abermals den Rumpfen *R* und weiter den Vorwärmern zugeführt wird. Jeder der Koller- oder Rollsteine hat 5 Fuss (preuss.) Durchmesser und 18 Zoll Breite. Die Bewegung wird von der Welle *w* durch conische Räderpaare *r'r'* auf die stehende Welle übergetragen, demzufolge die Steine pro Minute $^{38}/_4 = 9^1/_2$ Umläufe [1]) um die Verticalaxe machen.

Von den Wärmepfannen kommt die Masse endlich auf die Nachpresse, welche sich von den Vorpressen nur durch Dimensionsverhältnisse und Druck, sowie dadurch unterscheiden, dass erstere zum gleichzeitigen Pressen von fünf, letztere zum Pressen von zehn Kuchen eingerichtet sind.

Zur Verkehrsvermittelung zwischen den verschiedenen Stockwerken dient ein Fahrstuhl [2]) F (Fig. 254), der durch eine Riementransmission ZZ' seine Bewegung von der Welle ww' empfängt.

Nach diesen allgemeinen Auseinandersetzungen wenden wir uns zur speciellen Betrachtung der betreffenden Quetschwalzen, der Vorwärmer und der hydraulischen Pressen.

Fig. 255 und 256 stellen in $^1/_{24}$ der wahren Grösse ein Paar der Walzen zum Zerreiben des Samens, beziehungsweise im Verticaldurchschnitte und Grundrisse dar. Jede der Walzen $a\,a'$ hat $8^3/_4$ Zoll Durchmesser und 24 Zoll Länge, dabei macht die active (direct von der festen Riemenscheibe d getriebene) Walze a pro Minute 45 Umläufe, die passive a' dagegen nur $45 \cdot \frac{17}{24} = 31{,}83$ während derselben Zeit, weil auf der verlängerten Axe der ersteren Walze ein siebzehner Zahnrad befestigt ist, welches in ein anderes, auf der Welle von a befindliches von 24 Zähnen greift. k ist eine cannelirte Speisewalze, an deren Axe ein Zahnrad von ebenfalls 24 Zähnen steckt, was mit c im Eingriffe steht, also von letzterem umgetrieben wird.

Fig. 255.

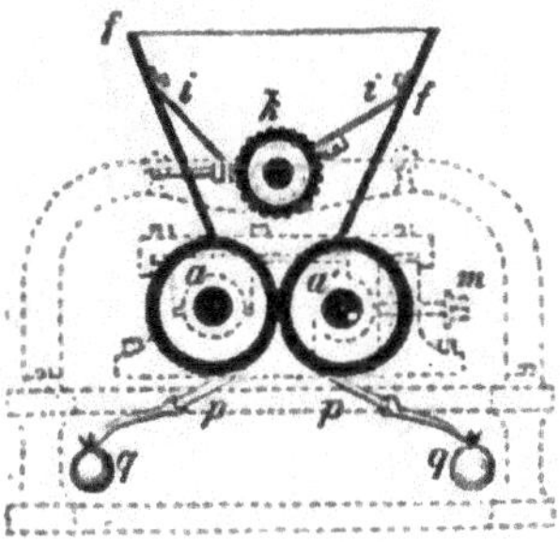

Fig. 256.

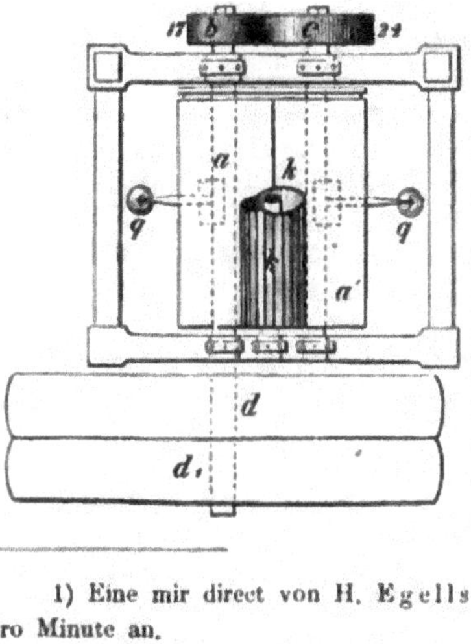

Zum Stellen (näher oder entfernter von einander) der Walzen $a\,a'$ dienen Schrauben m (Fig. 255), sowie auch der Samenzufluss aus dem Rumpfe f durch Klappen $i\,i$ nach Bedürfniss regulirt und verändert werden kann. Endlich wäre noch zu bemerken, dass der etwa an den Walzen hängengebliebene, zerriebene Samen durch Abstreifer p entfernt wird, die man mittelst Gewichten q gehörig gegen den Walzenumfang drückt. Fig. 257 zeigt in $^1/_{32}$ wahrer Grösse ein Paar (von 8 überhaupt vor-

1) Eine mir direct von H. Egells zugegangene Nachricht giebt 10 Umläufe pro Minute an.

2) Specielles über derartige Fahrstühle findet sich oben S. 135.

handenen Paaren) Dampfwärmepfannen, wovon jede 3 Fuss $6^1/_4$ Zoll lichten Durchmesser und 5 Zoll Höhe hat. In jeder derselben bewegt sich ein Rührer *a*, der an der Verticalwelle *b* befestigt ist, welche pro Minute 22 Umdre-

Fig. 257.

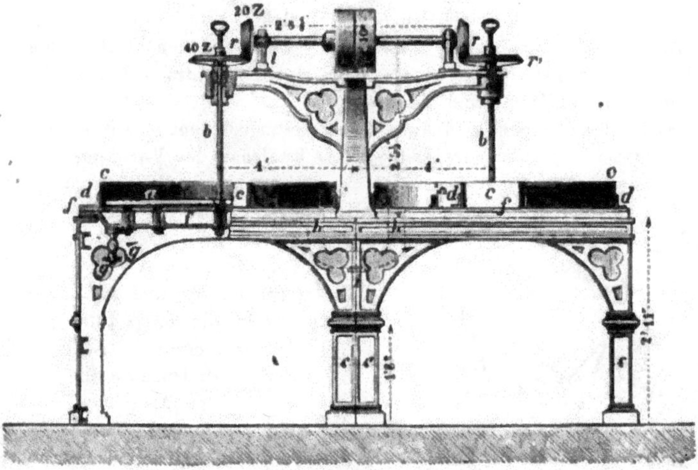

hungen macht. Die Bewegung der Rührerwelle *b* wird durch conische Räder *r* und *r'* von beziehungsweise 40 und 20 Zähnen, sowie durch Riemen bewirkt, deren active Scheiben sich auf der Welle w^3 (Fig. 254) befinden.

Der Pfannenrand *c* besteht aus Eisenblech, welches mittelst Winkeleisen *d* auf der oberen Fläche der gusseisernen, hohlen Tischplatte *f* gehörig befestigt ist. Der frische Dampf wird von unten in einem mit Hahn *g* versehenen Rohre zugeführt, während man dem condensirten Wasser in einem ähnlichen Rohre *h* mit Hahn *i* den Abfluss gestattet.

Fig. 258 zeigt eine der hydraulischen Vorpressen in $^1/_{32}$ der wahren Grösse, wovon jede mit 800000 Pfund Druck arbeiten soll. Wie aus Fig. 259 erhellt, haben die fünf vorhandenen Pressbleche *a*, zwischen welchen der auszupressende Samen in Tüchern placirt wird, die Trapezform und zufolge der eingeschriebenen Maasse eine Pressfläche von 294 Quadratzoll, so dass jeder Quadratzoll einen Druck von 2721 Pfund, d. i. von circa 181 Atmosphären erfährt[1]).

Dabei hat der gusseiserne Presskolben *b* einen Durchmesser von $11^5/_8$ Zoll bei $5^1/_2$ Zoll Wanddicke des zugehörigen Cylinders. Die Einflussöffnung des Injectionswassers in letzterem ist in Fig. 258 mit *d* bezeichnet.

1) Es ist nämlich die Pressfläche $= \left(\frac{10,50 + 7,75}{2}\right) . 32,25 = 294,28$ Quadratzoll, daher der Druck pr. Flächeneinheit: $\frac{800000}{294} = 2721$ Pfund, d. i. circa $\frac{2721}{15} = 181$ Atmosphären.

Die Fortsetzung *e* des Presskolbens *b* ist mit einem Kreuzkopfe oder Querhaupte *f* ausgestattet, durch welches auf die Pressbleche *a* gewirkt wird. Letztere können ohne ein weiteres Hinderniss, als die zwischen ihnen befindlichen Oelsamenpackete aufsteigen, werden aber beim Herabgehen an dem zu tiefen Sinken durch Ansätze *g g* verhindert, auf welche sie sich beim Niedergehen der Presskolben auflegen.

Fig. 258.

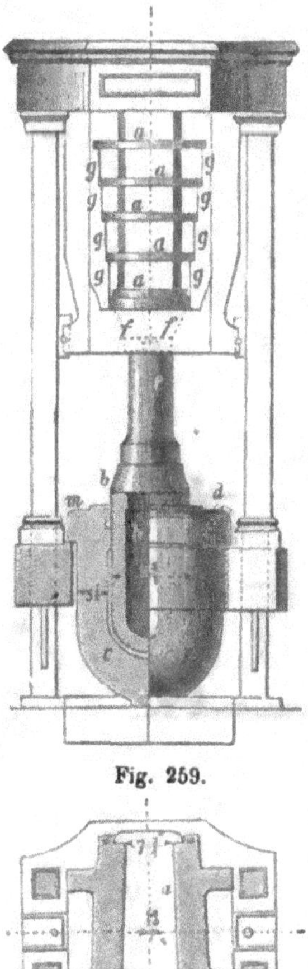

Der Abfluss des Oeles von den Pressblechen wird durch Tuchstreifen bewirkt, die einerseits mit den Blechen, andererseits mit einem Kasten correspondiren, den man bei *m* auf die Presscylinder stellt.

Die Pressen für das Nachgut sind der Gestalt nach den vorbeschriebenen durchaus ähnlich [1]), jedoch den Dimensionen nach verschieden. So hat der Presskolben 10 Zoll Durchmesser, der zugehörige gusseiserne Cylinder 6 Zoll Wanddicke. Ferner sind 10 Pressbleche (für 10 dazwischen zu bringende Oelsamenpackete) vorhanden, deren jedes etwa 150 Quadratzoll [2]) Pressfläche hat, so dass die Flächeneinheit also einen Druck von 5333 Pfund oder von 355 Atmosphären erfährt.

Fig. 259.

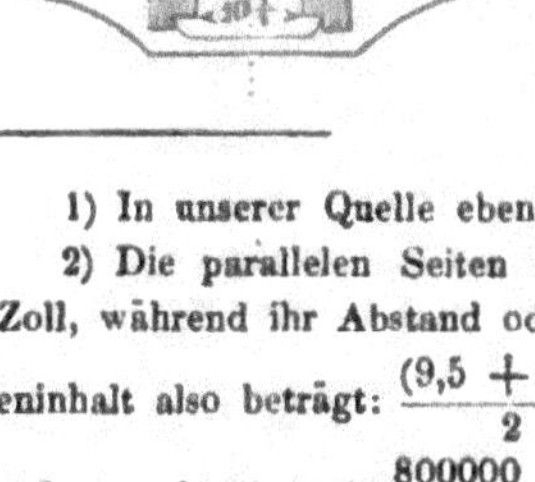

Es verbleibt uns nunmehr noch die Besprechung der zum Betriebe der hydraulischen Pressen erforderlichen Injectionspumpen übrig, deren Oerter in der Fig. 253 mit den Buchstaben *B B* bezeichnet sind. Wie aus Fig. 253 erhellt, sind zwei Satz solcher Pumpen vorhanden, wobei in jedem zugehörigen Wasserkasten acht Stück Pumpen in zwei Reihen zu je vier aufgestellt sind. Eine solche Pumpenreihe darstellend sind die Fig. 260 und 261 gezeichnet, und zwar in $^1/_{16}$ der wahren Grösse. Wie die Zeichnung erkennen lässt, sind vier Pumpen *a a* und *b b* in einer Reihe zu beiden Seiten der Drehaxe *d* eines Balanciers *c c* symmetrisch aufgestellt und ihre Kolben durch

1) In unserer Quelle ebenfalls schön gezeichnet vorhanden.

2) Die parallelen Seiten der Trapezfläche messen beziehungsweise $9\frac{1}{2}$ und 7 Zoll, während ihr Abstand oder die Länge der Druckfläche $18\frac{1}{4}$ Zoll, ihr Flächeninhalt also beträgt: $\frac{(9,5 + 7,0)}{2} \, . \, 18,25 = 150,56$ Quadratzoll. Demnach der Druck pro Quadratzoll $\frac{800000}{150} = 5333$ Pfund oder $\frac{5333}{15} = 355$ Atmosphären.

Lenkstangen *e* mit demselben verbunden. Als Träger des Balanciers dient eine kräftige gusseiserne Säule *f*, die auf einer Zwischenwand *g* des Pumpenkastens

Fig. 260.

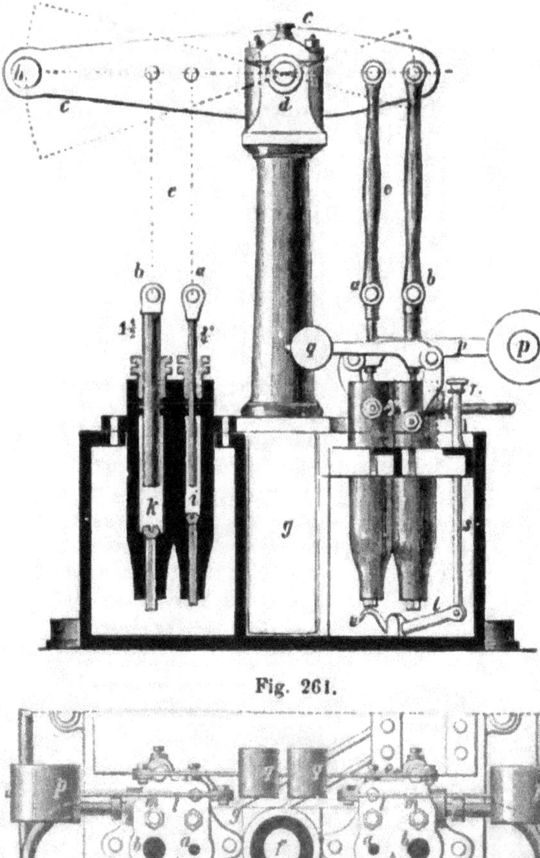

Fig. 261.

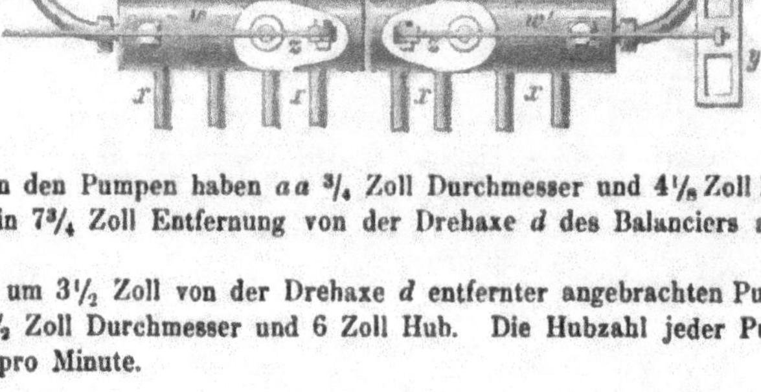

ruht. Von den Pumpen haben *aa* $^3/_4$ Zoll Durchmesser und $4^1/_8$ Zoll Hub, wobei jede in $7^3/_4$ Zoll Entfernung von der Drehaxe *d* des Balanciers aufgehangen ist.

Die um $3^1/_2$ Zoll von der Drehaxe *d* entfernter angebrachten Pumpen *bb* haben $1^1/_2$ Zoll Durchmesser und 6 Zoll Hub. Die Hubzahl jeder Pumpe beträgt 45 pro Minute.

Das äusserste freie Ende *h* des Balanciers hat zwölf Zoll Hub und wird mittelst Lenkstangen und Kurbel bewegt, wovon sich letztere an einer Vorgelegswelle befindet, die ihre Umdrehung von der Welle W'' (Fig. 254) empfängt.

Jede Pumpe ist am Boden ihres Stiefels mit einem Saugventile (beziehungsweise *i* und *k*) versehen und ebenso, in einem neben der Pumpe befindlichen Gehäuse *lm*, mit den zugehörigen Steig- oder Druckventilen ausgestattet. Ausserdem ist für jede Pumpe ein Sicherheitsventil vorhanden, welches durch Hebel mit Gewichtsbelastung bis zu einem bestimmten Wasserdrucke geschlossen gehalten wird. In unseren Abbildungen bezeichnen die Buchstaben *pp* die zu den Pumpen *aa* gehörigen Hebel und Gewichte, während die der Pumpen *bb* mit *qq* bezeichnet sind.

Um die Pumpen jederzeit rasch ausser Wirksamkeit setzen zu können, ist am Boden des Wasserkastens ein Hebel *ut* so angebracht, dass man nur eine damit verbundene Zugstange *rs* niederzudrücken braucht, um das betreffende Ventil zu erheben und damit das Wassersaugen zu verhindern.

Bei der Arbeit mit den Pumpen gelangt das von jedem Paare geförderte Wasser durch ein gebogenes Rohr *v* in den Sammel- und Vertheilungsbehälter *ww'*, aus welchem Röhren *xx* das Wasser nach den Cylindern der hydraulischen Pressen führen. Jeder der Behälter *w* und *w'* ist ebenfalls mit einem Sicherheitsventile *z* versehen.

Als Ergänzung der vorbeschriebenen Saugventilanordnung dienen die Fig. 262 bis 266 (in $^1/_8$ wahrer Grösse) dargestellten Constructionen, wobei das Saugventil, ohne Hülfe der Menschenhand, selbstthätig erhoben, die Injectionspumpe also wirkungslos gemacht wird, sobald die Pressung einen bestimmten Höhengrad erreicht hat [1]).

Selbstverständlich ist *a* der Kolben einer der Injectionspumpen, *b* das Saug- und *c* das Druckventil, *d* die zur hydraulischen Presse führende Druckröhre, *p* ein kleiner Kolben (als Sicherheitsventil), der einen, mit den Druckwasserröhren communicirenden Canal *n* verschliesst und mit seinem unteren Ende auf dem Hebel *lkm* ruht. Letzterer ist mit einem, dem höchsten Drucke in der Presse proportionalen Gewichte *q* belastet. Wie aus der Fig. 263 erhellt, hat man den mittleren Theil *r* des Hebels *klm* kropf- oder gabelförmig gestaltet, damit derselbe das Saugrohr *e* umgeben kann und es möglich wird, den Hebel durch ein Gehänge *ihg* mit einem Stängelchen *f* zu verbinden, was im Innern der Saugröhre *e* aufsteigt und gleichsam eine axielle Fortsetzung des Ventils *b* bildet.

Hat man nun Hebel *lm* und Belastungsgewicht *q* derartig abgemessen, dass bei Erreichung einer bestimmten Pressung der Wasserdruck den Stempel *p* niederwärts zu schieben im Stande ist, so gehen gleichzeitig die Warzen oder Bolzen *ii* an der Kropfstelle *r* des Hebels in die Höhe, mit ihnen das Gehänge *h* nebst dem Stege *g*, auf welchem letzteren das Ventilstängelchen *f* ruht, was ein Erheben des Ventils *b* und das Ausserwirksamkeitsetzen der Pumpen zur Folge hat.

Es versteht sich von selbst, dass diese Anordnung bei jeder der überhaupt

---

1) Zeichnungen für die Hütte, Jahrg. 1860, Tafel 22 b.

vorhandenen Injectionspumpen angebracht werden kann und die Grösse der jedesmaligen Hebelbelastung sich so bemessen lässt, dass das Saugventil der Pumpe von grösstem Kolbendurchmesser zuerst erhoben wird, sodann bei zunehmendem Drucke die Auslösung der nächst kleineren Pumpe folgt u. s. w. [1]).

So sinnreich aber auch diese Selbstregulirung genannt zu werden verdient, so hat sie dennoch den Uebelstand, dass der grösste Druck in der Presse nur für einen Moment erreicht wird, während die Natur des Oelsamens es wünschenswerth macht, dass derselbe noch während einer gewissen Dauer dem höchst zulässigen Drucke ausgesetzt bleibt, um so viel Oel wie nur möglich herauszuziehen.

Eine Anordnung, welche frei von dem bemerkten Uebel ist, die Presse

Fig. 262.

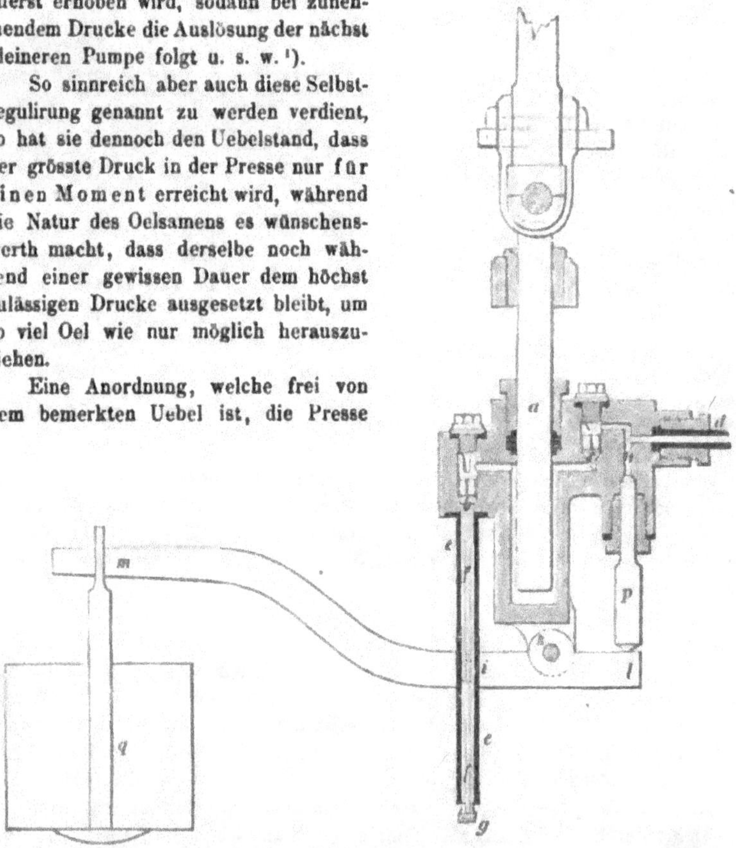

Fig. 263.

beliebig lange unter dem höchsten Drucke erhält und selbst die Pumpe von Neuem einrückt, stellen die Fig. 265 und 266 dar [2]).

Das Hauptsächlichste dieser Construction besteht darin, ein besonderes Rohr *r* neben

1) Eine andere, durch grosse Einfachheit ausgezeichnete Presspumpe mit selbstthätiger Ausrückung hat der Ingenieur Herr Fischer angegeben, welche in den Mittheilungen des Gewerbevereins für das Königreich Hannover, Jahrg. 1863, S. 273 etc. beschrieben und durch beigegebene Abbildungen erläutert ist.

2) Zeitschrift des Vereins deutscher Ingenieure, Bd. 8, Jahrg. 1864, S. 222.

der Pumpe anzubringen oder zwischen zwei vorhandenen Pumpen (in unserem Beispiele mit Kolben von verschiedenen Durchmessern) einzuschalten, welches mit dem (gemeinsamen) Druckrohre durch einen Stutzen *h* communicirt und in welchem Rohre sich ein gehörig dichtender Kolben *g* (Fig. 266), der sogenannte Regulatorkolben, auf- und abschieben lässt. Dieser Kolben steigt mit zunehmendem Drucke fortwährend und rückt dadurch endlich die Pumpen aus.

Fig. 264.

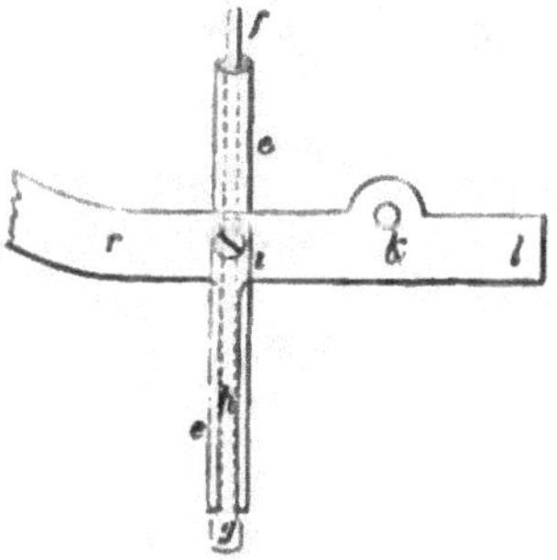

Fig. 265.

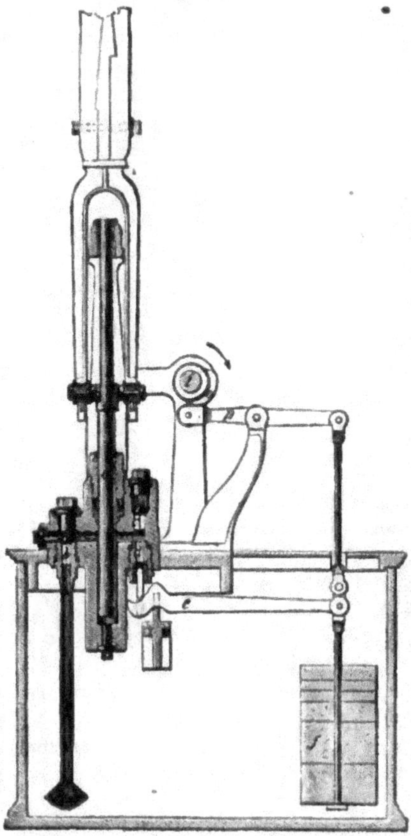

Während dies erfolgt und unmittelbar nach dem Ausrücken, wird das Oelgut in der Presse durch den andauernden Beharrungszustand des Maximaldruckes noch etwas zusammengedrückt, es wird noch Oel gewonnen, weshalb sich also auch noch Raum findet, um Wasser nach dem Presscylinder treten zu lassen, was ein Sinken des Regulatorkolbens und möglicher Weise ein Widereinrücken des Saugventiles und beliebig langes Erhalten der Presse unter dem höchsten Drucke zur Folge haben kann.

Fig. 265 zeigt eine der beiden vorhandenen Injectionspumpen, wobei *a* der betreffende Kolben ist, *b* das Saugventil, *c* das Steig- oder Druckventil, *d* das Sicherheitsventil und *f* das an dessen Hebel *e* aufgehangene Gewicht, welches dem höchsten Drucke entspricht, den man in der Presse hervorzubringen beabsichtigt. Ferner bezeichnet in Fig. 265 und 266 *i* eine Welle, auf welcher mehrere Excentriks, ähnlich wie *o*, sowie ein Kreisquadrant *l* befestigt ist. Ueber letzteren hat man eine Kette *k* geschlagen und deren eines Ende an einer Oese neben *l*, das andere Ende aber oben an einem Haken *h'* der Regulatorkolbenstange *g* aufgehangen. Beim Aufwärtssteigen des Kolbens *g*, also beim wachsenden Drucke in der Presse, wird daher der Quadrant *l* und mit ihm die Welle *i* von rechts nach links gedreht. Dabei wird zugleich vom Excentrik *o* (Fig. 265) ein Hebelarm *p* niedergedrückt, das Gewicht *f* in die Höhe gehoben und damit das Sicherheitsventil *d* geöffnet.

Fig. 266.

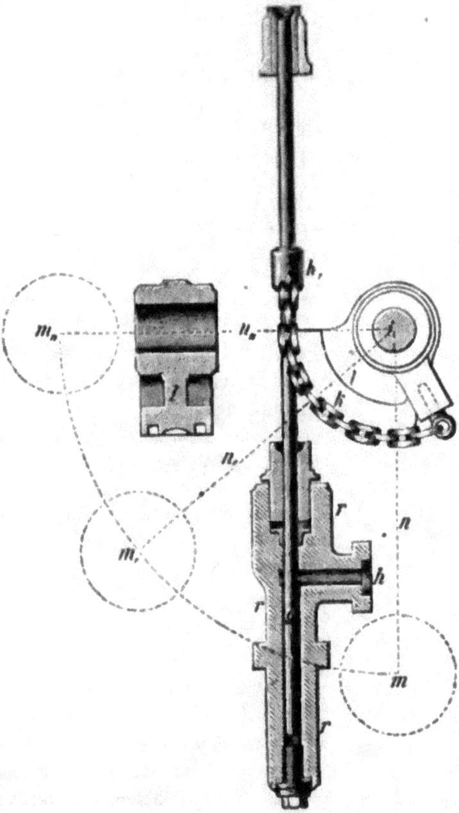

Für jeden der vorhandenen Injections-Pumpenkolben ist ein besonderes Excentrik *o* auf der Welle *i* befestigt. Dabei ist dasjenige für den grössten Kolben so gestellt, dass es, wenn das Gewicht *m* die Stellung *m'* erreicht hat, die Ausrückung des zum grossen Kolben gehörigen Sicherheitsventils bewirkt, wogegen das für den kleineren Pumpenkolben ausgerückt wird, wenn der Hebel die horizontale Lage angenommen hat, welche in Fig. 266 durch die punktirte Linie *m''n''* angedeutet ist.

Wir wenden uns nun zu derjenigen Gattung von Verticalpressen, wobei die Oelkuchen entweder eine kreisrunde oder quadratische Gestalt erhalten.

Fig. 267 zeigt im senkrechten Durchschnitte ($^1/_{12}$ wahrer Grösse) eine Vorpresse, welche für runde Kuchen bestimmt ist, wie sie die Voigtländer'sche Maschinenfabrik (an der Braunschweig-Harzburger Eisenbahn) liefert. Der gusseiserne Presscylinder *a* ist durch drei eingelegte, schmiedeeiserne Stangen *b* mit dem gusseisernen Helme *c* in bekannter Weise verbunden, mit letzterem jedoch der cylindrische Stempel *d* aus einem Stücke gegossen. Der unterste, verstärkte und gut abgedrehte Theil *e* desselben (von kreisförmigem Querschnitte) passt genau in die Höhlung eines messingenen, cylindrischen Rohrstückes *f*, welches mit sehr vielen Löchern versehen ist, um dem Oele den Ausfluss zu gestatten, und welches deshalb auch Sieb, Siebtopf oder Seihe genannt wird. Zwischen den Löcherreihen sind zur Verstärkung des Siebes schmiedeeiserne Ringe umbunden, und das Ganze äusserlich noch von einem Blechmantel *h* umgeben, um jedes Verspritzen von Oel zu vermeiden, vielmehr dasselbe zu veranlassen, in die eingedrehte Rinne *i* der Pressplatte zu laufen, aus welcher dasselbe mittelst eines Rohres abgeführt werden kann. *m* ist der sogenannte Vortisch (besser noch in der nachher folgenden Fig. 269 im Grundrisse sichtbar), auf welchem zum Füllen und Entleeren der Siebcylinder *f*

Fig. 267.

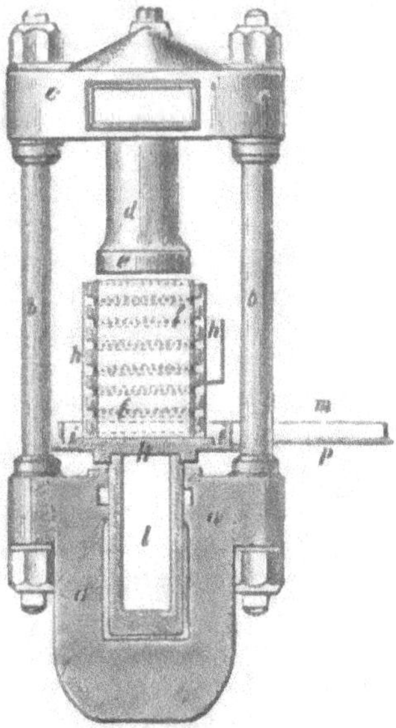

Fig. 268.

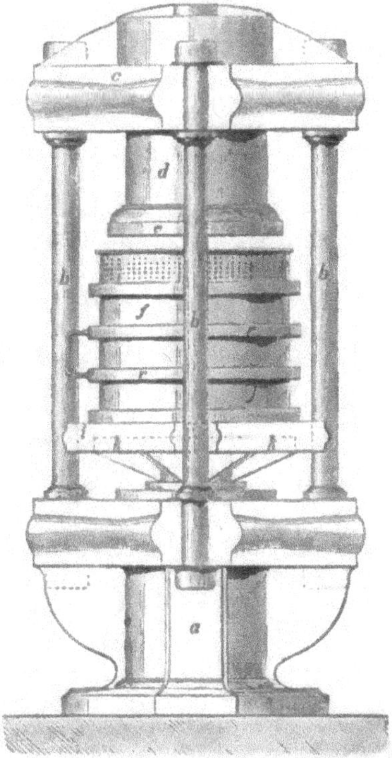

herausgezogen wird und zu welchem letzteren Zwecke (dem Entleeren) die Tischplatte mit einer kreisförmigen Oeffnung *p* versehen ist, die einen etwas grösseren Durchmesser wie die Oelkuchen hat, um deren möglichst rasches Entfernen bewirken zu können, ohne dass dabei der ganze Siebcylinder *f* mit herabfällt.

Die ausgebildetste Art derartiger Sieh-Topfpressen dürfte zur Zeit die sein, welche, nach dem Vorgange von H. Thywissen in Neuss, die Maschinenfabrik des Herrn P. Fasshender bei der Michelbacher Hütte (unweit Nassau-Dietz) liefert.

Die Fig. 268 ($^1/_{24}$ wahrer Grösse) und 269 zeigen Auf- und Grundriss einer solchen Fasshender'schen Vorpresse [1]) von 30 Centimeter Durchmesser des Kolbens und 24 Centimeter Hub, wohei überall gleiche Theile mit densel-

1) Durch ein Versehen des Xylographen wurde Fig. 269 nach kleinerem Maassstabe, nämlich $^1/_{30}$ wahrer Grösse angefertigt.

ben Buchstaben bezeichnet sind, wie in Fig. 268. Die Theile *t* und *u* gehören zu den erforderlichen Röhren zwischen Injectionspumpen und Pressen, deren Orte im ganzen Systeme aus der Grundrissfigur 269 entnommen werden können.

Fig. 269.

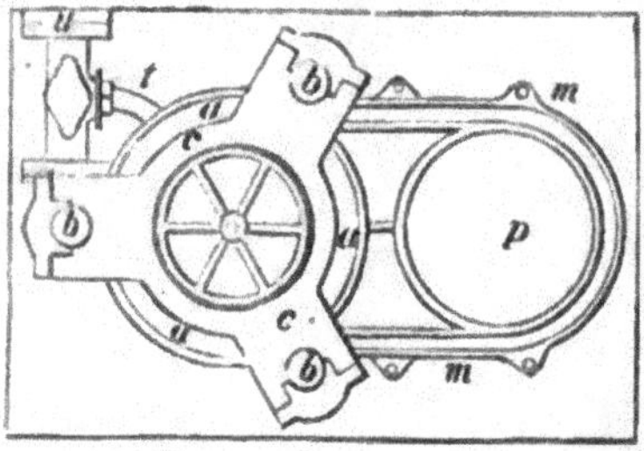

Das zu diesen Fassbender'schen Verticalpressen gehörige gusseiserne Sieb *f* ist Fig. 270 in vergrössertem Maassstabe und im Durchschnitte gezeichnet, hat überall kreisförmigen Querschnitt, 45 Centimeter Durchmesser im Lichten bei 51 Centimeter Höhe und 2,4 Centimeter Wanddicke. Auf dem Mantel dieses Cylinders sind zur Verstärkung 4 (oder 5) schmiedeeiserne Ringe *rr* aufgezogen, deren jeder 23 Millimeter Höhe und 27 Millimeter Dicke hat. Zwischen je zweien dieser Ringe sind über einander 5 Reihen Löcher gebohrt, um dem Oel gehörigen Ausfluss zu gestatten, deren jedes 5 Millimeter äusseren und 1 Millimeter inneren Durchmesser hat, während die Entfernung der Löcher, von Mitte zu Mitte am äusseren Mantel gemessen, 15 Millimeter beträgt.

Fig. 270.

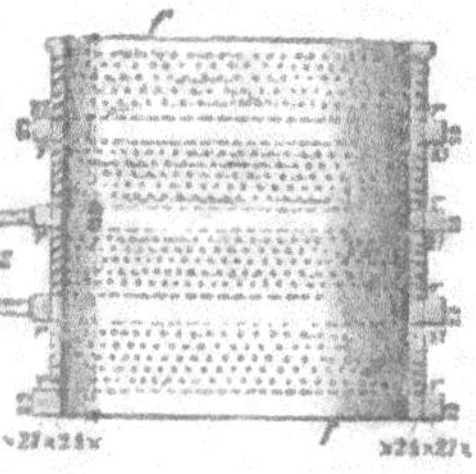

Zur Aufnahme des zu pressenden Samens dienen Säcke aus Schafwolle von der Gestalt Fig. 272 im Verticaldurchschnitte und Fig. 271 im Grundrisse. Der Untertheil *αβ* eines solchen Sackes bildet einen vertieften Teller *αα* mit etwas steifem, vertical stehendem Rande *ββ*, während die Fortsetzungen *γγ* vier Klappen bilden, die nach dem Einbringen der Saat so über einander gelegt werden, wie es die Grundrissfigur 271 erkennen lässt [1]).

Fig. 271.

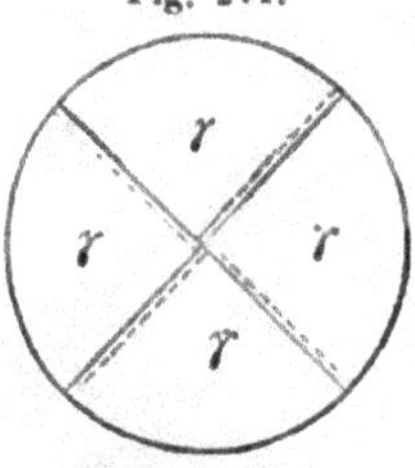

Fig. 272.

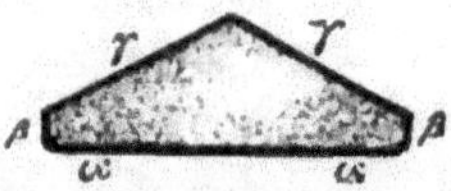

Beim Bilden des sogenannten Einsatzes, d. h. beim Einbringen der gefüllten Säcke in den Siebtopf *f*, legt man zwischen je zwei Säcke eine ebenfalls kreisförmige Blechplatte (ohne Löcher) von 6 Millimeter Dicke und füllt überhaupt den ganzen Topf voll, worin gewöhnlich

1) Scholl, in seinem Werke über Oelmühlen, rühmt S. 135 (§. 266) die Verwendung von Presstüchern, deren Zipfel *γγ* den Kuchen nicht ganz zudecken, letzteres vielmehr durch die darüber gedeckte Blechplatte geschieht. Hierdurch sollen zwei Vortheile erreicht werden, indem erstens die Kuchentücher kleiner sein dürfen, und zweitens diese auch nicht so sehr leiden, da das Uebereinanderlegen der Zipfel wegfällt, keine Falten und Ungleichheiten gebildet werden und endlich auch die Packung überall einerlei Dicke erhält.

5 bis 6 runde Kuchen Platz finden und das Gewicht der Oelsamenmasse 1 Centner bis 1 Centner 25 Pfund beträgt. Der ganze Einsatz von 51 Millimeter Höhe wird unter einem Drucke von nicht mehr als 150 Atmosphären [1]) auf 21, beziehungsweise 24 Centimeter Dicke zusammengepresst.

Als Nachpressen (zum Fertigpressen) verwendet Fassbender nur hydraulische Pressen mit horizontalliegendem Kolben, worauf wir im folgenden Paragraphen zurückkommen werden.

In der Maschinenfabrik von A. Wewer in Barmen baut man ähnliche hydraulische Oelpressen, wie die soeben besprochenen mit cylindrischen Siebtöpfen, jedoch mit doppeltem Vortische *m* und *m'* Fig. 273 (in $^1/_{30}$ wahrer Grösse gezeichnet) wobei man die Stelle *p'* zum Füllen und die Stelle *p* zum Entleeren benutzt, wodurch Zeitgewinn und Bequemlichkeit herbeigeführt wird.

Fig. 273.

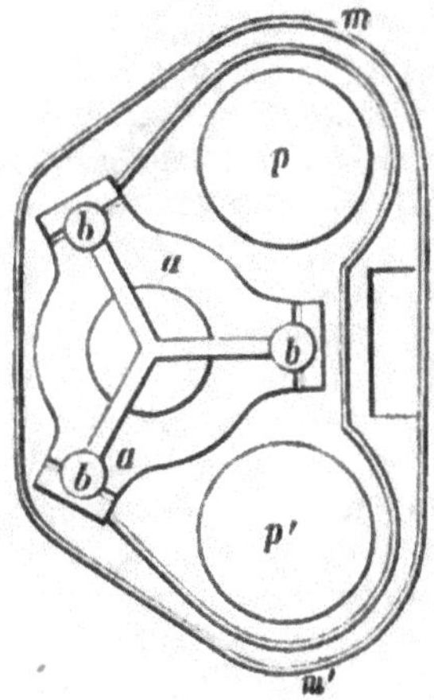

Eine verticale, hydraulische Siebtopfpresse, gewöhnlich zur Nachpresse für den Fall bestimmt, wo man quadratische Oelkuchen zu haben wünscht, wie dies vorzugsweise im Königreiche Hannover und Herzogthume Braunschweig der Fall ist, stellen Fig. 274, 275 und 276 in $^1/_{32}$ wahrer Grösse dar [2]).

Wie sofort erkannt wird, ist hierbei die Pressplatte auf dem Scheitel des Arbeitskolbens zu einem topfförmigen Gefässe *b* gestaltet, von welchem der Siebtopf *a* aufgenommen wird.

Letzterer wird von zwei Seiten durch ausgehöhlte Keile *ee* im Presstopfraume *b* festgehalten, die nach oben hin mit Oefen *d* zum Herausziehen versehen sind. Der ebenfalls im Querschnitte quadratische Pressstempel *m* bleibt auch hier während des Aufsteigens des Kolbens und Siebtopfes unbeweglich, ist jedoch oben am Holme *g* in winkelförmigen Bahnen *h* aufgehangen. Letztere setzen sich (wie Fig. 275 erkennen lässt) nach aussen fort und dienen als Träger des Stempels *m*, wenn derselbe nach vollendeter Pressung

---

1) Fassbender hält einen Druck von 150 Atmosphären ebenso vortheilhaft für ein Maximum von Ausbeute, wie für ein Minimum von Abnutzung. Offenbar wird zu sehr gesteigerter Druck, zufolge der natürlichen Elasticität des Samens, niemals in unveränderter Stärke bis ins Innere der Kuchen fortgepflanzt, was der Thatsache entspricht, dass durch Druck das Oel aus Samen niemals vollständig ausgepresst werden kann.

2) Soweit der Verfasser in Erfahrung bringen konnte, haben diese in England unter dem Namen „Robinson und Cotham hydraulische Patentpressen" (Specification Nr. 670 von 1858) bekannten Oelpressen in Deutschland zuerst die Maschinenfabrikanten Luther und Peters in Wolfenbüttel gebaut. Später mit gleichem Erfolge die Etablissements von G. Egestorff in Hannover und das Eisenwerk in Lüneburg.

Fig. 274.

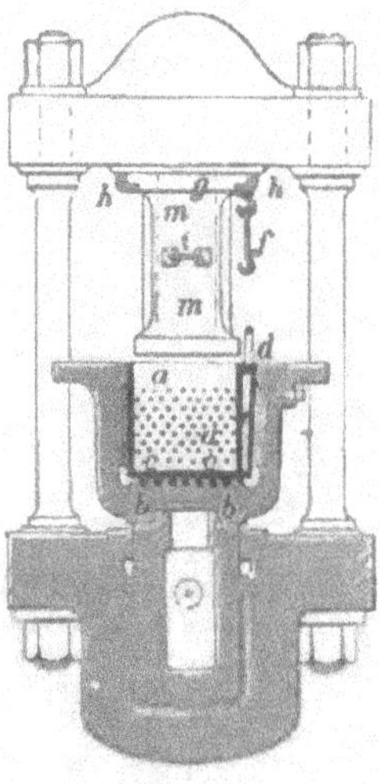

Fig. 275.

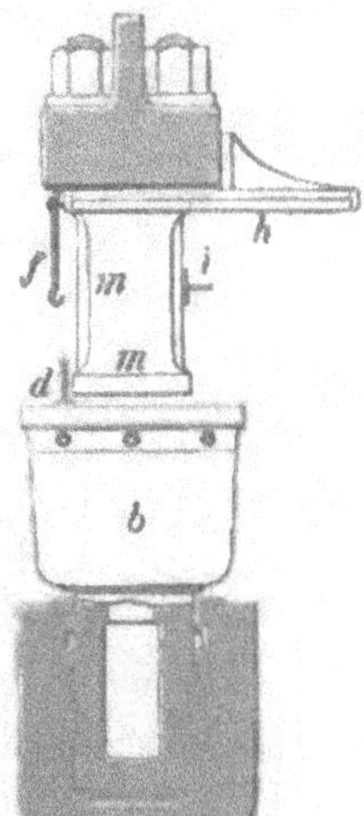

Fig. 276.

von seinem Platze über dem Siebtopfe *b* entfernt werden muss. Zum geeigneten Anfassen beim Herausfahren hat man den Stempel *m* mit einem Handgriffe *i* versehen.

Die vier inneren Wände und der Boden des Presstopfgefässes *b* sind mit vertieften Rillen und auch jeder der Keile *ee* mit ähnlichen Nuthen und Vorsprüngen versehen, um dem Oele überall gehörigen Ausfluss gestatten zu können.

Beim Bilden des Presseinsatzes im Siebtopfe *a* legt man zuerst als Bodenplatte über die Rillen der Horizontalfläche im Presstopfe *b* eine quadratische und durchlöcherte Blechscheibe ein, fügt sodann das erste Packet der in ein Wolltuch von quadratischer Form eingewickelten Saat hinzu, legt auf letzteres eine nicht durchlochte quadratische Eisenplatte, bringt auf diese den nächsten mit Saat gefüllten Wollsack, bedeckt diesen ebenfalls mit einer Eisenblechplatte und fährt so fort, bis der ganze Siebtopf gefüllt ist.

Wie sodann beim Aufsteigen des Presskolbens nebst den damit verbundenen Theilen *abc* und nachdem vorher der Stempel *m* in die entsprechende Stellung über dem Siebtopf *a* gebracht wurde, das Heraustreiben des Oeles erfolgt, bedarf keiner weiteren Erörterung.

Hat sich der Presskolben zu der Höhe erhoben, welche dem vollendeten Pressprocesse entspricht, so trägt man Sorge, dass ein am Holme *g* angebrachter Haken *f* in die Oese *d* des einen Keiles *e* fasst, wodurch beim selbstthätigen Niedergange des Kolbens das Herausziehen des Keiles und somit das Lösen des vorher sehr angespannten Pressortes veranlasst wird.

Pressen für quadratische Kuchen arbeiten in der zwar kleinen, aber dennoch sehr rationell betriebenen Oelfabrik des Herrn Capelle in der Residenzstadt Hannover mit besonderem Erfolge, und zwar beide zugleich als Vor- und Nachpressen.

Bei jeder derselben haben die grossen Kolben 12 Zoll engl. Durchmesser, die sie umgebenden Presscylinder 24 Zoll Durchmesser, bei $5\frac{1}{2}$ Zoll Wandstärke und $6\frac{1}{4}$ Zoll Bodendicke. Das statt der Pressplatte auf den Kolben gesetzte Gefäss *b* hat ebenfalls quadratischen Querschnitt von 21 Zoll Seitenlänge (ausserhalb gemessen), während der Siebtopf *a* 12 Zoll im Quadrat und ebenfalls 12 Zoll Tiefe hat. In der Regel wird der Topf *a* mit vier Oelsamenpacketen ausgefüllt und beim Vorpressen zwei Wollsäcke auf die Bodenplatte gelegt, ehe man eine Blechplatte dazwischen bringt, wogegen man beim Nachpressen jeden einzelnen Wollsack mit einem Pressbleche belegt. Auch hier wird Klage über das schnelle Abnutzen der Wolltücher zum Bilden der Samenpackete geführt, da man jedes Tuch (aus Schafwollgewebe) [1]) mit 1 Thaler 5 Silbergroschen bezahlen muss.

Um auch über die Disposition einer kleinen Oelfabrik Kenntniss zu erlangen, folgt hier Fig. 277 der Aufriss und Fig. 278 der Grundriss der erwähnten Capelle'schen (von G. Egestorff in Linden vor Hannover eingerichteten) Oelfabrik. Dabei ist *a* eine sechspferdige, feststehende Dampfmaschine, wozu *b* als Bockgerüst gehört und *c* das Schwungrad bezeichnet, welches pro Minute 50 Umläufe macht.

Von der Schwungradwelle aus pflanzt ein Riemenvorgelege *ef* die Bewegung auf die Injectionspumpen *dd* derartig fort, dass die Kurbelwelle 30 mal

Fig. 277.

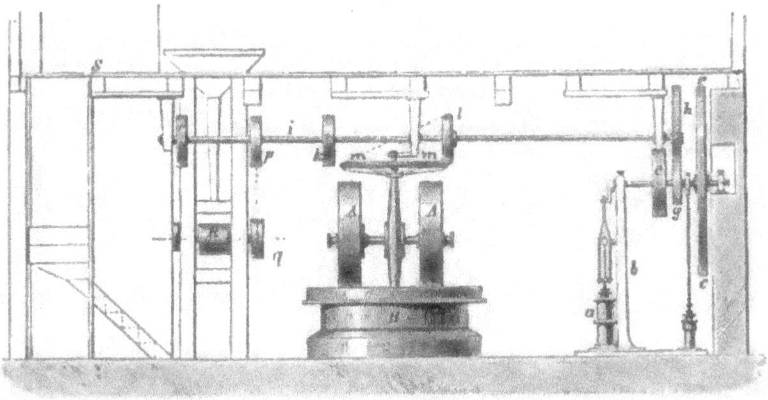

pro Minute umläuft. Der Kolbenhub beträgt 5 Zoll, der Durchmesser der kleinen Kolben 1 Zoll, der der grösseren Injectionspumpe $1\frac{3}{4}$ Zoll. Der grösste Druck im kleinen Cylinder beträgt circa 3900 Pfund pro Quadratzoll, der im grösseren Cylinder circa 1000 Pfund pro Quadratzoll englisch. Ein Zahnradvorgelege *gh* trägt die Bewegung auf eine durch das ganze Parterregebäude unter der Decke fortgeführte Welle *i* über, von welcher zunächst unter Einschaltung eines Kegelradvorgeleges *lm* die stehende Welle *M* der Kollersteine *AA* so bewegt wird, dass diese 9 Umgänge pro Minute machen.

Jeder der Steine *A* hat 5 Fuss (engl.) Durchmesser und 14 Zoll Breite, während der unbewegliche Heerd *B* einen Durchmesser von $7\frac{1}{2}$ Fuss hat.

Ein Riemenvorgelege *kn* pflanzt die Bewegung auf die ebenfalls unter der Decke des Parterreraumes und über dem Formtische (zum Einpacken des Samens in die Wolltücher) *D* gelagerte, horizontalliegende Welle *E* fort, von wo

1) Gewebe aus Pferdehaaren haben sich hier weniger bewährt.

aus die Bewegung durch gleiche Kegelradpaare auf die stehende Welle N der Rührer übergeht, die pro Minute 30 Umläufe verrichten. Die durch Dampf geheizten cylindrischen Wärmepfannen C (Samenwärmer) von 24 Zoll Durchmesser im Lichten bei $13\frac{1}{2}$ Zoll grösster und $12\frac{1}{2}$ Zoll kleinster Tiefe (dem gewölbten Boden entsprechend) sind übrigens von ganz gleicher Construction, wie die S. 277 beschriebenen und Fig. 245 und 246 abgebildeten französischen Dampf-Samenwärmer.

Fig. 278.

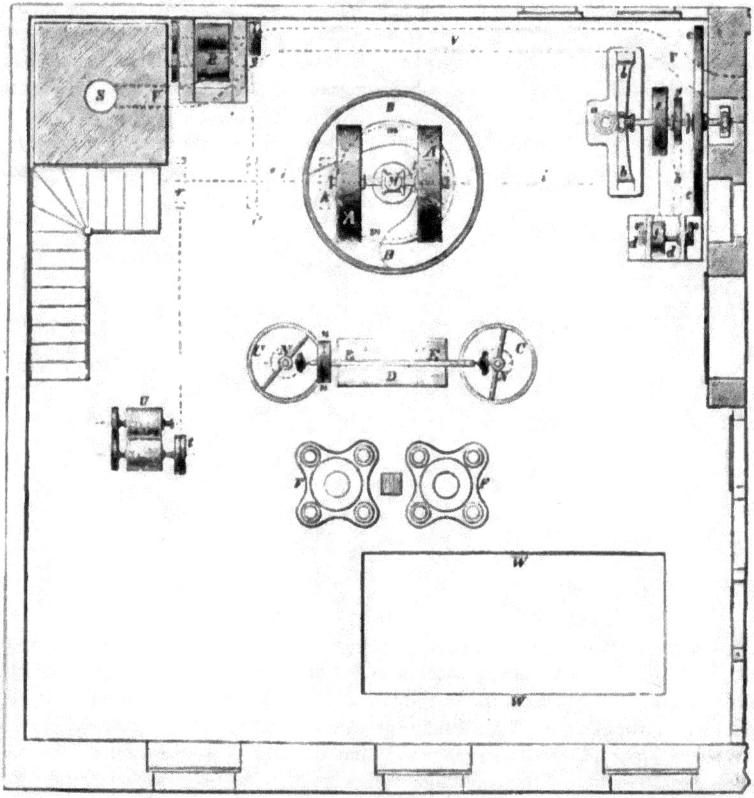

Ein Riemenscheibenvorgelege pq dient zur Umdrehung der Samenquetschwalze R (von ebenfalls bekannter Anordnung, ähnlich wie Fig. 255, jedoch mit Walzen von $11\frac{15}{16}$ Zoll Durchmesser und 24 Zoll Länge, während die auf den Axen steckenden und zusammengreifenden Räder beziehungsweise 33 und 27 Zähne haben). Ein anderes Riemenvorgelege rt dient zur Bewegung eines Brechwalzwerkes U zum Zerkleinen der beim Vorschlage gewonnenen Kuchen.

Die Aufstellungsorte der beiden vorbeschriebenen Topfpressen sind durch die Buchstaben FF bezeichnet, das im Fussboden eingemauerte Reservoir zum Ansammeln des erhaltenen Oeles mit W, während die übrigen freien Räumlichkeiten zum Aufschichten vorräthiger Saat, gepresster und als Viehfutter gern gekaufter Kuchen u. s. w. dienen [1]).

In der Regel verarbeitet im Mittel die Capelle'sche Fabrik in 12½ bis 14 Stunden continuirlicher Arbeitszeit (alle Ruhezeiten und Pausen von der Gesammtzeit bereits abgezogen) 55, ja zuweilen 60 Himten (34 preuss. Scheffel) Raps zu Oel, wobei der Himten Saat durchschnittlich 42 Zollpfund (74 Zollpfund 1 preuss. Scheffel) wiegt, und woraus 14 bis 15½ Pfund, also 33⅓ bis 37⅐ Procent verkäufliches Oel gewonnen werden.

Aus Leinsaat von reichlich 40 Pfund Gewicht pro Himten (70½ Pfund der preuss. Scheffel) presst man in der Regel 10 bis 11 Pfund oder 25 bis 27½ Procent Leinöl.

Als Schlussstein der vorstehenden Mittheilungen über die Capelle'sche Oelfabrik fügen wir hier die folgenden Abbildungen Fig. 279 (Aufriss) und Fig. 280 (Grundriss) des vorerwähnten aus der G. Egestorff'schen Maschinenfabrik bezogenen Oelkuchenbrechwerkes bei, welches sich in jeder Beziehung bewährt hat. Das Ganze bildet ein Zahnwalzwerk $a\,a'$, wobei jede Walze 22 Zoll Länge und (ohne die Zahnhöhe) 8 Zoll Durchmesser, jeder Zahn 1⅞ Zoll Höhe sowie 1⅝ Zoll grösste und ¾ Zoll kleinste Dicke hat. Die Zahl der überhaupt auf jeder Walze befindlichen Zähne beträgt 32. Die Wellen $b\,b'$ in den Walzen sind vierkantig, jedes der Zahnräder d hat 9½ Zoll Theilrissdurchmesser, 1¼ Zoll Theilung und ist mit 24 Zähnen ausgestattet. Die betreffende Betriebsriemenscheibe ist auf die Verlängerung t der Welle b gekeilt und veranlasst letztere zu 32 Umläufen pr. Minute.

Fig. 279.

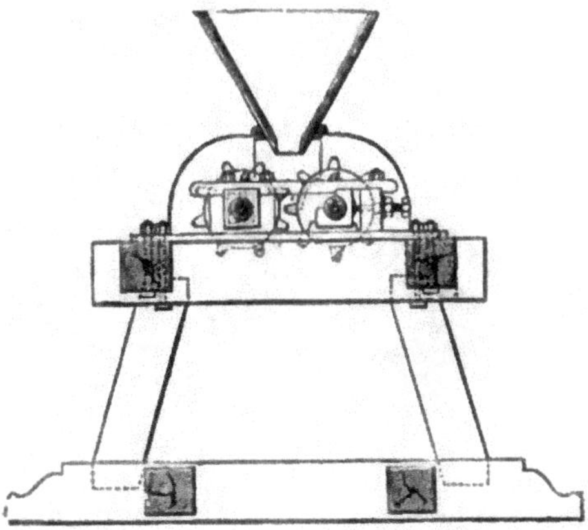

Fig. 280.

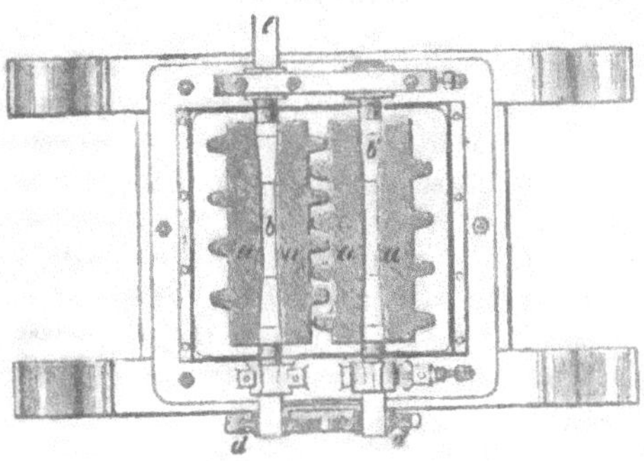

1) Die mit $V\,V$ bezeichneten punktirten Linien (Fig. 278) deuten einen (durch örtliche Umstände) gebotenen Canal an, welcher vom Dampfkesselofen ab zum Schornsteine S führt.

Neuerdings hat man es wieder mehrfach versucht, Raps, Lein, Mohn und ähnliche Saat ohne Anwendung von Tüchern auszupressen, scheint jedoch das erstrebte Ziel in rechter Weise noch nicht erreicht zu haben. In einer dem Verfasser bekannten Oelfabrik sucht man die gewöhnlichen Tücher durch sogenannte Fesca'sche Pressen zu umgehen, welche der Hauptsache nach von derselben Construction sind wie die bereits Seite 286 beschriebenen und Fig. 249 abgebildeten.

Wie Fig. 281 erkennen lässt, liegt auch bei diesen Pressen auf dem Presskolben *A* der mit Rillen versehene Tisch *aa*, der einen aus Stahlblech gefertigten kreisrunden Behälter *cc* (von circa 13 Zoll Durchmesser im Lichten, bei 3 Zoll Höhe) aufnimmt und auf welchen beim Bilden des Einsatzes eine durchlöcherte Stahlplatte *dd* gelegt wird, deren Löcher mit den Rillen der Tischplatte *aa* correspondiren. Auf die Stahlplatte *dd* bringt man ferner eine ebenfalls kreisförmige Filzplatte *e* und auf diese die auszupressende Saat. Sobald durch letztere der Behälter *c* (fast ganz) gefüllt ist, deckt man die Oberfläche durch eine zweite Filzplatte *e'*, die von einem schwachen, abgedrehten, aufgeschnittenen und sich federnden Ringe *rr* aus Winkeleisen überall umgeben wird, wodurch man einen guten Verschluss hervorbringt und das Herausdringen der Saat verhindert. In das Innere des Behälters *cc*, oder richtiger des vom Ringe *rr* gebildeten Kreises, passt der cylindrische Theil *m* des darüber folgenden Tisches *bb*, auf welchem sich die eben beschriebene ganz gleiche Anordnung wiederholt. Die einzelnen Tische *b* mit den darunter befindlichen Presskolben *m* erhalten ihre Führungen zwischen den Presssäulen und sind durch Kettenhaken oben am unbeweglichen Holme der Presse, ähnlich wie die Fig. 249 zeigt, aufgehangen.

Fig. 281.

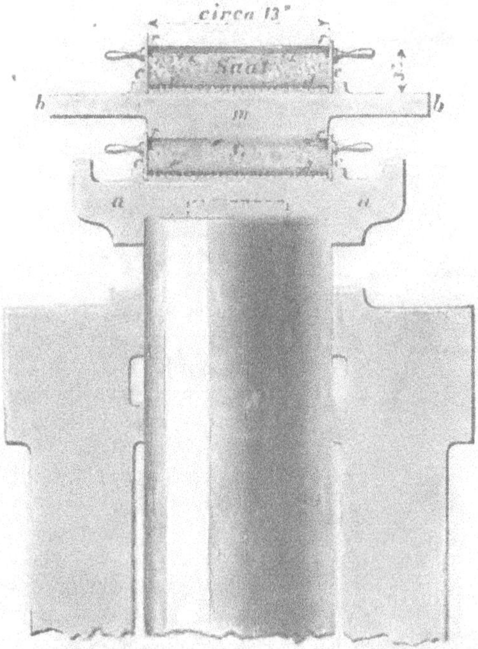

Wir schliessen hier den Abschnitt über Oelmühlen mit verticalen hydraulischen Nachpressen unter Beifügung von Specialitäten über die bereits Seite 289 angeführte Oelfabrik des Herrn Herz in Wittenberge (Kreis Westpriegnitz) als das zur Zeit grösste Etablissement seiner Art in Norddeutschland[1]).

Dies Werk ist, mit Ausnahme der hohen Festtage, Jahr aus Jahr ein, Tag und Nacht in Thätigkeit und verarbeitet täglich etwas über 800 Zollcentner Oelsaaten und zwar fast ausschliesslich Raps und Rübsen.

An Arbeitsmaschinen sind folgende vorhanden: 4 Paar Quetschwalzen (16 Zoll preuss. Durchmesser, 26 Zoll Länge, 75 Umgänge pro Minute), 11 Kollergänge und die erforderlichen durch Dampf geheizten Samenvorwärmer (Temperatur 95 Grad C.), 32 verticale hydraulische Pressen und zwar 16 Stück Vorpressen (Topfpressen mit runden Kuchen) und 16 Stück Nachpressen (trapez- und keilförmige Kuchen). Beide Gattungen Pressen haben gemeinsame Pumpenkasten mit je 8 Stück Injectionspumpen. Ausserdem sind zum Zerkleinen der Vorgutkuchen zwei Paar Zackwalzen vorhanden und überall werden die Saaten durch vom gangbaren Zeuge aus betriebene Schnecken und Elevatoren bewegt.

Die Presszeit beim Vorgute ist circa 15 Minuten, beim Nachgute circa 8 Minuten.

An Betriebsmaschinerie (Motoren) besitzt das Etablissement folgende:

1) Ein grosses verticales Wasserrad von 14 Fuss Durchmesser, 22 Fuss Schaufellänge und 3 Fuss Kropfhöhe bei 4 bis $4\frac{1}{2}$ Fuss Gefälle.

2) Zwei kleinere, ähnliche Räder von 14 Fuss Durchmesser, 16 Fuss Schaufellänge und 21 Zoll hohem Kropf bei $2\frac{1}{2}$ Fuss Gefälle.

3) Eine Woolff'sche Dampfmaschine von 80 Pferdekräften.

Das erforderliche Aufschlagewasser wird aus dem Stepenitzflusse in einem eigenen von Herrn Herz erbauten Canale zugeführt und variirt dessen Arbeitsvermögen von 35 bis 100 Pferdekraft.

Bei hinreichender Wasserkraft treiben die drei angeführten Räder das Werk allein, während in wasserarmen Zeiten die Dampfmaschine zur Aushülfe dient. Auch wenn die Dampfmaschine mit voller Kraft arbeitet, muss sie, zum Betriebe des ganzen Werkes, noch eins der kleineren Wasserräder zur Hülfe nehmen. Für die Füllbassins und die Raffinerien ist ausserdem noch eine sechspferdige Dampfmaschine aufgestellt.

Sämmtliche Fabrikgebäude sind ganz von Stein und Eisen mit massiven Dachungen erbaut. In den Speichern können etwa 7000 Wispel (168000 Scheffel preuss.) Saat, 20000 Pfund Oel und eben so viel Kuchen gelagert werden. Der eine dieser Speicher hat (bei 5 Etagen) 300 Fuss Länge und 40 Fuss Tiefe, der andere (bei 4 Etagen) 50 Fuss Länge und 30 Fuss Tiefe.

Endlich ist schliesslich eine Darre zum Trocknen der Saat zu erwähnen, welche 60 Fuss lang und 28 Fuss breit ist und die über dem gewölbten Fabrikraume liegt.

---

1) Der Verfasser verdankt dieselben zum Theil gütigen, directen Mittheilungen (vom 13. October 1864) des Herrn S. Herz in Berlin, während andere Angaben der Grashof'schen Zeitschrift des Vereins für deutsche Ingenieure Jahrg. 1857, S. 288 entnommen sind.

§. 47.

Oelmühlen mit horizontal liegenden hydraulischen Nachpressen.

Die Maschine, welche hier als Eintheilungsobject der neueren Oelmühlen gewählt wurde, zeigt Fig. 282 im Horizontalschnitte und Fig. 283 im Profile (und zwar in $^1/_{34}$ wahrer Grösse), nämlich eine von mehreren hinter einander in gerader Linie liegenden hydraulischen Pressen mit horizontal liegendem Cylinder, welche man ausschliesslich zum Nachpressen (zum zweiten Pressen) benutzt[1]).

Fig. 282.

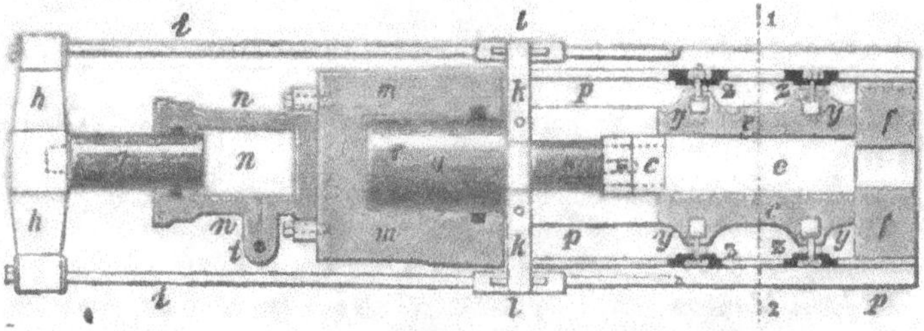

Fig. 283.

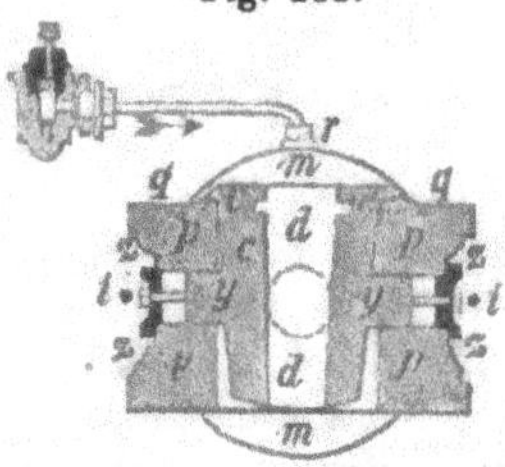

Ausser zweckmässigen Formen und Details unterscheidet sich diese Presse von der bereits in der geschichtlichen Einleitung Seite 271 beschriebenen und Fig. 238 abgebildeten englischen Presse besonders dadurch, dass der Rückgang des Arbeitskolbens (das Lösen der Presse) nicht durch Gegengewichte, sondern durch eine besondere damit in unmittelbaren Zusammenhang gebrachte kleinere hydraulische Presse bewirkt wird, der man den Namen „Contre- oder Gegenpresse" gegeben hat.

In unseren Figuren bezeichnet *a* den (gewöhnlich mit einem Messingmantel umgebenen) Arbeitskolben der Presse, *b* eine etwas verjüngte Fortsetzung desselben und *c* den sogenannten Presskopf, dessen Querschnitt gleich dem der Kuchenkammer *e* ist. Letztere bildet, wie insbesondere aus dem nach der Linie 1 ... 2 geschnittenen Profile erhellt, ein Trapez (Keil oder Zunge genannt) *d* von 18 Zoll Höhe, 7 Zoll grösster und $4^3/_4$ Zoll kleinster Breite. Nahe dem obern Ende hat die Pressplatte zwei Ohren, womit sie sich in Nuthen *vv* der Kuchenkammer verschieben kann und hierdurch eine Führung erhält. Die Contrepresse ist mit *gn* bezeichnet und erhellt dabei ohne Weiteres, wie die Traverse *h* des Kolbens *g* mit zwei Zugstangen *ii* aus Rundeisen verbunden ist (Fig. 284 im Detail und vergrössert gezeichnet), welche zur Verkupplung des Arbeitskolbens *a* mit dem Kolben der Contrepresse dienen. Einen wesentlichen Theil dieser Kupplung bildet überdies noch ein zweitheiliges Hals-

1) Zeitschrift des Vereins deutscher Ingenieure, Bd. IV. (1860), S. 242.

band *k* (zwei sogenannte Schilder) aus Schmiedeeisen, Fig. 285, ebenfalls in vergrössertem Maassstabe gezeichnet, sowie ferner Fig. 286 die Art und Weise erkennen lässt, wie die Traverse *h* durch feste Unterlager oder Bahnen *w* gestützt ist, um nachtheiligen Durchbiegungen beim weitesten Herausschieben des Kolbens *g* begegnen zu können.

Fig. 284.

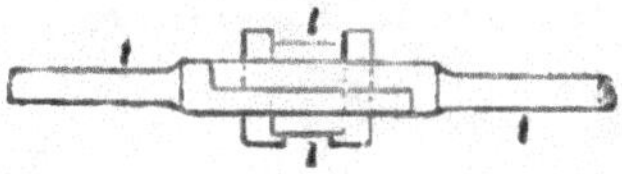

Fig. 285.

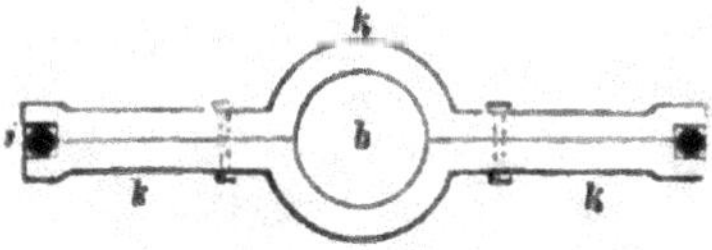

Fig. 286.

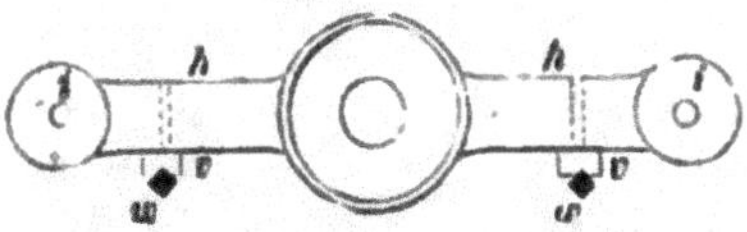

Die Aus- und Eintrittsstelle des Wassers im Oelpresscylinder *m* ist in Fig. 283 mit *r* und die im Cylinder *n* der Contrepresse Fig. 282 mit *t* bezeichnet.

Wie insbesondere aus Fig. 282 erhellt, besteht die Kuchenkammer *de* aus mehreren unter einander gehörig vereinigten Theilen, den Seitenwänden *e*, dem Kopfstücke *f* etc., wodurch sie bequem justirt werden kann, und auch bei etwa vorkommenden Brüchen ein Ersatz leichter zu bewirken ist. Die Seitenwände *e* hängen mit winkelrecht vorspringenden Leisten (Fig. 283) auf den Kanten der ebenen Flächen *qq*, welche die starken Gestellprismen *pp'* oberhalb bilden und die zugleich zum Auflegen der Pressbleche oder Fierschen beim Arbeiten dienen. Ueberdies gehen die Seitenwände der Presskammer mit prismatischen Knaggen *yy* durch entsprechende Schlitze zwischen der oberen Partie *p* und der unteren *p'* des Hauptgestelles hindurch und sind dort ausserhalb mittelst Schrauben und starker Vorlegescheiben *z* gehörig befestigt.

Die Kuchenkammer bleibt unten Fig. 283 ganz offen, so dass das ausgepresste Oel direct in untergesetzte Behälter laufen kann.

Ein neben den Pressen in gehöriger Nähe aufgestellter Kasten enthält die Krahnen oder Wechselventile, wodurch man ohne Schwierigkeit erreicht, dass das Wasser der Injectionspumpe gehörig abwechselnd in die Oelpresse und in die Contrepresse geleitet und beziehungsweise daraus entfernt wird.

Die Fig. 287, 288 und 289 zeigen die ältere Anordnung dieser Wechsel[1]), die jedoch, wie später gezeigt werden wird, in der Hauptsache auch jetzt noch fast dieselben sind.

Wie die Abbildungen erkennen lassen, besteht die Construction wesentlich aus vier Kegelventilen *c*, *h*, *l* und *m*, deren nach oben gehende Stängelchen oder Stifte derartig durch Stopfbüchsen gehen, dass sie von ausserhalb bewegt werden können, wobei zugleich ausdrücklich hervorgehoben werden mag, dass dies Oeffnen und Schliessen derselben stets übers Kreuz geschieht.

Sind beispielsweise *c* und *h* geöffnet, dagegen *l* und *m* geschlossen und tritt das Injectionswasser bei *a* ein, so gelangt es zunächst bei *b* in den ersten Canal des Ventilgehäuses und nimmt den Weg (durch das geöffnete *c*), die Rohrstücke *d* und *e* passirend, zur Oelpresse. Gleichzeitig kommt das Wasser aus der Contrepresse im Rohre *f* zurück, steigt aufwärts, tritt in den Canal *g*,

1) Scholl a. a. O. §. 275 — 277.

Fig. 289, durchströmt das geöffnete Ventil *h*, geht durch das Rohr *i* und endlich durch *k* ins Freie.

Fig. 287.

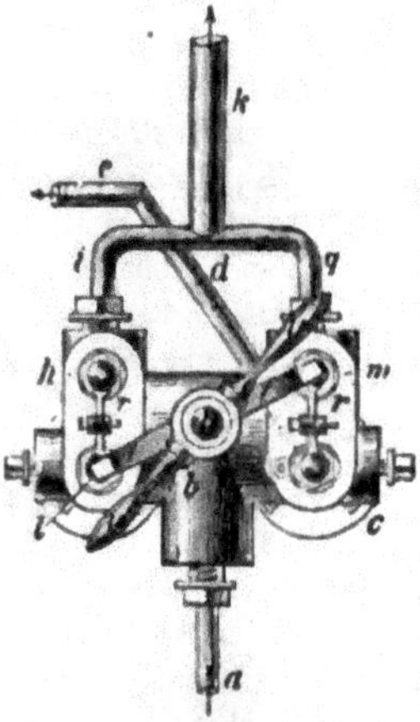

Fig. 288.

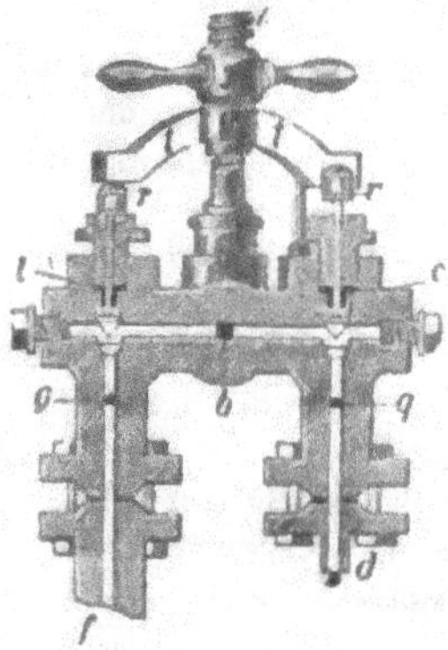

Fig. 289.

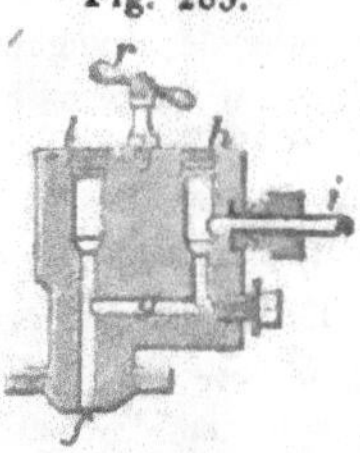

Sind dagegen die Ventile *l* und *m* geöffnet, und *c* und *h* geschlossen, so geht das Injectionswasser direct von *a* nach *b* und durch *l* im Rohre *f* sofort zur Contrepresse.

Das aus der Arbeitspresse abfliessende Wasser geht von *e* nach *d*, nimmt seinen ferneren Weg durch den Canal *p*, steigt durch das geöffnete Ventil *m* aufwärts und gelangt von hier aus in den Rohren *q* und *k* ebenfalls ins Freie.

Um, wie schon gesagt, das Oeffnen und Schliessen der vier Wechselventile in diagonaler Abwechslung (übers Kreuz) schnell und sicher ausführen zu können, ist folgende Anordnung getroffen. Zunächst hat man bei *w*, Fig. 288, einen senkrechten Ständer befestigt, in dessen Mantel oberwärts eine flachgängige Schraube geschnitten ist, deren Mutter sich in der mit Handgriffen *u u* versehenen Büchse *x* befindet.

Ueber die Schraubenspindel *v* ist ferner ein Bügel *t* mit derartig erweiterter Nabe *g* gestülpt, dass er sich frei (ungehindert) um die Schraube drehen kann. Ferner hat man auf eingeschraubte Säulchen zwei kleine Balanciers *r r* gesetzt, deren gespaltene Enden in Ringe greifen, welche oben an den Stängelchen der Ventile befestigt sind. (In grösserem Maassstabe dargestellt, zeigt Fig. 290 eine ähnliche Anordnung.)

Hat man daher mittelst der Balanciers *r r* die Ventile übers Kreuz in der vorbemerkten Art gestellt, so dreht man den Bügel *t* in solcher Richtung um, dass er auf die betreffenden Balancierenden drückt, und sichert endlich diese bestimmte Lage des Bügels *t* durch geeignetes Niederdrehen der Schraubenmutter *x*.

Schliesslich ist noch zu erörtern, wie man sich gehörig sichert, wenn durch irgend ein Versehen die nothwendige Ventilstellung falsch gegeben worden wäre, so dass z. B. der Contrepressenweg nicht gehörige Grenzen fand, der Kolben *g*, Fig. 282, zu weit herausgetrieben werden könnte und ein Zerreissen der Verbindungsstangen *i i* und das Zerstören noch anderer Theile befürchtet werden müsste.

1) Das Ventil *l*, links in Fig. 288, hätte geschlossen gezeichnet werden sollen. Man sehe überhaupt auch die später folgende Fig. 299.

Hierzu dient das Fig. 290 im Profile besonders gezeichnete Sicherheitsventil $\alpha\beta$. Um dies angemessen in Wirksamkeit treten zu lassen, hat man den Cylinder n der Contrepresse durch einen besonderen Absatz n_2 entsprechend verstärkt, daselbst ein bis nach innen reichendes Loch γ gebohrt und solches ausserhalb durch eine Schraube verschlossen. Vom Canale γ aus geht eine andere Bohrung winkelrecht nach oben, woselbst endlich das Sicherheitsventil α seinen Platz erhält, dessen Hebel $\beta\varepsilon$ bei δ mit einem entsprechenden Gewichte φ belastet ist.

Fig. 290.

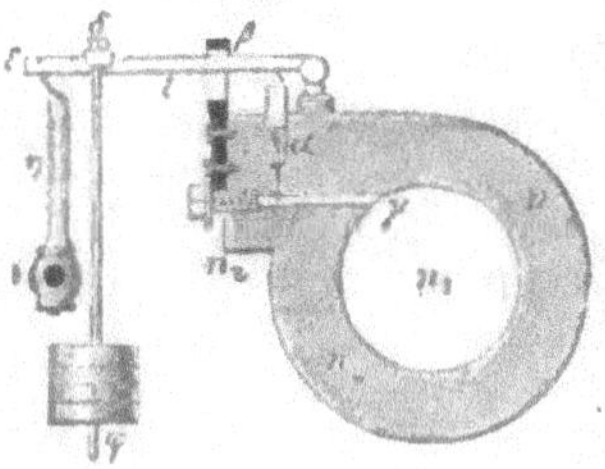

Endlich bezeichnet η einen senkrechten Arm oder Ständer, welcher an passender Stelle in einem Auge der Zugstange i befestigt und oben etwas gekröpft ist.

Zufolge dieser Anordnung drückt bei fortschreitender Bewegung der Kuppelstangen ii der senkrechte Arm η mit seinem oberen Ende gegen die Stelle ε des Belastungshebels, hebt diesen und lüftet damit das Ventil α derartig, dass das Triebwasser der Contrepresse zum Austritte gelangen kann, bevor der Kolben g seinen Weg völlig zurückgelegt hat.

Die wesentlichsten Vortheile derartiger horizontaler, hydraulischer Nachpressen liegen in der bequemen und schnellen Handhabung derselben, sowie in der Leichtigkeit, mit welcher das ausgepresste Oel in die unter den Pressen angebrachten Sammelbehälter abfliessen kann. Gegen diese Pressen könnten höchstens ihre ersten Anschaffungskosten, sowie der Umstand sprechen, dass ihre Aufstellung viel horizontalen Raum erfordert[1]).

Die Disposition einer neueren, mit hydraulischen, horizontalen Nachpressen ausgestatteten, von der im Oelmühlenfache bewährten Maschinenbauanstalt des Herrn J. B. Fassbender zu Michelbach (Herzogthum Nassau) eingerichteten Oelfabrik (Neusser System) zeigt Fig. 291 im Grundrisse und zwar in circa $\frac{1}{100}$ wahrer Grösse (in engl. Fussmaassen gezeichnet).

Dieselbe enthält 21 Pressen und zwar 5 verticale Siebtopfpressen und 16 horizontale Nachpressen, 2 Paar Quetschwalzen, 5 Kollergänge, 2 Samenwärmer für die Vorpressen und 8 eben solche Dampfwärmer für die Nachpressen.

Der Betrieb erfolgt durch eine 40pferdige eincylindrige Dampfmaschine, wozu zwei Dampfkessel gehören, womit man gewöhnlich pro Tag (zu 23 Arbeitsstunden) 640 niederösterreichische Metzen (oder 716 preuss. Scheffel) zu Oel verarbeitet.

In unserer Abbildung ist der Dampfmaschinenort mit A bezeichnet, welche die Kurbel B mit dem Schwungrade D auf derselben Welle in Umdrehung

1) Der obere und untere Theil eines jeden bei Horizontal-Pressen erhaltenen Keil- oder Zungenkuchens wird abgeschnitten, weil er noch viel Oel enthält. Wollte man die Siebform der Seite 308 besprochenen Pressen auch bei der Nachpresse anwenden, so würde man eben so viel Oel aus dem Grunde nicht gewinnen, weil das, was in den Löchern enthalten ist, stets wieder zurücktritt, sobald die Pressung aufhört, wobei auch der Luftdruck eine wesentliche Rolle mitspielt.

versetzt. Vom Stirnrade *D* aus wird die Bewegung überall durch Räderwerke nach den betreffenden Arbeitsmaschinen geleitet.

Die fünf erwähnten Kollergänge sind mit den Buchstaben *EE* bezeichnet, die in einer Linie zusammengestellten Vorpressen mit *II*. Die Fertigpressen

Fig.

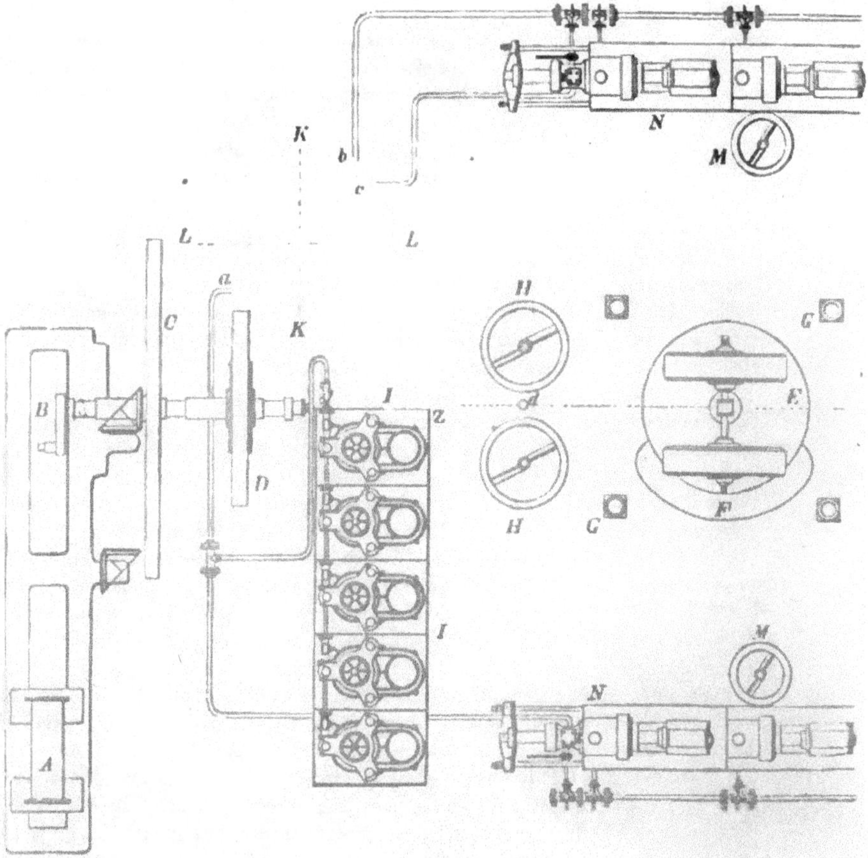

NN mit den Contrepressen *mm* hat man an den Langseiten (links und rechts nahe den Fenstern) des Fabrikgebäudes placirt. *HH* sind die Samenvorwärmer der Vorpressen und *MM* die der Nachpressen.

Vier Paar Walzen (jede Walze 12 Zoll Durchmesser, 36 Zoll Länge) zum Vorarbeiten des Samens liegen auf dem ersten Boden unmittelbar über dem Parterreraum und ist die Stelle, wo von der horizontalen Hauptwelle über den Mitten von *E* eine Transmission vertical aufwärts geht (zwischen den beiden Vorwärmern *H*) mit dem Buchstaben *d* bezeichnet.

Zur Aufnahme des durch diese Walzen gegangenen Samens dient ein neben dem ersten Paare Kollersteine E befindlicher Behälter F, von wo aus er leicht auf den Heerd der Steine zu bringen ist.

Die Schwungradwelle BC der Betriebs-Dampfmaschine macht 36 Umläufe pro Minute, die Samenwalzen 70 bis 90, die Rührer der Wärmepfannen H

291.

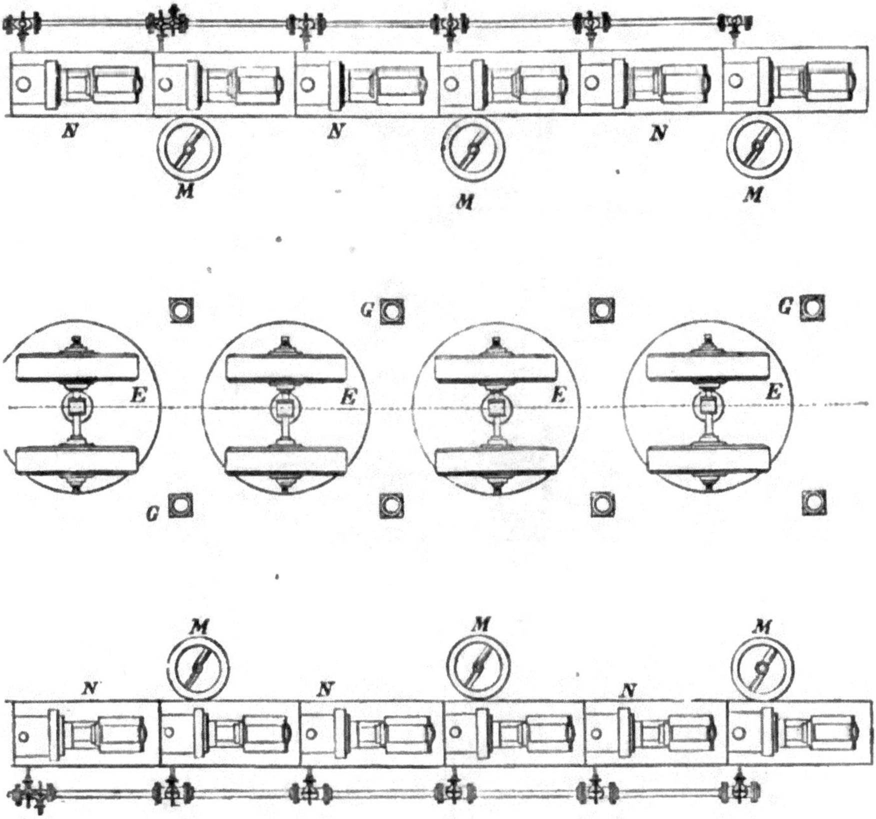

und M 12, beziehungsweise 15, und die Steine (von $5^1/_4$ Fuss Durchmesser und 12 Zoll Breite) der Kollergänge E in derselben Zeit 9 bis 10 Umgänge. Der Abstand zweier verticalen ebenen, inneren Begrenzungsflächen der Steine E beträgt 30 Zoll. Von der Axe der senkrechten Transmissionswelle steht jedoch die innere Fläche des einen Steines nur $11^1/_4$ Zoll, die des anderen $18^3/_4$ Zoll ab, so dass jeder Stein einen Theil der Bahn des anderen überschreitet, eine Anordnung, welche für die Arbeit sehr vortheilhaft ist.

Die vorhandenen Wasserpumpen hängen sämmtlich an einem Balancier, dessen Längenrichtung in unserer Grundrissfigur 291 durch die Buchstaben KK, die Lage seiner Drehaxe aber durch die gerade Linie LL angedeutet ist.

Fig. 292 zeigt den Grundriss des Pumpwerkes in vergrössertem Maassstabe, wobei zu erwähnen ist, dass überhaupt 12 Pumpen vorhanden sind, wovon vier rechts, vier andere links und die noch übrigen vier unter der Mitte des Balanciers *kk* stehen, von letzterem also in Fig. 292 gedeckt werden.

Fig. 292.

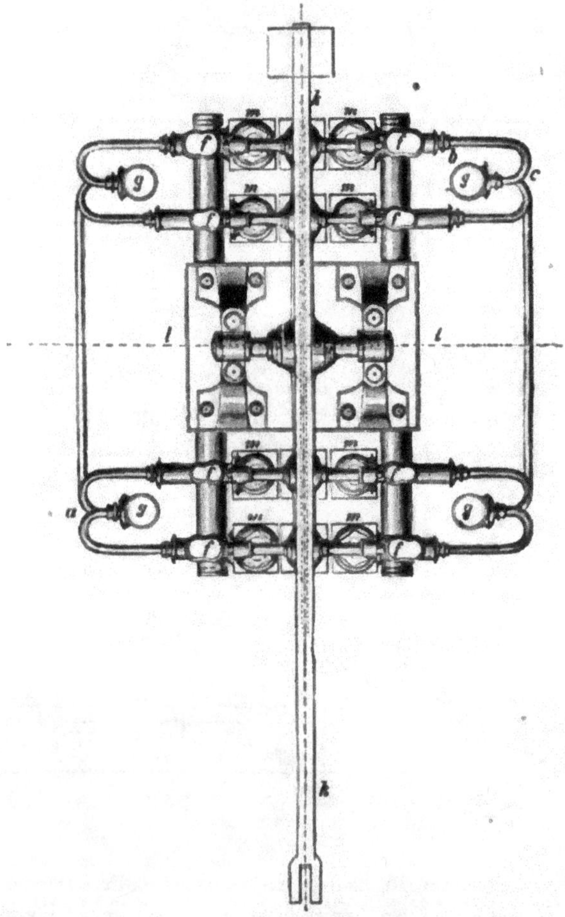

ff sind die Saug- und Druck-Ventilkasten, zu denen man nach dem Oeffnen einer Schlussschraube leicht gelangen kann, ausserdem liegen die Saugventile so tief unter dem Wasserspiegel des Behälters, woraus die Pumpen gespeist werden, dass sich dieselben beim Aufgehen der Kolben von selbst füllen. Die horizontal gelagerten Cylinder unter *ff* dienen sowohl als Leiter des Wassers aus dem erwähnten Behälter, als auch zur Aufnahme der zum Auslösen der Saugventile bestimmten Hebel, sobald die zugehörige Pumpe nicht mehr arbeiten soll. *gg* sind die Sicherheitsventilgehäuse, woraus erforderlichen Falles dasjenige Wasser abläuft, was den Pressen bei hohem Drucke nachtheilig werden könnte.

Die nach unserem Grundrisse Fig. 291 bei den Wasserleitungsröhren angegebenen Buchstaben *a*, *b* und *c* correspondiren mit denselben Buchstaben des Pumpengrundrisses Fig. 292. Die erforderlichen Krahnen (Wechselhähne) sitzen auf den Contrepressen und sind in Fig. 291 durch eine viereckige mit dem Buchstaben *i* bezeichnete Platte mit abgestumpften Ecken erkennbar.

Die Fassbender'schen Vorpressen *II* wurden bereits früher Seite 308 besprochen und werde deshalb nur noch bemerkt, dass der Constructeur gewöhnlich ihre Kolbendurchmesser nicht unter 27 Centimeter ($10^5/_8$ Zoll engl.) und nicht über 30 Centimeter ($11^{13}/_{16}$ Zoll engl.), ihren Hub aber durchschnittlich zu 21 Centimeter ($8^1/_4$ Zoll engl.) annimmt.

Eben so wird auch hier unter keinem höheren Drucke als dem von 150 Atmosphären, d. i. mit circa 155 Kilogr. (1,0336 . 150) pro Quadratcentimeter oder 2205 Pfund engl. (= 14,7 . 150) pro Quadratzoll engl. gearbeitet, d. i. für das grösste Kolbenmaass von 30 Centimeter Durchmesser mit einem Totaldruck von 109563 Kilogr. oder von 219126 Zollpfunden.

Von den Injectionspumpen für die Vorpressen haben die kleineren Kolben 24 Millimeter Durchmesser und $16^1/_2$ Centimeter Hub, die grösseren 36 Millimeter Durchmesser und 27 Centimeter Hub.

Nach $^3/_4$ Minuten Arbeitszeit geben (bei Raps) diese Pressen schon Oel, worauf man die grossen Pumpen aussetzt und die kleineren allein in Thätigkeit lässt.

Einen Durchschnitt durch den Hauptcylinder einer Nachpresse derselben Fabrik (in $^1/_{36}$ der wahren Grösse) lässt Fig. 293 erkennen, wobei gleiche Theile mit denselben Buchstaben wie in Fig. 282 bezeichnet sind, mit welcher letzteren Pressgattung die Fassbender'sche bis auf Details und die Art der Verbindung wesentlicher Theile übereinstimmt. So ist beispielsweise die Fassbender'sche Pressplatte *c* des Arbeitscylinders oberhalb nicht mit den in Fig. 282 angegebenen Ohren (zur Führung) ausgestattet, womit sie in Nuthen der Kuchenkammer läuft, sondern es befindet sich unterhalb der letzteren eine entsprechende Bahn *x*, welche so angeordnet ist, dass sie das Ablaufen des ausgepressten Oeles von *w* nach *w'* nicht hindert.

Fig. 293.

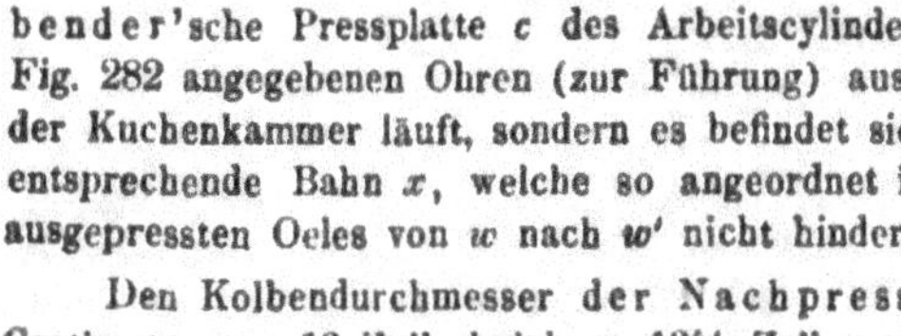

Den Kolbendurchmesser der Nachpressen nimmt man gewöhnlich 34 Centimeter (= 13 Zoll rheinl. = $13^3/_8$ Zoll engl.) Hub, den Druck ebenfalls nicht höher als 150 Atmosphären oder, bei dem angeführten Durchmesser, 140728 Kilogr. = 281456 Zollpfund.

Die Durchmesser der zugehörigen Injectionspumpen betragen 27 und 28 Millimeter, ferner 54 und 60 Millimeter, bei beziehungsweise Hublängen von $19^1/_2$ und $28^1/_2$ Centimeter. Gewöhnlich erfolgen pro Minute 36 bis 38 Hübe.

Nach 45 Secunden Presszeit beginnt bereits der rasche Oellauf und wird die vollständige Pressung, einschliesslich des Einsetzens und Ausnehmens, in 12 bis 12½ Minuten beendet.

Fig. 294 zeigt die Fassbender'schen schmiedeeisernen nicht durchlöcherten Pressplatten oder Fiersen, wovon je drei ein zusammengehöriges System *ab* bilden, denen man einzeln die Benennung Langohr (*ac*), Mittelblatt und Seitenblatt gegeben hat. Das Mittelblatt ist auf beiden Seiten mit 14 bis 15 horizontal laufenden abgerundeten Rippen versehen, jedes der anderen Blätter nur nach innen zu, während die Aussenseiten eben und glatt sind. An den unteren Enden sind alle drei Fiersen durch kleine Kettchen *g* in der Weise, wie die Abbildung erkennen lässt, mit einander verbunden.

Fig. 294.

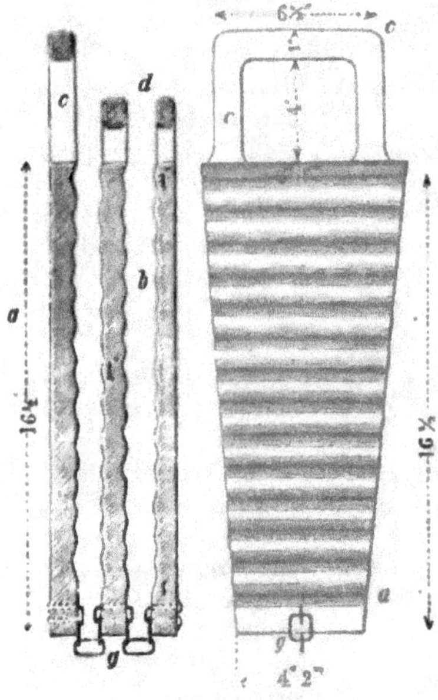

Das vorgewärmte Kuchenmehl wird auf einem entsprechenden Formtische mit 8 trapezförmigen aus senkrechtstehenden Leisten gebildeten Fächern, zu je vier in zwei Reihen hinter einander in Wolltücher geschlagen und das so gebildete Packet zwischen je zwei Fiersen gebracht. Zwölf Stück der letzteren (zu je drei) bilden einen Presseinsatz, der folglich 8 Wollpackete fasst und schliesslich 8 Kuchen liefert. Der ganze Einsatz besitzt gewöhnlich eine Totaldicke von 65 Centimeter (19⅓ Zoll nassauisch) und wird durch das Pressen auf 33⅓ Centimeter (10 Zoll) reducirt.

Die Grösse der Kuchen wird übrigens so bemessen, dass, je nach dem Wunsche der Abnehmer, ihr Gewicht entweder 1¾ Pfund oder 2¼ Pfund beträgt.

Die ganze Presszeit dauert 12 bis 12½ Minuten, wovon 2½ bis 3 Minuten auf Einsetzen und Ausnehmen verwandt wird.

Eine kleine von der Maschinenfabrik des Herrn A. Wewer in Barmen wohl eingerichtete und mit vorzüglichen Maschinen ausgestattete Oelfabrik stellt Fig. 295 im Aufrisse und Fig. 296 im Grundrisse dar.

Zum Betriebe wird eine 20pferdige Dampfmaschine *a* mit hochliegendem Schwungrade *b* verwandt (deren Anwendung und Aufstellungsart durch besondere Verhältnisse geboten war), dessen Welle *c* beim normalen Gange 38 Umgänge pro Minute macht.

Zur Fundamentplatte dient der gusseiserne Wasserkasten *ff* mit zwei Zwischenwänden, wobei der Dampfcylinder auf den vorderen Theil dieses Ka-

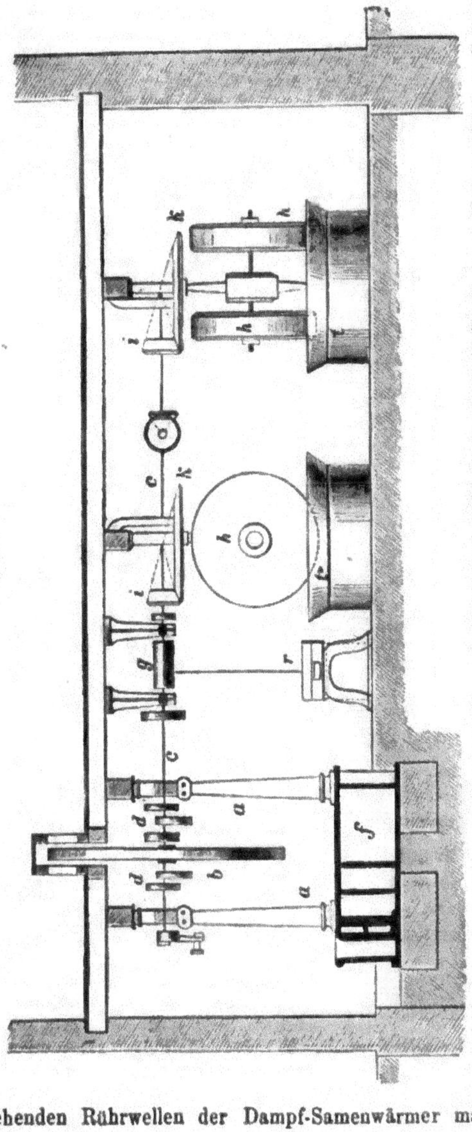

Fig. 295.

stens geschraubt ist, welcher (letzterer) zugleich als Vorwärmer benutzt wird. Der mittlere Theil des Kastens *f* bleibt leer, damit das Wasser im hinteren Theil nicht durch die Berührung mit dem Vorwärmer warm wird.

Auf die hintere Kastenpartie sind die 5 vorhandenen Injectionspumpen geschraubt, welche durch Excentriks *d d* auf der Schwungradaxe bewegt werden [1]). Zwei dieser Pumpen arbeiten für die Vorpresse, drei für die Nachpressen. Von den Pumpen zur Vorpresse setzt sich die eine zur rechten Zeit dadurch aus, dass das Saugventil selbstthätig erhoben und offen gehalten wird.

Die mit *g* bezeichneten Samenwalzen sind unter dem Plafond aufgehangen, haben beide 10 Zoll (rheinl.) Durchmesser und 2½ Fuss Länge.

Die Umlaufszahl der am schnellsten laufenden Walze beträgt 50 pro Minute. Die verlängerte Schwungradwelle *c* treibt unter Einschaltung der Kegelradvorgelege *ik* die Kopfsteine (von 5½ Fuss Durchmesser) pro Minute höchstens 10 Mal um. Die stehenden Rührwellen der Dampf-Samenwärmer machen jede 8 Umläufe pro Minute.

1) Später hat Herr Wewer diese Excentriks, welche viel Reibung erzeugen, durch einen vorgelegten Balancier ersetzt, an welchem die Pumpenstangen hängen, ähnlich der bereits beschriebenen Anordnung Fassbender's (Fig. 292).

Fig. 296.

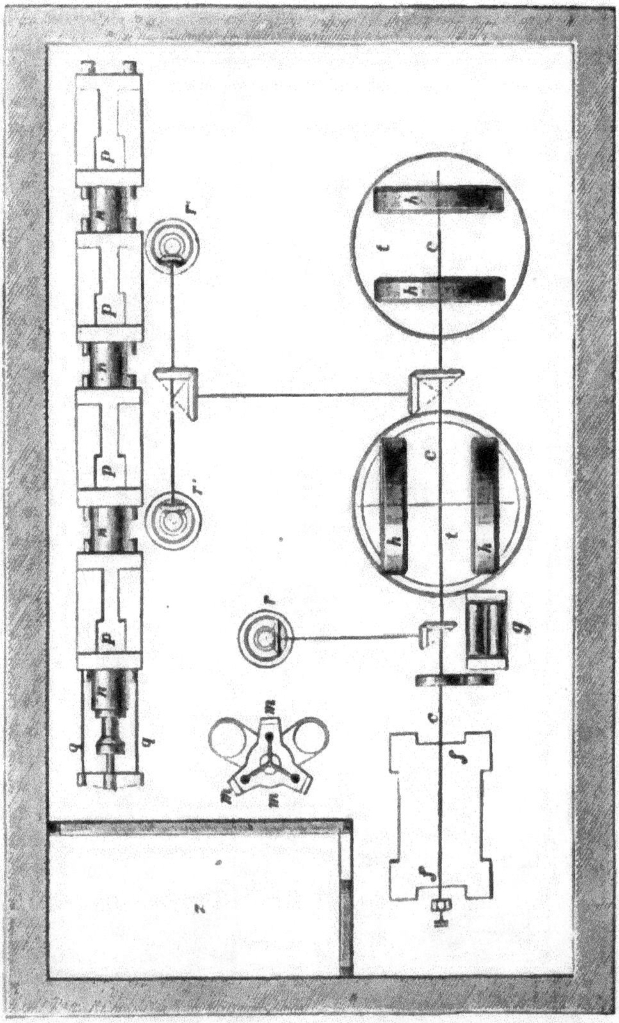

Die Samenwärmer haben alle doppelte Wände und Böden. Der *rr*, welcher für die Vorpresse arbeitet, hat in bekannter Weise eine Seitenthür zum Entleeren, während man die Vorwärmer *r'r'* für die Nachpresse ausschöpft[1]).

1) Herr Wewer hat in mehreren von ihm angelegten Oelmühlen die Samenwärmer für die Vorpresse dadurch umgangen, dass er die Bodenplatten *t* der Kopfsteine *h* aus Gusseisen und zwar hohl construirte und mit Dampf erwärmte. In diesem Falle kommt der Samen von den Walzen *g* direct unter die Steine *h*, so

Der Vorpresse *mm*, welche runde Kuchen liefert, sind (zu dem bereits Seite 309 Fig. 273 erwähnten Zwecke) zwei Siebe beigegeben, von denen das eine gefüllt wird, während sich das andere in der Pressung befindet.

Die vier (ursprünglich) vorhandenen Nachpressen *nn*, mit den zugehörigen Pressörtern *pp*, sind hinsichtlich der Haupttheile und Abmessungen nach dem bereits besprochenen Neusser Systeme construirt und daher auch mit einer Contrepresse *qq* ausgestattet.

Der Wechselventilkasten zur Vorpresse (der an eine der Presssäulen geschroben wird) hat nur zwei Ventile [1]), dagegen der zu den Nachpressen vier Ventile enthält. Letzterer Ventilkasten findet auf der ersten Nachpresse sei-

---

dass auch an Transport gespart wird. Trotz der hieraus erwachsenden Vortheile räth Herr Wewer diese Anordnung doch nur erfahrenen Müllern, weil die Steine leicht auf dem warmen Samen gleiten ohne zu rollen. An anderen Orten hat man bei dieser Construction ein wiederholtes Springen der Bodenplatte wahrgenommen. Man sehe deshalb die Zeitschrift des Vereins deutscher Ingenieure Bd. IV. (1860), S. 243.

1) Nebenstehende Fig. 297 zeigt ein vom Ingenieur Knop angegebenes recht zweckmässiges Absperrventil für hydraulische Oelpressen, welches, bei gleicher Dienstleistung wie das sonst übliche Doppelventil, nur ein Ventil *c* mit einer Drehspindel *bm* besitzt. Das Gehäuse ist mit vier Verschraubungen *a*, *d*, *f* und *h* sowie mit zwei Kammern *l* versehen, von wo drei Rohre abgehen, nämlich das Rohr *e* von der Injectionspumpe kommend, das Rohr *g* zur Presse führend und das *i*, welches das Ablassrohr bildet. Wird die obere Kammer *k* durch den grösseren Kegel des Ventils *c* nach oben hin abgeschlossen, so tritt das Wasser aus den Injectionspumpen in die Presse. Schliesst der untere kleine Kegel die grössere Kammer *ll* nach unten hin ab und somit das Rohr *g*, welches nach der Presse führt, so gelangt das Wasser aus der Pumpe zum Abfluss ins Freie. Befindet sich der Doppelkegel *c* in seinem mittleren Stande, d. h. wird die grosse Kammer *l* weder nach oben noch nach unten hin verschlossen, dann fliesst das Wasser aus der Presse auf dem Wege *glki* ins Freie. (Zeitschrift des Vereins deutscher Ingenieure Bd. IV. (1862), S. 349.)

Fig. 297.

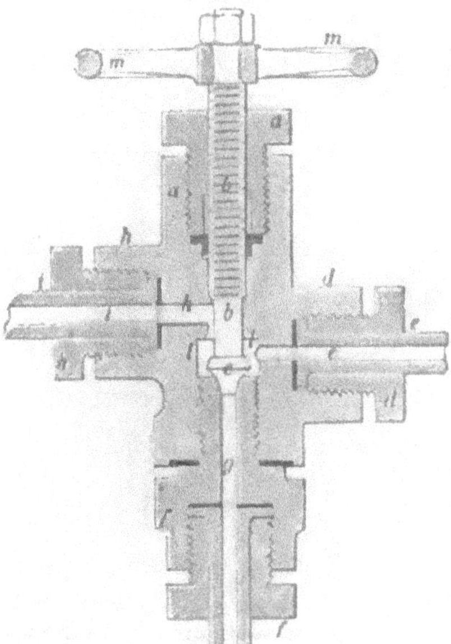

nen Platz, wobei auch der diese Presse bedienende Arbeiter das Oeffnen und Schliessen der vier Wechselventile zu besorgen hat und in der Ausführung seines Geschäfts durch eine Schwarzwälder Uhr unterstützt wird, welche jede dreizehnte Minute klingelt.

Die Wewer'schen Wechselventile zur Bedienung der Nachpressen sind Fig. 298, 299 und 300 in drei verschiedenen Ansichten, und zwar in $\frac{1}{8}$ der

Fig. 298.

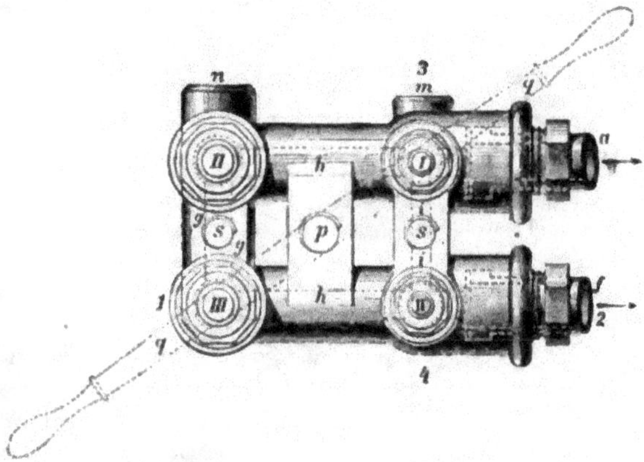

Fig. 299.

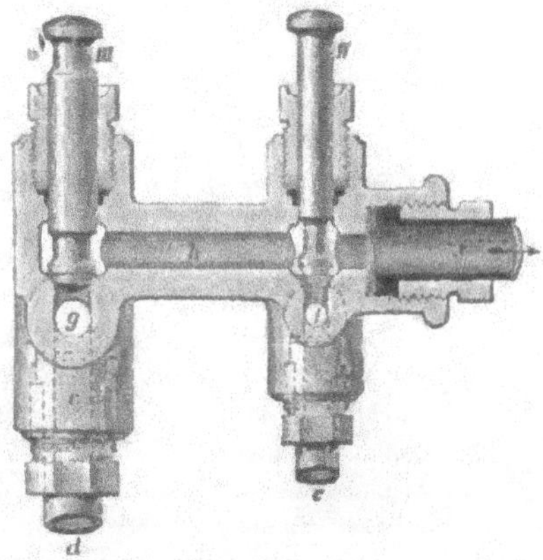

Fig. 300.

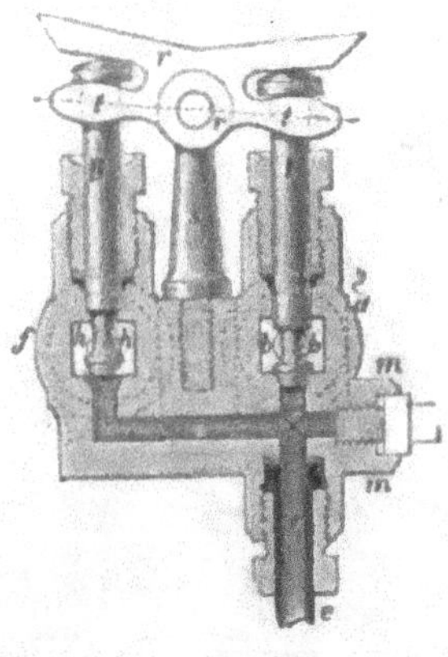

wahren Grösse, gezeichnet. Fig. 298 ist deren Grundriss, Fig. 299 das Profil, wenn der Schnitt nach der Richtung der geraden Linie 1...2 geführt wird, und Fig. 300 das nach der Richtung 3...4 (von Fig. 298) genommene Profil.

Vorerst werde nun angeführt, dass mit dem Buchstaben *a* das Druckrohr bezeichnet ist, in welchem das von den Injectionspumpen kommende Wasser in den Wechselventilkasten gelangt, sowie *f* das Abflussrohr alles Wassers bezeichnet, welches entweder ins Freie oder (wie hier) nach einem Sammelbehälter strömt.

Sodann werde noch hervorgehoben, dass sowohl Druckrohr *a* als Auslassrohr *f* nur durch die Canäle *g* und *i* mit einander communiciren und das Oeffnen und Schliessen der vier Ventile *I*, *II*, *III* und *IV* übers Kreuz erfolgt.

Zur weiteren Erklärung nehmen wir nun an, dass die Ventile *II* und *IV* geöffnet, dagegen die *I* und *III* geschlossen sind. In diesem Falle fliesst das Wasser in dem die Fortsetzung des Druckrohres *a* bildenden Canale *b* über das geschlossene Ventil *I* fort, geht durch das geöffnete Ventil *II* in *c* vertical niederwärts und im Rohre *d* zu den Nachpressen. Gleichzeitig entweicht das Wasser aus der Contrepresse (im Rohre *e* zufliessend) durch das offene Ventil *IV* und das Abflussrohr *f*.

Erfolgt hierauf der Wechsel der Ventile (durch die Hand des Arbeiters), so werden *I* und *III* geöffnet, dagegen *II* und *IV* geschlossen. Das Wasser geht nunmehr, im Druckrohre *a* ankommend, direct durch das geöffnete Ventil *I* in das Rohr *e* hinabfliessend, in die Contrepresse, während gleichzeitig das Wasser aus den Nachpressen (in *d* aufwärtssteigend) durch den Canal *g* das geöffnete Ventil *III* passirend, in den Canal *h* und so weiter zum Auslassrohr *f* gelangt. Das dabei geschlossene Ventil *II* hindert den Zutritt des Wassers vom Druckrohre *a* in den Canal *g* und zu den Nachpressen.

Um die erörterte Stellung der Ventile durch einen Handgriff zu bewirken, ist oben auf der Deckplatte des Ventilkastens eine Säule *p* eingeschroben, welche am oberen Ende einen horizontal drehbaren zweiarmigen Hebel *q* trägt. Eben so sind kleine um ihre Mitten drehbare Balanciers *rr* (Fig. 300) auf Ständern *ss* befestigt. Die Arme des Hebels *q* drücken auf die Stücken *rr* und damit auf die Ventile, wobei die Nasen *tt* der Balanciers *rr* zum Oeffnen und Hochhalten der gegenüberliegenden Ventile dienen. Ueber den Hebel *A* legt auch Wewer (ähnlich wie Fig. 288) eine in ein Handrad (Griffrad) eingelassene Mutter, um damit den Hebel *A* bei jedem Wechsel zu lüften und beziehungsweise vor jeder Pressung wieder fest auf die Ventile aufzuschrauben.

Die Ansätze *m* und *n* dienen nur (bei der Anfertigung) zum Bohren der Canäle *i* und *g*.

Die Pressarbeit soll unter einem Drucke von 10000 Pfund pro Quadratzoll (preuss.) erfolgen.

In der Regel wird zu jeder Pressung (der Nachpressen) nicht mehr als 13 Minuten Zeit verwandt, zuweilen noch weniger, falls die Conjunctur eine grosse Production auf Kosten eines unwesentlich geringeren Ertrages an Oel erfordert. Bei sehr geübten Arbeitern und bei fast gefährlicher Belastung der Sicherheitsventile an den Pumpen reducirt sich unter den zuletzt gedachten Umständen die ganze Pressarbeit auf 9 Minuten.

Bei Raps von 80 Pfund pro Scheffel (altes Gewicht, also 74,8 Zollpfund) und Kuchen von 2 Pfund Gewicht, und einem durchschnittlichen Ausbringen von 32 Pfund, oder von 40 Procent Oel bei 48 Pfund Kuchen, verrichtet jede Presse pro Tag (zu 23 Arbeitsstunden gerechnet) $\frac{60 \cdot 23}{13} = 106$ Pressungen.

An Rapssaat erfordert jeder Einsatz zu 8 Kuchen $\frac{1}{3}$ Scheffel, so dass jede Nachpresse pro Tag $106 \cdot \frac{1}{3} = 35\frac{1}{3}$ Scheffel verarbeitet, ein Quantum, welches sich zuweilen auf 40 Scheffel steigert. Der in unserer Grundrissfigur 296 mit *z* bezeichnete Raum wird zum Kuchenlager benutzt.

In neuerer Zeit hat man die vorbeschriebene Oelmühle vergrössert, die Nachpressen um zwei vermehrt, so dass die Zahl der letzteren gegenwärtig 6 ist.

Die betreffende Vorpresse hat zwei Siebtöpfe, von denen jeder 3 Scheffel Saat fasst. Die zweite Seihe ist bei der erwähnten Vergrösserung angebracht worden, um keine Zeit beim Füllen und Entleeren (der Seihe) zu verlieren.

Zum Ausstossen der Kuchen aus den Seihen bedient man sich hölzerner Stampfer.

Die Samenwalzen machten früher 40 Umläufe pro Minute, nach der Vergrösserung 50, ohne dass dabei irgend Inconvenienzen hervorgetreten sind. Eben so reicht für den Betrieb immer noch die frühere Dampfmaschine hin (die auch hier mehr leisten muss, als der Maschinenbauer versprach), welche bei 15 Zoll (rheinl.) Kolbendurchmesser und 28 Zoll Hub zu 20 Pferdekräften verkauft wurde.

§. 48.

Leistungen der Oelmühlen und damit verwandte Gegenstände.

Die folgenden Zusammenstellungen über Leistungen verschiedener neueren Oelmühlen sind theils Resultate eigner Beobachtungen, theils Angaben mit der Sache vertrauter Männer. Hinsichtlich besonders hervortretender Abweichungen derselben werde vorher Folgendes bemerkt[1]). Erstens bleibt unter allen Umständen naturgemäss die Schätzung oder Berechnung der Betriebsmaschinen (nach Pferdekräften) ohne directe dynamometrische Messungen, eine unzuverlässige. Zweitens übt die Disposition und Grösse der Fabrik einen Einfluss, drittens die Gattung der gewählten Maschine, vor Allem aber Fleiss, Energie und Geschicklichkeit der dabei beschäftigten Handarbeiter, sowie endlich auch das Gewicht der zum Verkauf bestimmten Kuchen eine Rolle spielt, welche man beim Nachpressen zu erhalten pflegt.

1) Oelmühle des Herrn Capelle in der Stadt Hannover (S. 311). (Zwei Verticalpressen, welche man beide nach einander zum Vor- und Nachschlage benutzt. Quadratische Kuchen, vier Stück in jeder Presse von 30 Pfund Gesammtgewicht.)

Wenn die Betriebsdampfmaschine (nach sorgfältigen Berechnungen) eine Nutzarbeit von 6 Pferden entwickelte, wurden in 13 Stunden, täglicher continuirlicher Thätigkeit, 55 Himten oder 31,17 preussische Scheffel Winterraps zu Oel verarbeitet, wobei der Himten Raps 40 bis 42 Zollpfund oder der preussische Scheffel $70\frac{1}{2}$ bis 74 Pfund wog und pro Himten 14 bis 16 Pfund Oel gewonnen wurden.

Hiernach betrug die Leistung pro Stunde und pro Pferdekraft: $\frac{31{,}17}{6\,.\,13}$ $= 0{,}399$ oder 0,4 preussische Scheffel[2]).

---

1) Man vergleiche mit dem Nachstehenden das, was bereits S. 293 über Leistungen älterer Oelmühlen mitgetheilt wurde.

2) Zu dem, was oben S. 313 über die Capelle'sche Oelfabrik berichtet

2) Oelmühle des Herrn Struss in Linderte (unweit Hannover).

(Zwei Verticalpressen für Vor- und Nachschlag, wobei ohne Tücher, jedoch mit Anwendung von Rosshaarplatten gearbeitet wird.)

Die Betriebsdampfmaschine trug (nach sorgfältigen Berechnungen) vier Pferdekräfte auf die Schwungradwelle über.

Verarbeitet wurden:

a) Raps (der Himten von 42 Pfund Gewicht) in 14 Stunden (continuirliche Thätigkeit) 40 Himten oder 22,67 preuss. Scheffel, so dass die Leistung betrug pro Stunde und pro Pferdekraft: $\frac{22,67}{4.14} = 0,405$ preuss. Scheffel.

Erhalten wurden bei jeder Pressung zwei runde Kuchen (pro Presse) jeder von 10 bis 11 Pfund Gewicht[1]).

b) Leinsamen (der Himten von 41 bis 42 Pfund Zollgewicht, gab 10 bis 11 Pfund Leinöl).

Verarbeitet wurden in 14 Stunden 36 Himten oder 20,4 preuss. Scheffel, daher die Leistung pro Stunde und pro Pferdekraft: $\frac{20,4}{4.14} = 0,364$ preuss. Scheffel.

3) Oelfabrik in Goslar. Unter Verwendung von ebenfalls zwei Verticalpressen (gleichzeitig für Vor- und Nachschlag) und betrieben von einem oberschlägigen Wasserrade, dessen Nutzarbeit (unter Annahme von 0,70 als Güteverhältniss) zu 4 Pferdekräften berechnet wurde, verarbeitet man täglich (volle 23 Stunden) allerhöchstens 30 Zollcentner Raps (von 43 bis 45 Pfund

---

wurde, fügen wir hier noch die Preise bei, welche die G. Egestorff'sche Maschinenbauanstalt in Linden vor Hannover für die wichtigsten Fabrikations-Maschinen derselben berechnete:

1 Kollergang mit fünffüssigen Steinen (excl. letzterer), gusseis. conischen Rädern, gusseiserner Grundplatte und Streichvorrichtung	325	Thlr.
2 Saatheizer für Erwärmung mit Dampf incl. Wellen, à Stück . . .	75	„
1 compl. Quetschwerk	150	„
1 compl. Brechwalzwerk	180	„
2 hydraulische Pressen (vertical) incl. Presstöpfe à Stück	700	„
1 doppelter Pumpkasten, incl. Pressrohre	400	„
Transmissionen, bestehend aus: 2 Zahnrädern, Wellen, Hängelagern, Riemscheiben, zugehörige Schrauben excl. Metallzapfen, pro 100 Pfd.	12	„
Metallpfannen, pro Pfd.	25	Sgr.
Rohrleitungen: Kupferrohre, pro Pfd.	20	„
„ Gusseiserne Röhren, pro 100 Pfd.	6	Thlr.
Verschraubungen dazu, pr. Pfd.	5	Sgr.
Transmissionsriemen, incl. Binderiemen und Aufbringen, pr. Pfd. . .	$1^1/_3$	Thlr.
1 Regulator	60	„
1 Staubtrommel, excl. Gestell	80	„

1) Runde Kuchen sind schlecht auf die Wagen zu laden. Im Herbst 1864 wurde der Centner mit 2 Thaler bezahlt.

pro Himten), d. i. 68 Himten oder 38,5 preuss. Scheffel, so dass man als Leistung erhält pro Stunde und pro Pferdekraft: $\frac{38,5}{4 \,.\, 23} = 0,418$ preuss. Scheffel.

4) Die grossartige Oelfabrik des Herrn S. Herz in Wittenberge (S. 315) verarbeitet durchschnittlich täglich in 23 Stunden 800 Zollcentner oder circa 1111 preuss. Scheffel Raps unter Aufwendung einer Betriebsarbeit von ungefähr 100 Pferdekräften, so dass sich die Leistung pro Stunde pro Pferdekraft herausstellt zu: $\frac{1111}{100 \,.\, 23} = 0,483$ preuss. Scheffel.

5) Die S. 295 beschriebene Petersburger Oelfabrik verarbeitet an Leinsamen, nach Angabe der Herren Egells in Berlin, als den Lieferanten der betreffenden Maschinen, in 12 Stunden 430 Scheffel, wobei jedoch nur 10 Pressen (von den überhaupt vorhandenen 16) in Thätigkeit sind, wenn die Betriebsdampfmaschine etwa 50 Pferdekräfte entwickelt, was pro Stunde und pro Pferdekraft eine Leistung giebt von $\frac{430}{50 \,.\, 12} = 0,71$ preuss. Scheffel.

6) Die kleine Neusser Oelfabrik (S. 325), wozu die Maschinenbauanstalt von A. Wewer in Barmen die Maschinen lieferte, verarbeitet täglich (23 Arbeitsstunden gerechnet) ungefähr 240 Scheffel Raps, wobei die Betriebsdampfmaschine 20 Pferdekräfte entwickelte, so dass sich die Leistung pro Stunde und pro Pferdekraft herausstellt zu $\frac{240}{20 \,.\, 23} = 0,50$ preuss. Scheffel.

Die dabei gewonnenen Kuchen haben pro Stück ein Gewicht von 2 Pfunden.

7) Ueber die Production einer Oelmühle bei Hamm (Westphalen), wozu die Herren Keller und Banning daselbst die Maschinen lieferten [1]), wurden dem Verfasser folgende Thatsachen mitgetheilt:

Jede liegende Nachpresse verrichtet in 12 Stunden 48 Pressungen à 8 Kuchen von je 2 Pfund Gewicht oder überhaupt 768 Pfund Kuchen. Die verticalstehende Nachpresse liefert das Doppelte einer liegenden, weshalb nach den Angaben in der Note (unten) im Ganzen 6 Pressen zu rechnen sind, welche 4608 Pfund Kuchen in 12 Stunden abgeben. Aus einem preuss. Scheffel Rübsamen erhält man annähernd 50 Pfund Kuchen, so dass in 12 Stunden 92 Scheffel verarbeitet werden. Da die Dampfmaschine gut 13 Pferdekräfte entwickelt, so stellt sich hiernach die tägliche Leistung pro Stunde und pro Pferdekraft heraus zu: $\frac{92}{13 \,.\, 12} = 0,59$ preuss. Scheffel.

8) Eine Oelmühle in Mainz (Neusser System) [2]).

a) Wenn man Keilkuchen das Stück zu $1^3/_4$ Pfund Gewicht bei den Nach-

1) Diese Oelmühle enthält zwei Paar Samenwalzen, drei Kollergänge, eine verticale Vorpresse, vier horizontale Nachpressen (nach dem Neusser Systeme) zu Keilkuchen und eine stehende Nachpresse für grosse runde Kuchen. Zum Betriebe dient eine horizontal liegende Dampfmaschine mit Expansion und Condensation von 16 Zoll rheinl. Kolbendurchmesser, 30 Zoll Hub und 36 bis 40 Schwungradumläufen pro Minute und 30 Pfund (pro Quadratzoll) Ueberdruck des Wasserdampfes.

2) Ausser den erforderlichen Samenquetschwalzen enthält diese Fabrik: 3

pressen erhält, werden in 23 Stunden 175 Centner (altes preuss. Gewicht) Rübsamen verarbeitet, was, den Centner zu 80 (alten) Pfunden gerechnet, 218 Scheffel giebt. Die Dampfmaschine entwickelt eine Nutzarbeit von 18 Pferden, so dass sich pro Stunde und pro Pferdekraft eine Leistung ergiebt von $\frac{218}{18 \,.\, 23} = 0{,}55$ preuss. Scheffel.

b) Wenn man unter sonst gleichen Umständen Kuchen von $2\frac{1}{4}$ Pfund Gewicht erhält, werden in 23 Stunden 225 Centner, d. i. 281 preuss. Scheffel verarbeitet, wonach sich die Leistung pro Stunde und pro Pferdekraft berechnet zu $\frac{281}{18 \,.\, 23} = 0{,}67$ preuss. Scheffel.

9) Die schöne Fassbender'sche Palota-Oelmühle zu Pesth (S. 320) soll täglich, d. i. in 23 Stunden, 640 niederösterreichische Metzen oder 716 preuss. Scheffel Raps verarbeiten, und die Betriebsdampfmaschine 40 Pferdekräfte auf die Schwungradwelle übertragen, so dass sich die Leistung derselben pro Stunde und pro Pferdekraft berechnet zu: $\frac{716}{40 \,.\, 23} = 0{,}77$ preuss. Scheffel [1]).

Das Gewicht eines der Keil- oder Trapez-Kuchen, wovon jede Nachpresse 8 Stück liefert, beträgt $2\frac{1}{4}$ Pfund.

Zusatz.

Reinigung des Oeles.

Gower in England machte 1790 die später von Thenard und Anderen vervollkommnete Entdeckung, dass durch Behandlung des mittelst Maschinen ausgepressten Rüböles mit einer kleinen Menge (1 bis $1\frac{1}{2}$ Procent) concentrirter Schwefelsäure die in ihm enthaltene schleimige Substanz (Pflanzenschleim etc.), welche es dickflüssig, undurchsichtig und für den Verkauf fast unbrauchbar macht, verkohlt werden und durch darauf folgendes Waschen mit Wasser und nachheriges Filtriren zu der allbekannten Handelswaare umgestaltet werden kann. Noch heute ist dies allgemein unter dem Namen des Raffinirens bekannte Verfahren in der Hauptsache dasselbe, so sehr man sich auch bemühte, es durch andere Processe zu ersetzen.

Eine im Jahre 1847 in Oesterreich (Wien) noch gebräuchliche Raffinirmethode für Rüböl hat der Verfasser ausführlich im Notizblatte des Gewerbevereins für das Königreich Hannover, Jahrgang 1848, Seite 17 etc. beschrieben und durch Abbildungen der Wasch- und Filtrirapparate erläutert. Später hat

---

Paar Kollersteine und 1 Kuchenbrecher, 1 Wärmeapparat für die vorhandenen 2 Vorpressen und 3 Wärmeapparate für die vorhandenen 6 Nachpressen. Die Arbeit dauert Tag und Nacht und sind dabei beschäftigt 12 Arbeiter zum Fertigpressen, 4 Arbeiter zum Vorpressen und 4 Arbeiter zur Bedienung der Steine und Walzen.

1) Zu dem, was bereits S. 320 über diese Oelfabrik mitgetheilt wurde, werde hier noch bemerkt, dass die Gesammtanlage, Gebäude, Maschinen, Speicher, Wohnungen etc. 140000 österr. Gulden kostete, die Maschinen allein aber 68000 österr. Gulden. Bei der Berechnung der Generalkosten (240 österr. Gulden pro Tag) wurden 200 Arbeitstage angenommen.

man derartige Apparate in unmittelbar zusammenhängende Systeme vereinigt, wohin namentlich die von Larue in Limoges[1]) eingeführte Anordnung gehört, der mit Doppelfilter (Sägespäne zur Vorarbeit und Baumwollabfälle zur Nacharbeit oder zum zweiten Filter) ausgestattet ist. Thirion und Mastaing[2]) empfahlen nachher einen Apparat, welcher ebenfalls nicht nur zum Behandeln des Oeles mit Schwefelsäure, sondern auch zum nachherigen Vermischen des Oeles mit Wasser behufs des Waschens bestimmt ist. Ein Rührapparat mit schraubenförmig hölzernen Flügeln spielt dabei eine Hauptrolle. Noch später liess sich Johnson[3]) eine Methode der Raffination des Rüböles für England patentiren, welche darin besteht, das zu reinigende Oel mit der nöthigen Menge Schwefelsäure zu versetzen, und durch dasselbe während und nach der Vermischung einen Strom atmosphärischer Luft zu treiben. Durch Behandlung (Kochen) des Oeles mit Wasserdampf will Johnson den Reinigungs- und Klärungsprocess noch vollständiger und rascher bewirken.

Ueber noch andere Verfahren, beispielsweise wo man (nach Wagner) die Schwefelsäure durch eine Lösung von Chlorzink ersetzt oder (nach Evard) das Oel mit sehr schwacher Kali- oder Natronlauge stark schlägt, belehrt ebenfalls Wagner's Jahresbericht über die Fortschritte der chemischen Technologie, Jahrgang 1855, Seite 395 und 396.

Drittes Capitel.

Sägemaschinen.

§. 49.

Geschichtliche Einleitung[4]).

Die Erfindung des wesentlichen Theiles jeder Sägemaschine, nämlich der gezahnten Säge, ist höchst wahrscheinlich durch ähnlich gestaltete und zu gleichen Zwecken dienende Werkzeuge gewisser Thiere, z. B. des verlängerten Oberkiefers des Sägefisches (Squalus pristis), oder durch die eigenthümliche Wirksamkeit eines

---

1) Wagner's Jahresber. der chemischen Technologie, Jahrg. 1860, S. 449 und Dingler's polytechn. Journ. Bd. 156, S. 185.

2) Ebendas. Jahrg. 1861, S. 489 u. Dingler's Journal Bd. 162, S. 116.

3) Ebendas. Jahrg. 1863, S. 564 und Dingler's Journal Bd. 171, S. 158.

4) Beckmann, „Beiträge zur Geschichte der Erfindungen", zweiten Bandes zweites Stück, S. 254. — Krünitz' Encyklopädie, Theil 130, S. 487. — Barlow: A Treatise on the Manufactures and Machinery of Great Britain aus der Encyclopaedia Metropolitana, Part XLI (Manufactures), §. 523.

schartigen Messers veranlasst worden, ohne dass man mit Bestimmtheit den Namen des Erfinders anzugeben weiss[1]).

Plinius[2]) folgt der Fabellehre und bezeichnet den berühmten griechischen Bildner und Baumeister Dädalos als den Erfinder der Säge; Andere, wie Apollodor[3]), nennen den Talus als solchen.

Unter Verschweigung des Namens singt Ovid von dem Erfinder der Säge[4]):

„Dieser ersah auch als Muster das zackige Rückgrat,
Das er am Fische bemerkte, und schnitt fortlaufende Zähne
Ein in die Schärfe des Stahls und erfand die nützliche Säge."

Den alten Aegyptern war die stählerne Säge bereits bekannt, wie u. A. nachstehende Fig. 301 erkennen lässt, welche Wilkinson[5]) auf Ueberresten von Sculpturen in Theben fand, und die einen Menschen mit einer Säge darstellt, welche man heutzutage einen „Fuchsschweif ohne Rücken" nennt.

Fig. 301.

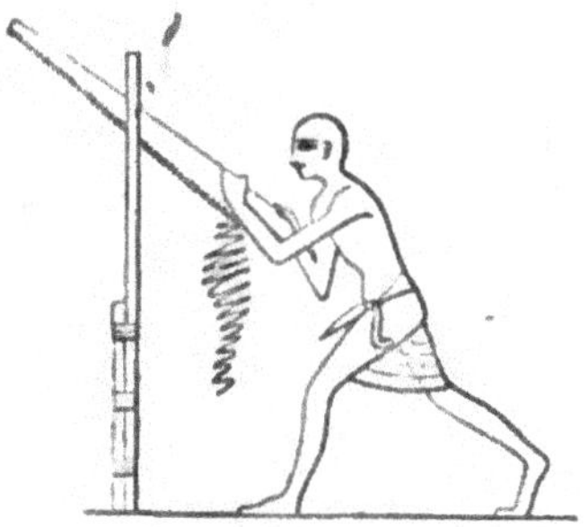

Die Spannsägen mit stählernem Blatte in hölzernem Gestell der griechischen und römischen Holzarbeiter scheinen bereits ganz die jetzt gebräuchliche Gestalt und Einrichtung gehabt zu haben. So zeigt Fig. 302 eine Tischlerwerkstätte nach einem Gemälde in Herculanum, auf dem zwei Arbeiter in Gestalt von Genien beschäftigt sind, an der Kante einer Hobelbank ein Brett zu zersägen[6]).

Fig. 302.

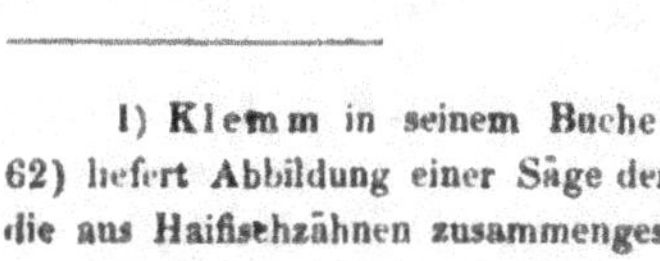

1) Klemm in seinem Buche: „Werkzeuge und Waffen" (Leipzig 1854, S. 62) liefert Abbildung einer Säge der gegenwärtigen Marquesas- und Südseeinsulaner, die aus Haifischzähnen zusammengesetzt ist.

2) Naturgeschichte 7. Buch; Grosse'sche Uebersetzung Bd. 2, S. 241, §. 57.

3) Beckmann a. a. O. S. 257.

4) Metamorphosen VIII, 244 bis 246.

5) The Ancient Egyptians. Vol. 2, P. 118.

6) Roux und Barré: Herculanum und Pompeji, Bd. 2, Taf. 146.

Ferner zeigt Fig. 303 die Anwendung der Gestellsäge und eine sehr einfache Art der Befestigung des Balkens, den man zersägen will, aus Bock und Stütze ohne Sägegrube bestehend. Diese Abbildung ist einer Terracotta-Vase von etruskischer oder altitalienischer Arbeit entnommen [1]).

Fig. 303.

Nach Plinius[2]) hat man in ältester Zeit die Säge auch bereits zum Zerschneiden des Marmors, des Porphyrs und Granits in dünne Platten verwandt, wobei besonders bemerkt wird, dass das Marmorschneiden mit Sand geschieht, also wahrscheinlich wie jetzt noch durch Metallsägen mit stumpfen Zähnen oder ganz ohne dieselben, d. h. mit blossen Metallblättern.

Alle bisher bemerkten Sägen wurden durch die Menschenhand geführt, nicht aber durch Elementarkraft bewegt, waren also Handsägen und keine Sägemaschinen oder Sägemühlen, wie man letztere ursprünglich nannte.

Auch der Sägemühlenerfinder ist unbekannt, doch scheint es fast zweifellos, dass die ersten derartigen Maschinen in Deutschland erbaut und in Gang gebracht wurden [3]). Ganz bestimmte Nachrichten stammen jedoch erst aus dem vierzehnten Jahrhundert. So finden sich in Paul von Steen's Kunst-, Gewerbe- und Handwerks-Geschichte der Reichsstadt Augsburg Angaben über von Wasserrädern getriebene Holz-Sägemühlen, wovon eine bereits 1322 existirte und nach ihrem damaligen Besitzer die Hanrey-Mühle hiess, und zwei andere beziehungsweise oberhalb

1) Rich: „Illustrirtes Wörterbuch der romanischen Alterthümer mit steter Berücksichtigung der griechischen." Artikel Prista, Fabrica, Serra und Serranius.

2) Naturgeschichte XXXVI, der Grosse'schen Uebersetzung 11. Band, §. 6 und 9.

3) Beckmann a. a. O. S. 265 citirt eine Stelle aus des Ausonius „Mosella", wonach man bereits im vierten Jahrhundert nach Christo und zwar in Deutschland von Wasserrädern bewegte Stein-Sägemühlen an dem kleinen Flusse Roer oder Ruer gehabt haben soll, und macht dabei den gewiss nicht unrichtigen Schluss, dass man hiernach wahrscheinlich auch schon Holz-Sägemühlen construirt haben dürfte.

und unterhalb der Hanrey-Sägemühle (am Hanrey-Bache) angelegt waren, sowie auch im Augsburger Bürgerbuche vom Jahre 1338 abermals eines Sägemüllers mit Namen „Giss" gedacht wird [1]). Ums Jahr 1427 hatte die Stadt Breslau bereits eine Sägemühle, sowie solche wohl an vielen anderen Orten Deutschlands, wo sich Wasserräder in Anwendung bringen liessen, existirt haben mögen, wie dies unter Anderm auch eine Nachricht aus Erfurt vom Jahre 1490 zu erkennen giebt. Norwegen soll 1530 und Holstein bald nach 1545 die erste Sägemühle erhalten haben. In Sachsen soll 1552 die erste Holzsägemühle zu Joachimsthal vom Mathematicus Geusen angegeben worden sein. Frankreich besass bereits 1555 eine Wasserrad-Sägemühle sechs Meilen von Lyon und 1575 sollen bei Regensburg a. d. Donau schon Mühlen mit mehreren Sägeblättern in demselben Rahmen oder Gatter im Gebrauche gewesen sein, womit man einen Baumstamm oder Balken auf einmal in mehrere Bretter zerschneiden konnte [2]).

Durch Windräder getriebene Holz-Sägemühlen soll zuerst 1592 der Holländer Cornelis Cornelisz van Uitgeest erbaut haben [3]). In der unten angegebenen Quelle, woraus diese Nachricht stammt, wird auch behauptet, dass man bei diesen Mühlen zuerst zwei Sägen mit demselben Krummzapfen (in demselben Gatter) bewegte, bald nachher vier und diese Zahl endlich bis auf acht Sägeblätter steigerte. Wahrscheinlich ist es dieselbe Behauptung, welche Leupold [4]) veranlasste, die Holländer als die Erfinder der Sägemühlen mit mehreren Blättern zu bezeichnen.

Die ältesten Abbildungen von deutschen Holz- und Stein-Sägemühlen, welche der Verfasser aufzutreiben vermochte, tragen die Jahreszahl 1612 und finden sich im 3. Theile von Zeising's (nach dessen Tode von Gross in Leipzig besorgtem) Theatrum Machinarum.

---

1) Am ausführlichsten berichtet hierüber Beckmann a. a. O. S. 268. Ferner finden sich Notizen in Busch: „Versuch eines Handbuchs der Erfindungen", Theil 6, S. 11.

2) Beckmann a. a. O. S. 273.

3) Loosjes: „Beiträge zu einer Geschichte der Windmühlen". Aus dem Holländischen im Leipziger Journal für Fabrik, Manufactur, Handlung und Mode, Bd. 12 (1797), S. 90.

4) Theatrum Machinarum. Theil 9, S. 114.

Hier wird auch der Gatter mit mehreren Sägeblättern gedacht und als eine sehr gute Mühlenconstruction die empfohlen, wovon nachstehende Fig. 304 (in halber Grösse des Originals) eine treue Copie ist.

Fig. 304.

Als Betriebsmaschine wird (wie es scheint) ein unterschlägiges Wasserrad *A* verwandt, auf dessen Welle ein Stirnrad *B* sitzt, welches in einen sogenannten Rumpf, d. h. in ein Getriebe greift, dessen Stöcke in die betreffende Welle (hier die eines Schwungrades *D*) eingelegt sind. Auf der nach aussen hin verlängerten Schwungradaxe steckt die Kurbel *E*, deren freies Ende (Warze) mit der Lenkstange *F* in gehörige Verbindung gebracht ist. Letztere fasst das Sägegestell (das Gatter, auch Sägeschoss genannt) am unteren Riegel *G* und veranlasst den Auf- und Abgang desselben. Die beiden verticalen Seitentheile des Gatters (die Gatterschenkel) gleiten zur entsprechenden Geradeführung in Nuthen *X*, welche in hölzernen Ständern *W* (den Schossladen, Gattersäulen) angebracht sind. Wie aus dem Zusammenhange erhellt, schneidet das Sägeblatt *H* beim Niedergange des Gatters und geht leer beim Aufgange. Während letzterer erfolgt, wird gleichzeitig durch das sogenannte Schiebzeug der zu durchschneidende Balken (oder Baum) *V* der Säge soviel entgegengerückt, als die Tiefe des nächsten Schnittes beträgt.

Hierzu ist zunächst die in festen Lagern schwingende Schiebwelle *K* vorhanden, welche ihre Bewegung durch den Arm *I* vom Sägegatter aus erhält, und diese mittelst des Schiebekopfes *L* und der daran befestigten Schiebstange auf ein mit Sperrzähnen versehenes Rad (das Stossrad) *N* überträgt. Auf der Welle der letzteren wickeln sich abwechsend zwei Ketten *S* beziehungsweise auf und ab, deren andere Enden an den äussersten Querriegeln des Wagens *T* (Klotzwagen, Blockwagen) gebunden sind, worauf der zu schneidende Balken *V* mittelst Klammern oder Bandhaken *YZ* gehörig befestigt ist.

Um nach dem völligen Durchsägen des Balkens *V* den Wagen *T* seinen ganzen Weg schnell und zwar durch die Kraft des Betriebswasserrades zurückzuführen, bevor ein neuer Schnitt anfangen kann, ist der sogenannte Rücklauf angeordnet, der im Wesentlichen aus Rädern und Getrieben (sogenannten Vorgelegen) *O*, *P*, *Q*, *R* besteht, durch deren Zusammengreifen, nach Ausserwirksamkeitsetzen, d. h. Ausheben der Schiebklaue *L*, eine entgegengesetzte Umdrehung der Welle des Stossrades *N* erfolgt, um welche sich die erwähnten Ketten *J* wickeln und wobei man zugleich Sorge getragen hat, dass die hieraus resultirende, rückgängige Bewegung des Klotzwagens *T* möglichst rasch erfolgt. Während des Schneidens, wo die Schiebklaue gegen das Sperrrad wirkt, rückt man das Stirnrad *P* zur Seite, d. h. verschiebt es sammt seiner Welle derartig, dass es während gedachter Zeit mit den Getrieben *O* und *Q* ausser Eingriff kommt.

In England widersetzte sich merkwürdiger Weise das Arbeitervolk der Einführung der Sägemühlen, weil sie durch dieselben ihren Erwerb beeinträchtigt glaubten. Aus diesem Grunde musste eine Windsägemühle eingehen, welche 1633 in der Nähe Londons von einem Holländer erbaut worden war. Im Jahre 1700, als ein gewisser Houghton der englischen Nation die Vortheile der Sägemaschinen darzulegen sich bemühte, gab man abermals aus Sorge vor dem Widerstande des Pöbels die Sache auf, ja die damals gemachten Drohungen wurden selbst noch im Jahre 1767 (oder 1768) zur That, als ein reicher englischer Holzhändler auf Antrieb und mit Unterstützung der Society of Arts eine Windsägemühle in Limehouse (einer jetzigen Vorstadt Londons) erbaut hatte. Der unsinnige Pöbel riss die ganze Mühle nieder, konnte indess nicht verhindern, dass sie (nach Bestrafung der Uebelthäter) bald darauf und zwar auf Kosten der Grafschaft wieder aufgerichtet wurde und sodann ungestört im Betriebe blieb. Nach Anderson's „Geschichte des Handels" war diese Londoner Maschine nicht die erste ihrer Art in Grossbritannien, vielmehr soll bereits einige Jahre früher in Schottland und zwar unweit Edinburgh eine Windsägemühle im Gange gewesen sein [1]).

Das erste englische Patent auf Sägemühlen datirt vom 23. August 1687 und zwar wurde dasselbe einem Duke of Albemarle im weitesten Umfange unter Hervorhebung des Satzes ertheilt: „For Erecting Saw Mills to move by Wind or Water" [2]).

---

1) Der Verfasser ist in den vorstehenden geschichtlichen Angaben über englische Sägemühlen ganz dem gewissenhaften Beckmann (a. a. O. S. 275) gefolgt, da die ihm zu Gebote stehenden englischen Quellen, wie u. A. die bereits mehrere Male citirte Arbeit Barlow's (erst 1836 in London gedruckt), in der That nichts weiter als wörtliche Uebersetzungen aus Beckmann enthalten, ohne dass der Verfasser auch nur mit einer Silbe erwähnt wird!

2) Veröffentlicht wurde dasselbe erst und zwar ohne beigegebene Abbildun-

Das erste und zwar deutsche Werk, worin sich einigermaassen für Constructeure von Holzsägemühlen brauchbare (nach Maassstab ausgeführte) Zeichnungen vorfinden, veröffentlichte 1718 der Mühlenbaumeister Sturm[1]). Unter den Mitteln, welche hier vorgeschlagen sind, den gewöhnlichen Krummzapfen mit Lenkstange direct oder indirect zu umgehen, befindet sich auch die Schleife mit Stange, die sogenannte Sinus- oder Sinus-Versus-Bewegung, von der man gegenwärtig wieder (u. A. bei gewissen Dampfpumpen) Gebrauch zu machen pflegt.

Noch bessere nach Maassstab gefertigte Zeichnungen von Brettschneidemühlen enthält der neunte Theil des Leupold'schen (nach dessen Tode von Beyern und Consorten veröffentlichten) Theatrum Machinarum Molarum Tafel XXXIX, wo Seite 114 des zugehörigen Textes noch eine arge Polemik gegen die Nützlichkeit von Sägegattern mit mehreren Blättern erhoben wird.

Die Brettsägemaschinen des 18. Jahrhunderts unterscheiden sich, wenn man die besseren Details unbeachtet lässt, von denen der älteren Zeit (Fig. 304) hauptsächlich durch die veränderte Art der Bewegung des Blockwagens, welche ganz ohne Mitwirkung von Ketten, einfach durch Zahnstangen erfolgte, die man unmittelbar unter den Langbäumen des Wagens befestigte und durch Zahngetriebe zur fortschreitenden Bewegung veranlasste.

Als Prototyp der damaligen Holzsägemaschinen, das sich übrigens auch bis zu Anfang gegenwärtigen Jahrhunderts erhalten hat, kann daher die Anordnung betrachtet werden, welche Fig. 305 im Längen- und Fig. 306 im Querprofile darstellt, und wobei vorausgesetzt ist, dass der Betrieb durch ein Wasserrad erfolgt, dessen Ort durch die Buchstaben A bezeichnet ist.

Die Maschinentheile, welche die Bewegung vom Wasserrade auf die Säge übertragen, bestehen auch hier aus einem grossen Stirnrade C, einem Getriebe E, einem Krummzapfen F, dessen Warze G mit dem unteren Ende der Lenkstange H in Verbindung gebracht ist, während das obere Ende von H in eine Oehse des unteren Gatterriegels J fasst und dadurch die auf- und niedergehende Bewegung des Gatters JKM mit dem Sägeblatte L veranlasst. Der obere Gatterriegel ist insbesondere mit dem Buchstaben K, die beiden verticalen Seitentheile, die Gatterschenkel oder Gatterstäbe mit MM bezeichnet. Ein auf der Kurbelwelle festsitzendes und mit dieser rasch umlaufendes Schwungrad dient hier zur Ausgleichung der ungleichförmig auftretenden

---

gen im Jahre 1827, in der bekannten Sammlung Blaubücher „Patent Specification" Nr. 255.

1) Sturm's bei Jeremias Wolff in Augsburg verlegtes Werk führt den Titel: „Vollständige Mühlen-Baukunst" und sollte sowohl das bereits hundert Jahre früher (1617) in französischer Sprache zu Frankfurt a. M. veröffentlichte Werk des Strata à Rosberg: „Dessins artificiaux de toutes sortes de Moulins" etc., sowie den „Schauplatz der mechanischen Künste von Mühlen und Wasserwerken" des Architekten und Ingenieur Böcklern (Nürnberg 1673) ersetzen, worin, wie in dem bereits citirten Theatr. Mach. von Zeising, die Abbildungen nur perspectivisch (ohne Maassstab) und überdies so schlecht dargestellt sich vorfinden, dass solche von keinem Baumeister ohne Weiteres benutzt werden konnten.

Widerstände. Mittelst eines Schiebzeuges *a*, *b*, *c*, *d*, *f*, *g*, *h*, welches ausser der Zahnstangenanordnung dem von Fig. 304 ähnlich ist, wird der Blockwagen *l*, auf welchem der zu durchsägende Baum, Block oder Balken γ befestigt ist,

Fig. 305.

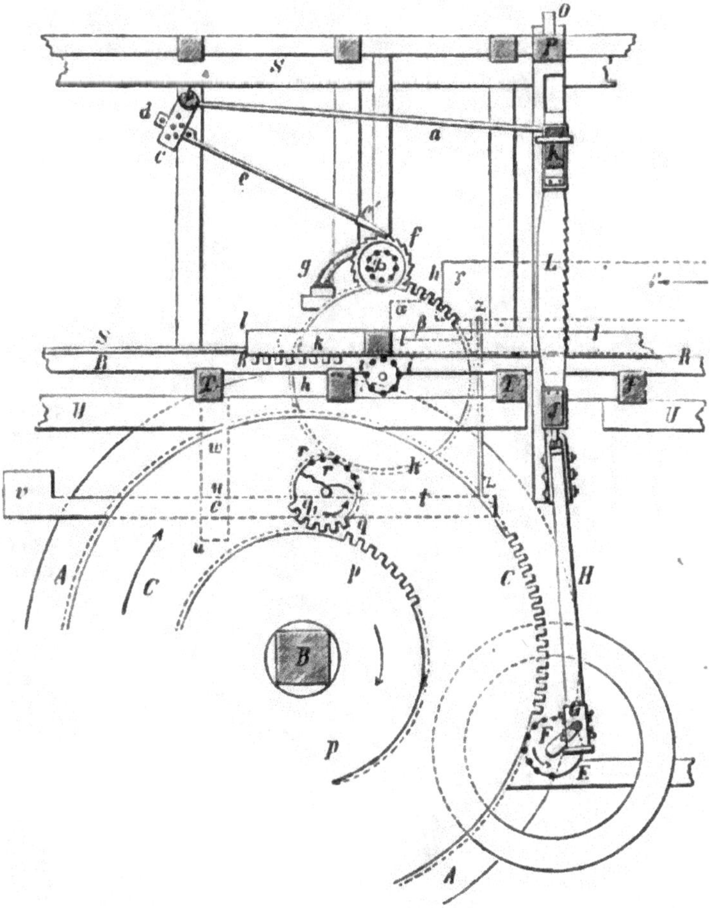

zur fortschreitenden Bewegung gezwungen. Es sitzen hier nämlich auf der Welle des Stirnrades *h* (das Setzrad genannt) zwei Getriebe in solchen Entfernungen von einander, als dies der Abstand beider Wagenlangbäume *ll* erforderlich macht, derartig, dass die Stecken (oder Zähne) eines jeden Getriebes *i* in die correspondirenden der unterwärts an den Wagenbäumen befestigten Zahnstangen *k* fassen können. Der Wagen *ll* gleitet übrigens bei seiner Bewegung auf den festliegenden Strossbäumen *R R*, die oberhalb zur Verminderung von

Reibung und Abnutzung mit Eisenschienen *S* belegt sind. *T* und *U* gehören zum Balkenwerke der zweiten Etage des Mühlengebäudes[1]).

Der Rücklauf ist hier folgendermaassen angeordnet. Unter dem Setzrade *h* ist eine besondere Welle gelagert, deren eines Ende gehoben und gesenkt werden kann, und auf welcher zwei Getriebe *r* und *q* stecken, die jedoch in verschiedenen aber parallelen Ebenen, nämlich so liegen, dass *r* mit *h* und *q* mit einem Rade *p* in Eingriff gesetzt werden kann, welches letztere auf der Wasserradwelle *B* befestigt ist. Das eine bewegliche Lager der Welle von *qr* ruht auf einer sogenannten Wippe *tv*, welche als doppelarmiger Hebel um einen Bolzen *c* an Hängearmen *uw* schwingen kann. Ein bei *v* angebrachtes Gegengewicht erhält während des Schneidens das Getriebe *q* ausser Eingriff mit dem Zahnrade *p*, während dieser Eingriff durch Niederschieben einer Stange *s* hergestellt wird, sobald man, nach vollendetem Schneiden, die Zurückführung des Wagens veranlassen will.

Fig. 306.

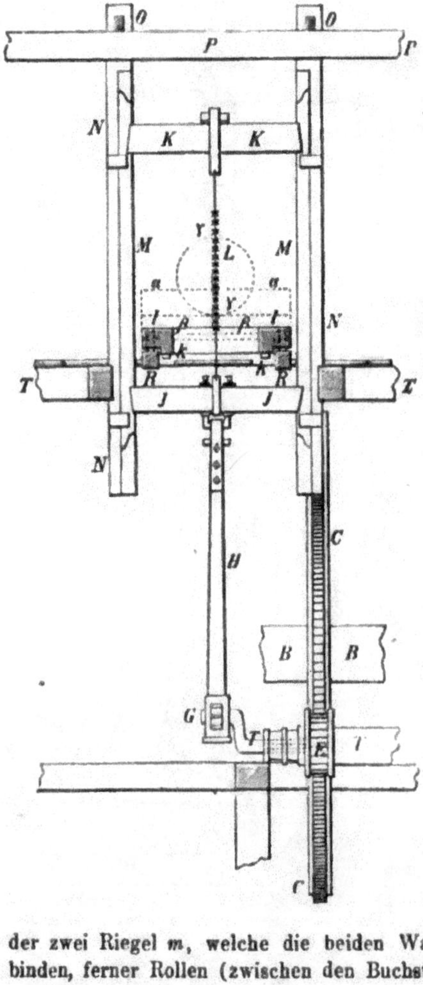

Zum noch besseren Verständnisse des hier beschriebenen Schiebzeuges und des damit zusammenhängenden Blockwagens sind die betreffenden Haupttheile in Fig. 307 noch besonders abgebildet, wobei überall gleiche Theile mit denselben Buchstaben wie in den beiden vorhergehenden Figuren bezeichnet sind. Besonders erkennbar ist hier noch einer der zwei Riegel *m*, welche die beiden Wagenlangbäume *ll* mit einander verbinden, ferner Rollen (zwischen den Buchstaben *l* und *R*, welche sich in Ver-

1) Die besten und vollständigsten Zeichnungen, welche zum Studium der oft recht zweckmässigen Details (Holzconstruction) dieser älteren Holzschneidemaschinen empfohlen werden können, finden sich in Schwahn's Lehrbuch der Mühlenbaukunde. Fünfte Abtheilung, Blatt XL und XLI.

tiefungen der Bäume l um Zapfen drehen können), womit die Wagen auf den Schienen der Strossbäume R laufen. Endlich sind Bolzen nn punktirt angegeben, welche durch die Backen der Wagenbäume gehen und zur Befestigung der Zahnstangen k in den Langbäumen ll dienen.

Fig. 307.

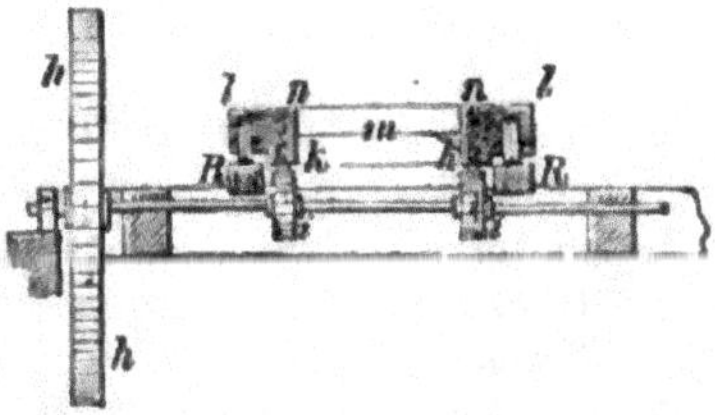

Die zu schneidenden Hölzer werden nicht unmittelbar auf den Wagen ll befestigt, sondern auf Querstücken, die Schemel genannt, welche auf die Wagenbäume zu liegen kommen. Der eine hintere Schemel (von wo an das Schneiden beginnt) heisst der grosse, der andere, welcher das Vorderende des Blocks aufnimmt, der kleine Schemel. Der grosse Schemel (Fig. 308 im Längendurchschnitte und Fig. 309 im Grundrisse) besteht aus einem starken Klotze α, vorn mit einem Absatze β zum unmittelbaren Auflegen des zu schneidenden Stammes oder Balkens γ und in der Mitte mit einem Einschnitte δ, worin sich die Säge verbergen kann, bevor sie zu schneiden anfängt. Auf dem Wagen wird der Klotz durch Keile befestigt und noch auf zwei Bohlenstücke gelegt, die im Wagen eingesetzt sind und oben mit dessen Riegel bündig liegen. Zum Festhalten des Stammes γ im Schemel dienen zwei Spiesse $\delta' \delta'$, oder eine sogenannte Zange, d. i. ein schwalbenschwanzförmiges Stück Holz, das über einen Einschnitt in der Mitte des Schemels geschoben wird und von den so sich bildenden zwei Armen mit eisernen Spitzen versehen ist.

Fig. 308.

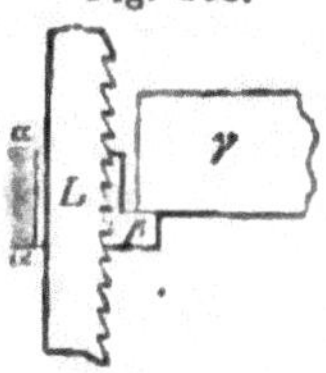

Fig. 309.

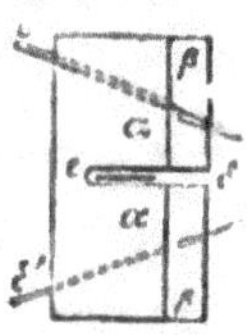

Der vordere oder kleinere Schemel m (Fig. 310, 311 und 312) steht, wie die Grundrissfigur 312 erkennen lässt, auf der einen Seite etwas über den Wagen ll hinaus, um durch den vorspringenden Theil m' einen Verstärkungskopf für einen Keil y zu bilden, der innerhalb gegen den einen Wagenbaum geschlagen wird.

Fig. 310.

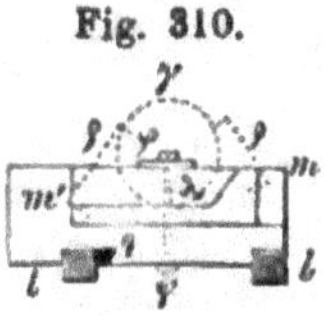

Im oberen Einschnitte des kleinen Schemels m liegt ein zweiter Körper λ, der Rückschemel genannt, auf welchem der zu schneidende Stamm oder Balken γ mittelst Klammern $\varrho\varrho$ (Fig. 310) befestigt wird. Mittelst dieses Rückschemels verschiebt man den zu sägenden Stamm so lange, bis er in die zum Anschneiden erforderliche Lage gebracht ist, befestigt ihn hierauf mittelst eines Keiles φ, den man unter den Haken einer Knagge ψ schlägt, welcher im Hauptschemel m sitzt.

Fig. 311.

Fig. 312.

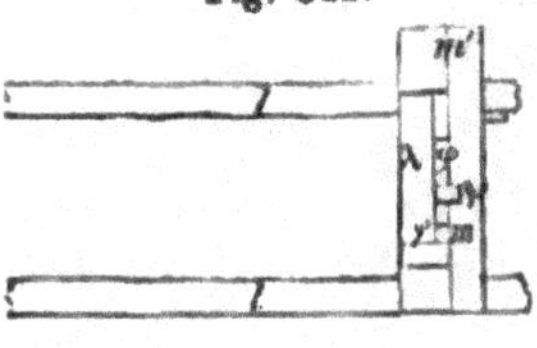

Ist ein Stamm oder Balken von einem Ende bis zum anderen durchgesägt, so wird er, entsprechend der beabsichtigten Brett- oder Bohlendicke, etwas verschoben, was auf dem hinteren Schemel unmittelbar geschieht, auf dem vorderen aber mittelst des Rückschemels erfolgt.

Der auf dem vorderen Schemel *m* liegende Theil des Stammes (der Kamm genannt) wurde nicht mit durchgeschnitten und der Länge des beabsichtigten Brettes oder der Bohle zugegeben, so dass z. B. um 24 Fuss lange Bretter zu schneiden, Stämme von $24\frac{1}{2}$ Fuss Länge erforderlich waren.

Es verbleibt uns jetzt noch die Erörterung einiger Specialitäten, das Gatter und die Säge betreffend.

Hinsichtlich des Gatters werde zunächst bemerkt, dass es in einem Falze starker verticaler Hängesäulen *N N*, Schoss- oder Gatterboden genannt, seine Führung erhält, d. h. in diesem auf- und niedergeht. Diese Schossladen sind in der unteren Balkenlage an zwei Wechsel *Q Q*, Fig. 313, genagelt, in der oberen an die Balken *P P* mittelst Zapfen *O O* und Keilen *O' O'* (Fig. 314) aufgehangen.

Fig. 313.

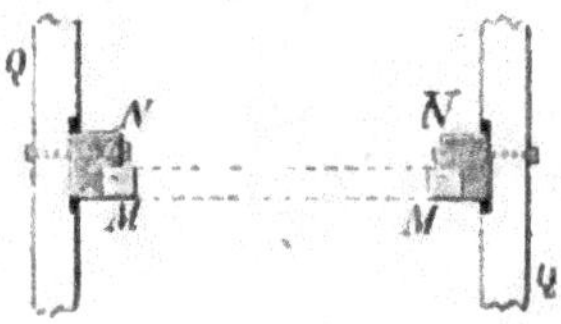

Fig. 314.

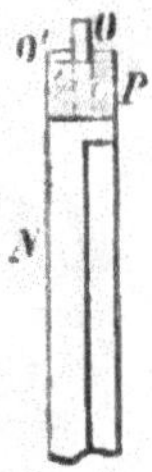

Damit das Sägegatter *J K M* Fig. 306 nicht nach vorn aus dem Schossladen *N N* herausfallen könne, so sind an letzterem auf jeder Seite 2 Knaggen angebracht.

Die Befestigung der Säge am unteren Riegel *J* des Gatters geschieht vermittelst einer eisernen Kappe (*z z* Fig. 315 besonders gezeichnet), die oben aufgeschlitzt ist, damit das Sägeblatt durchgesteckt und weiter durch zwei Keile gehörig gehalten werden kann.

Fig. 315.

Fig. 316.

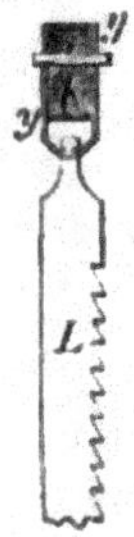

Mittelst ähnlicher Knaggen *y y* Fig. 316 befestigt man auch das Sägeblatt am oberen Gatterriegel *K*, nur dass diese Kappen länger sind, damit das Blatt durch Keile gehörig angespannt werden kann.

Die Verbindung des Gatters mit dem oberen Ende der Lenkstange *H* geschieht entweder so, wie ohne Weiteres aus den Figuren 305 und 306 erhellt, durch einen Bügel am unteren Gatterriegel *J* und eine Kappe am Lenkstangenende, oder in nebenskizzirter Weise, Fig. 317.

Fig. 317.

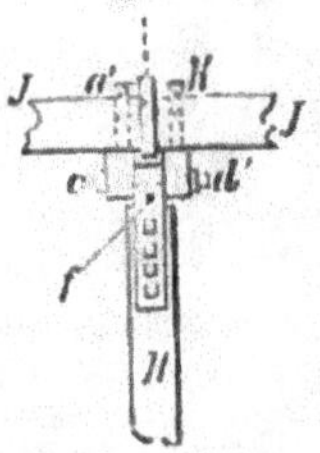

Im Gatterriegel *J* werden zwei (gewöhnlich hölzerne) starke Docken *a'b'* befestigt, durch welche ein cylindrischer Bolzen *c' d'* geht, an dem unmittelbar die Lenkstange *H* mittelst ihrer Kappe *f* aufgehangen ist.

Die hier gebräuchlichen sogenannten Mühlsägen haben gewöhnlich eine Blattlänge von 5 bis $5\frac{1}{2}$ Fuss preuss., wobei sie auf etwa 3 Fuss Länge verzahnt sind. Die Blattbreite variirt von 8 bis 10 Zoll, bei einer mittleren Dicke von $1\frac{1}{4}$ Linien an den Zähnen und von 1 Linie an dem Rücken. Die Zähne selbst sind $1\frac{1}{4}$ bis 2 Zoll lang und $\frac{5}{4}$ bis $1\frac{1}{2}$ Zoll vorspringend.

Die älteren Mühlenbauer waren einstimmig der Ansicht, dass die Maschinensäge nur beim Niedergange schneiden, beim Aufgange aber sich ohne Sägewiderstand bewegen müsse, dass ferner der zu schneidende Stamm oder Balken nur beim Aufsteigen der Säge fortzurücken, beim Schneiden aber völlig unbeweglich zu lassen sei [1]).

Dieser entsprechend hing man die Säge im Gatter so ein, dass eine durch die Zahnspitzen gezogene gerade Linie mit der verticalen Richtung, d. i. mit der, in welcher sich die Säge bewegt, einen kleinen spitzen Winkel bildet. Dieses Schräghängen der Säge pflegte man ihren Busen zu nennen.

Dass man ausserdem die Zähne wie bei den Handsägen schränkt, d. h. diese abwechselnd nach rechts und links etwas aus der Ebene des Sägeblattes, wie Fig. 319 zeigt, herausbiegt (so dass sämmtliche Spitzen in zwei parallelen Ebenen liegen), versteht sich von selbst, da die Schnittstärke oder Schnittbreite $ad=fg$ offenbar grösser als die Sägeblattdicke $=s$ sein muss, will man ein nutzloses Anstreifen oder gar schädliches Klemmen des Blattes, zufolge der seitlich heraustretenden Sägespäne, in der Schnittfuge vermeiden [2]).

Fig. 318.

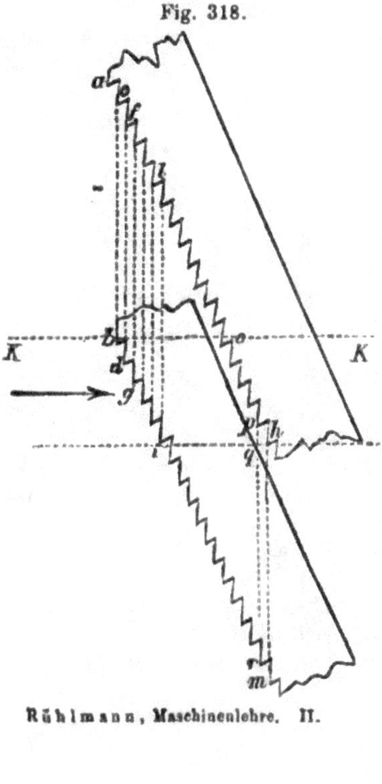

1) Zu beachten ist hierbei wohl, dass der Blockwagen dem Klinkenschiebzeuge, wegen der Elasticität aller hierzu gehörigen Theile, nicht momentan folgt, sondern gewöhnlich erst dann, wenn die Säge fast an der höchsten Stelle ihres Hubes angelangt ist.

2) Die erforderliche Grösse des Busens einer Säge ergiebt sich aus ihrer Hubhöhe und aus der Schnitttiefe, d. i. dem Vorschube. Soll dabei jede Zahnspitze der arbeitenden Säge eine noch undurchschnittene Stelle des Holzes treffen und beim Aufgange nicht am Holze streifen, so muss jede Spitze sowohl abwärts wie aufwärts ihre bestimmte unveränderte Verticallinie durchlaufen, beispielsweise wenn die Säge aus der höchsten Lage ah Fig. 318 in die tiefste bm gekommen ist, ein Zahn a die Verticale ab, der folgende Zahn c die Verticale cd, ein Zahn f die Verticale fg, ferner ein Zahn p die pqr u. s. f. Ruht ausserdem der Klotz K während des Schneidens, so erkennt man

Bei diesen alten Brettsägemaschinen rechnete man gewöhnlich 120 bis 150 Kurbelumdrehungen oder Auf- und Niedergänge der Säge pro Minute, wobei der Hub von 14 bis 20 Zoll, die Sägeblattgeschwindigkeit also von $4^2/_3$ Fuss bis $8^1/_3$ Fuss variirte.

Beispielsweise liegen dem Verfasser von einer derartigen Sägemühle, welche von einem sehr schnell umlaufenden unterschlägigen Wasserrade *A* betrieben wurde, folgende Zahlenwerthe vor. Das Wasserrad *A* (Fig. 305, S. 341) verrichtete 14 Umläufe pro Minute, das grosse Stirnrad *C* war mit 120 Zähnen und das Getriebe *E* an der Krummzapfenwelle *F* mit 14 Stöcken ausgestattet. Die Bug- oder Kurbelhöhe betrug $7^1/_2$ Zoll (preuss.), der Sägenhub also 15 Zoll, folglich die Hubzahl pro Minute: $14 \cdot \frac{120}{14} = 120$ und daher die Geschwindigkeit der Säge pro Secunde $\frac{2 \cdot 120 \cdot \frac{15}{12}}{60} = 5$ Fuss.

Ferner betrug die normale Länge des Schiebarmes *a*: 126 Zoll, die des sogenannten Radekopfes *c*: 14 Zoll, so dass sich für einen Punkt *d* der Schiebklaue pro Hub der Säge ein Weg von $15 \cdot \frac{14}{126} = 1^2/_3$ Zoll ergiebt. Weitere Dimensionen und Verhältnisse waren folgende: Halbmesser des Sperrrades $f = 15$ Zoll, des Steckengetriebes $g = 7$ Zoll. Das Setzrad *h* hatte 40 Zähne und jedes der Zahnstangengetriebe *i* 6 Stecken. Hieraus ergiebt sich, dass der Vorschub des Blockes pro Hub der Säge betrug: $1^2/_3 \cdot {}^7/_{15} \cdot {}^6/_{40} = {}^7/_{60} = 0{,}116$ Zoll.

Der zu sägende Eichenholzstamm hatte dabei eine mittlere Dicke von 12 Zoll, die Geschwindigkeit der Wagenbewegung beim Rücklaufe desselben betrug gewöhnlich 8 Zoll.

Zusatz. Ueber die Leistungsverhältnisse der älteren Holz-Sägemühlen[1])

---

bald, dass die geschnittene Holzfläche durch das verschobene Rechteck *behi* dargestellt wird, dass ferner $be = ih = \delta$ der Vorschub des Klotzes beim Aufgange, $ab = li = hm$ der Sägehub $= H$, der Winkel $bae = ilh = \varphi$ der sogenannte Busen, und dass sonach $tg. \varphi = \frac{\delta}{H}$ ist. Für $\delta = {}^1/_9$ Zoll und $H = 19$ Zoll folgt daher $tg. \varphi = 0{,}0074$. Bezeichnet ferner *b* die Schnittstärke (Fig. 319) und *s* die Sägeblattdicke, so macht man höchstens $b = 2s$, d. h. nimmt die Schnittfuge im Maximum gleich der doppelten Blattstärke. Der Winkel *man*, den die Schnittkanten des Blattes mit einander bilden, ist nie kleiner als 60 Grad. Ausführlich über Verzahnung der Holzsägen handelt ein Artikel von Karmarsch in den Mittheilungen des hannoverschen Gewerbevereins Jahrg. 1863, S. 6.

Fig. 319.

1) Es dürfte hier der geeignete Ort sein, auf eine mathematische Abhandlung des berühmten Leonhardt Euler hinzuweisen, welche derselbe unter dem Titel: „Sur l'action des scies", im 12. Bande (année 1756) der Histoire de l'Académie

findet man vertrauenswerthe Angaben und Zusammenstellungen nur in Egen's „Untersuchungen über den Effect einiger Rheinland-Westphälischen Wasserwerke". Berlin 1831, S. 168 etc.

Bei den von Egen selbst genau untersuchten einblättrigen Sägemühlen (zu Läer, Hüsten und Rüdinghausen) machte die Säge 80 bis 90 Schnitte pro Minute, hatte 1,75 Fuss Hub und drang in Eichenholz bei jedem Schnitte 0,8 bis 0,9 Linien tief ein. Diese Sägen hätten also pro Stunde, unter Voraussetzung einer Arbeit ohne jede Unterbrechung, eine Schnittlänge liefern können von $\frac{0,85 \,.\, 85 \,.\, 60}{144} = 30$ Fuss (in runder Zahl) oder von 360 Fuss während täglich 12 Stunden. Rechnete man die Hölzer im Durchschnitte $1\frac{1}{2}$ Fuss dick, so würde eine solche Mühle in 12 Stunden $360 \,.\, \frac{3}{2} = 540$ Quadratfuss Bretter schneiden können.

Da hierzu an reiner Arbeit (d. h. abgesehen von den Reibungen der Mühlenmaschinerie) eine Maschinenpferdekraft zu 510 Fusspfund (altes preuss. Maass) pro Stunde aufgewandt wurde, so erfordert hiernach jeder Quadratfuss Schnittfläche: $\frac{510 \,.\, 12 \,.\, 3600}{540} = 40800$ Fusspfund, so wie sich hieraus berechnet, dass jede reine Maschinenpferdekraft bei continuirlicher Arbeit pro Stunde 45 Quadratfuss Eichenholz schneidet.

Nach Angabe des Franzosen Clement beträgt die reine Arbeitsgrösse, um 1 Quadratfuss trockene Tannenholzbretter zu schneiden, 40300 Fusspfund.

Navier giebt an, dass zum Schneiden von 1 Quadratfuss grüner Eichenbretter 29000 Fusspfund gehören, was sich nach den Beobachtungen von Bélidor (dass zum Zerschneiden von trocknem Holze $\frac{4}{3}$ Mal so viel Arbeit gehört, als zum Zerschneiden von grünem) auf 38700 Fusspfund reducirt.

Coste untersuchte die wohl eingerichtete Sägemühle von De Niceville zu Metz [1]) und fand für einen Quadratfuss trockner Eichenbretter den Arbeitswiderstand zu 42300. Das Mittel aus diesen drei letzteren Werthen ist 40433 Fusspfund, welche Zahl von der Angabe Egen's (verhältnissmässig) wenig abweicht. Jedenfalls sind die Schnitthöhen und noch manche andere Umstände von Einfluss, worauf wir später (bei den Sägemühlen der Gegenwart) ausführlich zurückkommen. Es werde deshalb hier nur noch die Bemerkung beigefügt, dass nach Berechnungen von Navier das Zersägen von Marmor die 5fache, und das Zersägen von Granit die 34fache Arbeit des Zersägens von trocknem Eichenholze erfordert.

Royale des Sciences pag. 267 etc. veröffentlichte. Werden die daselbst aufgestellten Theorien auch nicht durch (für die Praxis erforderliche) Versuche begleitet, so haben die entwickelten Formeln doch keinen geringen wissenschaftlichen Werth. Die schräge Lage der gezahnten Sägekante hebt (in den beigegebenen Abbildungen) Euler dadurch hervor, dass er dem Blatte oben eine grössere Breite wie unten giebt.

1) Man sehe wegen dieser Mühle S. 360 und das „Bulletin d'encouragement" 27e année (1828), pag. 285.

§. 50.

Bedeutsame Veränderungen in der Anordnung und Ausführung von Holz-Sägemaschinen treten erst am Anfange des gegenwärtigen Jahrhunderts auf, wo durch General Bentham[1]) die Umgestaltung und Verbesserung der berühmten englischen Militärwerkstätte und Schiffswerfte (Dock Yards) von Portsmouth energisch und mit grosser Sachkenntniss in die Hand genommen und durch die wackeren Ingenieure Isambard Brunel[2]) und Henry Maudslay[3]) mit Anlagen, Werkzeug und Maschinen versehen wurden, welche (damals) die Aufmerksamkeit der ganzen technischen Welt auf sich zogen und Muster für die verschiedenartigsten Constructionen lieferten. Diesen Erfolgen war die Entwicklung der englischen Eisenindustrie wesentlich zu Statten gekommen, indem es dadurch möglich wurde, Gusseisenconstructionen überhaupt herzustellen, im Besondern aber dieses Material zu Gestellen und wesentlichen Organen von Maschinen in Anwendung zu bringen.

Ein reiches Magazin der sinnreichsten Ideen wurde in der sogenannten „Block-Maschinerie“, d. h. demjenigen Sortimente von Holzbearbeitungsmaschinen zur Herstellung von Schiffskloben (Seilkloben, Flaschen mit Seilrollen) zu Tage gefördert, welche Brunel für die Portsmouther Dock-Yards angab und Maudslay ausführte[4]).

Wesentliche Bestandtheile (neben Bohrmaschinen, Meissel-, Drehbänken etc.) bildeten hier Sägen mit geraden und kreis-

---

1) The Life of Brigadier General Sir Samuel Bentham. London 1862, pag. 220.

2) Memoir of the Life of Sir Marc Isambard Brunel etc. by Beamish. London 1862. — Brunel war 1769 zu Hacqueville in Frankreich, unweit Gisors in der Normandie geboren. Die Revolution zwang ihn 1793 sein Vaterland zu verlassen.

3) Life of Brunel a. a. O. S. 48. Im Jahre 1800 gründete Maudslay unter der Firma „Maudslay and Field“ das noch heute in London (Lambeth) blühende und jetzt von seinen Nachkommen geleitete Maschinenbau-Etablissement.

4) Die ausführlichste und vollständigste Beschreibung der Portsmouther „Block-Maschinerie“ hat (mit Abbildungen begleitet) John Farey für Rees' „Cyclopaedia“, Vol. XXII, Art. „Machinery“ geliefert. Die beste deutsche Bearbeitung dieses Gegenstandes enthält der Artikel „Kloben“ im techn. Wörterbuche (nach Ure's Dictionary) von Karmarsch und Heeren. Erste Auflage (1843), Bd. 2.

förmigen Blättern, oder sogenannte Kreissägen[1]), die bereits Brunel zum Sägen von Hölzern überhaupt zweckmässig umzugestalten verstand und sich deren Construction durch englische Patente zu sichern suchte[2]).

Die Anordnung von Brunel's grossen Kreissägen mit einem oder mehreren Blättern (Patent von 1805) lassen Fig. 320 und 321 erkennen.

Fig. 320.

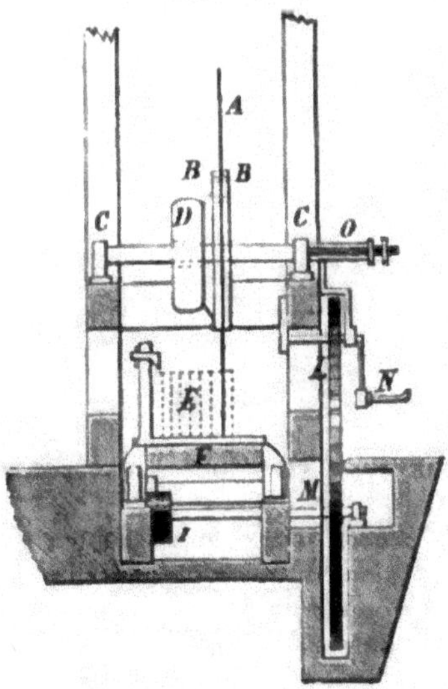

Die über 5 Fuss haltende Säge *A* ist aus 8 Segmenten zusammengesetzt, wozu man zwei Scheiben benutzt hat, die genau abgedrehte Flächen haben und mit einander und den Blattsegmenten durch Schrauben verbunden sind; die Bolzenlöcher der Schrauben sind länglich gestaltet, um eine gehörige Adjustirung vornehmen zu können. Die Säge ist ferner auf einer Welle *CC* festgekeilt, welche mittelst eines über die Scheibe *D* gelegten Riemens in Umdrehung versetzt werden kann.

Die meisten Theile unserer Abbildung bedürfen keiner besonderen Erklärung, da ihr Zweck, nach dem Früheren, leicht erkennbar ist. Hierher gehört der Klotzwagen *F* mit dem Holzblocke *E*, der durch Klammern auf ersterem befestigt wird; ferner die Zahnstange *K* und das in diese eingreifende Getriebe *J*. Zu be-

1) In einem Artikel des Londoner Mechanic's Magazine, Vol. 56 (1852), p. 287, mit der Ueberschrift „History of Wood-Cutting-Machinery", wird angeführt, dass die Kreissäge etwa 1790 von Holland nach England eingeführt und zuerst in Southampton in Anwendung gebracht worden sei. — In Frankreich wurde 1799 einem gewissen Albert das erste Brevet auf eine Kreissäge ertheilt, wobei der Klotzwagen von der Sägenachse aus, durch Räderwerk und Zahnstange seine Bewegung erhält. Beschreibung und Abbildung davon enthält Tome 5 der Description des Brevets (Paris 1823), p. 121, Pl. 12. — Navier in seiner Ausgabe von Bélidor's „Architecture hydraulique" bemerkt S. 257, dass die Kreissägen in Holland von jeher bekannte Maschinen gewesen und namentlich zum Furniersägen verwandt worden wären.

2) Brunel's Patent auf „Block-Maschinerie" (Ships Blocks) datirt vom 9. März 1801 und die mit Abbildungen begleitete „Specification" trägt die Nummer 2478. Sein erstes Patent auf Holzsägemaschinen überhaupt betrifft die Verwendung grosser stählerner Kreissägen, welche aus mehreren segmentartigen Theilen zusammengesetzt sind. Dasselbe datirt vom 7. Juni 1805 und die Nummer der betreffenden Specification ist 2844.

merken ist nur, dass Brunel die Bewegung des Wagens gegen die Säge nicht durch die Elementarkraft, sondern durch Menschenhände bewirkte. Zu letzterem Ende sitzt an der Welle des Getriebes *J* ein grosses Stirnrad *M*, in

Fig. 321.

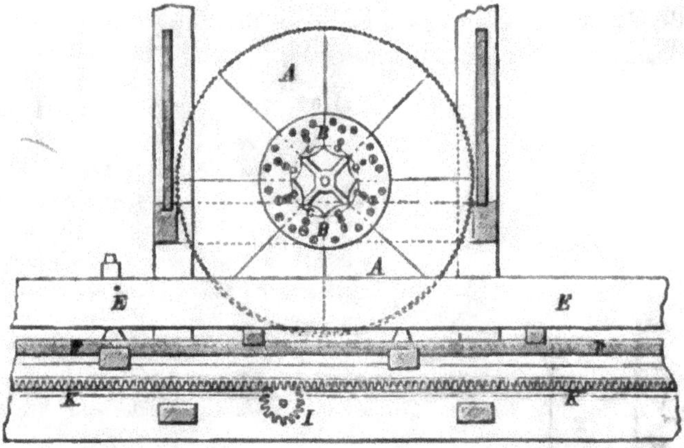

welches ein kleines Zahnrad greift, das mit Hülfe einer Kurbel *N* umgedreht werden kann.

Wenn der Block ein Mal auf seiner ganzen Länge durchschnitten war, und ein zweiter Schnitt geschehen sollte, blieb der Wagen unbeweglich und nur die Kreissäge wurde nach der Seite hin entsprechend verrückt. Hierzu war die Welle so angeordnet, dass sie mit Hülfe einer Schraube *O* nach der Achsenrichtung verschoben und respective so festgestellt werden konnte, dass sie beim Arbeiten nur eine drehende Bewegung anzunehmen vermochte.

Brunel's Patent erstreckt sich zugleich auf die Anbringung mehrerer Kreissägeblätter auf derselben Achse, derartig, dass, wie bei den sogenannten Bocksägen, ein Holzklotz oder Balken gleichzeitig in mehrere Bretter oder Bohlen zerschnitten werden kann [1]).

Furnier-Schneidemaschinen, womit man edle und theure Hölzer (Mahagony, Jacaranda, Nussbaum etc.) in dünne Blätter (Furniere), gewöhnlich ½ bis 1 Linie dick, zertheilt, welche zum Bekleiden (Belegen) oder Einlegen von Tischlerarbeiten verwandt werden, stattete Brunel zuerst nicht mit Sägen, sondern mit einem horizontal liegenden geraden Messer aus, dessen Breite gleich der Länge der Bohle genommen wurde, woraus die Furniere hergestellt werden sollten.

Da derartige Maschinen eigentlich zur Gattung der Holz-

1) Die Patent-Specification Nr. 2844 enthält auf Blatt II Abbildungen von mehrblättrigen Kreissägen.

hobelmaschinen gehören, so muss hier auf die unten notirte Patent-Specification verwiesen werden [1]).

Grossen Erfolg scheinen diese Holzfurnier-Schneidemaschinen Brunel's nicht gehabt zu haben, da er bereits in einem späteren Patente [2]) wieder auf Kreissägen zurückkommt, womit er überhaupt dünne Blätter mit möglichst wenig Holzabfall zu schneiden bemüht war.

Die erste von einer Dampfmaschine betriebene Holzsägemühle (Dampf-Sägemühle) scheint 1808 (von Brunel gezeichnet und von Maudslay ausgeführt) für das Woolwicher Arsenal in Betrieb gekommen zu sein [3]). Dieselbe enthielt vier Gatter, jedes für 12 bis 15 Blätter angeordnet. Die Uebertragung der Arbeit von der Schwungradwelle der Dampfmaschine auf die Krummzapfenwelle zur Gatterbewegung erfolgte durch Riemen, die Gatter selbst waren aus Gusseisen hergestellt, mit gespaltenen horizontalen Querstücken (Gatterriegeln) und hohlen, mit Holz ausgefütterten Seitentheilen (Gatterschenkeln) versehen, wodurch grosse Festigkeit bei verhältnissmässig geringem Gewichte erreicht wurde.

Die Befestigung und Vorrichtung zur möglichst gleichmässigen Anspannung der Sägeblätter lässt Fig. 322 erkennen, die der betreffenden Patentzeichnung entlehnt ist [4]).

An das Sägeblatt *A* sind an beide Enden Haken *B* und *C* angenietet, wovon ersterer direct in den unteren Gatterriegel *F*, der obere *C* aber in den correspondirenden Haken eines sogenannten Spannbolzens *D* fasst. Alle überhaupt vorhandenen, mit der Sägeblattzahl übereinstimmenden Spannbolzen gehen frei durch die Doppelwand des oberen Gatterriegels *E* und werden oberhalb desselben durch Keile *G* gehalten.

Um jedes einzelne Blatt in die erforderliche Spannung zu versetzen, ist oberhalb des Gatters eine horizontale Brücke *K* gebildet, die mit ihren äussersten Enden auf Ständern ruht [5]), die an beiden Seiten durch Schrauben und

---

1) Nr. 2968 (Cutting Veneers). Datirt vom 22. März 1806. Maschinen, um Holzfurniere statt mit der Säge mit dem Messer zu schneiden, hat in jüngster Zeit wieder u. A. Garrand in Paris in Anwendung gebracht. Man sehe deshalb das Monatsblatt des hannoverschen Gewerbevereins Jahrg. 1861, S. 61.

2) Circular Saws-Specification Nr. 3116 (mit Abbildungen begleitet) vom 14. September 1808.

3) Memoir of the life of Brunel p. 103 u. 117.

4) Specification Nr. 3529 vom 26. März 1812.

5) Vollständigere Abbildungen (Detailzeichnungen) hiervon finden sich auf der bereits citirten Patent-Specification Nr. 3529, Taf. I.

Schraubenräder beziehungsweise erhoben und gesenkt werden können, wozu am Ende einer über die ganze Gatterbreite reichenden Welle *L* eine Kurbel aufgesteckt werden kann. Auf der Brücke *K* ist eine Kappe *H* hin und her verschiebbar angebracht, die genau über den Spannbolzen des betreffenden Blattes gestellt und mit diesem durch einen Bolzen *J* verbunden wird. Bei geeigneter Umdrehung der vorgedachten Kurbel und damit der Welle *L*, an deren beiden Enden zwei endlose Schrauben sitzen, lassen sich die Ständer, auf welchen die Brücke *K* ruht, leicht so weit erheben, bis das (unterwärts bereits unverrückbar befestigte) Blatt *A* die erforderliche Spannung erhalten hat, worauf man den Keil *G* entsprechend weit einschlägt und damit die Arbeit für ein Blatt beendet.

Fig. 322.

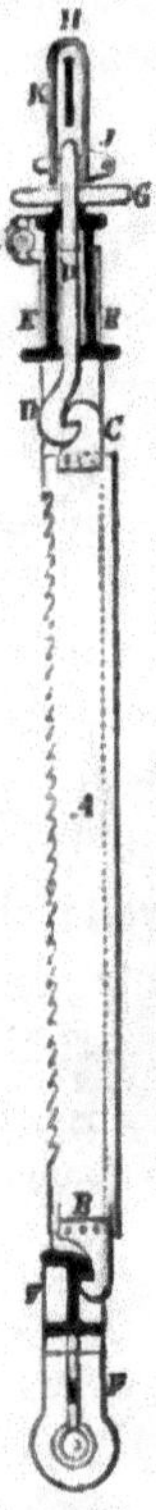

Um die Grösse der Spannung nach Gewichten feststellen zu können, brachte Brunel eine wohl geeignete Hebelwage mit dem Bolzen *J* in Verbindung, worüber in der unten verzeichneten Quelle nachzulesen ist [1]).

Brunel's Sägen schnitten sämmtlich beim Niedergange und zwar während des gleichzeitigen Fortrückens des Wagens, der beim Aufsteigen der Säge ruhte. Um bei letzterer Bewegung jedes Anstreifen der Zähne am Holze zu vermeiden, ertheilte er dem Gatter eine geringe oscillatorische Bewegung, welche ein Zurückweichen des Sägeblattes zur Folge hatte. Das Fortrücken des Klotzwagens erfolgte mit Hülfe von Sperrädern, deren Klinken durch Kurbel oder Excentrik von der Krummzapfenwelle aus in Thätigkeit gesetzt wurden [2]).

Von 1812 bis 1814 wurden die berühmten Chathamer Dampf-Sägemühlen, verbunden mit Heb- und Transportmaschinerien für das zu schneidende Holz, mit Wassertunnel, Eisenbahnen etc. errichtet, die eins der grossartigsten Werke ihrer Zeit bildeten und selbst noch heute studirt zu werden verdienen [3]). Hier fand sich eine wahre Mustersammlung von Sägen für Rund- und Kantenholz, für Dielen und andere Hölzer, welche man beim Schiffsbau bedurfte.

Mehrere dieser Mühlen sollen nach Beamish's [4]) Angaben

---

1) Specification Nr. 3643, Taf. I, Fig. 10 u. 11.

2) Ausführlich und mit Abbildungen begleitet in einer Patent-Specification Nr. 3643, vom 26. März 1813. Auch Rees beschreibt die Woolwicher Sägemühlen im Artikel „Sawing", jedoch ohne Abbildungen beizugeben.

3) Vortreffliche Abbildungen und ausreichende Beschreibungen finden sich im 6. Bande der erst 1843 veröffentlichten „Papers etc. of the Corps of Royal Engineers" unter der Rubrik: „Description of the Saw-Mills and Machinery for Raising Timber in Chatham Dock-Yard," p. 148 etc.

4) A. a. O. Brunel's Life, P. 117.

mit Bundgattern von 20 bis 24 Sägeblättern ausgestattet gewesen sein.

Von den mancherlei bemerkenswerthen Details der Chathamer Sägemaschinen werde hier auf einen Blockhalter am hinteren Wagenende aufmerksam gemacht, der ein völliges Durchschneiden des Stammes *A* Fig. 323 und 324 zulässt, sowie auf einen Pressionshebel mit Rolle, durch welchen dem Holze eine möglichst sichere Führung und Stützung nahe der Schnittstelle ertheilt wird.

Fig. 323.

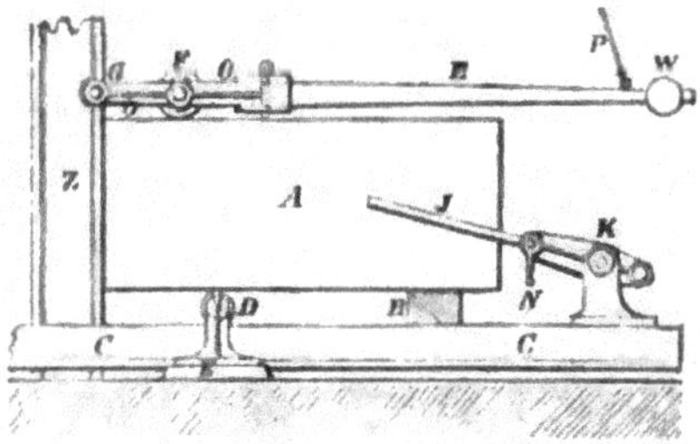

Fig. 324.

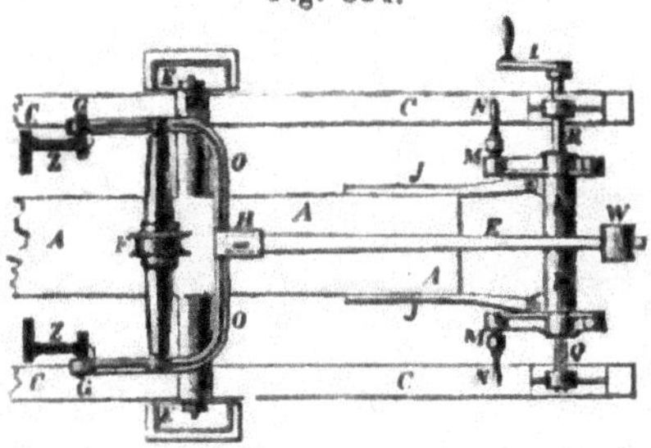

Der zu zersägende Balken oder Baumstamm *A* ruht zunächst in bekannter Weise auf Schwellen *B* des (durch Trieb und Zahnstange bewegten) Wagens *C*, sowie auf starken Rollen *D*, die mit beiden Enden über den Wagen hinausreichen, so dass letzterer zwischen den unverrückbaren Lagern *E* frei hindurchgehen kann. Am äussersten hinteren Ende wird der Balken *A* an zwei Seiten von kräftigen, eisernen Klammern *J* gehalten, die durch Schrauben *M* gehörig anzudrücken sind, sobald man die Kurbeln *N* entsprechend in Umdrehung setzt. *J* wie *M* gehören zu einer Art Support *K*, in dessen cylindrischer Höhlung die Mutter zu einer Schraube *Q* befindlich ist. Letztere ist in die Welle *R* geschnitten, die durch eine Kurbel *L* in Umdrehung gesetzt werden kann, je nachdem dies das Festklammern des zu schneidenden Holzes *A* zwischen den Armen *J* erforderlich macht. So sinnreich diese Anordnung auch war, so führte sie doch den Uebelstand mit sich, dass beim Durchschneiden des Endes (Kammes) die Arme *J* entweder los wurden, oder die Sägeblätter sich sehr stark klemmten. Der bereits genannte Pressionshebel *E* hat seine Drehpunkte *G G* an den gusseisernen Gestellständern (Gattersäulen) des Sägerahmens, trägt zwischen seinen gabelförmigen Zweigen eine Rolle *F*, deren beide scharfen Begrenzungskanten sich in die Oberfläche des zu zerschneidenden Blockes *A* eindrücken, sobald das am äussersten Ende des Hebels *E* aufgeschobene Belastungsgewicht *W* die erforderliche Grösse hat.

Nahe dem Gewichte *W* ist ferner eine Schnur *P* am Hebel *E* befestigt, die über eine oberhalb angebrachte Rolle läuft, wodurch man in den Stand gesetzt wird, den Pressionshebel *EFG* vom Balken *A* bequem abzuheben.

Schliesslich werde noch erwähnt, dass man bei den Chatham-Mühlen auch versucht hat, den Sägen beim Schneiden diejenige Bogenbewegung zu ertheilen, welche die grosse von Menschenhand geführte Zimmermannssäge beim

Schneiden der Bäume auf mannshohen hölzernen Gerüsten[1]) anzunehmen pflegt. Indess haben die Versuche (damals) nicht zu dem erwünschten Resultate geführt[2]).

In der Privatindustrie Englands fanden die verbesserten Sägemaschinen (meist Dampf-Sägemühlen), dem noch lange fortdauernden Widerstande der Handsägen gegenüber, nur langsam Eingang, wobei jedoch ihre allgemeine Gestalt die der Fig. 325 und 326[3]) war, welche überhaupt als Prototyp derjenigen

Fig. 325.

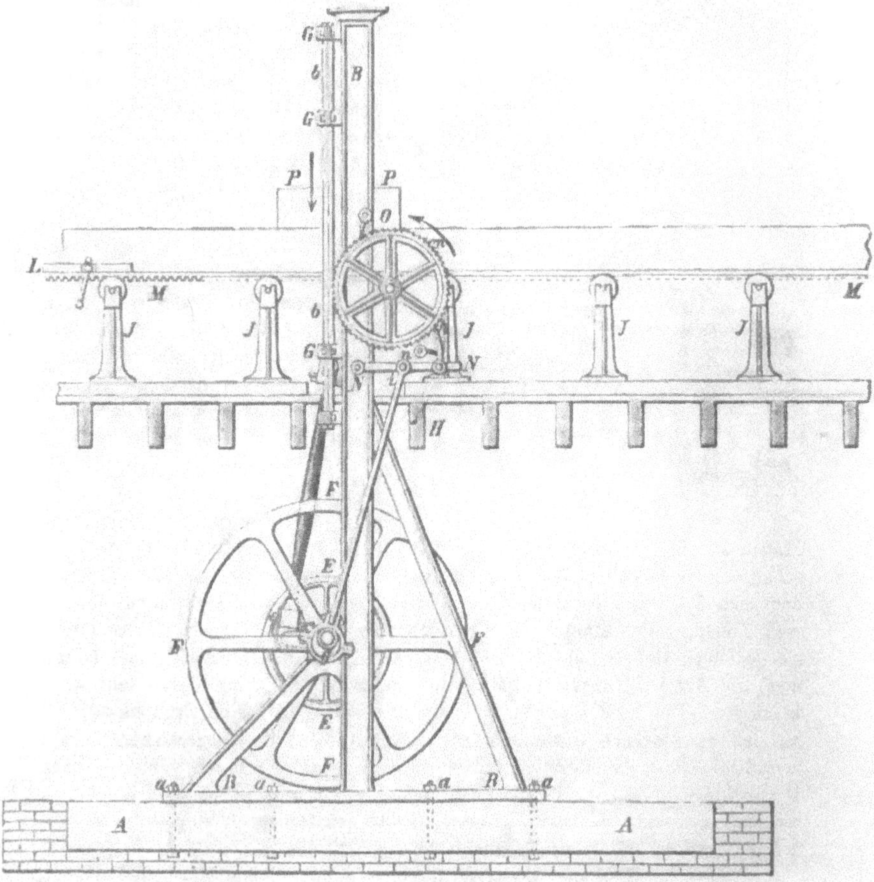

1) Karmarsch: „Mechanische Technologie." Erster Band, S. 677.

2) Man sehe über diesen (mit Illustrationen ausgestatteten) Gegenstand unsere Quelle: „Papers etc. of the Royal Engineers", Vol. 6, p. 158.

3) Barlow: „A Treatise on the manufactures and machinery of Great Britain" (in der Cyclopaedia Metropolitana, p. 382, Nr. 526).

Construction betrachtet werden kann, wozu vorzugsweise Brunel und Maudslay den Grund legten.

Dabei sind AA starke hölzerne Schwellen, worauf das eiserne Maschinengestell BB ruht und was durch Bolzen aa mit den erforderlichen Steinfundamenten in feste Verbindung gebracht ist.

Fig. 326.

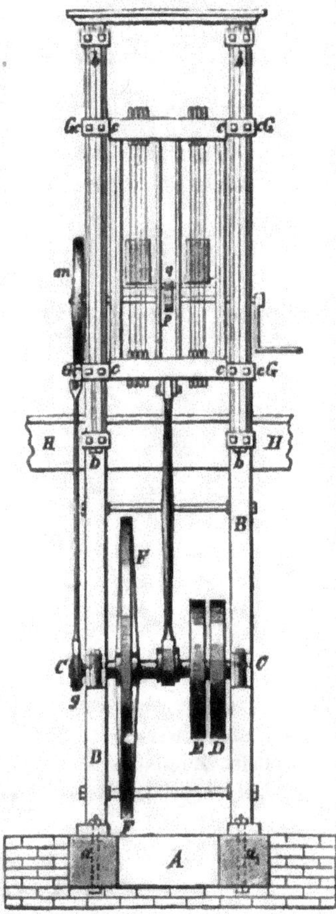

CC ist die horizontal gelagerte Krummzapfenwelle der Sägemaschine, welche durch Riemen von der Schwungradwelle einer Dampfmaschine aus in Umdrehung gesetzt wird und wozu geeignete Scheiben ED vorhanden sind.

Die meisten Theile der Maschine bedürfen nach den hier vorausgegangenen Besprechungen keiner Erklärung, so das Schwungrad F zur Regulirung der widerstehenden Arbeit, die Lenkstange zur Uebertragung der Bewegung auf das Sägegatter G, was in sorgfältig angeordneten Führungen b von quadratischem Querschnitte läuft. Speciell war diese Maschine zum Schneiden von Kantenholz bestimmt und hierzu so angeordnet, dass zwei Balken auf einmal neben einander durch die Maschine gehend in mehrere Bretter zerschnitten werden konnten. Die Strassbäume des Blockwagens M laufen auf Rollen, deren Ständer JJ auf Dielen und Balkenwerk HH des betreffenden Gebäudes ruhen.

Zum Fortschieben des Wagens M dient auch hier eine Zahnstange nebst Getriebe p, ferner das Sperrrad m an der Axe des letzteren, mit Schiebklaue h und Sperrkegel O, wobei der eingeschaltete Hebel N die erforderliche oscillatorische Bewegung durch die Schubstange eines Excentriks g erhält[1]), welches ausserhalb auf der verlängerten Schwungwelle befestigt ist. Das mit P bezeichnete Rechteck über dem zu zersägenden Balken soll den bereits vorher beschriebenen Pressionshebel mit Rolle etc. andeuten, wodurch der Balken in geeigneter Lage zur Säge gehalten wird. Der

1) Bereits oben S. 345 wurde bemerkt, dass der Wagen dem Schiebzeuge, wegen der Elasticität der Zwischenorgane und wegen seiner eigenen Trägheit, nicht sofort folgt, eine Thatsache, der man hier dadurch begegnen kann, dass man dem Excentrik ein gewisses Voreilen (ähnlich wie bei den Dampfmaschinenschiebern Bd. 1, S. 439) giebt.

Rücklauf des Wagens *M* nach vollendetem Schnitte wurde durch eine besondere Zahnstange und Trieb bewirkt, wozu auf der Axe des letzteren eine Kurbel steckte [1]).

In Frankreich finden sich bemerkenswerthe Verbesserungen an Holz-Sägemaschinen erst vom Jahre 1814 an, wo Cochot [2]) in Paris zum Schneiden der Furniere zum ersten Male horizontalliegende gerade Sägen mit nach unten gekehrter Zahnseite in Anwendung brachte.

Die Cochot'sche Furniersäge [3]), Fig. 327 bis 330, gleicht einer gewöhnlichen von Menschenhand geführten Spannsäge (Oertersäge), wie sie die Tischler, die Holzhauer beim Zerkleinen des Brennholzes etc. verwenden.

Fig. 327.

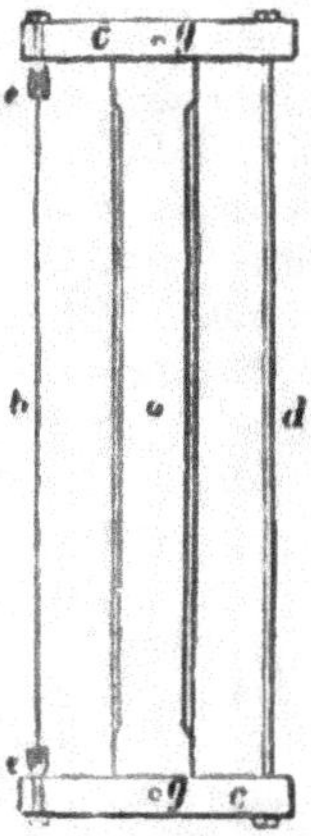

Fig. 328.

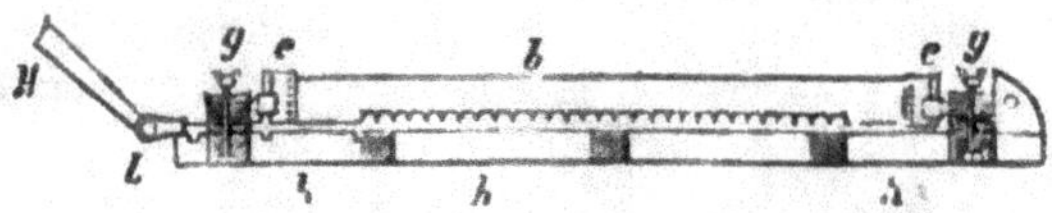

Fig. 329.

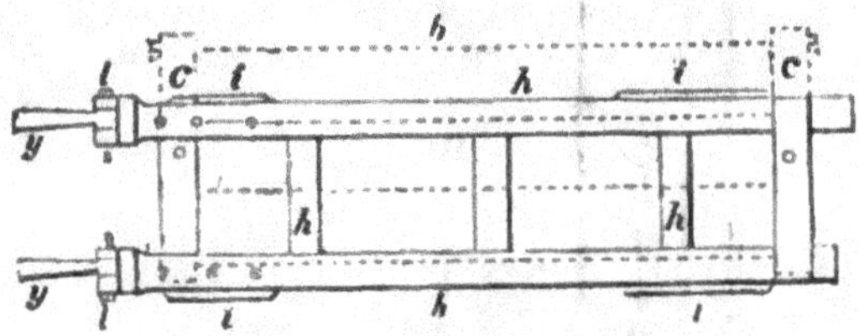

Das Gestell besteht daher auch hier aus einem hölzernen Stege *a*, von der Länge des zu ihm parallelen Sägeblattes *b*, zwei kürzeren Querhölzern (Armen) *c* und einer zum Spannen der Säge dienenden Zugstange *d* (statt der Schnur mit Knebel bei den Handsägen). Die sogenannten Angeln der Säge

---

1) Zu dieser durch Menschenhand bewirkten Rückbewegung des Wagens scheint die sehr complicirte Maschinerie des Rücklaufs bei den Chatham-Sägemühlen geführt zu haben, welche sich auf den Tafeln XXIV und XXV der bereits citirten Papers Vol. 6 vorfindet.

2) Brevets expirés VII (1824), p. 361.

3) Wir entlehnten unsere Abbildung nicht der dem Brevet von 1814 beigegebenen Zeichnung Pl. XXIX und XXX, wo die Maschine noch auf Holzgestell ruht, sondern dem „Portefeuille industriel" von Pouillet et Le Blanc, T. 1 (1834), wo sie fast ganz aus Eisen construirt und bereits mit mehrfachen Verbesserungen ausgestattet ist.

sind durch eine Kappe *e* mit Bolzen verbunden, welche durch die Querhölzer *c* gehen und wodurch mittelst Schrauben ebenfalls eine Spannung des Blattes bewirkt werden kann.

Das Sägegatter *h* Fig. 328 und 329 besteht aus Langhölzern und Riegel, auf welche letzteren der Sägerahmen mittelst Schrauben *g* und zwar so befestigt wird, dass das Sägeblatt *b* ausserhalb des Gatters zu liegen kommt, was zum Zwecke hat, dass durch den gebildeten Zwischenraum die abgesägten Furniere *Z* austreten können. An vier Stellen ist das Gatter mit messerförmigen, metallenen Gleitbacken *i* ausgestattet, womit dasselbe in bronzenen Führungen *k* läuft, die oberhalb an den vier Ecken des Maschinengestelles *K* befestigt sind.

Das horizontale Hin- und Herführen des Sägegatters geschieht durch die Zugstange *yy* einer Kurbel, welche erstere bei *l* mit dem Gatter in geeigneter Verbindung steht.

Die Hauptheile der ganzen Furnierschneidemaschine lassen die Fig. 330 und 331 erkennen.

Fig. 330.

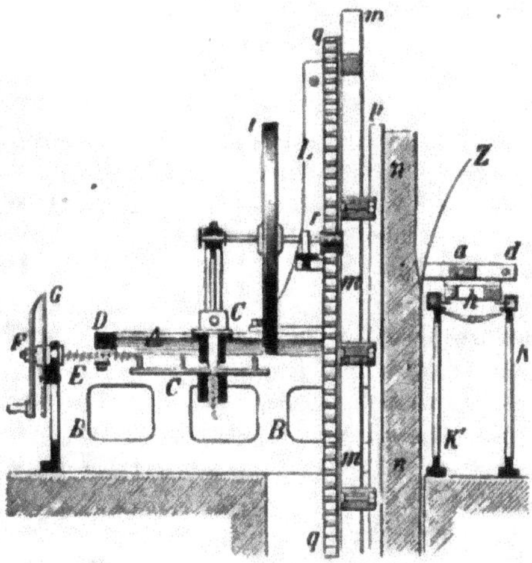

Der aus Eichenholzbalken gebildete Schlitten *m*, auf welchem die in Furniere zu zerschneidende Bohle *n* unter Zwischenbringung eines aus Latten hergestellten Gitterwerks *p* befestigt wird, bewegt sich in verticaler Ebene und zwar mittelst Zahnstange *q* und Getriebes *r*, welches letztere mit dem Sperrrade *t* auf derselben Welle steckt. Die auf Umdrehung des Sperrrades *t* wirkende Schiebklaue *u* erhält ihre Bewegung vom Sägegatter aus unter Einschaltung geeigneter Hebel *v* und *w*.

Der ganze Schlitten oder Bohlenwagen *m* läuft zwischen den eisernen, senkrechten Ständern *L*, die zu einer Tischplatte *A* gehören, welche auf den oberen Kanten eines zweiten starken eisernen Gestelles *B* verschoben, beziehungsweise durch eine Klemmschraube *C* festgestellt werden kann und wodurch man die Bohle nach jedem Schnitte der Säge um den zum ferneren Angriff erforderlichen Theil zu nähern im Stande ist. Damit dieses Vorrücken der Bohle mit gehöriger Genauigkeit erfolgt, ist an der Tischplatte *A* eine zweite Mutter *D*, und am Maschinengestelle *B* die zugehörige Schraubenspindel *E* angebracht, welche letztere nur eine drehende, nicht aber eine fortschreitende Bewegung anzunehmen im Stande ist. Auf das äussere Ende der Schraubenaxe hat man einen Zeiger *F* befestigt und am Gestelle *B* eine Theilscheibe *G*, wodurch die Grösse des jedesmaligen Vorrückens mit der erforderlichen Schärfe bestimmt werden kann.

Das Schneiden der Säge erfolgte übrigens nur nach der einen Richtung ihrer Bewegung, während sie nach der anderen (entgegengesetzten) Richtung

Fig. 331.

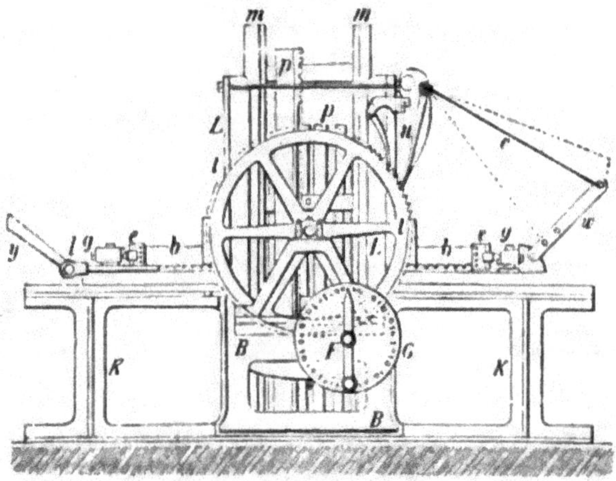

Fig. 332.

hin leer oder unthätig zurückging, wobei zugleich die erforderliche Hebung des Holzes erfolgte. Damit das Holz beim Aufwärtssteigen nicht an die Säge stossen konnte, wurde die Linie, an welcher die Zahnspitzen liegen, etwas gegen den Horizont geneigt, d. h. man gab der Säge (nach S. 345) eine Art Busen[1]).

Den Hub oder die Weglänge der Säge nahm Cochot gewöhnlich 120 Centimeter, wobei wenigstens 180 Hübe pro Minute erfolgten.

Betrug daher die Hebung des Wagens und mit ihm des Holzes nach jedem Schnitte 0,82 Millimeter und hatte beispielsweise die Bohle 60 Centimeter Breite, so betrug die pro Stunde erzeugte Schnittfläche (ohne irgend welchen Aufenthalt zu rechnen): $\frac{0,82 \cdot 0,60}{1000} \cdot 180 \cdot 60 = 5,31$ Quadratmeter.

Die Betriebsarbeit einer solchen Furniersäge schätzte man $^3/_4$ eines Dampfpferdes.

Die Erfahrung lehrte bald, dass diese Furnierschneidemaschinen mit horizontal geführter Säge weit stabilere Maschinen waren und selbst bei grösseren Geschwindigkeiten immer noch ruhigere Bewegungen zeigten, als die mit verticalen Sägeblättern, so sinnreich man letztere auch beim Arbeiten zu leiten bemüht gewesen

1) In der Brevet-Zeichnung (von 1814) reinigen zwei Bürsten die Zähne der Säge von anhängenden Spänen, die sich wahrscheinlich zu schnell abnutzten und daher bei der vorbeschriebenen Maschine nicht mehr vorkommen.

war. In letzterer Beziehung verdient die Furnierschneidemaschine eines gewissen Lefevre[1]) besondere Erwähnung, der mit einem geraden Sägeblatte, dessen Gatter durch eine sinnreiche Hebelverbindung im Bogen geführt wurde, oder dadurch, dass er die Säge in geeigneten Falzen laufen liess, eine krumme Schnittlinie zu Stande brachte, deren Convexität der Säge zugekehrt war, wodurch das Herausfallen der Späne erleichtert und das Klemmen der Säge vermieden wurde.

Das Verwenden von Kreissägen zum Schneiden dünner und schöner Furniere führte auch in Frankreich nicht völlig zu dem erwünschten Ziele[2]), da die Vibrationen der Blätter zu gross sind und die Schnittfläche (abgesehen von den bogenförmigen feinen Querstrichen als Spuren der Sägezähne) niemals so glatt wie bei geradem Blatte.

Aus England wahrscheinlich schon vor 1821 in Frankreich eingeführte Brettsägemaschinen, u. A. beim Bergwerksbetriebe und den Eisengiessereien zu Auzin[3]), veranlassten auch die französischen Mechaniker zu Verbesserungen, worunter sich namentlich Calla[4]) in Paris und Niceville[5]) in Metz rühmlichst auszeichneten.

So hat Calla das Verdienst, zuerst gerade Axen mit an beiden Enden ausserhalb der Lager aufgesteckten Krummzapfen, für ebenfalls zwei Lenkstangen, eingeführt zu haben, welche letztere beiden die Bewegung von der unten liegenden Betriebswelle auf den unteren Riegel des Sägegatters übertrugen.

Eben so führte Calla die verstellbaren Streben oder schiefstehenden Pressstangen (Blockhalter), Fig. 333, der Engländer allgemein ein, womit man bemüht war, dem Schwingen oder Zittern zu begegnen, welches sich beim Schneiden langer Hölzer einzustellen pflegt. Ein solcher Blockhalter, der sich um eine Axe *b* an den Gatterständern *f* drehen kann, besteht aus zwei über einander geschobenen Theilen *a* und *c*, wovon sich der untere *c*, je nach der Dicke des zu schneidenden Holzes *g*, länger oder kürzer machen und nachher

---

1) Brevets expirés Tome XXV (1834), p. 25, Pl. IX.

2) Man sehe u. A. die Urtheile über die Furnierkreissäge eines gewissen Hacks im „Portefeuille industriel" von Pouillet und Le Blanc T. 1, p. 266.

3) Bulletin d'encouragement 26e année (1827), p. 290, Pl. CCCXXXVI. Man sehe auch wegen der Auziner Sägemaschine die später folgenden Fig. 337 und 338 dieses Bandes.

4) Ebendaselbst 25e année (1826) p. 252, Pl. CCCVII.

5) Ebendaselbst 27e année (1828) p. 276, Pl. CCCLXVIII und CCCLXIX.

Fig. 333.

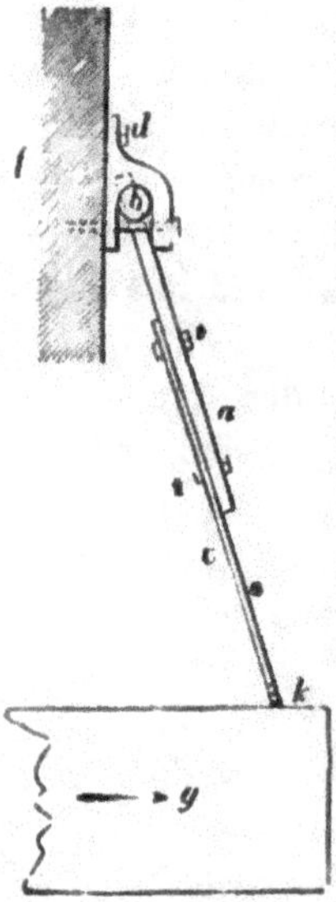

Fig. 334.

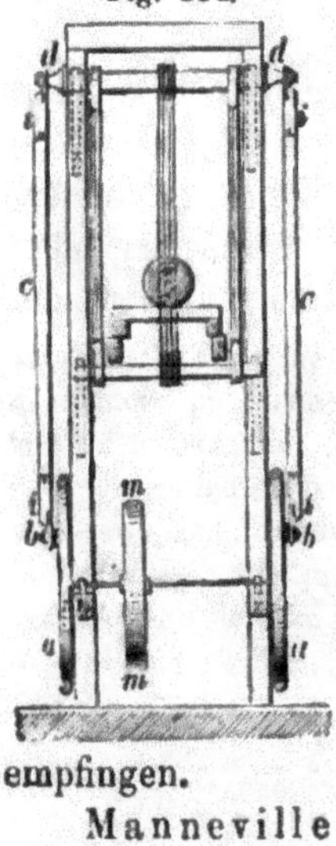

mittelst Schrauben *ii* feststellen lässt. Das Ende *k* bildet eine Krücke, wodurch man den Block *g* in der ganzen Breite zu fassen im Stande ist.

Niceville vervollkommnete die Calla'sche Sägemaschine noch dadurch, dass er auf jedes Ende der von einem Riemenvorgelege *m* betriebenen Welle ausserhalb der Gatterständer ein Schwungrad *a*, Fig. 334, steckte, an deren Armen die Kurbelwarzen *b* anbrachte und die hölzernen Lenkstangen *cc* um die ganze Höhe des Sägegatters verlängerte, indem er sie ausserhalb des oberen Gatterriegels *d* angreifen liess und dadurch die Pressungen auf die Gatterführungen verminderte. Endlich versah Niceville die hölzernen Lenkstangen *c* mit bandartig verlängerten eisernen Kappen oder Strapsen *ii* zur Aufnahme stellbarer Zapfenlagerschalen.

Das Wesentlichste dieser Anordnung lässt Fig. 334 erkennen, wozu noch bemerkt werden mag, dass Niceville auch die Calla'schen unstabilen Frictionsräder am Sägegatter entfernte und durch Prismen ersetzte, die sich in geeigneten Führungen bewegten, ferner zweckmässige Mittel zum Einstellen der Sägeblätter im Bundgatter in Anwendung brachte etc., über welche und noch andere werthvolle Details unsere Quelle ausführlichere Auskunft giebt[1]). Uebrigens lässt Niceville den zu schneidenden Block beim Aufgange der Säge ruhen, dagegen beim Niedergange (d. h. beim Arbeiten der letzteren) fortrücken. Endlich war seine Sägemühle in Frankreich die erste, welche von einem Poncelet'schen verticalen Wasserrade im kreisförmigen Gerinne betrieben wurde.

Bereits 1826 hatte die Société d'encouragement Preise auf Verbesserung der Holzsäge und Holzbearbeitungsmaschinen ausgesetzt, wovon 1830 Manneville in Troussbourg bei Honfleur 3000 Franken, Niceville eine goldene Medaille erster Classe, Dubourg in Trévent, Philippe in Paris und Mirault in Bélesta eben solche Medaillen zweiter Classe empfingen.

Manneville's besonderes Verdienst bezog sich auf Her-

1) Dieselbe Quelle giebt auch über die werthvollen, bereits S. 347 citirten Versuche zur Bestimmung der Leistungsfähigkeit der Niceville'schen Schneidemaschine vollständige Auskunft.

stellung und Anwendung ganzer Systeme von Maschinen zur fabrikmässigen Herstellung von Fässern, Parketböden u. dergl., nächstdem aber auch auf eigenthümliche Sägen, um krumm gewachsene Hölzer ihren Längenfasern folgend durchsägen zu können. Letztere Maschinen für Kantenholz, sowie andere für Rundholz, sämmtlich mit Oberbetrieb, zeigen manche für Constructeure interessante Details, hinsichtlich welcher jedoch auf die unten angegebene mit 4 Kupfertafeln ausgestattete Quelle verwiesen werden muss[1]).

Dubourg's Sägemaschine[2]) ahmt die Armbewegung des Handsägers nach, indem er das vierblättrige schiefhängende Bundgatter mit einem Systeme von Lenkern, Gegenlenkern und Hängeschienen (ähnlich dem Watt'schen Parallelogramme zur Geradeführung der Dampfmaschinen-Kolbenstange Bd. 1, S. 408) derartig verbindet, dass die Säge fortwährend ihre Neigung und zwar also ändert, dass der Winkel, welchen die Zahnkante mit der Verticalen bildet, beziehungsweise 10 Grad, 17 Grad und 10 Grad 46 Minuten beträgt, je nachdem die Säge sich in der höchsten, tiefsten oder mittleren Stelle ihres Hubes befindet.

Diese sinnreiche Anordnung gestattet besonders den Spänen sehr freien Ausgang nach unten, ist jedoch wegen seiner Complication und Wandelbarkeit der Geschichte verfallen.

Philippe erhielt den gedachten Preis wegen seines Verdienstes, hölzerne Wagenräder mittelst eines Systems sinnreicher und praktischer Maschinen eben so schnell wie tadellos herzustellen.

Die dabei befindlichen Sägemaschinen, sämmtlich mit sogenannten Seitengattern ausgestattet, einige zum Gerade-, andere zum Rundschneiden bestimmt, sind nach dem Systeme des sogenannten Seitenbetriebes angeordnet, wobei die Betriebswelle weder über noch unter dem vertical auf- und absteigenden Gatter, sondern seitwärts desselben placirt ist und die Bewegung unter Einschaltung eines Balanciers übergetragen wird.

Eine solche für gerade Schnitte bestimmte Sägemaschine zeigen die Fig. 335 und 336, wobei *a* das Schwungrad ist, auf dessen Welle die Bewegung von einer Dampfmaschine aus mittelst Riemen übergetragen und durch Kurbel

---

1) Bulletin d'encouragement 33e année (1834), p. 26, Pl. DLXVIII — DLXXI.

2) Ebendaselbst 31e année (1832), p. 402, Pl. DXXV.

(deren Warze am Schwungradarme), Lenkstange *c* und Balancier *d* auf den Lenker *f* fortgepflanzt wird. An letzterem ist das Gatter *g* aufgehangen, welches ganz dem einer gewöhnlichen Hand-Spannsäge (S. 356, Fig. 328) gleicht.

Fig. 335.

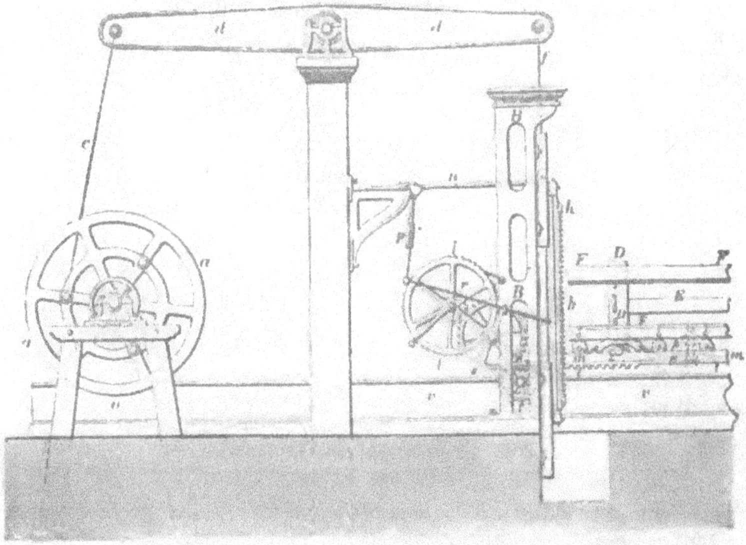

Fig. 336.

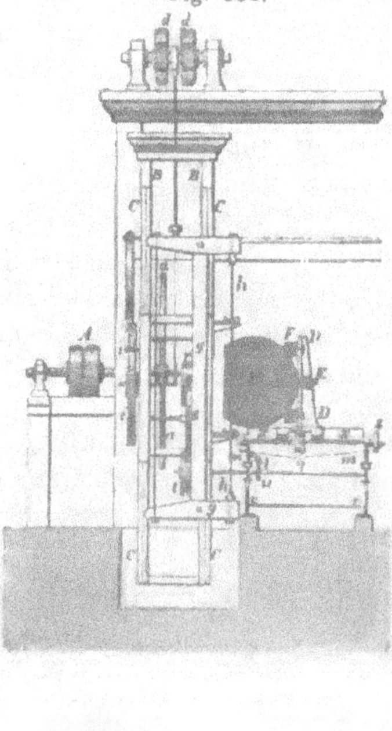

Philippe wollte durch diese Anordnung namentlich die beiden Vortheile erreichen, etwaige Vibrationen der Betriebsmechanismen nicht direct auf die Gatterständer überzutragen und die Baumstämme oder Balken am sogenannten Kammende ohne Weiteres völlig durchschneiden zu können. Ausserdem liess Philippe die Säge *h* in genau senkrechter Richtung und nur beim Niedergange arbeiten, wobei gleichzeitig der Block *k* vorrückte, während letzterer beim Auf- oder Leergange der Säge ruhte, eine Disposition, wodurch der Constructeur das Auftreten von Stössen oder Erschütterungen zu verhindern glaubte, was sich naturgemäss durch die Erfahrung nicht bestätigte.

Das Fortrücken des Wagens *m* geschieht dadurch, dass Hebelarme *n* und *p* die Bewegung vom Gatter aus auf ein Sperrrad *i* übertragen und von hier aus Räder r, s, t und u auf die Zahnstange l fortpflanzen. Uebrigens wird der Wagen m aus zwei 4,3 Meter langen, gusseisernen Wangen gebildet, die an beiden Enden durch Traversen und dazwischen durch drei Stege q verbunden sind, welche circa 1,7 Meter von einander abstehen.

Jeder dieser Stege dient gleichzeitig als Lagerstelle einer Führungsschraube x, deren Mutter y unten an einem mit ihr verschiebbaren Ständer D befestigt ist. An diesen Ständern (wovon drei vorhanden sind, in unseren Abbildungen nur einer sichtbar ist) hat man dünne, der Höhe nach durch Schrauben verstellbare Kantenhölzer E und F befestigt, welche sowohl eine Seitenstütze für den zu zerschneidenden Stamm K bilden, als auch dazu dienen, Klemmen, Zahnköpfe etc. zum ferneren Festhalten anbringen zu können.

Auf jede der nach ausserhalb hin verlängerten Schraubenaxen x hat man ein Kettenrad Z befestigt, über alle drei dieser Räder eine endlose Vaucanson'sche Kette geschlagen und endlich auf eine der Axen x eine Kurbel gesteckt, durch deren Umdrehung, unter Zusammenwirkung der angeführten Theile, ein seitliches Verschieben des ganzen Klotzes K (seiner ganzen Länge nach gleichmässig) veranlasst werden kann. Zwischen den Wagenkanten sind noch in gehörigen Abständen 8 Walzen δ gelagert, die dem Klotze K nach unten hin zur Auflage dienen.

Zwei auf hoher Kante stehende und auf dem Steinfundamente gehörig befestigte gusseiserne Träger vv (Fig. 336) bilden oberhalb unverrückbare Eisenbahnen für den Wagen mq und dessen Zahnstange l, wobei die eine Bahnschiene flach, die andere winkelförmig (schweinsrückenartig) gestaltet ist.

Hinsichtlich der oben angeführten Philippe'schen Maschine zum Rundschneiden (für Radfelgen) müssen wir auf unsere Quelle und deren Abbildungen verweisen [1]).

In gleicher Weise müssen wir mit den Sägemaschinen Mirault's (als des vierten der oben angeführten und mit Auszeichnungen beehrten Constructeure) verfahren, die übrigens, ähnlich den Philippe'schen Maschinen, zum Systeme der Seitengatter mit Unterbetrieb und Balancier gehören [2]).

Wie lange es oft währt, ehe gute Constructionsprincipe eine allgemeinere Anwendung finden, davon bieten die bis jetzt ausführlich besprochenen Holzsägemaschinen ein merkwürdiges Beispiel.

Stellt man nämlich alle (bis zum Anfange der dreissiger Jahre) entweder an englischen oder französischen Sägemaschinen hervorgehobenen guten Eigenschaften zusammen, so findet man bald diese für Bauholzsägemaschinen mit Unterbetrieb vornehmlich bestehen:

1) In der Anordnung einer geraden Betriebswelle.

---

1) Bulletin d'encouragement 32e année (1833), p. 7, Pl. DXXX und DXXXI. Derselbe Band enthält auch Beschreibungen und Abbildungen mehrerer Kreissägen für Wagnerarbeiten, namentlich p. 329, Pl. DLX — DLXII.

2) Ebendaselbst 31e année (1832), p. 75, Pl. D.

2) Im Aufstecken von zwei Schwungrädern an beiden Enden der letzteren.

3) Im Anbringen der Kurbelwarzen an den Armen der Schwungräder.

4) In dem Verwenden von zwei langen Lenkstangen, und

5) In der Construction solcher Vorschubmechanismen für den Klotz, welche nicht durch den Gatterrahmen, sondern von der Betriebswelle aus durch Excentriks oder Kurbeln in Thätigkeit gesetzt werden [1]).

Demungeachtet bringt noch 1832 das sonst so werthvolle Werk Le Blanc's, „Recueil des Machines etc.“ 2e Partie, Pl. IX — XI, die Fig. 337 und 338 abgebildete, vom Civilingenieur Halette in Arras construirte Brettsägemaschine mit Blockgatter, woran die sämmtlich aufgeführten fünf Grundeigenschaften gänzlich fehlen.

Wir halten es für besondere Pflicht (zu Ehren anderer tüchtigerer französischer Constructeure), hier hervorzuheben, dass dennoch Le Blanc ein grosses Lob über diese angeblich wichtige Maschine (in einer besonderen Anmerkung des Textes) erhebt, obwohl dieselbe recht eigentlich nichts weiter ist, als eine Copie der bereits vorher (S. 359) angeführten Auziner Sägemaschine, deren englischer Ursprung in unserer damals citirten Quelle [2]) ohne Rückhalt zugestanden wird [3]).

Hiernach bedürfen die Figuren 337 und 338 keiner ausführlichen Erklärungen, um so weniger, als auch in beiden Ansichten überall gleiche Theile mit denselben Buchstaben bezeichnet sind.

Zum Betriebe des Werkes dient eine achtpferdige Dampfmaschine, auf deren Schwungradaxe drei Riemenscheiben stecken, wovon die grösste F die Bewegung auf die Scheiben $D D_1$ an der Kurbelwelle überträgt, während die andere U zur Fortpflanzung der Umdrehung auf die für den Rücklauf des Klotzwagens N vorhandenen Riemenscheiben Q dient, die dritte aber mit einer oben am Maschinengestelle gelagerten Scheibe V zur Bewegung einer grossen

---

1) Die Frage über die Vorzüge und Nachtheile des ruckweisen oder (wie wir später erfahren werden) des continuirlichen Vorschiebens des Klotzwagens wird hier noch unerörtert gelassen.

2) Bulletin d'encouragement 26e année (1827), p. 290, Pl. CCCXXXVI und CCCXXXVII.

3) Noch schlimmer ist eigentlich die Thatsache, dass noch im Jahre 1843 der Verfasser des Artikels „Schneide- oder Sägemühle“ im 13. Bande der Prechtl-schen technologischen Encyklopädie dieselbe Maschine als ein Muster aufführt.

Trommel *G* benutzt wird, worauf sich ein Seil zum Herbeischaffen der zu schneidenden Blöcke wickeln kann, oder überhaupt eine geeignete Transportmaschinerie gebildet wird. Wie aus Fig. 337 erhellt, ist zur Verminderung der

Fig. 337.

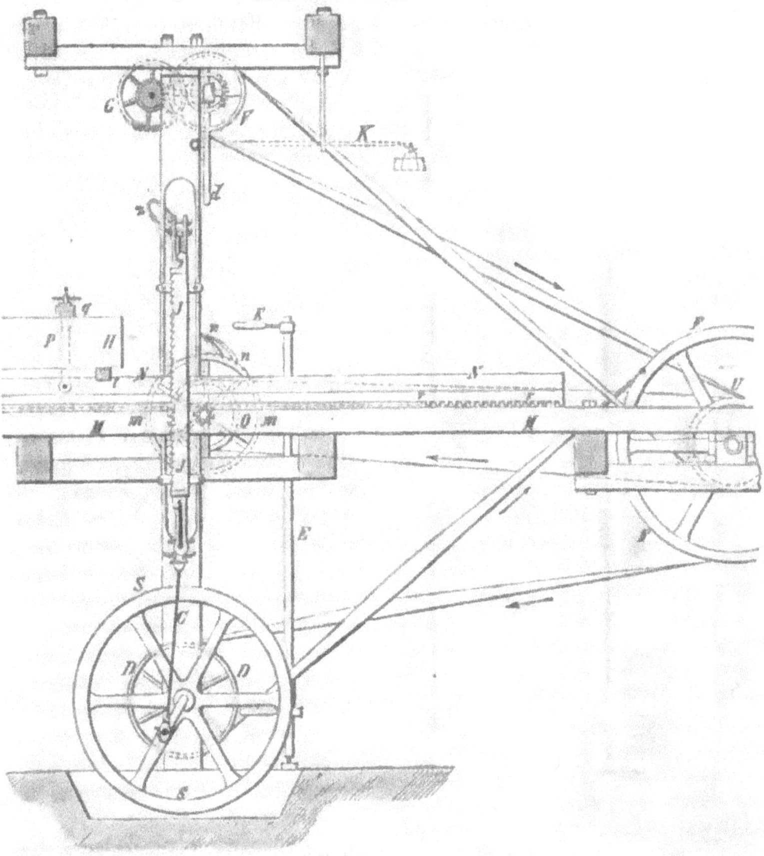

Umlaufsgeschwindigkeit der Seiltrommel *G* zwischen ihr und der Riemenscheibe *V* ein Zahnradvorgelege eingeschaltet. Der Gatterrahmen gestattet als Maximum das Einspannen von 12 Sägeblättern, deren Spannungsgrösse mittelst einer Hebelanordnung *K* (wie solche früher bei den Brunel'schen Sägemaschinen erwähnt wurde) abgewogen werden kann.

Um den Parallelismus der Sägeblätter zu erhalten und deren Vibrationen möglichst zu vermeiden, hat man Holzbacken auf Spindeln *ii* geschoben, wovon die oberen bis zu den verticalen Gatterstäben *bb* reichen und mit denselben verbunden sind. Zwischen diesen Backen klemmt man die Blätter *J* ein, wozu bemerkt werden mag, dass sie in verschiedenen Höhenstellen befestigt werden können, je nachdem dies die Dicke des zu schneidenden Holzes wünschenswerth macht.

Die Säge schneidet nur beim Niedergange, wobei gleichzeitig der Block ruht, auch hat man der Säge den S. 345 besprochenen Busen gegeben, um jedes Berühren des Blattes mit dem Holze während dessen Vorschub zu vermeiden. Dass zu letzterem Zwecke das Sperrrad *m* vorhanden ist und dessen Schiebklauen *nn* ihre Bewegung vom Gatter aus erhalten, wozu auch der nur theilweise sichtbare, gekrümmte Bogen *Z* gehört, an dessen Fortsetzung die Klinken *nn* befestigt sind, bedarf zum Verständniss gewiss nur der Erwähnung.

Fig. 338.

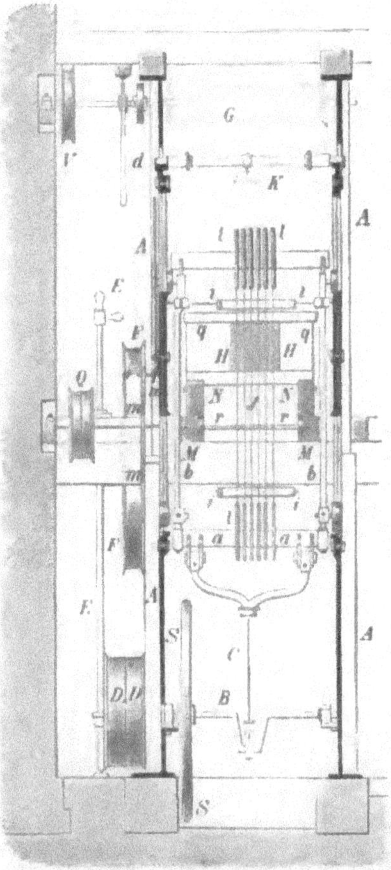

Nach dem Vorgange mancher englischer Constructeure (auch Calla's in Paris) hat man, zur Verminderung der Reibung, das Gatter mit in Fig. 338 sichtbaren Frictionsrollen ausgestattet, eine Anordnung, die, wie schon früher bemerkt, an zu grosser Unstabilität leidet. Dabei lassen sich jedoch die oberen und unteren Leitschienen der Frictionsrollen etwas schräg stellen, wodurch beim Schneiden ähnlich wie bei Lefevre (Seite 359) die Säge etwas im Bogen geführt und die Bewegung derselben durch Menschenhand nachgeahmt wird, was Dubourg durch die oben (Seite 361) erörterte, aber sehr complicirte Hebeleinrichtung zu erreichen suchte.

Schliesslich werde noch auf die Befestigung des zu schneidenden Blockes *H* (Fig. 338) auf dem Schlitten *N* aufmerksam gemacht, was durch Holme *q* geschieht, die man in Abständen von etwas mehr als 1½ Meter über den Block legt und an beiden Enden an senkrechten Schienen *p* mittelst Schrauben befestigt. Die Schienen *p* hat man übrigens unten an Zapfen des Schlittens *N* gehängt.

Ein besonderes Verdienst haben sich die französischen Mechaniker Mariotte, Guillaume, Giraudon, Peyod u. A. um die Construction von Bauholzsägemaschinen ohne Blockwagen erworben, unter Voraussetzung, dass kein roher Baum, sondern

Kantenholz (ein Balken, eine Bohle oder ein Stamm) zersägt werden soll, das man bereits besäumt (abgeschwartet) hat. Man legt dabei das Kantenholz auf horizontal gelagerte Rollen (wie bei der S. 362 beschriebenen Philippe'schen Sägemaschine) und bewirkt den Vorschub durch ein System vertical stehender, theils cannelirter, theils glatter Rollen, welche das zu schneidende Holz zwischen sich fassen.

Fig. 339 und 340 zeigen eine derartige Vorschubanordnung, wie sie am Anfange der dreissiger Jahre der Pariser Mechaniker Peyod mehrfach ausführte.

Fig. 339.

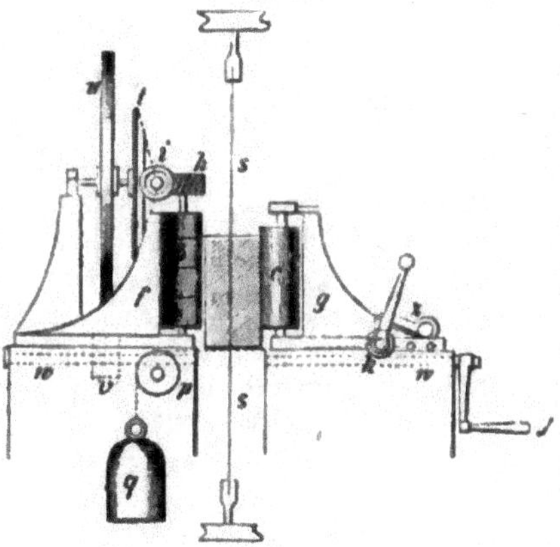

Fig. 340.

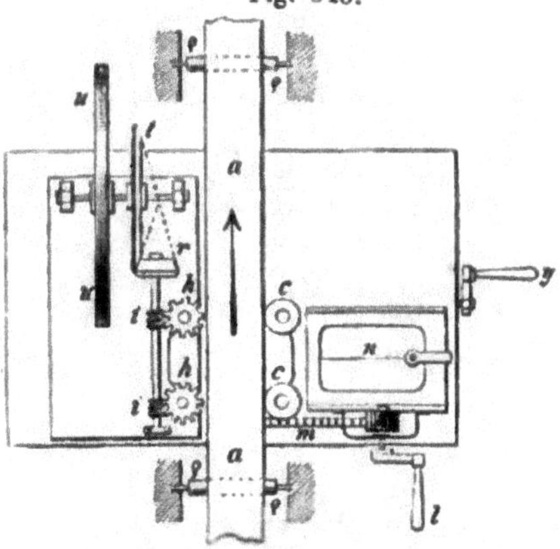

Man erkennt ohne Weiteres, dass die zu zersägende Bohle *a* zwischen zwei senkrechte Cylinderpaare *bb* und *cc* geklemmt wird, wobei die Mäntel des ersteren Paares cannelirt, die des letzteren aber glatt sind, weil erstere vorzugsweise zum Fortschieben der Bohle *a* dienen, letztere aber zum Ausüben des erforderlichen Seitendrucks bestimmt sind.

Beide Cylinderpaare sind auf Docken (die in Nuthen auf den betreffenden Tischplatten gleiten), beziehungsweise *f* und *g* befestigt, mit denen sie zugleich seitlich verschoben werden können, je nachdem dies die Dicke der zu schneidenden Bohle *a* erforderlich macht. Die Docke *f* des cannelirten Cylinderpaares trägt hierzu nach unten hin eine Mutter *v*, zu welcher die Leitschraube *w* gehört, deren Drehung mittelst der Kurbel *y* zu bewirken ist.

Die zweite Docke *g* wird fortwährend durch ein constantes Gewicht *q*, was an einer über eine Rolle *p* geführten Schnur *n* hängt, nach der Bohle hingezogen, während die rückgängige Bewegung durch Getriebe *k* und Zahnstange *m* zu bewirken ist, sobald die Kurbel *l* in geeigneter Weise umgedreht wird. Ueberdies dient letztere Anordnung auch dazu, gewissermaassen den Druck zu reguliren, womit die glatten Cylinder *cc* vom Gewichte *q* gegen die Bohle gepresst werden, wozu an der Axe des Getriebes *k* noch ein Sperrrad befestigt ist, in welches ein Kegel *s* (Fig. 340) eingreift. Erst nach Auslösung des Sperrkegels *s* kann das Gewicht *q* seine Wirkung völlig frei auf das Fortrücken der Docke *g* äussern.

Specielleres über Peyod's Sägemaschine mit Cylindervorschub (scie à cylindres) enthält unsere Quelle, worauf hier verwiesen werden muss[1]).

Während die Franzosen in vorbemerkter Weise um die Verbesserung der Holzsägemaschinen bemüht waren, hatten auch die Engländer mancherlei Fortschritte zu machen versucht, wohin namentlich die Construction von Dampf-Sägemaschinen mit directer Wirkung gehörte.

Nach unserem Wissen war es der Engländer M'Dowall, welcher zuerst (1836) diese Gattung von Maschinen ausführte, wobei man die Betriebs-Dampfmaschine derartig aufstellte, dass an ihrer Kolbenstange, ohne weitere Zwischenmittel, direct das Sägegatter befestigt werden konnte.

Indem wir hinsichtlich specieller Beschreibungen und Abbildungen dieser Dowall'schen Sägemaschinen auf die unten citirten Quellen verweisen[2]), liefern wir mit den Fig. 341 und 342 (in circa $^1/_{60}$ der wahren Grösse) eine Maschine desselben Systems, wie sie die Cockerill'sche Maschinenfabrik in Searing bei Lüttich mehrfach ausführte[3]).

Die Betriebs-Dampfmaschine *H* ist genau senkrecht auf einer gusseisernen Brücke aufgestellt, welche zwischen den beiden Gestellständern *AA* befestigt ist, während man die Welle *D* der beiden Schwungräder *SS* über dem Dampfcylinder gelagert hat. Dass sich auf der Schwungradwelle *D* in bekannter Anordnung auch das Excentrik *J* zur Steuerung der Dampfmaschine befindet, bedarf wohl kaum der Erwähnung. Aus den Abbildungen erhellt ferner sofort die Art und Weise, wie einerseits, unter Einschaltung eines Kreuzkopfes *K*, die Kolbenstange der Dampfmaschine mit dem oberen Gatterriegel *L* und dieser andererseits mit seinen beiden Enden durch Lenker *F* mit den Warzen der Kurbeln *EE* verbunden ist.

Zur Führung des Sägegatters *LM* sind oberhalb an jeder Gestellsäule *AA* Gleitbahnen *αα* von der Länge des Hubes, und am Gatterriegel die damit correspondirenden kurzen Gleitbacken *ββ* zu beiden Seiten angebracht, während unterhalb an den Gatterschenkeln lange Gleitbacken *γγ* und in der Gestellzwischenwand kurze Führungsbacken oder Bahnen *δδ* angeordnet sind.

Die Drehung des Schub- oder Sperrrades *P*, an dessen Welle die Ge-

---

1) Armengaud aîné: Publication industrielle des machines etc. Tome 3 (1843), p. 162, Pl. XII.

2) London Journal Vol. 10 (1837), p. 193, Pl. X, und Répertoire de l'industrie étrangère. Tome 1, Pl. I.

3) Portefeuille de John Cockerill, Vol. 2, Pl. CL und CLI.

triebe *i* zum Eingriffe in die Zahnstange *k* des Blockwagens *m* sitzen, wird vom oberen Gatterriegel *L* aus eingeleitet. Mit einem Zapfen *a* des letzteren ist eine Schubstange *ab* verbunden, die bei jedem Niedergange des Gatters den Hebel *bcd* zu einer Schwingung nöthigt, wodurch eine andere Zugstange *ef* zum Emporsteigen und eine Klinke *h* zum Drehen des Sperrrades *P* veranlasst wird. Das Fortrücken des zu sägenden Blockes erfolgt also beim Niedergange der Säge und ist deshalb so angeordnet, dass sämmtliche Zahnspitzen in einer genau verticalen geraden Linie liegen.

Fig. 341.

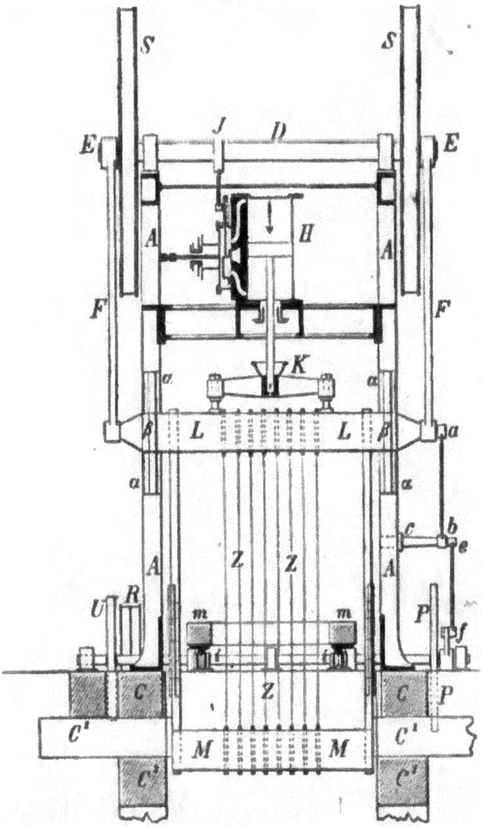

Ein Riemenvorgelege *R Q S* veranlasst den Rücklauf des Wagens *m*, wozu auf der Welle von *R* ein Zahngetriebe sitzt, was sich mit dem Stirnrade *U* im Eingriff befindet. Dass letzteres mit *P* auf derselben Welle *ii* festgekeilt ist, bedarf wohl eben so wenig der Erwähnung, wie die Hinweisung auf die bekannte Construction, dass *R* (nach Fig. 341) aus einer losen und einer festen Riemenscheibe besteht, endlich C, C^1 und C^2 starke Balkenwerke sind, wodurch das unmittelbare elastische Fundament der ganzen Sägemaschine gebildet wird.

In Deutschland hat vorzugsweise der Maschinenfabrikant Schwarzkopf in Berlin die Dowall'schen Dampf-Sägemaschinen mit Erfolg nachconstruirt und zugleich verbessert, worüber (mit 5 Abbildungen versehen) der Verfasser ausführlich berichtet hat im „Technischen Wörterbuche" von Karmarsch und Heeren, 2. Auflage, Bd. 3, S. 32 etc.[1]).

---

1) Ueber eine vollständige Anlage Schwarzkopf'scher Dampf-Sägemaschinen handelt ein Aufsatz in Romberg's „Zeitschr. für prakt. Baukunst", 1854, S. 322.

Fig. 342.

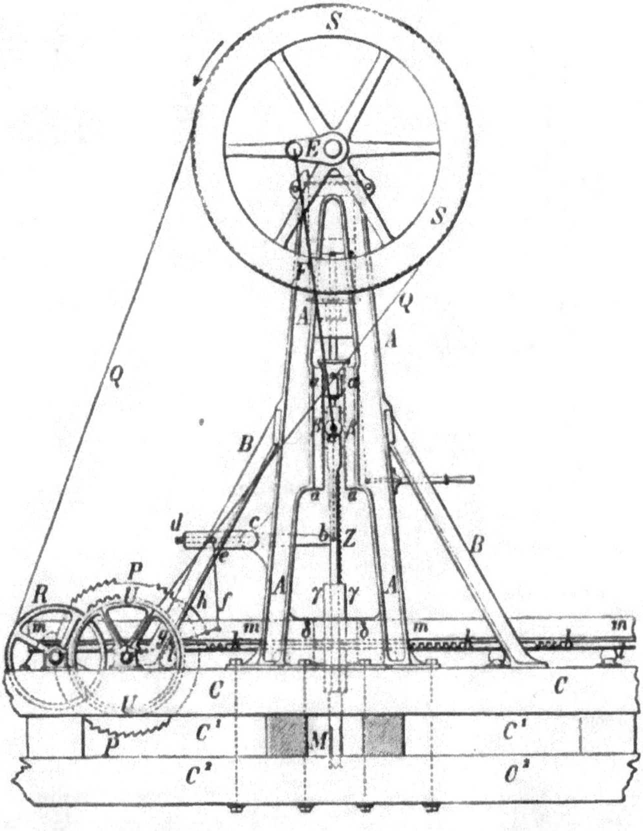

Im Allgemeinen haben diese Dampfsägegatter (mit directer Wirkung) nicht die Verbreitung gefunden, welche man anfänglich erwartete, indem sie in der Regel die nothwendige Stabilität entbehren, und vor Allem die gehörige Geschwindigkeit der Säge eine zu grosse Geschwindigkeit des Dampfkolbens mit sich führt, nicht zu gedenken, dass sie auch überall, wo einmal hinlängliche Dampfmaschinenkraft vorhanden ist, besser durch andere Dispositionen ersetzt werden können. Nach den Erfahrungen des Verfassers wendet man sie gegenwärtig nur noch da an, wo eine bereits existirende Betriebs-Dampfmaschine schon hinlänglich belastet ist, so dass man eine Vermehrung der vorhandenen Sägegatter ohne Weiteres nicht eintreten lassen kann.

Unter den deutschen Maschinenfabrikanten sind es ganz besonders die Berliner, welche sich um Einführung verbesserter Sägemaschinen verdient machten. Ein hierher gehöriges, an Grösse und Bedeutung vielleicht jetzt noch unübertroffenes Werk führte bereits im Jahre 1842 A. Borsig in Berlin in der den Herren Kupfer und Pattri gehörigen „Wilhelmsmühle“ zu Liepe bei Neustadt-Eberswalde in der Mark Brandenburg aus.

Dieses Werk enthält 8 Gatter[1]) der Fig. 343 und 344 (in circa $1/_{32}$ wahrer Grösse) dargestellten Anordnung, jedes bis zu 20 Sägeblättern eingerichtet, wobei man zunächst auch wahrnimmt, dass der Constructeur die bereits oben S. 354 und 355 beschriebene und Fig. 325 und 326 abgebildete englische Sägemaschine gekannt hat.

Die gedachten Abbildungen (Seiten- und Vorderansicht) zeigen die überall gleiche Anordnung der sämmtlichen zum Sägen erforderlichen Mechanismen, das Maschinengestell $AA'B$ und die zugehörige Balkenlage M, N im Gebäude.

Zum Betriebe sämmtlicher 8 Gatter ist eine 40pferdige Dampfmaschine vorhanden, deren am Umfange verzahntes Schwungrad in zwei links und rechts gelagerte Triebe greift, wovon jedes eine mit Riemenscheiben (von 4 Fuss Durchmesser) ausgestattete (Vorgelege-) Welle treibt, welche quer durch das zugehörige Gebäude läuft, im Souterrain gelagert ist und pro Minute 80 Umläufe macht.

Von diesen Wellen treibt eine jede durch Riemen eine correspondirende zweite unmittelbar unter dem Gatter befindliche Welle, welche in den Fig. 343 und 344 sichtbar ist und worauf in bekannter Weise die passiven Betriebsscheiben, das Schwungrad S, das Excentrik H zur Bewegung des Schub-Sperrrades E und eine Riemenscheibe R für den Rücklauf angebracht sind.

Da der Durchmesser der passiven Riemenscheiben 3 Fuss beträgt, so macht die Schwungradwelle pro Minute gewöhnlich 96 bis 100 Umläufe[2]). Da ferner die Gatter mit 2 Fuss Hub arbeiten, so ergiebt sich eine Sägengeschwindigkeit von $6^2/_5$ bis $6^2/_3$ Fuss pro Secunde. Uebrigens sind weitere Dimensionen so gewählt, dass Stämme von 2 bis 3 Fuss Durchmesser geschnitten werden können.

Die Gatter ghf wurden ursprünglich aus Gusseisen, von der Anordnung wie Fig. 344 erkennen lässt, hergestellt, bald aber ihrer Schwere und Unhaltbarkeit wegen durch schmiedeeiserne ersetzt[3]), wovon Fig. 346 eine Abbildung ist.

---

1) Sechs Gatter waren bestimmt, um Stämme von 25 Fuss Länge zu schneiden, zwei andere dienten dagegen für Stämme bis zu 50 Fuss Länge. Ausserdem war noch eine Kreissäge vorhanden, womit man die Schaalbretter, theils zum Verkaufe, theils zur Heizung der Dampfkessel zerschnitt.

2) Ohne Rücksicht auf ein sehr geringes Rutschen der Betriebsriemen würde die (theoretische) Umlaufszahl, entsprechend den angegebenen Zahlenwerthen, betragen: $80 \cdot \frac{4}{3} = \frac{320}{3} = 106^2/_3$.

3) Um einen Begriff zu geben, welch mächtigen Erschütterungen ein solches Gatter ausgesetzt ist, wodurch mit der Zeit die Textur des Gusseisens gänz-

Fig. 343.

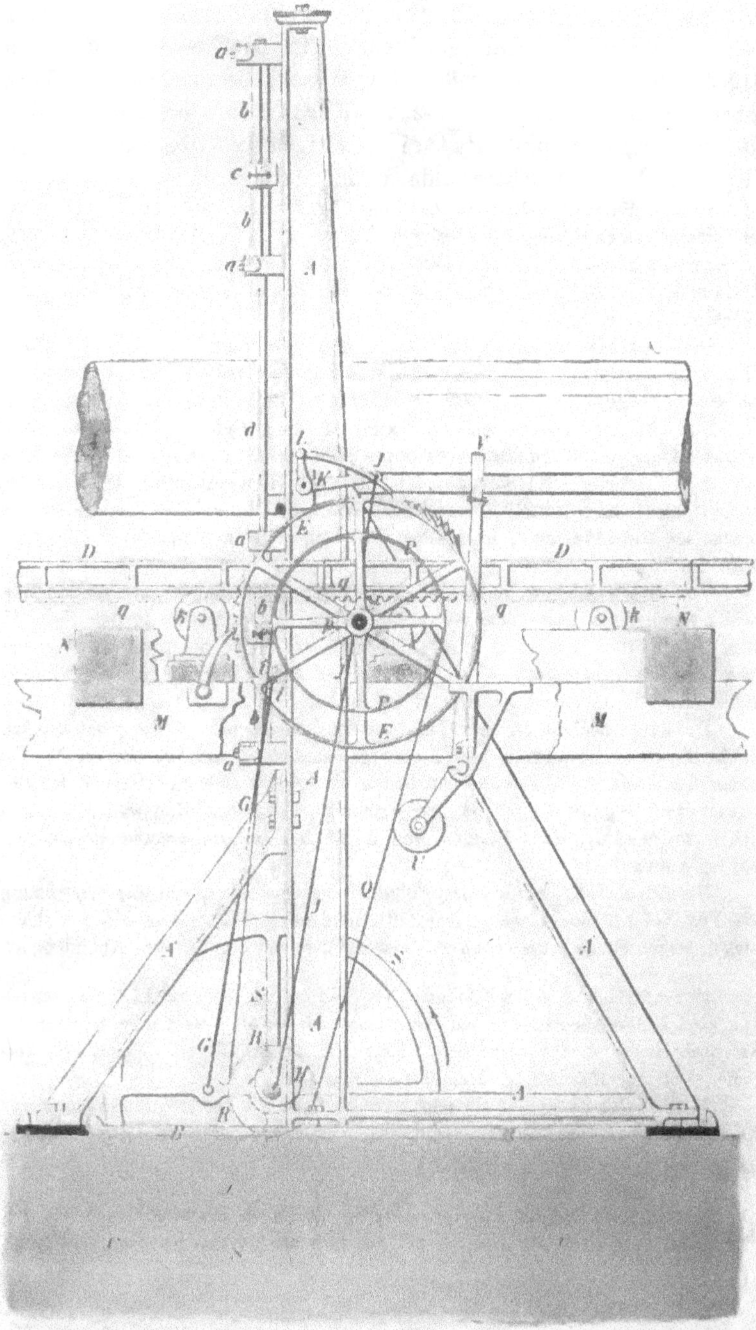

Fig. 344.

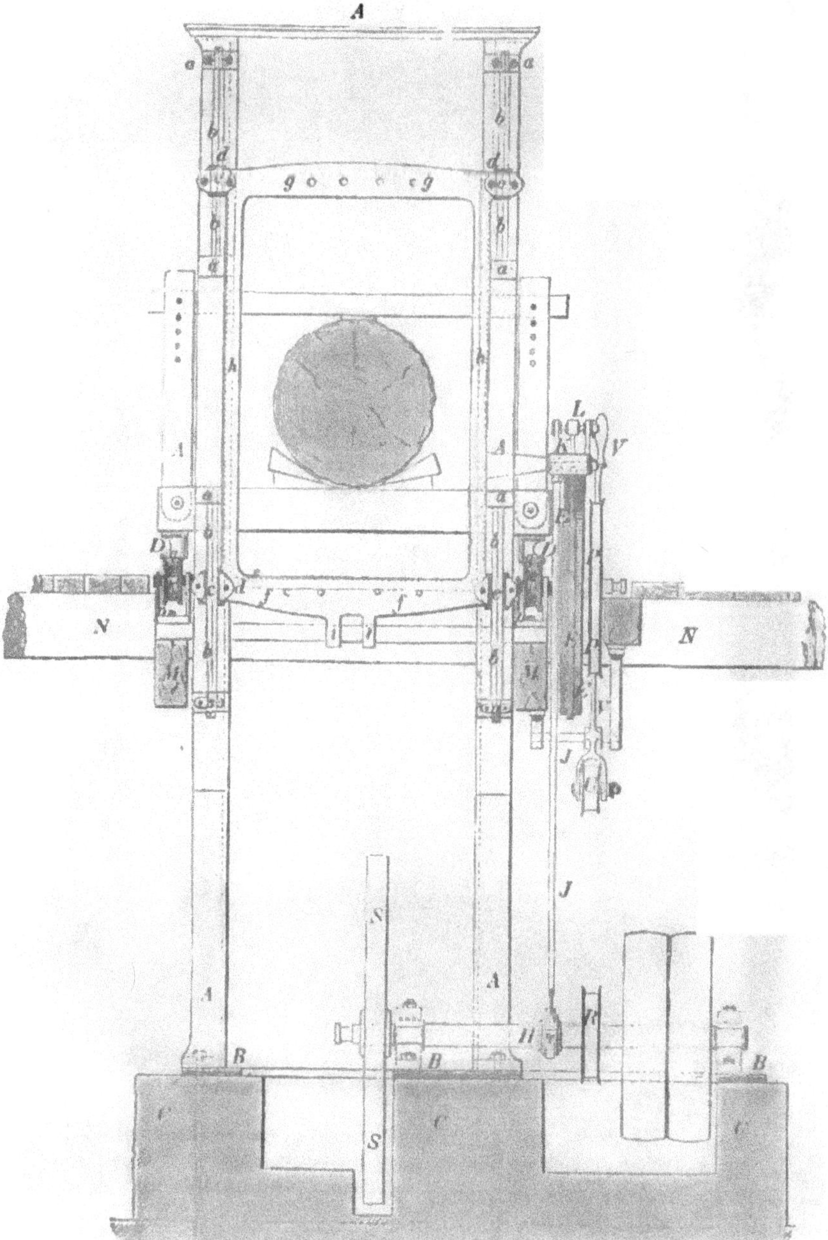

Wie mittelst der Lenkstange *G* (Fig. 343) die Bewegung von der Schwungradwelle auf das Gatter übergetragen wird, bedarf keiner Erörterung, eben so

Fig. 345.

Fig. 346.

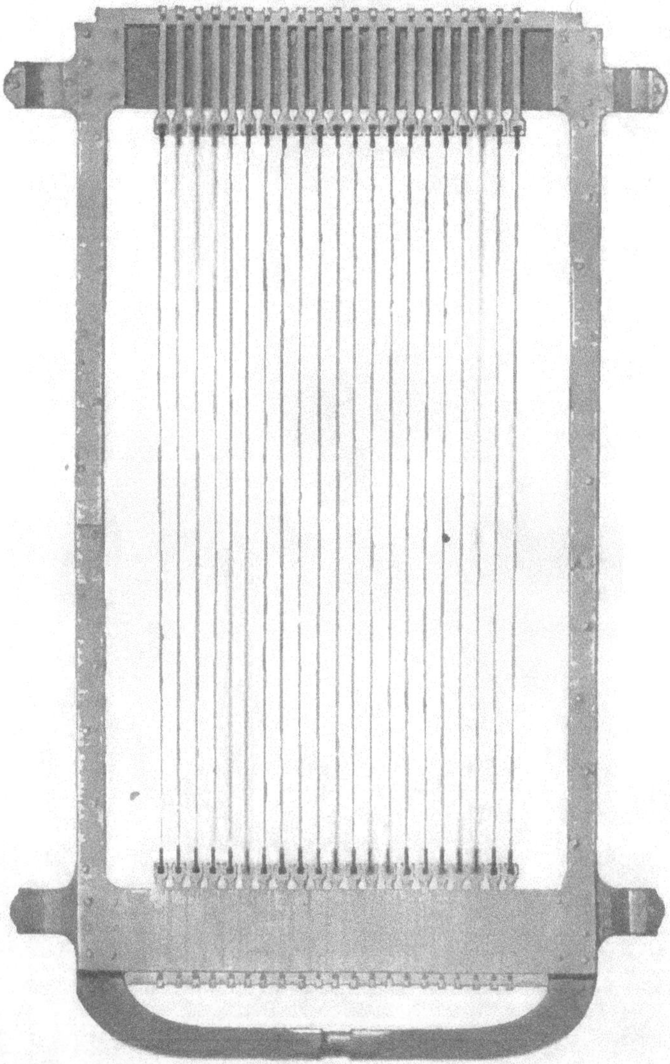

lich verändert wird, möge hier noch erwähnt werden, dass man mit denselben in der Maschinenfabrik sorgfältige Proben ihrer Haltbarkeit anstellte. Obgleich sie die äussersten Versuche aushielten, sprangen sie dennoch fast sämmtlich nach einem Gebrauche von 3 bis 4 Monaten.

wenig die Uebertragung der Bewegung auf das Sperrrad E (welches eine dreifache Theilung hat, nämlich von $^3/_4$, $1^1/_8$ und $1^1/_2$ Zoll), die von der Schwung-

Fig. 347.

radwelle aus vermittelst des Excentriks H (von $^3/_4$ Zoll Excentricität) erfolgt, auf den Winkelhebel JK und endlich auf die Schiebklaue L fortgepflanzt wird. Mit E auf derselben Axe sitzen wie gewöhnlich die Zahngetriebe p, welche in die Zahnstangen qq des Wagens D greifen, der aus gusseisernen, zusammengeschraubten Balken besteht und der überdies auf Frictionsrollen k gleitet.

Der Rücklauf des Wagens D erfolgt durch ein Riemenvorgelege PQR, welches durch eine Rolle U in die erforderliche Spannung versetzt wird, sobald man den Hebel V entsprechend verschiebt.

Eins der (nachher, wie bemerkt) ganz aus Schmiedeeisen hergestellten Gatter mit den eingespannten Sägeblättern zeigen die Fig. 345, 346 und 347, circa $^1/_{16}$ der wahren Grösse. Die beiden schmiedeeisernen Rahmen, welche dasselbe bilden, werden durch verschraubte Nieten zusammengehalten. Die Sägen setzt man in schmiedeeiserne Stücken ein, welche oben und unten zwischen den beiden Rahmen liegen und mittelst dazwischen gesteckter Holzklötzchen in entsprechender Entfernung gehalten werden. Diese Klammern oder Sägehalter können, durch Hinwegnahme eines vorgesteckten schmiedeeisernen Keiles, aus dem Gatterrahmen gänzlich entfernt werden, sobald solches erforderlich wird. Die ober- und unterhalb mit einem aufgenieteten Querbande versehenen Sägeblätter werden, nach Einbringung der Klammern in den Rah-

Fig. 348.

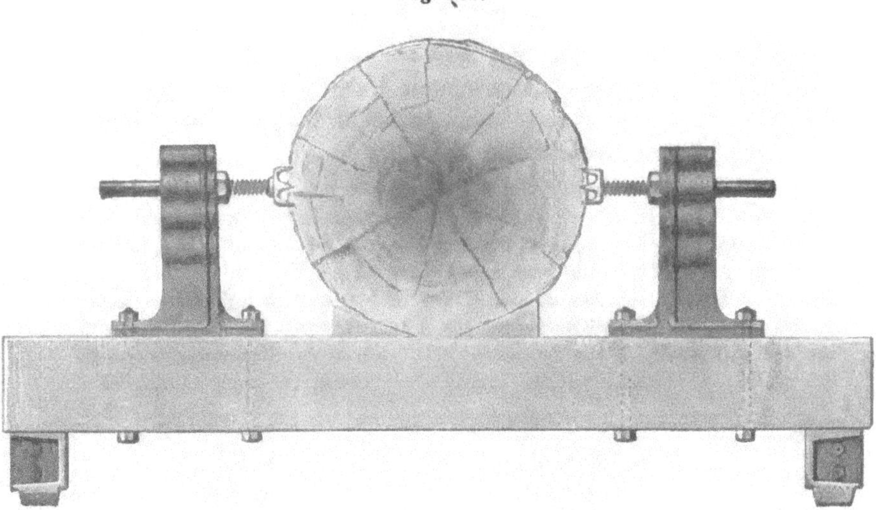

men, von vorn in letztere hineingeschoben und durch Anziehen der Keile, ober- und unterhalb des Gatters gehörig gespannt, nachdem man sie zuvor durch die bereits erwähnten Holzklötzchen regulirte.

Die Befestigung der Stämme auf den Schlitten an den Kopfenden derselben zeigt Fig. 348 im vergrösserten Maassstabe. Die hierzu vorhandenen Klauen mit ihren Schraubenspindeln lassen sich, nach der jedesmaligen Holzstammdicke, vermöge vier vorhandener Stelllöcher, höher oder tiefer anbringen. Ausserdem werden die Stämme auf ihren Unterlagen noch in bekannter Weise durch Keile und durch übergelegte Holme festgehalten, welche mit schmiedeeisernen beweglichen Ständern oder Steifen *A* (Fig. 344) in geeignete Verbindung gebracht sind.

Eine Vorrichtung zum Niederdrücken der Holzblöcke zunächst dem Gatter hat sich hier nicht erforderlich gezeigt, weil nur sehr starke Stämme geschnitten werden, deren eigenes Gewicht in Vereinigung mit den eben angeführten Vorrichtungen hinreicht, sie auf dem Wagen *D* gehörig festzuhalten.

Zu den wesentlichsten deutschen Verbesserungen der grösseren Sägemaschinen (für Baumstämme, Bauholz etc.) in den vierziger Jahren gehört die Einführung solcher Mechanismen, wodurch kein absatzweiser, sondern ein continuirlicher Vorschub zu Stande gebracht wird und wobei man zugleich den Vorschub während der Arbeit (ohne irgend welche Stillstände eintreten lassen zu müssen) innerhalb verhältnissmässig weiter Grenzen beliebig verändern kann. Die Lösung dieser Aufgabe, und zwar unter Einführung zweier geeigneter Frictionsscheiben, scheint mit Erfolg zuerst der jetzige Professor Werner im königl. Gewerbe-Institute zu Berlin zu Stande gebracht zu haben, indem derselbe bereits 1846 diese Art Vorschub zum ersten Male und zwar für eine in der Maschinenfabrik von F. A. Egells in Berlin gebaute Brettschneidemühle construirte und ausführte [1]).

Eine Brettschneidemühle mit Werner'schem continuirlichen Frictionsscheiben-Vorschub, und zwar für ein sogenanntes Bundgatter (auch Vollgatter genannt), stellen zunächst die Fig. 349, von *IV* bis mit *VIII*, sodann aber auch die Fig. 350 von *I* bis mit *IV* dar [2]).

Zwei Frictionsscheiben *A* und *B* Fig. *V* vermitteln den Vorschub, wovon *A* gleichzeitig als passive Riemenscheibe dient, die, wie aus Fig. 350 erhellt, von der Kurbelwelle *Z* aus betrieben wird. Die active Riemenscheibe ist dabei mit A', der Riemen mit A_2 bezeichnet. Vermittelst einer Spiralfeder *C*

1) Zeitschrift des Vereins deutscher Ingenieure, Bd. VII (1863), S. 317.

2) Schöne nach Maassstab gezeichnete Ausführungen enthält unsere vorher citirte Quelle auf Tafel XX, XXI und XXII.

(Fig. *V*), die durch eine Schraube eine entsprechende Spannung erhält, wird die Scheibe *A* continuirlich gegen den Umfang der mit Leder überzogenen Scheibe *B* gedrückt und demzufolge letztere durch den dadurch auftretenden Reibungswiderstand in Umdrehung gesetzt. Je nachdem nun der Vorschub des

Fig. 349.

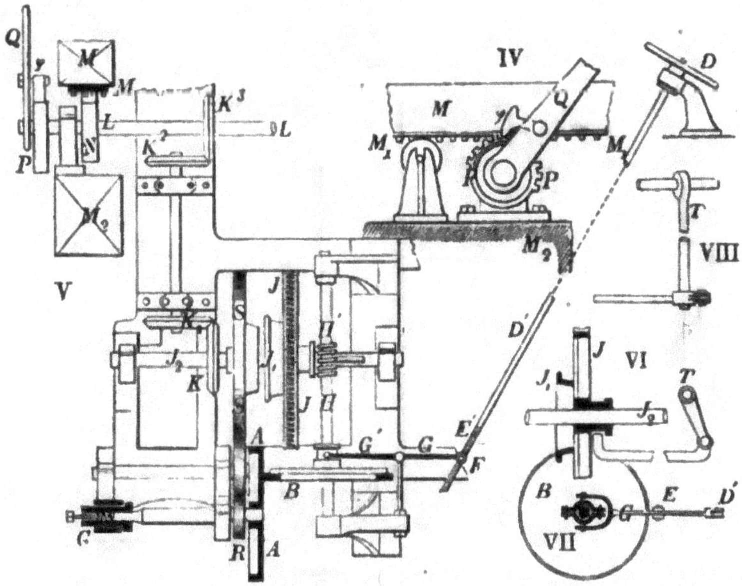

zu schneidenden Stammes oder Balkens verringert oder vergrössert werden soll, hat man bloss nöthig, die Scheibe *B* dem Mittelpunkte der Scheibe *A* beziehungsweise zu nähern oder zu entfernen, was in folgender Weise zu Stande gebracht wird. Mit der Scheibe *B* steht (durch einen um Schildzapfen drehbaren messingenen Halsring) das linke gabelförmige Ende eines doppelarmigen Hebels *G G'* (auch *VII* in der Seitenansicht dargestellt) in entsprechender Verbindung, dessen anderes Ende (rechts) zur Aufnahme einer Schraubenmutter *F* geeignet construirt ist, während man die zugehörige Schraubenspindel *E'* in das untere Ende *E'* einer Rundeisenstange *D'* geschnitten und ihr oberes Ende mit einem geeigneten Handrade *D* ausgestattet hat.

Dreht man nun das Handrad *D* und mit ihm die Schraube *E'* in gehöriger Richtung um, so wird der Mutter *F* und dem Hebel *G* eine auf- oder absteigende Bewegung ertheilt, wodurch endlich der Frictionsscheibe *B* die beabsichtigte Vorschiebung auf einer Welle *H* ertheilt wird, die mit einer endlosen Schraube oder Schnecke *H'* ausgestattet ist. Dass zur Uebertragung der Drehbewegung von *B* auf *H*, in dem mit *B* vereinigten Muffe, die bekannte Construction von Feder und Nuth in Anwendung gebracht ist, bedarf wohl kaum der Erwähnung.

Zur Schnecke *H'* gehört ein Schneckenrad *J*, was in unserer (in vergrössertem Maasse gezeichneten) Fig. *V* zur Seite geschoben, oder ausser Eingriff gezeichnet, Fig. *I* aber als in Thätigkeit begriffen dargestellt ist. Durch diese Art der Bewegungsübertragung wird der Weg bedeutend verringert, den das Schneckenrad *J* in derselben Zeit wie das Frictionsrad *B* zurücklegt.

Fig. 350

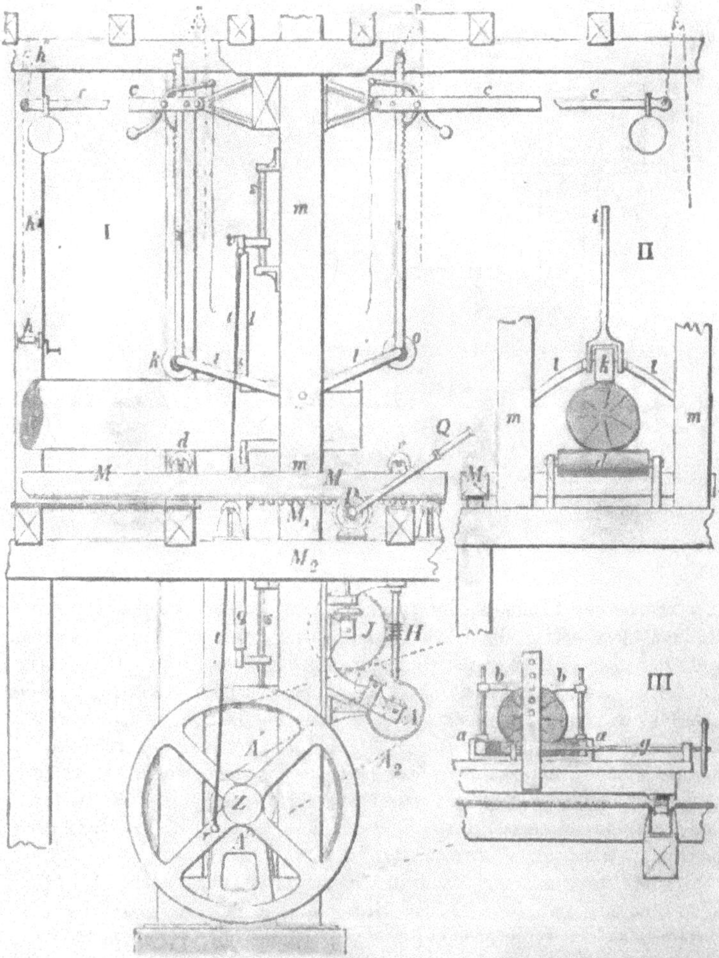

Mit dem Schneckenrade *J* steckt auf derselben Welle ein Kegelrad *K*, welches seine Umdrehung auf ein zweites solches Rad K_1 und demzufolge auf ein ferneres Kegelradpaar K^2 und K^3 überträgt. Mit dem Rade K^3 sind endlich auf derselben Welle *L* zwei Stirnradgetriebe *N* befestigt, welche in die Zahnstangen eingreifen, die man an beiden Seiten des Blockwagens *M* angebracht hat.

Ein drittes, ebenfalls auf der Welle L (und zwar am äussersten Ende derselben) sitzendes Stirnrad P dient (wenn erforderlich) zum Vor- und Rückwärtsbewegen des Wagens M mit der Hand, was durch Mitwirkung eines Hebels Q erfolgt, der hierzu mit einem doppelzähnigen Sperrhaken φ ausgestattet ist [1]).

In der vorstehenden Beschreibung wurde ein Stirnrad S ganz unbeachtet gelassen, was jedoch völlig lose auf der Welle J^2 des Schneckenrades J steckt.

Es dient dies Rad S zur Vermittlung des Wagenrücklaufs und zwar dadurch, dass man zuerst das Schneckenrad J ausser Eingriff mit der Schnecke H' bringt, es nach links (Fig. V) und zwar so weit verschiebt, bis ein hohler, an dasselbe gegossener Bremskegel J_1 (Fig. VI im Durchschnitt sichtbar) gehörig über einen correspondirenden Bremskegel an S gelangt und schliesslich die Verschiebung so lange fortsetzt, bis hierdurch das Rad S mit der Welle J_2 in feste Verbindung gebracht wird. Sodann erhellt sofort, dass der Rücklauf dadurch bewirkt werden kann, dass an der einmal in Umdrehung begriffenen Welle, worauf die Scheibe A sitzt, auch ein Stirnradgetriebe R (Fig. V) befestigt ist, welches, unter Zwischenbringen eines Wechselrades, die Bewegung auf das Stirnrad S und damit weiter auf die Kegelräder K, K_1, K^2, K^3 und schliesslich auf die Getriebe N der Welle L überträgt.

Das Hebelwerk T und Zubehör, wodurch, vom Standpunkte des Arbeiters aus, die vorgedachte Verschiebung des Schneckenrades bewirkt werden kann, erhellt ohne Weiteres aus den Detailfiguren VI und VIII.

Die Gelegenheit benutzend, machen wir noch auf die zweckmässige Befestigung und Führung der zu schneidenden Blöcke bei einer später von Werner construirten Sägemaschine aufmerksam.

Mit seinem hinteren Ende ruht nämlich der Block auf einem Sattel a (Fig. III), der durch Schnecke und Zahnstange auf einer mit Handrad versehenen Welle g hin- und hergeschoben werden kann, während er gleichzeitig durch Druckarme (Sergeanten, Blockhalter) b daselbst gehörig niederwärts gedrückt wird. Durch die bemerkte Querverschiebung des Sattels a wird es möglich gemacht, dass während des Schneidens die Richtung des Blockes, etwaigen Krümmungen desselben folgend, geändert werden kann.

Am anderen Ende, nahe der Schnittstelle, wird der Block vermittelst einer beweglichen Druckstange i mit Druckhebel c gegen eine in festen Lagern laufende Leitrolle d gepresst, wobei noch zu bemerken ist, dass das untere Ende der Stange i eine Druckrolle k trägt, die durch Lenkschienen ll (Fig. II in der Vorderansicht gezeichnet) geführt wird, deren Drehzapfen an den Gattersäulen mm befestigt sind. Ist der Block in seiner fortschreitenden Bewegung von links nach rechts (in Bezug auf Fig. I) so weit gekommen, dass er über eine zweite Leitrolle e hervorragt, so wird er hier von zwei Seiten so gehal-

1) In Fig. IV ist das Zahngetriebe P zu klein und überdies so gezeichnet, als wäre es mit den Zahnstangenzähnen des Wagens M in unmittelbarem Eingriffe, was, wie auch aus Fig. V erhellt, nicht der Fall ist.

ten, wie bei der Borsig'schen Schneidemühle, welche Seite 375 beschrieben und durch Fig. 348 erläutert wurde. Bevor das Schneiden so weit gediehen ist, dass der Block die Leitrolle *d* verlässt [1]), wird eine zweite (rechts von den Gattersäulen *m* liegende) Druckstange *i* mit Druckrolle *v* niedergelassen, die Blockhalter oder Sergeanten *bb* gelöst, der Vorschub aus- und der Rücklauf eingerückt, bis der Sattel von dem liegenbleibenden Block so weit zurückgetreten ist, dass ein kurzes Brett zwischen die beiden letzteren geklemmt werden kann. Hierauf wird die Druckrolle *k* angehoben, der Vorschub wieder eingerückt und der Schnitt beendet.

Schliesslich dürfte die Bemerkung kaum erforderlich sein, dass durch Lösung der Sperrklinken an den Druckstangen *i* und i_1 (Fig. *I*) nicht nur eine vom Hebel *c* unabhängige Bewegung der Druckstangen, sondern auch durch eine entsprechende Reihe von Sperrzähnen (an letzteren) ein Einstellen in beliebiger Höhe möglich gemacht ist [2]).

Eine andere Vorrichtung, welche vielleicht noch etwas früher wie die Werner'sche in Anwendung kam [3]) und womit ebenfalls von der Schwungrad- oder Gatterwelle aus ein gleichmässiges Vorgehen des Wagens bewirkt wird, ist der Vorschub mit Riemenbetrieb und conischen Trommeln, dessen wesentlichste Theile Fig. 351 erkennen lässt. Das Ganze besteht eigentlich in einem Riemenvorgelege, welches zwischen der Gatterwelle und den sonstigen Klinkzeugen zur Bewegung der Getriebe für die Wagenzahnstange eingeschaltet ist. Von einer auf der Gatterwelle sitzenden kleinen (cylindrischen) Riemenscheibe [4]) wird die (über viermal) grössere Scheibe *aa* in Umdrehung gesetzt, welche mit der ersten

Fig. 351.

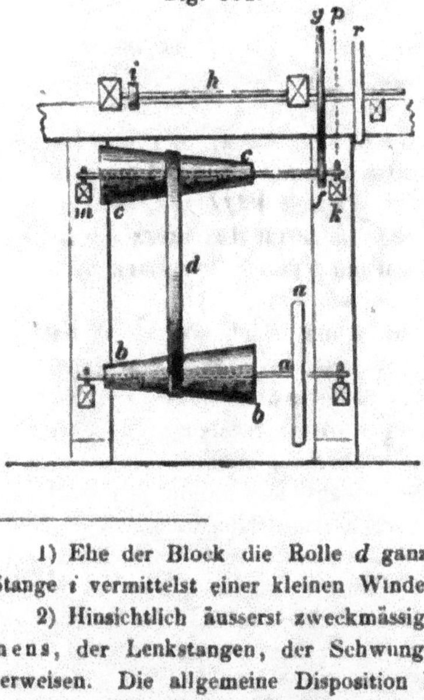

1) Ehe der Block die Rolle *d* ganz verlässt, wird der Druckhebel *c* und die Stange *i* vermittelst einer kleinen Winde *h*, *h'*, *h''* entsprechend angehoben.

2) Hinsichtlich äusserst zweckmässiger Details, namentlich des Gatterrahmens, der Lenkstangen, der Schwungräder etc. müssen wir auf unsere Quelle verweisen. Die allgemeine Disposition hat übrigens grosse Aehnlichkeit mit der von Niceville S. 360, Fig. 334, jedoch liegen bei Werner die Stiele des Gatterrahmens innerhalb der Wagenbäume, oder letztere sind ausserhalb der Gatter angebracht.

3) Der Verfasser sah den Vorschub mit Riemenbetrieb und Kegeltrommeln zuerst 1846 in der Brettschneidemühle von Bäsler und Bonnewitz bei Leipzig und lieferte eine Beschreibung desselben im Notizblatte des hannoverschen Gewerbevereins, Jahrg. 1847, Seite 51.

4) Gatterwelle und die gedachte kleine, active Riemenscheibe sind in unserer Figur weggelassen. Eine vollständigere Abbildung enthält die höchst werthvolle

Kegeltrommel *b* auf derselben Welle sitzt. Von letzterer wird die Bewegung auf den zweiten Kegel *c* mittelst des umgelegten Riemens *d* übergetragen. Mit *c* auf einerlei Axe steckt das Zahngetriebe *f*, welches in das grosse Stirnrad *g* fasst, dessen Welle *h* auch die der Zahnstangengetriebe *i* ist.

Um das Getriebe *f* rasch in oder ausser Eingriff mit *g* bringen zu können, hat man das Lager *k* auf einem einarmigen Hebel befestigt, der mittelst einer Schnurleitung so zu heben oder, sich selbst überlassen, zu senken ist. Letzteres geschieht nach vollendetem Vorschube des Wagens, worauf dann in der Regel ein von der Hauptbetriebswelle über eine (auf *h* festgekeilte) Scheibe *r* geschlagener Riemen in die erforderliche Spannung versetzt und dadurch der Rücklauf des Wagens bewirkt wird.

Gewöhnlich macht man dieser Anordnung den Vorwurf, dass die Riemen auf den Kegeltrommeln leicht rutschen, oder, wie die Praktiker zu sagen pflegen, dass sie „nicht durchziehen" wollen und ausserdem sich schnell abnutzen [1]).

Diese Einwürfe sind in der Regel dann gegründet, wenn die Trommeln *b* und *c* gemeine abgestumpfte Kegel, d. h. solche bilden, deren Mäntel eine gerade Linie als Erzeugende haben. In diesem Falle behält nämlich der Riemen *d* nicht in allen Lagen, die er auf den Trommeln einnehmen kann, dieselbe nöthige Spannung, sondern diese differirt und zwar unter Umständen sehr erheblich.

Dieselbe unveränderliche Spannung des Riemens ist aber erforderlich, wenn er überall seine Schuldigkeit thun und die Elasticitätsgrenze des Leders nicht

---

Arbeit des Prof. Kankelwitz: „Der Betrieb der Schneidemühlen", Berlin 1862 (besonderer Abdruck aus der Zeitschrift des Vereins deutscher Ingenieure 1862, S. 423), sowie Bornemann's „Civilingenieur", Bd. 8 (1862), S. 39, Taf. IV.

1) Schwahn spricht sich (in der 5. Abtheilung seines Lehrbuches der praktischen Mühlenbaukunde, S. 18) über den fraglichen Gegenstand wie folgt aus: „Wenn diese Vorrichtung auch die beste Gelegenheit zur Umstellung des Schiebzeuges darbietet, so hat es dennoch in so fern seine Eigenheit damit, als die Bewegung derselben nicht, wie beim gewöhnlichen Schiebzeuge (mit Einklinkung), vom Sägegatter ausgeht, was in vorkommenden Fällen sehr nachtheilig werden kann, wie dem Verfasser aus eigner Erfahrung bekannt geworden ist. Bei einer in dieser Art eingerichteten Schneidemühle brach nämlich bei zu grosser Geschwindigkeit des Sägegatters die (gegossene) Kurbel. Wäre die Vorrichtung zur Bewegung des Wagens mit dem darauf liegenden Blocke die gewöhnliche gewesen, so würde mit dem auf den Bruch der Kurbel erfolgten Stillstande des Gatters auch das Schiebzeug zum Stillstand gekommen sein, während so die vom Sägegatter abgesonderte Vorrichtung fortwirkte und es neben der Kurbel auch noch die Säge kostete, indem derselben das Holz nunmehr um so stärker zugeführt wurde, wodurch sie ebenfalls zu Grunde ging." Schwahn glaubte deshalb sowohl ein stärkeres, als mehr gleichförmiges Vorschieben des Holzes auch vom Sägegatter aus dadurch zu erreichen, dass er (wie u. A. bei der S. 372 beschriebenen grossen Borsig'schen Sägemühle) zwei Schieber (Klinken) auf den mit angemessenen feineren Zähnen versehenen Kranz (des Klinkrades) wirken lässt.

überschritten werden soll. Erreicht wird dies nur, wenn die Erzeugungslinie der Kegelmäntel keine gerade, sondern eine gewisse krumme Linie ist, indem dann der Riemen in allen Stellungen die gleiche Länge behält etc.[1]).

Thatsache ist es, dass dieser Vorschubmechanismus mit Riemen und conischen Trommeln zur Zeit noch an wenigen Orten angewandt und bei Neuconstructionen wohl nirgends mehr gewählt wird, da er unter allen Umständen zu schaffen macht und dennoch nicht die Zuverlässigkeit bietet, wie der (Werner'sche) Vorschub mit Frictionsscheiben.

Einen besonders bemerkenswerthen Gegenstand in der Geschichte der Sägemaschinen bildet die in den Jahren 1852 und 1853 zuerst wirklich gelungene Ausführung von Sägen ohne Ende durch den Pariser Mechaniker Périn[2]), nachdem sich vorher (1815) Touroude[3]), Crepin (1846) und Thouward (1847) vergeblich mit der Ausführung solcher Maschinen beschäftigt hatten.

---

1) Herrn Kankelwitz' bereits citirte Arbeit giebt über die hierbei erforderlichen Berechnungen (S. 26) hinlänglichen Aufschluss. Bei Kegeln, deren Endflächen beispielsweise die Durchmesser 70 und 30 Centimeter haben, darf der Durchmesser in der Mitte nicht $\frac{70 + 30}{2} = 50$ Centimeter sein, sondern er ist 51,2 Centimeter zu nehmen etc. Ausführlich über eine solche „Conusbewegung" handelt auch Redtenbacher in seinem Werke: „Der Maschinenbau", Bd. 1, S. 349—353.

2) Périn's erstes Brevet datirt vom 15. December 1852, wovon sich Beschreibung und Zeichnung vorfindet im 18. Bande (1854) der Description des Machines etc. sous le régime de la loi du 5. Juillet 1844, p. 381.

3) Alle diese Projecte kamen darin überein, ein stählernes Sägeblatt zu einem endlosen Bande durch Zusammenlöthen oder Nieten zu vereinigen, solches wie einen Riemen ohne Ende über zwei in derselben Verticalebene rotirende Scheiben unter Beachtung der gehörigen Spannung zu schlagen und die eine gezahnte Kante ununterbrochen auf das zu schneidende Holz wirken zu lassen.

Touroude machte seine Sägeblätter verhältnissmässig breit und dick und versah sie, zur Verhinderung des Gleitens auf den Scheiben, in regelmässigen Abständen mit Löchern, in welche stumpfe Stifte oder Zapfen griffen, die man am Umfange der Scheiben angebracht hatte. Häufige Brüche der endlosen Sägeblätter waren Hauptursache, dass Touroude's Maschine keine Verbreitung fand.

Crepin und Thouward waren nicht viel glücklicher und besonders deshalb, weil deren Sägen gleichfalls oft brachen und auch die mechanischen Combinationen der Maschine nicht fest und einfach genug waren, um ihr eine Zukunft zu sichern. Crepin's Maschine findet sich abgebildet und beschrieben in dem 9. Bande (1852), p. 84 der vorher citirten Brevets, während die Thouward's von Armengaud in dessen „Publication Industrielle", Tome 5 (1847), p. 138, ausführlich besprochen wird.

Périn's Maschine ist eigentlich nur die verbesserte (namentlich vereinfachte) Crepin's und vermied derselbe den (öfteren) Bruch der Blätter besonders dadurch, dass er sie dünn und schmal machte, ferner auch das Holz so einstellen konnte, dass es immer rechtwinklig gegen die Bewegungsrichtung der Säge zu

Das Hauptsächlichste dieser Périn'schen Schneidemaschine lassen (nach der Brevetzeichnung von 1852) folgende beiden Fig. 352 und 353 erkennen.

Fig. 352.

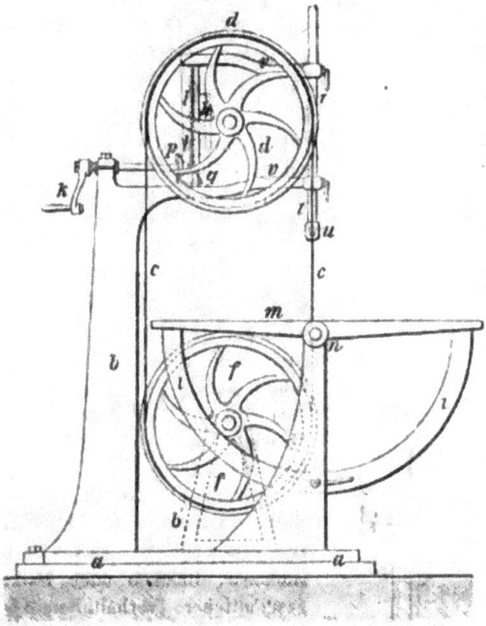

a bezeichnet die Fundamentplatte der Maschine, *bb'* das auf ihr befestigte gusseiserne Gestell, *cc* das endlose Sägeblatt, *dd* und *ff* die beiden (am äusseren Umfange mit Leder überzogenen) Scheiben, über welche das Blatt gespannt ist. Die untere Scheibe ruht in nur wenig verstellbaren Lagern, während die Welle *g* der oberen Scheibe in einem Schlitten *h* oder Support gelagert ist, den man auf- und abschieben, beziehungsweise feststellen und dadurch das Sägeblatt mehr oder weniger spannen kann. Zur gedachten Stellung des Schlittens *h* ist derselbe im Innern mit einer Mutter ausgestattet, zu welcher eine Schraube *i* gehört, die keine fortschreitende, wohl aber eine Drehbewegung anzunehmen im Stande ist, welche letztere, von einer durch Menschenhand bewegten Kurbel *k* aus, mittelst zweier Kegelräder *p* und *q* übertragen wird.

Eine Rundeisenstange *r*, die an den Gestellarmen *v v* höher oder tiefer befestigt werden kann, ist an ihrem unteren Ende mit einer rectangulären Oeffnung *u* versehen, worin man Holzbacken zur Sägeführung anbringen kann.

Der Tisch *m* zur Auflage des Arbeitsstückes ist um Zapfen *n* drehbar gemacht, so dass man seine Fläche dem jedesmaligen Arbeitszwecke entsprechend neigen und in der betreffenden Lage feststellen kann.

Mit dem Buchstaben *Z* ist die passive Riemenscheibe des Vorgeleges bezeichnet, durch welches von einer zur Disposition stehenden Elementarkraft aus die Welle *y* der unteren Sägescheibe *f* in Umdrehung gesetzt wird. Auf die obere Scheibe *d* pflanzt das Sägeblatt selbst die Bewegung fort.

Die Geschwindigkeit, womit Périn seine Säge arbeiten lässt, ist gewöhnlich 25 Meter pro Secunde, d. h. mehr als 7 Mal so viel als die Geschwindig-

---

liegen kommt. Die allermeiste Sorgfalt wendete Périn auf die Mittel zur Spannung und zur Führung der Säge beim Eintritt in das Arbeitsstück und beim Austritt aus diesem.

keit, womit man bei einer geraden Säge mit Wechselbewegung die Arbeit zu verrichten pflegt, da hier die vortheilhafte Geschwindigkeit höchstens 3,5 Meter pro Secunde beträgt.

Greenwood in Leeds suchte später[1]) die Maschinen mit endloser Säge dahin zu verbessern, dass er nicht den Arbeitstisch, sondern das Sägeblatt für gewisse Zwecke schief stellte, wodurch offenbar vermieden wird, dass das zu schneidende Holz nicht durch sein relatives Gewicht gegen die Säge zu drücken im Stande ist. Dabei lässt sich das Sägeblatt während des Ganges gegen das Arbeitsstück einstellen, so dass man sowohl gerade als krumme Schnitte nach beliebigen Richtungen ausführen kann. Leider macht diese Greenwood'sche Anordnung die Maschine sehr complicirt und folgeweise auch theuer.

Fig. 353.

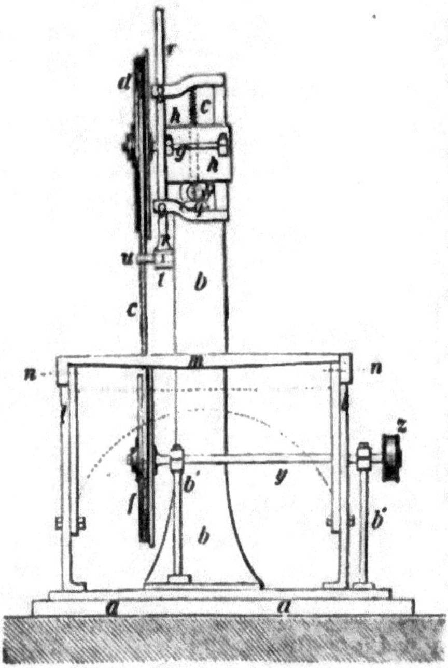

Während bis hierher die endlose Bandsäge ausschliesslich zum Verarbeiten bereits aus Baumstämmen, Blöcken oder Balken geschnittener (verhältnissmässig) dünner Hölzer, für specielle Arbeiten der Tischler, Parquett-, Wagenfabriken u. dergl. m. benutzt wurde, haben sich kürzlich Berniez und Arbey in Paris um die Verwendung derselben zum Schneiden der Bretter und Bohlen verdient gemacht[2]). Diese Constructeure machen nämlich das endlose Sägeblatt breit genug, spannen es über Rollen von hinlänglicher Grösse und lassen es sowohl unmittelbar vor dem Eintritte in den zu sägenden Baumstamm oder Balken als auch gleich nach dem Austritte aus dem Holze in höchst sorgfältigen Führungen laufen, die gleichzeitig, entsprechend der jedesmaligen Dicke des Holzes, einander zu nähern sind. Bestimmte Erfahrungen über derartige Sägen liegen leider zur Zeit noch nicht vor[3]).

---

1) Abbildungen und Beschreibungen der Greenwood'schen Bandsäge finden sich im polytechn. Centralblatte, Jahrg. 1862, S. 1274 und in Dingler's polytechn. Journ. Bd. 165, S. 98.

2) „Génie Industriel" Tome 25, p. 281. — Dingler's polytechn. Journ., Bd. 168, S. 297.

3) Die in Deutschland bis zum Jahre 1861 gemachten Bemühungen, die Bandsägen in unseren Sägemühlen einzuführen, scheinen von keinem günstigen Erfolge

Worssam's in London[1]) haben sogar die endlose Bandsäge mit der Kreissäge auf demselben Brett zu verbinden gesucht, wobei behauptet wird, dass sie mit der Säge ohne Ende noch Baumstämme von 42 Zoll engl. Durchmesser mit Erfolg schneiden.

Fig. 354.

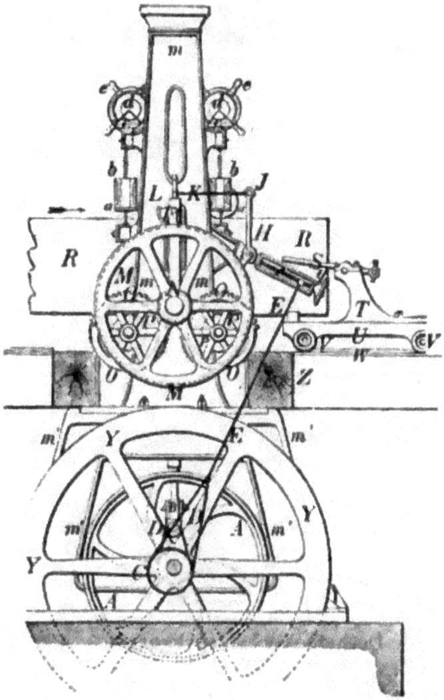

Ganz der Neuzeit angehörig (1859) sind auch die Bemühungen Worssam's[2]) und Young's in Ayr[3]), die gewöhnlichen Schaltungen, aus Sperrrad und Klinkrad bestehend (die sogenannten Stosszeuge), durch Frictionsschaltungen, nach dem Vorgange von Saladin in Mühlhausen[4]) zu ersetzen, durch die sowohl den starken Abnutzungen der in raschen Stössen bewegten Sperrräder vorgeheugt, als auch das lärmende unangenehme Geräusch umgangen werden soll, wodurch sich letztere fast überall bemerkbar machen.

Fig. 354 lässt die Worssam'sche Frictionsschaltung an einer seiner grossen Bundgattersägemaschinen erkennen. Das Schubrad M ist an seiner äusseren Peripherie (rund herum) mit einer keilförmigen Nuth versehen, in welche zwei ebenfalls keilförmig gestaltete Segmente oder Zungen i und k einfallen können. Die Zunge k oscillirt nur um eine unverrückbare Horizontalaxe und ersetzt den alten Sperrkegel, d. h. hat das

---

begleitet gewesen zu sein, mindestens nach dem, was Kankelwitz in seiner werthvollen Schrift: „Der Betrieb der Schneidemühlen", S. 29, hierüber berichtet, wobei als besondere Ursache angegeben wird, dass man diesen Sägen nicht die erforderliche Spannung geben könne, ohne sie binnen kurzer Zeit unbrauchbar zu machen.

1) Samuel Worssam and Comp.: Illustrated Descriptive Catalogue p. 16.

2) Patent Specification Nr. 2060 vom 9. September 1859. Worssam hat seiner Schaltung den Beinamen „Silent Feed" gegeben.

3) Ingenieur Fischer: „Einige neuere Mechanismen zur Erzielung bedeutender Geschwindigkeitsreducirungen", Mittheilungen des Gewerbe-Vereins für das Königreich Hannover, Jahrg. 1863, S. 337, mit Abbildungen, worunter auch die Frictionsschaltungen von Worssam und Young.

4) Bulletin de la Société Industr. de Muhlhouse, T. 12 (1839), p. 296 und darnach in Salzenberg's „Vorträgen über Maschinenbau", Berlin 1842, S. 327.

Zurückgehen des Schubrades *M* zu verhindern. Die zweite Zunge *i* ist einerseits mit einem am Gatterständer *m* befestigten Hebelwerke *LK1H*, andererseits durch einen Stellrahmen *Fg* mit der Schubstange *ED* eines auf der Kurbelwelle angebrachten Excentricums *C* in geeignete Verbindung gebracht. Wird nun durch diese Anordnung die Zunge *i* von rechts nach links bewegt, so stemmt sie sich gegen die Wandungen der Keilnuth im Umfange von *M* und dreht endlich letzteres Rad in derselben Richtung um. Während nachher die Zunge *i* zu einem neuen Schube ausholt, wirkt, wie schon bemerkt, die Zunge *k* als Sperrkegel.

Ob diese Frictionsschaltungen, mit ihrer immerhin absatzweisen, wenn auch in sehr weiten Grenzen veränderlichen Vorschiebung, unter allen Umständen sicher und zuverlässig sind, namentlich dann, wenn heftige Erschütterungen beim Schneiden eintreten, dürfte zu bezweifeln sein.

In Hinsicht auf Fig. 354 werde noch auf eine Eigenthümlichkeit, nämlich auf die Schleppwagen *TUV* (ein gleicher an beiden Enden des Blockes *R*) aufmerksam gemacht, auf welchen das zu schneidende Holz *R* mit Klammern *S* befestigt ist, während diese Wagen auf einer festen Eisenbahn *W* laufen, die auf dem starken Balkenwerke *Z* des Maschinengerüstes angebracht ist. Hierdurch wird nicht nur der sonst erforderliche grosse Klotzwagen mit Zahnstangen unnöthig, sondern man bedarf auch nicht des sogenannten Rücklaufs des Blockwagens, vielmehr kann das Schneiden continuirlich fortgesetzt werden, sobald nur der neue (ungeschnittene) Block, mit seinen beiden Schleppwagen zum Nachrücken bereit, auf der hierzu gehörig langen Eisenbahn an die entsprechende Stelle geschoben wurde.

Dass ferner noch, nahe der Stelle, wo die Sägen arbeiten, als Auflager (unterwärts) Walzen *PP* vorhanden sein müssen, sowie (von oben wirkend) Blockhalter *aa*, zwischen die der zu schneidende Balken *R* einerseits geklemmt, andererseits durch Umdrehung der Walzen *PP* zum Fortbewegen veranlasst werden muss, versteht sich fast von selbst. Deshalb wird auch kaum erforderlich sein, besonders auf die an den Walzen befestigten Stirnräder *OO* aufmerksam zu machen, welche von einem mit *M* auf derselben Welle steckenden Zahngetriebe umgedreht werden, sowie ebenfalls nicht auf die zum Niederdrücken der Blockhalter *a* vorhandenen Schrauben *bb*, die mittelst Handräder *ee*, unter Einschaltung der Kegelräder *c* und *d*, gehörig bewegt werden können.

Ob Worssam der Erfinder dieser Schleppwagenanordnung ist, vermag der Verfasser nicht zu entscheiden; Thatsache ist es jedoch, dass sich solche unter den von Worssam in England auf Sägemaschinen genommenen Patenten nicht vorfindet und dass derartige Brettschneidemühlen bereits im Jahre 1863 in Böhmen (u. A. in Kolonkau) zu finden waren, wo man sie sogar ohne Weiteres zum Schneiden nicht zu krumm gewachsener Baumstämme (für Rundholz) benutzte, obwohl die Construction der Transportmechanismen (insbesondere der cannelirten Walzen *PP*) erkennen lässt, dass sie solche eigentlich nur für Kantenholz (oder Rundholz, was wenigstens an den Auflagerflächen von den Rinden und Schwarten befreit ist) eignet, wenn man überall auf einen guten, sicheren Schnitt rechnen will.

Hinsichtlich anderer Worssam'scher Sägemaschinen werde noch bemerkt, dass diese Maschinenfabrik solche auch transportabel ausführt und zwar (verticale) Bundgatter bis zu 20 Blättern, wobei die Lenkstange den oberen Gatterriegel in der Mitte fasst und daher die Sägen (ähnlich wie in Fig. 326) in zwei Gruppen links und rechts von der Gattermitte eingespannt sind. Dabei steht ausserdem das Gatter nach oben hin mit der Kolbenstange eines Luftcylinders in Verbindung, wodurch eine Ausgleichung des Gatter- und Sägengewichts bewirkt werden soll. Ein aus vulcanisirtem Kautschuk gefertigtes sich auswärts hin öffnendes Klappenventil, oben im Deckel dieses Luftcylinders, verhindert den Eintritt der atmosphärischen Luft beim Niedergange des Gatters, die dabei unter dem Kolben befindliche (abgesperrte) Luft wirkt als Feder etc. etc. [1]).

Von den Franzosen viel gerühmte transportable Brettsägemaschinen mit verticalem Bundgatter liefert der Mechaniker Frey in Paris[2]). Diese Maschinen sind dadurch transportabel gemacht, dass ein aus starken ⌶ Eisenbalken gebildetes Brett zugleich die Langbäume eines vierrädrigen Blockwagens bildet, in dessen Mitte man die senkrechten, gehörig verstrebten und armirten Gatterständer befestigt hat. Sonstige bemerkenswerthe Constructionsdetails finden sich an diesen Frey'schen Maschinen nicht.

Mit derartigen Maschinen, von einer Locomobile betrieben, sägt man neuerdings Baumstämme sogleich an der Schlagstelle im Walde. Obwohl das in der Londoner internationalen Ausstellung von 1862 befindliche Exemplar hinsichtlich der erforderlichen Stabilität beim Arbeiten zu nicht geringen Bedenken Veranlassung gab, so wurde doch angegeben, dass die zu jener Zeit von Frey bereits abgesetzten derartigen Maschinen die Zahl 50 erreicht haben.

Eine ebenfalls als transportabel zu bezeichnende und überdies bemerkenswerthe Sägemaschine mit Bundgatter, welche weder Fundamente noch Versenkungen nöthig macht, hat in neuester Zeit Cochot in Paris für die kaiserlich französische Marine ausgeführt, um Holz in Wäldern Cochinchinas zu schneiden. Dabei findet sich manche hübsche Eisenconstruction, hinsichtlich welcher auf unsere unten notirte Quelle verwiesen werden muss[3]). Bemerkt werde nur noch, dass die Sägeblätter mit Busen eingespannt sind, dass sie nur beim Niedergange schneiden, während der Baumstamm festliegt, der, nach alter Weise, beim Leeraufgange der Sägen vorgeschoben wird.

Die einfachste, freilich auch roheste aller in der Neuzeit bekannt gewordenen Holzsägemaschinen hatten die Nordamerikaner Redstones u. Comp. (Indianapolis, Indiana) ebenfalls 1862 in London ausgestellt[4]), deren Anordnung ohne Weiteres aus Fig. 355 erhellt. Man erkennt nämlich sofort, dass

---

1) Abbildungen und Beschreibung derartiger Worssam'scher Sägemaschinen mit Luftcylinder etc. findet man u. A. in dem Clark'schen Werke: „The Exhibited Machinery" of 1862, London 1863, p. 212 unter der Rubrik: „Worssam's Portable Deal-Frame." Eine Beschreibung auch in Dr. Grothe's „Jahresber. der mechanischen Technik", 3. Jahrg., 1863—1864, S. 224.

2) Armengaud: „Publication Industrielle etc.", Tome 14 (1863), p. 515, Pl. XXXX.

3) Armengaud: „Publication Industrielle etc.", Tome 14, p. 93, Pl. V.

4) „The Mechanics Magazine", Tome 8 (July—Decbr.), p. 384.

die Constructeure die bekannte[1]) „Sinus- oder Sinus-Versus-“ Bewegung zur Erzeugung des Hin- und Herganges des Sägeblattes benutzt haben, bekanntlich einer der compendiösesten Mechanismen, um eine rotirende Bewegung in eine geradlinig hin- und hergehende zu verwandeln.

Fig. 355.

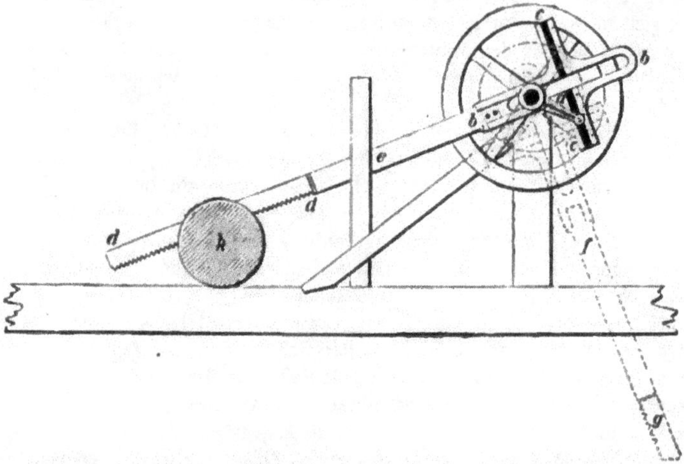

Hier ist *a* die gewöhnliche Kurbel, *bb* und *cc* ein rechtwinkliges Kreuz, dessen Balken *bb* mit einem so weiten Schlitz versehen ist, dass es damit die Kurbelwelle umfassen und ungehindert über dieselbe hin- und hergeschoben werden kann. In der Fortsetzung von *bb* ist das gemeine Sägeblatt *dd* befestigt, dessen Zähne nach beiden Seiten hin schneiden und deshalb gleichschenklige Dreiecke bilden.

Der zweite Balken *cc* des Kreuzes, die sogenannte Schleife der Sinusbewegung, ist mit einer derartigen Nuth ausgestattet, dass darin ein Gleitbacken hin- und herlaufen kann, welchen man in geeigneter Weise mit der Kurbelwarze in Verbindung gebracht hat.

Die zweckmässigste Verwendung dürfte diese Maschine noch dann finden, wenn man Baumstämme wie *h* der Quere nach zu durchsägen hat. Im Falle, dass man Längsschnitte damit ausführen will, wird der Säge am besten eine schräge nach unten gerichtete Lage ertheilt, wie in Fig. 355 durch punktirte Linien *fg* angedeutet ist.

Aus der jüngsten Geschichte der Sägemaschinen könnte noch als eine Eigenthümlichkeit das Bestreben der Engländer angeführt werden, die in rotirender Bewegung arbeitende Kreissäge immer mehr an die Stelle der Säge mit geraden Blättern und wiederkehrender Bewegung auch für Längen- und Querschnitt starker Blöcke und Baumstämme zu setzen, was gewiss keine allgemeine Nachahmung verdient und auch nicht finden wird[2]), da die

1) Redtenbacher: Der „Maschinenbau“, Bd. 1, S. 358.

2) Die Sägemaschinen der Londoner Ausstellung von 1862 liessen diese ex-

Kreissägen, unter sonst gleichen Umständen, so vortrefflich sie zum Zertheilen und Weiterverarbeiten dünner Hölzer sind, bei starken Hölzern verhältnissmässig zu viel Betriebskraft erfordern, einen beträchtlichen Verlust an Spänen geben (da die Blätter bei grossen Durchmessern [1]) auch gewisse Dicke erhalten müssen) und endlich sehr kostspielig sind.

Zu den anzuerkennenden Bestrebungen im Verbessern der Sägemühlen gehört die Einführung sogenannter liegender oder Horizontalgatter, für Bauholzsägemaschinen (ähnlich den Furnierschneidemaschinen, Seite 356), wobei das Sägeblatt in horizontaler Ebene hin- und hergeht und die Blattfläche rechtwinklig gegen das Gatter gerichtet ist. Der zu schneidende Block wird nach Vollendung eines Schnittes nicht verschoben, behält eine ruhige Lage, wogegen man das Gatter mit der Säge höher und tiefer stellt. Ferner schneidet die Säge nach beiden Seiten, beim Vor- und Rückgange, wobei sie

---

tremen Bestrebungen sowohl an den eingesandten Objecten, als noch mehr in den illustrirten Katalogen der meisten Mechaniker erkennen, die sich mit dem Baue von Sägemaschinen befassen. Wer sich einigermaassen Einsicht hierüber verschaffen will, den verweisen wir auf Mallet's „Records" über die genannte Ausstellung und auf Dr. Grothe's „Jahresber. über die Fortschritte der mechanischen Technik", 3. Jahrg. 1865, S. 225 u. f.

Schliesslich werde die Gelegenheit benutzt, auf eine grosse Quersäge mit Kreisblatt im Arsenale zu Woolwich aufmerksam zu machen, der man neben der rotirenden auch eine progressive Bewegung ertheilt. Man sehe deshalb das „Pract. Mech. Journal", Jan. 1856, S. 223, sowie die deutsche Bearbeitung von Boileau's „Schneidemühlen", Quedlinburg bei Basse, 1862, S. 87.

1) Worssam liefert, nach seinem illustrirten Kataloge, Kreissägemaschinen, wobei das zu schneidende starke Holz auf mit Zahnstangen ausgerüsteten Wagen continuirlich zugeführt wird und wobei er überdies folgende Angaben macht:

Durchmesser der Kreissäge.		Maximaldruck des zu schneidenden Holzes.		Umlaufszahl pro Minute.	Betriebsarbeit in Maschinenpferden.	Hiernach berechnete Peripherie-Geschwindigkeit	
Englische Zoll.	Meter.					Englische Fuss.	Meter.
48	1,219	21	0,533	700	6 (?)	153,0	46,6
62	1,575	27	—	600	9 (?)	162,2	49,4
78	1,981	34	—	450	12 (?)	146,5	44,6

Bemerkenswerth dürfte noch sein, dass Bessemer u. Comp. in Sheffield zur Londoner Ausstellung aus „Bessemerstahl" eine Kreissäge von 83,8 Zoll engl. oder 2,13 Meter Durchmesser gesandt hatten (Zollvereinsbericht, 32. Classe, S. 600) und Moses Eaden u. Söhne ebendaselbst sogar eine vollkommen schöne Kreissäge von 86½ Zoll engl. oder von 2,20 Meter Durchmesser.

Worssam's Maschinen mit einem zusammen arbeitenden Kreissägenpaare, wovon jede Säge etwas mehr als die Hälfte der Dicke schneidet (wobei die Blätter nicht genau über einander angebracht sind), findet sich am vollständigsten gezeichnet in der Patent Specification Nr. 2762 vom 2. November 1861, Pl. III.

sich jedoch im Bogen (und zwar sowohl in horizontaler als verticaler Ebene) bewegt, um das Herauswerfen der Späne zu befördern[1]).

Diese Gatter bieten manche Vortheile, wohin namentlich das leichte und schnelle Aufbringen und Festlegen des zu schneidenden Holzes gehört, ferner, dass, zufolge der ruhigeren Blocklage, mittelst dünner Sägeblätter starke Stämme geschnitten und letztere ohne Weiteres der ganzen Länge nach durchsägt werden können, ohne dass man am Ende einen sogenannten Kamm stehen lassen muss.

Nachtheile dieser Gattung von Sägemaschinen sind der grosse horizontale Raum, den sie wegen des Schwungradvorgeleges und der Lenkstange nöthig machen, und dass man sie nur als Saum- und Blockgatter mit einem Blatte, nicht aber als Bundgatter in Anwendung bringen kann.

Zu den allerjüngsten Bemühungen in der Vervollkommnung der Sägemühlen gehört schliesslich noch die Construction von verticalen Bundgattern, deren Sägen ebenfalls nach zwei Seiten (nach oben und unten) schneiden[2]), die sich ebenfalls im Bogen bewegen, um das Herauswerfen der Späne zu erleichtern, worauf wir im folgenden Paragraphen wieder zurückkommen.

§. 51.

Die Holzschneidemühlen der Gegenwart[3]).

Aehnlich wie in den betreffenden Abschnitten früherer Capitel sind wir auch hier durch vorstehende geschichtliche Darstellung

---

1) Werner: „Ueber die Bogenführung bei Horizontalgattern." Zeitschrift des Vereins für deutsche Ingenieure, Bd. 8, Jahrg. 1863, S. 79.

2) Sägemühlen, deren Sägen zum Schneiden beim Auf- und Niedergange, also nach zwei Seiten hin schneiden, versuchte bereits 1806 ein gewisser Gervinus zu construiren, jedoch, wie es scheint, ohne allen Erfolg. Man sehe deshalb Busch: „Almanach der Fortschritte, neuesten Erfindungen und Entdeckungen in Wissenschaften, Künsten, Manufacturen und Handwerken." Bd. 10, S. 445.

3) Ausser der „Publication Industrielle des Machines etc." von Armengaud aîné, wovon die vorzüglichsten Sägemaschinen bereits im Vorstehenden citirt wurden (Tome 3, die Brettsägemaschinen von Peyod und Philippe. — Tome 4, die Furniersägemaschinen von Cart. — Tome 5, die Thouard-Giraudon'sche Säge mit endlosem Blatte. — Tome 9, Bundgattersäge von Mazeline. — Tome 14, die Maschinen von Cochot und Frey), kann der Verfasser, nach seiner Ueberzeugung, nur noch folgende Werke und Abhandlungen zum Studium empfehlen:

I. „Zeichnungen für die Hütte." a) Blocksäge aus der Schneidemühle von Rösler in Berlin. Jahrg. 1855, Taf. XI. Horizontalgatter mit Frictionsscheiben-Vorschub. — b) Sägemaschine von Rosenthal in Duisburg. Jahrg. 1857, Taf. XVIa bis mit XVIi. Dispositionszeichnungen und Details einer ganz aus Eisen erbauten Brettschneidemühle mit Bundgatter und Kreissägen. — c) Sägemaschine von Prof. Werner in Berlin, Jahrg. 1863, Taf. XXVa und XXVb, ein mit den empfehlenswerthesten Verbesserungen ausgestattetes Werk, dessen Studium recht empfohlen werden muss.

zugleich derartig mit den Holzschneidemühlen der Gegenwart bekannt geworden, dass höchstens die Besprechung einiger Dispositionen neuer Anlagen und bemerkenswerther Specialitäten übrig geblieben ist.

Dem Vorstehenden gemäss betrachten wir im Folgenden nach einander: Sägemühlen für grobe, unedle Hölzer (Bauholzsägemaschinen, Brettsägemühlen) und solche für feine, edle Hölzer (Furnierschneidemaschinen), und theilen erstere ferner ein in Mühlen mit Verticalgatter, mit Horizontalgatter[1]) und in solche mit Kreissägen.

II. Prof. Schneider: „Mittheilungen über die Untersuchungen des Widerstandes beim Schneiden des Holzes.“ Programm der königl. polytechn. Schule in Dresden vom März 1860. Das Beste über Versuche seiner Art, was die Gegenwart besitzt. Später kommen wir auf die erlangten Resultate zurück.

III. Boileau: „Die neuesten Verbesserungen in der Construction der Schneidemühlen“ (Holz- und Steinsägen). Nach dem Französischen von Fromberg. Quedlinburg 1862. Ein Werk von geringem Werthe, dem vom Uebersetzer als Anhang ein Auszug aus technischen Zeitschriften beigefügt ist, dem die Vollständigkeit fehlt und dessen Neuheit übrigens nur bis zum Jahre 1858 reicht.

IV. Wiebe: „Skizzenbuch für den Ingenieur und Maschinenbauer.“ Heft 7, eine endlose Bandsäge für die Weiterverarbeitung dünner Hölzer. — Heft 12, eine Kreissäge, eine Brettsäge mit Horizontalgatter und eine Bundgattersäge, sämmtlich Maschinen, welche sich in den Werkstätten der Actiengesellschaft für den Eisenbahn-Wagenbau zu Berlin im Betriebe befinden.

V. Kankelwitz, Prof. in Chemnitz: „Der Betrieb der Schneidemühlen“, Separatabdruck aus der Zeitschrift des Vereins deutscher Ingenieure, Berlin 1862. Eine vorzügliche, mehr theoretische Arbeit, die sich vorzugsweise auf die bereits citirten Versuche Schneider's stützt und worauf wir später ausführlich zurückkommen werden.

VI. „Zeitschrift des Vereins deutscher Ingenieure“, Bd. 7 (Jahrg. 1862), S. 535. Taf. XVIII und XIX Furniersägemaschine von Werner, der später besonders gedacht werden wird.

Ferner Bd. 7 (Jahrg. 1863), S. 315, Taf. XXI und XXII Werner's bereits oben S. 376 ausführlich besprochenes Bundgatter, sowie Horizontalgatter für Kanten und Rundholz von H. Knop. Beziehungsweise auf S. 145, Taf. VI und S. 535, Taf. XXVI beschrieben und abgebildet. Von letzterer Maschine folgt später eine Skizze.

1) Die weniger verwendbaren, minder wichtigen Sägemühlen mit Seitengatter sind S. 362 hinlänglich erörtert und bleiben deshalb im Nachfolgenden unbeachtet. Uebrigens behandelt dieselben auch Kankelwitz a. a. O. S. 7 und S. 20 unter Beifügung von Abbildungen.

I. Bauholzsägemaschinen.

A. Sägemühlen mit Verticalgatter.

Unmittelbar anknüpfend an den Schluss des vorigen Paragraphen werde mit der Beschreibung einer Bauholzsägemühle zu Nordheim, der allerjüngsten und grössten seiner Zeit im Königreiche Hannover, begonnen, deren Construction zugleich auf einem sorgfältigen Studium der neuesten Sägemaschinen überhaupt beruht und wobei man sich besonders bemüht hat, die Sägen sowohl während des Niederganges als beim Aufgange schneiden zu lassen.

Wie aus den Dispositionsskizzen Fig. 356 und 357 erhellt, ist die Turbine *a* (Nagel's System, Bd. 1, Seite 318) ziemlich in der Mitte des betreffenden Gebäudes und zwar im tiefsten Kellerraume desselben aufgestellt, während sich die Arbeitsmaschinen im Erdgeschosse befinden.

Das Aufschlagewasser (vom Ruhmeflusse) wird durch das geneigte Rohr *b* der Turbine zugeführt, nachdem dasselbe zuvor das Schutzgitter *c* (zur Reinigung) passirte. Die erforderlichen Abschützungs- und Regulirungsvorrichtungen der Turbine sind durch die Buchstaben α und β angedeutet [1]).

Die dem Wasser abgewonnene Nutzarbeit wird durch das auf der Turbinenwelle befestigte Kegelrad *d* auf die Kegelräder *ee* und durch diese auf die liegenden Wellen *ff* und *gg* übergetragen, welche mit Schwungrädern *hh'* versehen sind.

Zur weiteren Fortpflanzung der Bewegung dienen Keilräderpaare *i*, *i'*, *i''*, deren passive Scheiben *k* (Fig. 356) man gleichzeitig mit den Warzen der Lenkstangen zum Betriebe der Sägegatter versehen hat [2]).

Durch Vermittelung von Hebelwerken *l* ist der Eingriff der Keilräder zu reguliren oder deren Ausrückung zu bewirken [3]).

---

1) Den Nordheimer, jetzt fast ganz vollendeten, von den Gebrüdern August und Theodor Nagel construirten Mühlwerken stehen etwa 300 Cubikfuss Wasser pro Secunde, bei 9 Fuss mittlerem Gefälle, zu Gebote. Dieses Aufschlagewasser ist auf 7 (Nagel'sche) Turbinen vertheilt, welche ausser der grossen Sägemühle zwei Getreidemühlen zu je 4 und 6 Gängen, eine Graupen-, eine Oel- und eine Lohmühle, sowie eine grosse Breitdreschmaschine betreiben. Die grösste, in den Abbildungen mit *a* bezeichnete, speciell für das Sägewerk bestimmte Turbine hat 6 Fuss äusseren Durchmesser und ist mit der neuesten Nagel'schen Abschützungsvorrichtung versehen, welche es möglich macht, unter allen Umständen mit ganz gefüllten Radzellen arbeiten zu können. Im Mittel macht diese Turbine 67 Umläufe pro Minute.

2) Ueber die Keilräder von Minotte, Cartese, Robertson etc., als Ersatzmittel verzahnter Räder, handeln Artikel im polytechn. Centralblatte, Jahrg. 1852, S. 667, ferner Jahrg. 1854, S. 198, Jahrg. 1856, S. 952. Endlich auch die Zeitschrift des Vereins deutscher Ingenieure, Bd. 4 (1860), S. 175 und 243.

3) Später hat man für vortheilhafter gefunden, zwischen den horizontalen Triebwellen *f* und *g* (auf jeder Seite) ein Riemenvorgelege einzuschalten.

Vorhanden sind überhaupt ein Blockgatter (mit nur zwei Blättern ausgestattet) v, ein Besäumgatter (zur Abnahme der Schwarten) v', ein Bundgatter (Vollgatter mit vielen Sägen) v'', eine Quersäge q (um die Stämme rechtwinklig zur Länge zersägen zu können) und eine Kreissäge y.

Den Betrieb der steifen Quersäge q bewirkt man von der Turbinenwelle aus durch die Kegelräder m (Fig. 356), die Welle $n\,n$,

Fig. 356.

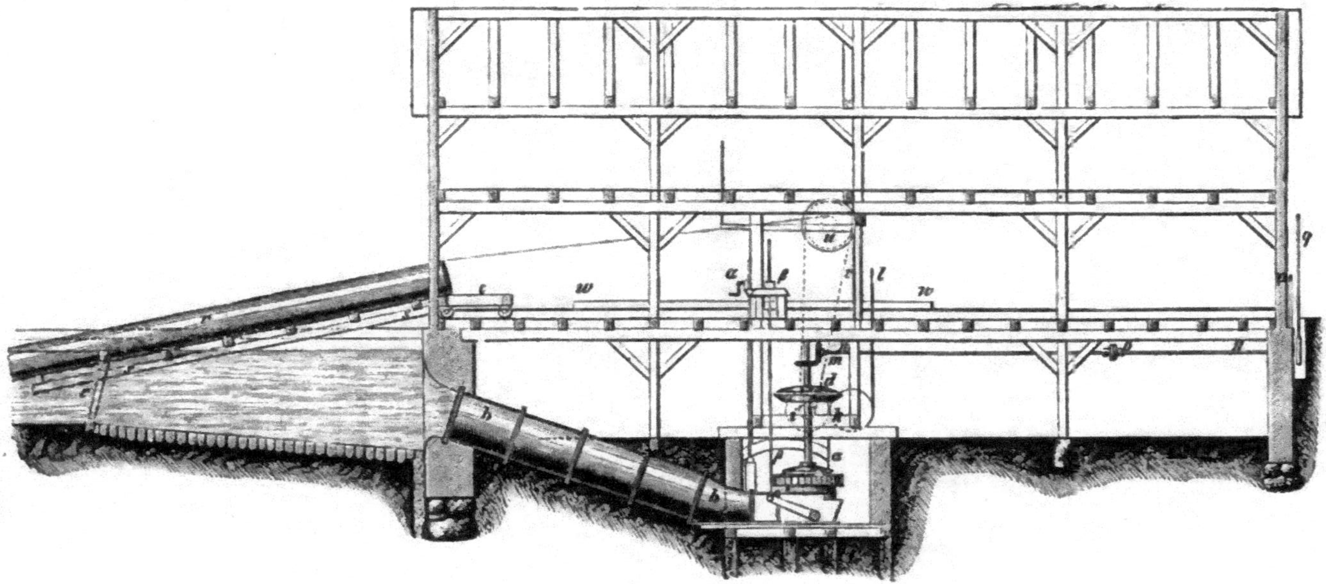

Fig. 357.

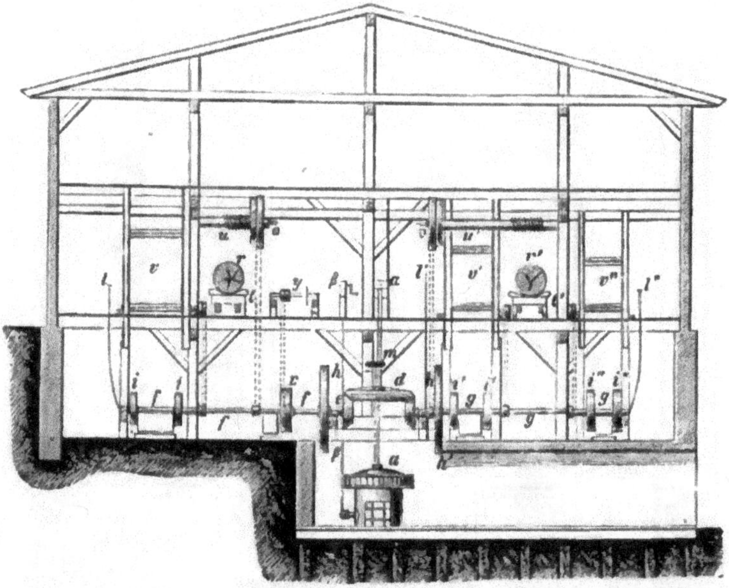

die lösbare Kuppelung *o* und den Aus- und Einrückhebel *p*. Bemerkt zu werden verdient noch, dass diese Quersäge an beiden Kanten (an der Vorder- und Rückseite) mit Zähnen versehen ist, um nach beiden Seiten hin das Schneiden verrichten zu können.

Die Kreissäge *y* (Fig. 357) wird, wie punktirte Linien andeuten, von der liegenden Welle *ff* aus durch Riemenscheiben *x* betrieben.

Sämmtliche geraden Sägeblätter mit wiederkehrender Bewegung arbeiten mit 3,3 Meter oder 11,3 Fuss (hannoversch) Geschwindigkeit pro Secunde, indem das Blockgatter (bei 36 Zoll Hub) 113 Auf- und Abgänge (oder eben soviel Umläufe dessen Schwungradwelle) pro Minute macht, das Saumgatter (bei 30 Zoll Hub) 136 Auf- und Abgänge und das Bundgatter (bei 24 Zoll Hub) 170 solche Bewegungen pro Minute verrichtet.

Die zu sägenden Baumstämme *r* (Fig. 356) werden entweder per Wagen (etwa $\frac{1}{3}$ des ganzen zu verarbeitenden Quantums) oder als Flossholz (die übrigen $\frac{2}{3}$) in die Mühle geliefert, kommen in diesem Falle auf dem Wasserzuleitungscanale an und werden im Schwimmen auf eine Rampe *s* geleitet, welche rechts und links vom Schutzgitter *c* zwei genügend tief ins Wasser tauchende Flügel besitzt und genug Platz darbietet, um, nachdem die Stämme von Windemaschinen *u* oder *u'* ganz aus dem Wasser gezogen sind, eine Reinigung von Steinen, etwaigen Nägeln etc. vornehmen zu können. Die Weiterbeförderung der Stämme geschieht ebenfalls durch die bemerkten Winden *u* und *u'* (Fig. 357), bis man sie endlich auf kleine Wagen *t* oder *t'* gebracht hat, mittelst deren sie dann sehr leicht den Schlitten *ww* der betreffenden Gatter zuzuführen sind.

Beim Transporte von der Landseite her bedient man sich ähnlicher Rampen wie unter gleicher Mitwirkung der Winden *u* und *u'*.

Nach dieser allgemeinen Uebersicht des Sägewerkes betrachten wir insbesondere die Anordnung des verbesserten Bundgatters, wovon Fig. 358 die Längenansicht darstellt.

Fig. 358.

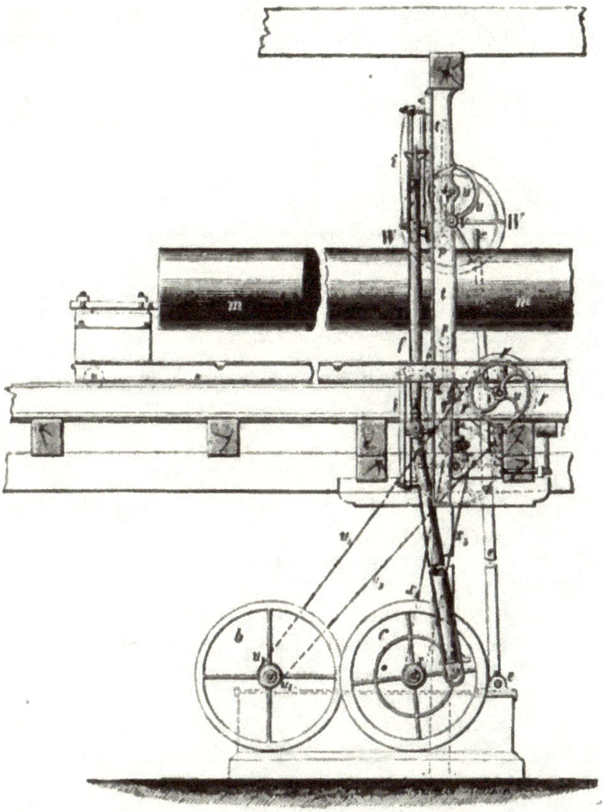

Auf der Haupttransmissionswelle *a* sind die activen gusseisernen Keilräder *b* befestigt, deren correspondirende passive Keilräder *c* auf einer Stahlwelle *d* sitzen, die in verschiebbaren Lagern läuft und vermöge eines Hebelmechanismus *e* hin- und hergeschoben werden kann, wodurch der erforderliche Druck zwischen den Keilrädern leicht erzielt wird [1]).

1) Bekanntlich haben diese Keilräder, wovon das eine von zwei zusammengreifenden am Umfange statt der Zähne eine keilförmige Vertiefung und das andere

Die **kugelförmigen** Kurbelwarzen *g* sind unmittelbar auf der Ebene der Keilräder *c* befestigt, werden von geeigneten Lagern an den Enden der **hölzernen** Zugstangen umfasst und mit letzteren durch schmiedeeiserne Strapse entsprechend verbunden[1]).

Das Sägegatter besteht aus zwei hohlen gebauchten, gusseisernen Säulen *f* (Gatterstäbe, Gatterschenkel) und aus zwei horizontalen von Stahlschienen gebildeten Verbindungstraversen (Gatterriegel), wobei es sich in **kreisförmig gebogenen** Führungen (Coulissen) *i* auf- und abbewegt. Der mittlere Halbmesser jeder Coulisse beträgt dabei $37\frac{1}{2}$ Fuss und die Pfeilhöhe des betreffenden Kreisbogens $\frac{3}{4}$ Zoll.

Der zu schneidende Stamm oder Block *m* hängt nur durch Stelleisen (Spiesse) *n* an beiden Enden mit dem gusseisernen Wagen oder Schlitten *o* zusammen. Um den Schnitt- und etwaigen Stosskräften gehörigen Widerstand zu leisten, sind oben und unten gusseiserne Walzen *p* angeordnet, welche in Zahnstangen *q* gelagert sind, die mit den Walzen auf- und absteigen, wovon sich auf jeder Seite des Gatterständers zwei (eine oben, die andere unten) befinden.

In den Gatterständern *t* sind ferner, den beiden Druckwalzen *p* entsprechend, zwei horizontale Wellen *r* unverrückbar gelagert (ohne ihre Drehung zu verhindern), auf deren jeder nahe den Enden, zwei Zahngetriebe *s* befestigt sind, welche sich mit den Zahnstangen *q* im Eingriffe befinden. An einem der äussersten Enden trägt die Welle *r* noch eine Scheibe *u*, deren Umfang in geeigneter Weise vertieft (gerinnt) ist, um eine Schnur aufnehmen zu können, an welcher ein entsprechendes Gewicht hängt und wodurch überhaupt die Walzen *p* gegen den Block gepresst werden.

Um die Druckwalzen überdies durch die Hand stellen zu können, ist mit *u* noch ein Zahnkranz verbunden, in welchen ein Getriebe *D* greift, was mit einem Handrade *W* auf derselben Axe befestigt ist.

Nach den in Nordheim gemachten Erfahrungen gewährt das Festhalten des Blockes mit beweglichen Druckwalzen eine vollkommen ruhige und sichere Bewegung und zwar selbst dann noch, wenn 20 in das Gatter gespannte Sägeblätter ihre Stoss- und Schnittkräfte auf den Block übertragen.

Der Vorschub des Stammes *m* mit seinem Wagen ist continuirlich und zwar hat der Constructeur die bereits Seite 377 beschriebene compendiöse

---

eine correspondirende keilförmige Erhöhung bildet, den Vortheil der grösseren Widerstandsfähigkeit, dagegen aber auch den Nachtheil, dass die zusammenwirkenden Theilrisskreise verschiedene Peripheriegeschwindigkeit haben, woraus man eine grössere Abnutzung folgert. In Nordheim zeigt sich jedoch, nach halbjährigem Betriebe, noch nicht so viel Abnutzung, um alle Ringe, welche möglichst genau in einander passten, zum Anliegen zu bringen und dass die anliegenden Wälzungsflächen hart und blank wie polirter Stahl sind. Durch Schmieren der Ringe mit Pech und Wachs scheint alle Besorgniss gehoben.

1) Man sehe wegen hierher gehöriger Detailanordnungen auch **Kankelwitz**: „Betrieb der Schneidemühlen“, S. 21 etc.

(während der Arbeit stellbare) Vorrichtung mit Frictionsscheiben Z und Z_1 gewählt, die von der Krummzapfenwelle d aus durch ein Riemenvorgelege x, x_1, x_2 in Thätigkeit gesetzt wird und wozu nur noch bemerkt werden mag, dass γ das Schraubenrad bezeichnet, welches auf derselben Welle mit beiden Getrieben $\varepsilon\varepsilon$ steckt, die in die Zahnstangen des Klotzwagens greifen.

Ist der Stamm seiner ganzen Länge nach durchgeschnitten, so verschiebt ein am Wagen befestigter Keil ein Hebelwerk $\lambda\mu$, wodurch ein Gewicht ι derartig seiner Lage nach verändert wird, dass es rechtzeitig schnell umschlägt und eine Kupplung aus der Verbindung mit dem Schraubenrade γ bringt, so dass letzteres lose auf der Welle δ der Zahnstangengetriebe ε läuft und der Wagen mit dem Blocke m zum Stillstande kommt.

Der Rücklauf des Wagens wird durch das Riemenscheibenvorgelege u, u' und u'' bewirkt.

Wir müssen jetzt noch der besonderen von Herrn Nagel getroffenen Endbefestigung des zu schneidenden Blockes gedenken, wodurch es möglich wird, denselben seiner ganzen Länge nach vollständig zu durchschneiden. Zur betreffenden Erläuterung werden die in grösserem Maassstabe gezeichneten Figuren 359, 360 und 361 dienen.

Fig. 359.

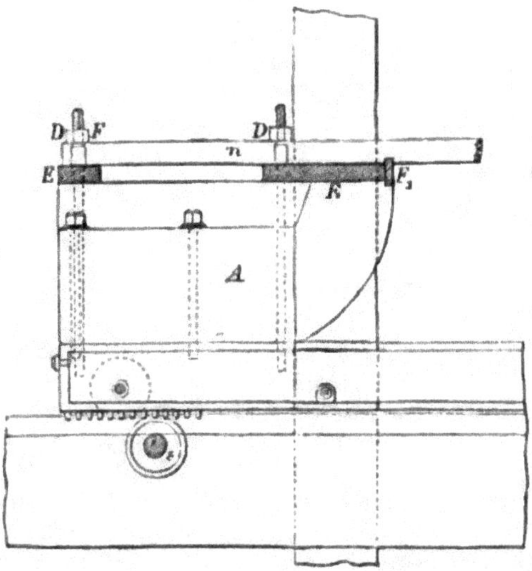

A und B sind die sogenannten Stellbänke, zur Aufnahme der Stelleisen nn, wovon A bleibend, dagegen die Stellbank B so auf dem Blockwagen befestigt ist, dass sie je nach der Länge des zu sägenden Holzes verstellt werden kann.

Des besseren Haltens wegen hat man das äusserste Ende eines jeden Stelleisens, womit es in den Block fasst, schlangen- oder kronenförmig gestaltet.

Sämmtliche Stelleisen werden durch Schienen D vermittelst Schrauben auf den gusseisernen Stellbankplatten E befestigt. Ferner sind Eisenschienen F in die Schienen D und zwei gleiche Eisen F_1 in die Stellbankplatten E eingeschoben und greifen mit je so vielen Ausschnitten, wie Stelleisen vorhanden sind, über und unter diese, so dass jedem derselben durch diese Ausschnitte seine genaue und feste Lage gegeben ist. Indem nun hierdurch jedes Stelleisen zwischen je zwei Sägen gelangt, wird das völlige Durchschneiden des Blockes an den Enden möglich.

Bemerkt zu werden verdient noch, dass die Eisen F in derjenigen doppelten Anzahl vorhanden sein müssen, als die Zahl der Bretter ist, in welche der Stamm zerschnitten werden soll, indem dann für jede Bretter- oder Dielensorte leicht die betreffenden Schienen einzulegen sind.

Wenn ein zu zersägender Stamm *m* Fig. 361 (von aussen) her zur Stelle

Fig. 360.

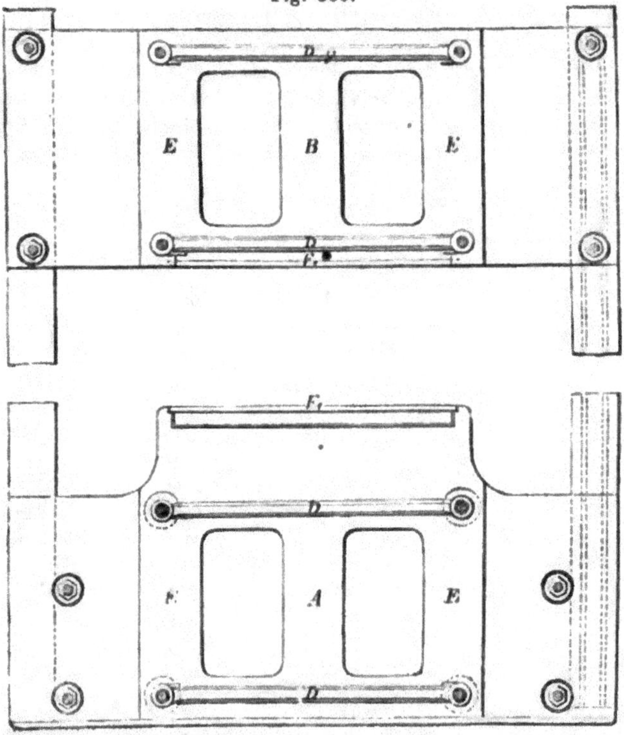

gebracht ist, wird er durch Walzen und durch sogenanntes Kanten auf Lagerhölzer gebracht, welche man provisorisch auf den Wagen (Gatterschlitten) legte. Darauf werden die Stelleisen *n n*, welche sich unten und oben in den aufgeklinkten Schienen führen, in den Block geschlagen, wobei es genügt, wenn am Ende des Stammes nur einige Stelleisen halten, indem der Arbeiter Zeit genug hat, die übrigen beim Gange der Säge einzuschlagen. Ist schliesslich der Block zwischen die beiden Druckwalzen gelangt, so werden die nur zum Zweck des Aufbringens bestimmten Lagerhölzer weggenommen, so dass der Stamm lediglich in den Stelleisen hängt, da die Druckwalzen denselben nicht zu tragen, sondern nur die Schnittstösse auszuhalten haben.

Während die vorbeschriebene Einrichtung nur für Bundgatter bestimmt ist, hat man eine ähnliche Anordnung auch für Block- und Saumgatter getroffen. Man hat nämlich die ausgeklinkten Schienen weggelassen und seitwärts verrückbare Stellbänke angebracht [1]).

---

1) In Wiebe's „Skizzenbuch für den Ingenieur und Maschinenbauer", Heft 12,

Schliesslich ist noch einer besonderen Eigenthümlichkeit, nämlich einer

Fig. 361.

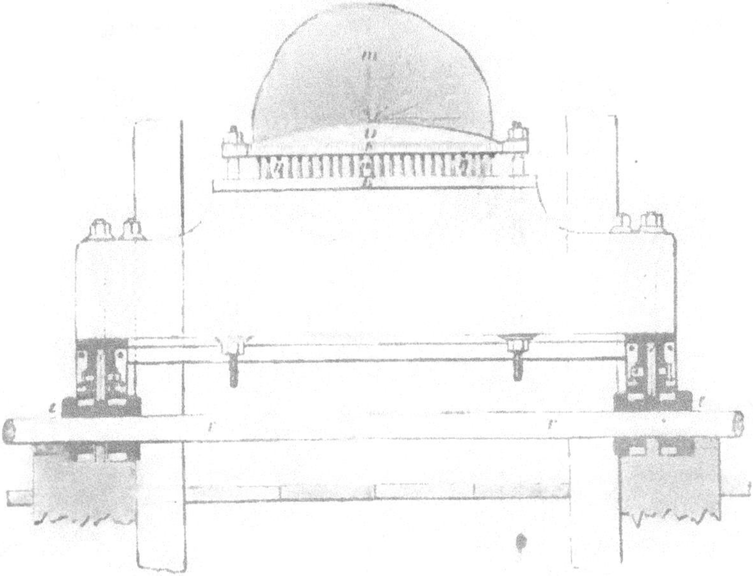

findet sich, bei Gelegenheit der Beschreibung einer grossen (Berliner) Holzsägemaschine, die Fig. 362 skizzirte Anordnung zum Festhalten des Stammes an beiden Enden, die sich namentlich für Block- und Saumgatter eignet.

Fig. 362.

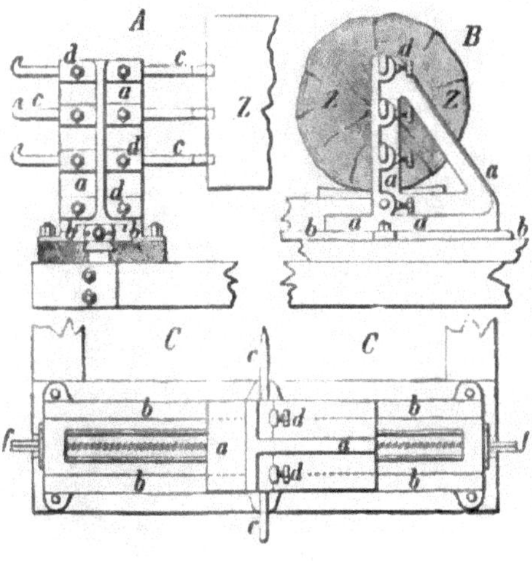

Ein gusseiserner Block *a a*, der in horizontalen Führungen *b b* seitlich verschoben und beziehungsweise festgestellt werden kann, trägt die Spiesse *c c*, deren jedesmalige Lage durch Schrauben *d* gesichert werden kann, nachdem ihre Spitzen in das Hirnholz des Stammes *Z* getrieben wurden.

Dass die Verschiebung und Stellung des Spiessbockes *a* supportähnlich, durch eine horizontalliegende Schraubenspindel, geschehen kann, erhellt ohne Weiteres aus den Skizzen.

Parallelverstellung der Säge des Nagel'schen Block- und Saumgatters zu gedenken, womit die zeitraubende und umständliche Verrückung eines oder gar mehrerer Stämme, nach jedem Schnitte, auf dem Wagen ganz

Fig. 363.

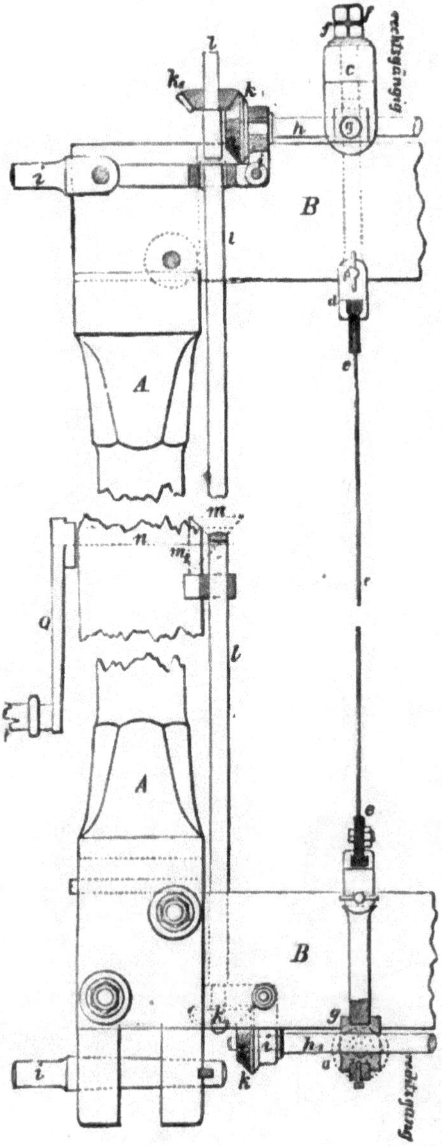

Fig. 364.

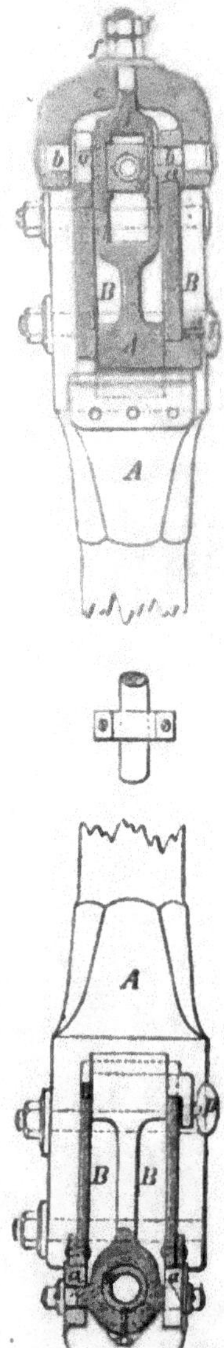

in Wegfall kommt[1]), indem nicht der Stamm, sondern die Sägen verstellt werden.

Fig. 365.

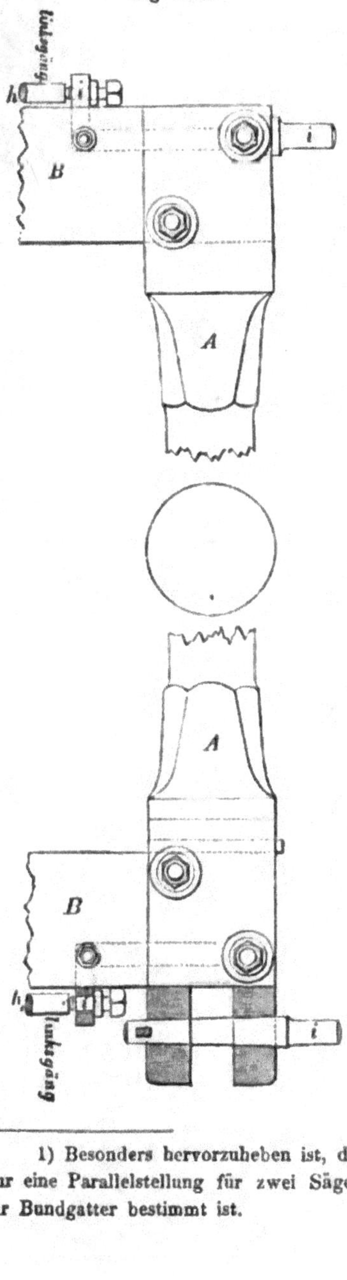

Hierzu besteht zunächst der Gatterrahmen Fig. 363, 364 und 365 aus zwei hölzernen Säulen *A*, welche oben und unten durch je zwei gehobelte Stahlschienen *B* zusammengehalten werden. Auf letzteren wälzen sich die von Hartmessing gefertigten Rollen *a*, wovon die oberen um Stahlzapfen *b* laufen, welche an den gusseisernen Bügel *c* genietet sind. Dieser umfasst und führt sich in der Angel *d*, in welche die Säge *e* geschoben wird.

Um das Sägeblatt spannen zu können, ist die Angel *d* oberhalb mit zwei Schraubenmuttern *f* ausgestattet, weiter unten aber, zur Aufnahme einer bronzenen Mutter *g*, geschlitzt, zu welcher die Schraube *h* gehört, die nach dem einen Ende hin rechts-, nach dem anderen linksgängig geschnitten ist. Letztere ist in dem verlängerten Steuerzapfen *i* des Sägerahmens drehbar befestigt und trägt an ihrem einen Ende ein konisches Zahnrädchen *k*, in welches ein zweites Rad k_1 greift, dessen Stahlwelle *l* die Verbindung zwischen dem oberen und unteren, ganz ähnlich construirten Schraubenapparate herstellt.

Ein ferneres Paar kleiner Kegelräder $m m_1$ (Fig. 363), ermöglicht zufolge einer Handkurbelanordnung *no* die Drehung der Verticalwelle *l*, wodurch gleichzeitig die obere und untere Schraubenspindel, beziehungsweise *h* und h_1 bewegt und, wie der Zusammenhang leicht erkennen lässt, die beiden Sägen einander in paralleler Lage genähert oder entfernt werden. Schliesslich ist noch zu bemerken, dass man die Sägen, nach vorausgegangener richtiger Stellung, durch Klemmschrauben *p* in den Ohren der Angeln *d* gehörig befestigt.

1) Besonders hervorzuheben ist, dass der Constructeur (Herr A. Nagel jun.) nur eine Parallelstellung für zwei Sägeblätter im Auge hatte, dieselbe also nicht für Bundgatter bestimmt ist.

Fig. 366.

Die Disposition einer anderen Holzsägemühle, wie sie Herr Baurath **Hagen** mehrfach für die Braunschweigischen und Hannoverschen Harzdistricte mit ganz entschiedenem Erfolge construirt hat, lässt Fig. 366 erkennen. Die speciell abgebildete Mühle befindet sich in Nebelsholz bei Rübeland (Herzogthum Braunschweig) und wird durch ein **Segner**'sches Wasserrad *D* (Schottische Turbine, Reactionsrad Bd. 1, Seite 338) betrieben, dem in bekannter Weise, bei 15 Fuss rheinl. (4,7 Meter) Gefälle das Aufschlagewasser (circa 15 Cubikfuss rheinl. oder 0,4635 Cubikmeter pro Secunde) im Gerinne *A* und den Röhren *BC* entsprechend zugeführt und sein Quantum durch eine Schützenvorrichtung *PQ*, den zu bewältigenden Widerständen entsprechend, regulirt wird [1]).

Von der verticalen Turbinenwelle *E* aus, welche im Mittel 90 Umläufe pro Minute macht, wird die Bewegung durch zwei ganz gleiche Kegelräder (jedes von 3 Fuss Durchmesser) auf die Horizontalwelle *H* übergetragen, und von hier aus die Bewegung unter Einschaltung von Riemenvorgelegen *M*, *K* und *a a'* auf die Kurbelwellen der Sägegatter *L* und *N* fortgepflanzt.

Davon ist *L* ein Bundgatter und *N* ein Block- und Besäumgatter, welche beide mit einem Hube von $1\frac{1}{2}$ Fuss rheinl. = 0,47 Meter arbeiten. Dagegen macht die Kurbelwelle des ersteren 125 bis 130 Umläufe pro Minute, die des letzteren 180 bis 200 in derselben Zeit.

Die Riemenscheiben *K* und *a* des Vorgeleges am Bundgatter *L* haben hierzu beziehungsweise 42 Zoll und 30 Zoll Durchmesser, die am Blockgatter *N* Durchmesser von 52 und 24 Zoll, wonach die Bundgattersägen mit einer Geschwindigkeit von 6,25 Fuss rheinl. (oder 1,96 Meter) pro Secunde und die Blockgatter mit 10 Fuss rheinl. (oder 3,13 Meter) in derselben Zeit arbeiten.

Wie es bei den Bundgattern neuerdings fast allgemein üblich ist, so hat der Constructeur auch hier die Stiele *L L* des Gatterrahmens innerhalb der Wagenbäume *r* angeordnet und die lichte Weite der letzteren zu $4\frac{1}{2}$ Fuss angenommen. Dagegen beträgt die lichte Weite des Blockgatterrahmens *N* mit innerhalb des letzteren befindlichem Wagen, für den Durchgang der Stämme 6 Fuss rheinl.

Die Sägen schneiden nur beim Niedergange und sind zur Erzeugung des erforderlichen Busens (Seite 345) entsprechend geneigt eingehangen.

Der Vorschub ist bei beiden Gattern continuirlich und so angeordnet, wie die Fig. 367, 368 und 369 erkennen lassen.

Von der Schwungradwelle *d* aus trägt ein Riemenvorgelege *cf* die Bewegung auf ein Kegelrad *g* über, welches letztere mit einem zweiten solchen Rade *h* im Eingriffe befindlich ist. Letzteres steckt mit einer endlosen Schraube *s* auf derselben Welle *i*, während erstere in das Schraubenrad *k* fasst. Ein Stirnradvorgelege *lm* pflanzt endlich die Bewegung auf die Welle *n* mit den Getrieben *pp* fort, welche in die beiden Zahnstangen *qq* des Wagens *rr* greifen.

Den **Rücklauf** vermittelt ein besonderes Riemenvorgelege *vxw*, und zwar ist derselbe in unserer Abbildung Fig. 367 eingestellt, d. h. der Wagen *r*

---

1) Die Turbine hat 6 Fuss äusseren Durchmesser, ist dreiarmig oder hat drei Ausströmungsöffnungen von je $8\frac{1}{2}$ Zoll Höhe und $2\frac{3}{4}$ Zoll Weite, sonach von $3 \times 8{,}5 \times 2{,}75 = 70{,}1$ Quadratzoll Gesammtfläche.

Fig. 367.

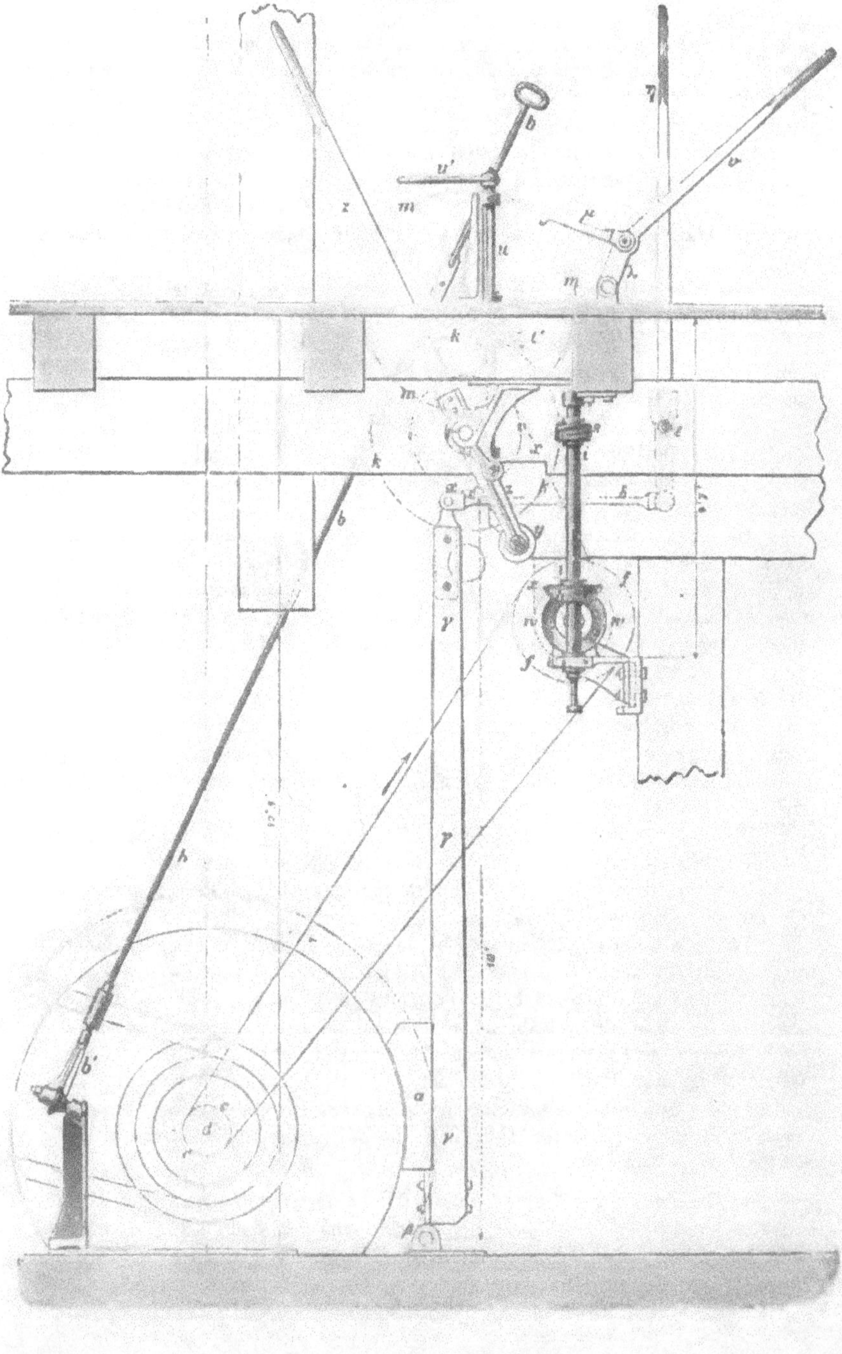

mit dem durchschnittenen Blocke wird soeben zurückgeschoben. Hierzu war vorher mittelst des Rückzeuges *u* (Fig. 368) ein Kuppelmuff *t* ausser Eingriff mit dem Schraubenrade *K* zu bringen (wodurch dies lose um seine

Fig. 368.

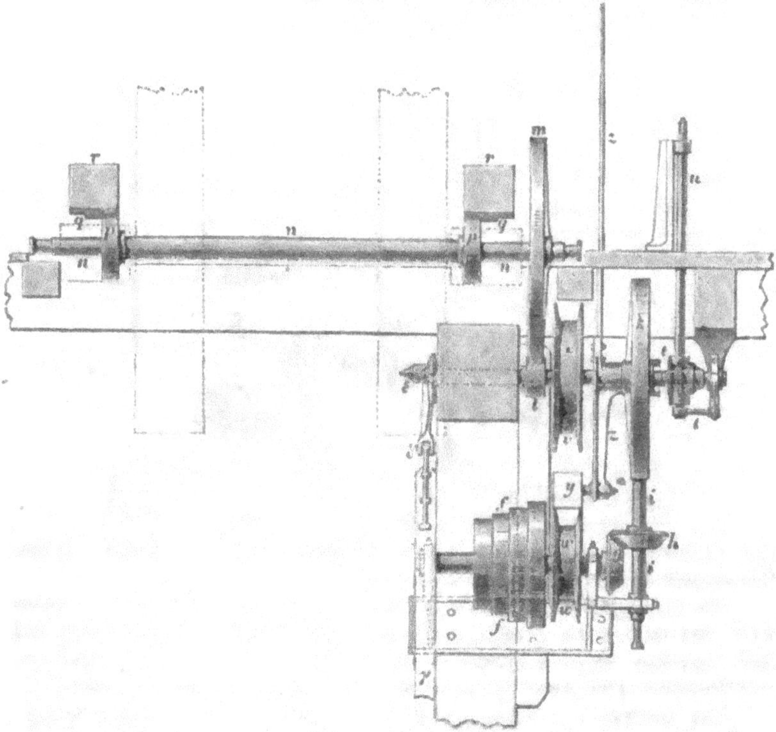

Welle lief), sowie nachher ein Hebel *Z* so zu bewegen, dass eine an dessen unterstem Ende befindliche Spannrolle gegen den Riemen *x* gepresst und damit die Bewegung von der Scheibe *w* auf die *v* übergetragen wurde.

Ein anderes Hebelwerk $\eta \varepsilon \delta$ dient zur Bewegung eines um β drehbar gemachten Baumes γ, der mit einem sogenannten Bremsbacken α ausgestattet ist, den man gegen den Umfang des auf der Kurbelwelle *d* steckenden Schwungrades presst und damit die Bewegung des letzteren vernichtet, so dass beim Leergange des Gatters kein Schaden erwachsen kann.

Die Zug- und Schubstange *bb'* dient endlich zur Bewegung der Rückgabel, womit der Haupttreibriemen von der losen Scheibe *a'* auf die feste *a* und umgekehrt geschoben werden kann.

Von den vielen werthvollen Details der Hagen'schen Sägemühlen gestattet leider der Raum hier nicht mehr, als die Construction des eisernen Bundgatters und dessen Leitungen zu besprechen, wovon die Fig. 370, 371, 372 und 373 (in circa 1/20 wahrer Grösse) Abbildungen sind.

Jedes der horizontalen Querstücke *d* des Gatters (Gatterriegel) ist aus zwei Gusseisenplatten (Spannriegelschienen) zusammengeschroben, während die verticalen Seitentheile (Gatterschenkel, Gatterstäbe) *ff* aus Schmiedeeisen hergestellt sind.

An die Enden der hinteren Gatterriegelhälften sind zugleich Leitflächen

Fig. 369.

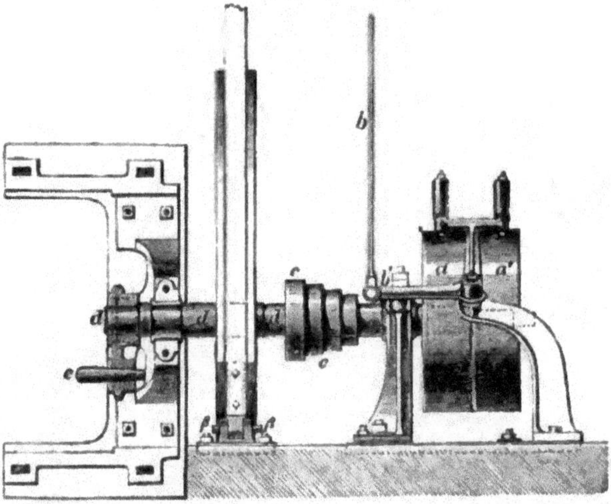

oder Leitflügel *AA* angegossen, welche zwischen Leitungen *gg* und *hh* an den Gestellständern *ZZ* (Gatterdecken) laufen.

Die vier Spannriegelschienen *d* sind recht scharf in die $1/2$ Zoll tiefen Falze der Gatterstäbe *f* eingepasst, dann Schraubenlöcher durchgebohrt und nach Einziehen von acht Schrauben die hinteren vier Leitflügel *A* unter der Hobelmaschine (und zwar bei unveränderter Lage des Rahmens abgehobelt [1]).

Die hinteren Leitflächen *gg* sind aus Platten von eingegossenem sogenannten Babettmetall (Antimonblei) gebildet, während die äusseren Leitungen *I* und *II* aus Pockholzklötzen bestehen, die in Winkelschienen *hh* durch Schrauben gehalten werden. Die Schienen *hh* selbst sind an den Grundplatten der hinteren Leitungen ebenfalls durch Schrauben befestigt.

Dass man die hintere Leitfläche kräftiger, aus Metall und überhaupt sorgfältiger construirt, hat seinen Grund in dem Umstande, dass beim Umlaufe der Schwungradwelle die niedergehende Seite der Kurbel den Gatterdecken *ZZ* stets zugewendet ist, und demnach sowohl beim Aufgange wie Niedergange nur die hinteren Leitungen *gg* einen bestimmten Druck erfahren, dagegen die vorderen oder die Aussenseiten *hh* der Leitungen nur zufälligen Drücken ausgesetzt sind.

Endlich zeigt Fig. 372, in welcher Weise die Lenkstange *l* durch zwei Zapfen *rr* mit dem unteren Gatterriegel *d* in Verbindung gebracht ist.

---

1) Auf der linken Seite von Fig. 370 sind die Leitflügel (oder Leitflächen) *A* durch punktirte Linien angedeutet.

Dieses Gatter arbeitet seit einer Reihe von Jahren ununterbrochen zur Zufriedenheit aller Betheiligten.

Schliesslich noch eine kurze Notiz über die Leistung desselben.

Fig. 370.

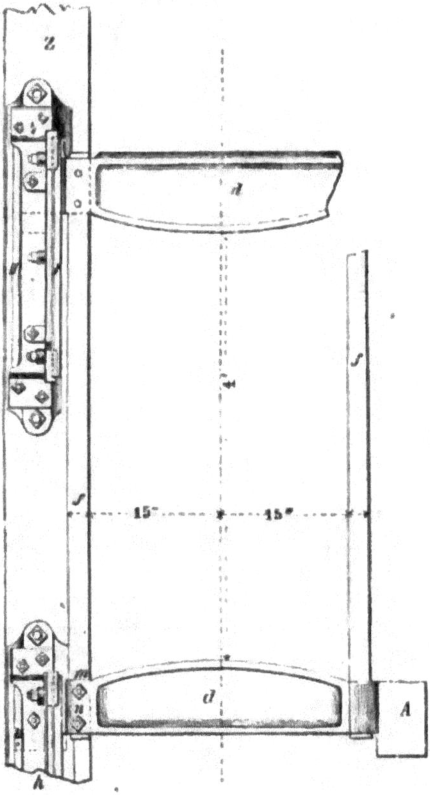

Fig. 371.

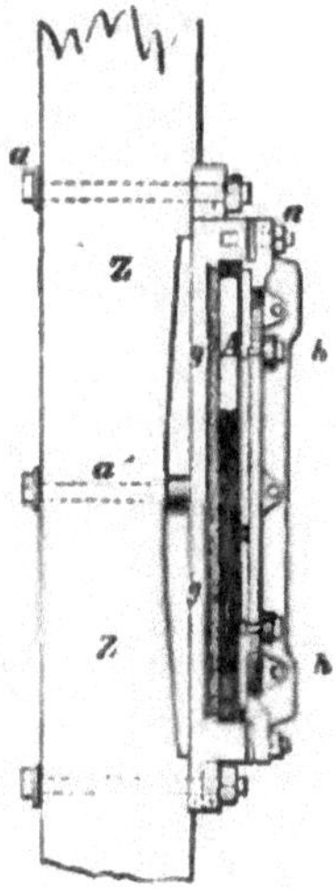

Fig. 372.

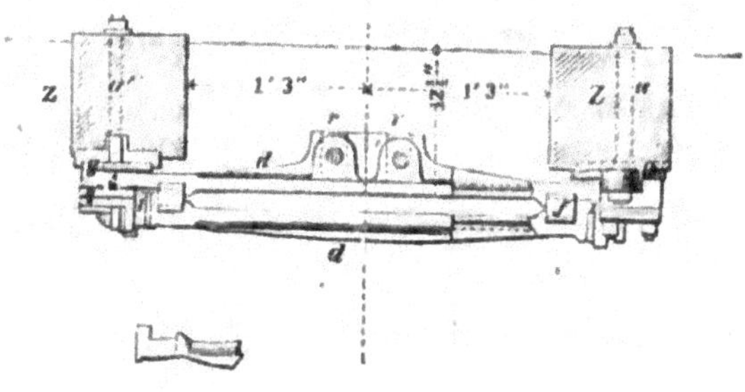

Fig. 373.

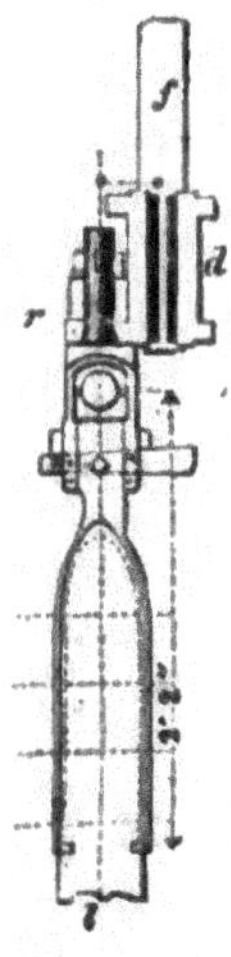

Im Mittel arbeitet man Jahr aus Jahr ein mit drei verschiedenen Grössen von Vorschub, mit einem gröbsten, wobei 12 Schnitte auf einen Zoll (Braunschweigisch oder 23,78 Millimeter) Länge kommen, der Vorschub also $\frac{1}{12}$ Zoll (oder 1,98 Millimeter) beträgt, einem mittleren, der $\frac{1}{20}$ Zoll (oder 1,18 Millimeter) pro Schnitt beträgt, und einem feinsten von $\frac{1}{40}$ Zoll (oder von 0,59 Millimeter), während die Sägen 130 Schnitte (bei 0,47 Meter Hub) pro Minute machen.

Bei 130 Schnitten pro Minute werden daher $\frac{130}{20} = 6\frac{1}{2}$ Zoll Länge geschnitten, so dass 20 Fuss lange Bäume oder Blöcke zum Durchschneiden ihrer ganzen Länge $\frac{20 \cdot 12}{6\frac{1}{2}} = 36{,}92$ Minuten an Zeit erfordern. Rechnet man sodann 60 Procent dieser Zeit für unvermeidliche und zufällige Gatterstillstände, so bedarf man an totaler Schnittzeit für einen solchen Block:

$36{,}92 + 22{,}15 = 50{,}07$ oder in runder Zahl 60 Minuten, so dass in der täglichen Arbeitszeit von 24 Stunden auch 24 solcher Blöcke geschnitten werden können.

Zusatz. Es dürfte hier der Ort sein, Einiges über die drei Methoden des Schneidens und Vorschiebens bei Holzsägemühlen anzureihen, welche bei den Sägemühlen der Gegenwart üblich sind, und worüber die Ansichten selbst erfahrener und rationeller Praktiker nicht überall übereinstimmen.

Die meisten dem Verfasser bekannten Constructeure geben der Methode den Vorzug, wo die Säge mit Busen aufgehangen ist, nur beim Niedergange schneidet und ein continuirlicher Vorschub gegeben wird. Abgesehen von dem Vortheile, dass man hierbei den Vorschub jeder Zeit während der Arbeit beliebig verändern kann und die Abnutzung von Schnecke und Schneckenrad bei guter Ausführung und rechter Aufsicht verhältnissmässig gering ist, haben die Zähne der Säge bei deren Aufgange gar keinen Druck zu erleiden und beim Niedergange nur während eines Weges, der gleich der Hälfte des überhaupt ertheilten Vorschubes ist, obgleich nicht verkannt werden darf, dass dann die Säge beim Niedergange um so mächtiger zu arbeiten hat, dass erst das Holz durchschnitten werden muss, was beim Aufgange vorgeschoben wurde, sodann aber die zweite Hälfte, welche während des Niederganges der Säge vorgeschoben wird.

Andere ertheilen der Methode grosses Lob, wobei die Säge ohne allen Busen, genau vertical aufgehangen wird, Schneiden und Vorschieben nur beim Niedergange erfolgt und der Zuführapparat mit Stossrädern oder mit einer Frictionsschaltung (nach Worssam oder Anderen) versehen ist, welche ebenfalls absatzweise wirkt.

Hierbei erfahren die Sägezähne während der ganzen Vorschubzeit eine continuirliche Pressung, was in Bezug auf die nothwendige bewegende Kraft zum Schneiden (gegenüber der ersten Methode) vortheilhafter ist, während sich gegen die Vorschubmechanismen nicht unerhebliche Einwendungen machen lassen.

Der dritten, offenbar richtigsten und rationellsten Methode, die Säge auf- und abschneiden zu lassen, ihr zum gehörigen Auswerfen der Späne eine entsprechende Bogenbewegung zu ertheilen (so dass nur immer eine gewisse Anzahl Zähne schneidet, nicht alle auf einmal) und continuirlichen Vorschub zu geben, kann freilich der Vorwurf gemacht werden, dass sie zu complicirt ist, der vertical aufwärts gerichtete Schnitt etwas Unnatürliches hat etc., wogegen eine grössere Leistung nach Qualität und Quantität, mit Bezug auf die zwei ersteren Methoden, nicht abgeleugnet werden kann. Auch soll u. A. (in Nordheim) die Erfahrung lehren, dass sich die Sägen bedeutend länger scharf halten, indem dieselben an zwei Kanten abzunutzen sind, ehe sie stumpf werden, was bei Bundgattern mit vielen Sägen ein wesentlicher Vortheil ist.

Bedenken gegen diese dritte Methode, wie z. B. dass beim Aufgange des Gatters die Späne den Widerstand erhöhen und die Reinheit des Schnittes verderben, dass der Block ein stetes Bestreben zum in die Höhe Steigen erhalte, keine passenden Zahnformen gefunden werden könnten u. d. m., lassen sich von geschickten Constructeuren recht wohl beseitigen, wie der Verfasser nach gemachten Erfahrungen versichern kann.

§. 52.

B. Brettsägemühlen mit Horizontalgatter.

Diese Gattung von Holzsägemaschinen wurde bereits Seite 357 im Allgemeinen besprochen, dem zunächst noch beigefügt werden mag, dass man sie neuerdings sowohl zum Besäumen von Rundholz (der Baumstämme), zum Abnehmen der Schalbretter (Schwarten) und als Blockgatter, sowie auch zum Schneiden von Kantenholz in Bohlen und zum Zerlegen der letzteren in Bretter (von geringerer Stärke) mit Erfolg verwendet.

In letzterem Falle wird die Maschine ohne einen besonderen Klotzwagen construirt und das Arbeitsstück einfach auf horizontale Walzen gelegt und mittelst anderer vertical gestellter Walzen (Walzenvorschub) gegen die Säge geführt, überhaupt die Anordnung so getroffen, wie bereits Seite 367 (Fig. 339 und 340) hinlänglich erörtert wurde[1]), während im ersten Falle, d. h. wenn man die Maschine zum Abschwarten (Besäumen) oder als Blockgatter verwendet, das Arbeitsstück auf einem Blockwagen befestigt und dieser durch Zahnstangen und Zahnradgetriebe zur fortschreitenden Bewegung veranlasst wird.

Eine Maschine dieser Art lassen die nachstehenden Skizzen (Fig. 374 und 375) beziehungsweise im Aufrisse und Grundrisse erkennen und zwar nach einem Muster, welches aus der Fabrik von Michalkowsky in Berlin hervorgegangen ist[2]).

Das betreffende Schwungradvorgelege AA_3 mit der Betriebswelle A_1 und

---

1) Ein neueres Horizontalgatter mit Walzenvorschub, wie solche mehrfach in der Fabrik von Michalkowsky zu Berlin ausgeführt werden, beschreibt H. Knop im 7. Bande der Zeitschrift des Vereins deutscher Ingenieure (Jahrg. 1863), S. 146, unter Beifügung von Abbildungen auf Taf. VI.

2) Vollständigere Abbildungen enthält unsere Quelle, Bd. 7 S. 535 der vorher citirten Zeitschrift des Vereins deutscher Ingenieure.

dem Riemenscheibenpaare A_2 erhellt hinlänglich aus der Abbildung, sowie ferner dass durch die Linie B die Lenkstange angedeutet ist, welche nicht (wie

Fig. 374.

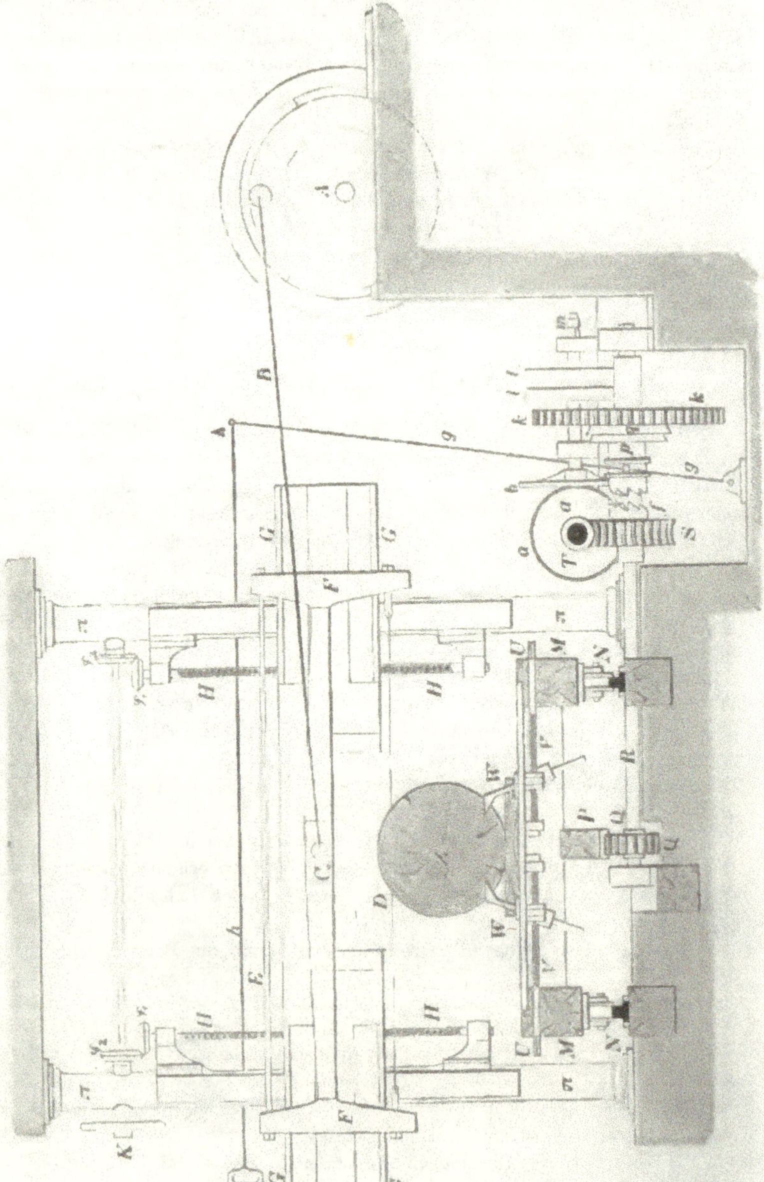

gewöhnlich) am Ende des Sägegatters DEF (beispielsweise wie in Fig. 331), sondern in der Mitte C, und zwar in möglichster Nähe vom Schwerpunkte desselben angreift. Die letztere Anordnung geschah in der Absicht: erstens um die Abnutzung in den Rahmenführungen nicht nur überhaupt zu verringern, sondern auch dieselbe auf alle vier Rahmenführungen gleichmässig zu vertheilen; zweitens um leichtere Beweglichkeit des Gatterrahmens überhaupt zu erzielen, und endlich drittens um Raum zu ersparen.

Fig. 375.

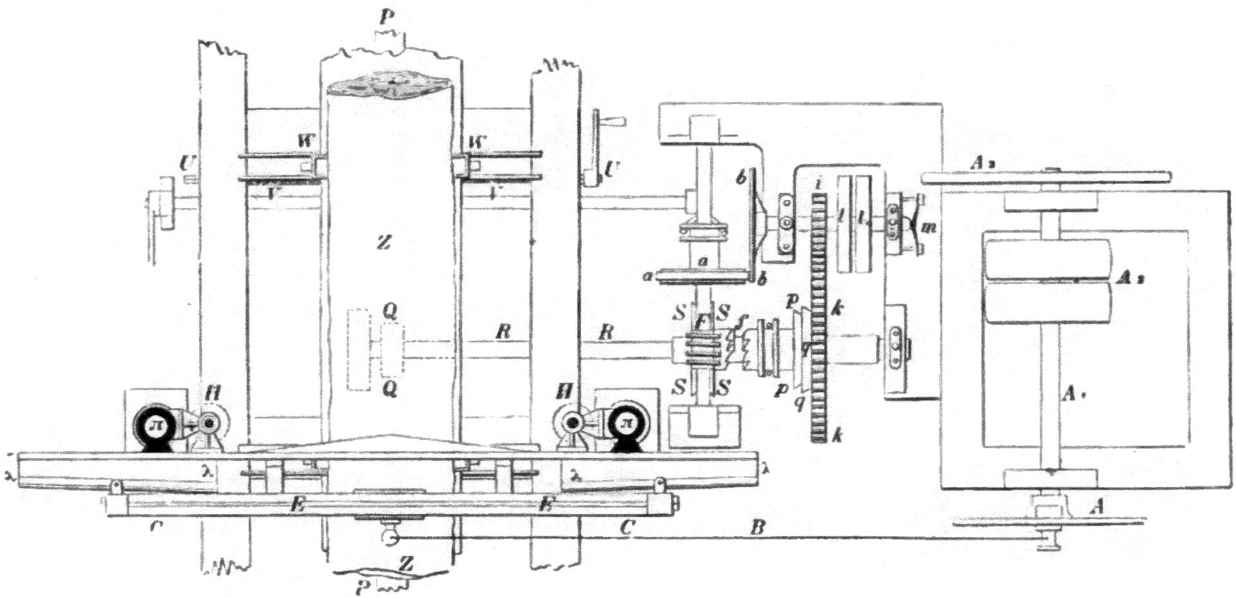

Bemerkt zu werden verdient dabei noch, dass für den Lenker *B* am Sägerahmen bei *C* ein Kugelzapfen, dagegen an der Kurbelscheibe *A* ein cylindrischer Zapfen angeordnet ist. Die Säge *D* (deren Blatt in horizontaler Ebene liegt) schneidet sowohl beim Hin- als Hergange, weshalb auch die Zähne gleichschenklige Dreiecke bilden.

Das Sägegatter wird im horizontalen Bogen geführt, um das Herauswerfen der Späne zu erleichtern (damit sich die Säge frei schneidet), wozu die im Grundrisse trapezförmig gestalteten Führungscoulissen $\lambda\lambda$ angeordnet sind[1]).

GG ist ferner ein Support für die Säge, der an den beiden eisernen Säulen gehörig geführt und ähnlich wie bei gewissen Eisenhobelmaschinen durch Schrauben *HH* auf- und abwärts stellbar gemacht ist, je nachdem dies die beabsichtigte Stärke des Arbeitsproductes erheischt. Wie diese Stellung vom Handrade *K* aus unter Mitwirkung der Kegelräder φ_1 und φ_2 zu Stande gebracht wird, erhellt ohne Weiteres aus Fig. 374. Ebenso dürfte die Anordnung des Blockwagens *M* mit seiner Zahnstange *P*, dem Getriebe *Q* und den Laufrollen *N* aus der Abbildung allein zu verstehen sein. Die Befestigung des zu schneidenden Blockes *Z* auf den überhöhten Querriegeln des Wagens geschieht durch Haken *W*, die in Muttern stecken und mit diesen durch die zu letzteren gehörigen Schrauben *VV* von beiden Seiten *UU* aus, entsprechend der jedesmaligen Blockstärke, stellbar sind.

Der Vorschub des Blockwagens erfolgt continuirlich, und zwar (wie Seite 377) unter Anwendung von Frictionsscheiben *a* und *b*, die in bekannter Weise (wie Seite 377) mit einem Schneckenvorgelege *ST* verbunden sind.

Zum Rücklaufe dient ein einfaches Rädervorgelege *ik*. Der Uebergang aus der einen in die andere Bewegung erfolgt mittelst einer Muffe *p*, die auf der Triebwelle *R* befindlich und auf ihr durch Nuth und Feder verschiebbar ist.

Zur Einrückung der Vorschubmechanismen ist die Muffe *p* mit einer geeigneten Zahnkuppelung *f*, zur Herbeiführung des Rücklaufs aber mit einer Frictionskegelkuppelung versehen. Wenn die Muffe *p* die mittlere Stellung einnimmt, befindet sich der Wagen im Stillstande.

Bei 10 Zoll Kurbelhöhe oder 20 Zoll Hub macht das Gatter pro Minute wenigstens 320 Schnitte, so dass, bei $1/8$ Zoll Vorschub pro Schnitt, pro Minute $\frac{320}{8} = 40$ Zoll Blocklänge geschnitten wird[2]), dabei vorausgesetzt, dass der

1) Der Constructeur hat hierzu bewegliche, um Zapfen in Kloben drehbare Gleitbacken oder Laufflügel angeordnet, wobei die Kloben unmittelbar am Sägegatter angeschraubt sind. Weiter unten bei den Furnierschneidemaschinen findet sich Fig. 381 und 382 diese Anordnung abgebildet. Bekannt ist sie, nach dem Wissen des Verfassers, bereits seit dem Jahre 1842, wo sie zuerst vom Professor Schneider in den Mittheilungen des Gewerbevereins für das Königreich Hannover S. 125 beschrieben wurde. Unsere Quelle liefert von diesem wichtigen Maschinentheile eine Abbildung auf Taf. XXVI, Fig. 13 und 14.

2) Herr Kankelwitz giebt von einem zum Sägen von Bauholz bestimmten Horizontalgatter, welches er selbst ausführte, einige Betriebsnotizen (a. a. O. S. 29), die etwas vollständiger sind als jene, welche von der Michalkowsky'schen Maschine etc. mitgetheilt werden.

die Maschine beaufsichtigende Arbeiter sowohl über das erforderliche Schränken der Zähne, als das richtige Anspannen des Sägeblattes, die feinere Einstellung desselben in seinen Rahmen und endlich über die Justirung der Führungscoulissen gut unterrichtet ist.

§. 53.

C. Kreissägen[1]).

Die folgenden Fig. 376 und 377 stellen (in circa $\frac{1}{24}$ wahrer Grösse) eine zum Schneiden von Bauholz bestimmte Kreissäge dar, welche, nach einem englischen Muster von der Fabrik landwirthschaftlicher Maschinen und Geräthe des Herrn C. W. Runde in Hannover, vielfach mit Erfolg gebaut wird, überall zur Zufriedenheit der Besitzer arbeitet und hier als Prototyp der jetzt gebräuchlichen Bauholzkreissägemaschinen dienen soll.

Auf einem eisernen, von vier Säulen getragenen Tische ist die horizontale Welle der 4 Fuss engl. Durchmesser haltenden Kreissäge entsprechend gelagert.

Der Hub der Kankelwitz'schen Säge beträgt $0^m,523$, die Sägeblattstärke 2 Millimeter. Die Hubzahl pro Minute 200 bis 240 und sonach die mittlere Geschwindigkeit der Säge $3^m,48$ bis $4^m,18$. Die Zähne der Säge haben circa 12 Millimeter Länge, 6 Millimeter Breite am eigentlichen Blatte, während der Abstand der Zähne von einander 19 Millimeter beträgt.

Wenn man feuchte Kiefernblöcke (von $0^m,4$ mittlerem Durchmesser) zu ungesäumten Brettern verschnitt, so wurden täglich (in 12 Stunden Arbeitszeit) 9 Blöcke aufgelegt und 80 bis 90 Schnitte gemacht, wobei der grösste Vorschub pro Hub 10 Millimeter bei einer Schnittstärke von 4 bis 4,5 Millimeter und einer Schalbreite von $0^m,2$. Der Vorschub pro Hub in Millimetern multiplicirt mit der Schnittfläche (Blockstärke) in Metern, variirt dabei von 2,5 bis 3,0 und steigt ausnahmsweise auch wohl auf 3,2.

1) Wiebe's „Skizzenbuch“ Heft 12, Blatt I. Eine Kreissäge von $2\frac{1}{4}$ Fuss preuss. Durchmesser, die auf hölzernem Gestelle ruht. Die Zuführung des Holzes zur Schnittstelle der Säge erfolgt durch einen mit Zahnstange ausgestatteten Schlitten. In der Minute macht die Kreissäge 800 Umdrehungen. „Sammlung von Zeichnungen für die Hütte“, Jahrg. 1863, Blatt XXXV.

Jahrgang 1857, Taf. XVIk enthält eine sehr grosse Kreissäge mit einem Blatte von 60 Zoll Durchmesser, welches pro Minute 500 Umläufe macht. Der Arbeitstisch (zugleich als Wagen angeordnet) wird durch Zahnstangen und Räderwerk selbstthätig vorgeschoben. Eine andere weniger bedeutende Kreissäge findet sich in „Patent Specification“ Nr. 2762 vom 2. November 1861, Pl. III, und auszugsweise mit unvollständigerer Zeichnung im „Polytechn. Centralblatte“, Jahrg. 1862, S. 1276. Beide Quellen sind für das Studium von Worssam's zusammen arbeitendem Kreissägenpaare zu empfehlen, wovon jedes Blatt etwas mehr als die Hälfte der Dicke schneidet. Dr. Hermann Grothe's „Jahresbericht über die Fortschritte der mechanischen Technik“ führt noch andere Quellen über Kreissägen an und zwar im Jahrg. 1, S. 20; Jahrg. 2, S. 257 und Jahrg. 3, S. 225.

Die zugehörige Bewegungsmaschine (meist eine transportable Dampfmaschine) trägt ihre Nutzarbeit mittelst eines $3\frac{1}{2}$ Zoll breiten Riemens auf die feste Antriebsscheibe über, die neben einer losen Riemenscheibe *a* direct auf die Sägewelle gekeilt ist. Die Betriebsriemenscheibe hat 16 Zoll Durchmesser etc. und wird von einem $3\frac{1}{2}$ Zoll breiten Lederriemen 700 Mal pro Minute umgedreht, wobei der Geschwindigkeitsverlust durch Rutschen schon in Rechnung gebracht ist. Das bemerkte (grösste) Sägeblatt von 12,56 Fuss Umfang arbeitet daher mit einer Peripheriegeschwindigkeit von $\frac{700 \,.\, 12{,}56}{60} = 146{,}6$ Fuss engl. $=$ 44,68 Meter, was mit den bereits Seite 389 citirten englischen Angaben übereinstimmt.

Das zu schneidende Holz wird zur Säge selbstthätig und zwar auf folgende Weise zu- und beziehungsweise abgeführt. In der verlängerten Ebene des Sägeblattes ist auf dem Boden, worauf man die Maschine gestellt und befestigt hat, zu beiden Seiten eine gehörig lange Eisenbahn gelegt, auf welcher Karren oder Wagen *kk* laufen. Der Karren rechts der Säge (in

Fig. 376.

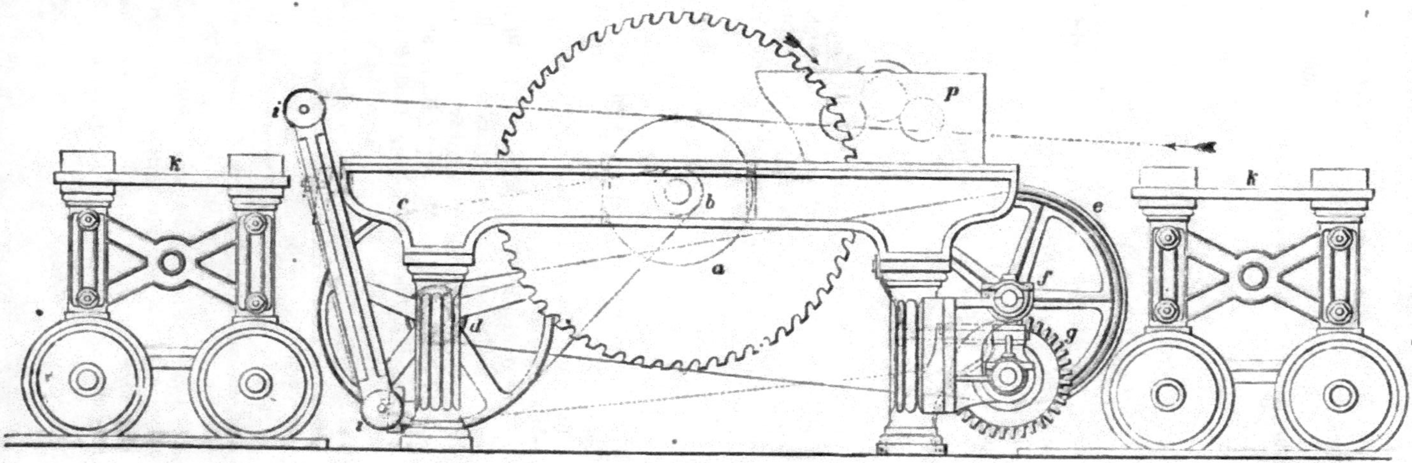

unserer Abbildung) dient zum Zuführen des Holzes, und zwar geschieht dies mit Hülfe eines Seiles (oder Taues), welches mittelst eines Hakens am Holzblocke des gedachten Wagens befestigt und in der Richtung des angegebenen Pfeiles den Arbeitstisch entlang über Rollen *ii* und weiter auf eine Trommel *h* geführt wird, die dessen Aufwickeln besorgt. Die Umsetzrollen *ii* befinden sich an einem Hebel, dessen Stellung, je nach der Dicke des zu schneidenden Holzes, geändert werden kann.

Der Wagen links neben dem Sägetische wird vom geschnittenen Holzblocke selbst ergriffen und fortbewegt, indem man auf seine Platte ein keilförmiges Holz legt, auf welchem sich das geschnittene Holz festreibt.

Die Umdrehung der Seiltrommel *h* wird in nachbemerkter Weise bewerkstelligt.

Die Kreissägewelle trägt eine Scheibe *b* von 5 Zoll Durchmesser, welche mittelst Riemen eine zweite Scheibe *c* von 25

Fig. 377.

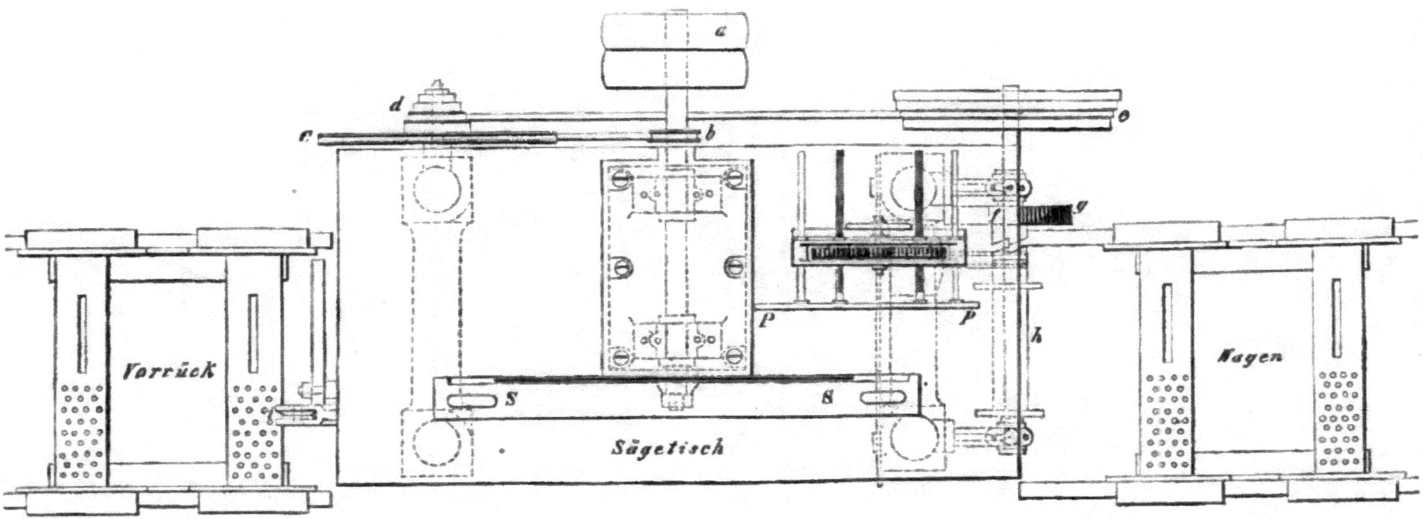

Zoll umtreibt. Mit *c* auf derselben Axe ist die Stufenscheibe *d* von beziehungsweise 7 Zoll, 6,5 und 4 Zoll befestigt, wodurch eine ihr correspondirende Scheibe *e* von $22\frac{1}{4}$, $23\frac{1}{8}$, $23\frac{7}{8}$ und $24\frac{3}{4}$ Zoll Durchmesser bewegt wird.

Da sich die Welle der Stufenscheibe *d* pro Minute $\frac{700 \cdot 5}{25} = 140$ Mal umdreht, so beträgt die Zahl der Umläufe der Welle von *e* (correspondirend den zusammengehörigen Stufenscheibenpaaren):

$$\frac{140 \cdot 7}{22{,}25} = 44, \text{ oder } \frac{140 \cdot 6}{23\frac{1}{8}} = 36{,}2 \text{ oder } \frac{140 \cdot 5}{23\frac{7}{8}} = 29{,}2 \text{ oder auch } \frac{140{,}4}{23\frac{3}{4}} = 23 \text{ pro Minute.}$$

Auf derselben Welle ist ferner noch ein Getriebe *f* von 15 Zähnen befestigt, welches in ein grösseres Rad *g* mit 46 Zähnen greift, was mit der Seiltrommel *h* auf einerlei Axe sitzt.

Da der Durchmesser der Seiltrommel $3\frac{7}{8}$ Zoll beträgt, so führt der Wagen *k* der Säge das Holz beziehungsweise mit den Geschwindigkeiten von 14,3 oder 11,4 oder 9,9 oder auch von 8,0 Fuss pro Minute zu.

Zur Bestimmung der zu schneidenden Holzdicke dient eine auf hoher Kante stehende (verticale) Platte *P*, welche durch Schrauben parallel verstellt werden kann, wobei deren in Zahnrädern befestigte Muttern von einem gemeinsamen Getriebe und damit in Verbindung stehenden Handrade gleichmässig in Umdrehung zu setzen sind.

Die horizontale Platte *SS* dient zur Herstellung eines Loches behuf etwaiger Auswechselung eines Sägeblattes.

Beim Schneiden legt man den Block gegen einen auf dem Vorrückwagen *k* (rechts) befestigten Winkel, so dass der verticale Schenkel des Winkels von der verlängerten Sägeblattebene eben so weit entfernt ist, als die Platte *P*, steckt in eins der vielen Löcher auf *k* einen Dorn und drückt damit das Holz gegen den Winkel.

Beim geringsten Vorschube, nämlich 8 Fuss pro Minute, wird man bei 15 Zoll hohem Holze $8 \cdot \frac{15}{12} = 10$ Quadratfuss Schnittfläche pro Minute erhalten.

Zum Betriebe dieser Maschine dient eine locomobile Dampfmaschine von circa 8 Maschinenpferden ($9\frac{1}{8}$ Zoll Kolbendurchmesser, $12\frac{1}{2}$ Zoll Hub, 45 Pfund Dampfdruck pro Quadratzoll), deren 72 Zoll Durchmesser haltendes Schwungrad pro Minute 160 Umläufe macht, was zugleich als active Scheibe des Riemens benutzt wird, den man beim Arbeiten über die feste Scheibe der Kreissäge schlägt.

§. 54.

II. Furniersägemaschinen [1]).

Das allgemeine Constructionsprincip der gegenwärtigen Furniersägemaschinen ist das bereits in der Geschichte der Sägemüh-

1) Die Zeitschrift des Vereins deutscher Ingenieure, Bd. 6 (1862), S. 535, enthält auf zwei Blatt (Taf. XVIII und XIX) vollständige Zeichnungen (nebst Beschreibung) einer der zur Zeit vielleicht vorzüglichsten Furniersägen mit Horizontal-

len (Seite 357) ausführlich besprochene Cochot'sche, welche zur Classe der Horizontalgatter mit wiederkehrender Bewegung gehören, während man Kreissägen nur ausnahmsweise in Anwendung bringt, da hier die bereits Seite 389 gerügten Nachtheile dieser Sägemaschinengattung noch mehr hervortreten und die bogenförmigen feinen Querstriche, welche als Spuren der Sägezähne in der Regel alle mit Kreissägen geschnittenen Furniere zeigen, gewöhnlich selbst dann noch bemerklich sind, wenn man ihnen auch Durchmesser von 12 bis 20 Fuss giebt und die Blätter aus Segmenten (nach Brunel's Vorgange Seite 350 Fig. 321) zusammensetzt.

Die hier Fig. 378, 379 und 380 abgebildete Furniersägemaschine[1]) unterscheidet sich von der Cochot'schen (Fig. 330, 331) im Wesentlichen nur dadurch, dass die Säge vor- und rückwärts schneidet, deshalb im Bogen geführt wird, dass ferner continuirlicher Vorschub angeordnet ist und die Stellung des Rahmens (verticalen Schlittens, auch Chaussée genannt) vereinfacht wurde.

Am Sägegatter G sind die bereits oben (Seite 412) erwähnten und in den später (Seite 422) folgenden Figuren abgebildeten Laufflügel L befestigt, die sich in Coulissen C am Schlitten N hin- und herbewegen, welche von den äusseren Enden nach der Mitte etwas und zwar so gekrümmt sind, dass die convexe Seite nach unten gekehrt ist.

Das Sägeblatt e bewegt sich dicht hinter dem sogenannten Messer M (aus Gusseisen bestehend), lehnt sich an die Vorderseite desselben an, während die Sägezähne unter der Messerschneide hervorragen und das Furnier h (Fig. 380) an der Rückseite emporsteigt.

An der Sägeblattseite ist das Messer M mit sogenannten Arbeitsleisten versehen, welche nicht in einer Ebene liegen und dadurch dem Sägeblatte eine geringe Krümmung geben, deren convexe Seite dem Holze zugekehrt ist. Hierdurch wird ein sicheres Anliegen des Messers M erreicht und das Verlaufen der Säge nach dem Block hin verhindert.

Das Messer M ist am Wagen oder Support N befestigt, jedoch der Höhe nach verstellbar gemacht, damit nach etwaiger Abnutzung des Sägeblattes die Zähne hinreichend unter dem Messer hervorragen.

Der Support N ruht mittelst Rollen R_1 auf dem festen, gusseisernen

gatter und continuirlichem Vorschube mit Frictionsscheiben, der während des Ganges verändert werden kann.

Weniger ausgezeichnet, aber immerhin für das Studium zu empfehlen, ist eine Furniersäge, welche sich auf zwei Blatt (XXIIIa und XXIIIb) in der „Sammlung für die Hütte", Jahrg. 1856, abgebildet vorfindet.

1) Aus der Fabrik von Wieland in Hamburg, die in mehreren Exemplaren in der Wagenbauanstalt von Willmer in Hannover zur Zufriedenheit arbeitet.

Gestelle T, so dass er sich leicht von der Hand bewegen lässt. Zu seiner während des Sägens durchaus erforderlichen Feststellung dient ein Spannhebel $A_1 A_2 A_3$, dessen Drehpunkt A_3 durch eine Hängesäule am Schlitten N befestigt ist. Der Punkt A_1 des gedachten Hebels ist durch eine Zugstange mit einem zweiten doppelarmigen (in Fig. 378 besonders sichtbaren) Hebel A verbunden, dessen Drehpunkt sich ebenfalls am Support N befindet. V bezeichnet endlich eine Feder, unter welche das

Fig. 378.

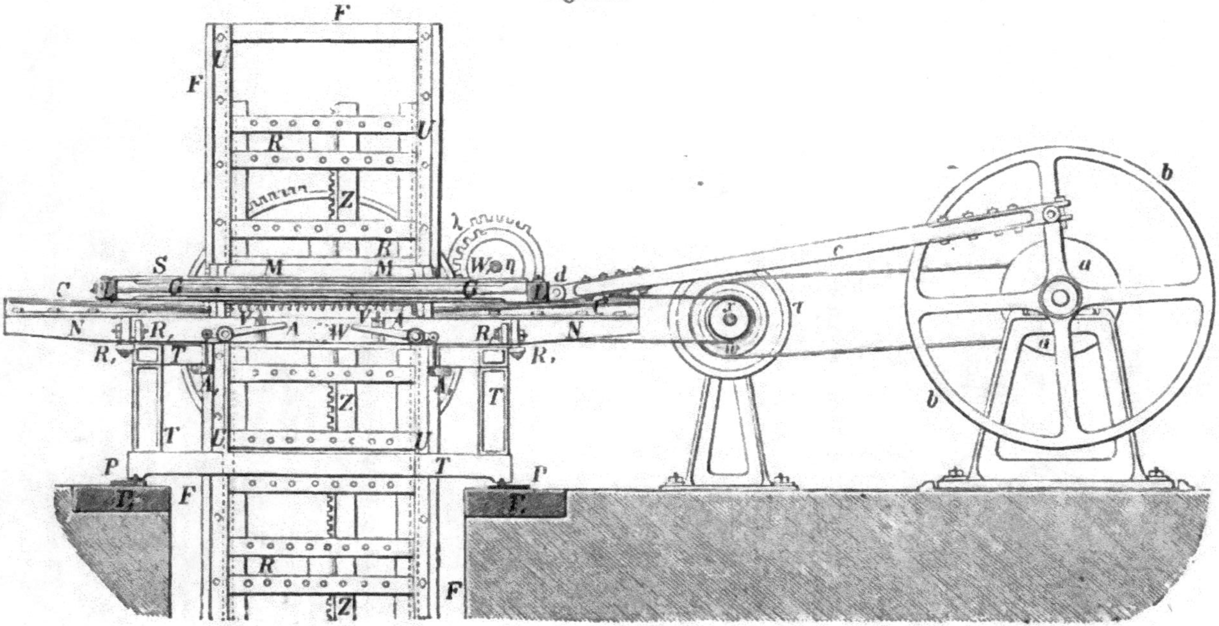

äusserste Ende des Hebels A geklemmt werden kann. Hiernach erkennt man bald, dass, um den Support N gehörig festzustellen, nur erforderlich ist, das äusserste Ende eines jeden der Hebel V niederzudrücken, so dass dies unter die Feder V gelangen kann, wodurch A_1 aufwärts gezogen und A_2 gegen eine Platte B gepresst wird, die an der unteren Fläche des Gestelles T angebracht ist.

Zu bemerken ist noch, dass man hinter das Messer M an den Support N ein Holz E geschraubt hat, welches das Anlegebrett genannt wird und worin in gleicher Entfernung neben einander sechs Keile D eingelassen sind. Durch diese Keile wird die den Furnieren zu gebende Dicke bestimmt, indem man nach jedem Schnitte den Support N mit Anschlagebrett und den (vorher gestellten) Keilen D fest gegen den zu sägenden Holzblock (der Bohle) H schiebt und nachher durch die Spannhebel A das erforderliche Feststellen bewirkt.

Der Schlitten R, auf welchem man die zu schneidende Bohle H befestigt, wird in einem verticalen, gusseisernen Rahmen F geführt, welcher an das Gestell T der Maschine geschraubt ist. An den beiden schmalen Langseiten ist der Schlitten R mit

Fig. 379.

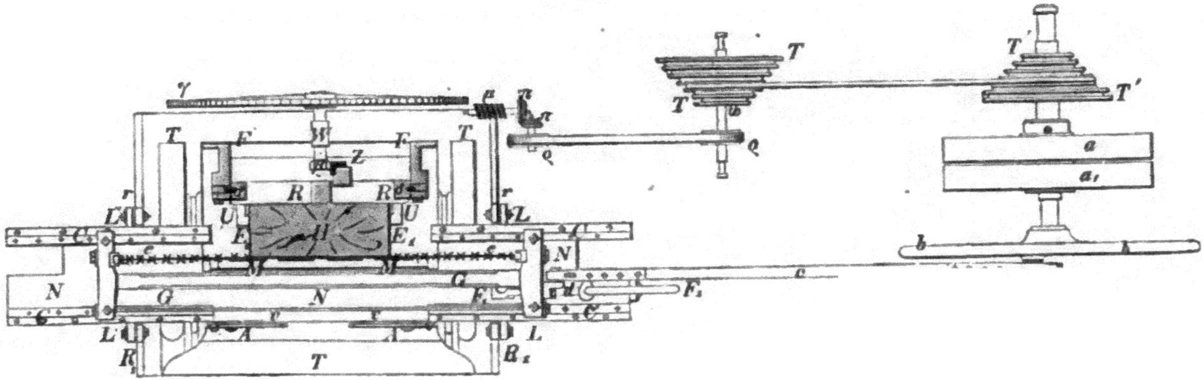

schmiedeeisernen Schienen δ ausgestattet, womit er in Bahnen U aus hartem Holze läuft, die mittelst Schrauben in dem Rahmen F' befestigt sind.

Fig. 380.

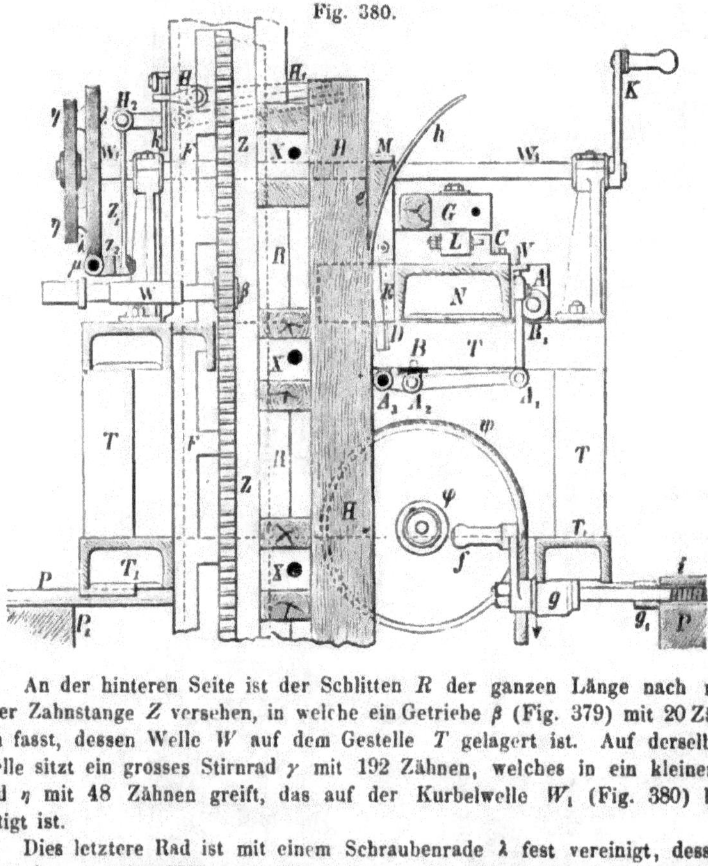

An der hinteren Seite ist der Schlitten R der ganzen Länge nach mit einer Zahnstange Z versehen, in welche ein Getriebe β (Fig. 379) mit 20 Zähnen fasst, dessen Welle W auf dem Gestelle T gelagert ist. Auf derselben Welle sitzt ein grosses Stirnrad γ mit 192 Zähnen, welches in ein kleineres Rad η mit 48 Zähnen greift, das auf der Kurbelwelle W_1 (Fig. 380) befestigt ist.

Dies letztere Rad ist mit einem Schraubenrade λ fest vereinigt, dessen Schraube μ (Fig. 379) unter Einschaltung eines Kegelradpaares $\pi\pi$, eines Riemenvorgeleges $\varrho\varrho$ und eines Schnurlaufvorgeleges TT' von der Schwungradwelle ab aus in Bewegung gesetzt wird.

Die Welle der Schraube μ läuft mit einem Ende π in festem Lager, mit dem anderen Ende in dem Bügel Z_2 einer Hängestange Z_1, die zu einem Hebel H_2 gehört. Mittelst des letzteren lässt sich die Schraube μ so weit in die Höhe heben, dass sie mit dem Rade λ in Eingriff kommt, wozu noch eine Klinke k_1 unter den Hebel H_2 fasst und denselben in entsprechender Höhe hält. Löst man dagegen die Klinke k_1 aus und drückt den Hebel mit der Zugstange Z_1 nieder, so senkt sich der Lagerbügel Z_2 und mit ihm die Schraube μ so weit, dass Schraube μ und Rad λ ausser Eingriff kommen. Ist letzteres erfolgt, so kann man mittelst der Kurbel K (Fig. 380) den Schlitten R frei von der Hand vertical auf- und abbewegen.

Befinden sich Schraube μ und Rad λ im Eingriffe, so lässt sich mittelst der Stufenscheiben $T T_1$ die Grösse des Schubes der jedesmaligen Arbeit entsprechend leicht verändern.

Wie die Bewegung des Sägegatters vom Schwungrade b aus mittelst der Lenkstange c erfolgt, bedarf keiner Erklärung; wohl aber dürfte auf eine sogenannte Nothführung F_1 (Fig. 379) aufmerksam zu machen sein, die aus einem zweiarmigen Bügel d besteht, der am Support N befestigt ist und auf welchem eine Oese hin- und hergleitet, die zum Sägegatter G gehört. Es ist diese Anordnung für den Fall getroffen, dass, wenn sich bei der raschen Bewegung (200 Hin- und Hergänge des Gatters pro Minute) die Lenkstange von dem Gatter trennen sollte, letzteres in der angenommenen Bewegung nicht fortgehen, nicht aus seinen Führungen kommen und allerlei Gefahr veranlassen kann.

Unten im Gestelle T sind zu beiden Seiten des Schlittens R grosse Rollen φ angebracht, worüber Seile ψ geschlagen sind, welche einerseits mit dem Schlitten R verbunden, andererseits an den freien Enden mit Gewichten belastet sind, um durch letztere das Eigengewicht des Wagens und des daran befestigten Holzblockes H auszugleichen.

Das zu sägende Holz H wird mittelst Schrauben $X X$ (Fig. 380) und Eisen E' (ähnlich den Bankhaken einer Hobelbank) festgespannt, worauf es dann bis zur Stärke eines Zolles verschnitten werden kann.

Bei theuren Hölzern leimt man hinterwärts gerade abgerichtete Bohlen oder Latten (Fig. 330 mit p bezeichnet) von geringerem Holze dazwischen und schraubt diese mittelst durch den Schlitten R gesteckter Holzschrauben fest.

Endlich steht die Maschine über einer Grube zu beiden Seiten auf gusseisernen prismatischen Schienen P, welche auf starken Holzrahmen P'' (Fig. 378) festgeschraubt sind. Auf diesen Schienen P ist die ganze Maschine verschiebbar und zugleich mittelst einer Schraube g stellbar gemacht.

Je geringer die Dicke der zu schneidenden Bohle H wird, desto näher rückt man das Sägegatter dem Schlitten R und somit auch das eine Ende der Lenkstange c, so dass die Richtung der letzteren nicht mehr rechtwinklig zur Schwungradaxe ist.

Man muss daher die ganze Maschine mittelst der Schraube g (deren Mutter im Holzrahmen P festgehalten wird) nach einigen Schnitten mit Hülfe der Kurbel f etwas vorrücken, wodurch die richtige Stellung wieder herbeigeführt wird.

In entsprechender Weise muss man die Riemenscheibe ϱ auf der Zwischenwelle w vorstellen.

Schliesslich noch einige Bemerkungen, die sich auf Handhabung, Leistung etc. der Maschine beziehen.

Sobald ein Schnitt vollendet ist, löst man an den Federn V die Spannhebel A und zieht den Support N etwas zurück, von dem Holzblocke (der Bohle) H ab, so dass letzterer frei hinabgelassen werden kann.

Darauf wird mittelst des Hebels $H H_1$ die Klinke K_1 ausgelöst, die Schraube μ ausser Eingriff mit dem Schraubenrade gebracht und der Schlitten R mittelst der Handkurbel K heruntergelassen, bis die obere Kante des Holzblockes unter dem Sägeblatte e steht. Sodann setzt man mit Hülfe des Hebels H_2 die Schraube μ wieder in Eingriff, schiebt den Support N gehörig gegen den

Holzblock, so dass die Stellkeile D anliegen, macht ihn mit Hülfe der Hebel A vollständig fest und setzt endlich die Maschine wieder in Thätigkeit.

Die Höhe der Kurbel am Schwungrade b beträgt 14 Zoll engl. oder 0,3556 Meter, daher der Hub der Säge 28 Zoll oder 0,7112 Meter. Die Länge der gezahnten Säge ist 5 Fuss engl. oder 1,524 Meter. Da ferner pro Minute 200 Schwungradumläufe oder 400 Schnitte erfolgen, arbeitet die Säge mit einer Geschwindigkeit von $\frac{2 \,.\, 0{,}7112 \,.\, 200}{60} = 4{,}74$ Meter pro Secunde. Das Maximum von Arbeitsleistung der Maschine betrug, wenn Mahagoniholz geschnitten wurde, in 12 Arbeitsstunden 600 Quadratfuss engl. oder 55,74 Quadratmeter. Aus Bohlen von 1 Zoll Dicke werden höchstens 14 Furniere geschnitten. Die Höhe der zu schneidenden Bohle darf nicht mehr als $11\frac{1}{2}$ Fuss betragen. Die Betriebskraft wird noch nicht ganz zu zwei Maschinenpferden angegeben.

Die bereits oben citirte (neuere) Werner'sche Furnierschneidemaschine[1]) unterscheidet sich von der hier beschriebenen durch mancherlei schönere und constructivere Details, hauptsächlich aber durch folgende Anordnungen:

Erstens erfolgt die Stellung des Supports vermittelst einer (Schrauben-) Leitspindel (ähnlich wie bei der Cochot'schen Maschine Fig. 330).

Zweitens sind die Coulissen, zur Führung der sogenannten Laufflügel[2]) am Sägegatter, um die (elliptische) Bogenbewegung der Säge hervorzubringen, nicht gekrümmt, sondern gerade, aber um $\frac{1}{2}$ Zoll gegen die Mitte hin geneigt. Diese geraden Coulissen lassen sich leichter bearbeiten, während man mit ihnen den beabsichtigten Zweck vollkommen erreicht.

---

1) Zeitschrift des Vereins deutscher Ingenieure. Bd. 4 (1862), S. 535, Taf. XVIII und XIX.

2) Gestalt und Anordnung eines der Laufflügel der Werner'schen Furnierschneidemaschinen zeigen die Fig. 381 und 382. Dabei ist a einer der Sägegatterquerriegel und b eine der Winkelschienen, auf welchen die aus zwei Messingleisten zusammengesetzten Coulissen i und k befestigt sind. Die Schienen b bestehen aus Gusseisen und sind auf die Gestellplatte der Maschine geschraubt. c ist einer der vier vorhandenen Laufflügel, die sich mit Zapfen d in einem Kloben e drehen können, der mittelst Schrauben und Muttern $f\,g\,h$ am Sägegatter a so befestigt ist, wie Fig. 381 ohne Weiteres erkennen lässt.

Eine andere Constructionsart dieser Laufflügel findet sich ausführlich beschrieben und durch Abbildungen erläutert in den Mittheilungen des Gewerbevereins für das Königreich Hannover, Jahrg. 1842, S. 125, Taf. XXVII.

Fig. 381.

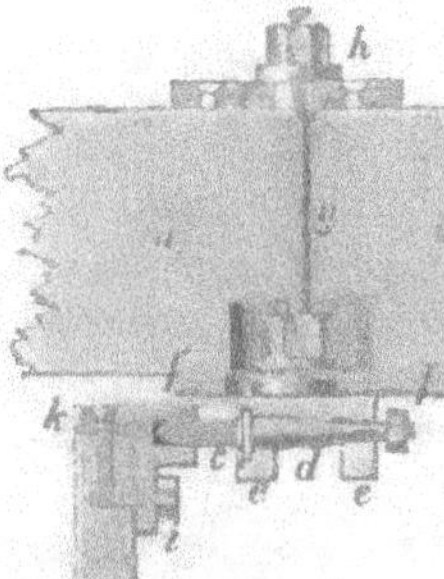

Fig. 382.

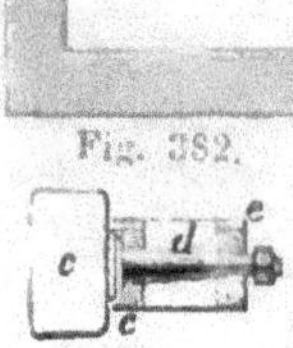

Drittens wird der Vorschub durch (in dem Vorhergehenden mehrfach beschriebene) Frictionsscheiben etc. bewirkt, wodurch es möglich wird, die Grösse des Vorschubes während des Sägens sicher und bequem zu verändern, sobald ästige oder wilde Stellen im Holze vorkommen.

Der Sägehub beträgt bei der Werner'schen Maschine 18 Zoll preuss. oder 0,4707 Meter, die Anzahl der Schwungradumgänge pro Minute 300, also die Schnittzahl 600 und folglich die Geschwindigkeit des Sägeblattes pro Secunde: $\frac{2 \,.\, 0{,}4707 \,.\, 300}{60} = 4{,}707$ Meter.

Den Vorschub nimmt man gewöhnlich so, dass ungefähr 40 Schnitte auf einen Zoll (26,15 Millimeter) kommen. Behauptet wird, dass man in 12 Arbeitsstunden 800 Quadratfuss oder 78,8 Quadratmeter Furniere zu schneiden im Stande sei: ein Resultat, was sich Referent zu bezweifeln erlaubt.

Aus schlichtem (nicht pelzigem) Holze werden gewöhnlich 17 Furniere geschnitten, während als höchste erreichte Zahl 22 angegeben und bemerkt wird, dass in letzterem Falle die Säge fast gar nicht geschränkt sein darf.

Zusatz.

Furnierhobelmaschinen betreffend.

Der beim Zertheilen alles Holzes durch Sägen, wegen der Blattdicke, unvermeidliche Verlust, welchen die mit erzeugten Sägespäne veranlassen, tritt begreiflicher Weise um so nachtheiliger hervor, je edler und theurer das zu sägende Holz ist. Man hat sich daher vielfach bemüht, Maschinen zu construiren, welche die Furnierblätter mit Hülfe eines Messers in einer continuirlichen Spirale schneiden oder unter Anwendung eines geraden Eisens (ähnlich wie bei gewissen Hobelmaschinen) hobeln. Mit der Construction von Spiralfurnierschneidemaschinen hat sich in Frankreich zuerst (bereits Seite 351 in der Note 1 erwähnt) Garand (1844) beschäftigt[1]), während die Geschichte lehrt (Seite 351 Note 1), dass Brunel schon 1806 in England ein Patent auf eine Maschine nahm[2]), welche Furniere, statt mit der Säge, mit einem geraden Messer schnitt. Neuerdings scheinen beide Systeme wenigstens zu dem Ziele geführt zu haben, dass man minder edle Hölzer mit Erfolg schneiden kann[3]). Gewöhnlich dämpft man das zu verarbeitende Holz vor dem Schneiden

1) Ziemlich vollständige geschichtliche Notizen über Furnierschneidemaschinen ohne Säge liefert Armengaud in seiner „Publication Industrielle des Machines", Vol. 14, p. 330 etc.

2) Patent Specification Nr. 2968 vom 22. März 1806.

3) Garand's Maschine findet sich abgebildet und beschrieben im bereits citirten Werke Armengaud's Vol. 5, p. 71, Pl. VII und später wird darüber berichtet im Monatsblatte des Gewerbevereins für das Königreich Hannover, Jahrg. 1861, S. 61.

Ausführliche Zeichnung und Beschreibung einer Furnierhobelmaschine mit geraden Messern von Bernier und Arbey findet sich ebenfalls bei Armengaud, Vol. 14 (1863), p. 332, Pl. XXVI.

(in Wasserdämpfen von verhältnissmässig hoher Temperatur), wodurch freilich das Holz einiger seiner nicht unwesentlichen Eigenschaften beraubt wird. Dafür erreicht man aber wieder den erheblichen Vortheil, dass man sehr dünne Furniere gewinnen kann und jeder Verlust an Spänen vermieden wird, so dass man beispielsweise 100 bis 150 Blätter aus einer Bohle von 27 Millimeter Dicke zu erhalten vermag, während man mittelst Sägemaschinen nicht gut mehr als 20 bis 25 Blätter zu gewinnen im Stande ist.

§. 55.

Leistungen der Brettsägemühlen.

Die jüngsten Ergebnisse, die Leistungen der Brettsägemühlen aus sorgfältig angestellten Versuchen herzuleiten, übertreffen Alles, was man in früheren Zeiten in dieser Beziehung zu erreichen vermochte und worüber bereits Seite 347 ausführlich berichtet wurde.

Solche zur Zeit einzig in ihrer Art vorhandenen Versuche wurden in Sachsen im Jahre 1858 von den Herren Prof. Schneider und Dr. Weiss an der polytechnischen Schule in Dresden in der Schneidemühle des Herrn Hohlfeld in Schandau (an der Elbe, sächsische Schweiz) angestellt und deren Resultate zuerst im Programme der gedachten Schule vom März 1860 veröffentlicht [1]).

Bevor wir über letztere hier berichten, wird es angemessen sein, einige Notizen über die Hohlfeld'sche Brettschneidemühle vorauszuschicken, die zur besseren Orientirung und Beurtheilung wünschenswerth sein dürften und wozu die Abbildung Fig. 383 (einen Längendurchschnitt des Werkes darstellend) von Nutzen sein wird.

Die Mühle, durch ein Kropfrad *W* von dem Wasser des Kirnitzbaches betrieben, enthält überhaupt vier Bundgatter und eine Kreissäge. Die Höhe des mit Coulisseneinlauf versehenen Wasserrades beträgt 2,88 Meter, seine Breite 1,82 Meter, bei einem Totalgefälle von 2,44 Meter bis 2,74 Meter und einer Wassermenge von 0,28 Cubikmeter bis 1,247 Cubikmeter pro Secunde.

Aus den angestellten Bremsversuchen (mittelst des bereits Bd. 1, Seite 187 beschriebenen Prony'schen Zaumes), bei gleichzeitig höchst sorgfältigen Wassermessungen, zeigte das Wasserrad einen Nutzeffect von 75 Procent, wenn es 6 Umläufe pro Minute machte.

Die Welle des Wasserrades reicht in das Mühlengebäude hinein und trägt daselbst an ihrem Ende ein grosses gusseisernes Stirnrad *a* (140 Zähne),

---

1) Einen Auszug aus genanntem Programme hat der Verfasser in den Mittheilungen des Gewerbevereins für das Königreich Hannover, Jahrg. 1860, S. 103, abdrucken lassen.

Zu bedauern ist nur, dass sich sämmtliche Versuche ausschliesslich auf weiche Hölzer (Nadelhölzer) und zwar speciell auf Kiefern- und Fichtenholz beziehen. Man wird also bei der Anwendung auf harte Hölzer das beachten müssen, was hierüber bereits S. 347 angeführt wurde.

welches in ein Getriebe *b* (30 Zähne) der Vorgelegswelle greift. Auf letzterer ist ein zweites Stirnrad *c* (104 Zähne) aufgekeilt, welches in die Zähne des

Fig. 383.

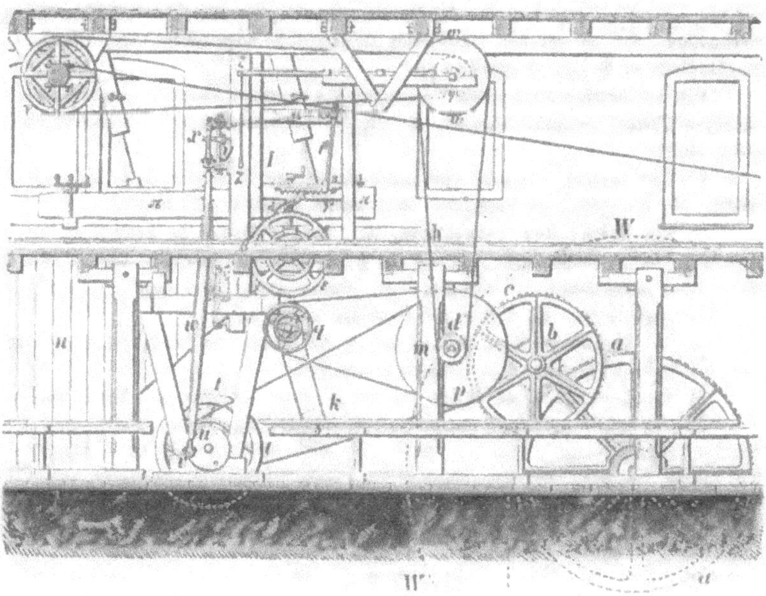

Stirnrades *d* (30 Zähne) auf der Haupttransmissions- oder Riemenscheibenwelle *p* fasst.

Diese Radübersetzungen bewirken es, dass, wenn das Wasserrad 6 Umgänge macht, die Riemenscheibe *p* in gleicher Zeit sich 97 Mal umdreht.

Auf der in der ganzen Breite (quer) durch das Mühlengebäude gehenden Hauptwelle *d* stecken überhaupt vier Paar Riemenscheiben *p* von 1,552 Meter Durchmesser, deren Treibriemen ohne Weiteres auf die Scheiben (je eine lose und feste Scheibe neben einander) auf der Welle der Schwungräder *t* des bekannten Bewegungsapparates der Sägegatter gehen. Zu beiden Seiten der Betriebsscheiben sind für jedes Gatter zwei Schwungräder *t* auf der geraden Welle befestigt, während die Kurbelwarzen an besonderen Scheiben *u* ausserhalb des Gestelles sitzen und demnach auch zwei (hölzerne) Lenkstangen *w* zu demselben Gatter gehören.

Die Sägegatter von 0,46 Meter Hubhöhe sind aus Schmiedeeisen construirt und ihre Führungen *y* sind an hölzernen Säulen angebracht. Der Zuführapparat für das zu sägende Holz *n* ist mit Stossrädern *ε* ausgestattet, welchen die erforderliche Drehbewegung vom Gatter bei *x* aus durch Hebelwerke *αβγ* und Klinken *δ* mitgetheilt wird. Diese Stossräder schieben beim Niedergange der Sägen das Holz zum Schneiden vor, weshalb die Sägen durchaus **nicht** überhängen, also **keinen** Busen haben, sondern die Zahnreihen mit ihren Spitzen lothrecht hängen.

Ausser dem Transmissionsapparate (dem gangbaren Zeuge) ist im Parterreraume auch noch eine Kreissäge k aufgestellt, die von der Welle d aus durch Riemenvorgelege pq und rs betrieben wird.

Um die Blöcke von ihrem Lagerraume vor dem Mühlengebäude über eine schiefe Ebene (Rampe) in die Mühle zu schaffen, ist eine Aufzugsvorrichtung vorhanden, die in unserer Abbildung hinlänglich angedeutet und durch die Buchstaben ω, ψ und φ markirt ist.

Die bei sämmtlichen zehn Versuchen gewonnenen Resultate lassen sich in mehrere Punkte zusammenfassen, wovon die nachstehenden die wesentlichsten sind:

1) Eine mittlere Anzahl von Sägeblättern arbeiten zu lassen, ist vortheilhafter, als mehrere oder wenigere; hier waren es 10 bis 12 Sägen.

2) Die Stärke des Vorrückens wird in der Regel zu bedeutend angenommen; es ist vortheilhaft, mit 1,4 bis 2 Millimeter Vorrückung zu arbeiten[1]), dabei aber mindestens 210 Schnitte pro Minute zu machen und der Säge eine Geschwindigkeit von 3,3 Meter pro Secunde zu geben.

3) Die Blockhöhe oder, besser gesagt, die Höhe des Schnittes jeder Säge soll der halben Hubhöhe des Gatters gleich sein.

4) Trockne und nasse Hölzer schneiden sich leichter, als bloss feuchte.

5) Die zum Leergange eines Gatters erforderliche Arbeit variirt von 1,49 bis 2,37 Pferdekräfte. Für den Leergang eines Gatters mit 12 bis 18 Sägen bei gutem Zustande der Maschinerie kann man 2 Pferdekräfte annehmen.

6) Die gesammte Betriebsarbeit für Bundgatter variirt nach der Sägezahl und kann nach einer von dem Verein „die Hütte" veröffentlichten Formel

$$N = 4 + \frac{5}{8} X$$

annäherungsweise berechnet werden[2]), in welcher X die Menge der in einem Gatter befindlichen Sägen und N die Anzahl der zum Betriebe erforderlichen Pferdekräfte bezeichnet.

Wie die fraglichen Versuchsresultate mit dieser Formel stimmen, zeigt nachstehende kleine Tabelle:

Sägezahl.		4	6	11	12	15	18	(16)	(24)
Pferdekräfte.	Versuch.	6,87	7,00	8,12	10,78	10,29	13,85	14,31	17,54
	Formel.	6,50	7,75	10,8	11,5	13,3	15,25	14,0	19,0

1) Die Schnittstärke war dabei sehr gering, indem sie zwischen den Grenzen 1,9 bis 2,2 Millimeter variirte. Bemerkt wird von den Experimentatoren, dass eine so geringe Schnittstärke die vorzüglichste Geradführung, genaue lothrechte Aufhängung, sowie die richtige Spannung und ganz parallele Lage der Sägen voraussetzt.

2) Man lasse sich indess ja nicht täuschen, die angeführten Formeln für mehr als ein Mittel für ganz oberflächliche Schätzungen anzusehen, da die widerstehende Arbeit einer Sägemaschine von sehr vielen Umständen und Verhältnissen abhängt, die sich nicht so einfach darstellen lassen, wie aus dem nachfolgenden Paragraphen zu entnehmen ist.

Die beiden eingeklammerten Zahlen (16 und 24) beziehen sich auf zwei Gatter, die zugleich arbeiteten.

7) Für die Grösse der Schnittfläche ergab sich aus allen zehn Versuchen der mittlere Werth von 5,758 Quadratmeter (oder 58,45 Quadratfuss preuss.) pro Pferdekraft und pro Stunde.

Dies Resultat ist viel grösser als fast alle anderen hierüber bekannten Angaben, indem z. B. Redtenbacher, Weisbach, etc. für weiches Holz nur 3 bis 3,2 Quadratmeter (oder 45,45 bis 32,48 Quadratfuss preuss.) pro Stunde und Pferdekraft rechnen, und nur Burg eine Mühle (die Fellner'sche in Wien) anführt, welche 5 bis 6 Quadratmeter Schnittfläche pro Stunde und pro Pferdekraft liefert.

Bei der Hohlfeld'schen Mühle ist zu beachten, dass sie von aussergewöhnlich guter Construction ist und der Arbeitsprocess mit ganz besonderer Umsicht und Aufmerksamkeit geleitet wird.

§. 56.

Die Versuche von Schneider und Weiss zur Grundlage nehmend, hat Herr Prof. Kankelwitz[1]) sich bemüht, den Kraftbedarf und die Leistung der Sägegatter durch mathematische Formeln festzustellen, sodann aber auch die Ingenieure und intelligente Schneidemühlenbesitzer auf vorwiegende Constructionsrücksichten aufmerksam zu machen und endlich die Grundsätze eines rationellen Betriebes festzustellen.

Zu bemerken ist im Voraus, dass die Sägen vertical auf- und abgehend vorausgesetzt werden, sowie auch, dass sie nur beim Niedergange und zwar ausschliesslich Kiefern- und Fichtenholz schneiden.

Der Verfasser liefert hier lediglich einen sorgfältig bearbeiteten Auszug der fraglichen Abhandlung und verweist hinsichtlich grösserer Ausführlichkeit und der Begründung aufgestellter Formeln auf die Quelle.

A. Kraftbedarf und Leistung der Gatter.

Die vorzüglichsten allgemeinen Ergebnisse sind hierbei folgende:

1) Die Schnittbreite (der Vorschub) der Säge pro Hub des Gatters übt keinen Einfluss auf den Kraftbedarf aus, vorausgesetzt, dass das Sägeblatt dasselbe ist, d. h. die Sägeblattstärke sich nicht ändert.

2) Der Schrank der Zähne übt keinen Einfluss auf den Kraftbedarf aus, vorausgesetzt, dass die Schnittbreite nicht mehr als das Doppelte der Sägestärke beträgt.

3) Der Arbeitsaufwand beim Schneiden überhaupt besteht aus zwei Haupttheilen, so dass, wenn man mit N die Gesammtarbeit der Säge in Maschinen-Pferdekräften bezeichnet, der Ausdruck entsteht:

$$N = N_1 + N_2,$$

1) Der Betrieb der Schneidemühlen (Separatabdruck aus der Zeitschrift des Vereins deutscher Ingenieure, Jahrg. 1862, S. 269—465). Berlin 1862, Gaertner'scher Verlag.

wobei N_1 die zum Leergange des Gatters erforderliche Pferdekraftzahl, N_2 aber die zum wirklichen Schneiden erforderlichen Pferdekräfte darstellt.

Dabei besteht N_2 wieder aus zwei verschiedenen Arbeitswerthen, indem beim jedesmaligen Schneiden (Heruntergange) der Säge eine Partie Späne sowohl vom Hirnholz, als auch von den Seiten, den eigentlichen Schnittflächen, abgetrennt wird. Setzt man daher

$$N_2 = A + B,$$

so kann A den Theil bezeichnen, welcher zur Bearbeitung der Seitenflächen erforderlich ist, sowie B den Theil von Arbeit, welcher zum Zerschneiden der Langfasern aufgewandt werden muss.

Für **Mittelgatter** (Gatter mit einem einzigen Sägeblatte in der Mitte) empfiehlt Herr **Kankelwitz** die theilweise empirischen Formeln:

$$\text{I.} \quad N_1 = 3\left(\frac{n}{100}\right)^3 \frac{36 + s^2}{100} \, . \, H \, . \, \frac{1{,}5 + H}{4},$$

worin n die Zahl der Gatterhübe pro Minute bezeichnet, s die Sägestärke in Millimetern und H den Sägehub in Metern. Ferner für N_2:

$$\text{II.} \quad N_2 = k\left(1 + \frac{4 H s}{\delta}\right) F,$$

worin δ den Vorschub des Blockes in Millimetern, F die Schnittfläche pro Minute in Quadratmetern bezeichnet, k aber ein Erfahrungs-Coefficient ist, für welchen man setzen kann:

$k = 2{,}6$ bei ganz nassem Holze
$k = 2{,}7$ „ feuchtem „
$k = 3{,}0$ „ lufttrocknem „
$k = 3{,}2$ „ ganz trocknem „

Ausserdem kann man durchschnittlich setzen: $\delta = 0{,}8 \dfrac{H}{h} \, . \, s$, wenn h die Schnittflächenhöhe (Blockstärke) in Metern ausgedrückt darstellt.

Eliminirt man mittelst letzterer Formel aus II. den Bruch $\dfrac{H s}{\delta}$, so ergiebt sich

$$N_2 = k\,(1 + 5\,h)\,F, \text{ sonach also}$$

$$\text{III.} \quad N = 3\left(\frac{n}{100}\right)^3 \frac{36 + s^2}{100} \, . \, H \, \frac{1{,}5 + H}{4} + k\,(1 + 5\,h)\,F.$$

Ueberdies drückt sich die Schnittfläche F (in Quadratmetern pro Minute) aus durch

$$\text{IV.} \quad F = 0{,}0008\, n\, H\, s.$$

Mit Rücksicht auf die Gatterstillstände (Rücklauf, Blockauflegen u. s. w.) ergiebt sich für die durchschnittliche Schnittfläche $= E$ pro Stunde:

$$\text{V.} \quad E = 60 \, \frac{F}{1 + \varphi F},$$

wobei angenommen werden kann:

$\varphi = 2$ bis $2{,}5$ beim Schneiden von Brettern,
$\varphi = 2{,}5$ bis $3{,}0$ „ „ „ Bohlen und Bauholz.

Zur noch besseren Einsicht werde zuletzt folgendes Exempel gelöst:

Beispiel: Welche mechanische Arbeiten in Pferdekräften ausgedrückt erfordert eine für weiches Holz zu etablirende Brettsägemaschine und welches Quantum Schnittfläche hat man dann pro Stunde zu gewärtigen, wenn folgende Umstände und Verhältnisse gegeben sind:

$s = 3^{mm},\quad h = 0^m{,}25,\quad H = 0^m{,}65,\quad n = 179,\quad k = 2{,}7,\quad \varphi = 2{,}5.$

Auflösung. Zuerst giebt sich nach I.:

$$N_1 = 3\left(\frac{179}{100}\right)^3 \frac{36+9}{100} \,.\, 0{,}65 \,.\, \frac{1{,}5+0{,}65}{4}, \text{ d. i.}$$

$$N_1 = 3 \,.\, 5{,}73 \,.\, 0{,}45 \,.\, 0{,}65 \,.\, 0{,}54 = 3 \,.\, 5{,}73 \,.\, 0{,}158.$$

$$N_1 = 2{,}71 \text{ Pferdekräfte.}$$

Sodann aus IV.:

$$F' = 0{,}0008 \,.\, 179 \,.\, 0{,}65 \,.\, 3 = 0{,}279 \text{ Quadratmeter,}$$

folglich aus II.:

$$N_2 = 2{,}7\,(1 + 5 \,.\, 0{,}25)\; 0{,}279 = 6{,}075 \,.\, 0{,}279 = 1{,}70, \text{ d. i.}$$

$$N_2 = 1{,}70 \text{ Pferdekräfte, also}$$

Total: $N = N_1 + N_2 = 2{,}71 + 1{,}70 = 4{,}41$ Pferdekräfte.

Endlich auch nach V.:

$$E = 60 \,.\, \frac{0{,}279}{1 + 2{,}5 \,.\, 0{,}279} = 9{,}862 \text{ Quadratmeter pro Stunde, also } \frac{9{,}862}{4{,}41} = 2{,}236$$

Quadratmeter Schnittfläche pro Stunde pro Pferdekraft.

Für Bundgatter findet der Verfasser:

$$\text{VI.}\quad N_1 = 0{,}95 \,.\, n\left[1{,}31 - 1{,}87\,\frac{n}{100} + \left(\frac{n}{100}\right)^2\right] H\, \frac{0{,}4 + H}{100} \,.\, \frac{G - 90}{100},$$

worin G das Gewicht des Gatters in Pfunden einschliesslich der Z eingehangenen Sägeblätter bezeichnet.

Für G wird approximativ ausserdem angegeben, wenn man durch L die lichte Weite des Gatterrahmens darstellt:

$$\text{VII.}\quad G = 90 + (5 + 2{,}4 \,.\, s^2)\, Z + 8 \,.\, s\,(1 + 5\, L \sqrt{L})\,\sqrt{Z},$$

dabei Z Sägeblätter von 1,5 bis 2,5 Millimeter Dicke voraussetzt.

Ferner ist:

$$\text{VIII.}\quad F = 0{,}0008 \,.\, n\, H\, s\, \varepsilon\, Z,$$

wobei das Verhältniss der mittleren Schnitthöhe zur Blockstärke $\varepsilon = 0{,}75$ gesetzt werden muss, wenn Blöcke zu ungesäumten Brettern und Bohlen verschnitten werden, dagegen $\varepsilon = 0{,}90$, wenn schon gesäumte Blöcke zu Brettern geschnitten werden sollen.

Für N_2 ist auch hier:

$$\text{IX.}\quad N_2 = k\,(1 + 5\,h)\, F, \text{ dagegen}$$

$$\text{X.}\quad E = \frac{60\, F}{1 + 7\left(0{,}03 + \frac{1}{Z}\right) F.}$$

Statt aus VI. und IX. N zu bilden, kann man hinreichend genau auch nehmen:

$$\text{XI.}\quad N = \frac{n}{3000}\left[\frac{3\, n^2\, (s + 0{,}7)^2}{10000} + 2\,(s + 1)^2\, Z\right].$$

Wenn $L = 0^m{,}7$, $h = 0^m{,}35$, $\varepsilon = 0{,}85$, $k = 2{,}85$, $H = 0{,}35 + 0{,}1 \,.\, s$ angenommen wird, so findet Kankelwitz:

XII. für s (Sägestärke) $= 1{,}6$, n (Hubzahl) $= 120$: $N = 0{,}9 + 0{,}53\; Z.$

„ „ $= 2{,}0$, $n = 120$: $N = 1{,}3 + 0{,}72\; Z.$

„ „ $= 2{,}4$, $n = 120$: $N = 1{,}7 + 0{,}91\; Z.$

„ „ $= 1{,}6$, $n = 150$: $N = 1{,}7 + 0{,}67\; Z.$

für s (Sägestärke) $= 2{,}0$, n (Hubzahl) $= 150 : N = 2{,}3 + 0{,}9\ Z$.
" " $= 1{,}6$, Maximum $n = 184 : N = 3{,}3 + 0{,}84\ Z$.
" " $= 2{,}0$, Maximum $n = 166 : N = 3{,}2 + 1{,}01\ Z$.
" " $= 2{,}4$, Maximum $n = 150 : N = 3{,}1 + 1{,}17\ Z$.

Beispiel 2. Welche mechanische Arbeit in Pferdekräften ausgedrückt erfordert der Betrieb einer Brettsägemaschine mit Bundgatter, wenn in dasselbe ($Z =$) 15 Blätter eingehangen sind, die lichte Weite des Gatterrahmens (L) $= 1$ Meter ist und die übrigen erforderlichen oder gegebenen Zahlwerthe folgende sind:

$$n = 120,\quad s = 2^{mm}{,}4,\quad h = 0^{m}{,}3,\quad H = 0^{m}{,}59.$$

Auflösung: $Z = 15$, $L = 1^{m}{,}0$.

Nach Formel XI. würde folgen:

$$N = \frac{120}{3000}\left[\frac{3\,(120)^2\,(2{,}4 + 0{,}7)^2}{10000} + 2\,(2{,}4 + 1)^2\,15\right], \text{ d. i.}$$

$$N = \frac{1}{25}\left[41{,}5 + 346{,}8\right] = 15{,}53 \text{ Maschinenpferde.}$$

Mit Hülfe von Tabelle XII. findet man:

$$N = 1{,}7 + 0{,}91\,.\,15 = 15{,}35 \text{ Maschinenpferde.}$$

Ferner findet sich aus Formel VIII., wenn man $\varepsilon = 0{,}90$ einführt:

$$F = 0{,}0008\,.\,120\,.\,0{,}59\,.\,2{,}4\,.\,0{,}9\,.\,15 = 1{,}84 \text{ Quadratmeter Schnittfläche pro Minute.}$$

Mit Rücksicht auf die unvermeidlichen Gatterstillstände ist weiter nach X.:

$$E = \frac{60\,.\,1{,}84}{1 + 7\left(0{,}03 + \frac{1}{15}\right)1{,}84} = 49{,}1 \text{ Quadratmeter Schnittfläche pro Stunde.}$$

Daher die stündlich geschnittene Blocklänge:

$$\frac{49{,}1}{0{,}9\,.\,0{,}3\,.\,15} = 12{,}12 \text{ Meter.}$$

Pro Stunde pro Pferdekraft erhält man also:

$$\frac{49{,}10}{15{,}53} = 3{,}16 \text{ Quadratmeter Schnittfläche.}$$

B. Vorschub, Hubhöhe, Hubzahl und Sägeblattstärke.

1) Vorschub $= \delta$ der Säge wird am besten aus $\delta = 0{,}8\,\frac{H}{h}\,s$ bestimmt, vorausgesetzt, dass das Maximum $\delta = 5\,.\,s$ nicht überschritten wird. Ausserdem ist zu beachten, dass durch vermehrten Schrank (ohne nachtheilige Folgen) ein grösserer Vorschub pro Gatterhub ermöglicht wird, dass aber auch, von einer bestimmten Schnittbreite an, ein stärkerer Schrank den Vorschub ferner nicht begünstigt.

Endlich ist zu beachten, dass bei gegebener Säge unter sonst gleichen Umständen (gleicher Blockstärke, gleichem Sägehub u. s. w.) jeder beabsichtigte Vorschub eine bestimmte Minimalschnittbreite nöthig macht.

2) Hubhöhe $= H$. Für Mittel- und Bundgatter:

$$H = 0{,}1\,.\,s + 0^{m}{,}35.$$

Als nicht correct wird die Regel bezeichnet, dass man zur günstigsten Arbeit die Hubhöhe gleich 1,7 bis 2,0mal Blockstärke nehmen solle.

3) Hubzahl $= n$. Steht für den Betrieb eines Gatters eine bestimmte Zahl von Pferdekräften zu Gebote, so erledigt sich die Frage nach der Hubzahl

mittelst der früheren Formeln. Bei Mittelgattern lässt sich die Maximalhubzahl aus der Formel berechnen:

$$\left(\frac{n}{100}\right)^3 . H = 2{,}42.$$

Bei Bundgattern aus:

$$\left(\frac{n}{100}\right)^3 . H^2 \, (100 + G) = 900,$$

wo G (in Pfunden) das Gewicht des Sägegatters bezeichnet.

Hiernach kann man folgende Tabelle entwerfen:

Für Mittelgatter:

H	$0^m,5$	$0^m,55$	$0^m,6$	$0^m,65$	$0^m,7$
n	213,1	200,0	188,7	178,9	170,3

Bei Bundgattern erhält man für n:

	G in Pfd.	300	400	500	600	700	800	900
H in Metern	0,50	208,0	195,1	181,7	172,6	165,1	158,5	153,2
	0,55	195,2	181,2	170,5	161,9	154,9	148,9	143,8
	0,60	184,2	171,0	160,9	152,8	146,2	140,5	135,7
	0,65	174,6	162,1	152,5	144,9	138,6	133,2	128,6

4) Schnittblattstärke. Nachdem erwähnt ist, dass die Stärke der Sägeblätter variirt

bei Mittelgattern in der Regel zwischen 2,4 und 3,2 Millimeter,
„ Bundgattern „ „ „ „ 1,4 „ 2,6 „

die Grenzwerthe also sind 1,4 und 3,2 Millimeter, bemerkt derselbe Folgendes:

„Bei Bestimmung der Sägeblattstärke kann weder der Kraftbedarf pro Quadratmeter Schnittfläche in Frage kommen, noch die Leistung des Gatters überhaupt, noch die Kosten, welche die Herstellung eines Quadratmeters Schnittfläche verursacht, sondern nur die Rentabilität einer Anlage."

Von diesem Gesichtspunkte aus stellt Herr Kankelwitz die Sägestärke fest und berechnet zu dem Ende den Verdienst, welchen ein Gatter in einer Stunde Arbeitszeit abwirft. Die zugehörigen Formeln lassen sich jedoch übersichtlich und einfach genug nicht wiedergeben, weshalb in dieser Beziehung auf unsere Quelle verwiesen werden muss.

C. Bemerkungen über einige Constructions-Details.

1) Gatterrahmen. Da der zur Nebenarbeit erforderliche Kraftbedarf (nach Formel VI) mit dem Gattergewichte wächst und unverhältnissmässig schwere Gatterrahmen selbst eine Verminderung der Hubzahlen, mithin auch eine Verringerung der Leistungen überhaupt nöthig machen können, so wird gerathen, auf eine möglichst leichte Construction der Gatterrahmen, einschliesslich der Theile zum Halten und Spannen der Sägen, hinzuarbeiten.

2) Lenkstangen. Aus bekannten Gründen räth der Verfasser allgemein

zu langen und leichten Lenkstangen, auch zieht er zwei Lenkstangen (zwischen den Rahmenstielen und Wagenbäumen) der früher üblichen einfachen Lenkstange vor.

Bei den Kurbeln werden nur Kugelzapfen empfohlen.

3) Gewicht und Anordnung der Schwungräder. Das Gewicht $= P$ der beiden Schwungradkränze (ohne Rücksicht auf Gegengewichte, Arme und Nabe) kann nach der Formel bestimmt werden:

$$P = \left[20\, H^2 D_1 \cdot \frac{G + L_1}{3} - 4\, B_1\, \varrho^2 - Q_1\, D_1{}^2\right] \frac{1}{D^2},$$

worin bezeichnet: G das Gewicht (in Pfunden) des Gatterrahmens mit Sägen, L_1 das Gewicht der Lenkstangen, D (in Metern) den mittleren Durchmesser des Schwungrades, B_1 die Gegengewichte in Pfunden, Q_1 Kranzgewicht der Betriebsriemenscheibe, D_1 den Durchmesser der letzteren, ϱ den Schwerpunktsabstand der Gegengewichte B_1 von der Gatterwellaxe in Metern.

Ist daher beispielsweise bei einem Bundgatter:

$G = 500$ ℔, $L_1 = 244$ ℔, $H = 0^m,5$, ferner $B_1 = 170$ ℔, $D_1 = 1^m,6$, $Q_1 = 200$ ℔, $D = 1^m,3$ und wenn die Gegengewichte durch Aussparungen in den Schwungradkränzen ersetzt werden, also $2\,\varrho = 1,8$ und B_1 negativ ist:

$$P = \left[20 \cdot (0,5)^2 \cdot 1,6\, \frac{500 + 244}{3} + 170 \cdot (1,3)^2 - 200 \cdot (1,6)^2\right] = 568 \text{ ℔}$$

oder jeder Kranz 284 ℔, ohne Rücksicht auf die Aussparungen.

Ferner wird unter Anderm zur Regel gemacht:

„dass man die Schwungräder ausserhalb der Lager auf die Welle setzen und deren Arme zur Aufnahme der Zapfen benutzen muss."

Hinsichtlich sonstiger Constructionsangaben, z. B. I Querschnitte der Arme, ⊐ Querschnitte des Kranzes muss auf unsere Quelle verwiesen werden.

4) Gegengewichte in den Schwungrädern. Will man die Reibungsarbeit in den Gatterwelllagern zu einem Minimum machen, so hat man zuerst eine Hülfsgrösse B zu berechnen aus:

$$B = \frac{G + L_1 + S + 2\,k}{2}$$

und erhält sodann das wirkliche Gegengewicht B_1 zu:

$$B_1 = B\, \frac{H}{2\,\varrho}.$$

Soll dagegen das Gatter einen möglichst gleichmässigen Gang haben, namentlich die Betriebskräfte für Auf- und Niedergang gleich werden, so ist B_1 zu berechnen aus:

$$B_1 = \frac{H}{2\,\varrho}\left[G + L_1 + k - 4500\, \frac{N_2}{n \cdot H}\right].$$

In der ersten Gleichung bezeichnet S das Gewicht der an die Kurbelzapfen der Gatterwelle angreifenden Lenkstangenköpfe, vermehrt um den dritten Theil des Lenkstangengewichts mit Ausschluss der Köpfe, k aber die auf Kurbellänge reducirten Gewichte der Kurbeln, so weit sie nicht etwa durch die Form der Schwungräder selbst abbalancirt sind.

§. 57.

Sägemaschinen zu besonderen Zwecken und für anderes Material als Holz.

Der Plan dieses Werkes [1]), hier nur diejenigen Maschinen zur Formänderung der Körper zu behandeln, welche man auch jetzt noch (im Sprachgebrauche) mit dem Namen „Mühlen" bezeichnet, schliesst ohne Weiteres jedes specielle Eingehen auf solche Sägemaschinen aus, welche nicht so allgemeinen Zwecken, sondern bestimmten Arbeits- oder Fabrikationszweigen dienen, wie die im Vorstehenden besprochenen.

Um jedoch hier eine für manche Fälle wünschenswerthe Uebersicht zu bieten, werde dennoch sowohl der vorzüglichsten Holzsägemaschinen für besondere Zwecke, sowie derer für anderes Material als Holz, beispielsweise für Knochen, Elfenbein, Stabeisen und Bleche, Bausteine und Schiefer, mindestens im Allgemeinen gedacht und zum Studium derselben die betreffenden literarischen Quellen beigefügt.

Von Holzsägemaschinen mit geraden Blättern gehören u. A. hierher die zum Schneiden windschiefer Flächen, vorzüglich der Schiffsrippen, die (wie bereits Seite 360 erwähnt) schon im Anfange der dreissiger Jahre Mirault[2]) in Frankreich construirte, später die Amerikaner zu verbessern suchten[3]), ohne dass sie sich jedoch allgemeinen Eingang zu verschaffen vermochten[4]).

Sogenannte Rundsägen mit geraden, aber sehr schmalen Blättern lieferte zur Wagenräder- und Fass-Fabrikation seiner Zeit bereits Philippe (Seite 360) in Paris von vorzüglicher Güte[5]). Hierbei wird (gewöhnlich) das

1) Vorrede zu Band 1, Seite 6.

2) Bulletin d'encouragement 33e année (1834), p. 26, Pl. DLXVIII etc.

3) Middleton und Elwill in Paris bauten solche Maschinen nach amerikanischen Mustern, wovon sich Zeichnungen und Beschreibungen vorfinden in der deutschen Gewerbezeitung, Jahrg. 1848, S. 4, Taf. I.

4) Auf der Pariser internationalen Industrieausstellung von 1855 hatte Normand in Havre Sägemaschinen zur Herstellung krummer und windschiefer Werkhölzer eingesandt, die sich besonderen Beifalls erfreuten und zu hohen Preisen verkauft wurden. Auskunft hierüber ertheilen die officiellen Rapports du Jury mixte internationale de l'exposition etc., p. 270 und 271, ferner der österreichische Bericht über diese Ausstellung (1855), Heft 15, S. 30 und 31 und endlich auch der preussische amtliche Bericht S. 197.

5) Bulletin d'encouragement 31e année (1833), p. 75.

Arbeitsstück auf einer horizontalen Scheibe befestigt, die sich entsprechend langsam um eine Verticalaxe dreht [1]).

Cylindersägen (Rundschneidemaschinen mit Kronsägen) mit Blättern, welche einen Kreiscylindermantel bilden, dessen eine Kante (nach Art der alten Kronräder) mit Zähnen versehen ist, wurden schon von Brunel [2]) zum Ausschneiden kreisrunder Scheiben aus Brettern in Anwendung gebracht, später mehrfach ausgebildet [3]) und werden gegenwärtig u. A. zum Ausschneiden der Dauben bei der Fass-Fabrikation im Arsenale zu Woolwich mit besonderem Erfolge benutzt [4]).

Schweif- und Lochsägemaschinen ganz eigenthümlicher Art, wobei das gerade, sich vertical auf- und abbewegende Sägeblatt mit dem oberen Ende nicht eingespannt ist, sondern frei arbeitet und wobei nicht das zu sägende Holz (auf dem Horizontaltische), sondern die Säge (gleichzeitig) in eine Drehbewegung um die Verticalaxe versetzt werden kann, construirt neuerdings Zimmermann in Chemnitz und verdient dieselbe (mindestens) ihrer sinnreichen Anordnung wegen den Fachmännern empfohlen zu werden [5]).

Für (Bau-) Ingenieure dürfte es noch angemessen sein, auf Maschinensägen zum Abschneiden eingerammter Pfähle unter Wasser aufmerksam zu machen, die man theils mit geraden Blättern, theils mit kreisförmigen [6]) versieht.

Pfahlsägen mit geradlinigen Blättern construirte u. A. mit grossem Erfolge der belgische Ingenieur Simons, welche beim Baue der Val-Beuvit-Brücke über die Maas bei Lüttich gebraucht wurden [7]), ferner benutzte noch andere Lagrené beim Baue der Seine-Wehre zwischen Paris und Montereau [8]).

Sägemaschinen für Knochen und Elfenbein unterscheiden sich nur hinsichtlich der Grösse und ihrer Natur entsprechender zarter Ausführung von den Holzsägemaschinen. Beim Vorarbeiten von Elfenbein werden, um mög-

---

1) Bulletin d'encouragement 22e année (1823), p. 57; 23e année (1824), p. 71 und 32e année (1833), p. 7. Ferner Brevets XXXIX, p. 410. — Dingler's polytechn. Journal, Bd. 15, S. 13. — Gewerbeblatt für das Königreich Hannover, Jahrg. 1842, S. 39.

2) Rees' „Cyclopaedia Machinery", Plate XXII.

3) Dingler's polytechn. Journal, Bd. 100 (Jahrg. 1846), S. 444. — Berliner Gewerbeblatt Bd. 19 (1846), S. 41. — Holtzapffel: „Turning and mechanical manipulation", Vol. 2, p. 802.

4) Gasteiger: „Fass-Fabrikation durch Maschinen im Arsenal zu Woolwich." Verhandlungen und Mittheilungen des nieder-österr. Gewerbe-Vereins, Jahrg. 1863, S. 531.

5) Schmidt: „Zimmermann's Holzbearbeitungsmaschinen", speciell Sägemaschinen. Dingler's polytechn. Journal, Bd. 173 (Jahrg. 1864), S. 84. An derselben Stelle wird auch eine eigenthümliche (kleine) Verticalsäge beschrieben, die zum Ersatze der sogenannten Laubsägen (Decoupirsägen) dient.

6) Le Blanc: „Recueil etc.", Tome 3, Pl. LIX.

7) Dingler's polytechn. Journal, Bd. 92, S. 81.

8) „Der Civil-Ingenieur", von Bornemann, Bd. 8 (1862), S. 319, Taf. XIX.

lichst wenig Verlust an Material herbeizuführen, die Zähne der Sägen entweder nur äusserst wenig oder gar nicht geschränkt [1]).

Metallsägemaschinen werden vorzugsweise mit Kreissägen ausgestattet zum geraden Abschneiden der (vom Auswalzen her noch rothglühenden) Eisenbahnschienen [2]) benutzt, ferner zum Schneiden von Façon- und Flacheisen, Blechen [3]) u. s. w.

Steinsägen (für Bausteine) sind entweder die schon zu Plinius' Zeiten [4]) zum Marmorschneiden benutzten Sägen mit zahnlosen, geraden Blättern (Horizontalgatter) oder es sind solche mit Zähnen, die man entweder im schneidenden Blatte (wie bei den Holzsägen) unmittelbar ausgestossen oder (meisselartig) besonders eingesetzt hat.

Ueber alle diese bis zum Ende der vierziger Jahre bekannten und angewandten Maschinen berichtet ausführlich Karmarsch im 16. Bande der Prechtl'schen Encyklopädie. Speciell werden daselbst beschrieben (und durch Abbildungen erläutert) [5]) die Sägemaschinen von Tallock in London mit zahnlosen horizontal arbeitenden Blättern (Schwertsägen), die von Pfister in Zürich [6]), der entweder Horizontalgatter anwendet, deren Blätter (Schienen) mit wenigen und weit aus einander gestellten Sägezähnen versehen sind, oder Verticalgatter benutzt, wobei man die Schneidplatten mit eingesetzten (um Nietbolzen drehbaren) Zähnen ausgestattet hat, die beim Niedergange zum Schnitte steif stehen, beim Aufgange aber nachgeben, ein wenig nach unten überkippen.

Später hat Mannhardt diese Maschine zu verbessern gesucht [7]), ohne

---

1) Prechtl's „Technol. Encyklopädie", Bd. 12 (1842), S. 150.

2) Valerius: „Stabeisen-Fabrikation", S. 291. — Flachat, Barrault etc. Petiet: „Fabrikation des Eisens", S. 38, Pl. LXI und LXII. — Daelen in Hörde: Verhandlungen des Vereins zur Beförderung des Gewerbfleisses in Preussen, Jahrg. 1853, S. 95. — „Beschreibung einer Vorrichtung beweglicher Kreissägen zum Abschneiden von Eisenbahnschienen und anderen, schweren, profilirten, gewalzten Eisen": Sammlungen von Zeichnungen für die „Hütte", Jahrg. 1861. — „Kreissäge im Puddelwerke zu Neustadt a. R.", Blatt XVI p.

3) Dingler's polytechn. Journal, Bd. 169 (Jahrg. 1863), S. 110: „Drehbare, im Gleichgewicht befindliche Kreissäge zum Schneiden von T Eisen, Flacheisen etc."

4) Naturgeschichte (Grosse'sche Uebersetzung), Buch 36, §. 9. Daselbst heisst es wörtlich: „Das Marmorschneiden geschieht mit Sande. Die (eiserne) Säge drückt in sehr engen Reifen auf den Sand und schneidet, indem sie hin- und hergezogen wird."

5) Fast vollständige Literatur der älteren Steinsägemühlen findet sich in Karmarsch: „Aufzählung und Charakteristik etc. der technischen Maschinen", Bd. 2 der „Einleitung in die Lehren der mechanischen Technologie", Wien 1825, S. 98 etc.

6) „Bayerisches Kunst- und Gewerbeblatt", Jahrg. 1845, S. 350. Ausführlicher noch ebendaselbst Jahrg. 1855, S. 313, Blatt VIII.

7) Oesterr. Bericht über die Pariser Industrieausstellung von 1855, Heft 15 S. 38 und 39.

denselben jedoch eine allgemeine Verbreitung verschaffen zu können, die sich naturgemäss vorzugsweise auf Marmor, Kalksteine, Sandsteine u. dgl. m. beschränken wird[1]).

Von Steinsägemaschinen der neueren Zeit verdienen Erwähnung die von Serrin in Frankreich, der eine Säge anwendet, wo statt der einzelnen Zähne Blechstreifen eingesetzt sind, so dass man die sich am meisten abnutzenden Theile leicht ersetzen kann[2]).

Eine amerikanische Steinsägemaschine mit zweckmässiger Transportvorrichtung (Eisenbahnwagen in versenktem Gleise laufend) mit Horizontalgatter findet sich bei Boileau (a. a. O.) S. 118 beschrieben und abgebildet[3]).

Sinclair wendet ein Paar zweiwarzige unter 90° gestellte Krummzapfen bei seinen Sägemaschinen mit Horizontalgatter an[4]).

Hunter verwendet eigenthümliche Kreissägen (zum Schneiden von Portlandstein) mit eingesetzten Zähnen, die aus hohlcylindrischen Stahlstücken bestehen[5]).

Sehr schöne Dampfsägemaschinen für Bausteine mit Horizontalgatter, welche in den Kalksteinbrüchen von Vincqz zu Soignies (Belgien) mit Erfolg im Gange sind, beschreibt Armengaud in seiner „Publication Industrielle", Vol. 14, p. 413 und liefert zugleich eine ganze Tafel Abbildungen (Planche XXXIII). Als Anhang ist ein Verzeichniss aller seit dem Jahre 1844 bis 1863 in Frankreich auf Stein- und Marmorsägen ertheilten Brevets beigefügt.

Ueber Leistungen und Arbeitsaufwand bei Steinschneidemaschinen berichten Karmarsch in Prechtl's Encyklopädie Bd. 16, Seite 258 und Seite 271 und Boileau (Schneidemühlen) Seite 50 und 51.

Zum Schneiden des Schiefers werden sowohl Sägen mit geraden, horizontal hin- und hergehenden Blättern, als auch Kreissägen verwandt.

---

1) Karmarsch beschreibt (a. a. O. S. 279) noch die Murdoch'sche bereits 1801 in England patentirte Steinröhren-Schneidemaschine mit ungezahnter Kronensäge, die seiner Zeit in Manchester zur Herstellung von Wasserleitungsröhren aus hartem Kalksteine benutzt wurde; gedenkt ferner auch der Kranner-schen (in Prag) Steinbohrmaschine, die sich abgebildet und beschrieben findet im bayerischen Kunst- und Gewerbeblatte, Jahrg. 1848, S. 91 und 365. — Der Vollständigkeit wegen verweisen wir noch auf Schubert (in Dresden): „Elemente der Maschinenlehre", zweite Abtheilung (1844), S. 359, woselbst die Blochmann-sche Maschine zum Ausbohren von Sandsteinblöcken behufs Herstellung von Wasserleitungsröhren für die Stadt Dresden ausführlich beschrieben und durch Abbildungen erläutert ist.

2) Bulletin d'encouragement année 1850, p. 370 und daraus im „Polytechn. Centralblatt", Jahrg. 1851, S. 360.

3) Die eigentliche Quelle ist Förster's „Bauzeitung", Jahrg. 1858, S. 117 und daraus ebenfalls im „Polytechn. Centralblatt", Jahrg. 1858, S. 1268.

4) London Journal Oct. 1858, p. 225. Und daraus „Polytechn. Centralblatt", Jahrg. 1859, S. 23.

5) Practical Mech. Journal Oct. 1859, p. 176.

Hierüber berichten ausführlich Schneider (in Dresden)[1]) und Buresch (in Hannover)[2]) bei Gelegenheit von Mittheilungen über die unweit Bangor (Nord-Wales) belegenen Porphyr-Schieferbrüche.

---

1) Gewerbeblatt für das Königreich Hannover, Jahrg. 1843, S. 241, mit Abbildungen auf Taf. XII, und Dingler's polytechn. Journal, Bd. 92 (Jahrg. 1844), S. 140.

2) Notizblatt des Architekten- und Ingenieur-Vereins, Bd. 1 (1851—1852), S. 314. An letzterem Orte ist (Blatt XXVII) auch eine perspectivische Abbildung des berühmten (grossartigen) Porphyr-Schieferbruches zu finden.

Sechster Abschnitt.

Landwirthschaftliche Maschinen.

§. 58.

Geschichtliche Einleitung.

Der gewaltige Impuls, womit von 1782 an, nach der Herstellung der ersten doppelwirkenden Dampfmaschine durch Watt (Bd. 1, S. 411), eine vorher nicht geahnte Veränderung im Gebiete der Industrie und Gewerbe angebahnt wurde, wodurch sich am Anfange des 19. Jahrhunderts die Verkehrsverhältnisse zu Wasser und zu Lande umgestalteten, konnte naturgemäss auch nicht ohne Einfluss auf die Landwirthschaft bleiben.

Während es einerseits die Dampfmaschine möglich machte, Fabriketablissements an Orten ins Leben zu rufen, denen es vorher an Betriebskräften fehlte, Steinkohlen und Eisenstein aus Tiefen zu fördern, die früher unbebaut gelassen werden mussten; war es andererseits dieselbe Maschine, welche zur besseren Verwerthung des Eisens, nach Quantität und Qualität, die vorzüglichste Unterstützung bot, indem mächtige Gebläse (Cylindergebläse) für den Hochofen und Puddelprocess (1784) zur massenhaften Beschaffung von Roh- (Guss-) und Schmiedeeisen bewegt, sowie kolossale Hammer- und Walzwerke in Betrieb gesetzt werden konnten, welche das Schmieden und Ausrecken des gewonnenen Materials in entsprechender Weise bewirkten. Jedenfalls ist es Thatsache, dass ohne diese Beschaffung eines ebenso wohlfeilen, wie nach Widerstandsfähigkeit und Bildsamkeit gleich vielseitig verwendbaren Materials wie das Guss-, Schmiede- und Walzeisen, Erfolge in der materiellen Welt, wie sie die Gegenwart aufzuweisen vermag, nun und nimmer zu erlangen gewesen sein würden.

Auf dem Gebiete der Landwirthschaft äusserten sich die

Wirkungen der überall mächtig um sich greifenden Industrie im entstehenden Mangel an intelligenten Arbeitern, in den Anforderungen an höhere Arbeitslöhne und in dem Bestreben, die zeitherigen Werkzeuge und Geräthe zu verbessern oder andere zu erfinden, sowie endlich in der Herstellung geeigneter Maschinen als Gegenstände vorher nicht gekannter Art.

Die uralten Geräthe zur Bodenbearbeitung, wie der Pflug[1]), die Egge[2]) und die Walze[3]), wurden bald nicht mehr bloss an den directen Angriffsstellen des Arbeitswiderstandes mit Eisen beschlagen, sondern ihren Haupttheilen nach oder auch ganz aus Eisen hergestellt, wodurch nicht nur ihre Dauer erhöht, sondern es auch möglich gemacht wurde, Formen zu erzeugen, welche eben so vortheilhaft auf die Güte der zu leistenden Arbeit wirk-

---

1) Der Pflug soll den Erdboden bis zu einer gewissen Tiefe aufbrechen und den losgerissenen Erdkörper derartig umwenden, dass dessen untere Seite nach oben zu liegen kommt und den wohlthätigen Einwirkungen der Atmosphäre ausgesetzt wird. Ein Pflug, welcher den Erdboden nur bricht und spaltet, aber nicht wendet, wird gewöhnlich ein Haken genannt. Man bezeichnet wohl auch den Haken als einen auf niedriger Stufe stehen gebliebenen Pflug. Zu den vorzüglichsten Schriften, worin der Pflug behandelt wird, gehören folgende: Ransome: „The Implements of Agriculture.“ London 1843. — Rau: „Geschichte des Pfluges.“ Heidelberg 1845. — v. Kleyle: „Der Pflug, der Anhäufler und Wühler.“ Wien 1851. — Segnitz: „Beiträge zu einer mechanischen Theorie des Pfluges.“ Greifswalde 1856. — Hamm: „Die landwirthschaftlichen Geräthe und Maschinen Englands.“ Zweite Auflage. Braunschweig 1856. In letzterem Werke ist überdies (S. 948) eine ausführliche Literatur über den „Pflug“ beigegeben. — J. Slight und S. Burn: „The Book of Farm Implements and Machines.“ London 1858. — Schneitler und Andree: „Die neueren und wichtigeren landwirthschaftlichen Maschinen und Geräthe.“ Leipzig 1861. — Moll et Gayot: „Encyclopédie pratique de l'agriculteur.“ Tome 4. Paris 1861. Ueber den Haken handelt am ausführlichsten Boddien in einer 1840 in Oldenburg erschienenen Schrift: „Der mecklenburgische Haken.“

2) Die Egge soll den Boden zerkleinern und ebnen, Grasnarben zerstören, Queckenwurzeln bloss legen, überhaupt Unkraut vertilgen, Samen unterbringen u. dgl. m. Zum ausführlichen Studium der Egge ist besonders das eben citirte Werk Hamm's sowie L. Rau's „Beschreibung und Abbildung der nutzbarsten Ackerwerkzeuge.“ Stuttgart 1862, S. 19, zu empfehlen.

3) Die Walze soll hauptsächlich harte und zähe Stücke (Knollen, Schollen) zerkleinen, welche den Boden bedecken, die zu lockere Ackerkrume andrücken, um dadurch den jungen Getreidewurzeln einen festeren, ihnen mehr zusagenden Stand zu geben und das rasche Entweichen der Feuchtigkeit aus dem Boden zu verhindern. Specielles über Walzen giebt Hamm a. a. O. S. 377, sowie eine Theorie derselben Segnitz in Dingler's polytechn. Journal, Jahrg. 1857, S. 97.

ten, als sie den Widerstand verminderten, der beim Arbeiten in oder auf dem Erdboden zu überwinden war.

Die mühsame und hinsichtlich des Samenverbrauchs verschwenderische Arbeit des Handsäens suchte man durch ebenso sinnreiche, wie vollkommene und praktisch brauchbare Maschinen zu ersetzen, den Flegel des Handdreschers durch Maschinen entbehrlich zu machen, das Schneiden des Hecksels und der Knollengewächse mit Hülfe von Maschinen durch schwächere Arbeiter und rascher auszuführen, kurz überall an Kraft und Zeit zu sparen, wo man es nur immer vermochte. Wurde nun hierdurch auch nicht allemal eine Mehrleistung[1]) gegenüber der unmittelbaren Menschenhand erreicht, so lieferte man doch Besseres und

1) Zur Erhöhung der Production im Gebiete der Landwirthschaft kann das Maschinenwesen eigentlich nur durch eine vollkommenere Bodenbearbeitung beitragen, während die Lösung dieser Aufgabe im Allgemeinen der rationelleren Bewirthschaftung und besonders der Agriculturchemie anheimfällt. Erwähnung verdient hier jedoch noch die Röhrendrainirung als eins der beachtungswerthesten Mittel zur Ertragserhöhung von Ackerland und Wiesen. Diese Bodenentwässerung mittelst (4 bis 6 Fuss tief) unter die Erdoberfläche gelegter Thonröhren (gewöhnlich von 1 bis 3 Zoll Durchmesser) in passenden Entfernungen (von 48 bis 65 Fuss in Sandboden, von 32 bis 48 Fuss in bündigem Thonboden und von 18 bis 34 Fuss in Kalk- und Kreideboden) bewirkt nicht nur die Abführung überflüssigen Wassers aus quelligem oder Sumpflande, sondern auch aus jedem Boden, der nicht einen durchlassenden Untergrund bei lockerer Krume hat. Ueberdies macht man hierdurch auch, nach längerer oder kürzerer Zeit, den Boden poröser, jeder atmosphärischen Einwirkung zugänglicher und damit folgerecht auch fruchtbarer. Die Ertragserhöhung durch die Röhrendrainage wird durchschnittlich zu 30 bis 40 Proc., in manchen Fällen zu 250 Proc. angegeben. Alle diese Erfolge würden nicht erreicht sein, hätte man nicht die Röhren mit Maschinen (Drainröhrenpressen) herstellen gelernt, was wiederum ohne den vorher veränderten Zustand der Eisenindustrie niemals der Fall gewesen sein würde.

Anerkennenswerth ist das Bestreben mehrerer Engländer (Cowper, 1819), namentlich des John Fowler (1850), einen sogenannten Drainpflug zu construiren, dessen meisselartige Schar sich in der erforderlichen Tiefe der Erde fortwühlt und gleichzeitig eine Schnur Röhren nach sich zieht. Hamm berichtet hierüber ausführlich (a. a. O. S. 269 und 270) und bemerkt, dass dieser Pflug in gewissen Bodenarten nicht ohne Erfolg arbeitet, obwohl sein hoher Anschaffungspreis ein Hinderniss seiner Verbreitung bleiben werde. Vollständige Abbildungen des Fowler'schen Drainpfluges finden sich in den Patent-Specificationen Nr. 12988 vom 7. März 1850 und Nr. 13285 vom 17. October 1850.

Neues hierüber theilt Perels mit in den Verhandlungen des Vereins zur Beförderung des Gewerbfleisses in Preussen, 1862, S. 281.

Vollkommneres und machte vor Allem den Landbesitzer unabhängiger von den Arbeitern.

Ganz besondere Anerkennung gebührt den Engländern hinsichtlich ihrer Bemühung um Erfindung, Verbesserung und Vervollkommnerung der landwirthschaftlichen Maschinen, ohne damit die Bestrebungen anderer Nationen, wie der Belgier (als der Schöpfer des modernen Pfluges), der Deutschen und Franzosen in den Hintergrund drängen zu wollen.

Nächst der Construction trefflicher Pflüge [1]) mit eisernen schraubenförmigen Streichbrettern durch J. Small (1763) [2]), Rob. Ransome (1785) [3]) und der ganz eisernen Pflüge, zuerst durch Brand (1804) [4]), bemühte man sich ferner um die Herstellung eiserner Eggen und zwar der Zickzack-Langeggen durch Armstrong (1839) [5]), der rotirenden Eggen durch Vaux (1836) [6]) sowie der sogenannten Scarificatoren [7]) durch Finlayson (1838) [8]), Wilkie, Kirwood, Biddel und Andere [9]).

Gleiches Verdienst haben sich die Engländer um die mit Pflug und Egge mehr oder weniger verwandten Geräthe erworben, welche man unter dem Collectivnamen „mehrscharige Pfluginstrumente ohne Streichbretter“ begreifen könnte und die man je nach Gestalt und besonderem Zweck Extirpatoren [10])

---

1) Besonders nach Vorbildern von Flandern, Brabant und Holland.

2) Treatise on Ploughs and Wheel Carriages. Edinb. 1784.

3) A. a. O. (The Implements etc.) p. 17.

4) Ebendaselbst p. 16.

5) Patent Specification Nr. 8083 vom 30. November 1839.

6) Patent Specification Nr. 7118 vom 13. December 1836.

7) Scarificatoren, vom lateinischen Worte scarificare (aufschlitzen, schröpfen), auch Messereggen genannt, sind Eggen mit einschneidigen, senkrechten oder gekrümmten Messern statt der kantigen oder runden Zinken, welche weniger ein Reissen als vielmehr ein Zerschneiden des Bodens zum Zwecke haben, und zwar tiefer und kräftiger, als dies die eigentliche Egge vermag.

8) Patent Specification Nr. 4883 vom Juli 1824 und Nr. 7622 vom 3. August 1838.

9) A. Ransome (The Implements etc.), p. 77—79.

10) Der Extirpator (vom lat. Worte extirpare, ausrotten) oder Grubber, womit man den Ackerboden auflockern, durchwühlen oder mengen will, Stoppeln umstürzt, Brache beackert, Unkräuter zerstört, Samen unterbringt u. dgl. m., ist ein Instrument aus entsprechend in Reihen zusammengestellten Keilschaufeln oder Gänsefussscharen bestehend, dem in Deutschland seiner Zeit besonders Thaer

(Grubber), Pferdehacken[1]) oder Cultivatoren[2]) nennt, deren Formen aber zuweilen so in einander übergehen, dass sie oft schwer zu unterscheiden sind.

Die Namen der Engländer Tull[3]), Beastone[4]), Blakie, Grant und Lord Ducie[5]), ferner Biddel[6]), Garett[7]), Coleman[8]), Uley[9]), Tennant[10]), Bentall[11]) u. A. sind in diesem Gebiete von vorzüglichstem Klange, dem wir von Deutschen Thaer[12]), Fellenberg[13]), Alsen[14]) u. A. anzureihen verpflichtet sind.

---

das Wort redete und um dessen Verbreitung und Würdigung sich neuerdings namentlich Hartstein in einem vortrefflichen Werkchen verdient gemacht hat, welches 1854 in Bonn unter dem Titel erschien: „Vom englischen und schottischen Ackerbau", S. 47 etc.: „Der Extirpator".

1) Pferdehacken (Horse Hoe der Engländer), auch wohl Schaufelpflüge oder Hackpflüge genannt, sind Instrumente, deren unmittelbar wirksame Theile in der Regel von mehr oder weniger breiten Messern in Verbindung mit keilförmigen Schaufeln gebildet werden und welche zum Zweck haben, den Boden zu lockern, das Unkraut zu entfernen (zu hacken), wenn man Getreide oder Wurzelfrüchte in gleich weit von einander entfernte Reihen gesäet oder gepflanzt hat.

2) Mit dem Namen Cultivator bezeichnet man neuerdings vorzugsweise die kräftigsten Scarificatoren und Extirpatoren, welche zum Umbrechen, Culturbarmachen, Aufreissen oder Umwühlen (Rajolen) des Erdbodens bis auf grosse Tiefen (zur Tiefcultur) bestimmt sind, ohne dass sie den Untergrund heraufbringen.

3) Jethro Tull: „Horsehoeing-Husbandry." London 1731 und 1733, auch Hartstein a. a. O. S. 140.

4) Beatson (oder Beaston): „A new system of cultivation without lime or dung on sommer fallows." London 1821.

5) Ransome: „The Implements", p. 81, 120—122.

6) Ebendaselbst p. 86.

7) Patent Specification Nr. 9389 vom 13. December 1842 und Burn's: „The book of farm implements," §. 935, Taf. XII.

8) Desgl. Nr. 10685 vom 22. November 1845 und Burn a. a. O. S. 245.

9) Morton: „A Cyclopedia of Agriculture", Artikel „Cultivators", p. 592, und Hartstein, S. 50, Taf. III.

10) Burn a. a. O. p. 243 und Hartstein a. a. O. S. 51, Taf. IV.

11) Ebendaselbst §. 873.

12) Beschreibung der nutzbarsten neuen Ackerwerkzeuge, drittes Heft. Hannover 1806, S. 21 (Der Schaufel-Pflug). In Deutschland war Thaer der Erste, welcher Extirpatoren als Modelle und zum wirklichen Gebrauche ausführen liess. „Festschrift der Celler Säcularfeier." Erste Abtheilung, S. 395.

13) Schnee: „Allgem. Handbuch für Land- und Hauswirthschaft." Halle 1819. Artikel „Extirpator", S. 154.

14) Alsen: „Dremenshöfer Ackerwerkzeuge." Leipzig 1853 und 1863.

Aehnliches lässt sich von den eisernen Walzen der Engländer sagen, die sie als Glatt-, Ring-, Kamm-, Stachel-Walze (Schollenbrecher) u. dgl. ausführten und worunter sich namentlich der Schollenbrecher Croskill's (Clod-Crusher) einen fast weltberühmten Ruf erworben hat [1]).

Zu den besonders anerkennungswerthen Bestrebungen der Engländer gehört aber die Bemühung, die Dampfmaschine zur Bearbeitung des Erdbodens (für landwirthschaftliche Zwecke) unter directer oder indirecter Verwendung der angeführten Geräthe brauchbar zu machen.

Die ersten beachtungswerthen englischen Patente [2]), welche sich auf diesen Gegenstand beziehen, datiren aus den Jahren 1810 und 1812, wo beziehungsweise Pratt [3]) und Chapman [4]) Patente auf Dampfmaschinen zur Bewegung von Geräthen zum Beackern und Cultiviren von Land nahmen. Pratt wollte sich dabei der endlosen Ketten als Zugzwischenmittel bedienen und Chapman ausser letzteren auch der endlosen Seile, sowie ferner ambulanter Eisenbahnen. Diesen folgten mehrere andere [5]), wovon jedoch erst ein 1832 von Heathcoat [6]) vorgeschlagenes System Beachtung verdient. Heathcoat's Dampfmaschine bewegte sich selbst mittelst eines endlosen Fussbodens (endless flexible floor) oder einer ebensolchen Eisenbahn über das zu bearbeitende Feld, an welcher Bewegung zwei zu beiden Seiten der Dampfmaschine placirte Hülfswagen theilnahmen. Während sich diese drei Fuhrwerke in zu einander parallelen Linien bewegten, sollten zwischengespannte Seile die betreffenden Pflüge oder Cultivatoren über den Erdboden ziehen und letztere diesen bearbeiten.

Hier ist zugleich der Zeitabschnitt, wo man in England an-

---

1) Patent Specification Nr. 9082 vom 8. März 1841.

2) „Abridgments of the Specifications relating to the Steam Culture." London 1858 (das reichste Material für eine Geschichte des Gegenstandes bis zum Jahre 1857). Hier wird auch einer Feuermaschine von Ramsey (Patent vom 17. Jan. 1618), sowie der transportabeln Eisenbahnen von Edgeworth (Patent vom 5. Februar 1770) als Mittel gedacht, welche sich die Landwirthschaft bei der Arbeit mit ihren Geräthen und Fuhrwerken nutzbar machen könnte etc.

3) Specification Nr. 3309.

4) Desgl. Nr. 3632.

5) Abridgments (a. a. O.), p. 12—14.

6) Specification Nr. 6267 vom 15. Mai 1832.

fing, mit Erfolg kleine transportable Dampfmaschinen, Locomobilen für landwirthschaftliche Zwecke überhaupt zu erbauen und wo sich sehr bald die heute im Gebiete des landwirthschaftlichen Maschinenwesens renommirten englischen Namen, wie Tuxford, Clayton-Shuttleworth, Ransomes, Garett, Hornsby, Barett-Exall und Andrews u. A. eine für die Sache höchst vortheilhafte Concurrenz eröffneten.

Im Jahre 1846 nahm Boydell[1]) das erste Patent auf seine Zug-Locomobile (Traction-Engine), welche an ihren Rädern gegliederte Eisenbahnen (Schiene und Schwelle vereinigt) mitschleppte und gleichzeitig mit den Bodenbearbeitungsinstrumenten über das Feld ging.

Osborn[2]) nahm 1846 ein Patent auf die Verwendung zweier gleichzeitig arbeitender transportabler Dampfmaschinen, welche sich auf temporären Eisenbahnen seitwärts der Felder in passender Entfernung von einander aufstellen und an Ketten laufende Pflüge zwischen sich hin und her ziehen sollten. Mit dem Fortschreiten der Arbeit hatten auch die Locomobilen ihre Plätze zu verändern etc.

Alle diese Projecte bildeten jedoch nur Keime für die Entwicklung eines Maschinensystems zur Dampfcultur, wozu der Sinn in weiteren Kreisen vorzüglich durch die erste Londoner internationale Ausstellung (von 1851) geweckt wurde, die u. A. auch bereits 15 kleinere transportable Dampfmaschinen (auf vierrädrigen Wagen montirt) von 3 bis 9 Pferdekräften verschiedener Einsender aufzuweisen hatte[3]).

Auf gedachter Ausstellung producirte sich besonders Lord

---

1) Specification Nr. 11357 vom 29. August 1846 (Boydell's „Traction Engine and endless Railway").

Boydell's zweites Patent datirt vom 15. August 1854, worin die Maschine bereits diejenige Anordnung hat, wie man sie auf den internationalen Ausstellungen 1862 in London und 1863 in Hamburg kennen zu lernen Gelegenheit fand. Eine ausführliche, mit Abbildungen begleitete Beschreibung der Boydell'schen Maschine hat der Verfasser in den Mittheilungen des hannov. Gewerbevereins, Jahrg. 1859, S. 17, geliefert.

2) Patent Specification vom 23. Juli 1846. Auch Hamm erwähnt (a. a. O.) S. 247 dies System.

3) Amtlicher Bericht der Londoner internationalen Ausstellung von 1851. Erster Theil, S. 506, §. 87.

Willoughby[1]) mit seinen Mechanismen zur Pflugarbeit, wobei (ähnlich Heathcoat) eine einzige transportable Dampfmaschine auf einer temporären Eisenbahn über die Mitte des zu beackernden Feldes fahren und die arbeitenden Pflugmaschinen mittelst Ketten gegen sich ziehen sollte[2]).

Ferner hatte Usher[3]) in Edinburg das Modell einer Maschine ausgestellt, welche mit Hülfe rotirender gekrümmter Schaufeln (die sich gemeinsam um eine Horizontalaxe drehten) die Spatenarbeit der Menschenhand nachahmen sollte.

Die rotirende Spatenwelle war unmittelbar an der sich selbst fortbewegenden Locomobile (Traction-Engine) befestigt und liefen daher die arbeitenden Spaten mit letzterer zugleich über das zu cultivirende Feld. Von ähnlicher Anordnung war die Maschine des Amerikaners Romaine[4]), worauf Johnson 1855 ein englisches Patent nahm[5]) und die sich zuerst auf der Pariser (landwirthschaftlichen) Ausstellung von 1856 auf dem Continente producirte, natürlich ohne hier mehr als Verwunderung zu erregen.

Der Merkwürdigkeit wegen verdient aus dieser Zeit noch das System eines gewissen Halkett[6]) erwähnt zu werden, der mit kolossalen Plattformen, wovon die untere noch mehrere Fuss über dem Erdboden liegt, über das zu bearbeitende Feld gehen will. Auf jeder solchen Plattform sind sämmtliche Bodenbearbeitungsgeräthe (sowie auch andere Instrumente und Werkzeuge zum Säen, Hacken, Begiessen und zum Abmähen von Getreide) placirt, während die ebenfalls daselbst aufgestellte Dampfmaschine die betreffende Plattform entsprechend langsam oder absatzweise auf einer temporären Eisenbahn fortbewegt. Dass auch dieses System keine Zukunft haben konnte, verstand sich von selbst.

Als erste bedeutsame Frucht aller dieser Bestrebungen muss ein im Jahre 1855 von zwei armen Schullehrern, David und

---

1) Ebendaselbst S. 734.

2) Von ähnlicher Anordnung war auch das System des Marquis of Tweeddale, was in dem „Book of Farm Implements", §. 820—831, ausführlich beschrieben und mit Abbildungen begleitet ist.

3) Patent Specification vom 18. Juli 1849. Auch bei Hamm (a. a. O.) S. 249.

4) „Memorandum of Alteration of Robert Romaine", in der Reihe der Patent Specification Nr. 35* von 1855.

5) Patent Specification Nr. 35 (ohne Stern) vom Jahre 1855.

6) Patent Specification Nr. 2224 vom 5. April 1855.

Thomas Fisken in Hartlepool, und einem Schmiede Rodgers in Stockton on Tees[1]) angegebener Balancierpflug und ein selbstbeweglicher Ankerwagen (Moving-Anchor) betrachtet werden, die beide durch gewöhnliche Locomobilen vermittelst Seile in Bewegung gesetzt wurden. Im Jahre 1856 nahm der Ingenieur John Fowler in London in Gemeinschaft mit David Grig[2]) ein Patent auf Verbesserungen an den Fisken'schen Apparaten, worauf Fowler von Fisken erst die Erlaubniss zur Benutzung ihrer Erfindungen erhielt und nachher (Anfang 1859) diesen ihr ganzes Eigenthumsrecht abkaufte. Fowler veräusserte später seinen Patentbesitz an einen obscuren Speculanten Beadel, der es 1861 weiter an die Inhaber berühmter landwirthschaftlicher Maschinenfabriken, Schuttleworth u. Comp. in Lincoln und Ransomes und Sims in Ipswich, verkaufte und wonach jede dieser Firmen das runde Sümmchen von 30,000 (nach Andern nur 10,000) Pfund Sterling ausbezahlt haben soll[3]).

Hiermit sind wir zugleich in die unmittelbare Gegenwart der Bodenbearbeitung unter Verwendung der Dampfmaschine als Motor gelangt, wobei wir zwar die eben so sinnreichen wie grossartigen Apparate bewundern müssen, welche der rationelle Maschinenbau der Landwirthschaft bereits geliefert hat, jedoch auch bald erkennen, dass hier noch ein langer Kampf zu bestehen sein wird, mancherlei Umstände sich noch günstiger gestalten müssen, bevor man allgemein zu denselben Erfolgsresultaten gelangt, welche die Dampfmaschine im Gebiete der Industrie und der Verkehrsverhältnisse bereits errungen hat.

---

1) Patent Specification Nr. 1629 vom 9. Januar 1855. Dies Patent lautet ausschliesslich auf den Namen der Gebrüder Fisken.

2) Patent Specification Nr. 512 vom 28. Februar 1856.

3) Mitunterzeichner des Contractes von 1861 waren auch die Gebrüder Howard in Bedford. Nachher traten diese unter einem nichtssagenden Vorwande zurück, benutzten aber dennoch einen Balancierpflug, der (zwar ohne die Fowler'schen Verbesserungen) fast genau nach dem Fisken'schen Originalpatente gebaut war. Hieraus entstand der berühmte Londoner „Dampfflug-Process", der mit der völligen Verurtheilung Howard's endete. Ueber diesen ganzen Vorgang berichtet ausführlich ein Artikel des Wochenblattes zu den preussischen Annalen der Landwirthschaft, Nr. 12, 1863, der sich auch in Dingler's Polytechn. Journal, Bd. 168 (Jahrg. 1863), S. 312, abgedruckt findet.

§. 59.

Säemaschinen scheinen bereits in den ältesten Zeiten in China, Indien und Persien in Anwendung gewesen zu sein, woselbst die dichte und meist arme Bevölkerung zum rationellen Feldbau und zur Ersparung an Samen besonders angetrieben war [1]).

In Europa wusste man von keiner Säemaschine vor dem 17. Jahrhundert und schreibt man hier die Erfindung von Säemaschinen, welche den Samen in Reihen auswerfen (Drillmaschine genannt), gewöhnlich einem Italiener Cavallina zu, während Andere einen Edelmann aus Kärnthen, Joseph v. Locatelli, als Erfinder bezeichnen [2]).

In England bemühte sich zuerst der bereits vorher (bei den Pferdehacken) genannte Jethro Tull um die Einführung der Reihensaat und der Drillmaschine [3]), in Frankreich Duhamel, in der Schweiz (Genf) Chateauvieux [4]), aber weder das System an sich, noch die dazu erforderlichen Maschinen konnten sich rechten Eingang verschaffen, bis 1783 James Cooke [5]) die mit Löffeln (Bechern) ausgestattete Drillmaschine erfand (Löffelsystem) und damit der Landwirthschaft zu einer Maschine verhalf, deren Princip noch heute als das beste seiner Art bezeichnet werden muss. Nach Cooke construirte ein anderer Engländer, Duket, Drillmaschinen, wo statt der Löffel cylindrische Walzen (Walzensystem) mit mannigfachen Vertiefungen im Mantel zur Aufnahme des auszustreuenden Samens (an einer Radaxe)

---

1) Rau im amtlichen Berichte über die Industrie-Ausstellung aller Völker zu London im Jahre 1851, Theil 1, S. 715, und Hamm in seinem Werke: „Die landwirthschaftlichen Geräthe und Maschinen Englands.“ Zweite Auflage, 1858, S. 577.

2) Beckmann: „Geschichte der Erfindungen“, vierten Bandes drittes Stück, S. 383.

3) Vom englischen Verbum „to drill“, bohren, wahrscheinlich daher kommend, dass man ursprünglich mit einem Pflanzer Löcher machte und die Samenkörner hineinwarf.

4) Rau a. a. O.

5) Patent Specification Nr. 1349 vom 12. Mai 1783. In Slight's und Burn's Werke: „The Book of Farm Implements“ wird S. 277 bemerkt, dass ebenfalls 1783 William Amos als derjenige genannt, welcher, nach Duhamel's Vorgange, eine Löffel-Drillmaschine (unabhängig von Cooke) construirt habe. Cooke's Verbesserungspatent trägt die Nummer 1659 und datirt vom 12. September 1788.

angebracht waren. In Deutschland bemühte sich Thaer[1]) besonders um Einführung und Verbreitung dieser Duket'schen Drillmaschine, jedoch ohne besonderen Erfolg, indem hier das Drill- oder Reihensystem überhaupt kein Glück machte und höchstens für einige Samenarten zweckmässig und vortheilhaft befunden wurde. Da man dessenungeachtet in Deutschland das breitwürfige Handaussäen als samenverschwenderisch und zweckwidrig erkannte[2]), so bemühte man sich zuerst, Maschinen zu erfinden, welche durch dichtere (engere) Reihen die breitwürfige Aussaat ersetzten, sodann diese aber auch in vollständige Breitsäe- oder breitwürfige Maschinen umzugestalten.

In ersterer Beziehung war seiner Zeit (1816) besonders Fellenberg[3]) zu Hofwyl in der Schweiz (1½ Stunde von Bern), Nicolai[4]) bei Dresden und Ugazy[5]) bei Wien nicht ohne Erfolg thätig, bis endlich Alban[6]) zu einer so guten Construction von Breitsäemaschinen (mit Bürsten nach Winter) gelangte, dass sie noch gegenwärtig als eine der besten angesehen wird.

In England tauchte 1817 die breitwürfige Säemaschine (Broadcast Sewing Machine)[7]) ebenfalls auf, ward jedoch bald von der Cooke'schen Reihensäemaschine wieder verdrängt und erfreut sich eigentlich dort heute noch keines besonderen Beifalls. Das Vorzüglichste im Gebiete der Drillmaschinen producirte 1842 Richard Garett[8]) in Saxmundham (Suffolk), nächstdem Smyth in Peasenhall[9]), denen sich erst 1850 Hornsby in Grantham[10])

---

1) „Beschreibung der nutzbarsten neuen Ackergeräthe." Hannover 1804. Zweites Heft: „Die Drillwerkzeuge nach Ducket's Art."

2) Schnee: „Allgemeines Handbuch für Land- und Hauswirthschaft." Auflage von 1819, S. 494.

3) „Landwirthschaftliche Blätter von Hofwyl", 4. Heft. Aarau 1817.

4) Schnee a. a. O. S. 499.

5) „Vollständige auf Versuche und Erfahrung gegründete Abhandlung über den Anbau der Getreidesamen etc." Wien 1822.

6) Seiner Zeit Maschinenfabrikant zu Plau im Grossherzogthum Mecklenburg-Schwerin.

7) Slight and Burn: „The Book of Farm Implements", §. 944 und §. 947, an letzterer Stelle mit Abbildung einer schottischen Breitsäemaschine von Slight in Edinburg auf Taf. XIII.

8) Patent Specification Nr. 9389 vom 13. Decbr. 1842, Nr. 9960 vom 23. Mai 1843 und Nr. 12698 vom 7. Januar 1849.

9) Patent Specification Nr. 9943 vom 16. Mai 1843.

10) Patent Specification vom 3. Januar 1850.

als Nebenbuhler beigesellte und die man sämmtlich noch heute als Fabrikanten ersten Ranges von Drillmaschinen bezeichnen kann.

Eine dritte Gattung von Säemaschinen (das Kapselsystem), die man fast ausschliesslich zur Reihensaat kleinerer runder Körner (Raps, Turnips, Mohn, Senf etc.) verwendet, ist die eines englischen Capitains T. Williamson[1]), wobei der Samen von einer aus zwei abgestumpften Kegeln gebildeten Blechbüchse (Kapsel) aufgenommen wird und deren grösster Durchmesser in der Mitte (woselbst die Büchse einen abgeplatteten cylindrischen Ring bildet) mit vielen kleinen Löchern versehen ist, die durch Schieber geschlossen und beziehungsweise geöffnet werden. Beim Arbeiten mit dieser Maschine wird die horizontale Axe, auf welcher der gedachte Doppelkegel befestigt ist, in Drehbewegung gesetzt und das Quantum des ausgestreuten Samens durch die Zahl der Umläufe und der frei gemachten Löcher geregelt.

Erwähnt zu werden verdienen noch die Horst-Säemaschinen (Drop Drills), welche den Samen in Horsten, d. h. in einzelnen Häufchen in bestimmten Abständen von einander in Reihen ablegen und die besonders Hornsby ausgebildet hat[2]); ferner ist der Bemühungen zu gedenken, Maschinen zu construiren, welche, statt den Samen in continuirliche Reihen zu säen, einzelne Körner in kleine Löcher stecken oder werfen (to dibble, eintauchen), die vorher von der Maschine (Dibbeling Machine), in bestimmten Abständen im Erdboden gebildet wurden. Während die Horst-Säemaschinen zur Zeit immer noch nicht vollkommen den Zwecken entsprechen[3]), verschwinden die Dibbelmaschinen fast ganz wieder aus dem Gebiete der Landwirthschaft[4]).

Besseren Erfolg zeigen dagegen die Maschinen, welche man zum Ausstreuen meist künstlicher trockner (pulverförmiger) und

---

1) „Agricultural Mechanisms; or a Display of the several Properties and Powers of the Vehicles, Implements and Machinery connected with Husbandry.“ London 1809 Auch im „Book of Farm Implements etc.“, §. 989, und bei Hamm (a. a. O.) S. 630.

2) Ransome p. 114, und Hamm a. a. O. S. 623.

3) Die deutschen Zuckerrübenbauer entbehren noch heute eine gute Horstsäemaschine.

4) Hamm a. a. O. S. 636.

flüssiger Dünger ersonnen hat, und die man entweder mit den Säemaschinen ohne Weiteres verbindet oder selbständig ausführt.

Nach Wissen des Verfassers stammt die erste brauchbare Maschine (Manure Distribution and Drill), welche zugleich drillt und pulverförmigen Dünger streut, auch beides unterbringt und bedeckt, aus dem Jahre 1835, wo W. Keene ein englisches Patent auf eine derartige Maschine nahm, die später, 1849, 1850 und 1854, von Garett[1]), Hornsby[2]) und Garett Vater und Sohn[3]) verbessert und nach und nach zu der Vollkommenheit gebracht wurden, in der wir sie jetzt unter dem Namen der „Säemaschinen von allgemeiner Anwendbarkeit" (General Purpose-Drills) besitzen.

Brauchbare Drillmaschinen, welche zugleich flüssigen Dünger aufbringen (Liquid-Manure Drills), construirte zuerst mit Erfolg Chandler[4]).

Maschinen zum Ausgiessen flüssigen Düngers allein, Jauchewagen mit Brauseapparaten zum Ausgiessen in einzelnen Strahlen (Reihen) oder in breiten Klingen, rühren besonders von James[5]) und Croskill[6]) her, während sich um die Construction brauchbarer Streumaschinen für trocknen Dünger besonders Garett[7]), Holmes, Blythe[8]) und Chambers[9]) verdient machten. Letztere Maschine wird zur Zeit als die beste gerühmt, weshalb wir später auf dieselbe (unter Beifügung einer Abbildung) zurückkommen werden[10]).

Mähemaschinen, zunächst zum Schneiden des Getreides, verdanken wir gleichfalls den Bemühungen der Schottländer und Engländer.

---

1) Patent Specification Nr. 12698 von 1849.

2) Desgl. Nr. 13165 von 1850.

3) Desgl. Nr. 1455 von 1854.

4) „The Book of Farm Implements", p. 305, Fig. 361 und 362.

5) Ebendaselbst p. 309, Fig. 365.

6) Hamm a. a. O. S. 492 und 385.

7) Patent Specification Nr. 12698 von 1849.

8) Hamm a. a. O. S. 641, Fig. 493 und 494, sowie S. 643, Fig. 495 und 496.

9) Patent Specification Nr. 1598 vom 17. Januar 1854.

10) Als eine Eigenthümlichkeit dürfte es zu bezeichnen sein, dass zur Zeit noch keine Vorrichtung oder Maschine zum Ausbreiten des Stallmistes praktische Verwendung gefunden hat.

Die ersten Mähemaschinen datiren aus dem Jahre 1799[1]) und bestanden hauptsächlich aus einem Systeme von (sechs) Sensen oder Sicheln an einer Verticalwelle befestigt, welche, auf einen geeigneten Wagen placirt und beim Fortbewegen des letzteren in drehende Bewegung versetzt, die Getreideähren an ihren unteren Enden[2]) abschnitten und dabei nach allen Richtungen fortschleuderten.

Das erste Patent auf eine derartige Mähemaschine wurde 1799 Joseph Boyce ertheilt, nachdem bereits durch Walker eine ähnliche Maschine in dessen „System of Familiar Philosophy" beschrieben und abgebildet worden war, wovon bei Woodcroft (a. a. O. p. 6*) eine treue Copie zu finden ist.

Ernstliche Anwendungen von diesen Maschinen scheint man nirgends gemacht zu haben, vielmehr gelang dies erst in den Jahren von 1811 bis 1815 einem gewissen Smith in Deanstone (Pertshire, Schottland)[3]), wobei das schneidende Werkzeug ein horizontales, um eine Verticalwelle umlaufendes, kreisförmiges Scheibenmesser von 5½ Fuss Durchmesser bildete, welches aus sechs Segmenten (ähnlich wie die Seite 350 beschriebenen Kreissägenblätter) zusammengesetzt war.

Die Messerscheibe befestigte man nahe der unteren (kleineren) Basis eines abgekürzten Kegels, wodurch veranlasst wurde, dass das Getreide nach dem Abschneiden neben der Maschine, und zwar in ordentliche Schwaden (d. h. in continuirliche Schichten) abgelegt wurde.

So gross anfänglich das Aufsehen war, was diese Maschine machte[4]), so zeigte sie sich dennoch bei andauernden Arbeiten als unpraktisch, was auch anderen nachfolgenden Maschinen nicht

---

1) Eine ganz vollständige (mit vielen Abbildungen begleitete) Geschichte der Mähemaschinen von den ältesten Zeiten bis zum Jahre 1852 hat Professor Woodcroft unter dem Titel geliefert: „Appendix to the Specifications of English Patents for Reaping Machines." London 1853.

2) Die ältesten Vorrichtungen der Gallier, durch Ochsen bewegt, hatten an einem Wagen befestigte Klingen, welche nur die Aehren abschnitten. Abbildungen und Beschreibungen finden sich bei Woodcroft a. a. O. S. 3.

3) Eine ähnliche Maschine wie die von Smith hatte damals gleichzeitig ein gewisser Kerr in Edinburg zu Stande gebracht, die aber keinen Erfolg hatte. Man sehe hierüber Woodcroft a. a. O. p. 13, 15 etc. mit Abbildung auf Pl. IX.

4) Nach Hamm (a. a. O. S. 844) soll die Smith'sche Maschine am 18. Juli 1817 auch in Deutschland versuchsweise in Anwendung gebracht worden sein.

besser erging, bis man die rotirenden Schneideapparate ganz aufgab und solche mit abwechselnd hin- und hergehenden scheerenförmigen (dreieckigen) Klingen (Messern) construirte, welche sich über andere ähnlich gestaltete, aber feste Schneidklingen bewegten und die Halme am unteren Ende abschnitten. Ein gehörig breiter vor und über den Schneideapparaten sich bewegender Haspel nöthigte die Halme zum Niederfallen auf ein schräg ausgebreitetes, endloses Tuch, von welchem aus sie seitwärts in Schwaden abgelegt wurden.

Die erste derartige Maschine rührt von einem schottischen Geistlichen Patrik Bell in Carmüllie (Forfarshire) her und datirt vom Jahre 1826, während ausführliche Versuche mit derselben in den Jahren 1828 und 1829 angestellt wurden [1]).

Als ein besonderer Uebelstand dieser Maschine stellte sich die Bedingung heraus, dass sie (wie die Smith'sche Maschine) von den (hinten angespannten) Pferden geschoben werden musste, nicht gezogen werden konnte, wobei kein sicherer Gang zu erzielen war. Dieses Hinderniss und noch einige andere wichtige Details waren Ursache, dass auch Bell's Maschine wieder in Vergessenheit kam, bis man 1851, bei Gelegenheit der ersten Londoner Weltausstellung erkannte, welchen Werth dieselbe dennoch besessen hatte.

Die Maschine des Amerikaners Mac Cormik (aus Chicago, Illinois), die man bei gedachter Ausstellung als ein wahres mechanisches Wunderwerk anstaunte und die auch bei Fachmännern das grösste Aufsehen erregte, zeigte sich bei näherer Betrachtung nur als die in gewissen Theilen veränderte Maschine Bell's. So war der Schneideapparat ebenfalls der geradlinig hin- und hergehende, jedoch hatte man die scheerenförmigen Klingen durch stumpfwinklige Messerblätter ersetzt, deren einzelne Schneiden eine sägenartige Schärfung besassen [2]) und sich in Schlitzen gehörig abgerundeter

1) Beschreibung und Abbildung am vollständigsten bei Woodcroft (a. a. O.) S. 36 und Pl. XV und XVa.

2) Ursprünglich bildete M'Cormick's Schneideapparat eine vollständige Säge mit geradem Blatte. Woodcroft datirt diese Anordnung bereits aus dem Jahre 1833. Zur Uebersicht aller bis zum Jahre 1852 in Anwendung gebrachten Schneideapparate bei Mähemaschinen, hinsichtlich Gestalt und Bewegungsart, hat Woodcroft seinem Werke über Mähemaschinen eine eben so interessante wie lehrreiche Tafel Zeichnungen beigegeben, auf die hier besonders aufmerksam gemacht wird.

Finger führen und verschieben liessen, die man auf eine unbewegliche gemeinschaftliche Platte geschroben hatte. Diese Finger sollten die Getreidehalme zwischen sich aufnehmen und derartig festhalten, dass das Ausweichen beim Schneiden verhütet würde. Ferner war der Bell'sche Haspel beibehalten, um das Getreide sanft zwischen die gedachten Finger abzutheilen und drücken zu können, wogegen man das endlose (die Ablegevorrichtung bildende) Tuch weggelassen und dafür eine gerade, hölzerne Plattform angeordnet hatte, von welcher ein auf der Maschine sitzender Arbeiter die abgeschnittenen Halme wegzog und die Garben zur Seite legte.

Vor Allem aber hatte M'Cormick eine solche Anordnung getroffen, dass die Zugpferde nicht hinter der Maschine, sondern vor derselben und zwar seitwärts des Hauptgestelles gingen, wodurch nachtheilige Drehungen (bei richtiger Lage der Deichselangriffspunkte) vermieden und Bodenhindernisse leicht überwältigt werden konnten, nicht zu gedenken des Vortheils, dass die Pferde den arbeitenden Apparat nicht stets vor Augen hatten.

Mit M'Cormick's Mähemaschine wurde auf der gedachten Ausstellung von 1851 zugleich die eines anderen Amerikaners, Hussey aus Baltimore, vorgeführt, deren allgemeine Anordnung mit ersterer übereinstimmte, die sich jedoch in einzelnen Theilen wiederum unterschied, wohin namentlich ein Schneideapparat mit scheerenförmigen glatten Messern statt der sägeförmigen, das Hinweglassen des Zuführhaspels, eine schräge, nach hinten abschüssige Plattform und ein im Ganzen gedrängterer, einfacherer Bau gehörte [1]).

Von dem Jahre 1851 aus schreibt sich überhaupt die thatsächliche Einführung der Mähemaschinen in die Landwirthschaft, wobei die M'Cormick's und Hussey's als Prototype aller nachher construirten beibehalten wurden. Allerdings bemühte man sich, noch mancherlei daran zu verbessern, namentlich suchte man sie mit selbstthätigen Vorrichtungen auszustatten, welche entweder ein absatzweises Ablegen (in Garben) oder ein continuirliches (in Schwaden) bewirkten und wozu man im ersten

1) Abbildungen der Hussey'schen Mähemaschine finden sich im „Book of Farm Implements etc.“, §. 1217, bei Hamm (a. a. O.) S. 851.

Falle automatische Harken [1]) oder Harken mit und ohne Raffbretter [2]), im zweiten Falle Schrauben [3]) oder bewegliche, aus endlosen Tüchern oder Riemen [4]) gebildete Flächen in Anwendung brachte. Auf einige dieser automatischen Ablegemechanismen kommen wir später zurück, weshalb vorerst die in den Noten aufgenommenen Bemerkungen genügen mögen und schliesslich noch erwähnt werde, dass man sich auch an die Herstellung brauchbarer Grasmähemaschinen gemacht hat, die hinsichtlich des Schneideapparates nach denselben Principien wie die Getreidemähemaschinen construirt (oft mit diesen combinirt) sind, im Allgemeinen jedoch leichter gebaut und ohne Plattform und Zufuhrhaspel ausgeführt werden [5]).

Soweit die Erfahrungen des Verfassers reichen, ist die Mähemaschine der Gegenwart (besonders die für Getreide) bereits überall da zu empfehlen, wo es sich um eine Zeitersparniss beim Schneiden handelt, beispielsweise wenn anhaltendes Regenwetter in der Erntezeit eintritt, oder wenn man unabhängiger von den Handschnittern sein will, oder auch für schwach bevölkerte Gegenden mit weiten Getreidefluren etc. etc. Gelingt es überdies, die heutigen Mähemaschinen noch constructiv einfacher zu machen, und gewöhnt man unsere Arbeiter daran, sich mehr Aufmerksamkeit und Sachkenntniss bei der Behandlung der Maschine zu verschaffen, so dürfte der Schluss nicht falsch sein, dass

---

1) Die Maschine des Amerikaners Atkin, welche Hamm (a. a. O. S. 855) beschreibt, und die, welche Robinson u. Comp. in Melbourne (Australien) zur Londoner Ausstellung von 1862 unter der Benennung Victoria Reaper gesandt hatten.

2) Samuelson und Ransome nach dem Victoria Reaper abgeändert, worauf wir später ausführlich zurückkommen werden und wovon sich eine Abbildung in Pintus: „Die landwirthschaftlichen Maschinen etc. auf der Londoner Industrieausstellung aller Nationen 1862", Berlin 1863, S. 60, vorfindet.

3) Burgess und Key in London (M'Cormick's Patent American Reaper with Burgess and Key Patent Self-Delivery Platform) bei Hamm S. 855, im „Book of Farm Implements" §. 1224 und Pl. XX. Auch auf diese Maschinen kommen wir später wieder zurück.

4) Die Maschinen der Franzosen Duchateaux und Faure, welche sich beschrieben und abgebildet finden in Perel's „Handbuch etc. landwirthschaftlicher Maschinen und Geräthe." Leipzig 1863, S. 298 und 302.

5) Die beste zur Zeit bekannte, von Wood beschrieben und abgebildet von Perels a. a. O. S. 315, und in Moll's Encyclopédie, Artikel „Faucheuses", Tome 7, p. 347.

dem vielbekämpften Geräthe über kurz oder lang die Felder unserer Heimath eben so anheimfallen werden, wie bereits die Fluren Amerikas und (theilweise) Englands [1]).

Nächst den Mähemaschinen haben, unter denselben Umständen wie die vorbemerkten, auch die Maschinen zum Wenden (Trocknen) und Einsammeln des Getreides, insbesondere des Heues, die Heuwendemaschinen und Pferdeharken (Pferderechen) eine nicht geringe Bedeutung erhalten. Die erste brauchbare Maschine zum Streuen und Breiten (Wenden) des Heues construirte bereits 1816 Robert Salmon in Wobarn [2]) und ist dessen Anordnung (wenigstens im Allgemeinen) noch die der Gegenwart. Ein achtarmiger Haspel, der schnell um eine horizontale Axe rotirt, trägt an seinen äussersten Enden Zinken (oder gebogene Stacheln), welche man dem Erdboden mehr oder weniger nähern kann und wodurch das Heu, nachdem es erst eine kurze Zeit an der Drehung Theil genommen hat, durch die Fliehkraft hoch geworfen und dann der Schwerkraft überlassen wird.

Später haben diese Maschinen mehr oder weniger Verbesserungen erfahren, in welcher Beziehung die englischen Firmen: Smith und Asby, Thompson, Wedlake, Nicholson [3]) und zuletzt Boby [4]) und Howard [5]) besonders hervorzuheben sind. Auf letztere Maschinen kommen wir später zurück.

Die ebenfalls bemerkten Pferderechen sind nichts Anderes, als vergrösserte Handharken mit sichelförmig gekrümmten, aber stumpfen Zähnen, welche man durch Spannvieh in Bewegung setzt. Grössere Aufmerksamkeit erregten diese Maschinen (oder richtiger

---

1) Annalen der Landwirthschaft in den königl. preuss. Staaten, 23. Jahrg. (1865), S. 216.

Pintus giebt im Zollvereinsberichte (Classe 9, Heft 15, S. 288) an, dass 1862 die Zahl der in Amerika, Europa und Australien im Gebrauche befindlichen Mähemaschinen etwa 50000 betragen habe.

2) Abbildungen bei Ransome (a. a. O.) p. 134 und bei Hamm (a. a. O.) S. 829.

3) Schöne Abbildungen dieser Maschinen neben vortrefflicher Behandlung des Gegenstandes überhaupt findet man im 7. Bande von Moll's „Encyclopédie pratique de l'agriculture", p. 308 etc. (Artikel „Faneuses"), ferner bei Hamm (a. a. O.) S. 838, und im „Book of Implements", §. 1156 bis mit §. 1175.

4) Perel's „Handbuch etc. landwirthschaftlicher Maschinen und Geräthe", S. 369.

5) Ebendaselbst nach der Patent Specification Nr. 1461 vom 8. Juni 1861.

Geräthe) zuerst auf der Londoner Industrieausstellung von 1851, wo Smith u. Comp. und Howard auf die von ihnen eingesandten Exemplare vom Preisgerichte ausgezeichnet wurden. Die Pferderechen der Londoner Ausstellung von 1862 boten nichts wesentlich Neues dar, wenn man nicht Nicholson's und Ransome's Anbringung eines Sitzes für den Führer (nach Art aller amerikanischen ähnlichen Maschinen) und Ausrückung mit Hülfe des Eigengewichts des Führers oder das von Underhill angebrachte Gegengewicht dahin rechnen will, um die Arbeit des Hebens des beladenen Rechens zu erleichtern [1]).

Aus dem Gebiete der Erntemaschinen werde schliesslich noch kurz der von Hansom 1855 zuerst in Belfast ausgestellten Kartoffelgrabemaschine gedacht. Diese Maschine ist der Hauptsache nach ein Pflug mit einem hinter seinem Körper angebrachten, quer gegen die Bewegungsrichtung gestellten und mit Grabeforken besetzten Rade. Indem letzteres durch ein von den Pflugrädern ausgehendes Getriebe in rasche Umdrehung versetzt wird, greifen die Forken in die aufgepflügte Erde und werfen die darin liegenden Kartoffeln sammt den sie umgebenden Erdstreifen gegen ein seitlich angebrachtes Metallnetz (Sieb), durch welches die Erde hindurchfliegt, während die Kartoffeln vor demselben niederfallen. An vielen dem Verfasser bekannten Orten Deutschlands wendet man diese Maschine mit Erfolg an [2]).

Die erste brauchbare Dreschmaschine lieferte 1785 der Schotte A. Meikle und zwar nach einem derartigen Principe, welches allen heutigen Dreschmaschinen (wenigstens Europas) immer noch zur Constructionsbasis dient [3]).

Meikle's Maschine bestand aus einer cylindrischen Trommel (Drum), die um eine horizontal gelagerte Axe in rasche Umdrehungen versetzt werden konnte, deren Mantel mit vorsprin-

---

1) Abbildungen und Beschreibung der 1862 in London ausgestellten neuesten Pferderechen finden sich in Pintus: „Die landwirthschaftlichen Maschinen und Ackergeräthe auf der Industrieausstellung aller Nationen in London 1862", S. 69.

2) Ausführliche Zeichnungen der Hansom'schen Kartoffelgrabemaschine finden sich in der „Hütte", Jahrg. 1859, Blatt VI (S. 14 der Notizen).

3) Ueber ältere, aus Systemen von Flegeln gebildete Dreschmaschinen berichtet ausführlich (unter Beigabe von Abbildungen) Ransome in seinen „Implements of Agriculture", p. 141 ff. Andere geschichtliche Notizen finden sich bei Hamm (a. a. O.) S. 661.

genden Leisten (Schlagleisten, Beaters) von trapezförmigem Querschnitt ausgestattet war (die Leisten parallel zur Drehaxe) und welche auf reichlich $1/3$ ihres Umfangs von einem Cylindersegmente, dem Drehkorbe (Mantel, Concave), umgeben war, welcher mit ebenfalls vorhandenen Leisten der Trommel so nahe gebracht werden konnte, dass keine Aehre unbearbeitet hindurch zu kommen vermochte. Die Zuführung des Getreides befördert ein vor der Einfuhrstelle der Aehren parallel der Trommel um Zapfen laufendes Paar gereifelter Walzen [1]).

Wie schon erwähnt, sind (wenigstens in Europa) alle Dreschmaschinen nach dem Meikle'schen Principe gebaut, obwohl sie in vielen Theilen nach Gestalt und Anordnung vielfach verbessert wurden und an den Fortschritten der rationellen Maschinenmechanik Theil nahmen, wohin namentlich gehört, dass man zweckmässigere Korbstellungen anbrachte [2]), bessere Maschinenorgane construirte, Strohschüttler einführte, sie ferner einrichtete, dass die Halme parallel mit der Trommel (und nicht wie bei Meikle rechtwinklig zu derselben), der Breite nach, eingelegt werden konnten, überhaupt Breitdreschmaschinen (auch Querdreschmaschinen genannt) herstellte, um das Stroh so weit als möglich unzerschlagen zu erhalten, dass man ferner Reinigungsmaschinen damit verband, die schliesslich zu solchen Systemen combinirt wurden, dass die Körner „marktfertig" aus der Dreschmaschine herausliefen.

Während man im Anfange die Dreschmaschinen fast ausschliesslich durch Pferde oder Ochsen betrieb, welche man an entsprechende Göpel spannte, und später vergebliche Versuche mit erfolgreicher Verwendung von Handdreschmaschinen machte [3]),

---

1) Abbildungen der Meikle'schen Dreschmaschine liefert Ransome (a. a. O. S. 166) und Hamm (a. a. O. S. 663).

2) Das Sinnreichste, was an Korbstellungen erfunden wurde, waren die Barett-Exall-Andrew'schen Scheiben mit vertieften Spiralgängen, worin sich die Zapfen der Schlagstäbe des Dreschkorbes verschieben. Grössere Abbildungen und Beschreibungen derselben finden sich namentlich in der „Sammlung von Zeichnungen landwirthschaftlicher Maschinen", welche unter Mitwirkung des Verfassers von den Studirenden der Maschinenlehre an der polytechn. Schule in Hannover (Cursus 1852/53) herausgegeben wurden (Taf. VII a), sowie in den „Zeichnungen für die Hütte", Jahrg. 1859, Taf. IX.

3) Mit der Handdreschmaschine geht es genau so, wie mit den Handmühlen, d. h. wie letztere mit den durch Elementarkraft betriebenen Mühlen nicht concur-

gelangte man endlich zur Verwendung der Dampfmaschine als Motor, wodurch es überhaupt erst möglich wurde, die moderne Dreschmaschine mit ihren complicirten Theilen und Mechanismen mit Erfolg zu betreiben.

Bestrebungen, das Meikle'sche System durch ein noch vortheilhafteres zu ersetzen, sind bis jetzt ganz vergeblich gewesen, wovon unter Anderm die Dreschmaschine des Amerikaners Moffitt, welche 1854 und 1855 viel von sich reden machte, wahrscheinlich das beachtenswertheste Beispiel ist und um deren Werthbestimmung durch Versuche der Verfasser selbst veranlasst worden war [1]).

Das Eigenthümliche der Moffitt'schen Maschine bestand darin, dass man die Schlagleisten, sowohl an der Trommel wie am Korbe, durch kegelförmige Zapfen, Stifte oder geradgestreckte Finger ersetzt hatte, fast ganz so, wie man sonst schon Wollwölfe (Teufel) bei der Streichwollspinnerei zur Tuchfabrikation zu construiren pflegte.

Die Stellung und Zahl dieser Stifte war so gewählt, dass keine Aehre durch die in Bewegung gesetzte Maschine gehen konnte, ohne ihre Körner an den Stiften auszustreifen oder gleichsam wie zwisshen zwei Fingern auszureiben.

So gross aber die quantitative Leistung einer derartigen Maschine auch war, so stand sie doch qualitativ (hinsichtlich Reindrusch und Erhaltung des Strohes) derartig hinter den Moffitt'schen Maschinen zurück, dass sie nach Wissen des Verfassers (wenigstens in Europa) als ganz der Geschichte anheimgefallen zu betrachten ist.

Dagegen hat sich das vervollkommnete Meikle'sche System als Göpel- oder Dampf-Dreschmaschine zu einem für den rationellen Landwirth ganz unentbehrlichen und brauchbaren Gegenstand herausgebildet, so dass die Zahl der zur Zeit in England, Frankreich, Belgien und Deutschland im Gebrauche befind-

---

riren können, so auch nicht die Handdreschmaschine mit den Göpel- und Dampfdreschmaschinen. Man sehe hierüber auch Perels (a. a. O. S. 22).

1) Journal der königl. landwirthschaftl. Gesellschaft zu Celle, Jahrg. 1854, S. 157 und Jahrg. 1855, S. 23. Auch „Polytechn. Centralbl.", Jahrg. 1854, S. 129. Ferner Morton's Cyclopedia, Art. „Thrashing Machine", p. 973, Plate XLVIII.

lichen Dreschmaschinen gewiss noch zu niedrig gegriffen ist, wenn man sie zu 50000 veranschlägt [1]).

Die heutigen Heckselschneidemaschinen (richtiger Stroh- oder Futterschneider) nach dem Säbelprincipe stammen gleichfalls aus England, wo 1794 Cooke [2]) in London das erste Patent auf diese Gattung nahm, die (merkwürdig genug) damals von einem ganz anderen Systeme verdrängt wurde, was zuerst Naylor [3]) aufstellte und nachher ein gewisser Salmon in Woburn [4]) in die Praxis einführte. Die Salmon'sche Heckselschneidemaschine war gewissen Tuchscheermaschinen nachgebildet, d. h. sie bestand aus einem Cylinder mit einigen spiralförmigen Messern, die jedoch (hier) nur schwach gekrümmt waren, so wie auch der Cylinder durch zwei parallele Ringe nur angedeutet und die Querverbindung der Ringe im Mantel durch die Schnittmesser (Klingen) beschafft war. Bei der Umdrehung streiften die Klingen an einem Gegenmesser, was man an der unteren Kante der Strohladeöffnung geeignet befestigt hatte.

Passemore [5]) in Doncaster verbesserte später (1804) die Salmon'sche Maschine dadurch, dass er sie gedrängter construirte, den Messercylindern geringere Durchmesser gab, ein besonderes Schwungrad anbrachte, besseres Vorschubzeug (gute Speisemechanismen) anordnete und eigentlich der Maschine die Gestalt gab, in welcher sie (leider) noch gegenwärtig vielfach vorkommt, obwohl man wissen sollte, dass der Schnittprocess nicht ein völlig regelrechter, sondern mehr ein Abhacken, überhaupt ein solcher ist, der (verhältnissmässig) viel Kraftaufwand erfordert, nicht zu gedenken der Schwierigkeit, welche das Anschleifen der stumpf gewordenen Messer verursacht.

Lester [6]), Landmann bei Nottingham, nahm 1801 das Cooke-sche Princip wieder auf, d. h. brachte ein einziges gekrümmtes Messer (statt Cooke vier Messer) am Schwungrade an, welches bei der Umdrehung des letzteren in verticaler Ebene an dem

---

1) Amtlicher Bericht über die Industrieausstellung zu London im Jahre 1862, Heft 15, Classe 9, S. 295.

2) Patent Specification Nr. 1973 vom 8. Februar 1794.

3) Desgl. Nr. 2053 vom 24. Juni 1795.

4) Ransome (a. a. O.) S. 184 mit einer Abbildung begleitet.

5) Patent Specification Nr. 2753 vom 7. Mai 1804.

6) Desgl. Nr. 2480 vom 26. Februar 1801.

Strohkasten herabschnitt, dessen untere Mündungskante mit einem geraden Gegenmesser ausgestattet war. Hierdurch entsprach man den bereits S. 176 (bei den Hauschlägen der Mühlsteine) erörterten Bedingungen eines guten Schneideprocesses und war zugleich dem Uebel überhoben, Schwierigkeiten beim Schärfen der stumpf gewordenen Klingen zu finden.

Nach Bekämpfung mancher Vorurtheile und Gewohnheiten hat sich jetzt das Lester'sche System den Vorrang und allgemeinen Eingang verschafft, wobei erwähnt werden mag, dass man bald (meist je nach der Grösse) zwei, bald drei Messer gleichzeitig am Schwungrade anbrachte, mehr oder weniger sinnreiche Vorschubmechanismen construirte und schliesslich derjenigen Anordnung die erste Stelle einräumte, bei deren Bewegung die convexe Seite des Messers als Schneide vorausgeht, was ein noch leichteres Schleifen der Klingen zur Folge hat. Weiter unten kommen wir auf diese Gattung Heckselschneidemaschinen ausführlich zurück, weshalb hier nur noch angeführt werden mag, dass keine der sonst versuchten Heckselschneidemaschinen mit anderen Schneideprincipien bis jetzt im Stande gewesen ist, der Lester'schen Maschine den Rang streitig zu machen. Hierher zu zählen sind (überhaupt als dritte Gattung) die sogenannte Guillotinen-Maschine[1]), wobei ein geradliniges ein- oder zweischneidiges, etwas gegen den Horizont geneigtes Messer zwischen Säulen in Falzen in beiden Richtungen auf- und niederschneidet; ferner (eine vierte Gattung) die Holländer-, Cylinder- oder Walzenmaschinen, welche nach Art der sogenannten Holländer zum Zerkleinen (Mahlen) der Lumpen zur Papierfabrikation der Länge nach (parallel der Cylinderaxe) mit vielen Messern ausgestattet ist, die bei Umdrehung der Walze gegen einen parallel darunter liegenden Cylinder aus vulcanisirtem Kautschuk schneiden.

Endlich (eine fünfte Gattung) als neuestes (?) (1858) Product die Maschinen mit geraden, schräg geführten Messern, wobei man letzteren ausser der vertical niedergehenden Bewegung gleichzeitig eine zur Seite gehende, ziehende, nach Art der

---

1) Abbildungen liefert Hamm (a. a. O.) S. 823.

2) Ebendaselbst S. 823 und Rau: „Die landwirthschaftl. Geräthe der Londoner Ausstellung vom Jahre 1851“, Berlin 1853, S. 151.

Reichenbach'schen bereits (S. 248) erwähnten Tabacksschneideladen ertheilt [1]).

Noch andere versuchte Systeme (wie beispielsweise die Heckselschneider des Lord Ducie [2]), mit zwei Reihen rund um einen Cylinder herumgehender spiralförmiger Messer) müssen als gänzlich der Geschichte und beziehungsweise der Rumpelkammer anheimgefallen betrachtet werden.

Wurzel-, auch Rübenschneidemaschinen genannt, wobei schneidende oder reissende Werkzeuge in rotirender Bewegung das Zerkleinen von Wurzelgewächsen bewirken, sind erst seit dem Jahre 1834 bekannt, wo Gardner in Banbury (engl. Grafschaft Oxford) auf derartige Maschinen das erste Patent nahm [3]) und wobei stufenförmig auf einander folgende, schneidende Messer auf dem Umfange einer cylindrischen Trommel mit horizontalliegender Axe befestigt waren. Diesem scheint Ransome [4]) mit seinen Scheibenmaschinen gefolgt zu sein, wobei eine verticale kreisförmige, um eine Horizontalaxe drehbare Platte (Scheibe) in der Richtung des Halbmessers mit stehenden Hobeleisen und überdies mit kleinen Quermessern ausgestattet war, während die zu schneidenden Wurzeln von einem seitwärts angebrachten Rumpfe zugeführt wurden.

Im Jahre 1839 nahm Moody [5]) in Maiden Bradley (Grafschaft Wiltshire) auf eine Wurzelschneidemaschine ein Patent, die den sächsischen Rübenschneidern mit wellenförmigen Messern auf einer Trommel nachgebildet war, wobei der Hauptkörper ein abgestutzter Kreiskegel ist.

Abgesehen von verschiedenen Modificationen dieser vorgenannten drei Gattungen, trat 1858 Biddel mit einem ganz neuen Systeme auf, welches hauptsächlich aus einer um eine Vertical-

---

1) Der Verfasser sah eine solche Heckselschneidemaschine zuerst auf der Chester Ausstellung 1858, eingesandt von Walker in Manchester. Später (1862) machte in Deutschland die Rohrbeck'sche Maschine Aufsehen, die zugleich bewegliche Harken zur Strohzuführung hatte. So sinnreich diese Maschine genannt zu werden verdiente, so war sie doch zu complicirt, als dass sie sich hätte Eingang in die Praxis verschaffen können.

2) Ransome (a. a. O.) S. 190 und Hamm (a. a. O. S. 824).

3) Patent Specification Nr. 6684 vom 6. März 1834.

4) „Implements etc." p. 194.

5) Patent Specification Nr. 8265 vom 7. Mai 1857.

axe drehbaren Horizontalscheibe mit Messern besteht, worüber mittelst schraubenartig gestalteter Flügel die zu zerkleinenden Wurzeln in Rotation versetzt, angedrückt und zerschnitten werden [1]).

Einige Zeit vor Biddel war Bentall [2]) in Haybridge (Essex) mit seiner Musmaschine (Root-Pulper) aufgetreten, die zum Trommelmaschinensysteme gehört und wobei der arbeitende Cylinder mit hakenförmig gebogenen, in spiralförmigen Linien eingesetzten Zähnen ausgestattet war, die in Gänge einer vorgelegten endlosen Schraube griffen, wodurch kein Abschneiden von Stücken oder Streifen, sondern ein Abreissen einzelner Partikel, ein Zerreiben zu Mus bewirkt wird.

Als Schluss gegenwärtiger Einleitung werde eine kurze Bemerkung über Buttermaschinen, d. h. solche Maschinen angereiht, deren Zweck ist, das uralte Butterfass mit horizontalliegender, hölzerner durchlöcherter Scheibe an senkrechter Stange (Stempel, Stössel) nach Handhabung und Leistung zu vervollkommnen oder durch ganz andere Anordnungen zu ersetzen.

Alle zur Zeit bekannten Buttermaschinen kann man in zwei Classen bringen, nämlich erstens in solche, wobei sich das Gefäss bewegt, in welchem sich die Milch (der Rahm) befindet, woraus man Butter gewinnen will, und zweitens in solche, wobei dies Gefäss bei dem Processe des Buttermachens unbeweglich bleibt.

Zur ersten Classe gehören die in Deutschland wahrscheinlich schon im vorigen Jahrhundert bekannten Buttertonnen, Butterrollen [3]), d. h. Fässer, die um eine Horizontalaxe (mittelst Kurbel) gedreht werden können und in deren Innern Fachbretter befestigt oder Latten aufgenagelt sind, an welchen sich beim Drehen der Fässer die Flüssigkeit bricht, die Fettkügelchen ausgeschieden werden und endlich zu Butter zusammentreten. Ferner gehört hierher die bereits 1820 von Sinclair [4]) in England beschriebene Butterwiege, ein schwingender Kasten (Wiege) mit inwendig angebrachtem Gitter etc.

---

1) Patent Specification Nr. 425 vom 3. März 1858.

2) Patent Specification Nr. 36 vom 4. Juli 1856 (Machinery for Pulping Turnips etc.).

3) Schnee: „Allgemeines Handbuch für Land- und Hauswirthschaft“, Halle 1819, S. 99.

4) Hamm (a. a. O.) S. 895.

Die Maschinen der zweiten Classe lassen sich wieder in drei Unterabtheilungen bringen, je nachdem die Bewegung des Werkzeuges (Stempels, Rührers, Arme, Flügel etc.), durch dessen Stossen oder Schlagen das Buttermachen verrichtet wird,

1) geradlinig auf- und abwärts gerichtet ist; oder

2) rotirend (oscillirend) um eine horizontale (auch wohl schräg-liegende) Axe, oder

3) rotirend (oscillirend) um eine verticale Axe.

Zu Nr. 1 gehört das bereits erwähnte Butterfass mit durchlöcherter horizontaler Stempelscheibe, sowie dasselbe mit veränderter Bewegungsübertragung, durch eingeschaltetes Hebelwerk (gewöhnlich Schwingbaum oder Lenkstange) oder Rädervorgelege, oder mit zwei Stempeln in demselben Fasse, wovon der eine aufwärts geht, während der andere niedersteigt (Drummond's Butterfass)[1]).

Zu Nr. 2 gehört das kleine Butterfass von Lavoisy, wobei das unbewegliche Fass von einem Blechcylinder mit doppelten Wänden gebildet wird, deren Zwischenräume, der Jahreszeit entsprechend, mit kaltem oder warmem Wasser gefüllt werden können, da die richtige Temperatur auf das Buttermachen von wesentlichem Einflusse ist[2]). Die beliebteste Maschine dieser Gattung ist zur Zeit die von Burgess und Key veränderte des Amerikaners Anthony, der solche zuerst auf der Londoner Industrieausstellung von 1851 producirte[3]). Auf der sich drehenden Welle sitzen Flügel, welche offene längliche Kasten oder halbcylindrische Löffel bilden, womit sie atmosphärische Luft schöpfen und diese in die Flüssigkeit einführen.

Zu Nr. 3 gehört vor Allem das Butterfass des Schweden Stjernsvärd, welches auf der Pariser Industrieausstellung von

---

1) Mit Ausnahme des Drummond'schen Butterfasses, was sich bei Hamm (a. a. O.) S. 897 und 898 abgebildet vorfindet, giebt die vollständigste Uebersicht dieser Maschinengattungen, mit sehr schönen Holzschnitten begleitet, Moll in seiner „Encyclopédie pratique de l'agriculture", Tome III, p. 275 etc. (Artikel „Baratte"), noch andere sind im „Book of Farm Implements", p. 469 und 471 (Rubrik „Plunger Charn"), beschrieben und ebenfalls durch gute Abbildungen erläutert.

2) Moll a. a. O. p. 283.

3) Amtlicher Bericht Bd. 1, S. 788, und die citirten Werke von Hamm, Slight, Burn und Moll.

1855 grosses Aufsehen erregte [1]). Hier ist eine verticale hohle Drehwelle mit vier durchlöcherten Flügeln (parallel zur Axe) ausgestattet, welche den Rahm (oder die Milch) gegen andere, am unbeweglichen Mantel befestigte Flügel schlagen. Nahe dem unteren Ende ist an der Welle ein Turbinenrad befestigt, dessen Zellen mit der hohlen Welle communiciren, wodurch die auftretende Fliehkraft das Einsaugen von Luft durch die hohle Welle bewirkt, die durch die ganze Flüssigkeit getrieben und nachher zum Austreten an die Oberfläche gezwungen wird.

Von dem Centrifugalprincipe hatte schon vorher der Engländer Schmidt Gebrauch gemacht und eine seiner Maschinen (Centrifugal agitating churn) bereits 1851 zur Londoner Ausstellung gesandt [2]).

Zur Maschinengattung der Agitatoren mit verticaler Arbeitswelle gehört ferner die Clyburn'sche Buttermaschine (für Göpelwerke und Elementarkraft) mit sehr vielen horizontalen Armen an der Welle, welche zwischen eben solchen festen Armen am Fassmantel hindurchgehen etc. Diese Maschine beschreibt Moll in seiner Encyklopädie ausführlich [3]), worauf hier verwiesen werden muss.

Sehr viele dieser Buttermaschinen haben geringen Werth für die grössere Praxis und fallen wohl auch dem Gebiete der Spielereien anheim.

Zusatz.

Die auf der Londoner Ausstellung von 1862 zuerst producirte amerikanische Kuhmelkmaschine hat der Verfasser ausführlich in der unten angegebenen Quelle beschrieben [4]) und durch Abbildungen erläutert. In der Hauptsache besteht sie aus einer sogenannten Sackpumpe aus vulcanisirtem Kautschuk. Auch ihr Nutzen ist von zweifelhaftem Werthe.

---

1) Moll (a. a. O.) p. 288. Auch Schneitler und Andree: „Landwirthschaftl. Maschinen", S. 504.

2) Rau und Hamm a. a. O.

3) Moll (a. a. O.) p. 289.

4) Landwirthschaftl. Zeitung des Provinzial-Vereins zu Hannover, Jahrg. 1863, Nr. 18, und daraus im „Polytechn. Centralbl.", Jahrg. 1863, S. 612.

§. 60.

Die landwirthschaftlichen Maschinen der Gegenwart.

I. Maschinen zur Bodencultur durch Dampfkraft (Dampfpflüge)[1].

A. Systeme mit selbstbeweglicher Locomobile.

Unter allen Maschinensystemen für die Bodencultur durch Dampfkraft hat sich bis jetzt das mit Drahtseil als Transmissionsmittel und darunter wieder namentlich das Fowler'sche mit Balancierpflug als besonders beachtungswerth herausgestellt, weshalb mit letzterem hier begonnen werden soll.

Das Hauptglied des Fowler'schen Systems, den Balancierpflug[2]), zeigen

---

1) Rühlmann: „Die Dampfmaschine als Motor zum Bearbeiten des Erdbodens für landwirthschaftl. Zwecke.“ Hannoversche landwirthschaftl. Zeitung 1859, Nr. 262. — Perels: „Die Dampf-Bodencultur.“ Verhandlungen des Vereins zur Beförderung des Gewerbfleisses in Preussen, Jahrg. 41 (1862), S. 45, 97 und 274. — Eyth: „Der Dampfpflug auf der allgemeinen Londoner Ausstellung im Jahre 1862.“ Dingler's Polytechn. Journal, Bd. 166 (1862), S. 82. — Pintus: „Die landwirthschaftl. Maschinen etc. auf der Londoner Industrieausstellung von 1862.“ Berlin 1863, bei Barthol u. Comp., S. 26. — Lange: „Ueber Dampfpflüge.“ Zeitschrift des Vereins deutscher Ingenieure, Bd. 8 (1864), S. 23—100. (Ergebnisse der Ausstellung zu Worchester im Jahre 1863.) — „Der Dampfpflug in Newcastle 1864“ (bei Gelegenheit der Ausstellung, welche die Royal Agricultural-Society veranstaltete). Annalen der Landwirthschaft in den königl. preussischen Staaten, Jahrg. 1864, S. 411 und 419.

2) Für manche Studirende des Maschinenwesens wird es nicht überflüssig sein, einiges Allgemeine über Pflüge, sowie den Namen ihrer Theile anzuführen. Hierzu benutzen wir die Fig. 384—388, welche in $^1/_{32}$ der wahren Grösse einen Hohenheimer sogenannten Schraubenpflug (nach Rau's Beschreibung und Abbil-

Fig. 384.

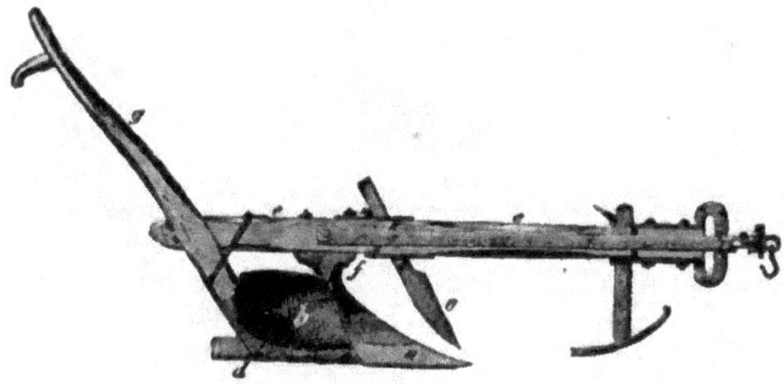

nachstehende Fig. 391 im Aufrisse und 392 im Grundrisse. Dabei bezeichnet *a* das aus zwei langen, in der Mitte gekröpften Holzbalken bestehende Gestell,

---

dung der nutzbarsten Ackerwerkzeuge) darstellen, und zwar zeigt Fig. 384 diesen Pflug von der Furchenseite, Fig. 385 von der Landseite, Fig. 386 von unten, Fig. 387 von oben und Fig. 388 von hinten gesehen.

Fig. 385.

Mit dem Buchstaben *a* ist die Schar bezeichnet, mit *b* das Streichbrett (der Röster) und mit *c* das Sech (Kolter). Ferner bezeichnet *d* die Sohle, *e* den Grindel (Pflugbalken, Baum), *f* die Griessäule, *g* die Sterze, *lm* die Stelze, *i* die Stellung und *k* die Zugvorrichtung.

Fig. 386.

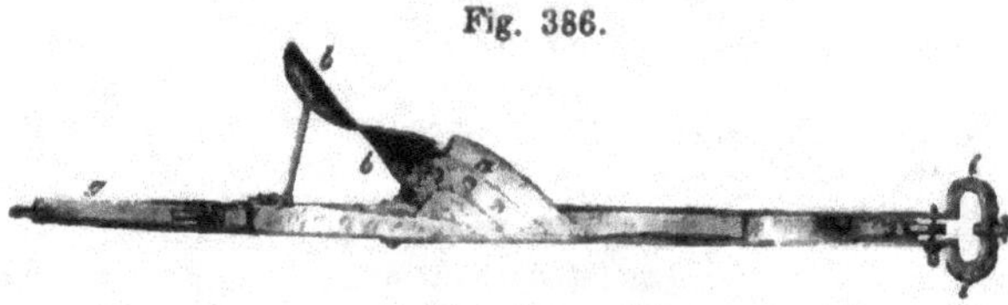

Fig. 387.

Fig. 388.

Ueber Zweck und Construction aller dieser Theile handelt ausführlich Hamm a. a. O. S. 169—276 und ganz vorzüglich Moll a. a. O. Tome IV, p. 715—927 (Artikel „Charrue"). Die Stelze *lm*, worauf hier der Grindel ruht (Stelzpflug), wird sehr oft durch einen vorgehängten Wagen (mit horizontaler Axe und zwei Rädern), oft nur durch ein einziges Rädchen ersetzt, zuweilen auch ganz weggelassen. Hierdurch entstehen ausser „Stelzenpflug" noch die Namen Pflug mit Vordergestell, Rädchenpflug und Schwingpflug. Als Collectivnamen dieser Pflüge (mit festem Streichbrett) braucht man oft die Benennung Wendepflüge oder Beetpflüge im Gegensatze zu solchen mit versetzbarem Streichbrette, welche Wechselpflüge heissen. Letztere können den Erdstreifen sowohl nach rechts

welches sich im Rahmen eines zweirädrigen Wagengestelles ff' um Zapfen in gehörigen Lagern drehen kann. Mittelst Schrauben h lässt sich die zu pflügende

---

als auch nach links umlegen, so dass man mit denselben ohne Umweg unmittelbar an der vorigen Furche hinpflügen und dieselbe mit neu ausgehobener Erde zudecken kann. Man nennt sie auch wohl Gebirgspflüge, da sie sich für die hier erforderliche Arbeit besonders eignen.

Die Arbeit eines vollkommenen Wendepfluges versinnlicht Fig. 389. Sech und Schar schneiden beziehungsweise in BC (vertical) und in CD (horizontal) einen Erdkörper von der Gestalt eines langen Parallelepipeds $ABCDuvyz$ ab, welches das Streichbrett aus der ursprünglichen Lage $ABCD$ nach und nach in die K umdreht. Die untere Seite CD des Rechtecks $ABCD$ passirt demnach, während der Streichbrettwirkung, alle Neigungen von der horizontalen CD bis zur extremen Stellung mn. Derartig zusammenhängende regelmässige Parallelepipede erkennt man allemal dann, wenn der Pflug gute Arbeit verrichtet und die Cohäsion der Erde die hinlängliche ist, also bei gewissen Thonböden, oder wenn die Oberfläche mit einer Grasnarbe bedeckt ist u. dgl. m. In England verrichten diese Arbeit (bei schweren Böden) vortrefflich die Pflüge mit langen, schraubenförmig gewundenen Streichbrettern, während in Deutschland, besonders wenn man mehr krümmeln (brechen) als regelmässig umlegen will, Pflüge mit kurzen, (steilen) Streichbrettern vorgezogen werden. In letzterer Beziehung hat sich der böhmische Ruchadlo einen Namen erworben. Pflüge, welche lediglich die Aufgabe haben, tiefe Bodenschichten (den Untergrund) aufzubrechen und zu lockern, werden Untergrundpflüge genannt, und wenn sie gleichzeitig den Untergrund heraufbringen, „Untergrund-Rajolpflüge“ (subsoil trench ploughs).

Fig. 389.

Gewöhnlich gehen die Untergrundpflüge unmittelbar in einer vom gewöhnlichen Pfluge geöffneten Furche, wie dies Fig. 390 erkennen lässt, wobei der Wende-

Fig. 390.

pflug mit zwei, der Untergrundpflug mit vier Pferden bespannt ist (nach Stephens „Book of the Farm“, Vol. 2, p. 658). Der erstere arbeitet beispielsweise in einer Furchentiefe von (6 bis) 8 Zoll, während der letztere um fernere 8 Zoll (bei grösserem Widerstande) aufbricht, so dass der Boden im Ganzen auf (14 bis) 16 Zoll gelockert wird.

Tiefe reguliren, wobei noch bemerkt werden mag, dass das grössere Fahrrad *f* in der Ackerfurche läuft, während das kleinere *f'* auf dem ungepflügten Lande

Fig. 391.

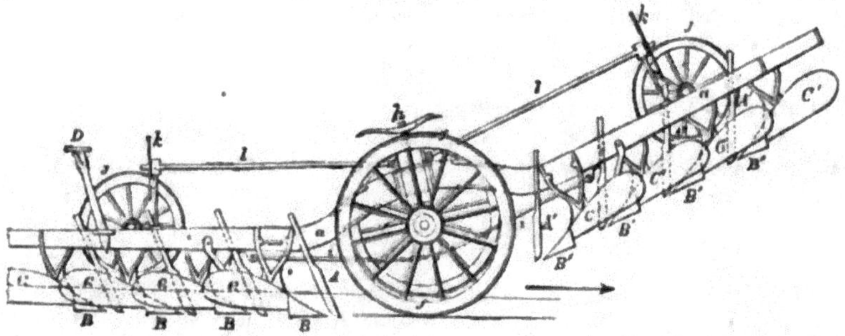

geht. Zwei schmale Räder *jj* dienen zur Unterstützung des langen Pfluggestelles. *ii* sind Zugstangen, die an ihren Enden mit Haken zum Einhängen der Zugseile (Drahtseile) ausgestattet sind.

Fig. 392.

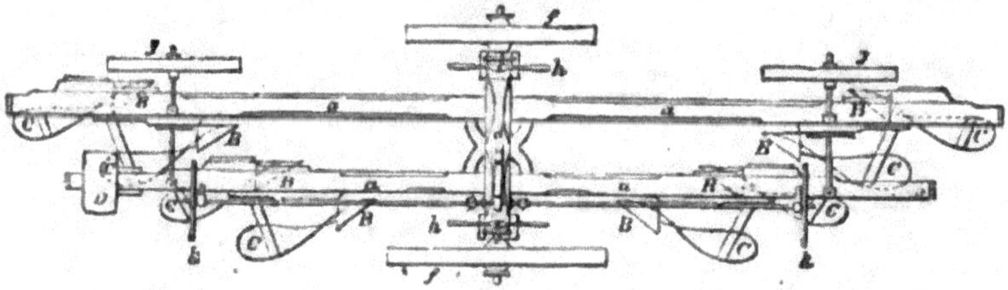

Am Gestelle *aa* sind zu beiden Seiten je vier (auch drei oder fünf) gewöhnliche Pflüge befestigt, wobei die aus der Abbildung ohne Weiteres erkennbare Anordnung getroffen ist, dass, während die Pflüge der einen Seite mit dem Boden in Berührung befindlich sind, die der anderen Seite in die Höhe stehen. Die zugehörigen Sechs der Pflugsysteme sind beziehungsweise mit den Buchstaben *A* und *A'*, die Scharen mit *B* und *B'*, sowie die Streichbretter mit *C* und *C'* bezeichnet.

Bemerkt zu werden verdient noch in Bezug auf **Fig. 390**, dass beide Pflüge sogenannte Schwingpflüge (ohne Vordergestell und Stelze) sind, sowie dass sie ferner beide Doppelsterzen besitzen, im Gegensatze zu einer einzigen Sterze bei dem Hohenheimer Pfluge Fig. 384. Ueber die Vorzüge der Pflüge mit einer Sterze oder zwei Sterzen sind die Landwirthe nicht ganz einig, obwohl sich die meisten Ansichten dahin neigen, dass man Doppelsterzen für schweren und schwierigen Ackerboden, dagegen die einfache Sterze für leichten Boden in Anwendung bringt, welche dann zur Führung und Leitung völlig ausreicht (ausführlich hierüber bei Hamm a. a. O. S. 193).

Schliesslich werde noch darauf aufmerksam gemacht, dass in **Fig. 390** auch die Drainirung des zu beackernden Feldes angedeutet ist.

Bei der Arbeit nimmt der Pflugführer seinen Sitz in *D* (wovon an jedem Gestellende einer angebracht, in unserer Figur jedoch nur der links befindliche angegeben ist), wodurch zugleich das entgegengesetzte Ende des Pfluges so in die Höhe geht, wie dies in Fig. 391 gezeichnet ist und bei dem viele Centner wiegenden Baue nur dadurch möglich wird, dass sich beide Pflughälften um die Axe der Räder *f* und *f'* im Gleichgewichte befinden. Um ferner das Einlenken in eine neue Furche möglich zu machen, ist folgende Anordnung getroffen. Nahe jedem Führersitze *D* befindet sich ein Steuerrad *k* am Ende einer langen Welle *l*, deren zweites Lager über dem Arm der Räder *ff'* an den höchsten Punkten des Pfluggestelles *aa* angebracht ist. Am anderen äussersten Ende jeder solchen Welle *l* befindet sich eine Schraube, deren Mutter mit dem einen Ende eines Armes derartig in Verbindung gesetzt ist, dass eine Drehung um eine Verticalaxe *d* (Fig. 392) etc. erzeugt und dadurch die Räder *ff'* in eine schiefe Stellung zum Gestellrahmen *aa* gebracht werden können.

Wie dieser Pflug mit Hülfe einer locomobilen Dampfmaschine in Bewegung gesetzt werden kann, erhellt aus der Grundrissfigur 393.

Fig. 393.

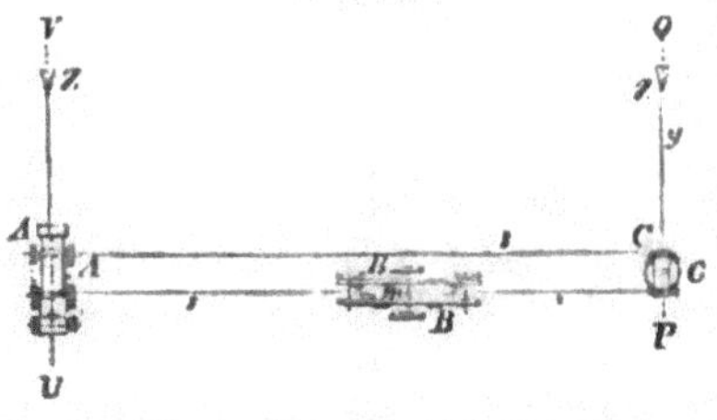

AA ist die Locomobile, unter der sich zugleich (am Kessel befestigt) die eine horizontale Scheibe (Trommel) für das endlose Zugseil *s* befindet. *B* ist der vorbeschriebene Balancierpflug und *C* ein Karren, Ankerwagen genannt, der vermöge seiner in den Erdboden einschneidenden Räder einen zweiten Befestigungspunkt für die andere Seilscheibe abgiebt, welche das endlose Seilsystem erfordert.

Nach Vollendung jeder Furchenreihe bewegt sich die Locomobile *A* selbstthätig in der Richtung von *U* nach *V* weiter und zwar dadurch, dass auf einer zweiten an ihr nach vorn angebrachten Trommel ein Seilende aufgewunden wird, dessen anderes Ende an einem bei *Z* eingegrabenen Anker befestigt ist. In ähnlicher Weise wird der Ankerwagen *C* in der Richtung von *P* nach *Q* durch ein sich aufwickelndes Seil *y* fortbewegt, worauf wir nachher zurückkommen.

Das fernere Verständniss der Sache erfordert zunächst eine Beschreibung der als Motor dienenden locomobilen Dampfmaschine, wovon Fig. 394 eine Aufrissskizze und Fig. 395 eine Grundrissskizze ist.

Ohne schon hier speciell die Locomobile zu besprechen [1]), welche aus einem Kessel *A*, einer Feuerkiste *G* und einer Rauchkammer *H* mit Schornstein *J* besteht und auf vier Rädern *C*, *D*, *E*, *F* ruht, wobei der Dampfcylinder *B* unmittelbar auf dem Scheitel von *G* befestigt ist, werde bemerkt, dass *a* die von der Dampfmaschine in Umdrehung gesetzte Kurbelaxe bezeichnet, auf welche man sowohl das Schwungrad *S* als ein besonderes Triebrad *c* gekeilt hat.

---

1) Specielle Beschreibungen locomobiler Dampfmaschinen, wie man solche zur Zeit namentlich für landwirthschaftliche Betriebe benutzt, folgen ausführlich §. 61.

Mit letzterem Kegelrade *c* im Eingriff befindet sich ein zweites solches durch den Buchstaben *d* angedeutetes Rad, wodurch die Verticalwelle *e* um-

Fig. 394.

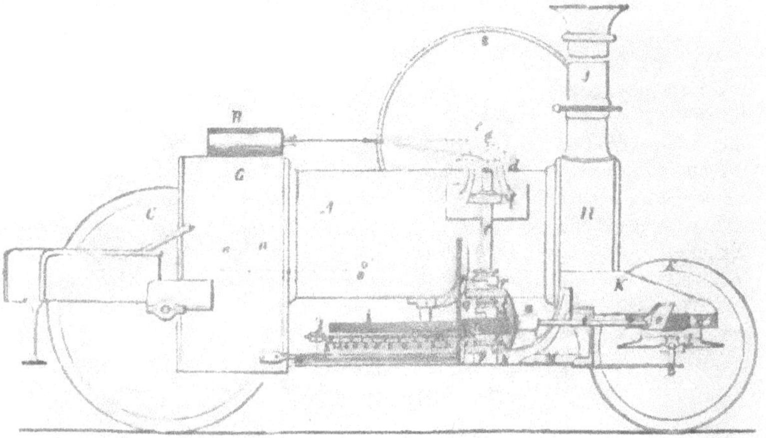

gedreht wird, deren unteres Ende ein Getriebe *h* trägt. Die Zähne von *h* fassen in die eines grossen Stirnrades *i*, welches mit der Scheibe *k* für das Drahtseil *m* zum Fortziehen des Dampfpfluges auf derselben Welle festgekeilt ist. Vermittelst Hebel *n*, *o*, *p* und *q* kann das Getriebe *h* gehoben und ausser

Fig. 395.

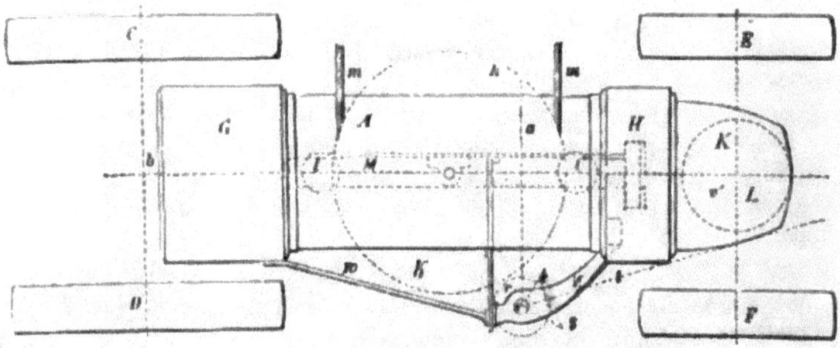

Eingriff mit *i* gesetzt werden. Zwei Rollen *l* und *l'* (Fig. 395) dienen dazu, das Seil *m* in gehöriger Lage zu erhalten.

Zum Aufwickeln des Seiles am Anker *z* (Fig. 393), wodurch nach Vollendung einer Furchenreihe die Locomobile um die ganze Breite der gebildeten Furchen fortzuschaffen ist, hat Fowler nachbemerkte Anordnung getroffen.

Auf der bereits genannten Verticalwelle *e* sitzt (über *h*) noch ein Kegelrad *r*, welches sich mit einem zweiten Kegelrade *s* im Eingriffe befindet, was auf einer horizontalen, aber zur Bildebene schräg gerichteten Welle *t* befestigt ist, die in Lagern *u*, *v* läuft. Am äussersten Ende von *t* ist eine endlose Schraube angebracht, deren Gänge in die Zähne des Horizontalrades *v'* fassen.

Letzteres Rad ist endlich mit der grossen Seilscheibe L (gewöhnlich von 5 Fuss Durchmesser) auf derselben Verticalwelle befestigt.

Da hiernach die Welle t nur zeitweise in Umdrehung zu setzen ist, so kann auch das Kegelrad r (ähnlich wie vorher das Rad h) durch in die Höhe Heben mittelst Hebel $n'o'$ ausser Eingriff mit s gebracht werden.

Aufmerksam zu machen wäre noch auf Rahmen M und N, sowie auf eine Zugstange w. Erstere beiden dienen zur Aufnahme der Spur- und Halslager für die vorhandenen stehenden Wellen, wogegen w dazu bestimmt ist, einen Theil des auf dem Gestelle lastenden Drucks auf die Feuerkiste überzutragen.

Wir müssen jetzt noch der Seilscheibe k unter der Locomobile gedenken, welche ihrer besonderen Construction wegen den Namen „Klappentrommel" (Clip-drum) erhalten hat. Es ist nämlich die Peripherie dieser Scheibe mit einzelnen, knaggenförmigen Klappen oder Gelenken α, Fig. 396 und 397, ausgestattet, wovon sich jede um eine Axe γ drehen kann. Sowie das Seil m den Pflug zu ziehen hat, drückt es sich derartig zwischen diese Klappen und den Unterrand des Zahnrades i ein, dass ein Klemmen erzeugt wird, welches im genauen Verhältnisse zu dem Widerstande steht, der zu gewärtigen ist, so dass jedes Gleiten des Seiles vermieden wird.

Fig. 396.

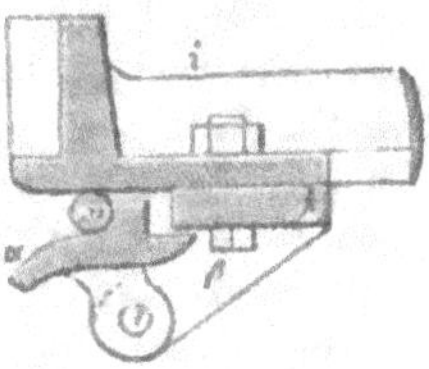

Fig. 397.

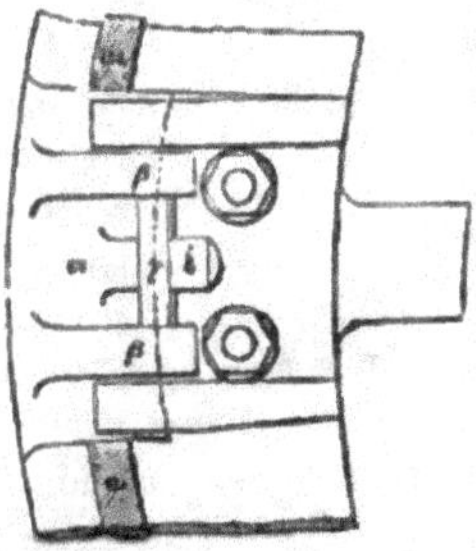

In jüngster Zeit hat Fowler die Klemmklappen meist in doppelter Reihe über einander, d. h. so angeordnet und ausgeführt, wie ohne Weiteres aus Fig. 398 erhellt[1]). Die sämmtlichen Klappen sind aus Hartguss hergestellt und lassen sich einzeln leicht ersetzen.

Fig. 398.

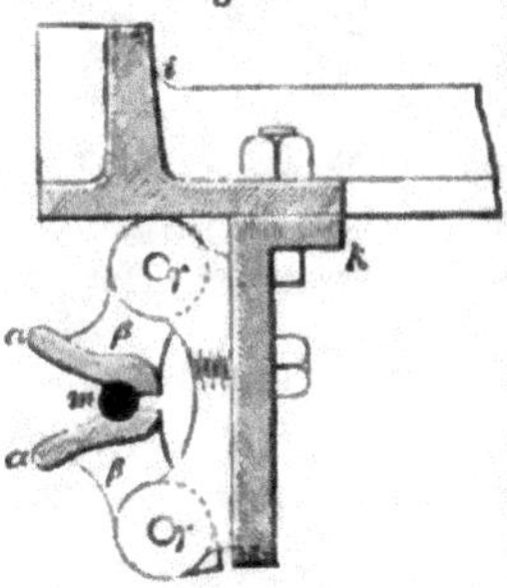

Der in unserer Dispositionsskizze Fig. 393 mit dem Buchstaben C bezeichnete Ankerwagen ist im Wesentlichen so construirt, wie Fig. 399 im Aufrisse und Fig. 400 im Grundrisse erkennen lässt.

Eine schmiedeeiserne Plattform aa ruht auf vier Scheibenrädern, deren Umfang derartig schneidig gestaltet ist, dass sie in gewöhnlichen Erdboden tief genug eindringen, um für das Zugseil m den erforderlichen Widerstand bieten zu können.

Zwei von diesen Rädern, nämlich b, b sind überdies so angeordnet, dass sie sich um senkrechte Axen ee drehen können, was mit den Mittelscheiben cc nicht der Fall ist.

Ueberdies hat man auf sämmtliche nach aussen hin verlängerte Axen

1) Ausführlichere Zeichnungen über die Klappentrommel und Zubehör enthält die Patent Specification Nr. 216 vom 24. Jan. 1859.

der Scheiben *b* und *c* drehbare Cylinder *d d* aufgesteckt, welche ein zu tiefes Einsinken des ganzen Wagens verhüten sollen.

Fig. 399.

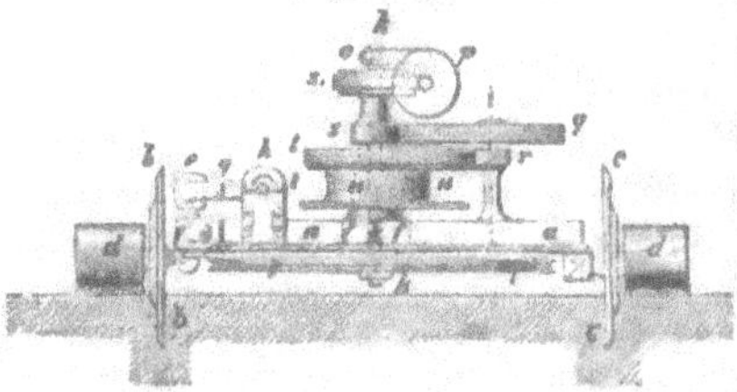

Fig. 400.

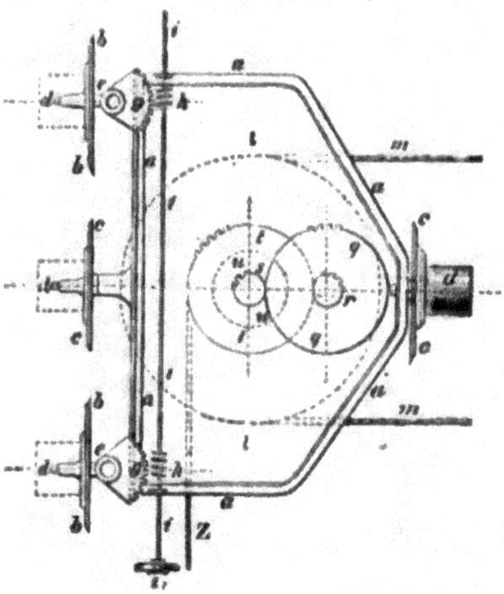

Zur gedachten Drehung jeder der Scheiben *b* um eine Verticalaxe ist der horizontale Schenkel, um welchen die Scheibe bei fortschreitender Bewegung läuft, nach hinten vertical aufwärts gebogen, wobei der letztere Theil von einem geeigneten Halslager *f* umschlossen wird.

An jedes der oberen Enden *e* hat man ferner Zahnbogen *gg* befestigt, welche in endlose Schrauben *h*, *h* (die eine links-, die andere rechtsgängig) greifen, die auf derselben Welle *i* sitzen. Durch geeignete Drehung der letzteren mittelst eines aufgekeilten Handrades *i* kann den Scheiben *bb* eine derartig geneigte Stellung zu den Ebenen der Mittelscheiben *cc* ertheilt werden, dass der ganze Ankerwagen fortwährend im Kreise laufen müsste, sobald dies die Umstände nöthig machten.

Auf der Plattformmitte ist ferner ein kurzer gusseiserner hohler Ständer (eine Säule) *j* befestigt[1]), durch welchen eine senkrechte Welle *k* frei hindurchgeht, auf der unterwärts die grosse (ebenfalls gewöhnlich 5 Fuss im Durchmesser haltende) Scheibe für das Zugseil des Balancierpfluges sitzt.

Das sonst auf der Plattform vorhandene Räderwerk dient dazu, die fortschreitende Bewegung des ganzen Wagens selbstthätig von der Zugseilscheibe *l* zu veranlassen, sobald solche nach Vollendung einer Furchenreihe erforderlich wird.

Hierzu ist *s* ein Zahngetriebe, welches lose auf der Verticalwelle *k* steckt, und s_1 ein mit *s* aus einem Stücke gegossener Cylinder. Auf dem oberen Ende von *k* ist ferner ein Arm *n* (Fig. 401 im Detail) befestigt, der zum Tragen eines Bremsbandes *o* dient, welches den Cylinder s_1 umgiebt und auf Erforderniss vom Handrade *p* aus so angezogen werden kann, dass durch das Bremsen eine feste Verbindung (Kupplung) von *s* und s_1 mit *k* gebildet wird. Findet letzteres Statt, so erkennt man leicht, wie die Bewegung von *l* auf s_1, auf ein Stirnrad *q*, ferner auf ein mit letzterem auf derselben Axe steckendes Getriebe *r* und endlich weiter auf ein grösseres Rad *t* übergetragen wird, was

1) Aus Versehen ist im Holzschnitte *ff* statt *j* angegeben.

mit einer Scheibe *u* verbunden ist, auf welche sich das eine Ende des Transportseiles *Z* wickelt, während das andere Ende in bekannter Weise von einem Erdanker gehalten wird.

Die in grösserem Maassstabe gezeichnete Detailfigur 401 (Grundriss) lässt die Verbindung erkennen, welche mittelst Schraube und Mutter *p'p'* zwischen dem Handrade *p* und dem Bremsbande *o* erforderlich war [1]).

Fig. 401.

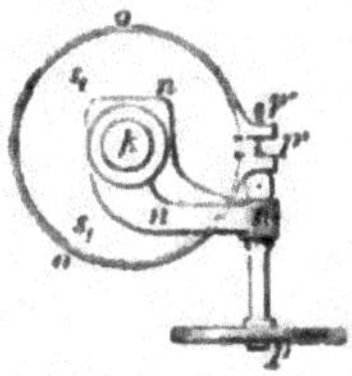

Die Straffheit oder Spannung, welche durch die Klipptrommel erreicht wird, reicht jedoch keineswegs aus, um das Seil vollständig entfernt vom Boden zu erhalten, selbst wenn dieser auch völlig eben und das Feld sonst ganz regelmässig ist. Deshalb stellt man in geeigneten Distanzen (gewöhnlich in 100 bis 120 Fuss Entfernung) sogenannte Seilträger, d. h. kleine Karren oder Wagengestelle auf, welche an ihrer höchsten Stelle mit je einer Leitrolle für das Zugdrahtseil ausgestattet sind. Fig. 402 zeigt die eine Sorte dieser Seilträger, diejenige nämlich, welche auf der Seillinie im Dienste sind, an der sich der Pflug nicht bewegt. Es sind dies zugleich die grösseren, die ganz mit leichten Rundeisenstäben auf drei Rädern montirt sind und daher gewöhnlich durch das Fortrücken des ganzen Apparates weitergeschoben werden können. Die zweite kleinere (niedrigere) Sorte dieser Seilträger, welche auf der Pflugseillinie stehen, sind meist zweirädrige Karren mit einer Art Deichsel zum Weiterschieben, die zugleich den dritten Stützpunkt des ganzen Baues bildet. Specielle Abbildungen dieser sämmtlichen Karren liefert Eyth in dem bereits oben citirten Artikel [2]).

Fig. 402.

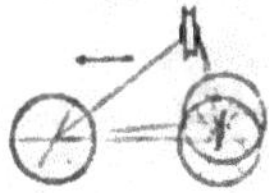

Eine zweite, bei weitem sinnreichere Anordnung ist die, welche Fowler zu dem Zwecke erdacht hat, das Zugseil des Pfluges fortwährend in gleicher Spannung zu erhalten, wenn sich, bei unregelmässiger Gestalt des Feldes an den Grenzen, die Entfernung von Maschine und Anker fortwährend ändert, sowie ferner, um die vorgedachten Seilträger für jeden besonderen Fall auf eine Minimalzahl zu reduciren. Beides geschieht durch die sogenannte Slackgear, welche mit Zuziehung der Fig. 403 [3]) nachstehend beschrieben werden soll.

Fig. 403.

Nahezu der Mitte des Balancierpfluges sind auf dessen Gestell zwei kleine Seiltrommeln (Körbe) *A* und *B* auf horizontale Wellen lose aufgeschoben, so dass sie sich frei um letztere drehen können. An jede dieser Trommeln ist eines der Zugseilenden befestigt, auch zugleich jedes Seil mehrere Mal um die betreffende Trommel geschlagen, um für unregelmässige Enden der Felder einen gewissen Seilvorrath zur Abwicklung zu besitzen.

Auf der einen Seite ist an jeder Trommel ein verzahnter Kranz befe-

---

1) Vollständigere (grosse) Zeichnungen von Fowler's Ankerwagen enthält die betreffende Patent Specification Nr. 1828 vom 25. Juni 1861.

2) Dingler's polytechn. Journal, Bd. 166 (1862), Taf. IV, Fig. 26—28.

3) Vollständigere Skizzen liefert Eyth im 160., bereits citirten Bande von Dingler's polytechn. Journal, Taf. III, Fig. 7 und 8.

stigt, in dessen Zähne die Glieder einer Kette greifen, die in unserer Abbildung durch punktirte Linien angegeben ist, während die kleineren der zugehörigen Kettenscheiben ebenfalls lose auf der gegenüber befindlichen zweiten Welle stecken. So ist E die kleinere Scheibe zum Kettenrade an A, ferner F die, welche zu B gehört. Durch geeignete Kuppelungen sucht man ferner jedes kleinere Kettenrad mit der daneben befindlichen Seiltrommel zu einem Ganzen zu vereinigen und zwar mittelst sogenannter Kuppelmuffe, die durch eine Spiralfeder beständig und gehörig gegen einander gedrückt werden. Die Wirkung jeder solchen Spiralfeder wird jedoch sofort aufgehoben (die Kuppelung gelöst), sobald der Pflugführer seinen Sitz beziehungsweise in G oder H nimmt, indem dadurch ein geeigneter Druck ausgeübt und Zugstangen und Hebel verschoben werden, welche gegen die gedachte Muffe wirken und die Kraft der Feder überwinden.

In Fig. 403 ist z. B. vorausgesetzt, dass der Pflugführer seinen Sitz in G genommen hat, während das zweite Sitzbrett H frei und deshalb aufgeklappt ist. Beim Pflügen eines Feldes von der Gestalt, dass die Entfernung zwischen Locomobile und Anker stets dieselbe bleibt, wird an den ursprünglichen (fast constanten, wenn auch ungleichen) Spannungen der Seilstücke C und D nichts geändert. Sobald sich aber bei unregelmässiger Feldform, beispielsweise, Locomobile und Anker einander nähern, wird das Seil D hinter dem Pfluge schlaffer, das straffere Seil C kann die Seiltrommel A in Umdrehung setzen und etwas Seil abwickeln. Gleichmässig kommt aber auch durch die Kettentransmission AE die zweite Seilscheibe B in Gang, auf welcher sich (gewöhnlich vier bis fünf Mal) schneller das zu schlaff gewordene Seil so lange aufwickelt, bis die ursprüngliche Spannung in D wieder hergestellt ist, worauf H zur Ruhe kommt, überhaupt in den Spannungen beider Seilenden abermals das erforderliche Gleichgewicht eingetreten ist und der Pflug sich demnach wieder fortbewegt.

Ohne hier völlig entscheidend auf Leistungsverhältnisse dieses Dampfpflugsystems einzugehen, werde vorläufig bemerkt, dass der Verfasser bereits im Jahre 1858 durch eigne Wahrnehmungen, bei Versuchen, die auf Feldern unweit der Stadt Chester vor einer Jury der Royal Agricultural Society angestellt wurden, in Erfahrung brachte[1]), dass der Fowler'sche vierscharige Balancierpflug, in leichtem Lande, täglich (10 Stunden) einschliesslich der nothwendigen Stillstände $7\frac{3}{4}$ Acres[2]) (circa 12 Morgen) auf 6 Zoll Tiefe und 40 Zoll Breite (vier Furchen mit dem vierscharigen Pfluge) gut umlegte, wobei die Zuggeschwindigkeit durchschnittlich 3,83 Fuss pro Secunde war[3]).

---

1) Bericht des Verfassers über die Chester Ausstellung von 1858 in der landwirthschaftl. Zeitung des Provinzial-Vereins Hannover, 1859, Nr. 262, hieraus in Dingler's polytechn. Journal, Bd. 152 (1859), S. 252.

2) 1 Acre = 0,405 Hektaren = 1,585 preuss. Morgen = 1,544 hannov. Morgen = 0,703 Wiener Joch = 0,731 sächs. Acker.

3) Eine dem erwähnten Berichte des Verfassers beigefügte Vergleichsrechnung mit von Pferden (ein tüchtiges hannoversches Zweigespann) verrichteter Pflugarbeit zeigt, dass ein solches Gespann in 10 Arbeitsstunden etwa $1\frac{5}{6}$ Morgen (hannov.) in mittelleichtem Boden 6 Zoll tief umzupflügen im Stande ist. Freilich stellte sich damals zugleich heraus, dass die Gesammtkosten für einen Morgen Land mit

Mit Cotegrev'schen Rajolpflügen (zwei Pflüge, 12 bis 14 Zoll Furchentiefe und 20 Zoll Breite) konnte man pro Tag $2^1/_2$ Acres (circa $3^3/_4$ Morgen) cultiviren (rajolen). Die sich (langsam) selbst fortschaffende Locomobile, welche den Balancierpflug fortzog, wurde zu 12 Pferden geschätzt.

Ein ganz neues System mit zwei eigenthümlichen selbstbeweglichen Locomobilen producirten auf der Worcester Ausstellung (im Juli 1863) die Gebrüder Savory aus Gloucester[1]). Jede Locomobile ist hier mit einer Seiltrommel ausgestattet, welche den Kessel concentrisch umgiebt (deren Axe also horizontal liegt), sich um letztere unter Verwendung von Frictionsrollen und einem grossen, nach innen verzahnten Rade dreht und gross genug ist (6 Fuss Durchmesser), um ein Drahtseil von 1500 Fuss Länge in neben einander placirten Windungen aufzunehmen. Dass hierbei nur ein einziges Seil über das Feld läuft und in dasselbe jedes beliebige Ackerwerkzeug eingehangen werden kann, versteht sich wohl von selbst.

Die kolossale Zahnradtransmission dürfte allein hinreichen, diesem Systeme wenig Hoffnung zur erfolgreichen Verwendung zu machen.

Bei Gelegenheit der diesjährigen (Juni 1865) Kölner internationalen landwirthschaftlichen Ausstellung producirte der Bruder des inzwischen verstorbenen John Fowler ein von beiden bereits seit 1858[2]) verfolgtes und auch in Worcester[3]) ausgestelltes System, bestehend aus zwei selbstbeweglichen, gleichzeitig arbeitenden Locomobilen a und b (Fig. 404), welche sich an zwei

Fig. 404.

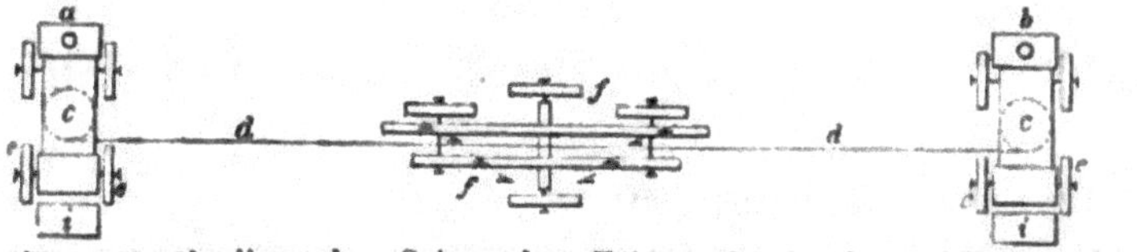

einander gegenüberliegenden Seiten des Feldes absatzweise (nicht continuirlich) in gerader Richtung fortbewegen. Unter jedem der Kessel befindet sich, ähnlich wie Fig. 394, eine einfache Trommel (Seilscheibe) c ohne Klemmklappen (Fig. 398), zwischen denen ebenfalls ein einziges Drahtseil d ausgespannt ist, woran das arbeitende Geräth f hin- und hergezogen wird. Während sich auf der Trommel der einen Locomobile das Seil d aufwickelt und dabei

Pferden (6 Zoll Tiefe) umzupflügen 1 Thlr. 2 Gr. 8 Pf. betrugen, bei der Arbeit mit der Dampfmaschine aber 1 Thlr. 18 Gr.: die bessere Arbeit des Dampfpfluges und manche andere später zu erörternde Vorzüge des letzteren Systems allerdings unbeachtet gelassen.

1) Patent Specification Nr. 1821 vom 16. Januar 1861. Notizen über Savory's Dampfpflugsystem finden sich auch in Dingler's polytechn. Journal, Bd. 170 (1863), S. 408, sowie in der bereits citirten Zeitschrift des Vereins deutscher Ingenieure, Bd. 8, S. 97.

2) Patent Specification Nr. 710 vom 1. October 1858. Auch (als Notiz) in Dingler's polytechn. Journal, Bd. 152, S. 265.

3) T. Lange: „Zeitschrift des Vereins deutscher Ingenieure", Bd. 8 (1864), S. 26.

den Balancierpflug (Fig. 391) *f* oder Cultivator nach sich zieht, wickelt sich gleichzeitig das Seil von der anderen Trommel ab, deren Locomobile endlich um die gepflügte Furchenbreite fortschreitet.

Bei einem leider nur kurze Zeit dauernden Versuche auf Heide- und Grandboden nahe dem Rheine bei Köln (Mühlheim gegenüber) arbeitete Fowler mit seinem Balancierpfluge *f* mit einer Geschwindigkeit des fortschreitenden Seiles *d* von 1,19 Meter oder 3,917 Fuss preuss. pro Secunde, woraus sich berechnete, dass in zwei Stunden eine Hektare oder 3,917 preuss. Morgen hätten gepflügt werden können, wenn die Arbeit ohne jede Unterbrechung fortgesetzt worden wäre.

Jede der Locomobilen war mit einem einzigen Dampfcylinder ausgestattet, dessen Kolben 10 Zoll (engl.) Durchmesser und 10 Zoll (engl.) Hub hatte, während mit 80 bis 100 Pfund Dampfdruck pro Quadratzoll engl. bei circa 130 Schwungradumgängen gearbeitet wurde. Die Triebräder *e* hatten 5 Fuss Durchmesser und 16 Zoll Felgenbreite. Von der auf dem Scheitel der Locomobile gelagerten Kurbelwelle wurde die Bewegung durch zwei Stirnradpaare auf die Triebräder *e* übergetragen. Das Gewicht der ganzen Maschine betrug 10 Tonnen. Der vollständige Apparat, bestehend aus den beiden genannten Locomobilen von je 10 Pferdekraft, einem Vier-Furchen-(Balancier-)Pflug, einem Cultivator mit 7 Scharen, 10 Seilträgern (Fig. 402) und 8000 Yards Drahtseil sollte 1394 Pfund Sterling kosten [1]).

§. 61.

B. Dampfpflugsysteme mit feststehender Locomobile.

Nach Wissen des Verfassers waren es Howard (Bedford) und Smith (Woolston), welche zuerst bei der Chester Ausstellung (1858) eine ganz gewöhnliche nicht selbst (bewegliche) Locomobile zum Treiben des Pflugapparates in Anwendung brachten und mit dieser einen besonderen, auf einem Karren placirten Seilkorbapparat verbanden, an dessen Trommeln die Enden des den Pflug oder Cultivator ziehenden Drahtseiles abwechselnd auf- und abgewunden wurden [2]).

1) Ueber locomobile Zugmaschinen (Traction Engines) handeln unter Anderm zwei Aufsätze des Verfassers in den Mittheilungen des hannoverschen Gewerbevereins, Jahrg. 1859, S. 17 und Jahrg. 1861, S. 250 (beide mit Abbildungen begleitet), sowie endlich auch Jahrg. 1863, S. 11. Ferner ist als Studium der betreffende Artikel im „Amtlichen Zollvereinsbericht der (1862er) Londoner Industrie-Ausstellung", Bd. 3, Classe 5, S. 492, zu empfehlen, der mit Sachkenntniss vom Ober-Maschinenmeister Sammann in Breslau bearbeitet wurde.

2) Ein erster Bericht des Verfassers über Howard-Smith's Dampfpflugsystem befindet sich abgedruckt in Dingler's polytechn. Journal, Bd. 152 (1859), S. 256. Weiteres hierüber enthalten die bereits citirten Arbeiten von Perels, Eyth und Lange.

Fig. 405 dient zur Erläuterung dieses Systems, indem A die Locomobile bezeichnet und B den Windeapparat mit den beiden Seiltrommeln bb, die eine für das ziehende, die andere für das schlaffe Seilende[1]). Etwas weiter gegen das Feld hin liegt eingegraben ein Zugrollenpaar cc, von dem aus das Seil nach den Seiten des Feldes hinläuft. Später verband Howard damit eine höchst sinnreiche Vorrichtung (snatch-block genannt), die zum Spannen des losen Seilstückes, aus drei grösseren Seilscheiben und zwei kleinen bestehend, bestimmt ist und sich vollständig gezeichnet und beschrieben in der unten notirten Specification vorfindet[2]).

Fig. 405.

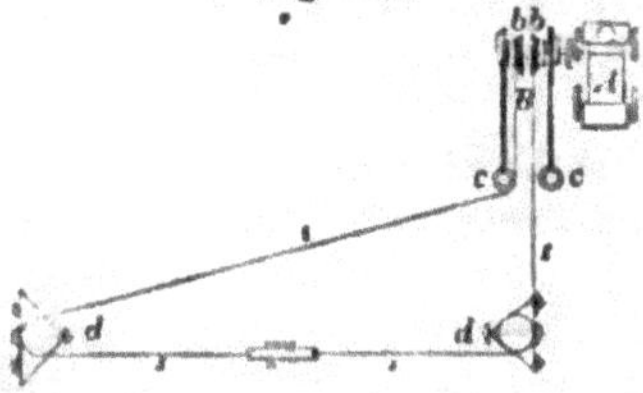

In den anderen Ecken des Feldes liegen ferner Umsetzrollen dd, welche durch zweizinkige Anker festgehalten werden und worüber das Seil s läuft, an welchem das betreffende Geräth befestigt ist, womit der Boden bearbeitet werden soll.

In bestimmter, je nach der Bodenbeschaffenheit grösserer oder kleinerer Entfernung von je zwei Leitrollen wird auch hier das Seil s durch Führungsrollen (Seilträger) unterstützt, die auf karrenartigen, leicht transportabeln Gestellen angebracht sind[3]). Hat man mit dem Cultivator oder dem Balancierpfluge (einer Längenrichtung nach) den Boden beziehungsweise durchwühlt oder umgebrochen, so sind vor Eröffnung der nächsten Furche sowohl die Ankerrollen dd, als auch die zuletzt erwähnten Karrenseilträger um die Furchenbreite fortzurücken, was ziemlich rasch geschieht und nur dann etwas mehr Zeit erfordert, wenn nach abermals weiterem Gange der Arbeit auch die Anker d auszuheben und frisch einzugraben sind.

Für gewöhnliche Fälle verwendet Howard eine 10-pferdige Locomobile mit zwei Cylindern, jeder mit Kolben von 7 Zoll Durchmesser und 12 Zoll Hub. Die Winde B kann von einem Pferde leicht von Ort zu Ort gezogen werden.

Bei der bereits erwähnten Chester Ausstellung arbeitete (nach eigner Beobachtung des Verfassers) Howard in schwerem Boden unter Verwendung eines dreizinkigen Cultivators (von zusammen 26 Zoll Werkzeugsbreite) mit Erfolg, indem er bei zehnstündiger Arbeit $3\frac{1}{2}$ Acres ($5\frac{1}{2}$ Morgen) in zwei auf einander rechtwinkligen Richtungen 8 Zoll vollständig aufbrach, wobei sich die täglichen Arbeitsstunden pro Acre zu 14 Schilling ($4\frac{2}{3}$ Thaler) berechneten, während mit Pferden (wobei dasselbe Feld dreimal übergangen werden

1) Patent Specification vom 11. April 1862 Nr. 1052 (ausführliche Zeichnungen des Windeapparates).

2) Desgl. vom 1. Januar 1862, Nr. 15.

3) Die besten (dem Verfasser bekannten) Abbildungen in Pintus' Werk: „Die landwirthschaftlichen Maschinen etc. der Londoner Industrie-Ausstellung von 1862“, S. 34.

musste) die Kosten derselben Arbeit mindestens 18 Schillinge 6 Pence (6⅓ Thaler) betragen haben würden[1]).

Auch Fowler bemühte sich in jüngster Zeit, nach zweierlei Methoden die gewöhnliche Locomobile zur Pflugarbeit in weiteren Kreisen verwendbar zu machen.

Erstens, indem er eine selbstbewegliche Seilwinde mit der bekannten Klapptrommel (Seite 471) auf einem Gerüste mit in den Boden einschneidender Scheibe zwischen Locomobile und Pflug einschaltet. Diese Seilscheibe empfängt ihre Bewegung von der Locomobile durch einen sinnreich construirten Kettenriemen[2]), der zugleich der Locomobile gestattet, bei unebenem Terrain und bei unregelmässigen Grenzen des Feldes jede beliebige Stellung anzunehmen[3]).

An dem der selbstbeweglichen Winde entgegengesetzten Ende des Feldes ist, ganz so wie Seite 472 beschrieben, ein (nur etwas kleinerer) Ankerwagen placirt. Natürlich bietet hierbei beim Transporte des ganzen Apparates von Feld zu Feld das bedeutende Gewicht der Winde und des Ankerwagens eine nicht geringe Unannehmlichkeit.

Bei der zweiten Methode, mit einer gewöhnlichen Locomobile die Pflugarbeit zu verrichten, verwendet Fowler eine stationäre Seilwinde mit horizontal liegenden (um verticale Axen laufenden) Trommeln, von denen aus das Seil ab, ein Dreieck umspannend, über selbstthätige Anker und wieder zurück auf die Trommeln läuft. Hierbei hat Fowler eine höchst sinnreiche Anordnung getroffen, das abwindende Seil straff zu halten, hinsichtlich welcher Details jedoch auf die unten citirten Quellen verwiesen werden muss[4]).

Erwähnt zu werden verdient schliesslich noch ein bei der Newcastler Ausstellung (1864) von den bekannten Gebrüdern Fisken (Seite 446) producirtes Dampfpflugsystem mit ebenfalls feststehender Locomobile, ohne Seilwinde, jedoch mit zwei selbstthätigen Ankerwagen, zwischen denen der Pflug hin- und hergeht. Gleichzeitig wollen Fisken's mit grösserem Vortheil Hanfals Drahtseile verwenden[5]).

Auch hier wird man mit Lob und Tadel so lange zurückhalten müssen, bis längere Erfahrungen hierzu berechtigen.

---

1) Ausführlich handelt über diese Versuche des Verfassers Bericht in Dingler's polytechn. Journal, Bd. 152, Jahrg. 1859, S. 260 etc.

2) Clissold's Treibriemen: Mechanic Magazine, März 1863, S. 223, und daraus Dingler's polytechn. Journal, Bd. 168 (1863), S. 401.

3) Patent Specification Nr. 1379 vom 8. Mai 1862. Ferner Eyth in Dingler's polytechn. Journal, Bd. 166 (1862), S. 101.

4) Eyth: Dingler's polytechn. Journal, Bd. 166, S. 167 (mit Abbildungen begleitet).

5) Weiteres über Fisken's jüngstes Dampfpflugsystem enthält Nr. 47, Jahrgang 1864 (16. November) der Annalen der Landwirthschaft in den königl. preuss. Staaten, S. 419. Daselbst findet man auch Abbildung und Beschreibung eines neuen Seilträgers von Aveling und Porter in Rochester. Hierbei läuft zufolge sinnreicher Klemmen der Karren, welcher das Seil trägt, mit dem Seile selbst fort und zwar so lange, bis der Pflug am anderen Ende angekommen ist

Zusatz. Naturgemäss wäre hier die Stelle, wo bestimmt ausgesprochen werden müsste, welches der im Vorstehenden besprochenen Maschinensysteme als das vorzüglichste für die Dampfbodencultur zu bezeichnen ist, wäre die Sache bereits zu derjenigen Reife gelangt, die ein derartiger Ausspruch erfordert. Hat der Dampfpflug auch bereits anerkennungswerthe Vortheile bei der Cultur der Felder Indiens, Aegyptens und Amerika's, der Steppen Russlands und selbst unter Umständen der Felder Englands errungen, so doch noch nicht in den übrigen Theilen des cultivirten Europa und besonders nicht in Deutschland, wo noch die meisten Voraussetzungen fehlen, unter denen die Einführung des Dampfpfluges räthlich erscheint.

Abgesehen vom speciellen finanziellen Standpunkte der Frage, in welcher Beziehung auf die unten bezeichneten Quellen verwiesen werden muss, lassen sich die zur Zeit in Deutschland mit Dampfpflügen (bei andauernder Arbeit) gewonnenen Erfahrungsresultate [1]), der Hauptsache nach, etwa folgendermaassen zusammenfassen:

1) Die Leistungen der Dampfpflüge und Dampfcultivatoren sind in steinfreiem, schwerem und widerspenstigem Boden als befriedigend zu bezeichnen.

2) Je tiefer man pflügt (über 10 Zoll), um so günstiger stellt sich die Berechnung gegen die Kraft lebender Pferde.

3) Die Ausführung der nöthigen Feldbestellung kann schneller geschehen und kann man dabei die günstigste Zeit in der besten Weise ausnutzen.

4) Das Festtreten des Bodens durch Thiere wird ganz vermieden.

Schliesslich verdient das Urtheil englischer Autoritäten über den gegenwärtigen Stand der ganzen Angelegenheit in doppelter Beziehung unsere Beachtung, weshalb wir aus einem Berichte der Royal Agricultural Society of England Nachstehendes entnehmen [2]):

„Beim Ueberschlagen der Kosten für Dampfcultur bringen Wenige die grosse Veränderung in Rechnung, welcher der Boden unterworfen wird, sowohl was die Drainirung als auch was die Kosten der späteren Verrichtungen auf dem Felde betrifft. Es ist augenscheinlich, dass auf Gütern, welche mit Dampfkraft beackert werden, jede spätere Behandlung weniger kostspielig wird, und die Erfahrung hat gezeigt, dass nur die Hälfte (?) solcher Operationen nöthig ist. Der Grund hierfür liegt vor Allem in zwei Punkten: erstens kann das Land in der am besten für seine Bearbeitung geeigneten Jahreszeit behandelt werden, und zweitens kann man bei der grossen zu Gebote stehenden Kraft tüchtig unter die Wurzeln des Unkrauts greifen und das Land dadurch voll-

1) Wilda-Krocker's „Landwirthschaftliches Centralblatt für Deutschland", Septemberheft 1864, S. 206 bis mit S. 221, enthaltend Mittheilungen über die Erfolge mit den Fowler'schen Dampfpflügen und Cultivatoren auf den Besitzungen des Fürsten Pless in Oberschlesien, des Herrn Schöller zu Czakovitz in Böhmen (bei Rübencultur), des Herrn v. Cramm-Rohde im Herzogthum Braunschweig und des Herrn v. Nathusius-Königsborn.

2) Eyth am Schlusse seines Berichtes über die Dampfpflüge auf der allgemeinen Londoner Industrie-Ausstellung von 1862 in Dingler's polytechn. Journal, Bd. 166 (1862), S. 175.

ständig rein halten. Ferner wirft die Dampfkraft bei der raschen Bewegung des Werkzeugs den Boden viel leichter auf, so dass die Atmosphäre einen viel grösseren Einfluss darauf bekommt. Endlich, da das Land im harten und trocknen Zustand aufgebrochen werden kann und in grossen Schollen liegen bleibt, wird auch der Zutritt der Luft zum Untergrund beträchtlich erleichtert. Der Einfluss der Dampfcultur auf den Untergrund ist von der wesentlichsten Bedeutung."

§. 62.

C. Die transportable Dampfmaschine der Landwirthschaft[1]).

Als Repräsentanten der heutigen (auf Rädern ruhenden)[2]) transportabeln Dampfmaschine (Locomobile) der Landwirthschaft wählen wir ein Fig. 406 bis mit Fig. 409 (in $^1/_{30}$ wahrer Grösse) abgebildetes Exemplar aus der G. Egestorff'schen Maschinenfabrik in Hannover, welches den besten Locomobilen der anerkanntesten englischen Werkstätten, wie Clayton-Schuttleworth, Ransomes, Garett, Hornsby u. s. w. an die Seite gestellt werden kann und zur Zeit noch von keiner aus deutschen Fabriken übertroffen wird.

Die Maschine gehört zur Gattung der zweicylindrigen, d. h. solcher, wo zwei Dampfcylinder neben einander statt nur eines Cylinders (für die Maschinen geringer Kräfte)[3]) auf dem Scheitel des horizontalen Kessels angebracht sind.

Abgesehen von den vier Wagenrädern $L\,L$, deren Axen und einer Zugstange L^3 als Hülfslangbaum, besteht der übrige Bau aus drei wesentlich verschiedenen Theilen, nämlich der Feuerkiste (Firebox) A, einem Röhrenkessel

1) Zeichnungen von landwirthschaftl. Maschinen der polytechn. Schule in Hannover, erste Abtheilung, 1853. Blatt Ia bis mit Ig. — Sammlung von Zeichnungen für die „Hütte", Jahrg. 1856 A, Blätter IIa bis IId, und Jahrg. 1860, Blätter XVIIa und XVIIb, sowie XXIVa bis XXIVc. — Wiebe: „Skizzenbuch für den Ingenieur und Maschinenbauer", Heft 26, Blatt I bis mit IV. Während vorbenannte drei Quellen brauchbares Material für Constructeure liefern, sind zur allgemeinen Uebersicht nachbemerkte zwei Arbeiten zu empfehlen: Eyth: „Die Locomobilen der allgemeinen Londoner Industrie-Ausstellung im Jahre 1862." Dingler's polytechn. Journal, Bd. 165, S. 81. — Pintus: „Die landwirthschaftlichen Maschinen etc. auf der Industrie-Ausstellung aller Nationen zu London 1862", Berlin 1864, S. 73—86. — Armengaud: „Traité théorique et pratique des Machines à Vapeur." Tome II, p. 109, Pl. XXXVI, XXXVII, behandelt die Maschinen von Tuxford, Laurens und Thomas, Flaud und Rousset.

2) Ueber transportable Dampfmaschinen, welche nicht (direct) auf Rädern ruhen, handelt ein Aufsatz des Verfassers in den Mittheilungen des Gewerbevereins für das Königreich Hannover, Jahrg. 1865, S. 113.

3) Man sehe den S. 485 folgenden Preiscourant der G. Egestorff'schen Fabrik.

$DDGG$ und der Rauchkiste (Smokebox) H mit dem Schornsteine KK', welche Anordnung mit der unserer gewöhnlichen Eisenbahnlocomotive ganz übereinstimmend ist. Abweichend von den letzteren ist die Placirung der Dampf-

Fig. 406.

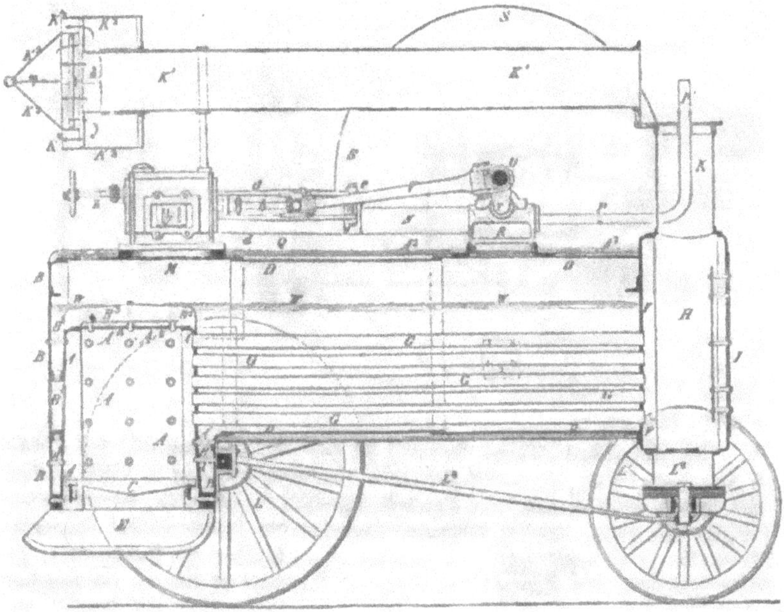

cylinder auf den Scheitel des Kessels, sowie das Vorhandensein eines Schwungrades S, dessen äusserer Umfang zugleich geeignet ist, einen Betriebsriemen aufzunehmen.

Die (innere) Feuerkiste A ist aus Eisenblech von 8 Millimeter Wandstärke gefertigt (mit Ausnahme der Röhrenwände, die 18 Millimeter Dicke haben), während die sogenannte äussere Feuerkiste B (richtiger der einen Mantel um B bildende Kesseltheil) aus Eisenblech von $6\frac{1}{2}$ bis $7\frac{1}{2}$ Millimeter hergestellt und überdies noch durch sogenannte Stehbolzen B^2 mit der inneren Kiste A vereinigt ist. Der gleichfalls ebenen Deckfläche A^2A^2 der Feuerkiste wird durch drei starke Anker B^3 die erforderliche Festigkeit ertheilt. Die äussere Feuerkiste ist 30 Zoll engl. lang und 32 Zoll breit, während die innere A 24 Zoll Länge, 27 Zoll Breite und 32 Zoll Höhe hat. Wie aus den Figuren 406 und 408 erhellt, reicht (im gefüllten zur Arbeit fertigen Zustande) der normale Wasserspiegel WW etwa 4 Zoll über die Decke der Feuerkiste und über die Röhren G des überhaupt cylindrischen Kessels DG, dessen Kreiscylindergestalt besonders aus der Profilansicht Fig. 408 erhellt. Zugleich dürfte darauf aufmerksam zu machen sein, dass die innere Feuerkiste A gleichfalls überall vom Wasser umgeben wird, mit Ausnahme zweier Stellen, nämlich der Feuerthür B' und dem Ort, woselbst die Roststäbe C liegen. E wird sowohl zum Aschenfall benutzt als auch zur Aufnahme von Wasser, um durch die Roststäbe herabkommende glühende Brennmaterialtheile unschädlich zu machen.

Fig. 407.

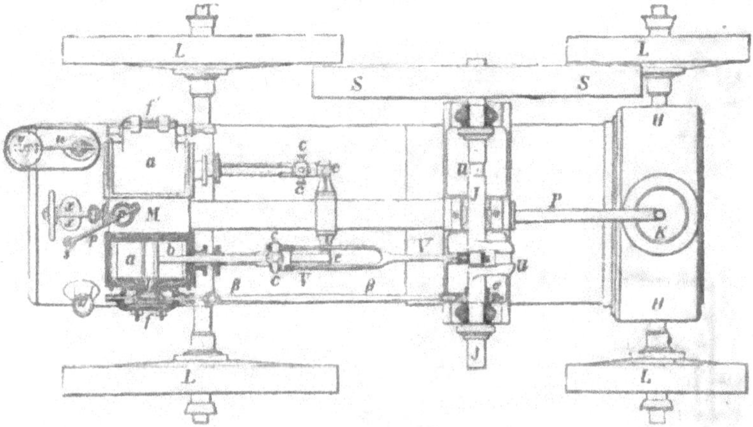

Der cylindrische Kessel *D G* hat 32 Zoll engl. Durchmesser und 6 Fuss 6 Zoll engl. Länge. An schmiedeeisernen Sideröhren *G* sind 31 Stück vorhanden, 29 von $2\frac{1}{2}$ Zoll und 2 von $2\frac{1}{4}$ Zoll (äusserem Durchmesser, während deren Wände eine Dicke von $2\frac{1}{2}$ Millimeter besitzen. Die Heizfläche der Feuerkiste beträgt 20 Quadratfuss, die aller 31 Röhren 130 Quadratfuss, die Totalheizfläche also 150 Quadratfuss engl.

Fig. 408.

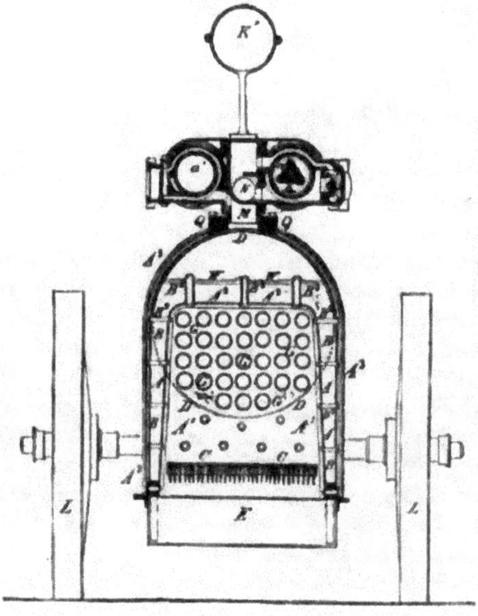

Die Rauchkiste *H* ist mit dem Drehschemel der Vorderräder durch einen kräftigen, eisernen Kasten L^2 vereinigt, während *J* eine Thür bezeichnet, durch welche man in das Innere der Rauchkiste gelangen kann.

Der Schornstein *K K'* besteht aus zwei Theilen, welche scharnierartig mit einander verbunden und überhaupt so angeordnet sind, dass man den oberen Theil beim Transporte, wie Fig. 406 zeigt, umlegen und auf einer entsprechenden Stütze ruhen lassen kann.

Der Kopf des Schornsteines wird von einem sogenannten Funkenfänger gebildet, der nachbemerkte Einrichtung hat.

Zuerst umgiebt die Mündung des Schornsteines ein weiter concentrischer Cylinder K^3, in welchen etwas Wasser eingebracht werden kann. Sodann befindet sich im Innern von K' ein schmiedeeiserner Steg δ, welcher einer Stange η als Stütze dient, die den Träger eines oben geschlossenen kegelförmigen Hutes bildet. Hiernach erkennt man bald, dass alle mit dem Rauche aus dem Schornsteine K' strömenden (mechanisch mit fortgerissenen), glühenden Brennmaterialtheile bei ihrem geraden Fortlaufe gegen die schrägen Flächen des Hutes K^2 getrieben und dadurch entweder unmittelbar in das Schornsteinrohr zurück oder in das Wasser geworfen werden, was sich (beim aufrechten Stande des Schornsteines) auf dem Boden des Gefässes K^3 befindet. Alle sonstigen leichten (meist gasförmigen) Verbrennungsproducte strömen durch die ringförmige Oeffnung K^4 aus, welche zwischen dem Untertheile von K^2 und dem Obertheile von K^3 verblieben ist.

Jeder der beiden Dampfkolben $a a'$ hat $6\frac{1}{2}$ Zoll Durchmesser und 10 Zoll Hub.

Die Verbindung der Kolbenstange b mit den zugehörigen Kreuzköpfen c, die Anordnung der Führungsrahmen d, e, der Lenkstangen V ist ganz dieselbe, wie bereits Bd. 1, Seite 432 bei einer stationären Dampfmaschine mit horizontalliegendem Cylinder erörtert wurde. Eben so werden die in den Dampfkästen f und f' befindlichen Muschelschieber $g g$ in bekannter Weise durch Kreisexcentrik α und Schubstange β bewegt.

Die Krummzapfenwelle J ist zweiwarzig und sind die betreffenden Buge $U U$ (Krummzapfen) um 90 Grad gegen einander gestellt, damit man bei jeder Lage derselben durch die Dampfmaschinen eine Umdrehung (ohne wesentliche Nachhülfe) der Welle J veranlassen kann und überdies eine möglichst gleichförmige Bewegung hervorgebracht wird.

Auf das eine äussere Ende der Welle J ist das Schwungrad S von 5 Fuss Durchmesser gekeilt, was, wie schon angeführt, gleichzeitig die Stelle der activen Betriebsriemenscheibe vertritt. Beim gewöhnlichen normalen Gange der Maschine, d. i. wenn der Dampfdruck im Kessel $3\frac{1}{2}$ Atmosphäre Ueberdruck zeigt ($3{,}5 \,.\, 14{,}7 = 51{,}45$ Pfund engl. auf einen Quadratzoll engl.), macht die Krummzapfenwelle und das Schwungrad S pro Minute 130 Umläufe.

Aufmerksam zu machen dürfte noch darauf sein, dass der frische Kesseldampf durch Oeffnungen $M M$ (Fig. 408) nach den Schieberkästen f und f' geleitet wird, während man den Dampf, welcher seine Arbeit verrichtet hat, beim Ausströmen aus dem Cylinder, erst durch ein weiteres Rohr N (was zugleich als Gestellstück zur Verbindung eines prismatischen Kastens M zwischen den beiden Cylindern und des Schwungradlagers R dient), dann durch ein dünneres Rohr P in das Innere des Schornsteines K führt, woselbst er durch eine mehr oder minder verengte Oeffnung P'' ausströmt. Hierbei reisst der Dampf die umgebende Luft und die erwähnten Verbrennungsproducte mit sich fort und bringt überhaupt einen Zug hervor, ohne welchen die Verbrennung auf dem Roste CC' (bei so niedrigem Schornsteine und ohne künstliche Gebläse) regelrecht nicht stattfinden würde.

Von den sonst in unseren Abbildungen durch Buchstaben hervorgehobenen

Theilen werde noch auf folgende hingewiesen: *ZZ* (Fig. 408) bezeichnet das Handel des sogenannten Regulators, wodurch die Menge des von *M* aus in die Schieberkästen *f* und *f'* tretenden Dampfes regulirt oder der Zutritt des letzteren ganz abgeschnitten wird. Durch die Buchstaben *p*, *s*, *q* und *r* ist das dem Heizer und Maschinisten zugängliche Sicherheitsventil angedeutet, welches indirect (mittelst eingeschalteten Hebels) durch eine Spiralfeder (Federwaage, ähnlich der Bd. 1, S. 153) seine Belastung erhält.

Fig. 409.

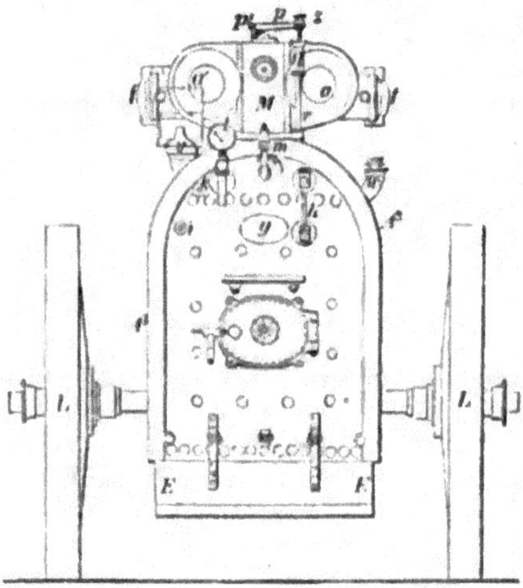

Ein zweites Sicherheitsventil befindet sich in *u v*, welches durch geeigneten Verschluss dem Wärter unzugänglich gemacht ist, ohne sein rechtzeitiges selbstthätiges Oeffnen beim Ueberschreiten des zulässigen Normaldrucks zu verhindern.

Durch den Buchstaben *l* ist der Ort des Federmanometers (Bd. 1, Fig. 103 bis 107), durch *m* die Stelle einer Dampf-Lärmpfeife und durch *h* ein Wasserstandglas angegeben, sowie *i* und *k* zwei sogenannte Probirhähne andeuten, wovon (beim Oeffnen) der untere (*i*) stets Wasser, der obere (*k*) jederzeit Dampf geben soll. Endlich bezeichnen *xx* und *y* sogenannte Mannlöcher, um zum Zwecke des Reinigens und Reparirens zur Aussenseite der inneren Feuerkiste gelangen zu können. Ferner ist *w* ein aufgesetztes und für gewöhnlich oben verschlossenes Rohrstück, durch welches das (erste) Füllen des Kessels mit Wasser geschehen kann, während das Erhalten des normalen Wasserstandes im Kessel durch eine Kolbenpumpe (Speisepumpe, Bd. 1, Seite 506) bewirkt wird, welche seitwärts am Kessel angebracht ist und ihre Bewegung von der Krummzapfenwelle *J* aus empfängt. Neuerdings verwendet man nicht ohne Erfolg zum Kesselspeisen auch sogenannte Dampfstrahlpumpen (Giffard'sche Injectoren), die jedoch bei Locomobilen der Landwirthschaft nie ohne nebenbei vorhandene Kolbenpumpen benutzt werden sollten, weil sie zuweilen ihren Dienst versagen, ohne dass sich der Heizer rasch genug zu helfen im Stande ist [1]).

Wir schliessen hiermit (für das gesteckte Ziel) die Besprechung der Locomobilen unter Beifügung des bereits angedeuteten Preiscourants der Ege-

1) Das wenig günstige Urtheil über Giffard's Injector, was der Verfasser S. 506 und 507, Bd. 1, nach seinen damaligen Erfahrungen, auszusprechen für Pflicht hielt, hat sich wesentlich dahin verändert, dass er diesen Apparat überall da für vortheilhaft hält, wo man es nicht mit vorgewärmtem Wasser und sehr rohen Arbeitern zu thun hat.

storff'schen Locomobilen[1]) und bemerken nur noch, dass die sogenannten locomobilen Zugmaschinen (Traction Engines), deren bereits Seite 444 und Seite 475, Fig. 404, gedacht wurde, mit Ausnahme ihrer Verwendung bei der Dampfbodencultur (Seite 470), erfolgreichen Eingang in die Landwirthschaft zur Zeit nicht gefunden haben und wohl auch schwerlich finden werden. Uebrigens bleibt eine ausführliche Besprechung dieser Maschinen dem dritten Bande dieses Werkes vorbehalten, der speciell den Maschinen zur Ortsveränderung (Transportmaschinen) gewidmet sein wird.

§. 63.

II. Säemaschinen.

A. Reihensäemaschinen (Drillmaschinen).

Von dieser bereits Seite 447 erörterten Maschinengattung kann man die der Engländer Garett (Saxmundham) und Smith (Peasenhill) als Prototype betrachten, weshalb speciell hier nur dieser gedacht werden soll.

Die Fig. 410 und 411 stellen übersichtlich eine solche Drillmaschine (in $^1/_{16}$ wahrer Grösse) dar, beziehungsweise im Profildurchschnitte und (Fig. 411) in der Hinteransicht, letztere jedoch (des hier mangelnden Raumes wegen) abgebrochen gezeichnet, so dass nur die Anordnungen für sieben Saatreihen sichtbar sind, während die Maschine eine sogenannte zehnreihige ist.

Das ganze Werk ruht auf einem vierrädrigen Wagen, oder richtiger zweirädrigen Karren mit Räder-Vorgestell, wovon ersterer, mit den Rädern A um die Axe B laufend, zur Aufnahme der Säe- und sonst erforderlichen Arbeitsmechanismen, letzteres $C^1 D D_1 D_2 D_4$ vorzugsweise zum Führen und Steuern dient, um die Maschine bequem lenken und stets zum Fortschreiten in gerader Linie zwingen zu können, was für die Reihensaat von besonderer Wichtigkeit ist.

---

1) Preiscourant von Locomobilen der G. Egestorff'schen Maschinenfabrik zu Linden vor Hannover im Sommer 1865 (in engl. Maass):

Mit 1 Cylinder	2 Pferdekräfte	4½ Zoll Cylinder,	9 Zoll Hub	700 Thaler.
	3 „	5¾ „ „	9 „ „	900 „
	4 „	6½ „ „	10 „ „	1100 „
	6 „	8 „ „	12 „ „	1400 „
	8 „	9 „ „	14 „ „	1650 „
Mit 2 Cylindern	8 „	2 Cyl. à 6½	bis 10 Zoll	1750 „
	10 „	2 „ „ 7¼	„ 12 „	1900 „
	12 „	2 „ „ 8	„ 12 „	2200 „

Werden die Locomobilen mit Umsteuerung für Vor- und Rückwärtsgang eingerichtet, so erhöht sich der Preis für eine eincylindrige Maschine um 10 Proc., für eine zweicylindrige um 12 Proc.

Ein zweites Sicherheitsventil unter Verschluss für eine Locomobile bis zu 6 Pferdekräften 15 Thlr., für eine solche von 8 bis 12 Pferdekräften 20 Thlr.

Die Preise verstehen sich frei ab Fabrik oder Bahnhof Hannover, vollständig zum Betriebe fertig incl. Untergestell, Deichsel, Zugarme etc., excl. Decklaken und Treibriemen.

Fig. 410.

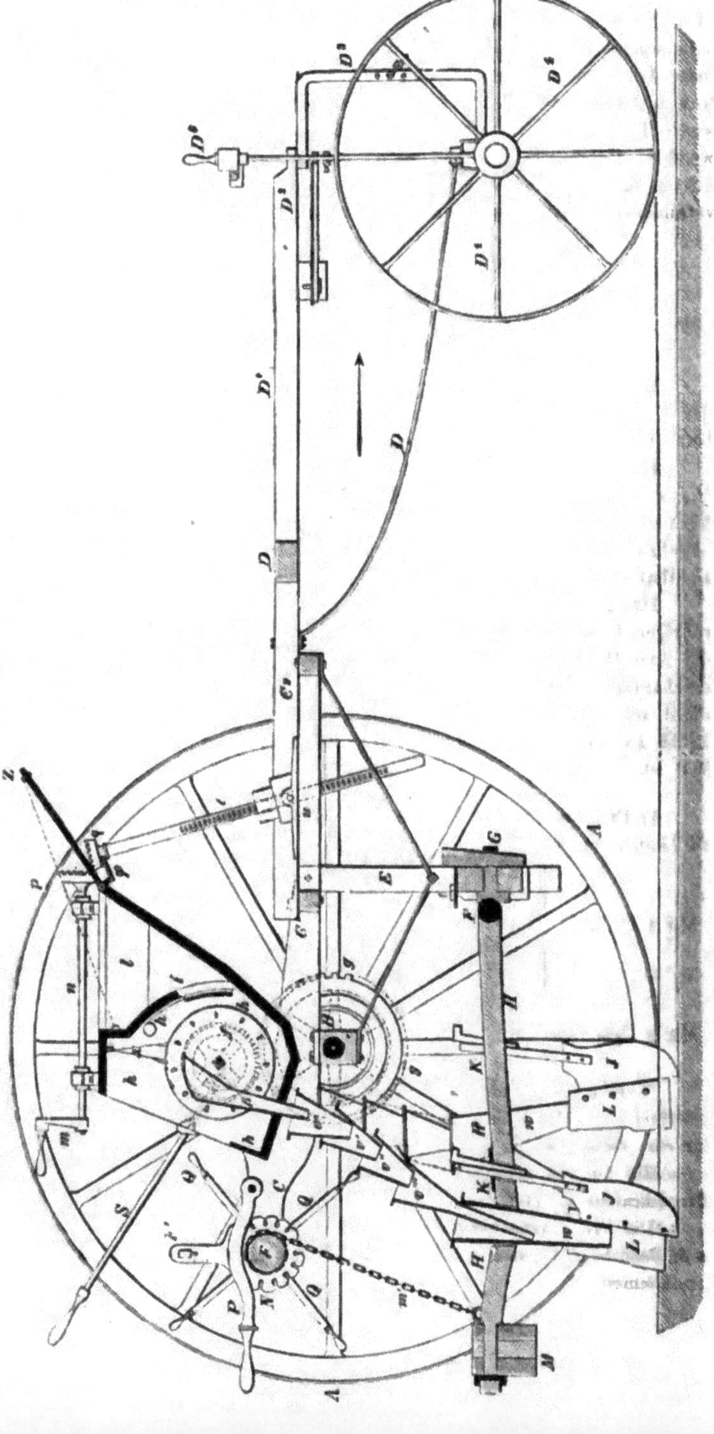

Fig. 411.

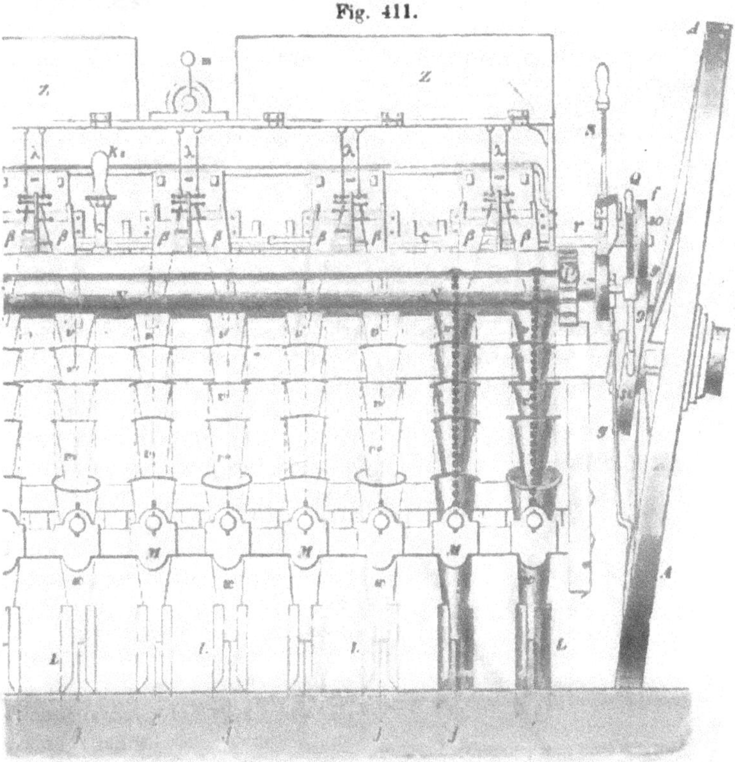

Um letzterer Anforderung entsprechend Genüge leisten zu können, ist das Räderpaar D^4 um einen gemeinsamen (verticalen) Reibnagel drehbar gemacht, so dass dasselbe von einem Handgriffe D^6 aus leicht gesteuert werden kann.

Der betreffende Führer (Arbeitsmann) nimmt beim Säen seine Stellung hinter dem Räderpaare D^4 ein (ungefähr da, wo in Fig. 410 der Buchstabe D^1 sichtbar ist), also auf der unbesäeten Seite, während man die Zugthiere (gewöhnlich reicht ein Pferd aus) am vorspringenden eisernen Rahmen D^3 anspannt.

Nächstdem besteht die eigentliche Maschine aus zwei wesentlich von einander verschiedenen Abtheilungen, die eine zur Aufnahme des Samens und zum Ausstreuen bestimmter Mengen desselben, die andere zum Ziehen von Furchen in dem Erdboden, worin der Samen untergebracht werden soll.

Zur Aufnahme des Samens dient ein länglicher, rumpfförmiger Kasten *hhl*, der um eine durchgehende Welle *c* (Fig. 412) als Axe drehbar gemacht ist und dem man zugleich (in nachher zu beschreibender Art und Weise) eine mehr oder weniger geneigte Lage ertheilen kann.

Wie aus der Profilansicht Fig. 410 erhellt, ist der Samenkasten durch eine gebogene Scheidewand in zwei Abtheilungen *l* und *h* getheilt. Davon dient *l* zur unmittelbaren Aufnahme des Samens, zum eigentlichen Vorrathsbehälter desselben, während die zweite Abtheilung *h* nur diejenige Saatquantität aufnehmen soll, welche vom bereits erwähnten und sogleich näher zu beschreibenden Löffelapparate fortgeschafft werden kann. Die Ausflussöffnung *i* des Vorbehälters *l* ist zu solchem Zwecke mit einem in geeigneten Führungen laufenden Schieber *k* versehen, durch dessen Stellung die Ausflussmenge vergrössert, verkleinert oder nach Umständen auch ganz unterbrochen werden kann.

Wie schon erwähnt und noch mehr aus der Fig. 411 erhellt, ist die Maschine unserer Abbildung eine zehnreihige, d. h. sie kann zehn Saatreihen auf einmal säen. Hierzu sind fünf Ausflussöffnungen *i* und ebenfalls fünf Schieber *k* vorhanden, entsprechend den fünf Abtheilungen, in welche der ganze Säekasten getheilt ist. Diese fünf Schieber sind jedoch nur gemeinsam zu öffnen und zwar dient hierzu ein in Fig. 411 sichtbarer Handgriff k^2, der in der Mitte der Längenausdehnung der Maschine angebracht und mit dem bogenförmigen Schieber *k* durch Gelenkhebel k^1 so verbunden ist, wie dies ohne Weiteres aus der in grösserem Maassstabe gezeichneten Detailfigur 412 erhellt.

Fig. 412.

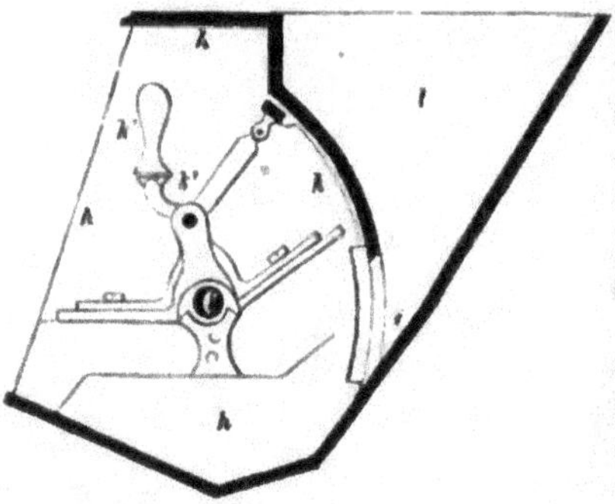

Nahezu durch die Mitte der unteren Abtheilung *h* des Saatkastens geht die bereits erwähnte horizontale Welle *c*, auf welcher fünf kreisförmige Blechscheiben *a*, Fig. 413, mit den erforderlichen Schöpflöffeln *b* befestigt sind und wobei ausserdem die Welle *c* an drei Stellen *d* durch geeignete Lager gestützt wird.

Die Lagerung der Welle *c* zwischen beiden Enden erhellt aus der Detailfigur 414, wobei zugleich angedeutet ist, wie sie unter Anordnung einer Nuth h^1 in der gusseisernen Seitenwand des Saatkastens aus dem Lager gehoben werden kann, wenn man sie durch eine andere ersetzen will, deren Scheiben mit grösseren

Fig. 413.

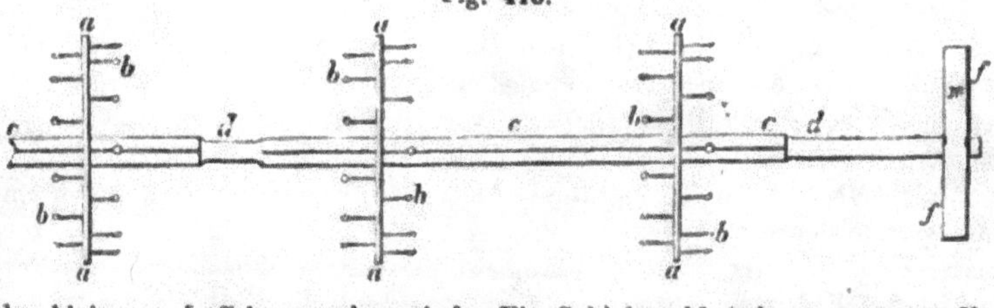

oder kleineren Löffeln versehen sind. Ein Schieber h^2 (mit sogenannten Vorreibern zum Verschliessen), der genau in die Nuth h^1 passt, dient endlich dazu, die Löffelscheibenwelle *c* während der Arbeit in ihren Lagern mit der erforderlichen Sicherheit zu erhalten.

Gestalt und wahre Grösse der Löffel erhellt aus den Fig. 414 und 415, wovon erstere für Weizen-, Roggen-, Gerstenkörner, überhaupt für Getreide, letztere für Samen (Rüben, Wurzeln oder Klee) bestimmt sind.

Die mit Samen gefüllten Löffel *b* schütten ihren Inhalt in Blechtrichter *β*, die man durch den Boden des Saatkastens steckt und dort in andere Trichter *v*, überhaupt in der Weise und Lage zur Umdrehwelle *c* befestigt, wie solches am besten aus der in grösserem Maassstabe gezeichneten Detailfigur 417 entnommen wird.

Fig. 414.

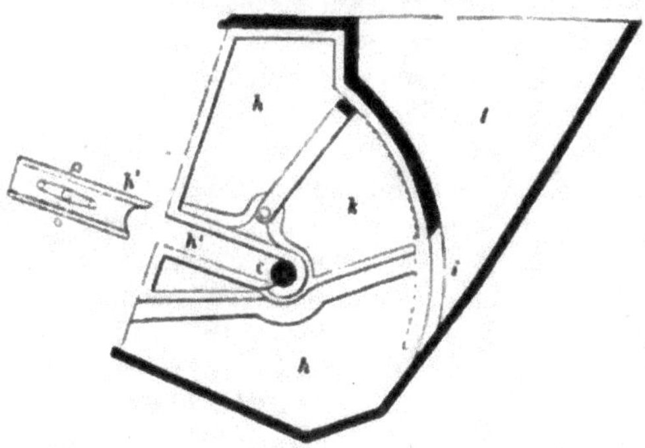

Fig. 415.

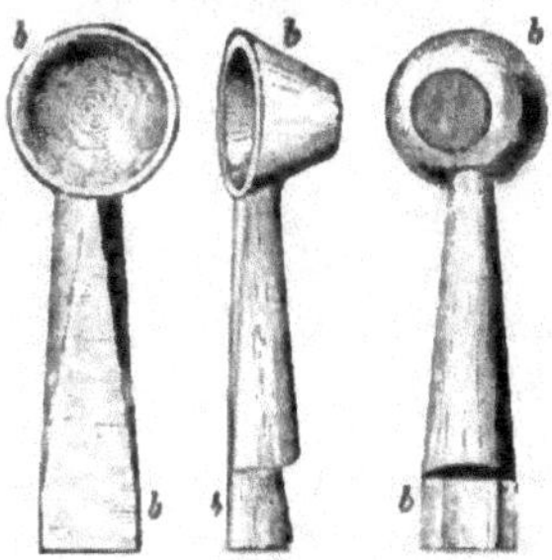

Fig. 416.

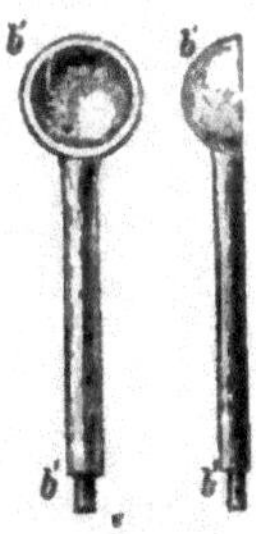

Um der Anforderung zu genügen, dass sich die Löffelscheibe in dem mit Saat gefüllten Unterkasten *h* umdrehen, die Löffel Samen schöpfen und auch in die Trichter *α* ausschütten, dessenungeachtet aber kein Samen in den zweiten Trichter *β*, also überhaupt nicht aufs Feld gelangen kann, hat man folgende Anordnung getroffen. Zunächst befinden sich im oberen erweiterten Trichtertheile *α* zwei einander gegenüberliegende Oeffnungen. Sodann hat man eine Klappe *γ* angebracht, welche sich um die untere Kante der hinteren Oeffnung *ε* drehen kann. Endlich ist ein Draht *η* vorhanden, der dazu dient, mit der Hand anfassen und durch Vorwärtsschieben die Klappe *γ* zum Verschliessen der Oeffnung *ε* veranlassen zu können. Die Wirksamkeit dieser Anordnung erkennt man leicht, indem bei der gezeichneten Lage von *γ* und *η* sämmtlicher aus den Löffeln *b* geschüttete Samen durch die Wandöffnung *ε* und wieder zurück in den Saatkasten *h* fallen muss etc. etc.

Fig. 417.

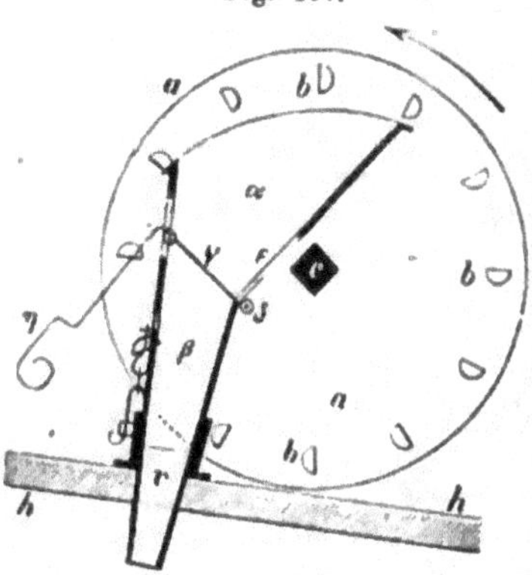

Die Umdrehung der Löffelscheibenwelle *c* wird von den Wagenrädern *A* aus dadurch übergetragen, dass sich auf deren Axe *B* und zwar am rechten Ende derselben Zahnräder *gg* (Fig. 411) befinden, die mit correspondirenden Zahnrädern *ff* im Eingriffe stehen, welche an den Enden der Löffelscheibenwelle *c* befestigt sind.

Da bei gleicher Füllung der Saatkasten die Menge des Getreides oder Samens, welche eine Maschine in bestimmter Zeit aussäet, offenbar von der Grösse und Anzahl der Löffel und von den Umdrehungen der Löffelscheibenwelle *c* abhängt, so muss man, zur Veränderung der Umläufe, in den Stand gesetzt werden, verschiedene Zahnräder *f* und *g* mit einander in Eingriff bringen zu können. Gewöhnlich lässt man hierzu das an dem Ende der Axe *B* aufgesteckte Zahnrad *gg* unverändert und wechselt nur das zugehörige Getriebe *ff* aus, wozu Smyth und Söhne in Peasenhall folgende Anordnung getroffen haben.

In Fig. 418 bezeichnet *r* die Verlängerung des einen der beiden Endzapfen der Löffelscheibenwelle *c*, welche in einer Lagerschale läuft, die sich nach unten hin in ein prismatisches, plattenförmiges Gleitstück fortsetzt, was in unserer Abbildung mit 22 bezeichnet ist. Man erkennt nun leicht, dass allein letztere Platte (22) von grösserer oder geringerer Höhe zu sein braucht, damit der verlängerte Endzapfen *r* hoch genug zu liegen kommt, um das betreffende auf die Löffelscheibenwelle *c* gesteckte Zahngetriebe *f* zu geeignetem Eingriffe mit dem unveränderlichen activen Zahnrade *gg* zu bringen.

Fig. 418.

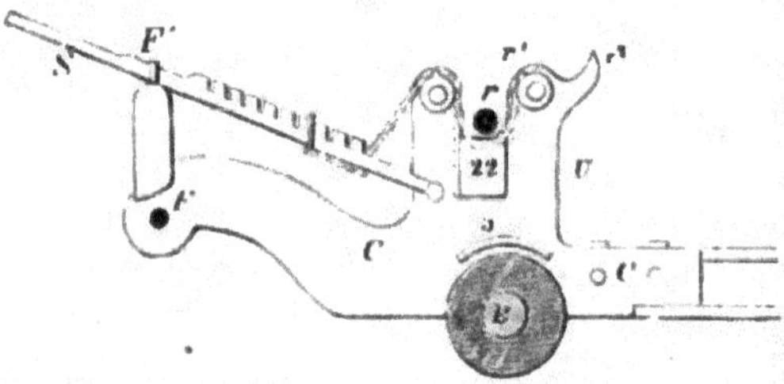

Die über der Stützplatte 22 liegende Lagerschale wird zu gedachtem Zweck von einer Gliederkette umfasst, deren eines Ende bei *r'* befestigt ist, während man das andere Ende mit einem Hebel *S* in Verbindung gebracht hat. Durch geeignetes Drehen (Niederdrücken des Hebels *S*) wird der Zapfen *r*, mit ihm die Welle *c* und endlich der ganze Saatkasten *hl* derartig erhoben, dass er schliesslich auf eine Art Haken r^2 gelegt werden kann.

Während sich die Hebevorrichtung *SF'* nur einmal (auf der rechten Seite des Saatkastens Fig. 411) vorfindet, ist der Haken r^2 zum blossen Auflegen des ausgehobenen Saatkastens an beiden Seiten des Maschinengestells *CC'* vorhanden, dessen gusseiserner Rahmen deshalb an dieser Stelle Lagerständer *U* bildet. Die Verbindung des gedachten Gestellrahmens mit der Welle *B* der Karrenräder *A* erhellt übrigens hinlänglich aus den Fig. 418 und 419. Letztere Anordnung ist übrigens die, welche jetzt Garett's (nach Smyth's Vorgange), statt sonst an beiden Seiten befindlicher Stellschrauben, ausschliesslich in An-

Fig. 419.

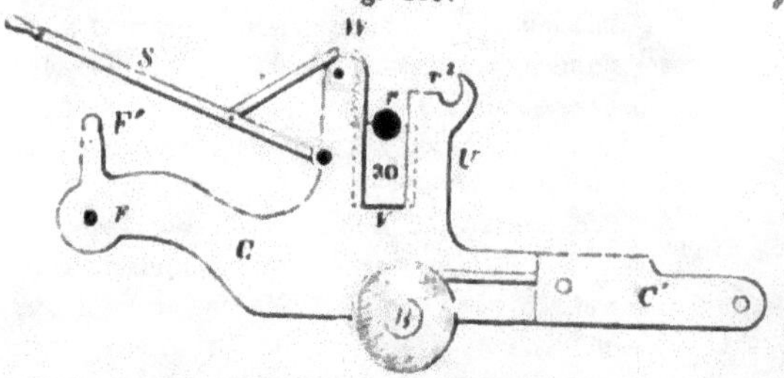

wendung bringen. Die an die Stützplatten mit angegossenen Zahlen, in den Detailfiguren 418 und 419 beziehungsweise 22 und 30, entsprechen stets den Zähnenzahlen des zugehörigen Getriebes *f*.

An den äussersten Enden (links von Fig. 418 und 419) der Gestellseitenstücke CC' erheben sich noch Fangknaggen FF' für den Hebel *S*, unter welche man denselben herabdrückt, wenn man das Getriebe *f* ausser Eingriff mit dem Rade *g*, die Löffelscheibenwelle *c* also völlig zum Stillstande bringen will, ohne das Ausheben des Saatkastens und dessen Seitwärtsschieben auf die Ruhelager r^2 zu beabsichtigen.

Damit auf unebenem Boden beim Auf- und Abwärtsfahren der gefüllte Saatkasten stets dieselbe Lage gegen die Horizontalebene behält, oder bei nur theilweise gefülltem Unterkasten *h* die Löffel nicht zu früh ausschütten, aller geschöpfte Samen auch wirklich in die Fangtrichter *a* gelangt und nicht wieder zurück in die Kasten *h* fällt, hat man nachbemerkte Stellvorrichtung angebracht.

Wie bereits mehrmals erwähnt, ist der Saatkasten *lh* so auf den Ständern *U* der beiden Gestellschilder CC' gelagert, dass er sich dort mit seinen verlängerten Zapfen *r* um die Welle *c* drehen, also nach Umständen auch eine geneigte Lage annehmen kann.

Um eine derartige Drehung des Saatkastens leicht und schnell vornehmen zu können, hat man auf den Deckel des letzteren eine Welle *n*, Fig. 420, gelagert, die an einem Ende mit einer Handkurbel *m* (Fig. 410), am anderen Ende mit einer Art von Kronrad *p* ausgestattet ist. Letzteres Rad befindet sich in fortwährendem Eingriffe mit einem zweiten ähnlichen Rade[1]) *q*, welches an einer geneigten Welle *t* steckt. In diese Welle (*t*) ist eine Schraube geschnitten, deren Mutter t^2 (Fig. 421) in Lagern *u* drehbar ist, die auf dem Karrengestelle CC^2 unverrückbar befestigt sind.

Fig. 420.

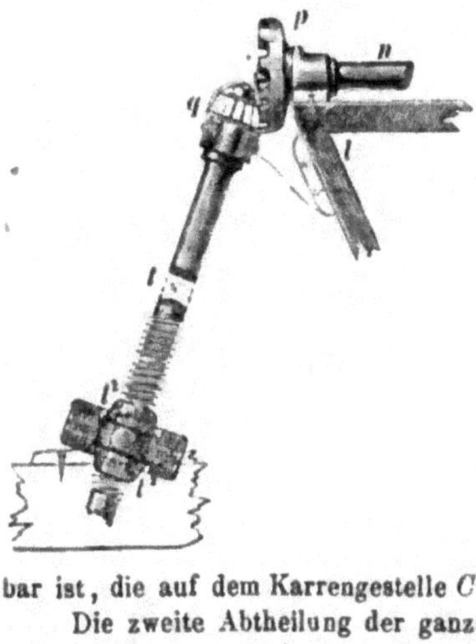

Fig. 421.

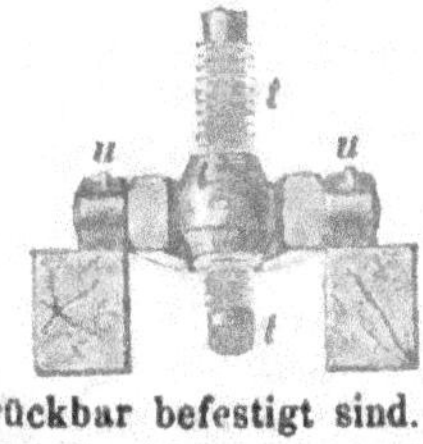

Die zweite Abtheilung der ganzen Maschinerie wird von einem Systeme eiserner Schare gebildet, womit der Ackerboden zur Aufnahme des Samens geöffnet wird. Als Zwischenglied beider Abtheilungen ist eine Reihe in einander gesteckter Trichter v_1, v_2, v_3 und *w* (Fig. 410 und 411) zu betrachten,

1) Bei dieser Anordnung wäre die Aufgabe zu lösen, zwei Kegelräder zu construiren, deren Eingriff bei variabelm Axenwinkel gleich richtig (?) ist.

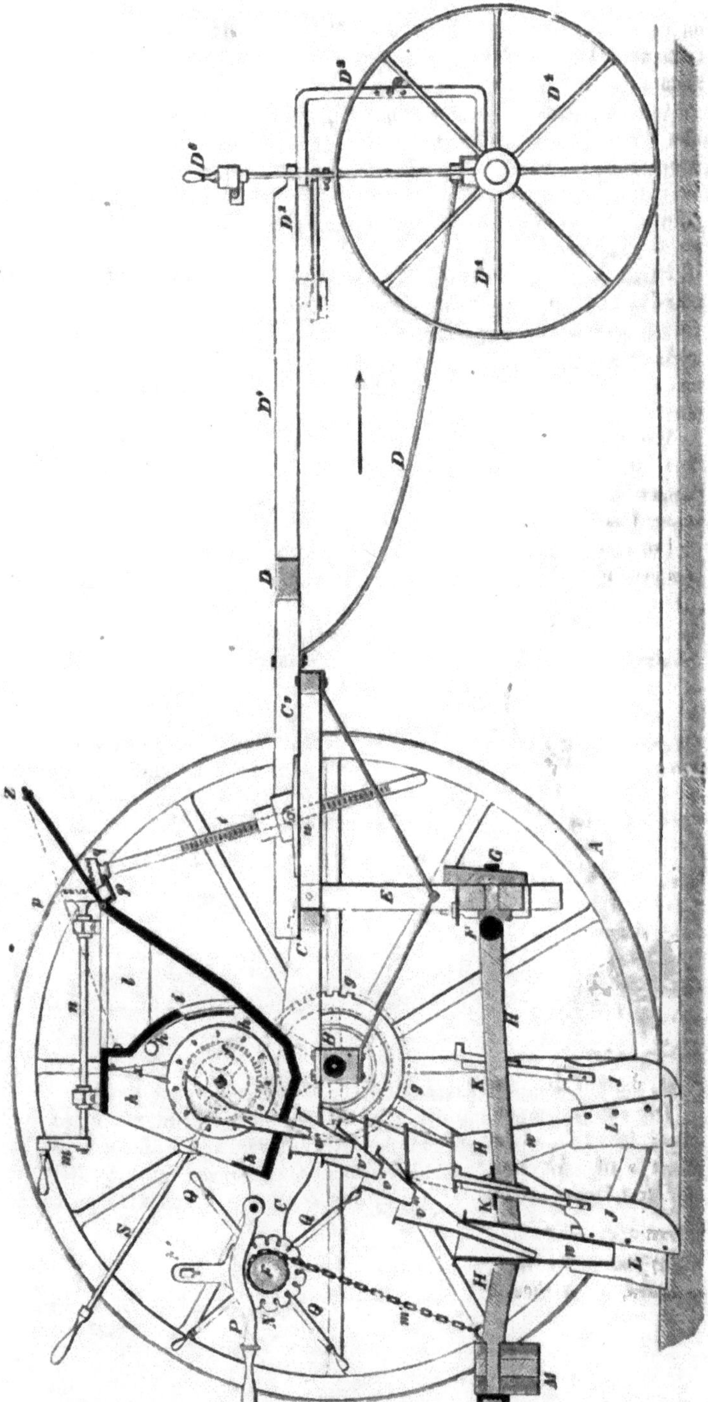

Fig. 422.

worin der Samen in entsprechender Weise in die Furchen gebracht wird, welche die soeben genannten Scharen gezogen haben.

Zur Aufnahme der letzteren dienen eben so viele von einander abhängige Hebel H, als Saatreihen gebildet werden sollen, also bei der Maschine unserer Abbildung zehn Stück. Diese Hebel finden ihre Drehpunkte F an gehörig verstrebten Hängearmen E (Fig. 410) des Hauptgestelles $B\,C\,C^1$, wobei sie auch überdies verschiebbar gemacht und nachher durch Keile G in beabsichtigter Entfernung von einander zu erhalten sind.

Jedes gusseiserne Schar J ist an einem schmiedeeisernen Stiele K befestigt, der durch eine Oeffnung im zugehörigen Hebel H gesteckt und daselbst vermittelst eines Keiles an bestimmter Stelle und in der erforderlichen Höhenlage gehalten wird.

An jedes der Schare J hat man zu beiden Seiten Blechschilder L genietet (Fig. 423 im Horizontaldurchschnitt gezeichnet), die einerseits den unteren Enden der Blechtrichter w zur Führung, andererseits aber auch dazu dienen, die von J gezogene Furche noch etwas zu erweitern, um der Aufnahme des aus w herabfallenden Samens recht sicher zu sein.

Fig. 423.

Dass auch der untere Trichter w in einer grösseren runden Oeffnung des Hebels H Platz findet und daselbst gehörig befestigt ist, mag beiläufig erwähnt werden. Um zu vermeiden, dass eine Verstopfung durch die Drillschare J herbeigeführt werden könnte, sind dieselben gegen einander versetzt angeordnet, d. h. die Durchlochungen in den Hebeln H zur Aufnahme der Stiele K liegen abwechselnd nach vorn und hinten, eine Anordnung, die ohne Weiteres aus der Betrachtung von Fig. 423 erhellt.

Das freie Ende eines jeden der Scharhebel H ist endlich vermittelst einer Kette m' an einer Holzwelle N aufgehangen. Wird die Kette aufgewunden, so kann man alle Schare aus dem Boden heben und ausser Thätigkeit setzen, in welcher Lage sodann die Welle N durch eine Art von Sperrrad mit Klinkwerk P gehalten wird, dessen Anordnung aus Fig. 424 zu entnehmen ist, indem man erkennt, dass am Sperrhebel P eine kreisförmige Warze sitzt [1]), die in einen entsprechenden Ausschnitt der Sperrscheibe fasst. Ein vollständiges Aufwinden der Kette m' auf die Welle N wird offenbar allemal dann erforderlich, wenn man die Drillmaschine von dem Felde oder nach demselben transportirt.

Fig. 424.

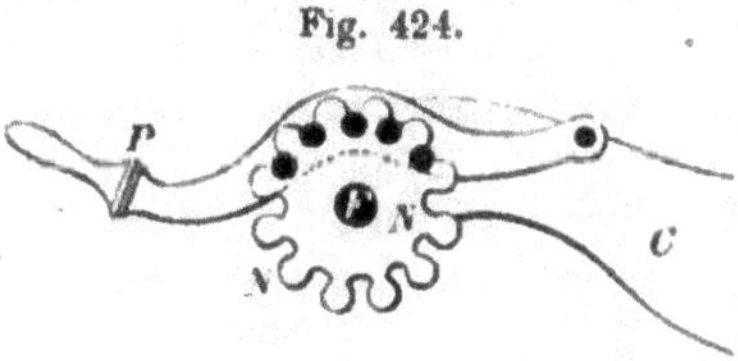

Windet man (nach Auslösen des Sperrhebels P) die Kette m' gehörig ab, so fallen die mit Schar und Trichter belasteten Hebel H auf den Erdboden herab, drücken gegen denselben und werden endlich durch besonders an ihren Enden aufgeschobene gusseiserne Gewichte M zum kräftigen Eindringen in den Boden veranlasst.

Die erwähnte selbstständige Bewegung eines jeden der Hebel H (eine Dre-

1) Aus Versehen sind mehrere solcher Warzen statt einer gezeichnet.

hung um die Horizontalaxe *F*) ist durchaus erforderlich, damit durch ein unerwartetes Hinderniss (beispielsweise ein Stein im Erdboden), welches den einen oder anderen Hebel aus dem Boden hebt, nicht der Gang der ganzen Maschine gestört wird.

Smyth und Söhne geben ihren zehnreihigen Drills gewöhnlich 5 Fuss Spurweite, wobei die Aussaat vermittelst passender Zahngetriebe *f* in allen gewünschten Mengen Getreide (Roggen, Weizen etc.) von $^3/_4$ bis 2 preuss. Scheffel und Sämereien (Raps etc.) von 1 bis 6 Pfund pro preuss. Morgen aufgebracht werden. Ausserdem erhellt aus dem Vorstehenden von selbst, dass die Anzahl und Weite der Reihen mit Leichtigkeit nach Belieben verändert werden kann.

Bemerkt zu werden verdient noch, dass Smyth's neuerdings die in einander gehangenen Trichter v_1, v_2, w zum Herabführen des Samens durch mit einander teleskopartig zu verschiebende Röhren (unten mit Kugelgelenk) ersetzt haben, wodurch das Eindringen von Staub, Regen und Wind verhütet wird. Bei derartigen Röhren werden die Scharhebel *H* nur aus Schmiedeeisen (statt aus Holz) verfertigt.

Zusatz 1. Mit den beschriebenen Drillmaschinen verbindet man sehr oft zugleich einen Apparat zum regelrechten Ausstreuen künstlichen (trocknen) Düngers, denen man dann den Namen der Universal-Säemaschine (Drills for general purposes) zu geben pflegt. So sinnreich und vortrefflich derartige Maschinen unter Umständen auch genannt zu werden verdienen, so complicirt sind dieselben dennoch, ganz abgesehen davon, dass sie die Säemaschinen als solche zu schwer machen. Auf dem Continente, insbesondere in Deutschland haben derartige Maschinen bis jetzt nur wenig Eingang gefunden und dürften solchen in der Folge auch kaum finden.

Hinsichtlich des Studiums derselben muss auf die unten angegebenen Quellen verwiesen werden[1]).

Zweckmässiger zeigen sich dagegen die ausschliesslich zum Düngerausstreuen bestimmten Maschinen, die äusserlich Aehnlichkeit mit den Säemaschinen haben, innerlich aber weder mit Cooke'schen Löffeln noch mit Duket'schen vertieften Walzen (Seite 447) ausgestattet sind, indem sich alle derartige Organe wegen des mehr oder weniger zusammenhängenden, nicht selten feuchten Düngers als ungenügend erweisen.

Zur Aufnahme des Düngers dient auch hier ein Rumpf, der sich über die ganze Länge der Maschine erstreckt und in dessen Ausflussöffnungen messerförmige Rührer wirksam sind, um den zusammengeballten Dünger zu zerkleinern.

Vor diesen Oeffnungen liegt parallel eine Welle, auf welche man dicht an einander eine grosse Anzahl von Cylindern oder Ringen geschoben hat, die mit

1) Patent Specification Nr. 12698 vom 7. Januar 1849 (Richard Garett), ferner Hamm a. a. O. S. 593, sowie Perels a. a. O. S. 250, beide Schriftsteller nach einer Beschreibung des Prof. Hülsse (in Dresden) in der Zeitschrift für deutsche Landwirthe.

kleinen Schaufeln ausgestattet sind, welche den Dünger fassen und auswerfen. Einen dritten wesentlichen Theil der ganzen Maschine bildet ein System von Schabeisen, unter der Schaufelwelle liegend, die einzeln durch angehängte Gewichte mit ihren vorderen schneidigen Kanten gegen die zum Fortschaffen bestimmten Cylinder und deren Schaufeln drücken.

Als eine der besten Maschinen dieser Art wird die von Thomas Chandler in der englischen Grafschaft Norfolk betrachtet [1]).

Zusatz 2. Zu einer rationellen Drillcultur gehört das sorgsame Entfernen des Unkrautes zwischen den Reihen, welche die edlen Gewächse bilden. Sonach würde hier eine speciellere Beschreibung der hierzu erforderlichen Maschinen, der sogenannten Pferdehacken (Seite 442 und besonders die Note daselbst) folgen müssen, wäre es nicht dem gesteckten Ziele des Buches entsprechend, Instrumente, Werkzeuge und Geräthe in specieller Besprechung auszuschliessen. Die unten citirten Schriften geben über Pferdehacken vollständige Auskunft [2]).

§. 64.

B. Breitsäemaschinen [3]).

Eine sehr brauchbare, besonders zur Zeit in Norddeutschland beliebte Art dieser Maschinengattung ist die nachstehend Fig. 425 und 426 (in $^1/_{12}$ wahrer Grösse) abgebildete Breitsäemaschine, welche man als „Thorner Säemaschine" kennt und die eine Abart des Duket'schen Systems (Seite 447) bildet [4]).

Der wesentlichste Theil dieser Maschine ist die Fig. 427 und 428 in vergrössertem Maassstabe (in Bezug auf Fig. 425 und 426) gezeichnete Säewalze

---

1) Hamm a. a. O. S. 639 giebt eine vortreffliche Uebersicht der heutigen Düngerstreumaschinen. Die von Chandler findet sich beschrieben und mit ausführlichen Abbildungen begleitet in der Patent Specification Nr. 1598 vom 17. Januar 1854.

2) Hamm a. a. O. S. 290 und Perels a. a. O. S. 457. In grösserem Maassstabe ausgeführte Zeichnungen enthält Bd. 2 (Bl. XVI, XVII u. XVIII) der von Studirenden der Hannov. polytechnischen Schule (Cursus 1856/57) herausgegebenen Abbildungen landwirthschaftlicher Maschinen.

3) „Sammlung von Zeichnungen für die Hütte" (Schmidt's Maschine), Jahrg. 1840, und das in voriger Note citirte Werk von Studirenden der Hannov. polytechnischen Schule, Bd. 2, Bl. XXIV (Alban's Maschine).

4) Der Name Thorner Säemaschine rührt von den ersten Erbauern derselben, den Maschinenfabrikanten Drewitz und Rudolpf in Thorn, her. Jetzt hat Eckert in Berlin einen besonderen Ruf im Bau dieser Maschinen erlangt. Früher bauten eine ähnliche Gattung Säemaschinen die Mechaniker A. u. G. H. Slight in Edinburg, wovon sich Zeichnung und Beschreibung in Slight's „The Book of Farm Implements and Machines", p. 272, Plate XIII vorfindet.

mit den Säerädern *a a*, wovon zwölf neben einander auf einer langen Welle *b* befestigt sind. Am Umfange der cylindrischen Körper *a a* sind Blechschaufeln *c c*

Fig. 425.

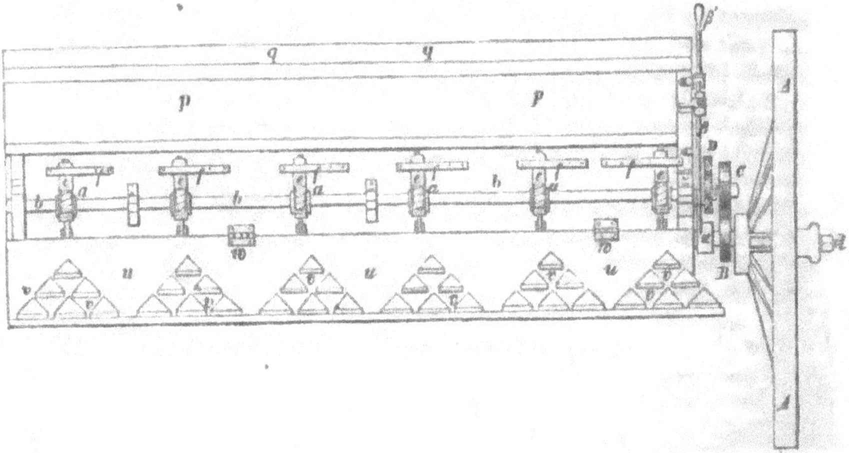

Fig. 426.

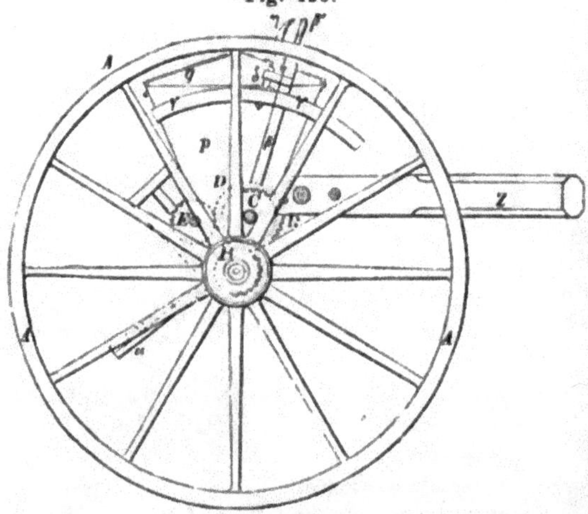

in etwas schräger Lage zum Cylindermantel befestigt, die zwischen sich prismatische Vertiefungen zur Aufnahme des auszustreuenden Samens lassen.

Jedes Samenrädchen taucht fast bis zur Hälfte in einen concentrischen Kropf ein, dessen Vorderwand *i* (Fig. 429) um ein Scharnier drehbar gemacht ist und welche von einer Feder *k* beständig gegen das betreffende Samenrad gedrückt wird. Durch letztere Anordnung wird möglichen Verstopfungen vorgebeugt, die durch den auszustreuenden Samen oder (grössere) damit gemengte fremde Körper veranlasst werden können. Die Feder *k* leistet hierzu entsprechenden Widerstand.

Fig. 427.

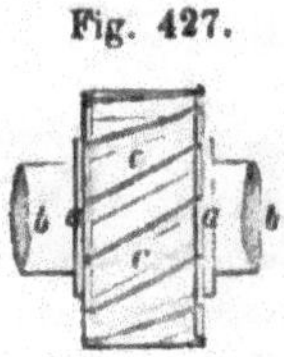

Fig. 428.

Der Saatkasten ist in unseren Abbildungen mit *p* und eine entsprechende klappenförmige (Wachstuch- oder Leinwand-) Decke derselben mit *q* bezeichnet.

Der im Rumpfe befindliche Samen rollt über die schiefe Bodenfläche *h* den Ausflussmündungen *d* zu, die durch Blechschieber *e* geschlossen oder dem

Fig. 429.

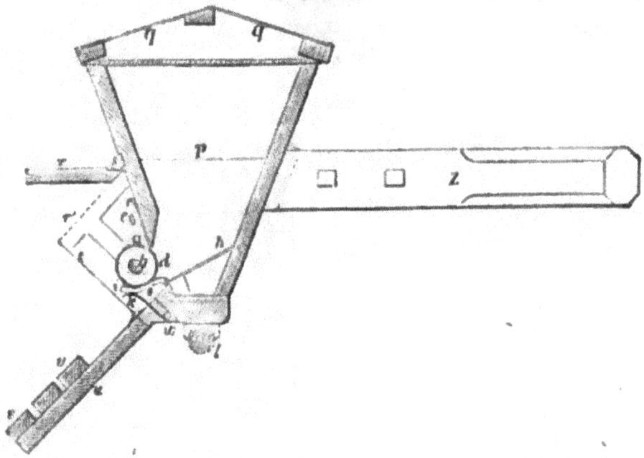

auszusäenden Quantum entsprechend vergrössert oder verkleinert werden können. Zur Erhaltung der Schieber in bestimmter Lage dienen Federn *ff* (Fig. 425).

Um beim Arbeiten die mit Samen gefüllten Säeräder vor Regen zu schützen, reicht über die ganze Breite der Maschine eine in Fig. 429 sichtbare (in Fig. 425 weggelassene) hölzerne Klappe *r*, die sich um Scharniere *s* drehen kann. Herabgelassen nimmt die Klappe die mit *r'* bezeichnete Lage ein, wobei sie sich gegen Holzknaggen *t* lehnt, die in entsprechenden Entfernungen von der Vorderfläche des Samenkastens befestigt sind.

Der Samen, welcher bei Umdrehung der Säeräder ausgeschüttet wird, fällt auf das sogenannte Fall- oder Streubrett *u*, welches derartig mit dreieckigen (prismatischen) Streuklötzchen *vv* besetzt ist, dass eine Ausbreitung des herabrollenden Samens über die ganze Länge des Streubrettes veranlasst wird und das Herablaufen nicht in einzelnen Strahlen, sondern in einem dünnen breiten Strom erfolgt.

Zum Tragen der beschriebenen Theile und zum Transporte des ganzen Werkes dienen die an beiden Enden auf Zapfen *l* gesteckten Karrenräder *A*, die überdies dazu bestimmt sind, gleichzeitig die Drehung der Säeräderwelle *b* zu veranlassen.

Hierzu ist auf der Axe des in Fig. 426 sichtbaren Rades *A* ein Stirnrad *B* (18 Zähne) aufgesteckt, welches in ein Zwischenrad *C* (25 Zähne) fasst, mit dem sich auf demselben kurzen Wellstücke ein anderes Zahnrad *D* (25 Zähne) befindet, das mit einem vierten *E* (18 Zähne) in Eingriff gebracht werden kann. Letzteres Rad ist aber auf der Welle *b* der Säecylinder befestigt und veranlasst schliesslich deren Umdrehung.

Beim Transporte von den Wirthschaftsgebäuden nach dem zu besäenden Felde und wenn sonst erforderlich, bringt man die Zahnräder *D* und *E* ausser Eingriff, wozu folgende Anordnung getroffen ist.

Hinter dem allerersten Stirnrade *B*, mit diesem auf derselben Axe *l*, ist eine Hülse α (Fig. 425) angebracht, welche sich frei um die Radwelle A drehen kann und wozu ein Hebel β gehört, der an einem Führungsbogen γ nach Belieben festzustellen ist. Zu letzterem Zwecke befindet sich über γ, bald am Ende β' des gedachten Hebels, ein sogenannter Federschnepper η, der beim gehörigen Zusammendrücken das Ausziehen einer Meisselspitze δ aus einem Einschnitte veranlasst, welcher in einer Knagge befindlich ist, deren Ort auf dem Bogen γ nach Belieben verändert werden kann, je nachdem das Aufstecken grösserer oder kleinerer Zahnräder (E und D) dies erfordert.

Hiernach erkennt man aber leicht, dass nach Auslösung des Federschneppers und bei gehörigem Anfassen am Ende β' des Hebels $\alpha\beta$ ohne Weiteres eine Drehung des letzteren um die Axe l und damit die beabsichtigte Einlösung oder auch das Einrücken der Räder D und E bewirkt werden kann. Die Zahnräder C und B bleiben hierbei unausgesetzt im Eingriffe.

Je nach dem Saatquantum, welches man auf das Feld zu bringen beabsichtigt, steckt man für D grössere oder kleinere Zahnräder auf, wodurch die Umlaufszahl der Saatwelle c entsprechend verändert wird.

Das in den Fig. 426 und 429 mit dem Buchstaben s bezeichnete Stück gehört zur Gabeldeichsel, in welche man das zum Transport erforderliche Zugthier spannt.

Gewöhnlich macht man der Thorner Säemaschine den Vorwurf, dass die dabei erforderlichen Federn (k und f) leicht ihre Dienste versagen. Der Verfasser kann jedoch bezeugen, dass dies bei guter Ausführung nicht der Fall ist und dann überhaupt erhebliche Betriebsstörungen nicht eintreten [1]).

Fig. 430, 431 und 432 zeigen die Haupttheile der Alban'schen (S. 408)

---

1) Einer dem Verfasser vorliegenden Gebrauchsanweisung zur Thorner Säemaschine aus der Fabrik von H. F. Eckert in Berlin, welche diese Maschinen (im Preise von 85 Thaler bei 12 Fuss Säebreite, mit 12 Säerädern etc.), wie schon erwähnt, von vorzüglicher Güte liefert, entnehmen wir nachstehende sogenannte Saattabelle, aus welcher (beispielsweise) die Zähnezahl der Räder E und D erhellt, welche erfordert wird, um eine bestimmte Anzahl preuss. Metzen (16 auf einen preuss. Scheffel) auf einen preuss. Morgen (180 Quadratruthen) mit der Maschine aussäen zu können:

Zwischenrad D (constant) 12 Zähne.

Roggen (Metzen)	8 Metzen	10	10,9	12	13,3	15	17,1	20
Erbsen (Metzen)	14 „	15	16,3	18	20	22	25,7	30
Zähne des Saatwellrades	30	24	22	20	18	16	14	12

Zwischenrad D (constant) 22 Zähne.

Weizen (Metzen)	13,5	15	18,4	19,25	23,8	25,3	27	29,2	32
Gerste (Metzen)	13,5	14,5	17,3	19,0	22,4	23,8	25,25	27	29,25
Zähne des Saatwellrades	30	27	22	20	17	16	15	14	13

Breitsäemaschine, welche dem Duket'schen Systeme unmittelbar angehört und die seiner Zeit in Deutschland die beliebteste Maschine ihrer Art war [1]).

Fig. 430.

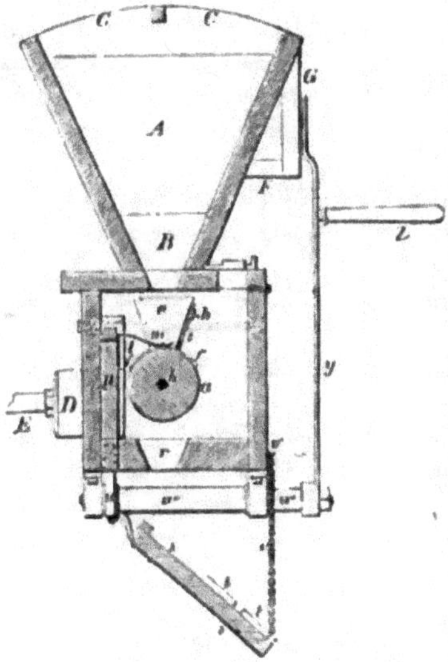

Auch hier bilden wieder die hölzernen oder gusseisernen Saatwalzen *a* die wesentlichsten Theile der Maschine. Die viereckige Welle *b*, worauf dieselben gemeinschaftlich befestigt sind, lässt sich entweder ihrer Längenrichtung nach mit den Saatwalzen verschieben, um dem Zuführtrichter *e* des Samens eine grössere Zelle *c* oder eine kleinere *d* darzubieten, oder man ordnet die Saatwalzen der Längenrichtung nach unverschiebbar an und verstellt dafür die Trichter *e*. In unseren Abbildungen ist letzteres vorausgesetzt. Hierzu hat man die Trichter *e* nach zwei Seiten hin mit Blechlappen *ff* ausgestattet, welche die Saatwalzen concentrisch ungefähr auf $^1/_3$ des Mantels umgeben und wodurch gleichzeitig ein Ueberfallen der Körner aus den Walzenvertiefungen *c* und *d* (Fig. 431) verhütet wird.

Fig. 431.

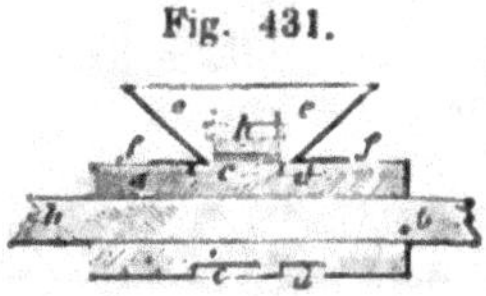

An den Blechlappen *f* befinden sich ferner Drahtstifte *m*, welche durch Oeffnungen von Stahlfedern *l* ragen, die mit ihren anderen Enden an einer hölzernen Schiene *p* befestigt sind. Dass die Stahlfedern nicht bloss ein Verbindungsmittel zwischen *e*, *f* und *p* abgeben, sondern auch zur Hervorbringung eines dichten Abflusses zwischen den Trichtern *e* und den Saatwalzen *a* bestimmt sind, bedarf wohl kaum der Erwähnung.

Die Schiene *p* liegt an der vorderen Wandfläche des Säewalzenkastens, erstreckt sich über die ganze Längenausdehnung der Maschine und lässt sich, von Klammern gehörig geführt, parallel zu sich selbst hin- und herschieben.

Zu letzterem Zwecke ist in der Mitte der Längenausdehnung der ganzen Maschine ein Hebel *y* mit Handgriff *Z* angebracht, der auf einer Welle *w* steckt, die an ihrem linken Ende (Fig. 430) einen Daumen (Finger) trägt, welcher zwischen geeignete Vorsprünge (Zähne) fasst, die sich an der unteren Kante der Schiene *p* befinden. Zum äusseren Merkmale der jedesmaligen Trichterverschiebung dient eine vor dem Saatkasten *A* an einem besonderen

1) Vollständigere Zeichnungen finden sich u. A. in einem Aufsatze des Herrn Prof. Hülsse, welchen derselbe in der Zeitschrift für deutsche Landwirthe Jahrg. 1856, S. 3 veröffentlichte, daraus auch bei Perels (a. a. O.) S. 146 und bei Schneitler und Andree (Landwirthsch. Maschinen etc.) S. 319.

Brette G angebrachte Scala, sowie sich in der Verlängerung des Hebels y an dessen oberstem Ende ein Zeiger befindet.

Wir haben jetzt noch eines wesentlichen Theiles der Alban'schen Maschine, nämlich der Bürste h (Fig. 432 im Detail gezeichnet) zu gedenken, welche vor jedem der Samentrichter e so angebracht ist, dass diese Bürste eine Art von elastischem Abschluss und Samenabstreicher nach der Säewalze hin an der Trichterunterkante (rechts von Fig. 430) bildet, welche normal zur Bildfläche der Figur ist.

Fig. 432.

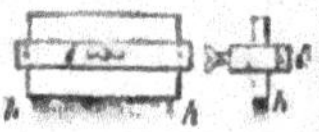

Der prismatische Holzkörper jeder Bürste h ist in einer Führung i verstellbar, welche ausserhalb eines jeden Trichters befestigt ist, wie solches hinlänglich aus Fig. 430 erhellt.

Alle übrigen in vorstehender Beschreibung nicht berührten Theile der Fig. 430, sowie der zur Geschwindigkeitsveränderung der Säewalze erforderlichen Mechanismen (Wechselräder etc.) stimmen nach Zweck und Gestalt derartig mit der Thorner Breitsäemaschine überein, dass ein besonderes Hervorheben derselben überflüssig wird. Dahin gehört namentlich der mit schrägen Seitenwänden versehene und inwendig in entsprechende Zellen (Rumpfe) getheilte Säekasten A mit (nahe der Ausflussöffnung) geneigten Flächen B, die aus gefirnisster Leinwand gebildete Decke C, ferner das Fallbrett s mit den Streuklötzchen tt, endlich die Theile D und E zum Anbringen einer Gabeldeichsel etc.

Der Alban'schen Maschine wirft man (nicht ohne Grund) vor, dass sie zu complicirt sei und die dabei benutzten Bürsten sich zu rasch abnutzten. Wie schon erwähnt, macht ihr zur Zeit in den landwirthschaftlichen Kreisen des Verfassers die Thorner Maschine erfolgreiche Concurrenz.

Breitsäemaschinen nach dem Löffelsysteme hat der Hauptmann Kämmerer (Besitzer der Maschinenbauanstalt Clara-Hütte bei Bromberg) in rechter Weise angegeben. deren wirklich praktische Ausführung jedoch erst den Engländern James Smith und Söhne (Peasenhall, Suffolk) erfolgreich gelungen ist. Dieser Maschinengattung hängt weder das Uebel der Thorner Federn, noch das der Alban'schen Bürsten an, die Bestimmung des Aussaatquantums ist nicht von Zufälligkeiten abhängig und endlich lassen sich diese Maschinen derartig solid construiren, dass Reparaturen nur äusserst selten eintreten können. Leider ist ihr Anschaffungspreis ein verhältnissmässig hoher, nämlich 132 Thaler (loco Harburg oder Bremerhafen) bei 12 Fuss Säebreite mit Löffeln für Getreide und für Sämereien versehen, statt einer Alban'schen Maschine für 60 bis 70 Thaler bei gleicher Säebreite. Abbildungen der Kämmerer'schen Originalmaschine finden sich u. A. in Dingler's Polytechn. Journale Bd. 125 (1852), Seite 253, Tafel IV. und in Schneitler's „Werkzeichnungen landwirthsch. Maschinen und Geräthe", Heft 2, 1853.

Wegen Klee- und Gras-Säemaschinen mit runden Bürsten, oder mit aus ledernen Flügeln gebildeten Rädern, welche den in Kapseln oder Kästen enthaltenen Samen ergreifen und gegen Löcher eines Schiebbleches bürsten und so zum Herausfallen nöthigen, müssen wir auf die Werke in der Note[1]) verweisen.

---

1) Hamm a. a. O. S. 626 und Schneitler und Andree (landwirthschaftl.

Dasselbe gilt von den Säemaschinen nach dem William'schen Kapselsysteme (Seite 449), die man insbesondere in England als Drillmaschine für Turnips (East-Lothian Turnip-Drill) in Anwendung bringt [1]).

§. 65.

III. Erntemaschinen.

A. Getreide-Mähmaschinen [2]).

Zur Bezeichnung des gegenwärtigen Standpunktes der Construction brauchbarer Getreide-Mähmaschinen mit selbstthätigen Ablegevorrichtungen bespricht der Verfasser im Nachfolgenden ausschliesslich speciell die Maschinen von M'Cormik (S. 453), welche in Schwaden, und die von Samuelson (S. 454, Note 2), welche in Garben ablegt.

Fig. 433 und 434 stellen beziehungsweise im Aufriss (Seitenansicht) und

Fig. 433.

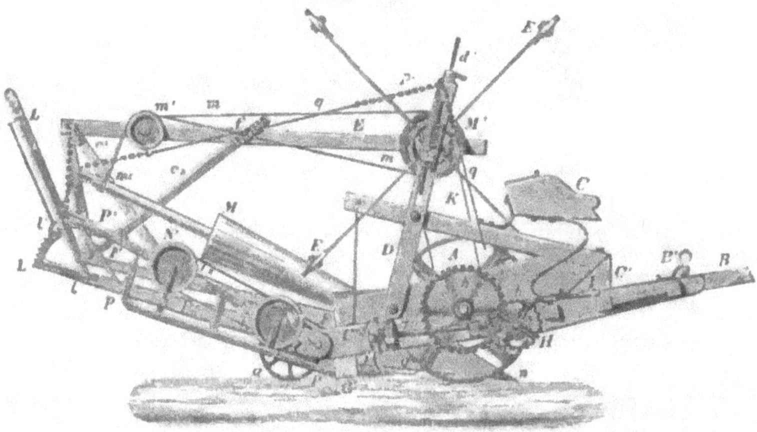

im Grundrisse die M'Cormik'sche Maschine mit der Selbstablegevorrich-

---

Maschinen) S. 324. — Zeichnungen landwirthschaftlicher Maschinen und Geräthe von Studirenden der Hannov. Polytechn. Schule Bd. 2, Blatt XXVII.

1) Slight: „The Book of Farm Implements and Machines" §. 986 und Hamm a. a. O. S. 634 nach einem Artikel des Dr. Henneberg in der Agronomischen Zeitung.

2) Ausführlichere Zeichnungen neuerer Maschinen finden sich nur in Armengaud's „Publication Industrielle" T. 13, Pg. 506, Pl. 39 und 40, sowie in den wiederholt citirten Schriften von Perels und Pintus.

tung dar, welche Burgess und Key in London der ursprünglichen Maschine beifügten[1]). Die eingeschriebenen Maasse sind Millimeter.

Fig. 434.

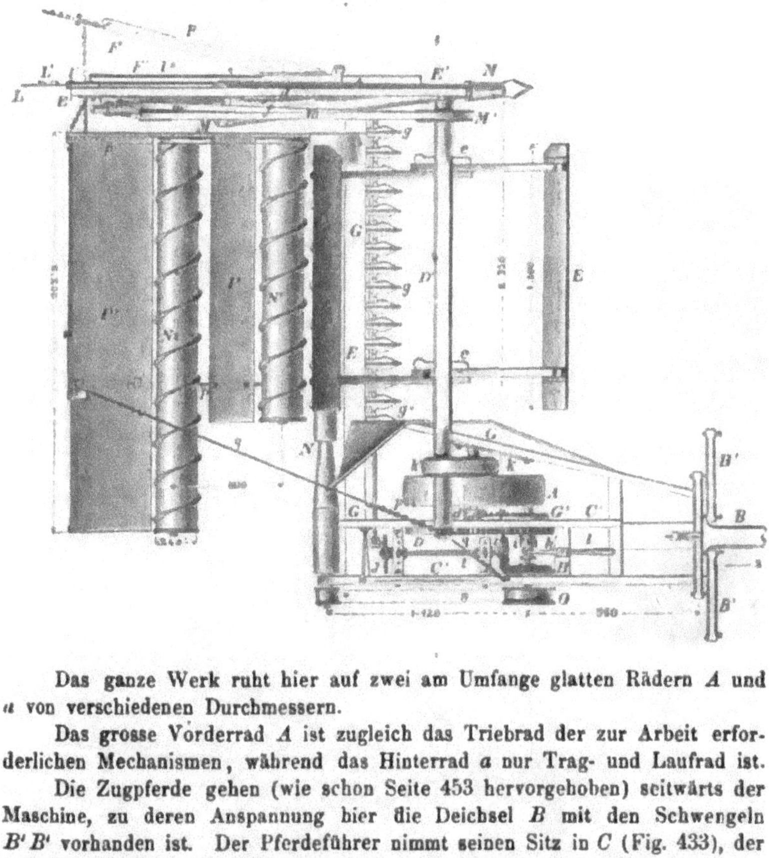

Das ganze Werk ruht hier auf zwei am Umfange glatten Rädern A und a von verschiedenen Durchmessern.

Das grosse Vorderrad A ist zugleich das Triebrad der zur Arbeit erforderlichen Mechanismen, während das Hinterrad a nur Trag- und Laufrad ist.

Die Zugpferde gehen (wie schon Seite 453 hervorgehoben) seitwärts der Maschine, zu deren Anspannung hier die Deichsel B mit den Schwengeln $B' B'$ vorhanden ist. Der Pferdeführer nimmt seinen Sitz in C (Fig. 433), der sich über dem starken Holzrahmenwerke $C' C'$ erhebt, dessen Hauptzweck die Aufnahme der Triebradaxe sowie anderweit erforderlicher Zahnräder und Triebscheiben ist.

Das ganze Maschinenwerk besteht überhaupt aus vier wesentlich von einander verschiedenen Abtheilungen, nämlich erstens dem Schneideapparate, zweitens dem Haspel oder der Flügelwelle, dessen Flügel die Halme fassen, sie gegen den Schneideapparat richten und ferner zur Ablegevorrichtung fördern; drittens dem Abtheiler zur seitlichen Absonderung der zu

---

1) Eine recht klare und vollständige Beschreibung der Burgess und Key'schen Mähmaschinen giebt Hamm a. a. O. S. 855.

schneidenden Halme, und viertens der Vorrichtung zum Ablegen des geschnittenen Getreides in Schwaden.

Der Schneideapparat besteht, seinem Haupttheile nach, aus einer Art Säge, die man aus einer Reihe Stahlplatten *ss* gebildet (Fig. 435 in der ursprünglichen M' Cormik'schen Gestalt gezeichnet) und einzeln auf einen

Fig. 435.

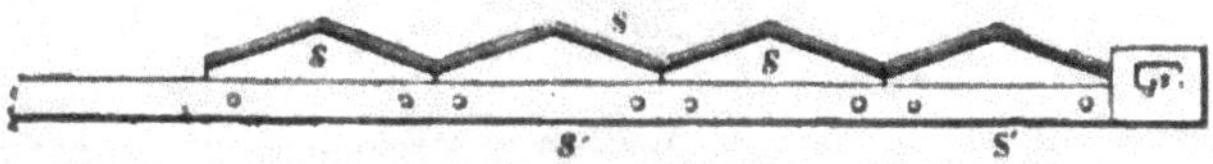

Flacheisenstab *s'* genietet hat, der beim Arbeiten zwischen sogenannten Fingern *g* (Fig. 436 und 437) hin- und hergezogen wird. Diese Finger dringen mit ihren Spitzen zwischen die Getreideähren, theilen sie nach links und rechts und veranlassen deren Einführung in die Räume, welche die seitlichen Einziehungen der Finger zwischen sich lassen, wo sie gleichsam zum Schnitte festgehalten werden.

Fig. 436.

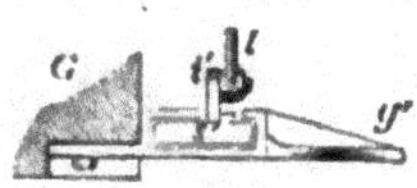

Fig. 437.

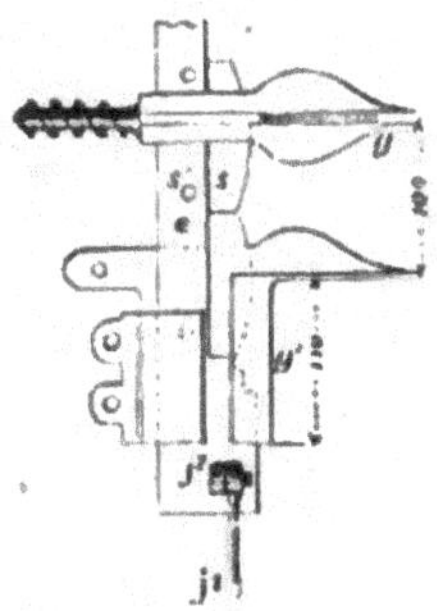

Fig. 438.

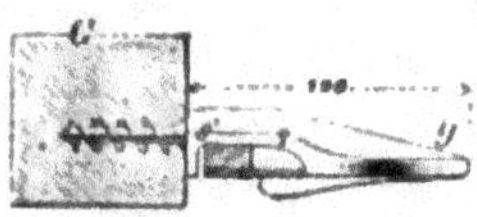

Die beiden einen stumpfen Winkel bildenden Schneiden einer jeden Stahlplatte des Messers besitzen oberhalb einen Feilenhieb (Säge), während sie unterhalb scharf geschliffen sind. Die Finger *g* haben die Gestalt einer scharfen Lanzenspitze und sind mit ihrer schraubenartigen Angel in einem starken Holzbalken *G* befestigt, der ein Hauptstück des Maschinengestelles bildet. Nach unten sind diese Finger mit einer Führungsnuth für die Messer *s* ausgestattet, sowie noch tiefer mit einer rundlichen Rippe, welche einen Schutz für Fingerspitze und Säge abgeben soll.

Die geradlinig wiederkehrende Bewegung des Sägemessers wird folgendermaassen zu Stande gebracht. Auf der Axe des Triebrades *A* steckt ein grosses Zahnrad *h* (Fig. 432), welches mit dem Getriebe *h'* im Eingriffe steht, wovon jedoch letzteres lose auf einer kurzen Parallelwelle *i* sitzt und erst durch einen Ein- und Ausrücke-Muff *i'l* mit seiner Welle fest vereinigt werden kann.

Mit *h'* auf derselben Axe sitzt ein Kegelrad *H*, dessen Zähne in ein kleineres eben solches Rad *i* fassen, welches auf der Welle *l'* einer Krummzapfenscheibe *j* (Fig. 434) sitzt. Eine Lenkstange verbindet die Krummzapfenwarze mit der Messerstange *s'* und setzt in bekannter Weise eine continuirlich drehende Bewegung in eine geradlinig hin- und hergehende um.

Der Haspel *E* ruht mit seiner horizontalen Welle *D'* rechts in einem Lager, welches vom Ständer *D* (Fig. 433) getragen wird, während das zweite Lager links in dem Tragbalken *E'* placirt ist, der vom Hintertheile der Maschine bis über den Fingerbalken hinausreicht und durch Streben $c^2 c^1$ mit dem Balkenwerk *F* und *F'* des Untergestelles in feste Verbindung gebracht ist.

Der Höhe nach ist der Haspel *E*, entsprechend der Länge des zu schneidenden Getreides, mit seiner Welle verstellbar gemacht und hierzu einerseits (rechts) ein Lager angeordnet, welches mittelst der Schraube d' in einer Nuth des Ständers D verschiebbar gemacht ist, während andererseits das Wellende (links) dadurch verstellt wird, dass man dem Tragbalken E' mehr oder weniger Neigung giebt.

Die Drehbewegung des Haspels muss langsam und so sanft wie möglich sein, weshalb sie bei unserer Maschine durch eine Riementransmission Kkk' bewirkt wird, wozu die active Scheibe k auf die Welle des Triebrades A gekeilt ist.

Der Abtheiler oder die Abweisevorrichtung an der linken Seite der Maschine besteht hauptsächlich aus einem hölzernen Kegel M, der um eine nach unten geneigte Welle drehbar gemacht ist und in eine Pfeilspitze ausläuft; seine Umdrehbewegung empfängt er von der Haspelwelle D aus, auf welche man eine Riemenscheibe M' gekeilt hat.

Der zugehörige Treibriemen m passirt eine zweispurige Leitrolle m^1 und umfasst endlich bei m^2 die Welle des Kegels M, der, wie schon bemerkt, das Getreide derartig theilt (scheitelt), dass zur linken Seite der Maschine eine Art von Aehrenwand ohne niedergeschleifte Halme stehen bleibt.

Die Ablegevorrichtung. Das abgeschnittene Getreide fällt auf geneigte Plattformen P und P^1, hinter denen drei Transportschrauben N, N^1, N^2 angebracht und um ihre respectiven Axen beweglich gemacht sind [1]. Die Körper dieser Schrauben sind aus leichtem Holze gefertigt, während die vorspringenden Gewinde aus Eisenblech bestehen. Die beiden Vorderschrauben sind gleich lang, die hintere N^2 länger, weil letztere vorzugsweise die oberen Partien (die Aehren) der geschnittenen Halme zu transportiren hat.

Plattformen und Schrauben werden einerseits von einem Systeme schmiedeeiserner Stäbe p, andererseits von Zugstangen und Spannketten $p'q$ getragen, die beziehungsweise mit dem starken Querbalken G und mit dem Hauptgestellrahmen C' in geeignete Verbindung gesetzt sind.

Sämmtliche Schrauben drehen sich in gleicher Richtung und wird der ersten N die Bewegung durch ein in Fig. 434 sichtbares Riemenvorgelege Ono von der Zwischenwelle h' aus mitgetheilt. Auf die beiden anderen Schrauben wird die Bewegung durch einen gemeinsamen zweiten Riemen n' (Fig. 433) übergetragen. Aus Allem folgt überhaupt, dass die abgeschnittenen Halme sämmtlich auf der rechten Seite der Maschine, die Aehren nach aussen gekehrt, in regelmässigen Schwaden abgelegt werden. Noch ist zu bemerken, dass auch Stellmechanismen vorhanden sind, wodurch man die Schnitt- oder Stoppelhöhe bestimmen kann. Dieser Mechanismus, bei G' an der rechten Seite der Maschine befindlich, benutzt die Thatsache, dass beim Niederdrücken der Deichsel B eine Drehung des Gestelles C' um die Axe des Triebrades A und damit ebenfalls rechter Hand eine Hebung oder Senkung des Balkens G erfolgen muss, woran der Schneideapparat befestigt ist.

Die andere Stellung befindet sich an der linken Seite der Maschine und besteht vornehmlich aus einem Hebel L mit Zahnsector L', Klinkwerk l' etc.,

---

1) Die erste der drei Transportschrauben wird in Fig. 434 von dem Haspelflügel E bedeckt und dadurch fast unsichtbar gemacht.

die mit einer starken Holzschiene *F'* und dadurch wieder mit der Axe des kleinen Laufrades *a* in entsprechender Verbindung stehen und wodurch überhaupt das andere Ende des Messerbalkens *G* gehoben oder gesenkt werden kann.

Schliesslich ist zu erwähnen, dass die vorbemerkte mit dem Laufrade *a* in Verbindung stehende Schiene *F'* auch noch den Zweck hat, das Laufrad *a* so drehen zu können, dass seine Verticalebene nicht mehr parallel zu der des Triebrades *a* ist, was eine Abweichung von der geradlinigen Bewegungsrichtung der Maschine zur Folge hat und beim Transporte und Wenden derselben von wesentlichem Nutzen ist.

Welche Lage in solchem Falle die Schiene *F'* annehmen kann, ist in Fig. 435 durch punktirte Linien angegeben. In jüngster Zeit hat M'Cormick bei seiner Maschine den bereits S. 454 (N. 1) erwähnten (Atkins'schen) Harkenmechanismus zum Ablegen in Garben angebracht, wovon sich Beschreibung und Abbildung in den Verhandlungen des Vereins zur Beförderung des Gewerbfleisses in Preussen Jahrg. 1863, S. 185, sowie in Pintus' „Landwirthschaftlichen Maschinen der Londoner Ausstellung" S. 62 befinden.

Fig. 439.

Von der Samuelson'schen in Schwaden ablegenden Mähmaschine [1]) giebt Fig. 439 zunächst übersichtlich eine perspectivische Ansicht [2]), wogegen Fig. 440 und 441 geometrische Ansichten in $^1/_{10}$ wahrer Grösse (nach Maassstab)

Fig. 440.

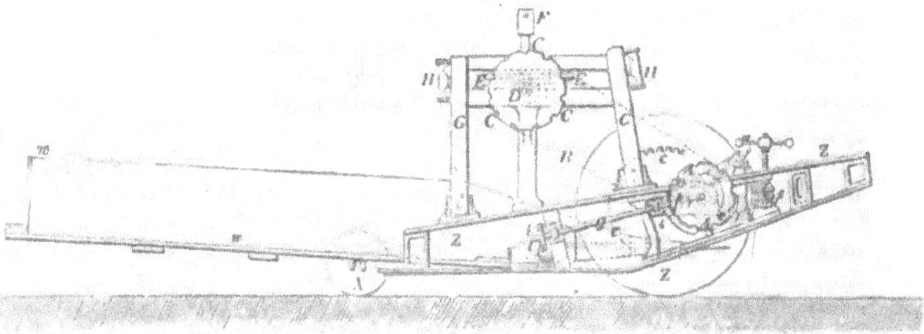

gezeichnet sind. Auch hier erinnert der Ablegemechanismus an das Harkensystem des Amerikaners Atkinson, wobei jedoch Harken mit sogenannten Raffbrettern abwechseln. Die Harken bewegen sich hart über der Plattform der Maschine hin, während die Raffbretter (an kürzeren Armen befestigt) in grösserer Höhe über die Plattform streifen. Sowohl die Arme der Harken wie die der Raffbretter sind in ihrer Mitte an dem oberen Ende oder Kopfe F einer stehenden Welle (Fig. 439) um einen Bolzen schwingbar angeordnet, während man sie gleichzeitig zwingt, auf eigenthümlich gebogenen, gegen den Horizont geneigten und geschlossenen Bahnen (unter Verwendung von Frictionsrollen) zu gleiten. Hierbei ahmen Harken und Raffbretter die Bewegung eines Arbeiters nach, welcher diese Werkzeuge mit den Armen führt und dabei den Körper in eine geeignete Drehung um eine Verticalaxe versetzt.

Die Constructionsprincipien der gedachten Führungscurve bespricht Perels [3]), sowie die vollständigsten Zeichnungen derselben in der unten citirten Patent Specification zu finden sind [4]).

Fig. 442 und 443 zeigen diese Samuelson'schen Mähmaschinen im geometrischen Aufrisse und Grundrisse, mit Hinweglassung der Harken und Raffbretter sowie deren Arme und Nabe, so dass nur das obere Ende F der Verticalwelle sichtbar ist, worauf letztere geschoben wird.

---

1) Den abgeänderten (vereinfachten) bereits S. 454, N. 2 erwähnten Victoria Reaper beschreibt Pintus in den Verhandlungen des Vereins zur Beförderung des Gewerbfleisses in Preussen, Jahrg. 1863, S. 183, Tafel XV bis XVII. Man sehe ferner auch die betreffende Patent Specification auf Charles Ransomes Nr. 1379 vom 1. Juni 1861.

2) Patent Specification (Bernhard Samuelson in Banbury) Nr. 209 und 2314 vom 22. August und 17. September 1861.

3) Landwirthschaftl. Maschinen und Geräthe S. 282.

4) Nr. 1379 vom 1. Juni 1861.

Aehnlich wie bei der M'Cormick'schen Getreidemähmaschine ist hier *a* das kräftige gusseiserne auf einer kurzen Welle *b* befestigte Triebrad von 31 Zoll engl. Durchmesser, mit welchem aus dem Ganzen das Stirnrad *c* (mit 72

Fig. 441.

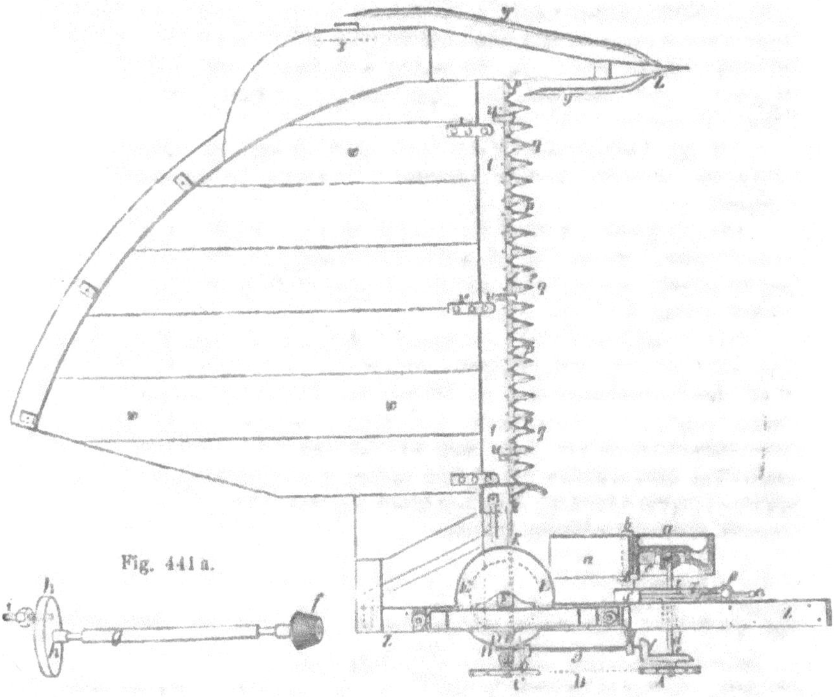

Fig. 441 a.

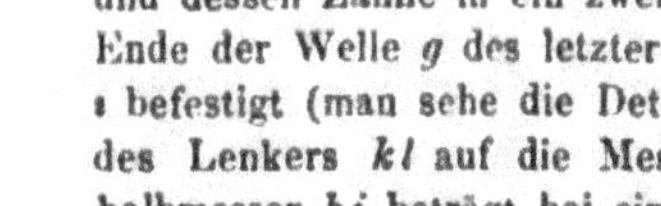

Zähnen) gegossen ist. Mit letzterem im Eingriffe befindet sich ein Getriebe *d* (mit 18 Zähnen), auf dessen Welle *d* ein Kegelrad *e* (40 Zähne) gekeilt ist und dessen Zähne in ein zweites Kegelrad *f* (11 Zähne) fassen. Am anderen Ende der Welle *g* des letzteren Rades ist die Kurbelscheibe *h* mit der Warze *i* befestigt (man sehe die Detailfigur 441 a), von wo aus die Bewegung mittelst des Lenkers *kl* auf die Messerstange *mt* übergetragen wird. Der Kurbelhalbmesser *hi* beträgt bei einer dem Verfasser zu Gebote stehenden Samuelson'schen Maschine 3 Zoll engl., so dass der Messerbalken ein Schublänge von 6 Zoll hat [1]).

1) Bezeichnet man die gleichzeitigen Umlaufszahlen der Wellen *b*, *d* und *g* beziehungsweise mit U_1, U_2 und U_3, so erhält man den oben bemerkten Zähnezahlen entsprechend: $U_2 = \frac{72}{18} U_1 = 4 U_1$, ferner $U_3 = \frac{40}{11} U_2 = \frac{160}{11} U_1$. Da die Arbeitsgeschwindigkeit der Pferde bei geradlinig fortschreitender Bewegung 4 Fuss

Die Gestalt der Messerstange t mit der Knagge l, woselbst sie mit der Lenkstange k durch einen neuen Bolzen verbunden wird, ferner der dreieckigen Messer p, mit von zwei Seiten zugeschärften Schnittkanten, erhellt aus den in $\frac{1}{2}$ wahrer Grösse gezeichneten Fig. 442, 443 (Durchschnitt). Ebenso zeigen die Fig. 445 und 446 die Form der Finger q, sowie deren Verbindung mit einem schmiedeeisernen Balken u, worauf die Finger mit ihren blattförmigen Hintertheilen geschroben sind, sowie endlich auch die Art und Weise (in Fig. 440) erkennbar ist, in welcher der Fingerbalken u mit der Plattform ww (zum Niederlegen und Ansammeln des abgeschnittenen Getreides) durch Verbandstücken vv vereinigt sind.

Auf die Verticalwelle, deren Kopf F' das Kreuz der Raffbretter und Harkenarme aufnimmt, wird die erforderliche Bewegung wie nachbemerkt übergetragen.

Die verlängerte Welle d ist zunächst mit einer Scheibe A ausgestattet, deren Umfang 9 Kerben hat, in welche die Glieder einer Kette B fassen können, die gleichzeitig über eine zweite (grössere) derartige Scheibe C mit 11 solchen Kerben gelegt ist.

Mit der Scheibe C steckt auf derselben Welle ein Kegelrad D von 8 Zähnen, welches in ein grösseres solches Rad E fasst, so dass die verticale Welle F' mit dem Kreuzarmensysteme der Harken und Raffbretter pro Minute fast 12 Umläufe macht [1]). Endlich sind HH Hülsen, welche zur Aufnahme von Schraubenspindeln dienen, womit man die Lage und Höhenstellung des Harkenringes (Fig. 439) reguliren kann. Zum Höher- und Tieferstellen des Schneideapparates $pqtu$, überhaupt zum Bestimmen der Stoppelhöhe hat Samuelson folgende einfache Anordnung getroffen.

---

engl. pro Secunde angenommen werden kann, so berechnet sich die Umlaufszahl U_1 des Triebrades aus der Gleichung: $4 = \frac{\frac{31}{12} \cdot 3{,}14 \cdot U_1}{60}$, zu $U_1 = 29{,}5$ pro Minute. Nimmt man des möglichen Gleitens des Bodenrades a wegen nur 29 Umgänge pro Minute an, so macht die Krummzapfenwelle g $U_3 = \frac{160}{11} \cdot 29 = 420$ Umläufe (in runder Zahl) pro Minute. Sonach arbeiteten die Messer (bei 6 Zoll Schublänge mit der Geschwindigkeit von $\frac{420 \cdot 2 \cdot \frac{1}{2}}{60} = 7$ Fuss pro Secunde.

1) Nach den vorher gemachten Angaben verrichtet die Welle d, worauf das grosse Kettenrad A steckt, pro Minute $U_2 = 4\ U_1$, das ist, weil $U_1 = 29$ berechnet wurde, $U_2 = 4 \cdot 29 = 116$ Umläufe. Zufolge der Verhältnisse der Kettenscheibendurchmesser verrichtet die passive Scheibe C demnach $116 \cdot \frac{9}{11}$ Umgänge pro Minute. Demnach macht folglich die stehende Welle F' und mit ihr das Armkreuz der Ablegevorrichtung pro Minute

$$116 \cdot \frac{9}{11} \cdot \frac{8}{64} = \frac{1044}{88} = 11{,}86 \text{ oder beinahe } 12 \text{ Umläufe.}$$

Fig. 442.

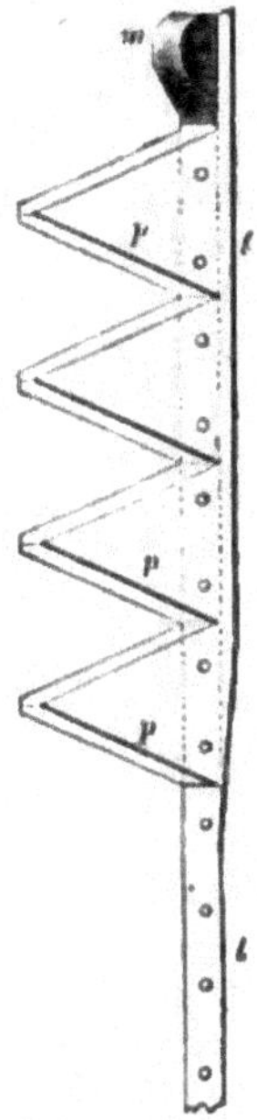

An dem hinteren Ende und zwar nahe dem Triebrade *a* ist am Gestellrahmen *Z* der Maschine eine endlose Schraube *β* befestigt, die mittelst eines Handrades *α* in Umdrehung gesetzt werden kann, ohne dass sie eine fortschreitende Bewegung anzunehmen im Stande ist. Zwischen die Gänge dieser Schraube fassen die schiefen Zähne eines Kreissegments *γ*, dessen Drehaxe *ε* mit jener der Welle *d* zusammenfällt, während das Segment vermittelst einer Hülse *δ* die Welle *b* des Triebrades *a* lose umgiebt.

Hiernach erkennt man bald, dass bei geeigneter Drehrichtung am Handrade *α* (mit Bezug auf das grosse Gewicht des auf dem Erdboden ruhenden Triebrades *a*) der ganze Rahmen *ZZ* zu einer Drehung um *b* als Axe veranlasst, dadurch der vordere Theil der Plattform und weiter der Schneideapparat *pqtu* (Fig. 441) höher oder tiefer gebracht, also eine höhere oder niedrigere Stoppel erhalten werden kann. Die erforderliche Stellung an der anderen Seite der Maschine wird an Laufrolle *x* vorgenommen.

Der Abtheiler mit seiner Scheitelspitze ist in Fig. 441 sichtbar und seine wesentlichsten Theile sind mit *yy'* bezeichnet.

Getreidemähmaschinen, wobei die selbstthätige Ablegevorrichtung aus endlosen Tüchern nach dem Vorgange von Bell (S. 452), oder aus einer Combination von endlosen Tüchern und Riemen mit spitzen Zähnen besteht (und die in Schwaden ablegen), construirten in neuerer Zeit namentlich die Franzosen Faure [1]) und Douat-Duchataux, solche mit Riemen und Fingern allein Hornsby in England (Grantham) etc.

Fig. 443.

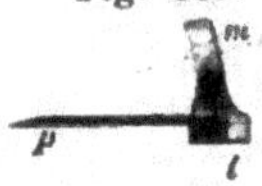

Alle diese Constructionen sind jedoch viel mehr anerkennungswerthe Bestrebungen zur Erreichung eines gesteckten Zieles, als Maschinen, die ohne Weiteres dem Landmanne empfohlen werden können.

Fig. 444.

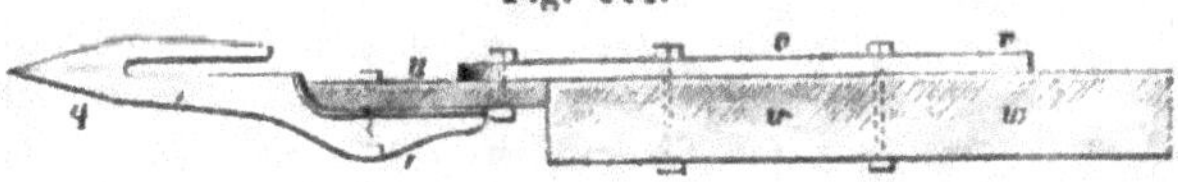

Was die Leistungen der Mähmaschine mit selbstständigen Ablegevorrichtungen betrifft, so hängen diese, wie überhaupt die aller Mähmaschinen, von einer Menge von Umständen ab, so dass Zahlen im Allgemeinen wahrheitsgetreu gar nicht ausgesprochen werden können.

Fig. 445.

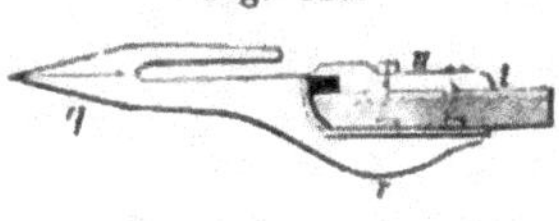

Vor Allem kommt es darauf an, ob das Getreide völlig aufrecht steht oder

1) Bei Perels (nach dem Journal d'Agriculture) S. 298 und 202.

mehr oder weniger gelagert ist, ob die Umstände und das Terrain verhältnissmässig ein Schneiden rings um das ganze Feld, nach drei, nach zwei Seiten oder gar nur nach einer Seite gestatten, wo also ein Leergehen nach der einen oder anderen Richtung nicht zu umgehen ist u. dgl. m. Ferner hat die Gestalt und Beschaffenheit des Bodens einen nicht unwichtigen Einfluss auf die Grösse der Fläche, welche pro Tag abgemäht werden kann, d. h. es hängt davon ab, ob die Oberfläche eben, muldenförmig, mit sogenannten Rücken ausgestattet ist, ob viel Wassergräben vorkommen und in welchem Culturzustande sich überhaupt das Land befindet. Endlich spielt die Länge der Aehren und deren mehr oder weniger kräftiger Bau eine gewichtige Rolle, so zwar, dass z. B. in den meisten Fällen hochgewachsener deutscher Roggen nur schlecht abgemäht werden kann, weil lange Aehren leicht wickeln und beim Schneiden Verstopfungen herbeiführen, dagegen Hafer, Bohnen und Lupinen derartige Uebelstände nicht veranlassen.

Fig. 446.

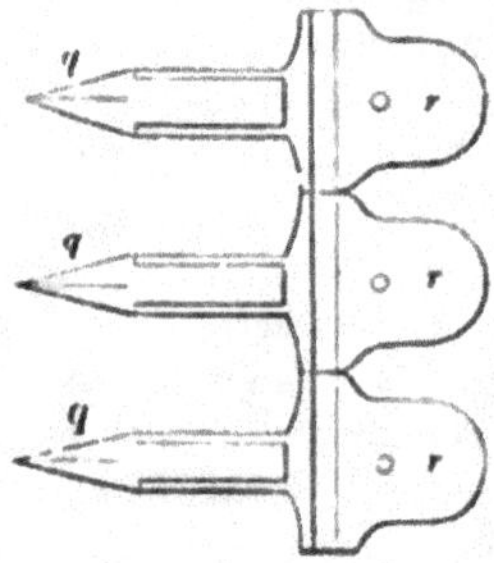

Der Verfasser hat namentlich mit der vorbeschriebenen Samuelson'schen Getreidemähmaschine vielfache und sorgfältige Versuche angestellt und dabei gefunden, dass dieselbe bei 5 Fuss Schnittbreite und wenn zwei vorgespannte (mittelstarke) Pferde mit 4 Fuss Geschwindigkeit pro Stunde arbeiten, täglich, d. h. bei zehnstündiger Thätigkeit, allerhöchstens 20 Morgen [1]), gewöhnlich nur 15 Morgen abzumähen im Stande ist, wenn ohne wesentliche Unterbrechung gearbeitet werden kann, dass sich jedoch diese Zahl auf 10, ja bis auf 5 Morgen verringert, wenn gelagertes Getreide zu schneiden ist und das Schneiden rings um das Feld herum nicht möglich ist.

Wenn auch die beste Mähmaschine der Gegenwart unter Umständen befriedigen mag, so ist dennoch deren allgemeine Einführung auf dem Continente noch lange nicht zu erwarten, da vor Allem die Handarbeit noch zu billig und die Construction der Maschinen zu complicirt ist [2]). Allerdings trug

1) Die Samuelson'schen Maschinen, welche dem Verfasser zu Gebote standen, hatten meistens 5 Fuss Schnittbreite, wovon man jedoch der Sicherheit wegen (um nicht zu Selbsttäuschungen zu kommen) nur 4 Fuss preuss. als durchschnittlich wirksam annehmen kann. Bei 4 Fuss preuss. Geschwindigkeit und continuirlich geradlinig fortschreitender Bewegung der Pferde gäbe dies pro Secunde 4 . 4 = 16 Quadratfuss Schnittfläche, also pro Stunde 57600 preuss. Quadratfuss, das ist, weil ein preuss. Morgen 180 . 144 = 25920 Quadratfuss Fläche hat, reichlich $2^1/_5$ preuss. Morgen, oder 22 Morgen (= 21,6 hannov. Morgen = 14 engl. Acre) in 10 Stunden. Da hierbei Richtungsveränderungen und unumgängliche Ruhezeiten unbeachtet geblieben sind, so vermindert sich das betreffende Resultat mehr oder weniger bedeutend.

2) In einem Artikel der Annalen der Landwirthschaft in den königl. preuss. Staaten, Jahrg. 23, Februar- und Märzheft von 1865, S. 216 wird in gedachter Beziehung nachstehendes Urtheil ausgesprochen: „Die Behandlung jeder Mähmaschine

auf der Londoner Industrie-Ausstellung von 1862 die eingesandte M'Cormick'sche Maschine die stolze Zahl 40000, allein dennoch darf man dreist behaupten, dass für Deutschland die Verwendung der heutigen Mähmaschinen (bis jetzt) eigentlich nur eine Nothhülfe ist, wenn die Arbeitskräfte fehlen und wenn man unter allen Umständen das Getreide innerhalb gewisser (kurzer) Zeit abgemäht haben muss.

Zusatz. Noch weniger günstig lautet das allgemeine Urtheil hinsichtlich der Verwendbarkeit der Grasmähmaschinen der Gegenwart in unserem deutschen Vaterlande, da hier (abgesehen von der Arbeitslohnfrage) noch mehr die Unebenheiten der Wiesen (insbesondere die vielen Maulwurfshaufen), die Beschaffenheit des Grases und des Bodens, worauf dasselbe wächst etc., als Hindernisse des Erfolges in den Weg treten.

Unter solchen Umständen hielt es der Verfasser für rathsam, von den Grasmähmaschinen nur zu erwähnen, dass ihr Schneideapparat principiell mit denen der Getreidemähmaschinen übereinstimmt, dass man sie jedoch (in der Regel) ohne Plattform ausführt, um Verstopfungen möglichst zu vermeiden, dass man sie sodann, um eine geeignete Führung zu erhalten, am freien Ende des Messer- und Fingerbalkens mit einer auf hohe Kante gestellten Platte (dem Schwadenhalter) ausstattet, die zugleich das abgemähte Gras zusammenrafft und die Fahrbahn der Maschine für den folgenden Schnitt frei macht.

Am meisten Anerkennung hat sich zur Zeit noch die Grasmähmaschine des Amerikaners Wood verschafft, wovon sich Abbildung und Beschreibung bei Perels [1]) vorfindet.

Unter den mannigfach verbreiteten Wood'schen Grasmähmaschinen dürfte besonders die des französischen Arztes Dr. Mazier in l'Aigle Beachtung verdienen (der Mechaniker Ganneron in Paris baut sie mit Erfolg), indem hier das (unter dem zweirädrigen Karren befindliche) Zahnradtriebwerk möglichst von den anderen Theilen der Maschine getrennt ist und damit vor Verletzung, Schmutz und Staub geschützt wird. Ferner ist dabei der Fingerbalken mittelst zwei Doppelscharnieren nach zwei Richtungen hin drehbar gemacht, wodurch sich derselbe dem Boden besser anschmiegen kann, auch sind noch mehrfache hübsche Details vorhanden, in Bezug auf welche, sowie auf die Maschine überhaupt, unsere (mit einer Abbildung begleitete) Quelle [2]) vollständig Auskunft giebt.

§. 66.

B. Heuwendemaschinen [3]).

Dieser eben so nützlichen wie constructiv interessanten Ma-

---

erfordert, sofern sie ein erfreuliches Resultat liefern soll, eine weit grössere Aufmerksamkeit und Sachkenntniss, als der Betrieb einer Dampfmaschine, und eine fast eben so grosse, als der vortheilhafte Betrieb einer combinirten Dampfdreschmaschine" (von der weiter unten ausführlich gehandelt werden wird).

1) A. a. O. S. 316 etc.

2) Annalen der Landwirthschaft in den königl. preuss. Staaten, Jahrg. 1865, S. 216.

3) Recht vollständig bearbeitet im Artikel „Faneuses" in der Encyclopédie

schinen wurde bereits Seite 450 gedacht. Wir beschränken uns hier auf die ausführliche Beschreibung der ebenfalls erwähnten Maschine des Engländers Boby, die gegenwärtig zu den einfachsten und brauchbarsten ihrer Art gehört und aus Zeichnungen am schnellsten zu verstehen ist [1]).

Den wesentlichsten Theil dieser Maschine bilden die um eine horizontale Axe rotirenden, an je fünf symmetrisch gestellten Armen befestigten Harken- oder Rechen-Balken, die rascher und wirksamer als die durch Menschenhand geführten Geräthe gleichen Namens wirken und wovon zwei auf einer und derselben Welle neben einander und zwar unabhängig von einander placirt sind.

Von den nachstehenden Abbildungen stellt Fig. 447 den Aufriss der

Fig. 447.

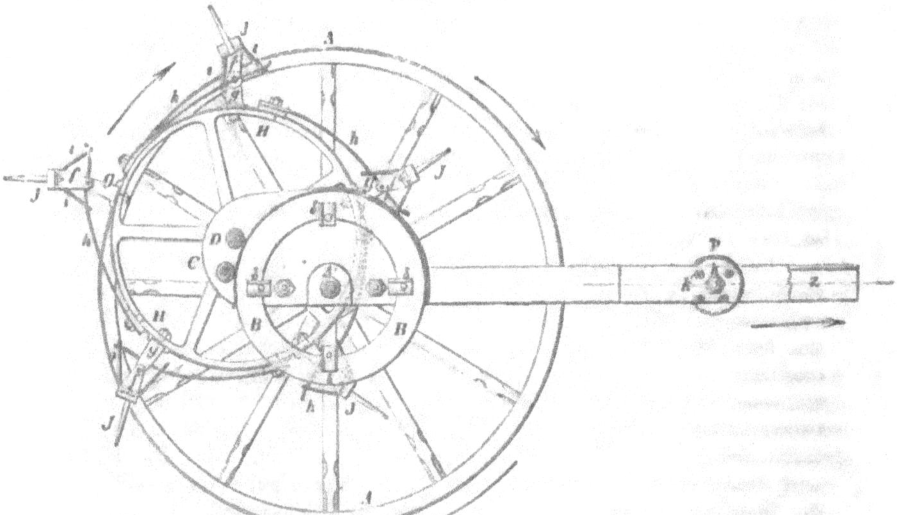

Maschine, Fig. 448 den Grundriss derselben und die übrigen Figuren entsprechende Details dar.

---

pratique de l'agriculteur par Moll et Gayot, Paris 1862, Tome 7. — Ferner liefert ausführliche Beschreibungen und Abbildungen Perels a. a. O. S. 359. Grössere Abbildungen enthält die Sammlung von Zeichnungen landwirthschaftl. Maschinen, herausgegeben von hannoverschen Polytechnikern (1853), Bd. 1, Blatt XVIa und XVIb.

1) Pintus in den Verhandlungen des Vereins zur Beförderung des Gewerbfleisses in Preussen, Jahrg. 1863, S. 190, und in seinem selbstständigen Werke: „Die landwirthschaftlichen Maschinen und Ackergeräthe der Londoner Industrie-Ausstellung von 1862", S. 67, Tafel II, III und IV.

Den tragenden Hauptkörper der beiden arbeitenden Werkzeuge bilden zwei gusseiserne, beziehungsweise aus Nabe, Armen und Kranz gebildete kreisförmige Scheiben *HH*, deren Querschnitt besonders aus Fig. 449 erhellt.

Fig. 448.

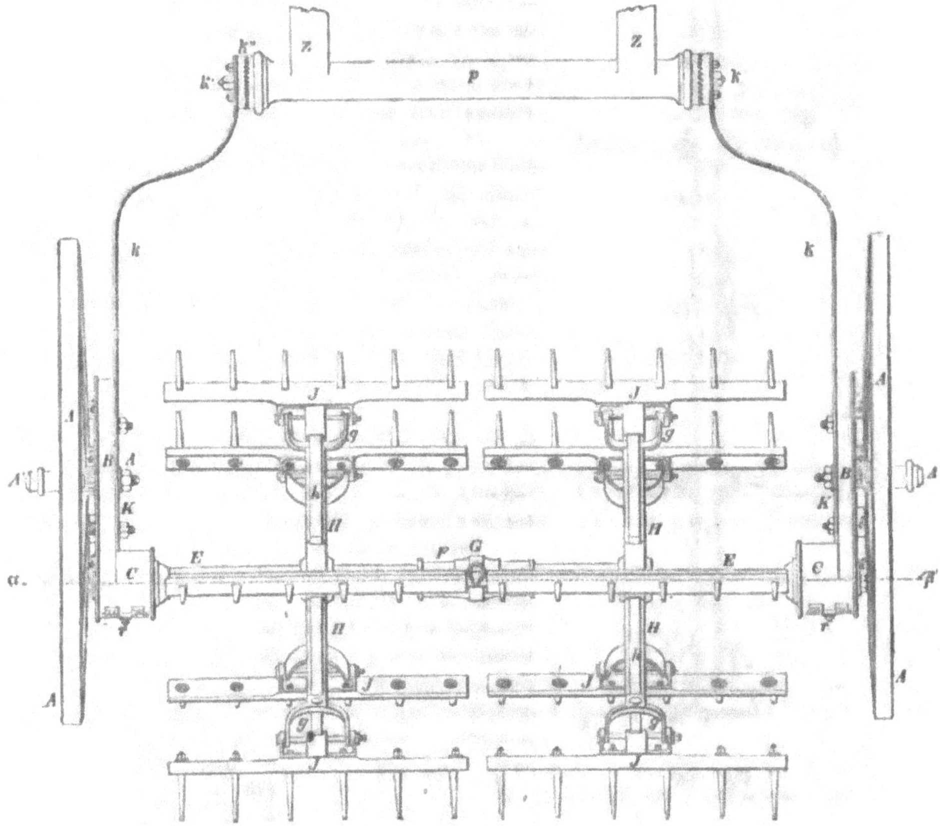

Am Umfange dieser Scheiben sind fünf Ständer oder Knaggen *gg* durch Schrauben befestigt, deren jede scharnierartig vermöge Lappen *ff* mit einem eisernen Schuhe verbunden ist, woran sich die Zinkenbalken *J* befinden. Ferner sind am Umfange der Scheibe *HH* stählerne Blattfedern *hh* angebracht, die gegen Lappen der Zungenstücken *ii* drücken, welche mit dem gusseisernen Schuhe ein Ganzes bilden, worin die Harkenbalken *J* befestigt sind. Vermöge dieser Anordnung wird man in den Stand gesetzt, die Harken in zwei verschiedenen Stellungen festzuhalten. Davon entspricht die eine der, welche in Fig. 447 gezeichnet ist, nämlich der Stellung, bei welcher die Arbeit verrichtet wird und wobei die Harkenzähne eine solche Richtung haben, dass sie radial zur Axe *A'* der Laufräder *A* stehen, sobald sie bei ihrer Drehung über

Fig. 449.

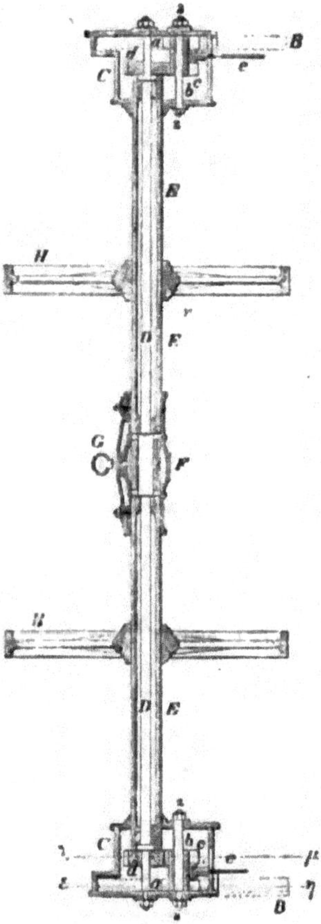

A' angelangt sind. Bei der zweiten Stellung werden sie fast tangential zum Umfange der Scheiben *H* gerichtet, worauf sie befestigt sind, welches jedenfalls beim Transporte von und zum Arbeitsfelde geschieht. Die Stärke der Federn *hh* ist überdies so bemessen, dass sie auch während des Arbeitens ein Umlegen der Zinkenbalken *J* zulassen oder nachgeben, wenn ihnen am Boden ein Hinderniss begegnet, welches ihren Bruch veranlassen könnte.

Wie aus den Abbildungen erhellt, liegt die Umdrehwelle *E* der Harkenscheiben excentrisch zur Axe *A'* der Lauf- oder Tragräder *A* der ganzen Maschine. Unabhängig von der Umdrehaxe *A'* ist an den Speichen eines jeden Rades *A* ein Zahnkranz *B* mittelst Knaggen *dd* befestigt, der nach Belieben mit Zahngetrieben *d* (am Ende der hohlen Welle *E*) oder *a* (auf einer kurzen Parallelaxe *b* zu *E* und *A'*) in Eingriff gebracht werden kann.

Eine Kappe *C* umschliesst diese Theile in der Weise, wie aus Fig. 450 und 451 erhellt [1]), wodurch sie vor erheblichem Schmutz bewahrt werden und zugleich den Arbeiter vor Beschädigung schützen.

Endlich ist zu bemerken, dass eine ohne Unterbrechung durch die hohle Welle gehende eiserne Axe *D* beide Seitentheile *BC* der Maschine in die erforderliche feste Verbindung bringt und dass auf dieser Axe *D* jede Hälfte der ursprünglich in zwei unabhängige Theile getheilten Hohlwelle *E* zugleich mit den Zinkenscheiben verschiebbar ist. Diese Anordnung ist leicht aus Fig. 449 zu erkennen, wobei noch auf die Hülse *F* aufmerksam zu machen sein dürfte, welche die Grösse der Verschiebung der beiden Wellen *E* nach der Axe *D* hin bestimmt begrenzt.

Fig. 450.

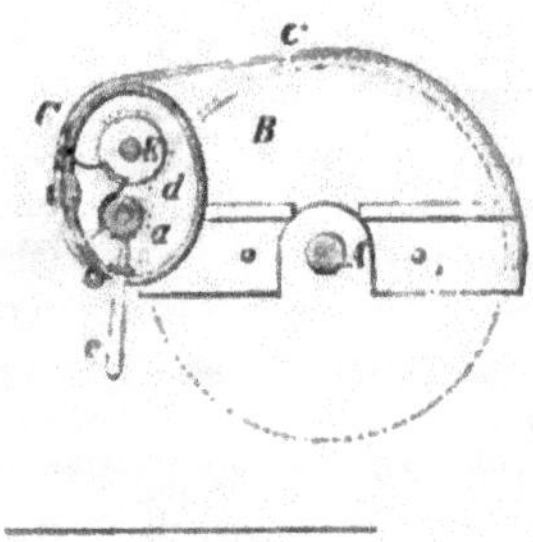

Fig. 451.

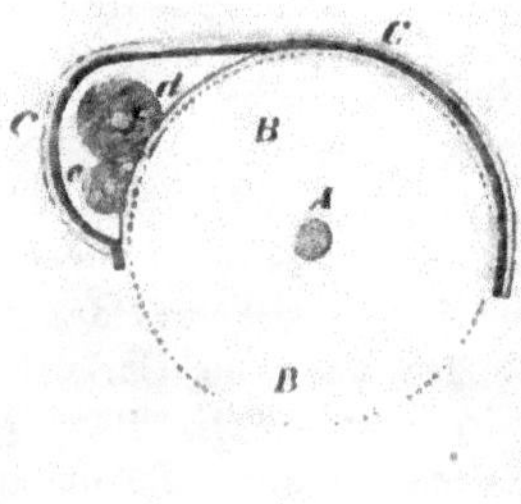

1) Fig. 450 zeigt den Durchschnitt nach der Linie $\varepsilon\eta$ von Fig. 449, und 451 den Durchschnitt nach der Linie $\lambda\mu$ von Fig. 449.

Um die vorgedachte Verschiebung ausführen zu können, ist lediglich erforderlich, einen Stift G, welcher F durchdringt und von einer Feder in eine Nuth der Axe D gedrückt wird, in die Höhe zu ziehen. Sodann lässt sich die Verschiebung nach auswärts so weit treiben, dass endlich ein Zahngetriebe d mit dem grossen auf A' befestigten Zahnkranze zum Eingriffe gelangt. Rückt man dann gleichzeitig, mit Hülfe eines kurzen Hebels e, die beiden zusammenhängenden Zahngetriebe a und c auf der kurzen Welle b nach innen, so dass weder a mit B noch c mit d zusammenfassen kann, so erkennt man leicht, dass bei solcher Lage aller Theile die Umdrehbewegung vom Zahnringe B direct auf die hohle Welle D und damit direct auf den betreffenden Harkenhaspel übergetragen wird.

Zum Hervorbringen einer Umdrehung der Harken nach entgegengesetzter Richtung[1]) giebt man den Rädern die in Fig. 449 gezeichnete Stellung, d. h. man verschiebt die hohle Welle E sowie die Getriebe a und b derartig, dass B mit a zusammenfasst und das mit letzterem zusammengegossene c die Bewegung auf d und damit auf die Harkenhaspelwelle E überträgt.

Um endlich den Harkenhaspeln HJ gar keine Umdrehbewegung zu ertheilen, verschiebt man mittelst des Rückhebels e die beiden Getriebe a und c so weit nach einwärts, dass a nicht nur ausser Eingriff mit dem grossen Zahnrade B kommt, sondern auch mit d zusammenfasst, so dass das Getriebe c ganz frei wird und so weit als möglich nach der Mitte der ganzen Maschine hin zu liegen kommt.

Bei etwas aufmerksamer Betrachtung der ganzen Combination bemerkt man bald, dass sich in dem einen Falle die Harkentrommeln H im Sinne der Fahrräder A drehen, während sie im anderen Falle eine Drehung annehmen, die jener der Fahrräder entgegengesetzt ist.

Dass dabei durch entsprechende Wahl der Raddurchmesser der zusammengreifenden Zahnräder die Umdrehzahl der Harkenhaspel drei, vier bis fünf Mal so gross gemacht werden kann, als die der Karrenräder A, bedarf wohl kaum der Bemerkung.

Um die Harkenzähne J höher oder tiefer über den Erdboden weggehen, mehr oder weniger in das gelagerte Heu eingreifen zu lassen, hat Boby folgende Anordnung getroffen.

Ein hohles, cylindrisches Stück p (Fig. 448) ist mit Hülsen ZZ aus dem Ganzen gegossen, in welchen (letzteren) die Bäume der Gabeldeichsel zum Anspannen des Zugpferdes befestigt werden.

Durch diesen Hohlcylinder p geht eine schmiedeeiserne Axe $k'k'$, die durch Schrauben mit den Bügeln kk fest verbunden werden kann, wobei letztere mit ihren hinteren Enden an die Innenwand der gusseisernen Büchse C geschroben sind, die das grosse Stirnrad B umgiebt.

---

1) Die Vorwärtsbewegung der Zinkentrommel, wie es die Pfeile in Fig. 447 bezeichnen, wird dann angewendet, wenn man das frisch gemähte Gras (Schwad) zu streuen beabsichtigt, dagegen benutzt man die Rückwärtsbewegung, wenn das Gras theilweise getrocknet ist, oder wenn gegen den Wind gearbeitet werden muss.

Hiernach ist klar, dass sich die Deichselhülsen ZZ, durch Drehung um kk' als Axe, in verschiedene Lage zur Ebene der Bügel kk bringen lassen. Zur Fixirung einer solchen bestimmten Stellung sind sowohl die Enden der Bügel kk als die des Hohlcylinders p mit Zahn- (Sperr-) Scheiben $k''k''$ ausgestattet.

Bildet zufolge solcher Stellung beispielsweise die Ebene der Deichselhülsen ZZ mit der der Bügel kk einen stumpfen Winkel, so werden, beim Ziehen des angespannten Pferdes, die in die Höhe stehenden Deichselhülsen in eine mehr oder weniger horizontale Lage gebracht, niedergedrückt und deshalb die hohle Welle E der Harkenhaspel zum Aufsteigen genöthigt, da sich das ganze System um $A'A'$ (d. h. um die Welle der Fahrräder) als Axe drehen muss.

Zum Schmieren der Lagerstellen der Fahrräder lässt sich die beschriebene Anordnung ebenfalls benutzen, indem dann die Harkenhaspelscheiben (bei niedergelegten Zinken) auf den Boden gedrückt, dadurch die Räder A frei gemacht und leicht abgezogen werden können, sobald man gleichzeitig die Deichsel Z so um p dreht, dass sie nach hinten völlig überschlägt.

Am meisten Aehnlichkeit hat Boby's Heuwender mit der Maschine einer anderen rühmlichst genannten Firma in diesem Fache, mit der des Engländers Nicholson (Trent Iron-Works, Newark). Hier ist an jedem der Karrenräder A ein cylindrischer gusseiserner Kasten (hohle eiserne Nabe) angebracht, der inwendig mit zwei Zahnkränzen ausgestattet ist. Der äussere grössere hat eine innere, der kleinere und excentrisch gestaltete hat eine äussere Verzahnung. Je nachdem ein passendes Getriebe mit dem einen oder anderen dieser Zahnkränze in Verbindung gebracht wird, erfolgt die Drehung der Harkenzinkentrommel in dem einen oder anderen Sinne.

Ferner vertheilt Nicholson die Haspelarme oder die schmiedeeisernen Harkenstiele auf vier und mehrere gusseiserne Naben und bringt dabei die Arme so an, dass die einzelnen Harkenbalken gegen einander versetzt werden und ihre Gesammtzahl symmetrisch um die Haspelaxe vertheilt ist. Endlich macht Nicholson die Harkenzinken krumm, vermittelt das Höher- und Tieferstellen der Harkenhaspel durch Zahnbogen und Trieb und bringt zwischen Pferd und Maschine (vor dem röhrenförmigen Verbindungsstege p Fig. 447) einen aus Drahtgitter gebildeten Schirm an, um bei windigem Wetter das Zugpferd vor dem Bewerfen mit Heu zu schützen [1]).

Vom Standpunkte der sinnreichen Maschinenconstruction aus leistet Howard in Bedford (England) zur Zeit das Vorzüglichste im Gebiete der Heu-

---

1) Ausführliche Zeichnungen und Beschreibungen der Nicholson'schen Maschinen finden sich in Moll und Gayot's Encyklopédie T. 7, Pg. 315—318, ferner in folgenden Nummern der Patent Specificationen: Nr. 1485 von 1854, Nr. 1634 von 1859 und Nr. 1333 von 1861, und in Armengaud's Publ. Industr. T. 13, Pl. XI, Pg. 115. Endlich ist auch zu empfehlen ein Bericht des Herrn v. Cramm-Rhode über die landwirthschaftliche Ausstellung im Battersea-Park bei London 1862, in Henneberg's Journal der Landwirthschaft, neue Folge, 8. Bd. (1863), S. 163.

wendemaschinen. Derselbe hat erstens zur Veränderung der Umdrehrichtung der Harkenhaspel ein Minimum von Zahnrädern angeordnet und zweitens jedes seitliche Verschieben der Harkenhaspel mit ihrer Welle überflüssig gemacht. Ebenso regulirt er den Abstand der Harkenzinkenspitzen von der Erde durch einen excentrischen Versetzkopf.

Leider verhindern auch hier Raum und Zweck unseres Werkes ein specielles Eingehen auf Howard's beachtenswerthe Mechanismen, weshalb zu deren Studium die unten angegebenen Quellen bezeichnet werden müssen[1]).

Zusatz. Auf die bereits Seite 455 erwähnten Pferdeharken oder die grossen durch Spannvieh gezogenen Rechen näher einzugehen, sind wir hier gleichfalls ausser Stande, verweisen deshalb auf die wiederholt citirten Arbeiten von Pintus (a. a. O. S. 69) und von Perels (a. a. O. S. 372), sowie hinsichtlich grösserer, nach Maassstab ausgeführter Zeichnungen auf Blatt XVa und XVb Bd. I. der „Sammlung landwirthschaftlicher Maschinen", welche 1853 von den Studirenden der Maschinenlehre an der polytechnischen Schule zu Hannover herausgegeben wurden.

§. 67.

IV. Dreschmaschinen.

A. Lang- oder Spitz-Dreschmaschinen[2]).

Im Nachstehenden werden die Dreschmaschinen in zwei Abtheilungen besprochen, übereinstimmend mit der jetzt (S. 457) allgemein angenommenen Unterscheidung in Lang- (Longitudinal-) oder Spitz-Dreschmaschinen und in Breit- (Transversal-) oder Quer-Dreschmaschinen. Bei ersteren wird das Getreide der Halmlänge nach rechtwinklig zur Dreschtrommelaxe eingeführt, bei letzteren (der besseren Erhaltung des Strohes wegen) der Breite oder Quere nach, parallel (oder doch nur wenig geneigt) zur gedachten Trommel.

Eine weniger rationelle Eintheilung der Dreschmaschinen (nach den benutzten Motoren) in Hand-, Göpel- und Dampf-

---

1) Patent Specification Nr. 1461 vom 8. Juni 1861 und daraus Perels: „Handbuch landwirthschaftl. Maschinen und Geräthe" S. 367.

2) Sammlung von Zeichnungen der hannoverschen Polytechniker landwirthschaftl. Maschinen Bd. 1, Hannover 1853 (bereits vorher citirt), Blatt XVIIa und XVIIb die ganz eiserne Dreschmaschine von Barett, Andrews und Exall, sowie Blatt IXa und IXb die Dreschmaschine von Ransomes und Sims. Erstere Maschine auch in den Zeichnungen der „Hütte", Jahrg. 1858, Blatt XV und 1859 Blatt IX, Armengaud: „Publication Industrielle Vol. 3, Pl. XIV und Vol. 9, Pl. VI", Schneitler und Andree: „Die landwirthschaftlichen Maschinen", Leipzig 1861, S. 409, §. 293.

Dreschmaschinen mag hier wenigstens nicht ganz unerwähnt bleiben.

Als Prototyp der Lang-Dreschmaschinen wählen wir die Fig. 452 in $1/_{20}$ wahrer Grösse abgebildete Maschine, die für deutsche Verhältnisse in

Fig. 452.

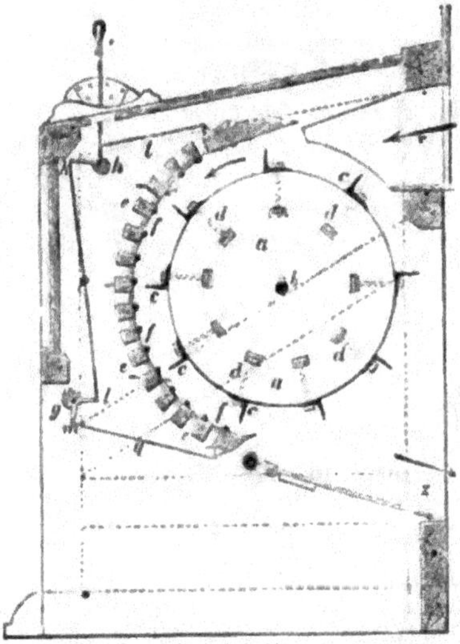

sofern von Bedeutung ist, als die von ihr abgesetzten Exemplare (Ende Juni 1865) bereits die Zahl 587 erreicht haben, wie der Verfasser der Wahrheit gemäss zu bezeugen im Stande ist.

Constructeur und Verfertiger dieser Dreschmaschinengattung ist der Mechaniker Kehlmann in Badbergen (unweit Osnabrück, Königreich Hannover), der sich überhaupt durch ganz ausgezeichnete Leistungen im Baue vorzüglich einfacher und praktisch brauchbarer landwirthschaftlicher Maschinen und Geräthe einen Namen von bestem Klange erworben hat.

Die Schlagtrommel der Kehlmann'schen Dreschmaschinen bestand früher aus zwei starken, hölzernen, kreisförmigen Scheiben *a*, welche auf einer eisernen Welle *b* befestigt und mit einander durch die acht Schlagleisten *c* gehörig verbunden waren [1]), während er sie jetzt aus zwei starken schmiedeeisernen Kränzen und eben solchen Speichen, jedoch gusseiserner Nabe, herstellt und statt acht nur sieben aus Winkeleisen gebildete Schläger in Anwendung bringt. Dabei beträgt der äussere Durchmesser (von Spitze zu Spitze der Schläger gemessen) 24 Zoll rhein. (= 25,78 Zoll hannov.) und die Breite der Trommel, normal zur Bildfläche von Fig. 452 (oder parallel zur Welle *b*) gemessen 23 Zoll rhein. (= 24,7 Zoll hannov.) [2]).

Das Umlaufsverhältniss der Trommel ist so angeordnet, dass bei $2^1/_2$ Umgängen, welche zwei an den Betriebsgöpel (Bd. I, S. 250) gespannte Pferde pro Minute (bei wenigstens 13 Fuss rhein. Schwengellänge) verrichten, die

1) Es bedarf wohl kaum der Erwähnung, dass mit den Buchstaben *dd* Schrauben bezeichnet sind, welche zur Befestigung der Schlagleisten *c* dienen und deren Muttern Platz in entsprechend ausgesparten Räumen der Scheiben *a* finden.

2) Kehlmann will die Erfahrung gemacht haben, dass bei dem angegebenen Durchmesser der Dreschtrommel und bei der bemerkten Umlaufszahl derselben 7 Schläger bessere Dienste thun als 8 Schläger. Bei zu vielen Schlägern sei es gleichsam, als ob die Halme nicht Zeit genug hätten, jedem Schläger einen anderen Angriffspunkt darzubieten.

Schlagtrommel reichlich 700 (genauer 708) Umläufe macht, was dann 4956 (Dreschflegel-) Schläge und eine Peripheriegeschwindigkeit von 4800 Fuss hannov. pro Minute giebt. Eine grössere Geschwindigkeit und mehr Schläge als die bemerkte Zahl zerreibt Körner und Stroh und erschwert den Gang der Maschine. Nur wenn sich das Getreide schwer ausdrischt (feucht ist), muss der Gang beschleunigt werden.

Bei kleineren Schlagtrommeln muss man mehr Umläufe geben, wodurch die Abnutzung und der Reibungswiderstand der Maschine erheblich vermehrt wird. Auch passt eine kleine Schlagtrommel nicht gut für langes steifes Stroh.

Was die Gestalt der Kehlmann'schen Schläger *c* betrifft, so liegt bei seinen neuesten Maschinen der aufwärts gerichtete (freie) Schenkel des betreffenden Winkeleisens nicht mehr in der Richtung des Radius *bc*, sondern weicht etwa um 10 Grad gegen denselben zurück (der Bewegungsrichtung zugekehrt), so dass der Winkel, welchen die Schlägerebene mit der Tangente an der Dreschtrommel bildet, kein rechter, sondern ein stumpfer ist.

Letztere Constructionsweise stimmt einigermaassen mit der bei neueren englischen Breitdreschmaschinen überein, wo der gedachte Winkel sehr stumpf genommen und die ganze Schlägerfläche zugleich derartig abgerundet wird, dass die Gestalt von Fig. 453 (in $\frac{1}{4}$ wahrer Grösse gezeichnet) entsteht, auf welche wir nachher bei der zugehörigen Dreschmaschine zurückkommen.

Letztere Anordnung hat zwar den Vortheil, dass sie der Luft weniger Widerstand bietet, aber auch eine grössere Umfangsgeschwindigkeit erfordert, wenn sie rein ausdreschen und zugleich quantitativ schaffen soll. Ueberdies hat sie noch den bedeutenden Uebelstand, dass sich bei längerem Gebrauche die äussere Kante (namentlich wenn dieser die rechte Abrundung fehlt) schnell abnutzt.

Die Kehlmann'schen Schlagleisten nutzen sich (gewöhnlich) in der Mitte mehr ab, als an den Enden, lassen sich nach längerem Gebrauche leicht durchrichten und können endlich leicht umgeschroben werden, so dass dann das Ende (Winkelspitze) die äusserste Kante bildet, welches jetzt der Umdrehrichtung zugekehrt ist und auf dem Trommelmantel aufliegt. Dem Verfasser sind Kehlmann'sche Maschinen bekannt, welche 2000 und mehr Tage in Thätigkeit waren, ohne eine Erneuerung der Schläger *c* nöthig zu machen.

Der Dreschkorb *ee* wird durch 15 Holzstäbe (Rippen oder Gegenschläger) gebildet, welche an der Innenseite und oberwärts auf einem Blechmantel befestigt sind, den man oben an der Eintrittsstelle (von *r* aus) mit abgerundeten Warzen oder Knöpfen ausgestattet, weiterhin aber aus mit schräg gerippten Eisenstäben besetzten Schlagleisten und 32 starken Drähten zusammengesetzt hat. Die Gegenschlägerrippen *ee* wie Warzenreiben und Schlagleisten *ff* sind sämmtlich parallel zur Trommelaxe *b* gerichtet, während die gedachten Eisendrähte unter sich in gleichen Abständen (rechtwinklig zur Richtung der Gegenschläger *ee*) concentrisch zum Umfange der Trommel angebracht sind. Zwischen beiden Enden ist der Dreschkorb an drei verschiedenen (in der Abbildung angedeuteten) Stellen mit Scharnieren ausgestattet (so dass eigentlich der ganze Dreschkorb aus vier fast gleich grossen Bogenstücken besteht), um das Ganze den Anforderungen gemäss beweglich und dabei doch auch gehörig widerstandsfähig zu machen.

Je nach Art und Beschaffenheit des auszudreschenden Getreides ist der concentrische freie Raum zwischen den Schlägern *cc* der Dreschtrommel und den Gegenschlägern *ff* des Korbes *ee* zu vergrössern oder zu verringern, indess soll er nie enger gestellt werden, als zum Reindreschen durchaus erforderlich ist [1]).

Bei Kehlmann's Maschine erfolgt diese Korbstellung von einem einzigen Orte aus, der ausserhalb der Maschine liegt.

Man erkennt nämlich aus der Zeichnung leicht zwei mit ihren Drehaxen *h* und *g* am Gestell der Maschine befestigte Winkelhebel *khi* und *mgl*, welche durch eine Zugstange *p* unter sich und mit zwei anderen solchen Stangen *q* und *t* derartig mit den Endpunkten des Korbes in Verbindung gesetzt sind, dass es nur einer Verrückung des Hebels *hi* (am Handgriffe *i* anfassend) bedarf, um die beabsichtigte Stellung des Korbes ausführen zu können.

Zu bemerken ist dabei noch, dass hinten am Mantel *ee* (symmetrisch vertheilt) fünf Zapfen befindlich sind, welche sich in geeigneten Schlitzen der Seitenwände verschieben lassen, und wobei man die Schlitze so angeordnet hat, dass die darin gleitenden Zapfen beim Weiter- oder Engerstellen dem flachen Bogen des Korbes oder Mantels (Concave) entsprechen und somit der zwischen Korb und Dreschtrommel verbleibende Raum in jeder Stellung (überall) concentrisch ist.

Die Zuführung des auszudreschenden Getreides in der Richtung des in der Abbildung beigefügten Pfeiles, erfolgt (mit Hinweglassung sogenannter Speisewalzen) durch einen nach innen sich gehörig verengenden Rumpf *r*, vor welchem ausserhalb, in der Ebene seiner unteren horizontalen Begrenzungsfläche der sogenannte Einlegetisch von gehöriger Ausdehnung placirt wird.

Körner und Spreu sammeln sich im Raume unterhalb der Dreschtrommel und des Korbes, wogegen das Stroh auf der aus rostförmigen Rundeisen-Stäben gebildeten schiefen Ebene *Z* nach aussen geführt wird und etwa noch mitgenommene Körner durch die Räume zwischen je zwei Stäben nach der erstgedachten Sammelstelle herabfallen [2]).

Erst nachdem die Maschine leer gehend in gutem Gange ist und die Pferde am Göpel ruhig und gleichmässig ziehen, beginnt man mit dem Einlegen des zu dreschenden Getreides, indem man vorher die geöffneten Bunde auf dem Einlegetische gehörig ausbreitet und die Garben in ganz dünnen Lagen der Rumpfmündung *r* (die Aehrenenden voran) zuschiebt.

---

1) Ueber sinnreich angeordnete Korbstellung bei Barett, Exall und Andrews Lang- oder Spitz-Dreschmaschinen wurde bereits S. 457 in der Note 2 berichtet Specielles liefern die dort angegebenen Quellen.

2) Dass man die Lang-Dreschmaschinen auch mit Strohseparator (Strohschüttler) und mit Reinigungsapparaten (Siebwerken und Gebläsen) verbinden kann, versteht sich wohl von selbst. Indess eignen sich solche Complicationen minder für den gewöhnlichen Landmann, für welchen vorzugsweise die Lang-Dreschmaschinen bestimmt sind. Bei den nachher zu besprechenden Quer-Dreschmaschinen kommen wir auf diesen Gegenstand ausführlich zurück.

Die in rascher Umdrehung begriffene Dreschtrommel lässt sich nur durch Bremsen möglichst rasch zum Stillstande bringen. Dies hat jedoch der Einleger stets in seiner Gewalt, dadurch nämlich, dass er ein oder zwei ganze Garben auf einmal hineinjagt, überhaupt eine solche Masse Stroh auf einmal vorschiebt, dass diese zwischen Trommel und Mantel nicht hindurch kann. Auf solche Weise lässt sich die Schlagtrommel im Nothfalle binnen zwei bis drei Secunden zum Stehen bringen. Besteht dann (wie bei allen Kehlmann'schen Maschinen) die Transmissionswelle (am Göpel Fig. 151, Bd. I, S. 250 mit dem Buchstaben T bezeichnet) aus einem starken Baume von Tannenholz, dessen schwächeres Ende mittelst Universalgelenk am Göpel (wie in Fig. 151, Bd. I.) befestigt ist, so dreht sich, wenn die Pferde nicht gleich still stehen, die Welle am Göpel ab und gelangt mit der Maschine zur Ruhe. Bei Kehlmann's Dreschmaschinen sind Fälle vorgekommen, dass auf diese Weise Menschenleben gerettet wurden.

Was schliesslich das Quantum Körner betrifft, welches in gegebener Zeit mit einer Breit-Dreschmaschine der beschriebenen Art ausgedroschen wird, so hängt dies von so verschiedenen Umständen ab, dass sich ehrlich eine bestimmte Zahl gar nicht angeben lässt.

In manchen Jahren und an manchen Orten steckt in einem gleichen Volumen zu Bunden oder Garben vereinigten Getreides die doppelte Menge Körner, als an anderen Stellen, so dass sich Differenzen von 100 Proc. ergeben. Unter mittelguten Verhältnissen und Umständen drischt man im Königreiche Hannover mit der beschriebenen Kehlmann'schen Maschine etwa 10 Fuder (das Fuder zu 300 Garben von etwa 18 Zoll Durchmesser und 20 Garben zu einer Stiege gerechnet). Diese geben bei Winterfrucht 10 bis 12, zuweilen auch 14 bis 15 Malter oder 120 Himten (68 preuss. Scheffel) bis 180 Himten (über 100 preuss. Scheffel) [1]). Bei Sommerfrüchten und bei kurzen Proben (die freilich oft zu grossen Täuschungen führen) kann die Leistung viel höher gebracht werden. Die kleinste Sorte dieser Dreschmaschinen von 23 Zoll rhein. innerer Weite (oder Länge) liefert Kehlmann für den beispiellos billigen Preis von 80 Thalern, den zugehörigen Pferdegöpel (2 bis 4 Pferde) für 150 Thaler.

Bei der im Vorstehenden besprochenen Lang-Dreschmaschine wurde allein Göpelwerk als Betriebsmaschine im Auge gehabt, in welcher Beziehung noch bemerkt werden mag, dass die mehrfachen Bemühungen, die Bewegung vom Göpel auf die Dreschmaschine durch Riemen und nicht durch Räderwerke überzutragen, wenigstens zur Verwendung beim gewöhnlichen Landmann und bei transportabeln Dreschmaschinen zu keinem praktisch empfehlenswerthen Ergebnisse geführt haben. Abgesehen davon, dass, wenn die Riemen nicht

1) 1 Malter zu 12 Himten und 7 Himten gleich 4 preuss. Scheffel gerechnet.

rutschen sollen, sehr leicht eine Spannung ertheilt wird, welche bei weitem mehr Reibung als Zahnräder consumirt, ist diese Bewegungsübertragung meist unbequem, erfordert beim Aufstellen zu viel Aufmerksamkeit und führt mancherlei Unterbrechungen zufolge Abschlagen und Wiederaufbringen der Riemen mit sich.

§. 68.

B. Breit- oder Quer-Dreschmaschinen [1]).

Die einfachste Sorte der hier zu besprechenden Dreschmaschinen unterscheidet sich von den Lang- oder Spitz-Dreschmaschinen streng genommen nur durch die zwei- bis dreimal längere Schlagtrommel, so dass diese gewöhnlich vier bis fünf Fuss, ausnahmsweise (für deutschen langen Roggen) wohl auch sechs Fuss Länge hat.

Zur speciellen Besprechung wählen wir hier jedoch die complicirten und grössten Sorten, wobei nach dem Ausdreschen sofort eine Separation aller gewonnenen Theile und eine so vollständige Reinigung der Körner bewirkt wird, dass diese marktfertig aus der Maschine kommen.

Man pflegt diese Maschinengattung „combinirte Dreschmaschine“ (Portable Combined Thrashing Machine) zu nennen, in der Regel mit (directer oder indirecter) Hinzufügung der Firma, welcher die ganze Construction oder doch deren Grundprincip entspricht, und in welcher Beziehung die bereits im Vorstehenden mehrfach angeführten englischen Namen Clayton-Shuttleworth [2]), Ransomes und Sims [3]), Barett [4]),

---

1) Hamm a. a. O. S. 677 beschreibt besonders Barett's Breit-Dreschmaschine, der man auch den Namen Bolting Thrashing Machine, vom englischen Worte to bolt sieben, reinigen, giebt, weil mit ihr mindestens ein Strohschüttler, gewöhnlich auch Siebwerke verbunden werden. Auch Perels a. a. O. S. 17; Armengaud Le Génie Industr. „Duvoir's Machine à battre le blé“ Vol. 13, Pg. 178, Pl. VI.

2) Slight und Burn: „The Book of Farm Implements and Machines“ §. 1314, Plate XXVI. Journal d'Agriculture pratique, 5. August 1861 und hieraus bei Perels a. a. O. S. 50, endlich auch v. Cramm-Rhode in Henneberg's Journal für Landwirthschaft 1863, S. 47.

3) Schneitler und Andree a. a. O. §. 300, sowie v. Cramm-Rhode a. a. O. S. 16. Perels (a. a. O.) S. 55 nach dem Journal d'Agriculture pratique vom 5. October 1859.

4) Patent Specification Nr. 153 von 1859 und Armengaud: „Publication Industrielle“ Vol. 13, Pg. 64, Pl. VI.

Hornsby [1]), Tuxford [2]) u. A., sowie in Frankreich Albaret

Fig. 453.

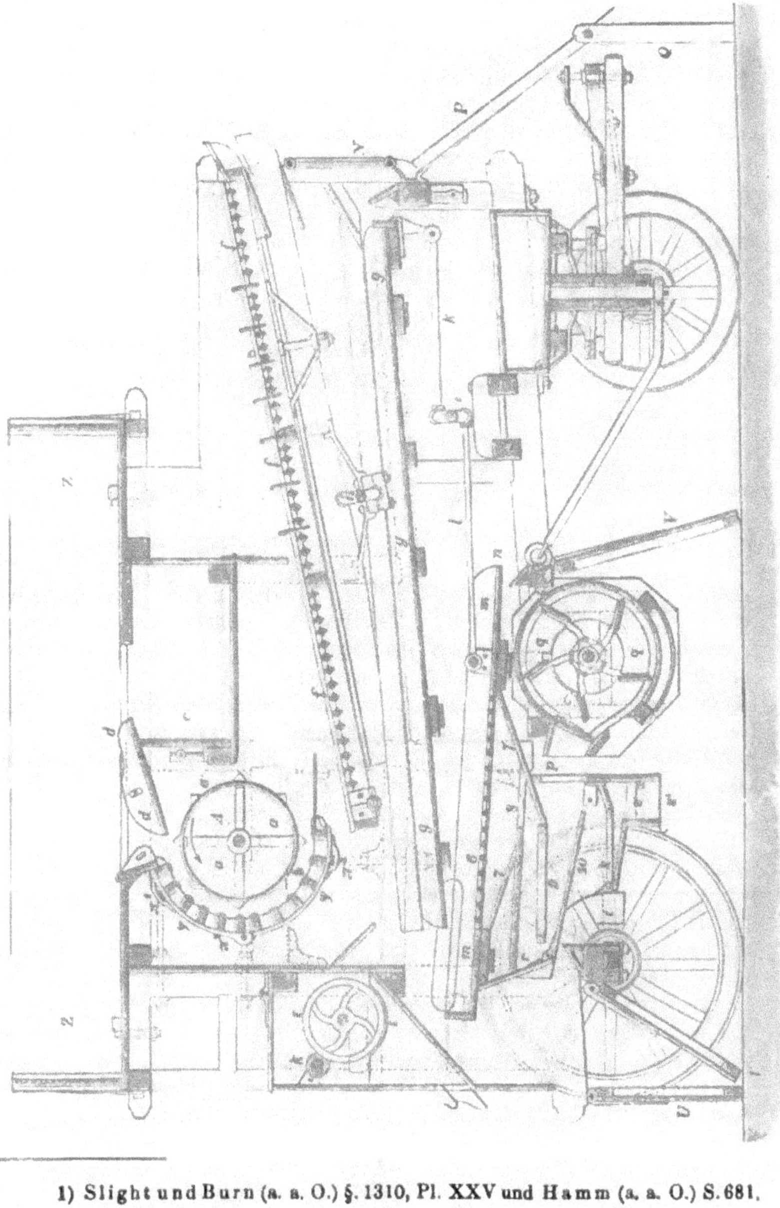

1) Slight und Burn (a. a. O.) §. 1310, Pl. XXV und Hamm (a. a. O.) S. 681.

2) Tuxford in Boston soll nach Slight-Burn (a. a. O. §. 1304) die erste Dampf-Dreschmaschine geliefert haben.

(Nachfolger von Duvoir) in Liancourt [1]), Cumming in Orléans [2]) etc. einen vorzüglichen Ruf erlangt haben.

Diese sämmtlichen Maschinen weichen hinsichtlich ihrer Construction nur in gewissen Details von einander ab (wovon die wichtigsten später angeführt werden sollen), weshalb wir uns auf die specielle Beschreibung einer derselben beschränken, welche in den Haupttheilen Clayton-Shuttleworth entspricht und mit manchen Eigenthümlichkeiten von der C. W. Runde'schen Fabrik landwirthschaftlicher Maschinen und Geräthe in Hannover mit Erfolg erbaut wird. Fig. 453 stellt diese Maschine (nach Maassstab gezeichnet) im Längendurchschnitt, Fig. 456 in der äusseren Ansicht und Fig. 455 im Profile in $^1/_{28}$ wahrer Grösse dar.

Der Dreschapparat besteht hier aus der in Fig. 453 mit a bezeichneten eisernen Dreschtrommel von 21 Zoll engl. äusserem Durchmesser bei $4^1/_2$ Fuss engl. Länge (in der Richtung der Wellaxe gemessen) und dem mit bb bezeichneten Dreschkorbe.

Fig. 454.

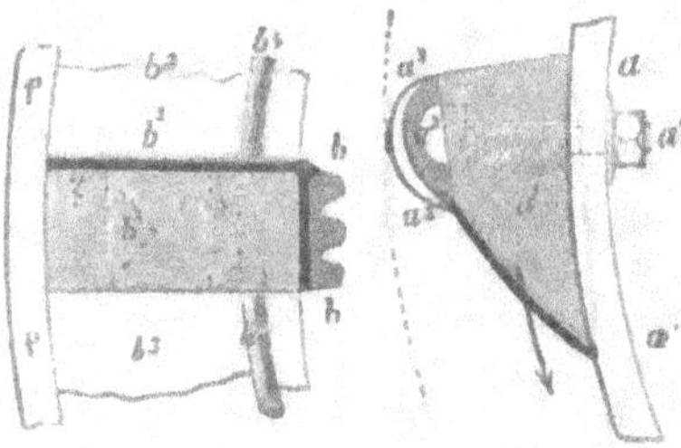

Die Dreschtrommel macht beim Arbeiten circa 1000 Umläufe pro Minute und ist am Umfange mit 8 Schlägern (nach Goucher's Patent)[3]) ausgestattet, deren Durchschnitt aus der in $^1/_4$ wahrer Grösse gezeichneten Detailfigur 454 erhellt [2]). Auf die schmiedeeisernen Ringe a, welche mit den vier Armen und der zugehörigen Nabe den Körper der Trommel a bilden, hat man zunächst (parallel der Drehaxe) die aus Eschenholz gebildeten Schläger a' mittelst Schrauben a'' so befestigt, wie es die letztgenannte Abbildung erkennen lässt. Nächstdem hat man die schräge Vorderfläche derselben mit Bandeisen verkleidet und endlich auf die äusserste Schlagkante die Schlägerplatte (aus adoucirtem Gusseisen) geschroben, die mit circa unter 45 Grad geneigten Rillen oder Schraubengängen ausgestattet ist, wovon der Buchstabe a^2 unserer Durchschnittsfigur den tiefen und a^3 den hohen Gang darstellt.

Der Innenmantel des Dreschkorbes ist ebenfalls mit gerillten Stäben bb (Fig. 453) ausgestattet, deren Rillenrichtungen mit jenen $a^2 a^3$ der Trommelschläger, abwechselnd nach der einen und anderen Seite hin, ebenfalls Winkel von 45 Grad bilden. Diese Stäbe sind auf Holzleisten b^2 befestigt (die man mit Eisenblech b^1 bekleidet hat), mit ihren Enden in Wangen b^3 eingelassen und zwischen je zweien Eisendrähte b^4 durchgeführt, letztere sämmtlich concentrisch zum Mantel der Dreschtrommel a gerichtet, so dass überhaupt eine Art von Gitterwerk gebildet wird. Während der Arbeit bleibt auch hier der von einem Scharniereisen φ umfasste Dreschkorb unbeweglich, ist jedoch durch Stellschrauben π^1, π^2 und π^3 der Trommel mehr oder weniger zu nähern, wie dies die specielle Beschaffenheit des jedesmaligen Getreides nothwendig macht.

1) Le Génie Industr. par Armengaud, Vol. 26, Pg. 341.

2) Dessen vorzüglicher Catalog (Machines à battre les grains perfectionées) 1862.

3) Patent Specification Nr. 1856 vom 31. Juli 1860 (Beaters for Thrashing Machines).

Der beim Dreschen mit dem Einlegen des Getreides beschäftigte Arbeiter nimmt seinen Platz in dem mit *c* bezeichneten vertieften Raume von Fig. 453, so dass er bequem zu dem von einer Wand *ZZ* umschlossenen Dreschtisch und zum Einführrumpfe *dd* gelangen kann.

Der Strohschüttler. Während die Getreidekörner nebst Grannen und Strohstückchen zwischen den Maschen der Gitter des Korbmantels φ auf einen

Fig. 455.

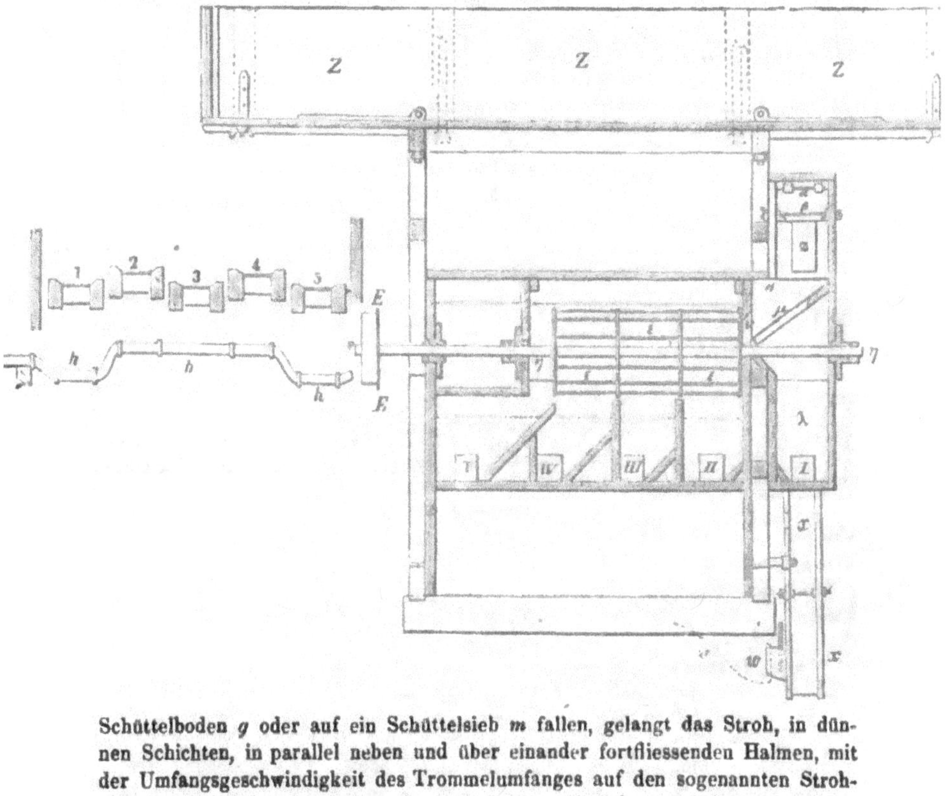

Schüttelboden *g* oder auf ein Schüttelsieb *m* fallen, gelangt das Stroh, in dünnen Schichten, in parallel neben und über einander fortfliessenden Halmen, mit der Umfangsgeschwindigkeit des Trommelumfanges auf den sogenannten Strohschüttler *ff*. Derselbe besteht aus fünf neben einander angebrachten prismatischen Mulden oder Kästen aus Holz, deren Böden aus prismatischen (im Querschnitt viereckigen) Stäben gebildet sind, wovon je zwei zwischen sich einen Raum von circa ½ Zoll lassen von der Gestalt (Böden mit gitterförmig angeordneten Stäben etc.), wie solche aus der gemeinsamen Betrachtung der Fig. 453 und 455 (Durchschnitt) erhellt.

Von diesen fünf Schüttelkästen sind die in Fig. 455 mit 1, 3 und 5 bezeichneten am hinteren Ende an einer stehenden Schwinge N_2 Fig. 456 (pendelartig) aufgehangen, während die mit 2 und 4 bezeichneten an eben solchen Schwingen *N* am vorderen Ende befestigt sind, wobei jeder der Kästen in seiner Mitte vom Kropfe oder Buge einer Kurbelwelle *hh* (Fig. 453 und 455) erfasst und damit zur schwingenden hin- und hergehenden Bewegung genöthigt wird. Während daher die vorderen Enden der Kästen 1, 3 und 5 Kreise beschreiben, sind die hinteren Enden gezwungen, oscillatorisch wieder zu kehren, wogegen die Kästen 2 und 4 mit ihren Vorderenden (bei *N*) hin und her gehen, beschreiben die hinteren Enden derselben Kreise. Dass dabei die Kurbeln, wodurch die Bewegung auf die Kästen 1 und 5 übergetragen wird, mit den Kurbelarmen der Kästen 2 und 4 Winkel von 180 Grad bilden und der mittlere Schüttler 3 nicht direct von der Kurbelwelle, sondern von 1 und 5 mitgeschleppt wird, mag hier besonders bemerkt werden.

Die hierdurch erzeugte combinirte Bewegung veranlasst überhaupt das Stroh, sich in fast bogenförmigen Sprüngen nach rechts (auswärts) von Fig. 453 zu begeben, d. h. die Maschine zu verlassen und schliesslich auf einen Lattenrost *P* zu fallen, der durch zwei Beine *Q* gestützt wird.

Die Sieb- und Sortir-Werke. Alle dabei mitgeschleppten Getreidekörner fallen durch die Maschen der Gitterstäbe *f* der Schüttelkästen auf den Schüttelboden *g*, der von einer anderen Kurbelwelle *i* seine Bewegung empfängt, indem diese durch Lenkstangen *k* übergetragen wird.

Sowohl der Schüttelboden *g* als das ebenfalls bereits vorher erwähnte Schüttelsieb *m* sind ausserhalb des Gestelles an schwingenden (pendelartigen) elastischen Holzschienen *K*, *L* und *M* aufgehangen.

Bei der Bewegung längs des Schüttelsiebes *m* gelangt das ausgedroschene Product zunächst auf ein Holzsieb 6 mit grossen Löchern, durch welches alle guten und kleinen Körner fallen, während ganze Aehren, Strohstücke etc. etc. über die etwas nach rechts geneigte Fläche bis *n* gleiten und endlich über eine Wand *V* herab zur Erde fallen.

Sämmtliches noch völlig verunreinigtes Getreide wird auf den schiefen Flächen 7..7 der Mündung 8 zu und auf ein Blechsieb 9 geführt, wobei die Reinigung durch einen kräftigen Luftstrom unterstützt wird, den ein Ventilator *q* durch die Oeffnung *p* bläst. Alle Spreutheile und andere entsprechend leichte Körper werden dabei, nach gehöriger Oeffnung einer Klappe *r* ins Freie geführt und lagern sich theilweise zwischen den Brettern *T* und *U* ab.

Alles Getreide (und Körner) von annähernd gleicher Grösse und demselben specifischen Gewichte fällt auf ein zweites Blechsieb 10 mit solchen Löchern, dass die Körner hindurchgehen können, während grössere Körper über dasselbe hingleiten und von einer Art Blechlöffel aufgenommen werden, der sie aus der Maschine entfernt, indem er sie an deren Langseite fallen lässt.

Die Körner gehen indess über ein feines Staubsieb *u* und gelangen mittelst eines gehörig gebogenen Blechtrichters *v* (Fig. 455 durch punktirte Linien angegeben) durch den Ansatz *w* in das Innere des Flügelgehäuses *xx*. In letzterem dreht sich sehr schnell ein gewöhnlicher Flügel, der mit dem vorher beschriebenen Bläser *q* auf derselben Welle befestigt ist, wobei folgende Arbeiten verrichtet werden können:

1) Wird durch die auftretende Centrifugalkraft das Aufsteigen der Masse in einer Röhre *Z'Z'* veranlasst und dadurch alles Becher- oder Eimerwerk überflüssig gemacht (Bruckshan und Underhill's Patent-Elevator).

2) Lassen sich Grannen (Bärte) oder Rispen von dem Getreide (vorzugsweise der Gerste) trennen, sobald man an der unteren Seite des Gehäuses bei *yy* geeignete rauhe oder gerippte Platten einsetzt.

3) Vermag man eine Trennung der Grannen und tauben (leichten) Körner von den guten vorzunehmen, da erstere durch den heftigen Luftstrom weiter wie letztere getrieben werden.

Am oberen Ende der Steigröhre Z' wird die ganze Körnermasse gegen eine (Fig. 453 und 455 angegebene) Klappe $\alpha\alpha$ geworfen, wobei ein Schieber β so gestellt werden muss, dass er eine Fallebene für das gute (schwere) Getreide bildet, die leichteren Körper aber über sich wegfliegen lässt. Letztere treten endlich bei I (Fig. 455) durch ein mit Schieber versehenes Maul aus der Maschine heraus ins Freie. Dagegen fallen die schweren (guten) Körner im Holztrichter δ (Fig. 455) durch ein Loch v in der Gestellwand in eine Sortirtrommel $\varepsilon\varepsilon$ (Separator), die von einer auf ihrer Welle η befestigten Riemenscheibe E aus in Umdrehung gesetzt wird. Die Maschenöffnungen des Mantels von ε sind an der Eintrittsstelle v enger als die am entgegengesetzten Ende liegenden Ausflussorte, so dass zuerst durch das Maul II und III kleinere, dagegen durch IV grössere Körner aus der Maschine entfernt werden können. Grössere Körper als Getreidekörner fallen vorn (der Axenrichtung nach) aus der Trommel ε und finden schliesslich einen Ausweg durch die Oeffnung V.

Eine Fischbeinbürste drückt in geeigneter Weise gegen den Umfang der Trommel und reinigt sie von eingeklemmten Körpern.

Beim Dreschen von Raps und überhaupt bei feineren Saatsorten öffnet man im Boden des Holztrichters μ eine Klappe, die zugleich die Oeffnung v nach der Trommel ε hin) verschliesst, und lässt die geeigneten Körner sämmtlich aus der Mündung (dem Maule I) [1]) direct ins Freie treten.

Was schliesslich noch die überall aus Riemen gebildete Transmissionsanordnung der beschriebenen Maschine anlangt, so ist zunächst die kleine Riemenscheibe A diejenige, welche die Bewegung vom Motor (gewöhnlich eine locomobile Dampfmaschine) direct empfängt [2]).

---

1) Beim Dreschen von Raps, Bohnen und überhaupt bei starkstengligen Gewächsen wird, um Verstopfungen zu vermeiden, die Schlucköffnung (oben am Eingange) zwischen Dreschtrommel a und Korb b gehörig **erweitert**, der obere Theil der Korbinnenfläche aus ganz glattem Bleche gebildet, die Zahl der Schlagleisten der Trommel vermindert (gewöhnlich auf 5 bis 6) und endlich die äussersten Kanten der Schlagleisten mit Spitzen (meist 7 der Länge nach) besetzt, welche die Rapstaschen öffnen, ohne sie abzuschlagen. Meistentheils wird zum Rapsdreschen eine Extra-Trommel geliefert.

2) Die Antriebseite, wo man die Hauptriemenscheibe A aufgesteckt hat, ist die entgegengesetzte unserer Abbildung Fig. 456. Da die Schlagtrommel von 21 Zoll Durchmesser pro Minute mindestens 1000 Umläufe machen muss, so giebt man der Riemenscheibe A höchstens 7 Zoll Durchmesser, wenn das Schwungrad der Betriebslocomobile (wie S. 481) 5 Fuss Durchmesser hat, weil dann $130 \cdot \frac{60}{7} = 1114$ ist und auf etwas Verlust durch Gleiten des Riemens (S. 414) Rücksicht genommen werden muss. In letzterer Beziehung sehe man einen Artikel „Ueber Riemenbetrieb" im 7. Bande der Zeitschrift des Vereins deutscher Ingenieure S. 62.

Auf der in Fig. 456 dargestellten Langseite der Maschine geht von *A* aus die Bewegung auf die Scheiben *C* zum Betriebe der Strohschüttlerwelle *h* über

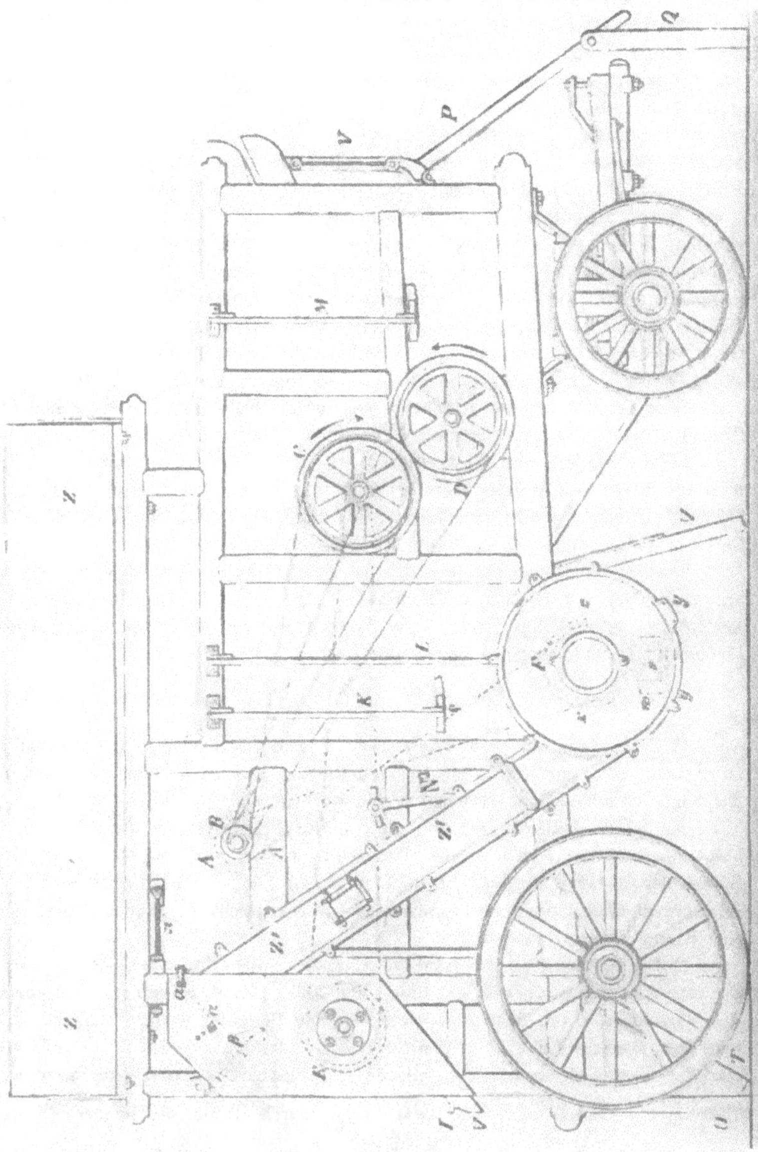

Fig. 456.

und ferner auf die Scheibe *D* zur Umdrehung der Schüttelbodenwelle *i*. Auf der Antriebseite trägt die Königswelle noch eine Riemenscheibe *B* zur Umdrehung der Ventilatorscheibe *F* und endlich wird auf derselben Seite, von der Strohschüttlerscheibe *C* aus, die Riemenscheibe *E* des Körnerseparators *s* bewegt.

Von bemerkenswerthen Theilen combinirter Breit-Dreschmaschinen anderer Construction mag nachstehender Erwähnung geschehen.

Die Maschinen von Ransomes und Sims besitzen einen eigenthümlichen von Brinsmead erfundenen Strohschüttler[1]). Derselbe besteht aus einer beträchtlichen Reihe parallel neben einander in schräger, aufsteigender Richtung gelagerter dreikantiger prismatischer Wellen, wovon jede mit drei Reihen gebogener Zinken besetzt ist. Die Wellen drehen sich zufolge einer gemeinsamen Kurbelbewegung mit gleichförmiger Geschwindigkeit, wobei die gedachten Zinken so in einander greifen, dass dieselben immer nahezu die Seiten der benachbarten dreikantigen Welle berühren. Hierbei reichen die Zähne der einen Prismenwelle das Stroh denen des nächstfolgenden Prismas[2]) zu, so dass es fortwährend eine Art Wasser-Wellenbewegung macht und der ganze Strohschüttler keine absatzweise wirkende, sondern eine continuirliche Bewegung hat.

Die erforderliche Bewegungskraft dieses Strohschüttlers ist geringer als die des vorher in unseren Abbildungen beschriebenen, allein es hat derselbe doch zu viel bewegliche Theile, wodurch er hinsichtlich Dauerhaftigkeit und möglicher Reparaturen zu allerhand Bedenken Veranlassung giebt.

Bei der combinirten Dreschmaschine von Clayton-Shuttleworth und Comp. (und Hornsby) wird neuerdings die Separationsmaschine eines gewissen Penney in Anwendung gebracht, nämlich ein aus Drahtstäben gebildetes Cylindersieb, wobei die Verstellbarkeit der einzelnen Drähte darauf beruht, dass nur eine von den zwei Scheiben, welche die Grundfläche des cylindrischen Körpers bilden, auf der betreffenden hohlen Welle unverrückbar befestigt, die andere Scheibe aber durch eine in der gedachten hohlen Welle angebrachte Schraube vermittelst Handkurbel verstellbar gemacht ist[3]).

Ransomes' Sortircylinder bestehen aus zwei concentrisch in einander gesteckten cylindrischen und excentrisch gelagerten Drahtsieben, wovon die äussere Siebtrommel fest, die innere um die Cylinderaxe drehbar gemacht

---

1) Besonders gut beschrieben und mit Abbildungen begleitet in Hamm's „Landwirthschaftliche Geräthe und Maschinen Englands" S. 692 und 693, ferner in Schneitler und Andree „Landwirthschaftliche Maschinen" S. 419, 420 und 425, endlich auch bei Perels (a. a. O.) S. 56 und 57.

2) In den „Landwirthschaftlichen Annalen des Mecklenburger patriotischen Vereins" (Nr. 28, vom 8. Juli 1864) spricht sich der intelligente Gutsbesitzer Pogge-Roggow beim Rapsdreschen entschieden gegen den Brinsmead'schen Strohschüttler aus, da er nicht im Stande sein soll, das zerschlagene Stroh fortzuschaffen. Ueberhaupt räth derselbe, den Raps lieber auszuwalzen, trotzdem er Besitzer einer combinirten Ransome'schen Dampf-Dreschmaschine ist.

3) Abbildungen und Beschreibungen in den Annalen der Landwirthschaft in den königl. preuss. Staaten vom 28. Juni 1865, S. 244.

ist. Der Abstand der Drähte des inneren Cylinders von denen des äusseren wird durch Veränderung der Excentricitäten beider Trommeln (je nach der Stärke der durchzulassenden Körner) bestimmt. Das Ineinandergreifen der Drähte beider Cylinder erzeugt gleichzeitig die Freihaltung der Zwischenräume [1]).

Garett's Sortircylinder bestehen aus Drahtsieben verschiedener Weite mit einer Blechspirale (Schraube) im Innern zur Beförderung des Körnertransports nach der Axenrichtung des Cylinders [2]). Barett's wenden keine Underhill'schen Wurf-Elevatoren, sondern die bekannten Paternosterwerke an, wobei Blecheimerchen auf endlosen Riemen befestigt sind.

Die grösste Verschiedenheit herrscht immer noch in der Gestalt der Dreschtrommelschläger.

Barett, Exall und Andrews bilden sie aus länglich gelochten Blechplatten, welche man, parallel der Drehaxe, derartig wellenförmig drückt, dass Hervorragungen und Vertiefungen gebildet werden, deren Profilgestalt normal zur Welle fast mit den Goucher'schen Patentschlägern (S. 145) übereinstimmt. Die länglich prismatischen Oeffnungen in den gedachten Blechplatten sind ebenfalls schräg (unter 45 Grad) angeordnet und wechseln von Schläger zu Schläger mit ihren Richtungen von links nach rechts ab.

Ransomes verwenden eine Art eiserner Schläger, welche wie gleichförmig gedrehte Seile (oder Schrauben) aussehen, die man aus durch geeignete Verdrehung quadratischen Eisenstangen von etwa 1½ Zoll Seite herstellt und nur zu verdrehen braucht, wenn die Schlagkante stumpf geworden ist.

Ueber die allerbeste Schlägerform wird zur Zeit immer noch gestritten, obwohl die ganze Frage gewiss nicht von der hochwichtigen Bedeutung ist, wie man zuweilen glaubt.

Zusatz. Obwohl ganz bestimmte Angaben über Leistungsfähigkeit der combinirten (Dampf-) Dreschmaschinen von so sehr verschiedenen Umständen abhängen, dass sie eben so unzuverlässig sind, wie die der Lang- (Göpel-) Dreschmaschinen, so dürfte es doch nicht unangemessen sein, hier eine Rentabilitätsberechnung des Dampfdrusches gegen Flegeldrusch folgen zu lassen, welche den Verhältnissen und Umständen der Umgegend der Stadt Hannover entspricht, wo man mittelst einer combinirten Breit-Dreschmaschine (welcher eine achtpferdige Locomobile die Betriebsarbeit liefert) in 9 bis 10 Arbeitsstunden bei guter Bedienung 550 bis 600 Stiege Roggen oder Weizen ausdrischt [3]).

Rentabilitätsberechnung des Dampfdrusches gegen Flegeldrusch.

Angenommen wird ein Quantum von 600 Stiegen Roggen oder Weizen, welches behuf Flegeldrusch aus einer halb- oder ganzstündigen Entfernung zur Ein-

---

1) Ann. der Landwirthschaft in den königl. preuss. Staaten, 28. Juni 1865, S. 244.

2) Abbildungen derartiger Sortircylinder in Verbindung mit Underhill's Wurf-Elevator giebt Pintus Tafel XII in seinem Werke „Die landwirthschaftlichen Maschinen etc. etc. der Londoner Ausstellung von 1862“.

3) Garvens und Fontaine: „Ueber die Wichtigkeit des Dampfdrusches und die praktische Anwendung desselben“, Hannover 1862.

scheuerung eingefahren werden muss. Das Tagelohn ist $7\frac{1}{2}$ Gr. per Mann und 5 Gr. per Frau.

Zur Anfuhr dieser 600 Stiege sind erforderlich: 4 Pferde, 2 Knechte und 2 Auflader, 2 Tage.

4 Pferde kosten per Tag à Stück 20 Gr., 2 Tage	5 Thlr.	10 Gr.
2 Knechte per Tag 20 Gr., 2 Tage	1 „	10 „
2 Auflader per Tag 15 Gr., 2 Tage	1 „	— „
Zum Abladen in der Scheune 2 Mann per Tag 15 Gr., 2 Tage	1 „	— „
3 bis 4 Frauen per Tag 20 Gr., 2 Tage	1 „	10 „
	10 „	— „
Dreschlohn: 6 Mann und 1 Frau dreschen per Tag 24 bis 26 Stiege, beanspruchen zusammen ein Tagelohn von 1 Thlr. 20 Gr., 600 Stiege erfordern 23 Tage Arbeit und kosten also an Tagelohn . . .	38 „	10 „
für Reinigen des Korns 2 Mann per Tag 15 Gr., 2 Tage	1 „	— „
Unkosten für 600 Stiege per Flegeldrusch in Summa	49 „	10 „

oder per Stiege 25 Pfennig.

Unkosten des Dampfdrusches aus der Dieme im Felde.

(Die Eindiemung von 600 Stiegen ungedroschenen Getreides kann mit einem Wechselwagen in einem Tage geschehen.)

4 Pferde zur Anfuhr à 20 Gr.	2 Thlr.	20 Gr.
2 Knechte à 10 Gr.	— „	20 „
2 Auflader à $7\frac{1}{2}$ Gr.	— „	15 „
2 Mann und 2 Frauen zum Eindiemen	— „	25 „
Miethe der Maschine	25 „	— „
Beköstigung für 3 Maschinenarbeiter à 15 Gr. . .	1 „	15 „
4 Mann à $7\frac{1}{2}$ Gr.	1 „	— „
12 Frauen à 5 Gr.	2 „	— „
Transportkosten der Maschine etwa	2 „	25 „
Summa	37 „	— „

macht per Stiege $18\frac{1}{2}$ Pfennig oder auf 600 Stiege 12 Thlr. 10 Gr. weniger als Flegeldrusch.

Bei einem Tagelohne von 10 Gr. per Mann und 6 bis $6\frac{1}{2}$ Gr. per Frau unter sonst gleichen Verhältnissen wie oben, kosten 600 Stiege per Flegeldrusch:

4 Pferde per Tag à Stück 20 Gr., 2 Tage . . .	5 Thlr.	10 Gr.
2 Knechte per Tag 20 Gr., 2 Tage	1 „	10 „
2 Auflader per Tag 20 Gr., 2 Tage	1 „	10 „
2 Mann in der Scheune per Tag 20 Gr., 2 Tage .	1 „	10 „
4 Frauen per Tag 26 Gr., 2 Tage	1 „	22 „
	11 „	2 „
Dreschlohn: 6 Mann à Tag 10 Gr., 1 Frau $6\frac{1}{2}$ Gr. = 2 Thlr. $6\frac{1}{2}$ Gr. per Tag, für 600 Stiege à 24 bis 26 Stiege per Tag, also 23 Tage	51 „	— „
2 Mann zum Reinigen des Korns, 2 Tage à 20 Gr.	1 „	10 „
Summa	63 „	12 „

also 32 Pfennig per Stiege oder auf 600 Stiege 26 Thlr. Differenz zu Gunsten des Dampfdrusches.

Zeigen diese billigen Ansätze für Tagelohn schon den wesentlichsten Vortheil des Dampfdrusches, so tritt natürlich ein noch grösserer Unterschied zu Gunsten desselben hervor, wenn, wie in den meisten Gegenden der Fall, für Dreschlohn $12^1/_2$ bis 15 Gr. per Tag verlangt und bezahlt wird.

Beim Ausdrusch um den „Himten", wie an manchen Orten üblich ist, wo der Arbeiter anstatt Geld den 12., 14. oder 16. Himten erhält, stellt sich folgendes Ergebniss heraus.

Angenommen, der Erdrusch per Stiege ist 1 Himten, der Werth desselben 1 Thlr. Der Drescher arbeitet

1) um den 12. Himten, so hat er für 600 Stiege 50 Himten zu empfangen, welche einen Werth von 50 Thlr. repräsentiren.

Hierzu Tagelohn für Einscheuern, wie Eingangs bei einem Tagelohn von $7^1/_2$ Gr. per Mann und 5 Gr. per Frau 10 Thlr., für Reinigen des Korns 1 Thlr., entstehen Gesammt-Unkosten von 61 Thlr., oder

2) um den 14. Himten, so erhält er von 600 Stiegen circa 43 Himten oder 43 Thlr., hierzu Tagelohn für Einscheuern und Reinigen wie oben 11 Thlr., macht Gesammt-Unkosten 54 Thlr., oder aber

3) um den 16. Himten, wobei für den Drescher von 600 Stiegen $37^1/_2$ Himten oder 37 Thlr. 15 Gr., für Tagelohn wie vorstehend 11 Thlr. zu berechnen sind, so betragen die Gesammt-Unkosten 48 Thlr. 15 Gr.

Da nun dieselbe Leistung, nämlich der Erdrusch von 600 Stiegen, mittelst Dampfdreschmaschine bei gleichem Tagelohne nach angegebener Berechnung für 37 Thlr. zu erreichen ist, so werden auch gegen diese Art des Ausdrusches im ersteren Falle 24 Thlr., im zweiten 17 Thlr., im dritten $11^1/_2$ Thlr. auf 600 Stiege erspart.

Wenn in vorstehenden Berechnungen die wenigen Unkosten für das Binden der Seile, für die Anfuhr des Wassers nach dem Felde, für die Abfuhr des gedroschenen Korns und der spätere Transport des Strohs nach dem Hofe nicht angeschlagen sind, so wird die Ausgleichung dagegen in den mancherlei Vortheilen gefunden, die der Dampfdrusch bietet, so namentlich durch die rechtzeitige Gewinnung des Saatkorns, was oft theuer genug erkauft werden muss, durch den reineren Ausdrusch besonders, durch Verhütung des Mäusefrasses und endlich durch die grosse Annehmlichkeit, den Ertrag der Ernte disponibel machen und von eventuellen Conjuncturen jederzeit profitiren zu können.

§. 69.

V. Stroh- oder Häckselschneidemaschinen[1]).

Von Strohschneidemaschinen nach dem Lester'schen Systeme

---

1) Armengaud's „Publication Industrielle" T. 15, Pg. 317, Pl. XXVII. Eine sehr schöne mit vortrefflichen Zeichnungen begleitete Abhandlung über Strohschneidemaschinen des Lester'schen Systems von Albaret in Liancourt, dem Nachfolger des verstorbenen Duvoir. Grössere Zeichnungen anderer Häcksel-

(Seite 460) hat in neuester Zeit die Construction von Richmond und Chandler in Salford bei Manchester den meisten Beifall und die grösste Verbreitung gefunden, weshalb diese zuerst besprochen werden soll.

Fig. 457 und 458 stellen diese Strohschneidemaschine in $^1/_{11}$ wahrer Grösse, beziehungsweise im Grundrisse und Aufrisse dar.

Fig. 457.

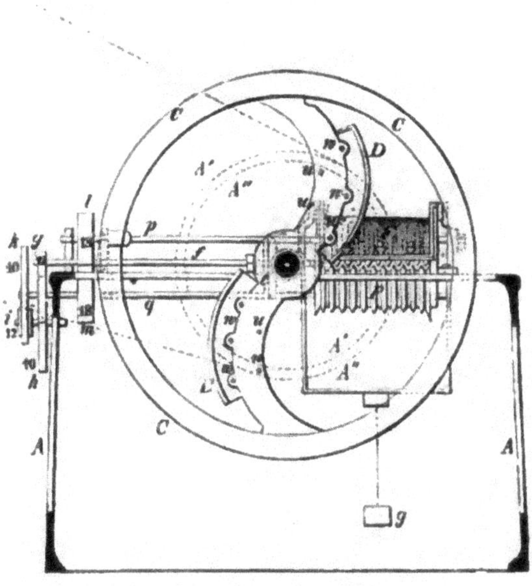

Das Gestell *A* besteht aus Gusseisen und ist zweckmässig und solid angeordnet, ohne an Schwerfälligkeit zu leiden. Die Haupttriebwelle *B* ist, mit dem Schwungrade *C* und den Messern *D*, so angeordnet, dass das Schwungrad zwischen beiden Lagerstellen liegt, was für die Erhaltung einer und derselben Schnittebene höchst vortheilhaft ist. Die Messer *D* werden an den Armen mittelst zweier Schrauben *u* befestigt und ihre Lage (Stellung) durch drei Schrauben *w* regulirt.

E ist der hölzerne Einlegekasten für das Stroh, welches zu Häcksel geschnitten werden soll. Am äussersten Ende von *E* ist in dessen Boden ein Gegenmesser *H* Fig. 459 (in grösserem Massstabe gezeichnet) eingelegt, zu welchem im Augenblicke des Schneidens die Kante der Sabelmesser *D* in die Lage kommt, welche in letztgenannter Figur gezeichnet ist. Das Fortziehen des Strohes (die Speisevorrichtung für den Process des Schneidens) wird durch zwei über einander liegende gezahnte Cylinder (Speisewalzen Fig. 461) *F* und *F'* bewirkt, die beziehungsweise mit 17 und 18 Zähnen ausgestattet sind. Da die Herstellung solcher Zahnwalzen aus einem Gussstück schwierig und beim

schneidemaschinen finden sich ferner in der Zeichnungs-Sammlung landwirthschaftlicher Maschinen von Studirenden der polytechnischen Schule in Hannover Bd. 1, Blatt XIIa und XIIb, sowie in der ähnlichen Zeichnungs-Sammlung des Dr. Schneitler und J. Andree.

Bruche eines Zahnes die Reparatur nicht einfach genug ist, so stellt man diese Walzen auch aus einzelnen Scheiben oder Ringen zusammen.

Fig. 458.

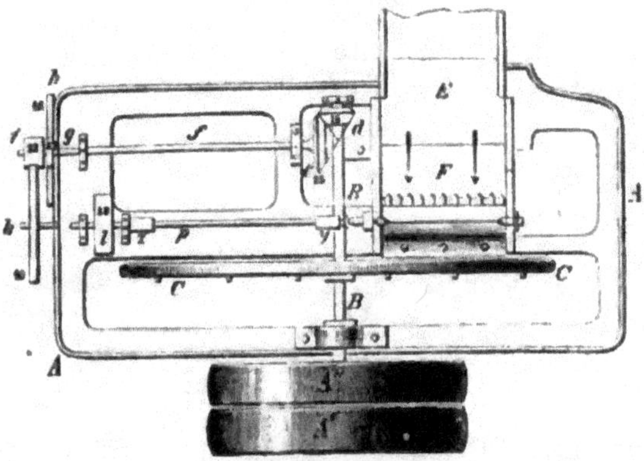

Die Grösse, um welche das Stroh fortgeschoben werden muss, richtet sich offenbar nach der Länge des zu gewinnenden Häcksels, wozu ein besonderes Räderwerk *g*, *h*, *i*, *k* etc. vorhanden ist, was den jedesmaligen Wünschen entsprechend mit anderen (Ersatzrädern) ausgewechselt werden kann.

Fig. 459.

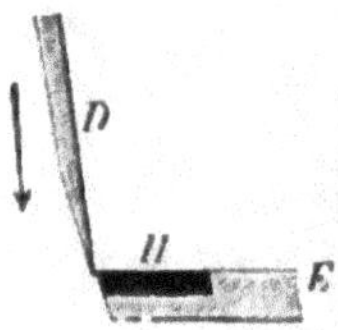

Fig. 460.

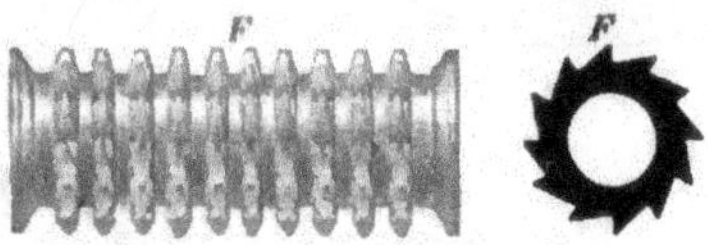

Fig. 461.

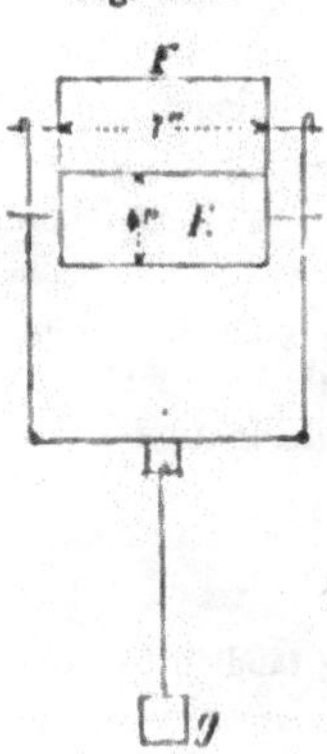

Fig. 462.

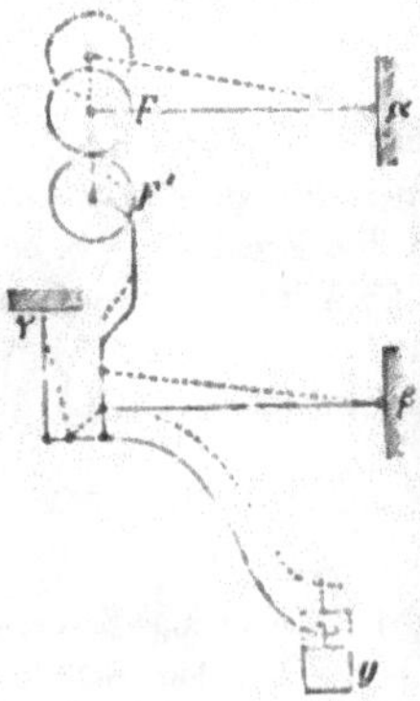

Die erforderliche Pressung zwischen den Speisewalzen F und F' wird durch Hebelwerk α, β und γ und durch Gegengewichte g hervorgebracht, wie dies aus den Detailskizzen Fig. 461 und 462 erhellt, wobei zugleich erkannt wird, dass man überhaupt eine Art von Parallelführung angeordnet hat, wozu die betreffenden Hebel ihre festen Drehpunkte in α, β und γ haben.

Die Umdrehbewegung des Schwungrades C durch einen über die feste Scheibe A'' (Fig. 458) geschlagenen Riemen wird auf die Drehung der Speisewalzen in einer Weise übergetragen, welche namentlich mit Zuziehung der Skizzen Fig. 463 und 464 deutlich wird.

Zunächst steckt am Ende der Welle B ein Kegelrad d mit 16 Zähnen, welches mit einem anderen e von 25

Zähnen im Eingriffe steht. Auf der Welle f des letzteren befindet sich ein Stirnradgetriebe g von 12 Zähnen, was mit dem Rade h von 40 Zähnen zusammengreift, welches letztere Rad auf einer kurzen Zwischenwelle parallel

Fig. 463.

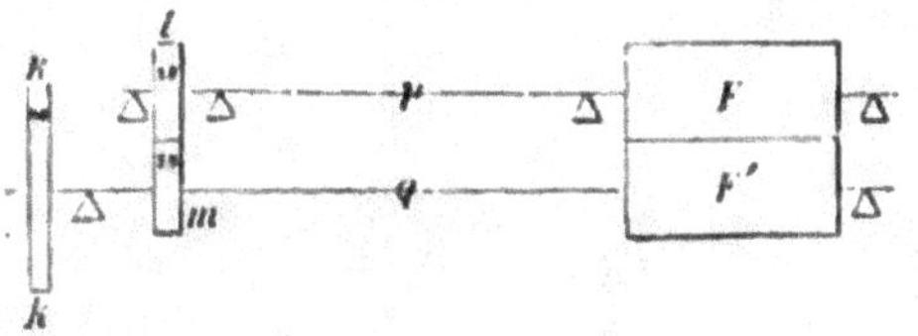

Fig. 464.

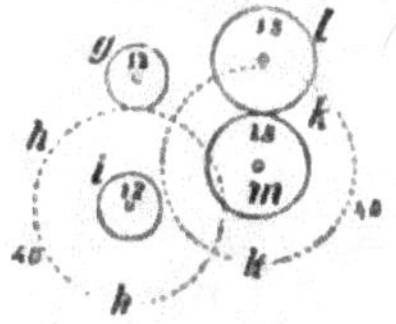

unter f festgekeilt ist. Mit h auf derselben Axe steckt ferner ein Getriebe i (von 12 oder 21 Zähnen, je nachdem man kurzen oder langen Häcksel schneiden will), welches wiederum in ein Stirnrad k greift, was auf einer Welle q befestigt ist, die man in Fig. 463 deutlich erkennt.

Auf q sitzt ein achtzehner Rad m, das mit einem auf der Parallelwelle p sitzenden Rade l von ebenfalls 18 Zähnen zusammenarbeitet. Beim Aufheben des Gewichts g kann die obere Speisewalze F' und mit ihr das betreffende Presshebelwerk in die Fig. 462 durch punktirte Linien angegebene Lage gebracht werden, was die Construction der Welle p aus drei Theilen erforderlich macht, die bei y und Z durch Kugel- (oder Hark'sche) Gelenke unter einander verbunden sind.

Wenn Räder von einer Zähnezahl aufgesteckt sind, wie die in Fig. 458 und 464 eingeschriebenen Ziffern erkennen lassen, so entspricht einer ganzen Schwungradumdrehung folgende Bruchtheil-Umdrehung der Speisewalzen:

$$\frac{d}{e} \cdot \frac{g}{k} \cdot \frac{i}{k} = \frac{16}{25} \cdot \frac{12}{40} \cdot \frac{12}{40} = \frac{1}{17,3} = \frac{10}{173} \text{ (kurzer Häcksel).}$$

Wechselt man dagegen i und k aus und ersetzt beide durch Räder, deren Zähnezahlen 21 für i und 30 für k sind, so ergiebt sich der gedachte Bruchtheil zu:

$$\frac{d}{e} \cdot \frac{g}{h} \cdot \frac{i}{k} = \frac{16}{25} \cdot \frac{12}{40} \cdot \frac{21}{30} = \frac{1}{7,44} = \frac{100}{744} \text{ (langer Häcksel).}$$

Gewöhnlich nimmt man den Durchmesser der Speisewalzen so, dass mit Hülfe der gedachten Räder zwei Häckselsorten, nämlich von $^3/_4$ Zoll und $1^1/_2$ Zoll Länge, geschnitten werden können [1]).

Eine höchst einfache (nach Wissen des Verfassers zuerst von Biddel

1) Bei 150 Schwungradumgängen pro Minute wurden mit einer dem Verfasser zu Gebote stehenden Richmond'- und Chandler'schen (mittelgrossen) Häckselschneidemaschine, wobei ein Wasserrad den Motor bildete, zu $^7/_8$ Zoll langem Häcksel pro Stunde geschnitten:

734 Pfd. Roggenstroh,
488 „ Heu,
423 „ Erbsenstroh,
Summa 1645 Pfd.

Zum Einlegen etc. waren zwei flinke Arbeiter erforderlich.

in England bei Ransomes) construirte, insbesondere für den Handgebrauch kleiner Betriebsstellen geeignete Häckselschneidemaschine mit absatzweisem Vorschube des Strohes zeigen die folgenden Abbildungen Fig. 465 bis 467, welche der vorher citirten Arbeit Albaret's entlehnt sind [1]). (Die eingeschriebenen Maasse sind Millimeter.)

Fig. 465.

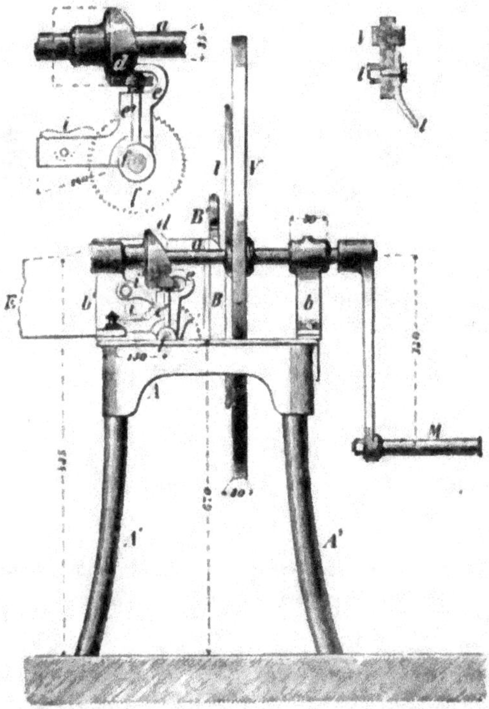

Das Eigenthümliche dieser Maschine besteht in der Einfachheit der Mechanismen, wodurch (ohne Zahnräder) der Vorschub von der Messerwelle *a* aus zu Stande gebracht wird. Vor der Beschreibung dieser Anordnung werde bemerkt, dass auch hier das Gestell *A* ganz aus Eisen besteht und zu den Füssen *A' A'* hohle schmiedeeiserne Röhren genommen sind, dass ferner das Schwungrad, woran man die Säbelmesser *l* (durch Schrauben *l'*) befestigt hat, mit *V* bezeichnet ist und im Vorkasten *B* die beiden Speisewalzen liegen, deren untere allein von der Schwungradwelle *a* aus direct und zwar wie nachbemerkt in Umdrehung gesetzt wird.

Auf die Welle *a* hat man eine Art Hebescheibe (einen Doppeldaumen) *d* gekeilt, die mit der zugehörigen Nabe ein Gussstück bildet, bei deren Umdrehung ein kleines Röllchen *e* nach rechts gedrückt, d. h. entsprechend verschoben werden kann. Dieses Röllchen ist am vertical gerichteten Ende eines Winkelhebels *e'* befestigt, der sich völlig frei (lose) um eine Horizontalwelle *f* dreht. Auf letzterer Welle ist dagegen sowohl die untere der beiden Speisewalzen, als auch ein Sperrrad *f'* befestigt. Am horizontal gerichteten Ende des Winkelhebels *e'* sitzt eine durch ihr Gewicht immer von selbst in die Zähne des Sperrrades *f'* einfallende Schiebklaue *i*, welche also mit *e'* gleichzeitig um *f* als Axe in eine schwingende Bewegung versetzt werden kann.

Wird demnach von einem der Daumen *d* das obere Ende des Winkelhebels *e'* nach rechts um *f* als Axe gedreht, so nimmt auch *i* an dieser Dre-

1) Armengaud's „Publication Industr.", T. 15, Pg. 322.

hung Theil und veranlasst daher auch das Sperrrad und mit diesem die untere Speisewalze zu einer proportionalen Umdrehung. Sobald aber der Daumen *d* nicht mehr gegen das Röllchen *e* drücken kann, dies vielmehr frei lässt, macht sich am horizontalen Arme des Winkelhebels *e'* das Uebergewicht der schweren Schiebklaue *i* geltend und zieht den Winkelhebel in die Stellung zurück, welche in unseren Abbildungen gezeichnet ist, d. h. wo der Arm *fe* in die verticale und der Arm *fi* in die horizontale Lage gelangt.

Um an diesem Zurückgehen das Sperrrad *f'* zu hindern, fasst in die Zähne desselben noch ein besonderer Sperrkegel *i'*, welcher ausserhalb am Kasten *b'* befestigt ist, der zugleich zur Aufnahme des einen Endes der Einlegelade (Strohlade) *E* dient.

Dass man bei der beschriebenen Art des Vorschubmechanismus nur Häcksel von einer einzigen bestimmten Länge zu schneiden im Stande ist, bedarf wohl kaum der Bemerkung.

Vorschubmechanismen ohne Verwendung verzahnter Räder, aus Hebelwerken und Sperrrad gebildet, zu verschiedenen Häcksellängen brauchbar, finden sich u. A. in dem vorher citirten Zeichnungswerke der Hannoverschen polytechn. Schule (Bd. 1, Blatt XIIa und XIIb).

Ungeachtet der bereits Seite 459 hervorgehobenen Unvollkommenheiten verwendet man (wenigstens in Deutschland) noch an vielen Orten Häckselschneidemaschinen des Passemore'schen Systems, weshalb diese wenigstens noch nicht ganz unbeachtet bleiben können.

Fig. 466 und 467 stellen eine solche Maschine in $^1/_{16}$ wahrer Grösse dar, wobei das Hauptgestell *A* noch aus Holz construirt ist[1]).

Fig. 466.

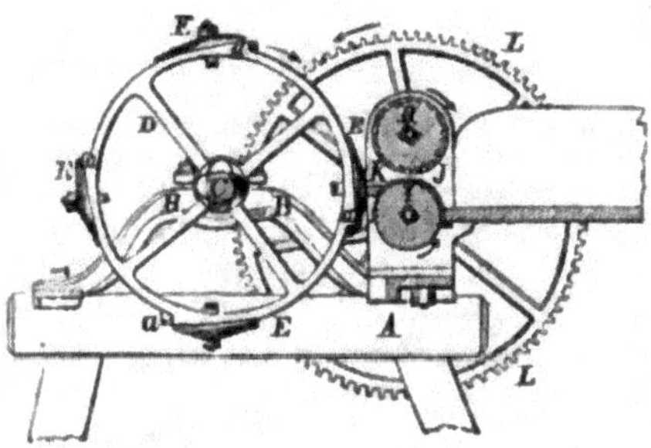

Auf letzterem befinden sich zunächst zwei eiserne Bocklager *BB* zur Aufnahme der Trommelwelle *C* und des am äussersten Ende derselben aufgesteckten Schwungrades *F*.

Den Körper der Messertrommel bilden zwei gusseiserne Armscheiben (Ringe) *D*, auf welchen vier schraubenförmig gebogene Messer *EE* befestigt sind. Wie aus Fig. 466 erhellt, liegen diese Messer auf schiefen Flächen *aa*, um sie gehörig stellbar zum Gegenmesser *k* vor den Speisecylindern zu machen, wozu die betreffenden Stellen der Ringe *D* überdies mit Längenlöchern zum Verschieben der Befestigungsschrauben versehen sind. Die gleichzeitige Umdrehbewegung der beiden Speisewalzen *H* und *J*, wovon der Mantel der oberen geriffelt, der der unteren glatt ist, wird von der Trommelwelle *C* aus wie folgt übergetragen. Auf dem äussersten, zweiten Ende der Trommelwelle sitzt ein Getriebe *G* mit 10 Zähnen, welches in ein grosses Stirnrad *L* mit 80 Zähnen fasst, welches mit der unteren Speisewalze *J* auf derselben Welle befestigt ist.

1) Le Blanc: „Recueil des Machines etc.", T. 1, Pl. XXXXV und XXXXVI.

Auf der entgegengesetzten Seite trägt jede der Speisewalzen ein gleich grosses Zahnrad *M*, durch deren Zusammengreifen die Bewegung von der unteren auf die obere Speisewalze *H* übergetragen wird.

Fig. 467.

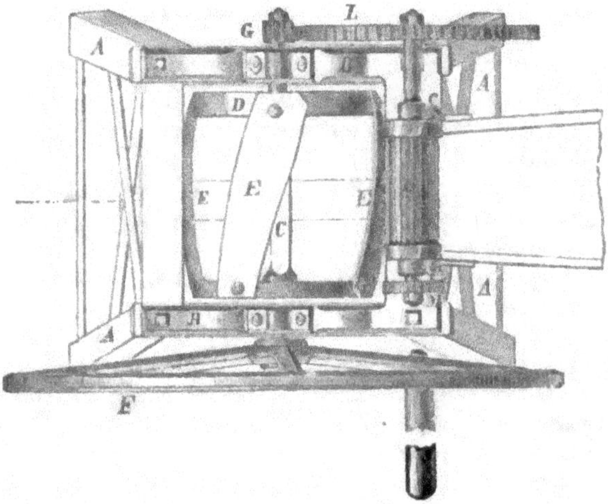

Da der Umfang jeder Speisewalze 12 Zoll beträgt, so liefern sie auch bei jeder Umdrehung eine gleiche Länge Stroh. Da ferner das Umsetzverhältniss der Zahnräder *G* zu *L* wie 1 zu 8 ist, also die Trommel *DE* (beim Betriebe durch Menschen) in derselben Zeit 8 Umläufe macht, so schneiden die vier vorhandenen Messer die zugeführte Strohlänge von 12 Zoll oder 144 Linien in 32 Theile, jedes von $\frac{144}{32} = 4\frac{1}{2}$ Linien Länge. Entfernt man zwei der vorhandenen Messer *EE*, so erhält man Häcksel von doppelter Länge.

Häckselschneidemaschinen mit geraden Messern, die gleichzeitig ziehend und drückend wirken, nach dem Vorgange von Walker, Rohrbeck und Andern (Seite 461) bemüht sich gegenwärtig der Mechaniker Grütter in Hannover in die Praxis einzuführen, deren einfache und solide Construction, bei dem entschiedenen Vortheile, dass sich gerade Messer leichter gut schleifen lassen als krumme und überdies ohne Umstände 6 bis 8 verschiedene Häcksellängen damit geschnitten werden können, nicht ohne Hoffnung von Erfolg für die Praxis ist.

Bei einem dem Verfasser vorgeführten Exemplare dieser Grütter'schen Construction wurden, wenn das Schwungrad pro Minute 20 Umläufe machte, bei 0m,225 Breite der Lade und einer Schnitthöhe von 0m,075, pro Stunde 1,518 Cubikmeter oder circa 60 Cubikfuss Hannov. Häcksel von 0m,025 Länge erhalten.

Speciellere Mittheilungen über diese Gattung von Häckselschneidemaschinen behält sich der Verfasser in den Mittheilungen des Hannoverschen Gewerbevereins vor, wobei es wahrscheinlich auch möglich sein wird zu berichten, ob die Grütter'sche Maschine die Concurrenz mit denen des Lester'schen Systems bestehen kann.

§. 70.

VI. Wurzel- und Rübenschneidemaschine [1]).

Unter allen bekannten Wurzel- oder Rübenschneidemaschinen (Seite 461) behaupten bereits seit längerer Zeit die von Gardner [2]) den Vorzug, weil sie ausserordentlich leicht arbeiten und Rüben und andere Wurzelgewächse bis zum letzten Reste zerkleinern.

Fig. 468 stellt in $^1/_{12}$ wahrer Grösse einen solchen und zwar doppelt

Fig. 468.

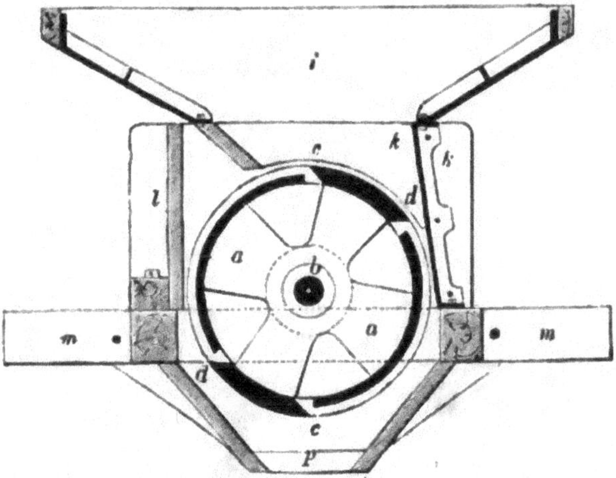

wirkenden Rübenschneider von Samuelson in Banbury vor, der so angeordnet ist, dass, wenn man das arbeitende Werkzeug nach der einen Richtung umdreht, breite und dicke vierkantige Streifen (für Rindvieh), nach der anderen Seite gedreht aber dünnere und schmälere Stücke (für Schafe) gewonnen werden.

Der Körper der ganzen Maschine besteht aus einem gusseisernen Cylinder oder einer Trommel *aa* von 12 bis 16 Zoll Durchmesser und (gewöhnlich) eben so viel Länge, die auf eine Welle *bb* gekeilt ist. Im Mantel der Trommel sind ┌┐ förmig gebogene, prismatische Stahlmesser *cc* und *dd* befestigt und zwar in treppenförmiger Anordnung, wie die äussere Ansicht des Fig. 469 besonders gezeichneten Cylinders erkennen lässt [3]).

1) Hamm a. a. O. S. 782. — Moll et Gayot: „Encyclopédie pratique de l'Agriculteur", T. 5, Pg. 835 (Coupe-Racines). — Armengaud: „Publication Industrielle des Machines etc.", T. 15, Pg. 472, Pl. XXXVIII.

2) Patent Specification Nr. 6684 vom 16. März 1834 (Machine for cutting turnips etc.). Zeichnungen landwirthschaftlicher Maschinen der Hannoverschen Polytechniker, Bd. 1, Blatt XVII.

3) Durch Versehen des Zeichners ist die gusseiserne Wand *d* nur an der einen Seite gezeichnet, wie dies bei der einfach wirkenden Maschine der Fall sein würde.

Fig. 469.

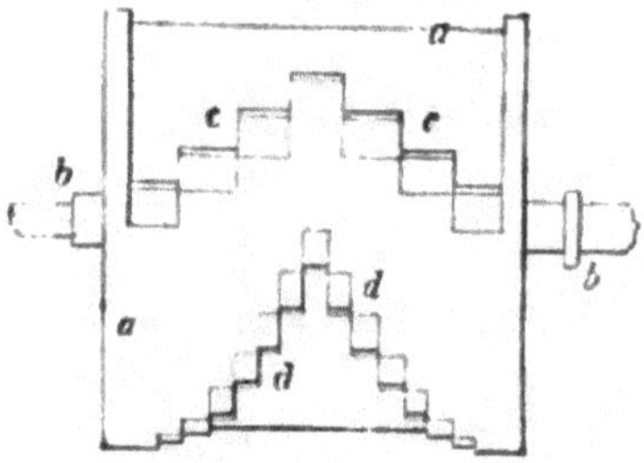

Ein Rumpf *i* dient zur Aufnahme der zu schneidenden Wurzeln, während der Messercylinder von einem Kasten *kl* umschlossen wird, dessen Wände nach der Seite hin, welche der Drehrichtung bei der Arbeit entspricht, von gusseisernen (oft mit vorspringenden Warzen oder Zähnen besetzten) Wänden *k* gebildet wird. Beim Arbeiten zwängen sich die zu schneidenden Rüben vortheilhaft in den keilförmigen Raum ein, der von der Trommel und der Wand *k* gebildet wird. Weiterhin schieben sich die abgetrennten Streifen und Scheiben in die Trommel hinein, verlassen diese zu beiden Seiten des Lagergestelles und fallen durch *p* in ein untergesetztes Sammelgefäss.

Fig. 470.

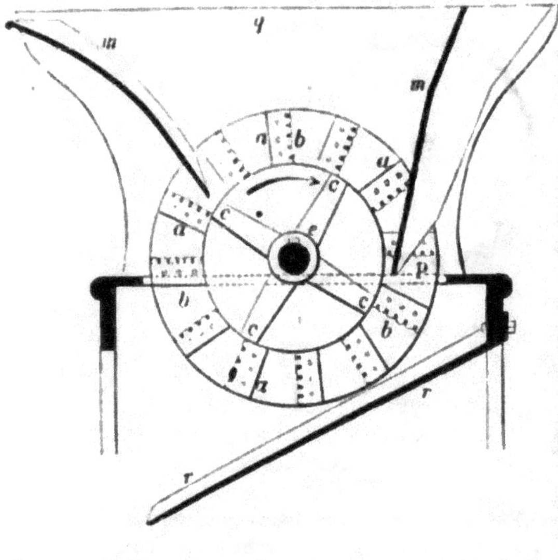

Nach in Proskau angestellten Versuchen [1]) sind zwei Personen, von denen die eine die Messerwalze mit Hülfe einer auf die Welle *b* gesteckten Kurbel dreht, die andere die Rüben ausschüttet und die geschnittenen fortschafft, im Stande, innerhalb einer Stunde 50 Centner Rüben zu schneiden [2]).

Die Figuren 470 bis 473 zeigen, in $^{1}/_{15}$ wahrer Grösse, den ebenfalls bereits Seite 461 erwähnten Moody'schen Rübenschneider [3]) mit wellenförmigen Messern *aa* auf conischer Trommel *bb*, die Kegelform der letzteren deshalb, um das Herausfallen der abgeschnittenen Stücke zu befördern. Auch hier ist der Rumpf *mn* nach einer Seite hin mit gitterförmigen Wänden *qq* ausgestattet, um fremde Körper, wie Schmutz und Steine, welche den Rüben anhängen, durchfallen lassen zu können.

---

1) Lüdersdorff's Annalen der Landwirthschaft, 24, 21, und daraus in Henneberg's Journal für Landwirthschaft, Jahrg. 1856, Heft 11 und 12, S. 262.

2) Ueber in Gloucester mit Rübenschneidern angestellte Versuche berichtet Henneberg ebenfalls a. a. O., Jahrg. 1854, S. 145.

3) Patent Specification Nr. 8265 von 1839.

Die gusseiserne Trommel *b* ist mit 12 Oeffnungen von der Grösse und Gestalt versehen, wie dies die Detailfigur 473 erkennen lässt, über welchen die wellenförmig gebogenen Messer *a* mittelst Schrauben in etwas geneigter Lage befestigt sind. Auch hier gelangen die losgeschnittenen Streifen oder Zungen in das Innere des Kegels, werden von hier ausgeworfen, gleiten über eine schiefe Ebene *r r* und fallen in ein untergesetztes Gefäss oder ohne Weiteres auf den reinlich gehaltenen Fussboden.

Fig. 471.

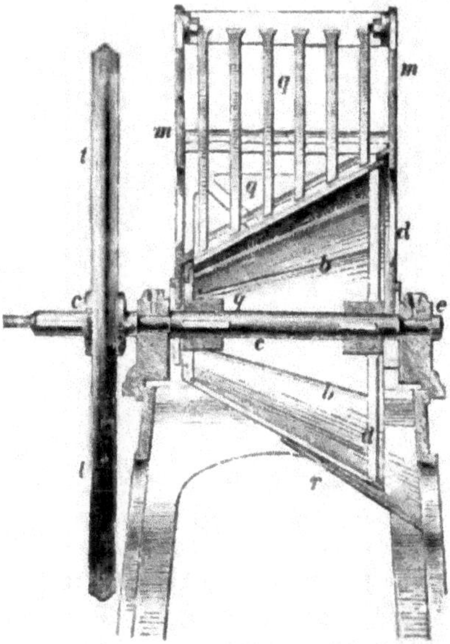

Fig. 472.

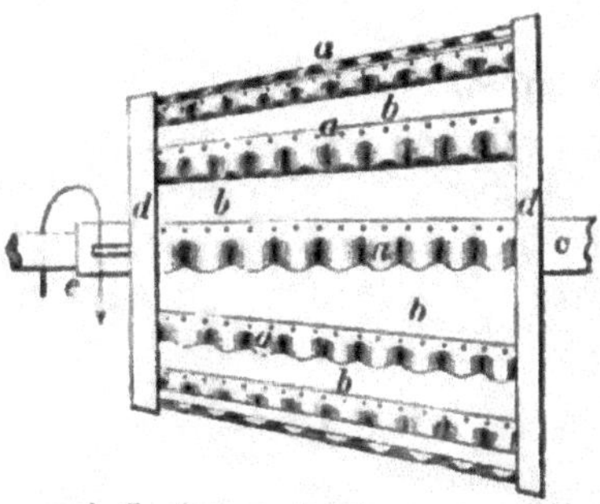

Eine sogenannte Scheibenmaschine (Seite 461) mit sechs Messerreihen, wie sie unter Anderen Albaret u. Comp. (die Nachfolger von Duvoir) in Liancourt (Oise) bauen [1]), stellen die Fig. 475 und 476 in $^1/_{12}$ wahrer Grösse dar.

Fig. 473.

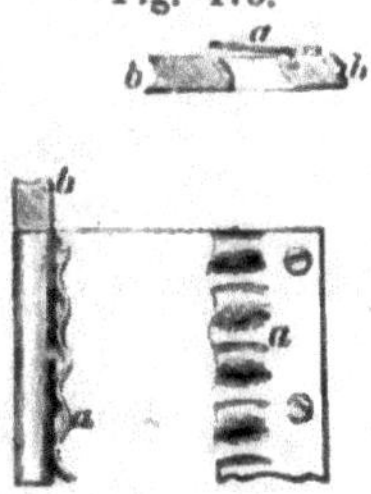

Die Welle *A*, worauf die verticale Messerscheibe *P* befestigt ist, läuft in einem mit guten Lagerbüchsen ausgestatteten Rohre *B*, mit dem Zufuhrrumpfe aus einem Stücke gegossen.

Die Gestalt der Messer erhellt aus der in grösserem Maassstabe gezeichneten Detailfigur 477, wo mit a^2 das Längenloch bezeichnet ist, was zur Stellung der Messer und zum Befestigen derselben mittelst Schrauben $a^1 a^1$ dient.

Das Herauswerfen der geschnittenen Rübenstücke verhütet ein Blechmantel *C*, der nach Lösung von Schrauben *D D* leicht entfernt werden kann, wenn man die Reinigung der Messer oder deren Stellung vornehmen will [2]).

In unserer Quelle wird behauptet, dass mittelst der abgebildeten Maschine, sobald solche durch Elementarkraft (von einem Wasserrade oder einer

1) Armengaud: „Publication Industrielle“, T. 15, Pg. 477, Pl. XXXVIII.

2) Fig. 474 zeigt (in $^1/_{10}$ wahrer Grösse) die Art und Weise der Messerbefestigung bei einer von Laron in Senlis construirten Rübenschneidemaschine mit Verticalscheibe, die ebenfalls in unserer Quelle beschrieben ist.

Fig. 474.

Fig. 475.

Fig. 476.

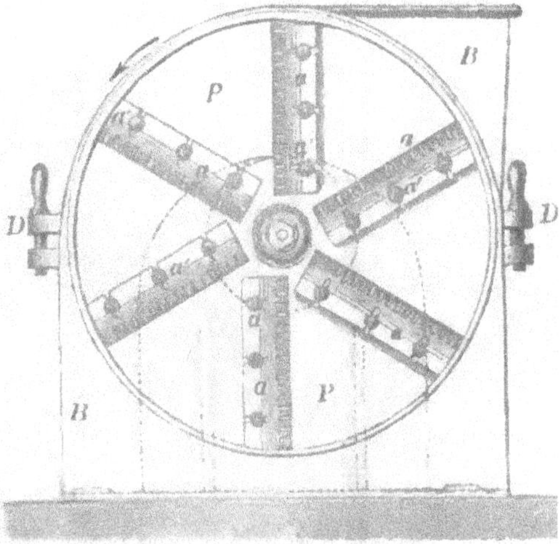

Fig. 477.

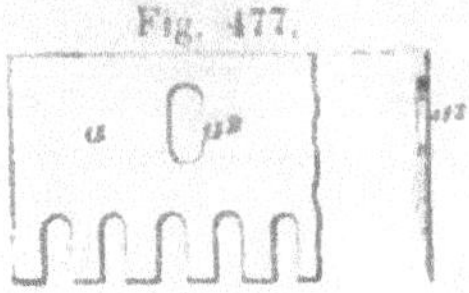

Dampfmaschine) durch einen über die Scheiben pp' geschlagenen Riemen betrieben wird, bei 230 bis 250 Umläufen der Messerscheiben, pro Stunde 1000 bis 1200 Kilogramm Rüben zu geeignetem Viehfutter klein geschnitten werden können[1]).

§. 71.

VII. Oelkuchenbrecher[2]).

Als letzte der hier speciell zu besprechenden landwirthschaftlichen Maschinen wählen wir die, welche zum Zerkleinen der Oelkuchen in mehr oder weniger grobe (in der Regel nussgrosse) Stücke oder zum Verwandeln in grobes Mehl bestimmt sind, wenn man diese Rückstände der Oelfabrikation (aus Samen, vorzugs-

1) Ueber ausführliche, bei der Chester Ausstellung im Jahre 1858 sorgfältig (mit Benutzung von selbstregistrirenden Dynamometern) angestellte Versuche mit englischen Rübenschneidern berichtet das „Journal of the Royal Agricultural Society of England“, Vol. 19 (1858), Pg. 339.

2) Sammlung von Zeichnungen landwirthschaftlicher Maschinen der Hannoverschen Polytechniker, Bd. 2, Tafel XL (Ransome's Oelkuchenbrecher mit nur einem Zahn-Walzenpaare). Ferner Schneitler und Andree: „Landwirthschaftl. Maschinen“, S. 456. Garett's doppeltwirkenden Oelkuchenbrecher (zwei Zacken- und Zahn-Walzenpaare über einander) und Samuelson's (Fig. 478 und 479) perspectivisch gezeichnete, ebenfalls doppeltwirkende Maschine, womit man zungen- oder trapezförmige Kuchen (S. 301, 316 und 324) in entsprechende Stücke oder zu Mehl mahlen kann, in Pintus: „Landwirthschaftl. Maschinen der Londoner Ausstellung von 1862“, S. 109.

weise aus Raps)[1]) als Futter für Rindvieh und Schafe oder als Düngmittel benutzen will.

Im Allgemeinen stimmt die Construction dieser Maschine mit dem bereits Seite 313 beschriebenen Zackenwalzwerke überein, womit man die beim Vorpressen gewonnenen Oelkuchen zum Zerkleinen für den Process des Nachpressens zerbricht.

Das in Fig. 478 und 479 beziehungsweise im Verticaldurchschnitte (nach $\alpha\beta$ von Fig. 479) und im Grundrisse (in $^1/_{12}$ wahrer Grösse) dargestellte Exemplar rührt von Samuelson in Banbury her und ist unter dem Namen „Doppeltwirkender Oelkuchenbrecher“ (der zwei über einander gelagerten Zacken und Zahnwalzenpaare wegen) als eine sehr brauchbare Maschine wohl bekannt.

Fig. 478.

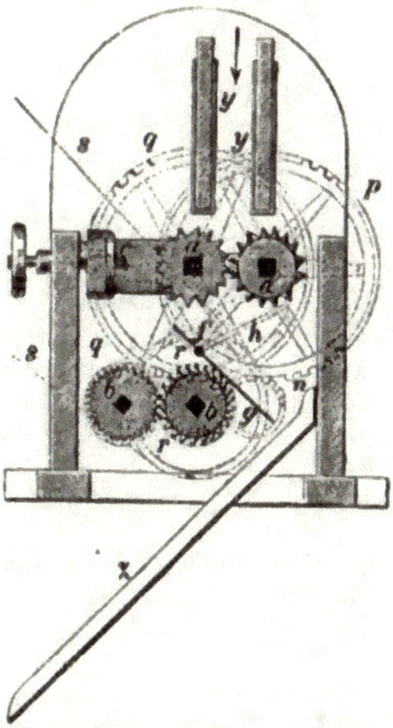

Fig. 479.

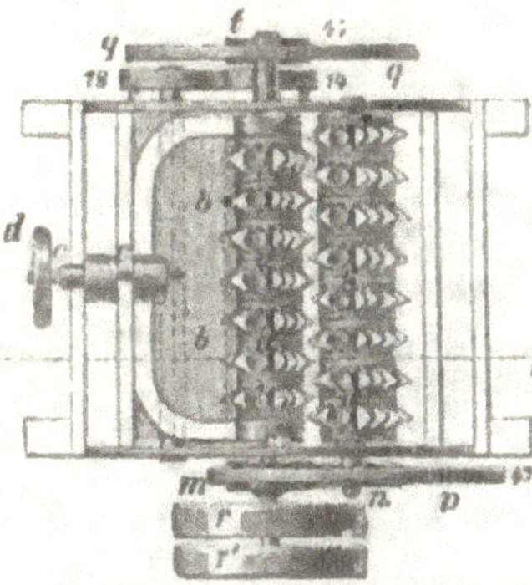

Das obere Walzenpaar *aa'* wird gewöhnlich zum Brechen in für Viehfütterung geeignete Stücke, das untere *bb'* zum Mehlmachen zum Zwecke des Düngens (rein oder mit Knochenmehl etc. etc. gemengt) benutzt. Durch Lagenveränderung einer Blechplatte, welche um eine Axe *f* drehbar gemacht ist, kann man die vom oberen (Zacken-) Walzenpaare *aa'* erhaltenen Stücke entweder direct auf ein Sieb *z* fallen lassen, oder sie vorher dem zweiten (Zahn-) Walzenpaare *bb'* zuführen.

Die in schwarzer Linie angegebene, mit *fg* bezeichnete Plattenlage entspricht offenbar dem ersten Falle und die zweite punktirt angegebene Lage *fh* dem zweiten.

Die Stellung der oberen Walzen *aa'* erfolgt vom Handrade *d* aus durch eine Schraube *cc*, womit gleichzeitig beide Lager der ersten Walze *a* verschoben werden können.

1) Professor Wolff: „Ueber die Bedeutung der Rapskuchen für die Milch-, Fleisch- und Dünger-Production“, Henneberg's Journal für die Landwirthschaft, Jahrg. 1854, S. 27.

Die zungen- oder trapezförmigen Oelkuchen führt man dem Zackenwalzenpaare *aa'* zwischen den beiden in Nuthen gleitenden Holzplatten *yy* zu.

Der Betrieb erfolgt bei dem Exemplar unserer Abbildung durch einen Riemen *ss*, den man über die Scheiben *rr'* (feste und lose) geschlagen hat, wodurch die Feinwalze *b* (rechts) direct umgedreht wird.

Mit letzterer Walze auf derselben Axe steckt am anderen Wellende (auf der entgegengesetzten Gestellseite) ein Getriebe *t* mit 9 Zähnen, welches das grosse Stirnrad *q* mit 47 Zähnen umtreibt und an dessen Welle die obere Zackenwalze *a* (links in Fig. 478) befestigt ist.

Die zweite Zackenwalze *a'* (rechts in Fig. 478) wird unabhängig von der ersteren und zwar dadurch in Umdrehung gesetzt, dass auf die Riemenscheibenwelle ein Getriebe *m* mit 9 Zähnen gekeilt ist, welches in ein zweites, auf besonderer Axe sitzendes Getriebe *n* mit ebenfalls 9 Zähnen fasst und mit dem grossen (47er) Stirnrade *p* zusammengreift, auf dessen Welle zugleich die zweite Zackenwalze *a'* (rechts in Fig. 478) festgekeilt ist.

Vermöge dieser Anordnung können sich beide Zackenwalzen gleichzeitig mit derselben Peripheriegeschwindigkeit nach einwärts drehen, wobei sie die von *yy* aus zugeführten Kuchen zwischen sich ziehen.

Die Umdrehung der zweiten Fein- oder Zahnwalze *b'* (links in Fig. 478) trägt ein Zahnrad *u* mit 14 Zähnen von der Nachbarwalze *b* auf ein Zahnrad *v* mit 18 Zähnen über, welches auf der Welle von *b'* befestigt ist, so dass das Feinwalzenpaar mit ungleicher Peripheriegeschwindigkeit umläuft [1]).

Zusatz. Schrot- und Quetschmaschinen, Kartoffelmühlen u. dergl. für landwirthschaftliche Zwecke wurden hinlänglich im Abschnitte „Mühlen", §. 33, Seite 215—228 besprochen. Ueber Handschrotmühlen [2]) und deren geringe, nur unter Umständen oder nie befriedigende Leistungen [3]) hat der Verfasser, gestützt auf eigene, sorgfältige Versuche, eine selbstständige Arbeit geliefert, die sich u. A. in Henneberg's Journal für Landwirthschaft, 2. Jahrgang (1854), Seite 243 abgedruckt findet.

---

1) Die besten dem Verfasser bekannt gewordenen Versuche über Leistungsfähigkeit von Oelkuchenbrechern sind die 1858 in Chester angestellten, worüber in dem bereits citirten Bande 19, S. 341 des „Journals of the Royal Agricultural Society of England" nachgelesen werden kann.

2) Eine ausführliche Uebersicht englischer Schrotmühlen für Zwecke der Landwirthschaft giebt Hamm (a. a. O. S. 871—887), ferner über derartige Mühlen überhaupt Henneberg in seinem Journale Jahrg. 1854, S. 141.

3) Des Verfassers Versuche mit einer sehr gut construirten Kappe'schen Schrotmühle (S. 222, Fig. 189) gaben das Durchschnittsresultat, dass ein (männlicher) mittelstarker Arbeiter (an der Handkurbel wirkend) pro Stunde nicht mehr als $^8/_{11}$ Himten Roggen oder Weizen grob, oder $^4/_{11}$ Himten mittelfein zu schroten im Stande ist!

CPSIA information can be obtained
at www.ICGtesting.com
Printed in the USA
LVHW040359110522
718423LV00001B/153

9 783375 012526